HEYNE

W0004755

Das Buch
Zwei Meisterwerke von Deutschlands wohl berühmtesten Fantasy-Autor.

Azrael
Eine Serie brutaler Todesfälle stellt die Berliner Polizei vor ein Rätsel. Was die Morde und Selbstmorde verbindet, ist ein mysteriöser Schriftzug, der an jedem Tatort zu finden ist: Azrael, der Name des alttestamentarischen Würgeengels aus der Bibel. Aber wer oder was ist damit gemeint?

Azrael – Die Wiederkehr
Wieder wird Berlin von einer Reihe brutaler Morde erschüttert. Die Opfer werden so grausam zugerichtet, dass man sie kaum erkennt. Die Kriminalpolizei ist ratlos. Aber da taucht an einem Tatort ein mysteriöser Geistlicher auf. Er spricht von einer Wesenheit, die nicht aus Fleisch und Blut ist. Kriminalinspektor Bremer ist viel zu rational, um diesen Hinweis ernst zu nehmen. Doch bald muss er feststellen, dass hier eine ungewöhnliche Kreatur mordet: Die blutigen Klauen von Azrael, dem Todesengel, greifen auch nach ihm.

Zwei Romane, die den Leser unerbittlich in eine Welt des Grauens hineinziehen, in der die Grenzen der Realität verschwinden.

Der Autor
Wolfgang Hohlbein, 1953 in Weimar geboren, ist einer der erfolgreichsten deutschsprachigen Autoren. Seit er 1982 gemeinsam mit seiner Frau den Roman *Märchenmond* veröffentlichte, arbeitet er hauptberuflich als Schriftsteller. Mit zahlreichen fantastischen Romanen hat er seither eine große Fangemeinde erobert.
Im Heyne Verlag liegen bereits vor: *Das Druidentor* (01/9536), *Das Netz* (01/9684), *Hagen von Tronje* (01/10037), *Saint Nick* (01/10147), *Das Siegel* (01/10262), *Im Netz der Spinnen-Videokill-* (01/10507), *Der Magier - Der Erbe der Nacht* (01/10820), *Der Magier – Das Tor ins Nichts* (01/10831), *Der Magier – Der Sand der Zeit* (01/10832), *Dark Skies – Das Rätsel um Majestic 12* (01/10860), *Die Nacht des Drachen* (01/13005), *Odysseus* (01/13009), *Wyrm* (01/13052), *Majestic – Die Saat des Todes* (01/13138), *Die Templerin* (01/13199), *Wolfgang Hohlbeins Fantasy Selection I* (01/13139).

Wolfgang Hohlbein

Azrael

Azrael– Die Wiederkehr

Zwei Romane in einem Band

Wilhelm Heyne Verlag
München

HEYNE ALLGEMEINE REIHE
Band-Nr. 01/13569

Umwelthinweis:
Dieses Buch wurde auf
chlor- und säurefreiem Papier gedruckt.

Taschenbuchausgabe 10/2002

Printed in Germany 2002
Quellennachweis: siehe Anhang
Umschlagillustration: Jon Sullivan, London
Umschlaggestaltung: Nele Schütz Design, München
Gesamtherstellung:Elsnerdruck, Berlin

ISBN: 3-453-21222-3

http://www.heyne.de

Inhalt

Azrael

1. Kapitel

Artner nannte es nur das Haus der Pein. Es hieß nicht wirklich so. Auf dem längst grün gewordenen Kupferschild, das, von zwei Barockengeln getragen, über dem Eingang hing, stand ein anderer Name, und wiederum ein anderer auf dem sorgsam polierten Messingschildchen neben der Tür. Unter wieder einem anderen war es bei den Menschen in der näheren Umgebung bekannt. Und früher hatte es noch andere Bezeichnungen getragen, Namen – mit oder ohne besondere Bedeutungen –, die Geschichten erzählten und düstere Versprechungen beinhalteten. Das Haus war im Laufe seiner langen, bewegten Geschichte unter vielen Namen gefürchtet worden, aber für Artner war und blieb es: *das Haus der Pein.* Es hatte diesen Namen nur für ihn, und er hütete ihn wie ein kostbares Geheimnis. Niemals hätte er ihn in Gegenwart anderer benutzt, obwohl er schon ähnliche Bezeichnungen gehört hatte: Haus des Schreckens, Haus der Tränen, Haus der Schmerzen, Haus des Todes. Sie alle stimmten, denn es hatte von alledem mehr als genug gesehen; seine Mauern hatten die Tränen Zahlloser getrunken, seine Wände die Schreie Ungezählter erstickt, seine Luft den Schmerz so vieler geatmet, und es hätte noch unzählige andere, zutreffendere Bezeichnungen für das große Gebäude gegeben, und jede einzelne wäre richtig gewesen. Obwohl dieses Haus von Anfang an nur einem einzigen Zweck gedient hatte, nämlich jenen, die es betraten, zu helfen und ihren Schmerz zu lindern, hatte es doch unendlich viel von genau diesem Schmerz gesehen. Und verursacht.

Im Mittelalter, als es errichtet worden war, war es ein Kloster gewesen. Aber nicht lange. Irgendeiner der ebenso zahlwie sinnlosen Kriege, die das Land mit der gleichen Regelmäßigkeit wie Jahreszeiten, Naturkatastrophen und Hungersnöte heimsuchten, mußte die frommen Männer vertrieben haben, kaum daß sie mit ihrer Hände Arbeit diese wehrhaften Mauern aufgerichtet hatten. Und für eine noch kürzere Zeit hatte es als Festung und Gefängnis gedient. Das Blut derer, die es errichtet hatten, war vom Blut der Gefangenen fortgespült worden und nicht lange danach von dem ihrer Wärter. Danach waren wieder fromme Männer gekommen, doch diesmal nicht nur, um zu beten. Kriege und Seuchen forderten viele Opfer in jenen Tagen, und das Kloster war zu einem Ort geworden, an dem man sich um diese Opfer kümmerte. Wieder waren es Blut und Schreie gewesen, die seine Mauern färbten und seine Luft tränkten, und daran hatte sich bis heute nicht viel geändert – das Gebäude hatte als Hospiz gedient, später, in einem moderneren und viel effektiveren Krieg, als Militärkrankenhaus, und für lange Zeit als Hospital unter kirchlicher Leitung, bis es schließlich in die Obhut der Stiftung übergeben worden war.

Geändert hatte sich nichts. Die Methoden waren feiner geworden, die Schreie nicht mehr ganz so laut, und das Blut floß nicht mehr ganz so reichlich. Und trotzdem hatte sich Artner schon mehr als einmal die Frage gestellt, ob der einzige – der *wirkliche* – Daseinszweck dieses Hauses vielleicht nicht nur der war, den Menschen ihre Hilflosigkeit vor Augen zu führen und ihnen klarzumachen, daß, was sie taten, zum Scheitern verurteilt worden war, noch ehe sie es begannen. Sie waren hier – *er war hier* –, um zu helfen, doch manchmal wunderte er sich, ob seine Hilfe nicht zumeist nur daraus bestand, alten Schmerz gegen neuen zu tauschen. Wunden zu schließen, indem er größere darüber fügte, und bekannte Qual gegen neue, unbekannte zu wechseln.

Oh, sie hatten Erfolge! Er war ein bekannter Arzt, eine Koryphäe auf seinem Gebiet, dessen Krankenblätter, die er mit dem Stempel ›Geheilt‹ zu den Akten gelegt hatte, ganze Schränke füllten. Und doch – stets wenn er hierher kam, in diesen ganz speziellen Trakt – fragte er sich, ob er auch zu Recht berühmt war, und ob *geheilt* auch wirklich immer *geholfen* hieß.

Was unterschied sie eigentlich wirklich von jenen, die vor einem halben Jahrtausend hier gewesen waren und auf ihre Weise versucht hatten, den Leidenden zu helfen? Sicher, ihre Werkzeuge waren feiner geworden, ihre Methoden subtiler, ihre Therapien erfolgreicher. Statt Knochensägen benutzten sie Laserskalpelle, statt Aderlässen winzige Mengen farbloser Flüssigkeiten, die auf Glaskolben aufgezogen waren, und selbst die brutalen Elektroschocks des vergangenen Jahrzehnts waren durch einen kaum noch spürbaren Stich in eine Vene ersetzt worden. Nur fragte er sich manchmal, ob sie ihren alten Feind, die Pein, wirklich besiegt – oder vielleicht vielmehr nur dafür gesorgt hatten, daß sie die Schreie der Gequälten nicht mehr hörten.

Der Aufzug hielt mit einem kaum spürbaren Ruck an, und Artner zwängte sich schräg gehend durch die Tür, deren Hälften wie üblich mit enervierender Langsamkeit auseinanderglitten. Das taten sie nur hier unten, und der Mechaniker der Aufzugsfirma hatte es schon vor drei Jahren aufgegeben, nach der Ursache dafür suchen zu wollen. Artner kannte sie. Es war der gleiche Grund, weswegen es hier unten immer ein wenig muffig roch und feucht war, weswegen die Wände, obwohl in freundlichen Pastelltönen gestrichen, trotzdem nichts anderes als ein finsteres Gewölbe waren, und weswegen es hier niemals *richtig* hell wurde, allen Neonbatterien und Halogenstrahlern zum Hohn. Dieser spezielle Trakt lag anderthalb Stockwerke unter den Kellern und zweieinhalb Stockwerke unter der Straße, und heute wie damals war es ein Ort, an dem weder die Zeit noch irgend etwas, was Menschen taten, wirklich zählte. Heute wie damals enthielt er einige wenige Räume, die den allersichersten Teil dieses Gebäudes darstellten: jene Zellen, in denen die Hoffnungslosen untergebracht waren, die Unheilbaren und gefährlich Gewalttätigen, denen man nur eine einzige Hilfe angedeihen lassen konnte; eine Hilfe, die darin bestand, sie vor sich selbst und davor zu schützen, anderen Schaden zuzufügen. Hier wurden ihm die Grenzen seines Könnens vor Augen geführt, vielleicht die absolute Grenze, die niemals überschritten werden konnte – vielleicht auch nicht sollte.

Auch das war etwas, das Artner niemals laut eingestanden hätte, aber er wußte, daß es jene Schwelle gab, an der jedes ärztliche Können scheiterte, vor der jede Chemie kapitulierte und hinter der das Wissen nichts mehr zählte. Eine Grenze, hinter der der Geist verloren war und die sich nur in eine Richtung überschreiten ließ: hinein in ein Gefängnis, dessen Mauern aus Furcht und dessen Ketten aus Grauen bestanden, und dessen Fenster groß und ohne Gitter waren und direkt in die tiefsten Abgründe der Hölle führten. Seit einem halben Jahrtausend lag hier unten die Schwelle zu jenem Grenzbereich, und so hatte dieser Ort vielleicht einfach zuviel Qual gesehen, um noch irgend etwas anderes zurückgeben zu können.

Deshalb war es für Artner ›das Haus der Pein‹. Nicht mehr und nicht weniger, und es würde sich nie ändern.

Er hatte die Sicherheitstür erreicht, zog seine Codekarte aus der Brusttasche und schob sie in den dafür vorgesehenen Schlitz, ohne auch nur hinzusehen. Die Tür öffnete sich mit einem leisen Summen, und Artner trat hindurch. Später, wenn er den Sicherheitstrakt in umgekehrter Richtung wieder verließ, würde er eine sechsstellige Codenummer eingeben und sich zudem dem mißtrauischen Auge einer Videokamera stellen müssen, um die Tür erneut zu öffnen. In gewisser Weise ähnelte der Hochsicherheitstrakt dem zweiten, inneren Gefängnis, in dem die Egos seiner Bewohner gefangen waren – man kam relativ leicht hinein, aber nur sehr schwer wieder hinaus.

Sein Blick glitt automatisch über die Türen, die den schmalen Gang mit der gewölbten Decke flankierten, fünf auf der rechten, vier auf der linken Seite, in unterschiedlichen, angenehm anzuschauenden Farben gestrichen und scheinbar nicht mehr als normale Zimmertüren, an denen es sogar Griffe gab – die sich allerdings nicht so ohne weiteres niederdrücken ließen. Nur einem sehr aufmerksamen Beobachter wäre vielleicht aufgefallen, daß diese Türen aus massivem, drei Zentimeter dickem Stahl bestanden, die Bolzen in den Angeln verschweißt waren – und neben jeder ein kleiner Videomonitor flimmerte, der das Bild einer Weitwinkelkamera auf der anderen Seite zeigte. Der tote Winkel wäre nicht einmal groß genug gewesen, eine Katze zu verbergen.

Artner passierte vier Türen und öffnete die letzte Tür auf der rechten Seite des Ganges. Dahinter lag ein kleines, fensterloses Büro, dessen nicht eben billige Einrichtung vergeblich versuchte, einen behaglichen Eindruck zu vermitteln, und das von einem knappen Dutzend kleiner Halogenlampen in schon beinahe übertriebene Helligkeit getaucht wurde. In der Wand neben der Tür flimmerten die Zwillinge der Überwachungsmonitore draußen im Gang, und ein weiterer, etwas größerer Schirm zeigte den Gang selbst. In regelmäßigen Abständen schaltete das Bild um und zeigte die Hälfte des Korridors, die vor der Sicherheitstür lag und zum Aufzug führte. Der Mann hinter dem Schreibtisch nickte Artner flüchtig zu und machte eine Notiz in irgendeiner Liste, die vor ihm lag und vermutlich vollkommen zwecklos war. Artner wußte, daß er den Großteil seiner Schicht damit zu verbringen pflegte, zweitklassige Kriminalromane zu lesen, und die Sicherheitstechnik, die sie für Unsummen hatten installieren lassen, vornehmlich nutzte, sich selbst zu bewachen und den mit etwas furchtbar Wichtigem Beschäftigten zu spielen, sobald jemand den Lift verließ und hereinkam. Artner war es gleich. Solange er seine Arbeit tat und die Patienten in den sechs belegten Zellen im Auge behielt, konnte er seinetwegen tun und lassen, was er wollte. Trotzdem, dachte er, irgendwann einmal würde er sich einfach den Spaß machen und ihm eines der Bänder vorspielen, die die versteckte Kamera aufnahm, die *ihn* überwachte.

»Alles in Ordnung?« Es war keine Frage, auf die er eine Antwort erwartete – wäre *nicht* alles in Ordnung gewesen, dann wäre er jetzt nicht hier, wenigstens nicht allein.

Der Mann nickte auch nur, aber nach einigen Sekunden fiel ihm dann doch ein, was Artner *wirklich* meinte. Hastig legte er seinen Stift aus der Hand, bequemte sich endlich, seinen Blick ganz von seiner Liste und dem vermutlich darunter versteckten Jerry-Cotton-Roman zu lösen, und sah zu Artner hoch. »Zelle fünf, nehme ich an?«

Artner nickte mit unbewegtem Gesicht und verkniff sich die scharfe Antwort, die ihm auf der Zunge lag. »Gab es irgendwelche besonderen Vorkommnisse?«

»Nicht während meiner Schicht. Ich bin seit –«, er schob den Ärmel seiner weißen Pflegeruniform hoch und sah mit angestrengter Miene auf die Armbanduhr, als hätte er nicht schon seit Beginn seiner Schicht die Minuten gezählt, die er noch bis zum Feierabend durchstehen mußte, »– knapp sechs Stunden hier. Seitdem hat sie sich nur einmal gerührt, um aufs Klo zu gehen, danach ist sie wieder zur Salzsäule erstarrt. Soll ich aufmachen?«

Artner sagte auch jetzt nichts, sondern beließ es wieder bei einem stummen Nicken. Die anzügliche Art des Burschen ging ihm auf die Nerven, schon seit einer ganzen Weile, aber heute besonders. Aber es lohnte sich nicht, Energie darauf zu verschwenden, ihn in seine Schranken zu verweisen. Der Mann war nicht besonders intelligent, was wohl auch der Grund war, weswegen er hier unten saß und nichts anderes zu tun hatte, als sechs postkartengroße Bildschirme im Auge zu behalten und FBI-Romane zu lesen. Artner war dieser Umstand sehr recht.

»Ja«, sagte er im Hinausgehen, »und schalten Sie das Mikrophon ab.«

»Wie üblich, Doc«, antwortete der Mann, und wie auch sonst immer fügte er hinzu: »Okidoki.«

Artner verdrehte im stillen die Augen und schwieg weiter. Er wußte, daß er das Mikrophon *nicht* abschalten würde, ebensowenig wie die Kamera, die die Zelle vierundzwanzig Stunden am Tag überwachte, aber das spielte keine Rolle – Artner besaß einen Schlüssel für den Raum, in dem die Bänder verwahrt wurden, und würde die Kassette später austauschen, wenn es nötig war.

Vor der letzten Tür auf der linken Seite des Ganges blieb er stehen und wartete, bis sich das leise Summen von vorhin wiederholte. Diesmal schwang die Tür nicht von selbst auf. Er mußte einen Schlüssel aus der Tasche nehmen – einen von sechs verschiedenen, für jede dieser Türen – und im Schloß herumdrehen. Und er behielt den kleinen Monitor in der Wand vor sich dabei aufmerksam im Auge. Die Gestalt, die zusammengerollt wie ein zu großer Fötus auf dem Bett lag, regte sich nicht. Weder als er das Schloß entriegelte, noch als er die Tür öffnete und eintrat. Erst als er die Tür wieder hinter sich zuschob und das charakteristische leise Metallklicken zum zweiten Mal erscholl, regte sich der weiße Schemen auf weißem Grund; eine fließende Bewegung, die immer gleich war und Artner immer aufs neue faszinierte, denn mehr als alles andere erinnerte sie ihn an eine sich öffnende Blüte – ein weißer Kelch, der auf sein Erscheinen wie auf die ersten warmen Strahlen der Sonne reagierte und sich dem Licht zuwandte. Nichts an dieser Bewegung war irgendwie plump oder derb. Claudia ging jene kraftvolle Unbeholfenheit der Bewegungen völlig ab, die die meisten Menschen bei bestimmten Geisteskranken unbewußt abstößt und die wohl zu einem guten Teil der Grund sind, weswegen sie Behinderten so befangen gegenübertreten. Ihre Bewegungen waren im Gegenteil von einer fließenden Eleganz, als wäre sie in krassem Gegensatz zu ihrem Krankheitsbild in einem ewigen Tanz gefangen, aus dem sie nicht mehr ausbrechen konnte. Verdammt zu immerwährender Grazie, die selbst die kleinste ihrer seltenen Bewegungen zu einem Zeremoniell machte.

Die Blüte entfaltete sich weiter, und nach den Blättern sah er ihr Herz: als schmales, verwundbares Gesicht, fast so weiß wie das Kleid, das sie trug, und so zerbrechlich wie Porzellan. Und auch dieses Gesicht entsprach nicht dem Bild, das man sich im allgemeinen von einer Patientin in diesem Teil des Instituts machte. Es gab keine starren, in eine von namenlosem Schrecken erfüllte Unendlichkeit blickenden Augen, keine eingefallenen Wangen um einen zu einem stummen Schrei gerundeten Mund, ihre Züge waren nicht erschlafft. Allenfalls, daß ihr Gesicht eine unnatürliche Blässe zeigte. Aber selbst das hatte einen ganz banalen Grund – sie hatte diesen Raum seit sechs Jahren kaum verlassen. Das einzige Licht, das sie kannte, war das der winzigen Halogenscheinwerfer in der gemauerten Decke ihrer Welt. Claudia war sehr schön. Sie war es schon als Kind gewesen, als sie hierhergekommen war; nicht mehr ganz Mädchen, aber noch lange keine Frau. Und jetzt – noch nicht ganz Frau, aber schon lange kein Mädchen mehr – war sie es noch viel mehr.

Artner blieb einige Sekunden unter der Tür stehen, während Claudia ihn aufmerksam musterte. Nicht mit dem leeren Blick einer Idiotin, sondern offen, neugierig und überrascht und auch ein ganz kleines bißchen mißtrauisch. Und zugleich auch sehr freundlich. Sie sah ihn immer auf die gleiche Art an, wenn er hereinkam, denn obwohl er sie fast täglich besuchte, war er doch jedesmal ein Fremder für sie.

Claudias Gedächtnis hatte vor sechs Jahren aufgehört, neue Informationen aufzunehmen. Sie lebte in einem ständigen Jetzt, das sich mit jedem Tag um weitere vierundzwanzig Stunden von der Gegenwart entfernte.

»Hallo«, sagte er.

Das Mädchen legte lauschend den Kopf auf die Seite und schien über das Wort nachzudenken, dann sagte auch sie: »Hallo.«

Artner lächelte. Heute war ein guter Tag. Es gelang ihm nicht immer, ihr Vertrauen zu erringen. Heute mochte sie den Fremden, der ihre Zelle betreten hatte. Aber das war längst nicht immer so. An manchen Tagen war ihr Mißtrauen stärker als ihre natürliche Offenheit, so daß sie nur einsilbig auf seine Fragen antwortete oder auch gar nicht mit ihm redete. Vorsichtig, um sie nicht durch eine unbedachte Bewegung zu erschrecken, ging er zum Bett und ließ sich auf der Kante nieder; nahe genug, um Vertrauen zu signalisieren, aber nicht so nahe, daß er ihre Sicherheitsdistanz unterschritten hätte.

»Wie fühlst du dich?« fragte er.

»Gut. Danke. Wer... sind Sie?«

»Ein Freund«, antwortete Artner, und dann, nach einem kurzen, letzten Zögern, fügte er hinzu: »Erinnerst du dich an mich?« Er stellte diese Frage nicht immer, denn manchmal reichte sie allein aus, alles zu zerstören. Das Vertrauensverhältnis zwischen ihnen war wie ein filigranes Gespinst, das jeden Tag aus einem anderen Material zu bestehen schien: mal aus massivem Stahl, so daß nichts es erschüttern konnte, manchmal aber auch aus feinster Gaze, die schon unter der geringsten Belastung zerriß. Auch wenn ihr Gedächtnis nicht funktionierte, so schien doch allein der *Versuch*, sich zu erinnern, etwas in ihr auszulösen. Und nur in den allerseltensten Fällen war es etwas *Gutes*.

Aber heute war wirklich ein guter Tag. Claudia schüttelte nur den Kopf und fragte: »Sollte ich das?«

»Nein«, antwortete Artner lächelnd. »Es ist nicht wichtig. Ich bin nur gekommen, um mich ein bißchen mit dir zu unterhalten. Wenn du möchtest, heißt das.«

»Unterhalten? Gern. Aber worüber?«

Das war nun wirklich etwas Besonderes. Claudia entwickelte selten irgendeine Initiative. In diesem Punkt ähnelte sie tatsächlich der Blume, mit der er sie manchmal verglich: Sie konnte unter bestimmten Umständen *reagieren*, aber so gut wie niemals *agieren*. Um so mehr überraschte ihn nun diese Frage. Zugleich erfüllte sie ihn mit einer jähen Hoffnung, einer Hoffnung, die er sich im Grunde vor Jahren schon selbst verboten hatte.

Artner rief sich innerlich zur Ordnung. Er hatte schon vor Jahren aufgehört, an Wunder zu glauben, und würde jetzt bestimmt nicht wieder damit anfangen, nur weil es so schön gewesen wäre. Diese Frage war kein erster Schritt, sondern ein Zufall. Eine Bedeutungslosigkeit, in die er etwas hineingeheimniste.

»Worüber du willst«, antwortete er.

Das Mädchen überlegte einen Moment, dann sagte es: »Über uns?«

Artner erstarrte. Ein unsichtbarer Kübel mit Eiswasser ergoß sich über seinen Rücken, und sein Herz schlug plötzlich hart und so ruckartig, als müsse es jedesmal gegen einen enormen Widerstand ankämpfen. »Über uns? Was... was meinst du damit?«

Sie antwortete nicht gleich. Nicht laut. Aber zum ersten Mal, seit Artner Claudia kannte, wünschte er sich fast, ihr Blick wäre so leer und erloschen, wie er es sein sollte, denn er las die Antwort auf seine Frage überdeutlich in ihren Augen. »Aber das weißt du doch genau«, sagte sie schließlich. »Du kannst es nicht vergessen haben. Es war so schön, und du hast gesagt –«

Artner erinnerte sich im letzten Moment des Pflegers, der in seinem Wachraum auf der anderen Seite des Ganges saß und vermutlich den Teufel getan und das Mikrophon ausgeschaltet hatte, sondern mit großen Ohren lauschte und mit noch größeren Augen zusah. Er unterbrach sie hastig: »Aber du hast doch gerade selbst gesagt, daß du mich gar nicht kennst. Erinnerst du dich denn an irgend etwas? Etwas, das mit mir zu tun hat – oder mit dir?« Er sprach langsam und wählte seine Worte mit großem Bedacht. Selbst, wenn der Pfleger *nicht* lauschte, würde trotzdem jedes Wort auf Band aufgezeichnet, und auch wenn er die Kassette spätestens heute abend löschen würde: Man konnte nie wissen, wer sich daran zu schaffen machte.

Claudia lachte. »Das ist ein Spiel, nicht wahr?« fragte sie. »Ich verstehe. Du willst mich auf die Probe stellen. Du glaubst, ich hätte dich vergessen, nicht wahr? Aber das habe ich nicht.«

Artner schluckte schwer. Er hätte sie mit einigen wenigen Worten zum Schweigen bringen können, und alles in ihm schrie danach, es zu tun. Er wußte, wie empfindlich sie war, und er wußte noch sehr viel besser, womit er sie verletzen konnte. Aber er brachte es einfach nicht über sich. Auch wenn das, was sie sagen mochte, das Ende seiner Karriere bedeuten konnte – oder doch zumindest den Anfang von sehr, sehr viel Ärger –, er konnte ihr nicht weh tun. Dazu war sie einfach zu verwundbar. Ihre Verletzlichkeit war ihre stärkste Waffe, und *sein* Wissen darum, daß sie diese Waffe niemals bewußt einsetzte, machte es nur noch schlimmer.

Und es gab noch einen Aspekt: Vor allem anderen war Artner auch in diesem Moment Wissenschaftler und Arzt. Besonders Arzt. Und er hätte schon blind und taub sein müssen, um nicht zu begreifen, daß er Zeuge einer wirklich dramatischen Veränderung wurde. Sein Erschrecken wich einer ebenso heftigen wie kaum noch beherrschbaren Erregung. Hatte er noch vor ein paar Sekunden selbst gedacht, daß er nicht an Wunder glaubte? Er *erlebte* gerade eines!

»Ein Spiel? Ja, warum eigentlich nicht? Spielen wir ein Spiel – was hältst du davon?« Er streckte die Hand in ihre Richtung aus, berührte sie aber nicht, sondern machte eine flatternde, auffordernde Geste mit den Fingern; eine Bewegung, mit der man einen jungen Hund oder eine Katze zum Spielen herausgefordert hätte. »Wir tun einfach so, als ob ich alles vergessen hätte, und du sagst mir, woran du dich zu erinnern glaubst.

Und danach sage ich dir, was davon stimmt und was nicht. Einverstanden?«

»Aber das ist doch albern«, antwortete Claudia. »Du mußt dich doch erinnern – an den Tag, an dem du hier heruntergekommen bist und der Pfleger über seinem Kriminalroman eingeschlafen war. Du hast die Monitore abgeschaltet und bist dann hierhergekommen.«

Diesmal war es kein Eimer mit Eiswasser, sondern ein ganzer Tankzug. Das *konnte* sie nicht wissen. Er hatte es ihr nicht erzählt. »Woher… weißt du das?« fragte er. Seine Stimme klang belegt und schien einem Fremden zu gehören. Was ging hier vor? *Was ging hier vor!*

»Er hat es mir gesagt«, antwortete Claudia.

»Er? Von wem sprichst du?« Aber plötzlich wußte er es. Mit einem Mal ergab alles einen Sinn. Die anzüglichen Blicke, die plumpen Vertraulichkeiten – hatte er wirklich geglaubt, damit durchzukommen? Es war weiß Gott nicht das erste Mal, daß intellektuelle Intelligenz gegen Bauernschläue angetreten war und den kürzeren gezogen hatte. »Der Pfleger«, sagte er resignierend. »Er hat alles gesehen. Er hat es dir gesagt. Ich frage mich nur, warum. Was wollen Sie? Geld? Oder einen Freibrief, in Zukunft zu tun oder zu lassen, was immer Sie wollen?«

Die letzten Sätze hatte er lauter gesprochen, und sie galten nicht Claudia, sondern dem Mikrophon, das sicherlich noch immer jedes seiner Worte aufzeichnete. »Sie täuschen sich, ich bin nicht zu erpressen.«

Ganz plötzlich wurde ihm klar, daß das tatsächlich stimmte. Er brauchte sich keine Sorgen zu machen. Niemand würde ihn fragen, was er getan hatte. Es spielte keine Rolle. Claudia war erwacht. Gegen jede Hoffnung, gegen all seine wissenschaftliche Überzeugung und die seiner Kollegen hatte sie die Mauer niedergerissen, hinter der sich ihr Bewußtsein mehr als ein halbes Jahrzehnt verborgen gehalten hatte, und *das* war alles, was im Moment interessierte. Sie *erinnerte* sich. Vielleicht nicht einmal wirklich. Vielleicht nur an das, was ihr diese erpresserische kleine Ratte erzählt hatte, aber das war gleich. Noch gestern hatte sie nicht einmal gewußt, wer sie war.

»Wann hat er es dir erzählt?« fuhr er aufgeregt fort. Er mußte sich zusammenreißen, damit sie seine Erregung nicht zu deutlich spürte. Vielleicht war die Tür nur einen Spaltbreit geöffnet; eine unbedachte Bewegung mochte genügen, sie wieder ins Schloß zu werfen, und das möglicherweise für immer. Artner war wild entschlossen, es nicht so weit kommen zu lassen; er hatte den Fuß einmal in der Tür, und dort würde er bleiben, selbst wenn er ihm dabei zerquetscht wurde. Aber er mußte behutsam vorgehen.

»Heute? Gestern? Was genau hat er erzählt?«

»Nicht der Pfleger«, antwortete Claudia mit einem Lachen, als hätte er etwas ungemein Naives gefragt. »ER.«

»Er? Wer... Von wem sprichst du? War außer mir noch jemand hier? Einer der anderen Ärzte vielleicht?«

»Er ist noch immer hier«, antwortete Claudia. »Ich habe so lange auf ihn gewartet, aber ich wußte immer, daß er kommt. Er hat es mir gesagt, und was er sagt, das hält er auch ein.«

Artner nickte. Er war nicht überrascht. Auch nicht enttäuscht. Von all den Klischees, die über Geistesgestörte bei den – sogenannten – Normalen existierten, kamen Phantome und körperlose Stimmen, die Befehle erteilten, der Wahrheit vielleicht am nächsten. Aber er kam endlich auf die richtige Idee, den Umkehrschluß aus Claudias Worten zu ziehen und zumindest die *Möglichkeit* in Betracht zu ziehen, daß der Pfleger das Mikrophon tatsächlich abgeschaltet hatte, und zog sein eigenes Diktiergerät aus der Tasche. Er schaltete es ein und legte es deutlich sichtbar auf die Bettdecke zwischen Claudia und sich. Das Mädchen betrachtete es neugierig. Das gleichmäßige Rotieren der winzigen Spulen faszinierte sie sichtlich.

»Dieser... Er«, begann Artner vorsichtig. »Wer ist er? Wie sieht er aus? Ich meine – ist er nur eine Stimme, oder hat er auch einen Körper?«

»Natürlich hat er einen Körper!« antwortete Claudia lachend, diesmal in einem Ton, der ganz deutlich machte, daß sie mittlerweile ihn für verrückt hielt.

»Ich nehme an, er kommt dich ab und zu besuchen«, vermutete Artner.

»Er ist hier«, antwortete Claudia.

»Immer? Ich meine: auch jetzt, in diesem Augenblick?«

»Aber natürlich«, sagte Claudia. Sie seufzte, zog die Beine unter den Körper und rückte ein kleines Stück von ihm fort. »Das ist ein dummes Spiel«, sagte sie. »Ich will es nicht mehr spielen.«

Fast ohne daß er es spürte, schlich sich ein Lächeln in Artners Züge. Er hatte beinahe vergessen, daß er es im Grunde mit einer Elfjährigen zu tun hatte, die sich nur zufällig im Körper einer jungen Frau aufhielt. Wenn das Wunder Bestand hatte, würde es sicher interessant sein zu beobachten, in welchem Tempo ihr Geist die Zeit aufzuholen imstande war, die ihr Körper ihm voraus hatte.

»Also ist er auch jetzt hier«, sagte er. »Und wo? Ich... würde ihn gerne sehen.«

»Hinter dir«, antwortete Claudia. »Du mußt dich nur herumdrehen, dann kannst du ihn sehen. Aber ich weiß nicht, ob du das wirklich willst.«

Artner drehte sich nicht herum. Er wußte, was er sehen würde – nämlich rein gar nichts. Doch er wußte auch, daß dies ein gefährlicher Moment war. Er hatte den Fuß wieder ein kleines Stückchen weiter in die Tür geschoben, aber er mußte nun aufpassen, daß er sie nicht versehentlich selbst zuwarf.

»Er spricht also mit dir«, sagte er. »Und was sagt er? Ich meine: Erzählt er dir Geschichten, oder gibt er dir Befehle? Stellt er Fragen?«

Hinter ihm war ein Geräusch. Etwas raschelte. Nein, kein Rascheln. Es war ein Laut, als würde ein prall aufgeblasener Luftballon von einer Faust zusammengedrückt. Beinahe hätte Artner sich erschrocken herumgedreht, aber er unterdrückte den Impuls im letzten Moment. Da war nichts. Da *konnte* nichts sein. Die Tür ließ sich nur mit dem Schlüssel öffnen, den er in der Tasche hatte – sowohl von dieser als auch von der anderen Seite.

»Er ist da«, sagte Claudia noch einmal. »Das reicht. Er muß nicht viel sagen. Er hatte versprochen, daß er kommen würde, damals, als sie... als sie mich hergebracht haben. Damals hat er es mir versprochen, und ich wußte, daß er sein Versprechen einhält. Deshalb habe ich nicht mit euch geredet. Ich durfte es nicht.«

»Warum?« fragte Artner. »Hat er es dir verboten? Und du hast dich all die Jahre daran gehalten? Die ganze Zeit?«

»Es war sehr lange«, bestätigte Claudia. »Aber ich wußte ja, daß er kommt. Er lügt nie. Das kann er gar nicht.«

Der Ballon wurde weiter zusammengedrückt. Das stumpfe Gummigeräusch nahm an Intensität zu. Es war ein sehr unangenehmer Laut, der den Effekt von Fingernägeln auf einer Schiefertafel oder einer Gabel auf einem Topfboden hatte. Artner spürte ein unbehagliches Kribbeln, das sein Rückgrat hinunterlief. Etwas wie unsichtbare Finger schien seine Kehle zu berühren – nicht, um ihn zu ersticken, aber um ihm das Atmen schwieriger zu machen. Und plötzlich hatte er das ganz intensive Gefühl, daß da tatsächlich etwas war. Er gestattete sich nicht, diesem Gefühl nachzugeben. Ebensowenig wie er dem Impuls nachgab, sich doch herumzudrehen. Das Phänomen war ihm bekannt, auch wenn er es noch nie am eigenen Leibe erlebt hatte. Claudia wäre nicht die erste Patientin, die über eine erstaunliche Suggestivkraft verfügte, und er wäre nicht der erste Arzt, der ihr erlag. Schließlich war er ihr schon einmal erlegen, wenn auch in vollkommen anderer Hinsicht.

»Es war in der Tat eine sehr lange Zeit«, sagte er. »Ich habe dir wirklich geglaubt, weißt du? Und die anderen auch. Wir dachten, du könntest dich an nichts erinnern.«

Ein deutlicher Ausdruck von Trauer erschien in Claudias Augen. »Ich durfte nichts verraten«, sagte sie. »Ich glaube, ich... ich hätte es dir auch jetzt nicht sagen sollen. Vielleicht war es ein Fehler. Er wird vielleicht zornig.«

»Und dann wird er dir etwas tun?« vermutete Artner.

»Nein. Aber ich habe Angst, daß er *dir* etwas tut. Ich... ich weiß, daß du mein Freund bist, und was... wir getan haben, das war sehr schön. Aber er sagt, daß es nicht gut war. Er ist zornig auf dich, und er will dich bestrafen.«

»Und wie?« fragte Artner. Das Geräusch war immer noch da. Etwas leiser jetzt, dafür aber auch deutlicher. *Etwas* war hier. Verdammt, es *konnte* nicht sein, und er würde sich einfach nicht erlauben, ausgerechnet in diesem Moment hysterisch zu werden, aber er hatte das immer deutlichere Gefühl, daß jemand – etwas – den Raum betreten hatte. Verrückt, völlig verrückt. Dabei sollte *er* doch der Normale hier sein!

»Geh jetzt«, sagte Claudia plötzlich. »Geh schnell. Er ist sehr wütend.«

»Auf mich?« fragte Artner.

»Ja, aber er kann dir nichts tun, solange du ihn nicht ansiehst. Dreh dich nicht herum. Bitte!«

»Er wird mir nichts antun«, sagte Artner ruhig – sehr viel ruhiger, als er in Wirklichkeit war. Er hatte die Hände fest gegen die Oberschenkel gepreßt, damit sie nicht zitterten, und es fiel ihm immer schwerer, seine Stimme unter Kontrolle zu behalten. Aber es war sehr wichtig, daß er jetzt Stärke zeigte. Wichtig für sie und … ja, und wohl auch für ihn. *Arzt,* dachte er, *heile dich selbst!*

»Und er wird auch dir nichts tun«, fuhr er fort, mit leiser, aber sehr fester Stimme. »Du brauchst keine Angst zu haben. Solange ich in deiner Nähe bin, kann dir nichts geschehen. Ich werde es dir beweisen.«

»Nein!« Claudia schrie fast. Sie hatte die Hände halb erhoben, wie um sie vor das Gesicht zu schlagen, die Bewegung aber nicht zu Ende geführt. »Nicht! Sieh ihn nicht an! *Sieh ihn nicht an!*«

Es war zu spät. Artner lächelte noch einmal das zuversichtlichste Lächeln, das er zustande bringen konnte, und drehte sich dann zur Tür – nicht nur, weil er es Claudia schuldig war, um das Versprechen auf Schutz einzulösen, das er ihr gegeben hatte, sondern auch, und vielleicht sehr viel mehr, weil er *sich selbst* beweisen mußte, daß er so stark war, wie er tat.

Er war es nicht. Artner saß einfach da und starrte die Tür an, und während er es tat, für die unendliche Dauer einer geschlagenen Minute, war sein Kopf wie leergefegt. Er empfand nichts. Keine Furcht, keine Überraschung, kein Erstaunen, gar nichts. Vielleicht war das, was er in diesem Moment empfand, die absolute Form des Horrors. Ein Entsetzen, das zu tief und zu gewaltig war, um Platz für etwas so Banales wie Erschrecken oder Angst zu lassen, und das etwas in ihm einfach getötet hatte. Schnell, schmerzlos und endgültig. Er saß einfach da und starrte die Tür an, und der einzige halbwegs klare Gedanke, den er hatte, war, daß er nun endlich wußte, woher dieser gummiartige Laut kam.

Es war die Tür.

Sie hatte sich verändert. Was gerade noch massives Metall gewesen war, schien zu einer hauchdünnen weißen Latexhaut geworden zu sein, durch die etwas hindurchwollte. Eine Art... Gestalt... Schemen... Schatten. Er wußte es nicht. Es war groß und schien die Umrisse eines Menschen zu haben, zugleich aber auch die von etwas unsagbar Fremdem – *anderem* –, das sich jedem Versuch einer Beschreibung entzog.

Dann schlug das Entsetzen doch zu. Warnungslos, schnell und brutal wie ein Axthieb. Artner sprang mit einem keuchenden Schrei in die Höhe und taumelte zurück. Seine Kniekehlen prallten gegen die Bettkante. Er spürte, daß er das Gleichgewicht verlieren würde, kämpfte trotzdem mit wild rudernden Armen dagegen an und beschleunigte seinen Sturz so nur noch mehr. Hilflos fiel er rücklings halb über das Bett, rollte zur Seite und prallte schwer auf den harten Steinboden.

Ein rotglühender Schmerz schoß durch seinen Ellbogen. Artner keuchte vor Pein, rollte aber trotzdem blitzschnell herum und sah zur Tür hoch. Betete, daß das Entsetzen verschwunden und die Tür wieder nichts als eine Tür aus massivem Stahl sein würde.

Sein Gebet verhallte ungehört.

Es war noch da. *ER* war noch da. Die dünne Membran hatte sich weiter gedehnt, und er erkannte jetzt deutlich die Umrisse eines menschlichen Körpers. Arme, Beine, Schultern und Gesicht, die sich weiter und weiter aus der Tür herausarbeiteten, gegen den zähen Widerstand ankämpften und ihn besiegten. Langsam und unendlich mühevoll, aber auch unaufhaltsam. Die Membran wurde dünner, begann hier und da ihre Farbe zu verlieren und wurde milchig, transparent. Und der schreckliche stumpfe Laut wurde immer intensiver und nahm ihm nun *wirklich* den Atem. Ein Arm wuchs aus der Tür hervor, eingehüllt in einen gewaltsam geschaffenen Handschuh, der aus der dünnen Latexhaut herausgezerrt wurde, dann ein zweiter, und schließlich...

... wußte er, was es war. Aber die Erkenntnis kam zu spät. Die Membran zerriß mit einem hellen, flappenden Laut, und etwas Schwarzes, Riesiges brach aus der Tür hervor. Etwas mit Flügeln und Klauen, das ganz aus fauligem Fleisch und Blut und Krallen bestand.

Artner kam nicht einmal mehr dazu, einen Schrei auszustoßen. Das Haus der Pein hatte seinen Häscher geschickt, um ihn zu holen und ihn in das *wahre* Geheimnis dieses Ortes einzuweihen. Doch selbst diesen Gedanken dachte er nicht mehr ganz zu Ende.

Sein Herz setzte aus.

2. Kapitel

»Kamikaze!« Prein schlug mit der flachen Hand auf den Tisch, als hielte er sie tatsächlich für einen Mitsubishi-Jäger aus dem Zweiten Weltkrieg, den er ersatzweise statt auf einen amerikanischen Flugzeugträger auf den aufgeschlagenen Plastikhefter vor sich herabstürzen ließ. »Genau das ist es, was Sie tun, Sillmann. Wissen Sie eigentlich, was Sie im Begriff sind zu tun, mein lieber Junge?«

»Ich bin nicht Ihr *lieber Junge*«, antwortete Mark ruhig. »Und ich bin auch nicht hier, um mich mit Ihnen zu streiten, Herr Direktor.« Seine Ruhe wirkte aufgesetzt, das spürte er selbst. Aber sie war es nicht. Er hatte sich auf dieses Gespräch vorbereitet, und die Reaktion, die Prein gerade demonstrierte, war nur eine von mehreren Alternativen, die er vorausgesehen und auf die er sich vorbereitet hatte, seit sehr langer Zeit.

»Bitte – dann meinetwegen *Herr Sillmann*«, antwortete Prein. Obwohl er die Stimme nur um eine Winzigkeit hob, brachte er es irgendwie fertig, eine Verachtung in die letzten beiden Worte einfließen zu lassen, die Marks Ruhe erschütterte. Vielleicht war es damit doch nicht ganz so weit her, wie er sich selbst eingeredet hatte.

Der Direktor stand auf und flog einen zweiten Kamikaze-Angriff auf den Kunststoffordner, um ihn mit einem Knall zuzuklappen. Der daumendicke Hefter enthielt Marks Schulakte, wie das auf dem Deckblatt eingeklebte Foto eindeutig bewies. Er hatte schon auf dem Tisch gelegen, als er hereingekommen war. Offenbar war er nicht der einzige, der dieses Gespräch vorausgesehen hatte, und vielleicht auch nicht der einzige, der gründlich darauf vorbereitet war. Prein seufzte, rammte die Hände in die Hosentaschen und starrte einen Punkt neben Marks linkem Fuß auf dem Boden an. Er sah sehr aufgebracht aus, aber auch ein wenig müde – was in Anbetracht der Uhrzeit allerdings auch verständlich war. Ein Uhr nachts war seit ein paar Minuten vorbei.

»Also gut«, sagte er. »Versuchen wir es noch einmal in Ruhe.«

»Ich glaube nicht, daß das Sinn hat«, antwortete Mark. »Mein Entschluß steht fest.« Was leider nicht einmal annähernd für seine Stimme galt – sie zitterte jetzt, und Mark verfluchte sich in Gedanken dafür. Und noch einmal, als ihm klar wurde, daß er die Hände fest um die Armlehnen des Sessels gekrallt hatte. Der Verrat, den er seinen Worten verboten hatte, wurde von seiner Körpersprache begangen. Hastig löste er seinen Griff, und selbstverständlich blieb auch *das* Prein nicht verborgen. Fehler Nummer drei – aber wahrscheinlich eher Nummer dreißig.

Mark hätte sich am liebsten selbst geohrfeigt. Er hatte sich so gut auf dieses Gespräch vorbereitet. Seit Wochen hatte seine Lieblingsbeschäftigung darin bestanden, genau diese Szene immer und immer wieder in Gedanken durchzuspielen, in allen möglichen Variationen und natürlich immer mit dem gleichen Ende: einem, in dem er nicht nur als Gewinner, sondern auch eindeutig als *Sieger* aus diesem Büro herausmarschieren würde. Er hatte die besseren Karten. Er hatte das *Recht* auf seiner Seite: juristisch, und moralisch noch viel mehr. Und trotzdem hatte er immer mehr das Gefühl, den Kampf bereits verloren zu haben, noch bevor er eigentlich richtig begonnen hatte. Im Grunde hatte der Direktor ihm mit einer Winzigkeit den Wind aus den Segeln genommen – mit der aufgeschlagenen Akte, die auf seinem Tisch gelegen hatte, als Mark hereinkam. Sie machte jede Erklärung überflüssig. Prein hatte ebenso gewußt wie er, daß dieses Gespräch kommen würde, und auch, wann. Und er hatte es wahrscheinlich gar nicht nötig, sich darauf *vorzubereiten*.

»Ihr Entschluß steht also fest.« Prein schüttelte den Kopf, ging zu seinem Tisch zurück und ließ sich in den zerkratzten Ledersessel auf der anderen Seite fallen, daß das altersschwache Möbelstück ächzte. »Und das vermutlich seit Monaten. Seit... nicht ganz einem Jahr. Stimmt's?«

Mark war ziemlich überrascht, aber er versuchte, es sich wenigstens nicht allzu deutlich anmerken zu lassen, und änderte nur seine Taktik, sofern er jemals eine gehabt hatte. Die

Idee, einen großen Abgang zu inszenieren, sich sechs Jahre Frust und Zorn, sechs Jahre heruntergeschluckte Wut und pubertäre Rachephantasien in einer einzigen großen Szene von der Seele zu reden und mit Donnerhall und Wetterleuchten abzutreten, war hübsch als Idee, aber mehr auch nicht. Er würde einfach aufstehen und gehen. Jetzt. Er stand auf, und Prein sagte ganz ruhig und auf eine Art, die es Mark einfach unmöglich machte, nicht zu gehorchen: »Bitte setzen Sie sich wieder.«

»Herr Direktor, bitte«, sagte er. »Es hat wirklich keinen Sinn. Sie verschwenden nur Ihre Zeit, wenn Sie versuchen, mich umzustimmen.«

»Das habe ich auch nicht vor«, antwortete Prein. »Ich habe schon seit einer geraumen Weile gewußt, was Sie vorhaben.«

»Woher?« fragte Mark.

Prein lächelte. »Niemand hat Sie *verraten*, wenn es das ist, was Sie glauben«, sagte er. »Ich bin der Direktor dieses Internats. Der Oberquälgeist. Glauben Sie wirklich, irgendeiner Ihrer Kameraden würde dem Statthalter Luzifers auf Erden ein Geheimnis anvertrauen?«

Mark blieb ernst. »Woher wissen Sie es dann?«

»Sie sind nicht der erste, der an seinem achtzehnten Geburtstag zu mir kommt, um genau das zu tun, was Sie vorgehabt haben: mir einmal richtig die Meinung zu sagen. Mir ins Gesicht zu sagen, was Sie von mir persönlich und diesem ganzen Scheißladen hier halten, und mir zumindest rhetorisch den Schreibtisch umzuwerfen. Das hatten Sie doch vor, oder?«

Mark machte nicht einmal den Versuch, seine Überraschung zu verbergen. Gut, dann *konnte* Prein eben Gedanken lesen. Das änderte auch nichts mehr.

»Wenn es Sie beruhigt«, fuhr Prein fort, als er einsah, daß Mark nicht antworten würde, »keiner hat es bisher getan. Jedenfalls ist keiner bisher damit durchgekommen. Ein paar sind frech geworden, aber die meisten sind am Ende einfach wieder gegangen – übrigens zum Großteil zurück auf ihr Zimmer, nicht zum Bahnhof.«

»Ich werde nicht auf mein Zimmer gehen«, sagte Mark.

Prein deutete ein Achselzucken an und sah auf die Uhr. »Sie wollen den Nachtzug nehmen, richtig? Dann haben wir noch etwas Zeit.«

Dieser Meinung war Mark eigentlich ganz und gar nicht. Es war beinahe Viertel nach eins, und er mußte sich im Gegenteil sputen, um noch rechtzeitig am Bahnhof zu sein. Allen Unkenrufen zum Trotz fuhr die Bundesbahn nämlich meistens *doch* pünktlich, und nachts eigentlich *immer*.

»Ich fahre Sie zum Bahnhof, wenn Sie möchten«, sagte Prein.

»Sie?«

»Ich kann Auto fahren«, versicherte ihm Prein. »Sie wissen doch – diese Dinger mit vier Rädern, zwei Türen und einem Lenkrad vorne links.«

Mark begann sich allmählich zu fragen, ob Preins Humor wirklich echt war oder nur Bestandteil *seiner* Taktik, ihn einzuseifen. Wenn es ums Einseifen ging, war er gut.

»Ich dachte eigentlich, daß Sie mich dazu überreden wollen, hierzubleiben.«

»Natürlich will ich das«, gestand Prein gelassen. »Aber *überreden* bedeutet nicht *zwingen*. Geben Sie mir die Chance? Bestenfalls gelingt es mir, und wenn nicht – nun, dann sind Sie bequemer und schneller zum Bahnhof gekommen als zu Fuß. Übrigens auch trockener.«

Warum eigentlich nicht? dachte Mark. Er durchschaute Preins Falle sofort, aber dummerweise war es eine von der Art, die man ruhig erkennen konnte – man tappte trotzdem hinein. Seine guten Vorsätze und der sorgsam kultivierte Zorn, den er mit in dieses Gespräch gebracht hatte, richteten sich nun gegen ihn. Er konnte die Bitte des Direktors kaum ausschlagen, ohne vollends das Gesicht zu verlieren. Und so ganz nebenbei – Prein hatte recht: Der Weg zum Bahnhof *war* weit, und es war verdammt kalt draußen. Widerwillig nickte er.

»Dann lassen Sie uns gehen.« Prein stand auf, verstaute mit einer schwungvollen Bewegung Marks Schulakte in der Schreibtischschublade und zog im Hinausgehen die Jacke an, die an einem Haken neben der Tür hing. Kein Zweifel – er war gut vorbereitet gewesen. Wesentlich besser als Mark.

Sie redeten nicht, während sie die zwei Treppen in die Haupthalle hinuntergingen. Die Nacht hatte das Internat fest in ihrem Griff, auf den Fluren brannten nur die blassen Lichter der Nachtbeleuchtung, die die Proportionen der Dinge verzerrten und das Gleichgewicht von Licht und Schatten vertauschten. Und eine eigentümliche Stille schien von dem ganzen weitläufigen Gebäude Besitz ergriffen zu haben; ein Schweigen, wie Mark es hier selten erlebt hatte – und er war hier nicht das erste Mal mitten in der Nacht unterwegs.

Wahrscheinlich lag es an ihm. Nichts hier hatte sich verändert. Nicht wirklich. *Er* war es. Es war das unwiderruflich letzte Mal, daß er diesen Weg ging, und Mark mußte sich zu seiner eigenen Überraschung eingestehen, daß er so etwas wie Wehmut empfand. Er hatte das Internat und alles, was damit zu tun hatte, gehaßt. Vom ersten Tag an, an dem er hier angekommen war, und jedem, der ihm gefolgt war. Aber plötzlich konnte er das nicht mehr. Trotz allem war dieses Internat seine Heimat, viel mehr, als ihm bisher bewußt gewesen war. Er hatte ein Drittel seines Lebens hier verbracht – eigentlich sogar weit mehr als die Hälfte, wenn er nur jenen Teil berücksichtigte, an den er sich wirklich erinnerte –, und eine solche Zeit ging nicht spurlos vorüber. Jeder Zentimeter hier war ihm vertraut, viel mehr als sein eigenes Elternhaus, das er in den letzten sechs Jahren nur viermal gesehen hatte. Er kannte jeden Schritt, er wußte, was hinter jeder Tür lag, welche Gesichter, welche Geräusche und welche Gerüche ihn erwarteten, und er empfand tatsächlich so etwas wie einen Abschiedsschmerz, der wahrscheinlich sogar noch viel intensiver gewesen wäre, hätte er sich nicht mit aller Macht dagegen gewehrt. Das Gefühl war sehr intensiv, doch er kämpfte es mit großer Willensanstrengung nieder. Später, wenn er in der Bahn saß und es kein Zurück mehr gab, konnte er sich dem großen Katzenjammer hingeben.

Sein Gepäck stand in einem Winkel neben der Tür, der vom Licht der Notbeleuchtung ausgelassen wurde. Manchmal machte der Hausmeister nachts noch eine Runde, und Mark hatte nicht das Risiko eingehen wollen, womöglich zurückzugehen und an seine Tür hämmern zu müssen, falls er die beiden Koffer und die Reisetasche fand und etwa mitnahm. Prein zog die linke Augenbraue hoch, als er Marks Fluchtvorbereitungen sah, doch sein Kommentar beschränkte sich auf ein wissendes Lächeln. Wortlos griff er in die Jackentasche, nahm den Hauptschlüssel heraus und öffnete die Tür. Ein weiterer Pluspunkt für ihn und ein weiterer Minuspunkt für Marks Planung. *Er* hatte vorgehabt, durch ein Fenster zu steigen. Nicht besonders gefährlich, aber unbequem, und ganz gewiß nicht das, was man sich unter einem großen Abgang vorzustellen hatte.

Dicht hinter dem Direktor verließ er das Gebäude und erlebte die nächste Überraschung, als er Preins Wagen nur wenige Meter neben der Tür geparkt sah. »Sie hätten mir sagen können, daß Sie Gedanken lesen können«, sagte er. »Das hätte mir in den letzten Jahren wahrscheinlich eine Menge Ärger erspart.«

Prein lachte. »Aber das ist Grundvoraussetzung für meinen Job«, sagte er. »Wenn man nicht telepathisch veranlagt ist, wird man gar nicht erst eingestellt – wußten Sie das etwa nicht?« Er öffnete den Kofferraum, wartete, bis Mark sein Gepäck hineingelegt hatte, und warf den Deckel dann so schwungvoll zu, daß Mark hastig die Hand zurückziehen mußte.

»Jemand hat mich verraten«, sagte Mark grimmig.

»Nein«, antwortete Prein. »Oder doch, ja, Sie selbst.«

»Ich?«

Mark blieb überrascht mitten im Schritt stehen und starrte Prein an. Aber der Direktor war schon auf der anderen Seite des Wagens und weigerte sich, Blickkontakt mit ihm aufzunehmen, sondern schloß die Tür auf und stieg ein. Erst als Mark auf dem Beifahrersitz Platz genommen und sich angeschnallt hatte, redete Prein weiter.

»Das mit dem Wagen, da war ich nicht sicher«, sagte er. »Ich habe gehofft, daß Sie mir diese Chance geben, aber ganz überzeugt war ich nicht. Aber ich war sicher, daß Sie gehen. Und zwar heute, an Ihrem achtzehnten Geburtstag. Eigentlich habe ich Sie schon eine Stunde früher erwartet. Schlag zwölf. Übrigens – herzlichen Glückwunsch.«

»Und wieso?« fragte Mark. Preins Gratulation überhörte er absichtlich. Heute war sein Geburtstag, aber es bestand absolut kein Grund zum Feiern. Der Direktor startete den Motor und schaltete nacheinander das Licht und die Scheibenwischer ein. Es nieselte leicht, und die Regentropfen zerschellten auf der Windschutzscheibe zu Millionen winziger Prismen. »Weil ich Sie kenne, mein lieber Junge«, antwortete er. »Ja, ja, ich weiß – Sie sind nicht *mein lieber Junge,* aber ich bleibe trotzdem dabei. Aus alter Gewohnheit, sozusagen. Sie sind seit sechs Jahren hier, und Sie waren in diesen sechs Jahren nicht unbedingt das, was man einen Musterschüler nennt, nicht wahr? Ich erinnere mich nicht an einen einzigen Monat, in dem Ihr Name nicht aus dem einen oder anderen Grund in irgendeiner Besprechung erwähnt wurde – oder bei einer Beschwerde auftauchte. Und vor einem knappen Jahr hat sich das schlagartig geändert. Sie sind immer noch kein Musterschüler, aber längst nicht mehr so renitent und aufsässig wie früher. Dafür gibt es eigentlich nur zwei Erklärungen: Sie sind schlagartig vernünftig geworden oder haben sich entschlossen, die Zähne zusammenzubeißen und es irgendwie durchzustehen, ohne allzuviel Schaden zu nehmen. Und Schüler, die von einem Tag auf den anderen vernünftig werden, sind äußerst selten, das können Sie mir glauben.«

»Ich wußte nicht, daß ich so leicht zu durchschauen bin«, sagte Mark zerknirscht.

»Nur keine Sorge, das sind Sie nicht«, antwortete Prein. Plötzlich lachte er wieder. »Soll ich Ihnen verraten, woher ich so genau wußte, wann Sie abreisen? Sie haben vor zwei Wochen das Ticket gekauft. Der Mann am Fahrkartenschalter hat mich angerufen.«

»Wie bitte?« fragte Mark entrüstet.

»Das hier ist eine kleine Stadt«, sagte Prein. »Sie sind nicht der erste Internatszögling, der sich klammheimlich eine Fahrkarte besorgt und abreist. Wir haben... gewisse Vereinbarungen mit den Leuten am Bahnhof.«

»Interessant«, sagte Mark. »Aber nicht so ganz legal, oder?«

»Keine Ahnung«, gestand Prein. »Und im Moment wohl auch ziemlich gleichgültig. Haben Sie wenigstens vor, weiter zur Schule zu gehen? Sie wissen, daß Sie das Abi mit links schaffen können, wenn Sie sich nur ein bißchen anstrengen.«

»Also kommen Sie endlich zum Thema«, sagte Mark. Der Wagen hatte die Ausfahrt erreicht, und Prein warf einen raschen Blick in beide Richtungen die Straße hinunter, bevor er Gas gab. Obwohl das Internat mitten in der Stadt lag, waren sie das einzige Fahrzeug, das unterwegs zu sein schien.

»Das bin ich schon die ganze Zeit«, antwortete Prein. »Wir reden über Sie, oder etwa nicht? Und um nichts anderes geht es. Ob Sie es glauben oder nicht – ich kann Sie verstehen.«

»Das glaube ich kaum«, sagte Mark leise. Vermutlich *glaubte* Prein sogar genau zu wissen, was in ihm vorging, aber das konnte er gar nicht. Er hatte sechs Jahre Einzelhaft in der Hölle hinter sich, und er wußte nicht einmal, warum. In ihm saß ein Schmerz, der so tief war und so fest verwurzelt, daß er ihn wahrscheinlich nie wieder völlig loswerden würde. Man hatte ihn verletzt. Nicht nur sein Vater, die ganze Welt hatte ihn verletzt, vollkommen grundlos und sehr tief. Dafür haßte er sie: die ganze Welt, seinen Vater und am allermeisten sich selbst, daß er diese grausame Strafe so lange ertragen hatte, ohne den Mut aufzubringen, sich zu wehren. Und im Grunde tat er das auch jetzt noch nicht. Er lief davon, das war alles.

»Ich war nicht besonders begeistert, als Ihr Vater Sie damals hergebracht hat«, sagte Prein. »Ich leite zwar ein Internat, aber ich lebe trotzdem nicht im vorletzten Jahrhundert. Ich glaube nicht, daß man irgend jemanden zu seinem Glück zwingen kann. Sie wollten nicht hier sein. Sie wollten nicht kommen, und Sie wollten nicht bleiben. Und Sie waren jeden einzelnen Tag unglücklich, an dem Sie hiergewesen sind. Richtig?«

Mark schwieg, doch das war Prein Antwort genug.

»Ich kenne solche Geschichten zur Genüge«, sagte er. »Sie gehen fast immer schief. Und bei Ihnen hat es mir besonders leid getan.«

»Und wieso?« fragte Mark einsilbig. Er fühlte sich immer unbehaglicher. Er hatte erwartet, daß Prein ihm drohen oder ihn ködern oder mit einer Kombination aus beidem versuchen würde, ihn umzustimmen, doch er tat nichts von alledem, und damit verstieß er irgendwie gegen die Spielregeln. Was er tat, das war nicht *fair.*

»Weil ich Sie mag«, antwortete Prein ganz offen. »Sie sind ein intelligenter Junge. Sie waren damals ein intelligentes Kind, und Sie sind zu einem cleveren jungen Mann herangewachsen, der seinen Weg ganz bestimmt geht. Ich nehme meinen Beruf sehr ernst, wissen Sie. Ich glaube nicht, daß meine Pflicht sich darin erschöpft, Ihnen acht Stunden am Tag lateinische Vokabeln einzuhämmern und es Ihnen möglichst schwerzumachen, sich außerhalb der Sperrstunde aus dem Internat zu entfernen. Außerdem zahlt mir Ihr Vater eine Menge Geld dafür, daß ich mich um Sie kümmere.«

Endlich kam er zur Sache, dachte Mark. Sein Vater hatte die Hand im Spiel, natürlich hatte er das. Was hatte er erwartet? »Weiß er Bescheid?« fragte er.

»Ihr Vater?« Prein schüttelte den Kopf. »Gott bewahre, nein. Noch nicht. Ich werde ihn anrufen – das muß ich –, aber nicht sofort. Sie sind um sieben am Bahnhof, richtig? Dann reicht es, wenn ich ihn kurz danach benachrichtige. Er wird mir glauben, wenn ich behaupte, daß Ihr Verschwinden erst am Morgen aufgefallen ist. Versprechen Sie mir, nach Hause zu gehen und nicht irgendeinen Blödsinn zu machen?«

»Sie haben doch gerade selbst gesagt: Ich bin ein intelligenter Junge. Würde ein intelligenter Junge irgendeinen Blödsinn machen?«

»Gerade die Intelligentesten machen den größten Blödsinn«, sagte Prein lachend. »Sie würden sich wundern.«

Mark warf einen Blick nach vorne. Sie waren nicht mehr weit vom Bahnhof entfernt. Die Dreiviertelstunde Fußmarsch, die er einkalkuliert hatte, war auf knapp fünf Minuten zusammengeschrumpft, aber er wünschte sich fast, er hätte Preins Angebot ausgeschlagen. Der Direktor spielte dieses Spiel nach seinen Regeln, die Mark weder kannte noch beherrschte. Er sollte nicht so freundlich sein.

»Warum tun Sie das?« fragte er.

»Was?«

»Das wissen Sie genau«, antwortete Mark. »Sie geben sich doch nicht mit jedem Ihrer Schüler so große Mühe. Es ist mitten in der Nacht, und Sie sollten eigentlich wütend auf mich sein.«

»Und wer sagt Ihnen, daß ich es nicht bin?«

»Hat mein Vater Ihnen den Auftrag gegeben?« fragte Mark ganz direkt.

»Ich sagte Ihnen doch: Ihr Vater weiß nichts davon«, antwortete Prein. »Warum ich es tue? Zum einen, weil ich meinen Beruf sehr ernst nehme, wie ich schon sagte, und zum anderen, weil ich es ehrlich bedauern würde, wenn Sie jetzt alles wegwerfen. Sie könnten eine glänzende Zukunft vor sich haben. Sie sind intelligent genug, um ein Studium zu schaffen. Sie sind nicht faul, Ihr Vater hat Geld – und Sie laufen vielleicht gerade Gefahr, das alles zu verlieren.«

»Geld«, murmelte Mark düster. »Ja, das hat er. Aber sonst auch nichts.«

Prein sah ihn auf eine sonderbare Weise an. Er antwortete nicht, sondern warf einen Blick in den Rückspiegel, setzte trotz der vollkommen leeren Straßen den Blinker und bog auf den Bahnhofsvorplatz ein.

Sein vorbildliches Verhalten als Autofahrer hörte dann aber auch schon auf. Er parkte nicht nur direkt vor dem Haupteingang, sondern machte sich einen Spaß daraus, den Wagen zweimal vor und zurück zu setzen, um auch ganz genau unter dem Halteverbotsschild zum Stehen zu kommen. Erst dann drehte er den Zündschlüssel herum, lehnte sich im Sitz zurück und fragte: »Hassen Sie Ihren Vater?«

Mark mußte tatsächlich einen Moment über diese Frage nachdenken. Es war nicht das erste Mal. Er hatte sich schon oft selbst gefragt, ob er seinen Vater tatsächlich *haßte,* aber er hatte bisher noch nicht wirklich eine Antwort auf diese Frage gefunden, und vielleicht wollte er das auch gar nicht. »Ich weiß es nicht«, sagte er. »Ich glaube nicht. Damals, als ... als das mit meiner Mutter geschah und er mich hierhergebracht hat, da habe ich geglaubt, daß ich ihn hasse. Aber das stimmte nicht. Ich liebe ihn nicht besonders.«

Prein sah ihn an, als wäre dies schlimmer, als hätte er seine Frage mit einem klaren Ja beantwortet. »Wie geht es Ihrer Mutter?« fragte er.

»Ich weiß es nicht«, sagte Mark. »Ich habe seit mehr als einem halben Jahr nichts mehr von ihr gehört. Aber ich werde sie besuchen, gleich morgen.«

»Das sollten Sie auch«, sagte Prein. »Und vielleicht sollten Sie sich Gedanken über Ihre Zukunft machen. Ich meine, haben Sie sich je überlegt, wie sie aussehen soll?«

»Nein«, gestand Mark. »Aber ich weiß ziemlich genau, wie sie *nicht* aussehen wird. Ich werde nicht hierbleiben.«

»Sie können jederzeit zurückkommen«, versicherte Prein.

»Und warum sollte ich das?« wollte Mark wissen. »Warum erst weggehen, um dann wiederzukommen?«

»Weil man sich oft an einem Ort wohler fühlt, zu dem man *zurückkehrt*«, antwortete Prein mit großem Ernst. »Es sind noch anderthalb Jahre bis zum Abitur. So lange ist das nicht. Es gibt bessere Schulen als unsere, das ist mir klar. Aber es gibt auch eine Menge schlechterer. Überlegen Sie es sich. Es ist immerhin eine Alternative. Bleiben Sie einfach ein, zwei Wochen bei Ihrem Vater, und danach kommen Sie zurück, wenn Sie wollen.«

»Und dann?« fragte Mark. Spätestens *jetzt* sollte er wütend auf Prein werden, denn nach all diesen semantischen Kopfständen ging er nun ziemlich plump vor. Er hatte versucht, sich anzuschleichen, und es war ihm gelungen. Aber offensichtlich wollte er nun die letzten Meter im Sturmangriff zurücklegen.

»Das wird sich zeigen«, sagte Prein. »Ein Studium, nehme ich an. Ich habe mit Ihrem Vater schon vor einer ganzen Weile darüber geredet. Er ist ein sehr eigenwilliger Mensch, und er wird es Ihnen sicher nicht leichtmachen. Aber glauben Sie mir: Sie werden bestimmen, wie es weitergeht, nicht er.«

»Das tue ich doch bereits.«

»Nein«, widersprach Prein. »Was Sie gerade machen, ist etwas anderes. Sie haben endlich die Schlüssel zu Ihrem Abteil bekommen, und jetzt reißen Sie die Tür auf und springen blindlings hinaus. Es ist nicht ganz ungefährlich, von einem fahrenden Zug zu springen. Man kann ziemlich hart landen.«

»Ich weiß«, sagte Mark. »Aber ich glaube, er fährt in eine Richtung, die mir nicht gefällt. Ich kann nicht warten, bis er von selbst anhält.«

»Dann ändern Sie seine Richtung«, antwortete Prein. »*Sie* können jetzt die Weichen stellen. Aber das geht nicht mit Gewalt. Sie wollen weg? Dann reden Sie mit Ihrem Vater, damit er Sie gehen läßt. Auf eine andere Schule meinetwegen. Obwohl ich es bedauern würde. Vielleicht in eine andere Stadt – eine, die *Sie* aussuchen.«

»Ja«, sagte Mark. »Und irgendwann einmal werden wir uns wiedersehen, und ich werde älter und viel vernünftiger geworden sein und meinen Doktor gemacht haben, damit ich als zukünftiger Chef der Sillmann-Werke auch vorzeigbar bin, und wir werden gemeinsam darüber lachen, wie dumm ich doch damals war. Nein, danke.« Seine Stimme wurde bitter. »Sie sind auch nicht anders als er.«

»Was ist so schlecht daran, vernünftig zu sein?« wollte Prein wissen.

»Nichts, sobald man sich darüber verständigt hat, was man unter dem Begriff *vernünftig* versteht.«

»Ich denke, so sehr unterscheiden sich unsere Auffassungen da gar nicht«, erwiderte Prein. »Denken Sie über meinen Vorschlag nach. Ich gebe Ihnen offiziell zwei Wochen frei vom Unterricht. Mehr kann ich nicht verantworten. Aber diese zwei Wochen kriege ich hin; auch Ihrem Vater gegenüber. Was halten Sie davon?«

Er hatte es geschafft, Mark ein weiteres Mal zu verblüffen. Sein Vorschlag klang verlockend, denn er schien ihm alle Optionen offen zu lassen. Aber zugleich spürte Mark auch, daß das eben nur so schien. Was Prein ihm wirklich bot, das war nicht die Möglichkeit, zurückzukommen und alles besser zu machen, sondern ein bequemer Weg, sich aus der Verantwortung zu schleichen. Nicht sehr weit und nicht für lange, aber vielleicht schon *zu* weit. Wenn es etwas gab, das Mark an sich selbst haßte, dann war es seine Unfähigkeit, nein zu sagen. Bei aller Zeit, die er gehabt hatte, darüber nachzudenken, war ihm sein Entschluß, an seinem achtzehnten Geburtstag ein neues Leben nach seinen Vorstellungen zu beginnen, trotzdem unendlich schwergefallen. Er *hatte* es getan – oder war zumindest auf dem besten Weg dazu –, aber er ahnte auch, daß er, wenn er Preins Angebot jetzt annahm, alles zunichte machen würde. Diese Zweiwochenfrist zu akzeptieren würde eben bedeuten, nicht *nein* zu sagen, und das nächste Mal würde es ihm noch schwererfallen.

»Ich muß jetzt gehen«, sagte er.

Prein sah auf die grün leuchtende Digitaluhr im Armaturenbrett. Er hatte noch fast eine halbe Stunde, ehe sein Zug kam. Eine lange Zeit auf einem kalten, zugigen Bahnsteig. Aber er versuchte nicht mehr, Mark zu irgend etwas zu überreden, nicht einmal dazu, die restliche Zeit im geheizten, trockenen Wagen zu verbringen, sondern stieg wortlos aus und half ihm, das Gepäck aus dem Kofferraum zu holen.

Wenigstens ersparte er ihm eine große Abschiedsszene. Er stieg einfach wieder ins Auto, während Mark die Bahnhofshalle betrat, aber er fuhr nicht weg. Erst eine halbe Stunde später, als der Zug langsam aus dem Bahnhof hinausrollte und die Fünf-Stunden-Reise durch die Nacht antrat, sah Mark ihn vom Bahnhofsvorplatz wegfahren.

3. *Kapitel*

Das Geräusch, mit dem der Körper auf dem Wagendach aufgeschlagen war, würde er wohl nie wieder vergessen. Dabei war es nicht einmal besonders laut gewesen; ein sonderbar weicher, dumpfer Laut – das Geräusch eben, das ein menschlicher Körper verursachte, der mit der Beschleunigung auf ein Wagendach aufprallte, die er bei einem Sturz aus gut fünfundzwanzig Metern Höhe erfuhr. Es hatte ein bißchen wie eine überreife Tomate geklungen, die man auf eine Tischplatte fallen läßt. Das Ergebnis sah auch ganz ähnlich aus – nur daß es sich nicht um eine Tomate gehandelt hatte, sondern um einen Mann von ungefähr hundertachtzig Pfund Gewicht, dessen Überreste die beiden Krankenwagenfahrer noch immer von der Straße... entfernten, soweit sie nicht auf dem Wagendach oder auf Hansens Uniform klebten, hieß das.

Bremer musterte seinen jüngeren Kollegen mit einer Mischung aus Mitleid und Erleichterung. Mitleid, weil Hansen nach immerhin fünf Minuten noch immer nicht aufgehört hatte, sich zu übergeben, obwohl sein Magen längst leer war und er nur noch bittere Galle hervorwürgte, und Erleichterung, daß nicht er es gewesen war, dem dieser Trottel beinahe auf den Kopf gefallen wäre. Für den Toten selbst empfand er nicht einmal eine Spur von Mitleid, wohl aber einen gehörigen Zorn, und zwar deutlich mehr als nur eine *Spur.* Bremers privater Meinung nach – die sich von der des Polizeiobermeisters Peter Bremer manchmal gehörig unterschied – hatte jeder das Recht, über sein Leben frei zu entscheiden und es im Extremfall auch zu beenden, wann und wo er es wollte. Aber verdammt noch mal – niemand hatte das Recht, es *so* zu tun. Selbstmord war eine Sache, eine Frage, über die sich die Psychologen und ihre gottgesandten Kollegen mit dem weißen Kragen die Köpfe heiß reden sollten, wenn es ihnen Spaß machte. Doch den Männern, die verzweifelt versuchten, es einem auszureden, aus fünfundzwanzig Metern Höhe vor die

Füße zu springen, das gehörte sich einfach nicht. Es war nicht nur unanständig, es war auch unästhetisch. Von der Zumutung, die es für die armen Kerle bedeutete, die die ganze Schweinerei hinterher auflesen mußten, einmal ganz zu schweigen.

Angesichts der Situation, in der er sich befand, waren diese Gedanken schon absurd – zumindest aber so abwegig, daß es ihm selbst auffiel. Prompt meldete sich sein schlechtes Gewissen. Er hätte jetzt Bedauern verspüren sollen, angesichts des Lebens, das hier so sinnlos weggeworfen worden war, oder doch zumindest deutlich mehr Mitgefühl für seinen Kollegen, der auf der anderen Seite des demolierten Daimler im Rinnstein hockte und sich noch immer die Seele aus dem Leib kotzte. Aber für den Toten empfand er eigentlich nur Verachtung, und was Hansen anging, so überwog seine Erleichterung, daß *der* es gewesen war, der die ganze Schweinerei abbekommen hatte, sein Mitleid bei weitem. Dabei war Bremer an sich alles andere als kaltschnäuzig oder gar ein Zyniker. Vermutlich, dachte er, war dies wohl *seine* Art, mit dem Entsetzlichen fertig zu werden. Auch er stand wohl noch unter einer Art Schock, auch wenn er keine der üblichen äußeren Anzeichen dafür spürte. Weder zitterten seine Hände und Knie, noch war ihm kalt oder fühlte er sich irgendwie benommen. Doch er hatte das erste Mal seit zwei Jahren wieder Appetit auf eine Zigarette, einen regelrechten Heißhunger sogar. Einen Moment lang erwog er ernsthaft den Gedanken, zum Krankenwagen hinüberzugehen und den Arzt um eine Zigarette zu bitten. Dem Mann war es wahrscheinlich ebenso untersagt wie ihm, in der Öffentlichkeit zu rauchen, solange er in Uniform und im Dienst war, aber angesichts dessen, was er hier erlebt hatte, pfiff er wohl auf diese Vorschrift, denn er qualmte ununterbrochen, und seine Hände zitterten sichtbar. Der Selbstmörder war immerhin zuvorkommend genug gewesen, auf das Eintreffen des Krankenwagens zu warten, ehe er sprang. Und der Arzt war noch relativ jung. Auf keinen Fall alt genug, um so etwas schon öfter erlebt zu haben.

Wahrscheinlich war das niemand, dachte Bremer und verwarf zugleich auf einer zweiten, parallellaufenden Ebene seines Bewußtseins die Idee, nach zwei Jahren wieder mit dem Rauchen zu beginnen. Sein Verlangen nach einer Zigarette war stärker denn je, aber er würde diesem Trottel verdammt noch mal nicht auch noch den Gefallen tun und nach so langer Zeit wieder mit dem Laster beginnen, das er sich so mühsam abgewöhnt hatte.

Erneut fiel ihm auf, wie vollkommen lächerlich das war, was in seinem Kopf vorging. In Anbetracht dessen, was er *eigentlich* tun sollte. Also wohl doch so eine Art Schock – was ja auch nur verständlich war. Noch vor fünf Minuten hatte Bremer geglaubt, daß es nicht mehr viel gäbe, was ihn noch erschrecken konnte. In achtzehn Jahren Streifendienst bekam man so ziemlich alles an Gewalt und Perversitäten zu Gesicht, was man sich nur vorstellen konnte, und auch das eine oder andere, was man sich eigentlich *nicht* vorstellen konnte.

Aber das war vor fünf Minuten gewesen, *bevor* dieser Idiot sich von seinem Balkon im achten Stock gestürzt und sowohl seinem Leben als auch der Existenz eines nagelneuen Daimler Benz der S–Klasse ein ebenso dramatisches wie abruptes Ende gesetzt hatte. So ganz nebenbei hatte er Bremer und seinen Kollegen dabei auch in akute Lebensgefahr gebracht. Hätte er nicht so zielsicher den Wagen getroffen, sondern wäre einen einzigen Meter weiter rechts oder links heruntergekommen...

Bremer brach den Gedanken mit einer bewußten Anstrengung ab. Er gab sich zwar selbst einen gewissen Dispens, aber er mußte trotzdem aufpassen, daß er nicht hysterisch wurde.

Er sah auf die Uhr. Zwei – und damit seine Schicht – war seit zehn Minuten vorbei. Bremer seufzte. Hansen und er waren auf dem Weg zum Revier gewesen, als der Funkspruch kam. Hätte der Selbstmörder noch ein paar Augenblicke gewartet, dann wäre er jetzt schon auf dem Weg nach Hause mit der Aussicht auf ein kaltes Bier und eine kleine Mahlzeit aus dem Kühlschrank. Vielleicht hätte er sich auch noch einen Film aus der Videothek mitgenommen, die auf dem Weg lag, und vielleicht...

Zu viele *Vielleicht*, dachte er. Nicht *vielleicht*, sondern mit ziemlicher Sicherheit würde diese Nacht noch verdammt lang werden. Er strich die Aussicht auf einen Clint-Eastwood-Film ebenso aus seinem Plan für den Rest der Nacht wie die auf eine Mahlzeit oder gar ein kaltes Bier. Wenn die Sache hier sich auch nur halb so entwickelte, wie er fürchtete, dann konnte er froh sein, wenn er überhaupt noch Zeit fand, nach Hause zu fahren und sich ein paar Stunden aufs Ohr zu legen, statt gleich dazubleiben und seine nächste Schicht anzutreten.

Sein Funkgerät meldete sich. Bremer zog den Apparat aus der Jackentasche, schaltete ihn ein und sah ganz automatisch nach oben zu dem Balkon im achten Stock des Apartmenthauses. Hinter den offenstehenden Glastüren herrschte noch immer Dunkelheit. Offensichtlich hatte es dieser Trottel von Hausmeister immer noch nicht geschafft, die Tür aufzubekommen.

Er drückte die Sprechtaste. »Ja?«

»Peter?«

Das war Clausens Stimme, der Fahrer des anderen Streifenwagens, der dreißig Meter entfernt mit noch immer zuckendem Blaulicht quer auf der Fahrbahn stand und die zweite Hälfte der improvisierten Straßensperre bildete, die sie errichtet hatten. Nicht, daß das irgend etwas nutzte. Der Menschenmenge zufolge, die hier innerhalb der letzten Viertelstunde zusammengekommen war, hätte man meinen können, sich an einem langen Samstag auf dem Ku'damm zu befinden, nicht mitten in der Nacht in einer Wohngegend an der Peripherie der Stadt.

»Nein, hier ist der Kaiser von China«, antwortete Bremer gereizt. Wen um alles in der Welt erwartete Clausen, wenn er ihn anfunkte?

»Ich fürchte, wir kommen hier nicht weiter.« Die Verbindung war zu schlecht, um sagen zu können, ob Clausen seinen aggressiven Ton zur Kenntnis genommen hatte oder nicht. »Ruf doch lieber einen Schlosser an.«

»Was ist so schwer daran, eine Tür aufzubrechen?« fragte Bremer, noch immer im gleichen gereizten Ton. »Wenn der Hausmeister es nicht schafft, dann tritt sie meinetwegen ein. Ihr werdet doch noch so eine blöde Tür aufkriegen, oder?«

Diesmal verging ein spürbarer Moment, ehe Clausen antwortete. »Was ist denn los mit dir? Wieso bist du so gereizt?«

Du solltest die Sauerei hier mal sehen, dachte Bremer, *dann wüßtest du, warum ich gereizt bin.* Aber er sprach diese Antwort nicht laut aus. Clausens Reaktion machte ihm klar, wie es wirklich um seine Verfassung bestellt war. Er verlor so gut wie nie die Beherrschung und niemals die Fassung, aber es kam auch höchst selten vor, daß jemand sein Gehirn über die Uniform seines Partners verteilte.

»Es ist nichts«, sagte er ausweichend. »Entschuldige. Was ist nun mit der Tür? Kriegt ihr sie auf oder nicht?«

»Keine Chance«, antwortete Clausen. »Fort Knox ist nichts dagegen. Wir brauchen einen Schlosser, und zwar einen guten. Er soll ein Schweißgerät mitbringen.«

»Wie bitte?« fragte Bremer überrascht.

»Komm rauf und sieh es dir selbst an, wenn du mir nicht glaubst«, erwiderte Clausen. »Das hier ist die reinste Festung. Der Kerl muß vollkommen paranoid gewesen sein – oder er hat etwas ziemlich Wertvolles in seiner Wohnung.«

Bremer starrte das Funkgerät in seiner Hand für einen Moment lang so feindselig an, als trüge es ganz allein die Schuld an dem ganzen Fiasko. Er hatte plötzlich Lust, es auf den Boden zu werfen und kräftig darauf herumzutrampeln. Statt dessen drückte er erneut die Sprechtaste und sagte in resignierendem Ton: »Also gut. Ich werde sehen, was ich tun kann. Nehmt euch mittlerweile schon mal die Nachbarn vor. Vielleicht haben sie ja irgend etwas gesehen oder gehört.«

Er schaltete ab, steckte den Apparat achtlos in die Jackentasche und ging zu seinem Streifenwagen zurück. Der Passat stand mit offener Heckklappe und noch immer zuckendem Blaulicht nicht weit hinter dem Krankenwagen, und zumindest hier funktionierte die psychologische Barriere, die das Blaulicht und die Signalfarben des Wagens bilden sollten. Natürlich war auch diese Seite der Straße von Neugierigen belagert, doch sie hielten einen deutlichen Abstand zu den beiden Fahrzeugen. Als Bremer näher kam, wichen einige der zuvorderst Stehenden sogar vor ihm zurück oder versuchten es zumindest, bis sie von den Gaffern hinter ihnen aufgehalten wurden. Die meisten senkten hastig den Blick, als sie ihn bemerkten, oder machten sich auf irgendeine andere Weise zum Narren. Wahrscheinlich wären sie alle sehr erstaunt gewesen, hätten sie gewußt, wie Bremer wirklich über sie dachte – nämlich so gut wie gar nichts. Am Anfang war er sehr erbost gewesen, wenn Verbrechen, Gewalttätigkeit oder einfach der Anblick eines Unfalls Neugierige in Scharen anzogen. Doch mit den Jahren hatte sich diese gerechte Empörung gelegt, und mittlerweile nahm Bremer sie gar nicht mehr zur Kenntnis. Unfälle und Gewalt zogen Neugierige an, so war das nun einmal. Bremer hatte gelernt, sie zu ignorieren, solange sie seine Arbeit nicht zu sehr behinderten.

Er öffnete die Beifahrertür, streckte die Hand nach dem Funkgerät aus, und im gleichen Moment meldete sich der Apparat von sich aus. Bremer lächelte flüchtig über diesen Zufall, drückte die Sprechtaste und meldete sich.

Es war die Zentrale. Im Hintergrund der Verbindung, die – obwohl über viel größere Entfernung – ungleich klarer war als die gerade zu Clausen, hörte er das übliche Stimmengewirr, Telefonklingeln und elektronische Piepsen der Funkleitstelle.

»Gut, daß ihr euch meldet«, begann er. »Wir brauchen hier einen Schlosser. Und bevor ihr es sagt – ich weiß, wie spät es ist. Aber es ist wohl nötig. Der Hausmeister kriegt die Tür nicht auf.«

»Okay, wir schicken den Schlüsseldienst und – «

»Damit wird es kaum getan sein«, fuhr Bremer fort. »Clausen meint, er sollte ein Schweißgerät mitbringen, und jetzt frag mich bloß nicht, warum. Anscheinend handelt es sich um eine etwas stabilere Tür.«

»Ich sehe zu, was ich machen kann«, versprach sein Kollege nach einem Moment verblüfften Schweigens. »Aber ihr solltet trotzdem euer Möglichstes versuchen. Ihr bekommt nämlich gleich hohen Besuch. Sendig ist auf dem Weg zu euch.«

»Sendig?« Bremer richtete sich überrascht im Sitz auf. »Der Alte selbst!«

»Sieht so aus. Ich schätze, daß er in zehn Minuten bei euch ist, vielleicht sogar eher.«

»Aber wieso?« murmelte Bremer verstört. Die Frage galt sehr viel weniger dem Mann in der Funkleitzentrale als ihm selbst. Einmal ganz davon abgesehen, daß niemand im Revier Sendig mochte – genaugenommen kannte Bremer auch sonst nirgendwo jemanden, der das getan hätte –, war Sendig nicht irgendein Kriminalbeamter, sondern der Leiter der Mordkommission. Und so ganz nebenbei, beliebt oder nicht, einer der unbestritten fähigsten Kriminalbeamten der Stadt. »Das ist doch nur ein ganz normaler *Selbstmord* – was hat Sendig damit zu tun?«

»Keine Ahnung. Er war wohl zufällig hier, als die Meldung reinkam. Ich hab's selbst nicht miterlebt, aber als er die Adresse gehört hat, muß er wie eine Rakete in die Luft gegangen sein. Ich dachte mir, das interessiert euch vielleicht.«

»Stimmt«, antwortete Bremer verwirrt. »Danke für die Warnung. Und denkt an den Schlosser!«

Er schaltete das Gerät aus, ohne sich abzumelden, und stieg aus dem Wagen. Er war vollkommen verwirrt und sehr viel bestürzter, als er zugeben wollte. Sendig war ein Ekel, daran führte kein Weg vorbei, aber er war ein *tüchtiges* Ekel, und schon gar keines, das seine Zeit damit vergeudete, sich wichtig zu machen. Zehn Minuten nach zwei war keine Uhrzeit für einen Mann wie ihn, sich zu produzieren. Wenn er hierherkam, dann hatte er einen Grund.

Bremer warf die Wagentür mit einem Knall ins Schloß, machte drei Schritte auf das Haus zu, von dessen Balkon der Selbstmörder gesprungen war, und bog dann noch einmal ab, um zu Hansen zu gehen. Er mußte den demolierten Mercedes dazu umrunden, und er tat es in größerem Abstand, als nötig gewesen wäre, denn der Anblick erfüllte ihn noch immer mit einem fast körperlichen Unbehagen. Es war erstaunlich, dachte Bremer, welchen Schaden etwas so Weiches wie ein menschlicher Körper anrichten konnte, wenn es nur aus genügend großer Höhe fiel. Der Wagen war vollkommen zertrümmert. Das Dach war eingedrückt, als wäre ein Panzer darüber hinweggerollt, und nicht eine einzige Scheibe war heil geblieben. Überall klebte erst halb eingetrocknetes Blut, und der Anblick seines Kollegen, der auf der anderen Seite des Wagens im Rinnstein hockte, trug auch nicht unbedingt dazu bei, Bremers Stimmung zu heben.

Hansen hatte aufgehört, sich zu übergeben, aber er sah noch immer aus, als wäre er mehr tot als lebendig. Sein Gesicht war kreidebleich, seine Hände zitterten ununterbrochen. Eine schweißnasse Haarsträhne hing ihm ins Gesicht, was seinem Blick etwas Irres gab, fand Bremer.

Zwei Schritte vor ihm blieb er stehen, sah einen Moment auf ihn herab und ließ sich dann in die Hocke sinken, damit sich ihre Gesichter auf gleicher Höhe befanden. Er ersparte sich die Frage, ob alles in Ordnung war – das wäre nicht einmal ein *schlechter* Witz gewesen in diesem Augenblick –, sondern wartete darauf, daß Hansen von sich aus das Wort ergriff. Aber der Junge schwieg. Er starrte ihn nur an, und das auf eine Art, die Bremer einen kalten Schauer über den Rücken laufen ließ. Sein Blick flackerte und schien irgendwie durch ihn hindurchzugehen, auf einen Punkt weit hinter ihm gerichtet, und was immer er dort sehen mochte, war nichts Angenehmes.

Zum ersten Mal, seit dieser Alptraum begonnen hatte, machte sich Bremer wirklich Sorgen um Hansen. Bisher war er selbst viel zu schockiert gewesen, um mehr als einen flüchtigen Gedanken an seinen jüngeren Kollegen zu verschwenden. Mitleid aufzubringen, wenn man im Grunde selbst welches brauchte, war nicht ganz einfach. Aber der Anblick des zitternden Häufchens Elend vor ihm machte ihm mit erschreckender Deutlichkeit klar, um *wieviel* jünger Hansen war. Dreiundzwanzig – im Grunde noch nicht viel mehr als ein Kind, dem man eine grüne Uniform und eine Waffe gegeben hatte und das Versprechen, damit schon gegen alles gefeit zu sein.

Und das stimmte einfach nicht. Hansen war seit einem halben Jahr auf der Straße, und er hatte garantiert noch nichts Derartiges erlebt... Was von dem Selbstmörder nicht an seiner Uniform klebte, das hatte sich vor seinen Augen auf dem Wagendach verteilt. Ein einziger Blick in Hansens Augen reichte Bremer, um zu wissen, daß er diesen Schock vielleicht niemals wirklich verwinden würde.

Mit einem Mal empfand er Mitleid. Aber selbst jetzt war es nur ein schwaches Gefühl. Viel stärker war der Zorn, der plötzlich in ihm emporkochte. Ein Zorn, der dem Verrückten galt – nein, dem *Verbrecher,* der sich vor ihren Augen vom Balkon gestürzt und damit vielleicht nicht nur sein eigenes Leben zerstört hatte, sondern auch das dieses Jungen, der einfach noch ein paar Jahre gebraucht hätte, um mit etwas wie dem hier fertig zu werden.

Er war eigentlich gekommen, um nach Hansen zu sehen und ihm von Sendigs bevorstehender Ankunft zu berichten und ihm zugleich den Rat zu geben, sich ein bißchen am Riemen zu reißen. Aber das ersparte er sich. Statt dessen fragte er in einem Ton, der selbst für seine Verhältnisse ungewöhnlich sanft war: »Kannst du aufstehen?«

Im ersten Moment glaubte er, Hansen hätte die Worte gar nicht gehört. Sein Blick ging immer noch durch Bremer hindurch zu jenem imaginären Punkt irgendwo weit oben auf der Skala des Entsetzens. Aber dann, gerade als Bremer seine Frage wiederholen wollte, antwortete er doch.

»Es... geht schon wieder«, murmelte er. »Es war nur... entschuldige. Es kam so überraschend, und...« Er verhaspelte sich, brach schließlich ganz ab und fuhr sich mit dem Handrücken über die Lippen. Bremer unterdrückte das Ekelgefühl, das beim Anblick der glitzernden Feuchtigkeit darauf in seinem Magen emporsteigen wollte, und half Hansen, sich ganz zu erheben.

»Ich brauche nur ein paar Minuten«, murmelte Hansen. »Laß mich einfach noch ein bißchen im Wagen sitzen und ausruhen.«

»Sicher«, antwortete Bremer. Er überzeugte sich davon, daß Hansen aus eigener Kraft stehen konnte, griff dann aber vorsichtshalber doch nach seinem Arm und führte ihn behutsam über die Straße, zurück zum Krankenwagen.

Die Türen des großen Mercedes-Transporters standen weit offen, und die beiden Sanitäter und der Arzt saßen auf den lederbezogenen Liegen und rauchten. Bremer hätte nicht sagen können, wer von ihnen blasser war und stärker zitterte, doch alle drei sahen aus, als wären sie am Ende ihrer Kraft. Als

Hansen und Bremer näher kamen, kletterte einer der Sanitäter aus dem Wagen und kam ihnen entgegen, doch Bremer machte eine abwehrende Handbewegung und deutete zugleich mit einem Nicken auf den Arzt.

»Ich glaube, Sie sollten sich ein wenig um meinen Kollegen kümmern«, bat er.

Trotz des unübersehbaren Zustands des Schocks, in dem sich auch der Arzt befand – Bremer registrierte nebenher, daß er kaum älter sein konnte als Hansen –, legte er eine erstaunliche Professionalität an den Tag. Mit einer einzigen Bewegung war er aus dem Wagen und bei ihnen, und seine immer noch zitternden Hände hinderten ihn nicht daran, Hansen am Arm zu ergreifen und zum Krankenwagen zu führen. Mit Hilfe eines der Sanitäter bugsierte er ihn auf eine der beiden Liegen und untersuchte ihn unverzüglich, rasch, aber trotzdem sehr gründlich.

»Der Mann hat einen schweren Schock«, sagte er, während er bereits eine Spritze aufzog und den Sanitäter mit routinierten Gesten anwies, ihm zur Hand zu gehen. »Sie hätten viel eher kommen sollen.«

Bremer schwieg. Er sah wortlos zu, wie der Arzt Hansen eine Injektion verabreichte, dann ebenso rasch und routiniert eine Infusion anlegte. Hansen protestierte schwach, aber es hätte ihm vermutlich auch nichts geholfen, hätte er es energischer getan.

»Ist es schlimm?«

»So schlimm ein Schock eben ist«, antwortete der Arzt. »Es besteht keine akute Gefahr, wenn Sie das meinen. Trotzdem nehmen wir ihn mit ins Krankenhaus – nur für alle Fälle. Falls Sie nichts dagegen haben, heißt das.«

Diese Frage, dachte Bremer, zeugte schon von etwas weniger Professionalität. Ärzte gehörten normalerweise zu dem Personenkreis, der den allerwenigsten Respekt vor seiner Uniform an den Tag legte.

Aber er hatte auch nichts dagegen, ganz im Gegenteil. Völlig losgelöst von der medizinischen Seite war es wohl besser für Hansen, wenn er nicht mehr da war, wenn Sendig eintraf. Sendig haßte Polizisten, die Gefühle zeigten.

Der Gedanke an Sendig erinnerte ihn wieder daran, daß er nicht mehr viel Zeit hatte. Er wollte sich umdrehen und nun wirklich zu Clausen und dem Hausmeister hinaufgehen, aber der Arzt rief ihn zurück.

»Bitte warten Sie noch einen Moment«, sagte er. »Da... ist noch etwas, was ich Ihnen zeigen möchte.«

Bremer blieb gehorsam stehen, aber er fühlte sich plötzlich noch unwohler. Der Arzt hatte ihn nicht einmal angesehen, während er sprach, sondern stand weiter über Hansen gebeugt da und hantierte an seinem Arm herum, aber irgend etwas am Klang seiner Worte beunruhigte Bremer. Mehr, als er sich selbst erklären konnte. Mehr, als ihm lieb war. Vielleicht war es das unmerkliche Stocken gewesen, diese winzige Pause, die fast jeder einlegte, bevor er etwas aussprach, was ihm unangenehm war. Oder ihm angst machte.

Hinter dem Schutzschild dieses Gedankens schlich sich wieder die Hysterie heran, das spürte Bremer. Er gestattete ihr nicht, weiter Besitz von ihm zu ergreifen, als sie es ohnehin schon getan hatte, sondern fragte mit bewußt fester Stimme: »Und was?«

Der Arzt machte eine Kopfbewegung in die Richtung des Toten, der unter einem weißen Tuch verborgen auf der Straße lag. Er sah ganz bewußt nicht direkt in seine Richtung, und irgendwie gelang es ihm sogar, aus dem Wagen zu steigen und vor Bremer her zu dem Toten zu gehen, ohne ihn anzublicken.

»Ich bin nicht sicher, ob es etwas für die Polizei ist oder eher für die Kollegen von der Psychiatrie«, sagte er, während er sich umständlicher als nötig in die Hocke sinken ließ und *sehr viel* umständlicher als notwendig nach dem Tuch griff, um es anzuheben. »Aber ich denke, es ist auf jeden Fall besser, wenn ich es Ihnen zeige.«

Bremer wappnete sich innerlich gegen den Anblick, der sich ihm gleich bieten würde. Aber was unter dem Tuch zum Vorschein kam, war nicht annähernd so schlimm, wie er erwartet hatte. Es war schlimm, aber sein Kurzzeitgedächtnis schien einen eigenen Sinn für Dramatik entwickelt zu haben, denn Bremer hatte den Leichnam in sehr viel üblerem Zustand in Erinnerung. Aber als er ihn das letzte Mal gesehen hatte, da hatte er halb auf dem Wagendach und halb auf der Straße gelegen, verdreht und mit zerschmetterten Knochen, und außerdem war der Arzt rücksichtsvoll genug, sein Gesicht verdeckt zu lassen, das den schlimmsten Anblick geboten hatte.

»Sehen Sie, hier.«

Bremer schluckte die bittere Galle herunter, die sich unter seiner Zunge angesammelt hatte, und beugte sich taktvoll über den Toten, um dem ausgestreckten Zeigefinger des Notarztes zu folgen. Ein schwacher Geruch ging von dem Toten aus, nicht deutlich genug, um ihn zu identifizieren, aber trotzdem vage bekannt. Sein Magen begann nun doch zu revoltieren, aber er sah auch fast sofort, was dem Arzt aufgefallen war.

»Diese Wunden hier.« Der Zeigefinger folgte, in fünf Zentimetern Höhe schwebend, einer Anzahl parallellaufender tiefer Schnitte, die den eingedrückten Brustkorb zusätzlich verunstalteten. Es war nicht leicht, unter all dem eingetrockneten Blut, dem Schmutz und den zahllosen Schrammen und Abschürfungen, die den Torso des Mannes im Grunde in eine einzige große Schürfwunde verwandelten, etwas zu erkennen, aber es gelang Bremer: Die Schnitte verliefen parallel und gerade, aber auch spitz gegeneinander geneigt und sich kreuzend, als hätte jemand mit tauben Fingern und einem zu großen Stück stumpfer Kreide versucht, etwas auf eine nasse Tafel zu schreiben. Und sie waren *sehr* tief, teilweise bis auf den weißen Knochen reichend. Bremer versuchte, sich den Schmerz vorzustellen, den ein solcher Schnitt verursachen mußte, doch es gelang ihm nicht. Eigentlich wollte er es auch nicht wirklich. Ihm war noch immer übel.

»Ich habe sie nicht sofort bemerkt, weil alles so voller Blut war, aber sie stammen eindeutig nicht von dem Sturz.«

Unter Bremers Zunge sammelte sich schon wieder bitter schmeckender Speichel. Er mußte immer schneller schlucken, und das flaue Gefühl in seinem Magen nahm weiter zu. *Wofür zum Teufel hielt ihn dieser Bursche?* Für Columbo? Laut sagte er: »Sie meinen, er hatte sich schon vorher verletzt?«

»Das sind keine normalen Verletzungen«, antwortete der Arzt. »Ich meine, er ist nicht durch eine Glasscheibe gestürzt oder so was. Ich bin ziemlich sicher, daß er sie sich absichtlich zugefügt hat.«

»Das ... denke ich auch«, sagte Bremer schleppend. Ein wenig hastiger, als ihm selbst lieb war, richtete er sich auf und fokussierte seinen Blick auf einen Punkt zwanzig Zentimeter über der Leiche; ein Trick, den er vor langen Jahren einmal von einem älteren Kollegen gelernt und der ihm schon oft geholfen hatte. Der Leichnam wurde zu einem verschwommenen Schemen vor seinen Augen, aber für alle anderen mußte es so aussehen, als blicke er ihn noch immer konzentriert an.

»Es sieht fast so aus, als hätte er versucht, etwas zu schreiben«, sagte der Arzt.

Mit einem Skalpell?! dachte Bremer entsetzt. Er gestattete dem Bild vor seinen Augen noch immer nicht, wieder scharf zu werden, aber trotzdem hatte der junge Mann wahrscheinlich recht – was da in krakeliger Druckschrift drei Zentimeter tief in das Fleisch des Toten eingeritzt war, *waren* Buchstaben, auch wenn er sie nicht entziffern konnte.

»Das ist... sehr interessant«, sagte er mühsam. Sein Magen begann Purzelbäume in seinem Leib zu schlagen. Er mußte hier weg, wenn er nicht Gefahr laufen wollte, dem jungen Arzt den Abend endgültig zu verderben, indem er ihm über die Schuhe kotzte. »Die Kollegen von der Spurensicherung sind unterwegs. Sie werden es sich genauer ansehen.«

»Wahrscheinlich hat es nichts zu bedeuten«, antwortete der Arzt. »Ich nehme an, der Mann war schon vorher nicht mehr zurechnungsfähig. Aber ich dachte, es wäre besser, wenn ich es Ihnen zeige.«

Bremer richtete sich nun endgültig auf und trat zwei volle Schritte zurück. Er spürte selbst, daß er kreidebleich geworden war und daß seine Hände mittlerweile heftig zitterten.

»Das war vollkommen richtig, Herr Doktor«, sagte er. »Wie gesagt – meine Kollegen sind unterwegs. Sie müßten eigentlich jeden Moment hier sein. Zeigen Sie ihnen, was Sie entdeckt haben.«

Damit drehte er sich um und begann mit schnellen Schritten auf das Haus zuzugehen. Der Arzt sah ihm verwirrt nach, aber das war Bremer mittlerweile egal. Er hatte nur noch die

Wahl, das Gesicht oder den Inhalt seines Magens zu verlieren. Bremer verstand sich selbst nicht mehr ganz. Der Anblick – vor allem zusammen mit dem, was vorher geschehen war – *war* schlimm, aber auch wieder nicht *so* schlimm.

Mit noch immer leicht zitternden Händen hob er das Funkgerät und rief seinen Kollegen oben im achten Stock. »Wie sieht es aus?« fragte er, kaum daß Clausen sich gemeldet hatte. »Kommt ihr vorwärts?«

»Mit der Tür?« Er konnte Clausens Kopfschütteln regelrecht hören. »Ohne entsprechendes Werkzeug ist da nichts zu machen. Ein Safe ist nichts dagegen.«

»Das will ich mir selbst ansehen«, antwortete Bremer. »Komm runter und halt hier die Stellung, bis die Kollegen eintreffen.«

»Ganz wie du meinst.« Clausen klang ein wenig beleidigt, aber auch das war Bremer mittlerweile ziemlich gleich. Er mußte hier weg. Von diesem Toten ging etwas aus, was ihn beunruhigte – und das war noch vorsichtig ausgedrückt.

Voller Ungeduld wartete er, daß die Haustür aufging und sein Kollege herauskam. Clausen blickte erstaunt und setzte zu einer Frage an, doch Bremer gab ihm keine Gelegenheit, sie zu stellen. Er trat rasch an ihm vorbei ins Haus, wobei er mit einer geschickten Drehung des Oberkörpers der zufallenden Tür auswich, steuerte den Aufzug an und rannte die letzten Schritte, als sich die Türen zu schließen begannen. Seine Hand schnellte vor und glitt durch die Lichtschranke, und als er in die Kabine trat, war sein Schwung so groß, daß er beinahe gegen die Rückwand geprallt wäre. Es hätte des Anblicks seines eigenen schreckensbleichen Gesichts in dem deckenhohen Spiegel davor kaum mehr bedurft, um Bremer klarzumachen, was er hier tat. Es war nichts weniger als eine Flucht. Aber wovor eigentlich?

Die Lifttüren begannen sich erneut zu schließen. Bremer hob automatisch die Hand nach den Kontrollknöpfen, bemerkte dann aber, daß das Licht für die achte Etage bereits brannte. Nervös ließ er den Arm wieder sinken, fuhr sich mit dem Handrücken über das Kinn und zählte in Gedanken und mit angehaltenem Atem bis zehn; ein weiterer Trick, der ihm oft geholfen hatte, gefaßter zu erscheinen, als er war. Heute funktionierte er nicht. Seine Nervosität legte sich tatsächlich ein wenig, aber die Beunruhigung blieb. *Was war nur mit ihm los?*

Der Aufzug summte mit enervierender Langsamkeit nach oben. Bremer starrte wie hypnotisiert auf die wechselnden Lichter, die das jeweils passierte Stockwerk anzeigten, und als die Sieben der Acht wich und sich die Lifttüren vor ihm spalteten, hatte er sich wieder völlig in der Gewalt. Er verstand noch immer nicht, was gerade mit ihm los gewesen war, aber er war Profi genug, diese Frage auf später zu vertagen; die Liste der unangenehmen Dinge, die ihn in dieser Nacht noch erwarten mochten, war auch so schon lang genug.

Bremer trat aus dem Aufzug und sah gleichzeitig auf die Uhr. Sie waren nicht allzuweit vom Präsidium entfernt – wenn Sendig wirklich sofort losgefahren war, dann mußte er jeden Moment eintreffen. Er wandte sich nach rechts und ging den hell erleuchteten Hausflur entlang. Hinter den meisten Türen brannte ebenfalls Licht, eine oder zwei standen auch offen. Bremer ignorierte sie, schritt schneller aus und erreichte schließlich die Tür, hinter der das Apartment des Selbstmörders liegen mußte.

Ein vielleicht fünfzigjähriger dunkelhaariger Mann in Pantoffeln, Schlafanzug und einem hastig darübergeworfenen blauen Kittel kniete davor und machte sich mit ungeduldigen Bewegungen daran zu schaffen, wobei er unentwegt vor sich hin murmelte. Clausens Kollege – ein junger Bursche, der kaum älter sein konnte als Hansen, rothaarig war und dessen Name Bremer vergessen hatte – stand neben ihm, ebenso vergeblich wie tapfer bemüht, sich seine Nervosität nicht anmerken zu lassen. Als er Bremer sah, machte sich ein erleichterter Ausdruck auf seinem Gesicht breit. Ganz offenbar hatte es ihm nicht besonders gefallen, hier oben allein gelassen zu werden. *Kinder,* dachte Bremer. Natürlich war es ein reiner Zufall, daß Clausen und er beide in dieser Nacht mit einem Anfänger auf Streife gefahren waren, aber das änderte nichts daran, daß man Kinder nicht in eine Uniform stecken und auf die Menschheit loslassen sollte; ebensowenig wie die Menschheit auf sie. Bremer war schon immer dieser Meinung gewesen. Der Ausdruck in Hansens Augen vorhin hatte ihn darin nur bestärkt.

Er nickte dem jungen Beamten flüchtig zu und wandte sich sofort an den Mann im Pyjama. »Sie sind der Hausmeister hier?«

Der andere sah auf und kniff das linke Auge zusammen. »Ihr Kollege –«

»Ich habe ihn abgelöst«, unterbrach ihn Bremer. »Wie ist Ihr Name?«

»Schraiber«, antwortete der Hausmeister. »Mit a-i. Hab' gar nicht gemerkt, daß Ihr Kollege weggegangen ist. War viel zu sehr mit diesem Scheißschloß hier beschäftigt. So was hab' ich noch nicht erlebt, das können Sie mir glauben. Und ich bin jetzt seit zwanzig Jahren in diesem Job. Hab' immer gedacht, es gibt kein Schloß, das ich nicht aufkriege. Aber das...«

Er schüttelte heftig den Kopf und wandte sich wieder dem Schloß zu, das im Grunde ganz harmlos aussah. Zumindest auf den ersten Blick schien es sich um nichts anderes als ein ganz normales Sicherheitsschloß zu handeln, das in einer ganz normalen Teakholztür eingebaut war. Was diesen Eindruck vielleicht ein bißchen störte, waren die zahlreichen Kratzer, die die Tür rings um das Schloß herum verunzierten, und das halbe Dutzend abgebrochener Schraubenzieher, Bohrer und Dietriche, die vor den Knien des Hausmeisters verstreut waren. In den Kratzern schimmerte es silbern. Unter dem Teakholzfurnier verbarg sich massives Metall.

»Sind alle Türen in diesem Haus so stabil?« fragte Bremer.

»Stabil?« Schraiber lachte schrill und versuchte zum dritten Mal vergeblich, die Schneide eines Stechbeitels zwischen Tür und Rahmen zu schieben. »Scheiße, nein. Eigentlich sind sie aus besserer Pappe. Ist ein Wunder, daß hier nicht öfter eingebrochen wird, wissen Sie. Sie brauchen nur dagegenzufurzen, und sie fallen um.«

Bremer warf einen fragenden Blick ins Gesicht seines rothaarigen Kollegen und erntete die Andeutung eines Schulterzuckens und eine Grimasse.

»Dann wurde diese Tür also nachträglich eingebaut?« vergewisserte er sich.

»Worauf Sie einen lassen können. Ich hab's nicht mal gemerkt. Und dabei vergeht kein Tag, an dem ich nicht eine Runde durch das Haus drehe. Weiß der Teufel, was in Löbach gefahren ist.«

»Löbach?«

»Doktor Löbach«, sagte Schraiber, schlug mit der flachen Hand auf den Griff des Stechbeitels und fluchte, als er sich dabei die Hand prellte und die Schneide des Werkzeugs mit einem trockenen Knacken abbrach. »Er wohnt hier.«

»Seit wann?« Bremer hob automatisch den Blick und sah die Wand neben der Tür an. Ein dezent teurer Klingelknopf, aber kein Namensschild. Dafür jedoch in Kopfhöhe das runde Videoauge einer kleinen Kamera.

Der Hausmeister starrte abwechselnd seine schmerzende Hand und den zerbrochenen Stechbeitel an. »Seit fünf... fast sechs Jahren. Ja, sechs Jahre. Ich erinnere mich jetzt. Hatte einen Fünf-Jahres-Vertrag, der im letzten Sommer verlängert wurde.«

»Dr. Löbach, sagen Sie. Ein Arzt?«

»Glaube ich nicht. Ich weiß nicht viel über ihn. Hat wenig gesprochen und so gut wie keinen Kontakt zu den anderen Mietern hier im Haus gehabt. Ich glaube, er war Physiker oder so was. Hatte jedenfalls 'ne Menge Geld. Der Daimler unten vor dem Haus, das war seiner.«

»Der Wagen, auf den er –«

»Dem er aufs Dach gesprungen ist, ja«, bestätigte Schraiber. Er stand auf, musterte die Tür noch einmal lange und kopfschüttelnd, dann fügte er in gedankenverlorenem Ton hinzu: »Hat ihn immer vor dem Haus geparkt, obwohl wir eine Tiefgarage unten haben. Ich hab' ihm ein paarmal geraten, den Wagen nicht immer auf der Straße unten stehenzulassen. So ein Schlitten kostet einen Haufen Geld, und heutzutage ist nicht einmal diese Gegend hier, was sie mal war. Aber er hat ja nie auf mich gehört.«

»Haben Sie schon die Nachbarn befragt?« Bremer wandte sich in bewußt sachlichem Ton an Clausens Partner und bekam ganz genau die Antwort, die er erwartete.

»Noch nicht. Polizeihauptmeister Clausen meinte –«

»Dann tun Sie es«, unterbrach ihn Bremer. Fünf Schritte hinter ihm schlossen sich die Aufzugtüren mit einem hellen „Blink", und der Lift setzte sich wieder in Bewegung. Bremer hatte eine ziemlich konkrete Vorstellung davon, wen er diesmal abholen würde. »Die übliche Prozedur – wer war der Mann, was hat er getan, mit wem hat er verkehrt, hat er sich in letzter Zeit auffällig verhalten... Sie kennen das ja.«

Er schwieg gerade lange genug, um seinen Worten mit einem flüchtigen Lächeln ein bißchen von ihrer Schärfe zu nehmen, ehe er mit einem Nicken zu der Löbachs Apartment gegenüberliegenden Tür hinzufügte: »Fangen Sie dort drüben an.«

Während Clausens Kollege plötzlich seinen Diensteifer wiederentdeckte und ging, um seinem Befehl nachzukommen, sah sich Bremer die Tür zu Löbachs Apartment noch einmal genauer an. Wären die verräterischen Kratzer rings um das Schloß nicht gewesen, hätte man sie für eine ganz normale Wohnungstür halten können. Selbst das Schloß machte einen harmlosen Eindruck. Trotzdem – jetzt, wo er wußte, wonach er zu suchen hatte, fiel ihm doch die eine oder andere Kleinigkeit auf. Die Tür schloß so präzise, daß zwischen Blatt und Zarge nicht einmal ein Haar hineingepaßt hätte. Der Knauf bestand aus massivem Stahl und war wahrscheinlich mit der Tür verschweißt, so daß jeder Versuch, ihn mit einem Werkzeug aufzubrechen, das merklich leichter (und leiser) als ein Vorschlaghammer war, aussichtslos sein mußte. Und es gab kein Schließblech; Zylinder und Tür waren vollkommen plan, und somit gab es auch keinen Ansatzpunkt für einen Hebel oder ein entsprechendes anderes Werkzeug.

Bremer hob die Hand und klopfte leicht mit dem Knöchel gegen die Tür. Sie war so hart, wie er vermutet hatte, und gab nicht das mindeste Echo. Clausen hatte recht gehabt – es *war* eine Safetür, und eine verdammt gute dazu. Die Arbeit eines Profis. Löbach mußte entweder vollkommen paranoid gewesen sein – oder einen verdammt guten Grund gehabt haben, sich zu schützen. Bremer war nicht ganz sicher, welcher Möglichkeit er den Vorzug geben sollte.

»Ich hab' ein Schweißgerät unten im Keller«, sagte Schraiber. »Wenn Sie mir unterschreiben, daß die Polizei für den Schaden aufkommt, hole ich es. Wir kriegen sie schon auf.«

»Das wird nicht nötig sein«, antwortete Bremer. »Wir haben einen Schlosser bestellt.«

»Der kann auch nichts anderes tun als ich«, sagte Schraiber eingeschnappt. »Außerdem muß ich erst die Hausverwaltung um Erlaubnis fragen. Hier kann schließlich nicht jeder rummachen, wie er will.«

Dein Glück, dachte Bremer. Allmählich begann ihm dieser Wichtigtuer ziemlich auf die Nerven zu gehen. Er ersparte sich eine Antwort, sah den Mann nur einen Moment lang durchdringend an und drehte sich genau im richtigen Moment wieder zum Aufzug, um die Türen auseinandergleiten und Sendig höchstpersönlich herausspazieren zu sehen. Er trug Smoking, Rüschenhemd und eine weinrote Fliege unter einem vollkommen unpassenden Trenchcoat, und wenn schon nicht seine Kleidung, so machte spätestens sein Gesichtsausdruck klar, daß Bremer und er zumindest *eines* gemeinsam hatten: Sie beide hatten sich den Verlauf dieses Abends anders vorgestellt.

»Herr Kommissar?« Bremer trat dem Kriminalbeamten einen Schritt entgegen und war nicht einmal besonders erstaunt, als Antwort nur einen eisigen Blick zu ernten. Sendig stürmte einfach an ihm vorbei, blieb einen halben Schritt vor Löbachs Apartment abrupt stehen und maß die Tür mit einem raschen, aber sehr aufmerksamen Blick.

»Ist es Löbach?« fragte er.

»Dr. Löbach, richtig.« Bremer mußte sich zusammenreißen, damit Sendig ihm die Überraschung nicht zu deutlich anmerkte. Natürlich konnte Sendig den Namen des Toten von Clausen wissen, aber er hatte eindeutig in einem Ton gesprochen, als ob er diesen Mann tatsächlich *kannte.* »Ein Physiker, glaube ich.«

»Chemiker, aber sonst stimmt's.« Sendig drehte sich mit einem Ruck zu ihm herum und deutete mit dem Daumen über die Schulter. »Was ist mit der Tür? Wieso ist sie noch nicht auf?«

»Es gibt ein paar Schwierigkeiten«, gestand Bremer. »Der Hausmeister bekommt sie nicht auf – «

»Ist nicht meine Schuld«, verteidigte sich Schraiber. »Das Scheißding ist so stabil wie ein Geldschrank. Er hätte so was gar nicht einbauen lassen dürfen ohne Erlaubnis.«

»– aber ich habe bereits einen Schlosser angefordert«, schloß Bremer. »Er müßte bald hier sein.«

»Wollen wir's hoffen.« Sendig kramte eine einzelne Zigarette aus der Manteltasche und steckte sie zwischen die Lippen, aber er schüttelte den Kopf, als Bremer ihm Feuer geben wollte.

»Danke, nein. Ich versuche gerade, es mir abzugewöhnen. Haben Sie schon mit den Leuten hier im Haus gesprochen?«

Bremer entfernte sich ein paar Schritte von Sendig und dem Hausmeister, hob das Funkgerät und erkundigte sich in der Zentrale nach dem Verbleib des Schlossers. Er bekam genau die erwartete Antwort: nämlich erstens, daß der Mann unterwegs sei, und zweitens einen Hinweis auf die vorgerückte Stunde, zu der selbst in einer Weltstadt wie Berlin die allermeisten Schlosser in ihrem Bett lagen und schliefen. Er gab die Hälfte dieser Antwort an Sendig weiter und beeilte sich dann, dem Beispiel seines jüngeren Kollegen zu folgen und die Nachbarn zu befragen.

Während der nächsten halben Stunde klingelte Bremer an einem knappen halben Dutzend Türen. Er erfuhr eine Menge über Dr. Klaus Löbach – und zugleich sehr wenig. Nirgends mußte er lange um Einlaß bitten. Sämtliche Bewohner des Hauses schienen ohnehin wach zu sein, und nur die wenigsten versuchten überhaupt, ihre Neugier zu verhehlen. Die meisten Türen wurden geöffnet, noch ehe er die Hand nach dem Klingelknopf ausstreckte, und er bekam bereitwillig Auskunft. Allerdings stellte sich rasch heraus, daß es nicht besonders viel gab, was man ihm über den Bewohner des Apartments achthundertundsiebzehn sagen konnte. Mit Ausnahme seines Namens und der Tatsache, daß er als Chemiker bei *irgendeiner großen Firma* in der Stadt arbeitete, schien niemand etwas über Löbach zu wissen. Der Mann hatte keinen Kontakt zu seinen Nachbarn gepflegt, war jedem Gespräch aus dem

Weg gegangen und hatte die meiste Zeit nicht einmal gegrüßt. Ein Eigenbrötler, der viel auf Achse war und manchmal für Wochen nicht nach Hause kam und der den meisten hier ein bißchen unheimlich gewesen war. Allerdings auch kein Exzentriker. Bremers obligatorische Frage, ob irgend etwas in letzter Zeit auf das hingedeutet hätte, was jetzt geschehen war, wurde stets verneint.

Ein paar Minuten nach zwei kam endlich der Schlosser. Dem Mann war anzusehen, daß ihn das Telefon aus dem tiefsten Schlaf gerissen hatte, und er machte aus seiner Verärgerung darüber keinen besonderen Hehl. Er schleppte nicht nur einen großen Werkzeugkoffer, sondern auch ein komplettes Schweißgerät mit sich, dessen Gasflaschen in schreiendem Signalrot gespritzt waren und die Abmessungen von Sauerstoffflaschen hatten, wie sie Taucher benutzten. Bremer unterdrückte mühsam ein schadenfrohes Grinsen, als der Mann das zentnerschwere Gerät mit einem Knall so dicht vor Sendigs Füßen ablud, daß der Kommissar sich mit einem hastigen Sprung in Sicherheit brachte.

Bremer hatte auf seiner Hälfte des Flures noch zwei Türen abzuarbeiten, aber er war ziemlich sicher, daß er auch dort nicht mehr über Dr. Löbach erfahren würde als bei den anderen, und da Sendig nichts dagegen zu haben schien, gesellte er sich nach einer Weile wieder zu ihm, um dem Schlosser bei seiner Arbeit zuzusehen.

Der Mann hatte zwar schweres Gerät mitgebracht, versuchte aber zuerst, mit Hilfe eines Dietrichs und eines gebogenen Drahtes das Schloß zu öffnen. Nach einigen Minuten kapitulierte er, öffnete seine Werkzeugkiste und brach hintereinander drei Bohrer bei dem Versuch ab, das Schloß herauszubohren. Er sagte kein Wort, aber er schüttelte ununterbrochen den Kopf, und der Ausdruck griesgrämiger Verärgerung auf seinem Gesicht wich mehr und mehr dem eines fast ehrfurchtsvollen Staunens. Bremer schien mit seiner Einschätzung, was die Qualität der Tür und des Schlosses anging, ziemlich richtig gelegen zu haben. Es dauerte gute zehn Minuten, bis er endlich aufgab und das tat, was Bremer ihm von Anfang an geraten hätte: nämlich das mitgebrachte

Schweißgerät zu benutzen. Der Hausmeister begann lautstark zu lamentieren, bis Sendig ihn mit ein paar halblauten, aber sehr scharfen Worten zum Verstummen brachte, und rauschte beleidigt von dannen; vermutlich, um den Hausbesitzer aus dem Bett zu klingeln und ihm sein Leid zu klagen.

»Rufen Sie in der Zentrale an«, sagte Sendig, während sich die kleine blaue Acetylenflamme funkensprühend in den Stahl fraß. Das Teakholzfurnier verkohlte unter einer enormen Rauchentwicklung, so daß sie ein paar Schritte zurücktraten und der Schlosser zu husten begann. »Es sollte mich nicht wundern, wenn er eine Alarmanlage hat und Ihre Kollegen gleich hier auftauchen, um uns zu verhaften.«

Bremer trat schuldbewußt einige Schritte weiter zurück und zog das Funkgerät aus der Tasche. Sendigs Worte waren frei von jedem Tadel gewesen, aber das änderte nichts daran, daß er auf diese Idee auch von selbst hätte kommen können; bei der augenscheinlichen Paranoia, unter der Löbach gelitten hatte, lag sie praktisch auf der Hand.

Er gab den Kollegen in der Funkleitzentrale Bescheid und trug ihnen gleichzeitig auf, Löbachs Namen durch den Computer laufen zu lassen – auch das zu spät, aber immerhin nicht so spät, daß Sendig ihn daran erinnern mußte. Sein Erlebnis von vorhin schien ihn doch mehr mitgenommen zu haben, als er selbst wahrhaben wollte. Normalerweise vergaß er solche Dinge nicht.

Der Schlosser schaltete sein Schweißgerät aus, als Bremer zu ihm zurückkam. Er hatte nur ein winziges Loch in die Tür gebrannt, gerade so groß wie Bremers Daumennagel, in dem er nun mit dem Draht von vorhin und einem an einen Zahnarztschaber erinnernden Werkzeug herumstocherte. Es verging noch eine geraume Weile, aber dann ertönte ein helles metallisches Klicken, und der Mann richtete sich triumphierend auf und hob die Hand, um die Tür aufzustoßen.

»Nicht!« sagte Sendig. »Treten Sie zurück.«

Der Schlosser wirkte mehr verwirrt als erschrocken, gehorchte aber sofort, und Sendig gab Bremer mit einem Kopfnicken zu verstehen, daß er dicht hinter ihm bleiben sollte. Clausens Kollege gesellte sich zu ihnen, hielt aber vorsichtshalber drei Schritte Abstand. Seine Hand lag auf dem Pistolengriff, und Bremer sah mit einem Gefühl leiser Besorgnis, daß er die Waffe bereits entsichert hatte.

Seltsamerweise konnte er das verstehen. Auch ihm ging es nicht sehr viel besser. Er war beunruhigt. Das hier war alles, nur kein normaler Selbstmord. Trotzdem deutete er ein Kopfschütteln in Richtung des Jungen an, von dem er hoffte, daß Sendig es nicht bemerkte, und registrierte erleichtert, wie der junge Kollege die Hand wieder zurückzog.

Sendig legte die Hand auf die Tür, riß sie hastig wieder zurück und zog ein Taschentuch aus dem Mantel, um sich vor der Hitze zu schützen, die das Metall offensichtlich gespeichert hatte. Mit einer schwerfälligen Bewegung, die ihr Gewicht verriet, schwang die Tür nach innen. Silbergraues Licht kroch ihnen entgegen. Sämtliche Lampen waren ausgeschaltet, aber die große Tür zu dem Balkon, von dem Löbach gesprungen war, stand weit offen, und auf der anderen Seite des Raumes glommen die roten und grünen Lichter einer Stereoanlage wie die leuchtenden Augen unheimlicher Insekten, die sie aus der Dunkelheit heraus anstarrten. Nach der hellen Neonbeleuchtung draußen auf dem Flur fiel es Bremer im ersten Moment schwer, mehr als Schatten zu erkennen, aber Sendig war nur einen Schritt hinter der Tür stehengeblieben und tastete bereits nach dem Lichtschalter. Es gab keinen Laut, aber unter der Decke glühten plötzlich gleich Dutzende winziger weißer Halogenscheinwerfer, und im nächsten Moment riß Bremer ungläubig die Augen auf.

»Großer Gott!« flüsterte Sendig.

4. Kapitel

Der Raum war dunkel und groß. Zwar brannte Licht – eine nicht zu schätzende Anzahl von Kerzen, die, einem asymmetrischen Muster folgend, im Zimmer verteilt waren –, aber etwas stimmte mit diesem Licht nicht. Es war da, aber es war nicht wirklich hell, als erreiche es die Oberfläche der Dinge nicht. Und es verwirrte eher, statt irgend etwas erkennen zu lassen, wie leuchtendes Wasser, das um dunkle Inseln herumfloß, ohne ihre Oberfläche zu benetzen. Was er sah, sah er nicht wirklich, sondern erriet es mehr, so daß er in einer Welt der Dinge war, die existieren konnten, nicht solcher, die tatsächlich waren: Gestalten – fünf, vielleicht sechs oder auch sieben, die im Kreis auf dem Boden saßen und sich an den Händen hielten, wobei sie den Oberkörper im Takt einer unhörbaren Melodie hin und her wiegten. Ihre Gesichter waren leere Flächen ohne Augen und Münder, die massiven Umrisse weniger, aber sehr schwerer Möbelstücke, deren Verteilung mit der der Kerzen korrespondierte und ebensowenig zu bestimmen war, und dazwischen etwas, das ein leuchtendes Kreuz hätte sein können, wäre es nicht zu groß gewesen und zugleich zu organisch.

Ein durchdringender Geruch hing in der Luft, und die Klarheit, die ihm seine Augen nicht liefern konnten, versuchten seine anderen Sinne durch übermäßige Schärfe zu kompensieren. Er spürte jede winzige Unebenheit des Bodens, auf dem er saß. Den leichten Luftzug auf der Haut, der durch das nur angelehnte Fenster hereinstrich. Die winzigen Falten, die seine Kleidung warf, und die Wärme der beiden Hände, die er berührte. Er war Teil des Kreises, und wie die anderen wiegte er den Oberkörper in regelmäßigen Bewegungen, hörte jedoch die lautlose Melodie nicht, deren Rhythmus er dabei folgte.

Das war falsch. Er war Teil dieses Kreises, zugleich aber auch wieder nicht, sondern ausgeschlossen. Und obwohl er noch nicht einmal wußte, weshalb, erfüllte ihn dieser Gedanke mit einem tiefen Bedauern. Er hatte etwas verloren, schlimmer noch, etwas war ihm genommen *worden, und obwohl dies selbst für das Wissen um das galt, was es gewesen war, verspürte er einen tiefen Schmerz und zu-*

gleich Zorn darüber, denn immerhin wußte er noch, daß es etwas ungemein Großes, Wertvolles und Schönes gewesen war.

Das Licht flackerte. Im ersten Moment dachte er, ein Luftzug hätte die Kerzen berührt, aber die zahllosen winzigen Flämmchen bewegten sich nicht. Trotzdem war zu der Bewegung der Sitzenden eine andere hinzugekommen: die der Schatten, die zu wandern begannen. Er sah auf und erkannte, daß es das leuchtende Kreuz war, das sich auf ihn zubewegte. Es war nicht wirklich ein Kruzifix, sondern eine schlanke Mädchengestalt in einem schmucklosen weißen Kleid, das bisher mit ausgebreiteten Armen dagestanden hatte. Von seiner Gestalt ging tatsächlich ein mildes, goldfarbenes Licht aus, das noch weniger real war als das der Kerzen und seine Sinne noch mehr verwirrte, denn obwohl es nur wenige Meter entfernt dagestanden hatte und nun mit einem Schritt in den Kreis der sich Wiegenden hineintrat, konnte er das Gesicht unter dem glatten schwarzen Haar nicht erkennen. Aber er spürte den Blick ihrer Augen, der durchdringend auf ihm ruhte, und es war etwas darin, das ihn bis ins Mark erschütterte. Etwas, das heißer brannte als Zorn, das tiefer ging als Haß und das ihn am Grunde seiner Seele berührte und etwas in ihm zu Eis erstarren ließ. Ganz instinktiv spürte er, daß das Gesicht hinter diesem goldenen Schein unendlich schön sein mußte, aber daß ihn sein Anblick auch verbrennen würde, denn er war nicht für die Augen Sterblicher gedacht. Trotzdem hätte er sein Leben gegeben, nur einen einzigen Blick hinter diesen Vorhang aus leuchtendem Licht zu werfen.

Dann hörte er die Stimme. Sie war so überirdisch schön und irreal wie die Gestalt selbst, und wie schon zuvor bei ihrem Gesicht war etwas Substantielles von ihr nicht zu erkennen. Hätte er es gekonnt, wäre ihr Klang so tödlich gewesen wie der Anblick des Engelsgesichtes, und er hätte ebensoviel dafür gegeben, ihn ein einziges Mal wirklich zu hören. »Du hast uns verraten«, sagte sie. »Du hast mich *verraten, obwohl ich dir mein Vertrauen und meine Liebe geschenkt habe. Sieh, was du getan hast.«*

Eine leuchtende Hand hob sich und deutete auf die Gestalt zu seiner Rechten, und als sein Blick der Geste folgte, wurde der Traum endgültig zum Alptraum. Die Hand, die er hielt, war keine richtige Hand; das war sie vielleicht einmal gewesen, aber es mußte Jahre her sein. Jetzt war es eine mumifizierte Klaue, ein dürres Knochen-

gerüst, über dem sich pergamenttrockene graue Haut spannte, die an zahllosen Stellen gerissen war, so daß es weiß hindurchschimmerte. Sie steckte in einem vermoderten braunen Jackenärmel, an dem sein Blick hinaufwanderte, bis er auf das traf, was einmal ein Gesicht gewesen war. Jetzt war es eine verwüstete, zerstörte Landschaft aus mumifiziertem Fleisch, vertrockneten grauen Hautfetzen und kratergleichen Wunden, an deren Grund eine Lava aus weißen Maden brodelte. Augen, Nase und Mund waren verschwunden und zu glitschigen Nistplätzen geworden, und eine gewaltige diagonale Schnittwunde spaltete dieses Horrorantlitz fast zur Gänze.

Er schrie auf und versuchte sich zurückzuwerfen, aber die Totenhand hielt seine Finger mit unerbittlicher Kraft umklammert. Verzweifelt riß und zerrte er, um den stahlharten Griff zu sprengen. Die morschen Knochen raschelten wie trockenes Holz, und graue Leichenhaut löste sich in pulverfeinen Staub auf, der an seiner Hand herablief und in seinen Ärmel rieselte; ein Gefühl, als krabbelten Millionen winziger Spinnen an seinem Unterarm entlang.

»Sieh nur, was du getan hast! Was du uns angetan *hast!«*

Er wollte es nicht. Er versuchte, sich mit aller Kraft dagegen zu wehren, aber sein Blick löste sich gegen seinen Willen von dem schrecklichen Totengesicht zur Rechten und fiel in das noch viel schlimmere auf der linken Seite. Es war nicht so grausam zerstört wie das andere, aber viel jünger, beinahe noch das eines Kindes, und vielleicht wirkten die Verheerungen darum um so schrecklicher. Es war ein Mädchen mit blondem, schulterlangem Haar, dessen seidiger Glanz einen gräßlichen Kontrast zu der aufgerissenen Totenhaut des Gesichts bildete, und großen Augen, in denen noch eine verblassende Erinnerung an das Leben geschrieben stand, das einst darin gewesen war. Aber auch noch mehr: ein stummer Vorwurf wie ein lautloser Schrei, vor dem er die Augen verschließen konnte, aber nicht die Ohren: Es ist deine Schuld. Wir haben dich geliebt, und das ist dein Dank!

»Sieh, was du getan hast! Sieh es dir an!«

Er schrie erneut und noch lauter und versuchte noch einmal, sich loszureißen. Doch der Griff der toten Hände war wie Stahl. So wie der Anblick des Gesichtes seinen Blick gefangenhielt, umklammerten die dürren Finger seine Hände, ganz gleich, wie verzweifelt er auch versuchte, sich loszureißen. Dann nahm er eine Bewegung aus den Augenwinkeln wahr, und irgend etwas daran durchbrach den Bann, der ihn bisher gezwungen hatte, die Zombiegesichter neben sich anzustarren. Ein Schatten beugte sich über ihn, und für einen winzigen Moment glaubte er das Gesicht hinter dem leuchtenden Schleier zu erkennen. Vielleicht auch nur etwas wie ein Gesicht, nicht mehr ganz menschlich, aber auch nicht ganz fremd, und eine Hand streckte sich nach ihm aus und berührte seine Schulter.

Ihr Griff war wie Feuer, das seinen Körper mit etwas tausendmal Schlimmerem wie Schmerz erfüllte, so daß er aufbrüllte und sich zurückwarf und sofort ...

... erwachte. Sein Herz jagte wie ein zuckender roter Gummiball in seiner Brust. Mark wußte sofort und mit unerbittlicher Sicherheit, daß er geträumt hatte, aber seltsamerweise half ihm dieses Wissen kein bißchen, die Furcht zu überwinden, die ihn noch immer erfüllte. Sie war und blieb noch in ihm wie ein pulsierender Embryo, den eine Schlupfwespe aus dem Land der Nachtmahre in ihm abgelegt hatte.

»Fühlen Sie sich nicht wohl?«

Marks Blick klärte sich nur langsam. Er konnte sehen, aber es fiel ihm schwer, den Bildern die richtige Bedeutung zuzuordnen. Vor ihm war noch immer ein Gesicht, und auf seiner Schulter lag noch immer eine Hand, die ihn wohl auch wachgerüttelt hatte, aber sie gehörten nicht mehr zu dem Todesengel, sondern einer vielleicht fünfzigjährigen dunkelhaarigen Frau, die besorgt auf ihn herabblickte und ihre Frage wiederholte, vielleicht nicht zum ersten Mal.

»Fühlen Sie sich nicht wohl?«

Mark schüttelte benommen den Kopf. »Es ist nichts«, murmelte er. »Ich hatte einen Alptraum ... glaube ich.«

»Sie haben geschrien.« Die Frau nickte. Dann machte sich plötzlich Verlegenheit auf ihrem Gesicht breit, und sie richtete sich hastig auf und nahm endlich die Hand von seiner Schulter. Mark atmete erleichtert auf. Diese Berührung war leicht wie die einer Feder gewesen, aber sie erinnerte ihn an die des Todesengels aus seinem Traum, und das allein war beinahe mehr, als er ertragen konnte.

Offenbar sah man ihm seine Erleichterung auch deutlich an, denn die Verlegenheit im Gesicht der Frau nahm noch weiter zu. Mit einer nervösen Bewegung ließ sie sich wieder auf den Sitz auf der anderen Seite des Abteils sinken, von dem sie aufgestanden war, um ihn zu wecken. »Entschuldigen Sie«, sagte sie. »Ich wollte nicht –«

»Das ist schon in Ordnung«, unterbrach sie Mark. Er zwang sich zu einem Lächeln. »Es war ein Alptraum. Völlig verrückt, schlimm. Ich bin Ihnen dankbar, daß Sie mich geweckt haben.«

Das hörte sich ungefähr so überzeugend an, wie sein Lächeln aussehen mußte, aber vermutlich hätte alles, was er jetzt sagen konnte, die Situation nur noch peinlicher gemacht. In diesem Moment jedoch wurde die Abteiltür geöffnet, und ein zugleich übermüdet wie alarmiert aussehender Schaffner mit Ringen unter den Augen und einer schlechtsitzenden Uniform blickte zu ihnen herein. Irgend etwas an ihm war ungewöhnlich, aber Mark konnte nicht sagen, was es war.

»Alles in Ordnung?« fragte er. Obwohl er sehr müde aussah, klang seine Stimme mißtrauisch, und sein Blick war sehr wach. Und jetzt wußte Mark auch, was an ihm nicht stimmte: Seine Hände waren leer. Die abgewetzte, immer zu kleine und meistens mit einem Einmachgummi zusammengehaltene Ledermappe mit Fahrplänen, Formularen, Fahrkartenblocks und Quittungen, die fester Bestandteil jedes Eisenbahnschaffners war, fehlte bei diesem Mann. Er war nicht auf seiner normalen Runde, sondern einzig und allein hergekommen, weil er etwas gehört hatte.

»Es ist schon gut«, sagte Mark hastig. »Ich hatte einen Alptraum. Es tut mir leid.«

Der Schaffner blickte weiter mißtrauisch auf ihn herab. Das war nicht die Antwort, die er erwartet hatte, und wahrscheinlich auch keine, die er wirklich glaubte. Er wandte sich mit einem fragenden Blick an die Frau auf der anderen Seite des Fensters.

»Es ist wirklich alles in Ordnung«, sagte sie. »Er hat schlecht geträumt. So etwas kommt vor.«

»Ja, das kommt es wohl.« Der mißtrauische Glanz in den Augen des Schaffners blieb. Er zögerte ein bißchen zu lange, dann trat er rückwärts wieder aus dem Abteil heraus und machte eine Kopfbewegung nach rechts. »Ich gehe dann wieder. Ich bin im Dienstabteil, zwei Türen weiter – falls Sie noch irgend etwas benötigen.«

»Vielen Dank.« Mark wartete, bis der Mann die Tür zugeschoben hatte und sie wieder allein im Abteil waren, dann wandte er sich mit einem dieses Mal echt wirkenden Lächeln wieder an sein Gegenüber. »Jetzt haben Sie mich zum zweiten Mal gerettet, glaube ich. Wahrscheinlich zerbricht er sich den Rest der Nacht den Kopf über die Frage, ob ich bekifft bin oder Sie belästigen wollte.«

»Sie waren wirklich ziemlich laut«, sagte die Frau. »War es so schlimm?«

»Keine Ahnung«, log Mark. »Ich erinnere mich nicht. Nur, daß es ein Alptraum war.«

»Das sind manchmal die schlimmsten. Man erinnert sich nämlich doch, wissen Sie... Man will es nur nicht wissen.«

Damit kam sie der Wahrheit näher, als sie wahrscheinlich selbst ahnte. Mark fragte sich einen Moment lang, warum er eigentlich gelogen hatte – er erinnerte sich an jede noch so winzige Kleinigkeit dieses verdammten Traumes, aber er wußte die Antwort auch im gleichen Augenblick selbst. Obwohl scheinbar völlig sinnlos, war der Traum viel zu intim gewesen, um darüber zu reden – noch dazu mit einem vollkommen fremden Menschen. Und dazu kam noch etwas: Auch wenn sein Herz aufgehört hatte zu rasen und seine Hände nicht mehr zitterten, war die Angst noch da. Über den Traum zu reden könnte bedeuten, den Embryo zu wecken.

»War sie Ihre Freundin?«

Mark schrak nicht nur aus seinen Gedanken hoch, sondern begriff auch voll plötzlichem Schrecken, daß sie ihn nun tatsächlich zum zweiten Mal gerettet hatte, denn er war nahe daran gewesen, erneut in die furchtbare Vision abzugleiten. Schon die Erinnerungen daran waren wie Fallstricke, zwischen denen bodenlose Abgründe lauerten. »Wer?«

»Azrael«, antwortete die Frau. »Sie haben ein paarmal ihren Namen gerufen.«

Mark kramte in seinem Gedächtnis. Azrael? Im ersten Moment sagte ihm dieser Name – *wenn* es ein Name war – nichts.

Aber dann schien doch etwas Vertrautes an diesem Begriff zu sein. Er grub tiefer in seinem Gedächtnis – und prallte so entsetzt zurück, als hätten seine tastenden Hände eine glühende Herdplatte berührt. Da *war* etwas... etwas Weißglühendes, Scheußliches, das wie eine Spinne im Zentrum ihres unsichtbaren Netzes hockte und darauf wartete, daß er einen der klebrigen Fäden berührte.

»Nein«, sagte er. »Ich glaube nicht.«

Der Schrecken ließ seine Stimme aggressiv klingen, das spürte er selbst. Dabei war das letzte, was er wollte, unhöflich oder gar grob zu sein. Er hatte seine zufällige Reisebegleiterin ohnehin schon in eine peinlichere Situation gebracht, als ihm lieb war.

»Entschuldigung«, sagte er noch einmal.

»Sie müssen sich nicht ununterbrochen entschuldigen, junger Mann«, antwortete sie. »Es ist nichts Schlimmes daran, Gefühle zu haben.«

Mark schwieg, aber er betrachtete sie jetzt das erste Mal genauer. Die Frau war nicht so alt, wie er im ersten Moment angenommen hatte – allerhöchstens vierzig –, aber ihr Gesicht und vor allem ihre Augen hatten etwas Mütterliches, das sie älter erscheinen ließ, und Mark begann sich zu fragen, ob es vielleicht nicht doch ein Fehler gewesen war, höflich sein zu wollen. Übertriebene Beschützerinstinkte und – wenn auch unbeabsichtigte – Aufdringlichkeit gingen meistens Hand in Hand. Er brauchte jetzt niemanden, der in seinem Seelenleben herumkramte. Aber er hatte mittlerweile auch lange genug geschwiegen, um das Gespräch endgültig zu unterbrechen. Und wieder breitete sich Peinlichkeit zwischen ihnen aus. Als sie diesmal übermächtig zu werden drohte, stand die Frau auf und nahm einen kleinen Handkoffer von der Gepäckablage. »Es wird Zeit«, sagte sie. »Ich muß an der nächsten Station raus.«

Das stimmte nicht. Bis zum nächsten Bahnhof war es noch eine gute halbe Stunde, wie Mark mit einem unauffälligen Blick auf die Uhr feststellte. Sie wollte einfach raus aus diesem Abteil und vor allem aus der Nähe dieses unheimlichen Burschen, der im Schlaf schrie und im übrigen wohl auch alles andere als vertrauenerweckend aussah. Marks letzter Friseurbesuch war ein Jahr her. Er trug einen viel zu großen grünen Parka mit einem Motörhead-Aufnäher auf dem rechten Ärmel, abgewetzte blaue Jeans und feste Schuhe, die bei flüchtigem Hinsehen und mit andersfarbigen Schnürsenkeln durchaus als Rep-Knobelbecher durchgegangen wären. Dieses Outfit symbolisierte keineswegs irgendeine Weltanschauung, sondern trug nur seiner ursprünglichen Planung Rechnung, zu Fuß zum Bahnhof zu gehen. Aber er konnte sich gut vorstellen, welchen Eindruck es zusammen mit seinem übermüdeten Gesicht und seinem seltsamen Benehmen machte.

Um ein Haar hätte er sie gebeten, zu bleiben, denn plötzlich hatte er fast panische Angst davor, allein zu sein. Er könnte wieder einschlafen, und dann würde vielleicht der Traum zurückkommen, und diesmal wäre niemand da, um ihn zu wecken. Mark war sogar ziemlich sicher, daß sie geblieben wäre, hätte er sie darum gebeten. Aber er hatte nicht den Mut dazu, und so blieb er nur wortlos sitzen und verabschiedete sich mit einem ebenso stummen Nicken, als sie das Abteil verließ.

Mark verfluchte sich in Gedanken für seine Feigheit. Vielleicht hatte Prein ja recht, und er war tatsächlich ein Feigling, zumindest aber nicht besonders klug. Er sah auf die Uhr. Fast halb drei. Seit nicht ganz zweieinhalb Stunden war er nun also volljährig, aber er begann sich zu fragen, ob er damit auch tatsächlich schlagartig erwachsen geworden war, und wenn, warum er sich dann eigentlich nicht so benahm. Pünktlich auf die Minute mit Überschreitung der magischen Achtzehn-Jahres-Grenze alle Brücken hinter sich abzubrechen und blindlings davonzustürmen war wohl eher ein Zeichen von kindlichem Trotz, nicht von Reife.

Der Zug bewegte sich schnell und beinahe lautlos durch die Nacht. Sie mußten über flaches Land fahren oder zumindest durch eine sehr dünn besiedelte Gegend, denn er sah draußen kein einziges Licht. Dazu kam, daß es noch immer regnete und schwere Wolken den Himmel bedeckten; der Intercity hätte ebensogut durch einen endlos langen, unbeleuchteten

Tunnel fahren können. Und in gewisser Weise tat er das ja auch, nur daß er nicht die geringste Ahnung hatte, was ihn am Ende dieses Tunnels erwarten mochte. Er wußte, woher er kam – aus einem Leben, das er gehaßt hatte, zumindest während der letzten sechs Jahre, und das jeden Tag ein kleines bißchen mehr –, aber er wußte nicht, wohin er ging. Wenn er ehrlich zu sich selbst gewesen wäre, hätte er sich eingestanden, daß er nicht einmal wußte, wohin er gehen *wollte*.

Er sah wieder auf die Uhr. Seit er es das letzte Mal getan hatte, schien keine meßbare Zeit vergangen zu sein, und vor ihm lagen noch viele Stunden, angefüllt mit endlosen Minuten, von denen jede einzelne sich zu einer kleinen Ewigkeit dehnen würde, ehe der Zug Berlin erreichte. Er hatte Angst, wieder einzuschlafen, und so verließ er das Abteil und ging in den Speisewagen, um einen Kaffee zu trinken. Er mochte eigentlich keinen Kaffee, aber er brauchte jetzt etwas, um wach zu bleiben.

Mark war der einzige Gast des Zugrestaurants. Es war nach zwei, selbst für einen Intercity auf der Nachtroute eine stille Zeit, in der die meisten Fahrgäste schliefen oder dem Morgen entgegendösten. Ein verschlafen aussehender Kellner brachte ihm das bestellte Kännchen Kaffee und bestand darauf, sofort zu kassieren – Parka und Knobelbecher waren offenbar auch nicht dazu angetan, seine Kreditwürdigkeit zu heben.

Während Mark die bitter schmeckende, heiße Flüssigkeit in kleinen Schlucken herunterwürgte und darauf wartete, daß die belebende Wirkung einsetzte, versuchte er sich über die Bedeutung seines seltsamen Traumes klar zu werden. Wahrscheinlich war es wirklich nicht mehr als ein Traum gewesen, ohne irgendeine tiefere Bedeutung. Alpträume kamen eben manchmal. Und trotzdem... Etwas an diesen Bildern war so ...*realistisch* gewesen. Hinter dem Wahnsinn hatte eine Wahrheit gelauert, die hinauswollte und die sich vielleicht nur hinter apokalyptischen Visionen tarnte, weil ihr wirkliches Antlitz noch viel schrecklicher war.

Er trank einen weiteren Schluck Kaffee, verzog angewidert das Gesicht und schenkte sich gleichzeitig nach. Die belebende Wirkung, auf die er so hoffte, ließ noch immer auf sich warten, dafür schmeckte das Gebräu jetzt, nachdem es abzukühlen begann, um so scheußlicher. Er fragte sich, warum so viele so versessen auf dieses Zeug waren. Es schmeckte nicht, war ungesund, und die versprochene Wirkung blieb es auch noch schuldig.

Dafür begann ihn das regelmäßige Schaukeln des Zuges und das Geräusch der rollenden Räder schon wieder einzulullen. Um der Müdigkeit entgegenzuwirken, rutschte er absichtlich in eine unbequemere Stellung und richtete sich auf. Sein Blick glitt haltlos durch den langen, schmalen Raum, aber es gab nichts, was interessant genug gewesen wäre, ihn wachzuhalten. Der Kellner, der ihn bedient hatte, lehnte mit verschränkten Armen an der Theke, rauchte und warf dann und wann einen gelangweilten Blick in seine Richtung. Mark hatte bisher angenommen, daß er ihn als willkommene Abwechslung in der toten Zeit zwischen zwei und vier betrachtete, aber augenscheinlich war es genau umgekehrt: Er hatte diese Stunden wohl als zusätzliche Pause fest einkalkuliert und ärgerte sich jetzt, wegen eines Gastes und eines Trinkgeldes von deutlich unter einer Mark wach bleiben zu müssen.

Marks Blick wanderte weiter über das knappe Dutzend Tische, die den schmalen Gang flankierten. Ihre Gleichförmigkeit hatte etwas Bedrückendes. Er wünschte sich, es wäre eine Stunde später oder er säße wenigstens nicht so allein im Zugrestaurant. Um sich die Zeit zu vertreiben, versuchte er die Plätze an den Tischen ringsum in Gedanken mit Menschen anzufüllen, aber er gab diesen Versuch fast sofort wieder auf: Die Phantome, die er erschuf, hatten eine unangenehme Tendenz, tote Gesichter mit leeren Augenhöhlen zu haben.

Er sah nach rechts, aber auch die vorübergleitende nächtliche Landschaft bot keine Abwechslung. In einiger Entfernung schwebte eine Autobahn vorbei, in unregelmäßigen Abständen gesprenkelt mit weißen und roten Lichterpaaren, die vollkommen stillzustehen schienen. Er war schrecklich müde, und es war, als hätte sich nun die ganze Welt verschworen, um ihm zu beweisen, daß er sich wirklich am tiefsten Punkt der Nacht befand – einer Stunde, die dem Schlaf gehörte und den Träumen mit ihren Bewohnern.

Irgend etwas bewegte sich draußen vor dem Fenster. Wahrscheinlich war es nur ein Lichtreflex auf einem Blatt oder eine Stromleitung, an der der Zug vorüberraste, aber er hielt trotzdem aufmerksam danach Ausschau, konnte er auf diese Weise doch der Nacht einige weitere Augenblicke abtrotzen. Und er wurde belohnt. Nach einem Moment sah er es wieder, und diesmal sah es nicht aus wie ein Lichtreflex, sondern seidig und wehend, wie ein weißes Kleid, das sich im Wind bewegte und dabei nicht nur mit dem rasenden Tempo des Zuges mithielt, der mit annähernd zweihundert Stundenkilometern durch die Nacht schoß, sondern im Gegenteil allmählich näher zu kommen begann. Hinter ihm und rechts und links von ihm glommen plötzlich zahllose winzige Funken in der Dunkelheit auf. Hunderte von ruhig brennenden gelben Kerzen, die ovale Höfe von mildem Licht um sich verbreiteten.

Es war ein Kleid. Die Kerzen waren real und die Schatten davor die eines Dutzends im Kreis sitzender Gestalten, die sich an den Händen ergriffen hatten und im Takt einer unhörbaren Musik wiegten. Mark prallte entsetzt zurück und stieß gegen seine Tasse. Sie fiel um und tränkte die Tischdecke mit dem Rest Kaffee, der noch darin gewesen war, aber das registrierte er ebensowenig wie das Stirnrunzeln des verärgerten Kellners. Sein Blick irrte immer unsteter über die leeren Tische auf der anderen Seite des Ganges. Er war noch immer der einzige Gast. Außer ihm und dem Ober war niemand hier, und trotzdem sah er jetzt ganz deutlich das Spiegelbild von fünf, sechs, sieben Personen in der schwarzen Scheibe. Ein Spiegelbild ohne Original, das nicht sein konnte und trotzdem immer realer wurde, bis die Wirklichkeit verblaßte und der Traum ihre Stelle einnahm. Die Fensterscheibe war jetzt kein Spiegel mehr, sondern ein Tor in eine andere, verbotene Welt, deren Abgesandte sich auf dem Weg zu ihm befanden.

»Na, was ist denn da los? Haben wir Probleme?«

Wenn dies ein Traum war, wie konnte er dann die Stimme des Kellners hören? Aber er konnte nicht darauf reagieren. Gelähmt vor Schrecken, starrte er die Gestalt in dem weißen

Kleid an, die Gestalt ohne Gesicht, die den Kreis betreten hatte und langsam näher kam. Ihre Füße berührten den Boden nicht, aber ihre Hände waren nach ihm ausgestreckt. Es waren schlanke, sehr schmale Hände. Die Hände eines Mädchens oder einer jungen Frau, die so zerbrechlich wie Puppenglieder wirkten und von denen er trotzdem wußte, welch enorme Kraft sie hatten. Eine tödliche, mörderische Kraft, die nur auf ein einziges Ziel gerichtet war.

»He, Freundchen – was ist los mit dir?«

Er hörte, wie der Kellner näher kam. Seine Stimme klang jetzt ziemlich verärgert, und Mark flehte, daß er es auch wirklich war, daß er sich beeilte und ihn erreichte, ehe sie es tat, ehe diese schrecklichen Hände ihn berühren konnten. Die Gestalt ohne Gesicht war jetzt ganz nah, nur noch durch das Glas der Fensterscheibe von ihm getrennt, ihre Hände näherten sich ihm, berührten das Glas und glitten hindurch, ohne daß es einen sichtbaren Widerstand gab, tauchten hinein wie in transparentes Quecksilber, kleine, runde, sich kreuzende Wellenkreise erzeugend, doch was auf seiner Seite wieder aus dem Glas auftauchte, das waren keine weißen Porzellanfinger mehr, sondern schuppige Teufelsklauen. Grobe Pranken mit einer Haut aus grünem Stahl und Krallen, die wie gezackte Rasierklingen blitzten und sich gierig nach seiner Kehle ausstreckten...

Eine schwere Hand legte sich auf seine Schulter, und die Berührung ließ die Illusion zerplatzen. Und das im wortwörtlichen Sinne: Das Bild auf dem Glas vor ihm zerbrach in Tausende von Splittern, die lautlos in alle Richtungen davonflogen. Die tödlichen Krallen zerbarsten und lösten sich auf. Das Fenster war wieder ein Fenster, hinter dem die nächtliche Landschaft vorüberrollte.

Mark sah hoch und blickte in ein breitflächiges, müdes Gesicht, dessen Augen vor kaum noch verhohlener Wut funkelten. Aber nur für einen Sekundenbruchteil. Was immer der Kellner in seinem Gesicht sah, es ließ aus dem Ärger in seinem Blick Erschrecken und gleich darauf Bestürzung werden. Hastig nahm er die Hand von Marks Schulter.

»Ist alles in Ordnung?« fragte er.

Mark hätte ihn vor Erleichterung umarmen können. Sein Herz hämmerte, er zitterte am ganzen Leib und spürte erst jetzt, daß ihm lauwarmer Kaffee auf den Schoß tropfte, und trotzdem fühlte er sich so erleichtert wie niemals zuvor. Es war nur ein Traum gewesen, aber Mark war nicht sicher, ob es auch so geblieben wäre, hätten diese furchtbaren Hände ihn berührt.

»Schon gut«, sagte er. »Ich war... ein bißchen ungeschickt. Tut mir leid wegen der Decke.« Irgend etwas kratzte an der Scheibe hinter ihm, wahrscheinlich nur ein Regentropfen, aber vielleicht auch stahlharte Fingernägel, die über das Glas scharrten. Mark wagte es nicht, hinter sich zu blicken, aber er sah aufmerksam ins Gesicht des Kellners und suchte nach einer Spur von Erschrecken, einem Stirnrunzeln, irgendeinem Hinweis darauf, daß auch er da draußen irgend etwas Ungewöhnliches entdeckt hatte. Nichts...

»Fühlen Sie sich nicht wohl? Sie sehen krank aus.«

Von *Freundchen* waren sie nun wieder beim höflichen Sie angelangt – immerhin eine gewisse Verbesserung, dachte Mark. Er schüttelte ein wenig zu heftig den Kopf, um überzeugend zu wirken, und zuckte praktisch in der gleichen Bewegung mit den Schultern. »Nicht besonders«, gestand er. »Ich bin ein bißchen übermüdet, schätze ich.«

»Dann sollten Sie ein paar Stunden schlafen«, sagte der Kellner. Er begann mit seinem Handtuch die Kaffeepfütze wegzutupfen, die sich auf der Tischdecke vor Mark gebildet hatte, und stellte gleichzeitig die Tasse wieder auf. »Fahren Sie durch bis zum Ende?«

»Bis Berlin, ja.«

»Suchen Sie sich ein freies Abteil und legen Sie sich lang«, fuhr der Kellner fort. »Sind genug da. Der Zug ist fast leer. Und wenn Sie verschlafen, dann weckt Sie ja spätestens die Putzkolonne wieder auf.«

Vermutlich war das scherzhaft gemeint, aber Mark war nicht nach Lachen zumute. Er schüttelte den Kopf. »Ich möchte nicht schlafen. Lieber hätte ich noch einen Kaffee, um wach zu bleiben.«

»Dann lieber einen Mokka, würde ich vorschlagen, einen doppelten. Ist noch ein weiter Weg bis Berlin.«

»Das fürchte ich auch«, murmelte Mark. Er hob den Arm und streifte den Ärmel des Parkas zurück, wobei er es sorgsam vermied, auch nur in die ungefähre Richtung des Fensters zu blicken. Es war noch nicht einmal eine halbe Stunde vergangen. Die Uhrzeiger schienen festgeklebt zu sein, und vor ihm lagen noch eine Menge halber Stunden.

»Azrael ... « murmelte er.

5. Kapitel

Die Wohnung war ein Alptraum. Die vorherrschende Farbe war Schwarz – angefangen von den Jalousien vor den Fenstern über den Teppichboden, die Wände, Türrahmen und das spärliche Mobiliar. Bis hin zur Decke hatte sich jemand große Mühe gegeben, jede Farbe aus diesem Raum zu löschen. Es gab nur sehr wenige Möbel: ein einfaches, natürlich schwarzgestrichenes Holzregal, das eine Stereoanlage und einen Fernseher enthielt, einen Couchtisch und ein paar Stühle und anstelle eines Bettes einen großformatigen – schwarzen – Futon. Das fast vollständige Fehlen einer Einrichtung bedeutete jedoch nicht, daß die Wohnung *leer* war. Ganz im Gegenteil herrschte in dem großen Apartment ein unbeschreibliches Durcheinander. Auf dem Fußboden lag eine fast wadenhohe Schicht aus Kleidungsstücken, Büchern, Papierfetzen, Plastiktüten, aufgerissenen Kartons und Kissen, Hunderten von leeren Zigarettenschachteln und Zeitschriften, vollen Aschenbechern und Bierdosen, McDonalds-Kartons, Kerzenstummeln und Prospekten ... Eine Müllkippe war nichts dagegen. Trotz der offenstehenden Balkontür stank es erbärmlich. Bremer mußte immer schneller schlucken, um den schon wieder aufkommenden Brechreiz zu unterdrücken. Was hatte er dem Schicksal eigentlich angetan, daß es ihm heute so übel mitspielte?

»Mein Gott«, murmelte er. »Das ist ja unvorstellbar. Wie kann ein Mensch so leben?«

Er trat einen weiteren Schritt hinter Sendig in den Raum hinein und stieß dabei mit dem Fuß gegen eine Papiertüte, die umfiel und ihren Inhalt über den Boden verteilte: ein halbes Dutzend leerer Bierdosen und Plastikschälchen mit Essensresten, die schon Schimmel angesetzt hatten. Bremer verzog angeekelt das Gesicht. Wahrscheinlich wimmelte es hier von Ungeziefer und Krankheitserregern. Der Gestank war so schlimm, daß er eigentlich noch drei Etagen tiefer zu spüren sein mußte. Es war ihm ein Rätsel, daß sich die anderen Mieter des Hauses nicht längst darüber beschwert hatten.

»Rühren Sie nichts an«, sagte Sendig. »Rufen Sie das Präsidium. Die Spurensicherung soll herkommen. Und schließen Sie die Tür«, fügte er nach kurzem Zögern hinzu. »Das hier muß niemand sehen.«

Dazu war es ein bißchen zu spät. Unter der Tür standen mittlerweile nicht nur der rothaarige Polizist und der Schlosser und starrten aus ungläubig aufgerissenen Augen zu ihnen herein, auch Schraiber mit ›ai‹ war zurückgekehrt, und er sah aus, als träfe ihn jeden Moment der Schlag.

»Aber das... das... das ist ja unfaßbar«, stammelte er. »Eine solche Schweinerei hab' ich ja noch nie gesehen! Das... das muß ich sofort der Hausverwaltung melden!«

»Tun Sie das«, sagte Sendig. »Am besten von einem Münzfernsprecher am Hauptbahnhof aus.« Er wiederholte seine Aufforderung, die Tür zu schließen, mit einer ungeduldigen Geste und schüttelte den Kopf, als Bremer ihr endlich nachkam.

»Idiot«, murmelte Sendig. Er war in der Mitte des überraschend großen Raumes stehengeblieben und sah sich noch immer unentwegt kopfschüttelnd um. Er sagte nichts mehr, aber es fiel ihm offenbar ebenso schwer wie Bremer, wirklich zu glauben, was er sah.

Bremer erinnerte sich endlich an den Rest des Befehles, den Sendig ihm erteilt hatte, und hatte es plötzlich sehr eilig, sein Funkgerät einzuschalten und die Zentrale anzurufen. Während er es tat, bewegte sich Sendig raschelnd durch den Raum und verschwand hinter einer der beiden anderen Türen, die es gab. Bremer erledigte seinen Anruf und folgte ihm. Es war nicht unbedingt so, daß er Sendigs Gesellschaft übermäßig schätzte – aber allein in dieser unheimlichen Wohnung zu bleiben, gefiel ihm noch sehr viel weniger.

Die Tür führte in ein großzügig bemessenes Bad, das neben Toilette und Badewanne eine zusätzliche Duschkabine und ein Bidet enthielt. Und alles war mit einer dicken Schicht schwarzer Ölfarbe überzogen. Auf den glasierten Fliesen und dem Porzellan haftete die Farbe nicht gut, weshalb Löbach mehrere Schichten übereinander aufgetragen hatte, bis sie so rauh und uneben wie glänzender Teer geworden waren. Es gab sogar ein Fenster, das Bremer aber erst beim zweiten Hinsehen überhaupt bemerkte. Scheibe und Rahmen waren so dick mit schwarzer Farbe bekleistert, daß sie mit der Wand zu verschmelzen schienen. Es war auch nicht sehr hell. In den Deckenpaneelen befanden sich die gleichen, einen Sternenhimmel simulierenden Halogenlämpchen wie im Wohnzimmer, aber die meisten Birnen waren herausgezogen, so daß der Raum nur aus einem Konglomerat schwarzer Schatten mit verschwimmenden Kanten bestand.

»Unheimlich«, murmelte Sendig. »Ich frage mich, was in einem solchen Menschen vorgehen muß.«

Er machte einen weiteren Schritt in den Raum hinein, und die Dunkelheit und das allgegenwärtige Schwarz verliehen der Bewegung eine sonderbare Tiefe. Es war, dachte Bremer, als mache er zugleich einen Schritt in eine bizarre, fehlfarbene Welt mit verschobenen Dimensionen.

»Wahrscheinlich werden wir das nie erfahren.« Sendig beantwortete seine Frage selbst, als Bremer es nicht tat. »Aber vielleicht muß man den Verstand verlieren, in einer solchen Umgebung.«

»Er hat sich selbst so eingerichtet«, gab Bremer zu bedenken.

»Ja, das hat er wohl.« Sendig drehte sich einmal um seine Achse und trat schließlich an den Spiegelschrank über dem Waschbecken heran. Löbach hatte sämtliche Plastikteile und zwei der drei Türen geschwärzt; nur ungefähr ein Drittel des mittleren Spiegels war seiner Malwut entgangen. Sendig betrachtete ihn einen Moment nachdenklich, dann hob er die Hand und öffnete den Schrank, wobei er nur den Nagel des kleinen Fingers benutzte. Vorsichtig, dachte Bremer, aber ziemlich überflüssig. Welchen Beweis brauchte er nach dem Anblick *dieser* Wohnung eigentlich noch, daß Löbach einen Riß in der Schüssel gehabt hatte, der so breit war wie der Grand Canyon?

Der Schrank war fast leer: ein schmutziges Glas, eine noch in Cellophan eingepackte Zahnbürste und ein halb aufgebrauchtes Röhrchen Thomapyrin. Löbach hatte versäumt, auch das Innere des Schrankes schwarz anzumalen, und auf dem weißen Kunststoff war eine mehrere Millimeter dicke Staubschicht zu erkennen. Es mußte Monate her sein, daß dieser Schrank das letzte Mal geöffnet worden war.

Sendig musterte das Innere des Schränkchens erstaunlich lange und erstaunlich ausgiebig, ehe er das Röhrchen mit Schmerztabletten herausnahm. Er schraubte es auf, schüttete sämtliche Tabletten auf seine Handfläche und berührte jede einzelne mit der Zungenspitze, als wollte er sich persönlich davon überzeugen, daß sie auch wirklich nichts anderes als ein harmloses Schmerzmittel enthielten. Ebenso sorgfältig praktizierte er die Tabletten wieder in das Kunststoffröhrchen zurück und ließ es dann in seiner Manteltasche verschwinden. Bremer blickte fragend, aber Sendig machte sich nicht die Mühe, sein sonderbares Verhalten irgendwie zu erklären.

Er versuchte auch die anderen beiden Türen zu öffnen, aber es ging nicht. Sie waren mit Farbe verklebt, dasselbe galt auch für den Wasserhahn darunter; ebenso übrigens wie für die Dusche und die Armaturen der Badewanne.

»Scheint, als hätte er sich auch nicht mehr gewaschen«, sagte Sendig kopfschüttelnd. »Völlig plemplem, wenn Sie mich fragen. Ich verstehe das nicht... Sie sagen, den Nachbarn ist nichts an ihm aufgefallen?«

»Nichts Besonderes«, antwortete Bremer. »Außer eben, daß er ein ziemlicher Eigenbrötler war.«

»*Paranoid* trifft die Sache wohl eher«, sagte Sendig. »Sehen Sie sich nur diese Tür draußen an. Was ich nur nicht verstehe, ist... das hier.« Er ließ seine Hände in einer flatternden Bewegung kreisen. »Ich meine, daß... daß sich jemand bedroht fühlt, kommt vor. Aber warum verwandelt er seine eigene Wohnung in eine Gruft?« Er seufzte. »Sehen wir uns den Rest an. Und versuchen Sie, irgendwo Licht aufzutreiben. Ich komme mir allmählich vor wie lebendig begraben.«

Sie verließen das, was einmal ein Badezimmer gewesen war, und Bremer durchsuchte das Apartment nach einem weiteren Lichtschalter oder einer Lampe, ohne allerdings fündig zu werden. Wie im Bad waren die meisten Birnchen aus der Decke herausgezogen worden. Er fand auf dem nur spärlich bestückten Bücherregal hinter dem Fernseher zwar eine Leselampe, die allerdings nicht mehr funktionstüchtig war: Löbach hatte sich nicht die Mühe gemacht, die Birne herauszuschrauben. Er hatte sie kurzerhand übermalt.

Nur aus Neugier versuchte Bremer, die Titel der wenigen Bücher zu entziffern. Soweit er es in dem kaum vorhandenen Licht erkennen konnte, handelte es sich ausnahmslos um Bücher, die sich mit religiösen oder esoterischen Themen befaßten. Die Titel der wenigen CDs, die er fand, paßten dazu. Es war schwere, zum größten Teil schwermütige Klassik: Wagner, Mussorgski, Grieg.

Er hörte ein Geräusch, und als er aufsah, glaubte er eine Bewegung aus den Augenwinkeln heraus zu bemerken. Ein Schatten, der sich – draußen auf dem Balkon? – bewegte. Aber noch bevor er sich ganz herumdrehen konnte, hörte er Sendigs Stimme, die hinter der Tür auf der anderen Seite des Raumes erklang.

»Bremer! Kommen Sie her!«

Er hatte nicht einmal sehr laut gesprochen, aber das war auch nicht nötig. In seiner Stimme war etwas, das Bremer alarmierte. Er vergaß augenblicklich den Schatten, den er sich wahrscheinlich sowieso nur eingebildet hatte. So rasch er gerade noch konnte, ohne zu rennen, folgte er Sendig – und prallte erschrocken unter der Tür zurück.

Sendig stand in einer kleinen, aber komplett eingerichteten Küche, die sich nicht nur in ebenso verwahrlostem Zustand befand wie der Rest des Apartments, sondern ebenfalls komplett schwarz angemalt worden war. Angefangen von den Möbeln bis hin zu den Fliesen über der Arbeitsplatte. Das einzige, was nicht schwarz war, waren die Kochplatten – und die krakeligen, zwanzig Zentimeter großen Druckbuchstaben, die jemand in stumpfem Rot an die Wand neben der Tür gemalt hatte.

»O verdammt!« murmelte er. »Was ist *das*?« Er wollte nähertreten, doch Sendig hob rasch die Hand und hielt ihn zurück.

»Rühren Sie nichts an«, sagte er. »Wir warten auf die Spurensicherung.«

Bremer fand diese Bemerkung ebenso überflüssig wie die von vorhin. Er hatte nicht vorgehabt, irgend etwas anzurühren, schließlich war er lange genug Polizist. Aber er schluckte seinen Ärger herunter und beugte sich statt dessen nur zur Seite, um an Sendig vorbei einen genaueren Blick auf die Schrift an der Wand zu werfen.

»Das... das ist Blut«, murmelte Sendig. Ungeachtet dessen, was er selbst gerade zweimal gesagt hatte, hob er die Hand und tastete mit den Fingerspitzen über die Schrift. Sie hinterließen kleine, runde Flecken in den verschmierten Buchstaben, in denen man bei genauerem Hinsehen sogar noch seine Fingerabdrücke erkennen konnte, und Bremer hatte das absurde Gefühl, daß er dadurch irgendwie zum Mittäter wurde. Er rieb die Finger aneinander, roch daran und verzog angeekelt das Gesicht, ehe er noch einmal und mit größerem Nachdruck sagte: »Das ist Blut!«

Bremer kämpfte tapfer weiter gegen das flaue Gefühl, das von seinem Magen Besitz ergriffen hatte und seine Kehle hinaufzukriechen versuchte, und zwang sich, die Schrift genauer zu betrachten. Die Buchstaben waren verschmiert und offensichtlich mit zitternden Fingern geschrieben, so daß er sie kaum identifizieren konnte.

»A...Z...R...A...E...L«, buchstabierte Sendig. »Azrael. Was bedeutet das?«

Bremer konnte nur mit den Schultern zucken. »Ich weiß es nicht«, sagte er. »Aber...«

Sendig sah ihn fragend an. »Aber?«

»Ich bin nicht sicher«, antwortete Bremer, »aber der Tote – Löbach... Auf seiner Brust waren Schnittwunden. Der Arzt hat mich darauf aufmerksam gemacht. Es sah fast aus, als hätte er versucht, sich etwas in die Brust zu ritzen. Ich konnte es nicht entziffern, aber es könnte dasselbe Wort gewesen sein.«

»Azrael...« Sendig wandte seine Aufmerksamkeit wieder den blutigen Buchstaben auf der Wand zu und schüttelte abermals den Kopf. »Irgendwoher kenne ich dieses Wort. Ich weiß nicht mehr genau, woher, aber ich habe es schon einmal gehört.«

Bremer erging es übrigens ebenso. Aber auch er konnte nicht sagen, wieso ihm dieser Begriff bekannt vorkam. Er *wollte* auch nicht darüber nachdenken. Er fühlte sich... wie erschlagen. Bisher war alles, was sie gefunden hatten, bizarr und vielleicht ein bißchen unheimlich gewesen, aber ihre grausige Entdeckung rückte die ganze Geschichte in ein vielleicht nicht neues, aber doch anderes Licht. Sie gab dem Entsetzen über Löbachs Tat eine Tiefe, die es bisher trotz allem nicht gehabt hatte. Ganz plötzlich und nur für ein paar Sekunden, in dieser Zeit aber sehr intensiv, haßte er Löbach. Er hatte diesen Mann nicht einmal gekannt, und er verdiente wohl sehr viel eher sein Mitleid als seinen Zorn, aber er hatte ihn gezwungen, sich einer Facette der menschlichen Psyche zu stellen, die er in *dieser* Ausprägung bisher weder gekannt hatte, noch jemals hatte kennenlernen wollen. Und dafür haßte er ihn. Dann wurde ihm klar, wie ungerecht dieses Gefühl war, und sein schlechtes Gewissen nahm die Stelle des Hasses ein, allerdings war es auch nicht viel leichter zu ertragen.

Vielleicht half ja Normalität, um dem Wahnsinn Einhalt zu gebieten. Mit einer bewußten Anstrengung löste er seinen Blick von der Blutschrift an der Wand und sah sich aufmerksam in der kleinen Küche um. Er wurde fast sofort fündig. Wäre er nicht so schockiert gewesen, dann hätte er es wohl noch viel eher bemerkt.

»Dort!« Bremer deutete auf ein blutiges Steakmesser, das auf der Arbeitsplatte lag. Eine dünne rote Spur führte von dort aus zur Wand unter der Schrift und in der anderen Richtung hinaus ins Wohnzimmer. »Damit hat er es wohl getan.«

»Wahrscheinlich. Und er war sogar ordentlich genug, das Messer wieder zurückzulegen, ehe er hinausgegangen ist, um sich vom Balkon zu stürzen.« Sendig zog eine Grimasse. »Völlig verrückt. Das ist wohl eher ein Fall für die Psychiater als für uns.«

Und was tust du dann hier? dachte Bremer. Er hütete sich, das laut auszusprechen, aber es mußte entweder deutlich in seinem Gesicht geschrieben stehen, oder Sendig hatte begriffen, welche Frage er mit seinen Worten implizierte, denn er fuhr nach einem kurzen Moment unaufgefordert fort: »Ich kannte Löbach, wissen Sie. Ich hatte schon einmal mit ihm zu tun, wenn auch nur indirekt. Sie übrigens auch.«

»Ich?«

Sendig nickte. »Sillmann«, sagte er. »Na, klingelt's jetzt? Die Geschichte vor sechs Jahren, in die er verwickelt war. Erinnern Sie sich?«

Ob er sich *erinnerte?* dachte Bremer. Sollte das ein Witz sein? Niemand, der auch nur am Rande mit dieser *Geschichte,* wie Sendig es genannt hatte, in Berührung gekommen war, würde sie jemals wieder vergessen. Es hatte ein paar Tote zuviel gegeben, und ein paar Antworten zuwenig. Außerdem hatte er damals Sendig kennengelernt.

»Ich erinnere mich«, sagte er. »Aber was – «

»Löbach arbeitet als Chemiker für die Sillmann-Werke«, fiel ihm Sendig ins Wort. »Wenigstens hat er das getan. Wenn ich mich allerdings hier so umsehe, frage ich mich, ob er überhaupt noch irgendwo arbeitete.«

»Die Leute hier im Haus sagen, daß er viel auf Reisen gewesen ist und offenbar Geld hatte.« Bremer warf einen übertrieben stirnrunzelnden Blick in die Runde. »Auch wenn es hier nicht so aussieht.«

»Ziehen Sie keine voreiligen Schlüsse«, sagte Sendig. »Ich kenne die Gegend hier. Dieses Apartment dürfte im Monat mehr Miete kosten, als Sie verdienen.«

»Kein Wunder, daß nichts mehr für eine Putzfrau übrigblieb.«

Sendig lachte, aber es wirkte nicht besonders amüsiert. Vielleicht lag das auch an ihrer Umgebung. Löbach hatte sich mit Erfolg Mühe gegeben, diese Wohnung in einen Ort zu verwandeln, an dem jede Äußerung menschlichen Lebens – und ein Lachen vor allem – deplaciert wirkte. Der Laut durchbrach die Dunkelheit nicht, die sie umgab, sondern schien sie im Gegenteil zu betonen, und er ließ etwas wie einen schlechten Nachgeschmack zurück.

Sendig räusperte sich gekünstelt und wandte sich wieder der verschmierten Schrift an der Wand zu. »Azrael«, murmelte er zum dritten Mal. »Wenn ich nur wüßte, woher ich dieses Wort kenne. Er hat es sich in die Brust geritzt, sagen Sie?«

Konkret *gesagt* hatte Bremer das nicht, aber es war vielleicht nicht der passende Moment für Haarspaltereien. »Es sah so ähnlich aus«, sagte er vorsichtig. »Aber ehrlich gesagt, habe ich nicht sehr genau hingesehen. Er bot... keinen besonders schönen Anblick.«

»Es ist ein ziemlich langer Sturz nach unten.« Sendig war an diesem Abend ungewöhnlich versöhnlicher Stimmung; normalerweise wäre Bremers Eingeständnis ein guter Grund für einen Verweis gewesen und einen Vortrag darüber, daß Polizeibeamte keine Rücksicht auf ihre persönlichen Gefühle zu nehmen hatten und sie gefälligst bei Dienstantritt zusammen mit ihrer Zivilkleidung in den Spind hängen sollten. Aber vermutlich ließ etwas wie das hier nicht einmal ihn vollständig kalt. Wahrscheinlich ging Bremer auch mit sich selbst zu hart ins Gericht. Er hätte wohl eher Anlaß gehabt, sich Sorgen zu machen, wenn er bei diesem Anblick *nicht* ins Schleudern gekommen wäre.

Sendig zog plötzlich mit einem übertriebenen Schnüffeln die Luft durch die Nase ein, und als reiche ihm diese Imitation eines witternden Polizeihundes noch nicht, legte er auch noch den Kopf schräg. »Wonach riecht es hier eigentlich?« fragte er.

Nach Müll, dachte Bremer. Aber das war es nicht, was Sendig gemeint hatte. Er hatte Bremer mit seiner Frage erst darauf aufmerksam machen müssen, aber nun, als er es einmal getan hatte, fiel es auch ihm auf: Unter dem süßlichen Abfallgeruch war noch etwas, ein Aroma, das längst nicht so aufdringlich und nicht einmal annähernd so stark wie der Verwesungsgestank war, trotzdem aber irgendwie seinen Platz behauptete. Und das er nicht nur kannte, sondern jetzt endlich auch *erkannte.*

»Marzipan!« Sendig sprach es eine halbe Sekunde schneller aus, als Bremer es tun konnte. »Es riecht nach Marzipan.«

Bremer konnte nur wortlos nicken und die Lippen aufeinanderpressen. In Verbindung mit dem Müllkippengeruch, der die Wohnung erfüllte, war allein der Gedanke an etwas Eßbares ekelhaft.

Was aber nichts daran änderte, daß Sendig recht hatte – es *war* Marzipangeruch, der jetzt, wo sie ihn einmal identifiziert hatten, mit jedem Moment stärker zu werden schien. Und da war noch etwas: Bremer erkannte den Marzipangeruch jetzt nicht nur wieder, weil es Marzipangeruch war und man Marzipangeruch eben kannte – er hatte ihn vor ein paar Minuten erst in fast gleicher Intensität wahrgenommen und nur nicht richtig einordnen können. Unten, auf der Straße.

»Löbach!« sagte er.

Sendig starrte ihn an. »Löbach?«

»Er hat ganz genauso gerochen«, antwortete Bremer. »Ich habe es nicht erkannt, aber jetzt... Er hat so sehr nach dem Zeug gestunken, als hätte er darin gebadet.«

Sendig überlegte einige Sekunden, ehe er mit den Schultern zuckte und in bewußt beiläufigem Ton sagte: »Vielleicht hat er es ja, aber bestimmt nicht in der lackierten Badewanne dahinten.«

Bremer verzichtete diesmal darauf, so zu tun, als würde er über den Scherz lachen. Statt dessen sah er sich aufmerksam in dem kubischen Schwarzen Loch um, in das Löbach die Küche verwandelt hatte. Auch hier stapelten sich Abfälle und aufgeplatzte Tüten mit verschimmelten Lebensmittelresten gut knöchelhoch, aber die Arbeitsfläche und die Spüle waren leer, abgesehen von dem Steakmesser und der roten Tropfenspur, die es hinterlassen hatte.

Sendig öffnete der Reihe nach und auf die gleiche, übervorsichtige Art wie im Bad sämtliche Türen oder versuchte es zumindest. Die meisten waren allerdings ebenso verklebt wie die des Spiegelschrankes. Irgend jemand hätte Löbach vielleicht sagen sollen, daß es kaum einen zuverlässigeren Kleber gab als frischen Lack.

Die wenigen Türen, die sich überhaupt öffnen ließen, waren eine Enttäuschung. Sie fanden ein halbes Dutzend Teller, einige Tassen und zwei Gläser, alles seit Monaten nicht mehr benutzt, und zwei Dosen Hühnersuppe mit abgelaufenem Haltbarkeitsdatum.

»Viel gegessen scheint er hier in letzter Zeit nicht zu haben«, sagte Bremer. »Ich frage mich, wie jemand nach außen hin einen ganz normalen Schein wahren, aber in Wirklichkeit so leben kann.«

»So *ganz normal* war sein Leben nun auch wieder nicht.« Sendig rieb Daumen und Zeigefinger gegeneinander und roch daran. »Die Farbe ist noch nicht sehr alt. Allerhöchstens zwei, drei Tage, schätze ich. Es würde mich nicht wundern, wenn das Labor herausfindet, daß er diese ganze Verwüstung hier erst in den letzten Tagen angerichtet hat.«

Er ließ sich in die Hocke sinken und öffnete die Kühlschranktür. Auf den drei gläsernen Borden lagen ein paar vergammelte Lebensmittel – und eine Anzahl kleiner, durchsichtiger Plastikbeutel, die eine körnige weiße Substanz enthielten. Der Marzipangeruch entströmte eindeutig einem dieser Beutel, der aufgeschnitten und nicht besonders sorgfältig verschlossen worden war.

»Was ist das?« Bremer ließ sich neben Sendig in die Hocke sinken und verhielt sich, nicht zum ersten Mal an diesem Abend, nicht besonders professionell, denn er wollte die Hand nach einem der Beutel ausstrecken, aber Sendig hielt ihn zurück.

»Um Gottes willen, nicht anrühren!« sagte Sendig – nein, er *keuchte* es. Seine Finger umschlossen Bremers Handgelenk so fest, daß es weh tat. Schon im nächsten Moment hatte er sich wieder unter Kontrolle; er ließ Bremers Arm los und lächelte nervös.

»Tut mir leid«, sagte er.

»Aber was ist denn los?« fragte Bremer. Er rieb sich gedankenverloren das Handgelenk. Sendig hatte mit aller Gewalt zugegriffen. Er konnte jeden einzelnen seiner Finger noch immer auf der Haut spüren. »Was ist das für ein Zeug?«

»Woher soll ich das wissen?« fragte Sendig mit einer Stimme, in der schon wieder eine deutliche Spur der gewohnten Unfreundlichkeit mitschwang. »Ich wollte nicht, daß Sie es anfassen, das ist alles. Haben Sie Handschuhe dabei?«

Bremer zog ein Paar zusammengerollter Einmalhandschuhe aus der Jackentasche und reichte Sendig unaufgefordert noch eine Plastiktüte mit Clipverschluß. Sendig praktizierte die kleinen Kunststoffbeutelchen so vorsichtig hinein, daß er seiner Behauptung, nichts über ihren Inhalt zu wissen, damit auch noch den letzten Rest von Glaubwürdigkeit nahm. Er verschloß die Tüte pedantisch, verstaute sie in der Manteltasche und schob die Kühlschranktür zu, ehe er aufstand.

»Aber Sie wissen nicht, was das für ein Zeug ist, wie?« fragte Bremer spöttisch. Sowohl die Frage als auch erst recht der Ton, in dem er sie stellte, wären unter normalen Umständen eine glatte Unverschämtheit gewesen. Aber das hier *war* nun einmal nicht normal – und Sendig war entweder viel zu perplex über seinen unerhörten Ton oder selbst zu schockiert, um entsprechend darauf zu reagieren. Er sah Bremer nur einen Moment nachdenklich an, dann sagte er kühl: »Nein, ich weiß tatsächlich nicht, um welche Substanz es sich handelt, Herr Polizeiobermeister. Ich halte es nur für prinzipiell angeraten, vorsichtig zu sein.«

»Bitte entschuldigen Sie«, sagte Bremer, »ich wollte nicht –«

Sendig winkte ab. »Schon gut. Wir sind wohl beide ein bißchen nervös, schätze ich. Das beste wird sein, wir bringen das Zeug morgen früh ins Labor und überlassen es denen, sich den Kopf daüber zu zerbrechen, die dafür bezahlt werden.«

Bremer sagte nichts mehr. Er gestattete sich nicht einmal, sich zu ärgern. Er war hier mit *Sendig* zusammen, der wohl nicht ganz umsonst einen gewissen Ruf besaß. Was hatte er erwartet?

6. Kapitel

Er war schließlich doch noch eingenickt und wurde erst wach, als der Zug die Endstation erreichte. Seine vielleicht etwas vorschnell gefaßte Meinung über den Kellner revidierte er in Form eines Zehnmarkscheines, den er als Trinkgeld neben seiner Tasse zurückließ; immerhin hatte der Mann ihn schlafen lassen, obwohl dies der Speisewagen und er gerade zur Frühstückszeit sicher knapp an Plätzen war. Und das war ganz und gar nicht selbstverständlich.

Marks Traum war nicht wiedergekommen, was ihn einigermaßen beruhigte. Es war wohl doch nur ein Traum gewesen, ein ganz besonders scheußlicher Traum vielleicht, aber trotzdem nicht mehr. Was erwartete er nach einer Nacht wie der, die hinter ihm lag? Streß, Aufregung, Furcht, dazu kam, daß er seit annähernd vierundzwanzig Stunden nichts gegessen hatte, so daß sein Blutzuckerspiegel gegen Null tendieren mußte... Er hatte sich ja geradezu darauf programmiert, Alpträume zu haben!

Mark verließ als einer der letzten Fahrgäste den Zug und eilte zu den Taxiständen vor dem Bahnhof. Es gab noch einmal eine kurze peinliche Erinnerung an die vergangene Nacht, als er die Frau aus seinem Abteil wiedersah, die behauptet hatte, bei der nächsten Station aussteigen zu müssen. Aber Mark war diplomatisch genug, so zu tun, als erkenne er sie nicht, und sie verlegen genug, das Spiel mitzuspielen und hastig in einem Taxi zu verschwinden. Mark wartete, bis es abgefahren war, ehe er selbst einen zweiten Wagen herbeiwinkte und auf dem Beifahrersitz Platz nahm, sehr zur Verstimmung des Fahrers übrigens, der mit demonstrativ zur Schau getragenem Unmut ein Sammelsurium aus Zeitungen, Papieren, Zigarettenschachteln und einem zerlesenen Stadtplan nach hinten schaufelte, damit er sich setzen konnte.

»Wo soll's hingehen?«

Mark fuhr sich mit Daumen und Zeigefinger über die Augen und versuchte einen Moment lang vergeblich, ein Gähnen zu unterdrücken, ehe er seine Adresse nannte – eigentlich aus einem reinen Reflex heraus, nicht weil er wirklich nach Hause *wollte.* Er hatte Prein zwar versprochen, es zu tun, aber irgendwie hatte er sich die ganze Nacht hindurch erfolgreich davor gedrückt, wirklich darüber nachzudenken. Nach Hause... Was hieß das eigentlich? Die Adresse, die er dem Taxifahrer genannt hatte, war es jedenfalls nicht. Es war ein Haus in einer der vornehmeren Gegenden der Stadt, die Adresse, unter der er gemeldet war und wo er auch ein Zimmer hatte und den allergrößten Teil seines persönlichen Besitzes. Aber sein *Zuhause* war es nicht. Mark versuchte zwar noch eine Weile, sich gegen die Erkenntnis zu wehren, aber es blieb wohl dabei: Das einzig wirkliche *Zuhause,* das er in den letzten Jahren gehabt hatte, war das Internat.

»Ich habe es mir überlegt«, sagte er plötzlich. »Fahren Sie raus zum Institut.«

Der Fahrer warf einen schrägen Blick auf das Taxameter, das wunderbarerweise bereits einen Fahrpreis von etwa acht Mark anzeigte, obwohl sie gerade erst losgefahren waren, dann auf seinen Fahrgast und fragte: »Was für ein Institut?«

»Das St.-Eleonor-Stift«, antwortete Mark. »Ich weiß nicht, wie die Straße heißt.«

»Die Klapsmühle, meinen Sie? Kein Problem. Ist aber ein ziemlich weiter Weg. Das wird nicht ganz billig.«

Mark seufzte. Er mußte dringend etwas an seiner Aufmachung ändern. Allmählich wurde es lästig, jedermann und ständig beweisen zu müssen, daß er nicht so war, wie er aussah. Mit einer ärgerlichen Bewegung zog er seine Geldbörse heraus, entnahm ihr einen Fünfziger und reichte ihn dem Fahrer. »Das sollte wohl reichen. Und ich ziehe den Ausdruck *Nervenklinik* vor.«

Der Mann strich den Geldschein ein und war klug genug, nichts mehr zu sagen, sondern sich zumindest für die nächsten Minuten ganz darauf zu konzentrieren, den Mercedes durch den einsetzenden Berufsverkehr zu manövrieren. Die Anzahl der Wagen, die auf der Straße waren, überraschte Mark. Er wußte, daß die Stadt sich verändert hatte und immer noch veränderte, aber die Schnelligkeit dieses Wandels verblüffte ihn jedesmal. Sein ruppiges Auftreten hatte dafür gesorgt, daß der Fahrer nicht mehr versuchte, Kilometer zu schinden, sondern den kürzesten Weg zu ihrem Ziel einschlug, aber sie kamen trotzdem kaum von der Stelle. Andererseits war er bisher auch noch nie zu dieser Uhrzeit hier angekommen, sondern meistens an einem Samstag- oder Sonntagabend, an dem die Straßen einen radikal anderen Anblick boten. Vielleicht veränderte sich seine Umwelt gar nicht immer schneller, sondern er hatte nur aufgehört, diese Veränderungen wahrzunehmen.

Er sah auf die Uhr. Wenn Prein Wort gehalten hatte, dann wußte sein Vater noch nicht, daß er in der Stadt war, sondern würde es in frühestens zwei oder drei Stunden erfahren. Mark hätte es im Grunde gleich sein können, aber das war es nicht. Wenn sein Vater wußte, daß er in der Stadt war, ohne direkt nach Hause zu kommen, dann würde er auch wissen, wo er war – und das machte einen großen Unterschied. Mark war nicht oft im St.–Eleonor–Stift, aber jedesmal, wenn er es tat, war ihm der Unterschied deutlicher aufgefallen: Irgend etwas war anders, wenn sein Vater wußte, daß er dort war.

Der Verkehr nahm ein wenig ab, als sie aus dem Zentrum heraus waren, und schließlich fuhren sie auf die Stadtautobahn. Zwanzig Minuten später bog das Taxi von der Straße ab und rollte, langsamer werdend, die Zufahrt des Stifts hinauf, um schließlich direkt vor dem Haupteingang zu halten.

Ein banges Gefühl begann sich in Mark breitzumachen. Er fühlte sich nie gut, wenn er hierherkam, das tat niemand. Und es war eine der großen Absurditäten von Orten wie diesem: Sie dienten dem erklärtermaßen einzigen Zweck, Menschen zu helfen und Leid zu lindern, und doch riefen sie bei allen, die sie betraten, die genau gegenteiligen Gefühle wach – nämlich Unwohlsein und Beklemmung, und nur allzuoft Furcht.

Aber all dies kannte er. Heute war es anders. Schlimmer. Irgend etwas war hinzugekommen. Vielleicht etwas, das er aus seinem Traum mitgebracht hatte.

Mark wurde plötzlich klar, daß er jetzt schon fast eine geschlagene Minute dasaß und die Treppe vor dem gewaltigen Eichenholzportal anstarrte. Hastig öffnete er die Tür und schwang die Beine aus dem Wagen, wandte sich aber dann noch einmal an den Fahrer. »Es wird nicht sehr lange dauern – vielleicht eine halbe Stunde. Wenn Sie wollen, können Sie warten. Ich muß dann zurück in die Stadt.« Er zögerte einen Moment, dann fügte er hinzu: »Sie können die Uhr laufen lassen.«

»Kein Problem.«

Mark stieg endgültig aus und begann, langsamer als nötig, die Treppe hinaufzugehen. Sein Blick tastete über die durchbrochene Fassade und blieb schließlich an den beiden lebensgroßen Engelsfiguren über der Tür hängen.

Vielleicht war es das. Er hatte diese Statuen nie besonders gemocht. Ihre barocke Wucht und ihre strengen Gesichter schienen viel mehr dazu angetan, Besucher abzuschrecken, als Vertrauen zu verbreiten. Und heute kam noch etwas dazu: Die beiden Figuren erinnerten ihn an den Engel aus seinem Traum.

Ein Mann in weißem Kittel verließ eilig die Klinik. Mark wollte die sich vor ihm schließende Tür noch erreichen.

Er war nicht schnell genug. Das Portal schlug zehn Zentimeter vor seinem Gesicht mit einem schweren Laut zu. Er streckte die Hand nach dem Bronzegriff aus, drückte ihn nieder und mußte sich wie immer ziemlich anstrengen, um die Tür zu öffnen. Ein weiteres Rätsel, das er niemals lösen würde: Wenn dies ein Krankenhaus war, warum war das Portal dann eigentlich so schwer, daß selbst ein gesunder Mensch seine liebe Mühe hatte, es aufzubekommen?

Mark betrat die Eingangshalle und wandte sich nach rechts, während die Tür hinter ihm langsam zufiel. Ein vornehmes Schweigen empfing ihn, und wie jedesmal, wenn er hierherkam, wunderte er sich für einen kurzen Moment, daß so gar nichts an dieser Halle darauf hinwies, was sich in diesem Gebäude wirklich verbarg. Es hätte die Eingangshalle eines Museums sein können oder eines teuren Hotels, nur eines nicht, eine – wie hatte der Taxifahrer es genannt? – Klapsmühle. Andererseits konnte man das von einem Etablissement dieser Preisklasse auch erwarten. Sein Vater ließ sich seine Freiheit eine Menge kosten.

Mark steuerte das einzige an, was die Illusion vielleicht ein bißchen störte, nämlich den in schlichtem Teakholz gehaltenen Empfangsschalter, hinter dem zwei Computermonitore und eine Schwester in einer blütenweißen Tracht Wache hielten. Da er seit einigen Jahren regelmäßig hierherkam, kannte er einen Großteil des Personals. Diese Schwester gehörte jedoch nicht dazu. Mark schätzte, daß sie ein oder zwei Jahre jünger war als er. Wahrscheinlich arbeitete sie noch nicht lange hier.

»Guten Morgen«, begrüßte sie ihn. »Was kann ich für Sie tun?« Ihr Blick glitt rasch und taxierend über sein Gesicht und seine Kleidung, aber sie beherrschte sich perfekt. Mark konnte auf ihrem Gesicht nicht ablesen, zu welchem Schluß sie kam.

»Mein Name ist Sillmann«, antwortete Mark. »Mark Sillmann. Ich möchte meine Mutter besuchen.«

Ein Ausdruck von leiser Verblüffung zeigte sich auf dem durchaus hübschen Gesicht unter dem weißen Häubchen. »Ihre Mutter?«

»Erika Sillmann«, bestätigte Mark. »Sie ist Patientin hier.«

Die Finger der Schwester huschten geschickt über die Computertastatur, und der Ausdruck auf ihrem Gesicht begann zwischen Verwirrung und Ratlosigkeit zu schwanken. »Hatten Sie einen Termin, Herr Sillmann?«

»Nein«, antwortete Mark. Er wußte, was nun unweigerlich folgen würde, aber er war müde und nicht unbedingt allerbester Laune, und er hatte verdammt noch mal keine Lust, sich mit einer Lernschwester herumzustreiten, ganz egal wie freundlich oder hübsch sie auch sein mochte, und so fuhr er in hörbar schärferem Ton fort: »Und ehe Sie es sagen: Ich weiß auch, wie spät es ist und daß die offizielle Besuchszeit erst in ein paar Stunden anfängt. Aber ich komme gerade vom Bahnhof. Ich bin die ganze Nacht gefahren, und ich habe meine Mutter seit einem halben Jahr nicht mehr gesehen. Und ich muß sie wirklich *dringend* sprechen. Verstehen Sie?«

Das war eindeutig die falsche Taktik. Schwester Beate – wie das dezente Namensschild an ihrer Tracht verriet – mochte noch ziemlich jung sein, aber sie gehörte nicht zu den Menschen, die sich so leicht einschüchtern ließen. Jeder Ausdruck verschwand von ihrem Gesicht. Sie wirkte nur noch kühl und kein bißchen verunsichert.

»Herr Sillmann, das hier ist ein Krankenhaus«, sagte sie. »Unsere Patienten brauchen vor allem – «

»Hören Sie, Schwester Beate«, unterbrach sie Mark. »Ich weiß, was Sie sagen wollen, und Sie haben vollkommen recht damit. Aber ich habe es auch wirklich eilig. Wir können uns jetzt also eine Weile streiten und vielleicht ein bißchen laut werden, und jeder von uns könnte eine Menge Dinge sagen, die er eigentlich gar nicht so meint und die ihm gleich darauf schon wieder leid tun, das ist die eine Möglichkeit. Die andere ist, daß Sie jetzt den Telefonhörer nehmen und Professor Artner anrufen und ihm sagen, daß der Sohn von Gustav Sillmann hier ist und darum bittet, seine Mutter besuchen zu dürfen.«

»Professor Artner ist... im Moment nicht hier«, antwortete sie, eindeutig überrascht, aber auch ein bißchen erschrocken. Sie schien nicht damit gerechnet zu haben, daß Mark den Chefarzt der Klinik persönlich kannte. Das war im Grunde auch nicht der Fall. Er hatte Artner ein einziges Mal getroffen und sich vielleicht zehn Minuten mit ihm unterhalten, aber er wußte, daß sein Vater und er sich gut kannten, und baute einfach darauf, daß die bloße Erwähnung des Namens seiner Forderung den nötigen Nachdruck verlieh.

»Dann eben den zur Zeit diensthabenden Arzt«, sagte er.

Diesmal ging seine Rechnung auf. Schwester Beate blickte ihn noch eine Sekunde verstört an, aber dann streckte sie die Hand nach dem Telefon aus und sagte: »Ganz wie Sie wünschen. Bitte gedulden Sie sich einen Moment. Ich werde sehen, was ich für Sie tun kann.«

Sie tippte eine dreistellige Nummer ein und lauschte, und Mark trat einen Schritt von der Theke zurück, um sie nicht noch mehr in Verlegenheit zu bringen, sich selbst übrigens auch. Er fühlte sich alles andere als wohl in seiner Haut, und schon gar nicht in der Rolle, die er plötzlich spielte. Wenn Prein ihn jetzt sehen könnte, dachte er, würde sich wahrscheinlich ein selbstzufriedenes Grinsen auf seinem Gesicht ausbreiten. Tat er nicht genau das, was er ihm prophezeit hatte? Er schrie Protest und Widerstand, er behauptete, nichts von alledem haben zu wollen, was ihm das Schicksal als Geschenk mitgegeben hatte, und doch nutzte er das Gewicht seines Namens – genauer gesagt: des seines Vaters – und vor allem das seines Geldes aus, um ein Ziel zu erreichen. Und das schon bei der ersten kleinen Schwierigkeit, die sich zeigte. ›Die dunkle Seite der Macht‹, wie Darth Vader es wohl ausdrücken würde. Es war tatsächlich leicht, ihrer Verlockung zu erliegen.

Vor allem, wenn man müde, hungrig und vollkommen verstört war.

Die Schwester telefonierte eine ganze Weile, und obwohl Mark ganz bewußt nicht hinhörte, sagte ihm doch ihr Tonfall, wie sehr sie das überraschte, was sie erfahren mußte. Schließlich hängte sie ein und wandte sich mit einem Blick an Mark, in dem sich Verwirrung und eine Art widerwilliger Respekt miteinander mischten. »Sie können Ihre Mutter sehen. Wenn Sie sich nur noch einen Moment gedulden würden. Einer der Pfleger wird Sie zu ihr bringen.«

»Selbstverständlich«, sagte Mark. Er bemühte sich, so freundlich zu lächeln, wie es gerade noch ging, ohne aufgesetzt oder gar schadenfroh zu wirken. »Und nichts für ungut, okay?«

Er bekam keine Antwort. Er hatte damit gerechnet, aber es enttäuschte ihn trotzdem. Innerhalb weniger Stunden war es jetzt das zweite Mal, daß er bei einem vollkommen fremden Menschen einen unangenehmen Eindruck hinterlassen hatte – und übrigens auch das zweite Mal, daß ihm dies mehr zu schaffen machte, als es eigentlich sollte. Bisher zumindest verlief der Start in sein neues, selbstbestimmtes Leben ganz und gar nicht so, wie er es sich vorgestellt hatte.

7. Kapitel

»Na, wieder einigermaßen fit?« Sendig lächelte und bot ihm eine Zigarette an, die Bremer tapfer, aber nicht besonders umsichtig ablehnte – mit einem heftigen Kopfschütteln nämlich, das sofort einen intensiven, hämmernden Schmerz in seinem Schädel nach sich zog. Er biß die Zähne aufeinander und versuchte, ein Stöhnen zu unterdrücken.

»Gut, ich ziehe die Frage wieder zurück. War sowieso ziemlich dumm. Schließlich weiß ich, wie *ich* mich fühle. So eine Nacht steckt man nicht einfach weg.«

Dem konnte Bremer nur zustimmen. Sie waren noch bis in die frühen Morgenstunden in Löbachs Wohnung geblieben, und es war ihm noch nie so schwergefallen, eine Nachtschicht durchzustehen.

Die Sache machte ihm mehr zu schaffen, als er zuzugeben bereit war – auch sich selbst gegenüber.

Bremer hob die Hände vor das Gesicht, um ein Gähnen zu kaschieren, das er nicht ganz unterdrücken konnte. Er hatte kaum geschlafen, selbst als er schließlich nach Hause und ins Bett gekommen war. »Entschuldigen Sie bitte, Herr Kommissar«, begann er, »aber ich –«

»Sie fragen sich, was ich eigentlich von Ihnen will«, unterbrach ihn Sendig. »Und was zum Teufel ich hier zu suchen habe – in Ihrer Wohnung, unangemeldet, und noch dazu, wo Sie krankgeschrieben sind und selbst unabhängig davon jetzt eigentlich dienstfrei hätten.«

Damit hast du verdammt recht, dachte Bremer, *besser hätte ich es auch nicht ausdrücken können.* Laut sagte er: »Wissen Sie mittlerweile, was in Löbachs Kühlschrank war?«

Sendig hob die Schultern, warf einen fragenden Blick auf die Kaffeekanne auf dem Tisch und schenkte sich den benutzten Becher ein, als Bremer nickte. Er nippte an seinem Kaffee und verzog anerkennend die Lippen.

»Und?« fragte Bremer.

»Nichts Außergewöhnliches. Kokain. Ganz gewöhnliches Kokain. Löbach scheint ab und zu ein Näschen voll genommen zu haben.«

»Kokain?« Bremer blickte ihn zweifelnd an. »Seit wann bewahrt man Kokain im Tiefkühlfach auf?«

Sendig zuckte abermals mit den Achseln. »Seit wann malt man seine Wohnung schwarz an, schnitzt sich den Namen eines alttestamentarischen Todesengels mit einem Steakmesser in die Brust und springt dann nackt vom Balkon?« gab er zurück.

»Alttestamentarischer Todesengel?«

»Wie Sie sehen – ich habe meine Hausaufgaben gemacht«, erwiderte Sendig. »Außerdem habe ich ein ziemlich gutes Lexikon zu Hause. Azrael ist der Name des biblischen Würgeengels.« Er lachte kurz. »Löbach war wirklich verrückt.«

Bremer glaubte ihm kein Wort. Was immer in den Beuteln gewesen war, die sie in Löbachs Kühlschrank gefunden hatten, Kokain war es ganz bestimmt nicht. *Kokain,* das nach Marzipan roch?

»Bitte, Herr Kommissar«, sagte Bremer. »Ich habe wirklich Kopfschmerzen. Ich bin müde und –«

»Ich verstehe«, unterbrach ihn Sendig. »Ich gehe Ihnen auf die Nerven, und Sie fragen sich, was zum Teufel ich eigentlich von Ihnen will. Wenn es Sie tröstet – ich bin bisher nicht einmal nach Hause gekommen, von einem Bett ganz zu schweigen.«

Das zumindest stimmte offensichtlich. Sendig trug noch immer die vollkommen unpassende festliche Kleidung, mit der er am vergangenen Abend in Löbachs Apartment aufgetaucht war, nur daß sie jetzt einen vollkommen verknitterten und verdreckten Anblick bot. Sein Gesicht war übrigens genauso zerknautscht, was auch seine Behauptung zu beweisen schien, noch weniger Schlaf gefunden zu haben als Bremer. Bremers Mitgefühl hielt sich allerdings in Grenzen.

»Es gibt einen bestimmten Grund, weswegen ich mit Ihnen reden will«, fuhr Sendig fort. »Ich hätte es schon gestern abend getan, wenn nicht... etwas dazwischengekommen wäre. Es war wohl ein glücklicher Zufall, daß ausgerechnet

Sie gestern nacht Dienst hatten, als Löbach auf die Idee kam, Superman zu spielen.«

»Hatte ich gar nicht«, maulte Bremer. »Ich war auf dem Weg zur Dienststelle. Meine Schicht war vorbei.«

»Ich sagte doch, ein glücklicher Zufall«, sagte Sendig, »über den ich sehr froh bin.«

Bremer schwieg. Seine Kopfschmerzen wurden stärker, und es erschien ihm viel zu mühsam, zu antworten. Außerdem traute er dem Braten nicht. Sendig war der unumstritten größte Widerling der Berliner Polizei. Wenn er freundlich war, dann war das allemal ein Grund, mißtrauisch zu sein – und sehr, sehr vorsichtig.

»Also gut, ich will ganz offen zu Ihnen sein«, fuhr Sendig fort, nachdem er eine Weile vergebens auf eine Antwort gewartet hatte. »Diese ganze Geschichte stinkt. Sie stinkt genauso zum Himmel wie damals bei Sillmann, aber diesmal werde ich nicht klein beigeben. Ich werde den Fall zurückverfolgen bis zu den Verantwortlichen, und dazu hätte ich gerne Ihre Hilfe.«

»Meine Hilfe?«

»Ich brauche einen Mitarbeiter, auf den ich mich verlassen kann. Und dem ich nicht jeden Handgriff erklären muß, sondern der mitdenkt.«

»Davon haben Sie schätzungsweise zweihundertfünfzig im Präsidium«, antwortete Bremer. »Ich bin ein ganz normaler Streifenpolizist, kein Kripobeamter.«

»Ich traue keinem einzigen davon.« Sendig stand auf und trat ans Fenster. Er blickte eine ganze Weile wortlos hinaus und zündete sich eine Zigarette an, ehe er fortfuhr: »Sie waren damals bei der Sillmann-Geschichte dabei, Bremer. Ich habe Sie gleich wiedererkannt, obwohl es sechs Jahre her ist. Wollen Sie wissen, warum? Weil ich genau gesehen habe, wie Sie die Geschichte mitgenommen hat. Ich meine... wir waren alle ziemlich mit den Nerven runter, aber Sie waren einer der wenigen, die es gewagt haben, sich ihre Gefühle wirklich anmerken zu lassen.«

»Ja, ich erinnere mich«, sagte Bremer. Seine Stimme nahm ohne sein Zutun einen säuerlichen Klang an, aber er versuchte auch nicht, dagegen anzukämpfen. Es war seine erste persönliche Begegnung mit Sendig gewesen – an der Zigarre, die er ihm verpaßt hatte, hatte er eine Woche lang geraucht. Und was die Gefühle anging...

...nur ein Stein hätte keine Regung gezeigt bei *diesem* Anblick. Vier Tote waren ein bißchen viel, um sie einfach so wegzustecken. Zwei davon waren praktisch noch Kinder gewesen.

Sendig lachte leise, aber es klang nicht echt. »Ja, und wahrscheinlich sind Sie heute noch sauer auf mich, weil ich Sie damals so angeblafft habe. Dabei war ich genauso fertig wie Sie. Glauben Sie es oder nicht – aber ich habe geheult wie ein Schloßhund, als ich zu Hause war. Jeder von uns hat eben seine eigene Art, mit den Ereignissen fertig zu werden.«

Er sog an seiner Zigarette und blies eine graue Rauchwolke gegen die Scheibe. »Aber ich bin nicht hier, um Ihnen mein Herz auszuschütten. Wissen Sie, wie die Geschichte damals ausgegangen ist?«

»Nein«, sagte Bremer.

»Können Sie auch gar nicht«, antwortete Sendig, ohne sich zu ihm umzudrehen. »Sie ist nämlich nicht ausgegangen. Bis heute nicht.«

»Aber ich dachte –«

»Sie dachten dasselbe, was alle dachten«, fiel ihm Sendig ins Wort. »Sie dachten das, was Sie denken *sollten.* Aber die Wahrheit sieht ein bißchen anders aus.«

»Und wie?«

»Ich wäre wahrscheinlich nicht hier, wenn ich das wüßte«, antwortete Sendig. Er setzte sich wieder, drückte die Zigarette auf seiner Untertasse aus und trank den letzten Schluck Kaffee. »Die offizielle Version ist, daß es sich um einen tragischen Unfall gehandelt hat. Ein paar ausgeflippte Junkies, die es übertrieben und die Quittung dafür bekommen haben.«

»Aber Sie glauben das nicht.« Worauf wollte Sendig hinaus?

»Sagen wir: Man hat mir zu verstehen gegeben, daß ich besser daran täte, es zu glauben. Vor sechs Jahren – und vor knapp zwei Stunden noch einmal.«

»Wie bitte?« entfuhr es Bremer.

Sendig zuckte mit den Schultern und zündete sich schon wieder eine Zigarette an, obwohl er die erste nicht einmal zu einem Drittel aufgeraucht hatte. »Schlechte Nachrichten sprechen sich offenbar wirklich schnell herum«, sagte er paffend. »Man hat mir jedenfalls erneut zu verstehen gegeben, daß die Ermittlungen besser zu dem Ergebnis führen sollten, nach dem gestern alles aussah. Der tragische Selbstmord eines Geistesgestörten.«

»*Man?*« sagte Bremer betont. »Wer ist *man?*«

Sendig lächelte dünn und verbarg das Gesicht hinter einer blaugrauen Rauchwolke. »Ich weiß es nicht. Eine Stimme am Telefon, mehr kann ich Ihnen nicht sagen.«

»Der Sie so einfach gehorchen?«

»Nichts ist einfach, Bremer«, sagte Sendig. »Vielleicht werde ich es Ihnen irgendwann einmal erklären, wahrscheinlich aber nicht. Geben Sie sich damit zufrieden: Es gibt in diesem Land ein paar Dienstausweise, die Sie wahrscheinlich noch nie im Leben zu Gesicht bekommen haben, und Sie sollten beten, daß es so bleibt.«

»Einen Moment, bitte«, sagte Bremer. Sein Kopf tat noch immer weh, aber er war mit einem Male hellwach. Wem wollte Sendig eigentlich *diese* Räuberpistole erzählen? »Nur, damit ich das richtig verstehe: Sie behaupten, daß man Sie damals gezwungen hat, die Ermittlungen zu verschleppen. *Sie?*« Das letzte Wort hatte er in so zweifelndem Ton ausgesprochen, daß sich ein verkniffenes Lächeln auf Sendigs Gesicht stahl.

»Das kommt Ihnen seltsam vor, nicht? Aber eine ganze Reihe von Leuten haben damals überraschend Karriere gemacht oder sind unerwartet zu Geld gekommen.«

Diesmal verging eine Weile, bevor Bremer überhaupt begriff, was Sendig damit sagen wollte. Ungläubig riß er die Augen auf. »Sie wollen mir nicht im Ernst erzählen, daß man Sie bestochen hat.«

»Niemand hat mir irgend etwas angeboten«, antwortete Sendig. »Man hat mir nur zu verstehen gegeben, daß es sich nicht besonders günstig auf meine Karriere auswirken würde, wenn ich unvernünftig wäre. Ich *war* vernünftig – und wurde acht Monate später zum Leiter der Mordkommission befördert.«

»Das wären Sie sowieso geworden«, widersprach Bremer, und das so heftig, daß es ihn selbst überraschte.

»Sicher«, erwiderte Sendig. »Früher oder später. Aber wahrscheinlich doch eher später. Jeder hat seinen Preis, Bremer. Ich auch. Ich habe nur ein bißchen zu spät begriffen, daß es Dinge gibt, die man sich nicht abkaufen lassen kann. Nicht einmal dann, wenn man es will. Wissen Sie, ich habe die Gesichter dieser beiden toten Kinder nie mehr vergessen.«

Bremer antwortete nicht darauf. Das Gehörte hatte ihn erschüttert, und er hatte es noch längst nicht wirklich begriffen. Sendig hatte sich kaufen lassen? Das war vollkommen unmöglich. Er weigerte sich einfach, es zu glauben!

»Ich habe mir eingebildet, es wäre vorbei«, fuhr Sendig fort. »Aber das ist es nicht. Was oder wer immer Löbach umgebracht hat, es war dasselbe wie damals. Aber diesmal werde ich herausfinden, was es ist.«

»Trotz der Dienstausweise?« fragte Bremer.

»*Wegen* der Dienstausweise«, verbesserte ihn Sendig. »Ich nehme meinen Beruf ernst, Bremer. Ich habe geschworen, die Menschen in dieser Stadt zu beschützen und das Gesetz zu achten. Und niemand wird mich ein zweites Mal dazu bringen, diesen Eid zu brechen. Ganz egal, was für einen *Dienstausweis* er auch hat. Politische Gründe interessieren mich einen Dreck, wenn Menschenleben auf dem Spiel stehen.«

Das waren große Worte. Für Bremers Geschmack beinahe ein bißchen *zu* groß. Aber was bei den meisten anderen aufgesetzt und im besten Fall theatralisch geklungen hätte, das hörte sich bei Sendig beinahe glaubhaft an.

»Und dabei soll ich Ihnen helfen?« fragte Bremer. Als Sendig nickte, fügte er hinzu: »Warum ausgerechnet ich? Doch bestimmt nicht nur, weil ich damals *Gefühle* gezeigt habe.«

Sendig warf einen langen Blick in die Runde. Er taxierte die einfache, aber geschmackvolle Einrichtung der Ein-Zimmer-Wohnung, das ungemachte Bett, von dem er Bremer aufgescheucht hatte, und die Schrankwand, deren Fächer fast vollkommen von Bremers privater Videosammlung eingenommen wurden.

Es dauerte eine Weile, bis Bremer begriff, daß dieser Blick keineswegs den Grund hatte, Zeit zu schinden, sondern bereits Teil der Antwort auf seine Frage war.

»Zum Teil tatsächlich, weil Sie damals dabei waren«, sagte er schließlich. »Ich könnte niemandem wirklich erklären, wie es war. Ihnen muß ich das nicht, Sie haben es gesehen. Außerdem sind Sie ein guter Mann.«

»Und zum anderen Teil?«

»Sie sind Junggeselle«, sagte Sendig. »Ich habe mich über Sie erkundigt. Sie haben kaum andere Interessen als Ihren Beruf. Kaum Hobbys, außer Ihre Vorliebe für Filme – die meiner Meinung nach keinen anderen Grund als schlichte Langeweile hat –, und dazu eine blütenweiße Weste. Wenn meine Informationen stimmen, haben Sie in den letzten acht Jahren nicht einmal falsch geparkt. Es dürfte ziemlich schwer sein, Sie irgendwie unter Druck zu setzen.«

»Und Sie glauben, daß das passieren wird?«

»Keine Ahnung«, gestand Sendig. »Vielleicht. Vielleicht auch nicht. Ebensogut ist es möglich, daß gar nichts passiert. Vielleicht sehe ich ja nur Gespenster. Machen Sie das Beste für sich draus. Sie haben doch schon einmal einen Antrag gestellt, zur Kripo versetzt zu werden, oder?«

»Vor zwei Jahren«, bestätigte Bremer. »Er wurde abgelehnt.«

»*Ich* habe ihn abgelehnt«, sagte Sendig ruhig. »Nur, damit Sie sehen, daß ich wirklich mit offenen Karten spiele.«

Bremer starrte ihn an. »Sie? Aber warum, um Gottes willen?«

Sendig sah ihn mit Unschuldsmiene an. »Vielleicht hatte ich eine Vorahnung«, sagte er. »Wenn ja, war sie richtig. Sonst hätte ich ja jetzt nichts, was ich Ihnen bieten könnte. Schon vergessen? Jeder Mensch hat seinen Preis. Ich lasse Sie zur Kripo versetzen – zuerst vorübergehend, und falls wir beide diese Geschichte halbwegs unbeschadet überstehen sollten, auf Dauer.«

Wenn von dem, was Sendig erzählte, auch nur die Hälfte wahr war, dachte Bremer düster, dann konnte er wahrscheinlich hinterher von Glück sagen, wenn er sich bei der Autobahnpolizei wiederfand und die Leitplanken polieren durfte. »Was erwarten Sie jetzt von mir?« fragte er. »Daß ich Ihnen vor Dankbarkeit um den Hals falle, weil Sie mir etwas anbieten, das Sie mir selbst weggenommen haben?«

Sendig zog eine abfällige Grimasse. »Halten Sie mich meinetwegen für ein Schwein«, sagte er gleichmütig. »Es soll mir recht sein. Ich habe einen Ruf zu verteidigen, wissen Sie. Ich bitte Sie um Ihre Hilfe, nicht, mich zu heiraten.« Er stand auf. »Also?«

»Kann ich es mir überlegen?« fragte Bremer.

»Selbstverständlich.« Sendig deutete auf die Tür. »Genau so lange, wie ich brauche, um zur Tür zu gehen und diesen Raum zu verlassen. Danach werde ich leugnen, dieses Gespräch jemals geführt zu haben.«

Eine innere Stimme flüsterte Bremer zu, daß er besser beraten war, die Frage nicht laut auszusprechen, die ihm auf der Zunge lag, aber er ignorierte sie und fragte: »Und was, wenn ich nein sage? Immerhin könnte ich zu der geheimnisvollen Stimme am Telefon gehen und ihr alles erzählen.«

Sendig verzog keine Miene. »Das würde ich bedauern«, sagte er kühl. »Aber in diesem Fall müßte ich Ihnen wohl beweisen, was für ein Schwein ich wirklich sein kann.«

Das ließ an Deutlichkeit nicht viel zu wünschen übrig, und Bremer glaubte ihm jedes Wort. Wenigstens waren die Fronten jetzt geklärt, dachte er. »Also gut«, sagte er. »Sie haben gewonnen. Es ist zwar völlig verrückt, aber ich bin dabei.«

»Es freut mich, daß Sie sich so entscheiden«, sagte Sendig. »Ich fahre jetzt nach Hause und ziehe mich um. Meine Frau wird wahrscheinlich schon eine Vermißtenanzeige aufgegeben haben. Ich wollte auf dem Rückweg von der Oper nur noch mal kurz ins Büro, um eine Akte zu holen. Seither hat sie nichts mehr von mir gehört. Ich hole Sie in, sagen wir ...« Er sah auf die Uhr. »...zwei Stunden ab, und wir fahren zusammen zu Herrn Sillmann, um ihm die eine oder andere Frage zu stellen. Einverstanden?«

Bremer nickte, und Sendig ging, ohne sich zu verabschieden. Bremer starrte die geschlossene Tür hinter ihm noch eine ganze Weile an, selbst als Sendig das Haus längst verlassen hatte und er hören konnte, wie sein Wagen unten auf der Straße abfuhr. Seine Gedanken rasten, aber gleichzeitig schienen sie sich auch träge wie halb erstarrter Sirup zu bewegen. Was er in den letzten zehn Minuten gehört hatte, das war unglaublicher und zugleich erschreckender als alles, was ihm in seinen bisherigen Dienstjahren untergekommen war. Hatte Sendig gerade wirklich zugegeben, daß er sich hatte *kaufen* lassen? Und hatte er tatsächlich fast im gleichen Atemzug versucht, *ihn* zu kaufen?

Und so unglaublich dieser Gedanke schon klang, es gab einen, der noch erschreckender war, nämlich den, daß er, Bremer, im Grunde gar nichts dagegen hatte, sich kaufen zu lassen.

8. Kapitel

In all den Jahren, die er jetzt hierherkam, hatte sich dieser Raum nicht verändert. Das Antlitz der Klinik befand sich in einem sehr langsamen, aber beständigen Wandel: Türen und Fenster waren in freundlichen Farben gestrichen worden, verschlissene Teppiche ersetzt, das eine oder andere Bild aufgehängt oder abgenommen, das eine oder andere Gesicht ausgetauscht worden. Aber an diesem speziellen Zimmer waren sämtliche Veränderungen spurlos vorübergegangen. Tapeten und Mobiliar waren ebenso geblieben wie die beiden geschmackvollen Drucke an der dem Fenster gegenüberliegenden Wand. Auf dem Tisch stand noch immer der gleiche Aschenbecher aus weißem Carrara-Marmor wie vor vier Jahren, ja selbst die Zeitschriften, die säuberlich aufgestapelt auf einem kleinen Tischchen neben dem Fenster lagen, schienen die gleichen zu sein wie immer.

Natürlich wußte Mark, daß das nicht stimmte. Das Titelbild der obersten Illustrierten hatte er am Morgen in der Auslage des Bahnhofskioskes gesehen, und wahrscheinlich wären ihm noch mehr Veränderungen aufgefallen, hätte er nur danach gesucht. Die Wahrheit war, daß er es nicht *wollte.* Sein Leben, das während des zurückliegenden halben Jahrzehnts aus praktisch nichts anderem als Warten bestanden hatte, war innerhalb der letzten vierundzwanzig Stunden derart – und derart *schnell* – in Bewegung geraten, daß er sich plötzlich fast verzweifelt an jede noch so kleine Konstante klammerte, die er fand. Selbst wenn sie in Wirklichkeit gar nicht da war.

Er hörte Schritte draußen auf dem Flur, und fast im gleichen Moment wurde die Tür geöffnet. Mark wappnete sich gegen den Anblick, der sich ihm bieten würde, obwohl er wußte, daß er nicht dramatisch oder auch nur erschreckend war. Aber er war nervös. Auf seiner Zunge lag ein pelziger Geschmack, den er wider besseres Wissen auf seine Übermüdung schob, und er fragte sich, was er eigentlich hier wollte. Hätte er nur einen Moment mehr Zeit gehabt, wäre er vielleicht aufgestanden und wieder gegangen, ohne auf seine Mutter zu warten. Aber auch das gehörte zu diesem Zimmer. Es erging ihm fast jedes Mal so, wenn er hier war.

Mark hatte einen Pfleger erwartet, doch es war niemand anders als Schwester Beate, die seine Mutter hereinführte. »Herr Sillmann – Ihre Mutter. Aber bitte: nur eine halbe Stunde. Sie bringen sonst den ganzen Ablauf hier durcheinander.«

»Selbstverständlich«, antwortete Mark. Er hatte nicht vor, lange zu bleiben. Konkret hatte er es noch nie länger als zwanzig Minuten hier ausgehalten, meistens nicht einmal das. Er stand auf, eilte um den Tisch herum und schloß seine Mutter in die Arme. Sie ließ es einen Moment lang zu, dann schob sie ihn mit sanfter Gewalt ein kleines Stückchen von sich fort und sah kopfschüttelnd zu ihm hoch.

»Mark! Was ist denn los? Du tust ja geradeso, als hätten wir uns monatelang nicht gesehen!«

Es waren genau *sechs* Monate, aber Mark ersparte es sich, das auszusprechen. Seine Mutter lebte in ihrer eigenen Zeit, die anderen Gesetzen gehorchte als die der restlichen Welt. »Ich freue mich nur so, dich wiederzusehen«, sagte er, dann wandte er sich mit einer entsprechenden Geste an die Schwester.

»Es ist gut«, sagte er. »Ich sage Ihnen dann Bescheid, wenn wir fertig sind.«

»Eine halbe Stunde«, erinnerte sie, schloß dann aber die Tür hinter sich und ging. Mark wartete ganz automatisch darauf, einen Verschlußmechanismus einrasten zu hören oder einen Riegel. Das geschah niemals. Sie befanden sich in einem Teil des Instituts, in dem es keine verschlossenen Türen gab, keine Gummizellen, keine Gitterstäbe und keine Sicherheitsvorkehrungen – zumindest keine, die man sah. Die Mauern *dieses* Gefängnisses waren unsichtbar und körperlos. Sie existierten nur in den Köpfen seiner Insassen. Er hätte hinausspazieren und seine Mutter vielleicht sogar mitnehmen können, ohne daß es aufgefallen wäre.

Mark wartete, bis seine Mutter sich gesetzt hatte, bevor er ihr gegenüber Platz nahm und sie jetzt das erste Mal aufmerksam ansah. Sie hatte sich sehr verändert, seit er das letzte Mal hiergewesen war. Trotz der frühen Stunde und des fast schäbigen Morgenmantels, den sie trug, wirkte sie wie immer sehr gepflegt – perfekt frisiert und mit sorgfältig manikürten Nägeln. Und vor allem ihre Haltung: jeder Zoll die Grande Dame, die sie einst gewesen war. Vielleicht war dies das Grausamste an ihrer Krankheit überhaupt, daß sie ihr Äußeres vollkommen unangetastet gelassen hatte. Sie war mittlerweile vierzig, aber noch immer eine sehr attraktive Frau und noch immer eine – scheinbar – starke Persönlichkeit. Trotzdem war irgend etwas anders an ihr. Sie wirkte auf eine unbestimmte Weise traurig. Ihre Bewegungen waren ein wenig gedämpfter, ihre Stimme eine Spur leiser, der Glanz ihrer Augen nicht ganz so intensiv wie sonst. Aber Mark fragte sich, ob sie sich tatsächlich verändert hatte – oder er sie vielleicht nur anders *sah.*

»Es ist schön, daß du kommst«, sagte sie. »Ich habe mich gestern sehr gelangweilt. Ich weiß natürlich, daß ich nicht von euch verlangen kann, mich jeden Tag zu besuchen. Manchmal habe ich das Gefühl, daß die Zeit hier stehenbleibt, wenn niemand kommt. Hast du deinen Vater nicht mitgebracht?«

»Er weiß nicht, daß ich hier bin«, antwortete Mark.

»Ein Überraschungsbesuch? Du hast dich ganz spontan dazu entschieden? Das ist nett. Aber trotzdem –«, sie sah auf ihre Armbanduhr und runzelte demonstrativ die Stirn, »– was tust du hier? Solltest du um diese Zeit nicht eigentlich in der Schule sein?«

»Ich gehe nicht mehr zur Schule, Mutter«, sagte Mark geduldig.

»Nicht mehr zur Schule? Was soll das heißen? Sind denn schon Ferien?«

»Bald«, antwortete Mark. »Noch ein paar Wochen. Aber das ist nicht der Grund, weswegen ich hier bin.«

»Oh, ich verstehe«, unterbrach ihn seine Mutter, indem sie ihm spielerisch mit dem Zeigefinger drohte. »Du hast einfach blaugemacht! Geschwänzt, um deine arme Mutter im Krankenhaus zu besuchen. Das ist lieb gemeint, aber nicht besonders klug von dir. Es ist wichtig, zur Schule zu gehen, hörst du! Außerdem wird dein Vater nicht besonders erfreut sein, wenn er hört, daß du die Schule geschwänzt hast. Ich fürchte, ich werde es ihm sagen müssen, wenn er kommt. Kommt er heute?« Sie legte den Kopf auf die Seite und runzelte erneut angestrengt die Stirn. »Ich weiß gar nicht... War er gestern da, oder vorgestern?«

»Vater war nicht vorgestern hier, Mutter«, sagte Mark, so ruhig er konnte. »Und er war auch gestern nicht hier, und er wird heute nicht kommen und auch morgen nicht. Er war seit fünf Jahren nicht mehr hier, und er wird dich auch in den nächsten fünf Jahren nicht besuchen.«

Seine Mutter blinzelte verwirrt. »Was redest du da?«

»Und ich gehe auch nicht mehr zur Schule«, fuhr Mark fort. »Weder heute noch morgen oder nach den Ferien.«

»Nicht?«

»Ich habe die Schule abgebrochen«, sagte Mark. Natürlich war es sinnlos. Sie hörte seine Worte vielleicht, aber sie bedeuteten nichts für sie, denn das, worüber er sprach, gehörte zu jenem Teil des Universums, der auf der anderen Seite des Abgrundes lag, hinter dem sich ihr Bewußtsein verschanzt hatte. Trotzdem glaubte er einen Moment lang – nein: redete es sich ein –, so etwas wie Begreifen in ihrem Blick aufflackern zu sehen.

»Ich habe die Schule abgebrochen und bin aus dem Internat ausgezogen. Ich weiß noch nicht genau, wie es jetzt weitergeht, aber ich werde erst einmal hier in der Stadt bleiben, und ich verspreche dir, daß ich mich in Zukunft mehr um dich kümmern werde als bisher.«

»Das ist wirklich lieb von dir«, sagte seine Mutter, »aber nicht nötig. Die Ärzte hier sind wirklich gut, und das Personal ist sehr zuvorkommend. Die paar Tage, die ich noch hierbleiben muß, gehen auch noch vorbei. Dein Vater –«

»*Mein* Vater«, unterbrach Mark sie so scharf, daß nur noch eine Nuance fehlte, und er hätte geschrien, »ist schuld daran, daß du hier bist, Mutter. Er hat dich hierhergebracht. Aber ich werde dafür sorgen, daß das nicht mehr lange so bleibt. Bisher konnte ich nichts tun, aber jetzt hat er keine Macht mehr über mich. Ich weiß noch nicht, wie, aber irgendwie hole ich dich hier heraus. Das verspreche ich dir.«

Ein Versprechen, das er nicht halten konnte. Und er wußte es auch selbst. Die Worte waren nicht mehr als Ausdruck seiner Hilflosigkeit und der Wut, die immer noch tief in ihm schlummerte und immer wieder neu aufflammte, wenn er hierherkam und sah, was aus seiner Mutter geworden war. Er konnte es nicht einhalten, und er war nicht einmal ganz sicher, ob er es wollte. Ganz gleich, wie sehr er seinen Vater auch für das haßte, was er ihr angetan hatte – sie war nun einmal, was sie war, und mit Sicherheit war sie hier am besten aufgehoben. Mit ausreichend Energie, Zeit und einem Bataillon gewiefter Rechtsanwälte würde es ihm vielleicht sogar wirklich gelingen, sie hier herauszuholen. Aber mit ziemlicher Sicherheit würde er sie damit auch umbringen.

»Hast du eigentlich daran gedacht, den Videorecorder zu programmieren?« fragte seine Mutter plötzlich. Ihre Stimme klang ein bißchen alarmiert. »Du weißt, wie sehr ich *Dallas* liebe. Ich möchte keine Folge verpassen!«

»*Dallas* läuft seit fünf Jahren nicht mehr, Mutter«, murmelte Mark. Laut und mit einem erzwungenen Lächeln sagte er: »Natürlich. Es ist alles auf Band. Du versäumst nichts, keine Angst.«

»Ich weiß, daß es albern ist«, antwortete seine Mutter mit einem kleinen, verlegenen Lächeln. »Dein Vater wird immer ganz zornig, wenn er sieht, daß ich mir diese Serie anschaue. Aber ich mag sie nun einmal. Und jetzt erzähl mir von der Schule. Hast du immer noch so große Schwierigkeiten mit der Mathematik? Ich hoffe doch, du gehst weiter regelmäßig zum Nachhilfeunterricht – auch wenn ich nicht da bin, um auf dich aufzupassen.«

Mark resignierte. Er hätte nicht enttäuscht sein dürfen – für seine Mutter war er noch immer zwölf Jahre alt und würde es auch immer bleiben –, aber er war es, so sehr, daß es beinahe körperlich weh tat. Manchmal, wenn er hier war, fragte er sich allen Ernstes, ob er es vielleicht aus dem einzigen Grund immer wieder tat, um sich für irgend etwas zu bestrafen. Trotzdem sagte er noch einmal: »Ich gehe nicht mehr zur Schule, Mutter. Ich bin seit gestern achtzehn. Ich bin volljährig und lebe jetzt mein eigenes Leben. Vater hat mir nichts mehr zu sagen. Und ich werde alles in meiner Macht Stehende tun, um dich hier herauszuholen.«

Damit endete sein sinnloses Aufbegehren gegen die Wirklichkeit aber auch. Er blieb noch fünfzehn Minuten, aber er schlüpfte mit jeder Minute mehr in die Rolle, die er für sie ohnehin spielte, seit er gekommen war: die des Zwölfjährigen, der seine Mutter im Krankenhaus besuchte, in dem sie seit einigen Tagen lag und aus dem sie in wenigen Tagen entlassen werden würde, wegen einer – wie sie es dezent ausdrückte – *Frauengeschichte.* Die Ärzte hatten es ihm damals erklärt. Ihr Bewußtsein war in einer temporären Schleife gefangen, die drei oder vier Tage zurückreichte und dann immer wieder aufs neue begann. Sie konnte sich nie erinnern, worüber sie bei seinem letzten Besuch gesprochen hatten. Oder wie lange er hier war. Sie konnte sich nicht wirklich erinnern, warum sie hier war, und erst recht nicht, weshalb man sie eingeliefert hatte. Sie hätte all dies gekonnt, aber sie wollte es nicht. *Etwas* in ihr wollte es nicht. Und keine Macht der Welt, kein ärztliches Können und kein Medikament waren bisher stark genug gewesen, diese Weigerung zu durchbrechen. Manchmal fragte sich Mark, ob sie überhaupt das Recht hatten, es zu tun. Ihr Geist hatte sich in ein winziges Schneckenhaus zurückgezogen, in dem er sicher und behütet war – und mit welchem Recht maßten sie sich eigentlich an, ihn dazu zu zwingen, sich den Schrecken zu stellen, vor denen er geflohen war?

Jetzt jedenfalls versuchte er es nicht mehr. Er spielte seine Rolle perfekt, erzählte von einer Schule, auf der er nie gewesen war, von Klassenkameraden, die es nicht gab, und Lehrern, deren Namen er sich im gleichen Moment ausdachte, in dem er sie nannte. Er erzählte von einem Zuhause, das längst nicht mehr existierte, und von einer Familie, die es vielleicht nie gegeben hatte. Schließlich begann seine Mutter unruhig zu werden. Auch das gehörte zu ihrer Krankheit. Sie konnte sich kaum länger als zehn oder fünfzehn Minuten auf eine bestimmte Tätigkeit oder ein Gespräch konzentrieren, und er wollte sich selbst den Moment ersparen, in dem sie begann, ihre Fragen vom Beginn des Gespräches zu wiederholen. Er umarmte sie noch einmal zum Abschied, dann drehte er sich mit einem Ruck herum, stürmte regelrecht aus dem Zimmer und die ersten Schritte den Flur hinunter. Erst auf halbem Wege zum Aufzug wurde er wieder langsamer, und auch sein Atem beruhigte sich.

Er blieb einen Moment stehen, um sich vollends zu beruhigen, ging aber dann doch schnell weiter und steuerte den Aufzug an. In wenigen Augenblicken schon würde die Schwester oder auch einer der Pfleger kommen, um seine Mutter abzuholen, und er wollte ihr nicht noch einmal begegnen. Nicht jetzt. Er hätte es nicht ertragen, wenn sie ihn voller Überraschung begrüßt und in die Arme geschlossen hätte, als wäre er seit Tagen nicht mehr hiergewesen. Mark gestand sich jetzt ein, daß es ein Fehler gewesen war, überhaupt herzukommen.

Der Aufzug ließ auf sich warten. Das kleine Licht neben der Tür blieb eine ganze Weile auf Rot, was bedeutete, daß die Kabine irgendwo unter oder über ihm stillstand, und er war schon fast so weit, aufzugeben und die Treppe nehmen zu wollen, als die Farbe endlich von Rot zu Grün wechselte und er hören konnte, wie eine Etage unter ihm die Lifttüren zuglitten. Einen Moment später setzte sich die Kabine in Bewegung. Mark trat ganz automatisch einen Schritt zurück, als sie wieder anhielt und die Türhälften sich vor ihm teilten, aber der Lift war leer, niemand trat heraus, dem er hätte Platz machen müssen. Mit einem schnellen Schritt trat er in den Lift hinein, sah hoch – und hätte um ein Haar laut aufgeschrien.

Er war da.

Die Aufzugkabine bestand ganz aus mattiertem Chrom, auf dem sich seine eigene Gestalt als verzerrter Schemen widerspiegelte – aber er war nicht allein. Hinter seinem Spiegelbild war ein zweites, ein wehender, weißer Schatten ohne Gesicht, der lautlos näher kam.

Er war da.

Der Engel aus seinem Traum.

Er hatte die Grenzen zur Wirklichkeit durchbrochen und war jetzt hier, um ihn zu holen.

Mark fuhr mit einer entsetzten Bewegung herum.

Er war tatsächlich nicht mehr allein, doch hinter ihm stand keine Schimäre, sondern die Schwester vom Empfang. Sie mußte gelaufen sein, um den Aufzug noch zu erwischen, denn sie war ein bißchen außer Atem, und irgendwie wirkte sie auch erschrocken, ihn zu sehen. Vielleicht nicht einmal ihn. Vielleicht war da etwas in seinem Gesicht, das sie erschreckte. Mark hatte den Schrei, der aus seiner Kehle entweichen wollte, gerade noch unterdrücken können, aber sein Herz raste jetzt wie wild, und er war nicht sicher, ob er sein Gesicht weit genug unter Kontrolle hatte, um das Entsetzen zu verbergen, das ihn gepackt hatte.

Sonderbarerweise erleichterte es ihn im ersten Augenblick überhaupt nicht, statt eines zum Leben erwachten Alptraums die junge Krankenschwester zu sehen. Ganz im Gegenteil hämmerte sein Herz plötzlich noch wilder, und seine Hände begannen so heftig zu zittern, daß er sie zu Fäusten ballte, um sie überhaupt ruhig halten zu können.

Schwester Beate blickte ihn einen Moment lang irritiert an, dann drehte sie sich mit einer hastigen Bewegung um und drückte einen Knopf auf der Schalttafel neben der Tür. Der Lift setzte sich in Bewegung.

Marks Gedanken rasten. Was geschah mit ihm? *Was um alles in der Welt geschah mit ihm?!*

Vielleicht hatte er ein Geräusch gemacht, vielleicht spürte sie seine Nervosität aber auch einfach, denn plötzlich drehte sich Schwester Beate herum und sah erneut und auf die gleiche erschrockene Art irritiert zu ihm hoch. Mark fiel erst jetzt auf, wie klein sie war, und wie zerbrechlich – allerhöchstens ein Meter sechzig und so schlank, daß sie ohne die weiße Schwesterntracht und das dazugehörige Häubchen wie ein Kind ausgesehen hätte.

»Na – immer noch sauer?« fragte er. Seine Stimme zitterte so sehr, daß aus dem beabsichtigten lockeren Tonfall eher das Gegenteil wurde.

»Sauer? Warum sollte ich das sein?«

»Wegen vorhin.« Mark machte eine erklärende Geste zur Tür. »Es tut mir leid. Ich war vielleicht ein bißchen grob zu Ihnen.«

»Das macht nichts«, antwortete sie; zu schnell und mit zuviel Nachdruck, um ihn zu überzeugen.

»Ich möchte mich entschuldigen. Ich war einfach...« Er suchte nach Worten und rettete sich schließlich in ein Achselzucken. Nichts von dem, was er bisher gesagt hatte, klang irgendwie überzeugend. Offenbar war er schon wieder dabei, es noch schlimmer zu machen. Vielleicht sollte man an Tagen, die damit anfingen, daß man von einem Gespenst gejagt wurde, besser mit überhaupt niemandem reden.

»Ist schon gut«, sagte Beate. Sie sah ihn weiter ernst, aber jetzt auch beinahe ein wenig mitfühlend an. »Es muß sehr schlimm gewesen sein.«

»Was?« fragte Mark.

»Ihre Mutter«, erklärte sie. »Es scheint Sie sehr mitgenommen zu haben, sie so zu sehen.«

Obwohl das nicht der Grund für seine Blässe und das Zittern seiner Hände war, verspürte Mark doch ein heftiges Gefühl von Dankbarkeit. Dieses Mädchen war vielleicht keine gute Menschenkennerin, aber offenbar ein sehr mitfühlendes Wesen, und im Augenblick konnte er jedes bißchen Mitleid gut gebrauchen.

»Es ging«, sagte er ausweichend. »Es war schon schlimmer. Aber heute...«

Der Lift hielt an, und Mark wartete, bis sie die Kabine verlassen hatten, ehe er fortfuhr: »Mein grober Ton tut mir wirklich leid. Kann ich irgend etwas tun, um es wiedergutzumachen?«

Beates Antwort überraschte ihn. Sie blieb stehen und sah ihm eine Sekunde lang ernst in die Augen, dann lächelte sie plötzlich und nickte. »Ich habe in zehn Minuten Pause. Sie könnten mich in die Cafeteria begleiten und mich zum Frühstück einladen.«

Das überraschte ihn noch mehr. Es war nur eine rhetorische Frage gewesen, auf die er natürlich eine ebenso rhetorische Antwort erwartet hatte. Aber warum eigentlich nicht? Er brauchte jetzt einen Menschen, mit dem er reden konnte; vielleicht nicht einmal über seine Probleme, sondern einfach so, nur jemanden, der da war und zuhörte, und vielleicht war ein Fremder dazu besser geeignet als jeder andere.

»Gern«, sagte er. »Ich sage nur noch dem Taxifahrer Bescheid, daß es noch einen Moment dauert. Gehen Sie ruhig schon vor. Ich kenne den Weg zur Cafeteria.«

Schnell, ehe sie vielleicht ihren eigenen Mut bedauern und es sich anders überlegen konnte, durchquerte er die Halle und verließ das Gebäude. Er mußte einen Moment nach dem Taxi suchen – der Fahrer hatte den Wagen gewendet und am Ende der Einfahrt geparkt, und als er Mark im Rückspiegel mit weit ausgreifenden Schritten heraneilen sah, faltete er seine Zeitung zusammen und ließ den Motor an. Er war nicht besonders begeistert, als Mark ihm erklärte, daß er sich noch weiter in Geduld fassen müsse. Die Anzeige auf dem Taxameter hatte die fünfzig Mark, die Mark ihm gegeben hatte, bereits weit überschritten, aber seine Barschaft war so gut wie aufgebraucht. Er wollte schließlich nicht in die Verlegenheit geraten, die Schwester darum bitten zu müssen, das Frühstück zu bezahlen, zu dem er sie eingeladen hatte – und womöglich sein eigenes dazu. Also erklärte er dem Fahrer so selbstbewußt, wie er konnte, daß es noch eine Viertelstunde dauerte, und hoffte, daß die Adresse, die er ihm beim Antritt ihrer Fahrt genannt hatte, dessen Zweifel zerstreuen würde. Ganz gelang es ihm offensichtlich nicht, aber Mark gab ihm gar keine Chance, irgendwelche Einwände zu erheben, sondern drehte sich auf dem Absatz herum und ging wieder zurück zum Haus.

Dabei blieb sein Blick für einen Moment an einem Wagen hängen, der draußen auf der Straße geparkt war. Es war ein ganz normaler, durchschnittlicher Wagen; ein weißer Kombi, dessen Typ er nicht genau erkennen konnte – möglicherweise ein Japaner, vermutete er –, aber irgend etwas daran irritierte ihn. Genauer gesagt: *darin*. Er konnte die Gesichter hinter der Windschutzscheibe nicht erkennen, dazu war der Wagen zu weit entfernt, aber er sah sie als helle ovale Flecken, und das bedeutete, daß sie in seine Richtung blickten.

Beobachteten sie ihn?

Unsinn. Wer immer diese Männer waren – *wenn* es Männer waren –, sie saßen bestimmt nicht dort drüben im Wagen und observierten ihn. Er fing wohl allmählich *wirklich* an, Gespenster zu sehen. Mark schritt schneller aus, öffnete die Tür und schlüpfte so rasch hindurch, wie er konnte.

Die Cafeteria befand sich in einem Anbau auf der rückwärtigen Seite des Gebäudes, der fast vollkommen aus Glas und Chrom bestand. Mark war schon oft hiergewesen, aber noch nie so früh, und deshalb bot sie im ersten Augenblick einen ungewohnten, fast fremden Anblick. Er kannte diesen Raum voller Menschen – Patienten und Ärzte, Besucher und Schwestern, manchmal so viele, daß ›Die Reise nach Jerusalem‹ zu einem beliebten und manchmal ziemlich verbissen geführten Spiel zu werden schien, aber jetzt war es dort fast leer. Außer Schwester Beate befanden sich nur noch zwei stämmige Krankenpfleger in dem großen, hellen Raum. Mark kannte einen von ihnen. Er nickte ihm flüchtig zu und ging dann zu dem Tisch am Fenster, an dem Beate Platz genommen hatte. Sie hatte sich bereits einen Kaffee besorgt und studierte scheinbar interessiert die Karte, was Mark ein wenig wunderte. Er kam nicht oft hierher, doch selbst er kannte die Speisekarte bereits auswendig. Sie wechselte nie; von den Preisen vielleicht einmal abgesehen.

»Schon was gefunden?« fragte er, während er Platz nahm.

Sie ließ die in Plastik eingeschweißte Karte mit einer fast erschrockenen Bewegung sinken und schüttelte den Kopf. »Ich glaube, ich lasse es bei einem Kaffee«, sagte sie. »Mir ist gerade aufgefallen, daß ich gar keinen richtigen Appetit habe.«

Natürlich stimmte das nicht. Viel wahrscheinlicher war ihr aufgefallen, daß ihre impulsive Antwort auf Marks vielleicht nicht ganz ernst gemeinte Frage leicht als aufdringlich mißverstanden werden konnte, und sie versuchte jetzt, das Beste aus der Situation zu machen. Er könnte sie direkt darauf ansprechen, überlegte Mark, und sie damit ein bißchen in Verlegenheit bringen. *Darin* hatte er ja mittlerweile Übung.

Statt dessen griff er mit einer bewußt forschen Bewegung nach der Karte, überflog sie rasch und sagte: »Die Rühreier kann ich empfehlen. Sie sind wirklich gut.«

»Ich weiß«, antwortete sie. »Ich lebe seit drei Monaten praktisch davon. In den ersten vier Wochen haben sie sogar geschmeckt.«

»Und in den anderen?«

»Auch. Aber mittlerweile kommen sie mir zu den Ohren wieder raus. Lassen wir es bei dem Kaffee.« *Und dabei, mich nicht noch weiter in Verlegenheit zu bringen, okay?*

Mark zuckte mit den Schultern und bestellte für sich eine heiße Schokolade, und er gewann einen weiteren Moment, indem er scheinbar interessiert aus dem Fenster sah und den parkähnlichen Innenhof des Gebäudetrakts musterte. Wie die Cafeteria bot auch er einen ungewöhnlich verwaisten Anblick. Irgendwie schien heute alles anders zu sein, als er in Erinnerung hatte, nur weil er früher gekommen war. Es war erstaunlich, welchen Unterschied einige wenige Stunden machten. Offenbar gab es verschiedene Welten, die nebeneinander und am gleichen Ort existierten, nur durch die Tageszeiten getrennt.

»Ich möchte mich noch einmal in aller Form entschuldigen«, sagte er schließlich. »Mein Benehmen von vorhin – «

»War völlig in Ordnung«, unterbrach ihn Beate. »*Ich* bin es, die sich entschuldigen müßte. Für heute morgen, und für gerade.«

»Gerade?«

»Ich war, glaube ich, ein bißchen ... aufdringlich«, sagte sie verlegen. »Aber irgendwie haben Sie mich überrumpelt. Ich hatte das Gefühl, etwas sagen zu müssen, und das mit der Einladung zum Frühstück war das erste, was mir einfiel. Ziemlich dumm, fürchte ich.«

»›*Macht nichts*‹ wäre auch nicht viel origineller gewesen«, antwortete Mark. Außerdem ist es schon okay. Ich ... bin ganz froh, mich ein bißchen unterhalten zu können.«

»Ich habe Sie nicht gleich erkannt«, fuhr Beate unbeeindruckt fort. »Wissen Sie, als ich Ihren Namen hörte, war ich einfach überrascht. Ich meine ... wir alle kennen Ihre Mutter, und ich habe eine Menge von Ihnen gehört. Sie erzählt viel von Ihnen. Aber ich hatte Sie mir ... nun ja – *anders* vorgestellt.«

»Anders?«

»Jünger«, gestand Beate, die immer mehr in Verlegenheit zu geraten schien, obwohl Mark nicht hätte sagen können, warum.

Er nickte. »Ich verstehe. Sie erzählt von ihrem zwölfjährigen Sohn, der vor einem Jahr aufs Gymnasium gekommen ist und Schwierigkeiten mit Latein und Algebra hat.«

»Ja«, gestand Beate. »Es tut mir leid. Ich habe einfach nicht richtig geschaltet. Natürlich hätte ich wissen müssen, wer Sie sind, aber als Sie plötzlich vor mir standen und behaupteten, ihr Sohn zu sein, da habe ich es einfach nicht kapiert.«

»Wahrscheinlich wäre es mir genauso gegangen«, sagte Mark, ganz impulsiv und nur aus dem Bedürfnis heraus, sie irgendwie zu trösten. »Es muß ziemlich verwirrend sein, einen Zwölfjährigen zu erwarten und mich dann zu sehen. Enttäuscht?«

Sie blinzelte verwirrt. »Wie?«

»Schon gut.« Mark lächelte und machte eine entsprechende Handbewegung. »Schwamm drüber. Einigen wir uns darauf, daß wir beide einen Fehler gemacht haben und quitt sind, okay?«

Ihr Lächeln wirkte immer noch ein bißchen schüchtern, und in ihren Augen zeichnete sich jetzt fast so etwas wie Angst ab. Wovor? Er vermochte nicht einmal zu erraten, was es war, aber er spürte plötzlich mit beinahe schon körperlicher Intensität, daß das Mädchen sich vor etwas fürchtete; als hätte sie einen Fehler begangen, der viel schlimmer war als der, den sie zugab, und weitreichende Konsequenzen haben mochte. Doch er sah in ihren Augen auch noch mehr. Da war etwas... Irritierendes. Ein Interesse, fast etwas *Forderndes*, das er sich noch viel weniger erklären konnte, aber das eindeutig *da* war.

»Sie kennen meine Mutter also?« fragte er, nur um überhaupt etwas zu sagen. Ihre Art, ihn anzusehen, verunsicherte ihn immer mehr.

»Sicher. Wir kennen sie alle. Und jeder hier hat sie sehr gern. Sie ist eine außergewöhnliche Frau.«

Das war sie einmal, dachte Mark. *Heute ist sie nur noch* ... Er gestattete sich nicht, den Gedanken zu Ende zu formulieren, sondern sagte laut: »Ja, das ist sie wohl.«

Die falschen Worte, und die falsche Betonung. Etwas in Beates Blick erlosch und machte dem Mitgefühl von vorhin

Platz. Nur daß es nicht mehr das *gleiche* Mitgefühl war. Jetzt war es etwas, was ihn in Verlegenheit brachte.

»Es muß schlimm für Sie sein, sie so zu sehen«, sagte sie.

»Schlimm? Wie kommen Sie darauf?« Mark nippte an seinem Getränk und starrte an ihr vorbei ins Leere.

»Sie sehen ziemlich mitgenommen aus«, antwortete sie offen.

»Das bin ich auch«, sagte Mark. »Aber es hat... andere Gründe.« Und für einen winzigen Moment war er nahe daran, ihr alles zu erzählen – die Geschichte der letzten Jahre, die die Hölle gewesen waren, die der vergangenen Nacht und vor allem seines Traumes, in dem sich diese Jahre zu einer gräßlichen Vision akkumuliert hatten, die ihn bis jetzt nicht ganz losgelassen hatte, und die dessen, was noch vor ihm lag. Auch das war ein Gedanke, dem er bisher erfolgreich ausgewichen war, aber in spätestens einer halben Stunde würde er sich dem bisher größten Hindernis auf seinem Weg in die Freiheit stellen müssen: seinem Vater. Und vielleicht – wahrscheinlich sogar – *hätte* er ihr sogar alles erzählt, denn plötzlich sehnte er sich nach nichts mehr als nach einem Menschen, der einfach nur zuhörte, hätte Beate in diesem Moment nicht etwas getan, worauf er vollends unvorbereitet war: Sie streckte die Hand aus und berührte seine Finger, und es war eine sehr warme, vertraute Berührung, in der etwas von dem war, was er auch in ihrem Blick gelesen hatte.

Er fuhr zusammen, und im gleichen Augenblick zog Beate erschrocken die Hand zurück. Sie sah ein bißchen betroffen aus, und auf die gleiche Art schuldbewußt wie gerade, so daß er nun hastig nach ihren Fingern griff und sie festhielt. Allerdings nur für einen Moment, denn plötzlich wurde ihm bewußt, daß die beiden Pfleger, die an einem Tisch am anderen Ende des Raumes saßen, schon seit einer geraumen Weile zu ihnen herüberblickten. Zum einen war ihm das peinlich, zum anderen wußte er, daß es hier sehr strenge – und sicher berechtigte – Vorschriften gab, was das Verhältnis des Personals zu den Patienten und deren Anverwandten anging. Das St.-Eleonor-Stift war eine der teuersten Privatkliniken der Stadt, wenn nicht des Landes. Niemand, der hierherkam und einen

Verwandten besuchte, lebte von der Sozialhilfe, und der Institutsleitung war sicher bewußt, wie groß die Verlockung für eine junge Schwester oder einen gutaussehenden Pfleger sein mochte, sich einen Millionärssohn oder eine reiche Erbin zu angeln, und für einen ganz kurzen Moment kam ihm ein ketzerischer Gedanke: nämlich der, ob nicht ganz genau das der Grund war, weswegen Schwester Beate sich plötzlich so sehr für ihn interessierte.

Sofort wurde ihm klar, daß dieser Verdacht nicht nur absurd, sondern auch boshaft und ungerecht war. Sie hätte schon verdammt schnell schalten und außerdem ein ziemlich berechnendes Biest sein müssen, um so schnell zu reagieren. Und irgend etwas sagte ihm, daß keines von beidem zutraf. Die Wahrheit war sehr viel simpler. Sie hatte einfach gesehen, in welchem Zustand er sich befand, und wollte ihn irgendwie trösten. Einfach nett zu ihm sein.

Mark hatte mit einem Mal das völlig aberwitzige Gefühl, daß sie seine Gedanken erraten haben mußte – und ein daraus resultierendes sehr schlechtes Gewissen. Er hatte heute wirklich ein einmaliges Talent, jedem, der den Fehler beging, freundlich zu ihm sein zu wollen, einen Tritt zu verpassen.

»Wie alt sind Sie eigentlich?« fragte er, um seine Verlegenheit zu überspielen, aber auch aus wirklichem Interesse.

»Siebzehn – warum?«

Mark lachte. »Dann bin ich gerade mal ein Jahr älter. Warum lassen wir also das blöde *Sie* nicht? Ich heiße Mark.«

Wer baggerte jetzt eigentlich *wen* an? Zumindest war es ihm schon wieder gelungen, sie in Verlegenheit zu bringen. Möglicherweise hatte er mehr in ihren Blick und ihre vertraute Geste hineingedeutet, als darin war.

»Na ja – warum nicht?« sagte sie unsicher. »Eigentlich nennt mich sowieso jeder Schwester Beate. Kein Problem, das *Schwester* wegzulassen.«

»Du bist also seit drei Monaten hier?« fragte Mark.

Sie nickte verblüfft. »Stimmt. Aber woher – ?«

»Die Rühreier«, erinnerte Mark. »Ich bin ein aufmerksamer Zuhörer.«

»Das scheint mir auch so. Ganz im Gegensatz zu mir, fürchte ich. Sie sind – *du bist* – wirklich erst achtzehn?«

»Und auch das erst seit heute«, bestätigte Mark. Beates Überraschung wunderte ihn kein bißchen. Er sah sehr viel älter aus, als er war, was zum Teil an seiner Größe lag, zum weitaus größeren Teil aber an der Bitterkeit, die sich im Laufe der letzten Jahre tief in sein Gesicht eingegraben hatte. Und manchmal hatte er das Gefühl, nicht nur wie fünfundzwanzig auszusehen, sondern es auch schon seit mindestens zehn Jahren zu sein.

Er konnte sich kaum erinnern, jemals wirklich ein Kind gewesen zu sein. Sein Vater hatte ihm weit mehr angetan, als ihm sein Elternhaus und die Liebe seiner Mutter vorzuenthalten. Er hatte ihm seine Jugend gestohlen. Er war nicht erst heute morgen erwachsen geworden, sondern an dem Tag, an dem er ins Internat gekommen war, und das auf eine Art, die sehr bitter gewesen war.

»Heute?«

Er nickte. »Ich habe heute Geburtstag. Seit heute bin ich achtzehn. Ein richtiger, vollwertiger Mensch.«

»Na, dann herzlichen Glückwunsch!«

Mark schnaubte. »Da gibt es nicht viel zu beglückwünschen, fürchte ich«, sagte er. »Ich habe schon angenehmere Tage erlebt.«

»Wieso?«

Die Frage brachte ihn in Verlegenheit. »Ich schätze, ich habe ... ziemlichen Mist gebaut«, gestand er. »Ich war wohl ...« *Was? Ein bißchen vorschnell? Ein klitzekleines bißchen dumm?* Er hob die Schultern und schloß nach einer hörbaren Pause: »Ich habe einen Fehler gemacht.«

»Aber Sie wollen nicht darüber reden.«

»*Du*«, korrigierte er sie. »Nein, das stimmt nicht. Nur jetzt nicht. Noch nicht.« Dabei stimmte das gar nicht. Wenn überhaupt etwas, dann hatte ihm dieses Gespräch mit Beate eines klargemacht: Er war hierhergekommen, um zu reden. Vielleicht nicht einmal mit seiner Mutter. Aber er hatte das, was er ihr gesagt hatte, einfach *irgend jemandem* erzählen müssen – bevor er es seinem Vater sagte.

»Vielleicht später«, fügte Mark mit einem Räuspern hinzu. Er sah auf und begegnete einem Lächeln, das vielleicht zum ersten Mal an diesem Morgen wirklich echt wirkte, auf jeden Fall nicht verkrampft. Er löschte es aus, indem er noch einmal den Kopf schüttelte und leise sagte: »Entschuldige. Ich... wollte nicht unhöflich sein. Es ist nur...«

»Schon gut. Das alles geht mich ja wirklich nichts an.«

»Das ist es nicht«, sagte er hastig. »Ich bin einfach nur durcheinander, das ist alles. Und anscheinend habe ich heute ein ganz besonderes Talent, jedem auf die Zehen zu treten, der freundlich zu mir sein will.«

Beate blickte ihn noch einen Moment lang sehr nachdenklich an, dann rettete sie sich in ein ausdrucksloses Lächeln und sah auf die Uhr. »Meine Pause ist vorbei«, sagte sie. »Ich muß zurück, bevor ich Ärger bekomme.«

»Selbstverständlich.« Mark stand auf, zahlte ihre Getränke und rannte fast, um vor Beate an der Tür zu sein und sie ihr aufzuhalten. Er benahm sich ziemlich linkisch, das bewiesen nicht nur der spöttische Gesichtsausdruck der beiden Krankenpfleger, die Beate und ihn jetzt ganz unverblümt anstarrten, sondern auch Beates irritierte Blicke – immerhin stolperte er beinahe über seine eigenen Füße, nur um vor ihr bei einer Tür zu sein, die er nun weiß Gott nicht aufhalten mußte. Anders als das große Portal draußen trug *sie* den speziellen Bedürfnissen der Bewohner dieses Gebäudes Rechnung und war so leichtgängig, daß selbst ein Kleinkind keine Mühe gehabt hätte, sie zu öffnen.

»Weißt du«, sagte er, während sie den Garten durchquerten und wieder das Hauptgebäude ansteuerten, »eigentlich hast du recht.«

»Womit?« fragte Beate.

Mark seufzte und machte eine flatternde, ausholende Geste. »Es ist ein Scheißtag, wenn man bedenkt, daß ich heute achtzehn werde. Eigentlich sollte man einen solchen Tag anders begehen.«

»Nicht mit einem Besuch im Krankenhaus, meinst du?«

»Zum Beispiel. Man sollte ihn feiern.«

»Und warum tust du es nicht?«

Er lächelte bitter. »Vielleicht, weil ich wenig Grund dazu habe. Und außerdem wüßte ich niemanden, der mit mir feiert.« Er blieb mitten im Schritt stehen und sah Beate mit gespielter Überraschung an. »He – warum feiern wir ihn nicht gemeinsam? Ich könnte dich abholen, wenn deine Schicht vorbei ist, und wir machen einen drauf.«

Einen Moment lang war er davon überzeugt, den Bogen überspannt zu haben. So ganz nebenbei – seine eigenen Worte überraschten ihn jetzt *wirklich*, denn er hatte eigentlich nur *irgend etwas* sagen wollen, um den peinlichen Moment zu überspielen. Beate wirkte fast erschrocken. Dann schüttelte sie den Kopf und sagte: »Ich ... glaube nicht, daß das eine gute Idee ist.«

»Ich verstehe«, seufzte er. »Du hältst mich für aufdringlich. Oder hast einen festen Freund.«

»Nein«, antwortete sie. »Keinen Freund. Aber ich ... es geht nicht.«

»Warum?«

»Ich wohne hier«, sagte Beate. »Ich habe nur ein kleines Zimmer, zwar für mich allein, aber die Anstaltsleitung sieht es nicht gerne, wenn –«

»Schon kapiert«, unterbrach sie Mark. »Dann hole ich dich nicht ab. Wir können uns unten an der Kreuzung treffen, und wir gehen irgendwohin und trinken ein Bier. Oder essen etwas – keine Rühreier, Ehrenwort.«

»Bestimmt nicht?«

»Ganz bestimmt nicht«, versprach er lachend. »Und keine Angst – wenn du meinetwegen Ärger bekommst, sage ich meinem Vater Bescheid, und er kauft den Laden und schmeißt jeden raus, der dich auch nur schief ansieht.«

9. Kapitel

Die Bilder würden ihm ein Vermögen einbringen. Der leichte Nieselregen, der die ganze Nacht über angehalten und nur am Morgen für eine knappe Stunde ausgesetzt hatte, hatte vor kurzem wieder eingesetzt, und mittlerweile goß es in Strömen. Außerdem war es viel zu kalt für die Jahreszeit, so daß Mogrod mittlerweile nicht nur bis auf die Haut durchnäßt war, sondern auch vor Kälte mit den Zähnen klapperte, aber das störte ihn nicht im geringsten. Ganz im Gegenteil – er war in der Stimmung, laut zu singen, und er grinste so breit über das ganze Gesicht, daß ihn mehr als ein Fahrgast in der U-Bahn erstaunt angeblickt hatte.

Er hatte auch allen Grund für sein Grinsen. Was da in seiner rechten Manteltasche klapperte, war Gold wert, und das in jeder Hinsicht. Die Bilder würden eine Menge Geld einbringen, aber das allein war es nicht. Das war es nicht einmal *hauptsächlich.* Viel wichtiger als der Scheck, den ihm die Redaktion rüberschieben durfte, damit sie *diese* Bilder bekamen (und, so wahr ihm Gott helfe, er würde dafür sorgen, daß es ein *großer* Scheck war, aber trotzdem), viel wichtiger als das Geld waren die Umstände, unter denen er an diese Bilder gekommen war. Mogrod war wieder da. Wie Phönix aus der Asche war er auferstanden und breitete in alter Kraft und Frische die Schwingen aus, und niemand – *keiner!* – würde es jetzt noch wagen, das zu bezweifeln.

Er war wieder da. Die beiden Filme in seiner Tasche bewiesen es, und der Aufstand, den die Bullen erst einmal machen würden, wenn sie die Bilder in der Abendausgabe bewundern durften, würde es auch dem Rest der Welt beweisen.

Mogrod überquerte die Straße, sprang mit einem ausgelassenen Satz auf den Bügersteig hinauf und balancierte wackelnd und mit ausgebreiteten Armen wie ein Schulanfänger einige Schritte weit auf dem Bordstein entlang. Er hätte die ganze Welt *umarmen* können – mit Ausnahme einiger ganz spezieller Arschlöcher, verstand sich, die er im Lauf der kommenden Tage bestimmt nicht *umarmen,* sondern kräftig in den Arsch treten würde. Der eiskalte Regen, der ihm ins Gesicht klatschte, verbesserte seine Laune eher noch.

Der noch viel kältere Wasserguß, mit dem ihn ein Wagen überschüttete, dessen Räder nur Zentimeter an ihm vorbei durch den Rinnstein pflügten, schon etwas weniger. Mogrod fluchte, brachte sich mit einem hastigen – wenn auch verspäteten – Satz in Sicherheit und sah gerade noch, wie der Fahrer ihm im Rückspiegel einen kopfschüttelnden Blick zuwarf und sich gegen die Schläfe tippte.

»Idiot!« brüllte Mogrod. Aber grinste dabei, und eigentlich war er dem Mann nicht einmal böse. Er war sowieso naß bis auf die Haut, und die Klamotten, die er trug, hätten eigentlich schon vor einem Jahr in die Mülltonne gehört. Genau dort würden sie spätestens morgen auch landen; sobald er seinen Scheck eingelöst und sich neu eingekleidet hatte – nebst einigen anderen Kleinigkeiten, die er schon viel zu lange vor sich herschob. Ja, dachte er fröhlich, *er war wieder da,* und nach diesen Volltrotteln in der Redaktion würden die Obertrottel auf der Bank die nächsten sein, die das merkten. Das süffisante Grinsen, das jedes Mal auf dem Gesicht des Kassierers erschien, wenn er nach seinen Auszügen fragte, würde ihm im Hals steckenbleiben.

Mogrods Hand glitt in die Tasche seines durchweichten Parkas und suchte die Schlüssel. Sie fand sie, berührte dabei aber auch die beiden Plastikdosen mit den Filmen, die er in Löbachs Apartment aufgenommen hatte, und verharrten einen Moment länger darauf, als vielleicht nötig gewesen wäre. Ein phantastisches Gefühl. Der Kunststoff war so kalt und glatt und hart, als wäre es wirklich Gold – ach was, Gold, Platin mit Diamanteinschlüssen! –, aber die Berührung bewirkte noch etwas anderes, was Mogrod im ersten Moment fast selbst überraschte. Irgendwie ernüchterte sie ihn.

Er grinste noch immer fröhlich vor sich hin, während er den Schlüssel aus der Tasche zog und mit vor Kälte steifen Fingern am Schloß herumfummelte, aber er rief sich zugleich auch in Gedanken zur Ordnung. Sicher, er würde dafür sorgen, daß er einen *verdammt guten* Preis für die Filme bekam, und den würden sie auch zahlen, denn was auf den Negativen zu sehen war, das war eine Sensation, und *keine kleine,* aber Geld war nicht die Hauptsache. Selbst wenn er die Summe bekam, die ihm vorschwebte (und wäre er nur ein bißchen weniger euphorisch gewesen, hätte er sich selbst gesagt, daß seine Vorstellung ziemlich utopisch war), würde sie nicht einmal ausreichen, seinen Saldo auszugleichen. Diesen Idioten auf der Bank das breite Grinsen in den Hals zu stopfen, würde noch ein bißchen warten müssen, ebenso wie die diversen Einkaufszüge, die ihm vorschwebten. Aber das Geld war nicht das Wichtigste.

Was allein zählte war, *daß* er die Bilder hatte, und wie er darangekommen war. Natürlich würde er allen nur das *›daß‹* erklären, ganz bestimmt nicht das *›wie‹*. Aber das war ja gerade das Schöne. *Er war wieder da* – Stefan Mogrod, der immer fünf Minuten *vor* der Polizei am Tatort war und Bilder schoß, für die die meisten seiner sogenannten Kollegen ihre Seele verkauft hätten. Die Fotos in seiner Tasche bewiesen es.

Er erreichte seine Wohnung im fünften Stock, öffnete die Tür, schlüpfte aus dem durchweichten Mantel und warf ihn im hohen Bogen in die ungefähre Richtung des Garderobenständers, noch während er die Tür mit dem Fuß hinter sich zuschob – natürlich nicht, ohne in der gleichen Bewegung die beiden Kunststoffröhrchen mit den Filmen aus der Tasche des Mantels geklaubt zu haben. Noch immer im gleichen Sturmschritt, in dem er durch die Tür gekommen war, durchquerte er die Wohnung, legte die Kamera auf den einzigen freien Sessel und betrat die Dunkelkammer, die er sich im ehemaligen Abstellraum eingerichtet hatte. Im Vorübergehen bemerkte er zwar, daß das Licht des Anrufbeantworters flackerte, aber das ignorierte er – wie meistens. Wahrscheinlich war es sowieso nur jemand, dem er Geld schuldete, oder ein Redakteur, der einen Moment abgewartet hatte, in dem er ganz sicher nicht zu Hause war, um ihm eine Absage aufs Band zu sprechen. Normalerweise schaltete er das Ding sowieso nicht ein, wenn er das Haus verließ.

Auch das würde sich ab morgen radikal ändern, dachte Mogrod gutgelaunt. Manchmal waren es die Kleinigkeiten, die einem das Leben versüßten – wie zum Beispiel, nicht mehr zusammenzuzucken, wenn es unerwartet an der Tür klingelte, oder mit gutem Gewissen den Anrufbeantworter abhören zu können.

Mit einer fast ehrfüchtigen Bewegung lud er die beiden Filmrollen auf der zerschrammten Arbeitsplatte ab, schaltete das Rotlicht ein und die normale Deckenbeleuchtung aus. Er hätte sofort anfangen können, die Filme zu entwickeln – alles war bereit, alle Utensilien standen ordentlich in Griffweite, alles, was er brauchte, war da. Es kam schon einmal vor, daß sein Kühlschrank leer war, aber das Regal mit den Chemikalien, Entwicklerflüssigkeiten und Fixierern war immer ebenso gut gefüllt wie die Papierschubladen unter dem Tisch. Obwohl sein Leben sich während der letzten beiden Jahre in eine immer schneller werdende Schlitterpartie in den Abgrund verwandelte, hatte er zumindest hier drinnen noch eine Spur der alten Disziplin und Zuverlässigkeit bewahrt; zum Teil aus purer Gewohnheit, zum größeren Teil aber aus dem sicheren Wissen heraus, daß – wenn überhaupt – er einen neuen Start hier drinnen beginnen würde. Fotografieren war alles, was er konnte. Alles, was er je gekonnt hatte, und alles, was er jemals können *wollte.* Und er hatte recht gehabt, verdammt noch mal. Sein Comeback stand vor ihm, verpackt in zwei fünf Zentimeter hohen, schwarzen Plastikdosen.

Mogrod öffnete das erste Röhrchen, nahm den Film heraus und überzeugte sich pedantisch davon, daß die Tür sicher verschlossen war und nicht der winzigste Lichtschimmer durch einen Spalt dringen konnte, ehe er die Rolle öffnete und die Negative in die Entwicklerdose gab. Er hätte beide Filme zugleich entwickeln können, und er hätte auch die Flüssigkeit benutzen können, die griffbereit in einer noch gut halbvollen Flasche auf dem Regal stand, aber er tat keines von beidem, sondern ließ den zweiten Film vorerst unangetastet und öffnete eine neue, noch versiegelte Flasche. Dies war seine große und mit ziemlicher Sicherheit allerletzte Chance. Er würde nicht das mindeste Risiko eingehen.

Seine Finger zitterten leicht, während er arbeitete. Vermutlich eine Folge der durchwachten Nacht – und so ganz nebenbei der Angst, die er ausgestanden hatte. Außerdem war er kein junger Springer mehr, sondern mit seinen knapp fünfzig Jahren, von denen er sicherlich zwei – zusammengerechnet – im Zustand der Volltrunkenheit verbracht hatte, schon in einem Alter, in dem man sich nicht mal eben über eine Balkonbrüstung schwang und an einem dünnen Nylonseil in die darunterliegende Etage hinunterkletterte. Genau das hatte er nämlich in der vergangenen Nacht getan.

Ein dünnes Lächeln breitete sich auf Mogrods Gesicht aus, als er an die zurückliegende Nacht dachte. Die Bullen waren wie aufgescheuchte Hühner durch die Gegend gerannt und hatten sich vor lauter Mißtrauen und Dienstbeflissenheit gegenseitig auf die Füße getreten – schließlich kam es nicht jeden Tag vor, daß der Leiter der Mordkommission höchstselbst die Ermittlungen durchführte.

Nicht, daß ihn das sonderlich aufgehalten hätte. Ein bißchen Bestechung, ein bißchen Dreistigkeit und ein, zwei kleine Notlügen, und schon war er in einer Wohnung gewesen, die praktisch von der gesamten Berliner Polizei beschützt wurde, damit auch keiner überraschend hereinplatzte und ihn beim Fotografieren störte. Vielen Dank auch.

Natürlich war das, was Mogrod jetzt so selbstzufrieden vor seinem inneren Auge defilieren ließ, in der Realität nicht ganz so leicht gewesen, sondern im höchsten Maße illegal – aber das Ergebnis hatte den Einsatz gelohnt. Zigfach.

Er war mit dem ersten Film fertig, stellte die Entwicklerdose behutsam auf den Tisch zurück und wandte sich dem zweiten zu. Er wiederholte den Vorgang pedantisch, dann betätigte er die Taste der Zeitschaltuhr. Jetzt konnte er nur noch warten. Nicht einmal sehr lange, aber er wußte natürlich, daß selbst wenige Minuten jetzt zu Ewigkeiten werden würden.

Um sich abzulenken, verließ er die Dunkelkammer, ging in die Küche und bereitete sich eine Tasse Instant-Kaffee zu. Er schmeckte scheußlich, aber er war heiß und stark, und er schenkte ihm wenigstens die *Illusion*, seine Lebensgeister zu wecken. Mogrod leerte die Tasse mit kleinen Schlucken, zwischen denen er erzwungen lange Pausen einlegte, und er beherrschte sich eisern, nicht auf die Armbanduhr zu sehen, bevor die Tasse nicht vollkommen geleert war. Als er es dann tat, war die Enttäuschung um so größer. Es war wohl so, wie man sagte: Je mehr man darauf wartete, daß die Zeit verging, desto langsamer schien es zu geschehen.

Vielleicht sollte er in die Dunkelkammer zurückkehren. Ein Auge auf die Entwicklerdosen werfen. Was, wenn mit der Flüssigkeit etwas nicht in Ordnung war? Er hatte eine neue Flasche angebrochen, aber sie konnte schließlich schon im Laden überaltert gewesen sein, das Etikett mit dem Haltbarkeitsdatum unleserlich oder gefälscht, weil irgendein knickeriger Krämer die überlagerte Ware nicht wegwerfen wollte. Möglicherweise waren auch die Dosen undicht, so daß ein Lichtschimmer eindrang und die Negative verdarb, oder –

Oder der Himmel tat sich auf, und ein brennender Stern stürzte auf sein Haus und verschlang ihn samt seinen kostbaren Filmen. Schluß jetzt. Er hatte allen Grund, gespannt zu sein, aber verdammt noch mal keinen einzigen, hysterisch zu werden.

Statt in die Dunkelkammer zurückzugehen und womöglich aus lauter Ungeduld doch noch irgendeinen Fehler zu machen, brühte er sich eine zweite Tasse Kaffee auf, die er jedoch nicht sofort trank, sondern behutsam vor sich her ins Wohnzimmer balancierte. Einem Außenstehenden wäre der Raum klein, aber trotzdem in gewissem Maße behaglich eingerichtet vorgekommen, aber für Mogrod war er Sinnbild all dessen, was er verloren hatte. Es hatte eine Zeit gegeben, da hätte er ernsthaft überlegt, ob ein Kabuff wie dieses überhaupt groß genug für seine *Dunkelkammer* war – jetzt war es das größte Zimmer der Wohnung, und die schäbigen Möbel, die er zum größten Teil gebraucht erworben oder geschenkt bekommen hatte, waren alles, was er noch besaß.

Mogrod setzte sich schwer in einen der schäbigen Sessel, nippte an seinem Kaffee und ließ seinen Blick nachdenklich durch den Raum schweifen. Er sah die Möbel und die fleckigen Tapeten nicht wirklich, sondern nur das Dutzend Schwarzweißfotografien, die in schlichten Glasrahmen an der Wand neben der Tür hingen. Er betrachtete sie fast immer, wenn er hier saß und gerade nichts Besseres zu tun hatte – was in letzter Zeit ziemlich häufig der Fall gewesen war –, und er wurde niemals müde, es zu tun. Es hatte eine Zeit gegeben, da hatte er Geld gehabt, einen Wagen, eine teure Wohnung, teure Freunde und noch teurere Frauen. Den Wagen und die Wohnung hatte er als erstes verloren, und die Freunde – die keine gewesen waren – kurz danach. Jetzt waren diese Bilder unwiderruflich alles, was ihm geblieben war.

Einem Fremden wären diese Bilder sonderbar vorgekommen, vielleicht ein wenig pervers, auf jeden Fall aber *unheimlich,* und objektiv betrachtet waren sie das wohl auch. Es waren seine Lieblingsbilder, die *einzigen,* die er aufgehoben hatte, aus der ganzen Zeit. Für drei davon hatte er Preise bekommen, für die allermeisten eine hübsche Stange Geld, und jedes einzelne hatte seine eigene Geschichte.

Die meisten zeigten dramatische Motive: ein brennendes Haus, auf dessen Dach Menschen standen; über ihnen kreisende Hubschrauber, die wegen der aufsteigenden Hitze und der Menschenmenge nicht auf dem Dach landen konnten. Mehr als ein Dutzend ineinandergerammter Autowracks, von denen einige ebenfalls in Flammen standen, und zwischen denen winzige Gestalten umherirrten, zwei von ihnen brennend. Ein totes Kind, das von einem Feuerwehrmann aus dem Kanalisationsrohr gezogen wurde, in das es gestürzt und qualvoll erstickt war. Das Wrack eines Sportflugzeuges, das auf eine Laubenkolonie gestürzt war, dicht daneben ein verkrümmter, kopfloser Torso, guillotiniert von einem abgebrochenen Propellerflügel. Tod und Katastrophen waren sein Metier gewesen.

Keines dieser Bilder ließ an Grausamkeit zu wünschen übrig, aber sie alle verblaßten neben dem Bild gleich neben der Tür. Es war nicht sonderlich scharf, und nicht einmal richtig belichtet, aber es war trotzdem das Glanzstück seiner Sammlung. Es zeigte eine junge Frau, farbig und mit zerrissenen Kleidern, die vor einem Panzer russischer Bauart davonlief. Ihre Füße waren nackt und hinterließen blutige Abdrücke auf dem Pflaster, und obwohl das Gesicht ebenso unscharf war wie der Rest der Aufnahme, konnte man die nackte Todesangst in ihren Augen doch deutlich erkennen. Der Panzer war noch fünf Meter hinter ihr und stand ein wenig schräg, weil er gerade über einen Wagen hinweggerollt war, der am Straßenrand stand, die Mündung des Kanonenrohres deutete genau in die Kamera. Trotz der schlechten Aufnahmequalität hatte das Foto eine unglaubliche Dynamik. Man konnte die Geschwindigkeit, mit der der Hundert-Tonnen-Koloß heranraste, geradezu sehen. Er hatte das Bild während der Schlacht um Aden aufgenommen, und er hätte es beinahe mit dem Leben bezahlt. Der Panzer hatte die Frau nicht erwischt, aber um ein Haar hätte er Mogrod überrollt. Er hatte sich im buchstäblich allerletzten Moment mit einem Satz in Sicherheit gebracht, wobei er gestürzt und die Kamera zu Bruch gegangen war. Der Film war verdorben, aber eine Laune des Zufalls hatte dafür gesorgt, daß ausgerechnet dieses eine Negativ noch zu gebrauchen gewesen war. Mogrod hatte Stunden in einem stinkenden Kellerloch zugebracht und darauf gewartet, daß ein Gesicht über dem Eingang erschien und ein Schuß fiel, der seinem Leben ein Ende setzte. Es war nicht geschehen. Später, als sich die Kämpfe in einen anderen Teil der Stadt verlagerten, hatte er es gewagt, sein Versteck wieder zu verlassen und die Leiche der jungen Frau gefunden. Sie war dem Panzer entkommen, aber offensichtlich nur, um wenige Augenblicke danach von einem Heckenschützen erschossen zu werden. Noch später, nachdem es ihm irgendwie gelungen war, den Jemen zu verlassen, hatte er jedem erzählt, daß der Panzer die Frau vor seinen Augen überfahren hätte. Wie sich herausstellte, hatte dies den Preis für das Bild allerdings nicht in die Höhe getrieben, sondern im Gegenteil dafür gesorgt, daß es unverkäuflich wurde.

Trotzdem war es sein persönliches Lieblingsbild. Vielleicht, weil dies seine erste *wirkliche* Berührung mit dem Tod gewesen war. Er hatte ihn unzählige Male miterlebt, unzählige Male fotografiert und dokumentiert, aber damals in Aden war er ihm so nahe wie nie zuvor gewesen. Der Panzer hatte ihn buchstäblich um Zentimeter verfehlt, und die junge Frau *war* tot. Manchmal fragte er sich ganz ernsthaft, ob *sie* vielleicht tot war, weil *er* lebte.

Er sah wieder auf die Uhr. Noch fünf Minuten. Fünfmal sechzig Sekunden, und sein Leben würde sich radikal ändern. Und *diesmal* würde er sich nicht kaufen lassen, wie damals vor sechs Jahren.

Er stand auf, trug seine Tasse in die Küche zurück und spülte sie sorgsam aus, um auf diese Weise noch eine weitere Minute zu gewinnen. Als er in die Dunkelkammer zurückging und das Rotlicht aufleuchtete, war die Zeituhr beinahe abgelaufen. Er hätte die Filme jetzt gefahrlos herausnehmen können; einige Minuten Differenz nach oben oder unten machten bei dem modernen Material, mit dem er arbeitete, nicht viel aus.

Trotzdem wartete er ab, bis das leise elektronische Summen erklang, ehe er die beiden Behälter öffnete, die Filme herausnahm und in den Trockner gab. Das Rotlicht wäre stark genug gewesen, schon jetzt das eine oder andere auf den Negativen erkennen zu können, aber mittlerweile genoß Mogrod die Spannung regelrecht. Die wenigen Minuten, die er jetzt noch warten mußte, vertrieb er sich damit, den Projektor auszurichten, die Fotoschalen zu säubern und Papier bereitzulegen. Als er Entwickler, Fixierbad und Wasser bereitgestellt hatte, ertönte erneut ein leises Summen. Die Negative waren fertig.

Sorgfältig zerschnitt er die Filme in je sechs gleich lange Streifen, legte elf davon beiseite und spannte den ersten in den Projektionsapparat. Seine Finger zitterten nun doch leicht. Trotzdem arbeitete er präzise und mit der gewohnten Sicherheit und Routine – mit einer Ausnahme. Er belichtete nicht alle sechs Bilder nacheinander, sondern begann sie einzeln zu entwickeln. Er hatte Zeit, und er wollte den Moment genießen.

Der erste Filmstreifen zeigte nichts Besonderes: eine Außenansicht des Hauses, das in der Nacht nicht viel mehr als ein schwarzer Schatten mit hunderten rechteckiger leuchtender Augen gewesen war, einige Schnappschüsse der Menge, die sich nach Löbachs Selbstmord auf der verregneten Straße versammelt hatte, und den zertrümmerten Wagen, neben dem ein leichenblasser und sichtlich noch sehr junger Polizeibeamter im Rinnstein hockte und sich die Seele aus dem

Leib kotzte – so ganz nebenbei ein guter Kandidat, um in seine Sammlung draußen im Wohnzimmer aufgenommen zu werden, aber mehr auch nicht. Gestern abend, als er es geschossen hatte, hatte er noch gehofft, es für ein paar Mark an irgendein Revolverblatt verkaufen zu können. Die Menschen liebten solche Horrorfotos.

Auch der zweite Negativstreifen war kaum ergiebiger – bis auf das letzte Bild. Mogrod war schon drauf und dran gewesen, in die U-Bahn zu steigen und nach Hause zu fahren, damit der Film rechtzeitig entwickelt war, um noch für irgendeine Morgenausgabe interessant zu sein, als Sendig angekommen war. Das Bild zeigte ihn, wie er in Abendgarderobe und dazu passendem nachmitternächtlichem Gesichtsausdruck aus dem Wagen stieg; und von diesem Moment an war Mogrod klar gewesen, daß es sich hier bestimmt *nicht* nur um einen ganz gewöhnlichen Selbstmord handelte. Im Gegenteil – er hatte sofort gewußt, daß hier etwas Großes im Gange war, etwas *ganz Großes* sogar. Nur hatte er selbst da noch nicht geahnt, *wie* groß.

Ohne daß es ihm bewußt war, begann er nun doch schneller zu arbeiten. Die Bilder, die vor seinen Augen auf dem weißen Papier auftauchten und allmählich an Tiefe und Schärfe gewannen, erzählten die Geschichte der vergangenen Nacht noch einmal nach. Natürlich hatte er sich sofort an Sendigs Fersen geheftet. Es war ihm nicht einmal sonderlich schwergefallen, in das Haus zu kommen, von dessen Balkon Löbach gesprungen war.

Er hatte die ersten sechs Negativstreifen fertig abgezogen und wandte sich dem zweiten, ohnehin interessanteren Film zu. Mogrod blickte unwillkürlich auf die Trocknertrommel, die sich mit einem leisen Summen drehte. Sämtliche anderen Aufnahmen zeigten Löbachs Wohnung selbst. Er hatte einen ganzen Film verschossen, und er hätte noch mindestens zwei oder drei weitere verbraucht, hätte er nicht ein Geräusch an der Tür gehört und es vorgezogen, sich aus dem Staub zu machen. Aber auch so war die Ausbeute gigantisch.

Mogrod arbeitete schnell und routiniert. Er brauchte kaum zehn Minuten, um die sechsunddreißig Bilder zu belichten, und zu seiner großen Freude stellte er dabei fest, daß nur eine einzige Aufnahme nichts geworden war. Er hatte die Wand, auf die Löbach mit seinem eigenen Blut das Wort AZRAEL geschrieben hatte, gleich viermal fotografiert. Drei Bilder waren erstklassig, doch auf dem vierten war irgendein Schatten. Vielleicht eine Verunreinigung auf dem Negativ, vielleicht sogar sein eigener Schatten, der vom Blitzlicht irgendwie reflektiert und verzerrt worden war. Auf jeden Fall war das Bild verdorben.

Vielleicht war es aber auch das Beste überhaupt.

Mogrod hatte bereits dazu angesetzt, das Bild aus der Schale zu nehmen und in den Papierkorb zu werfen, aber dann ließ er es doch wieder in die Flüssigkeit zurückgleiten und beobachtete gespannt, was weiter geschah. Das Bild war bereits jetzt überentwickelt; die Schattierungen und Nuancen, die gerade erst auf dem Papier aufgetaucht waren, begannen wieder zu verschwinden, während das Stück Papier seine Reise von strahlendem Weiß hin zu tiefstem Schwarz fortsetzte. Aber das, was eigentlich ein Fehler war, hatte auch einen erstaunlichen Effekt auf den Schatten. Irgendwie schien er... *dreidimensionaler* zu werden, als ginge auf dem Fotopapier etwas vonstatten, was dem Wort *Entwicklung* eine völlig neue Dimension verlieh. Und er war jetzt sicher, daß es tatsächlich *sein* Schatten war, den er versehentlich fotografiert hatte, denn die Form war zu eindeutig. Es war der Schatten eines Menschen, und schließlich war er der einzige Mensch in der Wohnung gewesen. Was nichts daran änderte, daß das Bild eine gewisse Eigendynamik hatte – und zudem unheimlich genug war, um zu Spekulationen nach Herzenslust anzuregen. Und bei der bizarren Atmosphäre, die in der Wohnung geherrscht hatte, sogar in ganz besonderem Maße. Mogrod beschloß, das Negativ auf jeden Fall aufzuheben. Man konnte nie wissen...

Auf der anderen Seite der Tür ertönte ein scharfer Knall, unmittelbar gefolgt vom Splittern von Glas und etwas, das sich wie ein ferner Schrei anhörte. Mogrod fuhr so erschrocken zusammen, daß er um ein Haar die Schale mit Entwicklerflüssigkeit vom Tisch gerissen hätte, drehte sich herum und trat zur Tür. Im allerletzten Moment fiel ihm ein, daß einige Bilder zwar belichtet, aber noch nicht entwickelt waren. Hastig drehte er sich noch einmal herum, legte die entsprechenden Blätter in eine lichtundurchlässige Schachtel und trat ein zweites Mal zur Tür. Der Knall und das Splittern hatten sich nicht wiederholt, aber er glaubte noch immer, so etwas wie einen Schrei zu hören.

Sein Blick huschte aufmerksam durch das Wohnzimmer, als er die Dunkelkammer verließ. Das Geräusch hatte sich angehört, als wäre es unmittelbar hinter der Tür erklungen, aber da mußte er sich wohl getäuscht haben. Alles hier sah genauso aus wie vor einer halben Stunde, als er dagesessen und darauf gewartet hatte, daß die Zeit verging. Was hätte es auch sein sollen? Er lebte allein hier, er hatte keine Haustiere, und an Poltergeister und ähnliches Zeug glaubte er nicht. Also war draußen auf der Straße etwas passiert.

Hastig trat er ans Fenster und sah auf die Straße hinab. Ja, irgend etwas... war dort unten. Er konnte im ersten Moment nicht genau sagen, was, aber da war eine Veränderung. Zu wenige Menschen, und so gut wie kein Verkehr. Und er konnte jetzt ganz deutlich hören, daß irgendwo jemand schrie. Dann sah er einen Mann, der mit weit ausgreifenden Schritten aus dem gegenüberliegenden Haus gerannt kam und nach links hastete, und gleich darauf einen zweiten. Etwas war passiert. Wahrscheinlich ein Unfall.

Mogrods allererster Gedanke war, seine Kamera zu nehmen und hinunterzulaufen. Unfälle waren immer gut für ein paar Mark, und normalerweise hätte er eine solche Chance, wie sie sich jetzt bot, kaum ungenutzt verstreichen lassen. Der Geräuschkulisse nach mußte es sich um etwas wirklich *Großes* handeln, vielleicht eine entgleiste Straßenbahn oder einen umgestürzten Tanklaster, aus dem Salzsäure lief, die ein paar Passanten ansengte. Außerdem wäre er garantiert der erste Fotograf vor Ort. Er war auch schon auf halbem Wege zur Tür, aber dann blieb er wieder stehen.

Plötzlich wurde ihm klar, wie närrisch er sich benahm. Wen interessierte ein umgestürzter Lastwagen oder eine entgleiste Tram? Das war Kleinkram. Er hatte es verdammt noch mal nicht mehr *nötig*, sich damit abzugeben. Gestern abend hätte er sich noch wie eine Hyäne darauf gestürzt, aber zwischen gestern abend und heute morgen lagen Welten. Gestern abend war er eine Hyäne *gewesen*. Jetzt war er ein Adler, der eine fette Beute erspäht hatte. Und er sollte allmählich damit anfangen, sich wie ein solcher zu benehmen.

Mogrod warf den Fotoapparat, den er ganz automatisch ergriffen hatte, schwungvoll in einen Sessel, machte sich wieder auf den Weg zur Dunkelkammer und drehte sich auf halbem Wege wieder herum, um zum Telefon zu gehen. Die Bilder liefen ihm nicht davon, und er würde jetzt etwas tun, worauf er sich seit Jahren gefreut hatte.

Der Lärm draußen auf der Straße hielt an, während er das Telefonbuch aufklappte und nach der Nummer suchte. Mogrod widerstand tapfer der Versuchung, aufzustehen und zum Fenster zu gehen, nahm sich aber nichtsdestotrotz vor, es nach seinem Telefonat nachzuholen. So, wie es sich anhörte, war dort unten *wirklich* etwas im Gange, das sich zu fotografieren lohnte.

Er hatte die Nummer gefunden, nahm den Telefonhörer ab und drückte mit der anderen Hand die Löschtaste des Anrufbeantworters, ohne die Nachrichten abgehört zu haben. Dann tippte er mit langsamen, fast zeremoniellen Bewegungen die Nummer ein und lauschte auf das Freizeichen.

Es klingelte dreimal, dann schaltete sich der Anrufbeantworter ein. »Guten Tag. Sie sind mit dem Anschluß 5630265 verbunden«, sagte eine volltönende Männerstimme. »Leider bin ich zur Zeit selbst nicht zu erreichen. Sie können aber, wenn Sie dies möchten, eine Nachricht beliebiger Länge hinterlassen. Ich rufe Sie dann so schnell wie möglich zurück. Bitte, sprechen Sie nach dem Signalton.«

Mogrod zog eine Grimasse. Er haßte Anrufbeantworter. Trotzdem wartete er geduldig, bis das elektronische Piepsen erklungen war, dann sagte er: »Hallo, Doktorchen. Hier spricht Mogrod. Stefan Mogrod – Sie erinnern sich doch noch an mich? Keine Angst, ich will nichts von Ihnen, und Sie brauchen mich auch nicht zurückzurufen. Aber kaufen Sie sich doch heute die Abendausgabe der POST. Sie werden darin etwas finden, was Sie bestimmt brennend interessiert.«

Er drückte auf die Gabel und hängte erst danach ein. Sosehr er sich noch vor zwei Sekunden über den Anrufbeantworter geärgert hatte – jetzt erschien es ihm eher positiv, seine Nachricht nur auf Band gesprochen zu haben, statt sich womöglich in ein Gespräch hineinziehen zu lassen, bei dem er mehr verriet, als er eigentlich wollte. Außerdem steigerte das die Spannung. Sein Name allein sollte ausreichen, demjenigen, der das Band abhörte, ein paar fröhliche Stunden zu bereiten. Wenigstens so lange, bis die Abendausgabe erschien. Und danach noch etliche weitere ...

Er stand auf und wollte nun wirklich zum Fenster gehen, doch in diesem Moment erscholl aus der Dunkelkammer ein lautstarkes Klappern, das Mogrod wie elektrisiert zusammenfahren ließ. Er vergaß die beunruhigenden Laute auf der Straße augenblicklich und hetzte so schnell zur Dunkelkammer, daß er fast über seine eigenen Füße gestolpert wäre. Hastig riß er die Tür auf, schaltete das Licht ein und sah sich um.

Nichts.

Der Raum sah aus wie immer: winzig, überladen und düster, nicht ganz so sauber, wie er hätte sein können, und ein wenig unordentlicher, als er hätte sein müssen. Auf dem Boden lag nichts, und auch die Fotoschalen und das halbe Dutzend durchsichtiger Acrylboxen mit seinen diversen Utensilien standen ordentlich aufgereiht da, wo sie hingehörten. Er mußte sich das Geräusch wohl eingebildet haben. Nun, bei dem, was für ihn auf dem Spiel stand, hatte er das Recht, ein bißchen nervös zu sein. Einbildung, mehr nicht.

Trotzdem schloß er sorgsam die Tür hinter sich und unterzog den Raum einer zweiten, gründlicheren Inspektion, die allerdings zu keinem anderen Ergebnis führte als die erste. Hier war weder etwas um- noch heruntergefallen.

Wenn er schon einmal hier war, konnte er seine Arbeit auch zu Ende bringen. Behutsam öffnete er die Schachtel mit den noch nicht entwickelten Bildern und ließ sie eines nach dem anderen in die Fotoschalen gleiten. Sie zeigten weitere Ansichten von Löbachs Wohnung – die Küche, die Müllkippe, in die er sein Wohnzimmer verwandelt hatte, das auf so unheimliche Weise veränderte Bad, und als allerletztes noch einmal die blutige Schrift an der Wand. *Azrael...* Wenn er nur wüßte, wo er dieses Wort schon einmal gehört hatte.

Mogrod fixierte die Bilder, gab sie in den Trockner und befestigte die übrigen gut zwanzig Abzüge, die er schon fertiggestellt hatte, an der Pinnwand neben der Tür. Nachdem er sich davon überzeugt hatte, daß kein unbelichtetes Fetzchen Papier mehr irgendwo herumlag, schaltete er das Rotlicht aus und die Deckenbeleuchtung ein. In der im ersten Moment fast unangenehmen Helligkeit der beiden Neonröhren besah er sich die bisher fertiggestellte Kollektion kritisch. Das Haus, die Polizeibeamten, Sendig, die unvermeidlichen Gaffer und schließlich Löbachs Horrorapartment... ideal. Die perfekte *true story,* wie die Leute sie liebten, ob sie nun wirklich true war oder nicht.

Dabei waren die Bilder für sich allein betrachtet noch nicht einmal *so* sensationell. Löbachs Selbstmord würde ohne diese Fotos spätestens morgen früh und *mit ihnen* spätestens übermorgen früh keinen mehr wirklich interessieren – aber er hatte mehr als diese Bilder. *Er* kannte die Geschichte, die dahintersteckte. Die wahre Geschichte. Er wußte, warum Löbach sich umgebracht hatte, und er wußte sogar, wie; zumindest hatte er eine Theorie, die der Wahrheit sehr nahe kommen mußte. Und *diese* Nachricht würde einschlagen wie eine Bombe.

Der Trockner summte. Mogrod nahm die letzten sechs Abzüge heraus und befestigte sie neben den anderen an der Pinnwand. Als er es getan hatte und sich wieder herumdrehte, streifte sein Blick eine der Plastikschalen auf dem Tisch.

Mogrod blieb stehen und runzelte überrascht die Stirn. In der Entwicklerflüssigkeit schwamm noch immer der fehlerhafte Abzug, den er sich vorgemerkt hatte, um ihn zu einem Gespensterfoto für irgendein Revolverblatt zu machen. Er befand sich seit einer guten halben Stunde darin und hätte eigentlich so schwarz sein sollen, wie es nur ging, und zum allergrößten Teil *war* er das auch.

Aber eben nur zum allergrößten Teil. Neunundneunzig Prozent des Bildes glänzten im tiefsten Schwarz, das man sich nur vorstellen konnte. Aber da war noch etwas – eine haarfeine helle Linie, ungefähr dort, wo er den Schatten gesehen zu haben glaubte. Vielleicht nur ein weiterer Fehler. Ein Haar, das während der Belichtung auf das Blatt gefallen war, ein Staubpartikel auf der Linse oder eine Verunreinigung im Negativ. All das und noch viel mehr *hätte* es sein können – aber irgend etwas sagte ihm, daß das nicht die wirkliche Erklärung war. Wenn man lange genug hinsah, dann schien diese dünne Linie tatsächlich die Umrisse einer menschlichen Gestalt nachzuzeichnen: ein nachtschwarzer Schatten, der vor einer starken, aber weit entfernten Lichtquelle stand und sie beinahe vollständig verdeckte, so daß er eine leuchtende Korona bekam wie der Mond bei einer Sonnenfinsternis.

Er würde der Sache jetzt auf den Grund gehen. Mogrod nahm das Foto aus der Schale, legte es ins Fixierbad und wusch sich rasch, aber sehr gründlich die Hände, ehe er die Filmstreifen zur Hand nahm und das entsprechende Negativ heraussuchte. Er untersuchte es, ohne irgendeine Besonderheit zu entdecken, schaltete das Licht aus und machte einen weiteren Abzug. Diesmal achtete er peinlich genau darauf, keinen Fehler zu machen.

Das sonderbare Gefühl, das beim Anblick des Bildes von Mogrod Besitz ergriffen hatte, verstärkte sich weiter, während er arbeitete. Auf dem Negativ war nämlich nicht der allerkleinste Makel zu entdecken. Es zeigte die Blutschrift an der Wand und sonst nichts. Keinen Kratzer, keine Verunreinigung, nicht einmal den Schatten eines Schattens. Ein Fehler im Fotopapier? Eigentlich war das nicht möglich – nicht so –, aber Mogrod zog diese Alternative zumindest in Betracht, und wenn es so war, dann war es höchst bedauerlich, denn das bedeutete, daß er den Effekt nicht würde wiederholen können. Ade Geisterfoto und ade Extrahonorar.

Er vergrößerte die entsprechende Stelle so stark, wie es das Format seines Fotopapiers zuließ, nahm das Blatt aus dem Projektor und ließ es in die Schale mit Entwickler gleiten. Er mußte nur ein paar Sekunden warten, bis sich die ersten grauen Konturen auf der strahlendweißen Oberfläche zu zeigen begannen.

Und der Schatten war da. Die Wand, ein Teil des Türrahmens, die verlaufende Schrift – und der unheimliche Umriß, der eigentlich gar nicht da sein durfte und *auf dem Negativ auch nicht zu sehen war.* Mogrod war sicher. Er hatte ganz genau hingesehen. Was sich da vor seinen Augen in wolkigem Grau bildete und allmählich zu scheinbarer Substanz gerann, war auf dem Negativ eindeutig nicht abgebildet. Konnte es sein, daß...

...daß er tatsächlich eine Art Gespenst fotografiert hatte?

Das war natürlich hahnebüchener Unsinn – Mogrod glaubte weder an Geister noch an irgendwelchen anderen übernatürlichen Kram –, und trotzdem konnte er spüren, wie sich die feinen Härchen in seinem Nacken bei diesem Gedanken aufstellten.

Vielleicht zum ersten Mal überhaupt fiel ihm auf, wie gespenstisch der Anblick eines Bildes war, das scheinbar aus dem Nichts heraus auf dem Papier erschien, sobald man es in die Entwicklerflüssigkeit gegeben hatte. Das rote Licht in der Kammer verstärkte den unheimlichen Effekt noch und gab ihm etwas Düsteres, Drohendes.

Mogrod war immer noch nicht bereit, zuzugeben, was er wirklich empfand, nämlich Angst. Aber sein Herz begann schneller zu schlagen, während das Bild weiter an Deutlichkeit und Schärfe zunahm.

Der Schatten war jetzt ganz deutlich zu sehen – und es war eindeutig nicht *sein* Schatten.

Es war der Schatten einer großen, sehr schlanken Gestalt, die eine Art gürtelloses Kleid oder Toga zu tragen schien und schulterlanges glattes Haar hatte. Ihre Arme, die in sehr weit geschnittenen Trompetenärmeln steckten, waren halb ausgebreitet, und hinter und über ihnen war noch etwas, als trüge sie etwas Großes auf dem Rücken, das er nicht genau erkennen konnte.

Unmöglich, dachte Mogrod. Was er sah, *war* unmöglich. Der Schatten war jetzt viel deutlicher als vorhin, auf dem ersten Abzug, und er war auch fast sicher, daß er *da* nicht mit halb erhobenen Armen dagestanden hatte. Es konnte nicht sein. Es *konnte, konnte, konnte* nicht sein!

Der Schatten verdichtete sich weiter. Er war jetzt viel mehr als ein Schemen, und wäre Mogrod nicht bereits halb hysterisch gewesen, hätte er zugegeben, daß er keinen Schatten mehr betrachtete, sondern längst eine Gestalt, die er fotografiert hatte. Aus hellem wurde dunkleres Grau, dann Schwarz, und auch seine Umrisse wurden schärfer. Das Bild war bereits wieder überentwickelt. Die Wand mit Löbachs Blutschrift begann wieder zu verschwimmen und färbte sich immer dunkler, aber die Gestalt war noch immer sichtbar. Auf eine unheimliche Art und Weise schien sie plötzlich sogar *Tiefe* zu besitzen, als betrachte er nicht länger ein Foto, sondern eine Holographie.

Oder etwas, das lebte.

Dann begann sich die Flüssigkeit zu bewegen. Winzige Wellenkreise erschienen über dem Schatten, und plötzlich *bewegte auch er sich und streckte die Hände nach Mogrod aus!*

Der Fotograf stolperte mit einem keuchenden Laut zurück, prallte gegen den Türrahmen und wäre um ein Haar gestürzt. Seine Hände fuhren mit scharrenden Lauten über die Tür und suchten die Klinke, aber sie hatten irgendwie nicht mehr die Kraft, sie zu drücken. Halb verrückt vor Panik und zugleich gelähmt vor Furcht stand er da und starrte die Fotoschale an. Er konnte das Bild jetzt nicht mehr sehen, aber hörte etwas, ein leises Plätschern, als bewege sich etwas in der Flüssigkeit. Etwas, das in der Schale gefangen war und herauswollte!

Unmöglich! dachte Mogrod. *Das ist voll-kom-men unmöglich! Das bilde ich mir nur ein! Ich bin hysterisch. Überarbeitet. Ich habe einen Drink zuviel gehabt. Schlechtes Gras geraucht! Das kann einfach nicht sein! SO ETWAS GIBT ES NICHT!* Er fuhr alle Geschütze der Logik und des klaren Menschenverstandes gegen das Phänomen auf, und für einige Momente schien es tatsächlich, als hätte dieser Präventivschlag Wirkung gezeigt.

Genau so lange, bis die Hand über dem Rand der Fotoschale erschien.

Mogrod schrie, aber es war ein lautloser Schrei. Aus seiner Kehle kam nur ein Laut, und der Schrei gellte nur in seinem Kopf, während er aus hervorquellenden Augen die blutigen Fingerstümpfe anstarrte, die sich am Rand der Kunststoffschale festgeklammert hatten. Sie hatten keine Haut. Das Fleisch schien zu kochen, und hier und da schimmerte weißer, halb zersetzter Knochen durch die entsetzliche Masse. Die Hand sah aus, als wäre sie in Salpetersäure getaucht worden.

Aber sie bewegte sich. Die Finger klammerten sich nur noch einen Moment am Rand der Schale fest, dann krochen sie wie eine fünfbeinige fleischige Spinne weiter, so daß das Gelenk und ein Teil eines schlanken Unterarmes erschienen, dann eine zweite Hand, ebenso grausam verstümmelt wie die erste, die sich auf die gleiche unheimliche Weise in die Höhe zu arbeiten begann.

Und schließlich der Kopf.

Mogrod schrie diesmal wirklich gellend auf, riß schützend beide Arme vor das Gesicht und taumelte rücklings vor der entsetzlichen Gestalt zurück, die sich mit langsamen, pumpenden Bewegungen aus der Fotoschale herausarbeitete, wie ein Kanalarbeiter, der sich aus einem zu engen Schacht herauszustemmen versucht. Es war die Gestalt aus dem Foto. Er hatte ihr Gesicht nicht erkannt, und das konnte er auch nicht, denn es war im Grunde kein Gesicht, sondern ein hautloser, brodelnder Schädel ohne Augen und Lippen, und auch jetzt war hinter ihr noch etwas Großes, Brodelndes, das noch immer nicht genau zu erkennen war.

Mogrod prallte gegen ein Regal. Irgend etwas fiel zu Boden und zerbrach klirrend, und eine scharfkantige Scherbe grub sich durch sein Hemd hindurch tief in seinen Rücken, ohne daß er den Schmerz auch nur bewußt registriert hätte. Sein Herz jagte, als wolle es aus seiner Brust herausspringen. Ein winziger Teil von ihm versuchte noch immer, seine einzige Waffe, die Logik, einzusetzen, um ihn davon zu überzeugen, daß er all dies nicht wirklich erlebte. Er hatte eine Halluzination, nichts weiter. Aber selbst wenn das stimmte, nutzte dieses Wissen nichts, denn die Beruhigung, die es bringen sollte, wurde von der Wucht der Bilder, die er sah, einfach davongefegt. Mogrod sank wimmernd in die Knie und schlug die Arme über dem Kopf zusammen.

Währenddessen hatte sich die Gestalt fast vollkommen aus der Schale herausgearbeitet, und während sie es tat, veränderte sie sich weiter. Das brodelnde Fleisch hörte auf zu kochen und glättete sich, hier und da erschienen kleine, rosige Hautfetzen, und das Gesicht hatte plötzlich Augen, die ihn aus viel zu großen, liderlosen Höhlen anstarrten. Lippen und weitere Haut gesellten sich hinzu, und auch der verkohlte Stoff des schwarzen Kleides, in das die Gestalt gehüllt war, entwickelte sich weiter. Dann, als allerletztes, wurde auch das wogende Etwas hinter ihr materiell, und Mogrod erkannte, daß es ein Paar gewaltiger schwarzer Flügel war.

Und endlich wußte er, wem er gegenüberstand.

Er war viel kleiner, als er erwartet hatte, fast von der Statur eines Kindes, und vollkommen schwarz. Aber es war keine wirkliche Farbe, sondern etwas, für das es keine Bezeichnung gab, und auch sein Gesicht, obwohl jetzt gänzlich unversehrt, war nicht wirklich zu erkennen, als wäre es menschlichen Augen nicht gestattet, das Antlitz des Todesengels zu sehen. Seine Flügel waren gigantisch, viel zu groß für die zerbrechliche Gestalt, und von der gleichen unwirklichen Farbe. Er begann sie langsam zu entfalten, wobei er gleichzeitig die Arme ausbreitete.

Und Mogrod wußte mit unerschütterlicher Sicherheit, daß er sterben würde, wenn die Bewegung vollendet war.

Er wollte nicht sterben. Nicht jetzt. Nicht hier. Nicht *so*. Nicht *ausgerechnet jetzt!* Er war seinem Ziel so nahe! Es war einfach nicht *fair!*

Der Gedanke erfüllte ihn mit jener absoluten Kraft, wie sie nur die Todesangst oder bestimmte Drogen hervorrufen konnten, die erlaubten, den Tod im Leben zu erfahren. Mit einem noch gellenderen Schrei sprang er auf die Füße, warf sich zur Seite und schlug die Türklinke herab, wobei er sich mehrere Fingernägel abbrach, so daß er blutige Spuren auf dem Holz hinterließ.

Er spürte es nicht. Er torkelte weiter, sprengte die Tür mit der Schulter auf und stolperte schreiend auf die Straße hinaus. Brandgeruch und der Gestank von heißen Maschinen lagen in der Luft. Nicht weit entfernt hämmerte ein Maschinengewehr, und aus den Fenstern des gegenüberliegenden Hauses schlugen Flammen.

Mogrod stolperte mit haltlos rudernden Armen noch zwei, drei Schritte weiter, ehe er schließlich fiel und so schmerzhaft auf das rechte Knie prallte, daß ihm die Tränen in die Augen schossen. Er ignorierte auch diesen Schmerz, sprang wieder in die Höhe und sah sich gehetzt um.

Er war nahezu im Zentrum der Kämpfe. Fast alle Häuser ringsum lagen in Trümmern oder brannten, und nur zwei oder drei Straßen weiter schien eine ganze Granatensalve einzuschlagen. Er spürte, wie der Boden unter seinen Füßen erzitterte, noch ehe er das dumpfe Grollen der Explosionen hörte und die schwarzen Rauchwolken sah, die sich in den Himmel wälzten. Er mußte hier weg!

Aber wohin? Die Truppen der Aufständischen hatten die Stadt nahezu überrannt, und der Kessel schien mittlerweile endgültig geschlossen zu sein. Für ihn bedeutete das den nahezu sicheren Tod. Er hatte diesmal auf das falsche Pferd gesetzt und sich mit seiner Berichterstattung ganz offen auf die Seite der Regierungstruppen gestellt – als es noch so aussah, als behielten sie die Oberhand.Wieder hämmerte das Maschinengewehr, und diesmal kam es ihm so vor, als wäre es merklich näher. Mogrod sah sich wild um. Er brauchte ein Versteck, irgendein Loch, in dem er sich verkriechen konnte, bis das Schlimmste vorüber war.

Er sah kein Versteck, aber dafür den Panzer.

Es war ein veraltetes Modell russischer Bauart, das rumpelnd auf seinen rostigen Ketten um die Ecke kam und sich trotz seines sichtlichen Alters mit erschreckender Schnelligkeit bewegte. Der Turm mit dem kurzen, dicken Geschütz drehte sich unentwegt von rechts nach links und wieder zurück, als suche er gierig nach einem Ziel – und richtete sich dann genau auf ihn!

Mogrod fuhr herum und rannte im Zickzack die trümmerübersäte Straße entlang. Hinter ihm heulte der Motor des Tanks auf wie ein wütendes Raubtier, und er konnte hören, wie die breiten Ketten das Straßenpflaster zerrissen. Wie schnell fuhr ein Panzer? Vierzig, fünfzig Stundenkilometer? Egal. Auf jeden Fall schneller, als er laufen konnte. Gehetzt sah Mogrod über die Schulter zurück und erkannte, daß sein

Vorsprung bereits auf weniger als die Hälfte zusammengeschrumpft war.

Irgend etwas hämmerte dumpf und sehr schnell, und eine Stimme rief seinen Namen: »Herr Mogrod? Ist alles in Ordnung mit Ihnen? Brauchen Sie Hilfe?«

Mogrod stolperte weiter, wich hakenschlagend einem Wagen aus, der auf vier platten Reifen am Straßenrand stand, und wartete auf das Krachen der Kanone oder eine MG-Salve, die ihn zwischen die Schulterblätter traf. Doch der Panzerfahrer hatte offenbar nicht vor, kostbare Munition zu verschwenden. Statt dessen heulte der Motor noch schriller auf, und der Hundert-Tonnen-Koloß machte einen regelrechten Satz. Er machte sich nicht die Mühe, dem Wagen auszuweichen, sondern walzte ihn einfach platt.

Wieder ertönte das Hämmern, und diesmal klang die Stimme schrill: »Herr Mogrod! Was ist denn da drinnen nur los? Ich schlage jetzt die Tür ein, wenn Sie nicht antworten!«

Das konnte er nicht. Er brauchte jedes bißchen Atem, das er bekam, um zu rennen. Trotzdem kam der Panzer unerbittlich näher. Er brauchte ein Versteck, irgend etwas, wo er sich verkriechen und wo ihn dieser Panzer nicht erreichen konnte!

Dann sah er es. Ein Kellerloch, nur noch wenige Schritte entfernt, und hinter einer halb niedergebrochenen Wand. Der Fußboden des Hauses war eingestürzt, wohl von einer Granate oder einem schweren Trümmerstück getroffen, und der darunterliegende Keller lag gut drei Meter tiefer. Ein riskanter Sprung, aber die einzige Chance, die er vielleicht noch hatte. Der Panzerfahrer würde es nicht wagen, ihm mit seinem tonnenschweren Gefährt dorthin zu folgen, aus Angst, daß der Tank einfach durch den Boden brach.

Etwas krachte. Er hörte das Geräusch von splitterndem Holz und sah aus den Augenwinkeln, wie ein Mann aus einer Tür nicht weit entfernt heraustaumelte. Sein Gesicht kam ihm vage bekannt vor, auch wenn er im Moment nicht genau wußte, woher. Und er bewegte sich genau auf den Panzer zu. Mogrod schrie ihm eine Warnung zu, mobilisierte noch einmal alle Kräfte, die er in seinem geschundenen Körper fand, und flankte mit einem gewaltigen Satz über den Mauerrest.

Ein grausamer Schmerz spaltete sein Gesicht in zwei ungleiche Hälften. Andere, kleinere Glasscherben stachen wie Messerklingen in seine Brust und seine Hände, und obwohl er den Schmerz diesmal spürte, schien er ihm irgendwie unwirklich, als wäre es gar nicht er, der ihn erlitt. Für einen winzigen Moment schwebte er scheinbar schwerelos im Nichts, und für die gleiche, fast nicht existente Zeitspanne konnte er durch das Fenster zurücksehen, durch das er gesprungen war. Das Zimmer war vollkommen verwüstet, Möbel umgeworfen, Bilder von den Wänden gerissen, der Fernseher aus dem Regal gefallen und zerbrochen, und jemand hatte die Tür eingetreten und rannte mit wild gestikulierenden Armen auf ihn zu, wobei er unentwegt seinen Namen schrie. Hinter ihm stand der Todesengel, groß, schwarz, mit ausgebreiteten Schwingen und erhobenen Armen. Seine rechte Hand wies auf Mogrod, und die Bedeutung dieser Geste war eindeutig. Er hatte es zu Ende gebracht. Diesmal war niemand dagewesen, der an seiner Stelle starb.

Er fiel.

Seine Wohnung lag nicht im achten Stock, und so dauerte sein Sturz auch nicht so lange wie der Löbachs wenige Stunden zuvor.

10. Kapitel

Er war auf dem Weg nach Hause im Taxi eingeschlafen und erwachte mit hämmernden Kopfschmerzen und der wirren Erinnerung an einen noch wirreren Traum – er war reichlich unangenehm gewesen, an mehr erinnerte er sich nicht, und nach dem, was er in der vergangenen Nacht erlebt hatte, *wollte* er sich auch nicht an mehr erinnern. Mark verscheuchte den Gedanken, blinzelte ein paarmal und richtete sich dann auf dem Rücksitz des Mercedes hoch, auf dem er zusammengesunken und im Schlaf halb gegen die Tür gerutscht war.

»Wir sind da«, sagte der Taxifahrer vollkommen überflüssigerweise. *Noch* überflüssigererweise fügte er hinzu: »Zu Hause.«

Wahrscheinlich hatte er nur freundlich sein wollen, aber er erreichte das Gegenteil. Mark blickte einige Momente lang die in Altweiß gestrichene Villa an, die sich dreißig Meter hinter dem mannshohen Gitterzaun erhob, vor dem das Taxi angehalten hatte, und versuchte etwas im Klang dieses Wortes zu erkennen. Zu Hause ... Nein – er war immer noch nicht sicher, ob dies wirklich sein *Zuhause* war.

Immerhin wohnte er hier.

Er machte Anstalten, die Tür zu öffnen, aber der Taxifahrer streckte rasch den Arm aus und drückte den Türknopf herunter. »Macht zweihundertsiebzehn«, sagte er. »Ohne die Anzahlung von vorhin.«

»Ich weiß«, sagte Mark. »Aber ich habe sie nicht bei mir. Kommen Sie mit zum Haus, oder trauen Sie mir?«

Der Fahrer sah ihn schief an, dann zog er kommentarlos den Zündschlüssel aus dem Schloß und stieg aus. Mark nahm es ihm nicht übel. Er an seiner Stelle hätte wohl nicht anders gehandelt.

Mark stieg aus dem Taxi, ging zum Tor und tippte eine sechsstellige Ziffernfolge in die Zahlentastatur, die die Stelle eines Schlosses einnahm. Ein kaum hörbares Summen erklang, und das Tor sprang einen Fingerbreit auf. Der Taxifahrer zog erstaunt die linke Augenbraue hoch, aber er sagte nichts, sondern schloß sich Mark wortlos an, als er das Tor aufschob und den breiten Weg zum Haus hinaufzumarschieren begann.

Er ging sehr viel langsamer, als nötig gewesen wäre – wie er sich selbst einredete, um den Moment der Heimkehr entsprechend zu genießen, in Wahrheit aber wohl eher, um Zeit zu gewinnen. Mit ein wenig Glück war sein Vater nicht zu Hause, aber irgend etwas sagte ihm, daß das nicht der Fall sein würde. Und jetzt hatte es keinen Zweck mehr, es zu leugnen: Er *hatte* Angst, ihm gegenüberzutreten. Ob Prein nun Wort gehalten hatte oder nicht – ihm stand ein nicht sehr angenehmes Gespräch bevor. Und nach dem, was er in den letzten Stunden erlebt und über sich selbst erfahren hatte, war er ganz und gar nicht mehr sicher, daß er wirklich als Sieger daraus hervorgehen würde.

Sie waren noch fünf Meter von der Haustür entfernt, als sie geöffnet wurde. Das elektronische Schloß vorne am Tor stellte nur einen Bruchteil der Ausstattung dar, mit der sein Vater das Haus in den letzten Jahren in eine High-Tech-Festung verwandelt hatte, auch wenn man es ihm nicht ansah. Sie waren natürlich längst entdeckt und von einem halben Dutzend mißtrauischer Kameraaugen beobachtet worden. Den Vorteil der Überraschung würde er in dieser Konfrontation auf keinen Fall mehr auf seiner Seite haben.

Aber es war nicht sein Vater, der ihnen die Tür öffnete, sondern Marianne, dessen Haushälterin. Mark war im ersten Moment erleichtert, sie zu sehen statt seines Vaters oder einen der anderen Angestellten. Marianne war ins Haus gekommen, als er noch ein Baby war, und sie gehörte nicht nur schon praktisch zum Inventar, sondern war auch zu etwas wie einer mütterlichen Freundin geworden; vielleicht der einzige wirkliche *Freund,* den er in diesem Haus noch hatte, seit seine Mutter nicht mehr da war.

Ein einziger Blick in ihr Gesicht beantwortete Mark die Frage, die ihn auf dem Weg vom Tor bis zum Eingang am meisten bewegt hatte: ob Prein Wort gehalten hatte oder nicht. Er hatte offensichtlich.

Marianne war nicht überrascht, ihn zu sehen. Sie hätte es sein müssen, auch wenn sie ihn schon ein paar Augenblicke eher auf einem Monitor erkannt hätte, aber der einzige Ausdruck, den Mark auf ihrem Gesicht las, war eine vage Spur von Trauer und eine *sehr deutliche* Bedrückung, die ihn alarmierte. Sein Vater wußte offensichtlich nicht nur bereits, daß er kam, sondern hatte auch schon den einen oder anderen Kommentar abgegeben.

»Hallo, Marianne«, sagte er. Und als hätte der Klang seiner Stimme einen unsichtbaren Bann gebrochen, verschwand der bekümmerte Ausdruck von ihrem Gesicht und machte einer ehrlich empfundenen Freude Platz. Die Haushälterin machte einen halben Schritt auf ihn zu und setzte zu einer Bewegung an, ihn in die Arme zu schließen. Aus irgendeinem Grund tat sie es dann schließlich doch nicht, doch Mark nahm ihr die Entscheidung ab, indem er seinerseits die Arme ausbreitete und sie kurz, aber heftig an sich drückte.

»Wie schön, daß Sie da sind, Herr Sillmann«, sagte sie ein wenig atemlos, nachdem er sie wieder losgelassen und auf halbe Armeslänge von sich geschoben hatte.

Mark zog die linke Augenbraue hoch. »*Herr* Sillmann? Das letzte Mal waren wir noch per du.«

Seine Worte brachten Marianne sichtlich in Verlegenheit. »Das letzte Mal ist – «

» – ein knappes halbes Jahr her«, fiel ihr Mark ins Wort. »Sie wollen sich doch nicht etwa mit mir streiten, oder? Denken Sie immer daran: Sie stehen Ihrem zukünftigen Boß gegenüber, auch wenn es vielleicht noch ein paar Jahre dauert. Verderben Sie es sich lieber nicht mit ihm.«

Der nächste Scherz, der danebenging. Marianne lächelte zwar, aber es wirkte nicht überzeugend; nicht einmal überzeugend geschauspielert. Anscheinend war er heute mit einer Art Fluch beladen, alle und jeden irgendwie zu verärgern.

Um den peinlichen Moment irgendwie zu überspielen, räusperte er sich zweimal und deutete dann auf den Taxifahrer, der in einigen Schritten Entfernung stehengeblieben war und die Szene mit unbewegtem Gesichtsausdruck verfolgte. »Seien Sie so lieb und bezahlen Sie das Taxi, Marianne«, bat er. »Und geben Sie dem Mann ein gutes Trinkgeld. Es wird meinen Vater nicht ruinieren. Wo ist er überhaupt? Ist er im Haus?«

Marianne nickte. »Ja. Er ist im Arbeitszimmer. Aber er hat gerade Besuch. Vielleicht sollten Sie ihn jetzt nicht stören.«

»Du«, verbesserte Mark sie. »Und ich glaube nicht, daß ich ihn noch weiter verärgern kann, als ich es schon getan habe.«

»Aber Sie... *du* solltest jetzt wirklich –«

Mark hörte gar nicht mehr zu, sondern trat an Marianne vorbei ins Haus und ging mit schnellen Schritten zur Treppe. Sie versuchte nicht noch einmal, ihn zurückzuhalten, sondern wandte sich dem Fahrer zu, und Mark hätte sowieso nicht auf sie gehört. Sicher hatte sie recht: Sein Vater war kein besonders duldsamer Mann, und es war bestimmt nicht sehr klug, ihn zu stören, falls er geschäftlichen Besuch hatte. Mark war auch nicht daran gelegen, ihn noch mehr zu reizen – aber er hatte noch weniger Lust, jetzt hier zu warten, wie ein Schüler, der einen Termin bei seinem Direktor hatte, um sich einen Rüffel abzuholen. Außerdem war er nicht sicher, ob er später überhaupt noch den Mut haben würde, seinem Vater gegenüberzutreten. Gestern abend hatte Prein sicherlich übertrieben, aber jetzt war er genau in der Stimmung, die er ihm da unterstellt hatte – nervös, erregt und vollkommen übermüdet.

So schnell, wie er gerade noch konnte, ohne wirklich zu rennen, lief er die Treppe hinauf und steuerte die Bibliothek an, die seinem Vater zugleich als Arbeitszimmer diente. Die Tür war nur angelehnt, und er konnte die Stimmen seines Vaters und mindestens zweier weiterer Männer hören. Er konnte die Worte nicht verstehen, aber der Klang der Unterhaltung schien ihm nicht geschäftlich, ja nicht einmal wirklich *höflich.* Vielleicht war dort drinnen kein wirklicher Streit im Gange, aber zumindest doch die Vorstufe dazu.

Als er die Hand nach der Türklinke ausstreckte, klingelte das Telefon. Er konnte hören, wie sein Vater abhob und sich meldete, dann sagte er: »Für Sie.«

Mark betrat die Bibliothek im gleichen Moment, in dem der Besucher den Telefonhörer entgegennahm und sich meldete, und der Anblick, der sich ihm bot, war so unerwartet, daß er mitten im Schritt stehenblieb und überrascht die Augen aufriß.

Sein Vater saß hinter dem wuchtigen Schreibtisch, der vor dem Fenster aufgebaut war, und trug noch immer einen seidenen Hausmantel, Pantoffeln und Pyjamahosen, obwohl es bereits nach zehn war. Seine Frisur war wirr, als hätte er statt eines Kamms die gespreizten Finger benutzt, und er rauchte – wenn er sich in den vergangenen sechs Monaten nicht radikal verändert hatte, ein Zeichen höchster Erregung. Und seine Besucher boten ein kaum weniger auffälliges Bild. Beide sahen ungefähr so frisch und ausgeruht aus, wie Mark sich fühlte, und er schätzte beide auf Anfang fünfzig – aber damit hörten ihre Gemeinsamkeiten auch schon wieder auf. Der Mann am Telefon trug einen Trenchcoat, dem man auf hundert Meter ansah, daß er aus einem Designerladen stammte und ein mittleres Vermögen gekostet haben mußte, und darunter einen offenbar maßgeschneiderten Anzug. Sein Haar war streng zurückgekämmt und begann sich an den Schläfen deutlich zu lichten, der Gesichtsausdruck hatte etwas Verbissenes.

Der andere schien das genaue Gegenteil. Er hatte dunkles, sehr volles Haar und einen gleichfarbigen Schnauzbart, der eine Spur zu lang war, um noch modisch zu wirken, so, wie er auch schätzungsweise zwanzig Pfund zuviel auf den Rippen hatte, um wirklich noch sportlich auszusehen. Sein Gesicht wirkte hart, aber trotzdem auf eine schwer zu beschreibende Weise freundlich – und er trug die grüne Uniform eines Schutzpolizisten. Polizei? Hier? Hatte sein Vater Ärger?

»Mark!« sagte sein Vater. Er klang eher unwillig als überrascht. »Wo bist du gewesen?«

Ja, dachte Mark, das war genau die Begrüßung, wie er sie erwartet hatte – vor allem im Ton. Aber er beherrschte sich. Im Moment war er noch zu verblüfft, um überhaupt zu reagieren. »Ich hatte... noch zu tun«, sagte er ausweichend. »Guten Morgen.«

Er ließ absichtlich offen, ob die Begrüßung nun allen im Raum oder nur seinem Vater galt. Sein Vater antwortete auch gar nicht darauf, sondern sah ihn nur aufmerksam an, während er mit der linken Hand einen Aktenhefter schloß, der aufgeschlagen vor ihm auf dem Tisch lag und offenbar eine ganze Anzahl großformatiger Schwarzweißfotos enthielt; was sie zeigten, konnte Mark aus seiner Position heraus nicht erkennen. Es spielte im Moment auch keine Rolle. Der Polizeibeamte erwiderte Marks Gruß, während der andere – vermutlich ebenfalls ein Polizist, nur in Zivil – mit einem wortlosen Nicken reagierte und sich ansonsten auf das konzentrierte, was er am Telefon hörte.

Mark schob die Tür hinter sich zu und trat zögernd näher. »Die Polizei im Haus?« fragte er. »Ist irgend etwas ... passiert?«

»Ja, so könnte man es nennen«, sagte sein Vater. »Aber es hat nichts mit uns zu tun.« Er musterte die beiden Beamten finster und schien noch mehr sagen zu wollen, aber der uniformierte Polizist wandte sich in diesem Moment vollends zu Mark um und sagte:

»Mein Name ist Bremer. Das dort am Telefon ist mein Kollege, Herr Sendig. Und Sie sind ... ?«

Mark antwortete ganz automatisch. »Ich bin Mark Sillmann«, sagte er.

»Mein Sohn«, fügte sein Vater überflüssigerweise hinzu. »Aber es ist nicht nötig, ihn zu belästigen. Er hat mit der ganzen Geschichte nun wirklich nichts zu tun.«

»Mit welcher Geschichte?« fragte Mark. Was, zum Teufel, ging hier vor?

»Nichts«, sagte sein Vater. »Es ist wirklich nichts. Ich weiß auch nicht, warum man uns damit belästigt.«

»Aber ich bitte Sie, Herr Doktor Sillmann«, sagte Bremer geduldig. »Wir belästigen Sie nicht. Leider ist es nötig, gewisse Nachforschungen anzustellen.«

»Nachforschungen worüber?« wollte Mark wissen. Er versuchte, ein wenig schärfer zu klingen, ohne direkt unhöflich zu werden. Für seinen Geschmack benahm sich sein Vater schon unmöglich genug.

Sendig hängte ein, ohne daß Mark auch nur ein Wort des Abschieds gehört hätte, und sah ihn zum ersten Mal direkt an. »Über Doktor Löbach, Herr Sillmann«, sagte er. »Sie kennen ihn, nehme ich an?«

Mark nickte. »Natürlich kenne ich ihn. Er ist einer unserer ...« Er verbesserte sich. »Er ist ein Angestellter meines Vaters.«

»*War*«, verbesserte ihn Sendig. »Es muß heißen, er war ein Angestellter Ihres Vaters. Doktor Löbach ist tot.«

»Tot?« Mark erschrak, beinahe tiefer, als er sich im ersten Moment selbst erklären konnte. Er hatte Löbach gekannt, aber nicht sehr gut. »Was ist passiert? Ein Unfall?«

»Das versuchen wir ja gerade herauszufinden«, antwortete Sendig, wobei er Marks Vater einen bedeutsamen Blick zuwarf, sich aber sofort wieder an Mark wandte und das Thema wechselte. »Was tun Sie hier, wenn ich fragen darf?«

Allmählich begann Mark sich über Sendig zu ärgern. Es war gar nicht so sehr das, was er sagte, sondern vielmehr, wie er es tat. Sendig schien zu jenen Menschen zu gehören, bei denen selbst die Frage nach der Uhrzeit schon wie eine verkappte Provokation klang. Er begann allmählich zu ahnen, warum sein Vater so übler Laune war.

»Ich wohne hier«, antwortete er.

Sendig blieb vollkommen gelassen, obwohl ihm kaum entgangen sein konnte, wie Marks Antwort gemeint war. »Das ist mir klar«, sagte er. »Aber sind Sie nicht seit einigen Jahren in einem Internat? Soviel ich weiß, haben die Ferien noch nicht angefangen.«

Mark wollte antworten, aber sein Vater kam ihm zuvor. »Mein Sohn war eine Weile krank. Nichts Ernstes, aber der Arzt meinte doch, daß er sich ein paar Tage zu Hause erholen sollte. Ich habe mit dem Direktor seiner Schule gesprochen. Es geht in Ordnung.«

Mark war ziemlich überrascht, wie gut er sich selbst in der Gewalt hatte. Er war sicher, daß Sendig ihm seine Verblüffung über diese Antwort nicht ansah – aber er suchte auch vergebens nach irgend etwas Verschwörerischem oder Warnendem im Blick seines Vaters. Konnte es sein, daß Prein ihm diese Geschichte *wirklich* erzählt hatte?

»Sie sehen auch nicht besonders fit aus«, sagte Bremer. »Eine Sommergrippe, hm?«

Mark zuckte mit den Schultern. »Es war nichts Ernstes. Immerhin hat es mir ein paar Tage Extraurlaub eingebracht.«

»Seit wann sind Sie hier?« fragte Sendig.

»In Berlin? Seit heute morgen. Warum?«

»Nur so.« Sendig machte eine wedelnde Handbewegung und lächelte ungefähr so freundlich wie eine Schlange, die ein Kaninchen mustert. »Ich muß immerzu Fragen stellen. Eine schlechte Angewohnheit, ich weiß. Aber das bringt mein Beruf nun mal mit sich. Bleiben Sie lange in der Stadt?«

»Ein paar Tage«, antwortete Mark kühl. »Allerhöchstens eine Woche – es sei denn, Sie sagen mir jetzt, daß ich die Stadt nicht verlassen darf, ohne mich bei Ihnen abzumelden.«

Sendigs Augen verengten sich ein wenig, aber Mark sah auch, daß Bremer alle Mühe hatte, nicht zu grinsen. Er fragte sich, wieso ausgerechnet *diese* beiden Beamten zusammenarbeiteten. Er hatte selten zwei Männer gesehen, die so wenig zusammenpaßten wie Bremer und Sendig.

»Das wird wohl nicht nötig sein«, antwortete Sendig. »Wir sind jetzt auch schon fertig – zumindest für den Moment. Möglicherweise haben wir noch ein paar Fragen, die –«

»– Ihnen mein Anwalt viel besser beantworten kann als ich«, unterbrach ihn Marks Vater. »Seine Adresse ist Ihnen ja noch bekannt, oder?« Er stand auf. »Und wenn Sie uns jetzt bitte entschuldigen würden? Mein Sohn und ich haben einiges zu besprechen. Sie finden allein den Weg hinaus, nehme ich an.«

Mark war nicht der einzige, den dieser plötzliche Ausbruch überraschte. Sein Vater war auch bisher nicht gerade *freundlich* zu den beiden Beamten gewesen. Trotzdem kam dieser kaum noch verhohlene Hinauswurf einer Hundertachtzig-Grad-Wendung gleich.

Sendigs Augen wurde noch schmaler, doch der Ausbruch, auf den Mark wartete, blieb aus. Er starrte seinen Vater nur noch einen Moment lang durchdringend an, ehe er sich mit einer ruckhaften Bewegung zur Tür wandte und ging. Sein uniformierter Kollege folgte ihm nach einem Augenblick – aber er hatte wenigstens den Anstand, Mark und seinem Vater zum Abschied zuzunicken. Mark erwiderte die Geste, während sein Vater den dunkelhaarigen Beamten nur finster anblickte.

Er sagte kein Wort, auch nicht, als die beiden das Zimmer verlassen hatten und ihre Schritte die Treppe draußen hinunterpolterten. Und selbst dann schwieg er beharrlich weiter, bis sie das Geräusch der Haustür hörten, die ins Schloß fiel. Und selbst dann war es Mark, der die Stille unterbrach, und nicht sein Vater.

»Was ist hier los?« fragte er geradeheraus. »Warum warst du so unfreundlich?«

»Unfreundlich?« Sein Vater lachte. »Nein. Du hast mich noch nicht erlebt, wenn ich wirklich *unfreundlich* werde.«

Das stimmte nicht, und sie wußten es beide. Sie wußten auch beide, was diese Antwort wirklich bedeutete: nämlich, daß sein Vater nicht weiter über dieses Thema reden wollte. Aber Mark war schließlich nicht hierhergekommen, um das alte Spiel nach den alten Regeln fortzusetzen, und so sagte er: »Sie tun nur ihre Arbeit. Und wenn einer deiner Angestellten ums Leben kommt –«

»Löbach war nicht mehr unser Angestellter«, unterbrach ihn sein Vater scharf. »Ich habe ihn schon vor einem halben Jahr entlassen.«

»Warum?«

»Seit wann interessierst du dich für meine Firma?« schnappte sein Vater. »Aber bitte: Er hatte angefangen zu trinken. Ich habe keine Ahnung, warum, und ich will es auch nicht wissen. Frauen, nehme ich an. Oder Geld. Vielleicht auch beides. Was weiß ich. Ich habe ihn zweimal gewarnt und dann gefeuert.«

Das klang einleuchtend und entsprach auch durchaus dem Charakter seines Vaters – aber es überzeugte Mark trotzdem nicht endgültig. Er hatte Löbach zwar wirklich nicht besonders gut gekannt, aber immerhin wußte er, daß er einer der wichtigsten und vor allem ältesten Angestellten seines Vaters gewesen war. Einen solchen Mann feuerte man nicht *einfach so*, weil er ein Alkoholproblem hatte oder anderen Ärger.

»Und jetzt ist er tot«, sagte Mark.

»Das ist nicht meine Schuld«, blaffte sein Vater. »Was ist los mit dir? Bist du –« Er brach mitten im Satz ab, starrte Mark eine geschlagene Sekunde lang aus brennenden Augen an –

und dann ging eine ganz erstaunliche Veränderung mit ihm vonstatten. Der Zorn, jener Ausdruck, den Mark so oft auf seinen Zügen gesehen hatte, daß er sich sein Gesicht manchmal schon gar nicht mehr anders vorstellen konnte, verschwand urplötzlich und wich etwas, das ihn an den Ausdruck in Mariannes Augen vorhin erinnerte, nur daß es bei seinem Vater viel verwirrender wirkte. Er atmete hörbar ein, entspannte sich sichtbar und sagte mit einer Sanftmut, die Mark erneut und noch mehr überraschte: »Lassen wir das, okay? Ich glaube, wir haben jetzt wohl Wichtigeres zu tun, als uns zu streiten. Wie geht es dir?«

Im ersten Moment *verstand* Mark die Frage nicht einmal wirklich; er argwöhnte eine der rhetorischen Fallen, in die sein Vater seine Gesprächspartner mit Vorliebe lockte – wobei er auch bei seinem eigenen Sohn keine Ausnahme gemacht hatte –, aber die Sorge in seinen Augen sah tatsächlich *echt* aus. Vorhin, als er den Gedanken das erste Mal erwogen hatte, hatte er nicht ernsthaft geglaubt, daß Prein seinem Vater wirklich die Geschichte von seiner Krankheit und dem Erholungsurlaub aufgetischt haben könnte. Aber es sah tatsächlich so aus, als wäre es so.

»Gut«, sagte er. »Ich bin nicht krank.«

»Ja, du siehst aus wie das blühende Leben«, sagte sein Vater ironisch.

»Ich habe schlecht geschlafen«, antwortete Mark. »Aber das ist auch schon alles. Ich bin nicht krank, und ich war es auch nicht.«

»Aber dein Direktor –«

»– ist ein sehr netter Mann«, unterbrach ihn Mark. »Ich nehme an, er hat dir diese Geschichte erzählt, um mir einen Gefallen zu tun – schließlich kennt er dich. Aber sie ist nicht wahr. Er hat mich nicht nach Hause geschickt, damit ich mich erhole. Ich bin von mir aus gegangen. Und ich kehre auch nicht zurück ins Internat.«

Diesmal vergingen Sekunden, bis sein Vater reagierte. Aber er tat es auch jetzt wieder auf eine völlig unerwartete, untypische Art. Daß Mark seinen Vater nicht gerade liebte, bedeutete nicht, daß er ihn für dumm hielt. Im Gegenteil – er war sicher, daß er sofort begriffen hatte, was seine Worte bedeuteten. Und trotzdem fuhr er auch jetzt nicht hoch, machte ihm keine Vorhaltungen oder ließ die eine oder andere Drohung hören – mit alledem hatte Mark gerechnet und war darauf vorbereitet, so gut er konnte –, sondern sah ihn nur ruhig und irgendwie resignierend an, ehe er sagte: »Ich verstehe. Du hast nicht viel Zeit verloren. Bei der Gelegenheit: Herzlichen Glückwunsch zum Geburtstag.«

»Danke«, antwortete Mark. »Und das ist alles?«

»Dein Geschenk ist bestellt, aber noch nicht – «

»Das meine ich nicht, und das weißt du auch verdammt genau«, fiel ihm Mark ins Wort. Es fiel ihm immer schwerer, ruhig zu bleiben. Die so vollkommen unerwartete Gelassenheit, die sein Vater an den Tag legte, machte ihn rasend. »Willst du mir nicht erklären, daß ich verrückt bin? Oder mich ein bißchen anschreien und mir befehlen, sofort wieder ins Internat zurückzukehren?«

»Hätte das denn Sinn?« fragte sein Vater sanft. Er machte eine einladende Geste auf den Stuhl vor seinem Schreibtisch, vor dem Sendig zuvor gestanden hatte. »Setz dich, Mark. Ich glaube, wir sollten uns unterhalten – auch wenn es kein besonders glücklicher Moment ist.«

Mark gehorchte ganz automatisch – und ärgerte sich ebenso automatisch sofort wieder über sich selbst, daß er seinen Part in diesem uralten Spiel von Befehlen und Gehorchen so bereitwillig weiterspielte. Aber selbst dieser Ärger war nicht mehr wirklich echt. Sein mühsam kultivierter Zorn begann bereits wieder zu verrauchen. Offenbar hatte er sehr viel weniger davon gehortet, als er selbst geglaubt hatte. Mit einer Stimme, die sehr viel mehr von seiner Unsicherheit verriet, als ihm recht war, sagte er: »Wenn du versuchen willst, mich umzustimmen, kannst du dir die Mühe sparen.«

»Natürlich will ich das«, sagte sein Vater. »Aber keine Sorge – ich werde dir weder etwas befehlen, noch versuchen, dich zu etwas zu überreden, was du nicht wirklich willst.«

War es wirklich Zufall, dachte Mark, daß er fast die gleichen Worte benutzte wie Prein am vergangenen Abend, oder redeten einfach alle Erwachsenen so?

Und hatten sie vielleicht recht damit?

»Ich wußte, daß du so etwas tun würdest«, sagte sein Vater. »Ich habe nicht so schnell damit gerechnet, aber in den nächsten Tagen oder Wochen schon. Es war nicht schwer zu erraten.«

Plötzlich wünschte sich Mark, er wäre zehn Jahre jünger – dann hätte er vor lauter Enttäuschung und Frustration wenigstens laut losheulen können. Standen ihm seine Gedanken eigentlich in roten Leuchtbuchstaben auf der Stirn geschrieben, oder benahm er sich wirklich so vorhersehbar?

»Dein Direktor wollte dir wahrscheinlich wirklich einen Gefallen tun, indem er mir diese kleine Notlüge aufgetischt hat, aber es wäre nicht nötig gewesen. Ich bin dir nicht böse. Im Gegenteil – ich bin froh, daß du nach Hause gekommen bist, statt irgendeinen Unsinn zu machen und dich vielleicht in drei Monaten aus Alaska zu melden.«

»Das ist gar keine schlechte Idee«, sagte Mark. »Vielleicht hätte ich es tun sollen.«

»Dazu bist du zu klug«, behauptete sein Vater. »Du gibst es im Moment vielleicht nicht zu, aber du bist gar nicht so rebellisch, wie du tust. Jedenfalls nicht rebellisch genug, um auf gewisse... *Bequemlichkeiten* zu verzichten.«

»Da wäre ich nicht so sicher«, antwortete Mark. Soviel, fügte er in Gedanken hinzu, zum Thema: *überraschendes Verhalten.* Sein Vater war gar nicht so verständnisvoll und geduldig, wie es im ersten Moment den Anschein gehabt hatte – es war einfach nur eine andere Taktik, die nichts mit Respekt zu tun hatte, sondern vielleicht nur seinem Alter angepaßt war. Und *jetzt* war der Zorn wieder da, nach dem er vorhin vergeblich gesucht hatte. »Vielleicht freue ich mich seit Jahren darauf, auf die *Bequemlichkeiten* verzichten zu dürfen, die du mir bereitest.«

»Kaum«, sagte sein Vater ruhig. »Du wirst bestimmt nicht –«

»Du hast mich vorhin gefragt, wo ich war«, fiel ihm Mark ins Wort. »Ich habe dir zwar geantwortet, aber es war eine Lüge. Ich bin schon seit dem frühen Morgen in der Stadt, weißt du. Ich war bei Mutter.«

»Ich weiß«, sagte sein Vater gelassen. »Jemand aus dem Stift hat mich angerufen.«

»Wer?« fragte Mark scharf. Schwester Beate? Das war möglich, aber er konnte es sich kaum vorstellen – vielleicht, weil es ihn sehr enttäuscht hätte.

»Das spielt keine Rolle«, sagte sein Vater.

»Artner?« wollte Mark wissen. Es war ein Schuß ins Blaue, aber er schien getroffen zu haben, denn sein Vater fuhr ganz leicht zusammen. Er wirkte fast erschrocken. Aber er schüttelte den Kopf.

»Nein«, sagte er. »Es spielt keine Rolle, wer es war. Und bevor du dich weiter aufregst – sie haben dich nur zu deiner Mutter gelassen, weil *ich* es ihnen gesagt habe.«

»Sehr großzügig«, sagte Mark zynisch. »Wie kann ich dir nur je dafür danken?«

»Zum Beispiel, indem du aufhörst, dich wie ein Idiot zu benehmen, und endlich anfängst, mit mir zu reden«, antwortete sein Vater ruhig. »Bist du nur hierhergekommen, um dich mit mir zu streiten? Das ist ein bißchen billig, findest du nicht?«

Hinter ihm bewegte sich etwas. Ein Schatten, vielleicht nur ein Lichtreflex, der durch das Fenster hereinfiel. Trotzdem starrte Mark diese gar nicht vorhandene Bewegung eine geschlagene Sekunde lang an, ehe er antwortete: »Möglicherweise. Ich bin...« Er suchte nach Worten, aber plötzlich war sein Kopf wie leergefegt. Er war nur noch müde. Seine Glieder fühlten sich an wie Blei.

»Ach verdammt, ich weiß es nicht«, sagte er zornig. »Ja, vielleicht. Vielleicht wollte ich auch einfach nur weg aus dem Internat.«

»Das kann ich verstehen«, sagte sein Vater. »Ich mache dir einen Vorschlag: Du gehst in dein Zimmer und schläfst dich erst einmal gründlich aus. Wir essen heute abend zusammen, und dann reden wir. In aller Ruhe und von Mann zu Mann.«

Wann hatte er je *in aller Ruhe* mit seinem Vater reden können? dachte Mark. Oder gar *von Mann zu Mann?* Sein Vater behandelte niemanden wie einen gleichgestellten Partner. Manchmal fragte er sich, ob er überhaupt fähig war, für einen anderen Menschen irgendein Gefühl zu empfinden, das nicht Verachtung oder Ärger hieß. Aber er widersprach nicht, sondern zuckte nur mit den Achseln. Der Streit, auf den er innerlich vorbereitet war, hatte zwar gar nicht stattgefunden, aber er fühlte sich trotzdem so ausgelaugt, als läge er hinter ihm. Und als hätte er ihn verloren.

»Ich bin wirklich etwas müde«, gestand er. »Aber ich weiß nicht, ob wir heute abend zum Essen gehen können. Ich habe eine Verabredung. Ein Mädchen«, fügte er unaufgefordert hinzu.

»Ein Mädchen?« Sein Vater zog die Augenbrauen hoch. Offenbar war es Mark nun doch gelungen, ihn zu überraschen. »Hast du sie mitgebracht?«

»Nein«, antwortete Mark. »Sie ist hier aus Berlin.«

»Und du bist heute morgen erst angekommen? Das ging schnell.«

Und geht dich nichts an, dachte Mark. Er antwortete nicht.

»Dann bring sie doch einfach mit«, sagte sein Vater. »Ich möchte deine Freunde gerne kennenlernen.«

»Warum?« wollte Mark wissen. »Um zu entscheiden, ob sie zu mir passen?«

»Nein«, sagte sein Vater. »Ich möchte sie einfach kennen, das ist alles.«

Mark wollte antworten, daß sich sein Vater noch nie für seine Freunde interessiert hatte, aber er schluckte die Bemerkung im letzten Moment herunter. Sie hätte zwar der Wahrheit entsprochen, aber eigentlich nur, weil er bisher niemals Freunde *gehabt* hatte. Außerdem war Schwester Beate nun wirklich nicht seine *Freundin.* Er kannte sie, das war alles. Er wußte nicht einmal, ob er überhaupt mehr *wollte.*

Wieder bewegte sich etwas an der Wand hinter seinem Vater, das gar nicht da war, und diesmal glaubte Mark für den Bruchteil einer Sekunde etwas wie einen menschlichen Schatten zu erkennen, aber zugleich auch nicht. Er widerstand im letzten Moment der Versuchung, sich herumzudrehen. Verrückt.

»Was hast du?« fragte sein Vater alarmiert.

»Nichts. Was soll sein?«

»Du bist plötzlich blaß geworden. Ist dir nicht gut?«

»Nein«, antwortete Mark. »Das heißt: nein, mir ist *nicht* nicht gut. Ich bin ziemlich übermüdet, das ist alles. Ich habe im Zug kaum geschlafen.«

»Unangenehme Mitreisende?«

»Unangenehme *Träume*«, antwortete Mark. »Okay – vertagen wir den Showdown auf heute abend oder morgen. Ich lege mich ein paar Stunden hin. Ich nehme an, du hast jetzt sowieso viel zu tun. Schließlich mußt du deinen Anwalt anrufen.«

Sein Vater blieb auf eine Art ruhig, die Mark allmählich zur Weißglut reizte – allerdings auf eine Art, die irgendwie nicht wirklich an die Oberfläche drang. Er spürte das Feuer, aber die Eruption blieb aus, obwohl er sie sich gewünscht hätte.

»Ich hoffe, daß es nur *mein* Anwalt ist und nicht bald *unser* Anwalt«, sagte sein Vater ruhig. »Ich kenne diesen Polizisten, diesen Sendig. Er ist ein sehr unangenehmer Mensch.«

»Und was habe ich mit ihm zu tun?«

»Genausoviel wie ich, nämlich nichts«, behauptete sein Vater. »Aber das wird ihn nicht daran hindern, uns weiter zu belästigen.«

»Warum sollte er das tun? Wenn Löbach –«

»Löbach!« Sein Vater unterbrach ihn, scharf und mit einer wegwerfenden Geste. »Löbach hat mit der ganzen Geschichte nichts zu tun. Sendig verträgt keine Niederlagen, und ich habe ihm vor ein paar Jahren einmal eine bereitet. Ich schätze, er glaubt, jetzt wäre der Moment gekommen, sich zu revanchieren.«

»Was hast *du* mit der Polizei zu schaffen?« fragte Mark mißtrauisch.

»Gar nichts«, behauptete sein Vater. »Vor ein paar Jahren hat mich jemand denunziert – ein gefeuerter Angestellter, ein Konkurrent, was weiß ich. Angeblich soll in der Firma irgendeine Drogengeschichte gelaufen sein.«

»Drogen?« Mark riß erstaunt die Augen auf. Er konnte sich viel vorstellen, aber sein Vater und *Drogen?* Das war lächerlich. Sein Vater verachtete Menschen, die Drogen nahmen. Die meisten, die keine nahmen, übrigens auch. »Aber daran ist doch nichts Wahres, oder?«

»Natürlich nicht«, sagte sein Vater. »Aber Sendig hatte sich in die Idee verrannt. Ich konnte meine Unschuld beweisen, aber er ließ nicht locker, und so habe ich mich schließlich über ihn beschwert. Die Ermittlungen wurden eingestellt, und Sendig bekam einen Rüffel, den er mir bis heute wohl nicht verziehen hat. Es sollte mich nicht wundern, wenn er jetzt irgendwie versucht, die ganze Geschichte von damals wieder aufzuwärmen. Sei also vorsichtig, wenn er dich anspricht. Am besten redest du gar nicht mit ihm.« Er lächelte unecht und fügte in ebenso unecht aufmunterndem Ton hinzu: »Und jetzt ab ins Bett.«

»Wie kommt es nur, daß ich das Gefühl habe, du willst mich loswerden?« fragte Mark.

»Vielleicht, weil es so ist«, erwiderte sein Vater. »Ich habe in der Tat eine Menge zu tun – nicht nur wegen dieses Dummkopfes Sendig. Dein Besuch kam... etwas überraschend. Aber bis heute abend habe ich mich freigeschwommen, keine Angst.«

Soviel zu Marks Ankündigung, *nicht* mit ihm essen zu wollen. Aber er war viel zu müde, um zu widersprechen – in diesem Punkt hatte er wohl eindeutig recht. So stand Mark auf und ging zur Tür, blieb aber noch einmal stehen und wandte sich um. Sein Vater hatte bereits die Hand nach dem Telefonhörer ausgestreckt, sah aber weiter aufmerksam in seine Richtung.

»Ist noch irgend etwas nicht in Ordnung?«

Irgend etwas? Mark hätte am liebsten aufgelacht. Hatte sein Vater ihn gerade wirklich gefragt, ob *irgend etwas nicht in Ordnung* war? Und doch ... irgend etwas in dessen Blick hielt Mark davon ab, ihm laut ins Gesicht zu lachen. Die Frage, die sein Vater stellte, war vielleicht rein rhetorisch, aber nichtsdestotrotz ehrlich gemeint gewesen. Er war sich keiner Schuld bewußt – und welcher auch? Sollte er seinen Vater vielleicht für das verantwortlich machen, was *er* gestern und heute getan hatte? Oder gar für seine Alpträume? Das war lächerlich.

»Nein«, sagte er nur. »Ich bin nur...« *froh, wieder zu Hause zu sein. Trotz allem.* »... müde.«

Er schloß die Tür und ging zur Treppe. Sein Zimmer lag im Erdgeschoß, gleich unten neben der Haustür, aber er wurde immer langsamer, während er die Treppe hinunterging – obwohl er tatsächlich so müde war, wie er behauptet hatte. Trotzdem. Irgendwie spürte er, daß dies ein wichtiger Moment war, den er nicht mit Schlafen vergeuden sollte, wenigstens nicht gleich. Er war nach Hause gekommen, nicht für eine Stippvisite zwischendurch, nicht als Besucher für zwei, drei Tage oder eine Woche, sondern endgültig. Eine Heimkehr war immer etwas Besonderes, selbst wenn sie unter so unglückseligen Vorzeichen stattfand wie diese. Und eine Heimkehr war es. Es spielte keine Rolle, ob er für immer gekommen war oder vielleicht auch diesmal nur für wenige Tage. Was zählte, war allein, daß er zu Hause war, an dem Ort, an den er gehörte.

Es war ein sonderbar wohltuender Gedanke – und zugleich einer, der Mark sehr verwirrte, denn er widersprach so ziemlich allem, was er in den letzten Wochen und Monaten gedacht und selbst heute morgen noch empfunden hatte. War er nicht sicher gewesen, dieses Haus und vor allem seinen *Hausherrn* zu hassen? Hatte er nicht allen Grund, Groll gegen seinen Vater zu empfinden, den Mann, der ihm seine Jugend und seiner Mutter das Leben gestohlen hatte? Nichts hatte sich daran geändert. All diese Gefühle waren noch da, ebenso präsent wie am Morgen. Und trotzdem – es wurde ihm erst jetzt wirklich bewußt, aber im gleichen Moment, als er das Haus betreten hatte, war etwas in ihm geschehen. Er war nach Hause gekommen, zum ersten Mal seit sechs Jahren *wirklich*. Er war an dem Ort, an den er hingehörte.

Er hatte das Ende der Treppe fast erreicht, als er hinter sich ein Geräusch hörte. Marianne, die ihm wahrscheinlich nacheilte, um ihm die Tür zu öffnen, sein Bett aufzuschlagen und ihn auf genau die aufdringlich liebenswerte Art zu bemuttern, auf die sie es vom Tag seiner Geburt an getan hatte. Wahrscheinlich, dachte er spöttisch, hatte sein Vater sie bereits instruiert, ihm das königliche Prinzgemach zu richten und ein Glas warme Milch mit Honig bereitzustellen. Das war auch etwas, was er ändern würde, und zwar schnell. Marianne war zwar tatsächlich so etwas wie eine Ersatzmutter für ihn – und in den letzten Jahren mehr, als es seine *richtige* Mutter je gewesen war –, aber er würde ihr trotzdem erklären, daß er nicht mehr acht, sondern acht*zehn* war und sich somit das eine oder andere in ihrem Verhältnis ändern mußte.

Aber nicht heute. Nicht jetzt. Im Augenblick empfand er den Gedanken, ein wenig bemuttert zu werden, als ganz angenehm.

Er trat von der letzten Stufe herunter und drehte sich herum, weil er ihre Nähe spürte, aber hinter ihm war nichts.

Er spürte genau, daß er nicht allein war. *Jemand war hier.* Er spürte es, mit der unerschütterlichen Sicherheit eines Raubtieres, das Witterung aufgenommen hatte, dem Instinkt eines Blinden, der die unmerkliche Veränderung des Luftdrucks in seiner Nähe fühlte, er... *wußte* einfach, daß jemand hier war. Aber er war allein. Über ihm lag nichts als die Treppe und der perspektivisch abgeschnittene Rest des Korridors, und jetzt konnte er Marianne auch hören: Sie hantierte in der Küche unten mit Geschirr und summte dabei leise vor sich hin, wie sie es seit eh und je tat; und so falsch wie eh und je.

Was?

Marks Atem beschleunigte sich, und seine Hände begannen zu zittern. Was geschah hier? Was geschah *mit ihm?* Er machte einen unsicheren Schritt zurück, senkte den Blick und sah seinen Schatten, der als schwarzes Leporello vor ihm die Treppenstufen hinaufgefaltet war, aber er sah auch den anderen, zweiten Schatten, der dicht neben seinem eigenen stand, etwas kleiner, schlanker, der eines Mädchens oder einer sehr zierlichen Frau, ein Schatten, der keinen Körper hatte, sondern einfach nur da war, als hätte das Sonnenlicht oder der, der es schickte, einen Teil des Universums ausgelassen, vielleicht, weil es verboten war, weil dieser Teil etwas verbarg, dessen Anblick tödlich gewesen wäre, oder Schlimmeres.

Mark fuhr herum und hätte durch die hastige Bewegung fast das Gleichgewicht verloren. Sein Herz hämmerte jetzt so schnell, als wollte es aus seiner Brust heraushüpfen. Er war allein. Allein. Niemand war hier. Nur er und der Schatten, und das unsichtbare Etwas, das ihn warf.

Er strauchelte, fand mit einer instinktiven Bewegung am Treppengeländer Halt und preßte für eine Sekunde so fest die Lider zusammen, daß es weh tat und er bunte Sterne und Farbblitze sah. Als er die Augen wieder öffnete, war der Schatten verschwunden.

Weil er nie dagewesen ist! Er versuchte sich zur Ruhe zu zwingen, bot jedes Quentchen Logik und Verstand und Selbstbeherrschung auf, das er noch in sich fand. Da war kein Schatten. Da war nie einer gewesen. Übermüdung, Streß, Angst, Zorn, Frustration und Verwirrung – es gab tausend gute Gründe, Halluzinationen zu haben, aber keinen einzigen, tatsächlich ein Gespenst zu sehen. Jedenfalls keinen guten.

Doch das Wunder geschah. Gerade in dem Moment, in dem er spürte, wie die Barrieren aus Vernunft und logischem Überlegen zu wanken begannen, zog sich der Schrecken zurück. Sein Herz raste immer noch, und seine Hände zitterten so heftig, daß er es auch mit aller Macht nicht unterdrücken konnte, aber der schwarze Sumpf aus Wahnsinn, in dem er zu versinken begonnen hatte, war plötzlich weg.

»Mark?«

Diesmal war es wirklich Marianne. Mark sah auf und blickte in ihr schmales Gesicht, auf dem sich ein Ausdruck erschrockener Überraschung breitmachte. Er hatte nicht gehört, daß sie die Küche verlassen hatte und hergekommen war. »Was ist los mit Ihnen?«

»Nichts«, sagte Mark. »Was soll denn sein?« Er versuchte zu lächeln, konnte es aber nicht. Seine eigene Stimme klang wie die eines Fremden in seinen Ohren.

»Ich dachte, ich hätte ein Geräusch gehört.« Marianne kam näher, und die Überraschung in ihren Augen wurde nun eindeutig zu Sorge. »Ist auch wirklich alles in Ordnung? Sie sind kreidebleich.«

»Ich fühle mich nicht gut«, antwortete Mark. »Aber es ist nichts. Ich bin nur müde, das ist alles.«

Marianne sah ihn auf eine Art an, die jede Erklärung dazu, was sie von seiner Antwort hielt, überflüssig machte, und wäre die Situation auch nur ein wenig anders gewesen, hätte Mark sicher gelächelt – er war noch nie ein guter Lügner gewesen, und *Marianne* etwas vorzumachen war schlichtweg ein Ding der Unmöglichkeit. Aber die Situation *war* nicht anders, und so nickte er nur noch einmal schwach und sagte erneut und sehr leise: »Nur müde.«

11. Kapitel

»Irgend etwas stimmt nicht«, sagte Sendig, während seine Finger nervös auf das Lenkrad trommelten. Er sah Bremer nicht an, und er hatte auch ziemlich leise und wohl gar nicht direkt zu ihm gesprochen, sondern mehr zu sich selbst; und wahrscheinlich hatte er auch nicht damit gerechnet, eine Antwort zu bekommen. Sie saßen seit gut fünf Minuten im Wagen vor der Sillmann-Villa, und Bremer hatte die gleiche Zeit vergeblich darauf gewartet, daß Sendig losfuhr oder irgend etwas sagte. Aber sein neuer Vorgesetzter und Kollege hatte weder das eine noch das andere getan, sondern nur wortlos vor sich hin gestarrt, während seine Finger den Takt zu einer Melodie auf dem Lenkrad trommelten, die Bremer erkennen zu wollen aufgegeben hatte. Er sah sehr besorgt aus, und aus einem Grund, den Bremer sich nicht richtig erklären konnte, auch sehr zornig.

»Etwas stimmt ganz und gar nicht.«

»Mit wem?« fragte Bremer. »Sillmann?«

»Nein«, antwortete Sendig, schüttelte den Kopf und verbesserte sich selbst: »Oder doch. Aber ich meine nicht den Alten. Der Junge, Mark.«

Der unwillige Ton in seiner Stimme korrespondierte mit seinem Gesichtsausdruck, aber Bremer hatte das sichere Gefühl, daß beide nichts miteinander gemein hatten. Vielmehr hatte Sendig in einem Ton gesprochen, der ihm klarmachte, daß er seine Frage für überflüssig hielt, es vielleicht auch nicht gewohnt war, von einer Kreatur so niedrigen Standes, wie sie ein gemeiner Streifenpolizist darstellte, angesprochen zu werden. Trotzdem fuhr Bremer fort: »Was soll mit ihm sein?«

Sendig warf ihm einen durchdringenden Blick zu und zog die Augenbrauen zusammen, aber es verging noch einmal annähernd eine halbe Minute, ehe er antwortete: »Er sollte nicht hier sein. Die Geschichte mit der Krankheit war eine Lüge.«

»Wie kommen Sie darauf?«

Sendig hob die Schultern, streckte die Hand nach dem Zündschlüssel aus und zog den Arm wieder zurück, ohne ihn berührt zu haben. »Gespür. Ich weiß, wenn mich jemand belügt. Sie nicht?« Er wartete Bremers Antwort gar nicht ab, sondern fuhr fast unmittelbar fort: »Allerdings scheint der Alte die Story geglaubt zu haben.«

»Und warum nicht?« fragte Bremer.

Sendig grunzte. »Ja, und wo wir schon einmal dabei sind – warum glauben wir nicht gleich wieder an den Weihnachtsmann? Der Junge sollte in einem Internat sein, stimmt's? Und er kommt ausgerechnet heute zurück? Wissen Sie was? Ich halte jede Wette, daß ich weiß, wo er gewesen ist, ehe er nach Hause kam. In der Klinik.«

»Und was ist daran so erstaunlich? Immerhin ist seine Mutter in diesem Krankenhaus – er wird sie besucht haben.«

»Ausgerechnet heute?!«

»Vielleicht *nicht* ausgerechnet heute«, antwortete Bremer betont. »Es kann ein Zufall sein. Vielleicht besucht er sie auch regelmäßig einmal die Woche, immer am gleichen Tag. Was weiß ich.«

Sendig bedachte ihn erneut mit einem langen Stirnrunzeln, und sein Blick fügte so deutlich hinzu, daß Bremer es beinahe zu hören glaubte: *Stimmt. Was weißt du schon?* Laut sagte er: »Und immer zwei Stunden bevor die offizielle Besuchszeit beginnt?« Er wies mit einer unwilligen Geste auf die Uhr im Armaturenbrett, und Bremer gestand sich im stillen ein, daß er *darauf* auch von selbst hätte kommen können. Es war einfach noch zu früh, um einen normalen Besuch in einer Klinik abzustatten. Ein Punkt für Sendig. Und nicht einmal der erste. Seit er, wie versprochen, gekommen war, um Bremer abzuholen, waren gerade einmal zwei Stunden vergangen – aber diese Zeit hatte bereits gereicht, in Bremer ernsthafte Zweifel zu wecken, sich richtig entschieden zu haben. Natürlich hatte er gewußt, daß Sendig ihn nicht als gleichberechtigten Partner behandeln würde; dazu war er wahrscheinlich gar nicht in der Lage. Er wäre nicht einmal überrascht gewesen, Sendig genauso ekelhaft und zynisch zu erleben, wie er ihn nun einmal kannte. Aber wenig davon war wirklich geschehen. Sendig spielte nicht etwa seine Überlegenheit aus oder gar seinen höheren Dienstrang – er tat etwas viel Schlimmeres: Er ließ Bremer in jeder Sekunde spüren, daß er einfach besser war. Er hatte einen schärferen Verstand, wußte sich besser auszudrücken und vergaß offensichtlich nie etwas, ganz gleich, ob es fünf Minuten oder fünf Jahre her war. Und er schien Dinge mit der Präzision eines Hochleistungscomputers zu registrieren und in den richtigen Zusammenhang zu bringen, von denen Bremer nicht einmal begriff, daß sie etwas miteinander zu tun hatten. Bremer begann sich immer mehr zu fragen, warum Sendig am Morgen eigentlich gekommen war, um ihm dieses überaus großzügige Angebot zu machen. Bisher war er ihm kaum eine Hilfe gewesen, sondern hatte ihm allenfalls im Weg herumgestanden. Dazu kam, daß Sendig alles andere als kooperativ zu sein schien; bisher hatte er es nicht einmal für nötig befunden, ihm zu sagen, worum es in dem geheimnisvollen Telefongespräch gegangen war, das er aus Sillmanns Arbeitszimmer geführt hatte.

Bevor er jedoch eine entsprechende Bemerkung machen konnte, summte das Telefon. Sendig hob ab und lauschte einen Moment konzentriert in den Hörer, ohne sich zuvor gemeldet zu haben oder auch nur ein Wort zu sagen. Er hängte ebenso wortlos wieder ein, aber was er nicht sagte, verriet sein Gesichtsausdruck dafür um so deutlicher.

»Schlechte Nachrichten?« fragte Bremer.

»Wie man's nimmt«, antwortete Sendig ausweichend. »Auf jeden Fall interessante. Sagt Ihnen der Name Artner etwas? Professor Artner?«

Bremer kramte einen Moment lang in seiner Erinnerung, schüttelte aber dann den Kopf. »Nein. Sollte er?«

»Wahrscheinlich nicht«, erwiderte Sendig mit einem vielsagenden Seufzen. »Aber wo wir schon einmal bei dem Thema sind – es scheint, als wäre im Moment das große Akademikersterben ausgebrochen.«

»Aha«, sagte Bremer. Allmählich begann er sich wirklich über Sendig zu ärgern. Wofür hielt der Kerl sich eigentlich, daß er nur in Rätseln sprach? Für eine Wiedergeburt der Sphinx? »Und wer ist dieser Artner?«

»War«, verbesserte ihn Sendig und startete den Motor. »Die Vergangenheitsform ist hier wohl eher angebracht. »Dr. Artner war der Chefarzt der Klinik, in der Sillmanns Frau sitzt. Marks Mutter, um genau zu sein. Na – glauben Sie immer noch, daß das alles Zufall ist?«

»Moment«, sagte Bremer. »Sie wollen nicht sagen, daß – Mark irgend etwas mit Artners Tod zu tun hat?«

Sendig unterbrach ihn mit einem Kopfschütteln und einem angedeuteten abfälligen Lächeln. »Kaum. Jedenfalls nicht direkt. Mir sind das alles nur ein paar Zufälle zuviel auf einmal.« Er gab Gas und fuhr los, ohne auch nur einen Blick in den Spiegel geworfen zu haben.

»Auch Ärzte sterben dann und wann«, gab Bremer zu bedenken – eigentlich wider besseres Wissen. Natürlich hatte Sendig recht: Artner, Löbach und jetzt das Auftauchen des jungen Sillmann – das alles waren tatsächlich ein paar Zufälle zuviel.

»Erstens«, sagte Sendig und hob den Daumen, »war Professor Artner kein überarbeiteter Karrierearzt, sondern ein Mann in den besten Jahren, der sich bis gestern abend einer hervorragenden Gesundheit erfreut hat, zweitens –« Er hob den Zeigefinger, »– steht es noch gar nicht fest, daß er wirklich einen Herzinfarkt erlitten hat. Bisher vermuten sie es nur. Drittens –« Jetzt hob er den Mittelfinger, »– war mir der Bursche ein bißchen zu nervös, der ihn angeblich gefunden hat. Viertens –« Jetzt hatte er nur noch den kleinen Finger der rechten Hand am Steuer, »– glaube ich kein Wort von der angeblichen technischen Störung.«

»Was für eine technische Störung?« erkundigte sich Bremer irritiert.

Für einen Moment wirkte Sendig ertappt, hatte sich aber sofort wieder in der Gewalt. »Die Krankenzimmer werden ständig überwacht«, erklärte er. »Die sind da unten mit Videotechnik und Kameras ausgestattet, auf die Hollywood neidisch wäre. Und der ganze Kram fällt ausgerechnet in dem Moment aus, in dem Dr. Artner vor laufender Kamera der Schlag trifft?«

Und fünftens bist du verdammt gut informiert, dachte Bremer. Das alles konnte Sendig nicht in den wenigen Augenblicken erfahren haben, die er gerade telefoniert hatte. Ganz offensichtlich verschwieg ihm sein neuer Partner eine Menge mehr, als er ohnehin schon angenommen hatte, und er machte sich nicht einmal die Mühe, es zu verheimlichen.

Er sagte nichts davon, sondern warf statt dessen einen nervösen Blick auf den Tachometer. Sie fuhren annähernd sechzig. Auf einer Straße, die höchstens für die Hälfte dieser Geschwindigkeit gut war. »Sagen Sie… haben Sie mehr als zehn Gründe, mißtrauisch zu sein?« fragte er.

Sendig sah ihn eine Sekunde lang verständnislos an, dann folgte er Bremers Blick, der nervös an seiner linken Hand und dem letzten verbliebenen Finger hing, der das Lenkrad hielt. Aber er tat Bremer auch den Gefallen, das Steuer wieder fest zu ergreifen und sogar etwas langsamer zu fahren.

»Ich komme auf zwanzig, wenn ich in Ruhe darüber nachdenke«, sagte er. »Aber ich habe keine Lust, dafür die Schuhe auszuziehen. Außerdem möchte ich Ihnen das nicht antun.«

»Sehr rücksichtsvoll«, murmelte Bremer, dann hob er den Blick und sah wieder auf die Straße hinaus. »Das ist nicht der Weg zur Klinik.«

»Wir fahren auch nicht dorthin«, antwortete Sendig. »Jedenfalls nicht gleich.«

»Aber ich dachte –«

»Der Anruf gerade?« Sendig schüttelte den Kopf. »Es ging nicht um Artner. Das habe ich schon heute morgen erfahren, bevor ich zu Ihnen gekommen bin.«

Das überraschte Bremer nicht im mindesten, aber irgend etwas sagte ihm auch, daß Sendig nicht geneigt war, ihm zu erklären, *worum* es denn nun gegangen war. Allmählich begann er sich zu fragen, warum er überhaupt hier war, aber er sparte es sich auch, diese Frage laut zu stellen. Vielleicht hätte er sogar eine Antwort bekommen, doch er war ziemlich sicher, daß sie ihm nicht gefallen würde. Er drehte den Kopf wieder zur anderen Seite, um aus dem Fenster zu sehen – und fuhr so erschrocken zusammen, daß Sendig um ein Haar das Steuer verrissen hätte und hart auf die Bremse trat.

Sie waren nicht mehr allein im Wagen. Jemand saß hinter ihnen.

Bremer hatte es nur im Spiegel gesehen, und auch da nur aus den Augenwinkeln: ein kaum sichtbares, dunkles Flackern; gerade noch an der Grenze des überhaupt Wahrnehmbaren – aber das war eindeutig kein Schatten gewesen.

Sendig brachte den Wagen mit einem unnötig harten Ruck zum Stehen und fragte erschrocken: »Was ist los?«

Bremer schwieg. Hinter ihnen war nichts. Sie waren allein im Wagen.

»Was ist?« fragte Sendig noch einmal. Täuschte er sich, oder hörte er jetzt deutlich einen Unterton von Häme in seiner Stimme?

»Nichts«, antwortete Bremer. Er starrte noch eine Sekunde lang reichlich verdattert die leere Bank hinter sich an, schüttelte den Kopf und sagte noch einmal: »Es war ... nichts. Ich muß mich wohl getäuscht haben.« Hastig drehte er sich wieder herum.

Sendig blickte ihn zweifelnd an. Er sagte nichts mehr, aber Bremer konnte zur Abwechslung einmal fast *seine* Gedanken lesen. Es spielte keine Rolle, was sie voneinander hielten – sie beide waren Männer, von denen man nicht erwartete, daß sie sich *täuschten.*

»Ich dachte für einen Moment, ich hätte etwas im Spiegel gesehen«, fuhr er mit einem nervösen Lächeln fort, »aber wie gesagt: Es war wohl ein Irrtum. Vielleicht nur ein Schatten.«

Sendig antwortete auch darauf nicht, aber er nahm die Hand vom Steuer und drehte den Innenspiegel so, daß er die Rückbank betrachten konnte. Für einen kurzen Augenblick erschien ein sehr konzentrierter Ausdruck auf seinem Gesicht.

Bremer widerstand der Versuchung, ebenfalls in den Rückspiegel zu sehen. Er hatte auch nicht *diesen* Spiegel gemeint, sondern den Außenspiegel, und *darin* hatte er ganz deutlich eine Gestalt gesehen, die auf der Rückbank des Wagens saß und sie anstarrte.

So behutsam wie möglich, damit Sendig es auf keinen Fall sah, drehte er Millimeter für Millimeter den Kopf und blickte aus den Augenwinkeln erneut in den Spiegel. Er konnte den spärlichen Verkehr hinter ihnen erkennen, einen Teil der rechten Tür und die Scheibe darüber.

Und die Gestalt!

Sie war da. Ein hochgewachsener, dunkler Schemen, nicht wirklich eine Gestalt, sondern vielmehr ein Schatten, dem irgendwie der Körper abhanden gekommen war. Und es war auch nicht wirklich der Schatten eines Menschen, sondern eher eines ... Nein, das war verrückt!

»Sicher nur ein Schatten«, sagte er noch einmal.

12. Kapitel

Es war derselbe Traum, und zugleich war er auch vollkommen anders. Diesmal konnte er seine Umgebung genau erkennen, und er sah, daß er sich getäuscht hatte: das, oder der Raum hatte sich verändert. Der Kerzenschein, die wenigen, wenn auch ausgesuchten Möbelstücke und der düstere Gesang der sich wiegenden Gestalten, die im Kreis am Boden hockten, hatten ihm in der ersten Vision eine Behaglichkeit verliehen, die er jetzt nicht mehr besaß. Es war ein Verlies, düster und ohne Fenster und mit gemauerten Wänden, an denen nur hier und da noch die Reste von grauem Betonputz klebten. Auf der anderen Seite war eine Tür, die er beim ersten Mal ebenfalls nicht bemerkt hatte. Und noch etwas war anders: Diesmal war er sich vom ersten Moment an darüber im klaren, daß er träumte. Nichts von alledem, was er zu sehen, was er zu hören oder was er zu fühlen glaubte, besaß irgendeine Substanz. Aber dieses Wissen half nicht. Es machte den Schrecken, mit dem ihn die Vision erfüllte, nicht weniger schlimm, sondern schien ihn im Gegenteil noch zu intensivieren, denn mit diesem Wissen ging ein anderes, schlimmeres Hand in Hand: Real oder nicht, er war in Gefahr, das spürte er deutlich.

Langsam drehte er sich im Kreis, wobei sein Blick der Bewegung vorauseilte. Er tastete über die am Boden hockenden Gestalten, die Kerzen und den Sekretär – war er das erste Mal schon dagewesen? Er wußte es nicht mehr – und suchte nach etwas Bestimmtem, von dem er im ersten Moment nicht einmal wußte, was es war, nur, daß es da war und daß es ihm angst machte.

Anders als in einem normalen Traum war er weder unbeteiligter Zuschauer noch hilfloses Opfer oder Gejagter, sondern schien über eine Art Körper zu verfügen, zumindest konnte er sich bewegen. Aber er war nicht direkt beteiligt: Der Kreis der sich wiegenden, an den Händen haltenden Gestalten am Boden war noch immer da, doch diesmal sah ihn niemand an, keine Hände streckten sich ihm entgegen, um ihn festzuhalten, kein Gesicht zerfiel zu einer Zombiegrimasse, die ihn aus leeren Augenhöhlen anstarrte. Die Luft roch schlecht und scharf, und von irgendwoher kam ein rhythmischer, stampfender Laut, fast wie das Schlagen eines gewaltigen eisernen Herzens.

Vielleicht war es das ja, dachte Mark: das steinerne Herz eines steinernen Riesen, in dessen Adern der Wahnsinn pulsierte und dessen Gedanken geronnene Furcht waren. Im Wachen hätte er über diese Vorstellung gelächelt, aber jetzt gab sie seiner Furcht neue Nahrung. Er wußte natürlich noch immer, daß er träumte, aber zugleich wußte er auch noch immer mit unerschütterlicher Sicherheit, daß er in Gefahr war. Real oder nicht, was ihn hier bedrohte, war echt. Er war in einem Bereich des Seins gestrandet, der irgendwo zwischen Tod und Leben lag, und der Weg hinaus führte in beide Richtungen: und in beide vielleicht gleich schnell und endgültig.

Wieder sah er die Tür an. Es war eine typische Alptraumtür: Ihre Proportionen stimmten nicht. Sie war zu niedrig, dafür zu breit, und bestand aus massivem Eisen, das irgendwann einmal einen Schutzlack gehabt hatte, nun aber gleichsam gehäutet war; Rost hatte das Metall zerfressen, es zu einer braunen Masse gemacht, die an verklumptes Blut erinnerte, wo sie nicht von schwärenden Beulen übersät war. Es gab kein Schloß, nur eine ausgefranste Wunde mit schwarzen Rändern, vielleicht die Spuren eines Schneidbrenners, mit dem diese Tür einmal gewaltsam geöffnet worden war. Durch diese Bresche in der stählernen Wand schimmerte Licht, das nicht heller, aber doch irgendwie anders war als das hier im Raum.

Was bedeutete dieser Traum? Mark hatte immer noch Angst – sein Herz hämmerte, und obwohl er seine Hände nicht sehen konnte, spürte er, daß sie zitterten und feucht vor Schweiß waren –, aber nun, wo er sich keiner direkten Gefahr ausgesetzt sah, hatte sie sich ein Stück zurückgezogen, nicht ganz und auch nicht auf Dauer, sondern wie eine giftige Spinne, die zurück ins Zentrum ihres Netzes gekrochen war und dort reglos auf ihre Beute lauerte. Er war sich ihrer Nähe sehr bewußt, trotzdem begann er allmählich so etwas wie Neugier zu empfinden.

Was bedeutete dieser Traum? Warum war er hier?

Er war sicher, keine der Gestalten am Boden zu kennen, diesen Raum niemals wirklich gesehen, dieses unheimliche Geschehen niemals wirklich erlebt zu haben; weder in dieser noch in irgendeiner anderen Form. Und trotzdem hatte er ein Gefühl der Vertrautheit, das mit jedem Moment stärker wurde.

Langsam begann er sich durch den Raum zu bewegen, wobei er sich erneut und mit wachsendem Interesse umsah. Es war tatsächlich eine Art Verlies, vielleicht ein sehr alter Keller, dem jemand mit ein paar Teppichen und Möbelstücken ohne viel Erfolg einen Anstrich von Wohnlichkeit zu verleihen versucht hatte. An den Wänden hingen Poster, und unter der Decke befanden sich zwei überlange Neonröhren. Ihr Licht wurde von dem der unzähligen Kerzen überstrahlt, sorgte aber trotzdem für den größten Teil der Helligkeit hier unten.

Unweit der Tür befand sich ein Sekretär, der in seiner schlichten Form schon fast einen Anachronismus darstellte und mit Papieren und den allgegenwärtigen Kerzen übersät war. Er wollte näher herangehen, um einen Blick auf die Papiere zu werfen, aber das hätte auch bedeutet, sich der Tür zu nähern, und irgend etwas hielt ihn davon ab. Es gab keinen logischen Grund dafür (logisch? Nichts von dem, was er hier erlebte, war in irgendeiner Form logisch!), aber die Angst war wieder da; die Spinne im Netz war sprungbereit, und sich der Tür zu nähern hieße, ihre Fäden zu berühren und sich darin zu verwickeln.

Statt dessen machte er beinahe erschrocken einen Schritt zurück und geriet dabei wieder zwischen die Gestalten am Boden.

Der Kreis schloß sich.

Aus dem Alptraum von gestern wurde der von heute.

Das dunkle Dröhnen des metallenen Herzschlages hielt an, aber der Gesang verstummte für einen Moment. Ein Dutzend Gesichter wandte sich ihm zu, bleich, tot und mit erloschenen Augen, und dahinter, noch nicht ganz die Grenze des wirklich Sichtbaren erreichend, aber schon da, war die Lichtgestalt. Der Todesengel, der erneut gekommen war, um ihn zu holen.

»Du hast uns verraten, Mark. Du hast uns alle getötet.«

Er schrie. Es war ein lautloser Schrei, denn seine Kehle war zugeschnürt, aber er hallte in seinem Kopf wider und machte aus der schwarzen Spinne der Furcht einen rasenden Wirbel, der sein klares Denken und seine Vernunft verschlang. Entsetzt riß er die Arme vor das Gesicht und taumelte rückwärts vor der Gestalt davon, die vor ihm aus dem Licht trat und die Hände nach ihm ausstreckte.

»Du hast uns verraten. Wir haben dir vertraut, und unser Leben war der Preis.«

Mark taumelte weiter. Er prallte gegen die Wand, schlug wimmernd die Hände vor das Gesicht und krümmte sich wie unter Schlägen, obwohl die Gestalt nicht näher gekommen war, sondern ihm im gleichen Abstand folgte, was das Geschehen nun vollends zum Alptraum werden ließ. Der unsichtbare Verfolger aller bösen Träume aller Zeiten war da, die Schimäre, die immer hinter einem war, immer Schritt hielt, ganz gleich, wie schnell oder langsam man auch lief. Aber dieser Vergleich war ungefähr und einseitig – in einem Traum konnte einem das Monster nichts tun, solange man sich nicht herumdrehte und es ansah, aber dieses Geschöpf kam näher, langsam, aber unerbittlich.

Marks Rücken schrammte an rauhem Stein und an rostzerfressenem Metall entlang, und er spürte, wie sich die Tür schwerfällig hinter ihm bewegte, sich öffnete. Er wollte nicht hindurchgehen.

Er durfte *es nicht.*

Wenn er es tat, dann würde er sterben. Hier und jetzt und endgültig – und vielleicht nicht einmal wirklich tot sein, sondern für alle Zeiten in diesem Alptraum gefangen.

Wimmernd vor Angst wich er weiter zurück, und auch die Tür bewegte sich weiter. Langsam und träge und mit der Schwerfälligkeit ihres großes Gewichtes, aber auch dessen Beharrlichkeit.

Der Herzschlag wurde lauter, als die Tür sich weiter öffnete. Mark schrie erneut, taumelte zurück und riß die Arme herunter, um mit einer rudernden Bewegung um sein Gleichgewicht zu kämpfen. Die Gestalt war jetzt ganz nahe; ein bleicher Schemen ohne klar umrissene Konturen oder Gesicht, aber von tödlicher Bedrohung.

»Mark!«

Er schrie. Diesmal wirklich und so laut, daß sein Hals schmerzte. Die Tür in seinem Rücken schwang weiter auf, und irgend etwas war da. Er wollte nicht hindurchgehen. Was immer es war, es erfüllte ihn mit panischer Angst: einer Furcht, die noch größer war als die vor dem Todesengel, der ganz langsam näher kam und nun die Arme ausstreckte. Vielleicht würde ihn seine Berührung töten, vielleicht ihm etwas Schrecklicheres antun, doch was immer es war, es konnte nicht schlimmer sein als das, was hinter der Tür lauerte.

Mark fand mit wild fuhrwerkenden Armen seine Balance wieder, stieß sich von der zurückweichenden Barriere aus rostigem Eisen ab und schlug blind vor Furcht um sich.

»Mark!«

Der erste Schlag ging ins Leere, aber sein zweiter Hieb traf und schleuderte die unheimliche Erscheinung zurück. Ein gellender Schrei schnitt wie ein Messer in seine Gedanken, und gleichzeitig spürte Mark, wie er erneut und von der Wucht seines eigenen Hiebes zurückgeworfen das Gleichgewicht verlor und jetzt wirklich stürzte, rückwärts hindurch durch die Tür, hinter der das Grauen lauerte und...

... mit einem erstickten Keuchen hochfuhr. Sein Herz schlug mit kurzen, harten Stößen gegen seine Rippen, und seine Kehle schmerzte von den Schreien, die er ausgestoßen hatte. Er zitterte am ganzen Leib, und im ersten Moment wußte er nicht wirklich, wo er war, sondern wähnte sich weiter in jenem schrecklichen Raum hinter der Eisentür. Alles drehte sich um ihn, Licht und Schatten führten einen irren Veitstanz auf, und er hörte noch immer jenen dröhnenden schweren Herzschlag. Er wußte, daß er wach und der Traum vorüber war, aber zugleich schien es ihm nicht zu gelingen, wirklich in die Realität zurückzukommen. Sein Erwachen war weder ein sanftes Gleiten noch ein jäher Sturz von der einen in die andere Wirklichkeit gewesen, vielmehr schien er in einer klebrigen Membran verstrickt, die beide Welten voneinander trennte und ihn mit zäher Kraft zurückzuhalten versuchte. Er keuchte vor Anstrengung, fiel zurück und setzte sich abermals mit rudernden Armen auf, und in diesem Moment wurde die Tür aufgerissen, und sein Vater stürmte herein. Marks Erinnerungen fügten im nachhinein seine polternden schweren Schritte auf der Treppe hinzu, die er wahrgenommen, aber nicht registriert hatte. Offenbar hatte er laut genug geschrien, um seinen Vater am anderen Ende des Hauses zu alarmieren. Sein Gesicht war schreckensbleich, und sein Atem ging so schwer, daß er die Worte nur als kaum verständliches Keuchen hervorstieß: »Mark, was ist los? Was – ?«

In seinem Gesicht erschien ein neuer, noch größerer Schrekken, und seine Augen weiteten sich, als sein Blick auf einen Punkt am Boden neben Marks Bett fiel. »Mein Gott, was ist hier passiert?« flüsterte er.

Mark verstand im allerersten Moment kein Wort. Der

Schrecken im Gesicht seines Vaters paßte zu gut zu seinen eigenen Empfindungen in diesem Augenblick, als daß er auch nur auf den Gedanken gekommen wäre, einen besonderen Grund dafür zu suchen. Aber dann folgte er dem Blick seines Vaters und sah die Gestalt, die vor seinem Bett lag, und *dieser* Anblick zerriß die Membran endgültig, deren klebrige Reste ihn bisher noch festgehalten hatten. Noch während er sich mit einem Ruck zur Seite schwang und in einer einzigen fließenden Bewegung halb vom Bett fiel, halb heruntergl itt, um neben Marianne niederzuknien, ordneten sich die durcheinanderwirbelnden Bilder in seinem Kopf zu einem Puzzle, das Alptraum und Realität gleichermaßen umfaßte. Nicht alles hatte zu jener surrealistischen Welt des Kellers gehört. Die Stimme, die zweimal seinen Namen gerufen hatte, gehörte Marianne, und der pochende Schmerz in seiner rechten Hand erzählte den Rest der Geschichte: Offensichtlich hatte sich Marianne über ihn gebeugt, um ihn wachzurütteln, weil er im Schlaf geschrien hatte, und ebenso offensichtlich hatte er sie niedergeschlagen.

»Was zum Teufel hast du getan?!«

Mark ignorierte den schneidenden Ton in der Stimme seines Vaters ebenso wie dessen verwirrte Gesten. Sie waren beide nahezu gleichzeitig neben Marianne niedergekniet, aber sie schienen auch beide gleich hilflos. Mark streckte die Hände nach Marianne aus, aber er wagte es nicht, sie zu berühren. Seine Gedanken überschlugen sich. Marianne rührte sich nicht. Er konnte nicht sehen, daß sie atmete, und für einen Moment war er felsenfest davon überzeugt, sie getötet zu haben. Seine rechte Hand schmerzte immer heftiger. Er mußte in seinem panischen Kampf gegen den Todesengel mit aller Gewalt zugeschlagen haben. Er hatte sie umgebracht.

»Was ist denn nur passiert?« fragte sein Vater. Er klang jetzt nur noch erschrocken, nicht mehr zornig und fordernd, und obwohl ihm selbst der Gedanke in dieser Situation geradezu grotesk erschien, begriff Mark vielleicht zum ersten Mal wirklich, daß die herrische Art seines Vaters vielleicht nicht mehr als eine Maske war; eine Gewohnheit, die ihm so sehr in Fleisch und Blut übergegangen war, daß er sie schon gar nicht mehr abstreifen konnte, geschweige denn *wollte.* Aber er war gar nicht so. Nicht wirklich. Vielleicht war er nicht einmal annähernd so stark, wie Mark bisher geglaubt hatte.

»Ich weiß es nicht«, stammelte er. »Es tut mir leid. Ich wollte das nicht. Es ist ...«

Marianne bewegte stöhnend die Hände und versuchte den Kopf zu heben. Ihre Bewegungen waren unsicher und nicht richtig koordiniert, so daß Mark rasch ihre Hand ergriff und festhielt, damit sie sich nicht selbst verletzte.

»Marianne!« sagte er. »Können Sie mich verstehen? Was ist mit Ihnen? Sind Sie in Ordnung?«

Natürlich war sie es nicht. Sie hatte jetzt zwar die Augen geöffnet, schien ihn aber im ersten Moment gar nicht wahrzunehmen; zumindest war in ihrem Blick kein Erkennen. Mark sah, daß die linke Seite ihres Gesichtes bereits anzuschwellen begann.

»Es tut mir so leid«, murmelte er. »Bitte, da ... das wollte ich nicht. Ich wußte nicht – «

»*Was?*« Der schneidende Ton war wieder da, und diesmal war er nicht gespielt. Mark sah nur flüchtig auf, aber schon dieser kurze Blick ins Gesicht seines Vaters reichte, ihn alles wieder streichen zu lassen, was er gerade über ihn gedacht hatte. Möglicherweise war seine Härte ja tatsächlich nur aufgesetzt – aber wenn, dann so perfekt, daß es keinen Unterschied machte.

»Was ... was ist passiert?« murmelte Marianne. Sie versuchte sich aufzusetzen, und Mark gewann einige kostbare Sekunden damit, ihr dabei zu helfen und sie zu stützen.

»Es tut mir leid«, sagte er noch einmal. »Ich wollte das nicht, Marianne. Ich glaube, ich ...«

»*Ich* glaube«, unterbrach ihn sein Vater, »daß du uns eine Menge zu erklären hast, mein lieber Junge. Warst du das?«

»Er hat es nicht absichtlich getan«, sagte Marianne leise. »Bitte, Herr Sillmann – regen Sie sich nicht auf. Es war ein Unfall. Mark kann nichts dafür.«

Mark verspürte ein kurzes, heftiges Aufwallen von Dankbarkeit. Marianne war noch immer benommen. Selbst durch den dicken Stoff ihres Kleides hindurch konnte er spüren, daß sie am ganzen Leib zitterte, und mit ziemlicher Wahrscheinlichkeit wußte sie gar nicht, was passiert war. Trotzdem versuchte sie ihn in Schutz zu nehmen. Aber dieser Gedanke weckte auch seinen Trotz – und den Zorn auf seinen Vater, den er nicht umsonst monatelang sorgsam kultiviert hatte. Plötzlich begriff er wieder, daß es einen Grund dafür gab.

»Doch, ich *kann* etwas dafür«, sagte er. »Es war meine Schuld. Aber darüber reden wir später. Jetzt legen Sie sich erst einmal aufs Bett, und ich rufe Ihnen einen Arzt.«

»Nein!« Marianne klang fast entsetzt. »Keinen Arzt. Mir fehlt nichts.«

»Das zu beurteilen, überlassen Sie bitte Doktor Petri«, sagte Marks Vater. »Mark hat vollkommen recht. Wir rufen einen Arzt und klären hinterher, was überhaupt passiert ist.«

Das klang vernünftig – aber zugleich auch nicht besonders überzeugend. Mark mußte seinen Vater nicht einmal ansehen, um zu spüren, daß diese Worte nur rhetorisch gemeint waren. Vermutlich, dachte er wütend, arbeitete es hinter der Stirn seines Vaters schon wieder auf die gewohnte Art: Der Arzt würde Fragen stellen, und selbst wenn nicht, würde er sich seinen Teil denken. Die Leute könnten *reden.* Gut.

Mit einer fast zornigen Bewegung half er Marianne, sich auf das Bett zu legen, dann richtete er sich auf und deutete zur Tür. »Ich ruf jetzt den Arzt an. Und Sie rühren sich nicht, klar?«

»Bitte nicht«, sagte Marianne. »Mir fehlt nichts. Ein paar Minuten Ruhe und ein kalter Umschlag, und alles ist wieder in Ordnung.«

Mark machte sich nicht einmal die Mühe, zu antworten. Er sah sie nur an. Ihr linkes Auge schwoll so schnell zu, daß man dabei zusehen konnte. In spätestens einer Stunde würde sie Mühe haben, zu reden. Wortlos drehte er sich um, verließ das Zimmer und ging zum Telefon in der Diele, um den Arzt anzurufen. Er hätte es ebensogut vom Anschluß in seinem Zimmer aus tun können, aber das hätte bedeutet, länger in der Nähe seines Vaters zu bleiben, und aus irgendeinem Grund ertrug er den Gedanken im Moment einfach nicht. Es gab überhaupt keinen vernünftigen Anlaß dazu, aber in diesem

Augenblick machte er nicht sich, sondern ihn für alles verantwortlich, was geschehen war. Dies war *sein* Haus, und es war der böse Geist seines Vaters, der es beherrschte.

Er fand die Nummer des Arztes auf der ersten Seite im Telefonbuch, aber er zögerte plötzlich, sie zu wählen. Er hatte nur flüchtige Erinnerungen an Dr. Petri, einen ältlichen, auf den ersten Blick netten Mann, der beinahe ebenso lange zu diesem Haushalt gehörte wie Marianne und sehr viel länger als er selbst. Mark war als Kind selten krank gewesen und hatte somit wenig Kontakt mit ihm gehabt. Trotzdem hatte er keine guten Erinnerungen an ihn. Dr. Petri war der Mann, der seine Mutter in die Klinik eingewiesen hatte.

Aber das spielte im Moment keine Rolle. Er war ein sehr guter Arzt, und das allein zählte. Außerdem würde er wahrscheinlich sehr schnell hier sein. Seine Praxis befand sich nur zwei Straßen entfernt. Mark wählte seine Nummer, wartete ungeduldig, bis sich die Sprechstundenhilfe meldete, und bat mit knappen Worten um einen Besuch. Wieder ein winziges Detail, das zeigte, welchen Einfluß sein Vater besaß: Die junge Frauenstimme am Telefon fragte nicht, was geschehen war, sondern antwortete nur, daß Dr. Petri in spätestens zehn Minuten kommen würde. Marks Zorn auf seinen Vater stieg.

Aus diesem Grund ging er auch nicht in sein Zimmer zurück, sondern wartete in der Halle, bis der Arzt kam – was tatsächlich nicht einmal zehn Minuten dauerte. Petri schien alles stehen- und liegengelassen zu haben, um zu seinem wichtigsten Patienten zu eilen.

Auf seinem Gesicht erschien ein Ausdruck maßloser Überraschung, als er Mark erkannte, aber gleich darauf auch ein Lächeln, das so ehrlich war, daß Mark sich seiner eigenen Gedanken von vorhin fast schämte. Er begegnete in letzter Zeit sehr selten Menschen, die sich freuten, ihn zu sehen. *Zu* selten, als daß er es sich leisten konnte, ungerecht zu sein.

»Mark!« sagte Petri. »Sie sind zu Hause? Das ist ja eine Überraschung. Sind denn schon wieder Ferien?«

Mark trat zurück und öffnete in der gleichen Bewegung weiter die Tür. »Nein«, antwortete er. »Ich bin nur... zu einem kurzen Besuch.«

»Das ist schön«, sagte Petri und trat ein. Mark hatte ihn als alten, sehr schlanken Mann in Erinnerung, aber in beiden Punkten hatte er sich getäuscht: Er war nicht annähernd so alt, wie er geglaubt hatte, dafür aber so dürr, daß selbst der teure Maßanzug, den er trug, um seine Gestalt zu schlottern schien. Die Arzttasche in seiner rechten Hand schien viel zu schwer für einen Mann seiner Statur.

»Wie lang haben wir uns nicht mehr gesehen? Drei Jahre? Vier?«

»So ungefähr«, sagte Mark. Er war ein bißchen verlegen. Natürlich konnte Petri nicht wissen, was er über ihn gedacht hatte, aber er wußte es, und das allein reichte, ihn sich unwohl fühlen zu lassen. Er hatte plötzlich das Bedürfnis, sich bei Petri zu entschuldigen.

»Wie die Zeit doch vergeht«, murmelte Petri. Plötzlich erschien ein Ausdruck leiser Sorge auf seinem zerfurchten Gesicht. »Aber was ist denn eigentlich passiert? Meine Sprechstundenhilfe sagte nur, daß ich vorbeikommen soll und daß es eilig wäre. Es ist doch nichts mit Ihrem Vater?«

»Marianne«, verbesserte ihn Mark kopfschüttelnd. »Es hat einen kleinen Unfall gegeben.«

»Ein Unfall?« Petri wirkte alarmiert. Vielleicht mehr, als er sollte.

»Es ist wirklich nichts Schlimmes, Doktor.« Marks Vater erschien unter der Tür und riß allein durch sein Auftauchen die Regie der Szene wieder an sich. Er lächelte knapp und ohne echtes Gefühl und fuhr fort: »Aber Mark hat schon recht – es ist besser, Sie sehen nach ihr. Kommen Sie, Doktor.«

Petri wirkte nun vollends verwirrt, aber sein Vater war nun wieder vollkommen zu dem Mann geworden, als den er ihn in Erinnerung hatte: Er sprach weder besonders laut noch mit besonderer Betonung, doch sein Wort war Befehl, der keinen Widerspruch duldete. Mark gestand es sich ungern ein, aber selbst er spürte die Autorität, die sein Vater ausstrahlte.

»Mark, wartest du bitte oben in der Bibliothek? Ich komme dann sofort nach.«

»Sicher.«

13. Kapitel

»Warum muß es eigentlich immer so sein?« fragte Bremer. »Hat denn plötzlich niemand mehr den Anstand, Schlaftabletten zu nehmen, sich zu erschießen oder wenigstens ins Wasser zu gehen?«

»Ich finde das nicht komisch«, sagte Sendig. Unter normalen Umständen hätte allein die Schärfe in seiner Stimme ausgereicht, Bremer zu alarmieren. Aber jetzt hob er nicht einmal den Blick, sondern sagte nur sehr leise und sehr ernst: »Es war auch nicht witzig gemeint. Aber ich weiß nicht, wie lange ich das noch ertrage. Auch ich habe nur Nerven, wissen Sie.«

Und die liefen im Moment beinahe Amok – zumindest die in seinem Magen und einigen anderen, tiefergelegenen Innereien. Dabei war der Anblick des Toten nicht einmal annähernd so schlimm wie der Löbachs in der vergangenen Nacht. Was ihn trotzdem beinahe schlimmer machte, war, daß er ihm *ähnelte* und Bremer wieder an das zerschmetterte blutige Etwas erinnerte, das zwischen Hansen und ihm auf dem Straßenpflaster gelegen hatte. Der Anblick von Mogrods Leichnam machte die Erinnerung an Löbach wieder lebendig und gab ihr eine Realität, die ihr nicht zustand.

»Beherrschen Sie sich«, sagte Sendig noch einmal – und er sagte es nicht nur überraschend sanft, sondern fügte nach einem kaum merklichen Zögern etwas noch viel Überraschenderes hinzu – zumindest für jeden, der ihn kannte: »Wenigstens so lange, wie wir nicht alleine sind. Sie tragen Uniform.«

Er atmete hörbar ein, ehe er sich mit einem sichtlichen Ruck vom Anblick des Toten losriß und herumdrehte. »Kommen Sie, Bremer. Sehen wir uns die Wohnung dieses Herrn *Mogrod* an.«

War es schon seine bisher ungewohnt großmütige Stimmung gewesen, die Bremer alarmiert hatte, so nun spätestens die Art, auf die Sendig Mogrods Namen aussprach. Es war nicht irgendein Name. Er bedeutete etwas für Sendig, und ganz offensichtlich erwartete er, daß er das für ihn ebenso tat.

Während er Sendig über die abgesperrte Straße zum Haus hin folgte, kramte er angestrengt in seinen Erinnerungen. Aber da war nichts. Er hatte sich den Toten sehr genau angesehen, und anders als gestern abend gab es hier nichts, was er hätte wiedererkennen können. So war er sehr sicher, diesen Mann noch nie im Leben gesehen zu haben, und er hatte auch seinen Namen noch nie gehört; wenigstens nicht in einem Zusammenhang, der des Erinnerns wert gewesen wäre. Und was diese Gegend hier betraf...

Bremer warf einen raschen Blick in die Runde. Die Straße gehörte nicht zu seinem Revier, und schon gar nicht zu den Gegenden, in denen er sich aufzuhalten pflegte, wenn er nicht im Dienst war. Die Ähnlichkeit zwischen Löbachs und Mogrods Tod war nicht total – die Regie mochte die gleiche sein, aber die Kulissen waren so verschieden, wie sie nur sein konnten. Das Haus, aus dessen Fenster sich Mogrod gestürzt hatte, als schäbig zu bezeichnen, wäre noch geschmeichelt gewesen. Es war eine bessere Ruine – nein, keine *bessere*, es *war* eine Ruine. Falls es jemals einen Anstrich erlebt hatte, war er längst zusammen mit dem größten Teil des Putzes in Staub aufgegangen; unter dem ungleichmäßigen Lochmuster kam grauer Ziegelstein zum Vorschein, in dem der Schwamm nistete. Die Fenster begannen herauszufaulen, und zumindest im Erdgeschoß mußten wohl einige Wohnungen leerstehen; es sei denn, ihre Bewohner liebten es, ohne Scheiben zu leben. Als sie das Haus betraten, schlug ihnen ein muffig-feuchter Geruch entgegen, der ihnen im ersten Augenblick fast den Atem nahm.

»Hübsch, nicht?« fragte Sendig.

»Ja«, antwortete Bremer. »Wie gut, daß ich nicht bei der Baupolizei bin. Wäre ich es, hätte ich jetzt für einen Monat zusätzliche Arbeit.«

»Mindestens«, pflichtete ihm Sendig bei. »Das sieht nicht gerade so aus wie das Haus, in dem Löbach gewohnt hat, finden Sie nicht?«

»Wieso?« fragte Bremer. Er sah Sendig scharf an, aber sein Gesicht verriet nichts, außer einem Ausdruck leiser Konzentration, den ihm die Anstrengung abverlangen mochte, die knarrenden Holzstufen hinaufzueilen. Selbst Bremer spürte nach der zurückliegenden Nacht jede einzelne Stufe, die sie hinaufgingen, und immerhin war Sendig gute zehn Jahre älter als er und hatte seit gut *zwanzig* Jahren einen Schreibtischjob.

»Weil es eigentlich so sein sollte«, antwortete Sendig mit bedeutsamer Verzögerung.

»Und warum?«

Sie hatten den ersten Stock erreicht. Vor ihnen lag ein kurzer, schmuddeliger Flur mit insgesamt vier Türen. Alle standen offen, und ein gutes Dutzend Gesichter starrte sie neugierig an – jedenfalls so lange, bis Bremer weit genug ins Licht trat, daß man seine grüne Uniformjacke erkennen konnte. Dann verschwanden zwei oder drei der gaffenden Gestalten hastig. Eine Tür wurde mit einem Knall zugeschlagen, und ein Viertel des Lichtes verschwand. Bremer sah automatisch hoch und erkannte, daß es keine Flurbeleuchtung gab – wo die Lampe hängen sollte, kräuselten sich nur zwei abgerissene Drahtenden aus der Decke. Was für eine fürchterliche Bruchbude!

»Was haben Löbach und dieser Mogrod miteinander zu tun?« fragte er, nachdem sie das Ende des Korridors erreicht hatten und die Treppe zum zweiten Stockwerk in Angriff nahmen. In welcher Etage hatte Mogrod gewohnt? Der vierten oder fünften?

»Nun, zum einen, daß sie tot sind«, antwortete Sendig kurzatmig. »Der Name sagt Ihnen wirklich nichts?«

Bremer schüttelte den Kopf und sparte sich den Atem, laut zu antworten.

»Schade«, sagte Sendig. »Ich hatte gehofft, daß Sie sich erinnern. Aber möglicherweise haben Sie ihn damals ja gar nicht kennengelernt.«

»*Wen?*« fragte Bremer betont. »Diesen Mogrod? Wer war er?«

»Eine Ratte«, antwortete Sendig. »Ein Fotoreporter – jedenfalls nannte er sich selbst so. Aber nicht unbedingt eine Zierde seines Berufsstandes. Ich konnte den Kerl nicht ausstehen. Schon vorher nicht.«

Damit hatte Mogrod sich wahrscheinlich in der Gesellschaft des allergrößten Teiles der übrigen Menschheit befunden, dachte Bremer. Er gab sich ja alle Mühe, Sendig irgend etwas Positives abzugewinnen, aber es gelang ihm immer weniger. Sendig hatte Mogrod nicht leiden können? Und? Bremer bezweifelte mittlerweile allen Ernstes, daß Sendig *sich selbst* leiden konnte. Sie erreichten das zweite Stockwerk, und als sie die dritte Treppe hinaufgingen, fragte Sendig unvermittelt: »Erinnern Sie sich, was ich Ihnen heute morgen erzählt habe? Daß damals nach der Geschichte mit Sillmann eine Menge Leute plötzlich Karriere gemacht haben?«

Wie du selbst? »Ja.«

Sendig sah ihn an, als hätte er seine Gedanken gelesen, runzelte vielsagend die Stirn und fuhr in hörbar kühlerem Ton fort: »Mogrod gehörte dazu.«

»Mogrod?« Bremer wäre vor Überraschung stehengeblieben, wäre ihm nicht im allerletzten Moment die Erkenntnis gekommen, daß ein Innehalten nur eine unnötige zusätzliche Verzögerung bedeuten würde.

»Mogrod«, bestätigte Sendig. »Ich weiß, es sieht nicht so aus, aber damals war er ganz oben. Für eine Weile wenigstens. Aber ich schätze, ihm ist die Höhenluft nicht bekommen. Scheint, als wäre er zweimal ziemlich tief gefallen. Das erste Mal vor drei oder vier Jahren.«

»Hm«, machte Bremer. Sendigs aufgesetzte Wortspielchen gingen ihm allmählich auf die Nerven. »Sie meinen, er hat es nicht geschafft.«

»Genau das meine ich«, bestätigte Sendig. »Eine Weile war er die Nummer eins. Die besten Aufträge, gutes Geld – und ich schätze, jemanden, der die Hände über ihn gehalten hat.«

»Und dann?« fragte Bremer.

»Keine Ahnung«, behauptete Sendig. Sie durchquerten einen weiteren schummerigen Flur, auf dem es zwar eine Beleuchtung gab, aber keine offenstehenden Türen mehr, so daß es fast dunkler war als unten. Aus einer der Wohnungen, an denen sie vorüberkamen, drang ein solches Geschrei, daß Bremer ganz automatisch im Schritt innehielt und wahrscheinlich geklingelt hätte, hätte ihn Sendig nicht mit einem spöttischen Blick und einer entsprechenden Geste davon abgehalten. Wieder auf der Treppe, setzte er den angefangenen Satz fort, als hätte es gar keine Unterbrechung gegeben:

»Ich habe ihn aus den Augen verloren, wenigstens für eine Weile. Aber man hört ja das eine oder andere. Ich schätze, es war die normale Geschichte. Alkohol, Frauen, Angabe ... Sie kennen das. Eine Ratte bleibt eine Ratte, auch wenn Sie sie in einen Maßanzug stecken. Irgendwann kehrt sie ganz von selbst dorthin zurück, wo sie hingehört.«

Bremer zog es vor, nichts dazu zu sagen. Sendigs Worte machten ihn zornig. Er hatte diesen Mogrod nicht gekannt, aber es machte ihn einfach wütend, daß er so über ihn sprach. Ganz egal, was er getan hatte oder nicht, er lag jetzt tot drei – nein, mittlerweile fast vier – Stockwerke unter ihnen auf der Straße, und das sollte genügen, ihm ein Mindestmaß an Respekt entgegenzubringen. Statt direkt auf Sendigs Worte einzugehen und über Mogrod zu reden, fragte er betont: »Finden Sie nicht, daß es langsam an der Zeit wäre, mir zu erklären, was damals *wirklich* passiert ist?«

Sendig blieb drei Stufen vor Erreichen des vierten Stockwerkes stehen und sah ihn lange genug durchdringend an, daß Bremer in Gedanken bis drei zählen konnte. Dann schüttelte er den Kopf.

»Nein. Noch nicht.«

Es fiel Bremer jetzt wirklich schwer, sich noch zu beherrschen. Er wußte auch gar nicht mehr, ob er es wirklich noch wollte. »Noch nicht?« wiederholte er. »Und wann ist *noch* vorbei?«

»Wenn ich Gewißheit habe«, antwortete Sendig.

»Gewißheit worüber?«

Sendig lächelte matt. »Zum Beispiel, ob ich diese verdammte Treppe jemals schaffe, ohne einen Herzinfarkt zu erleiden. Kommen Sie, Bremer. Endspurt.«

Er ging weiter, die ersten Schritte so schnell, als wollte er tatsächlich einen Endspurt einlegen, so daß Bremer gar nicht dazu gekommen wäre, ihn festzunageln, auch wenn er es versucht hätte. Aber vermutlich hätte ihm sowieso der Atem dafür gefehlt. Die letzte Nacht forderte immer nachdrücklicher ihren

Preis. Sein Herz jagte, als hätte er eine Stunde Freihandklettern hinter sich, als sie endlich das Dachgeschoß erreichten.

Mogrods Wohnung lag hinter einer von nur zwei Türen, die es hier oben gab. Beide standen offen, so daß Bremer erkennen konnte, daß die andere Hälfte des Dachstuhles nicht ausgebaut, sondern einfach ein großer, mit Gerümpel und – dem Geruch nach zu schließen – Abfällen vollgestopfter Raum war. Schatten bewegten sich in dem fensterlosen Raum, und die Geräusche, die er hörte, machten ihm klar, daß seine Kollegen offensichtlich damit beschäftigt waren, den Speicher zu durchsuchen. Wonach? Und warum eigentlich, wenn es sich tatsächlich um einen so klaren Fall von *Selbstmord* handelte, wie Sendig auf dem Weg hierher behauptet hatte?

Sendig blieb schwer atmend auf der letzten Stufe stehen, wischte sich mit dem Jackenärmel den Schweiß von der Stirn und sagte: »Scheint, als hätte ich dem verstorbenen Herrn Mogrod doch unrecht getan. *Ich* kann mir jedenfalls keine Penthouse-Wohnung leisten.«

»Ungeheuer komisch«, murmelte Bremer. »Sobald ich wieder genug Luft habe, lache ich darüber.«

Sendig warf ihm einen schrägen Blick zu, aber er sparte sich die Antwort und ging weiter. Er wirkte plötzlich sehr angespannt, fand Bremer, auf eine Art, die nicht allein an den fünf Treppen liegen konnte, die sie hinaufgegangen waren. Hätte er es nicht besser gewußt, hätte er geschworen, daß er vor irgend etwas Angst hatte.

Dicht hinter Sendig betrat er Mogrods Wohnung und stellte eine weitere Parallele zu der Szene aus der vergangenen Nacht fest: Das Apartment des Journalisten war zwar nicht schwarz angemalt wie das Löbachs, aber beinahe ebenso verwüstet. Ein Großteil der ohnehin spärlichen Möblierung war zertrümmert oder umgeworfen, und überall lag zerbrochenes Glas. Und was die erste Welle der Zerstörung überstanden hatte, das bemühten sich jetzt mindestens ein Dutzend von Bremers Kollegen endgültig zu verheeren. Bremer identifizierte mit nicht geringem Erstaunen gleich zwei Teams der Spurensicherung und sieben oder acht seiner uniformierten Kollegen, die buchstäblich jedes Staubkorn umdrehten.

»Was ist denn hier los?« murmelte er. »Reicht die gesamte Spurensicherung nicht mehr?«

Sendig lächelte flüchtig. »Es hat gewisse Vorteile, wenn man der Chef ist«, sagte er, zögerte einen halben Atemzug lang und fügte dann mit hörbarer Betonung und einem noch sehr viel unmißverständlicheren Blick in Bremers Richtung hinzu: »Zum Beispiel, daß niemand dumme Fragen stellt. Warten Sie hier. Es dauert wahrscheinlich nicht lange.«

Das war Bremer nur recht. Er wußte nicht, wie lange er Sendigs Art noch ertragen hätte, ohne etwas zu sagen, was ihm *wirklich* leid tun würde. Er trat nur einen Schritt zur Seite, um die Tür freizugeben, und nutzte die Zwangspause zu einem zweiten, aufmerksameren Blick in die Runde.

Was er sah, das ließ ihn plötzlich gar nicht mehr so überzeugt davon sein, sich tatsächlich am Schauplatz eines Suizids zu befinden. Es sah sehr viel mehr nach einem Kampf aus, fand Bremer. Es war jetzt schwer zu sagen, was von der unvorstellbaren Unordnung auf Mogrods Konto ging und was auf das der Beamten der Spurensicherung, die sich gleich sechs Mann hoch im Weg standen und so eifrig fotografierten, pinselten, einsammelten und begutachteten, daß Bremer nur noch den Kopf schütteln konnte. Sendig täuschte sich, wenn er glaubte, daß niemand dumme Fragen stellen würde. Man würde sie nicht besonders *laut* stellen, aber das war auch schon alles. Trotzdem – Polizeibeamte pflegten weder Glastische zu zertrümmern, noch Bilder von den Wänden zu reißen oder Scheiben einzuschlagen, und das war nur ein Teil der Verwüstung, die er sah. Wenn es hier *keinen* Kampf gegeben hatte, dann mußte der Journalist vor seinem Sprung aus dem Fenster regelrecht Amok gelaufen sein.

Wie Löbach.

Der Gedanke löste irgend etwas in ihm aus, das ihn schaudern ließ. Es war keine Furcht, sondern eine Art von... Unbehagen, die ihm vollkommen fremd war und auf ihre Art beinahe schlimmer als Angst. Ganz plötzlich glaubte er Sendig sehr viel besser zu verstehen als noch vor ein paar Augenblicken. Es *gab* eine Verbindung zwischen Löbach und Mogrod. Und sie bestand aus weit mehr als der bloßen Tatsache, daß beide tot waren. Vielleicht war es nicht einmal Zufall, daß sie beide auf die gleiche Weise gestorben waren.

Bremer ertappte sich dabei, ganz instinktiv die Wände abzusuchen, aber so weit ging die Parallele nun doch nicht. Es gab keine Blutschrift, nur eine Reihe fettiger Schmutzflecke und fünf oder sechs großformatige Schwarzweißfotos, die, in schlichte Glasrahmen gefaßt, neben der Tür hingen.

Als Bremer sie betrachtete, begann er ein bißchen besser zu verstehen, was Sendig vorhin gemeint haben mochte, als er über Mogrod sprach. Sie zeigten unterschiedliche Motive, hatten aber allesamt das gleiche Thema. Auf einem war ein offensichtlich totes Kind zu sehen, das im Schlamm lag und von Ratten angefressen worden war, auf einem anderen ein brennendes Haus, aus dem Menschen stürmten. Zwei davon brannten ebenfalls. Ein drittes Bild zeigte eine Luftaufnahme einer Massenkarambolage auf der Autobahn – und so weiter. Bremer verspürte ein kurzes, heftiges Frösteln. Er verstand zuwenig vom Fotografieren, um zu sagen, ob diese Bilder nun gut oder schlecht waren – wahrscheinlich waren sie gut –, aber er fragte sich, was für ein Mensch sich *solche* Fotografien in sein Wohnzimmer hängte.

»Hübsch, nicht?«

Bremer fuhr unmerklich zusammen, wandte den Kopf und blickte ins Gesicht eines jungen Polizeibeamten. Er sah ihm nicht einmal ähnlich, aber er erinnerte ihn an Hansen, und offensichtlich spiegelten sich seine Gefühle sehr deutlich auf seinem Gesicht wieder, denn der andere wirkte plötzlich regelrecht erschrocken.

»Finden Sie?« fragte Bremer.

»Das... war natürlich nicht ernst gemeint«, versicherte der junge Beamte hastig. Er versuchte, sich in ein verlegenes Lächeln zu retten, das seine Unsicherheit aber eher noch unterstrich. »Der... der Kerl muß einen ganz schönen Sprung in der Schüssel gehabt haben, schätze ich. Wie kann man sich nur so etwas an die Wand hängen. Da unten liegt noch mehr von dem Zeug.«

Er deutete auf eine Anzahl zerborstener Glasrahmen, deren Scherben rings um die Tür herum auf dem Boden verstreut lagen. Bremer hatte eigentlich schon vom Anblick der Bilder an der Wand genug, ging aber trotzdem in die Knie, um einige der Fotos zu begutachten. Es war eine getreuliche Fortsetzung der Horrorgalerie, die neben der Tür hing, und mindestens eines davon war noch schlimmer: Es zeigte eine junge Frau, die vor einem Panzer davonlief.

Bremers Hände begannen ganz leicht zu zittern, während er das Foto betrachtete. Irgend etwas daran... erschreckte ihn. Dieses Foto *war* gut, das erkannte selbst er, aber es strahlte neben der ungeheuren Dramatik des Motives an sich noch etwas aus, das gar nicht wirklich sichtbar war, aber spürbar da. Vielleicht lag es einfach an dem Winkel, in dem es aus dem zerbrochenen Rahmen herausgerutscht und im unteren Drittel geknickt war, vielleicht hatte der Fotograf – Bremer wußte einfach, daß es Mogrod selbst gewesen war – auch einen besonderen Trick angewandt, aber gleich, warum: Das Bild besaß eine enorme Dynamik. Es gehörte nicht mehr sehr viel Phantasie dazu, sich vorzustellen, daß der Panzer im nächsten Augenblick zum Leben erwachen und klirrend aus dem Bild herausrumpeln würde.

»Das muß die Kiste sein, die hier alles kurz und klein gewalzt hat«, sagte der junge Polizeibeamte. Bremer sah hoch, blickte ihn gerade lange genug an, um sein linkisches Lächeln vollends zum Erlöschen zu bringen, und richtete sich dann mit einer ruckhaften Bewegung wieder auf. Sein Fuß stieß gegen eine Glasscherbe. Das Klirren hörte sich an wie das Rasseln ferner Panzerketten.

»Ja«, sagte er. »Es sieht wirklich so aus. Was ist hier eigentlich passiert?« Er machte eine fragende Handbewegung. »Ist es sicher, daß es Selbstmord war?«

»Scheint so«, antwortete der andere. Er wirkte jetzt sehr nervös, aber auch ein bißchen angespannt. Er sah Bremer nicht an, während er antwortete, sondern betrachtete scheinbar interessiert die Bilder hinter ihm. »Jedenfalls gibt es einen Zeugen, der gesehen hat, wie er gesprungen ist. Sagt er wenigstens. Wenn er die Wahrheit sagt, dann hat er Schreie und Lärm gehört und ist hochgerannt, um nach dem Rechten zu sehen. Schließlich hat er die Tür eingeschlagen – gerade noch rechtzeitig, um zu sehen, wie sich dieser Fotograf durch das geschlossene Fenster stürzt.«

Er zuckte mit den Schultern und maß Bremer mit einem fragenden Blick. »Ich habe nicht alles mitbekommen, aber ich glaube, es sieht nicht nach Fremdeinwirkung aus. Sie?«

»Ich?« Bremer schüttelte den Kopf. »Woher soll *ich* das wissen. Ich bin gerade erst gekommen.«

»Na ja, aber ich meine... wenn sich der große Boß selbst um eine Sache kümmert...«

So viel zu deiner Theorie, daß niemand dumme Fragen stellt, dachte Bremer schadenfroh. Aber er ließ sich nichts von seinen wahren Gefühlen anmerken, sondern schüttelte nur wieder den Kopf und sagte: »Ich habe keine Ahnung, was wir hier tun. Vielleicht kannte er ihn ja persönlich. Er hat einen Fahrer gesucht, und ich hatte einfach das Pech, gerade im Weg herumzustehen. Sieht nach ein paar unbezahlten Überstunden aus«, fügte er noch hinzu.

Seine Worte schienen immerhin überzeugend genug zu klingen, um die Neugier des anderen zu befriedigen, wenigstens für den Moment. Bremer gab ihm auch keine Gelegenheit, weitere Fragen zu stellen, sondern ließ ihn stehen und schlenderte ziellos durch die Wohnung, soweit dies in der hier herrschenden Enge überhaupt möglich war. Sendig stand neben dem zerbrochenen Fenster und redete abwechselnd mit zwei Kriminalbeamten und einem heruntergekommenen dürren Kerl, dem das schlechte Gewissen regelrecht ins Gesicht gebrannt war und der so sehr in diese Umgebung paßte, als wäre dieses Haus eigens für ihn gebaut worden – und zwar in dem Zustand, in dem es sich jetzt befand. Das mußte der Zeuge sein, von dem der junge Beamte gesprochen hatte. Bremer fand nicht, daß er sehr vertrauenerweckend aussah. Oder gar *glaubhaft*.

Er beendete seine ohnehin eher ziellose Inspektion der Wohnung in einem winzigen Verschlag unter der Dachschräge, den er von außen für eine Abstellkammer gehalten hatte. Als er die Tür öffnete, erlebte er eine Überraschung – der Raum war zwar winzig, entpuppte sich aber als komplett eingerichtete Dunkelkammer. Unter der Decke brannte eine einzelne rote Lampe, in deren trübem Schein er im allerersten Moment nur Umrisse erkannte. Aber immerhin sah er, daß auch hier ein ziemliches Chaos herrschte. Mogrod hatte auch hier ganze Arbeit geleistet. Fotoschalen und Flaschen waren vom Tisch gerissen worden, der Belichter umgeworfen und Glas zerbrochen. Ein scharfer Chemikaliengeruch stieg ihm in die Nase, und auf dem Boden glänzte eine ölige Pfütze: Wasser, Entwickler und Fixierflüssigkeit, die ineinandergelaufen waren und in denen großformatiges Fotopapier schwamm, das im tiefsten Schwarz glänzte, das man sich nur vorstellen konnte.

Bremers Augen weiteten sich erstaunt, als sein Blick auf die Bilder fiel, die an die Wand neben der Tür geheftet waren. Selbst in dem schwachen Licht, das hier drinnen herrschte, erkannte er sofort, was sie zeigten: Löbachs zerschmetterten Leichnam, den Menschenauflauf vor seinem Haus, den Krankenwagen – und auf einem Bild ihn selbst und einen schreckensbleichen Hansen, der zumindest auf dieser Fotografie nicht sehr viel lebendiger aussah als Löbach, und schließlich sogar eine Aufnahme von Sendig, wie er gerade aus dem Wagen stieg.

Aber das war nur die Hälfte der Fotos. Die andere Hälfte zeigte Löbachs Apartment. Wie immer er es auch fertiggebracht hatte – irgendwie war es dem Journalisten gelungen, in die strengbewachte Wohnung einzudringen und einen ganzen Film zu verschießen.

Ganz plötzlich verlor für Bremer die Theorie von Mogrods Selbstmord sehr viel von ihrer Glaubhaftigkeit. Für diese Bilder hätte jedes Revolverblatt in der Stadt eine fünfstellige Summe bezahlt – eine Menge Geld, vor allem für jemanden, der in einem solchen Loch hauste. Warum zum Teufel sollte er sich *umbringen*, mit einem solchen Kapital?

Bremer fuhr herum, beugte sich halb aus der Tür und versuchte mit heftigem Gestikulieren Sendigs Aufmerksamkeit zu erregen. Die einzige Reaktion bestand jedoch aus einem ärgerlichen Blick eines der Männer von der Spurensicherung, der ihn lautstark anfuhr: »He, was tun Sie dort drinnen? Da sind wir noch nicht fertig!«

»Schon in Ordnung.« Sendig hob besänftigend die Hand und schenkte dem Mann seine Version eines freundlichen Lächelns. »Der Mann gehört zu mir. Warten Sie einen Moment, Bremer. Ich komme gleich. Und tun Sie Ihren Kollegen den Gefallen und rühren nichts an, okay?«

»Sicher.« Bremer zog sich hastig wieder in die Dunkelkammer zurück, ehe ihn die wütenden Blicke des Beamten von der Spurensicherung zur Salzsäule erstarren lassen konnten. Er war mit einem Male sehr aufgeregt. Diese Geschichte hatte erschreckend angefangen, war mysteriös weitergegangen und es auch bisher geblieben, aber allmählich begann sie sich von einer Gespenstergeschichte in etwas zu verwandeln, von dem er wirklich etwas verstand: einen Kriminalfall. In einem hatte Sendig vollkommen recht gehabt: Nichts von allem, was bisher geschehen war, war Zufall. Es *gab* eine Verbindung zwischen Löbach und Mogrod. Sie hing vor ihm an der Wand. Mogrod war garantiert nicht freiwillig aus dem Fenster gesprungen, dessen war sich Bremer jetzt sicher. Und Löbach wahrscheinlich auch nicht.

Ungeduldig wartete er darauf, daß Sendig endlich sein Gespräch beendete und hierherkam. Er hatte plötzlich eine Menge Fragen, die er seinem *Wohltäter* stellen mußte, und diesmal würde er sich nicht mit Ausflüchten und Halbwahrheiten abspeisen lassen.

Bremer machte einen weiteren Schritt zurück in den Raum, um die Fotos an der Tür aus etwas größerer Entfernung und damit in ihrer Gesamtheit betrachten zu können, aber es gab nicht sehr viel Platz, um irgendwohin zurückzuweichen. Er stieß gegen den Tisch, und irgend etwas fiel klappernd um und rollte über die Tischkante. Bremer machte eine hastige Bewegung zur Seite, um seine Hose vor Spritzern des Chemiegebräus am Boden zu schützen; möglicherweise ätzte das Zeug ja. Sein Blick streifte dabei wieder die vollkommen überentwickelten Fotos, die in der Lauge schwammen. Es waren ungefähr ein halbes Dutzend Blätter, DIN A4 groß und so schwarz, wie Fotografien nun einmal waren, wenn man sie ein paar Stunden lang entwickelt hatte.

Alle, bis auf eines.

Bremer stutzte. Etwas an diesem Bild war... *falsch.* Auf eine unheimliche Weise falsch und erschreckend. Das war der allererste, blitzartige Eindruck, den er hatte, ein Gefühl, das sehr dem ähnelte, das er draußen beim Betrachten der Fotografie des Panzers gehabt hatte, und der sich einstellte, ehe er wirklich *sah,* was daran so falsch war. Es war der Umstand, daß es dieses Bild gar nicht geben durfte.

Nicht so.

Nicht an diesem Ort.

Es lag wie alle anderen in einer fast zentimetertiefen Pfütze aus Chemie, die es eigentlich in einen schwarzen Spiegel hätte verwandeln müssen. Aber statt eines hoffnungslos überbelichteten Positivs zeigte das Blatt das genaue Gegenteil: das Negativ einer dunkel gestrichenen Wand, auf der mit Blut das Wort AZRAEL geschrieben stand. Es war verschmiert und kaum entzifferbar, aber Bremer hatte es in der vergangenen Nacht zu deutlich gesehen, um es nicht zu erkennen. Und trotzdem war es nicht das, was ihn so erschreckte. Die chemische Unmöglichkeit, daß das Bild unbeschadet geblieben war, registrierte er nur am Rande, und sie spielte in diesem Moment auch keine Rolle.

Auf dem Bild war noch etwas. Etwas, das nicht nur chemisch, sondern *überhaupt* unmöglich war; und wenn schon nicht das, etwas, das einfach nicht sein *durfte.*

Ganz langsam ließ sich Bremer in die Hocke sinken und streckte die Hand nach dem Blatt aus. Seine Finger zitterten plötzlich heftig, und er spürte, wie sein Herz immer schneller und mit immer härteren Schlägen zu hämmern begann. Mit einem Male hatte er fast panische Angst, das Blatt zu berühren, aber zugleich war es ihm auch unmöglich, es nicht zu tun. So behutsam, als berühre er weißglühendes Eisen, zog er das Bild aus der Pfütze und hob es hoch.

»So, da bin ich!« Sendig kam mit einem einzigen energischen Schritt herein und blinzelte ein paarmal, um sich an das trübrote Licht zu gewöhnen.

»Was haben Sie denn so Wichtiges – ups!« Offenbar verfügte er über eine etwas anpassungsfähigere Sehkraft als Bremer, denn er erkannte sofort, was Mogrods Bilder zeigten.

»Donnerwetter!« murmelte er. »Da laust mich doch der Affe! Der Kerl ist tatsächlich heute nacht in der Wohnung gewesen! Das darf doch nicht wahr sein! Er muß buchstäblich vor unseren Augen hereingeschlichen sein!«

Bremer antwortete nicht. Er hörte Sendigs Worte zwar, aber es gelang ihm nicht, ihnen irgendeinen Sinn zuzuordnen. Er konnte nicht mehr denken. Sein Herz hämmerte wie mit Fäusten von innen gegen seine Brust, und seine Hände zitterten jetzt so stark, daß er fast Mühe hatte, das Foto zu halten.

»Wie zum Teufel kann eine solche Schweinerei passieren?« Sendig drehte sich halb zu Bremer herum und zog fragend die Augenbrauen zusammen. »Bremer? Was ist los mit Ihnen? Antworten Sie, Mann!«

Bremer konnte es nicht. Sein Blick hing wie gebannt an der Fotografie. Er konnte jetzt immer mehr Details erkennen, als beginne sich das Foto auf gespenstische Art vor seinen Augen doch noch zu entwickeln. Es zeigte die Wand, vor der Sendig und er in der vergangenen Nacht gestanden hatten, sogar aus dem gleichen Winkel und vermutlich der gleichen Entfernung aufgenommen. Aber es zeigte auch noch mehr.

»Was ist los mit Ihnen?« fragte Sendig erneut. Er klang jetzt alarmiert. »Ist Ihnen nicht gut? Was haben Sie da?«

Irgendwie gelang es Bremer schließlich doch, seinen Blick von der Fotografie loszureißen, aber er konnte immer noch nicht antworten. Vielleicht wollte er es auch gar nicht. Vielleicht hatte er Angst, auszusprechen, was er sah. Statt dessen drehte er das Blatt herum, so daß nun auch Sendig die Fotografie sehen konnte. Die Bewegung beanspruchte nicht einmal eine halbe Sekunde, aber in dieser winzigen Zeitspanne flehte Bremer darum, daß er sich getäuscht haben möge; daß Sendig ihn einfach nur verständnislos anblicken oder auch eine seiner gefürchteten spitzen Bemerkungen loslassen würde, alles – nur nicht, daß es wahr war.

Aber Sendig sah ihn nicht verständnislos an. Er machte auch keine ironische Bemerkung. Er starrte nur auf das Foto und sagte kein Wort, aber Bremer konnte selbst in der schwachen Beleuchtung hier drinnen deutlich sehen, daß sich sein Gesicht kreidebleich färbte.

14. Kapitel

Die Bibliothek kam ihm größer vor als sonst – und irgendwie stiller, als fehle etwas. Vielleicht lag es daran, daß er sehr selten allein hiergewesen war. In den letzten Jahren war er ja ohnehin nicht oft zu Hause gewesen, und eigentlich hatte er den Raum *niemals* betreten, ohne daß sein Vater dagewesen war. Der Anblick seines Vaters, der hinter dem wuchtigen Schreibtisch saß, telefonierte, an irgendwelchen Papieren arbeitete oder einfach nur dasaß, gehörte so untrennbar zu Marks Erinnerungen an diesen Raum wie die bis unter die Decke reichenden vollgestopften Bücherregale, das große Fenster in der Südseite mit seinen vielfarbigen Bleiglasscheiben und der Kamin, dessen Wände und Sturz schwarz von Ruß waren, obwohl Mark sich nicht erinnern konnte, ihn jemals brennen gesehen zu haben. Beinahe kam ihm die Situation absurd vor: Er war schließlich hier heraufgekommen, um *nicht* in der Nähe seines Vaters sein zu müssen, und trotzdem vermißte er ihn – und sei es nur aus Gewohnheit. Aber vielleicht bestand ja auch sein Leben weit mehr aus Gewohnheiten, als ihm bisher klar gewesen war.

Er schloß die Tür hinter sich, blieb einen Moment dagegengelehnt und mit geschlossenen Augen stehen und versuchte, seine Gedanken zu ordnen. Er war scheinbar ganz ruhig. Aber eben nur scheinbar. Auf einer – nicht sehr viel – tiefer gelegenen Ebene seines Denkens war er aufgewühlt und nervös; wenn er sich bisher geweigert hatte, über Marianne nachzudenken, dann nicht, weil ihm das, was geschehen war, gleich gewesen wäre oder ihn gar kalt gelassen hätte, sondern einzig, weil über sie nachzudenken auch bedeutet hätte, sich zugleich wieder dem Grund dieses schrecklichen Unfalls zu stellen: dem Traum. Wenn es ein Traum war.

Mark lächelte nervös. Was sollte es sonst gewesen sein? Er begriff im allerletzten Moment, daß er nun doch begonnen hatte, über genau das nachzudenken, vor dem er eigentlich davonlaufen wollte, und drängte den Gedanken mit Macht zurück. Wenigstens versuchte er es. Natürlich ging es nicht. Es war die alte Geschichte von dem Schatz und dem weißen Pferd: Versprich einem Mann einen Topf voller Gold, wenn er nicht an ein weißes Pferd denkt, und natürlich wird er an nichts anderes mehr denken können. Es hatte eine Zeit gegeben (sie lag ungefähr zwölf Stunden zurück), da hätte er über diesen Vergleich gelächelt. Jetzt machte er ihm angst.

Um sich abzulenken, löste er sich von seinem Platz an der Tür und begann ziellos im Raum umherzugehen. Sein Blick glitt über die ordentlich aufgereihten Buchrücken in den Regalen, verharrte bei dem einen oder anderen Titel und suchte nach irgend etwas, woran er sich festklammern, was ihn auf andere Gedanken bringen konnte. Aber die Bücher waren nicht sehr ergiebig. Es gab einige wenige Romane – sie waren fast allesamt ungelesen – und eine schier unüberschaubare Flut von Fachliteratur von seinem Vater. Die gesamte Bibliothek gehörte seinem Vater, und bei allem, was zwischen ihnen gewesen war, begann er manchmal zu vergessen, daß sein Vater nicht nur ein sehr harter, sondern auch ein sehr gebildeter Mann war, ein Mann, der seinen Beruf liebte und wirklich *gut* darin war und der einen großen Teil seines Lebens damit zugebracht hatte und es immer noch tat, zu lernen.

Vielleicht war es falsch gewesen, hierher zu kommen, dachte Mark. Hier oben *war* er in Gesellschaft seines Vaters, denn dieser Raum war so sehr Teil von ihm, wie es ein Zimmer nur sein konnte. Er trat vom Bücherregal zurück und spielte einen Moment lang ernsthaft mit dem Gedanken, wieder hinunterzugehen und in der Halle auf seinen Vater und Dr. Petri zu warten, wandte sich dann jedoch statt dessen um und trat an den Schreibtisch seines Vaters heran. Alles lag noch genauso da, wie er es am Morgen vorgefunden hatte, als er hereinkam und seinen Vater in der Gesellschaft der beiden Polizeibeamten sah.

Auch dies war keine angenehme Erinnerung. Er hatte die sonderbaren Blicke, mit denen ihn der ältere der beiden Beamten gemessen hatte, nicht vergessen, nur verdrängt, wie so vieles in letzter Zeit, und jetzt, als ihm der Anblick des Schreibtisches das Bild wieder deutlicher ins Gedächtnis zurückrief, erinnerte er sich auch wieder an das kurze, aber heftige Erschrecken im Gesicht seines Vaters, als er das Zimmer betrat. Und da war noch etwas gewesen.

Die Mappe. Neben dem Telefon lag noch immer der gelbe Aktendeckel, den sein Vater hastig geschlossen und dann beinahe zu beiläufig zur Seite geschoben hatte.

Mark trat zögernd näher. Wenn er bedachte, mit welchem Vorsatz er hierhergekommen war, war es geradezu lächerlich, aber trotzdem meldete sich plötzlich sein schlechtes Gewissen. Mark empfand einen großen Respekt vor der Privatsphäre anderer, schon weil er erwartete, daß auch seine eigene unbedingt respektiert wurde. Trotzdem streckte er nach einem kurzen Zaudern die Hand aus und öffnete die Mappe.

Sie enthielt eine Anzahl engbeschriebener Schreibmaschinenseiten und zwei oder drei Fotokopien, die er nur überflog, ohne daß ihr Inhalt ihm etwas sagte – und zwei übereinanderliegende Polaroidfotos. Auf den allerersten Blick konnte er auf dem oberen kaum etwas erkennen; es schien nur ein rotweißschwarzes Durcheinander zu zeigen, in dem es keine festen Konturen oder identifizierbare Umrisse gab.

Dann ordneten sich die ineinanderfließenden Farben plötzlich vor seinen Augen, und Mark fuhr erschrocken zusammen.

Das Bild zeigte ein Gesicht. Es war vollkommen zerschmettert, und kaum mehr als die Überreste eines menschlichen Wesens waren zu erkennen, und trotzdem wußte er sofort, wer der Mann auf dem Foto war. Löbach.

Marks Finger begannen heftig zu zittern, und in seinem Magen rührte sich eine beginnende Übelkeit, aber er zwang sich trotzdem, das Bild genauer zu betrachten. Am Morgen hatte er die Nachricht von Löbachs Selbstmord zwar zur Kenntnis genommen, aber mehr auch nicht. Das hier jedoch war etwas anderes. Das Foto ließ keinen Zweifel daran aufkommen, *wie* Löbach seinem Leben ein Ende gesetzt hatte, und es machte aus einer bloßen Information plötzlich wieder ein menschliches Schicksal. Er hatte Löbach zwar kaum gekannt, aber das wenige, was er über diesen Mann gewußt hatte, paßte einfach nicht zu diesem Bild.

Löbach war Chemiker gewesen; ganz wie sein Vater ein Mann, dessen Handeln fast ausschließlich vom Intellekt bestimmt wurde, nicht von Gefühlen – auf keinen Fall ein Mann, der seinem Leben ein derart brutales Ende setzen würde. Er hatte es nicht nötig, sich so umzubringen. Und Mark verstand die scheinbare Kälte, mit der sein Vater auf die Nachricht von Löbachs Tod – und vor allem auf *dieses Foto* – reagiert hatte, jetzt noch sehr viel weniger als am Morgen. Die beiden Männer waren, wenn schon nicht Freunde, so doch langjährige gute Bekannte und Kollegen gewesen, und am Morgen noch hatte er die scheinbare Gelassenheit, mit der sein Vater auf seine Vorwürfe reagierte, für pure Selbstverteidigung gehalten.

Jetzt bezweifelte er das. Niemand, der ein Bild wie dieses sah, hätte wenige Minuten danach eine Gelassenheit vorspielen können, die er nicht wirklich empfand. Irgend etwas mußte zwischen Löbach und seinem Vater vorgefallen sein, von dem er nichts wußte.

Mark tastete mit spitzen Fingern nach dem Foto und schob es zur Seite, um die andere Aufnahme zu betrachten, wobei er sorgsam darauf achtete, Löbachs zerschmettertes Gesicht auf dem Bild nicht zu berühren. Dann fiel sein Blick auf das Polaroidfoto darunter, und er vergaß das Gesicht des toten Chemikers auf der Stelle.

Es war keine weitere Aufnahme Löbachs, wie er ganz automatisch angenommen hatte. Das Bild zeigte den Ausschnitt einer roh mit schwarzer Ölfarbe angemalten Wand, auf die mit dunkelroten fahrigen Großbuchstaben ein einzelnes Wort geschmiert worden war.

AZRAEL.

Es war wie ein Schlag in Marks Gesicht. Sein Magen zog sich zu einem harten Klumpen zusammen, der kleine feurige Schmerzpfeile in jeden Winkel seines Körpers verschoß, und er spürte, wie sich seine Nackenhaare aufrichteten und gleichzeitig das Blut aus seinem Kopf wich. Plötzlich schien sich das Zimmer um ihn zu drehen, und jetzt hörte er auch den Herzschlag wieder, ein dumpfes, nachhallendes Hämmern, zu schwer und zu langsam für den eines Menschen.

Für einen Moment glaubte er verschwommene Gestalten zu erkennen, die rings um ihn herum auf dem Boden saßen und sich an den Händen hielten, und durch die farbigen Buchrücken auf den Regalen schimmerte zerbröckelnder grauer Betonputz.

Nein, dachte er verzweifelt. *Nein!*

Es war zu spät. Die Schemen verdichteten sich zu Schatten. Die Tür in den Alptraum war geöffnet, bisher vielleicht nur einen winzigen Spaltbreit, und doch schon viel zu weit, um sie wieder zu schließen, denn da war plötzlich noch etwas, eine unvorstellbare Kraft, die sie weiter öffnete, die herüberdrängte, heraus aus der Welt des Unvorstellbaren in die des realen Schreckens. Die Schatten verdunkelten sich weiter, drohten zu Körpern zu werden und Gesichter zu bekommen. Und da war noch etwas. Das *Ding*, das plötzlich einen Namen bekommen hatte und damit Wahrhaftigkeit.

Die Tür wurde geöffnet, und sein Vater trat in Begleitung des Arztes herein, und im gleichen Moment zerplatzte die Vision wie eine Seifenblase – zurück blieb eine tiefe, allumfassende Leere, die sich jedoch bereits mit der vagen Ahnung einer kommenden Furcht zu füllen begann, die zwar noch immer gestalt-, aber nicht mehr namenlos war, und die ihn vielleicht schon jetzt vollends überwältigt hätte, wenn die beiden Männer auch nur einen Augenblick später erschienen wären. Mark fuhr mit einem Ruck hoch und schlug den Aktendeckel mit einer so heftigen Bewegung zu, daß Petri und sein Vater erstaunt mitten im Schritt innehielten und ihn anstarrten. Petri sah einfach nur verwirrt aus, während sein Vater für den Bruchteil einer Sekunde wieder auf die gleiche unerklärliche Weise alarmiert wirkte, die Mark an diesem Tag schon mehrmals an ihm beobachtet hatte. Dann erkannte er wohl die Ursache des Geräusches, und aus Erschrecken wurde für einen noch winzigeren Moment beinahe Entsetzen, dann Zorn. Einen Augenblick später hatte er sich wieder in der Gewalt.

»Mark?« fragte Petri. Er lächelte, wirkte aber trotzdem weiter beunruhigt. »Was ist mit Ihnen? Sie sind ja ganz blaß. Fühlen Sie sich nicht wohl?«

Mark trat hastig einen weiteren Schritt nach hinten und versuchte, Petris Lächeln zu erwidern. »Es ist nichts«, sagte er. »Ich bin nur... nervös. Wie geht es Marianne?«

»Sie schläft«, antwortete Petri. »Ich habe ihr etwas zur Beruhigung gegeben. Aber Sie brauchen sich keine Sorgen zu machen, Mark. Ihr fehlt nichts Ernstes. Ein paar Stunden Ruhe und ein kalter Umschlag, damit die Schwellung zurückgeht, und sie ist wieder völlig in Ordnung. Aber was ist denn nun überhaupt passiert?«

Petri kam näher, während Marks Vater die Tür schloß und ihm zugleich einen fast beschwörenden Blick zuwarf. Mark ignorierte ihn. Es war ihm völlig gleich, was sein Vater Petri erzählt hatte oder nicht.

»Es war meine Schuld«, sagte er. »Ich fürchte, ich habe sie niedergeschlagen. Und ihr ist wirklich nichts Schlimmes passiert?«

Das war ganz bestimmt nicht das, was sein Vater hören wollte; vermutlich auch nicht das, was dieser Petri gerade erzählt hatte, wie der erstaunte Ausdruck auf dem Gesicht des Arztes vermuten ließ.

»Niedergeschlagen?«

Mark hob die rechte Hand und ballte sie für einen kurzen Moment zur Faust. »Nicht absichtlich«, sagte er. »Ich hatte einen Alptraum. Ich muß wohl geschrien haben. Sie wollte mich wecken, und ich habe um mich geschlagen – «

» – und die arme Marianne getroffen«, führte Petri den Satz zu Ende. »So etwas kann passieren, Mark. Sie brauchen sich wirklich keine Vorwürfe zu machen.«

»Wenn es überhaupt so war«, mischte sich sein Vater ein. »Mark ist aufgewacht, und da lag sie am Boden, das ist alles, was er weiß.«

»Ja, und meine Hand tut weh, Marianne ist bewußtlos, und ich habe geträumt, daß ich nach einem Gespenst geschlagen habe«, fügte Mark scharf hinzu. »Das ist alles, was ich weiß. Reicht das nicht?«

Petri mußte wohl spüren, daß zwischen ihnen noch sehr viel mehr war, was nicht ausgesprochen wurde, denn er hob besänftigend die Hand und wechselte plötzlich in einen anderen, berufsmäßigeren Ton. »Ein Alptraum? Darf ich fragen, was –«

»Nein«, unterbrach ihn Mark scharf. »Nur ein Alptraum. So etwas kommt vor. Ich brauche keinen Arzt, Doktor Petri.«

»Ich frage auch nicht als Arzt, sondern als Freund«, antwortete Petri. Marks bewußt unfreundlichen Ton ignorierte er mit der Gelassenheit eines Mannes, der einen Großteil seines Lebens mit Menschen zu tun hatte, die plötzlich mit dem Ende der Legende ihrer eigenen Unverwundbarkeit konfrontiert wurden und in ihrer Verbitterung einen Verantwortlichen suchten.

Freund? Um ein Haar hätte Mark schrill aufgelacht. Petri war alles, nur nicht sein *Freund*. Plötzlich empfand er ein so intensives Gefühl der Abneigung gegen diesen kleinen, dünnen Mann, der bei genauem Hinsehen doch so alt war, wie er ihn in Erinnerung hatte, daß es ihm schwerfiel, nicht angekelt das Gesicht zu verziehen. Dieser Mann war sein Feind ebenso wie sein Vater, wie Löbach und Prein und all die anderen, die Schuld daran trugen, daß sein Leben gescheitert war, bevor es richtig begonnen hatte. Er war vollkommen allein in einer Welt voller Feinde und unbekannter Gefahren, eingesperrt in eine unsichtbare Zelle, an deren Tür die Alpträume kratzten und –

Aufhören!

Der Befehl, obwohl er ihn sich selbst gegeben hatte, zeigte Wirkung. Seine Gedanken hörten auf, sich in der Endlosschleife zu drehen, in die sie sich verfangen hatten, und plötzlich begriff er, wie lächerlich sie gewesen waren. Lächerlich, aber nicht im geringsten komisch. Er fragte sich, ob es für alles, was er seit gestern abend erlebt hatte, nicht vielleicht eine ebenso simple wie erschreckende Erklärung geben mochte: daß er dabei war, den Verstand zu verlieren. Möglicherweise erlebte er den Anfang einer beginnenden Paranoia. Und warum nicht? Viele Geisteskrankheiten waren erblich, und schließlich saß seine Mutter seit Jahren im Irrenhaus, und –

»Mark?«

Erst, als Petri ihn am Arm berührte und mit ziemlicher Kraft zugriff, wurde ihm klar, daß der Arzt ihn schon mindestens zwei- oder dreimal angesprochen hatte. »Was ist denn los mit Ihnen?«

»Nichts.« Mark machte sich mit sanfter Gewalt los und wollte einen Schritt zurückweichen, konnte es aber nicht, weil er schon unmittelbar vor dem Regal stand. Aber Petri schien instinktiv zu spüren, wie es in ihm aussah. Instinktiv? Mark begegnete dem Blick seines Vaters, und was er *darin* las, machte ihm klar, daß seine Gedanken wie mit glühenden Lettern geschrieben auf seinem Gesicht abzulesen sein mußten. Der Arzt wich selbst einen Schritt zurück und lächelte, ließ Mark aber keine Sekunde aus den Augen.

»Sie sind leichenblaß, und Sie zittern am ganzen Leib«, konstatierte Petri. »Erzählen Sie mir also nicht, daß Sie sich pudelwohl fühlen. Ich bin seit dreißig Jahren Arzt.«

»Die Geschichte mit Marianne ist mir ziemlich nahegegangen«, sagte Mark. Petris Blick blieb zweifelnd, und nach ein paar Augenblicken fügte er in leicht gereiztem Ton hinzu: »Außerdem habe ich eine anstrengende Nacht hinter mir und kaum geschlafen. Ich behaupte nicht, daß ich mich pudelwohl fühle.«

»Ich möchte Sie untersuchen«, sagte Petri.

»Wozu? Mir fehlt nichts.«

»Der Direktor deines Internats hat mir etwas anderes erzählt«, mischte sich sein Vater ein. »Immerhin hat er dich nach Hause geschickt, weil du längere Zeit krank warst.«

»Hat er nicht«, sagte Mark. Sein Vater legte fragend den Kopf auf die Seite, und Marks Vermutung wurde zur Gewißheit: Prein hatte ihm wohl tatsächlich genau diese Geschichte erzählt, um Mark zu schützen; nur für alle Fälle, falls er es sich auf dem Weg nach Berlin vielleicht doch noch überlegt und in Erwägung gezogen haben sollte, zurückzukommen. Nein, er wollte ihm keine Schwierigkeiten bereiten.

»Oder doch. Er hat vielleicht *geglaubt*, daß ich krank war. Ich habe simuliert.«

»Warum?«

Das Problem mit einer Lüge war, dachte Mark, daß sie meistens eine weitere nach sich zog, und dann noch eine und noch eine, bis man sich schließlich an der Spitze eines Lügengebäudes wiederfand, das unter seinem eigenen Gewicht zusammenzubrechen begann. Wahrscheinlich war es im Moment das klügste, wenn er seinem Vater die Antwort auf diese Frage schuldig blieb. Für einige Sekunden kehrte eine sehr unangenehme Stille ein.

»Also gut«, sagte Petri schließlich. Er klang ein bißchen enttäuscht. »Ich kann Sie leider nicht zwingen, vernünftig zu sein. Aber ich würde Sie wirklich in den nächsten Tagen gerne einmal in meiner Praxis sehen. Nur so, für einen allgemeinen Check-up. Was halten Sie davon?«

»Ich überlege es mir«, sagte Mark ausweichend.

»Tun Sie das.« Petri bewegte einen Moment unschlüssig die Hände und gab sich dann einen spürbaren Ruck. »Ich denke, es wird allmählich Zeit, wieder in die Praxis zu gehen. Meine Patienten warten.«

»Möchten Sie etwas trinken?« fragte Marks Vater.

Zu Marks Überraschung hob Petri die Schultern und sagte: »Warum nicht? Auf eine Minute kommt es nicht an. Aber wirklich nur einen Moment.«

Petri verabscheute Alkohol, das wußte Mark. Wenn er sich in den letzten Jahren nicht radikal geändert hatte, dann konnte es für diesen kurzen Dialog zwischen ihm und seinem Vater eigentlich nur einen Grund geben: Die beiden hatten noch etwas miteinander zu besprechen. Etwas, das wahrscheinlich nicht für Marks Ohren bestimmt war.

Während sein Vater zur Bar ging und zwei Cognacgläser füllte, glitt Marks Blick suchend durch das Zimmer und blieb schließlich wieder an dem Aktendeckel auf dem Schreibtisch hängen, und dann wußte er es.

»Sie haben von Löbach gehört?« fragte er.

In den beiden Cognacgläsern in den Händen seines Vaters fand ein winziges Erdbeben statt, und er wurde genauso blaß, wie Mark es vorhin gewesen sein mußte. Mark hätte Petri gar nicht mehr ansehen müssen, um zu wissen, daß er ins Schwarze getroffen hatte.

»Löbach? Nein. Was ist mit ihm?«

»Er ist tot«, antwortete Mark. »Selbstmord. Hat mein Vater Ihnen noch nichts erzählt?«

Den Ausdruck auf Petris Gesicht als *Entsetzen* zu bezeichnen, wäre untertrieben gewesen, dachte Mark. Willkommen im Club. Sein Vater und er waren ganz eindeutig nicht die einzigen, die Geheimnisse hatten.

»Selbst... mord?« krächzte Petri.

»Die Polizei geht bisher davon aus«, sagte Marks Vater hastig. Er hatte sich wieder gefangen und war zwar noch blaß, zitterte aber nicht mehr. Doch die Bewegung, mit der er Petri das Cognacglas reichte, war viel zu heftig. Einige Tropfen der goldbraunen Flüssigkeit spritzten auf Petris Jacke. Er bemerkte es nicht einmal.

»Ich wollte es Ihnen noch erzählen, aber nicht so... so *undiplomatisch.*« Er warf Mark einen ärgerlichen Blick zu. »Doktor Petri und Löbach sind seit dreißig Jahren befreundet, Mark.«

»Oh«, sagte Mark betroffen. »Das... das habe ich nicht gewußt. Es tut mir leid.« Das war ehrlich gemeint. Mark war bestürzt. Er hatte einen Schuß ins Blaue abgeben, aber Petri nicht verletzen wollen.

»Es gibt eine Menge Dinge, die du nicht weißt«, sagte sein Vater kühl. »Vielleicht fragst du mich das nächste Mal erst, *ehe* du redest.«

»Selbstmord?« murmelte Petri verstört. Den kurzen Disput zwischen Mark und seinem Vater hatte er gar nicht mitbekommen. »Aber das... das kann doch gar nicht sein.«

»Es ist bisher auch nur eine Theorie«, sagte Marks Vater. »Und ich glaube auch nicht daran. Wahrscheinlich war es ein Unfall.«

Ja, dachte Mark, *er hat sich nackt ausgezogen, das Wort AZRAEL an die Wand geschrieben und sich dann vom Balkon gestürzt. Natürlich war es ein Unfall. Was soll es sonst gewesen sein?* Die Worte lagen ihm auf der Zunge, aber dann blickte er wieder in Petris Gesicht und brachte es einfach nicht fertig, sie auszusprechen.

»Es tut mir leid, daß Sie es so erfahren mußten«, sagte sein Vater.

»Das ist... schon in Ordnung«, antwortete Petri. Er fand seine Fassung jetzt wieder, aber das war nur äußerlich. Mark bedauerte seine Worte zutiefst. Er hätte viel darum gegeben, sie zurückzunehmen. Seltsam, wie schwer es war, jemanden zu verletzen, wenn man es wollte – und wie leicht, wenn man es nicht wollte.

»Ich muß jetzt wirklich gehen, fürchte ich.« Petri stellte das Glas auf den Schreibtisch zurück, ohne seinen Inhalt angerührt zu haben. »Wie gesagt: Meine Patienten warten. Ich komme am Abend dann noch einmal vorbei und sehe nach Marianne.«

Er ging überhastet. Marks Vater begleitete ihn bis zur Tür, aber nicht hinunter zum Ausgang, sondern wartete nur, bis Petris Schritte auf der Treppe verklungen waren, ehe er sich mit einem Ruck wieder zu Mark herumdrehte. Seine Augen blitzten.

»Bravo!« sagte er. »Das war wirklich eine Meisterleistung. Stellst du dir so dein Leben als Erwachsener vor, daß du herumlaufen und Leute vor den Kopf stoßen kannst, wie es dir beliebt?«

»Ich wollte es nicht«, verteidigte sich Mark. »Ich wußte nicht, daß –«

»Du weißt eine ganze Menge nicht«, unterbrach ihn sein Vater. Er hob nicht einmal die Stimme, aber das mußte er auch nicht. Er hatte es stets verstanden, ganz ruhig zu bleiben und dabei trotzdem so verletzend wie eine Rasierklinge zu sein. Er war der einzige Mensch, den Mark kannte, der schreien konnte, ohne dabei laut zu werden.

Dafür war Mark beinahe zum Heulen zumute. Er wußte, was nun kam, und er wußte auch, daß er nicht die geringste Chance hatte. Es war wie gestern nacht mit Prein: Er war mit dem festen Vorsatz hierhergekommen, diesen Kampf auszutragen, aber er machte alles falsch, was er nur falsch machen konnte. Seine Vorbereitungen waren gut, seine Argumente waren gut, aber das Timing war miserabel. Was nutzten die besten Waffen, wenn man sie sich ohne Gegenwehr aus der Hand schlagen ließ?

»Und was war das mit dem Internat?« fuhr sein Vater fort. Er kam näher, und wieder mußte Mark sich beherrschen, um nicht automatisch vor ihm zurückzuweichen. So, wie er schreien konnte, ohne laut zu werden, konnte er sich auch drohend bewegen, ohne irgend etwas *wirklich* zu tun. Er war weder besonders groß noch außergewöhnlich kräftig; und trotzdem hatte er in diesem Moment etwas von einer Lawine, die sich vielleicht nicht einmal besonders schnell, aber unaufhaltsam auf ihn zubewegte. »Dein Direktor hat mich heute morgen angerufen und mir mitgeteilt, daß du eine schwere Grippe hinter dir hättest. Aber offenbar hat er mich angelogen.«

»Offenbar«, antwortete Mark trotzig. »Er wollte mich wohl in Schutz nehmen.«

»Und du ihn.«

»Und?« fragte Mark herausfordernd. »Vielleicht wollte ich nicht, daß du über ihn herfällst und ihn auf deine übliche Art fertigmachst.«

»Ich mache niemanden *fertig*«, antwortete sein Vater betont. »Ich schätze es nur nicht, belogen zu werden, das ist alles.«

»Genausowenig wie ich.«

»Das klingt gut.« Sein Vater ging zum Tisch, leerte das Glas, das er für sich eingeschenkt hatte, mit einem Zug und nahm fast in der gleichen Bewegung das des Doktors zur Hand. Ohne Mark anzusehen, fügte er hinzu: »Und wann, bitte, habe ich dich belogen?«

Mark schwieg. Er hätte diese Frage erwarten müssen, wußte aber keine Antwort darauf. Er hatte gerade eine neue Lektion gelernt: Rhetorik allein half auch nicht weiter. Wenn er noch eine Chance haben wollte, aus dieser Runde nicht wieder als eindeutiger Verlierer herauszugehen, mußte er in die Offensive gehen.

»Also?«

»Du hättest es mir sagen können!« sagte Mark mit einer Geste auf den Aktendeckel.

»Löbach?« Sein Vater schnaubte. »Du warst doch hier, als diese beiden freundlichen Polizisten mir ihre Aufwartung gemacht haben, oder? Und wenn ich mich richtig erinnere, dann haben wir hinterher darüber gesprochen. Ziemlich ausführlich sogar.«

»Und das Bild?« fragte Mark.

»Ich wollte dir den Anblick ersparen«, antwortete sein Vater. »So hübsch ist es nicht.«

»*Dieses* Bild meine ich nicht.« Mark ging zum Tisch, klappte den Aktendeckel auf und fegte das Bild des toten Chemikers mit einer zornigen Handbewegung zur Seite. »Ich meine *das hier.*«

Sein Vater hatte sich – wenigstens äußerlich – vollkommen in der Gewalt. Er blieb ganz ruhig, während Mark das Foto mit beiden Händen ergriff und es fast triumphierend in die Höhe hob. »Also?«

Er hätte das Bild nicht anfassen sollen. Wahrscheinlich war es Einbildung, ein übriggebliebenes Teil des wieder zerbrochenen Puzzles, das sich irgendwie auf die falsche Seite der Barriere verirrt hatte, aber für einen Moment hatte er das Gefühl, daß sich das dicke Blatt unter seinen Fingern... *bewegte.* Es schien zu pulsieren, als wäre es kein Stück Papier, sondern ein Kokon, in dem etwas Lebendiges, Fleischiges war, das sich bewegte und hinauswollte.

»Was bedeutet das?« fragte er mühsam. Sein Herz jagte – aber war es wirklich sein eigener Pulsschlag, den er hörte, oder war es das dumpfe steinerne Schlagen eines Alptraumherzens?

»Ich habe keine Ahnung«, sagte sein Vater. Er klang überzeugend – aber seine Hände verrieten ihn. Als er das Glas hob und einen winzigen Schluck trank, zitterten sie. »Die Polizei hat mich dasselbe gefragt, und ich habe ihnen dasselbe geantwortet wie dir jetzt: Ich habe nicht die geringste Ahnung. Wahrscheinlich war Löbach vollkommen verrückt. Die Polizei hat Drogen in seiner Wohnung gefunden.«

Das Bild bewegte sich jetzt ganz deutlich in seinen Händen. Er konnte es *sehen.* Wieso sah sein Vater es nicht?

»Du lügst!« sagte er.

Obwohl er nahe daran war, vor Angst laut aufzuschreien, konnte er das Foto nicht loslassen. Es pulsierte immer heftiger in seinen Händen. Es *atmete.*

»Kaum«, antwortete sein Vater gelassen. »Ich lüge nur, wenn es nötig ist. Und hier ist es nicht nötig. Warum sollte ich dich anlügen? Worüber?«

Etwas kratzte an den Wänden. Von innen. Unsichtbare Klauen aus stahlhartem Horn fuhren scharrend über Putz und Beton. Was geschah mit ihm? Begann es jetzt auch tagsüber? Im Wachen? Verlor er jetzt wirklich den Verstand?

»Was bedeutet dieses Wort?« beharrte er. »Du weißt es.«

»Azrael?« Sein Vater zuckte mit den Schultern und trank einen weiteren Schluck. »Irgend etwas aus der Bibel... Der Name eines Engels, glaube ich. Warum?«

»Weil ich ihn kenne«, antwortete Mark. Es fiel ihm immer schwerer, überhaupt noch zu reden. »Ich habe von ihm geträumt, in der vergangenen Nacht und auch vorhin. Als ich Marianne niedergeschlagen habe, da habe ich mich gegen *ihn* gewehrt.«

»Gegen einen *Engel?«* Sein Vater lachte, aber irgendwie klang es eher wie das Bellen eines Hundes. Eines *sehr großen* Hundes. »Wird das jetzt hier eine Geistergeschichte? Ich meine – fängst du mittlerweile an, Stimmen zu hören?«

Irgendwie gelang es Mark endlich, das Bild fallen zu lassen. Es flatterte auf die Tischplatte hinab und drehte sich dabei so, daß die belichtete Seite oben lag und Mark die dunkelroten Buchstaben weiter lesen konnte.

»Ich weiß nur, daß ich seit zwei Tagen schlechte Träume habe«, antwortete er, »und daß du mir etwas verschweigst. Was bedeutet Azrael?«

»Das habe ich dir gesagt«, antwortete sein Vater. »Und mehr weiß ich nicht. Aber ich beginne mich mittlerweile etwas anderes zu fragen, Mark. Was bedeutet *dein* Verhalten?«

»Lenk nicht ab«, sagte Mark, aber sein Vater machte nur eine zornige Geste.

»Das tue ich nicht«, sagte er. »Fällt dir eigentlich nicht selbst auf, wie du dich benimmst, seit du nach Hause gekommen bist?«

»Ich benehme mich –«

»– wie ein dummer Junge, der nicht weiß, was er will! Mark, ich habe versucht, dieses Gespräch zu vermeiden, aber ich füchte, das war ein Fehler. Sprechen wir uns aus. Hier. Jetzt.«

Mark deutete auf das Bild. »Darüber?« Seit er es nicht mehr in der Hand hielt, fühlte er sich besser. Der Schrecken war noch da, aber er klang jetzt rasch ab.

»Nein, verdammt noch mal, nicht *darüber!*« Sein Vater fegte die Fotografie mit einer zornigen Bewegung vom Tisch. »Über dich! Was zum Teufel ist eigentlich in dich gefahren? Du hast also die Schule hingeschmissen, um nach Hause zu kommen, und ich nehme auch nicht an, daß du wieder dorthin zurückkehren willst? Was hast du jetzt vor?«

»Das hatten wir schon, oder?«

»Ja. Aber noch nicht zu Ende diskutiert.«

»Und das habe ich auch nicht vor«, sagte Mark scharf. »Und wenn du es ganz genau wissen willst, ich bin auch nicht *nach Hause* gekommen. Ich habe nicht vor, lange hierzubleiben.«

»Selbstverständlich nicht.« Sein Vater seufzte erneut und sehr tief. »Du bist nur hierhergekommen, um mir einmal so richtig die Meinung zu sagen, nicht wahr? Und was hast du als nächstes vor? Willst du nach Australien auswandern und Känguruhs züchten?«

»Ich will –«

»Du weißt gar nicht, was du willst«, behauptete sein Vater. Er leerte sein Glas, stellte es mit einer übertrieben heftigen Bewegung auf den Tisch zurück und ließ fast eine Minute verstreichen, ehe er fortfuhr: »Du willst einfach nur protestieren. Dich auflehnen. Aber wogegen? Gegen mich? Bitte. Sag mir, was du zu sagen hast, wenn du glaubst, dich dann wohler zu fühlen. Wer weiß, vielleicht habe ich ja wirklich Fehler gemacht, ohne es zu merken. Ich werde dir zuhören. Also?«

Aber *darüber* wollte er nicht reden. Nicht jetzt. Er wollte über dieses Bild reden und über seine Träume. Und trotzdem: Jetzt, wo sein Vater das Thema einmal angesprochen hatte, antwortete er beinahe ohne sein Zutun. »Fehler? Ja, so kann man es auch nennen. Du hast mich bestohlen!«

Interessant«, sagte sein Vater ruhig. »Und was *habe* ich dir gestohlen?«

»Meine Jugend«, antwortete Mark. »Die letzten sechs Jahre meines Lebens. Und meine Mutter.«

Das saß. Sein Vater zog den Kopf zwischen die Schultern. Er sagte nichts, doch Mark spürte, daß er seine Selbstsicherheit vielleicht zum ersten Male wirklich erschüttert hatte. »Glaubst du das wirklich?« fragte er.

»Ich glaube, daß ich die letzten sechs Jahre nicht in diesem verdammten Internat zubringen wollte«, antwortete Mark. »Ich glaube, daß ich ein ganz normales Elternhaus haben wollte. Vater und Mutter. Freunde. Keinen freundlichen Direktor und *Klassenkameraden*. Ich wollte *hier* sein. Bei *euch*.«

»Du weißt, daß das nicht möglich war«, antwortete sein Vater. »Deine Mutter ist krank, und –«

»– und du hattest keine Zeit«, fiel ihm Mark bitter ins Wort. »Weil du dich ja um die *Firma* kümmern mußtest, nicht wahr? Deine verdammte Firma. Sie stand immer an erster Stelle.«

»Ja«, sagte sein Vater ungerührt. »Sie hat es immer getan, und sie wird es immer tun. Meine Arbeit ist mein Leben. Deine Mutter hat das von Anfang an gewußt. Und sie hat es akzeptiert.«

»Ja, so ungefähr hat sie es auch ausgedrückt«, sagte Mark böse. »Heute morgen, als ich sie in der Irrenanstalt besucht habe.«

»Krankenhaus«, verbesserte ihn sein Vater. »Nicht Irrenanstalt. Das ist ein Unterschied. Was hast du vor? Willst du mir mit aller Gewalt weh tun? Es ist dir gelungen – falls es dich befriedigt, das zu hören.«

»Du kannst es nennen, wie du willst«, antwortete Mark erregt. »Für mich bist du schuld daran, daß sie dort ist.«

Ein weiterer Tiefschlag, der aber diesmal ohne Wirkung blieb, vielleicht, weil sein Vater ihn erwartet hatte. Er sah ihn nur lange und traurig an, schüttelte den Kopf und schloß dann für einen Moment die Augen, und von der Tür her sagte eine Stimme: »So war es nicht, Mark.«

Mark und sein Vater fuhren zugleich erschrocken herum. Keiner von ihnen hatte bemerkt, daß Petri zurückgekommen war und offensichtlich schon lange genug unter der Tür stand, um einen Großteil ihres Gesprächs mit angehört zu haben.

»Ich habe meine Tasche vergessen«, sagte der Arzt. »Bitte entschuldigen Sie, Herr Sillmann. Ich wollte nicht indiskret sein, aber ich habe Ihr Gespräch mitgehört. Ich finde, Sie sollten es ihm sagen.«

»Bitte, Doktor«, sagte Marks Vater gepreßt. »Das hier ist eine Familienangelegenheit. Nehmen Sie es mir nicht übel – aber das geht Sie wirklich nichts an.«

»*Was* solltest du mir sagen?« fragte Mark scharf.

»Nichts«, sagte sein Vater.

»Daß es nicht seine Schuld ist«, sagte Petri. »Dein Vater kann nichts für das, was deiner Mutter zugestoßen ist, Mark. Es ist nicht seine Schuld.«

»Seien Sie still, Doktor!« sagte Marks Vater scharf. »Ich verbiete Ihnen, sich in Dinge zu mischen, die Sie nichts angehen!«

Petri ignorierte ihn. Er kam näher und blieb auf halber Strecke zwischen der Tür und Mark wieder stehen. »Es ist nicht die Schuld deines Vaters, Mark«, sagte er noch einmal. »Ich weiß, daß es für dich so aussehen muß, aber das stimmt nicht.«

»Petri, Sie –«

»Vater, bitte!« sagte Mark. »Laß ihn reden. Es ist sowieso zu spät.« Er wandte sich wieder an den Arzt. »Was wollen Sie damit sagen, Doktor?«

»Du hast all die Jahre über geglaubt, daß dein Vater die Schuld am Schicksal deiner Mutter trägt, nicht wahr?« fragte Petri. »Und ich nehme an, du hast ihn dafür gehaßt.«

Mark schwieg. *Gehaßt?* Prein hatte ihm am vergangenen Abend die gleiche Frage gestellt, und da hatte er ebensowenig eine Antwort gefunden wie jetzt. Vielleicht *wollte* er es gar nicht.

Aber sein Schweigen schien Antwort genug; zumindest für Petri. Der Arzt sah plötzlich sehr traurig aus. Er sah noch einmal in Richtung seines Vater und sagte leise: »Es ist besser, wenn Sie es ihm erzählen, Herr Sillmann. Früher oder später müssen Sie es sowieso. Er beginnt sich zu erinnern.« Er seufzte, schüttelte ein paarmal den Kopf und starrte mit leerem Blick vor sich hin. Erst nach einigen Sekunden blickte er wieder zu Mark hoch.

»Setz dich, Mark. Ich möchte dir etwas erzählen.«

15. Kapitel

»Sie verschweigen mir etwas«, sagte Bremer. Sendig warf die Autotür ins Schloß und kam um den Wagen herum auf ihn zugeeilt, ohne sich die Mühe zu machen, abzuschließen. »Stimmt«, sagte er einsilbig. Bremer hatte nichts anderes erwartet. Aber Sendig hatte ganz bestimmt nicht erwartet, daß er ihm plötzlich den Weg vertrat und ihn ziemlich unsanft am Arm ergriff, um ihn festzuhalten. Im allerersten Moment schien er viel zu verblüfft, um überhaupt zu reagieren. Dann blitzte es zornig in seinen Augen auf, und er versuchte sich loszureißen, allerdings mit mäßigem Erfolg. Bremers Griff war so entschlossen, daß er schon Gewalt hätte anwenden müssen, um ihn zu sprengen.

»Was soll das?« fragte Sendig erbost.

»Das frage ich *Sie* «, antwortete Bremer. Er war ein bißchen erstaunt über seinen eigenen Mut, vor allem, als er Sendig in die Augen sah und die Wut erkannte, die allmählich darin aufzulodern begann. Aber er war jetzt schon zu weit gegangen, um noch einen Rückzieher zu machen; nicht, wenn er überhaupt noch eine Chance haben wollte, irgendwann einmal eine klare Antwort auf eine klare Frage zu bekommen. Immerhin ließ er Sendigs Arm los, machte aber ganz bewußt keine Bewegung, um den Weg freizugeben.

»Ich finde Ihr Verhalten nicht besonders fair«, sagte er. »Ich dachte, wir hätten ein Abkommen getroffen, ehrlich zueinander zu sein.«

»Daran kann ich mich nicht erinnern«, antwortete Sendig kühl. »Ich habe Ihnen vorgeschlagen, eine Weile für mich zu arbeiten, und Sie waren einverstanden. Ich kann mich nicht erinnern, versprochen zu haben, *fair* zu sein.«

Das war die falsche Taktik. Bremer war nicht mehr in der Laune, sich einschüchtern zu lassen, und Sendig schien das auch zu spüren, denn nach einigen Augenblicken fügte er hinzu: »Vielleicht haben Sie recht. Ich sollte Ihnen das eine oder andere erklären.«

»Das stimmt«, sagte Bremer, und Sendig unterbrach ihn sofort: »Aber nicht jetzt. Keine Sorge«, fügte er hastig hinzu, »ich will Sie nicht wieder vertrösten. Ich verspreche Ihnen, daß Sie alles erfahren werden, was Sie wissen wollen. Ich brauche nur noch ein paar Minuten. Lassen Sie mich ein, zwei Telefongespräche führen, und dann reden wir.«

»Und warum nicht jetzt?« fragte Bremer.

Sendig seufzte. »Weil jetzt weder die Zeit noch der Ort dafür ist«, antwortete er mit besonderer Betonung; und zumindest, was den *Ort* anging, mußte Bremer ihm widerwillig recht geben. Sie standen auf dem Parkplatz des Polizeipräsidiums, und sie waren nicht allein. Zwar hielt sich niemand in ihrer unmittelbaren Umgebung auf, aber es mochte eine Menge neugieriger Augenpaare geben, die in diesem Moment aus irgendeinem der zahllosen Fenster über ihnen auf den Parkplatz herabblickten. Es wäre überflüssig, Sendig Gelegenheit zu geben, sich darauf zu besinnen, daß er einen gewissen Ruf zu verteidigen hatte; einen Ruf, zu dem es eindeutig *nicht* gehörte, daß er sich von einem gewöhnlichen Streifenpolizisten am Arm festhalten und herumschubsen ließ.

»Also gut«, sagte er widerwillig. »Gehen Sie telefonieren. Aber wenn Sie zurückkommen, will ich ein paar Antworten.«

»Sie können mich gerne begleiten«, antwortete Sendig.

»Zu gnädig«, erwiderte Bremer höhnisch. »Ich kann mich aber auch gerne auf dem Rücksitz verstecken oder so lange auf der anderen Straßenseite warten, damit uns niemand zusammen sieht.«

Sendig starrte ihn böse an, aber er zog es vor, den ohnehin sinnlosen Streit nicht fortzusetzen, sondern ging mit schnellen Schritten an ihm vorbei auf das Gebäude zu, und nach kurzem Zögern folgte ihm Bremer.

Beinahe hätte er es nicht getan. Er hatte sich von Anfang an nicht besonders wohl bei dieser ganzen Geschichte gefühlt, genauer gesagt: bei Sendig. Ihm jetzt dort hinein zu folgen hieße, sich ihm vollends auszuliefern. Bisher waren sie immerhin sozusagen auf neutralem Boden gewesen. Das fünfstöckige Gebäude mit seinen einseitig verspiegelten Fenstern auf der anderen Seite des Parkplatzes zählte jedoch eindeutig für Sendig. Trotzdem beeilte er sich, ihn einzuholen.

Sie betraten die Eingangshalle, die ebenso groß, hell und supermodern war wie das gesamte Gebäude. Ein uniformierter Beamter hinter einer Glasscheibe nickte Sendig nur flüchtig zu und drückte eine verborgene Taste unter seinem Tisch, woraufhin die innere der beiden Glastüren aufsprang. Sendig öffnete sie schwungvoll, doch als Bremer ihm folgen wollte, winkte ihn der Beamte hinter der Scheibe zurück.

Bremer seufzte, schickte sich aber in sein Schicksal. Immerhin kannte er die strengen Sicherheitsvorschriften, die nicht nur hier galten. Daß sich Sendig darüber hinwegsetzte, bedeutete offensichtlich nicht, daß es auch jeder in seiner Begleitung tun konnte. Ergeben trat er wieder an die gläserne Barriere heran und griff in die Tasche, um seinen Ausweis hervorzuziehen. Aber der Mann auf der anderen Seite der Scheibe schüttelte nur den Kopf.

»Sind Sie Bremer?« fragte er.

Bremer nickte. »Ja. Warten Sie. Ich habe meinen Ausweis –«

»Die junge Dame dort hinten wartet auf Sie«, unterbrach ihn der andere.

Bremer sah überrascht hoch, dann drehte er sich herum und blickte in die Richtung, in die die Hand des Polizisten wies. Im ersten Moment erkannte er durch das spiegelnde Glas kaum etwas; dann identifizierte er eine schlanke Frauengestalt, die unweit des Eingangs stand und erwartungsvoll zu ihm herübersah.

»Mich?« vergewisserte er sich. Niemand wußte, daß er hierherkommen würde. Vor einer halben Stunde hatte er es ja noch nicht einmal selbst gewußt.

»Sie hat nach Ihnen gefragt.«

Bremer bedankte sich, steckte seinen Ausweis wieder ein und trat ebenfalls durch die Tür, die Sendig noch immer ungeduldig aufhielt. Sein fragender Blick machte deutlich, daß er von dem kurzen Gespräch nichts mitbekommen hatte, aber Bremer ignorierte ihn. Es war zwar nur ein kleiner Triumph, aber immerhin – sollte Sendig doch zur Abwechslung einmal raten, was Sache war.

Die Frau kam ihm mit nervösen Schritten entgegen. Sie wirkte sehr unsicher und sehr ängstlich, fand Bremer. Er überlegte angestrengt, woher er sie kannte – sie war ihm nicht vollkommen fremd, das wußte er –, kam aber zu keiner Antwort. Sie war blond, sehr schlank und allerhöchstens zwanzig Jahre alt. Hätte sie nicht so verängstigt und müde ausgesehen, wäre sie sicher sehr hübsch gewesen.

»Herr Bremer?« Die Art, auf die sie ihn und nicht Sendig ansah, bewies Bremer, daß zumindest sie wußte, wer er war.

»Ja, bitte?« antwortete er.

»Bitte entschuldigen Sie, wenn ich... wenn ich Sie störe, aber ich...« Sie stockte. Ihre Stimme schwankte plötzlich, und Bremer hatte das sichere Gefühl, daß sie nur noch mit letzter Kraft die Tränen zurückhielt. Schließlich atmete sie hörbar ein und setzte neu an: »Haben Sie eine Minute Zeit für mich?«

»Sicher«, sagte Bremer. »Worum geht es denn? Kennen wir uns?«

»Ich... ich bin Angelika«, antwortete die junge Frau mit einem unsicheren Blick in Sendigs Richtung. »Angelika Hansen. Wir haben uns vor zwei Wochen kennengelernt.«

Hansen? Hansens Frau? Bremer erschrak. Natürlich. Der Junge hatte seine Frau am ersten Tag mit aufs Revier gebracht, um ihr seine neuen Kollegen vorzustellen. Aber damals hatte sie anders ausgesehen. Strahlender. Nicht so traurig. Bremer fühlte sich plötzlich sehr unwohl. Er hatte seit der vergangenen Nacht nicht mehr an Hansen gedacht, aber der Anblick seiner Frau erinnerte ihn schmerzlich wieder daran, daß diese ganze wahnsinnige Geschichte schon mehr Opfer gefordert hatte, als er wahrhaben wollte.

»Natürlich«, sagte er. »Bitte entschuldigen Sie, daß ich Sie nicht sofort erkannt habe. Aber es ist –«

»Schon gut«, unterbrach sie ihn. »Es macht nichts. Ich... ich will Sie auch gar nicht lange aufhalten. Aber man hat mir gesagt, daß ich Sie hier finde, und –«

»Wer?« mischte sich Sendig ein.

Angelika blickte ihn verängstigt an, und Bremer fügte rasch und in möglichst beruhigendem Ton hinzu: »Das ist mein

Kollege, Kommissar Sendig. Sie können ganz offen sprechen.«

»Auf dem Revier«, antwortete Angelika zögernd. »Ihre... Ihre Kollegen dort sagten, daß Sie mit Herrn Sendig unterwegs wären, und daß ich ihn wahrscheinlich hier finde. Und Sie auch.«

Sendig runzelte die Stirn, schwieg aber. Soviel zum Thema Geheimhaltung, dachte Bremer. Er fragte sich, ob es überhaupt irgend jemanden in dieser Stadt gab, der noch nicht wußte, daß Sendig und er zusammenarbeiteten.

»Wie geht es Ihrem Mann?« fragte er. »Ich bin leider noch nicht dazu gekommen, ihn zu besuchen. Er ist doch wieder okay, oder?«

»Ich... ich weiß es nicht«, sagte Angelika. Und damit war ihre Selbstbeherrschung endgültig erschöpft. Plötzlich begann sie zu schluchzen, kämpfte noch einen Moment lang weiter vergeblich gegen die Tränen und warf sich dann an Bremers Brust.

»Ich... ich weiß nicht, wo er ist«, schluchzte sie. »Sie wollen es mir nicht sagen.«

Bremer war vollkommen überrascht. Im ersten Moment verstand er nicht einmal, was Angelika meinte. Er sah Sendig an, erntete aber nur einen verwunderten Blick. Er hielt einige Sekunden still, ehe er die junge Frau an den Schultern ergriff und sehr sanft ein kleines Stück weit von sich fortschob, um ihr ins Gesicht zu sehen.

»Was soll das heißen: Sie wollen es Ihnen nicht sagen?«

Angelika schluchzte noch ein paarmal, dann hatte sie die Tränen wieder unter Kontrolle. Mit einer fahrigen Bewegung klappte sie ihre Handtasche auf und zog ein Papiertaschentuch hervor. Aber sie benutzte es nicht, sondern begann es nur nervös mit den Fingern zu kneten. »Entschuldigen Sie«, sagte sie. »Ich wollte nicht – «

»Das ist schon in Ordnung«, unterbrach sie Sendig. »Ich wäre wahrscheinlich genauso aufgeregt an Ihrer Stelle. Was haben Sie damit gemeint, als Sie sagten, Sie wüßten nicht, wie es Ihrem Mann geht?» Er sah kurz zu Bremer hin. »Ihr junger Kollege von letzter Nacht?«

Bremer nickte. »Ja. Er wurde ins Krankenhaus gebracht, als Sie angekommen sind. Aber er hatte nur einen leichten Schock.«

»Ich war da«, sagte Angelika. Ihre Stimme zitterte noch immer leicht, aber sie weinte jetzt nicht mehr. »Gleich heute morgen, nachdem der Anruf vom Revier kam. Sie sagten, sie hätten ihn in die Unfallklinik gebracht. Aber da... da war er nicht.«

»Was soll das heißen?« fragte Bremer. »Ich habe selbst gesehen, wie man ihn in den Krankenwagen gelegt hat.«

»Zuerst wollten sie mich nicht zu ihm lassen«, fuhr Angelika fort. »Sie sagten, er stünde unter Schock und dürfte nicht gestört werden. Aber ich habe darauf bestanden, ihn zu sehen, und dann... dann ist ein Arzt gekommen.«

»Welcher Arzt?« fragte Sendig. »Wie war sein Name?«

»Ich weiß es nicht«, antwortete Angelika. »Er hat mir seinen Namen genannt, aber ich... ich habe gar nicht richtig hingehört. Ich war so aufgeregt. Ich wollte zu Gerd, aber er hat es nicht zugelassen. Er hat gesagt, er läge in Narkose.«

»Narkose?« Bremer starrte die junge Frau an. »Blödsinn. Ich versichere Ihnen, Ihr Mann ist nicht verletzt worden. Er hatte einen gehörigen Schock, aber mehr auch nicht.«

»Und weiter?« fragte Sendig ruhig. Er wirkte mit einem Male sehr gespannt.

»Ich bin gegangen, aber nicht wirklich«, sagte Angelika. »Ich meine, ich habe so getan, als ob ich nachgebe. Aber als der Arzt weg war, bin ich heimlich zurückgegangen und habe gewartet, bis die Stationsschwester einen Moment weg war, um in ihr Buch zu sehen. Ich wollte die Zimmernummer wissen.«

Sendig lächelte, schwieg aber.

»Und?« fragte Bremer.

»Er war nicht da«, antwortete Angelika. »Ich meine: Es gab eine Eintragung, aber das Zimmer war leer. Ich bin hingegangen und habe nachgesehen. Es stand nur ein leeres Bett darin. Mehr nicht. Als ich zurückkam, war der Arzt wieder da. Er war ziemlich wütend und hat gedroht, mich hinauswerfen zu lassen.«

»Sie werden sich in der Zimmernummer getäuscht haben«, vermutete Sendig. »Dieses Krankenhaus ist sehr groß.«

»Nein«, sagte Angelika überzeugt. »Es war das richtige Zimmer. Ich habe nicht lockergelassen, und schließlich hat er mir gesagt, daß man Gerd weggebracht hat.«

»Wohin?« fragte Sendig.

Angelika schüttelte den Kopf. »In ein anderes Krankenhaus. Eine Spezialklinik. Aber sie haben mir nicht gesagt, welche.« Sie knüllte das Papiertaschentuch in ihrer Hand fester zusammen, und in ihren Augen schimmerten jetzt wieder Tränen. »Ich... ich habe den ganzen Morgen herumtelefoniert. Ich habe jedes einzelne Krankenhaus in der Stadt angerufen, aber er ist in keinem davon. Jedenfalls haben sie das gesagt. Was ist mit ihm passiert? Was ist wirklich passiert?«

Bremer mußte plötzlich selbst mit den Tränen kämpfen, als er den Schmerz in ihren Augen sah. Die junge Frau war mit ihren Kräften vollkommen am Ende. Wenn er jemals einen verzweifelten Menschen gesehen hatte, dann sie.

»Nichts«, sagte er hilflos. »Ich schwöre Ihnen, Angelika – ihm *ist* nichts passiert. Es war eine häßliche Sache. Ein Selbstmord, wissen Sie. Jemand ist vom Balkon gesprungen, und Ihr Mann und ich standen praktisch daneben. Kein schöner Anblick. Aber Gerd ist nicht verletzt worden. Es kann sich nur um einen Irrtum handeln.«

»Aber wieso ist er dann verschwunden? Und wieso sagt mir niemand, wo er ist?«

»Das wissen wir nicht«, antwortete Sendig an Bremers Stelle. »Bitte glauben Sie mir, Frau Hansen – Herr Bremer sagt die Wahrheit. Wahrscheinlich handelt es sich wirklich nur um einen Irrtum. Irgendeine dumme Verwechslung. Ich verspreche Ihnen, daß wir die Sache ganz schnell aufklären.« Er lächelte aufmunternd. »Wissen Sie was? Sie geben meinem Kollegen Ihre Telefonnummer, und wir rufen Sie so schnell wie möglich an. Wir finden schon raus, was da schiefgegangen ist. Wozu sind wir schließlich Polizisten?«

»Ich habe Hansens Nummer«, sagte Bremer. Auch er versuchte zu lächeln, aber es mißlang. Leise und sehr mitfühlend, allerdings wenig überzeugend fuhr er fort: »Keine

Sorge. Gehen Sie jetzt nach Hause, und versuchen Sie sich ein bißchen zu beruhigen. Wir melden uns bei Ihnen, sobald wir herausgefunden haben, was da schiefgegangen ist.«

Angelika nickte. Sie versucht tapfer zu sein, dachte Bremer, aber wahrscheinlich war ihr Vorrat an Tapferkeit aufgebraucht. Was um alles in der Welt ging hier vor?

»Danke«, sagte sie. »Und entschuldigen Sie noch einmal, daß ich Sie belästigt habe, aber ich wußte mir keinen anderen Rat.«

»Das ist völlig in Ordnung«, sagte Sendig. »Aber jetzt gehen Sie nach Hause. Sind Sie mit dem Wagen hier? Wenn ja, lassen Sie ihn besser stehen. In Ihrem Zustand sollten Sie nicht Auto fahren.« Er wartete Angelikas Antwort nicht ab, sondern gab dem Mann hinter der Glasscheibe einen Wink.

»Lassen Sie diese junge Frau nach Hause fahren.« Er wartete, bis Angelika gegangen war. Dann sah er Bremer sehr lange und sehr ernst an, und schließlich sagte er: »Ich denke, ich werde doch mehr als nur *ein* Telefonat führen müssen.«

16. Kapitel

Petri nahm die beiden Gläser, aus denen er und sein Vater zuvor getrunken hatten, und trug sie mit übertrieben langsamen Bewegungen zur Bar. Ebenso langsam und umständlich füllte er das seines Vaters wieder auf, schenkte ein zweites ein und reichte es Mark.

»Danke«, sagte Mark. »Aber ich trinke keinen Alkohol.«

»Blödsinn«, erwiderte Petri. »Du bist alt genug, und es redet sich besser so. Außerdem ist es kein Alkohol, sondern Medizin, und die verordne ich dir jetzt.«

Mark griff widerwillig nach dem Glas, hielt es aber nur in der Hand. Er hatte nicht vor, zu trinken, aber Petris theatralisches Gehabe beunruhigte ihn noch mehr. Es hatte keinen anderen Sinn als den, Zeit zu gewinnen. Warum?

»Wozu? Glauben Sie, daß ich es nötig habe?«

»Doktor, bitte«, sagte Marks Vater. »Ich glaube nicht –«

»*Ich*«, unterbrach ihn Petri mit einer Schärfe und Bestimmtheit, die Mark niemals an ihm vermutet hätte, »glaube, daß Sie schon viel zu lange gewartet haben. Wenn Sie schon nicht auf meinen freundschaftlichen Rat hören wollen, dann hören Sie auf meine Erfahrung als Arzt. Es gibt Dinge, die müssen sein, auch wenn sie weh tun. Sie werden nicht besser, wenn man nur lange genug wartet.«

Er wandte sich wieder an Mark. »Du haßt deinen Vater, nicht wahr? Weil du glaubst, daß er deine Mutter auf dem Gewissen hat.«

»War es denn nicht so?« fragte Mark.

»Nein«, sagte Petri. »Er kann nichts dafür. Er am allerwenigsten.«

»Ach«, sagte Mark. »Wieso?«

Petri zögerte. Man mußte nicht unbedingt telepathisch begabt sein, um zu erkennen, wie schwer es ihm fiel, weiterzusprechen. »Es ist ... nicht seine Schuld«, sagte er zum wiederholten Mal. »Er hielt es nur für besser, dich in dem Glauben zu belassen, daß es so ist.«

»Wie bitte?« fragte Mark fassungslos. Er starrte seinen Vater an, aber der wich seinem Blick aus.

»Es *war* besser«, fuhr Petri fort. »Wenigstens für eine Weile. Aber ich denke, daß es jetzt an der Zeit ist, dir die Wahrheit zu erzählen.«

»Besser für wen?« fragte Mark. »Was soll das alles überhaupt?«

»Besser für dich«, sagte Petri. »Weißt du – manchmal ist es leichter, einen Schmerz zu ertragen, wenn jemand da ist, dem man die Schuld daran geben kann.«

»Und jetzt –«

»Jetzt«, unterbrach ihn Petri betont, »bist du alt genug, um die Wahrheit zu erfahren. Es ist schade, daß es so geschehen muß, aber wahrscheinlich geht es nicht anders.«

»Was muß ich erfahren?« fragte Mark. »Eine neue Lüge? Ich will sie nicht hören.«

Es war nicht Petri, der antwortete, sondern sein Vater. Er sah Mark noch immer nicht an, und er sprach sehr leise, mit einer Stimme, die Mark noch nie zuvor von ihm gehört hatte. Plötzlich klang er wie ein alter, schwacher Mann. »Die Wahrheit, Mark. Aber sie wird dir nicht gefallen.«

»Das glaube ich kaum«, antwortete Mark. »Ich glaube nicht, daß mir irgend etwas weniger gefällt als das, was ich bisher erlebt habe.«

Petri und sein Vater tauschten einen langen Blick, und diesmal war es Petri, der das Gespräch fortsetzte.

»Du warst zwölf Jahre alt, als du ins Internat gekommen bist, nicht wahr?« fragte er.

»Ja«, antwortete Mark. »Was soll diese Frage?«

»Und was war vorher?«

»Vorher?« Mark blickte verwirrt von seinem Vater zu Petri und wieder zurück. »Was soll das?«

»Ich frage dich, was vor deiner Zeit im Internat war«, beharrte Doktor Petri. »Du wolltest eine ganz normale Jugend – das hast du jedenfalls gerade selbst gesagt. Erzähl mir etwas davon. Von der Zeit *vor* deinem zwölften Geburtstag. Bevor du ins Internat gekommen bist.«

»Aber das ist doch lächerlich!« sagte Mark.

»Erzähl mir davon«, verlangte Petri. »Irgend etwas. Es ist gleich, was.«

»Aber was soll denn das?« schnappte Mark. »Das ist... idiotisch!«

»Vielleicht«, sagte Petri. »Möglicherweise bin ich nur ein alter Idiot, wer weiß? Trotzdem – erzähl mir irgend etwas. Du wirst dich doch erinnern. Du hast bestimmt Freunde gehabt, ein Lieblingsspielzeug, irgendeine Serie im Fernsehen, die du besonders gemocht hast... irgend etwas.«

»Was soll ich schon erzählen?« fragte Mark verwirrt. »Ich... ich war hier.« Plötzlich raste sein Herz wieder, und er schloß die Hände so fest um den Cognacschwenker, daß das Glas knackte, nur damit Petri und sein Vater nicht sahen, wie sie zitterten. Er begriff noch immer nicht, worauf Petri hinauswollte – aber das änderte nichts daran, daß ihn die Fragen des Arztes regelrecht in Panik versetzten. Stockend fuhr er fort: »Ich habe hier gelebt. Mit... mit meinem Vater und meiner Mutter und... und Marianne. Da gibt es nichts Besonderes zu erzählen.«

»In zwölf Jahren? Es ist nichts passiert, woran du dich erinnerst? Gar nichts? Das kann nicht dein Ernst sein.«

Mark starrte den Arzt an. Er wollte lachen, einfach hysterisch losschreien oder ihn anbrüllen, aber er konnte nichts von alledem. Seine Gedanken überschlugen sich schier. Das war lächerlich. Grotesk. Wieso sollte er sich nicht an seine Jugend erinnern können? Er hatte hier gelebt, mit seinen Eltern und Marianne, und er kannte jeden Quadratzentimeter dieses Hauses, jedes einzelne Möbelstück, jedes Buch auf den Regalen. Er erinnerte sich an sein Leben hier, die Schule, an Mariannes Essen und die Fernsehabende mit seiner Mutter, die Weihnachtsfeiern und seine Geburtstage.

Und sonst an nichts.

Es war nicht etwa so, daß seine Erinnerungen erst mit seinem Umzug ins Internat begannen und davor ein schwarzes Nichts gewesen wäre. Es war alles da – aber die Details fehlten. Es war, als wäre sein ganzes Leben in einem Buch niedergeschrieben worden, das er nur durchgeblättert, nicht aber wirklich *gelesen* hatte, so daß er zwar die Handlung, nicht aber das eigentliche *Leben* zwischen den Zeilen mitbekommen hatte. Er *wollte* sich erinnern, mit aller Gewalt.

Aber er konnte es nicht.

Da *war* nichts, woran er sich erinnern konnte.

»Was... was bedeutet das?« fragte er stockend.

Petri atmete hörbar ein. »Weißt du, was man unter dem Wort Amnesie versteht? Sicher, du weißt es. Jedermann weiß so etwas heute.«

»Gedächtnisverlust«, antwortete Mark überflüssigerweise. Er versuchte zu lachen. »Wollen Sie mir gerade weismachen, daß ich unter einer Art Amnesie leide.«

»Einer ganz speziellen Art, ja«, bestätigte Petri. »Es gibt die verschiedensten Ursachen für einen Gedächtnisverlust, und er ist nicht immer total. Meistens verschwindet er nach ein paar Stunden oder allerhöchstens Tagen von selbst wieder. Aber manchmal dauert es auch Jahre, und manchmal kehren die Erinnerungen auch nie vollständig zurück.«

»Und manchmal hilft jemand nach«, fügte sein Vater ganz leise hinzu.

»Wie... bitte?« fragte Mark.

Er starrte abwechselnd seinen Vater und Petri an, bekam aber von keinem der beiden eine Antwort. Sein Vater blickte weiter starr ins Leere, während Petri jetzt noch betroffener aussah, irgendwie aber zugleich auch entschlossener, auf eine grimmige, ungute Art.

»Was soll das heißen?« fragte Mark.

Tief in ihm begann eine furchtbare Ahnung aufzukeimen – nein, keine *Ahnung*. Es war Wissen, klares, zweifelsfreies Wissen, das irgendwo in ihm vergraben war, unendlich tief und so sorgsam eingesperrt, daß er es selbst jetzt noch nicht wirklich erkennen konnte. Aber es war da. Eingesperrt, aber da. Nur war er mit einem Male gar nicht mehr sicher, ob er es wirklich befreien wollte. Was hatte Petri gesagt? *Die Wahrheit wird dir nicht gefallen?*

»Dein Vater sagt die Wahrheit«, sagte Petri schließlich. »Manchmal hilft jemand nach, um zu verhindern, daß die Amnesie zu schnell nachläßt.«

»Jemand?«

»Ich«, gestand Petri. »Ich war damals der Arzt, der die Diagnose gestellt hatte. Und ich habe auch dafür gesorgt, daß du dich nicht erinnerst, jedenfalls nicht gleich.« Er hob die Hand, als Mark widersprechen wollte. »Ich weiß, was du sagen willst, aber du irrst dich. Es gibt durchaus Mittel und Wege, ganz bestimmte Erinnerungen aus dem Gedächtnis eines Menschen zu löschen. Ziemlich einfache sogar. Man spricht nur nicht gerne darüber.«

»Erinnerungen *woran?*« bohrte Mark.

»An das, was damals geschehen ist«, antwortete sein Vater. Er atmete hörbar ein, setzte das leere Glas an die Lippen und senkte es wieder. Bevor er weitersprach, ging er zur Bar und füllte es erneut. Während der ganzen Zeit, und auch danach noch, sah er Mark nicht an.

»In einem Punkt hattest du recht, Mark«, sagte er leise. »Ich habe dich belogen. »Sowohl was deine Mutter als auch was Löbach angeht. Und den Namen.«

»Welchen Namen?«

»Azrael«, sagte sein Vater. »Ich weiß, was er bedeutet. Und du weißt es auch.« Er trank – nicht sehr viel –, drehte das Glas einige Sekunden lang mit kleinen, nervösen Bewegungen in den Fingern und wandte sich schließlich mit einem Ruck um. Jetzt sah er Mark doch an.

»Erzähl mir von deinem Traum«, verlangte er.

»Da gibt es nicht viel zu erzählen«, antwortete Mark. »Ein Alptraum. Wirres Zeug eben.«

Weder Petri noch sein Vater antworteten, aber allein ihr Schweigen machte Mark klar, wie wenig überzeugend seine Behauptung klang, nicht nach allem, was passiert war. Schließlich zuckte er mit den Schultern und begann mit leiser, schwankender Stimme zu erzählen. Er hatte sich vorgenommen, ganz ruhig zu bleiben, und während der ersten zwei oder drei Minuten gelang es ihm sogar. Aber nicht viel länger. Indem er über den Traum sprach, gab er ihm neue Substanz. Diesmal hörte er keinen Herzschlag oder sah Schatten und greifende Schemen. Trotzdem war der Schrecken da, allerdings auf eine völlig andere, neue Art. Es war ein Schrecken, der irgend etwas mit dem verborgenen Wissen in ihm zu tun hatte, vielleicht der Schlüssel zu dem Kerker war, gegen dessen Wände es immer nachhaltiger hämmerte. Als er fertig war, hatte er kaum noch die Kraft, zu reden. Er zitterte am ganzen Leib.

»Das ist alles«, schloß er. »Wie gesagt – nur ein Alptraum.«

»Nein«, sagte sein Vater. »Das ist es nicht. Es gab diesen Raum, den du gesehen hast, Mark. Du warst da. Und die anderen auch.«

Das Glas zerbrach in Marks Händen. Die Scherben schnitten tief in sein Fleisch, aber er spürte weder den Schmerz noch das Blut, das plötzlich warm über seine Handgelenke lief und zu Boden tropfte. Er hätte nicht erschrecken dürfen, aber er tat es. Erst nach ein paar Sekunden machte er sich klar, daß er nicht über das erschrak, was sein Vater sagte – im Grunde hatte er die ganze Zeit über gewußt, daß sein Traum mehr als ein Traum war –, sondern weil diese Worte seine letzte Hoffnung zunichte machten, die Hoffnung nämlich, daß es *doch* nur eine Vision war. Petri bückte sich nach seiner Arzttasche, trat zu Mark, griff nach seiner Hand und begann mit geübten Bewegungen die beiden Schnittwunden zu versorgen, alles, ohne ein einziges Wort zu sagen.

»Welche anderen?« fragte Mark nach einiger Zeit.

»Claudia, Beate, Fred, Jennifer ...« Sein Vater machte eine vage Geste. »Ihre Namen spielen keine Rolle. Wenn du dich jetzt noch nicht an sie erinnerst, macht es nichts. Wer sie waren, ist gleich.«

Waren? Also stimmte auch dieses Detail – all diese bleichen Gestalten aus seinem Traum waren tot. Er war der einzige, der davongekommen war, und sie waren nun hier, um ihn zu holen.

»Und Azrael?«

»Nein. Azrael ist... kein Mensch. Vielleicht sollte ich besser sagen: kein *Jemand*. Sondern ein *Etwas*. Eine Droge, genauer gesagt.«

»Eine Droge?!« Mark fuhr zusammen, als Petri etwas mit seiner Hand tat, das ihm weitaus mehr Schmerz bereitete als die Schnitte. Er sah nicht einmal hin. »Willst du etwa behaupten, daß ich drogensüchtig war?«

»Ja«, antwortete sein Vater. »Du und die anderen und...« Er stockte einen winzigen Moment, in dem er Petri einen aufmerksamen und zugleich entschuldigenden Blick zuwarf. »Und Löbach.«

»Löbach?«

»Ja«, bestätigte sein Vater. »Ich habe es nicht gewußt – damals jedenfalls. Nicht, bis es zu spät war. Später hat er mir die ganze Geschichte gebeichtet, aber da war das Unglück bereits geschehen.«

»Welches Unglück?« fragte Mark. »Wovon zum Teufel sprichst du überhaupt? *Was ist damals passiert?!*«

»Ich muß ein wenig ausholen«, antwortete sein Vater. »Bitte hör mir einfach zu, Mark. Es... es fällt mir nicht leicht, die Geschichte zu erzählen. Nicht nach all der Zeit und vor allem nicht dir. Wenn du Fragen hast, beantworte ich sie dir hinterher, aber jetzt hör einfach zu, okay?«

»Okay«, murmelte Mark.

»Es begann neunzehnhundert...« Sein Vater dachte einen Moment konzentriert nach und zuckte denn mit den Achseln. »...sechsundsechzig oder siebenundsechzig, so genau weiß ich das selbst nicht mehr. Es spielt auch keine Rolle. Auf dem Höhepunkt der Drogenbewegung jedenfalls. LSD war gerade groß in Mode, Haschisch etwas für Weichlinge, und Chemiestudenten bastelten an jeder Ecke an neuen Halluzinogenen.«

»Designerdrogen gibt es heute auch an jeder Ecke«, sagte Mark.

»Sicher. Aber für uns war es etwas Besonderes. Etwas Neues. Etwas Aufregendes, verstehst du? Natürlich erkannten wir auch die Gefahren, die davon ausgingen, aber wir spürten auch die Faszination. Weißt du, Mark, für euch heute sind Drogen etwas ganz Normales, aber damals war es... eine neue Welt. Der erste Schritt in eine völlig neue Dimension. Ein neues, aufregendes Land, das es zu entdecken und zu erforschen galt. Und vergiß nicht, daß wir auch beruflich damit zu tun hatten.«

»Wir?«

»Löbach und ich«, antwortete sein Vater. »Er war schon damals mein Chefchemiker. Und ein guter Freund. Wir haben ein bißchen herumexperimentiert – dann und wann LSD eingeworfen oder ein bißchen mit neuem Zeug rumexperimentiert.« Er lächelte, als er Marks ungläubige Blicke bemerkte. »Ich war auch einmal jung, weißt du. Aber weiter. Wie gesagt, wir haben es *dann und wann* getan, und wir haben ziemlich rasch auch wieder damit aufgehört. Ich jedenfalls.«

»Löbach nicht?«

»Damals dachte ich es«, antwortete sein Vater. »Die Wahrheit habe ich erst sehr viel später erfahren. Aber wir hatten nicht nur privat mit Drogen zu tun. Immerhin – ich besitze eine pharmazeutische Fabrik, und Drogen waren schon damals mein täglich Brot, sozusagen.«

»Und außerdem ist da eine Menge Geld drin«, sagte Mark böse.

»Eine *gewaltige* Menge Geld sogar«, bestätigte sein Vater ungerührt. »Und? Was spricht dagegen? Ich habe niemals versucht, auf illegale Weise damit Geld zu verdienen. Ganz im Gegenteil – Löbach und ich haben jahrelang an einem Projekt gearbeitet, das das Drogenproblem vielleicht mit einem Schlag erledigt hätte. Du kennst die Versuche, die heutzutage mit Methadon durchgeführt werden.«

»Eine Ersatzdroge, ja.«

»Ein alter Hut«, sagte sein Vater heftig. »Löbach und ich hatten die Idee schon vor beinahe dreißig Jahren. Nur hieß sie nicht Methadon, sondern AZRAEL. *Amphetamin Z 7 Reciprocal Ascarin Ethylmescalin Lophophinderivat.*«

Das Wortungeheuer ging ihm so flüssig von den Lippen, als hätte er es unzählige Male ausgesprochen, aber in Mark löste es ein Schaudern aus. Jetzt, wo er endlich wußte, was dieses Wort bedeutete, hätte es seinen Schrecken eigentlich verlieren müssen. Aber das genaue Gegenteil war der Fall. »Hattet ihr Erfolg?« fragte er.

»Nein. Wir sind gescheitert – jedenfalls zuerst. Es war ein neuer, aber wie sich herausstellte auch riskanter Gedanke. AZRAEL war keine einzelne psychogene Substanz, sondern eine Mischung aus verschiedenen Drogen, die in ihrer Gesamtheit die Wirkung jeder einzelnen Droge übertroffen hätte – aber ohne süchtig zu machen. Das war die Idee. Wir haben eine Menge Geld und sehr viel Zeit in dieses Projekt gesteckt, und ein paarmal glaubten wir wirklich, kurz vor dem Durchbruch zu stehen. Aber wir hatten nie wirklich Erfolg. Löbach und ich haben mehr als zehn Jahre daran gearbeitet, aber am Schluß haben wir aufgegeben.«

»Löbach offensichtlich nicht«, sagte Mark leise. Die Kerkertür in seinem Inneren begann sich zu öffnen. Er erinnerte sich noch immer nicht wirklich, aber er spürte ein positives Echo auf die Worte seines Vaters.

»Nein, Löbach nicht«, bestätigte sein Vater. »Er hat weitergemacht – ohne mein Wissen und auf eigene Kosten. Er hat mir niemals verraten, was er *wirklich* getan hat, auch später nicht, als alles herauskam. Um ehrlich zu sein – ich habe ihn nicht gefragt. Ich glaube, ich wollte es nicht wissen. Ich war viel zu schockiert damals. Aber er hat ganz offensichtlich weitergemacht und tatsächlich eine vollkommen neue Droge entwickelt. Aber sie hatte nichts mehr mit dem zu tun, was uns vorschwebte, als wir mit unserer Arbeit begannen.« Er lachte bitter. »Ist das nicht komisch? Ihr würdet so etwas heutzutage wahrscheinlich eine Designerdroge nennen – wir hatten es schon vor zwanzig Jahren. Wie gesagt, ich weiß keine Details, aber es muß ungefähr so gewesen sein: Er entwickelte AZRAEL tatsächlich, und er ging einen Schritt weiter, als ich es jemals getan hätte. Er experimentierte damit – zuerst an sich selbst, dann an anderen. Vornehmlich Kindern.«

»Kindern?!«

»Jugendlichen, wenn dir das Wort lieber ist«, sagte sein Vater. »Und an deiner Mutter.«

Mark setzte sich kerzengerade auf. »Das ist nicht wahr?«

»Ich fürchte, doch«, sagte Petri leise.

»Sie lügen!« fuhr ihn Mark an. »Meine Mutter hat niemals Drogen genommen!«

»Mark, bitte«, sagte sein Vater, aber Mark ließ ihn gar nicht zu Wort kommen, sondern schrie ihn erneut und noch lauter an: »Das ist nicht wahr!«

»Vielleicht ist es besser, wenn ich den Rest der Geschichte erzähle«, sagte Petri. »Ich habe vielleicht ein wenig mehr... Abstand.«

»Sie?!« fauchte Mark. »Ich dachte, Löbach und Sie wären gute Freunde gewesen?«

»Das waren wir auch, aber jemanden zu mögen bedeutet nicht, alles gutheißen zu müssen, was er tut. Was dein Vater erzählt, ist die Wahrheit, Mark. Deine Mutter war tablettensüchtig, schon lange vor der Geschichte mit Löbach. Valium. Schlaftabletten, Schmerzmittel... du kennst das ja. Sie nahm alles, was sie bekommen konnte.«

»Von Ihnen, nehme ich an.«

»Von mir und von anderen«, bestätigte Petri ungerührt. »Ja. Als ich merkte, wie es um sie stand, habe ich ihr nichts mehr gegeben – aber vergiß nicht, welchen Beruf dein Vater hat. Es war eine Kleinigkeit für sie, an alles heranzukommen, was sie haben wollte. Auf diese Weise ist sie wahrscheinlich auch in Löbachs Drogengruppe hineingerutscht. Sie haben sich damals einmal die Woche getroffen, um gemeinsam auf einen Trip zu gehen. Du weißt, wo.«

»In... in einem alten Keller«, murmelte Mark. Die Tür öffnete sich weiter, und dahinter war etwas. Etwas Großes, Häßliches, das herauswollte.

»In der Fabrik deines Vaters, ja«, bestätigte Petri. »Wir haben das meiste erst später von der Polizei erfahren, aber es muß wohl so gewesen sein, daß sie sich mindestens zwei Jahre lang regelmäßig dort trafen. Die meisten waren nicht älter als du damals – elf, zwölf Jahre. Löbach war so eine Art Guru für sie, auch wenn das Wort damals noch nicht so in Mode war wie heute. Sie haben dieses AZRAEL gemeinsam eingenommen, und wenn auch nur die Hälfte von dem stimmt, was Löbach uns später erzählt hat, dann muß es seine kühnsten Erwartungen noch übertroffen haben. Der perfekte Supertrip, ohne Nebenwirkungen und ohne Suchtgefahr.«

»Und was ist passiert?« fragte Mark. Warum fragte er überhaupt? Er wußte es. Er hatte es im Traum gesehen. Er hatte sie alle umgebracht.

»Das wissen wir nicht«, sagte Petri. »Nicht genau. Wir wissen auch nicht genau, wie *du* in die Gruppe hineingekommen bist – vielleicht über deine Mutter oder über Löbachs Tochter. Du warst damals mit ihr befreundet, erinnerst du dich?«

Mark schüttelte den Kopf. *Diese* Information wurde von der lautlosen Stimme in seinem Inneren nicht bestätigt.

»Irgend etwas ist passiert«, fuhr Petri fort. »Etwas Entsetzliches. Ich vermute, irgendeine Nebenwirkung AZRAELs, mit der Löbach nicht gerechnet hat. Alles, was wir wissen, ist, daß es zu einer Katastrophe kam. Von den dreizehn Mitgliedern der Gruppe waren vier tot, und sechs weitere trugen irreparable geistige Schäden davon.«

»Und die drei anderen?« fragte Mark.

»Einer war Löbach selbst«, antwortete Petri. »Die beiden anderen du und deine Mutter. Du hattest einen Schock und schwere Vergiftungserscheinungen, aber irgendwie hast du es verkraftet. Vielleicht, weil du noch nicht lange genug dabei warst.«

»Nur meine Mutter und ich sind davongekommen?« fragte Mark. »Was für ein Zufall.«

»Keineswegs«, antwortete Petri. »Allerhöchstens insofern, daß *ich* als erster Arzt bei euch war – weil dein Vater mich gerufen hat. Natürlich habe ich mich zuerst um dich und deine Mutter gekümmert, und dann um die anderen. Vielleicht war es das. Du hast es jedenfalls überstanden. Deine Mutter hatte weniger Glück.«

»Wieso?«

»Weil sie sich an alles erinnerte, Mark«, antwortete sein Vater. »Sie ist nie damit fertig geworden. Sie hat die Wirkung des AZRAEL überstanden, aber sie ist an dem zerbrochen, was sie getan hat.«

»Das... das ist nicht wahr«, stammelte Mark. »Ich glaube dir nicht. Du lügst. Ihr lügt beide!«

»Nein, Mark, das tun wir nicht«, sagte Petri. »Und du weißt es. Vielleicht noch nicht jetzt, aber bald. Du wirst dich erinnern. Jetzt, wo du einmal weißt, was wirklich geschehen ist, werden deine Erinnerungen zurückkommen. Wahrscheinlich ziemlich schnell. Ich hoffe, du wirst damit fertig.«

»Ihr lügt!« schrie Mark erneut. »Das ist alles nicht wahr! Ich glaube euch nicht! Löbach war bis gestern noch auf freiem Fuß! Er war –«

»Er ist nie verhaftet worden«, unterbrach ihn sein Vater sanft.

»Und das soll ich glauben?« Mark lachte böse. »Vier Tote und sechs andere so gut wie tot, und Löbach soll nicht belangt worden sein? Wem willst du das erzählen?«

»Die Polizei hat niemals herausgefunden, daß er hinter der Sache gesteckt hat«, sagte sein Vater. »Offiziell war es einfach ein Drogenunfall. Eine Gruppe Jugendlicher, die mit dem Feuer gespielt und sich dabei verbrannt hat. Löbachs Name ist nicht einmal gefallen. Er war nie in Verdacht.«

Mark starrte seinen Vater an. Er wußte genau, was seine Worte wirklich bedeuteten, aber er weigerte sich einfach, es zu glauben. Nicht einmal sein Vater würde *das* tun.

»Weil du ihn gedeckt hast«, flüsterte er.

Sein Vater schwieg.

»Warum? Aus *Freundschaft*?« So, wie er das Wort aussprach, hörte es sich an wie ein Fluch. Petri fuhr sichtbar zusammen, aber das Gesicht seines Vaters blieb starr.

»Nein«, sagte er mit leiser, ausdrucksloser Stimme. »Ich hätte ihn umgebracht, Mark. Wenn Petri mich nicht zurückgehalten hätte, hätte ich ihn damals getötet. Ich habe ihn gedeckt, um *dich* zu schützen. Dich und deine Mutter.«

»Oh ja, und Löbach gleich mit«, sagte Mark höhnisch. »Den Mann, der uns das alles angetan hat – wenn es die Wahrheit ist.«

»Wir hatten keine Zeit, um nachzudenken«, sagte sein Vater. »Die Polizei war bereits auf dem Weg. Wir haben deine Mutter und dich weggebracht, und Löbach auch. Was hätten wir tun sollen? Wenn die Polizei Löbach verhört hätte, wäre alles herausgekommen. Wir hatten keine Wahl!«

»Ich verstehe«, sagte Mark düster. Er starrte den Arzt an, und sein Blick mußte regelrecht haßerfüllt sein, denn Petri wich instinktiv einen halben Schritt vor ihm zurück. »*Deshalb* sind die anderen nicht durchgekommen, nicht? Nicht, weil Sie uns *als erste* behandelt haben, Doktor, sondern weil Sie uns *als einzige* behandelt haben. Ihr habt meine Mutter und Löbach und mich weggebracht und die anderen einfach verrecken lassen!«

»So war es nicht«, sagte sein Vater scharf. »Der Doktor hat getan, was in seiner Macht stand, aber es war zu spät.«

»Zu spät für wen?!« fragte Mark. »Für dich? Worum hattest du Angst? Um mich und Mutter oder um deinen guten Ruf? Du wolltest uns schützen, wie? Und du hast keine Sekunde lang daran gedacht, daß es deiner *Firma* schaden könnte, wenn die Geschichte herauskäme?«

Sein Vater sagte nichts, aber er sah plötzlich sehr betroffen aus. Der Schmerz, der bisher nur in seinem Blick gewesen war, breitete sich auf seinem ganzen Gesicht aus, wie ein Tintenfleck in einem Blatt Papier. Es war, als altere er vor Marks Augen in wenigen Sekunden um ein Jahrzehnt. Schließlich drehte er sich wortlos herum, stellte sein Glas auf den Tisch und verließ mit langsamen Schritten die Bibliothek.

»Das war sehr grausam von dir, Mark«, sagte Petri leise. »Und ungerecht.«

»*Ungerecht?!*« Mark schrie das Wort beinahe. »Sie wissen ja nicht, was Sie da reden, Doktor.«

»Dein Vater trägt keine Schuld an dem, was passiert ist.« Petri fuhr sich mit beiden Händen durch das Gesicht. Er sah sehr müde aus. »Vielleicht hast du sogar recht, und wir hätten all das nicht tun dürfen, Mark. Aber wir wollten dich nur schützen. Dich und deine Mutter. Dein Vater hat sie sehr geliebt, Mark. Er tut es noch heute.«

»Mein Vater weiß nicht einmal, was das Wort *Liebe* bedeutet«, sagte Mark bitter.

Petri seufzte. »Mark, du –«

»Lassen Sie mich in Ruhe!« fiel ihm Mark ins Wort. »Bitte, *Doktor Petri* – ich habe genug gehört. Mehr, als ich wollte.«

»Aber du hast anscheinend nicht –«

Petri hatte anscheinend nicht begriffen, wie es in Mark wirklich aussah. Aber seine Kraft war aufgebraucht. Er konnte sich nicht mehr beherrschen, und er wollte es auch gar nicht mehr. In seinem Kopf kreiste ein außer Kontrolle geratenes Kaleidoskop aus Bildern, Worten, Erinnerungen und Gefühlen, und nichts von alledem war positiv. Er wollte schreien, irgend etwas packen und zerschlagen, *irgend etwas tun*, nur nicht mehr dasitzen und sich diesem schrecklichen

Wissen stellen, daß Petri und sein Vater die Wahrheit gesagt hatten. Ohne Vorwarnung sprang er auf und riß den Arm in die Höhe, wie um Petri tatsächlich zu schlagen.

Aber er tat es nicht. Petri prallte zurück und starrte ihn entsetzt an, aber Mark stand einfach sekundenlang da, zitternd, mit erhobenem Arm und verzerrtem Gesicht, ehe er auf dem Absatz herumwirbelte und aus dem Haus lief, so schnell er konnte.

17. Kapitel

Sie hatten ihm seine Uhr weggenommen, so daß er nicht sagen konnte, wie lange er schon hier war – was immer *Hier* auch bedeuten mochte. Er wußte nicht, wo er war, und er erinnerte sich nicht einmal *wirklich*, wie er hierhergekommen war. Er erinnerte sich vage an ein Zimmer, in dem er aufgewacht war, nachdem die Wirkung der Spritze nachließ, die ihm der Arzt im Krankenwagen gegeben hatte, aber es war nicht dieses Zimmer gewesen. Dieses andere Zimmer hatte Fenster gehabt und eine Klingel, die er betätigen und damit nach der Schwester rufen konnte.

Das Zimmer, in dem er sich jetzt befand, hatte keine Fenster. Und es hatte auch keine Klingel, ebensowenig wie einen Schrank, eine Waschgelegenheit oder wenigstens eine Toilette. Der Raum war sehr klein und enthielt nichts als das breite, aber trotzdem unbequeme Bett, auf dem er lag, und eine wuchtige Tür, der man trotz der neutralen weißen Lackierung ansah, daß sie aus massivem Stahl gemacht war, schwer genug, jedem Tresor Ehre zu machen. Oh ja, und noch etwas: Unmittelbar über dieser Tür war ein glänzendes rundes Glasauge, das ihn beständig anstarrte. Das Objektiv einer Videokamera. Wenn er hier in einem Krankenhaus war, dann in dem sonderbarsten, von dem er jemals gehört hatte.

Aber Hansen glaubte nicht, daß es sich um ein Krankenhaus handelte. Er war mit einem Krankenwagen hergebracht worden – wenigstens vermutete er das –, und die wenigen Menschen, die er bisher zu Gesicht bekommen hatte, trugen ausnahmslos weiße Kleidung und helle Turnschuhe; außerdem hatten sie eine unangenehme Vorliebe für Spritzen, von denen sie ihm schon eine ganze Anzahl verabreicht hatten, ohne daß sich irgend jemand die Mühe machte, ihm etwa zu sagen, *was* sie ihm da spritzten. Er hatte ein paarmal gefragt, aber keine Antwort bekommen. Eigentlich hatte bisher noch niemand wirklich mit ihm gesprochen – wenn man unter *gesprochen* nicht verstand, daß nur einer der Gesprächspartner redete und der andere schwieg oder Fragen beantwortete, die er gar nicht gestellt hatte.

In diesem Punkt war er allerdings nicht ganz sicher. Seine Erinnerungen spielten ihm einen Streich – nicht nur, was den Weg hierher anging, sondern auch die Zeit danach. Er hatte das *Gefühl*, daß es mehrere Stunden gewesen sein mußten, war aber nicht sicher. Vielleicht lag es an den Spritzen, vielleicht an dem, was in der vergangenen Nacht geschehen war – auch daran erinnerte er sich nur unscharf, weniger wie an etwas Selbsterlebtes, das erst ein paar Stunden zurücklag, sondern wie an einen Film, den er vor vielen Jahren einmal gesehen und schon zum Großteil wieder vergessen hatte –, aber seine Gedanken verwirrten sich immer wieder. Dreimal war er allein hochgeschreckt und hatte sich gefragt, wo er überhaupt war, und einmal gar, *wer* er war. Seine Erinnerungen setzten immer gleich darauf wieder ein, aber vielleicht war das gerade das Schlimme: Er war sich der Tatsache bewußt, daß er Blackouts hatte, und daß sie immer schneller kamen und immer länger dauerten. *Was in Gottes Namen geschah mit ihm?*

Hansen richtete sich auf dem Bett auf. Die Bewegung verlangte große Kraft von ihm und noch mehr Konzentration. Nicht nur sein Erinnerungsvermögen hatte gelitten, er fühlte sich auch körperlich schlecht – so schwach wie ein Baby und schwindelig. Sein rechter Arm war taub von den vielen Spritzen, die er bekommen hatte, und als er versuchte, sich weiter aufzusetzen und die Beine vom Bett zu schwingen, hätte er es fast nicht geschafft. Um ein Haar wäre er nach vorne gekippt und hätte kaum die Kraft gehabt, sich zu halten.

Er stöhnte leise. In einer kraftlosen Bewegung sank er nach vorn, stützte die Ellbogen auf die Knie und verbarg das Gesicht in beiden Händen. Das Schwindelgefühl zwischen seinen Schläfen war jetzt so schlimm, daß er es nicht wagte, die Augen zu öffnen, aus Angst, daß ihm übel werden konnte.

Wo war er hier? Was hatten sie nur mit ihm getan?

Es war einer seiner lichten Momente, wie ihm mit grausamer Deutlichkeit bewußt wurde. Nicht der erste. Und es war auch nicht das erste Mal, daß er sich genau diese Frage stellte und vielleicht sogar eine Antwort darauf gefunden hatte, aber er hatte sie ebenso vergessen wie die davor und die vor ihr, und die davor.

Plötzlich hatte er Angst. Eine Angst, die in Bruchteilen von Sekunden beinahe zur Panik wurde und ihn hätte aufschreien lassen, hätte er nur die Kraft dafür gehabt. Hansen war kein Feigling; eigentlich hatte er das Gefühl der Angst nur sehr selten kennengelernt und niemals in dieser Ausprägung. Aber natürlich gab es auch in seinem Leben etwas, das er füchtete, vor dem er mehr Angst hatte als vor allem anderen – wie bei jedem Menschen. Bei Hansen war es die Angst, wahnsinnig zu werden.

Sie war nicht unbegründet. Er selbst hatte niemals an seiner geistigen Gesundheit zweifeln müssen, aber er hatte einen Bruder gehabt – er war vier Jahre älter gewesen als er und im vergangenen Jahr (endlich) gestorben –, der geistig zurückgeblieben war. Hansen war zusammen mit einem Bruder aufgewachsen, der stets größer und sehr viel kräftiger als er gewesen war, für eine Weile älter, für eine kurze Weile ebenso alt wie er und für lange, qualvolle Jahre jünger; ein fünfjähriges Kind im Körper eines Mannes, das niemals richtig gelernt hatte zu denken, sich zu artikulieren und sich zu bewegen, und ein durch und durch böses Kind noch dazu. Hansen hatte notgedrungen viel über geistige Behinderungen gelernt, und ihm war nicht verborgen geblieben, daß die meisten Schwachsinnigen erstaunlich friedfertig waren; wenigstens die, die man frei herumlaufen ließ. Sein Bruder nicht. Er war nicht direkt gefährlich; nicht so, daß es einen Grund gegeben hätte, ihn einzusperren oder unter irgendeine besondere Aufsicht zu stellen, aber er machte Hansen und seiner ganzen Familie das Leben zur Hölle. Die vierundzwanzig Jahre, die er alt geworden war, hatten das Leben seiner Eltern zerstört und das seines jüngeren Bruders zu einer Qual gemacht. Als er schließlich gestorben war, hatte die ganze Familie aufgeatmet – und in Hansen war die tiefverwurzelte, unauslöschliche Angst zurückgeblieben, eines Tages genauso zu werden.

Vielleicht war es mehr als bloße Furcht gewesen. Vielleicht eine Ahnung, vielleicht hatte er instinktiv gespürt, daß das gleiche, grausame Etwas, das den Geist seines Bruders zerstört hatte, auch schon in ihm war: ein unsichtbares Krebsgeschwür, das lautlos und im verborgenen wucherte und auf den Moment wartete, auszubrechen.

War es jetzt soweit? War das der Grund, weshalb er hier war? Weshalb dieses Krankenhaus keinem Krankenhaus ähnelte, das er je gesehen hatte, weil es kein Kranken-, sondern ein Irrenhaus war?

Hansen spürte, daß er dabei war, sich selbst in eine Furcht hineinzusteigern, der er vielleicht nicht mehr würde Herr werden können, und zwang sich mit einer gewaltigen Anstrengung, den Gedankengang abzubrechen. Er nahm die Hände herunter, hob den Kopf und öffnete mit einem Ruck die Augen. Wie er erwartet hatte, wurde ihm schwindelig, aber nicht so schlimm, wie er gefürchtet hatte. Für einen Moment schwankte das kleine, fensterlose Zimmer vor seinen Augen auf und ab, aber er brachte den Effekt mit einer bewußten Anstrengung zum Erliegen. Er wußte nicht, wo er war, aber eines konnte er mit großer Sicherheit sagen: Dies war *keine* Irrenanstalt. Die berühmte Gummizelle – deren Wände übrigens in den seltensten Fällen tatsächlich aus Gummi bestanden – sah anders aus. Sie hatte zum Beispiel keine Tresortür, und es gab auch kein Videoauge in der Wand, das jede Bewegung ihres Insassen mißtrauisch überwachte. Wo also war er?

Vielleicht lag die Antwort auf diese Fragen in den Ereignissen der vergangenen Nacht. Hansen hatte immer noch Schwierigkeiten, sich zu erinnern, aber nun versuchte er das Problem mit Logik anzugehen. Eine der ersten Lektionen, die er während seiner Ausbildung zum Polizeibeamten gelernt hatte, beinhaltete, daß es zwar richtig war, ein Problem in seiner Gesamtheit zu betrachten, der genau entgegengesetzte Weg aber ebenso zum Erfolg führen konnte: den Blick auf die Details zu lenken und jedes einzelne sorgsam zu prüfen. Er war mit Bremer auf Streife gewesen, und ihre Schicht war schon beinahe vorüber. Er erinnerte sich, sehr müde gewesen zu sein und alles andere als begeistert, als der Einsatzbefehl über Funk kam. Es ging um einen…

An diesem Punkt setzten seine Erinnerungen aus. Er... *glaubte*, daß es um einen Selbstmörder gegangen war, war aber nicht sicher. Irgend etwas war danach geschehen. In seinem Kopf waren ein paar zusammenhanglose Bilder: ein Hochhaus, Menschen, die zusammengelaufen waren und die Köpfe in den Nacken legten, eine winzige weiße Gestalt, die mit weit ausgebreiteten Armen wie ein bleicher Vogel ohne Schwingen hoch durch die Luft flog, dann ein Schrei und ein dumpfer Aufprall; irgend etwas hatte ihn getroffen, danach kam wieder eine Lücke, die mit vagen, aber zusammenhanglosen Bildern und Empfindungen gefüllt war. Dann der Krankenwagen. Er hatte nicht gewollt, daß man ihn hineinlegte, sich zugleich aber auch nicht wirklich dagegen wehren wollen. Wieder eine Lücke: ein Blackout, das diesmal seine Erinnerungen betraf und total war. Das nächste, woran er sich erinnerte – daran aber sehr klar –, war das Krankenhaus gewesen, in dem er das erste Mal aufgewacht war. Anders als dies ein ganz normales Krankenhaus mit einem ganz normalen Bett und ganz normalem Personal. Eine Schwester war gekommen und hatte ihm zu trinken gebracht, und danach...

Ja, danach hatte er verlangt, mit seiner Frau telefonieren zu dürfen. Er kannte die Vorschriften. Sicherlich hatte man Angelika längst darüber informiert, daß er einen Unfall (Unfall?) gehabt hatte und ins Krankenhaus gebracht worden war, und sie würde sich Sorgen machen. Er mußte anrufen und sie beruhigen. Aber statt eines Telefons war ein Arzt in seinem Zimmer erschienen, und statt ihn zu entlassen, hatte er ihm mitgeteilt, daß noch einige Untersuchungen nötig seien. Er hatte nicht protestiert. Eine weitere Lektion, die er schon sehr früh gelernt hatte, war, daß es keinen Sinn hatte, sich mit Ärzten zu streiten. Sie hatten meistens recht, und wenn schon nicht das, waren sie doch fast immer in der stärkeren Position. Er hatte nicht einmal gefragt, welche Untersuchungen und warum, sondern sich in sein Schicksal gefügt und nur darum gebeten, daß man seine Frau benachrichtigte und ihr mitteilte, wo er war und daß ihm nichts Ernstes fehlte. Danach hatte der Arzt ihm eine Spritze gegeben, und er war eingeschlafen.

Das Mittel hatte nicht richtig gewirkt, oder etwas in ihm hatte sich gegen seine Wirkung gewehrt, denn er war schon nach kurzem wieder aufgewacht und hatte sich in einem Dämmerzustand zwischen Schlafen und Wachen befunden. Sein Bewußtsein war ständig von der einen Seite der Grenze auf die andere hinüber und wieder zurück geglitten, so daß er in Bruchstücken mitbekommen hatte, daß man ihn aus dem Zimmer und einige Augenblicke später in einen Krankenwagen brachte, der ohne Blaulicht und Sirene, aber trotzdem sehr schnell losgefahren war. Da hatte er das erste Mal Angst bekommen. Er war nicht verletzt, er hatte keine Schmerzen, und mit Ausnahme seiner Benommenheit – die mit großer Wahrscheinlichkeit an der Spritze lag, die er bekommen hatte – fühlte er sich gut. Aber warum brachte man ihn dann weg? Und wohin?

Seitdem war er hier, in diesem unheimlichen Zimmer. Ein paarmal waren Männer in weißen Hosen und kurzärmeligen weißen Jacken gekommen, um nach ihm zu sehen oder eine Nadel in seinen Arm zu stechen, und das war alles, was er wußte.

Hansen richtete sich weiter auf und atmete ein paarmal bewußt tief ein und aus, um das leise Gefühl der Übelkeit zu bekämpfen, das sich in seinem Magen ausgebreitet hatte. Sein Blick suchte das starre Kameraauge über der Tür und fixierte es lange genug, damit er sicher war, daß, wer immer den dazugehörigen Monitor auf der anderen Seite beobachtete, es auch bemerkt hatte.

»Ich will mit einem Arzt sprechen«, sagte er, nicht sehr laut, aber mit schon fast überdeutlicher Betonung und allem Nachdruck, den er in die Worte legen konnte. »Hören Sie? Ich verlange, sofort mit jemandem zu reden, der mir sagt, was hier los ist.«

Natürlich bekam er keine Antwort. Er konnte nirgendwo einen Lautsprecher entdecken, aber wahrscheinlich hätte er auch keine bekommen, hätte es einen gegeben. Es spielte keine Rolle. Seine Worte waren mit Sicherheit gehört worden. Wer immer sich solche Mühe mit ihm gab, würde die Videokamera dort über der Tür nicht ausgeschaltet lassen. Und bei allen Ängsten, die ihn peinigten, hatte er doch immer noch Vertrauen in die Wissenschaft und die Ärzte. Er war zornig, daß ihm niemand etwas gesagt hatte, daß man ihm Spritzen gab, ohne ihm zu erklären, warum, und ihm ein einfaches Telefongespräch mit seiner Frau verweigerte, aber er unterstellte ihnen – wer immer sie waren – trotzdem noch immer die besten Absichten. Beschweren konnte er sich später, und das würde er auch tun, aber jetzt galt es erst einmal, sich über seine Situation Klarheit zu verschaffen.

Zeit verstrich. Hansen blieb aufrecht und reglos auf der Bettkante sitzen und bemühte sich auch, seine Hände und sein Gesicht unter Kontrolle zu halten, denn ihm war klar, daß er beobachtet wurde. Er versuchte, das Verstreichen der Zeit zu schätzen, dann begann er zu zählen: in einem langsamen, gleichmäßigen Rhythmus, der sich am Takt seiner Herzschläge orientierte. Zuerst bis hundert, dann bis fünfhundert.

Niemand kam.

Dafür kehrte die Furcht zurück. Er hatte plötzlich einen absurden, aber gräßlichen Gedanken: Was, wenn er all das nicht wirklich erlebte? Was, wenn er nur *glaubte,* es zu erleben? Wenn er niemals in dieses seltsame Zimmer gekommen war, sondern noch immer im Krankenhaus lag, angeschlossen an eine Unzahl durchsichtiger Schläuche und bunter Drähte, in denen er sich verfangen hatte wie in dem verchromten Netz einer riesigen stählernen Spinne, deren Opfer er geworden war – und die es nicht auf sein Fleisch, sondern auf seinen Geist abgesehen hatte? Was, wenn er –

Es hatte schon einmal geholfen, und er versuchte auch jetzt, den Gedanken mit einer bewußten Anstrengung abzubrechen. Die Angst blieb. Die Stimme der Logik war zu dünn und hatte nicht die richtigen Argumente, das böse Flüstern in seinem Kopf zum Verstummen zu bringen. Es wurde etwas leiser, aber es war noch da und gewann mit jedem Moment an Eindringlichkeit und Überzeugungskraft. Stöhnend schloß Hansen die Augen und preßte die Lider so fest zusammen, daß weiße Lichtblitze vor seinen Augen tanzten. Er schloß die Hände, ballte sie zu Fäusten und grub ganz bewußt die Fingernägel tief in sein eigenes Fleisch. Der Schmerz war wie ein dünner, heißer Draht, der in seine Hände schnitt, aber er lockerte seinen Griff nicht, sondern wandte im Gegenteil noch mehr Kraft auf. Schmerz – körperlicher Schmerz – war etwas Reales, ein Teil der Welt, in der er lebte und *bleiben* wollte, und er war nicht sein Feind, sondern die Rettungsleine, nach der er mit verzweifelter Kraft griff, um sich daran festzuklammern und nicht vollends hineingerissen zu werden in den Strudel aus Angst und Wahnsinn, auf den er immer schneller und schneller zutrieb.

Es half. Die Furcht verebbte ganz langsam. Der Sog wurde schwächer, er spürte, wie warmes Blut über seine Hände lief und zu Boden tropfte, aber es war ein köstliches Gefühl, ein Gefühl, das ihm bewies, daß er noch lebte und sich noch immer in einer Welt realer Dinge befand. Nicht in jenem unsichtbaren Gefängnis aus Infantilität und Irrsinn, das den Geist seines Bruders verschlungen hatte.

Als er die Augen öffnete, war er nicht mehr allein.

Er hatte nicht gehört, daß die Tür aufgegangen war, aber sie mußte es wohl, denn vor ihm stand ein sehr großer, schlanker Mann mit grauem Haar, einem asketischen Gesicht und der hier allgemein üblichen Kleidung: weiße Hosen, weißes Hemd und darüber ein weißer Kittel. Aber er war kein Pfleger, sondern Arzt. Hansen hätte das kleine Namensschildchen an seinem Kittel gar nicht sehen müssen, um das zu wissen. Er war in seinem Leben genug Ärzten begegnet, um sie sofort zu erkennen.

»Gott sei Dank«, murmelte er erleichtert. »Endlich. Ich dachte schon, es kommt überhaupt niemand mehr.«

Der Grauhaarige lächelte. Auch dieses Lächeln kannte Hansen zur Genüge. Er hatte es so oft gesehen, wenn er seinen Bruder und seine Mutter zum Arzt begleitete – ein Lächeln, das nichts bedeutete und allenfalls die eigene Unsicherheit verbarg.

»Wie ich sehe, geht es Ihnen endlich besser«, sagte der Arzt. »Wie fühlen Sie sich?«

»Nicht besonders gut«, gestand Hansen. »Mir ist schwindelig, und ich fühle mich sehr schwach. Was ist passiert? Wo bin ich?«

»Im Krankenhaus«, erwiderte der andere. »Aber das wissen Sie sicher selbst. Sie sind in guten Händen, keine Sorge, Ihnen wird nichts geschehen.«

Allein der Umstand, daß er diese Versicherung für nötig hielt, beunruhigte Hansen schon wieder. »Was ist passiert?« fragte er. »Hatte ich einen Unfall?«

Der Arzt hob abwehrend die Hand. »Ich bin hier, um Ihnen alles zu erklären«, sagte er. »Ich bin Dr. Artner, der Leiter dieser Klinik, und ich nehme an, Sie haben tausend Fragen.«

»Vor allem möchte ich mit meiner Frau sprechen«, antwortete Hansen. Er kannte auch die Art Artners zu reden zur Genüge. So wie sein Lächeln bedeutete sie nichts. Er würde antworten, aber es würden wahrscheinlich Antworten sein, die keine waren.

»Ihr Frau wurde benachrichtigt«, sagte Artner, »machen Sie sich keine Sorgen. Sie weiß, daß es Ihnen gutgeht, wahrscheinlich besser, als Sie selbst.«

»Bestimmt sogar«, sagte Hansen und bekam einen Begleiter: Zorn.

»Bitte, Herr Doktor«, fuhr er in unhörbar schärferem, aber auch entschlossenem Tonfall fort, »ich möchte jetzt wissen, was überhaupt passiert ist.«

»Sie erinnern sich nicht?« fragte Artner.

»Nein«, erwiderte Hansen. »Dann würde ich kaum fragen, oder?«

Artner seufzte und schien einen Moment intensiv nachzudenken, wie er antworten sollte. »Nun gut«, sagte er schließlich. »Ich denke, wir sollten uns wirklich unterhalten.«

»Das glaube ich auch«, antwortete Hansen, noch immer im gleichen, hörbar aggressiven Ton. »Es sei denn, Sie legen Wert darauf, daß ich jetzt aufstehe und hier herausspaziere.« Er deutete auf die Tür.

Artner machte sich nicht einmal die Mühe, seiner Geste zu folgen. Er sah ihn nur an. »Also gut«, sagte er. »Reden wir. Aber nicht über Sie.«

»Worüber sonst?«

»Oh, da fallen mir auf Anhieb eine Menge interessanter Themen ein«, sagte Artner. Etwas in seinem Lächeln veränderte sich. Hansen hätte nicht sagen können, was, aber was immer es auch war – es beunruhigte ihn.

»Zum Beispiel?«

»Zum Beispiel Ihr Bruder«, antwortete Artner.

Hansen erstarrte. *Sein Bruder?* Was um alles in der Welt –

»Er war schwachsinnig, nicht wahr? Ich meine: total verrückt, zurückgeblieben, ein Idiot.«

»Was hat das ... mit mir zu tun?« fragte Hansen stockend. Seine Hände zitterten plötzlich. Er sah an sich herab und stellte fest, daß sie nicht mehr bluteten. Das konnten sie auch nicht. Die winzigen sichelförmigen Wunden, die seine Fingernägel vorhin in seine Haut gegraben hatten, waren nicht mehr da.

»Nichts«, antwortete Artner. »Ich dachte nur, es wäre ein interessantes Thema. Eines, über das Sie gerne reden würden.«

»Wie... wie kommen Sie darauf?« murmelte Hansen. Jede Schärfe und jede Sicherheit waren aus seiner Stimme verschwunden. Sie zitterte jetzt ebenso heftig wie seine Hände, und er spürte, wie sich hinter seiner Stirn etwas Dunkles, Großes, Körperloses zu drehen begann.

»Stimmt das etwa nicht?« wollte Artner wissen. »Sie denken doch oft an Ihren Bruder zurück, nicht? Wie hieß er doch gleich? Gerd?«

»Fred«, antwortete Hansen.

»Fred, so.« Artner nickte ein paarmal. »Ein passender Name für einen Schwachsinnigen. Obwohl Gerd eigentlich auch paßt – aber das ist Ihr Vorname, nicht wahr?«

Hansen starrte ihn an. Er antwortete nicht mehr. Er hätte es gar nicht gekonnt, denn seine Kehle war zugeschnürt. Sein Herz schlug ganz langsam, aber sehr schwer.

»Aber keine Angst, Gerd«, fuhr Artner fort. »Ich bin nicht gekommen, um Ihnen schonend beizubringen, daß Sie verrückt geworden sind. Das sind Sie nicht.« Er lachte. »Jedenfalls nicht verrückter als die meisten dort draußen, die sich für normal halten.«

»Was... was soll das?« krächzte Hansen. »Ich verstehe nicht, was...«

»Na ja, das können Sie vermutlich auch nicht«, unterbrach ihn Artner. »Schließlich bin ich ja hier, um Ihnen alles zu erklären. Das ist meine Aufgabe, wissen Sie? Erklären und beruhigen – auch wenn es manchmal gar nichts zu erklären gibt und schon gar nichts zu beruhigen. Ich meine, sehen Sie mich an, ich bin der Leiter dieser Klinik. Das alles hier gehört mir. Zwanzig Ärzte, an die hundert Pfleger und Schwestern und Technik im Wert von etlichen zig Millionen – und was habe ich davon? Nichts.«

»Bitte, Dr. Artner«, sagte Hansen mit letzter Kraft. »Was immer Sie mir sagen wollen, sagen Sie es. Erklären Sie mir, was mit mir geschieht.«

»Aber das versuche ich ja gerade«, antwortete Artner in einem Ton resignierender Geduld. »Es hat überhaupt keinen Sinn, sich gegen das Schicksal aufzulehnen, wissen Sie? Früher habe ich das einmal geglaubt, aber es stimmt nicht. Wir können tun, was wir wollen, am Ende ist es stärker.« Er zog einen Schmollmund. »Schauen Sie mich an! Dieser ganze Laden hier hört auf mein Kommando, und was habe ich davon? Ich bin tot!«

Hansen riß ungläubig die Augen auf. »Wie?«

»Ja, ja«, sagte Artner. »Ich bin tot. Sehen Sie!« Er griff in die rechte Tasche seines Kittels, zog ein Skalpell heraus und führte es mit einer langsamen, sehr präzisen Bewegung über seine linke Wange. Das Fleisch klaffte auf und fiel herunter wie ein Stück losgerissener Tapete, und darunter kamen der blanke Knochen und rote Muskel- und Sehnenstränge zum Vorschein. Als er weitersprach, konnte Hansen sehen, wie sich die Zunge in seinem Mund bewegte wie ein kleiner fleischiger Wurm, der vergebens gegen die Stäbe eines Elfenbeinkäfigs anrannte.

»Hoppla«, sagte Artner. »Das war vielleicht etwas übertrieben. Aber so ist das: Man wird leicht unachtsam, wenn man keine Schmerzen mehr fürchten muß.« Er entledigte sich des Skalpells, indem er es sich wuchtig in den linken Unterarm stieß, griff mit der freigewordenen Hand nach seinem Gesicht und klappte den Fleischlappen, der seine Wange gewesen war, wieder nach oben.

»Haben Sie Angst vor Schmerzen, Gerd?« fragte er.

Hansen schrie. Voller Panik wich er vor Artner zurück, stürzte nach hinten und begann rücklings über das Bett vor ihm davonzukriechen.

»Ich will Ihnen keine Angst machen«, fuhr Artner im Plauderton fort. »Ich frage nur, weil Sie wahrscheinlich eine gewaltige Menge Schmerzen ertragen werden müssen, dort, wo Sie hingehen. Und für ziemlich lange, fürchte ich.« Er lachte leise. »Oh ja, *sehr lange.* Wie lang ist die Ewigkeit?«

Hansen kreischte weiter. Der Schrei wurde von den gepolsterten Wänden zurückgeworfen und hallte schmerzhaft laut in seinen Ohren, und in ihm erwiderte eine lautlose Stimme den Schrei und fegte auch noch den letzten Rest von Beherrschung davon. Hinter seiner Stirn begann sich ein Druck aufzubauen, der binnen Sekunden die Grenzen des Erträglichen erreichte und überstieg und immer noch weiter und weiter wuchs, bis er das Gefühl hatte, explodieren zu müssen. Seine Furcht erreichte eine Intensität, die wirkliche körperliche Schmerzen freisetzte, aber diesmal war dieser Schmerz kein Freund, sondern ein Verbündeter der Panik, der mit scharfen Krallen an der immer dünner werdenden Barriere riß, die seinen Verstand noch von den Abgründen des Wahnsinns trennte. Und Artner kam näher. Er hatte das Bett erreicht und ging einfach hindurch – nicht wie ein Geist oder ein Trugbild, das einfach durch feste Materie hindurchglitt, sondern mit langsameren, mühevollen Schritten, wie ein Mann, der in knietiefem zähem Schlamm watete.

»Ich habe eine Überraschung für dich, Gerd«, sagte er. »Aber ich fürchte, sie wird dir nicht gefallen.«

Seine Stimme. Etwas stimmte nicht mit seiner Stimme. Es war plötzlich nicht mehr die des Arztes. Das hieß – nicht eigentlich seine *Stimme* hatte sich verändert, sondern vielmehr seine Art, zu reden. Sie war... schleppender geworden. Monotoner. Kindlicher?

Die Tür zu Hansens Zelle wurde mit einem Knall aufgerissen, und zwei muskulöse Männer in weißen Pflegeruniformen stürmten herein, dicht gefolgt von einem dritten, etwas älteren Mann, dem man, ganz wie Artner zuvor, den Arzt ansah. Offenbar hatte die Videokamera doch ihren Dienst getan, und sie waren gekommen, um ihn zu retten. Sie würden Artner überwältigen und –

Sie ignorierten Artner.

Hansen schrie weiter aus Leibeskräften und schlug und trat mit Armen und Beinen um sich, aber er hatte keine Chance gegen die beiden Pfleger. Mit routinierten Bewegungen ergriffen sie ihn und rangen seinen Widerstand scheinbar mühelos nieder. Hansen schrie weiter, bäumte sich mit verzweifelter Kraft auf und brüllte, und Artner stand die ganze Zeit da, bis zu den Knien in seinem Bett versunken und lächelnd, und irgend etwas geschah mit seinem Gesicht. Es veränderte sich, ohne sich wirklich zu verändern. Etwas Bekanntes war mit einem Male darin, etwas auf eine furchtbare Weise Vertrautes, das nicht sein konnte, das *einfach nicht sein durfte,* denn es war unmöglich, absolut und vollkommen unmöglich.

»Beruhigen Sie sich, Hansen!« sagte der neu hinzugekommene Arzt. Er stand direkt hinter Artner auf der anderen Seite des Bettes, so daß Hansen sein Gesicht nur zum Teil sehen konnte. Er sah erschrocken aus und sehr besorgt – aber *er sah Artner nicht.* Sein Blick war fest auf Hansen gerichtet, obwohl er ihn doch sehen mußte. Er stand unmittelbar vor ihm!

»Ja, ja, du solltest auf meinen armen lebenden Kollegen hören«, sagte Artner fröhlich. »Beruhige dich. Es wäre wirklich klüger.« Er lachte meckernd. »Um dich aufzuregen, hast du noch viel Zeit. Viel, viel, viel Zeit.«

Etwas in Hansen zerbrach. Der Druck hinter seiner Stirn überstieg die Grenzen des Vorstellbaren, und es war wirklich wie eine kleine Explosion – er konnte fühlen, wie irgendein Widerstand in ihm nachgab, die Mauern einstürzten, die seinen Verstand bisher trotz allem noch irgendwie geschützt hatten. Er heulte auf, mobilisierte noch einmal alle Kräfte und schaffte es dann, seinen rechten Arm loszureißen. Der Pfleger auf der entsprechenden Seite des Bettes fluchte, versuchte seine Hand wieder zu ergreifen und taumelte im nächsten Augenblick einen Schritt zurück, als Hansen ihm die Faust mit aller Gewalt in den Leib trieb.

»Nicht schlecht«, sagte Artner anerkennend. »Aber auch nicht gut. Jedenfalls nicht gut genug. Den beiden bist du nicht gewachsen, fürchte ich. Sie verstehen ihr Handwerk.« Er lächelte weiter, und diese furchtbare Vertrautheit nahm noch zu. Es war gar nicht sein Gesicht, das sich verändert hatte. Es waren seine Augen. Etwas *in* seinen Augen, das Hansen wiedererkannte. Etwas, das er beinahe zwanzig Jahre seines Lebens gesehen und fast die gleiche Zeit über gefürchtet hatte. Und gehaßt. Verzweifelt bäumte er sich auf und versuchte auch seinen anderen Arm loszureißen, aber es war so, wie das Artner-Ding gesagt hatte: Er war den beiden Pflegern nicht gewachsen. Die beiden waren viel stärker als er, und was die angeblich so absolute Kraft anging, die die Todesangst verleihen sollte, so war sie entweder nur eine Legende, oder die beiden Pfleger waren im Umgang mit ihr geübt. Er versuchte einen zweiten Fausthieb anzubringen, aber diesmal fing der Mann seinen Schlag mit einer fast spielerischen Bewegung ab, packte ihn und verdrehte seinen Arm. Ein grausamer Schmerz explodierte in seiner Schulter, und er schrie wieder, diesmal vor Qual.

»Seien Sie vorsichtig«, mahnte der Arzt. »Tun Sie ihm nicht unnötig weh.« Er griff in die Tasche, zog ein schmales Etui heraus und entnahm ihm eine bereits fertig aufgezogene Spritze.

»Keine Angst, Hansen«, sagte er. »Sie werden sich gleich besser fühlen. Wir wollen Ihnen doch nur helfen.«

»Das bezweifle ich«, sagte Artner fröhlich. »Ich meine: nicht, daß er dir helfen will. Aber daß du dich gleich besser fühlen wirst.«

Hansen kämpfte mit aller Kraft. Selbst den beiden Pflegern gelang es nur mit äußerster Mühe, ihn auf das Bett zurückzudrücken und so festzuhalten, daß der Arzt die Spritze ansetzen konnte, aber es *gelang* ihnen. Hansen spürte ein kurzes, aber heftiges Brennen in der Armbeuge und fast unmittelbar darauf ein taubes Gefühl, das sich wie eine warme, beruhigende Woge in seinem ganzen Körper auszubreiten begann.

»Ein Hoch auf die moderne Chemie«, sagte Artner. Er applaudierte spöttisch. Das Skalpell, das noch immer in seinem linken Unterarm steckte, bewegte sich rhythmisch wie der Zeiger eines höllischen Metronoms, und er hatte die Hand vom Gesicht genommen, so daß seine Wange wieder heruntergeklappt war und mit einem flappenden Geräusch gegen sein Kinn schlug.

»Gleich schläfst du ein, wetten wir?« fuhr er fort. »Aber bevor du es tust, habe ich noch eine Überraschung für dich. Paß auf – den Trick kann ich nur einmal vorführen, fürchte ich.«

Er trat einen Schritt zurück und damit halb durch den Arzt hindurch, der die Spritze aus Hansens Vene zog und besorgt und sehr aufmerksam auf ihn herabsah. »Sie fühlen sich gleich besser«, sagte er. »Sie werden einschlafen, und wenn Sie aufwachen, ist alles vorbei, das verspreche ich.«

»Unsinn«, fügte Artner hinzu. »Dabei habe ich ihm so oft gesagt, daß er keine Versprechungen machen soll, die er nicht halten kann. Aber manche lernen es nie.«

Er zog das Skalpell aus seinem Arm, drehte es herum und stieß sich die rasiermesserscharfe Klinge gute zwei Zentimeter in den Bauch. Die Wunde blutete nicht, aber sein Kittel, das Hemd und das weiße Fleisch darunter klappten auseinander und gaben Hansen den Blick auf das rote pulsierende Innere des Körpers frei. Das *Ding*, das darin hockte.

Hansen wollte schreien, aber er konnte es nicht. Das Medikament, das ihm der Arzt gespritzt hatte, entfaltete seine Wirkung immer rascher. Er war gelähmt, vollkommen hilf- und reglos, doch das Mittel war trotz allem nicht gnädig genug, ihn endlich das Bewußtsein verlieren zu lassen. Er schrie noch immer, aber jetzt war es ein lautloser Schrei, der nicht einmal seine Lippen zittern ließ. Wehrlos mußte er mit ansehen, wie Artner das Skalpell weiter bewegte und eine präzise gerade Linie über seine Brust zog, seine Kehle vertikal spaltete und dann Kinn, Lippen und Nase teilte, ehe die Klinge über seinem Scheitel verschwand und einen Winkel annahm, in dem er sie nicht mehr führen konnte. Achtlos ließ er das Messer fallen, griff mit beiden Händen nach oben und riß die Kopfhaut auseinander.

Sein Gesicht öffnete sich mit einem Geräusch wie ein fleischiger Reißverschluß. Artners Arme bewegten sich weiter und zogen Haare, Gesicht und schließlich Schultern und Brust auseinander, und darunter kam ein rotes, glitschiges Etwas zum Vorschein, ein grauenhaftes Ding wie eine übergroße Schlupfwespe, feucht und pulsierend und *lebendig*. Das Geschöpf streifte Artners Körper ab wie ein Taucher seinen Neoprenanzug, aus dem er sich mühsam herausarbeitete, ebenso langsam, aber auch mit der gleichen Zielsicherheit. Aber es war kein *Geschöpf*. Kein Monster.

Es war sein Bruder.

»Hallo, Gerd«, sagte er lächelnd. »Schön, daß du wieder da bist. Ich wußte immer, daß wir uns wiedersehen.«

Hansen konnte spüren, wie seine Augen aus den Höhlen quollen. Er begann zu zittern. Ein leiser, wimmernder Schrei kam über seine Lippen.

»Da stimmt was nicht, Doktor«, sagte einer der Pfleger. Er und sein Kollege traten wieder näher und streckten die Hände nach Hansen aus, ohne ihn allerdings schon zu berühren.

»Hast du wirklich gedacht, du wärst mich los?« fragte Fred. Auf seinem rotweiß marmorierten Gesicht erschien ein furchtbares, blutiges Lächeln. Er sprach jetzt nicht mehr mit Artners Stimme, sondern mit dem monotonen Singsang, der Freds einzige mögliche Betonung gewesen war, aber seine Augen hatten sich abermals verändert. Etwas war darin, das Hansen niemals im Leben in den Augen seines Bruders gesehen hatte: *Bewußtsein. Wille.* Sein Bruder hatte die Fesseln endlich abgestreift, die seinen Geist zeit seines Lebens im Alter von vier oder fünf Jahren festgehalten hatten. Aber was da erwacht war, das war etwas Böses, etwas unvorstellbar Finsteres und Zerstörerisches.

»Du hast mich gehaßt, nicht wahr?« fuhr er fort. »Streite es nicht ab, ich weiß es. Du hast mich vom ersten Tage an gehaßt. Du hast den liebenden Bruder gespielt, und alle haben dir geglaubt, aber das war eine Lüge. Du hast mich mein Leben lang gehaßt, weil Mutter und Vater *mich* geliebt haben, viel mehr als dich. Du hast mich gehaßt, weil sie Mitleid mit mir hatten, wegen meiner Behinderung, und der Aufmerksamkeit, die alle mir geschenkt haben, und nicht dir. Hast du etwa gedacht, ich weiß es nicht? Ich wußte es, Gerd. Jeden Tag meines Lebens, jede Stunde, jede Sekunde hast du dir gewünscht, daß ich sterbe, und ich habe es jeden Tag, jede Stunde und jede Sekunde gespürt.«

Das *Ding* hatte sich jetzt bis zur Hüfte aus Artners Körper herausgearbeitet, aber es machte keine Anstalten, ihn vollends abzustreifen. Langsam kam es näher. Artners Haut schlabberte wie ein halb heruntergezogener Overall um seine Hüften und verursachte schreckliche nasse Laute, während sie über das Bett streifte. »Du warst froh, als ich endlich gestorben bin«, fuhr es fort. »Du hast den Trauernden gespielt, aber innerlich hast du jubiliert. Glaub nicht, daß ich es nicht wußte. Aber du bist mir nicht entkommen. Ich war die ganze Zeit bei dir, und weißt du was? Ich werde noch viel länger bei dir sein. Für immer. Wir werden für alle Ewigkeiten vereint sein, wie es Brüder doch sein sollen, oder?«

Sein Bruder beugte sich vor und streckte die Hände nach ihm aus, die noch bis zu den Unterarmen in den abgerissenen Artner- Handschuhen steckten, und die Vorstellung, von diesen grauenhaften Händen berührt zu werden, war mehr, als Hansen ertrug.

Er bäumte sich auf. Eine Woge reiner, weißglühender Panik schwemmte die Wirkung des betäubenden Medikamentes aus seinem Körper heraus, und die absolute Kraft, die er gerade vermißt hatte, war plötzlich da. Die beiden Pfleger versuchten ihn zu packen und festzuhalten, aber Hansen schüttelte sie einfach ab. Einer der Männer ging lautlos zu Boden, als ihn seine Faust traf, der andere stolperte schreiend zurück, prallte gegen die Wand und sank ebenfalls auf die Knie.

Das Ungeheuer kam noch immer näher. Hansen kreischte. Verzweifelt kroch er weiter vor ihm davon, stürzte vom Bett und rappelte sich ungeschickt wieder hoch. Sein Bruder stand vor ihm, die Arme ausgebreitet und die Hände weit geöffnet, aber nicht in einer zupackenden, sondern umarmenden Geste.

»Du kannst nicht vor mir davonlaufen, Gerd«, sagte er. »Du kannst es versuchen, aber es ist sinnlos. Wir gehören zusammen. Für alle Zeiten.«

Hansen stürzte mit einem gellenden Schrei los. Der Arzt versuchte nach ihm zu greifen und büßte zwei Fingernägel ein. Als er mit einem Schmerzensschrei zu Boden ging, sprang Hansen über das Bett und raste weiter, und obwohl die Zelle so winzig war, daß er nicht einmal zwei ganze Schritte Anlauf nehmen konnte, reichte die Wucht, mit der er seinen eigenen Schädel gegen den stählernen Türrahmen rammte, doch aus, um ihn auf der Stelle zu töten.

18. Kapitel

Kommissar Sendig legte den Telefonhörer mit einer übertrieben präzise wirkenden Bewegung auf die Gabel zurück. Er hatte während der vergangenen halben Stunde nicht nur mehrere, sondern eine ganze Menge Telefongespräche geführt, und obwohl Bremer die ganze Zeit über im Zimmer gewesen war, hatte er nicht alles verstanden – was nicht etwa daran lag, daß er zu leise oder zu laut gesprochen hätte oder in einer fremden Sprache. Vielmehr hatten einige dieser seltsamen Telefonate aus wenig mehr bestanden, als daß Sendig seinen Namen genannt, die eine oder andere Andeutung gemacht und dann die meiste Zeit einfach nur zugehört hatte. Eines aber war ihm in dieser Zeit endgültig klargeworden (nein. Gewußt hatte er es schon lange. Aber jetzt gab es nicht einmal mehr eine Möglichkeit, die Augen davor zu verschließen): daß Sendig sehr viel mehr wußte, als er zugab.

Er wartete sekundenlang vergebens darauf, daß Sendig endlich etwas sagte, dann hörte er auf, ihn anzustarren, und drehte sich statt dessen in seinem Stuhl herum, um einen langen, aufmerksamen Blick durch den Raum zu werfen. Das hatte er schon ein halbes Dutzend Mal getan, seit sie hereingekommen waren und Sendig angefangen hatte zu telefonieren, aber der Anblick überraschte ihn selbst jetzt beinahe ebensosehr wie im allerersten Moment. Dieses Zimmer paßte so wenig zu Sendig, wie es nur vorstellbar war. Immerhin war sein grauhaariges Gegenüber nicht irgendwer, sondern der Leiter der Mordkommission, und Bremer hatte ganz automatisch unterstellt, daß er ein großzügiges und vor allem repräsentatives Büro sein eigen nennen würde. Das genaue Gegenteil war der Fall. Sendigs Büro war nicht nur winzig, der einzige passende Ausdruck, der ihm dafür einfiel, war schäbig. Der Raum maß kaum fünf mal fünf Schritte und hatte nur ein einziges Fenster, das ungefähr so breit wie ein zusammengefaltetes Handtuch war, und das Mobiliar mußte älter sein als sein Besitzer, allerdings nicht annähernd so gut gepflegt. Das Vorzimmer, durch das sie gerade gekommen waren und in dem gleich drei Sekretärinnen samt Computern, Telefaxgeräten und allem anderen technischen Schnickschnack Dienst taten, war gut dreimal so groß wie Sendigs eigentliches Büro. Er fragte sich, ob dieser Umstand etwas darüber aussagte, wie es in Sendig aussah – und wenn ja, was.

»Das ist wohl... seltsam«, sagte Sendig. Bremer drehte sich wieder zu ihm herum und bekam gerade noch den Rest der Kopfbewegung mit, mit der Sendig auf das Telefon vor sich gedeutet hatte.

»Was?«

»Dieses letzte Gespräch.« Sendig rollte seinen Stuhl weit genug vom Schreibtisch zurück, um eine Schublade aufziehen zu können, und begann hektisch darin herumzukramen. »Raten Sie, wer das war.«

Bremer riet nicht. Er war nicht in der Stimmung für Small talk. Schon seit gestern nacht nicht mehr.

»Na ja, macht auch nichts«, fuhr Sendig fort. Er hatte sich so weit vorgebeugt, daß Bremer sein Gesicht nicht mehr sehen konnte, und dem Klang seiner Stimme nach zu urteilen, mußte sich der größte Teil seines Kopfes in der Schreibtischschublade befinden. »Der Name hätte Ihnen sowieso nichts gesagt. Es war jemand, der mir einen Gefallen schuldig ist.«

Er richtete sich wieder auf, zog eine Pistole samt Schulterhalfter aus der Schublade und placierte sie mit durch und durch zufriedenem Gesichtsausdruck vor sich auf dem Tisch. »Gut. Ich dachte schon, ich hätte sie irgendwo verkramt. Peinlich, peinlich.«

»Und was für ein Gefallen war das?« fragte Bremer verärgert. Sendig bestimmte noch immer die Spielregeln, ganz gleich, was er auch versuchte.

»Wir können Ihrer kleinen Freundin jetzt sagen, wo ihr Mann ist«, antwortete Sendig.

»Ich kenne die Frau kaum«, antwortete Bremer. »Sie ist nicht meine Freundin.«

»Aber Hansen war doch Ihr Partner, oder?«

»Seit ein paar Tagen«, antwortete Bremer. »Aber das ändert nichts daran, daß er ein Kollege ist.«

»Oh ja, und Kollegen halten zusammen, sicher.« Sendig zog die Pistole aus dem Halfter, ließ das Magazin herausschnappen und verzog die Lippen, als er feststellte, daß es leer war.

»So ist es«, sagte Bremer, nun schon in hörbar gereizterem Ton. Was für ein Spiel spielte Sendig jetzt schon wieder mit ihm? Aber dann bemerkte er etwas, was ihm bisher entgangen war: Sendig hatte eine weitere Schublade aufgezogen und kramte darin herum – wahrscheinlich suchte er die Patronen für die Waffe, die er sichtlich seit Monaten oder vielleicht auch Jahren nicht mehr in die Hand genommen hatte –, aber seine Bewegungen waren etwas zu schnell und etwas zu hektisch, sein Lächeln ein wenig zu verkniffen. Sendig spielte keine Spielchen mit ihm. Er war nervös. Sehr nervös.

In versöhnlicherem Tonfall fuhr er fort: »Wenn Sie mir die Adresse sagen, gehe ich hinaus und rufe Hansens Frau an. Sie wird mittlerweile wahrscheinlich halb verrückt vor Sorge sein.«

Sendig hatte die Patronen gefunden und begann das Magazin zu laden. Er sah überallhin, nur nicht in Bremers Richtung. »Das wird nicht gehen, fürchte ich«, sagte er.

»Wieso nicht? Ich denke, Sie wissen, wo er ist.«

»Das weiß ich auch. Aber ich fürchte, wir können es ihr im Moment noch nicht sagen. Jedenfalls nicht, ehe ich nicht etwas ... überprüft habe.« Eine der Patronen, die er mit mehr Kraft als Geschick in das Magazin schob, entglitt seinen Fingern und rollte über den Schreibtisch. Bremer griff automatisch zu, verfehlte sie aber und mußte sich bücken, um sie vom Boden aufzuheben. Als er sich wieder aufrichtete und sie Sendig reichte, zitterten dessen Hände so stark, daß er Mühe hatte, das Geschoß zu ergreifen.

»Was ist los mit Ihnen, Sendig?« fragte Bremer geradeheraus.

»Was soll sein?« fragte Sendig. »Ich bin müde und vielleicht ein bißchen nervös, und –«

»Quatsch«, unterbrach ihn Bremer. »Sie sind nicht *ein bißchen* nervös. Sie haben Angst.«

Sendig überraschte ihn erneut. Er versuchte nicht einmal, zu leugnen. »Ja, vielleicht«, gestand er. Seltsamerweise wirkte er plötzlich wieder ruhiger – fast als hätte ihm allein dieses Eingeständnis geholfen, mit seiner Furcht fertig zu werden. »Es hat wohl nicht viel Sinn, Ihnen etwas vormachen zu wollen, oder? Aber jetzt fragen Sie mich bitte nicht, wovor ich mich fürchte. Ich werde es Ihnen erzählen, aber zuerst muß ich noch etwas überprüfen.«

»Noch etwas?« fragte Bremer.

»Nein, es ist das gleiche.« Sendig hatte die Pistole endlich geladen und begann umständlich das Schulterhalfter anzulegen. Sein ungeschicktes Hantieren bestätigte Bremers Theorie: Es war etliche Jahre her, daß er diese Bewegungen das letzte Mal ausgeführt hatte. Bremer hatte immer gedacht, daß man so etwas nie wieder verlernt, aber das schien nicht zu stimmen.

»Wir können beides an einem Ort erledigen«, fuhr Sendig fort. »Uns um Hansen kümmern und meine Theorie überprüfen.«

»Und dazu brauchen Sie eine Waffe?«

»Vielleicht.« Sendig biß sich auf die Unterlippe. Für den Bruchteil einer Sekunde erschien ein Schatten in seinen Augen, aber er erlosch zu schnell, als daß Bremer sicher sein konnte. »Wahrscheinlich nicht, aber ich habe mir sowieso vorgenommen, das Ding dann und wann einmal wieder zu tragen. Nur, um nicht aus der Übung zu kommen.« Dann wurde seine Stimme leiser, und plötzlich war der Schatten nicht mehr in seinem Blick, sondern in seinen Worten: »Wenn wir das finden, was ich befürchte, wird sie mir sowieso nichts nutzen. Aber es ist vielleicht ein gutes Gefühl, wenigstens eine Waffe dabeizuhaben.«

»Was befürchten Sie denn zu finden?« fragte Bremer.

Tatsächlich setzte Sendig zu einer Antwort an. Im allerletzten Moment stockte er, blinzelte überrascht und drohte Bremer dann spielerisch mit dem Finger. »Nicht schlecht, der Versuch«, sagte er. »Beinahe hätte es geklappt. Aber nur beinahe. Ich sagte Ihnen doch – Sie werden alles erfahren, sobald ich Gewißheit habe.«

Bremer schüttelte den Kopf. »Jetzt«, sagte er. »Es reicht, Sendig. Ich habe keine Lust mehr, wie ein Dummkopf herumzulaufen und nicht einmal zu wissen, wonach wir eigentlich suchen.«

»Das weiß ich ja selbst nicht«, sagte Sendig. »Okay, ich weiß, Sie glauben mir nicht, aber es ist die Wahrheit. Ich ... weiß es nicht. Noch nicht. Ich habe eine Theorie, aber sie ist einfach zu verrückt, um sie auszusprechen.«

»Verrückt?« Bremer lachte ganz leise und ohne Humor. Was von allem, was er seit der vergangenen Nacht erlebt hatte, war wohl nicht verrückt, auf die eine oder andere Weise? »Oder haben Sie einfach Angst davor?«

Sendig blickte ihn kopfschüttelnd an. »Bremer, Bremer«, seufzte er. »Warum versuchen Sie ständig, mir einzureden, daß ich Angst habe?«

»Haben Sie es nicht gerade selbst zugegeben?«

»Habe ich das?« Sendig verzog abfällig die Lippen. »Was interessiert mich mein dummes Gerede von eben?« Er streckte die Hand nach der hoffnungslos veralteten Gegensprechanlage auf seinem Schreibtisch aus und drückte eine Taste. Ein leises Summen ertönte, als sich das viel modernere Gegenstück draußen im Vorzimmer einschaltete, und eine Frauenstimme fragte: »Ja?«

»Nadine? Haben Sie die Liste, um die ich Sie gebeten habe?«

»Sie ist fertig. Ich bringe sie Ihnen sofort.«

Sendig ließ die Taste los und lehnte sich wieder in seinem Stuhl zurück. Er machte nicht den Eindruck, als hätte er vor, weiterzureden oder gar Bremers Fragen zu beantworten, und Bremer wußte auch, daß es vollkommen sinnlos war, weiter zu bohren. Trotzdem: Er hätte schon blind sein müssen, um nicht zu sehen, daß mit Sendig etwas nicht stimmte, spätestens seit dem Moment, in dem er ihm das Foto gezeigt hatte, das er in Mogrods improvisierter Dunkelkammer gefunden hatte. Bisher hatte es Sendig verstanden, jeder direkten Antwort auf eine entsprechende Frage auszuweichen. Aber es gab auch Fragen, die nicht ausgesprochen werden mußten, und die *hatte* er beantwortet.

Die Tür wurde geöffnet, und eine von Sendigs Sekretärinnen kam herein. Sie war noch überraschend jung und ausnehmend hübsch, aber sehr unattraktiv gekleidet und nicht besonders gut geschminkt. Wahrscheinlich war das Absicht, dachte Bremer.

»Die Liste, die Sie haben wollten, Herr Kommissar«, sagte sie, während sie Sendig einen engbeschriebenen Computerausdruck reichte. Ihr Blick streifte Bremer, und sie hatte sich nicht gut genug in der Gewalt, ihre Verwunderung zu verhehlen, ihn hier zu sehen. Gemeine Schutzpolizisten verirrten sich offensichtlich nicht sehr oft in diese heiligen Hallen.

»Danke, Nadine.« Sendig nahm das Blatt entgegen und legte es mit der beschriebenen Seite nach unten auf den Tisch.

»Bitte. Eine ziemlich lange Liste, finde ich. Das scheint ja eine regelrechte Epidemie zu sein. Glauben Sie, daß etwas für uns dabei ist?«

»Ich weiß es nicht«, antwortete Sendig. »Wenn ja, lasse ich es Sie wissen. Das war alles.«

Die junge Frau wirkte ein wenig bestürzt. Sendig hatte die Stimme nicht einmal erhoben, aber auch Bremer war der unwillige Klang in seinen Worten nicht entgangen. Wenn er an den Ruf dachte, den Sendig allgemein genoß, war das für sie wahrscheinlich schon ein deutliches Warnsignal. Sie hatte es auch plötzlich sehr eilig, sich herumzudrehen und zu gehen, blieb aber auf halbem Wege zur Tür wieder stehen.

»Meckenbroich hat schon wieder angerufen«, sagte sie. »Das dritte Mal in einer halben Stunde. Was soll ich ihm sagen?«

Diesmal gab sich Sendig keine Mühe mehr, seine Verärgerung zu verbergen. »Wimmeln Sie ihn ab«, sagte er.

»Aber er sagte, es wäre sehr dringend.«

Sendig schnaubte. »Wenn der *Herr Ministerialpräsident* noch einmal anruft, dann sagen Sie ihm, daß ich den ganzen Tag außer Haus bin und Sie nicht wissen, wie Sie mich erreichen sollen«, sagte er ungehalten. »Verflucht, wimmeln Sie ihn irgendwie ab. Dazu sind Sie schließlich da.«

Auf Nadines Gesicht erschien ein Ausdruck, der Bremer unwillkürlich Mitleid mit ihr empfinden ließ. Aber sie war klug genug, nicht mehr zu widersprechen, sondern ging ohne ein weiteres Wort und sehr schnell.

»Ärger?« fragte Bremer, nachdem sie die Tür hinter sich geschlossen hatte.

»Würde Sie das freuen?«

»Nein«, antwortete Bremer ehrlich. »Mir fällt nur auf, daß Sie sehr gereizt sind, das ist alles.«

Sendig schenkte ihm einen finsteren Blick und ersparte es sich, zu antworten. Statt dessen nahm er das Blatt, das ihm seine Sekretärin gebracht hatte, wieder zur Hand und vertiefte sich für endlose Sekunden darin. Bremer behielt ihn aufmerksam im Auge, aber Sendigs Gesicht verriet nichts. Er hatte sich wieder völlig in der Gewalt.

Ganz plötzlich, unvermittelt und ohne Bremer dabei anzusehen sagte er: »Wenn es Sie freuen würde, hätten Sie Grund dazu. Erinnern Sie sich an das, was ich Ihnen heute morgen über gewisse Dienstausweise erzählt habe?«

»Ja«, antwortete Bremer.

Sendig starrte noch immer auf das Blatt. »Meckenbroich hat einen solchen Dienstausweis«, sagte er. »Konkret ist er der einzige Besitzer eines solchen Ausweises, den ich namentlich kenne. Aber ich vermute, es gibt noch ein paar andere.«

»Was ... meinen Sie damit?« fragte Bremer verwirrt.

»Vielleicht nichts.« Sendig ließ das Blatt wieder sinken und sah Bremer nachdenklich über den Tisch hinweg an. »Vielleicht ist es ja Zufall, daß er sich ausgerechnet jetzt bei mir meldet. Nach annähernd fünf Jahren.«

»Ich dachte, Sie glauben nicht an Zufälle.«

»Tue ich auch nicht.« Sendig faltete den Computerausdruck zusammen. »Also gut. Sie wollen Antworten? Hier. Lesen Sie.«

Er reichte Bremer das Blatt und unterstrich seine Worte mit einer entsprechenden Geste. Bremer nahm es verwirrt, faltete es wieder auseinander und warf einen Blick darauf. Es enthielt eine Anzahl Namen, Adressen und Uhrzeiten, mehr nicht.

»Was ist das?«

»Fällt Ihnen nichts auf?« fragte Sendig.

Bremer sah noch einmal und genauer hin – und zog überrascht die Augenbrauen zusammen. Auf dem Blatt standen mehr als ein Dutzend Namen, die ihm allesamt nichts sagten. Alle, bis auf einen. »Löbach?«

»Das«, antwortete Sendig mit sonderbarer Betonung, »ist eine Aufstellung aller erfolgreichen oder versuchten Selbstmorde innerhalb der letzten zwölf Stunden. Aller, die uns bisher gemeldet wurden, heißt das.«

»Das ist eine Menge«, sagte Bremer. Er war nicht unbedingt erschüttert, aber doch in einem Zustand, der dem nahekam. Was er in der Hand hielt, war plötzlich mehr als ein Stück Papier. Es waren anderthalb Dutzend menschlicher Schicksale, die innerhalb der letzten Stunden ausgelöscht worden waren.

»Und die Liste ist nicht einmal komplett«, sagte Sendig. »Mogrod steht noch nicht drauf. Ebensowenig wie Professor Artner.«

Im ersten Moment konnte Bremer mit diesem Namen nichts anfangen, aber dann erinnerte er sich wieder an das Gespräch, das sie im Wagen vor Sillmanns Haus geführt hatten. »Aber sagten Sie nicht, er hätte einen Herzanfall bekommen?«

»Deshalb steht er ja auch nicht auf der Liste«, antwortete Sendig. »Aber das bedeutet nicht, daß er nicht eigentlich daraufgehört. Sehen Sie sich den letzten Namen an, ganz unten.«

Bremer gehorchte. »Heckel?« Obwohl er einen Moment angestrengt nachdachte, sagte ihm dieser Name nichts. Er sah Sendig nur ratlos an.

»Sie können ihn nicht kennen«, sagte Sendig. »Ich schon. Der Mann war Arzt. Pathologe, um genau zu sein. Er ist vor fünfeinhalb Jahren in Pension gegangen – frühzeitig und auf eigenen Wunsch. Raten Sie, was einer der letzten Fälle war, die er bearbeitet hat.«

»Sillmann?«

»Der Kandidat hat hundert Punkte«, sagte Sendig. Er lächelte, aber seine Augen taten es nicht. »Wissen Sie was, Bremer? Ich biete Ihnen eine Wette an. Ich wette, daß diese Liste noch nicht komplett ist. Und daß ich Ihnen ein paar Namen nennen kann, die bis heute abend darauf erscheinen werden. Schlagen Sie ein?«

Er streckte Bremer tatsächlich die Hand entgegen, aber Bremer rührte sich nicht. Sendig blieb einen Moment in einer fast lächerlich vorgebeugten Haltung stehen, dann ließ er sich auf seinen Stuhl zurücksinken. Bremer war jetzt vollkommen sicher, daß das, was er bisher für Nervosität gehalten hatte, in Wahrheit Angst war.

»Also gut«, seufzte Sendig. »Warum nicht? Ich kann es Ihnen ebensogut jetzt erzählen wie später. Haben Sie das Bild noch?«

Bremer griff in die Jackentasche und zog das Foto aus Mogrods Dunkelkammer heraus. Es war jetzt vollkommen schwarz. Nachdem er das Bild aufgehoben und trockengewischt hatte, hatte die Entwicklerflüssigkeit verspätet ihren Dienst getan und das Blatt in eine identische Kopie der übrigen Fotos verwandelt, die in der Chemiebrühe auf dem Boden schwammen. Sowohl der unheimliche Umriß, den Bremer darauf erkannt hatte, als auch das, was Sendig so augenscheinlich zu Tode erschreckt hatte, waren verschwunden. Trotzdem zitterten Sendigs Hände wieder leicht, als er es entgegennahm, und er starrte es zu lange und zu intensiv an. Für ihn war es ganz eindeutig mehr als ein schwarzes Blatt Fotopapier.

»Was haben Sie darauf gesehen, Bremer?« fragte er.

»Gesehen? Ich verstehe nicht... Dasselbe wie Sie, vermute ich.«

Sendig lächelte ein sehr seltsames, fast melancholisch wirkendes Lächeln. »Das bezweifle ich«, sagte er. Ganz unvermittelt ließ er das Foto auf den Schreibtisch sinken, schob es ein kleines Stück von sich fort und nahm es dann noch einmal zur Hand, um es herumzudrehen, so daß die geschwärzte Vorderseite unten lag. *Als ertrüge er es nicht, es noch weiter anzusehen,* dachte Bremer.

»Was ist das Schlimmste, was Sie sich vorstellen können, Bremer?« fragte Sendig nach einer Weile.

Bis zu meiner Pensionierung mit dir zusammenarbeiten zu müssen, dachte Bremer. Natürlich hätte er sich gehütet, es laut auszusprechen, aber Sendig schien irgend etwas in dieser Art zu erwarten, denn er lächelte einen ganz kurzen Moment lang, ehe er wieder ernst wurde und hinzufügte: »Ich meine es ernst, Bremer. Haben Sie sich schon einmal Gedanken über Ihren schlimmsten Alptraum gemacht? Etwas, dessen bloßer Anblick schrecklich genug wäre, Sie um den Verstand zu bringen?«

»Sie meinen, so weit, daß ich meine Wohnung schwarz anmale und aus dem Fenster springe?« fragte Bremer.

Sendig nickte. »Zum Beispiel.«

»So etwas gibt es nicht«, antwortete Bremer, mit einer Überzeugung in der Stimme, die er nicht einmal annähernd empfand. Es war noch nicht lange her, da *hatte* er etwas gesehen, das ihn vielleicht nicht in den Wahnsinn, aber doch an den Rand seiner Selbstbeherrschung getrieben hatte.

»Wer weiß«, sagte Sendig. »Aber Sie werden zugeben, daß es gewisse Drogen gibt, die eine solche Wirkung haben können.«

Allmählich wurde die Sache doch noch interessant. Sendig redete zwar weiter um den heißen Brei herum, aber die Kreise, die er zog, wurden beständig kleiner. Warum sagte er nicht einfach, was er dachte? Es gehörte nicht unbedingt das kriminalistische Talent eines Sherlock Holmes dazu, um sich zusammenzureimen, daß er über die Substanz sprach, die sie in der Nacht in Löbachs Kühlschrank gefunden hatten.

»Sicher«, antwortete er. »Aber das ist doch wohl etwas anderes, oder? Möglicherweise hat dieser Löbach Drogen genommen, und vielleicht sogar der Fotograf. Aber Artner? Und dieser Pathologe?«

»Und vermutlich noch ein paar andere – ich sagte ja, ich muß erst noch eine paar Dinge klären, ehe ich Ihnen meine Theorie mitteilen kann«, sagte Sendig. »Ich –«

Das Telefon klingelte. Sendig blickte den Apparat einen Moment lang feindselig an, ehe er mit einer eindeutig widerwilligen Bewegung abhob und sich meldete: »Ja?«

Was immer er hörte, dachte Bremer – es gefiel ihm nicht. Das Gespräch dauerte nur ein paar Augenblicke, und Sendig sagte kein Wort, aber sein Gesichtsausdruck sprach Bände.

Nachdem er eingehängt hatte, starrte er ein paar Sekunden lang an Bremer vorbei ins Leere. Dann stand er mit einem Ruck auf. »Kommen Sie. Wir kümmern uns jetzt zuerst einmal um Ihren Kollegen Hansen. Reden können wir genausogut im Wagen.«

Bremer machte keinen Hehl aus seiner Enttäuschung. Er hatte zumindest etwas erwartet, das einer Erklärung nahekam, aber Sendigs sonderbare Frage hatte seine Verwirrung nur noch gesteigert. Er erhob sich ebenfalls und wollte nach dem Bild greifen, aber Sendig war schneller. Mit einer raschen Bewegung verstaute er es in der Innentasche seines Jacketts und kam gleichzeitig um den Schreibtisch herum. »Kommen Sie, Bremer, beeilen wir uns ein bißchen.«

Seine plötzliche Hast wäre Bremer selbst dann aufgefallen, wenn er nicht schon vorher gewußt hätte, daß mit Sendig etwas nicht stimmte. Er folgte ihm gehorsam, machte aber ein paar schnelle Schritte, so daß er ihn kurz vor der Tür einholen und mit einer entsprechenden Bewegung zum Stehenbleiben bringen konnte. »Was ist los?« fragte er geradeheraus. »Wieso haben wir es plötzlich so eilig?«

Er rechnete fest mit einer weiteren Ausflucht oder gar keiner Antwort, aber Sendig überraschte ihn erneut. »Ich glaube, ich habe ein bißchen zuviel herumtelefoniert«, sagte er. »Das Gespräch gerade...«

»Wieder jemand, der Ihnen einen Gefallen schuldig ist?« fragte Bremer spöttisch.

Sendig nickte. »Ja. Ich bin ein sehr hilfsbereiter Mensch, wissen Sie. Wenn man sich das zum Prinzip macht, dann gibt es am Ende eine Menge Leute, die Ihnen einen Gefallen schulden. Und jetzt kommen Sie – wir haben wirklich keine Zeit mehr zu verlieren. Reden können wir wirklich auch im Wagen.«

Ehe Bremer Gelegenheit gefunden hätte, erneut zu widersprechen, öffnete er die Tür und trat ins Vorzimmer hinaus, und allein die Autorität dieses geschäftigen Raumes mit seinen drei Sekretärinnen und dem beachtlichen Präventivaufgebot an Technik machte es Bremer unmöglich, ihn abermals aufzuhalten.

»Ich bin dann außer Haus, Nadine«, sagte Sendig, während sie dem Ausgang zusteuerten. »Sie können pünktlich Feierabend machen. Ich komme heute wahrscheinlich nicht mehr herein.«

»Aber Me –«

»Und ich bin auch für niemanden zu erreichen, verstanden?« Sendig hielt für einen Moment im Schritt inne und maß seine Sekretärin mit einem Blick, unter dem sie sichtlich zusammenzuschrumpfen schien. »Auch nicht über Funk. Im Notfall können Sie mich über meine Privatnummer im Wagen anrufen, aber nur Sie, und wirklich nur im äußersten Notfall. Sollte das Telefon klingeln und jemand anders als Sie dran sein, können Sie sich als gefeuert betrachten, verstanden?«

»Selbstverständlich«, antwortete Nadine kleinlaut. Bremer verspürte erneut ein heftiges Mitleid mit ihr und ihren beiden Kolleginnen. Er fragte sich, wie es jemand aushielt, Jahre oder gar Jahrzehnte für einen Chef wie Sendig zu arbeiten. Er selbst war noch nicht einmal seit zwölf Stunden mit ihm zusammen, und das waren schon zwölf Stunden zuviel.

»Sind Sie immer so unfreundlich zu Ihren Leuten?« fragte er, als sie das Vorzimmer verlassen hatten und den Aufzug ansteuerten.

»Wenn ich schlechte Laune habe, ist es schlimmer«, antwortete Sendig. »Richtig unfreundlich werde ich eigentlich nur zu Leuten, die ihre Nase in Dinge stecken, die sie nichts angehen.«

»Verstanden«, sagte Bremer. »Das war deutlich genug.«

»Das sollte es sein«, antwortete Sendig. Sie hatten den Aufzug fast erreicht, als ein leiser Glockenton erscholl und die Tüen sich zu schließen begannen. Bremer wollte instinktiv schneller ausschreiten – sie waren nur noch zwei, drei Schritte entfernt, und er hätte die Kabine bequem erreichen und aufhalten können, indem er die Lichtschranke in der Tür unterbrach. Aber Sendig hielt ihn mit einer raschen Bewegung zurück.

»Lassen Sie«, sagte er. »Wir nehmen die Treppe.«

Bremer blickte ihn fragend an. Es waren fünf Stockwerke bis nach unten. »Wieso?«

»Ich bin auf den Geschmack gekommen«, antwortete Sendig. »Das Treppensteigen in Mogrods Haus hat mir wirklich Spaß gemacht. Mal sehen, ob es hier auch funktioniert.«

»Sehr komisch«, sagte Bremer. Aber er folgte Sendig trotzdem gehorsam, als dieser sich herumdrehte und mit plötzlich sehr viel schnelleren Schritten als bisher den Weg zurückging, um die schmale Tür am Ende des Flures zu erreichen. Sendig öffnete sie, wedelte ungeduldig mit der Hand, als Bremer ihm nicht rasch genug folgte, und zögerte gerade lange genug, damit es auffiel, ehe er die Tür wieder schloß. Lange genug, dachte Bremer, um dem Aufzug noch einen prüfenden Blick zuzuwerfen.

»Vor wem laufen wir davon?« fragte er, als sie nebeneinander die Treppe hinuntergingen.

»Tun wir das?« entgegnete Sendig ausweichend.

»Aber nein doch«, sagte Bremer. »Sie haben es ja selbst gesagt: Treppensteigen macht Spaß. Außerdem ist es gesund, nicht wahr?«

»Ich laufe vor niemandem *davon*«, antwortete Sendig betont. »Sagen wir: Ich erwarte jemanden, mit dem ich im Moment nicht unbedingt reden möchte.«

Das war alles, was er zu diesem Thema äußerte, bis sie das Erdgeschoß erreichten. Bremer versuchte noch zwei- oder dreimal, ihm eine Antwort abzuluchsen, aber Sendig schaltete jetzt wieder auf stur und sagte gar nichts. Schließlich sparte sich Bremer seinen Atem dafür, neben ihm die Stufen hinunterzulaufen und irgendwie mit ihm Schritt zu halten. Wie schon einmal an diesem Tag bewies ihm Sendig, daß *älter* nicht zwingend auch *schlechter in Form* zu sein bedeutete. Bremer war in Schweiß gebadet, nachdem sie die fünf Treppen hinuntergelaufen waren, während Sendig nur ein bißchen schwerer atmete als normal.

»Warten Sie hier«, sagte er. »Ich bin sofort zurück.«

Er öffnete die Tür und schlüpfte hindurch, und Bremer blieb allein im Treppenhaus zurück. Er war beinahe dankbar für die kurze Pause. Sie waren die letzten beiden Etagen mehr hinunter*gerannt* als gegangen. Seine Waden und sein Rücken schmerzten, und er spürte jede einzelne Stufe, die sie hinuntergegangen waren. Außerdem schlug sein Herz so schnell, daß er ein paarmal bewußt tief ein- und ausatmete, um seine Lungen mit frischem Sauerstoff vollzupumpen. Er war wirklich nicht gut in Form. Und auch wenn Sendig es sich nicht anmerken ließ, konnte er sich kaum besser fühlen. Warum also hatte er diese unnötige Anstrengung in Kauf genommen? Bestimmt nicht nur, weil er irgend jemandem *nicht begegnen* wollte. Es sei denn, es war eben nicht irgend, sondern ein ganz bestimmter *Jemand.*

Zum Beispiel jemand mit einer ganz bestimmten Art von Dienstausweis?

Weit über ihm fiel eine Tür ins Schloß. Bremer fuhr zusammen, drehte sich hastig herum und legte den Kopf in den Nacken. Aus irgendeinem Grund brannte hier unten, im Erdgeschoß, kein Licht, aber die darüberliegenden Etagen waren hell erleuchtet. Die Treppe drehte sich wie ein kubisches Schneckenhaus in scheinbar kleiner werdenden eckigen Spiralen über ihm in die Höhe, und er hörte auch ganz deutlich Schritte, konnte aber niemanden sehen. Trotzdem – jemand kam die Treppe herunter. Instinktiv sah er sich nach einem Versteck um.

Dann erst wurde ihm klar, wie albern er sich benahm.

Jemand kam die Treppe herunter. Und? Dazu waren Treppen schließlich da, selbst in Häusern, die über Aufzüge verfügten.

Bremer lächelte nervös, sah sekundenlang die Tür an, hinter der Sendig verschwunden war, und drehte sich dann wieder herum. Die Schritte waren näher gekommen, aber er konnte noch immer niemanden sehen.

Aber etwas stimmte nicht mit diesen Schritten. Sie waren… Er konnte nicht sagen, was es war, aber es war deutlich. Irgend etwas war mit diesem Geräusch nicht in Ordnung. Eigentlich klang es gar nicht wirklich wie Schritte, sondern eher wie… ein Gleiten. Als schwebe etwas die Treppe herunter, das nur dann und wann die Stufen berührte.

Unsinn! dachte Bremer. Er war dabei, sich in etwas hineinzusteigern, das nicht gut war. Nach dem, was er in den letzten Stunden erlebt hatte, hatte er vermutlich ein Recht auf ein wenig Nervosität, aber er lief allmählich Gefahr, regelrecht hysterisch zu werden. *Das Schlimmste, was Sie sich vorstellen können?* Unsinn!

Aber er hatte sich den Schatten im Spiegel nicht eingebildet. Sowenig wie die leuchtende Engelsgestalt, die er auf dem Foto in Mogrods Dunkelkammer gesehen hatte. Was war los mit ihm? Wurde er allmählich hysterisch? Aus dem einzigen Grund, sich selbst zu beweisen, wie lächerlich seine Befürchtungen waren, trat er wieder zwei Schritte weit ins Treppenhaus zurück und sah die Treppe hinauf.

In der nächsten Sekunde schon wünschte er sich, es nicht getan zu haben.

Das Geräusch war keine Einbildung gewesen. Jemand kam tatsächlich die Treppe herab. Aber er war nicht sicher, ob es wirklich ein *Jemand* war – und nicht ein *Etwas.*

Bremers Atem stockte. Er konnte nur einen schwarzen Schattenriß gegen den helleren Hintergrund des Treppenhauses erkennen, aber etwas an diesem Umriß war auf furchtbare Weise falsch. Er war zu groß und irgendwie mißgestaltet, ohne daß er diesen Eindruck hätte begründen können, und er wirkte auf sonderbare Weise... *asymmetrisch.* Und noch etwas: Bremer konnte jetzt *sehen,* daß er die Treppenstufen tatsächlich nicht berührte, sondern eine Handbreit darüber hinwegglitt, wobei er dieses seltsam rhythmische, schleifende Geräusch verursachte, das er fälschlicherweise für Schritte gehalten hatte. Und nun hörte er auch etwas wie Atemzüge: ein schweres, rasselndes Atmen, das keinesfalls das eines Menschen sein konnte, aber auch nicht das irgendeines Tieres, das er kannte.

»Nein«, flüsterte Bremer. Er hätte das Wort geschrien, wenn er gekonnt hätte, aber seine Stimmbänder versagten ihm den Dienst. »Nein! Geh... weg. Geh!«

Die Tür ging auf. Bremer fuhr mit einer entsetzten Bewegung herum, und sein Zustand mußte sich überdeutlich auf seinem Gesicht abzeichnen, denn Sendig stockte mitten im Schritt, starrte ihn den Bruchteil einer Sekunde lang erschrocken an und griff dann blitzschnell unter die Jacke. »Was ist los?«

»Nichts«, antwortete Bremer. Sein Herz hämmerte. Die Schritte, die keine waren, waren nicht mehr da. Sie waren im gleichen Moment verstummt, in dem Sendig die Tür geöffnet und den finsteren Zauber des Moments damit durchbrochen hatte, und seine Logik sagte ihm, daß auch der Schatten nicht mehr da war: zum einen, weil Sendig ihn unbedingt hätte sehen müssen, und zum anderen, weil er niemals dagewesen war.

»Nichts? Ja, so sehen Sie auch aus.« Sendig nahm die Hand wieder unter der Jacke hervor, ohne die Waffe zu ziehen, trat aber mit einem raschen Schritt an Bremer vorbei und warf einen sehr langen und sehr mißtrauischen Blick nach oben. Bremer wartete auf einen Schrei oder irgendein anderes Anzeichen dafür, daß auch Sendig etwas sah, aber natürlich kam es nicht. Trotzdem wagte er es nicht, sich herumzudrehen. Ganz gleich, ob das *Ding* nun da war oder nicht, es würde ihn zweifellos erwischen, wenn er sich herumdrehte und es ansah.

»Da ist nichts«, sagte Sendig mißtrauisch. »Was ist denn los mit Ihnen?«

»Nichts«, antwortete Bremer erneut. Er hustete, um das heftige Zittern seiner Stimme zu verbergen. »Ich dachte für einen Moment, ich hätte etwas gehört, aber ich muß mich wohl getäuscht haben.«

Sendigs Blick erzählte auf seine eigene Weise, was er von dieser Antwort hielt. Aber er ging nicht weiter darauf ein, sondern zuckte nur die Achseln und deutete mit einer Kopfbewegung zur Tür. »Kommen Sie.«

Nach der Dämmerung, die im unteren Teil des Treppenhauses geherrscht hatte, erschien ihm das Sonnenlicht in der fast völlig aus Glas bestehenden Halle unnatürlich grell. Er blinzelte ein paarmal und fuhr sich mit der Hand über die Augen, aber so unangenehm die Helligkeit im allerersten Moment auch war, so geborgen fühlte er sich plötzlich darin. Zum allerersten Mal im Leben begriff er, wieso Menschen Angst vor der Dunkelheit hatten. Bisher war ihm dieses Gefühl vollkommen fremd gewesen, aber er hatte es kennengelernt. Sie verließen das Gebäude, ohne zu reden, und Bremer hielt ganz automatisch auf den Wagen zu, mit dem sie gekommen waren. Als er die Hand nach dem Türgriff ausstreckte, schüttelte Sendig den Kopf, griff in die Jackentasche und zog einen Schlüsselbund hervor, den er ihm zuwarf. Bremer fing ihn instinktiv auf – ohne allerdings zu wissen, was er damit sollte.

»Wir trennen uns für einen Moment«, sagte Sendig. »Sie können meinen Privatwagen nehmen – der graue 450er dort drüben, gleich neben dem Tor. Sehen Sie ihn?«

Bremer blickte in die bezeichnete Richtung und riß ungläubig die Augen auf, als er den silbergrauen Mercedes sah, der auf einem gesonderten Parkplatz direkt neben dem Tor stand. Der Wagen mußte deutlich mehr kosten, als er in zwei Jahren verdiente, und er war ungefähr so groß wie ein Güterzug.

»Meinen Sie das ernst?« fragte er.

Sendig grinste. »Erzählen Sie mir nicht, daß Sie sich noch nie gewünscht hätten, so einen Wagen zu fahren. Und da behaupten Sie, ich wäre unfreundlich zu meinen Mitarbeitern?«

»Was... was soll das?« fragte Bremer verwirrt. Sendig täuschte sich – er war überhaupt nicht versessen darauf, mit einem solchen Wagen zu fahren, schon gar nicht, wenn er ihm nicht gehörte. Wenn er auch nur einen Kratzer verursachte, würde ihn das wahrscheinlich zwei volle Monatsgehälter kosten.

»Ich bin gut versichert«, antwortete Sendig, als hätte er seine Gedanken gelesen. »Außerdem kenne ich Ihre Personalakte. Sie sind ein guter Fahrer. Und wir brauchen zwei Wagen. Sie fahren jetzt hinaus zum Krankenhaus und sehen nach Hansen, und ich... muß mit jemandem reden. Wir treffen uns in zwei Stunden.«

»Ich kann irgendeinen Dienstwagen nehmen«, sagte Bremer, aber Sendig schüttelte beharrlich den Kopf.

»Es ist mir lieber, wenn ich meinen Wagen dabeihabe«, sagte er. »Es wird vermutlich spät werden, und ich habe keine Lust, extra noch einmal hierherzukommen, nur um den Wagen zu holen.«

»Und wo treffen wir uns?« fragte Bremer. Der Gedanke gefiel ihm immer noch nicht, aber wie meistens hatte es gar keinen Zweck, mit Sendig zu diskutieren.

Sendig zog einen zusammengefalteten Zettel aus der Tasche und reichte ihn über das Dach. »Ich warte im Wagen, direkt vor der Tür«, sagte er. »Wenn ich nicht da bin, warten Sie auf mich. Aber ich schätze, ich werde schneller sein. Oh ja, noch etwas – wenn Sie nach Hansen gesehen haben, fahren Sie nach Hause und ziehen sich um. Wir müssen vielleicht jemanden observieren. In Uniform ist das etwas schwierig.«

»Und Hansen?« fragte Bremer. »Ich meine, in welchem Krankenhaus liegt er eigentlich?«

»Habe ich das nicht gesagt? Im St.-Eleonor-Stift. Sie wissen, wo das ist?«

»Das St.-Eleonor?« Bremer staunte. »Aber das ist ... kein Krankenhaus.«

»Wie man's nimmt«, antwortete Sendig. »Jedenfalls ist es eine *Klinik.* «

»Es ist eine *Irrenanstalt*«, antwortete Bremer betont.

»Ja, und zwar die gleiche, in der Sillmanns Frau untergebracht ist«, bestätigte Sendig ungerührt. »Und in der der selige Professor Artner gearbeitet hat. Ein glücklicher Zufall, nicht wahr? Das erspart uns einen Weg.«

»Aber... aber wieso sollten sie Hansen dorthin bringen?« fragte Bremer hilflos. »Er hatte doch nur einen Schock!«

»Genau das sollen Sie ja herausfinden.« Sendig stieg ein und ließ das Seitenfenster herunter, so daß Bremer sich vorbeugen mußte, um über den Beifahrersitz hinweg weiter mit ihm reden zu können. »Es würde mich nicht überraschen, wenn sie leugnen, daß er dort ist. Aber er ist es, verlassen Sie sich darauf. Machen Sie ruhig gehörig Druck, wenn man Ihnen dumm kommt. Aber lassen Sie meinen Namen aus dem Spiel – wenigstens vorerst.«

Bremer hatte noch tausend Fragen, aber Sendig startete den Motor und ließ den Wagen langsam zurückrollen, so daß er beiseitetreten mußte, ob er es wollte oder nicht. Einen Moment später war er allein. Sendig hatte gewendet und fuhr in raschem Tempo auf die Straße hinaus.

Bremer blickte ihm kopfschüttelnd nach. Er verstand überhaupt nichts mehr. Wieso sollten sie Hansen ausgerechnet in diese Klinik gebracht haben? Ganz abgesehen davon, daß es der Zufälle vielleicht ein bißchen zu viele waren – er wußte nicht viel über das St.-Eleonor-Stift, aber doch immerhin, daß es sich nicht um eine x-beliebige Nervenheilanstalt handelte, sondern um eine Privatklinik, deren Patienten fast ausnahmslos aus gutbetuchten Familien stammten. Es war ganz bestimmt kein Krankenhaus, in das man einen Polizeibeamten brachte, der im Dienst verletzt worden war. Und schon gar nicht in aller Heimlichkeit und ohne seine Angehörigen zu benachrichtigen.

Langsam ging er auf Sendigs Mercedes zu und umkreiste das Fahrzeug einmal, ehe er die Tür öffnete. Er hatte beinahe Hemmungen, einzusteigen. Der Geruch von teurem Leder und edlem Holz schlug ihm entgegen, und als er sich hinter das Steuer setzte, sank er so tief in den Ledersitz ein, daß er fast erschrak. Seine Finger zitterten leicht, als er den Schlüssel ins Schloß steckte.

Der Motor sprang mit einem satten Röhren an, das die gewaltige PS-Zahl verriet, die unter der abgerundeten Motorhaube eingepfercht war, lief dann aber fast lautlos. Bremer suchte einen Moment vergebens nach dem Kupplungspedal, ehe ihm auffiel, daß er in einem Automatikwagen saß – eigentlich eine sonderbare Kombination für ein so sportliches Fahrzeug wie dieses, aber auf der anderen Seite auch wieder irgendwie passend, wenn man seinen Besitzer bedachte –, dann schloß er die Tür, legte den Gang ein und fuhr sehr vorsichtig los.

Ebenso vorsichtig bugsierte er den Wagen auf die Straße hinaus, wartete eine genügend große Lücke im fließenden Verkehr ab und gab dann etwas entschlossener Gas. Der Wagen gehorchte seinen Befehlen so präzise, als wäre er seit Jahren an keinen anderen Fahrer gewöhnt. Es dauerte tatsächlich nur einige Augenblicke, bis Bremers Nervosität sich bereits zu legen begann, und nur noch einige weitere Momente, bis er wirklich etwas von der Faszination zu spüren begann, die Sendig ihm gerade unterstellt hatte. Es *war* ein phantastischer Wagen. Um so weniger verstand er jetzt, warum Sendig ihn *ihm* anvertraut hatte und selbst mit dem Dienstwagen fuhr. Wenn sie zwei Wagen brauchten, warum hatte er dann nicht seinen eigenen PKW genommen und ihn, Bremer, mit dem Audi fahren lassen?

Aber eigentlich wußte er die Antwort auf diese Frage. Er hatte sie die ganze Zeit über gewußt, nur nicht richtig realisiert, aber das holte er nach, als er das nächste Mal in den Spiegel sah und den Wagen erblickte, der ihm folgte. Es war ein ganz normaler dunkelblauer BMW, wie es Hunderte, wenn nicht Tausende in der Stadt geben mußte, aber zwei Dinge daran waren doch seltsam: Er hatte abgedunkelte Scheiben, und er hatte ihn vorhin schon einmal gesehen, auf dem Parkplatz des Polizeipräsidiums.

19. Kapitel

Den ganzen Nachmittag über war er vermeintlich ziellos durch die Stadt geirrt. Er konnte nicht mehr sagen, wo er überall gewesen war und wie lange; und er wußte auch nicht, was er in dieser Zeit getan oder auch nur gedacht hatte. Hinter seiner Stirn herrschte ein einziges heilloses Chaos. Erst sehr viel später wurde ihm klar, daß es nicht der ganze Nachmittag gewesen war, sondern allenfalls zwei Stunden, und daß er auch nicht ziellos durch die Stadt gelaufen war, sondern ganz im Gegenteil höchst zielbewußt. Aber während er unterwegs war, war es, als bewege er sich durch eine fremde Welt. Alles kam ihm mit einem Male feindselig und aggressiv vor: Die Menschen, denen er begegnete, schienen ihn mißtrauisch zu belauern, die Geräusche waren zu schrill und zu laut, das Licht zu grell und zu hart, die Häuser, an denen er vorbeikam, erschienen ihm wie die Mauern eines gewaltigen, die ganze Welt umspannenden Labyrinthes, in dem er herumirrte wie eine Laborratte im Glaskasten, die einfach nicht begriff, daß es keinen Ausweg daraus gab.

Aber vielleicht war er ja auch nicht viel mehr. Für seinen Vater und Petri – genau wie für Löbach? – war er möglicherweise niemals mehr gewesen, ganz egal, wie oft sie das Gegenteil beteuerten: ein Experiment. Selbst einmal unterstellt, ihre Geschichte wäre die Wahrheit – was er keine Sekunde lang glaubte. Er *gestattete* sich nicht, sie zu glauben – selbst dann hätten sie kein Recht gehabt, ihm *das* anzutun. Sein Vater hatte behauptet, es nur seinetwegen getan zu haben, um seiner und seiner Mutter willen – lächerlich! Sie hatten kein Recht. Niemand hatte das Recht, so etwas zu tun. Sie hatten ihm sechs Jahre seines Lebens gestohlen – mehr noch: im Grunde sein *ganzes* Leben, denn sie hatten auch die Erinnerung an die Zeit davor fast vollkommen ausgelöscht, und es gab nichts, was das rechtfertigte. Er kam sich benutzt vor: auf die schlimmste vielleicht mögliche Art benutzt und manipuliert.

Und doch war das nicht einmal das Schlimmste. Dies waren die Gedanken und der Schmerz, die an der Oberfläche waren. Darunter wuchs noch etwas anderes heran – etwas noch immer Körperloses und Dunkles, das aus dem Verlies am Grunde seiner Seele gekrochen war und nun heraufwollte. Vielleicht war es nichts anderes als das Wissen, daß sein Vater doch die Wahrheit gesagt hatte. Oder die Angst.

Er hatte verzweifelt versucht, sich zu erinnern. An irgend etwas – Löbach, seine Tochter, die anderen, jene schicksalhafte Nacht, von der sein Vater gesprochen hatte, irgendeine Kleinigkeit, und sei sie noch so nebensächlich, die nicht in das Bild einer ganz normalen, ein wenig langweiligen Jugend paßte, das in seinem Gedächtnis war. Aber da war nichts. Mark verstand mit jeder Minute weniger, wieso es ihm in all den Jahren nicht selbst aufgefallen war, denn jetzt, wo sein Vater und Petri ihn darauf aufmerksam gemacht hatten, begriff er mehr und mehr, wie falsch das war, was er die ganze Zeit für seine Erinnerung gehalten hatte. Und es war nicht einmal eine sehr überzeugende Fälschung. Was in seinem Kopf war, war bloß Requisite: eine bunt angemalte Pappmaché-Kulisse, die einer Betrachtung aus großer Entfernung standhalten mochte, aber nicht einmal das für lange Zeit. Dahinter war nichts. Es gab Lücken und dünne Stellen in dieser Kulisse, aber wenn er daran kratzte und die blasse Farbschicht entfernte, kam nur eine allumfassende Schwärze und Leere zum Vorschein. Die Erinnerungen an die Zeit vor seinem zwölften Geburtstag existierten nicht mehr. Petri hatte zwar behauptet, daß sie wiederkehren würden, aber Mark war nicht sicher. Da hätte irgend etwas sein müssen, das erwachen wollte. Irgend etwas, das er, wenn schon nicht erkannt, so doch gespürt hätte. Doch alles, was er am Grunde dieser schwarzen Leere fühlte, war das Ungeheuer der Furcht. Es lag dort unten wie ein Ding, das seine Vergangenheit gefressen hatte und nun vielleicht daranging, auch seine Gegenwart zu verschlingen.

Hinter ihm hupte ein Wagen. Mark, der in mäßigem Tempo auf dem Bürgersteig entlangschlenderte und einen guten Meter vom Straßenrand entfernt war, stellte keine Beziehung zwischen sich und diesem Hupen her und ignorierte es zuerst. Aber dann wiederholte es sich und dann noch einmal, und er drehte im Gehen den Kopf und sah sich suchend um. Auf der Straße herrschte nicht viel Verkehr, und so bemerkte er den silbergrauen Mercedes sofort, der im Schrittempo hinter ihm herrollte. Der Fahrer sah in seine Richtung. Mark konnte mit seinem Gesicht im ersten Moment nicht viel anfangen, aber das Hupen hatte ganz eindeutig ihm gegolten, denn erstens war er allein auf dem Gehweg, und zweitens hob der Mann im Mercedes in diesem Moment die Hand und machte eine eindeutige Bewegung.

Einen Moment lang spielte Mark mit dem Gedanken, einfach weiterzugehen. Er kannte so gut wie niemanden hier in Berlin, und allein der kostspielige Wagen, den der andere fuhr, legte den Verdacht nahe, daß es jemand war, den sein Vater geschickt hatte. Hatte er ihn die ganze Zeit beobachtet? Mark beantwortete seine Frage gleich selbst: nein. *Dieser* Wagen wäre ihm aufgefallen.

Der Fremde hupte zum dritten Mal, und Mark gab sich einen Ruck und trat mit raschen Schritten auf die Fahrbahn hinaus und um den Mercedes herum. Die Gesten des Fahrers waren eindeutig: Mark öffnete die Beifahrertür, ließ sich in den niedrigen Schalensitz fallen und erkannte endlich den Mann hinter dem Steuer.

Ungläubig riß er die Augen auf. »Sie?« Er konnte sich nicht an den Namen erinnern, aber es war eindeutig der Polizeibeamte von heute morgen. Mit seiner grünen Jacke und der weißen Mütze wirkte er in diesem Wagen vollkommen fehl am Platze, und obwohl er lächelte, sah er zugleich nicht so aus, als ob er sich hinter dem teuren Sportlenkrad besonders wohlfühlte.

»Guten Tag, Herr Sillmann«, begann der Beamte. »Erinnern Sie sich? Wir haben uns heute morgen kennengelernt. Soll ich Sie ein Stück mitnehmen?«

»Sie sind...?«

»Bremer«, antwortete der Polizist. Zugleich machte er klar, daß seine zweite Frage nur rhetorisch gewesen war, denn er fuhr bereits weiter, ohne Marks Antwort abzuwarten. Trotzdem sagte Mark: »Gern. Aber wohin fahren wir?«

»Zum St.-Eleonor-Stift«, antwortete Bremer. »Sie wollen doch dort hin, oder?«

Mark sah Bremer einen Moment lang verständnislos an, ehe er rechts und links aus den Fenstern blickte. Zum ersten Mal nahm er seine Umgebung wirklich bewußt wahr. Er erinnerte sich vage, eine Weile kreuz und quer mit der U-Bahn durch die Stadt gefahren zu sein, und er hatte geglaubt, die Züge vollkommen willkürlich gewählt zu haben. Offenbar war das ein Irrtum gewesen. Er befand sich auf dem Weg zur Klinik.

»Verfolgen Sie mich?« fragte er mißtrauisch.

Bremer fuhr ein wenig schneller und sah wie beiläufig in den Rückspiegel. Obwohl der Motor kaum hörbar lauter wurde, sah Mark doch, daß sie viel zu schnell fuhren. Die Tachonadel näherte sich der Achtzig.

»Hätte ich denn Grund dazu?« fragte Bremer.

Mark verzog ärgerlich das Gesicht und streckte die Hand nach dem Türgriff aus. »Ich glaube, ich steige hier besser aus«, sagte er.

»Nicht doch.« Bremer machte eine beruhigende Geste. »Nein. Ich verfolge Sie nicht. Aber wir haben den gleichen Weg – warum sollte ich Sie nicht mitnehmen?«

Es klang so sehr nach einer Ausrede, dachte Mark, daß es schon wieder überzeugend war. Beinahe wenigstens.

»Hat die Polizei jetzt neue Dienstfahrzeuge?« fragte er.

Bremer nickte. »Ja, es war auch an der Zeit, daß man uns angemessen ausstattet.« Er lachte. »Nein – das ist kein Dienstwagen. Ich... überführe ihn nur, sozusagen.«

»Aha«, sagte Mark. »Und dabei haben Sie zufällig den gleichen Weg wie ich?«

Bremer maß ihn mit einem nachdenklichen, aber auch ganz leicht spöttischen Blick. »Wenn ich Sie beschatten würde, Mark, würden Sie es nicht merken«, sagte er. »Ich würde es zum Beispiel nicht mit diesem Wagen tun. Daß wir uns getroffen haben, ist wirklich Zufall.«

»Und eine praktische Gelegenheit, allein mit mir zu reden, nicht wahr?« fügte Mark hinzu.

»Dazu besteht kein Anlaß«, behauptete Bremer.

»Was haben Sie heute morgen bei uns gewollt?« fragte Mark.

Bremer zuckte mit den Schultern. »Routine. Wir sind verpflichtet, gewisse Untersuchungen anzustellen bei einem Selbstmord.«

»Routine?« wiederholte Mark. »Ihr Kollege, dieser Sendig – er ist ein ziemlich hohes Tier, nicht?«

»Eines der höchsten sogar«, bestätigte Bremer. »Ich weiß, was Sie sagen wollen. Ich glaube, er hat Löbach gekannt. Kannten Sie ihn?«

»Er arbeitete länger für die Firma meines Vaters, als ich lebe«, erinnerte sich Mark. Er sah Bremer aufmerksam und mit neu erwachendem Mißtrauen an. War das nun Konversation oder vielleicht doch das, was der Polizeibeamte gerade so überzeugend abgestritten hatte: ein Verhör?

»Ihr Vater und er waren Freunde, nicht?« Bremer sah wieder in den Rückspiegel und gab noch mehr Gas. Sie fuhren jetzt fast hundert.

»Ja«, antwortete Mark. »Nein. Früher einmal ... glaube ich.«

Bremer sagte nichts dazu, aber sein Gesichtsausdruck war beredt genug, und nach einigen Sekunden rettete sich Mark in ein Achselzucken. »Ich habe in letzter Zeit nicht mehr sehr viel von dem mitbekommen, was in der Firma vorgeht. Warum fahren Sie eigentlich so schnell?«

Bremer nahm tatsächlich den Fuß vom Gas, allerdings nur für einen kurzen Moment, dann beschleunigte er wieder, und sein erneuter Blick in den Rückspiegel verriet ihn. Mark drehte sich mühsam in dem Sportsitz herum, der zwar eine bequeme Position, kaum aber Bewegung ermöglichte, und musterte die Straße hinter ihnen.

Sie hatten bereits mehrere Fahrzeuge überholt, die rasch zurückfielen, aber darunter war eines, das die Distanz hielt, wenn auch in gehörigem Abstand: ein dunkelblauer, sehr großer BMW.

»Werden wir verfolgt?« fragte er.

Bremer lachte. »Kaum. Okay, ich gebe zu, ich fahre ein bißchen schneller, als die Polizei erlaubt.«

Mark verzog die Lippen. Er hatte sich den Kalauer erspart, obwohl er ihm ein paarmal auf der Zunge gelegen hatte. »Dieser BMW...«

Bremer war kein besonders guter Schauspieler. Er sah in den Spiegel und tat so, als suche er nach dem Fahrzeug, von dem Mark gesprochen hatte, aber mit dieser Vorstellung hätte er niemanden überzeugt. Anscheinend sah er das auch selber ein, denn nach ein paar Augenblicken sagte er: »Ach der. Er fährt schon eine ganze Weile hinter mir her. Anscheinend verletzt es seinen Stolz, auf einen schnelleren Wagen zu treffen. Sollen wir ihn anhalten? Sein Gesicht, wenn ich in Uniform aus dem Wagen steige, ist bestimmt sehenswert.«

Mark hakte das Thema in Gedanken ab. Er hatte wirklich andere Probleme. Anscheinend hatte dieser Bremer eine gehörige Macke, Polizeibeamter oder nicht. Oder er war sehr viel raffinierter, als er bisher angenommen hatte. Aber das spielte keine Rolle. »Wir sind jetzt gleich da«, sagte er.

Zu Fuß hätte er für den Weg sicher noch eine Stunde gebraucht, aber das Tempo, das Bremer vorgelegt hatte, hatte ihn auf wenige Minuten zusammenschmelzen lassen. Seltsamerweise war er überhaupt nicht froh darüber. Auch wenn es keine bewußte Entscheidung gewesen war, war ihm doch klar, weshalb er hier war: um mit dem einzigen Menschen zu reden, der die Geschichte seines Vaters bestätigen konnte – mit seiner Mutter. Zugleich aber hatte er Angst davor. Selbst wenn sie – was unwahrscheinlich war – seine Frage verstand, und selbst wenn sie – was noch unwahrscheinlicher war – darauf antwortete, hätte er nicht einmal sagen können, welche Antwort er hören wollte. Die, daß alles gelogen war und sein Vater ein Ungeheuer sei, das sich diese phantastische Geschichte nur ausgedacht hatte, um sich von seiner eigenen Schuld reinzuwaschen und seinen, Marks, Widerstand vielleicht für alle Zeiten zu brechen? Oder die, daß es die Wahrheit war und er allein die Schuld daran trug, daß seine Mutter als seelisches Wrack dahinvegetierte und sein Leben in den letzten sechs Jahren die Hölle gewesen war?

Als hätte er seine Gedanken gelesen, fragte Bremer in diesem Moment: »Sie besuchen Ihre Mutter?«

»Nein«, antwortete Mark fast erschrocken. »Das habe ich heute morgen getan, bevor ich nach Hause gekommen bin. Ich bin hier... mit jemandem verabredet. Privat«, fügte er hinzu, um jede entsprechende Frage Bremers von vornherein abzublocken. Der Polizist zog vielsagend die Augenbrauen hoch, aber er hatte den Tonfall, in dem Mark das letzte Wort ausgesprochen hatte, bemerkt und richtig gedeutet. Er sagte nichts.

Sie hatten ihr Ziel auch beinahe erreicht. Die Abzweigung zur Klinik lag unmittelbar vor ihnen. Bremer bremste unnötig hart ab, steuerte den Wagen um die Kurve und gab wieder so heftig Gas, daß Mark in den Sitz gepreßt wurde. Er sah in den Rückspiegel, und auch Mark behielt die Straße hinter ihnen aufmerksam im Auge. Es verging eine ganze Weile, ehe der blaue BMW hinter ihnen an der Einmündung vorbeifuhr und verschwand.

»Schade«, sagte Bremer. »Und ich hätte ihm so gerne eine Überraschung bereitet.« Er lachte dabei, aber dieses Lachen kam Mark ein bißchen zu laut vor, und er sah gerade lange genug in den Spiegel, um seinen Worten das meiste von ihrer Glaubwürdigkeit zu nehmen. Mark war mittlerweile davon überzeugt, daß dieser Wagen sie verfolgt hatte – aber das ging ihn nichts an. Unter normalen Umständen hätte er die Situation sicher als aufregend empfunden und versucht, nähere Einzelheiten zu erfahren; aber heute und jetzt hatte er genug mit sich selbst zu tun. Er schwieg, bis sie den Parkplatz der Klinik erreicht hatten und Bremer den Mercedes unweit der großen Marmortreppe zum Stehen brachte.

Ohne ein Wort stiegen sie aus. Und obwohl sie nicht zusammengehörten, wartete Mark ganz automatisch, bis der Polizist die Türen verriegelt hatte und um den Wagen herumgekommen war, um neben ihm die Treppe zum Hauptportal hinaufzugehen.

Es war ein sehr sonderbares Gefühl. Mark fühlte sich niemals wohl, wenn er hierher kam, aber jetzt war es anders. Er hatte beinahe Angst. So ungefähr, dachte er, mußte sich ein Delinquent fühlen, der die Stufen zum Schafott hinaufschritt. Dieses Gebäude hatte niemals Gutes für ihn bereitgehalten, aber nun beheimatete es ein weiteres düsteres Geheimnis, von dem er immer noch nicht genau wußte, wie es aussah, wohl aber, daß es sein Leben unwiderruflich und für alle Zeiten verändern würde, ganz gleich, wie die Antworten auf seine Fragen ausfielen. In gewissem Sinne erwartete ihn dort drinnen tatsächlich ein kleiner Tod – nicht das Ende seiner körperlichen Existenz, wohl aber der Abschied von jenem hochkompliziert en, verworrenen und im Grunde doch so simplen Bild aus Frustration, Zorn, Haß und Schuldzuweisungen, das sein Leben und seine Gedanken in den letzten sechs Jahren bestimmt hatte.

Er sah instinktiv die beiden gewaltigen Barockengel über dem Portal an, und im Grunde fiel ihm erst jetzt auf, *wie* groß sie waren und wie drohend und finster. Bisher war ein Engel für ihn stets etwas Positives gewesen (sah man einmal davon ab, daß er nicht an deren Existenz glaubte) – ein Beschützer, ein Wächter, ein Freund. Aber das waren die Engel aus den Kindergeschichten. Für die meisten Menschen blieben sie dies ihr Leben lang, aber manchmal begannen sie sich zu verändern und mutierten zu etwas, das ihrer ursprünglichen Bedeutung wahrscheinlich näherkam, als die meisten ahnten.

»Azrael...« murmelte er ganz leise, wobei ein nur angedeutetes, bitteres Lächeln auf seinen Lippen erschien. Mit Sicherheit war es kein Zufall, daß Löbachs Killerdroge damals genau diesen Namen bekommen hatte, sondern ein Wortspiel, an dem er vermutlich lange herumgebastelt und seinen infantilen Spaß daran gehabt hatte. Er fragte sich, ob Löbach seiner Erfindung wohl den gleichen Namen gegeben hätte, hätte er geahnt, auf welch schreckliche Weise er Wahrheit werden sollte.

»Wie bitte?« fragte Bremer.

Mark sah hoch und registrierte erst jetzt, daß er das Wort laut ausgesprochen hatte – allerdings wohl nicht laut genug, um es Bremer wirklich verstehen zu lassen. »Nichts«, sagte er hastig. »Ich war... in Gedanken.«

Aus einem Grund, den er selbst nicht ganz nachvollziehen konnte, wäre es ihm unangenehm, Azrael Bremer gegenüber zu erwähnen. Mit großer Wahrscheinlichkeit hätte der Polizeibeamte mit diesem Wort gar nichts anfangen können, allenfalls, daß ihm seine biblische Bedeutung geläufig wäre. Aber er wollte nicht über dieses Thema sprechen. Schon gar nicht mit Bremer – obwohl ihm der Mann im Grunde sympathisch war. Mark war nicht sicher, ob er wieder aufhören konnte, wenn er einmal damit anfing, über seine Visionen zu reden. Vorhin in Gegenwart seines Vaters und des Arztes jedenfalls hatte er es nicht gekonnt.

Bremer öffnete die Tür und machte eine einladende Geste. »Es wird bei mir nicht allzu lange dauern«, sagte er, als Mark an ihm vorbeiging. »Wenn Sie wollen, nehme ich Sie nachher wieder mit zurück in die Stadt.«

Plötzlich grinste er. »Falls wir wieder auf den BMW stoßen, könnte ich einen guten Copiloten gebrauchen. Möglicherweise muß jemand aus der Tür heraus schießen, während ich lenke – nur für den Fall, daß es sich um Agenten einer ausländischen Macht handelt.«

»Warum nicht gleich um Außerirdische?« fragte Mark böse. Bremers Grinsen erlosch abrupt, und Mark ging mit schnellen Schritten an ihm vorbei und steuerte den Empfang an, an dem er heute morgen die junge Lernschwester getroffen hatte. Er bedauerte seine eigene Grobheit beinahe; Bremer hatte nur einen Scherz machen wollen, aber er haßte es nun einmal, wie ein Kind behandelt zu werden.

Statt Schwester Beate tat nun eine ältere Frau in einem grauen Kostüm hinter dem Empfang Dienst. Ihr Haar war zu einem strengen Knoten zusammen- und hochgebunden, und ihr Gesicht hatte einen harten Zug, der es älter erscheinen ließ, als es vermutlich war. Obwohl Mark als erster den Empfang erreichte, sah sie ihn kaum an, sondern blickte zu Bremer hinüber. Mark mußte sich zweimal übertrieben räuspern, ehe sie sich dazu herabließ, ihm wenigstens einen Teil ihrer Aufmerksamkeit zu schenken.

»Bitte?« fragte sie mit einer Stimme, die ebenso grau und streng klang, wie ihr Gesicht aussah.

»Mein Name ist Sillmann«, sagte Mark. »Mark Sillmann. Ich möchte gerne meine Mutter besuchen. Sie ist Patientin hier.«

Die Schwester sah ihn eine Sekunde lang vollkommen ausdruckslos an und verlagerte ihre Aufmerksamkeit dann wieder zu Bremer, der mittlerweile herangekommen war. »Und was kann ich für Sie tun?«

Ihre Besucher zum Beispiel der Reihe nach abfertigen, dachte Mark verärgert, aber er sparte es sich, das auszusprechen. Bremers Uniform gab ihm eine Autorität, gegen die er ohnehin nicht ankam.

Bremer tauschte einen bezeichnenden Blick mit Mark, nannte aber dann seinen Namen und zog völlig überflüssigerweise noch einen in Plastik eingeschweißten Dienstausweis aus der Jacke, den er der Schwester reichte, ohne ihn jedoch aus der Hand zu geben. Sie prüfte ihn sorgfältig und notierte sich etwas auf einem Blatt Papier, wahrscheinlich Bremers Namen und Dienstnummer, vermutete Mark.

»Und was führt Sie hierher, Herr Polizeiobermeister?« fragte sie.

»Es geht um einen Ihrer Patienten«, antwortete Bremer. »Ein Kollege von mir. Er ist heute morgen eingeliefert worden.«

Die Schwester machte ein fragendes Gesicht. »Ein Kollege? Sind Sie sicher?«

»Vollkommen«, antwortete Bremer. »Sein Name ist Hansen. Er hatte einen Unfall in der vergangenen Nacht. Er muß irgendwann zwischen acht und neun hergebracht worden sein.«

Die Schwester zögerte. Ihr Blick war jetzt noch unfreundlicher als zuvor, aber offenbar wagte sie es nicht, sich in einem entsprechenden Ton an Bremer zu wenden. Sie klang allerdings auch alles andere als freundlich. »Ich fürchte, Sie... sind da vielleicht einem Mißverständnis erlegen, Herr Wachtmeister«, begann sie vorsichtig. »Das hier ist –«

»– das St.-Eleonor-Stift, oder?« unterbrach sie Bremer. »Und hier wurde er hergebracht nach meinen Informationen. Ich bin sicher, daß es sich nicht um einen Irrtum handelt.«

»Ich werde mich erkundigen«, versprach die Schwester. Sie streckte die Hand nach dem Telefon aus, und Mark fand, daß es an der Zeit war, sich in Erinnerung zu bringen, solange er überhaupt noch eine Chance hätte, wahrgenommen zu werden.

»Entschuldigung«, sagte er. »Kann ich vielleicht durchgehen? Ich kenne den Weg.«

»Das mag sein, junger Mann«, antwortete die Schwester. »Aber das hier ist kein Hotel, wo jedermann kommen und gehen kann, wie er gerade lustig ist. Ich werde nachhören, ob Ihre Mutter Besuch empfangen kann. Haben Sie einen Termin?«

»Nein«, gestand Mark. »Aber ich habe heute morgen erst mit ihr gesprochen, und –«

»Ich erkundige mich.«

Während sie zu wählen begann, drehte sich Mark kurz zu Bremer herum. Der Polizeibeamte maß die Frau hinter dem Schalter mit strengen Blicken, nahm sich aber trotzdem die Zeit, Mark rasch zuzublinzeln, wobei sich für eine Sekunde ein amüsiertes Lächeln in seine Augen stahl. Der Mann wurde ihm dadurch noch sympathischer. Obwohl er ihn kaum kannte, spürte er instinktiv, daß das Urteil seines Vaters zumindest über ihn falsch gewesen war.

Mark wandte sich wieder an die Schwester und fragte: »Übrigens – hat Schwester Beate schon Feierabend? Ich bin mit ihr verabredet.«

Der Gesichtsausdruck der Schwester wurde noch unfreundlicher, als er es wagte, sie beim Telefonieren zu stören – obwohl sie höchstwahrscheinlich nur dem Freizeichen lauschte. »Es gibt hier keine Schwester Beate«, sagte sie grob und ohne ihn anzusehen.

»Wie bitte?« Mark lächelte unsicher. »Sie müssen sich irren. Ich habe heute morgen mit ihr gesprochen.«

»Sie hören doch, was ich gesagt habe«, antwortete die Schwester. »Es gibt hier niemand dieses Namens.«

»Aber –«

Die Schwester hob mit einer ruckartigen Bewegung den Zeigefinger und brachte ihn damit zum Verstummen. Mark hörte nicht hin, während sie mit ihrem Gesprächspartner am anderen Ende der Verbindung redete, aber es dauerte auch nur einen Moment, bis sie sich mit offizieller Miene an Bremer wandte: »Einen Moment Geduld noch, Herr Wachtmeister«, sagte sie. »Doktor Hallenberg wird sich gleich um Sie kümmern.« Sie hängte nicht ein, sondern hielt den Hörer fest und drückte mit zwei Fingern der gleichen Hand auf die Gabel und wählte dann eine andere Nummer. Diesmal vergingen nur wenige Augenblicke, ehe sie eine Verbindung bekam. »Dr. Ehlers? Hier unten ist ein junger Mann. Ein gewisser Mark...« Sie sah Mark eine Sekunde lang nachdenklich an, als bedürfe es seines Anblicks, um sich an seinen Namen zu erinnern. »... Sillmann. Er möchte seine Mutter sprechen. Aber er hat keinen Termin.« Sie lauschte einen Moment auf die Antwort, nickte dann und hängte wortlos ein.

»Einen Moment bitte«, sagte sie.

»Aber das ist wirklich nicht nötig«, sagte Mark. »Sie kennen mich nicht, aber ich komme sehr oft her. Ich besuche meine Mutter regelmäßig, und ich habe noch nie einen Termin gebraucht.«

»Bei mir schon«, antwortete sie unfreundlich. »Und jetzt entschuldigen Sie mich bitte, meine Herren. Ich habe noch zu tun.«

Mark spürte allmählich einen gehörigen Ärger in sich aufsteigen, und wäre Bremer nicht dabeigewesen, dann hätte er diesem Ärger vermutlich auch Luft gemacht. So sah er die Schwester nur einen Moment lang böse an und wich dann ein paar Schritte vom Empfang zurück. Bremer folgte ihm nach kurzem Zögern. Mark versuchte vergeblich, seinen Gesichtsausdruck zu deuten; er schwankte irgendwo zwischen Verärgerung und Amüsiertheit.

»Geht es hier immer so förmlich zu?« erkundigte sich der Polizeibeamte.

»Nein«, antwortete Mark. »Eigentlich habe ich das noch nie erlebt, aber ich kenne diese Schwester auch nicht. Sie muß neu sein.«

»Offensichtlich«, sagte Bremer. »Immerhin kennt sie nicht einmal den Namen ihrer Kollegin.«

»Scheint so«, sagte Mark.

Der Aufzug kam. Ein kleinwüchsiger Mann in einem weißen Arztkittel trat aus der Kabine und wandte sich mit einem fragenden Blick an die Schwester hinter dem Empfang. Sie deutete wortlos auf Bremer, der sich herumdrehte und dem Arzt entgegenging. Mark entfernte sich diskret einige Schritte; was die beiden miteinander zu besprechen hatten, ging ihn nichts an.

Bremer hatte das große Portal nicht geschlossen, so daß ein schmaler Streifen Tageslicht in das vornehme Halbdunkel der Halle fiel. Draußen fuhr ein Wagen vor. Mark hörte das gedämpfte Motorengeräusch und schlenderte mit langsamen Schritten zur Tür. Es war gar nicht so ungewöhnlich, wie er Bremer gegenüber behauptet hatte, daß er warten mußte. Selbst das Gewicht seines Namens reichte nicht immer aus, sofort vorgelassen zu werden. Ganz im Gegenteil bereitete er sich auf eine längere Wartezeit vor, zumal er ja am Morgen schon einmal hier gewesen war. Er fragte sich, ob seine Mutter sich an diesen Besuch erinnerte.

Er hatte die Tür erreicht und hielt aus purer Langeweile nach dem Wagen Ausschau, den er hatte vorbeifahren sehen. Es war kein blauer BMW, wie er eine halbe Sekunde lang erwartet hatte, sondern ein Krankenwagen. Er hatte ein gutes Stück neben dem Haupteingang angehalten, und die beiden hinteren Türen standen offen. Zwei Männer in weißen Anzügen waren damit beschäftigt, eine Trage mit einer reglosen Gestalt darauf auszuladen.

Jedenfalls unterstellte Mark, daß es Männer waren. Ebensogut hätte es sich aber auch um Frauen handeln können oder Marsmenschen.

Mark fuhr sich erstaunt mit dem Handrücken über die Augen und blinzelte ein paarmal, aber das Bild blieb. Die beiden Männer trugen weiße, den ganzen Körper umhüllende Anzüge mit fest angebrachten Stiefeln, Handschuhen und Helmen, die aus einem Science-fiction-Film hätten stammen können. Es waren Isolieranzüge. In einem Krankenhaus vielleicht kein so ungewöhnlicher Anblick – aber dies war kein normales Krankenhaus. Schon gar keines, das Patienten mit so ansteckenden Krankheiten aufnahm, daß sich die Krankenwagenbesatzung auf eine solche Weise schützen mußte. Sehr ungewöhnlich!

»Wartest du schon lange?«

Mark erschrak so heftig, daß er auf dem Absatz herumfuhr und Beate einen hastigen Schritt zurück machte. Im allerersten Moment hätte er sie kaum erkannt – statt der strengen Schwesterntracht trug sie jetzt Jeans, T-Shirt und eine knappsitzende schwarze Lederjacke, was sie wesentlich jünger und kindlicher erscheinen ließ als noch am Morgen, zugleich aber auch sehr viel attraktiver.

»Entschuldige«, sagte er hastig. »Ich war ...« Er schüttelte den Kopf. »Nein, ich warte noch nicht lange. Ein paar Minuten. Aber ich hatte die Hoffnung trotzdem schon fast aufgegeben.«

Beate legte fragend den Kopf auf die Seite.

»Deine Kollegin dort hinten.« Mark deutete mit säuerlichem Gesichtsausdruck über die Schulter zurück zum Empfang. »Sie hat behauptet, hier gäbe es keine Schwester Beate.«

»Ach ja, Schwester Rabiata«, sagte Beate lächelnd.

»Wie bitte?«

»Eigentlich heißt sie Ingeborg, aber alle nennen sie nur Schwester Rabiata«, erklärte Beate. »Sie kann mich nicht ausstehen. Außerdem ist sie völlig paranoid. Sie sieht in jedem weiblichen Wesen, das jünger ist als sie und besser aussieht, eine Mitgiftjägerin. Und du kennst ja die Vorschriften hier.«

Mark warf einen raschen Blick zum Empfang hinüber. Bremer war in eine heftige und offenbar nicht besonders erfreuliche Diskussion mit dem Arzt verwickelt, während Schwester Ingeborg Beate und ihn mit unverhohlenem Mißtrauen ansah. »Ich hoffe, du bekommst jetzt keine Schwierigkeiten«, sagte er.

Beate schüttelte heftig den Kopf. »Ach wo«, sagte sie. »Außerdem – hast du nicht selbst gesagt, daß du den Laden kaufst und jeden rauswirfst, der mir Ärger macht?«

Mark lachte zwar, aber eigentlich war ihm nicht danach zumute. Aus irgendeinem Grund fühlte er sich ganz plötzlich wieder ebenso befangen, verunsichert und zugleich auf eine fast unerklärliche Weise zu Beate hingezogen wie am frühen Morgen. Es war ein sehr angenehmes Gefühl, aber es verwirrte ihn auch. Und ein bißchen erschreckte es ihn. Er war fast erleichtert, als Schwester Rabiata hinter dem Empfang die

Hand hob und ihn heranwinkte. Beate machte keine Anstalten, ihm zu folgen, sondern blieb stehen, wo sie war. Offenbar herrschte zwischen ihr und ihrer Kollegin tatsächlich ein sehr gespanntes Verhältnis

Er kam dicht genug an Bremer und dem Arzt vorbei, um einen Teil ihres Gespräches mitzuhören, obwohl er es gar nicht wollte.

»... aber ich fürchte, es bleibt bei meiner Entscheidung, Herr Wachtmeister«, sagte der Arzt gerade.

»Aber ich will doch nur –«

»Es tut mir leid, Herr Wachtmeister«, fuhr der Arzt in nun schon hörbar kühlerem Ton fort, aber für uns zählt erst einmal das Wohl des Patienten, nicht, was Sie oder Ihre Kollegen oder meinetwegen auch Ihre Vorgesetzten möchten.«

»Lassen Sie mich wenigstens kurz mit ihm reden«, sagte Bremer. »Seine Frau macht sich große Sorgen.«

»Das glaube ich gern«, antwortete der Arzt ungerührt. »Aber wir tun für Ihren Kollegen, was wir können. Und wenn Sie mich jetzt bitte entschuldigen würden – ich habe noch andere Patienten.«

Er wollte gehen, aber Bremer hielt ihn mit einer fast befehlenden Geste zurück. »Ich hätte es lieber nicht so offiziell werden lassen, Herr Doktor«, sagte er, »aber ich kann durchaus mit einem Gerichtsbeschluß wiederkommen.«

Das war nicht die richtige Taktik. Mark spürte es, bevor der Arzt antwortete, Bremer sicher auch.

»Ganz, wie Sie meinen, Herr Wachtmeister«, sagte er ruhig. »Sie wären nicht der erste, der sich eine blutige Nase holt. Verschwenden Sie ruhig Ihre Zeit – aber bitte nicht weiter die meine.« Und damit drehte er sich herum und ging mit energischen Schritten zurück zum Aufzug.

Bremer machte ein betroffenes Gesicht, und Mark hielt es im Moment für diplomatischer, ihn nicht auf das Thema anzusprechen, sondern ging rasch die wenigen Schritte weiter zum Empfang.

Schwester Ingeborg hatte natürlich alles mitbekommen und machte keinen Hehl aus ihrer Schadenfreude. »Kein erfolgreicher Tag für Ihren Freund?« fragte sie triumphierend.

»Wir gehören nicht zusammen«, antwortete Mark. »Wir sind nur zufällig im gleichen Moment hereingekommen.«

Schwester Ingeborg zuckte nur mit den Schultern und deutete auf das Telefon vor sich. »Ich fürchte, ich habe auch für Sie schlechte Nachrichten«, sagte sie. »Ich habe mit dem zuständigen Arzt gesprochen. Wie es aussieht, gehört Ihre Mutter tatsächlich zu unseren Patienten. Aber im Moment können Sie sie unmöglich besuchen.«

Mark mußte sich beherrschen, um sich seinen Ärger über diese Formulierung nicht zu deutlich anmerken zu lassen. »Warum?« fragte er gepreßt.

»Das weiß ich nicht«, antwortete die Schwester. »Ihr Zustand läßt es nicht zu.«

»Unsinn«, sagte Mark. »Ich habe sie erst...« Er verbesserte sich im letzten Moment. »... vor kurzem besucht. Es ging ihr ausgezeichnet.«

»Sind Sie zufällig Arzt?« fragte die Schwester spitz. »Ich glaube nicht. Wenn Sie es wären, dann wüßten Sie, wie rasch sich der Zustand eines seelisch kranken Menschen manchmal ändern kann. Die kleinste Aufregung kann da ausreichen. Ich kann Ihnen jedenfalls nicht helfen.«

Mark blickte sie mit unverhohlener Feindseligkeit an, aber er sagte nichts von alledem, was ihm auf der Zunge lag. Tief drinnen war er sogar beinahe froh, seine Mutter jetzt nicht sehen zu können. Er war mit dem festen Vorsatz – nein, der *Notwendigkeit* – hierher gekommen, mit ihr zu reden, und er hätte sich selbst gegenüber keine Ausrede gelten lassen. Aber so unsympathisch ihm diese Schwester auch sein mochte und so sehr sie es sichtlich genoß, seinen Wunsch abzuschlagen, glaubte er doch nicht, daß sie log.

»Vielleicht haben Sie recht«, sagte er. »Ich komme später noch einmal wieder. Heute abend oder morgen.«

»Es wäre klüger, wenn Sie vorher anrufen und sich einen Termin geben lassen. Nur, damit Sie sich einen weiteren unnötigen Weg ersparen«, riet ihm die Schwester und beendete das Gespräch damit, denn sie beugte sich wieder über irgendwelche Papiere, die vor ihr lagen, und tat so, als lese sie konzentriert darin.

Mark schluckte seinen Ärger – der sich ohnehin in Grenzen hielt – herunter und ging zu Beate zurück. Sie hatte sich die ganze Zeit über nicht von ihrem Platz neben der Tür gerührt, aber als er sie erreichte, lächelte sie flüchtig und sagte: »Weißt du jetzt, warum wir sie Schwester Rabiata nennen?«

»Hm«, machte Mark. »*Schwester Unfreundlich* wäre passender. Ist sie immer so?«

»Ach woher«, antwortete Beate. »Sie hat heute einen guten Tag. Normalerweise läuft sie in einem roten Cape herum und hat einen Dreizack in der rechten Hand. Du hattest Glück.«

Mark lachte, aber es schien nicht sehr überzeugend zu klingen, denn Beate sah plötzlich ein bißchen besorgt aus. »Du wolltest deine Mutter noch einmal besuchen?« fragte sie. »Wenn es wirklich wichtig ist, könnte ich vielleicht etwas tun. Ich meine, ich kann nichts versprechen, aber ich kenne Doktor Ehlers gut, und –«

»Schon gut«, unterbrach sie Mark. »Es macht nichts. Vielleicht war es nicht einmal eine gute Idee. Immerhin war ich erst heute morgen hier. Es würde sie nur verwirren, wenn ich sie schon wieder besuche.« *Falls sie sich überhaupt daran erinnert,* fügte er in Gedanken hinzu. Er machte eine entsprechende Handbewegung und fuhr mit festerer Stimme fort: »Wenn du soweit bist, können wir aufbrechen. Du hast Zeit?«

»Soviel du willst«, antwortete Beate. Sie deutete auf Bremer: »Was ist mit ihm?«

»Nichts«, antwortete Mark. »Was ... soll mit ihm sein?«

Bevor Beate antworten konnte, sagte Bremer: »Er kann sein Versprechen wahrscheinlich nicht halten.« Er wedelte bedauernd mit dem Autoschlüssel, während er näher kam. »Ich habe zwar angeboten, Sie mit zurück in die Stadt zu nehmen, aber ich fürchte, wir bekommen Probleme. Der Wagen ist ein Zweisitzer. Ich wußte nicht, daß Sie – «

»Das macht überhaupt nichts«, sagte Mark hastig. »Im Gegenteil. Es ist schönes Wetter, und ich gehe gerne spazieren. Du doch auch, oder?«

Die letzte Frage galt Beate, die sie mit einer überraschten Geste beantwortete, die man mit einigem guten Willen zumindest als die *Andeutung* eines Kopfnickens auslegen konnte.

»Den ganzen Weg?« fragte Bremer zweifelnd.

»So weit ist es nicht«, sagte Mark. »Zur Not halten wir ein Taxi an. Außerdem wissen wir noch gar nicht genau, wohin wir überhaupt wollen. Vielen Dank jedenfalls für das Angebot.«

Bremer sah ihn noch einen Augenblick lang zweifelnd an, aber dann zuckte er mit den Achseln und verabschiedete sich. Mark sah ihm nach, während er die Treppe hinunter und auf den geparkten Mercedes zuging. Sein Blick streifte die Stelle, an der gerade noch der Krankenwagen mit den beiden sonderbaren Pflegern gestanden hatte. Das Fahrzeug war verschwunden. Und er war auch gar nicht mehr so sicher, daß er die beiden vermummten Gestalten *wirklich* gesehen und sie sich nicht nur eingebildet hatte.

»Was hast du mit der Polizei zu tun?« erkundigte sich Beate.

»Der Polizei? Mark lachte unsicher. »Nichts. Ich... kenne ihn. Privat. Aber nicht sehr gut. Wir haben uns zufällig auf der Straße getroffen, und da wir den gleichen Weg hatten, hat er mich mitgenommen.« Das war nahe genug an der Wahrheit, um glaubhaft zu klingen, und zugleich weit genug davon entfernt, Beate an weiteren unangenehmen Fragen zu hindern. Außerdem hatte sie mittlerweile auch gesehen, mit *welchem* Fahrzeug Bremer gekommen war, und riß verblüfft die Augen auf.

»Sieht so aus, als hätte ich mir den falschen Job ausgesucht«, sagte sie.

»Er gehört ihm nicht«, antwortete Mark. »Warte einen Moment – ich rufe uns ein Taxi.«

Er wollte sich herumdrehen, aber Beate fragte rasch: »Ich dachte, wir gehen zu Fuß?«

»Zu Fuß?« sagte Mark mit gespieltem Entsetzen.

»Aber du hast doch gerade selbst gesagt, daß du gerne spazierengehst!« antwortete Beate irritiert.

»Das war gelogen«, sagte Mark. »Ich *hasse* Spaziergänge.« Er ging zum Empfang zurück und versuchte Schwester Ingeborgs Aufmerksamkeit zu erwecken. Es gelang ihm nicht, trotz mehrmaligen, immer lauter werdenden Räusperns.

»Könnten Sie mir ein Taxi rufen?« fragte er schließlich. Er bekam keine Antwort.

»Ich bezahle für das Gespräch, das ist kein Problem«, sagte er gereizt und legte eine Handvoll Münzen auf die Theke.

Die Schwester schob sie zurück, ohne auch nur von ihrer vorgetäuschten Arbeit aufzusehen, und sagte: »Auf der anderen Straßenseite ist ein Telefonhäuschen.«

»Sehr freundlich«, sagte Mark. »Vielen herzlichen Dank.« Innerlich kochend vor Wut ging er zu Beate zurück, marschierte an ihr vorbei und noch zwei Schritte weit auf die Treppe hinaus, ehe er wieder stehenblieb.

»Das darf doch alles nicht wahr sein!« sagte er zornig. »Was ist denn hier heute los? Wieso sind hier alle so gereizt und unfreundlich?«

»Ich habe dich vor ihr gewarnt«, sagte Beate.

»Quatsch«, antwortete Mark. »Ich komme seit Jahren hierher.«

»Sie sind alle ein bißchen nervös heute«, sagte Beate. »Es hat einen Todesfall gegeben. Aber das geht dich nichts an.«

»Du hast heute morgen nichts davon erzählt«, sagte Mark.

»Warum sollte ich auch? So etwas hängt man nicht an die große Glocke. Schon gar nicht einem Fremden gegenüber.«

Der er heute morgen noch für sie gewesen war. Beinahe hatte er vergessen, daß er dieses Mädchen erst vor ein paar Stunden kennengelernt hatte – und auch jetzt noch kaum mehr von ihr wußte als ihren Namen. Es war beinahe unheimlich, wie vertraut sie ihm schon vorkam: ein Vertrauen, das nichts mit *Kennen* zu tun hatte.

»Es tut mir leid«, sagte er. »Ich wollte dich nicht –«

»*Ich* wollte *dir* nicht die gute Laune verderben«, unterbrach ihn Beate. »Und jetzt vergiß Artner und Schwester Rabiata. Heute ist dein Geburtstag, oder? Also – wie feiern wir ihn?«

20. Kapitel

Sillmann unterbrach sich mitten im Satz und legte die Hand auf die Sprechmuschel des Telefons, als er die Tür hörte. Für einen ganz kurzen Moment verzerrte sich sein Gesicht vor Zorn zu einer Grimasse, vor der selbst die wenigen Menschen erschrocken wären, die ihn kannten; dann sah er, *wer* das Zimmer betreten hatte, und die Wut machte Betroffenheit und dem intensivsten Ausdruck von Sorge Platz, zu dem er fähig war (er war nicht sehr intensiv).

»Marianne!« sagte er bestürzt. »Was machen Sie denn hier? Sie sollten doch im Bett bleiben!«

»Ich weiß«, antwortete Marianne. »Aber das ist nichts für mich. Ich werde nur krank, wenn ich nutzlos im Bett herumliege. Der Doktor ist unten.«

»Doktor Petri?« Sillmann nahm kurz die Hand vom Hörer, sagte: »Einen Moment, bitte«, und wandte sich dann wieder an Marianne. »Schon wieder? Haben Sie ihn gerufen?«

»Er sagt, er müsse Sie dringend sprechen«, antwortete Marianne. Ihre Stimme klang ein bißchen undeutlich. Die eine Hälfte ihres Gesichts war geschwollen und dunkel angelaufen, die andere dafür um so blasser. »Das Telefon ist seit einer halben Stunde besetzt.«

»Also gut«, seufzte Sillmann. »Schicken Sie ihn rauf. Und dann legen Sie sich wieder hin und stehen nicht vor morgen früh wieder auf – haben Sie das verstanden? Das ist kein guter Rat, sondern ein dienstlicher Befehl.«

»Wie Sie wünschen«, antwortete Marianne – in einem Ton, der jedes weitere Wort überflüssig machte. Aber immerhin war sie klug genug, nicht direkt zu widersprechen, sondern verließ die Bibliothek wieder. Sillmann wartete, bis sie die Tür hinter sich geschlossen hatte, ehe er sein unterbrochenes Telefonat fortsetzte.

»Möglicherweise hat es ja nichts zu bedeuten«, sagte er. »Ich... nein... nein, zum Teufel, ich versuche *nicht*, die Sache zu verharmlosen, aber... ja...«

Petri mußte bereits draußen vor der Tür gewartet haben, denn er trat ein, kaum daß die Haushälterin gegangen war. Diesmal sah Sillmann kaum hoch, so als hätte er den Arzt allein am Schritt erkannt. Seine Haltung versteifte sich merklich, während er zuhörte und nach immer länger werdenden Pausen in immer schärferem Ton antwortete.

»Niemals. Nein. Hören Sie, ich sagte *nein.* Es ist mir gleich, was Sie denken. Sie können mich nicht unter Druck...«

Petri hörte weiter konzentriert zu, aber er konnte plötzlich nicht mehr stillstehen. Mit kleinen, nervösen Schritten begann er im Zimmer auf und ab zu gehen und trat schließlich an die Bar. Seine Finger zitterten, als er zwei Gläser füllte und eines davon auf dem Schreibtisch neben Sillmann absetzte.

»Er ist mein *Sohn*«, sagte Sillmann betont. »Was erwarten Sie von mir?« Er lauschte auf die Antwort, dann lachte er, kurz und hart, und auf eine Weise, die nichts anderes als eine Drohung aus diesem Lachen machte. »Ganz wie Sie wünschen«, sagte er. »Aber Sie wissen, was dann passiert. Beziehungsweise ganz bestimmt *nie mehr* passieren wird. Es ist Ihre Entscheidung.«

Er knallte den Hörer auf, ergriff ihn im nächsten Moment noch einmal und schmetterte ihn dann mit solcher Wucht ein zweites Mal auf die Gabel, daß das Kunststoffgehäuse des Telefons riß.

»Idioten«, murmelte er.

Petri trank einen Schluck von seinem Cognac und begann das Glas nervös in der Hand zu drehen. »Ärger?« fragte er.

»Nein«, raunzte Sillmann. »Wie kommen Sie darauf? Aber damit werde ich fertig.« Er folgte Petris Beispiel, aber er begnügte sich nicht mit einem Schluck, sondern leerte sein Glas mit einer einzigen Bewegung. »Und was wollen Sie, Doktor? Wenn es um Marianne geht – «

»Ich habe versucht anzurufen«, antwortete Petri. Er klang sehr nervös. »Das Telefon war ununterbrochen besetzt.«

»Ich hatte zu tun«, antwortete Sillmann grob. »Wie Sie gehört haben. Also – was gibt es so Wichtiges?«

Petri drehte das Glas immer schneller in den Händen, hielt es dann an und bewegte es ruckartig in die Gegenrichtung.

Der Cognac darin machte die Kreisbewegung noch einen Moment mit, ehe der winzige Strudel sich auflöste. »Ich habe gerade mit der Klinik telefoniert«, sagte er.

»Lassen Sie mich raten, Doktor«, sagte Sillmann finster. »Mark ist dort.«

»Das auch«, antwortete Petri. »Aber darum geht es nicht. Artner. Artner ist tot.«

»Was?!« Sillmanns Gesicht verlor auch noch den Rest von Farbe.

»Heute nacht«, bestätigte Petri. »Angeblich hat er einen Herzanfall bekommen.«

»Artner?« murmelte Sillmann fassungslos. »Großer Gott. Artner, Löbach, Mogrod ... wer noch?«

»Ich weiß es nicht«, sagte Petri leise. »Aber Sie wissen, was es bedeutet.«

»Ja«, flüsterte Sillmann. »Es hat angefangen.«

21. Kapitel

»Das ist wieder mal typisch!« sagte Sendig kopfschüttelnd, während er mit der einen Hand den Bund mit Dietrichen in die linke Jackentasche gleiten ließ und mit der anderen das Kunststück fertigbrachte, die Tür zu öffnen und zugleich eine einladende Geste zu machen. »Die Leute geben ein Vermögen für Alarmanlagen in ihren Wagen aus und bezahlen extra einen Wachdienst, der ihre Häuser beschützt – und dann bauen Sie ein Schloß ein, das jeder Erstkläßler mit einer Hutnadel aufbekommt! Wo zum Teufel sind Sie so lange geblieben? Ich habe fast eine halbe Stunde auf Sie gewartet.«

Bremer folgte seiner Einladung und trat mit einem schnellen Schritt an dem Kommissar vorbei in die Penthousewohnung. Sendig hatte nicht länger als ein paar Sekunden gebraucht, um das Schloß zu öffnen, und obwohl er dazu einen Dietrich benutzt hatte, zweifelte Bremer keinen Moment lang daran, daß er es auch tatsächlich mit einer Hutnadel und in nicht nennenswert längerer Zeit geschafft hätte. Aber statt zufrieden zu sein, klang er eher beleidigt – beinahe enttäuscht.

»Seien Sie doch froh, daß es so einfach war«, sagte er. »Und um auf Ihre Frage zurückzukommen: Ich mußte ein paar Umwege machen. Das dauert.«

»Um die Männer in dem BMW abzuschütteln?«

Bremer hatte mit jeder nur denkbaren Bemerkung gerechnet – aber damit nicht. Er hielt abrupt mitten in der Bewegung inne und starrte Sendig an. »Wie?«

»Sagen Sie nicht, Sie hätten sie nicht bemerkt«, sagte Sendig. »Das würde mich enttäuschen.«

»Ich *habe* sie bemerkt«, begann Bremer, und Sendig unterbrach ihn erneut: »Genau wie ich, auf dem Parkplatz. Aber ehe Sie mich jetzt niederschießen – Sie waren nicht in Gefahr. Sie hätten Ihnen nichts getan.«

»Und was sollte diese Räuberpistole dann?« fragte Bremer zornig. Natürlich war der blaue BMW wieder dagewesen, kaum daß er die Klinik verlassen hatte, und er war ihm nahezu den ganzen Weg hierher gefolgt. Aber eben nur nahezu. Es war Bremer letztendlich gelungen, ihn abzuschütteln. Wenigstens hoffte er das.

»Ich habe gehofft, daß sie *Sie* observieren und nicht mich«, antwortete Sendig ungerührt. »Wie es aussieht, zu Recht.«

»Wozu?«

»Sagen wir: Ich habe mit jemandem gesprochen, den ich nicht mit in diese Geschichte hineinziehen möchte. Außerdem ist es besser, wenn niemand weiß, daß wir hier sind. Wenigstens noch nicht. Ich hoffe doch, Sie haben sie abgeschüttelt.«

»Ich denke schon«, antwortete Bremer verärgert. »Allerdings mußte ich über ein paar rote Ampeln fahren, und ich fürchte, ich habe auch die zulässige Höchstgeschwindigkeit überschritten. Mit Ihrem Wagen. Ich hoffe, Sie bekommen ein Dutzend Anzeigen.«

Sendig lachte. »Damit kann ich leben«, sagte er. »Und jetzt lassen Sie uns diese Wohnung durchsuchen.« Er deutete nach rechts. »Sehen Sie sich dort um. Ich nehme mir die Zimmer auf dieser Seite vor.«

Bremer schluckte seinen Ärger herunter, aber er fragte sich, wie lange er das wohl noch konnte. Es war jetzt ungefähr das zehnte Mal, daß er sich selbst sagte, daß Sendig ihn nicht mehr überraschen konnte – und wahrscheinlich würde er es sich auch noch weitere zehnmal sagen. Er verstand nicht einmal wirklich, warum sie überhaupt hier waren. Trotzdem durchquerte er rasch den kurzen Flur und öffnete die Tür an seinem Ende. Sie führte in ein kleines, aber sehr behaglich eingerichtetes Badezimmer ohne Fenster. Bremer blieb einen Moment unter der Tür stehen, um einen Gesamteindruck des Raumes in sich aufzunehmen, dann durchsuchte er ihn sehr gründlich, fand aber nichts außer den üblichen Badezimmerutensilien: Handtücher, Toilettenpapier und ein penibel aufgeräumter Schrank mit Wäsche, ein kleiner, nahezu leerer Medikamentenschrank über dem Waschbecken und ein Bademantel mit Monogramm und leeren Taschen, der säuberlich neben der Duschkabine aufgehängt war. Nicht das kleinste Stäubchen. Badewanne, Waschbecken und Dusche waren frisch poliert, und die Toilette blitzte vor Sauberkeit. Selbst das Klopapier war fast militärisch aufgereiht. Wenn es in der ganzen Wohnung so aussah, dachte Bremer, dann mußte Artner entweder eine übereifrige Putzfrau haben oder ein verfluchter Pedant sein.

Der nächste Raum, den er durchsuchte, war das Schlafzimmer. Er brauchte sehr viel länger dazu, kam aber zum gleichen Ergebnis: Er fand nichts – was allerdings zu einem Gutteil daran liegen mochte, daß er gar nicht wußte, wonach sie eigentlich suchten – und war jetzt sicher, daß Artner einen Sauberkeitstick hatte – beziehungsweise *gehabt* hatte.

Er traf Sendig im Wohnzimmer wieder, das nicht nur überraschend groß war, sondern auch einen radikal anderen Anblick bot als der Teil der Wohnung, den er durchsucht hatte: Die eine Hälfte des Raumes war so pedantisch aufgeräumt und sauber wie Bad und Schlafzimmer, die andere glich einem Chaos. Bremer hatte sich bemüht, alles so zu hinterlassen, wie sie es vorgefunden hatten, und nichts zu verändern, aber Sendig hatte da weniger Hemmungen: Als Bremer eintrat, fischte er gerade eine Reihe Taschenbücher vom Regal, um sie rasch durchzublättern und dann achtlos fallen zu lassen. Der Weg, den er genommen hatte, war genau nachzuverfolgen: Herausgerissene Schubladen, Schallplatten und achtlos verstreute CDs, die aus ihren Hüllen gerissen worden waren, Videocassetten und Papiere bildeten eine Trümmerspur, die Sendig wie eine emsige Verwüstungsmaschine mit erstaunlicher Schnelligkeit verlängerte.

»Halten Sie das für klug?« fragte Bremer mißbilligend.

»Was?« Sendig schien im ersten Moment gar nicht zu verstehen, was Bremer meinte. Dann senkte er den Blick, sah mit gespielter Betroffenheit auf das Chaos hinunter, das ihm mittlerweile fast bis zu den Waden reichte, und sagte: »Oh. Ich verstehe. Aber ich glaube nicht, daß es den verstorbenen Professor noch besonders stört, wissen Sie.«

»Ihn nicht«, antwortete Bremer – wider besseres Wissen. Es hatte einfach keinen Sinn, mit Sendig zu diskutieren. Trotzdem fuhr er fort: »Aber vielleicht andere. Jemand könnte herkommen –«

»– und annehmen, daß eingebrochen worden ist«, fiel ihm Sendig ins Wort und ließ das nächste Buch fallen. »Und? Haben Sie Angst, daß uns jemand anzeigt?« Er lachte. »Was sollen sie tun? Die Polizei rufen?«

»Zum Beispiel.«

»Ein Einbruch mehr oder weniger.« Sendig zuckte mit den Schultern und wandte sich wieder dem Bücherregal zu. »Ich glaube nicht, daß es darauf ankommt. Nehmen Sie sich den Schrank vor, okay?«

Bremer schluckte die zornige Entgegnung herunter, die ihm auf der Zunge lag. Es war nicht Sendigs Schuld. Er war gereizt, sehr viel mehr, als er zugeben wollte, und er kam sich tatsächlich wie ein Einbrecher vor. Rein juristisch betrachtet waren sie das auch – sie hatten weder einen Durchsuchungsbefehl noch irgendeinen zwingenden *Grund*, diese Wohnung zu durchsuchen. Artner war tot, aber zu sterben war in diesem Land noch nicht strafbar. Was sie taten, hatte etwas von Leichenfledderei an sich, fand er.

Verrückt. Bremer verstand sich selbst nicht mehr. Solche Gedanken waren ihm eigentlich fremd. Aber seit seinem unheimlichen Erlebnis im Wagen hatte er sich noch immer nicht richtig beruhigt. Natürlich war es nur eine Sinnestäuschung gewesen, und trotzdem... Etwas daran war so realistisch gewesen, daß ihm noch immer ein eisiger Schauer über den Rücken lief, wenn er daran zurückdachte. Und den größten Fehler hatte er anschließend begangen: Er hatte Sendig auf dem Weg hier herauf erzählt, was er für einen Moment im Spiegel zu sehen geglaubt hatte. Und auf dem Foto.

Als hätte er seine Gedanken gelesen, sagte Sendig in diesem Moment noch einmal: »Ein Engel? Sie sind sicher, daß Sie einen *Engel* gesehen haben?«

Diesmal konnte Bremer nicht mehr so tun, als hätte er die Frage überhört. »Ich habe überhaupt nichts gesehen«, antwortete er, ohne sich zu Sendig herumzudrehen. »Wahrscheinlich war es nur ein Lichtreflex. Irgendein Schatten.«

»Da wäre ich nicht so sicher«, sagte Sendig. Irgend etwas klapperte zu Boden, aber Bremer widerstand weiter tapfer der Versuchung, sich zu ihm herumzudrehen. Statt dessen öffnete er eine weitere Schublade des wuchtigen altdeutschen Schrankes und untersuchte ihren Inhalt. Er unterschied sich nicht von dem der beiden, die er bereits durchgesehen hatte: Zeitschriften, irgendwelche Papiere voller wissenschaftlicher Fachausdrücke, die genausogut in Chinesisch geschrieben sein könnten, ein paar Akten, deren Stempel verriet, daß sie aus der Klinik stammten. Bremer öffnete sie alle, aber er mußte sie nicht durchblättern. Jede einzelne enthielt auf der ersten Seite ein Farbfoto desjenigen, dessen Krankengeschichte sie behandelte.

»Glauben Sie an Engel?« fragte Sendig, als er auch nach einer Weile keine Antwort bekam.

»Natürlich«, antwortete Bremer. »Genauso wie an den Osterhasen, den Weihnachtsmann und ehrliche Politiker.«

Sendig lachte pflichtschuldig, aber er schien Gefallen an dem Thema gefunden zu haben, denn er ließ auch jetzt nur einige Sekunden verstreichen, ehe er fortfuhr: »Sie sollten solche Dinge nicht auf die leichte Schulter nehmen, Bremer. Das meiste von dem, was wir für bloße Einbildung oder Halluzination halten, hat eine tiefere Bedeutung. Manchmal sind es Botschaften, die uns unser Unterbewußtsein schickt. Nur verstehen wir sie nicht immer gleich.«

Irgendwann, dachte Bremer, würde seine rechte Faust Sendig eine Botschaft schicken, und zwar eine, die an Deutlichkeit nichts zu wünschen übrig ließ. Und dieser Tag war vielleicht gar nicht mehr so fern. Er schwieg weiter, aber Sendig verstand die Bedeutung dieses Schweigens entweder nicht, oder er ignorierte sie, denn er plapperte fröhlich weiter.

»Außerdem sollte man mit solchen Dingen nicht scherzen. Sie wären erstaunt, wenn Sie –«

»Sendig, hören Sie auf!« sagte Bremer. »Ich habe heute einfach keinen Nerv mehr für *Geschichten.*«

Zu seinem eigenen Erstaunen hielt Sendig tatsächlich inne, als er ihn vorwurfsvoll ansah. Nach ein paar Sekunden drehte er sich herum und sah den Kommissar an. »Entschuldigung. Ich wollte nicht unhöflich sein.«

»Geschenkt.« Sendig machte eine großmütige Geste, dann grinste er. »Ich weiß, daß ich manchen Leuten mit meinem

Gerede auf die Nerven gehe. Das muß mein afrikanisches Blut sein. Einer meiner Ururgroßväter war Ägypter – angeblich mit einer Ahnenreihe, die bis in die Zeit der Pharaonen zurückreicht. Wußten Sie, daß die alten Ägypter das schwatzhafteste Volk waren, das man sich nur vorstellen kann?«

»Wenn man Sie so hört, könnte man es beinahe glauben«, sagte Bremer. Seine Entschuldigung tat ihm bereits wieder leid. Vielleicht wäre es gar keine schlechte Idee, Sendig kräftig genug vor den Kopf zu stoßen, daß er wenigstens für ein paar Stunden beleidigt die Klappe hielt.

Mit dieser Bemerkung jedenfalls war es ihm nicht gelungen, denn Sendig lachte nur. »Irgend etwas muß wohl dran sein, ja. Haben Sie was gefunden?«

Wieder brauchte Bremer fast eine Sekunde, um die Frage überhaupt dem Thema zuzuordnen, zu dem sie gehörte. Sendigs Verhalten verwirrte ihn zunehmend. Er mußte entweder betrunken sein – oder so nervös, daß er halb hysterisch wurde. Warum? »Gefunden? Ich weiß ja nicht einmal, wonach wir suchen.«

»Ich auch nicht«, gestand Sendig. »Aber das macht die Geschichte ja gerade spannend.« Er seufzte. »Aber jetzt mal im Ernst: Daß Sie ausgerechnet einen *Engel* gesehen haben wollen, ist schon ein ziemlicher Zufall, finden Sie nicht?«

Bremer zuckte mit den Schultern und drehte sich wieder herum. »Suchen wir weiter. Irgend etwas werden wir schon finden.«

»Ja«, stöhnte Sendig. »Wissenschaftliche Fachbücher. Mein Gott, ich habe nie so viel gelehrtes Zeug auf einmal gesehen!«

»Was haben Sie erwartet?« fragte Bremer, während er sich der nächsten Schublade zuwandte. Auch sie enthielt eine Anzahl Patientenakten. Artner mußte ein Workaholic gewesen sein, und zwar im schlimmsten Stadium. »Der Mann *war* Wissenschaftler.«

»Aber er muß doch noch irgendwelche anderen Interessen gehabt haben!« beschwerte sich Sendig. »So etwas ist doch nicht normal. Ich meine – jeder Mensch hat schließlich irgendein Hobby.«

»Wahrscheinlich war Artners Hobby sein Beruf.« Bremer schloß die Schublade und wandte sich den Türen darüber zu. »Auf jeden Fall scheint er sich jede Menge Arbeit mit nach Hause genommen zu haben.«

»Hätte ich an seiner Stelle auch getan«, witzelte Sendig. »Vielleicht einen besonders interessanten Fall. Jung, hübsch, mit blonden Haaren und – he, was ist denn das?«

»Was haben Sie?«

»Schauen Sie, hier!« Sendig deutete auf das Bücherregal, dessen Inhalt er auf dem Boden verstreut hatte. Bremer trat neugierig näher, aber er mußte zweimal hinsehen, um den winzigen Spalt zu entdecken, der sich zwischen der Rückwand und dem nächstoberen Brett befand.

»Wenn das kein Geheimfach ist!« Sendig drückte mit gespreizten Fingern gegen das Brett. Ein leises Klicken erscholl, und einen Augenblick später glitt die ganze Rückwand nach oben. Dahinter kam ein zweites, schmaleres Regal zum Vorschein, das allerdings keine Bücher enthielt, sondern ein gutes Dutzend Cassetten in einem durchsichtigen Plastikständer.

»Hoppla!« Sendig stieß einen anerkennenden Pfiff aus, beugte sich vor und verrenkte sich fast den Hals, um in den Spalt über dem Regalbrett zu blicken. »Ein Federmechanismus!« sagte er. »Wie's aussieht, selbst gebaut. Gar nicht unclever, für einen versponnenen Professor! Hätte ich ihm nicht zugetraut.«

Bremer wußte noch nicht einmal genau, was sie da entdeckt hatten, aber das hinderte ihn nicht daran, schon wieder einen leisen Ärger zu empfinden. Eigentlich hätte es ihm klar sein müssen, daß, falls es hier etwas zu finden gab, es *Sendig* war, der es fand, und nicht er.

Sendig arbeitete sich wieder aus dem Regal heraus und trat einen halben Schritt zurück. Nachdenklich betrachtete er die Cassetten. Sie waren mit weißen Aufklebern versehen, aber nicht beschriftet. Bremer bemerkte erst beim dritten Hinsehen, daß es keine Audiocassetten waren, wie er im ersten Moment angenommen hatte. Die Größe stimmte, aber sie waren zu dick.

»Video-8-Bänder«, sagte er.

Sendig nickte heftig. »Erstaunlich, erstaunlich«, sagte er. »Ich bin gespannt, was da wohl drauf ist. Sieht so aus, als hätte Professor Artner doch das eine oder andere Hobby außer seinem Beruf. Was mag da wohl drauf sein, daß er sie so sorgfältig versteckt?«

Sendig sah sich nachdenklich um. »Irgendwo hier habe ich eine Adaptercassette gesehen«, sagte er. »Helfen Sie mir, sie zu finden.«

Bremer rührte sich nicht. Schließlich hatte er das Chaos nicht angerichtet, sondern Sendig selbst. Sollte er doch jetzt sehen, wie er diese verdammte Cassette wiederfand. Aber das war nicht der einzige Grund. Das ungute Gefühl war wieder da. Nein, es war kein *Gefühl.* Bremer war plötzlich *sicher,* daß sie sich diese Bänder nicht ansehen sollten. Mehr noch – er wollte plötzlich gar nicht mehr wissen, was sie enthielten.

»Vielleicht sollten wir die Bänder mitnehmen und später betrachten«, sagte er.

Sendig ließ sich in die Hocke sinken und wühlte mit beiden Händen in dem Durcheinander aus Büchern, Papieren und Tonband- und Videocassetten herum, das vor zehn Minuten noch säuberlich sortiert auf den Regalbrettern vor ihnen gelegen hatte. Er fand fast sofort, wonach er suchte. Es vergingen nur ein paar Sekunden, bis er sich wieder aufrichtete und Bremer triumphierend die Adaptercassette entgegenhielt.

»Sehen Sie? In einem ordentlichen Haushalt geht eben nichts verloren. Geben Sie mir eines der Bänder.«

Bremer nahm tatsächlich eine der kleinen Cassetten aus dem Geheimfach, aber er zögerte, sie Sendig auszuhändigen. Es war, als flüsterte ihm eine lautlose Stimme zu, es nicht zu tun. »Wir sollten sie mitnehmen«, sagte er noch einmal. »Und später ansehen.«

»Sind Sie denn gar nicht neugierig?« Sendig lachte. »Wahrscheinlich sind das ganze heiße Geschichten. Es ist besser, wir werfen wenigstens einen Blick hinein. Stellen Sie sich nur vor, wir geraten in eine Verkehrskontrolle, und man findet einen Koffer voller Kinderpornos bei uns. So etwas ist strafbar.« Sein Grinsen wurde noch breiter. »Wer weiß – man kann ja auch mal Glück haben.«

Bremer blieb ernst. »Das sind mehr als zehn Bänder«, sagte er. »Zwanzig Stunden. Und ich finde, wir sind jetzt schon zu lange hier.«

»Wer sagt denn, daß ich sie alle ansehen will?« fragte Sendig. Er nahm Bremer kurzerhand das Band aus den Fingern und ließ es in die Adaptercassette gleiten, die er in den Videorecorder über dem Fernseher schob. Sowohl Recorder als auch Fernseher waren supermodern und offensichtlich nagelneu, und für einen Moment schöpfte Bremer noch einmal Hoffnung, denn Sendig hatte sichtlich Mühe, mit der Fernbedienung zurechtzukommen; auf der Mattscheibe war nur weißes Rauschen.

»Scheißtechnik«, fluchte Sendig. »Da fliegen sie zum Mond und demnächst zum Mars, aber noch keiner hat eine Fernbedienung erfunden, zu deren Bedienung man keinen akademischen Grad braucht!«

»Wir sollten das ganze Zeug mitnehmen und uns zu Hause ansehen«, sagte Bremer. »Mit *meinem* Recorder komme ich klar.«

»Und ich mit diesem Scheißding, und wenn es das letzte ist, was ich tue!« versprach Sendig. Er drückte verbissen weiter auf Knöpfe und Tasten, und plötzlich machte das grauweiße Flimmern auf der Mattscheibe einem Bild Platz.

»Na also!« sagte Sendig triumphierend. »Was haben wir denn da?«

Bremer schwieg. Im ersten Moment erkannte er gar nichts, denn das Band war entweder sehr alt und unzählige Male abgespielt worden oder mit der miserabelsten Kamera aufgenommen, von der er je gehört hatte. Aber nach ein paar Augenblicken wurde die Qualität besser; die grauen Schlieren auf dem Bildschirm gerannen zu den Umrissen eines winzigen, weißgestrichenen Raumes, der von einer Position hoch oben unter der Decke aus aufgenommen worden war. Soweit Bremer erkennen konnte, hatte er kein Fenster, und die Einrichtung bestand lediglich aus einem Bett und einer modernen, aber einfachen Waschgelegenheit. Auf dem Bett saß eine schlanke Gestalt, eine junge Frau oder ein Mädchen, die ein einfaches weißes Nachthemd trug. Sie hatte die Beine unter den Körper gezogen und den Kopf gesenkt, so daß ihr Gesicht nicht zu erkennen war.

»Was ist denn *das?*« murmelte Sendig.

»Ein Krankenzimmer«, antwortete Bremer überflüssigerweise. Seine Zunge war plötzlich trocken. Er hatte Mühe, zu sprechen. Warum beunruhigte ihn dieses Bild so? Es war so banal, wie es nur sein konnte. Und trotzdem beunruhigte es ihn.

Ein Schatten bewegte sich auf dem Bild, und eine halbe Sekunde später trat der dazugehörige Körper in den Aufnahmebereich der Kamera.

»Holla«, sagte Sendig. »Wissen Sie, wer das ist?«

»Nein«, antwortete Bremer.

»Professor Artner höchstpersönlich.«

Artner. Bremer konnte selbst nicht sagen, warum, aber die Erkenntnis machte aus dem Gefühl vager Beunruhigung eine nicht annähernd so vage Angst.

Einzig, um diesem unwirklichen Gefühl Einhalt zu gebieten und überhaupt etwas zu sagen, räusperte er sich und sagte in einem Ton, der nicht einmal annähernd seine wirklichen Gefühle widerspiegelte: »Sieht so aus, als hätten Sie heute Pech, Sendig. Keine Kinderpornos.«

Sendig lachte unecht, und im gleichen Moment hob das Mädchen auf dem Bett den Kopf. Und als Bremer in ihr Gesicht sah und es *erkannte,* da wünschte er sich fast, sie hätten das gefunden, was Sendig sich erhofft hatte.

22. Kapitel

Die Kellnerin stellte das Tablett mit Eiscafé und Cola zwischen Beate und Mark auf den Tisch und bestand darauf, gleich zu kassieren. Das hatte sie die beiden Male zuvor auch schon getan, und Mark fand jetzt wirklich keinen plausiblen Grund dafür. Es konnte kaum daran liegen, daß sie seine Zahlungskraft anzweifelte; er hatte ganz bewußt mit einem großen Schein bezahlt und ein schon fast übertriebenes Trinkgeld gegeben. Trotzdem war sie weder freundlicher noch schneller geworden. Sie strich den Betrag auch diesmal kommentarlos ein und ging, und das auf eine Art, die Mark klarmachte, daß sie es wesentlich lieber gesehen hätte, wenn *er* gegangen wäre.

»Du scheinst heute deinen Pechtag zu haben«, sagte Beate. Die finsteren Blicke, die Mark der Bedienung nachschickte, waren ihr nicht entgangen.

Wenn du wüßtest, wie recht du hast! dachte Mark. Laut und mit einem schmerzlichen Verziehen der Lippen sagte er: »Vor allem, wenn man bedenkt, daß heute eigentlich mein Geburtstag ist.«

»Ja.« Beate griff nach ihrem Glas, aber sie nippte nur daran. »Was mich zu einer Frage bringt, die einer von uns allmählich stellen muß, fürchte ich. Hast du dir überlegt, wie wir ihn feiern? Ich meine«, sie machte eine Kopfbewegung auf das Glas in ihrer Hand, »noch ein Eiscafé, und ich platze.«

»Und die Kellnerin hetzt mir die Mafia auf den Hals, ich weiß«, seufzte Mark. »Entschuldige.«

»Wofür?«

»Na ja – ich habe dich eingeladen, meinen Geburtstag mit mir zu feiern. Und jetzt langweile ich dich zu Tode.«

»Ganz so schlimm ist es noch nicht«, antwortete Beate. »Aber es ist schade um den freien Tag. Ich habe nur einen pro Woche. Und die Millionärssöhne stehen bei mir Schlange, mußt du wissen. Ich muß mir schon überlegen, mit *wem* ich ausgehe.«

»Ich wußte es«, sagte Mark. »Schwester Rabiata hatte recht. Du *bist* eine Mitgiftjägerin. Ich nehme an, du willst mich betrunken machen, und wenn ich morgen früh aufwache, sind wir verheiratet.«

»Dich?« Beate schüttelte heftig den Kopf. »Bestimmt nicht. Ich will deinen *Vater* heiraten. Glaubst du, ich habe Lust zu warten, bis du das ganze Geld erbst?«

Mark lachte, obwohl der Scherz einen ganz leisen, üblen Nachgeschmack hinterließ. Natürlich *war* es ein Scherz, aber allein der Umstand, daß sie seinen Vater erwähnte, verdarb ihm den Tag noch ein bißchen mehr.

»Hoppla«, sagte Beate. Sein Gesichtsausdruck sprach offensichtlich Bände. »Jetzt bin ich wohl ins Fettnäpfchen getreten. Ich wollte dir nicht die Laune verderben.«

»Das hast du nicht«, behauptete Mark. »Ich fürchte, das geht gar nicht mehr.«

»So schlimm?«

Mark zuckte zur Antwort die Achseln – das war vielleicht klüger, als schon wieder etwas zu sagen, was ihm im gleichen Moment leid täte. In einem hatte Beate vollkommen recht – heute war sein Pechtag, und zwar in jeder Beziehung. Es hatte mit der Frau im Zug angefangen und war ohne Unterbrechung, aber mit einer deutlich ansteigenden Tendenz bis jetzt weitergegangen. Offensichtlich war er heute einfach nicht in der Lage, zu irgend jemandem freundlich zu sein.

»Möchtest du darüber reden?«

»Nein«, antwortete Mark. Andererseits: warum eigentlich nicht? Was er im Moment am allernötigsten brauchte, *war* jemand, mit dem er reden konnte, vermutlich sogar nur jemand, der zuhörte. Und Beate war dazu wahrscheinlich besser geeignet als jeder andere, den er kannte. Er konnte jetzt weniger sagen denn je, warum es so war, aber das Gefühl der Vertrautheit, das er vom ersten Moment an in ihrer Nähe gespürt hatte, war noch immer da, und es war sogar noch stärker geworden. Es war schon beinahe unheimlich: Alles in allem waren sie jetzt seit zwei oder drei Stunden zusammen, und er hatte das Gefühl, sie zu kennen, solange er sich zurückerinnern konnte. Was war das? dachte er. Einsamkeit, die verzweifelt nach irgendeinem Ventil suchte, oder tatsächlich einer jener seltenen Fälle, in denen sich zwei Menschen trafen, die so perfekt zueinander paßten wie die zwei zerbrochenen Hälften eines eigentlich zusammengehörenden Ganzen? Er wußte es nicht. Er wußte auch nicht, ob das, was er spürte, tatsächlich die vielzitierte Liebe auf den ersten Blick war – allein, weil er noch nie *wirklich* jemanden geliebt hatte. Er wußte nur, daß es ein wunderbares, warmes Gefühl war und daß er es auf gar keinen Fall irgendwie gefährden wollte. Wenn es einen Menschen auf der Welt gab, dem er sich im Moment hätte anvertrauen wollen, dann war es Beate. Und zugleich war sie der letzte Mensch auf der Welt, den er mit seinen Problemen belasten wollte.

»Hm?« machte Beate.

Auch das gehörte dazu: Er verstand die Frage, ohne daß sie sie überhaupt aussprechen mußte.

»Es ist kompliziert«, seufzte er.

»Was?«

»Woran ich denken muß.«

»Zu kompliziert? Ich meine: nur für mich zu kompliziert, oder für Frauen im allgemeinen?«

»Für mich«, antwortete Mark. Er seufzte. »Es ist alles… sehr schwierig. Aber du hast schon recht – gehen wir und machen die Stadt unsicher.«

Während er aufstand, ließ er seinen Blick über die Straße schweifen. Sie waren tatsächlich ein gutes Stück zu Fuß gegangen, ehe sie schließlich ein Taxi angehalten hatten und hierher gefahren waren, nicht *ganz* zu ihm nach Hause, aber doch nur zwei Straßen entfernt. Die Adresse war ihm erst aufgefallen, als er sie dem Taxifahrer nannte und Beate ihn überrascht ansah. Es war nicht unbedingt eine Gegend, die zu einem Stadtbummel einlud oder gar zum Feiern. Das Straßencafé, in dem sie saßen, war das einzige Lokal weit und breit. Ansonsten reihten sich zu beiden Seiten schmucke Einfamilienhäuser der gehobenen Mittelklasse, meist hinter gepflegten Vorgärten oder auch mannshohen Mauern gelegen. Eine hübsche, aber langweilige Gegend. Das einzig Außergewöhnliche war der dunkelblaue BMW, der schräg gegenüber dem Café auf der anderen Straßenseite geparkt war.

Mark registrierte ihn erst beim zweiten Hinsehen. Dabei hatte sich der Fahrer nicht die geringste Mühe gegeben, vorsichtig zu sein: Der Wagen stand, mit zwei Rädern auf dem Bürgersteig geparkt, ein bißchen schräg da, was ihn bei seiner Größe fast wie ein gestrandetes Schiff aussehen ließ. Hinter den getönten Scheiben waren zwei Gestalten zu erkennen. Mark konnte ihre Gesichter nicht sehen, aber er spürte einfach, daß sie ihn anstarrten.

»Was ist los?« fragte Beate, und erst ihre Frage machte Mark klar, daß er sekundenlang wie gelähmt dagestanden und den Wagen angestarrt hatte. Vermutlich war er auch blaß geworden.

Mark drehte sich mit einer übertrieben heftigen Bewegung wieder zu ihr herum und zwang sich zu einem Lächeln. »Nichts«, sagte er. »Ich hatte gerade einen heftigen Anfall von Paranoia.«

»Das ist heilbar«, antwortete Beate gelassen. »Vertrau mir, ich weiß, wovon ich rede. Es kann ein paar Jahre dauern, aber ich verspreche dir, mich um dich zu kümmern. Du bekommst die beste Behandlung.«

»Zu freundlich«, maulte Mark. »Du bist wie eine Mutter zu mir.«

»Irgendwie werde ich das ja auch«, sagte Beate ernst. »Spätestens dann, wenn ich demnächst deinen Vater geheiratet habe.«

Mark lachte ebenfalls, wenn auch im Grunde nur, weil er das Gefühl hatte, es zu müssen, und auch nicht sehr lange. Sie alberten herum, aber diese Albernheiten begannen sich mehr und mehr in eine Richtung zu bewegen, die ihn erschreckte. Aber irgendwie schien das für alles zu gelten, was er heute begann, ganz gleich, was er sagte, dachte oder tat. Andererseits – was hatte er erwartet, nach dem, was er heute erfahren hatte? *Oh ja, jetzt erinnere ich mich: Ich war dabei, als vier meiner Freunde gestorben sind und ein paar andere in der Klapsmühle landeten. Ach, und meine Mutter ist an dem zerbrochen, was ich getan habe? Interessant. Und was gibt es zum Abendessen?*

»Ganz bestimmt nicht.« Das sagte er laut.

»Was meinst du?« fragte Beate.

»Nichts«, antwortete Mark. »Oder doch, ja... natürlich ist etwas nicht in Ordnung. Aber ich möchte nicht darüber reden. Ich habe heute ein ganz besonderes Geburtstagsgeschenk bekommen, weißt du. Ich fürchte nur, es gefällt mir nicht besonders.«

»Sagtest du nicht, du willst nicht darüber reden?« Beate nahm ihre Lederjacke vom Stuhl, warf sie sich mit einem energischen Schwung über die linke Schulter und kam um den Tisch herum. Mark folgte ihr, während sie sich ihren Weg durch das Stuhllabyrinth des Cafés bahnte und wie selbstverständlich nach links wandte. Nach links, nicht nach rechts. In die Richtung, in der Marks Elternhaus lag.

Einen Moment lang überlegte er ernsthaft, ob es Zufall war. Sicher, es war eine Fünfzig-Prozent-Chance, aber normal wäre gewesen, daß sie stehenblieb und ihn fragte, wohin, statt ganz selbstverständlich loszugehen und ganz selbstverständlich (und zielsicher?) in *diese* Richtung.

Was hatte er gerade über Paranoia gesagt?

»Es hat mit deinem Vater zu tun, nicht wahr?« fragte Beate, während sie nebeneinander die Straße hinunterschlenderten.

»Hm«, machte Mark. Im Gehen sah er über die Schulter zurück und stellte fest, daß der BMW noch immer an der gleichen Stelle stand. Wahrscheinlich würde er auch in einer Stunde noch genauso dastehen, oder in zwei. Was zum Teufel erwartete er eigentlich? Daß sie im Schrittempo hinter ihnen herfuhren?

»Wäre es nicht eine gute Idee, dich mit ihm auszusprechen?« fragte Beate. »Ich meine – heute ist dein Geburtstag. Immerhin ein Anlaß.«

»Hm«, machte Mark erneut.

Beate sah ihn schief an. »Irre ich mich, oder ist dein Wortschatz plötzlich drastisch geschrumpft?«

Mark hätte beinahe zum dritten Mal auf die gleiche Weise geantwortet, aber dann zuckte er statt dessen nur mit den Schultern und sagte gar nichts. Er hatte keine Lust, zu reden. Bisher hatte er beinahe jedes Mal, wenn er den Mund aufmachte, Schaden damit angerichtet. Vielleicht sollte er sich die Lippen zunähen lassen.

Aber Beate gab nicht so rasch auf. Sie blieb stehen und drehte sich so herum, daß er um sie herumgehen oder sie gewaltsam aus dem Weg hätte schieben müssen. »Ich mache dir einen Vorschlag«, sagte sie. »Ich nehme mir ein Taxi und fahre zurück in mein dunkles, muffiges Zimmer in der Klinik, und du gehst nach Hause und sprichst dich mit deinem Vater aus. Deinen Geburtstag feiern wir einfach später.«

»Ich schätze, ich bin ein ziemlicher Stimmungskiller, wie?« fragte Mark.

»Wenn man auf Depressionen steht, nicht«, sagte Beate.

Vielleicht hatte sie ja recht. Bisher hatte Mark es trotz allem irgendwie geschafft, *nicht* über das nachzudenken, was er von Petri und seinem Vater erfahren hatte, nicht wirklich und nicht in letzter Konsequenz. Und wenn er sich ein bißchen Mühe gab, würde er es vermutlich noch Tage oder auch Wochen schaffen, das Thema zu vermeiden. Aber irgendwie *mußte* er es, und eines wußte er genau: Ob morgen oder in einer Woche oder auch in zehn Jahren – es würde schlimmer werden, je länger er wartete. Die alte Wunde war einmal aufgerissen, und diesmal würde sie nicht von selbst vernarben. Sie hatte bereits begonnen, sich zu entzünden, und der Schmerz würde nur schlimmer werden, je länger er zögerte, sie zu behandeln. In einer kurzen, aber sehr unangenehmen Vision sah er sich selbst, in zwanzig oder vielleicht auch fünfzig Jahren: als verbitterten, alt gewordenen Mann, der sein Leben lang einsam geblieben war, weil er niemals wirklich den Mut gefunden hatte, sich einem Menschen anzuvertrauen. Er hatte die letzten sechs Jahre über einen Haß geschürt, der ihm auf der einen Seite vielleicht die Kraft gegeben hatte, die Hölle durchzustehen, als die er sein Leben empfunden hatte. Aber andererseits war vielleicht gerade dieser Haß schuld daran, daß es dazu gekommen war. Und nun, wo er wußte, daß dieser Haß auf einer Lüge beruhte... Nein, er mußte mit seinem Vater reden. Je eher, desto besser.

»Ich glaube, du hast recht«, sagte er. »Ich werde mit meinem Vater reden. Aber du kannst mitkommen. Vielleicht kratzen wir uns ja nicht gegenseitig die Augen aus, wenn jemand dabei ist.«

»Ich hatte gehofft, daß du das sagst«, antwortete Beate.

Und Mark hatte es befürchtet. Beates Vorschlag war sehr vernünftig, seiner nicht. Aber er hatte die Worte so rasch ausgesprochen, als hätte ihn etwas dazu gezwungen. Vielleicht etwas, das trotz allem noch immer Angst davor hatte, seinem Vater allein gegenüberzutreten.

Es war zu spät, noch irgend etwas zu ändern. Beate war bereits an den Straßenrand getreten und sah aufmerksam nach rechts und links.

»Wir brauchen kein Taxi«, sagte er. »Es ist nicht mehr weit.« Er deutete die Straße hinab. »Zehn Minuten – wenn wir langsam gehen.«

Wenn Beate diese Eröffnung überraschte, so ließ sie sich jedenfalls nichts anmerken. »Dann sollten wir *schnell* gehen«, sagte sie betont. »Ehe du es dir anders überlegst und ich sehen kann, wo ich eine gute Partie mache.«

Diesmal lachte Mark nicht. Er lächelte nicht einmal. Er wollte Beate nicht vor den Kopf stoßen, indem er ihr in aller Deutlichkeit sagte, wie wenig begeistert er davon war, daß sie diesen Scherz offensichtlich zum *running gag* des Tages machen wollte, aber vielleicht begriff sie es ja von selbst, wenn er es nur lange genug ignorierte.

Was seinen ganz persönlichen *running gag* anging, so war er noch immer da, als sie die Straßenkreuzung erreichten und er sich ein letztes Mal zu ihm herumdrehte. Bestimmt war es Zufall, dachte Mark. Schließlich war dieser Wagen mit Sicherheit nicht der einzige dunkelblaue BMW in Berlin. Noch vor ein paar Stunden wäre er felsenfest vom Gegenteil überzeugt gewesen: Er hätte jede Wette gehalten, daß hinter den getönten Scheiben zwei Privatdetektive saßen, die sich von seinem Vater dafür bezahlen ließen, ihn auf Schritt und Tritt zu überwachen. Aber mit dem, was er heute mittag erfahren hatte, war die Verschwörertheorie endgültig zusammengebrochen.

Es *war* Zufall, basta.

Sie gingen weiter. Der Wind hatte aufgefrischt, so daß Beate ihre Lederjacke wieder überzog, was sie allerdings nicht daran hinderte, weiter fröhlich zu plappern. Zum überwiegenden Teil war es einfach nur Unsinn – sie alberte herum, wahrscheinlich, um ihre eigene Unsicherheit zu überspielen, vielleicht auch, um Mark aufzuheitern. Trotzdem entgingen ihm die zunehmend erstaunteren Blicke nicht, die sie immer wieder nach rechts und nach links warf.

Schließlich sprach sie auch aus, was ihr so sichtbar auf der Zunge lag. »Eine schöne Gegend«, sagte sie. »Von so einem Haus habe ich bisher nicht einmal geträumt.«

Dabei war das hier sozusagen nur der Vorort, dachte Mark. Der Schutzwall, der die *wirklich* teuren Häuser vor allzu neugierigen Blicken schützen sollte. »Und jetzt tust du es?« fragte er.

»Warum nicht? Wenn ich doch in diese Gegend einheirate?«

»Bitte laß das«, sagte Mark. »Ich finde das nicht besonders komisch.«

Beate sah ihn ein bißchen betroffen an. »Aber es sollte doch nur ein Scherz sein.«

»Ich weiß«, antwortete Mark. »Aber ich glaube, ich kann im Moment über nichts lachen, das irgendwie mit meinem Vater zu tun hat.«

»War es so schlimm, was er dir angetan hat?«

»Gestern hätte ich diese Frage noch mit einem eindeutigen Ja beantwortet«, sagte er. »Aber mittlerweile bin ich mir nicht mehr sicher, ob es nicht genau umgekehrt war.«

»Uff«, sagte Beate. »Das klingt wirklich kompliziert... Bist du sicher, daß ich mitkommen soll?«

»Ja«, antwortete Mark – obwohl er nicht einmal davon vollkommen überzeugt war. Trotzdem fuhr er fort: »Außerdem ist es sowieso zu spät. Wir sind da.« Er lächelte flüchtig. »Kämm dir noch einmal die Haare und mach deine Fingernägel sauber. Immerhin machst du jetzt den Antrittsbesuch bei deinem zukünftigen Bräutigam.«

Beate setzte zu einer entsprechenden Antwort an, aber gleichzeitig folgte ihr Blick auch der Richtung, in die Marks ausgestreckte Hand wies, und ihre Augen wurden groß. »Das ... das ist dein Ernst?« fragte sie.

»Ein hübsches Haus, nicht?« Mark empfand nicht die Spur von Besitzerstolz, aber er hätte schon blind sein müssen, um nicht zu sehen, wie sehr Beate das Haus bewunderte, auf das er gedeutet hatte. Vielleicht, dachte er, war das mit dem kleinen, muffigen Zimmer im Krankenhaus nicht ganz so scherzhaft gemeint gewesen, wie er geglaubt hatte.

»Diese Villa gehört deinem Vater?«

Mark nickte. »Ich gebe zu, es ist ein bißchen klein – aber immerhin sind wir ja auch nur zu zweit.« Er streckte die Hand nach der Klingel aus, aber bevor er den Knopf berühren konnte, fiel ihm auf, daß das Tor nicht eingerastet war. Er schob es ein Stück weiter auf, schlüpfte hindurch und machte eine auffordernde Geste. »Schnell! Bevor die Hunde kommen!«

»Hunde?« Beate sah sich eindeutig erschrocken um. Aber dann blickte sie in sein Gesicht und sah das spöttische Funkeln in seinen Augen, und für einen Moment verdüsterte Zorn ihr Antlitz. »Das ist ungeheuer komisch.«

»Warum lachst du dann nicht?« fragte Mark.

Beate spießte ihn mit Blicken regelrecht auf, enthielt sich aber jeder weiteren Antwort. Wahrscheinlich war sie viel zu sehr damit beschäftigt, das Haus und den parkähnlichen Garten zu bewundern. Manchmal vergaß Mark, welchen Eindruck dieses Anwesen auf jemanden machen konnte, der es zum ersten Mal sah. Sein Vater hatte nie viel von Bescheidenheit gehalten, und diesem Haus sah man es an.

»Ich glaube, es hat sich gelohnt, diesen Rothschild-Schnösel abblitzen zu lassen und auf dich zu warten«, sagte Beate.

»Ich dachte, du wolltest meinen Vater heiraten?«

»Sicher«, antwortete Beate. »Aber ohne dich wäre ich nie an ihn herangekommen, oder?«

Sie hatten das Haus erreicht. Mark zog den Schlüsselbund hervor, öffnete die Tür und lauschte einen kurzen Moment mit angehaltenem Atem. Es war vollkommen still, was ihn sehr erleichterte. Natürlich hatte er doch Angst vor dem Moment, in dem er seinem Vater wieder gegenübertreten würde, und er war auch froh, daß Marianne nicht da war. Vermutlich hatte sie sich hingelegt und schlief noch.

Er trat ein, winkte Beate, ihm zu folgen, und schob die Tür so leise ins Schloß, wie er konnte, ohne daß es auffiel.

»Es scheint niemand da zu sein«, sagte Beate.

Mark hob die Schultern. »Wahrscheinlich ist mein Vater oben in der Bibliothek«, sagte er. »Ich glaube manchmal, er lebt dort.« Er atmete hörbar ein. »Also dann: auf in die Höhle des Löwen.«

»Ich muß mich vorher noch etwas... frisch machen«, sagte Beate mit einem verlegenen Lächeln. »Geh ruhig schon vor. Ich komme sofort nach.« Sie wandte sich nach rechts und verschwand mit raschen Schritten in der Gästetoilette. Mark wunderte sich ein bißchen, woher sie überhaupt wußte, wo diese war, verfolgte den Gedanken aber nicht weiter. Es war wohl nicht sehr schwer, es zu erraten. Außerdem gab es im Moment Wichtigeres, als darüber nachzudenken. Sein Herz klopfte, und er war sehr nervös. Es kostete ihn enorme Überwindung, die Treppe hinaufzugehen und die Bibliothek zu betreten.

Sein Vater war nicht da, aber etwas von seiner Anwesenheit schien noch in der Luft zu vibrieren, und die Spuren dessen, was er in den letzten Stunden getan hatte, waren überdeutlich auf dem Schreibtisch zu sehen. Die normalerweise spiegelblank polierte Platte glich einem Trümmerfeld. Überall stapelten sich Papiere, Fotos und lose Blätter, und das Telefon, das zur Hälfte unter einem Papierwust vergraben war, hatte einen Riß, als wäre es heruntergefallen oder der Hörer mit solcher Wucht auf die Gabel geschmettert worden, daß das Kunststoffgehäuse geborsten war. Trotzdem mußte es wohl noch funktionieren, denn die rote Lampe des Anrufbeantworters flackerte, um darauf aufmerksam zu machen, daß eine Nachricht eingegangen war.

Mark ging ziellos zum Tisch und ließ seine Finger über die darauf ausgebreiteten Papiere gleiten. Sie interessierten ihn nicht *wirklich*, ganz im Gegenteil war sein Bedarf an Geheimnissen für heute mehr als gedeckt. Er wollte gar nicht wissen, was da vor ihm lag.

»Na – schnüffelst du wieder herum?«

Mark drehte sich zu seinem Vater um. Er hatte nicht einmal gehört, daß er hereingekommen war, aber auch das gehörte zu den Eigenheiten seines Vaters: Trotz seiner Masse konnte er sich so lautlos wie die sprichwörtliche Katze bewegen. Sein Gesicht trug den üblichen Ausdruck: eine Mischung aus Zorn, Härte und einem unauslöschlich eingegrabenen Mißtrauen der ganzen Welt gegenüber. Aber da war auch noch etwas – ein Schrecken, der vielleicht noch nicht ganz erwacht war, aber bereits seinen Schatten vorauswarf.

Mark widerstand dem Impuls, die Hand wie ein ertappter Sünder hastig zurückzuziehen. »Ich war in der Klinik«, sagte er.

»Ich weiß.« Sein Vater schloß die Tür und kam näher. »Du hast mit deiner Mutter gesprochen, nehme ich an?«

Mark verneinte. »Ich wollte es, aber sie haben mich nicht zu ihr gelassen. Vielleicht war es ganz gut so.«

»Möglicherweise«, antwortete sein Vater. »Für sie bestimmt. Und was willst du jetzt hier? Deine Szene von heute morgen fortsetzen oder vernünftig reden?« Er hatte den Schreibtisch erreicht und begann mit hektischen Bewegungen, die Papiere zusammenzuraffen, die darauf lagen, um sie wahllos in Schubladen zu stopfen. Er sah Mark nicht an.

Mark schluckte den Ärger herunter, den die Worte seines Vaters schon wieder in ihm wachriefen. Er konnte nun einmal nicht aus seiner Haut. »Vernünftig reden«, sagte er, mühsam beherrscht. »Erinnerst du dich an heute morgen? Du hast vorgeschlagen, daß wir gemeinsam essen gehen und uns unterhalten. Vielleicht war das eine ganz gute Idee.«

Zum ersten Mal, seit er hereingekommen war, war es ihm gelungen, seinen Vater zu verblüffen – *damit* hatte er sichtlich nicht gerechnet. Für einen winzigen Moment erstarrte er mitten in der Bewegung, aber dann fing er sich wieder und schaltete auch mit der gewohnten Schnelligkeit um.

»Sicher«, sagte er. »Jetzt gleich?«

Mark sah bezeichnend auf den noch immer halb verwüsteten Schreibtisch. »Wenn es im Moment nicht – «

»Das kann warten«, unterbrach ihn sein Vater. »Gib mir zehn Minuten, um mich umzuziehen. Was ist mit diesem Mädchen? Hast du ihr wenigstens abgesagt?«

Mark konnte nicht anders, als das perfekte Gedächtnis seines Vaters zu bewundern. Bei all der Aufregung, die hinter ihnen lag, erschien es ihm beinahe unglaublich, daß er sich auch an dieses winzige Detail ihres Gespräches vom Morgen noch erinnerte. »Nein«, sagte er.

»Das solltest du aber. Es ist sehr unhöflich, eine Verabredung nicht einzuhalten, ohne wenigstens abgesagt zu haben.«

»Wer hat gesagt, daß ich sie nicht eingehalten habe?« fragte Mark. Er machte eine Kopfbewegung zur Tür. »Sie ist unten. Ich dachte mir, wir nehmen sie mit – falls du nichts dagegen hast.«

Sein Vater *hatte* etwas dagegen, das sah er ihm deutlich an. Aber er protestierte nicht laut, sondern zuckte nur mit den Schultern und fuhr fort, seinen Schreibtisch abzuräumen, wobei er auch weiter Papiere, Bilder und kleine Zettel mit hastig hingekritzelten Berechnungen und Tabellen wahllos in die Schubladen stopfte. Es würde Stunden dauern, um dieses Chaos wieder zu ordnen, dachte Mark. Allmählich regte sich doch die Neugier in ihm, was sein Vater in den letzten Stunden getan hatte. Das rote Licht des Anrufbeantworters flackerte noch immer, aber sein Vater machte keine Anstalten, die aufgezeichnete Botschaft abzuhören.

»Soll ich so lange hinausgehen?« Mark machte eine Geste auf das Gerät, aber sein Vater schüttelte den Kopf.

»Nicht nötig. Ich weiß, wer angerufen hat. Es ist nicht wichtig. Er wird sich wieder melden, und wenn nicht – um so besser.« Er hatte die letzten Papiere vom Tisch gefegt und schlug die Schreibtischschublade mit einem Knall zu.

»Du hast dich also entschlossen, mir wenigstens eine Chance zu geben?« sagte er. »Ich muß gestehen, daß ich kaum noch damit gerechnet habe. Um so mehr freut es mich, daß du es doch tust. Es muß ein ziemlicher Schock für dich gewesen sein.«

»Das ist es noch«, antwortete Mark. »Ich glaube nicht, daß ich es schon ganz begriffen habe.«

»Wie auch?« Sein Vater schloß für einen kurzen Moment die Augen. »Ich habe es bis heute noch nicht ganz begriffen, und ich werde es wahrscheinlich auch nie. Vielleicht will ich es nicht. Ich schätze, wir haben alle Fehler gemacht.«

»Ja«, sagte Mark. »Es sieht so aus.«

Ein seltenes Gefühl breitete sich zwischen ihnen aus: Verlegenheit. Schließlich kam sein Vater um den Tisch herum und streckte die Hand aus. »Versuchen wir das Beste daraus zu machen, okay?«

Die Geste war theatralisch, rührend und irgendwie sogar ein bißchen albern, aber vielleicht wirkte sie gerade deshalb so überzeugend. Möglicherweise, dachte Mark, waren ja alle echten Regungen so – und er durfte auch nicht vergessen, daß sein Vater es nicht gewohnt war, *Gefühle* zu zeigen – ihm gegenüber schon gar nicht. Also griff er nach seiner ausgestreckten Hand und drückte sie, und im gleichen Augenblick, auf den Sekundenbruchteil genau, als hätte ein bösartiger unsichtbarer Regisseur im Hintergrund nur darauf gewartet, ging die Tür auf, und Beate trat ein.

Das Lächeln seines Vaters gefror. In seinem Blick erschien ein Entsetzen, das Mark nicht mit Worten beschreiben konnte, aber das in ihm selbst eine plötzliche Woge roter, rasender Panik auslöste: eine Furcht von solcher Urgewalt, daß er um ein Haar aufgeschrien hätte und herumfuhr, ohne die Hand seines Vaters losgelassen zu haben. Während des Sekundenbruchteils, den die Bewegung beanspruchte, war er hundertprozentig davon überzeugt, zu wissen, was er sehen würde: das Ding aus seinen Träumen, die Bestie ohne Gesicht, die gekommen war, um ihn für all das Unrecht zu bestrafen, das er seinem Vater in den letzten sechs Jahren angetan hatte.

Doch unter der Tür stand nicht der Würgeengel, sondern Beate. Sie war in einer fast komisch anmutenden, nicht zu Ende geführten Bewegung erstarrt, und auf ihrem Gesicht lag noch ein verblassender Rest des Lächelns, mit dem sie eingetreten war, und das nun allmählich einem Ausdruck vollkommener Verwirrung Platz zu machen begann. Weder Marks überhastete Bewegung noch der Ausdruck auf dem Gesicht seines Vaters konnten ihr entgangen sein.

Mark ließ endlich die Hand seines Vaters los und sah ihm wieder ins Gesicht. Der entsetzte Ausdruck war aus seinen Zügen verschwunden, aber sein Blick flackerte wie eine Kerzenflamme.

»Komme ich... irgendwie ungelegen?« fragte Beate.

Marks Vater blinzelte ein paarmal. Er kämpfte um seine Fassung, und für einige Augenblicke schien es gar nicht sicher, daß er diesen Kampf auch wirklich gewinnen würde. »Wer...« murmelte er. »Aber das... das kann doch überhaupt nicht...«

»Das ist Beate«, sagte Mark. »Ich habe ihr von dir erzählt. Wir haben uns heute morgen in der Klinik kennengelernt.«

»Beate?« Irgend etwas schien fast hörbar hinter seiner Stirn einzurasten. Die Angst in seinem Blick erlosch und machte etwas anderem, Lauerndem Platz. Etwas, das Mark nicht einordnen konnte, aber das ihn fast noch mehr alarmierte als die lodernde Furcht zuvor. »Das ist Ihr Name?«

»Heute morgen war er es jedenfalls noch«, antwortete Beate mit einem kleinen nervösen Lächeln. Ihre Augen lächelten nicht, sondern suchten Marks Blick. Er beantwortete die unausgesprochene Frage darin mit einem ebenso stummen Achselzucken.

»Und Sie haben sich im St.-Eleonor-Stift kennengelernt?« vergewisserte sich Marks Vater.

»Ja, das habe ich dir doch erzählt«, antwortete Mark an Beates Stelle. »Was soll das?«

Sein Vater schwieg einige Augenblicke. Bevor er weitersprach atmete er hörbar ein, und er legte eine ganz bestimmte Betonung in seine Stimme. Er antwortete Mark, aber sein Blick blieb fest auf Beate gerichtet. »Weil ich diese junge Dame kenne, Mark«, sagte er. »Nicht persönlich – aber ich habe von ihr gehört.«

»Von mir?« fragte Beate überrascht. »Wieso?«

»Unglücklicherweise gehöre ich zu den Menschen, die niemals etwas vergessen«, antwortete Marks Vater. »Manchmal ist das ziemlich lästig, aber wie es scheint, ist es wohl in diesem Fall eher von Vorteil. Ich habe vor ein paar Monaten unabsichtlich einen Teil eines Gespräches mitgehört, das Professor Artner mit einer der Oberschwestern geführt hat. Es ging mich nichts an, und es interessierte mich auch nicht – wie gesagt, ein Zufall. Aber ich denke, ein glücklicher Zufall.«

»Für wen?« fragte Mark. »Was zum Teufel soll das Ganze überhaupt?«

Er schrie fast, aber sein Vater blieb unbeeindruckt. »Für dich«, sagte er. »Es ging um deine kleine Freundin da. Um Schwester Beate – das sind Sie doch, oder? Ich meine, es gibt keine zweite *Schwester Beate* im St.-Eleonor-Stift?«

»Nein«, antwortete Beate, »aber ich verstehe trotzdem nicht, was –«

»Es ging um Ihre Entlassung«, unterbrach sie Marks Vater. »Die Oberschwester war dafür, Sie zu entlassen, aber Artner wollte Ihnen noch eine Chance geben.«

»Meine ... *Entlassung?*« wiederholte Beate fassungslos. »Ich, ich verstehe nicht ...«

»Sie verstehen sehr gut, junge Dame«, antwortete Marks Vater. Er deutete auf Mark. »Er ist nicht der erste, nicht wahr? Sind Sie schon mit ihm ins Bett gegangen, oder hatten Sie sich das für heute abend aufgehoben?«

»Vater!« sagte Mark scharf.

»Schockiert dich das?« fragte sein Vater. Er deutete auf Beate. »Dann frag sie doch, warum sie bereits drei Verwarnungen bekommen hat. Sie macht sich an die Angehörigen von Patienten heran. *Reiche* Angehörige *reicher* Patienten, versteht sich. Sie ist nicht an dir interessiert, Mark, nicht im geringsten. Sie ist einzig und allein scharf auf dein Geld.«

»Aber das ... das ist nicht wahr«, protestierte Beate. »Ich habe niemals –«

»Verlassen Sie auf der Stelle mein Haus«, fiel ihr Marks Vater ins Wort. »Es war ein netter Versuch, aber er hat nicht funktioniert.«

Mark war wie vor den Kopf geschlagen. Alles war so schnell gegangen und die Stimmung so jäh und so absolut umgeschlagen, daß er gar nicht richtig begriff, was geschah, jedenfalls nicht sofort.

»Worauf warten Sie?« fragte Marks Vater.

»Aber das ist alles nicht wahr!« verteidigte sich Beate. Ihre Augen füllten sich mit Tränen, als sie Mark ansah. »Bitte, Mark, glaub mir. Ich habe nie irgendwelche *Verwarnungen* bekommen, und man wollte mich auch noch nie entlassen. Dein Vater muß sich irren!«

»Ich irre mich nie«, sagte Marks Vater ruhig.

»Diesmal vielleicht schon«, sagte Mark. »Du hast selbst gesagt, das Gespräch hat dich nicht interessiert. Vielleicht hast du nicht richtig hingehört.«

»Ein Irrtum, so?« Sein Vater verzog abfällig die Lippen. »Na, dann rufen wir doch einfach in der Klinik an und fragen nach.« Er machte eine abgehackte Geste auf das Telefon, auf dem noch immer das rote Lämpchen blinkte. »Rufen wir Professor Artner an und klären die Sache auf. Haben Sie seine Durchwahl im Kopf?«

»Professor Artner?« Beate machte eine unsichere Geste. »Das... das geht nicht. Professor Artner ist tot. Er ist... gestorben. In der vergangenen Nacht.«

Tot! dachte Mark erschrocken. *Artner tot?* Aber das konnte nicht sein! Nicht auch noch er!

»Wie praktisch«, höhnte sein Vater. »Nicht, daß es mich überrascht – oder irgend etwas ändert. Sie haben es versucht, und es hat nicht funktioniert. Und jetzt gehen Sie bitte, bevor ich die Polizei rufe und Sie hinauswerfen lasse.«

»Einen Moment«, sagte Mark, »so schnell –«

»So schnell«, unterbrach ihn sein Vater, »geht es. Ich weiß, es tut weh. Aber das hat die Wahrheit nun leider manchmal an sich.«

Marks Hände begannen plötzlich zu zittern. Sein Herz schlug schneller, und für einen kurzen Moment konnte er sich kaum noch beherrschen, seinen Vater einfach anzuschreien. Irgendwie brachte er die Kraft auf, seinen Zorn noch einmal zu unterdrücken. Mit einer mühsam beherrschten Bewegung drehte er sich zu Beate herum und sah sie an. »Bitte warte unten«, sagte er. »Geh nicht weg, ich komme gleich nach.« Er kam sich bei diesen Worten wie ein Verräter vor. Er hätte sie verteidigen, sich offen auf ihre Seite stellen und seinem Vater ins Gesicht schreien müssen, was er von seinen absurden Anschuldigungen hielt, aber er hatte einfach nicht die Kraft dazu. Der Angriff war zu plötzlich gekommen und zu heimtückisch.

Beate stand noch einen Moment zitternd und mit Tränen in den Augen da und sah abwechselnd ihn und seinen Vater an, aber dann drehte sie sich herum und lief aus dem Zimmer.

Mark wartete, bis ihre Schritte die Treppe hinuntergepoltert waren und er das Geräusch der Haustür hörte. Er wußte, daß es unmöglich war, aber für einen Moment bildete er sich ein, ihre Schritte auch danach noch zu hören – ein rasches Rennen und Stolpern den Weg hinunter bis zum Tor und weiter hinaus auf die Straße. Am ganzen Leib zitternd drehte er sich wieder zu seinem Vater herum und starrte ihn an.

»Warum hast du das getan?« fragte er. Er flüsterte – er hatte nur die Wahl, zu flüstern oder zu schreien, und er wußte, wenn er seinem Zorn einmal freien Lauf ließe, würde er ihn nicht mehr beherrschen können. »Das ist völlig absurd!«

»Entschuldige«, sagte sein Vater. »Ich weiß, wie du dich jetzt fühlen mußt. Vielleicht war ich ein bißchen ungeschickt. Aber das ändert nichts daran, daß es die Wahrheit ist. Dieses Mädchen –«

»*Dieses Mädchen*«, fiel ihm Mark schneidend ins Wort, »ist gerade siebzehn Jahre alt. Sie ist weder eine Mitgiftjägerin noch eine neue Mata Hari, sondern nichts als ein Mädchen, das ich vor ein paar Stunden kennengelernt habe.«

»Sie ist nichts für dich«, sagte sein Vater hart. »Glaub mir, ich weiß das besser als du.«

»Wieso?« Marks Stimme wurde lauter. Er wollte nicht schreien. Er wollte seinem Vater diesen Triumph nicht gönnen, aber seine Kraft war erschöpft. Seine Hände zitterten immer heftiger, und sein Herz schlug jetzt so laut, daß es seine eigenen Worte zu übertönen schien. Zorn und Enttäuschung machten ihn fast rasend. »Vielleicht habe ich dir doch unrecht getan«, sagte er. »Du bist noch viel schlimmer, als ich gedacht habe.«

»Mark!« sagte sein Vater scharf. »Hör mir zu! Du verstehst nicht, was –«

»Ich verstehe sehr gut!« schrie Mark. »Es reicht dir immer noch nicht! Du glaubst immer noch, du könntest über mich bestimmen wie über etwas, das dir gehört! Aber das kannst du nicht, hörst du? Das wirst du nie wieder können!«

»Mark!« sagte sein Vater erneut. »Bitte hör doch zu! Dieses Mädchen ist nicht das, was es zu sein vorgibt! Ich weiß, daß es weh tut. Es tut immer weh, wenn man begreift, daß man belogen wurde.«

»Ja«, sagte Mark, »das stimmt. Wenigstens *das* habe ich von dir gelernt.«

»Und es tut mir leid«, erwiderte sein Vater. »Darum versuche ich ja gerade, dich vor noch einem viel größeren Fehler zu bewahren!«

»Fehler?« Mark lachte schrill. »Oh ja, ich habe einen Fehler gemacht! Es war ein Fehler, überhaupt hierher zu kommen. Ich hätte tun sollen, was ich von Anfang an vorhatte, und einfach verschwinden. Ich hätte dir niemals zuhören dürfen.«

Er fuhr herum und wollte zur Tür gehen, aber sein Vater machte eine blitzschnelle Bewegung und ergriff ihn am Arm. Nicht nur, um ihn festzuhalten, sondern hart, fast schmerzhaft, und vielleicht war es die Art dieser Berührung, die unbedingten Gehorsam verlangte und keinen Widerspruch duldete, die den Faden endgültig zum Zerreißen brachte.

Mark bewegte sich fast ohne eigenes Zutun. Mit einem zornigen Ruck riß er sich los und versetzte seinem Vater gleichzeitig mit der flachen Hand einen Stoß vor die Brust, der diesen zurücktaumeln ließ und vermutlich zu Boden geschleudert hätte, wäre er nicht gegen die Schreibtischkante geprallt. Das Zimmer schien sich plötzlich vor Marks Augen zu verdunkeln, alles drehte sich um ihn, und sein Herz schlug plötzlich so laut und schwer, daß das Geräusch den gesamten Raum auszufüllen schien: ein dunkles, maschinenhaftes Hämmern und Stampfen, das nicht länger mehr das Geräusch seines eigenen Herzschlages war, sondern der dröhnende Rhythmus aus seinem Traum. Die Bibliothek veränderte sich. Licht und Schatten tauschten ihre Plätze, und sein Gesichtsfeld schien sich zusammenzuziehen, bis darin nur noch Raum für das Gesicht seines Vaters war, das vor Staunen und Überraschung zu einer Grimasse wurde. Dahinter wuchs etwas Dunkles heran. Er hörte wispernde Stimmen und einen summenden, an- und abschwellenden Ton. Und für einen kurzen, zeitlosen Augenblick glaubte er flackernden Kerzenschein zu sehen.

Bevor die Vision übermächtig werden konnte, fuhr er auf dem Absatz herum und rannte aus dem Zimmer.

23. Kapitel

»Ich glaube fast, Sie haben recht«, sagte Sendig. »Sie *könnte* es sein.« Er hatte sich so weit vorgebeugt, daß sein Gesicht fast gegen die Scheibe stieß und das Glas unter seinem Atem beschlug, während er aus angestrengt zusammengekniffenen Augen zu der Gestalt auf der anderen Straßenseite hinüberstarrte. Bremer fragte sich allerdings, was er auf diese Weise zu erkennen hoffte. Sie standen sicherlich dreißig Meter vom Gartentor der Sillmann-Villa entfernt, noch dazu auf der anderen Straßenseite und in einem ungünstigen Winkel, entschieden zu weit, um das Gesicht des dunkelhaarigen Mädchens identifizieren zu können. »Sie *ist* es«, sagte er schlechtgelaunt. »Ich bin ganz sicher. Ich war ihr so nahe wie jetzt Ihnen.«

Sendig wandte kurz den Kopf und sah ihn mißtrauisch an, fuhr dann aber fort, die Scheibe vollzuhauchen und gleichzeitig nervös und unrhythmisch auf der Armlehne zu trommeln. »Es ist ja nicht so, daß ich Ihre Beobachtungsgabe anzweifle«, sagte er nach einer Weile. »Aber ich habe mich erkundigt, wissen Sie? Niemand kennt dieses Mädchen im Stift.« Er zögerte einen ganz kurzen Moment, ehe er hinzufügte: »Übrigens kann sich auch niemand daran erinnern, daß der junge Sillmann mit ihr zusammen weggegangen wäre.«

»Außer mir«, sagte Bremer.

»Außer Ihnen.« Sendig nickte und sah endlich wieder ganz in seine Richtung. »Diese Geschichte wird immer mysteriöser. Ich glaube beinahe, wir hatten bisher den falschen Sillmann im Visier.«

»*Wir*«, antwortete Bremer mit Nachdruck, »hatten bisher doch wohl überhaupt niemanden im Visier. Sie sagen mir ja nichts.«

Sendig grinste, als hätte er einen besonders guten Scherz zum besten gegeben, drehte den Kopf wieder nach rechts und hob plötzlich die Hand, als wenn er etwas sagen wollte. »Schauen Sie!« sagte er. »Er kommt!«

Bremer lehnte sich ein bißchen nach vorne, um an Sendig vorbei einen Blick auf das Haus werfen zu können. Tatsächlich war die Haustür aufgegangen, und Mark Sillmann stürmte heraus. Er ging nicht etwa – er *stürmte* mit gewaltigen Schritten auf das Tor zu. Eine Winzigkeit mehr, und er wäre gerannt. Die beiden Polizisten beobachteten, wie er den Garten durchquerte und das Tor mit solcher Wucht hinter sich zuwarf, daß sie den Knall bis hierher hören konnten.

»Hoppla«, sagte Sendig. »Scheint, als hinge der Haussegen bei den Sillmanns ein bißchen schief.«

Bremer schwieg. Sie waren viel zu weit entfernt, um etwas von dem Gespräch mitbekommen zu können, das sich zwischen Mark und dem Mädchen entwickelte, aber die Körpersprache der beiden verriet genug. Bremer war nicht ganz sicher, ob er einen Streit beobachtete, zumindest aber eine sehr hitzige Diskussion. Das Mädchen setzte zwei-, dreimal dazu an wegzugehen, aber Mark hielt es jedesmal mit mehr oder weniger sanfter Gewalt zurück und redete heftig gestikulierend weiter. Die Diskussion dauerte nur wenige Minuten. Schließlich beruhigten sich Sillmann und das Mädchen und gingen nebeneinander und sehr schnell, aber ohne sich zu berühren, davon.

»Folgen wir ihnen?« fragte Bremer. Er streckte die Hand nach dem Zündschlüssel aus, und Sendig nickte, hielt aber zugleich seinen Arm fest.

»Ja, aber nicht gleich. Warten Sie einen Moment. Besser, sie merken es nicht.«

So erregt, wie die beiden waren, dachte Bremer, hätten sie wahrscheinlich nicht einmal gemerkt, wenn er ihnen mit einem Schützenpanzer hinterhergefahren wäre. Aber natürlich hatte Sendig recht – wie fast immer. Es war besser, vorsichtig zu sein.

»Ich würde meine rechte Hand dafür geben, zu wissen, was da passiert ist«, sagte Sendig leise und im Ton eines Selbstgespräches. »Er hat Ihnen nicht gesagt, was genau er dort wollte?«

»In der Klinik?« Bremer schüttelte den Kopf. »Er wollte seine Mutter besuchen.«

»Zum zweiten Mal an einem Tag?« Sendig machte eine wedelnde Handbewegung. »Sehr seltsam... und dann dieses Mädchen... Ich habe das Gefühl, daß wir ganz dicht davor stehen, etwas sehr Interessantes herauszufinden.«

Plötzlich war er sehr aufgeregt. »Also gut, Bremer. Sie nehmen den Audi und fahren den beiden nach. Aber vorsichtig! Sie dürfen Sie nicht bemerken. Und greifen Sie nicht ein, egal was passiert.«

Er griff in die Manteltasche und fingerte die Schlüssel des Dienstwagens heraus, der fünfzig Meter die Straße hinab hinter der nächsten Biegung geparkt war. »Also los. Ich bleibe hier und behalte das Haus im Auge. Ich habe das Gefühl, daß sich hier bald etwas tut. Sie haben meine Telefonnummer?«

»Nein«, antwortete Bremer, während Sendig nach dem Schlüssel griff und mit der linken Hand bereits die Tür des Mercedes öffnete. »Wozu? Der Audi hat Funk und – «

»Ja, und genau den sollen Sie nicht benutzen«, unterbrach ihn Sendig. »Fragen Sie nicht, warum, tun Sie es einfach. Hier ist meine Nummer.« Er drückte Bremer einen kleinen Zettel in die Hand, auf dem er bereits die Nummer des Autotelefons notiert hatte, und begann ungeschickt, über den Ganghebel hinweg auf den Fahrersitz des Mercedes zu rutschen, kaum daß Bremer aus dem Wagen gestiegen war. »Und jetzt beeilen Sie sich, bevor die beiden weg sind.«

Bremer verdrehte die Augen, aber er ersparte sich den Hinweis, daß es Sendig selbst gewesen war, der ihn noch vor kaum einer Minute daran gehindert hatte, Mark und seiner Freundin sofort zu folgen. Statt dessen warf er noch einen letzten prüfenden Blick zu den beiden Gestalten hinüber, die schon fast das Ende der Straße erreicht hatten, und setzte sich dann in die entgegengesetzte Richtung in Bewegung. Er rannte nicht, um nicht aufzufallen, aber er ging doch sehr schnell, und er widerstand auch der Versuchung, sich erneut herumzudrehen, als er die Biegung erreichte. Er hatte zwar seine Uniform gegen zivile Kleidung getauscht, wie Sendig geraten hatte, aber er wollte trotzdem kein Risiko eingehen.

Als er um die Ecke bog und die Straße überquerte, um den Audi zu erreichen, der auf der anderen Straßenseite geparkt war, war er ein wenig unaufmerksam. Er bemerkte den Wagen, der in raschem Tempo herangefahren kam, erst im allerletzten Moment und mußte sich mit einem hastigen Satz zurück auf den Bürgersteig in Sicherheit bringen. Trotzdem fuhr der Wagen so dicht an ihm vorbei, daß er den Luftzug spüren konnte. Bremer drehte sich fluchend herum, und der Polizist in ihm suchte ganz automatisch nach dem Nummernschild des Wagens. Fast beiläufig registrierte er, daß es kein Berliner Kennzeichen war, aber seine Aufmerksamkeit reichte nicht mehr aus, den Rest zu identifizieren – er riß ungläubig die Augen auf, und aus seinem zornigen Erschrecken wurde Überraschung – und dann ein neuer, aber gänzlich anderer Schrecken.

Es war nicht irgendein Wagen, der ihn fast überfahren hätte. Es war ein dunkelblauer großer BMW mit getönten Scheiben. Bremer sah ihn nur noch einen Sekundenbruchteil, ehe er, ohne den Blinker betätigt zu haben oder irgendwie seine Geschwindigkeit herabzusetzen, um die Ecke bog, aber er erkannte in dieser kurzen Zeitspanne doch einige weitere, beunruhigende Details. Der Wagen verfügte neben seiner normalen auch noch über zwei weitere, kleine Antennen: eine auf dem Dach und eine zweite auf dem hinteren Kotflügel. Trotz der überbreiten Reifen und der Spurverbreiterung lag der Wagen sehr tief, und er bewegte sich kaum in den Federn, als er abbog, was auf ein enormes Gewicht schließen ließ. Eigentlich gab es nur eine Erklärung dafür: Der Wagen war gepanzert. Und das wiederum bedeutete, daß –

Bremer beschloß, später darüber nachzudenken, was diese Erkenntnis in letzter Konsequenz bedeuten mußte, fuhr auf dem Absatz herum und rannte auf den Audi zu, so schnell er nur konnte.

24. Kapitel

Das Licht auf dem Anrufbeantworter flackerte noch immer. Seit Mark gegangen war, waren sicher fünf Minuten verstrichen, aber weder in der Bibliothek noch im Rest des Hauses hatte sich in dieser Zeit irgend etwas gerührt. Die einzige Illusion von Bewegung kam von diesem regelmäßig an- und ausgehenden roten Licht.

Sillmann öffnete die Augen. Er hatte wie erstarrt dagestanden, seit Mark gegangen war. Er konnte sich nicht erinnern, wie lange oder was er in dieser Zeit gedacht hatte. Vielleicht nichts. In ihm war plötzlich nur eine große Leere, in der nicht einmal mehr Platz für Enttäuschung oder Angst war.

Ganz langsam, als müsse er gegen unsichtbare Tonnengewichte ankämpfen, die auf seinen Gliedern lasteten, drehte er sich herum und trat wieder an den Schreibtisch heran. Seine Hand streckte sich nach dem Telefon aus, verharrte für endlose Sekunden zitternd darüber und führte die Bewegung dann noch langsamer zu Ende. Das rote Licht des Anrufbeantworters flackerte noch immer, aber er hörte die Botschaft auch jetzt nicht ab. Sie war unwichtig geworden. Nichts hatte mehr irgendeine Bedeutung.

Sillmanns Finger tippten die elfstellige Nummer eines Satellitenanschlusses, und am anderen Ende wurde abgehoben, kaum daß er den Hörer ans Ohr genommen hatte. Eine kalte, unpersönliche Stimme meldete sich mit einem einzigen Wort: »Ja?«

»Sillmann hier«, meldete er sich. »Sie hatten recht. Es tut mir leid. Ich... kann jetzt nichts mehr tun.«

Er bekam keine Antwort. Aus dem Hörer drang nur Schweigen, allenfalls, hätte man ganz aufmerksam gelauscht, das Geräusch ganz leiser, sehr regelmäßiger Atemzüge. Nach ein paar Sekunden wurde aufgelegt.

Sillmann ließ den Telefonhörer auf den Schreibtisch sinken, setzte sich in den schweren Ledersessel und schloß die Augen. Er lauschte in sich hinein, wartete auf irgend etwas, irgendeine Reaktion, irgendein Gefühl, aber da war nichts. Er war ausgebrannt, nicht einmal mehr fähig, Angst zu empfinden. Selbst dafür wäre er in diesem Moment dankbar gewesen, aber selbst das konnte er nicht mehr. Er dachte an das Gespräch mit Petri zurück: *Es hat begonnen.*

Ja, es hatte angefangen: später, als er befürchtet, und soviel früher, als er gehofft hatte. Es hatte begonnen, und keine Macht dieser Welt konnte es jetzt noch aufhalten.

Mark war wieder in jenem furchtbaren Keller, der von Kerzenschein und dem Wehklagen verdammter Seelen erfüllt war, und er hörte auch wieder den Herzschlag und die lautlose Stimme, die seinen Namen flüsterte und ihn Taten beschuldigte, an die er sich nicht erinnern konnte, von denen er aber nun wußte, daß er sie begangen hatte. Das Gespenst war da. Es stand hinter ihm und war nun endgültig zum Monster aller Kinderträume geworden, denn so große Angst es ihm auch machte, so wußte er doch, daß es ihm nichts anhaben konnte, solange er sich nur nicht herumdrehte und es ansah.

Aber wie lange würde er das können?

Dieser Traum – der viel weniger Traum *als eine fast bis zur Unkenntlichkeit verzerrte* Erinnerung *war (aber eben nur* fast*) – gehorchte seiner eigenen, simplen Logik, die die eines noch ziemlich naiven Zwölfjährigen war, nicht die eines Erwachsenen, und diese Logik war auf der einen Seite zwar dafür verantwortlich, daß alles, was er nicht sah, auf der anderen Seite auch ihn nicht sehen und ihm somit nichts zuleide tun konnte, aber sie verlieh dem gesichtslosen Schrecken auf der anderen Seite auch die Macht eines Gottes. Seine Unverwundbarkeit war nicht absolut. Das Ungeheuer würde ihn zwingen, ihn anzusehen, sobald seine Konzentration auch nur für einen winzigen Moment nachließ. Und er konnte bereits spüren, wie seine Kräfte schwanden. Dies hier war nicht die Welt, in die er gehörte. Es war nicht die Wirklichkeit – nicht* die *Wirklichkeit, die er kannte und verstand, aber es war auch weit mehr als eine Illusion. Er nannte es einen Traum, aber das war es nicht, sondern vielmehr ein Teil eines anderen, düsteren Universums, in dem Zeit und Raum ebensowenig Bestand hatten wie Realität und in dem er sich für eine Weile als Gast aufhalten konnte (oder als Gefangener?).*

Aber dieser Aufenthalt war nicht umsonst. Jede Sekunde, die er hier war, kostete Kraft, jeder Augenblick, den er länger in dieser vielleicht düstersten Ecke des Universums verweilte, stahl ihm etwas von seiner Energie, vielleicht seiner Lebenskraft.

Er mußte diesen Keller verlassen. Aber wie?

Die Vision hatte – fast – an der gleichen Stelle wieder eingesetzt, an der sie aufgehört hatte: Er stand wieder vor der rostigen Eisentür, durch die der hämmernde schwere Herzschlag drang, und er sah das Licht, das durch den allmählich breiter werdenden Spalt zwischen ihr und dem Rahmen drang, und die tanzenden Schatten dahinter, und wieder begriff er mit unerschütterlicher Sicherheit, daß etwas Furchtbares geschehen würde, wenn er durch diese Tür schritt.

Mark glaubte sich zu erinnern, daß es einen anderen Ausgang aus diesem Keller gab – eine zweite Tür, vielleicht auch nur ein offener Durchgang auf der anderen Seite, nicht einmal ein Dutzend Schritte hinter ihm, und trotzdem unerreichbar, denn dorthin zu gehen hätte bedeutet, sich zu den Phantomen am Boden umzudrehen und der anderen, weit schlimmeren Gestalt, die hinter ihm stand, und die ihn zweifellos vernichten würde, sobald er den Schutz des Nicht-Sehens und dadurch Nicht-gesehen-Werdens aufgab.

Er saß in der Falle. Er konnte nicht hierbleiben, er konnte nicht weitergehen, und er konnte nicht zurück.

Vielleicht war es einfach an der Zeit, sich der Wahrheit zu stellen.

Der Gedanke entstand so klar artikuliert in seinem Kopf, als hätte ihn tatsächlich jemand ausgesprochen, der unsichtbar bei ihm war, und im gleichen Augenblick fielen Furcht und Entsetzen wie ein zu lange getragenes Kleidungsstück von ihm ab.

Es war *an der Zeit.*

Mark hob den Arm, streckte die Hand aus und berührte die Tür mit gespreizten Fingern, ganz sacht, unendlich vorsichtig, wie er eine glühende Herdplatte berührt hätte oder das Netz einer schlafenden Spinne, das er irgendwie überwinden mußte, ohne das giftige Tier zu wecken.

Es erwachte nicht. Die Tür war nicht heiß, aber auch nicht so kalt, wie ihr metallener Anblick hätte erwarten lassen, und nicht einmal annähernd so schwer, wie ihre wuchtigen Formen suggerierten. Sie fühlte sich warm an, und auf eine schwer in Worte faßbare Art weich und beinahe lebendig, und obwohl seine Berührung kaum mehr als ein Hauch gewesen war, schwang sie langsam vor ihm zurück und gab den Blick in den dahinterliegenden Raum –

»Sag mal – träumst du?«

Mark fuhr so erschrocken hoch, daß er sein Glas umstieß. Er fing es auf, ehe es vom Tisch rollen konnte, war sich der Bewegung aber selbst kaum bewußt.

Er hatte Mühe, sofort in *diesen* Teil der Wirklichkeit zurückzufinden, aber ein Gedanke entstand ganz deutlich in seinem Kopf: daß er *wieder* im letzten Moment gerettet worden war, wie die anderen Male – wie *jedes Mal!* – zuvor. War das vielleicht der wirkliche Schrecken, den dieser Traum für ihn bereithielt: daß er niemals erfahren sollte, was auf der anderen Seite der Tür lag?

»Was?« fragte er verwirrt.

»Ich habe dich gefragt, ob du träumst!« schrie Beate – sie mußte schreien, um den stampfenden Techno-Rhythmus zu übertönen, der aus einem Dutzend Richtungen zugleich auf sie herabhämmerte.

»Ich habe dich jetzt dreimal gefragt, ob du Lust hast, zu tanzen!« fuhr Beate fort. »Ich meine – du mußt nicht. Ich bin dir nicht böse. Aber du könntest wenigstens antworten!«

Mark blickte sie weiter verständnislos an, ebenso wie das Glas in seiner Hand, das er aufgefangen hatte, ohne auch nur das geringste dazu getan zu haben. Seine Reflexe funktionierten offensichtlich auch unabhängig von dem, was in seinem Kopf vorging. Der Inhalt des Glases war in einer halbkreisförmigen Spur auf dem Tisch vor ihm verteilt, soweit er nicht bereits zu Boden getropft war, und der scharfe Geruch, der davon aufstieg, verriet ihm, daß er nicht nur aus purer Cola bestanden hatte. Seltsam – er konnte sich gar nicht erinnern, Whisky getrunken zu haben. Er lauschte in sich hinein, aber er spürte nichts von irgendeiner Wirkung. Er schmeckte übrigens auch keinen Alkohol.

»War das ... deines?« fragte er verlegen.

Beate verdrehte in gespieltem Entsetzen die Augen. »Ja. Aber ich bestelle mir gerne ein neues. Es sei denn, du bist Gentleman genug, es für mich zu tun. Immerhin hast du mir ja auch die Hälfte meines Drinks auf die Füße gekippt.«

Mark stellte das Glas mit einer schuldbewußten Bewegung und sehr hastig endlich wieder auf den Tisch und hob ebenso rasch die Hand, um nach dem Kellner zu winken, aber er sah die Sinnlosigkeit dieses Vorhabens fast im gleichen Moment auch schon ein. Es gab tatsächlich mehrere Kellner, aber die Wahrscheinlichkeit, ihre Aufmerksamkeit zu erregen, war gleich Null. Dann und wann tauchte ein Tablett an einem ausgestreckten Arm über den Köpfen der dichtstehenden Menge auf, das mit einer für Mark schier unvorstellbaren Sicherheit durch das Tohuwabohu geschifft wurde, aber er sah keinen der dazugehörigen Kellner. Schließlich stand er auf und deutete mit einer Kopfbewegung zur Bar. »Ich hole dir ein neues Glas«, brüllte er.

»Eine Aufforderung zum Tanzen wäre mir lieber«, schrie Beate in der gleichen Lautstärke zurück, was Mark aber geflissentlich ignorierte. Er hatte keine Lust, zu tanzen. Eigentlich hatte er nicht einmal Lust, hier zu sein. Die Diskothek war ihm zu laut, zu dunkel, zu hektisch. Es waren zu viele Menschen hier, und sie waren zu fröhlich. Es war sein Vorschlag gewesen, hierher zu kommen, nachdem sie eine ganze Weile ziellos durch die Straßen gelaufen waren und alles getan hatten – nur eines nicht: sich auszusprechen. Die Idee war gut gewesen – er hatte gehofft, daß der Lärm, die Nähe all dieser Menschen und die unzähligen Ablenkungen auch ihm helfen würden, auf andere Gedanken zu kommen – aber es hatte nicht funktioniert. Er war mittlerweile sehr sicher, daß nichts funktionieren würde. Er hätte nicht hierher kommen sollen, aber er wußte auch nicht, was er sonst hätte tun sollen. Vielleicht war dies eine der Situationen, in der es keine gute Lösung gab. Beate hatte sich alle Mühe gegeben, den häßlichen Zwischenfall zu überspielen, und er hatte zumindest die gute Absicht hinter diesem Vorhaben honoriert, indem auch er alles, was mit seinem Vater, seiner Mutter oder ihm selbst zu tun hatte, fast peinlich vermied. Sie hatten sich den ganzen Abend über Belanglosigkeiten unterhalten: kleine Anekdoten aus seinem Leben im Internat, die zum Teil wahr, zum Teil übertrieben und zum Teil vollkommen ausgedacht waren, sie hatten über Politik, Geschichte, den Sinn des Lebens und die neuesten Modetorheiten gesprochen, ein bißchen herumgealbert, dies und das getan und sich schließlich ganz bewußt dazu entschieden, den Abend so ausklingen zu lassen, wie es einem achtzehnten Geburtstag in einer Stadt wie Berlin vielleicht angemessen war: laut, fröhlich und lang und ohne irgendwelche Pläne für den nächsten Tag oder auch nur die nächste Stunde. Aber das war nur die Theorie. Die Praxis sah anders aus. Es verging kein Moment, in dem er nicht an seinen Vater dachte, und die Furcht hatte ihn den ganzen Abend über begleitet.

Sie – und ein fast verzweifelt unterdrückter, aber doch beharrlich nagender Zweifel. Von allem war vielleicht das das Schlimmste, was sein Vater ihm angetan hatte: Er begann sich zu fragen, ob er vielleicht recht hatte. Beate *hatte* sich seltsam benommen. Ihre Scherze auf dem Weg nach Hause waren ein bißchen zu penetrant gewesen, und auch ihr Auftreten am Morgen war vielleicht nicht normal.

Und wenn? dachte er trotzig. Selbst wenn es so wäre – welche Rolle spielte es eigentlich? Vielleicht zählte für sie tatsächlich zuerst sein Geld und dann er, aber selbst wenn es so sein sollte – zumindest im Augenblick war es ihm gleich. Er empfand jedenfalls etwas für sie, auch wenn er selbst noch nicht genau wußte, was es war, und irgendeine Garantie auf die ewige, reine Liebe hatte niemand. Selbst wenn sein Vater recht haben sollte, machte das sein Benehmen nicht entschuldbar. Es machte es eher schlimmer. Er hatte verdammt noch mal wie jeder andere das Recht, seine eigenen Fehler zu machen und daraus zu lernen.

Er hatte sich zur Bar durchgedrängelt, bestellte zwei frische Getränke und versuchte, sie zu ihrem Tisch zurückzubalancieren, ohne mehr als die Hälfte davon zu verschütten. In einer so hoffnungslos überfüllten Diskothek wie dem *HADES* erforderte diese Aufgabe fast seine ganze Aufmerksamkeit, so daß er erst wieder zu Beate aufsah, als er den Tisch fast erreicht hatte. Sie war nicht mehr allein. In das Gedränge rings um den kleinen Tisch hatte sich eine weitere Gestalt gemischt, die heftig gestikulierend auf Beate einredete und sie bereits so weit in eine Ecke gedrängt hatte, wie es überhaupt nur ging.

Auch ohne den Höllenlärm ringsum hätte Mark kaum verstanden, worüber die beiden sprachen, aber das war auch nicht nötig. Jede Spur von Heiterkeit – ob nun aufgesetzt oder echt – war von ihrem Gesicht verschwunden. Sie stand in eindeutig abwehrender Haltung da und bewegte immer wieder den Kopf, um den zudringlichen Händen ihres Gegenübers auszuweichen.

Mark maß den Burschen mit einem raschen, prüfenden Blick, während er sich seinen Weg durch die Menge so schnell bahnte, wie er konnte. Er war ein gutes Stück größer als er und mußte zwanzig Pfund schwerer sein, und bei der sportlich durchtrainierten Statur unter seiner Windjacke hätte Mark normalerweise zweimal überlegt, sich mit ihm anzulegen. Aber er sah auch noch mehr: Die Bewegungen des Burschen waren unsicher und fahrig, und sein Gesicht wirkte aufgedunsen. Der Kerl war hoffnungslos betrunken – was ihn wahrscheinlich nicht weniger gefährlich machte, aber möglicherweise etwas langsamer.

Mark erreichte endlich den Tisch und setzte die beiden Gläser mit einem hörbaren Knall ab. Das Geräusch erfüllte seinen Zweck: Beates Gesicht wandte sich mit einem Ruck in seine Richtung und mit einer guten Sekunde Verzögerung auch das des Burschen, der vor ihr stand.

»Probleme?« fragte er.

Beate schüttelte hastig den Kopf. Die Erleichterung in ihrem Blick hatte nicht lange vorgehalten. Spätestens jetzt, wo Mark dem anderen direkt gegenüberstand, mußte ihr wohl auch auffallen, daß der Bursche ungefähr doppelt so groß war wie er. »Es ist okay«, sagte sie hastig. »Ein… ein Mißverständnis.«

»Ein Mißverständnis, so?« sagte Mark. Sein Blick blieb fest auf das Gesicht des anderen gerichtet. Die Augen des Burschen waren trüb vom Alkohol, aber Mark bemerkte trotzdem das tückische Funkeln darin; der Kerl war nicht nur vollkommen betrunken, er war auch ein Schläger. Niemand, mit dem er sich normalerweise abgegeben hätte, und erst recht niemand, gegen den er eine Chance hatte, wahrscheinlich nicht einmal in diesem Zustand.

»Was willst du?« fragte der Betrunkene. Er sprach schleppend, und als er redete, zerplatzten kleine Speichelblasen in seinem Mundwinkel. Sein Atem roch durchdringend nach Alkohol.

»Die Frage ist, was *du* willst«, antwortete Mark. Eine innere Stimme riet ihm, daß es besser – und wahrscheinlich auch gesünder – war, jetzt die Klappe zu halten. Er konnte die Aggressivität des anderen beinahe riechen. Der Kerl war auf Streit aus, und er wußte, daß er mit ihm nicht fertig werden konnte. Aber er *wollte* nicht vernünftig sein. Ganz plötzlich war die Wut da, die er den ganzen Tag über vermißt hatte, eine rasende, kaum noch zu beherrschende Wut, die ihn dazu trieb, nicht aufzuhören, nicht vernünftig zu sein, sondern weiterzumachen. Er brauchte ein Ventil. Er wollte etwas packen, etwas zerstören und kaputt- machen, irgend etwas schlagen oder auch geschlagen werden, das war egal.

»Mach keinen Ärger«, sagte Beate.

»Ich?« Mark trat mit zwei zornigen Schritten um den Tisch herum und baute sich drohend vor dem Betrunkenen auf. »*Er* macht Ärger, nicht ich.«

»Spiel dich nicht auf, Kleiner«, sagte der Bursche. »Hau ab, solange du es noch kannst.«

«Und wenn nicht?« fragte Mark herausfordernd.

Er wußte, was nun kam, und das zornige Aufblitzen in den Augen seines Gegenübers warnte ihn zusätzlich. Zorn und Frustration hatten seinen Kreislauf so mit Adrenalin überschwemmt, daß er mit einer Schnelligkeit und Kraft reagierte, an die er normalerweise nicht einmal zu denken wagte. Der Kerl schlug zu, ein vielleicht kraftvoller, aber sehr plumper Hieb, dem Mark mit Leichtigkeit auswich. Gleichzeitig schlug er zurück. Seine Faust traf den anderen am Kinn, und die Wirkung überstieg Marks kühnste Erwartungen: Der Bursche schrie auf, warf die Arme in die Höhe und stürzte rückwärts zu Boden, wobei er zwei oder drei andere mit sich riß. Für einen Moment drohte sich die Bewegung fortzusetzen, und Mark wartete beinahe darauf, daß sämtliche Diskobesucher wie eine ineinandergedrehte Schnecke aus Dominosteinen umfielen. Natürlich geschah das nicht. Trotzdem setzte sich die Bewegung irgendwie fort; für einige Sekunden kamen die Tanzenden aus dem Takt, dann erlosch auch das Flackern der Lichtorgel, und schließlich verstummte sogar die Musik.

Der Betrunkene versuchte ungeschickt wieder auf die Füße zu kommen, aber da einige andere dies gleichzeitig auch probierten, behinderten sie sich nur gegenseitig; Mark hatte Zeit genug, ihm nachzusetzen und in eine entsprechende Position zu kommen. Er war plötzlich ganz ruhig. Der Zorn war noch da, vielleicht sogar schlimmer als zuvor, aber er machte ihn jetzt nicht mehr fahrig oder störte seine Konzentration. Er beobachtete den anderen genau, während er sich aufrappelte. Sein Gesicht wirkte benommen und ziemlich überrascht, aber nicht besonders angeschlagen. Sein Schlag hatte eine spektakuläre, aber leider keineswegs nachhaltige Wirkung erzielt. Wahrscheinlich hatte er den Kerl nur wütend gemacht. Er durfte ihm auf keinen Fall die Gelegenheit geben, seinerseits einen Treffer anzubringen.

Als der Bursche aufstand, empfing ihn Mark mit einem Tritt vor das Knie, der ihn nicht fällte, ihn aber mit schmerzverzerrtem Gesicht zurücktaumeln ließ. Mark setzte ihm nach, boxte ihn zwei-, dreimal mit aller Gewalt in den Leib und zielte mit einem Handkantenschlag nach seiner Kehle, als die erhoffte Wirkung auch diesmal ausblieb.

Sein Arm wurde mit solcher Kraft gepackt und zurückgerissen, daß er vor Schmerz aufschrie und gestürzt wäre, hätte die gleiche Hand, die ihn zurückgerissen hatte, ihn nicht auch festgehalten. Eine Sekunde später wurde sein Arm mit brutaler Kraft auf den Rücken gedreht, eine Hand krallte sich in sein Haar und riß seinen Kopf in den Nacken, und dann traf ihn ein harter Kniestoß in den Rücken und ließ ihn endgültig in die Knie brechen. Ein gleißender Schmerz explodierte in seinen Nieren, und für einen Moment sah er nichts außer bunten Farbblitzen. Sein Kopf wurde so weit in den Nacken gebogen, daß er kaum noch Luft bekam und deshalb auch nicht schreien konnte, und der Gewalt, mit der er festgehalten wurde, hatte er nichts entgegenzusetzen. Trotzdem wehrte er sich noch einen kurzen Moment mit aller Kraft. Seine Wut war noch nicht verraucht. Er fügte sich mit seiner Gegenwehr nur selbst Schmerzen zu, aber das war ihm gleich. Er mußte irgend etwas zerstören – wenn er nichts anderes fand, sich selbst.

Kurz bevor er sich selbst den Arm auskugeln konnte, wurde der Griff ein wenig gelockert, nicht einmal annähernd weit genug, um sich loszureißen, aber immerhin kam er unsicher auf die Füße, auch wenn er weiter mit unerbittlicher Kraft gehalten wurde. Er drehte den Kopf zur Seite, soweit es die Hand zuließ, die sich noch immer in sein Haar krallte, und erkannte, daß er von einem langhaarigen, muskelbepackten Burschen in Lederjacke und Jeans festgehalten wurde. Ein zweiter Rausschmeißer stand nur einen Schritt hinter ihm, aber er hatte die Lage bereits richtig eingeschätzt und erkannt, daß es wohl kaum nötig sein würde, sich zu zweit auf Mark zu stürzen.

»Es ist okay«, sagte Mark mühsam. »Ich bin in... in Ordnung. Ihr könnt mich loslassen.«

Er wurde nicht losgelassen, aber der Druck auf seinen Arm ließ weiter nach; wenigstens trieb der Schmerz ihm jetzt nicht mehr die Tränen in die Augen. Dafür traf ihn ein harter Stoß in den Rücken, der ihn vorwärtstaumeln ließ.

Mark hatte sich immer gefragt, wie eine solche Situation wohl sein mochte; sein größtenteils wohlbehütetes Leben im Internat hatte ihn vor Gewalttätigkeiten jeder Art bewahrt, aber natürlich hatte er sich solche Situationen *vorgestellt.* Die Wahrheit war ganz anders – nicht annähernd so dramatisch, aber dafür ging es sehr viel schneller. Binnen Sekunden wurde er von beiden Rausschmeißern zum Ausgang gezerrt, während hinter ihnen Musik und Tanz bereits wieder einsetzten, als wäre überhaupt nichts geschehen. Nicht einmal eine Minute, nachdem er den Betrunkenen niedergeschlagen hatte, fand er sich der Länge nach auf dem Bauch vor dem Eingang der Diskothek liegend.

25. Kapitel

Nicht eingreifen, hatte Sendig gesagt. *Ganz gleich, was passiert, er darf Sie nicht bemerken. Sie beobachten ihn, weiter nichts.*

Im Moment fiel es Bremer nicht ganz leicht, diesem Befehl Folge zu leisten. Vor einer Minute hatte er beobachtet, wie Mark Sillmann in hohem Bogen aus dem *HADES* geflogen war, und das im wortwörtlichen Sinn; er hatte bereits die Hand nach dem Türgriff ausgestreckt, aber dann war das Mädchen herausgekommen und hatte sich um Mark bemüht, und Bremer hatte sich im letzten Moment wieder an Sendigs Befehl erinnert. Er fragte sich, was im *HADES* vorgefallen sein mochte. Nach allem, was er über den jungen Sillmann wußte, war er kein Schläger, nicht einmal jemand, der sich so leicht auf einen provozierten Streit einließ.

Bremer zog die Hand wieder zurück, aber es dauerte einen Moment, bis er sich soweit entspannte, daß er sich ganz im Sitz zurücksinken lassen und beobachten konnte, was weiter geschah. Mark erhob sich unsicher auf die Füße und tastete mit den Händen über seinen Körper, als müsse er sich davon überzeugen, daß noch alles da war, machte aber trotzdem einen unverletzten Eindruck.

Bremer blieb allerdings aufmerksam. Sillmann und das Mädchen standen eine ganze Weile vor dem Eingang des *HADES* und debattierten sichtlich aufgeregt miteinander. Bremer hätte seine rechte Hand dafür gegeben, zu wissen, worüber die beiden sprachen. Vor allem das Mädchen.

Ihr Anblick erschreckte ihn jetzt kaum weniger als vorhin, als er sie auf dem Videoband gesehen hatte. Es war vollkommen unmöglich. Seine Logik und sein Verstand sagten ihm, daß es einfach nicht sein konnte. Aber seine Augen behaupteten das Gegenteil.

Die beiden begannen langsam die Straße hinunterzugehen. Bremer überlegte gerade, ob er aussteigen und ihnen zu Fuß folgen oder abwarten, bis sie die Kreuzung erreichten, und ihnen mit dem Wagen nachfahren sollte, als zwei Dinge gleichzeitig geschahen: Fünfzig Meter hinter ihm wurde ein Wagen angelassen, und im gleichen Moment meldete sich das Funkgerät.

Bremer erschrak regelrecht. Sendig hatte ihm eingeschärft, nicht den Polizeifunk zu benutzen – die Gefahr, abgehört zu werden, war zu groß –, aber sie hatten vor einer halben Stunde miteinander telefoniert und sich auf eine Frequenz geeinigt, die selten benutzt wurde, auch keine Garantie, *nicht* abgehört zu werden, aber immerhin eine Möglichkeit für Sendig, im Notfall Kontakt zu ihm aufzunehmen. Bremers Hand verharrte über dem Hörer, berührte ihn aber nicht. Das Gerät piepste dreimal, dann waren zehn Sekunden Pause, dann noch zweimal, dann war Ruhe. Das vereinbarte Zeichen.

Bremer warf einen raschen Blick zu Sillmann und dem Mädchen hinüber – sie gingen weiter in Richtung Kreuzung, bewegten sich aber nicht sehr schnell –, dann stieg er aus dem Wagen und ging mit schnellen Schritten zu der Telefonzelle auf der gegenüberliegenden Straßenseite.

Sendig meldete sich, noch bevor das Freizeichen das erste Mal zu Ende getutet hatte. »Verdammt, Bremer, wo bleiben Sie so lange?«

So lange? Bremer hatte allerhöchstens zehn Sekunden gebraucht, um die Zelle zu erreichen und die Nummer von Sendigs Autotelefon zu wählen. Aber Sendig ließ ihm gar keine Zeit, zu antworten, sondern fuhr bereits kurzatmig und in sehr erregtem Ton fort: »Egal. Hören Sie zu, Bremer. Wir haben nicht viel Zeit. Ich weiß jetzt, wer sie sind.«

»Sie?«

»Die Kerle in dem BMW, die Sie verfolgt haben«, antwortete Sendig. »Sie müssen den jungen Sillmann und das Mädchen vor ihnen schützen, haben Sie verstanden?«

»Ja«, antwortete Bremer verwirrt. »Aber wieso – ?«

»Fragen Sie jetzt nicht«, unterbrach ihn Sendig. Der Ton in seiner Stimme war keine Nervosität, dachte Bremer bestürzt. Es war nackte Panik. »Warnen Sie den Jungen! Schnell!«

Er hängte ein, ehe Bremer antworten konnte. Bremer starrte den Telefonhörer in seiner Hand noch eine halbe Sekunde lang beinahe feindselig an, dann hängte er ein und verließ die Telefonzelle. Sillmann und das Mädchen hatten die Ecke erreicht und bogen nach links ab, und im gleichen Moment blendeten die Scheinwerfer des Wagens fünfzig Meter entfernt auf, und er setzte sich mit kreischenden Reifen in Bewegung. Als er an Bremer vorbeischoß, erkannte er, daß es sich um einen dunkelblauen BMW handelte.

Bremer fluchte und rannte los, so schnell er konnte. Als er im Wagen saß und mit fliegenden Fingern den Zündschlüssel herumdrehte, hatte der BMW die Kreuzung erreicht und bog ab, ohne seine Geschwindigkeit spürbar zu verringern. Bremer fluchte erneut und noch lauter, hämmerte den Gang hinein und gab Gas.

Den zweiten Wagen bemerkte er erst, als er mit kreischenden Bremsen unmittelbar vor der Kühlerhaube des Audi zum Stehen kam und die beiden hinteren Türen aufflogen.

26. Kapitel

Der Aufprall war sehr hart gewesen. Die beiden Rausschmeißer hatten sich wohl einen Spaß daraus gemacht, ihre Aufgabe wörtlich zu nehmen: Mark war gute zwei Meter durch die Luft geflogen, ehe er auf dem Pflaster aufgeschlagen war, und er hatte das Gefühl gehabt, aus der zehnfachen Höhe aufzuprallen. Im ersten Moment schien es buchstäblich keinen Knochen in seinem Leib zu geben, der *nicht* weh tat.

Trotzdem war das nicht der Grund für seine Benommenheit. Dieser Grund war in ihm, eine heiße, brodelnde Wut, die in ihm loderte und kochte wie die Glut eines im Ausbrechen befindlichen Vulkans, ein schwarzes Ding mit Klauen und brennenden Augen und einer Haut aus schimmerndem hartem Chitin, das die Türen seines Gefängnisses endgültig aufgestoßen hatte und heraus wollte, das töten wollte, vernichten, zerreißen und zerfetzen, ganz gleich, was oder wen. Er zitterte am ganzen Leib. Der Druck in ihm hatte die Grenzen des Erträglichen längst erreicht und stieg immer noch weiter. Wahrscheinlich war es gut, daß der Rausschmeißer ihn zurückgehalten hatte. Er hätte den Burschen umgebracht, das, oder zumindest auf ihn eingeschlagen, bis der andere *ihn* umgebracht hätte.

»Bist du in Ordnung?«

Mark erkannte nur Beates Stimme. Als er den Kopf hob, sah er anstelle ihres Gesichts nur einen hellen, verwaschenen Fleck, eingefaßt von Konturen, die sich ständig zu verändern schienen vor dem Hintergrund eines zerbröckelnden, von flackerndem Kerzenschein beleuchteten Betonputzes. Er erkannte die Gefahr im letzten Moment. Der Grat zwischen diesem und jenem anderen, gewalttätigeren Alptraum begann immer schmaler zu werden. Er drohte abzurutschen, und vielleicht würde es ein Sturz, den er nie wieder auffangen konnte.

»Mark, was ist mit dir?« Beate/der Todesengel streckte die Hand nach ihm aus, um ihn zu – vernichten/helfen – berühren, und er konnte im letzten Moment den Impuls unterdrücken, ihren Arm mit aller Gewalt beiseite zu schlagen. Aber er wich ihrer Berührung aus und drehte sich in der gleichen Bewegung auf die Seite. Für einen kurzen Moment schloß er die Augen und preßte die Lider mit aller Gewalt aufeinander. Es tat weh, aber es half: Als er die Augen wieder öffnete, war Beates Gesicht wieder ihr eigenes. Die Wand hinter ihr war noch immer schäbig, aber es war jetzt wieder die heruntergekommene Fassade des *HADES*, nicht mehr der Alptraumkeller, und das flackernde Licht war nicht mehr das Hunderter Kerzen, sondern die Leuchtreklame der Diskothek.

»Es ist... alles okay«, sagte er mühsam.

»In Ordnung?« Beate zog zweifelnd die Augenbrauen zusammen. »Du machst nicht unbedingt den Eindruck, als ob du *okay* wärst.«

Mark wich ihren bemüht ausgestreckten Händen erneut aus und stemmte sich umständlich in die Höhe. »Mir fehlt nichts«, versicherte er. »Es sah nur so wild aus. Der Kerl hatte wohl Mitleid mit mir.«

Beate blieb ernst. »Das meine ich nicht«, sagte sie. »Was ist denn da drinnen in dich gefahren? Benimmst du dich immer so?«

»In mich?« Mark sah sie fast feindselig an. »Moment mal. Ich wollte dir helfen.«

»Ich weiß«, antwortete Beate. »Aber der Kerl war nur ein harmloser Betrunkener, der sich aufspielen wollte. Es wäre nicht nötig gewesen, wie ein Verrückter auf ihn loszugehen. Mein Gott, für einen Moment dachte ich, du würdest ihn umbringen!«

»Blödsinn!« antwortete Mark.

»Es sah nicht gerade nach *Blödsinn* aus. Suchst du etwas?«

Mark hatte angefangen, mit den Händen über seine Lederjacke zu tasten. Seine Bewegungen wurden immer fahriger. »Mein Portemonnaie«, antwortete er. »Scheiße. Ich muß es verloren haben, als ich...« Er machte eine Kopfbewegung zum Eingang des *HADES*. »Dort drinnen.«

»Wahrscheinlich«, sagte Beate. »Aber wenn du einen guten Rat von mir –«

»Nein«, unterbrach sie Mark scharf. »Ich will *keinen* guten Rat. Weder von dir noch von sonst jemandem. Am allerwenigsten von dir, weißt du.«

Beate wurde blaß, aber Mark begriff den eigentlichen Grund dafür erst, als sie einen halben Schritt vor ihm zurückwich und eine instinktiv abwehrende Haltung einnahm. Plötzlich hatte sie Angst, aber es war eindeutig Angst vor *ihm*. Das *Ding* in ihm war noch da. Es hatte sich zurückgezogen und zerrte nicht mehr mit aller Gewalt an seiner Kette, aber es war da, und im Moment nicht so stark, daß sie es sah, in seinem Gesicht, oder in seinen Augen. *Was geschah mit ihm?*

»Entschuldige«, sagte er.

Beate lächelte verkrampft. »Schon gut. Vergiß es.«

Mark streckte die Hand nach ihr aus und berührte sie am Arm. Sie wich seiner Berührung nicht aus, aber Mark sah deutlich, daß sie es gerne getan hätte, und auch die Angst wich nicht vollständig aus ihrem Blick.

»Nein«, sagte er. »Es ist *nicht* gut, und ich werde es nicht vergessen. Verdammt, ich... ich weiß nicht, was mit mir los ist. Ich scheine heute ein ganz besonderes Talent dafür zu haben, Leuten weh zu tun, die es gut mit mir meinen.«

Beate antwortete nicht darauf, aber irgend etwas änderte sich in ihrem Blick. Aus der Angst, die er gerade noch darin gelesen hatte, wurde etwas anderes, vielleicht nicht wirklich Mitleid, aber doch etwas, das diesem Gefühl nahekam und das eine Woge heftiger Zärtlichkeit in ihm wachrief. Plötzlich wollte er nichts mehr, als sie an sich zu ziehen und in die Arme zu schließen. Er fühlte sich einsam, so allein gelassen wie niemals zuvor im Leben, und er brauchte einfach die Nähe eines Menschen, dem er vertrauen konnte, selbst wenn es ein beinahe Fremder war wie Beate. Daß er es schließlich doch nicht tat, hatte zwei Gründe: Er sah noch immer eine Spur von Unsicherheit in ihrem Blick, und ganz plötzlich glaubte er wieder die Stimme seines Vaters zu hören: *Haben Sie schon mit ihm geschlafen, oder wollten Sie sich das für heute abend aufheben?* Er ließ die Arme sinken und trat wieder einen halben Schritt zurück.

»Heute ist anscheinend wirklich nicht mein Tag«, murmelte er.

Beate legte den Kopf schräg und maß ihn mit einem langen und schwer einzuordnenden Blick. »Willst du darüber reden?«

»Nein«, antwortete Mark. »Ja. Nein. Ich... ich weiß es nicht.« Er machte eine unsichere Geste mit beiden Händen. »Wahrscheinlich sollte ich es. Aber ich weiß nicht, ob...«

»Ob ich die Richtige dafür bin?«

»Ob ich es kann«, antwortete Mark kopfschüttelnd. »Es hat nichts mit dir zu tun. Wirklich nicht. Es ist nur ziemlich schwer, mit dem Gedanken fertig zu werden, daß alles, was man zu wissen geglaubt hat, plötzlich falsch gewesen sein soll. Manchmal frage ich mich, ob ich eigentlich weiß, wer ich selbst bin.«

Beate lächelte unsicher. »Also, ich kann dir sagen, wer du im Moment bist. Ein ziemlich verunsicherter junger Mann, der sich alle Mühe gibt, seinen achtzehnten Geburtstag zum schlimmsten Tag seines Lebens zu machen.«

Mark sah auf die Uhr. Sie hatte recht: Es waren noch gute zwei Stunden bis Mitternacht. Noch *hatte* er Geburtstag. Unvermittelt und sehr leise sagte er: »Es könnte sein, daß ich ein Mörder bin.«

Die Worte waren fast ohne sein eigenes Zutun über seine Lippen gekommen; er erschrak selbst, als er sie hörte. Beates Reaktion fiel allerdings ganz anders aus, als er nach diesem überraschenden Eingeständnis erwartet hätte. Sie sah ihn nur aus großen Augen an, aber sie wirkte weder besonders überrascht oder gar erschrocken, noch begann sie zu lachen. Nachdem sie sicherlich zwanzig Sekunden geschwiegen hatte, sagte sie: »Du hast recht. Wir sollten darüber reden.«

Aber mit einem Male wollte er das gar nicht mehr. Es hatte nichts mit ihr zu tun. Von allen Menschen, die er kannte – Prein vielleicht einmal ausgenommen, aber der war unerreichbar weit fort –, war sie der einzige, dem er sein düsteres Geheimnis hätte anvertrauen können. Aber darüber zu reden hätte auch bedeutet, die Geister der Vergangenheit endgültig zu wecken. Er würde es müssen, wollte er jemals damit fertig werden. Um den Gespenstern ihren Schrecken zu nehmen, mußte er ihnen erst Gesicht und Gestalt verleihen. Aber nicht jetzt. Nicht heute. Es war zuviel für einen einzigen Tag.

»Ich glaube nicht, daß es... der richtige Moment ist«, sagte er stockend.

»Was war es?« fragte Beate. »Ein Unfall?«

»Was?« Mark brauchte eine Sekunde, um Beates Gedankengang zu folgen. Dann schüttelte er übertrieben heftig den Kopf. »Oh nein, so einfach ist es leider nicht.«

»Es hat irgend etwas mit deiner Mutter zu tun«, vermutete Beate. »Laß mich raten: Es ist der gleiche Grund, aus dem sie in der Klinik ist.«

»Gut kombiniert«, sagte Mark. »Aber falsch.«

»Sie hatte einen schweren Nervenzusammenbruch, und du hast die Schule abgebrochen und besuchst seither ein Internat in der tiefsten Provinz«, fuhr Beate fort. »Und das alles innerhalb desselben Monats. Was für ein Zufall.«

»Du bist ziemlich gut informiert«, sagte Mark.

Beates Lächeln wurde ein wenig kühler. »Stimmt«, bestätigte sie. »Vielleicht hat dein Vater ja recht, und ich bin wirklich hinter eurem Geld her. Immerhin – dein Vater dürfte zu den zwanzig vermögendsten Männern dieser Stadt gehören. Natürlich habe ich mich informiert.«

»Entschuldige«, sagte Mark. Er streckte wieder die Hand nach ihr aus, aber diesmal wich sie vor ihm zurück und machte eine heftige, abwehrende Geste.

»Ich hatte den ganzen Tag Zeit, mich zu informieren«, fuhr sie fort. »Es war nicht sehr schwierig. Eure Familie ist ziemlich bekannt. Außerdem sind die Daten deiner Mutter im Computer der Klinik gespeichert.«

«Hör auf!« sagte Mark. »Es tut mir leid. Ich... ich wollte das nicht sagen. Wirklich. Ich...«

»Du bist ganz schön kaputt, weißt du das eigentlich?« fragte Beate.

Mark schwieg. Es hätte natürlich eine Menge zu sagen gegeben, aber mit großer Sicherheit wäre es wieder auf dasselbe hinausgelaufen, womit heute alles zu enden schien, was er begann.

»Es gibt noch eine andere Möglichkeit, weißt du?« fuhr Beate fort. »Ich arbeite zwar noch nicht lange in der Klinik, aber immerhin lange genug. Ich kenne deine Mutter. Und ich mag sie – wie übrigens fast alle bei uns. Sie ist eine sehr liebenswerte Frau.«

»Bitte hör auf«, sagte Mark noch einmal. »Es tut mir leid. Ich habe mich wie ein Idiot benommen.«

»Ja«, antwortete Beate. »Das hast du.« Sie sah ihn noch eine Sekunde lang auf die gleiche undeutbare Art an wie zuvor, dann drehte sie sich herum und begann langsam die Straße hinunterzugehen. Mark zögerte noch einen Moment, ehe er ihr folgte, sie mit zwei, drei raschen Schritten einholte und dann neben ihr herging.

»Du hattest unrecht«, sagte er leise. »Ich bin nicht dabei, diesen Tag zum schlimmsten meines Lebens zu machen. Ich fürchte, er ist es schon.«

»Soll ich ihn noch ein bißchen schlimmer machen?« fragte Beate.

»Ich glaube kaum, daß du das kannst«, antwortete Mark. Irgendwo hinter ihnen wurde ein Wagen angelassen, aber ansonsten war es fast unheimlich still. Selbst der monotone Techno-Rhythmus aus dem *HADES* blieb schon nach wenigen Schritten hinter ihnen zurück.

»Wer weiß«, sagte Beate. »Und wenn ich dir jetzt sagen würde, daß dein Vater recht hat?«

»Dann wäre es mir egal«, antwortete Mark impulsiv. Nach einer kurzen Pause fügte er hinzu: »Sagst du es denn?«

Beate lachte kurz. »Weißt du was, Mark? Du tust wirklich alles, um die Dinge schlimmer zu machen. Wußtest du, daß in jedem Menschen der Drang zur Selbstzerstörung steckt? Ich glaube, du hast gerade einen ziemlich heftigen Anfall davon.«

Sie gingen eine ganze Weile schweigend nebeneinander her, dann sagte Mark: »Aber ich habe es ernst gemeint. Es wäre mir wirklich egal.«

»Heute«, sagte Beate. »Morgen vielleicht auch noch. Und dann?« Sie schüttelte den Kopf. »Ich glaube nicht, daß wir dieses Gespräch fortsetzen sollten. Begleitest du mich noch bis zur U-Bahn?«

»Ich habe mich entschuldigt, oder?« fragte Mark – natürlich schon wieder in schärferem Ton, als erstens angemessen war und er zweitens selbst beabsichtigt hatte. »Was soll ich noch tun? Auf die Knie fallen und dich um Vergebung bitten?«

Sie hatten das Ende der Straße erreicht und blieben einen Moment stehen. Beate sah sich suchend um und deutete dann nach links. »Irgendwo dort hinten ist ein Taxistand«, sagte sie. »Ich schaffe den Rest schon allein. Wenn du willst, kannst du mich ja in den nächsten Tagen anrufen. Ich habe bis Ende der Woche Frühschicht.«

Sie drehte sich herum und begann mit plötzlich schnellen Schritten die Straße hinunterzugehen. Mark blieb eine halbe Sekunde lang wie erstarrt stehen, aber dann eilte er ihr nach, holte sie ein und riß sie mit einer fast schon groben Bewegung herum.

»Du gehst nirgendwohin«, sagte er. »Jedenfalls nicht *so.*«

»Ach?« fragte Beate. Sie riß sich los, wich aber erstaunlicherweise nicht vor ihm zurück. »Und warum nicht?«

»Weil...« Mark suchte vergeblich nach Worten. Weil er nicht wollte, daß sie ging? Weil er sie brauchte wie keinen anderen Menschen auf der Welt? Weil er das Gefühl hatte, sie seit Jahren zu kennen, obwohl es in Wahrheit gerade erst zwölf oder vierzehn Stunden waren?

»Weil ich es nicht möchte«, sagte er schließlich. »Gib mir noch eine Chance, okay? Ich werde damit fertig, aber nicht allein.«

Beate schwieg, aber irgend etwas geschah in ihrem Blick. Was war das, was er darin las? Triumph? Vielleicht, aber auch noch mehr – etwas... Vertrautes, etwas Altes und ungemein Bekanntes, das ihn plötzlich und ohne Vorwarnung mit einem Gefühl von Geborgenheit erfüllte, das ihn hilflos machte. Worte waren plötzlich überflüssig – mehr noch: Er hatte mit Worten an diesem Tag schon so viel zerstört, daß sie nur schaden konnten. Ohne etwas zu sagen, streckte er erneut die Hände aus, zog sie an sich und hielt sie für einen Moment so fest, daß er ihr den Atem abschnüren mußte. Trotzdem versuchte sie nicht, sich zu wehren.

Ihre Gesichter waren sich jetzt ganz nahe, und es war eine vertraute Nähe, so vertraut, als wären sie nicht länger zwei Menschen, sondern nur zwei Hälften eines Ganzen, die gewaltsam getrennt und nun endlich wieder zusammengefügt worden waren. Ihre Lippen berührten sich, und es war tatsächlich wie in allen kitschigen Liebesgeschichten, die er jemals gehört hatte: Im gleichen Augenblick, in dem sie sich küßten, schien eine lautlose Explosion seinen Körper bis in die letzten Nervenenden zu durchrasen. Sie *waren* eins. Sie –

In Beates Augen flammte es auf, und im gleichen Moment erstrahlten ihre Züge in einem unheimlichen, hellen Glanz, der ihr Gesicht zu einem grellweißen Schemen mit auseinanderfasernden Konturen machte.

27. *Kapitel*

Bremer trat mit aller Gewalt auf die Bremse, aber seine Reaktion kam zu spät. Die Reifen des Audi blockierten, aber der Wagen rutschte trotzdem weiter und kollidierte unsanft mit dem Kotflügel des BMW, der so urplötzlich vor ihm aufgetaucht war. Der Aufprall war nicht einmal besonders hart, aber Bremer hatte keine Zeit gehabt, sich anzuschnallen. Er wurde nach vorne geworfen und prallte mit voller Wucht mit Stirn und Wangenknochen auf das Lenkrad.

Für einen Moment war er benommen. Er schmeckte Blut, und vor seinen Augen wirbelten dunkelrote Glühwürmchen, die winzige Schmerzpfeile auf seine Netzhäute abschossen. Bremer versuchte sie wegzublinzeln, aber ganz gelang es ihm nicht. Er blieb noch zwei oder drei weitere Sekunden benommen, in denen sein Sehvermögen zwar allmählich zurückkehrte, er aber weiter hilflos war. Der Motor des Audi war ausgegangen, aber er sah, daß die Wucht des Zusammenstoßes trotz der relativ geringen Geschwindigkeit ausgereicht hatte, den anderen Wagen einen guten Meter zur Seite zu schieben. Die hintere Tür war wieder zugefallen und hatte offensichtlich das Bein des Mannes eingeklemmt, der hinausspringen wollte, denn der Bursche krümmte sich auf dem Rücksitz. Von dem zweiten Mann keine Spur.

Bremer stemmte sich mühsam in die Höhe, tastete mit den Fingerspitzen über das Gesicht und fühlte Blut aus einer langen Platzwunde über dem linken Auge sickern, aber keinen Schmerz. Er mußte wohl so etwas wie eine leichte Gehirnerschütterung haben, denn in der allerersten Sekunde erinnerte er sich zwar, was geschehen war, konnte mit diesem Wissen aber nichts anfangen. Er sah eine Gestalt hinter dem BMW auftauchen und mit weit ausgreifenden Schritten auf seinen Wagen zueilen, und etwas an diesem Anblick war sehr beunruhigend, aber er wußte nicht, warum.

Als es ihm wieder einfiel, war es zu spät. Die Tür wurde aufgerissen, und Bremer fühlte sich brutal gepackt und aus dem Wagen gezerrt. Sein rechtes Knie prallte mit solcher Wucht gegen die Lenksäule, daß er aufschrie und ihm der Schmerz die Tränen in die Augen trieb. Trotzdem versuchte er, nach seiner Waffe zu greifen.

Es blieb bei dem Versuch. Bremer wurde roh in die Höhe gerissen und so brutal gegen den Wagen geschleudert, daß ihm die Luft wegblieb. Die Pistole entglitt seinen Fingern und klapperte zu Boden. Vor seinen Augen tanzten schon wieder dunkelrote Glühwürmchen, und die Straße schwankte vor ihm auf und ab wie das Deck eines Schiffes, das in einen Orkan geraten war. Er versuchte, die Arme in die Höhe zu reißen, um sein Gesicht zu schützen, und der andere nutzte diesen Fehler entweder gnadenlos aus, oder er deutete die Bewegung falsch, als Angriff, denn seine Faust landete mit solcher Wucht in Bremers Magengrube, daß er stöhnend zusammenbrach und dann vornüber aufs Straßenpflaster sank. Bitterer Speichel sammelte sich unter seiner Zunge. Ihm war furchtbar übel, und für einen Moment war seine größte Angst, daß er sich übergeben mußte und mit dem Gesicht in seinem eigenen Erbrochenen liegen würde. Bremer schluckte ein dutzendmal hintereinander und sehr hektisch, bis seine Mundhöhle damit aufhörte, bittere Galle gleich literweise zu produzieren. Dafür breitete sich in seinem Magen ein leichtes Übelkeitsgefühl aus, aber damit konnte er fertig werden.

Das erste, was er sah, als er die Augen öffnete, war ein Paar auf Hochglanz polierter teurer Schuhe, das unmittelbar vor seinem Gesicht in die Höhe ragte und scheinbar nahtlos in die Beine eines mindestens ebenso kostspieligen Maßanzuges überging. Bremer drehte sich mühsam auf die Seite, sah den Mann, der ihn niedergeschlagen hatte, einen Moment lang aus immer noch leicht umnebelten Augen an und setzte sich dann auf. Sein Blick streifte dabei die Pistole, die ihm aus den Fingern geglitten war. Sie lag allerhöchstens anderthalb Meter von ihm entfernt, noch dazu in einer so günstigen Position, daß er sich nur nach rechts fallen zu lassen brauchte, um sie zu erreichen.

»Versuchen Sie es lieber erst gar nicht. Ich möchte Sie nicht verletzen.«

Bremer sah hoch und blickte in ein kräftiges, aber noch erstaunlich junges Gesicht. Der Bursche war höchstens Mitte Zwanzig.

»Aber ich wette, Sie würden keine Sekunde zögern, es zu tun, wenn ich Sie dazu zwinge«, sagte er.

Statt zu antworten, beugte sich der Bursche zu ihm herab und zog ihn ohne sichtliche Anstrengung in die Höhe. Bremer verzog das Gesicht, als sein geprelltes Knie mit einem stechenden Schmerz auf die Belastung reagierte, verbiß sich aber jeden Laut. Aber der andere hatte es wohl trotzdem bemerkt. Das erste Mal hatte er ihn mit aller Gewalt gegen den Wagen geschmettert, jetzt stellte er ihn beinahe sacht dagegen; und er überzeugte sich auch aufmerksam davon, daß Bremer tatsächlich aus eigener Kraft stehen konnte. Erst danach trat er zwei Schritte zurück und bückte sich nach Bremers Waffe.

Währenddessen hatten zwei weitere Männer den BMW verlassen. Beide ähnelten in Statur und Kleidung dem Burschen, der ihn niedergeschlagen hatte, und vor allem: Alle drei gehörten dem gleichen Typ an. Sehr groß, sehr kräftig und mit ziemlicher Sicherheit ebenso gut ausgebildet wie intelligent. Und wahrscheinlich vollkommen skrupellos. Bremer hatte Männer wie diese zwar schon gesehen, aber noch niemals mit ihnen zu tun gehabt. Bisher kannte er sie nur aus – zumeist amerikanischen – Kriminalfilmen. Wie es aussah, gab es sie auch hier, in Berlin.

»Wer zum Teufel seid ihr?« fragte er mühsam. Ihm war noch immer übel.

»Wahrscheinlich ist es besser, wenn Sie das nicht wissen, Herr Bremer«, sagte einer der beiden. Es mußte der Fahrer des Wagens sein, denn Bremer identifizierte den anderen ohne Probleme als den, der auf der Rückbank gesessen hatte – er humpelte stark.

»Sie... kennen meinen Namen?« fragte Bremer überrascht.

Der junge Bursche in dem dunkelblauen Maßanzug lächelte kühl. »Ich weiß sogar noch viel mehr«, sagte er. »Sie würden sich wundern, wenn Sie wüßten, *wie* viel, Bremer. Ich weiß zum Beispiel, daß Sie dabei sind, sich in etwas einzumischen, das Sie überhaupt nichts angeht, Bremer.«

»Und Sie glauben, Sie könnten beurteilen, was mich etwas angeht und was nicht?« fragte Bremer.

Der andere nickte; dann gab er seinem Begleiter einen Wink, woraufhin dieser Bremers Waffe entlud und sie ihrem rechtmäßigen Besitzer zurückreichte. Bremer war so verblüfft, daß er ganz instinktiv danach griff, sie aber nicht einsteckte, sondern nur einen Moment hilflos in den Händen drehte.

»Ich frage noch einmal: Wer seid ihr?« fragte Bremer. Die Mischung aus Verunsicherung und Furcht, die ihn bisher erfüllt hatte, machte allmählich einem Gefühl ganz normaler, aber dafür um so heftigerer Wut Platz. Wieso dachte eigentlich seit zwei Tagen jeder, daß er ihn nach Belieben herumschubsen dürfte?

»Und ich sage Ihnen noch einmal, daß es besser ist, wenn Sie das nicht wissen«, antwortete der andere. »Besser für *Sie*, Bremer. Und so nebenbei – ich glaube auch nicht, daß Sie es wirklich wissen wollen.«

»So?« sagte Bremer wütend. »Wenn ihr wirklich die seid, für die ich euch halte, dann solltet ihr eigentlich wissen, daß man so nicht mit einem Polizeibeamten umspringen kann. Es gibt Leute, die das gar nicht mögen.«

»Tja – das scheint ein Beweis dafür zu sein, daß wir vielleicht doch nicht die sind, für die Sie uns halten«, antwortete der andere lächelnd. »Aber keine Angst – Ihnen geschieht nichts.«

»Solange ich *vernünftig bin*, nehme ich an«, sagte Bremer höhnisch.

Der andere deutete erst auf sich, dann auf seine beiden Begleiter. »Sehen wir aus, als ob wir Ihnen überhaupt die Gelegenheit geben würden, unvernünftig zu sein?« fragte er. »Nur keine Angst. Wir stehen auf Ihrer Seite, auch wenn Sie das vielleicht anders sehen. Wir haben nicht vor, Ihnen irgend etwas anzutun. In ein paar Minuten sind Sie uns los, und ich gebe Ihnen mein Wort, daß Sie uns auch nie wiedersehen werden.«

»Es hat mit dem Jungen zu tun, nicht?« fragte Bremer. »Mit Sillmann. Und dem Mädchen.«

»Auch das gehört zu den Dingen, die Sie besser nicht wissen sollten«, antwortete der andere. Er griff in die Tasche, zog ein kleines Funkgerät heraus und hob es an die Lippen, wandte sich dann aber noch einmal an Bremer, ehe er die Sprechtaste drückte.

»Wenn Sie so furchtbar neugierig sind, Bremer, warum stellen Sie sich dann nicht selbst ein paar Fragen? Zum Beispiel die, warum Ihr neuer Gönner sich solche Mühe gegeben hat, Ihr Vertrauen zu erringen und ausgerechnet *Sie* für ihn arbeiten zu lassen.«

Er setzte das Funkgerät erneut an, drückte eine kleine Tasche an seiner Seite und sagte: »Gruppe eins an zwei. Habt ihr sie?«

Er bekam keine Antwort. Aus dem Gerät drang nicht einmal statisches Rauschen, als er die Taste wieder losließ. Er wartete einige Sekunden, dann drückte er den Knopf erneut und wiederholte in hörbar ungeduldigerem Ton: »Gruppe eins an Gruppe zwei – meldet euch, verdammt noch mal. Was ist bei euch los?«

Auch diesmal keine Antwort. Das Funkgerät blieb tot.

»Probleme?« fragte Bremer.

Der andere starrte ihn einen Sekundenbruchteil lang wütend an, aber er machte sich nicht die Mühe, ihm zu antworten. Schnell, aber ohne Hast steckte er das Walkie-talkie wieder ein und wandte sich zum Wagen um. »Da stimmt was nicht«, sagte er. »Los! Haymar – Sie bleiben hier und passen auf unseren übereifrigen Wachtmeister auf.« Er umkreiste rasch den BMW, setzte sich hinter das Steuer und ließ den Motor an, während sein Kollege in den Fond des Wagens sprang. Der Audi zitterte so heftig, als er rücksichtslos zurückstieß, um die beiden ineinandergekeilten Fahrzeuge zu trennen, daß Bremer einen hastigen Schritt zur Seite machte. Es gelang dem Fahrer, auch wenn der BMW einen Scheinwerfer und einen Teil der Stoßstange einbüßte, ehe er endlich mit kreischenden Reifen losschoß.

Bremer blickte ihm kopfschüttelnd nach, bis er hinter der Straßenkreuzung verschwunden war. »So bekommt Ihr Kollege garantiert ein Strafmandat«, wandte er sich an Haymar –

den Mann mit dem verletzten Bein –, der zurückgeblieben war. »Der Wagen ist nicht verkehrssicher.«

Der andere tat ihm nicht den Gefallen, zu antworten. Er sah nicht einmal in die Richtung, in die der BMW verschwunden war, sondern behielt Bremer aufmerksam im Auge. Bremer seinerseits sah ihn an, wobei er gleichzeitig auch die Straße hinter ihm im Blickfeld hatte. Nur noch ein paar Meter entfernt rollte ein Wagen heran. Die Scheinwerfer waren erloschen, und der Fahrer hatte entweder den Motor ausgeschaltet, oder der Wagen lief so gut wie lautlos. Die mattsilberne Farbe war jedoch selbst im schwachen Licht des Mondes und der wenigen Straßenlaternen auf der anderen Seite deutlich zu erkennen. Bremer versuchte, sich seine Überraschung nicht anmerken zu lassen, und fragte: »Was macht das Bein? Tut's weh?«

»Es geht«, antwortete Haymar. Seine Augen wurden schmal; offensichtlich hatte Bremer sich doch nicht so gut in der Gewalt gehabt, wie er gehofft hatte – oder er hatte etwas gehört. Er sah Bremer noch eine halbe Sekunde lang durchdringend an, dann setzte er dazu an, sich herumzudrehen.

»Schade«, sagte Bremer. »Ich hatte gehofft, es wäre gebrochen.«

Seine Rechnung ging auf. Für einen ganz kurzen Moment verzerrte sich das Gesicht des anderen vor Wut, und für einen noch kürzeren Moment war er unaufmerksam, und Bremer nutzte diese Chance. Mit aller Kraft stieß er sich vom Wagen ab und sprang ihn an.

Noch während er es tat, begriff er, daß er mit seiner Einschätzung ziemlich genau ins Schwarze getroffen haben mußte. Der Mann versuchte nicht, nach einer Waffe zu greifen – dazu war er einfach zu nahe –, aber er ging mit einer fließenden und unglaublich schnellen Bewegung in die Grundstellung irgendeiner Kampftechnik – Karate oder Jiu Jitsu oder was immer sie auch gelernt haben mochten –, und Bremer wäre wahrscheinlich nicht einmal dazu gekommen, auch nur einen einzigen Schlag anzubringen. Allerdings versuchte er es auch nicht. Statt dessen trat er Haymar mit aller Gewalt vor das verletzte Bein.

Der Agent schrie auf – es war eher ein Kreischen als wirklich ein Schrei –, kippte zur Seite und griff mit der linken Hand nach seinem Unterschenkel. Die andere fuhr unter seine Jacke und kam mit einer Waffe wieder zum Vorschein, noch ehe er seinen Sturz ganz zu Ende gebracht hatte, doch diesmal war Bremer vorbereitet, sowohl auf seine Schnelligkeit als auch darauf, daß der andere keine Skrupel haben würde, seine Waffe einzusetzen: Seine Schuhspitze traf Haymars Hand und prellte ihm die Waffe aus den Fingern, und fast im gleichen Sekundenbruchteil bückte er sich und schmetterte ihm mit aller Gewalt die Faust vor die Schläfe.

Es war ein Gefühl, als hätte er gegen massiven Fels geschlagen. Bremer keuchte vor Schmerz, aber aus Haymars neuerlichem Schrei wurde ein gurgelndes Keuchen, dann verdrehte er die Augen und sank bewußtlos zurück. Trotzdem blieb Bremer noch zwei, drei Sekunden über ihn gebeugt stehen. Er traute dem Kerl durchaus zu, daß es nur eine Finte war.

»Saubere Arbeit«, sagte eine Stimme hinter ihm. »Das hätte ich Ihnen gar nicht zugetraut.«

Bremer richtete sich auf und starrte Sendig fast haßerfüllt an. »Man lernt eben nie aus«, sagte er. »Wo kommen Sie denn her? Waren Sie die ganze Zeit über in der Nähe und haben zugesehen, wie sie mich zusammengeschlagen haben?«

Sendig grinste. Er war halb aus dem Mercedes gestiegen, hatte aber noch einen Fuß im Wagen und eine Hand auf dem Steuer. Die andere hielt eine Pistole, die auf die reglose Gestalt zu Bremers Füßen zielte. »Jetzt übertreiben Sie«, sagte er. »Erstens haben sie Sie nicht zusammengeschlagen, und zweitens: Was hätte ich tun sollen? Mit Posaunenschall und wehenden Fahnen ankommen und eine wüste Schießerei beginnen? Ehrlich – die Zeiten, in denen ich an so etwas Spaß hatte, sind längst vorbei.«

Bremer spießte ihn weiter mit Blicken regelrecht auf, aber sein Zorn begann bereits wieder zu verrauchen. Sendig hatte ja recht – auch wenn Haymar und seine beiden Kollegen so aussahen, als wären sie aus einem amerikanischen Agenten-Krimi entsprungen, gab *ihnen* das noch lange nicht das Recht, sich auch so zu benehmen.

»Sie hätten mich wenigstens warnen können, daß ich beschattet werde«, sagte er ärgerlich.

»Damit Sie nervös werden und anfangen, Fehler zu machen?« Sendig schüttelte den Kopf. »Ich habe etwas viel Geschickteres gemacht, mein Lieber – ich habe die Leute beschattet, die Sie beschattet haben. Wie Sie sehen, mit Erfolg. Wo sind die anderen? Wieso sind sie so plötzlich verschwunden?«

Bremer hatte plötzlich das heftige Bedürfnis, sich selbst zu ohrfeigen. So unglaublich es ihm selbst vorkam – er hatte für ein paar Sekunden einfach *vergessen*, warum er überhaupt hier war. Aber er kam trotzdem nicht mehr dazu, Sendigs Frage zu beantworten, denn in diesem Moment erklang hinter der Straßenbiegung ein gellender, unmenschlicher Schrei, gefolgt von einem Blitz und dem Geräusch von auseinanderberstendem Metall.

28. *Kapitel*

Die Vision dauerte nur den Bruchteil einer Sekunde, aber in dieser unendlich kurzen Zeitspanne durchlebte er die Hölle, hundertmal schlimmer als in all den anderen Schreckensvisionen zuvor, denn diesmal war es die Wirklichkeit: Er hielt sie in den Armen, aber das Mädchen, das er küßte, war kein Mädchen mehr, sondern der Todesengel, das Monster aus seinen Träumen, das endlich Gestalt angenommen hatte und gekommen war, um ihn zu vernichten.

Dann zerplatzte die Illusion, und er begriff, was es wirklich war: nämlich tatsächlich nicht mehr als das – eine Illusion, eine grausame Täuschung, hinter der sich eine Wahrheit verbarg, die vielleicht noch schlimmer war als seine Alpträume. Das grelle Licht in Beates Augen war die Spiegelung eines Scheinwerferpaares, das direkt auf sie gerichtet war und rasend schnell näher kam. Mark wollte herumfahren und Beate zugleich von sich stoßen, aber er konnte sich kaum rühren. Das, was er nur in ihren Augen erkannte, sah Beate direkt auf sich zurasen, und sie war vor Angst wie gelähmt; zugleich umklammerte sie ihn mit solcher Gewalt, daß er all seine Kraft aufwenden mußte, um ihren Griff zu sprengen und sich herumzudrehen.

Es war, als wäre er wieder in einem Traum, einem vollkommen anderen diesmal, in dem alles real war, nur daß etwas mit der Zeit nicht stimmte: Der Wagen – großer Gott, es war der blaue BMW, den er am Nachmittag gesehen hatte! Er hatte *ihn* verfolgt, nicht den Polizisten! – schien mit unvorstellbarer Schnelligkeit auf ihn zuzuschießen, während er selbst und Beate sich plötzlich nur noch wie in Zeitlupe bewegen konnten. Er sah, wie der Wagen in nahezu rechtem Winkel von der Straße abbog und auf Beate und ihn zuraste. Die Vorderräder hüpften mit einer Gewalt über den Bordstein, die eigentlich die Vorderachse hätte zerbrechen lassen müssen, und für einen unendlich kurzen Moment – der zugleich wie eine Ewigkeit war – *wußte* er einfach, daß die wuchtige Stoßstange ihn und Beate erfassen und mit tödlicher Wucht gegen die Wand schmettern würde.

Im allerletzten Moment riß der Fahrer das Steuer herum. Die Stoßstange verfehlte Mark um Zentimeter, während der Wagen mit kreischenden Reifen an ihnen vorbeischlitterte, aber der Wagen setzte die begonnene Schleuderbewegung noch ein Stück weit fort. Sein Heck krachte nur einen halben Meter neben Beate und Mark funkensprühend gegen die Wand. Glas- und Kunststoffsplitter flogen in hohem Bogen davon, und Beates Schrei ging für einen Moment in dem dumpfen Krachen von reißendem Metall unter. Mark riß die Arme in die Höhe und versuchte, sich schützend vor Beate zu stellen, aber er führte auch diese Bewegung nicht zu Ende. Der Wagen kam unmittelbar neben ihnen zum Stehen, und die hintere Tür flog auf und traf ihn wuchtig in die Seite. Mark stolperte ungeschickt gegen Beate, versuchte seinen Sturz irgendwie aufzufangen und riß sie gerade dadurch mit sich.

Sie stürzten nicht wirklich. Beate stolperte gegen die Wand und fing sich daran ab, und Mark landete auf beiden Knien. Sofort sprang er wieder in die Höhe und versuchte sich herumzudrehen. Er sah aus den Augenwinkeln, wie eine Gestalt aus der offenen Wagentür sprang und nach Beate griff, und hörte sie erneut schreien, aber er kam nicht dazu, ihr zu helfen. Da war plötzlich noch ein zweiter Mann, der ihn packte, herumwirbelte und dann mit solcher Gewalt gegen die Wand stieß, daß er um ein Haar das Bewußtsein verloren hätte.

Irgend etwas in ihm zerbrach. Er konnte *hören,* wie die Ketten rissen und die Bestie erwachte, und zugleich fegte eine Woge lavaheißer Wut jeden Schmerz und jede Angst davon, ebenso wie jede Beherrschung, aber diesmal konnte er sich nicht mehr dagegen wehren – und er wollte es auch nicht. Noch immer halb benommen taumelte er auf die Füße und drehte sich herum.

Ein Fausthieb traf ihn unter dem linken Auge. Mark stolperte zurück. Sein Hinterkopf krachte gegen die Wand, und diesmal *verlor* er das Bewußtsein. Vielleicht auch nicht wirklich. Vielleicht war es auch etwas anderes, keine Ohnmacht, sondern ein einzelner Schritt hinüber über die Grenze und gleich wieder zurück, denn er erwachte wieder, noch ehe die Kraft aus seinen Gliedern wich und er zusammenbrechen konnte. Aber er war nicht mehr allein. *Etwas* war bei ihm, etwas Finsteres, Körper- und Gestaltloses, aber ungeheuer Mächtiges, das er aus der Dimension der Alpträume mitgebracht hatte. Wieder war es, als wäre die Zeit zweigeteilt, aber nun genau umgekehrt: Seine eigenen Gedanken rasten mit Lichtgeschwindigkeit, seine Sinne und Wahrnehmungen arbeiteten mit tausendfacher Schärfe, während alles rings um ihn herum plötzlich nahezu erstarrt schien. Er hörte Beate schreien und sah, wie sie sich ebenso verzweifelt wie hilflos gegen den Griff des Mannes wehrte, der sie gepackt hatte und zum Wagen zerrte. Er erkannte ihn jetzt – es war der Betrunkene aus dem *HADES.* Aber er wirkte plötzlich gar nicht mehr betrunken, und das war er auch nie gewesen. Sein Angriff auf Beate und ihn hatte den einzigen Zweck verfolgt, sie ins Freie zu locken, damit die Falle zuschnappen konnte, und ebenso, wie er das begriff, wurde ihm auch plötzlich klar, wer diese Männer wirklich waren – sein Vater hatte sie geschickt: irgendwelche billigen Privatdetektive oder bezahlte Schläger, die ihn schon den ganzen Tag über beobachtet hatten. Vermutlich hatte er über jeden seiner Schritte Bescheid gewußt, seit er das Haus verlassen hatte.

Der Gedanke löschte auch noch den letzten Rest von Selbstbeherrschung in ihm aus. Mit einem gellenden Wutschrei stürzte er sich auf den zweiten Angreifer, der ihn geschlagen hatte, nahm einen weiteren, noch härteren Hieb hin und schlug zurück, noch während der Schmerz in seinem Gesicht explodierte. Der Bursche stolperte zurück, aber es war wie vorhin in der Diskothek: Er war viel mehr überrascht als wirklich getroffen, und er erholte sich sehr viel schneller, als Mark glaubte. Als er erneut zuschlagen wollte, duckte er sich mit fast spielerischer Leichtigkeit unter seinem Hieb weg und versetzte ihm gleichzeitig einen Schlag in den Leib, der Mark nach Luft schnappend zusammenbrechen ließ. Er hatte vielleicht den Zorn eines wütenden Gottes, aber nicht dessen Kraft.

Irgendwie gelang es ihm, wieder hochzukommen, aber das war auch alles. Beate schrie noch immer und wehrte sich verzweifelt. Sie schlug und trat mit aller Gewalt um sich, aber der Kerl hatte sie so geschickt gepackt, daß sie nicht traf. Beinahe mühelos zerrte er sie zum Wagen und stieß sie grob auf die Rückbank. »Verdammt, worauf wartest du?« brüllte er. »Bring den Jungen!«

Die Worte galten dem Burschen, der Mark angegriffen hatte. Er reagierte, aber nicht sofort, und auch völlig anders, als Mark erwartet hatte. Mark war jetzt völlig wehrlos. Er stand einfach da, und alle Kraft, die er überhaupt noch aufbringen konnte, reichte gerade aus, um sich auf den Beinen zu halten, nicht einmal, um wirklich klar zu sehen. Trotzdem zögerte der Mann, ihn zu packen. Er hatte die Hände nach ihm ausgestreckt, aber irgend etwas... hielt ihn zurück.

Angst.

Mark sah mühsam auf und blickte in sein Gesicht, und was er in seinen Augen las, das war das tiefste Entsetzen, das er jemals im Blick eines Menschen gesehen hatte, ein Gefühl, wie es nur das absolute Grauen hervorrufen konnte, eine Angst, die stark genug war, zu töten.

Angst vor ihm.

Vor dem *Ding* in ihm.

Es war noch da. Die namenlose, schwarze Kraft, die er aus seinen Träumen mitgebracht hatte, sie war da, und jetzt war sie real, und der andere *konnte sie sehen.* Mark wußte nicht, was er sah – sicher etwas ganz anderes als das, was er erblickt hatte während seiner Visionen –, aber was immer es war, es war mehr, als er ertragen konnte. Vielleicht mehr, als irgendein Mensch ertragen konnte. Seine Hände blieben weiter wie in einer grotesken Pantomime nach Mark ausgestreckt, aber er wich trotzdem vor ihm zurück, taumelte einen, zwei, drei Schritte rückwärts, bis er gegen den Wagen stieß, und begann zu schreien.

Und endlich begriff Mark seine Chance.

Plötzlich hatte er keine Angst mehr. Es war niemals nötig gewesen, Angst zu haben. Die schwarze Kreatur in ihm war nie sein Feind gewesen.

»Laßt sie los!« sagte er. »Laßt sie sofort los!«

Etwas von der Kraft des Alptraumungeheuers floß in seinen Körper. Nicht viel, aber doch genug, daß er sich von der Wand abstoßen und auf den Wagen zugehen konnte. Der Kerl, der ihn angegriffen hatte, schrie noch immer. Sein Gesicht war zu einer unmenschlichen Grimasse verzerrt, und seine Schreie glichen eher dem Brüllen eines gequälten Tieres. Im gleichen Moment sah auch der Mann hinter dem Steuer des BMW auf, und als er in Marks Gesicht blickte, begann auch er zu schreien. Mark machte einen weiteren Schritt. Er hatte keine Angst mehr. Weder vor seinen Träumen noch vor diesen Männern, die sein Vater geschickt hatte. Angst? Wovor? Es gab nichts auf der Welt, was er fürchten mußte. Keine Gewalt des Universums vermochte ihm Schaden zuzufügen. Er *war* der Todesengel, begriffen sie das denn nicht?

Er machte einen weiteren Schritt. »Laßt sie los!« befahl er noch einmal. In der Hand des Burschen vor ihm lag plötzlich eine Pistole, aber er lachte nur darüber. Sie wollten ihn töten? Ihn? Azrael, den Herrn des Todes? Wußten sie denn nicht, wie närrisch das war?

Die Kugel durchschlug Marks Arm und prallte mit solcher Wucht hinter ihm gegen die Wand, daß sie als Querschläger davonheulte. Im ersten Moment spürte er kaum Schmerz, ja nicht einmal wirklich den Aufprall, sondern nur einen fast sanften Schlag, dem eine Woge kribbelnder Betäubung folgte, die sich rasch seinen Arm hinunter bis in die Fingerspitzen und in die andere Richtung hinauf bis in den Hals und die linke Hälfte seines Gesichts fortsetzte. Beinahe verblüfft sah er an sich herab und sah Blut – eine erstaunliche Menge erstaunlich hellen Blutes – an seinem Unterarm hinablaufen und zu Boden tropfen, und dann, erst durch diesen Anblick ausgelöst, explodierte der Schmerz in seinem Arm.

Es war unvorstellbar. Mark schrie, prallte rücklings gegen die Wand und sackte zu Boden. Sein Arm stand in Flammen. Sein ganzer Körper war ein einziger pulsierender Schmerz, jeder einzelne Nerv darin ein weißglühender Draht, der sich zischend in sein Fleisch sengte. Mark krümmte sich in wilder Agonie, preßte die unverletzte Hand auf die Wunde und spürte, wie heißes Blut zwischen seinen Fingern hervorquoll, Blut, das seine Haut zu verbrennen schien wie Säure und seine Qual noch steigerte. Er hörte, wie der Wagen mit durchdrehenden Reifen losschoß, aber er war unfähig, irgend etwas zu tun. Er mußte ihn aufhalten. Er mußte *sie* aufhalten. Sie hatten Beate.

Langsam wurde ihm schwarz vor Augen. Der Schmerz verebbte, nicht völlig, aber er war jetzt nicht mehr so schlimm, daß er ihn um den Verstand zu bringen drohte, aber an seiner Stelle machte sich eine fast noch schlimmere Übelkeit in ihm breit. Obwohl er die Augen geschlossen hatte, begann sich alles um ihn zu drehen. Sie hatten Beate.

Mark stand auf. Sein Arm pulsierte und jagte Wogen unerträglicher weißglühender Schmerzen in seinen ganzen Körper – die Straße wand und bog sich vor seinen Augen wie ein Bild in einem rotgefärbten Zerrspiegel. Er sah, wie der Wagen zwanzig oder dreißig Meter entfernt mit kreischenden Reifen in eine Seitenstraße einbog, und rannte in die gleiche Richtung. Auf halber Strecke überholte ihn ein Wagen, der dem, der Beate und ihn angegriffen hatte, bis ins letzte glich, aber auch das bemerkte er kaum noch. Er hatte keine Kraft mehr dafür, an irgend etwas anderes zu denken als an Beate und daran, einen Fuß vor den anderen zu setzen. Irgendwoher nahm er den Willen, schneller zu laufen, mit jedem Schritt ein bißchen schneller als mit dem zuvor, obwohl er eine breite Spur aus hellrotem Leben hinter sich herzog, das aus der Wunde in seinem Bizeps sprudelte. Jeder weitere Schritt konnte ihn töten, aber das war ihm gleich. Was zählte, war nur dies: Sie hatten sie. Er rannte noch schneller, erreichte die Straße und bog taumelnd in den schmalen Seitenweg ein. Nicht weit vor ihm standen zwei nahezu identische blaue BMW, der eine ein Zwilling des anderen, der seinem Bruder blindlings in die gleiche Falle gefolgt war, in die sein Fahrer sich in seiner Panik selbst hineinmanövriert hatte, denn die von hohen, fensterlosen Backsteinmauern gesäumte Straße endete nach weniger als zwanzig Metern vor einer gleichartigen, wenn auch nur drei oder vier Meter hohen Wand. Es war eine Sackgasse.

Auch Mark blieb stehen. Schwäche überflutete ihn wie eine betäubende Zentnerlast, ihm wurde erneut übel, und in seinem Kopf begann eine ganz leise Stimme zu flüstern, eine Stimme, die ihm erzählte, daß das, was er tat, Wahnsinn war. Vor ihm standen zwei Wagen mit aufgeblendeten Scheinwerfern und laufenden Motoren, Wagen voller Männer, von denen ihn jeder einzelne mit bloßen Händen töten konnte, und die Pistolen hatten, und vermutlich auch Messer und andere, tödlichere Dinge, und keine Hemmungen, sie einzusetzen. Aber es war gleich. Was zählte, war nicht mehr, wer sie waren oder was. Was zählte, war nur, warum sie hier waren.

Sie.

Sie ... hatten ... *SIE* ... geholt.

Sie waren gekommen, um sie ihm wegzunehmen, aber das durfte er nicht zulassen.

Er würde es ihnen nicht noch einmal gestatten.

Niemand durfte sie ihm noch einmal wegnehmen.

Niemand.

Er mußte sie zurückholen.

Er mußte sie zurückholen.

Er

mußte

sie

zurückholen.

Jetzt!

29. *Kapitel*

»Ich halte das für keine gute Idee«, sagte Petri. Es waren die ersten Worte, die Sillmann von ihm hörte, seit sie losgefahren waren, aber dieses Schweigen beruhte auf Gegenseitigkeit – auch Sillmann selbst hatte kaum etwas gesagt, sondern sich scheinbar vollkommen darauf konzentriert, den schweren Wagen durch den Verkehr zu manövrieren. Trotzdem waren sie zweimal nur um Haaresbreite dem Zusammenstoß mit einem anderen Fahrzeug entgangen, und Petri hatte längst aufgehört, die roten Ampeln und Stoppschilder zu zählen, die sie überfahren hatten. Sie hatten noch nicht einmal ein Viertel der Strecke zurückgelegt, aber daß sie überhaupt so weit gekommen waren, ohne in einen Unfall verwickelt oder von einer Polizeistreife angehalten zu werden, kam Petri schon fast wie ein kleines Wunder vor.

Petri wußte allerdings nicht einmal, ob er sich darüber freuen sollte. Er wollte nicht hier sein. Er *sollte* nicht hier sein. Schlimmer: Irgend etwas sagte ihm, daß er nicht hier sein *durfte.* Was er gesagt hatte, entsprach zwar seiner Überzeugung, aber es hatte nicht einmal annähernd so nachdrücklich geklungen, wie er gewollt hatte. Die Wahrheit war, daß Petri gerade am eigenen Leib eine neue Erfahrung machte: nämlich die, daß man sowohl innerlich als auch äußerlich vollkommen ruhig bleiben – und trotzdem in Panik geraten konnte.

Petri *war* in Panik. Es war eine ganz besondere Art von Panik – keine Feuersbrunst der Gefühle, die sein Denkvermögen verzehrt und seine Hände hätte zittern lassen, sondern ein Schwelbrand, heiß und dunkel und fast ohne Rauch, dessen Glut sich beharrlich tiefer und tiefer fraß.

Er würde sterben. Heute abend.

Trotzdem hatte er keine Angst. Er hatte niemals Angst vor dem Tod gehabt. Vor dem Sterben, sicher – als Arzt hatte er die furchtbaren Dinge zur Genüge gesehen, die das Leben einem Menschen antun konnte, wenn er sich dagegen wehrte, zu gehen, aber vielleicht war das auch der Grund, weshalb er den Tod nicht fürchtete. In allen Fällen, die er erlebt hatte – ausnahmslos *allen* –, war er stets eine Erlösung gewesen. Und er hatte noch einen zweiten, mächtigeren Verbündeten gegen die Furcht: seinen Glauben. Petri war ein zutiefst religiöser Mensch, und er wußte, daß es danach nicht vorbei war. Etwas erwartete sie auf der anderen Seite: vielleicht etwas Schönes, vielleicht etwas Grauenhaftes, wahrscheinlich aber etwas einfach vollkommen *anderes*.

Nein, er hatte keine Angst. Was er spürte, war etwas anderes: ein Gefühl von... Endgültigkeit, das sich jenseits der Furcht bewegte. Er war in einem Alter, in dem er begonnen hatte, über seine Zukunft nachzudenken, vielleicht ein wenig intensiver, als es ein jüngerer Mann, und ein wenig nachdenklicher, als es ein anderer Mann an seiner Stelle getan hätte, aber nicht sehr viel und nicht sehr oft. Wenn er an morgen gedacht hatte, dann an berufliche Dinge, vielleicht an den Ruhestand, von dem er seit Jahren sprach und den er seit ebenso vielen Jahren auf das *nächste* Jahr – das immer das nächste Jahr geblieben war – verschob, ganz selten an das Privatleben, das er ohnehin niemals gehabt hatte und auch nicht hatte haben wollen. Wenn er jetzt an morgen dachte, war da nichts. Nur eine schwarze Ebene, die sich dort erstreckte, wo die Zukunft sein sollte.

Petri war kein abergläubischer Mensch. Er glaubte weder an PSI-Phänomene noch an Geister oder Humbug wie Präkognition, aber er war auf der anderen Seite auch zu sehr Wissenschaftler, um nicht an *Ahnungen* zu glauben. Er hatte es zu oft erlebt. Manchmal meldete sich das Ende an, meistens in medizinischer Hinsicht: Der Verlauf so vieler Krankheiten war viel besser bekannt, als die allermeisten Menschen ahnten, und er hatte aufgehört, sich die Zahl seiner Patienten merken zu wollen, deren verbliebene Lebensspanne er auf den Tag genau vorausberechnet hatte – ohne es ihnen zu sagen.

Aber er hatte auch andere Fälle erlebt. Nicht viele, aber eindeutig *zu* viele, um sie zu ignorieren oder als bloßen Zufall abzutun: Menschen, die weder krank noch alt waren und die doch das Ende nahen spürten. Jetzt erlebte er es selbst.

»Was haben Sie gesagt?« Sillmann drehte am Radio, um einen anderen Sender zu suchen – das hatte er bereits unzählige Male getan, seit sie losgefahren waren, ohne der Stimme irgendeines Sprechers oder irgendeinem Lied eine Chance von mehr als einer halben Minute zu gewähren –, und sah Petri gleichzeitig fragend an. Er hatte gehört, *daß* er etwas, aber nicht, *was* er gesagt hatte. Petri andererseits hatte für einen Moment fast Mühe, sich auf seine eigene Frage zu besinnen.

»Ich sagte, daß ich es nicht für eine gute Idee halte, dorthin zu fahren«, wiederholte er schließlich.

Sillmann lächelte flüchtig. »Ich auch nicht«, antwortete er. »Aber ich fürchte, daß es nicht mehr darum geht, was wir meinen, Doktor.«

Petri zog die Unterlippe zwischen die Zähne und begann darauf herumzukauen: eine Angewohnheit, die er während seines Studiums abgelegt hatte. Jetzt, fast ein Menschenalter später, war sie wieder da. Eines der ehernen Gesetze des Universums: Nichts verschwand wirklich. Nie. Er wußte, wie sinnlos es war, aber er fuhr trotzdem fort: »Es könnte der entscheidende Fehler sein. Noch ist es nicht zu spät. Wir... wir könnten einfach abwarten. Vielleicht kommt er zurück, und ...«

»Es *ist* zu spät, Doktor«, unterbrach ihn Sillmann. Er drehte weiter am Radio und überfuhr ein Stoppschild, ohne es auch nur zu merken. Hinter ihnen quietschten Bremsen, und ein wütendes, stakkatohaftes Hupen erscholl. Sillmann schien auch dies nicht einmal zu registrieren. »Waren das nicht Ihre eigenen Worte?«

»Ich weiß, was ich gesagt habe«, antwortete Petri scharf. »Aber auch ich kann mich irren.«

Sillmann lachte. »Ich kann mich an keinen Fall erinnern, in dem Sie sich *geirrt* hätten, Doktor.«

»Irgendwann ist immer das erste Mal«, sagte Petri. Warum eigentlich? Er wußte doch, daß Sillmann recht hatte. Er sprach genau das Gegenteil von dem aus, was er selbst dachte, aber er konnte auch nicht damit aufhören. Vielleicht, dachte er, war das das erste wirkliche Anzeichen von Panik, das er selbst an sich bemerkte. »Verdammt, wenn Sie schon nicht auf meine *Gefühle* hören wollen, dann hören Sie wenigstens auf meinen Rat als Arzt. Es ist Wahnsinn, dorthin zu gehen.«

»Falsch«, sagte Sillmann. »Es *war* Wahnsinn, Doktor. Aber diesen Fehler haben wir vor langer Zeit begangen. Jetzt zahlen wir dafür.«

Petri drehte mit einem Ruck den Kopf und sah Sillmann an, aber dabei streifte sein Blick den Rückspiegel, und für einen ganz kurzen Moment war es ihm, als sähe er etwas darin. Noch während er antwortete, führte er die begonnene Bewegung fort und sah auf die Rückbank. Natürlich war sie leer. Was hatte er erwartet?

»*Sie* haben diesen Fehler begangen, Sillmann, nicht ich«, antwortete er in scharfem, aber trotzdem ganz bewußt ruhigem Tonfall. »Nicht *wir*. Ich – «

»Ich dachte, das hätten wir hinter uns«, unterbrach ihn Sillmann. Er wechselte schon wieder den Sender, schaltete das Radio dann mit einer zornig wirkenden Bewegung aus und gleich darauf wieder ein. »Wollen Sie aussteigen?«

Petri wußte, daß er das gekonnt hätte. Sillmann hatte ihn nicht gezwungen, ihn zu begleiten, zumindest nicht in dem Sinn, daß er ihm gedroht oder ihn irgendwie erpreßt hätte. Manchmal waren es einfach die Umstände, die einen zwangen, Dinge zu tun, die man nicht wollte. Begangene Fehler, die sich rächten. Aber verdammt noch mal, es war einfach nicht *fair*. Er hatte einen einzigen Fehler gemacht. Nur einen. Aber er mußte ja auch nur mit einem Leben dafür zahlen.

»Nein«, sagte er nach einer Weile. Sillmann hatte tatsächlich bereits den Fuß vom Gas genommen und ließ den Wagen langsamer rollen, aber Petri machte eine müde Handbewegung und sagte: »Fahren Sie weiter. Aber beantworten Sie mir eine Frage: Warum ausgerechnet dort? Woher wissen Sie, daß er dorthin kommen wird?«

Sillmann zuckte mit den Achseln. »Vielleicht weil es dort begonnen hat.«

Und dort würde es enden. Ja, das war wohl die Erklärung. Es war ein Kreis, der sich schloß. Möglicherweise war dies eine der *Ahnungen*, an die zu glauben ihn das Leben gegen seine eigentliche Überzeugung gelehrt hatte – plötzlich wußte er, daß Sillmann recht hatte. Es würde dort enden, wo es begonnen hatte, an genau jenem Ort, der –

Der …

Diesmal konnte Petri ein ganz leises, erschrockenes Seufzen nicht mehr unterdrücken. Sillmann bemerkte es, denn er wandte kurz den Kopf und sah ihn fragend und gleichermaßen besorgt an, sagte aber nichts, sondern konzentrierte sich nach einigen Sekunden wieder auf den Verkehr, der dichter wurde, je weiter sie sich dem Stadtzentrum näherten. Petri hätte ihm auch nicht geantwortet, hätte er seine Frage laut ausgesprochen.

Er hatte versucht, sich den Ort vorzustellen, zu dem sie fuhren, aber es war ihm nicht gelungen. Er war unzählige Male dort gewesen, seit jenem schrecklichen Tag vor sechs Jahren. Er sollte ihm vertraut sein wie die Zimmer seiner eigenen Wohnung, und er war es auch. Und trotzdem.

Plötzlich konnte er sich nicht mehr daran erinnern.

30. Kapitel

Bremer war einfach losgerannt, als er den Schrei hörte. Schon nach wenigen Schritten war ihm selbst aufgefallen, daß das nicht besonders klug war – immerhin stand Sendigs Wagen mit laufendem Motor hinter ihm, und es waren gute fünfzig Meter bis zur Straßenkreuzung, und darüber hinaus war er unbewaffnet oder zumindest doch so gut wie; was nutzte ihm schon eine Pistole, deren *Magazin* sich in der Tasche ausgerechnet des Mannes befand, den er verfolgte?

Aber das waren Vernunftsgründe, und *Vernunft* hatte mit dieser Geschichte nichts mehr zu tun. Er hörte Sendig hinter sich seinen Namen brüllen, und nur einen Augenblick später heulte der Motor des Mercedes auf. Trotzdem – er mußte entweder sämtliche Gesetze der Physik außer Kraft gesetzt haben oder gerannt sein wie nie zuvor im Leben, denn er erreichte die Straßenkreuzung *vor* Sendig. Der Mercedes schleuderte an ihm vorbei, drehte sich auf der Kreuzung einmal komplett um seine Achse und beschleunigte dann wieder, aber er hatte ihn immer noch nicht eingeholt.

Auf den ersten Blick war die Straße leer. Weder von Mark und dem Mädchen noch von einem der beiden Wagen war eine Spur zu entdecken, zumindest nicht im allerersten Moment. Dann sah er, daß dieser Eindruck falsch war. Es *gab* Spuren – an der rohen Backsteinmauer links von ihm waren frische Kratzer, und darunter lagen Glas- und Kunststoffsplitter wie bunter Regen. Und Blut. Im schwachen Licht der Straße sah es schwarz aus, aber Bremer war zu lange Polizist, um nicht zu wissen, was er sah. Blut. Sehr viel Blut: eine schimmernde Lache inmitten der Glasscherben, und noch mehr in einer unterbrochenen Tropfenspur, die sich den Gehweg entlangzog. Jemand war verletzt worden, sehr schwer verletzt sogar.

Bremer registrierte all diese Details und noch sehr viel mehr, dessen er sich vielleicht erst später wirklich bewußt werden würde, ohne sein Tempo zu verlangsamen oder gar anzuhalten. Der Junge! Wo war der Junge? Es gehörte nicht sehr viel Phantasie dazu, sich auszurechnen, *wer* hier verletzt worden war, und noch weniger, zu begreifen, warum er weder von Mark noch den beiden Wagen irgend etwas sah. Aber er hatte den Schrei gehört, und dieses entsetzliche, kreischende Geräusch, das viel zu laut gewesen war, um irgendwie mit den paar Kratzern an der Wand zusammenzuhängen. Etwas war geschehen, das viel schlimmer war als eine simple Entführung oder ein Mord, etwas, das nicht nur Sillmann und das Mädchen betraf, sondern auch ihn und vielleicht auch Sendig und noch sehr viele andere. Es war immer noch im Gange.

Bremers Blick eilte seinen Schritten voraus und folgte der schnurgeraden Perlenkette aus Blut. Sie führte zu einer schmalen Straße, noch zwanzig Schritte entfernt, und bog im rechten Winkel hinein. Aber dort, wo man Dunkelheit oder allenfalls den bleichen Schein einer Straßenlaterne erwartete, loderte Feuer: ein grellroter, flackernder Schein, der scharfkantige Splitter aus der Nacht riß, lodernde Wunden, die sich mit allesverschlingender Schwärze füllten und dann wieder aufrissen, immer schneller und schneller, in einem wahnsinnigen, rasenden Rhythmus, der irgendwie... *lebendig* schien, als wäre es kein Feuer, das er sah, sondern der Atem eines Drachen, der auch ihn verschlingen mußte, wenn er ihm zu nahe kam. Der Anblick erfüllte ihn mit einem wilden Entsetzen, das ihn unfähig machte, darauf zu reagieren. Statt anzuhalten oder langsamer zu laufen, rannte er nur noch schneller, näherte sich dem Feuer wie ein Schmetterling einer Kerzenflamme, deren Verlockung er nicht widerstehen konnte, obwohl er tief in sich wußte, daß sie ihn verzehren würde.

Kurz bevor er die Straße erreichte, hatte Sendig seinen Wagen wohl endlich wieder unter Kontrolle bekommen, denn der Mercedes schoß mit aufheulendem Motor an ihm vorbei und bremste dann so hart, daß die Reifen Kielspuren aus grauem, fettigem Qualm zu ziehen begannen. Der silbergraue Lack flammte rot auf, als er in den Bereich des Lichtes geriet, und was immer Sendig in diesem Moment sah, es ließ ihn erneut die Gewalt über den Wagen verlieren: Der Mercedes brach aus, vollführte zum zweiten Mal innerhalb weniger Sekunden eine komplette Pirouette und prallte hart mit zwei Reifen gegen den Bordstein auf der anderen Straßenseite. Bremer rannte weiter, ohne es zu beachten, taumelte um die Ecke –

und tat einen Blick in die Hölle.

Die schäbige Straße und die Mauern rechts und links waren verschwunden, ebenso wie der Himmel, die Erde, das Universum. Vor ihm loderte eine gewaltige Feuersbrunst, die die Welt von einem Ende zum anderen verschlungen hatte, und inmitten dieser höllischen Glut, hochaufgerichtet und riesig und unvorstellbar *drohend*, stand der Todesengel. Bremer sah ihn nur als Schattenriß, denn das grelle Licht, das hier millionenmal intensiver war als draußen auf der Straße, blendete seine Augen und fraß sich wie glühende Säure an seinen Sehnerven entlang bis tief in sein Gehirn, um sich für den Rest seines Lebens darin einzubrennen, aber er wußte trotzdem, daß *er* es war, der Schatten aus dem Wagen, das *Ding*, das ihn im Treppenhaus verfolgt, ihm von dem Foto aus Mogrods Dunkelkammer zugewinkt hatte, aber es war jetzt kein Schatten mehr, keine Vision, sondern real und tödlich, ein Gigant mit Klauen und Zähnen, einer schimmernden schwarzen Haut aus Stahl und einem Paar gewaltiger schwarzer Flügel, die sich noch weit über seinen Körper erhoben. Er stand dem Herrn der Hölle gegenüber, keinem Engel, sondern dem Teufel selbst – aber wo war der Unterschied? –, der gigantisch und drohend vor dem Tor zu seinem Reich stand und auf ihn gewartet hatte. Er hatte die Warnung nicht verstanden, die die Visionen bedeutet hatten, und jetzt war es zu spät.

Bremer stand da wie gelähmt. Er hätte in die Flammen hineinrennen müssen, aber die gleiche unheimliche Kraft, die ihn angezogen hatte, hielt ihn nun zurück und paralysierte ihn zugleich. Er konnte sich nicht bewegen. Nicht denken. Nicht einmal schreien. Er stand hilflos da und starrte auf den schwarzen Koloß, und etwas in ihm starb, während er den Blick der unsichtbaren, grausamen Augen auf sich ruhen fühlte. Es war kaum spürbar, ganz schwach nur, aber er fühlte, wie etwas in ihn hineingriff und einen Teil dessen, was sein Menschsein ausmachte, einfach zermalmte. Es dauerte nur eine Sekunde, aber Bremer war nicht mehr derselbe, als sich die schwarze Schattenhand zurückzog und seine Seele wieder freigab. Und dann, im gleichen Augenblick, erlosch die Vision. Die Lähmung fiel von ihm ab, und im selben Moment wurde die Welt wieder das, was sie gewesen war, ehe sich vor seinen Augen die Tore zur Hölle geöffnet hatten. Der Wahnsinn zog sich – vielleicht ein allerletztes Mal nur noch – zurück und schleuderte ihn in eine andere, kaum weniger schlimme Hölle, die *Hier* hieß.

Bremer taumelte. Plötzlich spürte er die furchtbare Hitze, die ihm ins Gesicht schlug und seine Haut und seine Augenbrauen versengte. Der Schmerz, den er gerade vermißt hatte – der *körperliche* Schmerz –, kam nun im Übermaß. Er schrie, prallte gegen eine Wand und riß instinktiv die Hände vor das Gesicht. Trotzdem sah er jedes noch so brutale Detail des Bildes vor sich, wie es wirklich war, und es war keine Erleichterung, denn auf seine Art war es schlimmer als das, was er nur zu sehen *geglaubt* hatte.

Die Straße war eine Sackgasse, kaum zwanzig Meter lang, und in gewisser Hinsicht *war* sie zu einem Teil der Hölle geworden, einer Hölle aus Feuer und ineinandergerammtem Stahl, aus Schreien und verstümmelten Körpern. Einer der beiden BMW sah aus, als wäre er in voller Fahrt gegen die Wand geprallt und daran zerborsten, und wahrscheinlich war er in Flammen aufgegangen, als sich der nachfolgende Wagen in ihn hineingebohrt hatte. Die Flammen bildeten eine zweite, geschlossene Mauer vor der Rückwand der Gasse, und die Hitze war selbst hier noch, zwanzig Meter entfernt, so gewaltig, daß Bremer kaum atmen konnte. Brennendes Benzin bildete Dutzende von kleinen und großen Lachen und war gegen die Wände gespritzt, und an mindestens einer Stelle hatte sich das Feuer bereits durch ein Fenster gefressen und setzten sein Vernichtungswerk im Inneren des Gebäudes fort. Überall lagen glühende Metall- und Kunststoffsplitter.

»Bremer! Der Junge!«

Die Worte erschienen ihm seltsam bedeutungslos. Er hörte und verstand sie, aber sie schienen zu einer Sprache zu gehören, die er irgendwann einmal gelernt und längst wieder vergessen hatte. Mühsam drehte er den Kopf und sah eine Gestalt aus einem blutroten Wagen springen und mit fast grotesken Bewegungen auf ihn zueilen, aber es war mit ihr wie mit dem, was sie ihm zuschrie: Er wußte, wer sie war, konnte mit diesem Wissen aber nichts anfangen. Hinter Sendigs Mercedes kam ein weiterer Wagen mit kreischenden Bremsen zum Stehen, und plötzlich waren da noch mehr Stimmen, Schreie, Lärm. Nichts von alledem hatte irgendeine Bedeutung.

»Der Junge!« schrie Sendig noch einmal. Seine Stimme brach fast. *»Holen Sie den Jungen raus! Er verbrennt!«*

Es waren diese Worte, die den Bann endgültig brachen. Der Wahnsinn hatte ihn gar nicht ganz losgelassen, sondern sich nur getarnt, aber mit einem Mal begriff er, was *wirklich* geschehen war – der Schatten, den er gesehen hatte, war so real gewesen wie das Feuer und die Hitze, die seine Lungen versengte. Es war Mark. Er lag nur wenige Meter von ihm entfernt zusammengekrümmt auf dem Boden. Hinter ihm schossen drei Meter hohe, prasselnde Flammen aus einer Benzinlache in die Höhe, und kleinere, blaue Flämmchen bewegten sich in einem spielerisch anmutenden Tanz auf ihn zu. Die Lache erhielt noch immer Nahrung aus dem geborstenen Tank eines der Wagen und breitete sich aus. Noch ein paar Sekunden, und sie mußte die hilflos daliegende Gestalt erreicht haben.

Bremer riß erneut schützend beide Arme vor das Gesicht und lief gebückt los, mitten hinein in die Flammenhölle und das tödliche, gleißende Licht. Er versuchte nicht zu atmen und die Augen so weit zu schließen, wie es nur ging. Trotzdem war die Hitze unvorstellbar. Es war keine glühende Hand, die in sein Gesicht schlug, sondern Thors Hammer, der ihm das Fleisch von den Knochen riß, seine Augen verbrannte und seine Lungen mit kochender Lava füllte. Halb blind vor Hitze und Schmerz erreichte er Mark, fiel neben ihm auf die Knie und grub die Hände in seine Jacke. Selbst seine Kleidung war *heiß*. Und die Flammen kamen näher. Sie bewegten sich jetzt schneller, um sich die schon sicher geglaubte Beute nicht doch noch im letzten Moment entreißen zu lassen.

Bremer zerrte mit aller Kraft. Flammen griffen nach seinen Händen und begannen ihm das Fleisch von den Knochen zu brennen, und eine glühende Lohe strich über sein Gesicht und verbrühte seine Haut. Der Schmerz war unerträglich, aber Bremer ließ nicht los. Marks regloser Körper schien Tonnen zu wiegen. Bremer zerrte, riß, stemmte sich gegen den Boden und spürte, wie die meisten seiner Fingernägel abbrachen und sich sein eigenes Blut mit dem des Jungen vermischte, während es über seine Jacke lief, aber er ignorierte den neuerlichen Schmerz ebenso wie den immer unerträglicher werdenden Drang, Luft zu holen. Er durfte es nicht. Er würde zusammen mit Mark sterben, wenn er es tat, denn die Luft war jetzt so heiß, daß er im wahrsten Sinne des Wortes Feuer atmen würde.

Er wußte nicht wie, aber irgendwie gelang es ihm, den schlaff daliegenden Körper zu bewegen. Es gab einen sonderbaren, saugenden Laut, als hätte sogar der Boden noch versucht, sich an ihn zu klammern und ihn festzuhalten, aber plötzlich war Mark frei. Bremer taumelte rückwärts, einen Schritt, zwei, zerrte Mark mit dem letzten bißchen verbliebener Kraft, das er noch in seinem Körper fand, mit sich, einen weiteren Schritt und noch einen, und plötzlich waren Hände da, die an ihm vorbei nach dem Jungen griffen, und andere, die *ihn* auffingen, als er zu stürzen drohte.

31. Kapitel

Schließlich hatten sie doch noch einen Unfall gehabt. Es war eine Kleinigkeit, nicht mehr als ein paar Kratzer an Sillmanns schwerem Mercedes und ein eingedrückter Kotflügel an dem Golf, den sie gerammt hatten, und es war wohl eine der kleinen Ironien des Schicksals, daß es nicht einmal Sillmanns Schuld gewesen war; nach einem Dutzend Ampeln und Haltegeboten, die sie überfahren hatten, hatte ihnen schließlich der andere die Vorfahrt genommen. Sillmann hatte sich nicht einmal die Mühe gemacht, auszusteigen – er hatte zurückgesetzt, die Scheibe heruntergelassen und dem noch völlig benommenen Fahrer des anderen Wagens einen Tausendmarkschein in die Hand gedrückt, um weiterzubrausen, ehe dieser überhaupt begriff, wie ihm geschah.

»Halten Sie das für klug?« fragte Petri.

»Was?« Sillmann fingerte schon wieder am Autoradio herum und sah zwischendurch unentwegt nervös in den Rückspiegel. »Soll ich anhalten und warten, bis die Polizei kommt?«

»Es war *seine* Schuld«, sagte Petri. »Ganz eindeutig.«

»Und? Heute ist sein Glückstag. Wenigstens einer.«

»Ja – und mit ein bißchen Pech denkt er jetzt, Sie wären betrunken oder der Wagen gestohlen oder sonst irgend etwas nicht in Ordnung, und ruft erst recht die Polizei.«

Sillmann sah ihn kopfschüttelnd an. »*Ihre* Sorgen möchte ich haben, Doktor.«

Das glaube ich kaum, dachte Petri. Oder vielleicht doch. Er wußte nicht wirklich, was in Sillmann vorging, aber immerhin kannte er ihn gut genug, um zu wissen, daß er nicht annähernd so hart war, wie er sich gerne gab. Er hatte diese Rolle so lange gespielt, daß er wohl irgendwann einmal begonnen hatte, selbst daran zu glauben. Aber es war nicht die Wahrheit.

»Ich dachte nur daran, daß Sie gerade noch so großen Wert darauf gelegt haben, möglichst schnell anzukommen«, sagte er. »Wenn jeder Streifenwagen in der Stadt unsere Nummer kennt und danach Ausschau hält –«

»– ändert das auch nichts mehr«, fiel ihm Sillmann ins Wort. »Wir sind gleich da.« Er sah wieder in den Rückspiegel, schaltete das Radio aus, wieder ein und gleich darauf wieder aus und hielt zum ersten Mal seit Beginn der Fahrt an einer Kreuzung an, um eine Lücke im Verkehr abzupassen. Er hatte recht – sie hatten die Fabrik beinahe erreicht. Sie lag...

Ganz in der Nähe, dachte Petri nervös. Was war mit seinem Gedächtnis los? Er war diesen Weg unzählige Male gefahren, und doch hatte er Mühe, sich daran zu erinnern. Sie waren nicht mehr weit entfernt, aber er konnte einfach nicht sagen, ob sie nun an der nächsten, der darauffolgenden oder erst der fünften oder sechsten Kreuzung abbiegen mußten.

Es *war* die nächste Abzweigung. Der Mercedes verließ die Hauptstraße und rollte eine von Pappeln gesäumte Zufahrt hinauf, die besser zu einem Gutshof oder einer großen Gärtnerei gepaßt hätte als zu einer pharmazeutischen Fabrik. Vor mehr als einem Menschenalter war es auch tatsächlich einmal ein großes Landgut gewesen, und Sillmann hatte stets Wert darauf gelegt, diesen äußeren Schein zu wahren. Hinter dem schmiedeeisernen Zaun, der das gesamte Areal umgab, erhoben sich noch immer die sorgsam restaurierten Originalgebäude aus dem vergangenen Jahrhundert. Die drei zusätzlichen Fabrikationshallen, die Sillmann hatte errichten lassen, duckten sich so geschickt hinter der ehemaligen Scheune und dem dreistöckigen Wohnhaus, das nun die Verwaltung und den Labortrakt beherbergte, daß sie von der Straße aus vollkommen unsichtbar blieben. Ein dichtstehender Ring aus fünfzehn Meter hohen Bäumen unmittelbar hinter dem Zaun schützte das Gelände zusätzlich vor neugierigen Blicken, und Petri wußte auch, daß es noch eine dritte, unsichtbare elektronische Barriere gab, die es so gut wie unmöglich machte, die Fabrik unbemerkt zu betreten. Früher einmal hatte er sich über diesen – seiner Meinung nach übertriebenen – Sicherheitstick Sillmanns lustig gemacht, aber die Zeit hatte Sillmann recht gegeben. Es war seit einigen Jahren nicht mehr in, sein Geld mit

Chemie zu verdienen. Nicht einmal mit *pharmazeutischer* Chemie.

Aber eigentlich wußte er nicht einmal genau, was Sillmann hier produzierte. Er *hatte* es einmal gewußt, aber aus irgendeinem Grund hatte er es vergessen.

Die Erkenntnis ließ die schwelende Panik in ihm für einen Moment nun doch zu heißer Glut aufflackern. Es war völlig absurd: Er war *Arzt*, er hatte zahllosen Patienten genau die Medikamente verschrieben, die in dieser Fabrik hergestellt wurden – und er konnte sich nicht mehr erinnern, welche es waren.

Sillmann bremste den Wagen unnötig hart ab, als sie das Tor erreichten. In der Pförtnerloge neben dem geschlossenen Stahlgitter bewegte sich ein Schatten, und einen Moment später flammte über ihnen ein Scheinwerfer auf, der einen kreisförmigen Bereich unmittelbar vor dem Tor in weiße Helligkeit tauchte. Petri schloß geblendet für eine Sekunde die Augen.

Ein metallisches Summen und Rumpeln erklang, als das Tor gerade so weit auffuhr, um den Pförtner hindurchzulassen. Sillmann senkte die Fensterscheibe auf seiner Seite und wedelte ungeduldig mit der linken Hand. »Machen Sie auf, Bruno«, sagte er. »Wir haben es eilig!«

Der Pförtner, der die dunkelblaue Phantasieuniform einer Wach- und Schließgesellschaft trug und ganz so aussah, als hätten sie ihn grob aus seiner ersten Tiefschlafphase geweckt, kam näher und hob zusätzlich eine Taschenlampe, um in den Wagen zu leuchten.

»Herr... Sillmann?« fragte er verblüfft. Er klang verschlafen. Selbst die Überraschung in seiner Stimme war in Wahrheit wohl eher Erschrecken.

»Verflucht, nehmen Sie diese Scheiß-Lampe herunter«, schnappte Sillmann. »Was ist los? Haben Sie Ihr Hörgerät nicht dabei, oder habe ich Sie geweckt? Wenn ja, tut es mir leid.«

Die Lampe erlosch abrupt, und Petri konnte hören, wie sich der Pförtner nervös auf der Stelle bewegte. »Natürlich nicht«, versicherte er hastig. »Ich war nur... Entschuldigen Sie, Herr Sillmann. Niemand hat mir gesagt, daß Sie kommen, und...«

»Jaja, schon gut.« Sillmann gab sich hörbar Mühe, ruhig zu bleiben, wedelte aber zugleich ungeduldig mit der Hand. »Das hat schon seine Ordnung. Machen Sie das Tor auf, und sagen Sie niemandem, daß wir hier sind, verstanden?«

»Oh«, antwortete Bruno. »Ich verstehe. Eine kleine Überraschungsinspektion, wie?«

»Genau«, antwortete Sillmann. »Aber sie gilt nicht Ihnen, keine Sorge. Ist noch jemand im Labor?«

»Nein. Doktor Strecker war bis vor einer halben Stunde hier, aber er ist gefahren. Die Nachtschicht ist komplett angetreten.«

»Gut«, sagte Sillmann. »Sie sagen zu niemandem ein Sterbenswörtchen, verstanden? Und noch etwas – lassen Sie das Tor auf. Ich erwarte noch jemanden.«

»Selbstverständlich«, antwortete der Pförtner eifrig. »Darf ich fragen, wen? Nur, damit...«

»Nein, dürfen Sie nicht«, unterbrach ihn Sillmann. »Lassen Sie ihn einfach durch, okay? Meinetwegen machen Sie einen Spaziergang, oder drehen Sie Ihre Runde – oder tun Sie, was Sie um diese Zeit immer tun, und legen sich hin und schlafen. Und jetzt machen Sie endlich dieses verdammte Tor auf, oder muß ich es selbst tun?«

Während der Pförtner hastig zu seinem verglasten Häuschen zurückeilte, um Sillmanns Befehl nachzukommen, fragte sich Petri nach dem Grund für Sillmanns Benehmen. Reagierte er nun wie ein Mann, der am Rande der Panik entlangbalancierte und sich kaum noch in der Gewalt hatte, oder wie jemand, dem es vollkommen gleich war, welchen Eindruck sein Benehmen hinterließ – weil er wußte, daß es keine Rolle mehr spielte? Vielleicht war er nicht der einzige, der nur eine schwarze Ebene vor sich sah, wenn er an morgen dachte.

Das Tor setzte sich rasselnd in Bewegung, und Sillmann fuhr weiter, noch ehe es sich ganz geöffnet hatte. Der rechte Kotflügel des Mercedes schrammte mit einem in den Ohren schmerzenden Quietschen an einem der Torpfosten entlang, und Petri hörte Glas zerbrechen. Sillmann gab nur noch mehr Gas, jagte den Wagen mit einem regelrechten Satz über den

Hof und brachte ihn unmittelbar vor dem Eingang des Hauptgebäudes mit einer Vollbremsung wieder zum Stehen.

»Haben Sie Ihre Tasche?«

Tasche? Welche Tasche? Petri sah Sillmann eine Sekunde lang verständnislos an, ehe er überhaupt begriff, was er meinte. Natürlich. Er war Arzt. Ein Arzt mußte immer seine Tasche bei sich haben. Er hatte sie...

»Auf dem Rücksitz«, sagte Sillmann. »Sie haben sie selbst dorthin gestellt.«

Aus einem Grund, den er selbst nicht wußte, war es ihm unangenehm, sich herumzudrehen und die kleine Arzttasche von der Rückbank zu nehmen. Etwas war mit dieser Bank. Sie ... war verschwunden.

Petri blinzelte. Sein Arztkoffer stand da, genau dort, wo er selbst ihn hingestellt hatte, aber die Rückbank war nicht mehr da. Wo sie sein sollte, war nichts. Nicht etwa Leere. Kein schwarzes Loch, sondern nichts. Er sah die beiden Türen und das abgedunkelte Heckfenster, aber die Bank war verschwunden, als hätte jemand mit einem scharfen Skalpell ein Stück aus dem Universum herausgeschnitten und die Ränder der Wunde zusammengezogen und so kunstvoll vernäht, daß nicht einmal eine Narbe zurückgeblieben war.

Petris Herz machte einen erschrockenen Sprung in seiner Brust. Er schloß die Augen, zählte in Gedanken bis drei, und als er die Lider wieder öffnete, war alles so, wie es sein sollte. Die Bank war da, wo sie die ganze Zeit über gewesen war. Es war eine Halluzination, nicht mehr. Ein böser Streich, den ihm seine überreizten Nerven gespielt hatten. Nicht mehr. Es *durfte* nicht mehr sein. Beinahe überhastet griff er nach der Tasche und nahm sie an sich.

Sillmann hatte mittlerweile das Handschuhfach geöffnet und griff hinein. Als er sich wieder aufrichtete, hielt er eine kleine, verchromte Pistole in der Hand. Petri starrte die Waffe vollkommen verständnislos an.

»Was... was haben Sie denn damit vor?« fragte er.

»Sie erschießen, wenn Sie weiter dumme Fragen stellen.« Sillmann schob die Pistole in die Manteltasche, öffnete die Tür und stieg aus. Er drehte sich einmal im Kreis, wobei sein

Blick aufmerksam über den Hof tastete und auf jedem Schatten und in jedem dunklen Winkel einen winzigen Moment verharrte. In seinem Gesicht arbeitete es. Er hatte die Hand nicht wieder aus der Tasche genommen, mit der er die Waffe eingesteckt hatte. Wozu brauchte er eine Waffe? Sie waren hier, um… um…

Petri preßte stöhnend die Hand vor die Stirn und zwang sein Gedächtnis mit einer bewußten Anstrengung, ihm zu verraten, warum sie hier waren. Es gelang ihm, aber dieser Gedanke blieb nicht einfach da. Er mußte ihn festhalten wie einen zappelnden Fisch, den er gefangen hatte und der immer wieder zwischen seinen Fingern hindurchschlüpfen wollte.

Was geschah mit ihm? Sein Gedächtnis begann zu zerbröckeln. Es war, als stünde er vor einer gigantischen Wand, auf der jede Sekunde seines Lebens aufgemalt war, und jemand hätte damit begonnen, Steine aus dieser Mauer herauszubrechen. Er konnte hören, wie sie stürzten, und er konnte sehen, was hinter dieser Wand war.

Nichts. Nur Dunkelheit.

32. *Kapitel*

Vollkommen erschöpft sank Bremer zu Boden. Er verlor nicht wirklich das Bewußtsein, aber er war auch nicht wirklich wach; der Zustand, in dem er die nächsten Minuten verbrachte, war irgend etwas dazwischen. Alles verwirrte sich, wurde unscharf und leicht, und die Zeit zerbrach zu einer Aneinanderreihung verschieden langer, verschieden deutlicher Impressionen, die an den Nahtstellen nicht richtig zusammenpaßten. Er registrierte Schreie, Rufe, ein wildes Durcheinander von Stimmen und Lärm, von Motorengeräusch und kreischenden Bremsen, von Sirenen und Lichtblitzen: Bruchstücke der Wirklichkeit, die manchmal nahtlos, manchmal mit beinahe schmerzhaften kleinen Rucken aufeinanderfolgten und ihm zumindest eine Ahnung davon vermittelten, was um ihn herum geschah.

Jemand rüttelte an seiner Schulter, vielleicht zum zwanzigsten, vielleicht auch zum zweihundertsten Mal, aber erst jetzt fand er die Kraft, darauf zu reagieren.

Es war Sendig. Sein Gesicht glänzte vor Schweiß und sah aus, als wäre es gehäutet, aber unter all dem Schmutz lag kein rohes Fleisch, sondern nur der rote Widerschein des Feuers, das noch immer am Ende der Gasse tobte.

»Bremer! So antworten Sie doch Wagen ist schon unterwegs!«

Diesmal war der Schnitt nahtlos gewesen. Erst als Bremer die Sinnlosigkeit dieses Satzes zu Bewußtsein kam, wurde ihm auch klar, daß es in Wirklichkeit *zwei* Sätze gewesen waren, deren Anfang und Ende er hörte. Dazwischen war eine unendlich dünne, kaum spürbare Naht, hinter der sich ein schwarzer Abgrund von vielleicht Minuten verbarg. Vielleicht auch von Stunden.

»Was?« murmelte er.

Sendig sah ihn für die Dauer eines schweren Herzschlages aus schmalen Augen an, dann fragte er: »Alles wieder okay?«

»Ich... ich glaube schon«, antwortete Bremer schleppend.

Ganz plötzlich waren seine Erinnerungen wieder da. Er setzte sich mit einem Ruck auf und sah sich wild um. »Wo ist der Junge?«

Sendig hob besänftigend die Hand. »Dem geht es besser als Ihnen«, sagte er. »Mann, haben Sie mir einen Schrecken eingejagt. Für einen Moment dachte ich fast, Sie hätten es hinter sich.«

Wenn es doch nur so wäre, dachte Bremer. Er hatte Mark mittlerweile entdeckt und wollte aufstehen, spürte aber selbst, daß seine Kraft dazu noch nicht ausreichte, und beließ es dabei, sich etwas gerader aufzusetzen. Mark saß mit angezogenen Knien, an den Kotflügel von Sendigs Wagen gelehnt, da und starrte ins Leere. Sein Haar war angesengt, das Gesicht voller Ruß und Schmutz, und er hatte auch ein paar Schrammen abbekommen, aber den wirklich schlimmen Anblick bot sein Arm. Jemand hatte ihm die Jacke ausgezogen, und sein Arm schien bis zur Schulter hinauf in einem nassen roten Handschuh zu stecken, von dem es gleichmäßig zu Boden tropfte. Bremer erinnerte sich voller Schrecken an die Blutspur, der er gefolgt war.

»Wieso lebt er noch?« fragte er impulsiv.

»Es sieht schlimmer aus, als es ist«, antwortete Sendig. »Er hat ein bißchen Blut verloren, ich habe den Arm abgebunden.« Als er Bremers zweifelnden Blick bemerkte, fügte er hinzu: »Der Krankenwagen müßte jeden Augenblick eintreffen.«

Bremers Kräfte kehrten allmählich zurück. Er mußte wohl einen leichten Schock erlitten haben, der ihn bisher vor dem Schlimmsten bewahrt hatte, aber nun, wo dessen Nachwirkungen abzuflauen begannen, spürte er auch all die kleinen und größeren Blessuren, die er davongetragen hatte. Seine abgebrochenen Fingernägel schmerzten höllisch, und sein Gesicht und die Haut auf seinen Handrücken brannten wie Feuer. Er erinnerte sich an die Flammen, in die er praktisch hineingegriffen hatte, und allein die *Erinnerung* an diesen Schmerz ließ ihn wieder aufstöhnen. Wahrscheinlich hatte er sich das Fleisch bis auf die Knochen versengt. Bremer brachte kaum den Mut auf, die Arme zu heben und seine Hände zu betrachten. Er ahnte, welcher Anblick ihn erwarten würde.

Er täuschte sich.

Er hatte sich tatsächlich fünf oder sechs Fingernägel abgebrochen, von denen einige leicht bluteten, aber seine Hände waren darüber hinaus beinahe unverletzt. Sie waren zerschunden und schmutzig, aber nicht verbrannt.

»Was ist?« fragte Sendig. »Ist Ihnen nicht gut?«

Bremer drehte die Hände vor den Augen, schloß sie zu Fäusten und öffnete sie wieder. Er hatte den Schmerz *gespürt*. Er hatte gesehen, wie die Hitze sein Fleisch zu brauner Schlacke verkohlt hatte. Aber seine Haut war unversehrt.

»Bremer«, sagte Sendig.

»Schon gut«, sagte Bremer. »Ich... freue mich nur, daß ich noch ganz bin.«

»Ich auch«, pflichtete ihm Sendig bei. »Einen Moment lang sah es gar nicht danach aus. Was war los? Wollten Sie den Jungen verbrennen lassen?«

»Ich... hatte wohl so etwas wie einen Blackout«, sagte Bremer ausweichend. Er versuchte sich zu einem Lächeln zu zwingen, ließ endlich die Hände sinken und stand mühsam auf. »Aber jetzt ist wieder alles in Ordnung. War wohl ein bißchen viel auf einmal.«

Sendig sah ihn scharf an. Er tat es auf eine ganz bestimmte Art, die längst nicht nur besorgt war. Er sah aus, dachte Bremer, als... *erwarte* er etwas. Etwas ganz Bestimmtes. »Es war wieder eine von diesen Visionen, nicht wahr?« fragte er.

Bremer fuhr sichtbar zusammen. Schon das Wort reichte, den schwarzen Schatten wieder vor seinen Augen erstehen zu lassen, und für einen winzigen Moment glaubte er wieder die Hitze zu spüren und den unvorstellbaren Schmerz. Er antwortete nicht auf Sendigs Frage, sondern drehte sich statt dessen herum und machte einen Schritt in Marks Richtung, blieb aber dann noch einmal stehen und sah über die Straße.

Die beiden Wagen brannten immer noch, wenn auch längst nicht so lichterloh, wie er geglaubt hatte, und das Feuer hatte auch nicht auf die benachbarten Häuser übergegriffen. Er konnte die Wracks allerdings kaum mehr sehen, denn die Gasse war von Dutzenden Schaulustiger versperrt, die, durch den Lärm und den Feuerschein angelockt, herbeigelaufen waren. Zahlreiche Autos hatten rings um sie herum angehalten, einige mit noch laufenden Motoren, aber von ihren Fahrern verlassen, und in der Ferne hörte er Sirenengeheul. Bremer nahm den Anblick einige Sekunden lang ganz bewußt in sich auf und versuchte ihn mit dem zu vergleichen, was *er* dort drüben gesehen hatte, dann drehte er sich wieder herum, ging die zwei Schritte zu Sendigs Wagen und betrachtete sein eigenes Gesicht im Spiegel.

Es war verschwitzt und schmutzig, und seine Haut war rot, als hätte er einen leichten Sonnenbrand, aber nicht verbrannt. Er hatte die Flammen gefühlt, die seine Haut versengt hatten, die Hitze, die sich wie eine gierig fressende Ratte in seinen Schädel hineingegraben hatte, und es war *real* gewesen. Er wußte mit absoluter Sicherheit, daß sie ihn getötet hätte, wäre er auch nur einige Sekunden länger dort drüben geblieben, aber er war unverletzt.

Zutiefst erschüttert richtete sich Bremer wieder auf, blieb lange Sekunden reglos stehen und wandte sich dann zuerst zu Sendig, dann zu Mark um, der noch immer in der gleichen Haltung wie zuvor an Sendigs Wagen lehnte. Sein Gesicht war leer, und seine Augen blickten starr ins Nichts.

»Was ist los mit Ihnen, Bremer?« fragte Sendig erneut. Er klang jetzt überhaupt nicht mehr besorgt. Seine Stimme war fordernd, befehlend, aber zugleich von einem unüberhörbaren Vibrieren kaum mehr zurückgehaltener Panik erfüllt. »Sie haben etwas gesehen, nicht wahr?«

Bremer sah ihn nur an, dann ließ er sich neben Mark in die Hocke sinken und streckte die Hände nach ihm aus. Marks Gesicht war mit Schweiß bedeckt, aber eiskalt. Die Wunde in seinem Arm blutete immer noch leicht, obwohl Sendig tatsächlich einen Streifen aus seinem Hemd gerissen und die Arterie damit abgebunden hatte. Bremer zog den blutgetränkten Stoff über der Verletzung mit spitzen Fingern auseinander. Sein Gesicht verdüsterte sich, als er die Wunde sah.

»Das ist eine Schußverletzung«, sagte er.

»Ich weiß«, antwortete Sendig. »Ich habe ihm gesagt, der Arzt ist unterwegs.«

»Sie haben auch gesagt, daß es nicht so schlimm ist«, antwortete Bremer. Er sah zornig zu Sendig hoch. »Sie wissen verdammt genau, daß er daran sterben kann.«

»Was soll ich tun?« schnappte Sendig. »Einen Regentanz aufführen und die Götter anflehen, einen Krankenwagen vom Himmel fallen zu lassen? Ich kann nicht zaubern.«

Bremer mußte sich für einen Moment mit aller Gewalt beherrschen, um nicht aufzuspringen und Sendig die Faust ins Gesicht zu schlagen. Für eine Sekunde spürte er nichts als Wut. Er hatte gewußt, wie Sendig war. Er hatte versucht, sich selbst einzureden, daß er dessen Zynismus und vollkommene Gefühllosigkeit kannte und schon irgendwie damit fertig werden würde. Aber das stimmte nicht. Ob der Junge starb oder nicht, war Sendig vollkommen egal, genauso egal, wie es ihm wahrscheinlich war, ob er diesen Tag überlebte. Er selbst, Mark, das Mädchen, Marks Vater, der Fotograf, Löbach und Artner und wie sie auch alle hießen, die an diesem Tag bereits zu Schaden gekommen waren oder es noch würden – keiner von ihnen bedeutete Sendig irgend etwas. Sie alle waren nur Spielzeug für ihn, Figuren in einem Spiel, von dem Bremer nicht einmal wußte, wie es hieß. Aber statt aufzuspringen und auf Sendig loszugehen, ließ er sich im Gegenteil vollends auf die Knie sinken, griff behutsam nach Mark und legte ihn auf den Rücken. Hastig schälte er sich aus seiner Jacke, knüllte sie zu einem Ball zusammen und schob sie unter seine Beine. Mark reagierte mit einem leisen Stöhnen auf die Berührung, aber seine Augen blieben weiter auf diese schreckliche Art leer.

»Sie haben im Erste-Hilfe-Kurs gut aufgepaßt«, sagte Sendig spöttisch.

»Jedenfalls lege ich es nicht darauf an, ihn umzubringen«, erwiderte Bremer. »Ich nehme an, ich kann mir die Frage sparen, wer die Kerle in dem BMW waren? Ich meine – natürlich würden Sie es mir sagen. Aber nicht jetzt, sondern bald. Sobald der richtige Moment gekommen ist.«

Sendig ignorierte den beißenden Spott in seinen Worten. »Ich verstehe Ihre Neugier«, sagte er. »Aber glauben Sie mir – diese Burschen sind im Moment Ihr kleinstes Problem. Meines übrigens auch.«

Das Sirenengeheul kam näher. Am Ende der Straße tauchte

das Blaulicht eines Krankenwagens auf, unmittelbar gefolgt von der Feuerwehr und gleich zwei Streifenwagen der Polizei.

»Typisch Bullen«, sagte Sendig. »Wenn man sie wirklich braucht, kommen sie zu spät.«

Bremer ersparte es sich, zu antworten. Statt dessen beugte er sich wieder über Mark und legte die Hand auf seine Stirn. Sie war noch immer eiskalt, aber er konnte fühlen, wie der Puls des Jungen jagte. Vielleicht war er mit dem, was er Sendig gerade zornig vorgeworfen hatte, der Wahrheit nähergekommen, als ihm lieb war. Der Junge hatte einen schweren Schock, und dazu kam der Blutverlust, der enorm gewesen sein mußte. Wenn er nicht schnellstens in ein Krankenhaus kam, dann würde er vielleicht wirklich sterben.

»Was ist mit den anderen?« fragte er.

Sendig machte eine Kopfbewegung auf die beiden brennenden Autowracks. »Sie sind tot«, sagte er ohne eine Spur von Mitleid in der Stimme.

»Ich glaube kaum, daß da einer rausgekommen ist. Wenn sie mit im Wagen war...« Er zuckte die Achseln. »Ich füchte, jetzt werden wir nie erfahren, ob Sie recht hatten.«

Er trat einen Schritt zur Seite, um dem Krankenwagen Platz zu machen, der sich mit mittlerweile abgeschalteter Sirene, aber noch immer hektisch rotierendem Blaulicht seinen Weg durch die Menge bahnte, die die Straße blockierte, und auch Bremer erhob sich zögernd. Die Türen des Krankenwagens flogen auf, und ein junger Arzt in einer signalroten Jacke sprang heraus und eilte zu Mark. Noch während er neben ihm niederkniete, öffnete er seinen Notfallkoffer und begann den beiden Sanitätern, die ihn begleiteten, routiniert Anweisungen zu geben.

Sendig trat einige weitere Schritte zurück und forderte Bremer mit einer Geste auf, ihm zu folgen. Bremer gehorchte nur widerwillig. Es war nicht nur so, daß er immer noch wütend auf Sendig war – es war ihm im Moment beinahe unmöglich, seine Nähe zu ertragen. Hatte er diesem Mann wirklich jemals auch nur eine einzige Sekunde vertraut?

Sendig trat noch einige weitere Schritte zurück und blieb erst stehen, als sich niemand mehr in ihrer unmittelbaren

Hörweite aufhielt. Er sah Bremer auf eine Art an, als hätte er seine Gedanken gelesen. Vermutlich waren sie ihm deutlich anzusehen. Aber er ging mit keinem Wort darauf ein, sondern drehte sich nach einigen Sekunden wieder herum und sah eine Weile zu, wie sich der Notarzt und die Sanitäter um Mark bemühten.

»Ein beruhigendes Gefühl, zu wissen, daß es jemanden gibt, der einem im Notfall hilft, nicht?« fragte er.

»Wie?« fragte Bremer.

Sendig deutete auf den Arzt. »Er ist gut. Schade um ihn.«

»Was soll das heißen?« fragte Bremer scharf.

Sendig wiederholte seine Geste, schüttelte ganz sacht den Kopf und sagte sehr leise und ohne Bremer dabei ins Gesicht zu sehen: »Sie wollten wissen, was los ist? Also gut. Was halten Sie davon: Ich habe ein bißchen herumtelefoniert, während Sie die beiden beschattet haben. Erinnern Sie sich an den Arzt von gestern? Den, der Löbachs Leiche untersucht und sich um Ihren Kollegen gekümmert hat?«

»Natürlich«, antwortete Bremer. »Warum?«

»Er ist verschwunden«, sagte Sendig.

»Verschwunden! Was soll das bedeuten?«

»Das, was es heißt«, antwortete Sendig. »Er ist nicht mehr da. Eine Stunde, nachdem er Ihren Kollegen ins Krankenhaus gebracht hat, wurde er zu einem neuen Einsatz gerufen. Seither hat ihn niemand mehr gesehen. Weder ihn noch die beiden Sanitäter, die dabei waren, oder den Krankenwagen. Interessant, nicht?«

»Aber... aber das ist doch Unsinn«, sagte Bremer. Seine Stimme klang beunruhigter, als er sich selbst eingestehen wollte. »Ein kompletter Krankenwagen verschwindet doch nicht so einfach.«

»Manchmal schon«, erwiderte Sendig mit einem leisen, humorlosen Lachen. »Vor allem, wenn er zu einem Einsatz gerufen wird, den es nicht gibt.« Er deutete erneut auf den Arzt und seine beiden Helfer, die sich noch immer heftig um Mark bemühten. »Was meinen Sie? Sollen wir Wetten annehmen, ob sie morgen früh noch da sind? Oder tun wir unsere Pflicht und gewähren ihnen Polizeischutz?«

33. Kapitel

Die Treppe wurde von zwei langen Neonröhren beleuchtet, von denen aber nur eine funktionierte. Die andere flackerte unentwegt und verwandelte das untere Drittel des steil in die Tiefe führenden Schachtes in ein Spiegelbild dessen, was in Petri vorging. Auch seine Erinnerungen flackerten. Die Wand brach immer schneller zusammen, und im gleichen Maße wuchs die Schwärze dahinter heran. Es fiel ihm immer schwerer, sich zu konzentrieren. Seine Erinnerungen waren nicht wirklich verschwunden, aber sie waren nicht mehr *präsent.* Sillmann hatte ihn hierher in den Keller des Laborgebäudes geführt, und er erinnerte sich an jeden Schritt, den sie getan hatten – aber er mußte sich dazu zwingen, mit einer Anstrengung, die ihm jedesmal ein bißchen schwerer fiel. Irgend etwas geschah mit ihm, und tief im Innern wußte er sogar, was es war. Aber der Gedanke war zu furchtbar, um ihn zu denken.

»Wo bleiben Sie, Doktor?« Sillmann hatte das Ende der Treppe bereits erreicht und vor einer schweren, mit zwei Schlössern gesicherten Tür haltgemacht. Mit der rechten Hand zog er einen Schlüssel hervor, mit dem er sie nacheinander öffnete. Die linke Hand blieb in seiner Manteltasche. Petri wußte, daß er irgend etwas darin hatte. Etwas Beunruhigendes, Gefährliches, aber er erinnerte sich nicht mehr, was es war. Als Petri nicht auf seine Frage antwortete, drehte er den Kopf und sah zu ihm hoch. In dem flackernden Licht dort unten vor der Tür schien auch sein Gesicht unentwegt zu vergehen und sich neu zu bilden. »Ist irgend etwas nicht in Ordnung?«

»Nein«, sagte Petri hastig. »Ich komme.« Er versuchte, schneller zu gehen, aber es blieb bei dem Versuch. Er konnte es nicht – nicht, weil seine Glieder ihm den Gehorsam verweigert hätten, sondern weil er sich für einen Moment nicht mehr daran erinnerte, wie man schneller ging. Seine Zeit war zerbrochen, er lebte nur noch im Jetzt, den drei endlosen Sekunden, die sein Bewußtsein als Gegenwart akzeptierte, und das sich beständig von einem wachsenden Strom aus Erinnerungen und Bildern fortbewegte, verblassenden Bildern mit verblassenden Farben, die er immer schwerer erkennen konnte. Aber inmitten dieses aus Millionen und Abermillionen Trümmerstücken bestehenden Chaos gab es ein Bild, das Bestand hatte. Er dachte an etwas, das in seiner Tasche war. Der Grund seines Hierseins. Und der Grund für das, was mit ihm geschah.

Sillmann hatte die Schlösser geöffnet und schob jetzt die Tür auf. Obwohl er ein sehr kräftiger Mann war, kostete es ihn sichtlich Mühe, sie zu bewegen. Die Scharniere quietschten, als wären sie seit Jahren nicht mehr bewegt worden, und die Luft, die durch die Tür herausströmte, roch nach Schimmel und Alter. Sillmann machte einen halben Schritt in den dahinterliegenden Raum hinein, tastete mit der Hand nach dem Lichtschalter und betätigte ihn. Kaltes Neonlicht erfüllte den kleinen, vollkommen leeren Raum, der sich hinter der Tür erstreckte. Petri erkannte zwei weitere, massive Eisentüren, die tiefer in die Kellergewölbe des Labors hineinführten. Beide waren mit ebenso aufwendigen Schlössern gesichert wie die, durch die sie gerade gekommen waren, und zusätzlich versiegelt. Er blieb stehen, als Sillmann weiterging und mit einem anderen Schlüssel eine der beiden Türen zu öffnen begann. Seine Hände zitterten plötzlich. Er war schon einmal hiergewesen, schon oft! Seine Erinnerungen versagten immer rascher, aber was er nun spürte, hatte nichts mit Erinnerung zu tun. In diesem Raum war mehr als Licht und Staub und seit sechs Jahren nicht mehr geatmete Luft, etwas war hier, etwas, das getan worden war *(von ihm?)* und das Spuren hinterlassen hatte, die dem Gesetz vom ewigen Vergehen der Zeit trotzten. Es hatte etwas mit dem Ding in seiner Tasche zu tun. Dann fiel ihm noch etwas auf: Der Raum hatte keine Form. Keine, die es geben konnte. Er war genau quadratisch, fünf Schritte auf der rechten, fünf Schritte auf der linken und die gleiche Anzahl auf der vorderen und hinteren Seite, und doch war die Wand zu seiner Rechten kürzer als die anderen. Es war der gleiche Effekt wie vorhin im Wagen, nur viel deutlicher und viel erschreckender. Und diesmal konnte er ihn nicht mit der schlechten Beleuchtung oder seiner Nervosität erklären. Ein Stück der Wand fehlte. Jemand hatte einen Teil aus der Welt herausgeschnitten und die Ränder sorgsam wieder zusammengeklebt.

Sillmann hatte die nächste Tür geöffnet und zerriß das Siegel.

34. Kapitel

Der Arzt zog die Nadel aus Bremers Vene und tupfte den einzelnen Blutstropfen, der aus dem winzigen Einstich quoll, mit einem Wattebausch weg. Bremer schüttelte den Kopf, als er die Spritze aus der Hand legte und nach einem Pflaster greifen wollte. Der Arzt nahm es ohne Protest hin. »Bis wir in der Klinik sind, wird das reichen«, sagte er. »Sind Sie sicher, daß ich Ihre Hand nicht verbinden soll?«

Bremer schüttelte erneut den Kopf, aber er sah auch ganz automatisch auf seine linke Hand herab. Seine Fingernägel hatten zwar aufgehört zu bluten, aber sie waren bis weit ins Nagelbett hinein eingerissen und schmerzten mittlerweile erbärmlich. Aber das spielte im Augenblick keine Rolle. »Kümmern Sie sich lieber um ihn«, sagte er, indem er auf Mark deutete. »Wird er durchkommen?«

Der Arzt zögerte einen Moment mit der Antwort. Schließlich machte er eine Bewegung, die wie ein widerwilliges Nicken aussah. Er stand auf und trat gebückt an die Liege heran, auf der die beiden Pfleger den verletzten Jungen festgeschnallt hatten. Sie hatten ihm das zerrissene Hemd ausgezogen und die Schußwunde in seinem Arm notdürftig verbunden, und die Elektronik des Krankenwagens, der von außen betagt aussah, innen aber supermodern ausgestattet war, überwachte blinkend und piepsend all seine Lebensfunktionen.

Obwohl die Liege gefedert war, setzten sich die schaukelnden Bewegungen des Krankenwagens bis zu Mark fort. Sein Kopf rollte leicht hin und her, was den Eindruck erweckte, er wäre wach. Er war es nicht. Eine der zahlreichen Injektionen, die ihm der Arzt gegeben hatte, hatte ihn wohl einschlafen lassen, denn seine Augen waren jetzt geschlossen, und sein Atem ging gleichmäßiger. Obwohl der Anblick Bremer nach wie vor erschreckte, war er doch zugleich erleichtert, nicht mehr diese schreckliche Leere in Marks Augen sehen zu müssen.

»Ich denke schon«, sagte der Arzt schließlich. »Er hat eine Menge Blut verloren und einen schweren Schock, aber... ich denke, wir kriegen ihn durch.«

Er trat wieder von der Liege zurück und betätigte die Sprechtaste, die ihn mit dem Fahrer im vorderen Teil des Wagens verband. »Wie lange brauchen wir noch?«

Die Antwort kam sofort. »Zehn Minuten, vielleicht länger. Der Verkehr ist heute abend wie verrückt. Ich weiß auch nicht, was los ist.«

»Aber ich«, mischte sich Sendig ein. Er hatte bisher schweigend und reglos neben Bremer auf der zweiten Liege gesessen und mit mißtrauischen Blicken jeden Handgriff des Arztes verfolgt, zwischendurch aber auch immer wieder nervös aus dem Fenster gesehen. Mit einer fahrigen Geste fuhr er fort: »Wir fahren zur Charité?«

Der Arzt nickte. »Ja.«

»Dann kalkulieren Sie lieber zwanzig Minuten ein«, sagte Sendig. »Auf der Lindenallee ist eine Großbaustelle. Die ganze City ist dicht. Hat man Ihnen nichts davon gesagt?«

»Kein Wort. Und ich habe auch nicht –«

»Ich hatte vorhin Mühe, durchzukommen«, fiel ihm Sendig ins Wort. »Und das war vor einer Stunde. Jetzt sind die ganzen Verrückten aus den Diskotheken und Kinos auf dem Weg nach Hause.« Er überlegte einen Moment, sah wieder aus dem Fenster und deutete dann auf die Sprechtaste, die der Arzt gerade betätigt hatte. »Lassen Sie ihn an der nächsten Ampel rechts abbiegen. Wir fahren durch das Industriegebiet. Das ist weiter, geht im Moment aber schneller.«

Das klang nicht besonders überzeugend, und der Arzt zögerte auch tatsächlich einige Sekunden, drückte aber schließlich doch auf die Sprechtaste und gab Sendigs Anweisung an den Fahrer weiter. Bremer sah den Kommissar fragend an. Er hatte den ganzen Tag über den Polizeifunk abgehört und nichts von irgendeiner Baustelle erfahren, geschweige denn einem Stau. Und vor einer Stunde war Sendig ganz gewiß nicht in der Nähe der City gewesen. Was hatte er vor?

Sendig quittierte seine fragend hochgezogenen Augenbrauen mit einem kurzen, aber beinahe beschwörenden Blick.

Einem Blick, der Bremer mehr beunruhigte als alles andere, was bisher geschehen war. Hätte er bis zu diesem Moment noch Zweifel daran gehabt, daß Sendig unter der Maske aufgesetzter Ruhe vor Angst fast wahnsinnig wurde, so hätte dieser Blick sie endgültig beseitigt. Er sah einem Mann in die Augen, der um mehr fürchtete als sein Leben.

»Glauben Sie, daß ich mit dem Jungen sprechen kann?« fragte Sendig.

»Sicher«, antwortete der Arzt. »Morgen früh oder in zwei Tagen oder einer Woche.«

»Das meine ich nicht«, sagte Sendig. Seine rechte Hand glitt in einer wie zufällig wirkenden Bewegung unter die Jacke und blieb dort. »Ich meine: jetzt, hier.«

»Machen Sie sich nicht lächerlich«, sagte der Arzt. Er warf Sendig einen feindseligen Blick zu – übrigens nicht zum ersten Mal, seit sie losgefahren waren. Sendig hatte ihn fast gewaltsam dazu zwingen müssen, nicht nur Bremer, sondern auch ihn im Krankenwagen mitzunehmen, und der Arzt machte keinen Hehl daraus, daß er in mindestens einem Punkt mit Bremer übereinstimmte: Er konnte Sendig nicht ausstehen. »Sie sehen doch, in welchem Zustand er ist. Selbst wenn ich ihn aufwecken könnte, würde ich es nicht tun. Aber ich kann es nicht.«

»Das ist bedauerlich«, sagte Sendig. »Aber ich fürchte, ich muß darauf bestehen.« Er zog die Hand unter der Jacke hervor, und sie hielt genau das, was Bremer erwartete hatte: eine Pistole, deren Mündung er mit einer betont langsamen Bewegung auf das Gesicht des Arztes richtete.

Bremers Gedanken stockten für den Bruchteil einer Sekunde und begannen sich dann zu überschlagen. Blitzartig spielte er alle Möglichkeiten durch, die er hatte. Er war Sendig nahe genug, um ihn zu packen und ihm die Waffe zu entreißen, ehe er abdrücken konnte. Zugleich aber sah er auch eine Entschlossenheit auf Sendigs Gesicht, die ihn warnte, daß Sendig sich nicht so einfach würde überwältigen lassen. Ein Handgemenge in dem engen Wagen konnte fatale Folgen haben – tödliche, sollte sich ein Schuß lösen. Und da war noch etwas: Die Furcht in Sendigs Augen hatte die Erinnerung wieder geweckt, die er im Verlauf der letzten halben Stunde so mühsam unterdrückt hatte. Die Erinnerung an das *Ding* auf der Treppe, den Schatten im Auto und das, was er auf dem Foto gesehen hatte.

»Sendig...« begann er zögernd.

»Denken Sie nicht einmal daran«, unterbrach ihn Sendig. »Ich habe nichts mehr zu verlieren. Und Sie übrigens auch nicht.« Sowohl sein Blick als auch der Lauf seiner Waffe blieben starr auf den Arzt gerichtet, der dem kurzen Gespräch vollkommen fassungslos gefolgt war. Er sah nicht einmal erschrocken aus, sondern einfach nur verblüfft.

»Sind... sind Sie verrückt geworden?« stieß er mühsam hervor. Ohne Sendigs Reaktion abzuwarten, wandte er sich an Bremer. »Tun Sie etwas, Mann! Sie sind doch Polizist!«

»Seien Sie froh, daß er vernünftig genug ist, nichts zu tun«, sagte Sendig. »Und jetzt wecken Sie den Jungen auf! Ich muß darauf bestehen, Herr Doktor.«

»Das kann ich nicht«, antwortete der Arzt. Allmählich bekam er nun doch Angst, aber auf seinem Gesicht breitete sich auch ein Ausdruck von Trotz aus, den Bremer gut genug kannte. »Es würde ihn umbringen. Wollen Sie das?«

Die Pistole in Sendigs Hand bewegte sich eine Winzigkeit höher und zielte nun genau zwischen die Augen des Arztes. »Wollen Sie lieber sterben?«

Der Arzt wurde immer nervöser. Aber er rührte sich nicht, sondern schürzte nun trotzig die Lippen. »Sie schießen nicht«, behauptete er nervös. »Was hätten Sie schon davon? Außerdem kann ich ihn gar nicht wecken, selbst wenn ich wollte.«

Sendig seufzte tief. Er drehte den Kopf und sah kurz aus dem Fenster, dann stand er auf, trat in gebeugter Haltung mit einem Schritt auf den Arzt zu – und schlug ihm mit dem Lauf der Pistole quer über das Gesicht. Bremer fuhr erschrocken hoch, während der Arzt mit einem überraschten Keuchen halb von seinem Schemel kippte und gegen die Liege mit dem bewußtlosen Mark gefallen wäre, hätte Sendig ihn nicht aufgehalten. Er stieß ihn grob auf den Schemel zurück und sagte in einem leisen, aber sehr entschlossenen Ton: »Ich wäre Ihnen sehr verbunden, wenn Sie es wenigstens versuchen würden, Herr Doktor.«

Die Sprechanlage knisterte. »Ist alles in Ordnung dahinten?«

»Ja«, antwortete Sendig. »Das heißt: nicht ganz. Bitte halten Sie an der nächsten Kreuzung an und kommen Sie nach hinten. Und Ihr Kollege auch.« Er wartete, bis das winzige Licht der Sprechanlage erlosch, dann wandte er sich wieder an den Arzt. »Also?«

»Sie sind ja wahnsinnig!« stöhnte der Mann. Er hatte die Hand auf das Gesicht gepreßt und schien hörbar Mühe zu haben, überhaupt zu reden.

»Möglich«, antwortete Sendig. »Bedenken Sie diesen Umstand, ehe Sie irgend etwas tun.«

Bremer saß noch immer wie gelähmt da. Er verstand selbst nicht, warum er nichts unternahm. Es wäre die Gelegenheit gewesen, sich auf Sendig zu stürzen und ihn zu entwaffnen. Er stand unmittelbar vor ihm, drehte ihm aber den Rücken zu, und der Lauf seiner Pistole war auf den Boden gerichtet. Selbst wenn er voraussetzte, daß Sendig verrückt war und auf nichts und niemanden mehr Rücksicht nehmen würde, standen seine Chancen nicht schlecht. Aber statt es zu versuchen, saß er nur einfach weiter da und rührte sich nicht. Das war also das Ende seiner Karriere, dachte er. Er hätte auf seine innere Stimme hören und Sendig zum Teufel jagen sollen, als er heute morgen an seiner Tür geklopft hatte.

»Hören Sie zu!« stöhnte der Arzt. »Sie verstehen das nicht. Der Junge hat einen schweren Schock. Das ist nicht so harmlos, wie die meisten Laien glauben. Er kann daran sterben!«

»Wenn Sie es nicht tun, werden vielleicht noch sehr viel mehr Menschen sterben, Doktor«, sagte Sendig ernst. »Ich verlange nicht, daß Sie es verstehen, aber glauben Sie mir – es geht um mehr als sein Leben. Und wenn Sie es nicht glauben wollen, bleiben Sie einfach bei Ihrer Meinung, daß ich verrückt und völlig ausgerastet bin.«

Das Motorengeräusch veränderte sich. Bremer sah aus dem Fenster und bemerkte, daß der Wagen langsamer zu werden begann und an den Straßenrand rollte. Sie fuhren ohne Sirene, aber mit eingeschaltetem Blaulicht. Nach einigen Augenblicken hielt der Wagen an. Bremer konnte hören, wie die beiden Sanitäter ausstiegen und um das Fahrzeug herumeilten.

Sendig trat einen halben Schritt zurück und wartete, bis die beiden hinteren Türen geöffnet wurden. Erst dann drehte er sich langsam herum und hob seine Waffe. »Guten Abend, meine Herren«, sagte er fröhlich. »Es besteht kein Grund zur Panik. Betrachten Sie sich als gekidnappt. Wenn Sie vernünftig sind und mich und meinen Begleiter nach Kuba fliegen, wird niemandem etwas geschehen.«

Niemand lachte. Die beiden Männer starrten Sendig nur vollkommen verdattert an. Offensichtlich erging es ihnen nicht anders als dem Arzt gerade: Sie verstanden gar nicht, was geschah. »Soll... soll das ein Witz sein?« fragte einer der beiden.

»Keineswegs«, antwortete Sendig. Er lächelte noch immer, aber eigentlich war es gar kein Lächeln. Es war eine Grimasse, über deren wahre Bedeutung Bremer lieber nicht nachdenken wollte. »Wenn ich Sie um Ihre Funkgeräte bitten dürfte?«

Bremers Blick fiel auf die Straße hinter den beiden Männern. Sie befanden sich in einer menschenleeren, schäbigen Gegend – kopfsteingepflasterte Straßen, die von tristen Industrie- und Lagerhallen gesäumt wurden und tagsüber vielleicht von Leben pulsierten, jetzt aber zum größten Teil unbeleuchtet und still dalagen.

Das Blaulicht rotierte noch immer und warf zuckende Lichtreflexe auf die Ziegelsteinmauern, wie der Widerschein eines lautlosen, gleichmäßigen Gewitters. Irgend etwas *war* dort draußen. Bremer konnte es spüren. Irgendwo in diesen regelmäßig erscheinenden und wieder mit der Nacht verschmelzenden Schatten waren unsichtbare Augen, die ihn anstarrten, belauerten, gierig, drohend, abwartend... Er war da. Er war die ganze Zeit über in seiner Nähe gewesen, ein unsichtbarer Schemen, der stets in den Schatten lauerte und dem keiner seiner Schritte entging. Ganz plötzlich begriff Bremer, wie sinnlos alle seine Versuche gewesen waren, vor ihm davonzulaufen. Wie konnte er vor etwas fliehen, das Teil von ihm war?

Die beiden Sanitäter hatten mittlerweile wohl begriffen, daß Sendig keineswegs scherzte, und legten zögernd ihre Sprechfunkgeräte auf den Wagenboden. »Sehr vernünftig«, sagte Sendig. »Und wenn ich Sie jetzt noch um Ihre Geldbörsen bitten dürfte? Keine Sorge – ich will Sie nicht bestehlen. Ich möchte nur sichergehen, daß Sie nicht telefonieren.«

Die Männer gehorchten auch diesmal, aber einer sagte: »Was soll denn der Unsinn? Was glauben Sie, wie weit Sie mit der Kiste kommen?«

»Weit genug«, antwortete Sendig. Er wandte sich an Bremer: »Können Sie den Wagen fahren?«

Bremer sah weiter die Straße hinab. Einer der Schatten dort draußen bewegte sich in einem anderen Rhythmus als dem des flackernden Blaulichts. Er kam nicht näher, aber er schien zu wachsen, als erhielte er mit jedem neuen Zyklus von hell nach dunkel ein wenig mehr Substanz. Er konnte ihn immer noch nicht wirklich erkennen, aber das brauchte er auch nicht. Er wußte, was es war: etwas Großes, Glitzerndes, mit Klauen und Zähnen und einem Paar gewaltiger stählerner Schwingen...

»Bremer?«

»Ja«, sagte der mühsam. »Ja, okay. Ich... kann ihn fahren. Aber er hat recht – wir kommen keine zwei Kilometer weit.«

»Einen Krankenwagen zu kidnappen ist eine ziemlich bescheuerte Idee«, pflichtete ihm der Fahrer bei.

Auf Sendigs Gesicht erschien ein Ausdruck grimmiger Zufriedenheit. »Stimmt«, sagte er. Er wandte sich an den Arzt. »Doktor?«

Der Arzt starrte ihn an. »Ich beuge mich der Gewalt«, sagte er. »Aber ich warne Sie. Wenn der Junge stirbt, dann ist das Mord – und der geht auf Ihr Konto.«

Sendig antwortete nichts darauf. Nach einigen weiteren Sekunden erhob sich der Arzt, öffnete eine Schublade und zog eine bereits fertig aufgezogene, in Cellophan eingeschweißte Spritze hervor. »Das ist Wahnsinn«, murmelte er, während er die Verpackung abriß und die Nadel in den durchsichtigen Plastikschlauch stach, aus dem die Infusionslösung in Marks Vene tropfte. »Mit einer fünfzigprozentigen Wahrscheinlichkeit wird es ihn umbringen.«

»Wie lange dauert es, bis es wirkt?« fragte Sendig unbeeindruckt.

»Keine Ahnung.« Der Arzt hob die Schultern. »Fünf Minuten... zehn. Wenn überhaupt.«

»Wunderbar«, sagte Sendig. Er wedelte mit der Pistole. »Wenn Sie sich jetzt bitte zu Ihren Kollegen begeben würden, Herr Doktor. Ihr Funkgerät und Ihre Geldbörse, bitte.«

Der Arzt legte die verlangten Gegenstände neben die der beiden Sanitäter auf den Wagenboden, drehte sich dann aber noch einmal herum und zog eine weitere cellophanverpackte Wegwerfspritze aus einer Schublade. Er reichte sie Bremer. »Wenn er kollabiert, geben Sie ihm das«, sagte er. »Ich weiß nicht, ob es hilft, aber es ist das einzige, was ich noch tun kann.« *Du hättest mehr tun können,* fügte sein Blick hinzu. *Du hättest diesen Verrückten aufhalten können. Vielleicht kannst du es noch. Ehe er den Jungen umbringt.* Bremer hatte nicht die Kraft, diesem Blick länger als eine Sekunde standzuhalten. Er schob die Spritze in die Innentasche seiner Jacke, wobei er sorgsam darauf achtete, die Nadel nicht zu verbiegen, und wandte sich ab.

Bremers Blick suchte die Straße ab. Es war da. Und es kam näher; immer dann, wenn das zuckende Blaulicht für einen Moment erlosch, kam es näher: eine schwarze Schimäre, die geduckt von Schatten zu Schatten sprang, wie ein Raubtier, das sich an seine Beute heranpirschte. Er war sicher, solange er hier drinnen blieb, aber wenn er den Wagen verließ, würde es ihn kriegen. Er schloß die Augen, aber es nutzte nichts. Der Terror fand *hinter* seinen Lidern statt.

»Geben Sie doch auf, Mann!« Der Arzt versuchte ein letztes Mal, an Sendigs Vernunft zu appellieren. »Ich... ich verspreche Ihnen, daß niemand etwas davon erfährt. Keiner von uns wird etwas sagen. Wenn dem Jungen nichts geschieht, vergessen wir die Sache einfach!«

Sendig deutete mit der Pistole die Straße hinab. »Gehen Sie, Doktor. Wenn Sie sich beeilen, sind Sie in zehn Minuten an der Hauptstraße und können einen Wagen anhalten. Und wenn Sie noch einen guten Rat von mir wollen: Vertrauen Sie in den nächsten Tagen niemandem. Erzählen Sie vor allem niemandem, daß Sie mit dem Jungen in Berührung gekommen sind. Und jetzt verschwinden Sie!«

Die drei Männer drehten sich um. Die ersten Schritte gingen sie noch langsam, aber dann verfielen sie in einen schnellen Laufschritt und rannten schließlich. Sendig wedelte ungeduldig mit seiner Waffe. »Bremer! Fahren Sie los. Wir haben nicht viel Zeit. Und schalten Sie dieses verdammte Blaulicht aus.«

Bremer wollte aus dem Wagen steigen, aber er konnte es nicht. Er war wie gelähmt. Das Ding war dort draußen. Es wartete auf ihn. Er war verloren, wenn er die Sicherheit des Wagens verließ.

»Was ist mit Ihnen, Bremer?« fragte Sendig. Er klang plötzlich alarmiert. »Stimmt etwas nicht?«

Bremers Hände und Knie begannen zu zittern. Er war wieder fünf Jahre alt und lag mit über den Kopf gezogener Decke im Bett, und draußen schlich das Monster herum. Es war stickig unter der Bettdecke, es war heiß, und er bekam kaum noch Luft, aber das Monster würde ihn kriegen, sobald er die Decke auch nur um einen Spalt hob.

»Er... kommt«, flüsterte Bremer.

Sendigs Augen wurden schmal. Eine Sekunde lang starrte er ihn an, dann folgte er seinem Blick und sah lange und mißtrauisch auf die Straße hinaus. Vielleicht nahm er ebenfalls etwas wahr, vielleicht auch nicht. Nach einigen Sekunden jedenfalls steckte er die Waffe ein und deutete über die Schulter zurück zur Fahrerkabine. »Also gut. Ich fahre. Bleiben Sie hier und achten Sie auf den Jungen.«

35. Kapitel

Petri hatte zu beten begonnen. Obwohl er ein zutiefst gläubiger Mensch war, hatte er seit Jahren nicht mehr gebetet. Jetzt tat er es. Seine Lippen bewegten sich lautlos, denn er hatte die Worte vergessen, aber die bloße Tätigkeit spendete ihm Trost. Er wußte nicht mehr, warum, aber da war etwas wie ein warmes Feedback in ihm, der Schatten einer verblassenden Erinnerung, der ihm noch eine Spur von Wärme vermittelte. Er konnte sich nicht erinnern, es getan zu haben, aber er mußte Sillmann wohl in den nächsten Keller gefolgt sein, denn sie waren in einem anderen Raum. Er enthielt Dinge, die ihn erschreckten, ohne daß er wußte, warum.

»Sie haben alles dabei?« fragte… *wer?* Sillmann? Petri antwortete nicht, aber er hörte, wie Sillmann sich herumdrehte und auf ihn zukam. Dann berührte er ihn an der Schulter, und Petri mußte die Augen öffnen. Bisher hatte er es nicht gewagt. Die Dunkelheit hinter seinen Lidern machte ihm angst, aber solange er sie geschlossen hielt, konnte er sich wenigstens *einreden,* daß auf der anderen Seite Licht war und eine Welt, die nicht Stück für Stück erlosch.

»Was ist mit Ihnen, Doktor?« fragte der Mann, dessen Namen er vergessen hatte. »Fühlen Sie sich nicht wohl?«

Petris Blick irrte unstet durch den Raum. Die Welt war noch da, aber sie war jetzt asymmetrisch. Der Keller hatte keine geometrisch erkennbare Form mehr. Die Stücke, die die Wirklichkeit eingebüßt hatte, waren größer geworden. Er befand sich im Inneren eines Ballons, der unaufhaltsam schrumpfte. Aber noch war etwas da. Ein Stück Wand, das nahtlos in die gegenüberliegende Seite des Raumes überging, obwohl der Boden davor unversehrt geblieben war, ein Fragment der Tür, über dem ein sichelförmiges Fragment der Decke begann. Noch während er hinsah, wich wieder ein wenig Luft aus dem Ballon. Das Universum schrumpfte.

»Sie brauchen keine Angst zu haben«, sagte das Gesicht vor ihm. »Wenn wir die Nerven behalten, kann gar nichts passieren. Wir haben es schon einmal geschafft, und damals war es viel gefährlicher als heute.« Er sah Petri an, wartete vergebens auf eine Antwort und rüttelte schließlich unsanft an seiner Schulter. Petri rührte sich nicht. Er wußte nicht, wer dieses Gesicht vor ihm war, und die Worte hatten jede Bedeutung verloren. Er hatte auch aufgehört zu beten. Er wußte nicht mehr, wie es ging und zu *wem* er hätte beten sollen.

»Verdammt, Petri, reißen Sie sich gefälligst zusammen!« schnauzte Sillmann. »Machen Sie nicht ausgerechnet jetzt schlapp!« Er packte Petri an beiden Schultern und schüttelte ihn so heftig, daß seine Zähne aufeinanderschlugen. »Ich brauche Sie!«

Der Raum war weiter zusammengeschmolzen. Er war jetzt kleiner, als er eigentlich sein konnte, um ihnen beiden Platz zu bieten, eine winzige, schrumpfende Blase der Wirklichkeit, um die herum nichts mehr war – nicht einmal mehr Leere. Und doch war plötzlich noch etwas da: eine schwarze Gestalt, die hinter dem namenlosen Gesicht vor ihm stand und ihn anstarrte. In der sich immer weiter ausbreitenden Leere in seinem Kopf blitzte noch einmal eine Erkenntnis auf: Er wußte, *wer* er war, und er wußte auch, *warum* er hier war. In Wahrheit war er die ganze Zeit über in seiner Nähe gewesen, all die Jahre und Jahre, die vergangen waren.

»Ja, so ungefähr habe ich mir das vorgestellt«, sagte Sillmann. »Aber gut – geben Sie her!« Mit einer groben Bewegung riß er Petri die Arzttasche aus der Hand und begann hektisch darin herumzukramen. Schließlich hob er ein ledernes Spritzenetui in die Höhe und ließ die Tasche achtlos fallen.

»Ist es das? Das ist es, nicht wahr? Also gut, dann mache ich es eben selbst. Ich werde auch allein damit fertig, verdammt. So, wie ich immer allein mit allem fertig werden mußte.«

Er klappte das Etui auf. Darin lag eine verchromte Spritze mit großen Scherengriffen, in deren Glaskolben eine goldfarbene Flüssigkeit schimmerte. *Sie* war der Grund, aus dem der Vernichter gekommen war. Sie hatten ein Leben ausgelöscht, sanft, schmerzlos, aber auch ohne Gnade. Seinen schlimmsten Alptraum hatte er einem anderen angetan. Nicht der Tod, sondern die Vorstellung eines Endes, dem nichts mehr folgte, hinter dem nur noch eine allumfassende Leere wartete. Er hatte ihn getötet, ohne ihn umzubringen.

»Petri, verdammt, *sagen Sie etwas!*« verlangte Sillmann. »Scheiße, das hat mir gerade noch gefehlt. Also gut, dann mache ich es allein. Stellen Sie sich in irgendeine Ecke, und zittern Sie meinetwegen ein bißchen vor Angst, aber stören Sie mich wenigstens nicht.«

Petri schwieg. Er hatte vergessen, wie man sprach. Die Schwärze in seinem Inneren war absolut, und die Welt vor seinen Augen erlosch in diesem Moment. Sillmann verschwand, der letzte, winzige Ausschnitt der Wirklichkeit löste sich auf, und dann gab es nur noch ihn und den schwarzen Koloß, der ihn aus unsichtbaren Augen anstarrte.

Und dann nicht einmal mehr das. Es gab nur noch ihn. Kein Hier, kein Jetzt, keine Erinnerungen oder Gefühle; in der allumfassenden Leere, durch die er glitt, war nicht einmal mehr Platz für Furcht.

Petri war allein.

Die Ewigkeit wartete.

36. Kapitel

Sie konnten nur wenige hundert Meter weit gefahren sein. Sendig war einmal abgebogen und hatte den Wagen dann auf den Hof eines verlassenen Fabrikgeländes gelenkt und so geparkt, daß er von der Straße aus nicht sofort gesehen werden konnte, ehe er wieder nach hinten zu ihm und dem Jungen gekommen war. Mark war noch immer nicht wach geworden, aber Bremer hatte das Gefühl, daß er sich jetzt ein wenig stärker bewegte. Seine Hand suchte immer wieder nach der Spritze in seiner rechten Jackentasche. Er war beinahe froh, daß Sendig gekommen war. Die wenigen Minuten, die er allein mit dem Jungen hier hinten im Wagen zugebracht hatte, waren ihm wie eine Ewigkeit vorgekommen. Er war nahe daran gewesen, ihm aus reiner Panik die Injektion schon jetzt zu geben.

»Warum zum Teufel wird er nicht wach?« fragte Sendig. Der Krankenwagen war zu klein, um unruhig darin auf und ab zu marschieren, und so bewegte er sich nervös auf der Stelle. Er sah sehr blaß aus, und in seinem Blick war noch immer das gleiche wilde Flackern, das Bremer vorhin schon so erschreckt hatte.

»Der Arzt hat von fünf Minuten gesprochen, vielleicht sogar zehn«, sagte Bremer. »So lange sind wir noch gar nicht unterwegs.«

»Ich weiß«, sagte Sendig nervös. »Aber fünf Minuten können eine verdammt lange Zeit sein, wenn man wartet. Eine Ewigkeit.«

Bremer sah an ihm vorbei auf das Gesicht des bewußtlosen Jungen herab, und plötzlich ergriff ihn ein Gefühl von Unwirklichkeit. Dies alles war ein Alptraum, damit hatte er sich schon abgefunden – aber nun begann er wirklich *absurd* zu werden. Großer Gott, hatte er das wirklich alles erlebt? Saß er wirklich hier und hatte Sendig dabei geholfen, einen Krankenwagen zu kidnappen und einen halbtoten Jungen zu entführen?!

»Sagen Sie mir, warum«, flüsterte er. Seine Stimme war ganz leise, aber sie klang verzweifelt, beinahe flehend. »Bitte sagen Sie mir, warum ich das alles getan habe!«

»Wissen Sie das immer noch nicht?« antwortete Sendig, beinahe ebenso leise, aber in einem gänzlich anderen Ton. »Wegen dem, was Sie gesehen haben.« Er machte eine Kopfbewegung zur Tür. »Wegen des *Dings,* das dort draußen auf Sie wartet. Aber wissen Sie was, mein Freund? Sie können rennen, so weit und so lange sie wollen – es wird immer schon da sein, wenn Sie ankommen. Es ist nicht dort draußen. Es ist in *Ihnen.* «

Bremer sah ihn groß an. »Sie wissen – ?«

Sendig unterbrach ihn. Die Karikatur eines Lächelns verzerrte seine Lippen, aber nicht einmal sie vermochte die Furcht in seinem Blick auszulöschen. »Sehen Sie doch in den Spiegel, Mann«, sagte er. »Ich weiß nicht, was Sie dort draußen gesehen haben, oder vorhin, im Treppenhaus im Präsidium, und, ehrlich gesagt, ich bin auch nicht scharf darauf, es zu wissen. Aber was immer es ist, es treibt Sie vor Angst fast in den Wahnsinn – habe ich recht?«

Bremer nickte. Er schwieg.

»Sehen Sie«, sagte Sendig leise und nun gar nicht mehr lächelnd, »und das ist der Grund, aus dem wir hier sind. Aus dem dieser arme Junge da wahrscheinlich die Nacht nicht überlebt, aus dem ein Dutzend Menschen gestorben oder verrückt geworden sind und aus dem sie uns jagen.«

»*Sie.* Es sind die gleichen, die Sie damals –«

»Die mich gekauft haben, ja«, fiel ihm Sendig ins Wort. »Sprechen Sie es ruhig aus. Ich habe mich kaufen lassen, und es war der größte Fehler meines Lebens. Sie haben mir nicht gesagt, was ich wirklich dafür bezahlen muß.«

»Und wer sind ... *sie?*« fragte Bremer zögernd.

Sendig hob die Schultern. »Ich weiß es nicht. Der MAD, der Verfassungsschutz, die Amerikaner... Wahrscheinlich alle zusammen. Ich habe versucht, es herauszubekommen, aber es ist mir nicht gelungen. Auf jeden Fall steckt die CIA mit drin und das Pentagon. Es sind die gleichen, die Sillmann bezahlt haben, aber das ist auch alles, was ich weiß.«

»Sillmann?«

»Sillmann«, bestätigte Sendig. Er warf einen prüfenden Blick in Marks Gesicht, als wolle er sich davon überzeugen, daß der Junge noch schlief und nicht etwa hörte, was er sagte. »Seinen Vater. Und Löbach. Und wahrscheinlich noch eine ganze Menge anderer. Die meisten von ihnen dürften mittlerweile tot sein. Es lohnt sich selten, ein Geschäft mit dem Teufel zu machen.« Er schwieg für einige Sekunden, dann griff er in die Manteltasche und zog eine Packung Zigaretten hervor. Die Luft im Wagen wurde schon nach dem ersten Zug schlecht, und Bremer mußte husten, aber er protestierte nicht.

»Ich habe Sie belogen, als ich behauptet habe, daß ich nicht weiß, was die Schrift an Löbachs Wand bedeutet«, fuhr er nach einer Weile fort. »AZRAEL – erinnern Sie sich?«

»Der Todesengel?«

»Auch«, sagte Sendig. »Aber in diesem Fall nicht. Es ist der Name einer Droge. Ich weiß nicht alles darüber, aber genug, um mir den Rest zusammenreimen zu können. Löbach und Sillmann haben sie gemeinsam entwickelt. Ich glaube, sie hatten vor, so etwas wie eine unschädliche Ersatzdroge zu entwickeln, eine Art Methadon, vielleicht sogar wirklich in bester Absicht. Aber herausgekommen ist etwas ganz anderes. Inwieweit kennen Sie sich mit Drogen aus, Bremer?«

»Soweit mein Job es verlangt«, antwortete Bremer. Nach einer Sekunde fügte er hinzu: »Nicht besonders.«

»Aber Sie wissen immerhin, daß es Drogen gibt, die das Bewußtsein auf eine ganz bestimmte Weise verändern?« fragte Sendig. »Ich meine, sie erzeugen nicht nur Halluzinationen, sondern... erweitern Ihr Bewußtsein.«

»Das sagt man«, sagte Bremer. »Aber ich glaube es nicht.«

»Glauben Sie es ruhig«, antwortete Sendig. »AZRAEL wirkt jedenfalls genau so. Sie gehen auf einen Trip, aber es ist ein ganz besonderer Trip. Sehen Sie – Sillmann und Löbach haben am Anfang wahrscheinlich nicht einmal selbst gewußt, *was* sie da gefunden haben, aber ich denke, es muß ihnen sehr schnell klargeworden sein. AZRAEL war nicht irgendein Acid, das man sich einwirft, sondern ein...« Er suchte nach Worten und zog zwischendurch nervös an seiner Zigarette. »Haben Sie schon einmal von Peyote gehört?«

Bremer verneinte.

»Eine Droge, die – unter anderem – die südamerikanischen Indianer konsumieren«, sagte Sendig. »Nehmen Sie sie allein, wirkt sie wie irgendeine Droge. Aber in der Gruppe eingenommen, und vor allem über längere Zeit, bewirkt sie tatsächlich eine Art von Gemeinschaftserlebnis.«

»Sie meinen, gemeinsame Halluzinationen?« vergewisserte sich Bremer.

»Auch«, bestätigte Sendig. Er seufzte. »Aber nicht nur. Wenn ein paar Leute das Zeug gemeinsam einnehmen, dann werden sie irgendwie... eins. Sie haben die gleichen Gefühle, die gleichen Gedanken.«

»Das klingt ein bißchen phantastisch, finden Sie nicht?« fragte Bremer.

»Ich habe es ausprobiert«, sagte Sendig.

Das Eingeständnis überraschte Bremer nicht einmal. »Und AZRAEL?«

»Hatten Sie einmal einen VW-Käfer oder eine Ente?« fragte Sendig.

Bremer nickte. »Ja. Aber – «

»Dann wissen Sie, wie Peyote wirkt«, sagte Sendig. »Und jetzt versuchen Sie sich einen Ferrari Testarossa daneben vorzustellen oder eine Mondrakete, und Sie haben AZRAEL. Sillmann und Löbach haben eine Droge entwickelt, mit der sich die Gefühle einer beliebigen Gruppe von Menschen verschmelzen lassen – und wahrscheinlich nicht nur ihre Gefühle.

Und sie kann noch mehr. Haben Sie AZRAEL einmal eingenommen und sich daran gewöhnt, dann können Sie jedes Gefühl – Liebe, Haß, Angst, Glück – bis ins Unermeßliche steigern. Aber Löbach und Sillmann fanden noch etwas anderes, höchst Erstaunliches heraus: Nahm eine Gruppe von Menschen gemeinsam AZRAEL, dann dominierten die Gefühlswünsche desjenigen, der die höchste Dosierung eingenommen hatte, die veränderten Gefühle der *ganzen Gruppe.* Begreifen Sie, was das bedeutet?«

»Nicht... genau«, sagte Bremer – obwohl er es nur *zu genau* verstand.

»Die totale Kontrolle«, sagte Sendig. »Sie werden im Grunde nicht wirklich süchtig nach der Droge. Sie werden süchtig nach dem, der die Gruppe beherrscht. Er wird Ihr Gott. Er kann Ihnen befehlen, was er will, und er muß Sie nicht einmal zwingen, seinen Wünschen zu gehorchen – weil Sie eigentlich *er* sind. Es gibt eine Menge Drogen, die die Persönlichkeit verändern. Aber AZRAEL kann sie *auslöschen* und Ihnen eine andere geben, ohne daß es irgend jemand bemerkt. Nicht einmal Sie selbst.«

»Das würde bedeuten –«

»Die absolute Macht«, sagte Sendig. »Der Höchstdosierte konnte seine Gefühle den anderen Mitgliedern der Gruppe einfach aufzwingen... Für das Militär ließen sich da äußerst interessante Anwendungsmöglichkeiten vorstellen. Leider machte Löbach in seinem Forschungseifer einen verhängnisvollen Fehler. Um endlich mit genügend Menschen experimentieren zu können, redete er seiner drogenbegeisterten Freundin ein, man könnte mit der harmlosen Droge – vergessen Sie nicht, AZRAEL macht nicht süchtig, zumindest nicht physisch – die Lernfähigkeit von Menschen steigern und bereits abhängige Jugendliche heilen. So entstand eine Art *Meditationsgruppe* größtenteils drogensüchtiger Jugendlicher, die unter Löbachs Aufsicht auf AZRAEL umprogrammiert wurden – wobei Löbach die anderen völlig dominierte. Er erzielte erstaunliche Erfolge. Es dauerte nicht lange, bis das Gerücht von einer neuen Wunderdroge die Runde machte. So etwas war damals allerdings fast alltäglich. Sie wissen ja, wie das vor ein paar Jahren war. Jede Woche brachte irgendein verrückter Chemiestudent eine neue Designer-Droge auf den Markt. Trotzdem – ich war damals schon hinter Löbach her, aber ich konnte ihm nie etwas beweisen. Heute ist mir klar, warum. Er hatte Freunde. Ziemlich mächtige Freunde, die ihn gedeckt haben.«

»Und was hat *er* damit zu tun?« Bremer deutete auf Mark. »Ich meine – als die ganze Geschichte passierte, da kann er doch noch gar nicht gelebt haben.«

»Stimmt«, sagte Sendig. »AZRAEL war trotz allem ein Fehlschlag. Sie kamen erstaunlich weit, aber Löbachs Ziel, die totale Kontrolle, haben sie nie erreicht. Ich weiß nicht, was schiefging. Irgend etwas fehlte vielleicht... Keine Ahnung. Jedenfalls versiegte Sillmanns Geldquelle irgendwann, und ich nehme an, sie haben ihm auch zu verstehen gegeben, daß sie ihn nicht weiter decken würden. Auf jeden Fall haben sie aufgehört. Für eine Weile wenigstens.«

»Aber spätestens dann hätten Sie ihn schnappen können«, sagte Bremer.

»Löbach?« Sendig lachte. »Sie kennen unsere BMW-fahrenden Freunde nicht. Einmal dabei, immer dabei. Sie haben ihm auf die Finger geklopft, aber glauben Sie wirklich, sie hätten zugelassen, daß ein kleiner Polizeibeamter wie ich anfängt, ihn zu verhören? Ich hätte eine Menge unangenehmer Fragen stellen können – und sie hätten vielleicht nicht nur Löbach und Sillmann betroffen.«

»Aber irgendwann hat er dann wieder angefangen«, vermutete Bremer.

»Er hat nie aufgehört«, verbesserte ihn Sendig. »Er war nur vorsichtiger. Und sie haben etwas gesucht. Etwas ganz Bestimmtes. Und schließlich haben sie es gefunden.« Er deutete auf Mark. »Ihn.«

»Was?«

»Er ist etwas Besonderes«, sagte Sendig. »Verstehen Sie mich nicht falsch – er ist weder Superboy noch irgendeine Art Wunderkind. Aber er war *da*, und er war jederzeit und völlig gefahrlos greifbar.«

Bremers Augen weiteten sich vor Unglauben, als er begriff, was Sendig meinte. »Moment«, sagte er. »Sie... Sie wollen behaupten, Sillmann hätte *mit seinem eigenen Kind* experimentiert?«

»Schockiert Sie das?« fragte Sendig ruhig. »Bremer, in welcher Welt leben Sie? Wissen Sie überhaupt, wozu Menschen fähig sind?«

»Aber das ist ... «

»Ungeheuerlich?« schlug Sendig vor. »Unmenschlich? Grausam? Möglich. Ich werde Sillmann fragen, wenn wir ihn treffen. Vielleicht hatte er auch andere Gründe, wer weiß. Ich habe das alles nicht auf einmal herausgefunden. Ich trage seit sechs Jahren Stücke eines Puzzlespieles zusammen, und ich habe längst nicht alle gefunden. Aber was ich weiß, ist, daß Löbach und Sillmann offensichtlich mit dem Jungen experimentiert haben. Sie haben eine neue Version von AZRAEL gebastelt – sozusagen eine Mark-Sillmann-Version.«

»Das verstehe ich nicht«, gestand Bremer.

»Drogen wirken auf die Körperchemie des Menschen«, sagte Sendig. »Und dieses neue AZRAEL, das Löbach entwickelt hat, wirkte ganz gezielt auf die des Jungen. Er muß die Droge sozusagen maßgeschneidert haben. Die Idee war nicht einmal besonders neu, aber Löbach und Sillmann waren die ersten, die sie in die Tat umgesetzt haben. An ihren eigenen Kindern. Mark Sillmann und Claudia Löbach. Und soviel ich weiß, hatten sie Erfolg.« Sein Gesicht verdüsterte sich. »Wahrscheinlich mehr, als sie wollten. Das gehört zu den Mosaiksteinen, die mir noch fehlen. Ich weiß nicht, was genau geschehen ist. Löbach muß wohl eine neue AZRAEL-Gruppe gegründet haben. Mark, Claudia und noch sechs oder sieben andere Kinder, alle ungefähr im gleichen Alter. Ich schätze, daß es ein, zwei Jahre lang gutgegangen ist.«

»Und dann?«

»Irgend etwas ist passiert«, antwortete Sendig. »Niemand weiß genau, was. Irgend etwas... *Unvorstellbares*. Sie haben es ja selbst gesehen. Irgend etwas ist schiefgegangen, aber ich weiß nicht, was. Und ich bin ziemlich sicher, daß Löbach und Sillmann es auch nicht genau wußten. Auf jeden Fall waren vier von ihnen tot – und der Rest vielleicht noch schlimmer dran.« Er sah wieder auf Mark herab, und es vergingen lange Sekunden, bis er weitersprach. »Aber was immer es war – es hat mit *ihm* zu tun.«

»Wieso?« fragte Bremer.

Sendig lachte bitter. »Mann, ich denke, Sie sind Polizeibeamter! Zählen Sie zwei und zwei zusammen. Er war nicht mehr in diesem Keller, als wir gerufen wurden, oder?«

»Sillmann wird ihn weggeschafft haben«, vermutete Bremer.

»Natürlich hat er das«, sagte Sendig. »Aber er ist auch der einzige, der *nicht* den Verstand verloren hat, nicht wahr? Er ist einfach verschwunden. Und jetzt taucht er nach sechs Jahren wieder auf, und plötzlich scheint alles von vorne loszugehen. Ich weiß, es fällt schwer, es zu glauben, wenn man ihn so da liegen sieht, aber ich schätze, daß dieser harmlose Junge die anderen auf dem Gewissen hat. Auch wenn es nicht seine Schuld ist.«

»Was ist... mit dem Mädchen geschehen?« fragte Bremer schleppend. Er hatte Mühe, sich auf das Sprechen zu konzentrieren. Sendigs Geschichte schockierte ihn zutiefst. Er wußte, daß Menschen zu den furchtbarsten Dingen imstande waren, aber das war... monströs.

»Bis vor ein paar Stunden hatte ich keine Ahnung«, sagte Sendig. »Das war einer der fehlenden Steine. Ich habe mich die ganze Zeit über gefragt, warum *er* es überstanden hat und das Mädchen nicht. Bis ich die Cassette in Artners Wohnung gesehen habe. Das Mädchen auf dem Film ist Claudia Löbach. Sie ist ein paar Jahre älter geworden, aber es gibt gar keinen Zweifel.«

»Oh«, sagte Bremer. »Jetzt verstehe ich, warum Sie so erschrocken waren, als ich sie wiedererkannt habe.«

»Sie verstehen?« Sendig lachte leise. Ohne sich zu Bremer herumzudrehen oder den Blick auch nur eine Sekunde von Marks Gesicht zu wenden, sagte er. »Das glaube ich nicht, Bremer. Das Mädchen auf dem Videoband und die Kleine, mit der sich Mark in der Klinik getroffen hat, sind ein und dieselbe Person, sagen Sie?«

»Ja«, antwortete Bremer. »Was... was soll das? Sie haben sie doch auch gesehen, als sie zusammen aus Sillmanns Haus gekommen sind. Sie *ist* es.«

»Aber das ist nicht möglich«, erwiderte Sendig. Ganz langsam drehte er sich nun doch zu Bremer herum und sah ihn durchdringend an. »Da ist noch eine Kleinigkeit, die ich Ihnen nicht erzählt habe. Sie haben heute morgen nicht nur Professor Artners Leiche in der Zelle gefunden, sondern auch ihre. Sie ist im gleichen Moment gestorben wie er. Claudia Löbach ist seit zweiundzwanzig Stunden tot. «

37. Kapitel

Er hatte die Schritte bereits gehört, als sie die Treppe heruntergekommen waren, aber Sillmann drehte sich erst herum, als die Männer den Keller betraten. Sie waren zu dritt – Berger und zwei andere, die er nicht kannte, die sich aber auf die gleiche Weise ähnelten wie alle, die er jemals in Bergers Begleitung gesehen hatte. Sie waren groß und kräftig, und ihre kantigen Gesichter und der harte Ausdruck in den Augen suggerierten eine fehlende Intelligenz, die sehr wohl da war, sich nur sorgsam verbarg. Männer wie Berger würden keine Dummköpfe in ihrer Nähe dulden. Vielleicht war das, was er für einen Ausdruck mangelnder Intelligenz hielt, auch nur der Blick von Männern, denen sorgsam und mit Erfolg jede Spur von Gewissen wegtrainiert worden war.

»Sie kommen spät«, sagte er. »Ich habe schon eher mit Ihnen gerechnet.« Berger – der Name klang so falsch, daß er beinahe schon wieder echt sein konnte – funkelte ihn zornig an. *Seine* Augen wirkten intelligent, aber auf eine Art, die Sillmann von der ersten Sekunde ihrer Bekanntschaft an angst gemacht hatte und es noch immer tat.

»Es gab ... ein paar Schwierigkeiten«, sagte er.

»Schwierigkeiten?« Sillmann lächelte dünn. »Hat er ihre Männer abgehängt?«

In Bergers Augen blitzte es noch wütender auf, aber noch beherrschte er sich. »Ja«, sagte er gepreßt. »So könnte man es nennen.«

»Er hat sie umgebracht«, vermutete Sillmann. Diesmal antwortete Berger nicht.

Statt dessen kam er mit langsamen Schritten näher, blieb zwei Meter vor Sillmann stehen und deutete auf Petri, der zusammengekauert in einer Ecke saß und aus leeren Augen in die Unendlichkeit starrte. »Was ist mit ihm?« fragte er.

»Er hat auch *Schwierigkeiten*«, antwortete Sillmann. Er hatte die linke Hand noch immer in der Manteltasche, und sie umklammerte noch immer den Griff der kleinen Pistole, die er vorhin aus dem Handschuhfach genommen hatte. Er hatte die Waffe entsichert, als er Bergers Schritte draußen auf der Treppe hörte, aber er bezweifelte trotzdem, daß sie ihm etwas nutzen würde. Die beiden Burschen hinter Berger beobachteten ihn mißtrauisch, und Sillmann wußte, wie gefährlich diese Männer waren. Einer von beiden würde ihn wahrscheinlich erwischen, entweder mit einer Waffe oder sogar mit bloßen Händen. Sillmann beschloß, Berger als ersten zu erschießen, wenn es sein mußte.

»Sie hatten schon immer einen Hang zu melodramatischen Szenen, wie?« fragte Berger. »Konnten Sie sich keinen anderen Ort für dieses Treffen aussuchen?«

Sillmann sah jetzt, daß das, was er für mühsam unterdrückten Zorn gehalten hatte, in Wahrheit Nervosität war. Die Erkenntnis überraschte ihn. Berger hatte niemals irgendeine menschliche Regung gezeigt, die über Ärger oder Hohn hinausging, so lange sie sich kannten. Aber vermutlich hatte er so etwas wie heute auch noch nie erlebt. Sillmann war jetzt sicher, daß er mit seiner Vermutung ins Schwarze getroffen hatte. Bergers Männer waren tot.

»Das hier ist der *einzige* Ort«, sagte er. »Er wird hierherkommen.«

»Woher wollen Sie das wissen?« fragte Berger.

»Ich weiß es eben«, antwortete Sillmann. »Sind Sie allein, oder haben Sie draußen noch Leute postiert?«

»Natürlich«, sagte Berger voller Zynismus. »Die komplette GSG 9 ist auf dem Gelände verteilt, und über den Wolken wartet eine Hubschrauberstaffel auf den Einsatzbefehl.« Er lachte. »Keine Angst – wir werden mit ihm fertig. Wofür halten Sie diesen Jungen? Für Superman?«

Ich wollte, ich wüßte es, dachte Sillmann. Laut sagte er: »Die Frage ist, wofür *Sie* ihn halten.«

»Ich?« Berger machte erregt einen Schritt auf ihn zu und gleich wieder zurück – vielleicht die Sicherheitsdistanz eines Menschen, der es gewohnt war, nicht nur mit Worten zu kämpfen. »Das werde ich Ihnen sagen, Sillmann! Ich halte ihn für genau das, was er ist – ein Monstrum, ein gefährlicher

Geisteskranker, ein Amokläufer. Und genauso werden wir ihn behandeln, wenn er hier auftaucht.«

»Sie werden ihn nicht anrühren«, sagte Sillmann ruhig. »Er ist mein Sohn.«

»Ja, das hat Frankenstein damals wahrscheinlich auch gesagt«, antwortete Berger zynisch. »Er ist ein verdammtes Ungeheuer! Und Sie haben es erschaffen. Sie und dieser Idiot Löbach. Ihr Sohn? Er kann sein, wer er will. Für mich ist er ein Monster, und genauso werden wir ihn auch behandeln, wenn er herkommt. Er hat fünf meiner Leute umgebracht, einfach so.«

»Sie wollen ihn töten«, sagte Sillmann ruhig. Er schüttelte den Kopf und sah sekundenlang nachdenklich auf die zusammengekauerte Gestalt an der Wand neben sich herab. »Davon abgesehen, daß ich nicht glaube, daß Sie das schaffen – dann wäre alles umsonst gewesen.«

»Hören Sie auf, Sillmann!« fauchte Berger. »Das zieht nicht mehr. Sie haben uns lange genug hingehalten.«

»Ich werde nicht – «

»Sie werden gar nichts mehr!« fiel ihm Berger in schneidendem Tonfall ins Wort. »Es ist vorbei, haben Sie das immer noch nicht begriffen? Das Projekt ist gestoppt. Wir sind hier, um die Akte endgültig zu schließen, aus keinem anderen Grund. Was denken Sie, habe ich vor – zuzusehen, wie er weiter durch die Gegend rennt und Menschen umbringt?«

»Aber ich kann ihn aufhalten!« sagte Sillmann.

Berger schnaubte. »Oh, das können wir auch. Und, mit Verlaub gesagt, besser.«

»Sie verstehen nicht«, sagte Sillmann. Er blieb noch immer ganz ruhig, sowohl nach außen als auch innerlich. Sie sprachen hier über seinen Sohn, sein eigenes Kind, und trotzdem empfand er nicht einmal wirklichen Schrecken bei dem Gedanken, daß Berger und seine beiden Begleiter hier waren, um ihn zu töten. Er würde es nicht zulassen, so einfach war das.

»Ich verstehe *was* nicht?« fragte Berger spöttisch. »Daß Sie uns seit sechs Jahren an der Nase herumführen? Wieviel haben Sie aus Washington kassiert, Sillmann? Fünf Millionen? Zehn? Oder war es mehr?«

»Darum geht es nicht«, sagte Sillmann. »Begreifen Sie doch! Damals war er einfach noch nicht soweit, aber jetzt ist er es! Er ist genau das, was Sie haben wollten!«

»Was?« fragte Berger. »Ist er der Terminator oder Alien?«

»Sie sind ein Idiot, Berger«, sagte Sillmann ruhig. »Sie haben nie verstanden, worum es wirklich ging, nicht wahr?«

»Ich verstehe immerhin, was dabei herausgekommen ist«, antwortete Berger. Die Beleidigung schien er nicht einmal zu registrieren. »Und ich werde es beenden.«

»Sie wollen tatsächlich aufgeben?« fragte Sillmann. »Jetzt? Nicht fünf Minuten bevor, sondern *nachdem* wir Erfolg gehabt haben?«

»Es ist vorbei, Sillmann«, sagte Berger noch einmal. »Endgültig.«

»Ja«, sagte Sillmann leise. »Das fürchte ich auch.«

Er beging nicht den Fehler, die Waffe zu ziehen, sondern feuerte durch den Stoff der Manteltasche hindurch. Die erste Kugel traf den Mann links von Berger und tötete ihn auf der Stelle, und der andere reagierte genau so, wie Sillmann erwartet hatte: Er versuchte nicht, eine Waffe zu ziehen, sondern warf sich mit einer blitzartigen komplizierten Drehbewegung nach rechts, die ihn zugleich aus der Schußbahn als auch in eine Position gebracht hätte, aus der heraus er Sillmann angreifen konnte.

Es wäre ihm zweifellos auch gelungen, hätte Berger nicht falsch reagiert. Er machte einen erschrockenen Schritt zurück und prallte gegen ihn. Der Mann geriet für einen winzigen Moment aus dem Gleichgewicht. Er fing sich sofort wieder, aber seine Bewegungen hatten etwas von ihrer Eleganz und Schnelligkeit verloren. Nicht viel, aber genug für Sillmann, die Pistole aus der Manteltasche zu ziehen und zweimal hintereinander abzudrücken.

38. Kapitel

»Sie wissen, daß das unmöglich ist«, sagte Bremer. Er wunderte sich selbst über die Ruhe in seiner Stimme, und zugleich fragte er sich, warum er eigentlich nicht laut über seine eigenen Worte lachte. Unmöglich? Es war genau umgekehrt. Wieviel von dem, was er in den vergangenen vierundzwanzig Stunden erlebt hatte, war eigentlich *möglich?* Sendig machte sich auch nicht einmal die Mühe, darauf zu antworten.

Bremers Hände zitterten immer stärker. Seit Sendig zurückgekommen war, war die hysterische Furcht nicht mehr ganz so schlimm; er war nicht mehr allein, und er fühlte sich auf eine wenn auch vollkommen unlogische Art sogar *sicherer,* seit er wußte, daß das, was mit ihm geschah, irgendwie mit dem bewußtlosen Jungen auf der Trage zu tun hatte – vielleicht, weil es ihm trotz allem immer noch nicht gelang, ihn als seinen Feind zu betrachten. Wenn Sendig recht hatte (verdammt noch mal, das *konnte* er nicht! Was er erzählte, war schlechte Science-fiction, mehr nicht), dann war Mark ungefähr so harmlos wie eine Bombe mit tickendem Zeitzünder, dessen Zifferblatt er nicht lesen konnte, und trotzdem war alles, was er für ihn empfand, ein Gefühl tiefen Mitleids, und wenn er überhaupt Zorn verspürte, dann nur auf die, die ihm das alles angetan hatten: Marks Vater, Löbach und die Männer in den blauen Wagen.

Dafür machte ihm etwas anderes zu schaffen, und das war vielleicht schlimmer. Er begann den Bezug zur Realität zu verlieren. Er wußte nicht mehr, was wirklich war und was Vision. Die Schatten, die ihn verfolgten, die Männer, gegen die er gekämpft hatte – was davon hatte er wirklich erlebt und was nicht? Für einen Moment fragte er sich, ob der ganze zurückliegende Tag vielleicht nicht mehr als ein Alptraum gewesen sei, ein Traum, aus dem er einfach nicht aufwachen konnte, ganz egal, wie sehr er es auch versuchte. Irgend etwas kratzte an der Außenseite des Wagens. Das Geräusch war sehr leise, kaum wirklich hörbar, aber es jagte

Bremer einen eisigen Schauer über den Rücken. Er wußte, was es war.

Sendig sog wieder an seiner Zigarette, hustete und reagierte nun doch auf seine Worte. »Ja. Genauso unmöglich wie das, was Mogrod zugestoßen ist. Oder Ihrem Kollegen Hansen. Oder Löbach. Artner... Soll ich weitermachen? Sie sind alle tot, Bremer. Alle, die damals dabei waren.«

»Alle außer Ihnen«, sagte Bremer. »Jetzt verstehe ich endlich. Das ist der Grund, weshalb Sie plötzlich Ihr Gewissen wiederentdeckt haben, nicht? Ihr Name steht auch auf der Liste. Und mittlerweile wahrscheinlich ganz oben!«

»Und wenn?« fragte Sendig. »Ist es ein Verbrechen, überleben zu wollen?«

»Manchmal ja«, antwortete Bremer. »Es kommt auf die Umstände an. Und darauf, was es kostet. Und ich habe Ihnen tatsächlich geglaubt! Sie haben mir etwas von Ihrem Gewissen erzählt und davon, daß Sie sich nicht noch einmal kaufen lassen wollen. Aber das war alles gelogen. Sie hatten einfach nur Angst.«

»Ja«, gestand Sendig. »Aber es war trotzdem nicht gelogen. Es war *einer* von *zwei* Gründen. Was ich Ihnen heute morgen erzählt habe, war die Wahrheit, glauben Sie es, oder lassen Sie es bleiben.«

»Sie sind ein verdammter Feigling«, murmelte Bremer. »Was mit dem Jungen passiert oder Hansen oder mir, ist Ihnen doch völlig egal!«

»Haben Sie den Ausdruck auf Mogrods Gesicht gesehen?« fragte Sendig leise. Bremer sah ihn fragend an.

»*Ich* habe ihn gesehen«, fuhr Sendig fort. »Und übrigens auch den auf dem Artners – und auf Ihrem eigenen, so ganz nebenbei. Begreifen Sie es immer noch nicht, Sie Trottel? Irgend jemand ist dabei, die große Schlußrechnung zu machen, und was all diesen anderen armen Hunden passiert ist, wird auch mir passieren. Und wahrscheinlich auch Ihnen. Und glauben Sie mir, was immer es ist, es ist schlimmer als der Tod.« Er machte eine zornige Handbewegung. »Möglicherweise passiert es gar nicht wirklich. Vielleicht bilden wir uns das tatsächlich alles nur ein. Aber wissen Sie was, Bremer? Ich schätze, es ist egal. Das Ergebnis bleibt sich gleich, wenigstens für uns.«

Plötzlich schrie er. »Ich weiß nicht, *was* dieser Junge da ist, aber es ist mir auch egal! Ich werde jedenfalls nicht tatenlos zusehen, wie mir dasselbe passiert wie den anderen!«

»Und was wollen Sie tun?« fragte Bremer leise. »Auf Gespenster schießen?«

Bevor Sendig antworten konnte, hörten sie ein leises Stöhnen. Bremer sprang so heftig auf, daß er fast gegen Sendig geprallt wäre, und beugte sich über die Trage auf der anderen Seite. Mark bewegte sich. Sein Gesicht war noch immer so unnatürlich bleich wie zuvor. Seine Hände öffneten und schlossen sich unentwegt, und seine Fingernägel verursachten ein unangenehmes kratzendes Geräusch auf dem Kunstlederbezug der Trage. Er zitterte am ganzen Leib, und Bremer fiel auf, daß sein Schweiß plötzlich durchdringend und sauer roch. Vielleicht stand er am Lager eines Sterbenden. Aber seine Lider waren jetzt nicht mehr ganz geschlossen. Seine Augäpfel blickten trüb.

»Mark?« fragte Sendig. »Sind Sie wach?«

Mark stöhnte wieder. Seine Fingernägel hörten auf, diese schrecklichen kratzenden Geräusche zu verursachen, und seine Hände schlossen sich mit einem Ruck zu Fäusten. Sendig legte ihm die Hand auf die Stirn und zog sie so hastig wieder zurück, als hätte er sich verbrannt.

»Können Sie mich verstehen, Mark?« fragte er. »Antworten Sie, wenn Sie es können. Versuchen Sie es! Es ist wichtig!«

Die Lider des Jungen hoben sich weiter. Sein Blick war noch immer verschleiert. Einen Moment lang irrten seine Augen haltlos hin und her, dann gelang es ihnen, sich auf Sendigs Gesicht zu fixieren. Ein dünner Speichelfaden lief aus seinem Mund und zog eine glitzernde Spur über sein Gesicht, als er zu sprechen versuchte.

»Clau... wo... wo ist... sie?«

»Sie ist nicht hier«, antwortete Sendig. »Aber Sie lebt, keine Angst. Ihr ist nichts geschehen. Verstehen Sie mich?«

Mark war zu schwach, um zu nicken, aber er deutete es mit einer Bewegung der Augen an. »... lebt... zu ihr...«

»Wir bringen Sie zu ihr«, sagte Sendig. »Keine Angst. Es ist alles in Ordnung. Warten Sie einfach einen Moment. Sie werden sich bestimmt gleich besser fühlen.«

Bremer bezweifelte, daß Mark sich irgendwann noch einmal *besser* fühlen würde. Die Wunde in seinem Arm hatte wieder zu bluten begonnen, und einige der Instrumente, an die er angeschlossen war, begannen plötzlich hektischer zu blinken. Bremer verstand nichts von dem, was er da sah, aber er war ziemlich sicher, daß das *kein* gutes Zeichen war. »Was haben Sie vor, Sendig?« flüsterte er. »Wollen Sie ihn umbringen?«

Sendig brachte ihn mit einer herrischen Geste zum Schweigen. »Hören Sie mir zu, Mark«, sagte er. »Verstehen Sie, was ich sage?«

Mark nickte erneut; diesmal sichtbar. Seine Zungenspitze fuhr über seine Lippen und versuchte sie zu befeuchten, und er atmete bewußt tiefer. Vielleicht lag es tatsächlich an dem Mittel, das der Arzt ihm gespritzt hatte, vielleicht war da auch irgend etwas in ihm, das noch einmal alle Kräfte mobilisierte, auch wenn es vielleicht nur ein letztes verzweifeltes Aufbäumen sein würde – aber er erholte sich jetzt zusehends. Seine Augen waren klar.

»Erinnern Sie sich an mich?« fuhr Sendig fort. »Wir haben uns heute morgen gesehen. Im Haus Ihres Vaters.«

»Ich weiß«, sagte Mark schwach. Sein Blick löste sich von Sendigs Gesicht und fixierte Bremer. »Hallo, Herr Bremer. Ist das wieder ein Zufall, daß Sie hier sind?«

»Nein«, sagte Bremer. »Aber Sie sollten nicht reden. Sie – «

»Wir wollen Ihnen helfen, Mark«, fiel ihm Sendig ins Wort. »Ich weiß, daß es Ihnen schwerfallen muß, mir zu glauben, aber wir stehen auf Ihrer Seite.«

»So?« sagte Mark leise. Er versuchte zu lachen, aber es wurde ein Husten daraus. In den Speichel auf seinen Lippen mischten sich winzige Blutströpfchen. »Glauben Sie... wirklich?«

»Wir wissen alles«, sagte Sendig. »Ich weiß, was Ihr Vater und Löbach Ihnen angetan haben, und ich weiß auch von dem Mädchen.«

Marks Kopf fuhr mit einem Ruck herum. »Beate? Wo ist sie? Sie... sie haben sie weggebracht, und –«

»Ihr fehlt nichts«, sagte Sendig hastig, wobei er Bremer einen raschen, fast beschwörenden Blick zuwarf. »Ich kann Sie zu ihr bringen, aber zuerst...« Er zögerte fast unmerklich. Als er weitersprach, klang seine Stimme hörbar angespannter. »Zuerst müssen Sie uns ein paar Fragen beantworten. Einverstanden?«

»Fragen? Was für... Fragen?«

»Ich will Ihr Wort«, sagte Sendig. »Ich möchte, daß Sie mir glauben, daß wir nicht Ihre Feinde sind. Glauben Sie mir?«

Mark sah ihn verständnislos an.

»Ich hatte nichts mit dem zu tun, was damals geschehen ist«, fuhr Sendig fort. »Das ist alles, was ich will: daß Sie mir das glauben. Ich habe von allem nichts gewußt. Ich hätte es verhindert, wenn ich es auch nur geahnt hätte.«

»Warum ... sagen Sie mir das?« murmelte Mark. »*Was* hätten Sie verhindert?«

Sendig wurde immer nervöser. Auch sein Hände zitterten jetzt, und er war fast so bleich wie Mark. »Ich hatte nichts damit zu tun«, sagte er. »Weder mit dem, was Ihr Vater und Löbach getan haben, noch mit der Vertuschungsaktion danach. Ich hätte es nie zugelassen. Das ist alles, was ich von Ihnen will: daß Sie mir das glauben.«

Er war jetzt in Panik, und Bremer begriff mit einem Gefühl plötzlichen kalten Entsetzens, daß er nicht weiterwußte. Er hatte keinen *Plan* – und schon gar keinen Ausweg aus dieser Situation.

Die Wahrheit war, daß er die ganze Zeit über in Panik gehandelt hatte. Nicht er hatte die Dinge bestimmt, sondern die Geschehnisse *sein* Handeln, bis hin zu dieser aberwitzigen Entführung. Vielleicht hatte er tatsächlich geglaubt, daß er einfach nur mit Mark reden müsse, um seinen Hals zu retten, aber jetzt, als er allmählich einsah, daß er sich getäuscht hatte, geriet er endgültig in Panik. Bremer war angespannt. Sendig hatte immer noch seine Waffe.

»Okay, ich glaube Ihnen«, sagte Mark verständnislos. »Aber ich verstehe wirklich nicht –«

»Sie erinnern sich nicht«, sagte Bremer. Sendig starrte ihn fast haßerfüllt an, doch diesmal ließ er sich davon nicht mehr beeindrucken. »Sie wissen gar nicht, wovon wir reden, habe ich recht?« Es kostete ihn große Mühe, weiterzusprechen.

»Wissen Sie, was mit Löbach passiert ist?«

Mark nickte. »Er ist tot. Er hat sich ... umgebracht.«

»Und die anderen?«

»Welche anderen?« fragte Mark. Er versuchte sich aufzusetzen und hätte es vielleicht sogar geschafft, aber Bremer drückte ihn mit sanfter Gewalt zurück.

»Überanstrengen Sie sich nicht«, warnte er. »Sie haben da eine ziemlich üble Verletzung.«

Mark blickte an seinem Arm hinab, und allein die Art, wie er es tat, sagte Bremer, daß er die Wunde bisher weder bemerkt hatte, noch sich erklären konnte, woher sie stammte. Schließlich sah er wieder zu Bremer hoch.

»Welche anderen?« wiederholte er. »Wovon reden Sie?«

Auch Bremer fühlte sich plötzlich hilflos. Es erging ihm im Grunde ja nicht viel anders als Sendig – er versuchte Antworten zu bekommen, ohne die Fragen zu kennen.

Wenigstens hatte er jetzt keine Angst mehr. Irgendwann im Lauf des Gespräches war sie einfach erloschen. Die Vorstellung eines mörderischen Schattens, der den Wagen umschlich und nach einem Eingang suchte, schien ihm mit einem Male wieder ebenso irreal wie die kratzenden Laute, die er zu hören geglaubt hatte. Es war –

»Von Ihren Träumen«, sagte er.

Mark erschrak. »Woher wissen Sie ...?« fragte er impulsiv.

Auch Sendig sah ihn überrascht an, aber Bremer hatte sich gut in der Gewalt. Er war auch gar nicht sehr überrascht. Nicht zum ersten Mal an diesem Abend hatte er das Gefühl, daß es ihm in dieser ganzen Geschichte so erging wie während dieses Gespräches jetzt: daß er die *Antworten* eigentlich kannte und ihm nur die passenden Fragen fehlten. Da war noch etwas, was er wußte: etwas ungeheuer Wichtiges. Aber *dieser* Gedanke entglitt ihm, als er danach zu greifen versuchte.

»Seit wann haben Sie sie?« fragte er. »Seit der vergangenen Nacht?«

»Ja«, antwortete Mark überrascht. »Können Sie Gedanken lesen?«

»Manchmal«, sagte Bremer lächelnd. »Das ist gar nicht so schwer, wie Sie vielleicht glauben. Aber Spaß beiseite, seit wann haben Sie diese Träume? Seit der vergangenen Nacht. So ungefähr gegen eins?« *Seit dem Moment, in dem Löbach sich vom Balkon seiner Wohnung gestürzt hatte.*

Mark nickte verblüfft, und Bremer wußte, daß Sendigs Gesicht jetzt noch ein bißchen mehr Farbe verloren hatte, auch ohne daß er ihn dazu ansehen mußte.

»Warum erzählen Sie uns nicht davon?« fragte er.

»Das ... möchte ich nicht«, antwortete Mark stockend. »Ich kann es nicht.«

Aber schließlich konnte er es doch.

39. Kapitel

Berger hatte für einige Minuten das Bewußtsein verloren, und wahrscheinlich würde er sterben, wenn er nicht zu einem Arzt gebracht wurde. Die Kugel hatte sein Herz verfehlt, aber seine linke Schulter zerschmettert, und unter seinem Rücken bildete sich eine gewaltige Blutlache, deren süßlicher Geruch sich mit dem Staub in der Luft vermengte und den Keller endgültig wieder zu einem Grab werden ließ. Der Kreis begann sich zu schließen, dachte Sillmann. Dieser Raum war eine Gruft gewesen, als er ihn das letzte Mal betreten hatte. Der Tod hatte hinter ihnen die Tür geschlossen, und er war nicht gegangen. Er hatte nur hier gewartet.

»Sillmann, helfen Sie mir«, stöhnte Berger. »Ich sterbe!«

»Ich weiß«, sagte Sillmann leise. Er musterte die halb auf der Seite liegende Gestalt kühl und versuchte, irgendein Gefühl in sich zu finden. Er hatte geglaubt, Berger zu hassen, ihn und die namen- und gesichtslosen Männer, die hinter ihm standen, aber das stimmte nicht. In ihm war gar nichts. Er empfand weder Haß noch Groll, aber auch keine Zufriedenheit. Nicht einmal Erleichterung, daß es vorbei war. Vielleicht würde Berger sterben, vielleicht auch nicht. Es spielte keine Rolle.

»Ich flehe Sie an, Sillmann! Wollen Sie mich verbluten lassen?«

Er sagte nichts mehr darauf. Berger war schon tot, er wußte es nur noch nicht. Er war bereits tot gewesen, als er sich entschlossen hatte, hierherzukommen – und vielleicht schon eher, schon viel eher. Möglicherweise hatte er sein Recht auf Leben schon damals verwirkt, als er in sein Büro gekommen war und ihn dazu gebracht hatte, das zu tun, wofür sie nun bezahlten.

Sillmann versuchte nicht, ihm die Schuld daran zu geben; er beschäftigte sich für einen kurzen Moment nur mit der rein akademischen Frage, *wann* Berger das Todesurteil unter sein eigenes Leben gesetzt hatte.

Er wußte, wann *er* es getan hatte. Es war lange her. Auf den Tag genau vor achtzehn Jahren, im Moment von Marks Geburt. Der Gedanke war ihm im gleichen Augenblick gekommen, in dem er den neuen Menschen vor sich sah, ein Leben, das *er* geschaffen hatte und sonst niemand. Das ihm gehörte. Ein Leben, das er formen und gestalten konnte und mußte, das er – vielleicht als erster Mensch in der Geschichte dieser Welt überhaupt – buchstäblich gestalten konnte.

Sillmann lächelte, als ihm die Ironie dieses Gedankens zu Bewußtsein kam. Heute war Marks achtzehnter Geburtstag. Bis zu diesem Morgen hatte er ihm gehört, und heute war der erste Tag seines eigenen Lebens.

Er liebte Mark. Er wußte, daß das niemand glaubte, Mark am allerwenigsten, aber er hatte ihn vom ersten Moment seiner Existenz an geliebt, und er tat es noch immer. Er wußte, daß sein Sohn ihn wahrscheinlich töten würde, aber dieser Gedanke erschreckte ihn nicht. Er hatte vielleicht ein wenig Angst vor dem *wie*, aber nicht vor dem *daß*.

Er sah das wimmernde, plötzlich so erbärmliche Häufchen in dem blutgetränkten Maßanzug vor sich an, dann hob er den Kopf, sah zu der gewölbten steinernen Decke hoch und wandte sich zum ersten Mal in seinem Leben an einen Gott, an den er niemals geglaubt hatte.

War es denn so schlimm gewesen? dachte er. War das, was er gewollt hatte, wirklich so schlimm gewesen, daß es eine solch furchtbare Strafe rechtfertigte?

Es war eine Frage, auf die er keine Antwort erwartet hatte, aber er bekam sie.

Sie lautete: ja.

40. Kapitel

Marks Geschichte dauerte nicht sehr lange, und er erzählte sie immer hektischer, mit immer kürzeren, immer hastiger hervorgestoßenen Sätzen und manchmal wie in einem Fieber, in dem er einfach nicht mehr aufhören konnte zu reden und Worte mehrfach wiederholte oder die Dinge durcheinanderwarf. Bremer hatte längst nicht alles verstanden; was unklar blieb, das vervollständigte er mit dem, was er von Sendig erfahren und selbst erlebt hatte, und plötzlich ergab alles einen Sinn – auch wenn er sich noch immer weigerte, diesen Sinn zu begreifen.

Am Ende war Mark so erschöpft, daß er auf die Trage zurücksank und die Augen schloß, so daß Bremer für einen Moment glaubte, er hätte wieder das Bewußtsein verloren. Aber als er die Hand ausstreckte, um nach seinem Puls zu fühlen, öffnete er kurz die Augen und sah ihn an. Bremer flehte innerlich, daß er wach blieb. Er würde nicht die Kraft haben, es noch einmal durchzustehen. Er wußte: Das nächste Mal, wenn er den Schatten sah, würde zugleich auch das letzte Mal sein.

»Ruhen Sie sich einen Moment aus«, sagte er.

Mark versuchte mit einem Lächeln zu antworten. Er war zu schwach dazu, aber Bremer... *fühlte* es irgendwie, ebenso wie er spürte, daß Mark nicht einschlafen würde. Es war beinahe unheimlich – wahrscheinlich lag es wirklich an dem, was Sendig ihm über die Droge erzählt hatte, und vielleicht daran, daß er diesen mißhandelten Jungen jetzt mehr denn je mochte, aber für einen Moment war es fast, als wären auch ihre Gefühle miteinander verschmolzen. Er spürte den Schmerz des Jungen wie einen eigenen, seine Unsicherheit, die Verzweiflung und die unendlich tiefe Sehnsucht nach einer Liebe und Geborgenheit, die er niemals im Leben erfahren hatte.

»Können Sie... mir helfen?« fragte Mark leise.

»Ich weiß es nicht«, antwortete Bremer. *Wahrscheinlich kann das niemand mehr,* fügte er in Gedanken hinzu, und im gleichen Moment öffnete Mark die Augen und sah ihn wieder an, und Bremer wußte mit absoluter Sicherheit, daß er diesen Gedanken gespürt hatte.

»Ja«, sagte Sendig laut.

Bremer wandte überrascht den Kopf, und auch Mark blickte den Kommissar fragend an, mißtrauisch und voller Zweifel, aber auch von einer plötzlichen, jähen Hoffnung erfüllt.

»Sendig«, begann Bremer, »Sie sind –«

»Wir können es wenigstens versuchen«, unterbrach ihn Sendig. »Und ich schätze, wir *können* es.«

»Was?« fragte Bremer scharf. »Ein Wunder vollbringen? Die Zeit zurückdrehen und ungeschehen machen, was sie mit ihm angestellt haben?«

»Das hat nichts mit Wundern zu tun«, behauptete Sendig. Etwas stimmte nicht mit ihm. In seinen Augen war wieder dieses wilde Flackern, aber es hatte sich verändert. Zu der Furcht war etwas hinzugekommen, das Bremer alarmierte. »Was mit ihm geschehen ist, haben ihm Menschen angetan, und alles, was Menschen tun, kann auch wieder rückgängig gemacht werden, oder?«

Bremers Blicke wurden beschwörend. Hatte Sendig jetzt endgültig den Verstand verloren? Der Junge konnte sich eindeutig an das meiste von dem, was mit ihm geschehen war, *nicht* erinnern. Von allen Beteiligten wußte er wahrscheinlich das wenigste. Sendig war nahe daran, eine Katastrophe auszulösen.

»Hören Sie, Mark«, fuhr Sendig in erregtem, fast schon hysterischem Ton fort, »ich verspreche Ihnen keine Wunder, aber wir werden tun, was wir können. Aber Sie müssen uns helfen – okay?«

»Und wie?« Mark ballte die Hände zu Fäusten. »Ich weiß ja nicht einmal, ob ich mir das alles nur einbilde oder nicht. Vielleicht werde ich einfach verrückt.«

»Unsinn«, sagte Sendig. »Sie sind nicht verrückter als ich. Wir müssen herausfinden, was damals wirklich geschehen ist. Ich fürchte allerdings, Ihr Vater wird uns das nicht freiwillig sagen. Aber das kriegen wir schon hin.«

»Und ... Beate?« fragte Mark.

Bremers Herz begann zu hämmern. Er hatte diese Frage befürchtet, von dem Moment an, in dem Sendig das Mädchen das erste Mal erwähnt hatte. Vielleicht geschah die Katastrophe, die er vorausgeahnt hatte, jetzt.

»Ich weiß nicht, wo sie ist«, antwortete Sendig. »Nicht genau. Aber sie ist am Leben, und wir finden sie, das verspreche ich Ihnen. Schließlich ist das unser Job. Und was Ihre Angst angeht, den Verstand zu verlieren, mein lieber Junge, da kann ich Sie beruhigen. Sie haben sich das alles nicht nur eingebildet. Ich kann es Ihnen beweisen.«

Er warf Bremer einen raschen, beinahe beschwörenden Blick zu, dann wandte er sich mit einem gezwungenen Lächeln wieder an Mark. »Der Keller, von dem Sie geträumt haben, Mark – er existiert. Und ich weiß, wo er ist.«

Bremer wußte nicht, wie lange er sich noch beherrschen konnte. Was hatte Sendig vor? Wollte er einfach sehen, wie weit er gehen konnte, oder war er es jetzt, der den Verstand verlor?

»Sie wissen, wo er ist?« fragte Mark erregt. »Wo?«

»Langsam.« Sendig machte eine entsprechende Handbewegung. »Wir bringen Sie hin, das verspreche ich. Aber zuvor verlange ich ein Versprechen von *Ihnen.*«

»Welches?«

»Schließen wir ein Bündnis«, sagte Sendig. »Sie und ich – und Bremer hier – zusammen. Wir finden heraus, was passiert ist. Und wir finden heraus, wie wir Ihnen helfen können.«

Mark sah ihn lange und ernst an, und Bremer spürte, daß es mehr als nur ein Blick war. Etwas geschah in ihm, etwas Gewaltiges und Endgültiges, und als er schließlich nickte, da war es mehr als eine bloße Bewegung. Mit dieser kleinen Geste schlossen Sendig und er einen Pakt für die Ewigkeit. Und Bremer hatte das unangenehme Gefühl, daß er Teil dieses Paktes war, ob er wollte oder nicht.

Er ertrug es nicht mehr. Wäre er noch eine Sekunde länger geblieben, dann hätte er Sendig angeschrien oder ihn niedergeschlagen, und er hätte Mark gesagt, mit wem er es *wirklich* zu tun hatte – nämlich mit einem Mann, der wahrscheinlich gar nicht wußte, was das Wort *Gewissen* bedeutete, und der um sein Leben redete. Mit einem Ruck stand er auf, eilte zur Tür und stieß sie mit solcher Wucht auf, daß sie zurückfederte und ihn fast getroffen hätte.

Erst als er sich einige Schritte vom Wagen entfernt hatte, kam ihm zu Bewußtsein, wie leichtsinnig er sich verhielt – seine Chancen hätten gerade nicht schlecht gestanden, unversehens in ein Dutzend Gewehrläufe zu blicken. Sie standen seit einer guten Viertelstunde hier. Die rechtmäßigen Besitzer des Krankenwagens hatten vermutlich längst die Polizei alarmiert. Daß sie es mit einer mit herkömmlicher Logik nicht zu erklärenden Bedrohung zu tun hatten, verleitete ihn offenbar dazu, ihre *realen* Verfolger zu vergessen.

Sendig kam hinter ihm aus dem Wagen und zündete sich die letzte Zigarette aus seiner Packung an. Seine Hände zitterten so heftig, daß er sie kaum halten konnte. Er wich Bremers direktem Blick aus, kam aber langsam näher.

»Sind Sie verrückt geworden?« fuhr Bremer ihn an, ehe er auch nur Gelegenheit fand, ein einziges Wort zu sagen.

»Wieso?«

»Wieso?« keuchte Bremer. Er gestikulierte heftig zu der offenstehenden Tür des Wagens. »Was glauben Sie, was passiert, wenn er herausfindet, daß Sie ihn angelogen haben?«

»Das habe ich nicht«, sagte Sendig ruhig.

»Ach? Sie –«

»Sie meinen den Keller?« Sendig wedelte so heftig mit seiner Zigarette, daß sie eine Spur hellroter Funken hinter sich herzog, die auf halbem Weg zum Boden verloschen. »Ich weiß tatsächlich, wo er ist. Und Sie auch.«

»Ich?«

»Das können Sie doch nicht vergessen haben!« sagte Sendig mit schlecht gespielter Verblüffung. »Wir waren dort, Bremer. Sie und ich und eine Menge anderer.«

Bremer riß ungläubig die Augen auf. »Sie... Sie meinen den Keller –«

»In Sillmanns Labor, genau«, sagte Sendig. »Also, man muß nun wirklich kein Tiefenpsychologe sein, um zu erkennen, daß er von dem Ort träumt, an dem alles angefangen hat. Sie erinnern sich wirklich nicht? Der Tisch, die vielen Kerzen...«

Bremer schwieg betroffen. Natürlich erinnerte er sich. Wie hatte er es vergessen können?

»Und das Mädchen?« fragte er. »Was ist, wenn er herausfindet, daß sie nicht mehr am Leben ist?«

»Ist sie das denn nicht?«

»Sie wissen genauso gut wie ich, daß sie tot ist«, sagte Bremer. »Sie ist in einem der Wagen verbrannt.«

»Wer sagt das?« fragte Sendig. »Mark hat nur erzählt, daß sie sie in den Wagen gezerrt haben. An das, was danach geschehen ist, kann er sich nicht erinnern. Und das sollte auch so bleiben, wenigstens für eine Weile.«

»Früher oder später wird er die Wahrheit herausfinden.«

»Wahrscheinlich«, gestand Sendig. »Aber so gewinnen wir wenigstens etwas Zeit.«

»Zeit wofür?«

»Verdammt noch mal, ich weiß es nicht!« Plötzlich war Sendigs Ruhe wie fortgeblasen. Er warf die Zigarette auf den Boden und stampfte wütend mit dem Absatz darauf. »Ist Ihnen eigentlich klar, womit wir es hier zu tun haben? Haben Sie überhaupt zugehört?! Dieser harmlose arme Junge dort drinnen ist ein *Killer!* Er hat wahrscheinlich an einem einzigen Tag ein halbes Dutzend Leute umgebracht!«

»Es ist nicht seine Schuld«, sagte Bremer.

»Klasse«, antwortete Sendig höhnisch. »Das werde ich auf unsere Grabsteine meißeln lassen: *Es war nicht seine Schuld.* Zum Teufel, Bremer, begreifen Sie doch: Dieser Junge tötet im Schlaf. Vielleicht erinnert er sich wirklich nicht mehr an das, was damals geschehen ist, aber *irgend etwas in ihm* tut es. Und dieses *Etwas* ist gerade beim Großreinemachen! Er bringt jeden um, der irgendwie mit der Sache damals zu tun hatte. Ich weiß nicht, was dieser Löbach und sein Vater mit ihm gemacht haben, aber er rächt sich dafür. So einfach ist das.«

»Das ist doch völlig verrückt!« widersprach Bremer – obwohl er ganz genau wußte, daß es die Wahrheit war. Er wußte es sogar sehr viel besser als Sendig.

Er bewegte sich zwei Schritte von Sendig und dem Wagen weg und sah sich um. Die Nacht war sternenklar, aber trotzdem sehr dunkel. Die Mauern der aufgelassenen Fabrik erhoben sich absolut schwarz rings um sie herum, und er kam sich eingesperrt vor, gefangen in einer Nacht, die nie wieder enden würde. Noch vor vierundzwanzig Stunden hätte er sich geweigert, auch nur über die bloße *Möglichkeit* nachzudenken, daß es Dinge wie diese geben konnte – und jetzt stand er hier und unterhielt sich ernsthaft mit Sendig darüber, wie sie einen achtzehnjährigen Jungen davon abbringen konnten, sie zu töten, indem er *träumte.*

»Ja«, sagte Sendig. »Wahrscheinlich ist es das sogar. Aber haben Sie eine bessere Idee?«

»Nein«, sagte Bremer. Er starrte in die Dunkelheit vor sich, und für ein paar Sekunden wünschte er sich beinahe, daß der Schatten wiederkäme und es endlich ein Ende hätte.

»Sehen Sie«, sagte Sendig. »Ich auch nicht. Und jetzt steigen Sie ein, und fahren Sie uns zu Sillmanns Fabrik.«

»Und Sie?«

Sendig deutete auf die offenstehenden Hecktüren. »Ich bleibe bei ihm und passe auf, daß er nicht einschläft.«

41. Kapitel

Sillmann hatte angefangen, die Kerzen zu entzünden. Es waren sehr viele – längst nicht mehr so viele wie damals, in jener furchtbaren Nacht, als Petri und er hergekommen waren und Mark schreiend und um sich schlagend inmitten eines Raumes voller Toter und Sterbender vorgefunden hatten, aber immer noch Dutzende, vielleicht Hunderte. Die Polizei hatte den Keller damals versiegelt, und alles war so geblieben, wie es war. Nur ein paar Kleinigkeiten waren verändert worden.

Er tat alles, um diese Änderungen rückgängig zu machen. Er hätte selbst nicht sagen können, warum, aber mit einem Male erschien es ihm ungeheuer wichtig, daß alles hier wieder so war, wie sie es damals vorgefunden hatten. Vielleicht aus dem absurden Gedanken heraus, die Ereignisse sich zwangsläufig wiederholen zu lassen, ganz einfach, indem er die gleichen Voraussetzungen schuf.

Und die Parallelen *waren* unübersehbar. Das Verhältnis zwischen toten Toten und lebenden Toten war anders – diesmal hatte der barmherzige Tod die Oberhand behalten, während sein dunkler Bruder, der die Körper der Menschen unangetastet ließ, nur ein einziges Opfer gefunden hatte, aber beide waren sie da. Die Parallelen waren unübersehbar, und vielleicht war es mehr als ein morbider Zufall. Vielleicht war es ein Zeichen.

Berger wimmerte manchmal leise. Sillmann wunderte sich ein wenig, daß er noch lebte. Er verblutete, aber es dauerte viel länger, als er erwartet hatte. Er hätte gerne etwas für ihn getan – nicht aus Mitleid oder gar Schuldgefühl, sondern einfach aus dem Wissen heraus, daß ihm eine Verlängerung seiner Qual keinen Vorteil mehr brachte und auch keine innere Befriedigung. Aber er konnte es nicht. Es konnte es nicht wagen, nach oben zu gehen und Hilfe zu holen, und hier unten hatte er nicht die Möglichkeit, ihm irgendwie zu helfen. Er hätte seine Qualen beenden können, indem er ihn tötete, aber dazu fehlte ihm der Mut.

Und er hatte nicht mehr viel Zeit. Er spürte, daß es bald soweit war. Mark war auf dem Weg hierher, und bis er kam, mußte er bereit sein.

Sillmann schritt von Kerze zu Kerze und zündete die ausgetrockneten Dochte an. Manche zerfielen einfach zu Staub, aber die meisten brannten nach all der Zeit noch überraschend kräftig. Schließlich trat er an den Sekretär, der an der Wand neben der Tür stand, um auch die Kerzen darauf anzuzünden. Es waren nur drei Stück. Zwei brannten sofort, aber die dritte war mürbe geworden – als er sie berührte, fing der Docht zwar Feuer, aber die Kerze zerbrach in zwei Stücke. Flüssiges Wachs tropfte auf das Durcheinander von Papieren und Büchern, das den Sekretär bedeckte, und eines der Blätter begann zu schwelen. Sillmann schlug die Funken rasch mit der bloßen Hand aus und fegte das Blatt zu Boden, um ganz sicherzugehen.

Darunter kam ein aufgeschlagenes Buch zum Vorschein. Es hatte die letzten sechs Jahre verborgen dort gelegen, ebenso wie an jenem Abend, als Petri und er gekommen waren. Niemand hatte sich die Mühe gemacht, die Papiere beiseite zu räumen, um es anzusehen. Sillmann tat es jetzt. Sein Blick fiel auf die aufgeschlagenen Seiten, verharrte einen Moment darauf, schweifte ab und kehrte dann abrupt zurück.

Für eine kurze Zeit stand er einfach da, starrte die engbedruckten Blätter an und dachte nichts. Er konnte es nicht mehr. Ein Gefühl eisiger, lähmender Kälte begann sich in ihm breitzumachen, eine Empfindung, die weit jenseits normalen Entsetzens und vorstellbarer Furcht lag.

»Oh mein Gott!« flüsterte er. »Großer Gott!« Immer und immer wieder.

42. *Kapitel*

Er hatte sich verschaltet, so daß der Wagen plötzlich und sehr viel heftiger abbremste, als Bremer erwartet hatte. Der Motor heulte auf, und Bremer reagierte überhastet und zum zweiten Mal falsch und hatte um ein Haar zu allem Überfluß auch noch die Lenkung verrissen, so daß der Krankenwagen auf kreischenden Reifen um die Kurve schlingerte. Hinter ihm quietschten Bremsen. Ein greller Lichtreflex huschte über den Rückspiegel, und nur einen Augenblick später schoß ein Wagen an dem Krankentransporter vorüber. Der Fahrer drückte abwechselnd auf Hupe und Lichthupe, aber er fand im Vorbeifahren noch immer Zeit, ihm einen Vogel zu zeigen. Bremer tat so, als hätte er es gar nicht bemerkt, aber er schickte dem Mann in Gedanken eine Entschuldigung hinterher – und sich selbst einen scharfen Verweis. Er zog es vor, lieber nicht darüber nachzudenken, wie nahe die Scheinwerfer im Rückspiegel gewesen waren.

Sendig meldete sich über die Sprechanlage: »Was ist los?«

»Nichts«, antwortete Bremer. »Ich war ein bißchen unaufmerksam. Entschuldigung. Ist bei Ihnen alles in Ordnung?«

»Im Moment noch«, sagte Sendig.

Täuschte sich Bremer, oder hörte er in seiner Stimme einen nervösen Unterton, der das genaue Gegenteil behauptete? Offensichtlich schon, denn nach einem winzigen Moment des Zögerns fügte Sendig hinzu: »Aber wir sollten uns ein bißchen beeilen.«

Bremer verkniff sich im letzten Moment die Frage, ob irgend etwas mit Mark nicht in Ordnung sei. Sie wäre ziemlich überflüssig gewesen. Die Frage war vielmehr, was mit Mark noch *stimmte*, nicht umgekehrt.

»Wie lange brauchen wir noch?«

»Zehn Minuten«, antwortete Bremer – aber das war eigentlich mehr geraten als eine realistische Schätzung. Er kannte sich in diesem Teil der Stadt nicht besonders gut aus; Berlin war schließlich kein Dorf, und sein Revier lag fast am anderen

Ende. Er war seit Jahren nicht mehr hiergewesen. Außerdem mußte er sich zusammenreißen, wenn er nicht riskieren wollte, daß ihre Fahrt abrupt an einem Baum oder dem Kühlergrill eines entgegenkommenden Wagens endete. Der Fehler gerade war vielleicht sein bisher größter gewesen, aber nicht der erste.

»Zehn Minuten«, wiederholte Sendig. »Das ist lang.« Diesmal war der panische Ton in seiner Stimme auch beim besten Willen nicht mehr zu überhören. *Was zum Teufel ging dort hinten vor?* Bremer sah nervös auf den Tachometer. Sie fuhren schon achtzig, selbst in einem Krankenwagen eine ziemlich sichere Methode, von der ersten Polizeistreife angehalten zu werden, der sie begegneten. Vor allem in einem *gestohlenen* Krankenwagen, der mit ausgeschalteter Sirene und ohne Blaulicht fuhr. Bremer berührte die entsprechenden Schalter und korrigierte diese Fehler.

Er konnte Sendigs erschrockenes Keuchen über die Sprechanlage hinweg deutlich hören. »Bremer, sind Sie verrückt geworden? Was... was tun Sie?«

»Ich verschaffe uns ein bißchen Zeit«, antwortete Bremer. Er gab Gas. Der Wagen beschleunigte auf neunzig, dann auf fast hundert Stundenkilometer. Die heulende Sirene und das zuckende blaue Licht scheuchten den Verkehr vor ihnen zwar zur Seite, aber noch schneller zu fahren wagte er trotzdem nicht.

»Sie verschaffen uns die Aufmerksamkeit der gesamten Berliner Polizei«, stöhnte Sendig.

»Aber die haben wir doch sowieso schon«, antwortete Bremer. Natürlich hatte Sendig recht – es war schon ein kleines Wunder, daß sie überhaupt so weit gekommen waren. Seit sie den Fabrikhof verlassen hatten, war praktisch keine Sekunde vergangen, in der er nicht damit gerechnet hatte, das Blaulicht eines Streifenwagens im Rückspiegel auftauchen zu sehen oder gleich den Scheinwerfer eines Polizeihubschraubers am Himmel. Wie sich die Dinge doch änderten, dachte Bremer spöttisch. Gestern um diese Zeit hatte er noch zu den guten Jungs gehört, und jetzt wurde er von seinen eigenen Kollegen gejagt.

»Wahrscheinlich kommt es darauf auch schon nicht mehr an«, murmelte Sendig. »Also gut – aber wenn Sie schon schnell fahren müssen, dann beeilen Sie sich *wirklich*. Und geben Sie Bescheid, wenn wir uns der Fabrik nähern.«

Er schaltete ab, und Bremer gab noch ein bißchen mehr Gas, allerdings nicht sehr viel. Die Sirene verschaffte ihnen ein wenig Luft, aber sie machte sie nicht unverwundbar. Für die nächsten Minuten mußte er seine gesamte Konzentration darauf verwenden, den Wagen heil durch den Verkehr zu bekommen: eine Aufgabe, die beinahe mehr von ihm verlangte, als er noch zu leisten imstande war. Zu der geistigen Erschöpfung kam nun allmählich auch ganz profane körperliche Müdigkeit. Trotzdem war er irgendwie froh darüber – auf diese Weise mußte er wenigstens für ein paar Minuten nicht über Sendig, Mark und die Schatten nachdenken. Und das, was sie erwartete.

Seine Schätzung war aber trotz allem noch zu optimistisch gewesen. Obwohl er so schnell fuhr, wie er nur konnte, brauchten sie annähernd zehn Minuten, um Sillmanns Fabrik zu erreichen – und dann wäre er um ein Haar noch daran vorbeigerast. Im buchstäblich allerletzten Moment erkannte er die pappelgesäumte Zufahrt wieder und trat so hart auf die Bremse, daß im hinteren Teil des Wagens irgend etwas umfiel und klirrend zerbrach.

Sendig selbst meldete sich eine halbe Sekunde später über die Sprechanlage. »Ich nehme an, das heißt, daß wir da sind«, sagte er säuerlich.

»Ich sollte Ihnen doch Bescheid sagen, oder?« Bremer kurbelte heftig am Lenkrad und brachte das Kunststück fertig, den Wagen doch noch in die Einfahrt zu lenken, ohne die Hälfte der Pappeln auf der linken Seite abzurasieren. »Ist irgend etwas passiert?«

»Nein«, sagte Sendig. »Aber halten Sie trotzdem für einen Moment an. Ich komme nach vorne. Ich will es genießen, wenn wir einen Looping schlagen.«

Bremer bremste behutsam ab. Er ließ das Blaulicht laufen, schaltete aber die Sirene ab und lenkte den Wagen an den rechten Straßenrand. Der Weg war nicht mehr sehr weit, aber er konnte die Fabrik trotzdem noch nicht sehen. Vor dem dunklen Hintergrund der Nacht erhob sich nur ein Gebirge aus Schatten, das ebensogut fünfzig Meter wie eine Million Meilen entfernt sein konnte. Er wußte, daß Sillmanns Fabrik zum größten Teil in den Gebäuden eines ehemaligen Gutshofes untergebracht war, aber die Schatten dort vorne deckten sich auf eine unheimliche Weise *nicht* mit seinen Erinnerungen. Sie waren zu schwarz und zu groß und sahen auf eine bedrohliche Art fast *organisch* aus, als wäre es etwas Lebendiges, das am Ende der Straße auf sie wartete. Wenn er genau hinsah, konnte er sogar Bewegung erkennen. Der Schatten schien zu fließen, wie ein zäher Ölfleck in schwarzem Wasser, und hier und da in dieser klobigen, finsteren Masse funkelten kleine Lichter, die manchmal erloschen, wieder angingen oder auch ihre Positionen veränderten, als wären es tatsächlich Augen, die ihm zublinzelten.

Gerade, als diese Vorstellung die Grenze zwischen *unangenehm* und *angsteinflößend* zu überschreiten drohte, erkannte er, was es wirklich war: Das Fabrikgelände war von einem Ring hoher Bäume umgeben, deren Äste sich im Wind bewegten. So einfach war das.

Bremer lächelte verkrampft. Er war *wirklich* nervös. Aber er hatte wahrscheinlich auch allen Grund dazu.

Wo blieb eigentlich Sendig? Er hatte gesagt, daß er nach vorne kommen wollte, aber sie standen nun schon fast eine Minute hier, und hinten im Wagen rührte sich nichts. Bremer streckte die Hand nach der Sprechtaste aus, ließ den Arm aber dann wieder sinken und stieg statt dessen aus. Rasch umkreiste er den Wagen und öffnete die hintere Tür. »Sendig, wo blei –«

Verblüfft hielt er inne. Sendig drehte ihm den Rücken zu und stand halb über Marks Liege gebeugt da. Seine Schultern verdeckten Marks Gesicht, so daß Bremer nicht sehen konnte, ob er wach war oder schlief, aber dafür sah er etwas anderes: Sendig zog gerade in diesem Moment die dünne Nadel einer Injektionsspritze aus Marks Vene. Als er das Geräusch der Tür hörte, fuhr er erschrocken zusammen und versuchte, mit einer hastigen Bewegung die Spritze verschwinden zu lassen.

»Was tun Sie da?« fragte Bremer scharf.

Sendig stand das schlechte Gewissen ins Gesicht geschrieben. Vollkommen absurd führte er seine Bewegung noch ein kleines Stück weiter und versuchte die Spritze in der Hand zu verbergen. »Er ... er hat plötzlich das Bewußtsein verloren«, sagte er stockend. »Vor zwei Minuten. Ich wollte Sie nicht beunruhigen, deshalb habe ich nichts gesagt.«

Bremer trat mit einem energischen Schritt in den Wagen hinein, packte Sendigs Hand und verdrehte sie so, daß die Spritze wieder sichtbar wurde. »Was ist das?«

Sendig riß seine Hand los. »Dasselbe, was ihm der Arzt gegeben hat«, sagte er trotzig. »Was dachten Sie denn?«

»Ich wußte gar nicht, daß Sie im Nebenberuf Arzt sind«, erwiderte Bremer. Er sah auf Mark hinab. Der Junge lag wieder schlaff und mit geschlossenen Augen da. Sein Atem ging gleichmäßig, aber sehr flach.

»Das bin ich auch nicht«, sagte Sendig. »Aber ich habe Augen im Kopf. Ich habe mir einfach *gemerkt*, welches Mittel er genommen hat.« Er machte eine Kopfbewegung zu der Schublade hinter sich. »Gott sei Dank ist das hier ein sehr ordentlicher Laden.«

Bremer glaubte ihm kein Wort. Seine Behauptung klang durchaus logisch, und doch: In diesem Moment war Bremer hundertprozentig davon überzeugt, daß Sendig Mark umbringen wollte. Möglicherweise hatte er es schon getan.

»Was hätte ich denn tun sollen?« fuhr Sendig fort. »Er ist plötzlich zusammengebrochen. Sie wissen, was passiert, wenn er einschläft.«

»Ja – da wäre es doch ganz praktisch, wenn er sterben würde, wie?« fragte Bremer kalt.

»Unsinn!« sagte Sendig. »Denken Sie nach, Mann! Wenn ich ihn umbringen wollte, hätte ich das einfacher haben können.« Er atmete tief ein, fuhr sich mit der Zungenspitze über die Lippen und sah einen Moment auf Mark hinab, ehe er in leiserem Tonfall fortfuhr: »Außerdem bin ich nicht einmal sicher, daß das etwas ändert. Denken Sie an das Mädchen.«

Seine Worte machten Bremer schlagartig wieder klar, in welcher Lage sie sich *wirklich* befanden. Es spielte wahrscheinlich gar keine Rolle, was Sendig *beabsichtigt* hatte oder nicht. Sie durchlebten einen Alptraum, in dem die Gesetze von Ursache und Wirkung nicht mehr unbedingt galten.

Marks linke Hand bewegte sich. Seine Lider zitterten, ohne sich zu heben. Trotzdem begriff Bremer, daß er dabei war, aufzuwachen. Wie es aussah, hatte er Sendig unrecht getan.

»Sehen Sie?« sagte Sendig. »Er wacht auf.«

»Bedauern Sie es?« Bremer starrte sein Gegenüber durchdringend an, aber alles, was er außer Nervosität und der noch immer glimmenden Panik in seinen Augen las, war echte Erleichterung, das gleiche Gefühl, das auch er jetzt empfand. Der Gedanke, daß Mark sterben könnte, erschreckte ihn, aber erst im nachhinein wurde ihm wirklich klar, was die Alternative gewesen wäre. Möglicherweise war ein toter Mark Sillmann gefährlicher als ein lebender – aber ein *schlafender* war es ganz bestimmt.

»Entschuldigung«, murmelte er.

Sendig winkte ab. »Vergessen Sie's. Los jetzt. Wir haben genug Zeit verloren.«

43. Kapitel

»Fuck it!« brummte Haymar kopfschüttelnd. »Der Kerl muß seinen Führerschein im Lotto gewonnen haben!« Er ließ das Nachtglas sinken, schüttelte ein paarmal heftig den Kopf und setzte das klobige Instrument dann wieder an. Der elektronische Restlichtverstärker färbte das Bild darin grün und übersteigerte die Konturen ebenso wie die Unterschiede zwischen Licht und Dunkelheit. Der Krankenwagen hob sich in Neongrün vor einem smaragdfarbenen Hintergrund ab, aber jedesmal, wenn das rotierende Blaulicht ins Bild geriet, schien sich eine dünne, glühende Nadel in seine Augen zu bohren. Das Gerät war nicht richtig eingestellt. Aber wenn er die Empfindlichkeit dämpfte, lief er Gefahr, den Wagen aus den Augen zu verlieren. Sie hatten Befehl, den größtmöglichen Sicherheitsabstand zu halten. Er hatte wenige Sätze mit Berger gewechselt, aber die Worte seines Vorgesetzten hatten an Deutlichkeit nichts zu wünschen übriggelassen. Konkret waren sie sogar *sehr viel* deutlicher gewesen, als Haymar sich gewünscht hätte. Einen zweiten Fehler wie den vorhin würde Berger ihm nicht durchgehen lassen. Wenn er den Wagen verlor oder die Polizisten bemerkten, daß sie verfolgt wurden, würde seine Arbeit in Zukunft darin bestehen, Papier in Reißwölfe zu stopfen.

»Was tun sie da?« fragte Brauss, der neben ihm hinter dem Steuer saß und vergeblich versuchte, den Krankenwagen mit bloßem Auge zu erkennen. Sie waren einen guten Kilometer an der Abzweigung vorbeigefahren, ehe Haymar ihm bedeutet hatte, zu wenden und anzuhalten. Selbst das Blaulicht war nur als gelegentliches Funkeln zwischen den Bäumen zu erkennen, die die Zufahrt zu Sillmanns Fabrik säumten. Haymar überlegte einen Moment, ob er überhaupt antworten sollte. Brauss war ebenso neu wie der Wagen, in dem sie saßen; und so wie er gehörte er eindeutig zur zweiten Garnitur, zu den Leuten, die völlig zu Recht Papier in Reißwölfe stopften. Haymar wäre sehr viel wohler gewesen, wenn er einen *wirklich* guten Mann neben sich gewußt hätte. Leider war im Moment keiner greifbar – was von der ersten Garnitur in dieser Stadt noch übrig war, das waren er und Bergers persönliche Wache. Der Rest lag zu Asche verbrannt in einer schäbigen Gasse auf der anderen Seite der Stadt.

Schließlich antwortete er doch. »Ich habe keine Ahnung. Wahrscheinlich sprechen sie sich gegenseitig Mut zu... Verdammt, fahrt endlich weiter!« Den letzten Satz hatte er geflüstert, aber er kam von Herzen. Sie und die beiden anderen Einheiten, die im Abstand von fünfhundert Metern vor und hinter ihnen angehalten hatten, taten ihr Bestes, um den Wagen abzuschirmen, aber sehr lange würde die Geschichte nicht mehr gutgehen. Haymar wunderte sich sowieso immer mehr, daß die beiden in dem Wagen dort drüben bisher noch nichts gemerkt hatten. Die größte Schwierigkeit während dieser Fahrt quer durch die Stadt war nicht gewesen, von Sendig und Bremer unbemerkt zu bleiben. Sie hatte darin bestanden, dafür zu sorgen, daß ihnen nicht auffiel, daß niemand versuchte, sie anzuhalten. Es gab etliche tausend Polizeibeamte in dieser Stadt. Sie konnten sie nicht alle im Auge behalten. Früher oder später würde garantiert irgendein übereifriger Streifenpolizist auftauchen und den gestohlenen Krankenwagen erkennen, nach dem die ganze Stadt suchte.

Er beobachtete, wie die Fahrertür des Krankenwagens aufgestoßen wurde, eine Gestalt ins Freie sprang und verschwand. Ein Teil des Bildes glühte in hellem Grün auf, als die Türen geöffnet wurden und Licht aus dem Inneren des Krankenwagens ins Freie fiel. Haymar fluchte, ließ hastig das Glas sinken und fuhr sich mit den Handknöcheln über die Augen.

»Warum schnappen wir uns die beiden nicht einfach?« fragte Brauss. »Es sind doch nur zwei dämliche Bullen.«

Haymar schluckte die zynische Antwort herunter, die ihm auf der Zunge lag. Brauss konnte schließlich nichts dafür, daß er ein Idiot war. »Tun Sie sich keinen Zwang an«, sagte er. »Aber sagen Sie mir rechtzeitig Bescheid, damit ich nicht in der Nähe bin, wenn Sie Berger davon erzählen. Wir sollen sie *beobachten*, mehr nicht.«

Vor seinen Augen tanzten keine Lichtpunkte mehr. Vorsichtig setzte er das Glas wieder an und sah hindurch, nachdem er die Empfindlichkeit der Elektronik ein wenig gesenkt hatte. Er konnte den Krankenwagen jetzt nur noch als Schemen erkennen, aber die Straße, auf der er stand, führte nur in eine Richtung, und er wußte, was an ihrem Ende lag, so daß kaum noch die Gefahr bestand, den Wagen zu verlieren. Das Licht, das aus den offenstehenden Hecktüren des Wagens fiel, war noch immer unangenehm hell, aber es tat jetzt wenigstens nicht mehr weh.

»Außerdem sollten Sie diese *dämlichen Bullen* nicht unterschätzen«, fuhr er leise fort. »Sie sind nicht ganz so – «

Brauss drehte den Kopf und sah ihn stirnrunzelnd an, als er mitten im Satz stockte. »Ja?«

Haymar blickte konzentriert durch sein Glas. Für einen Moment hatte er geglaubt, etwas zu sehen, irgend etwas... sehr Sonderbares und Großes, das sich hinter dem Krankenwagen bewegte. Aber er mußte sich wohl getäuscht haben. Mit zusammengebissenen Zähnen stellte er den Empfindlichkeitsregler wieder auf die höchste Stufe, obwohl ihm das Licht aus dem Wagen dadurch beinahe die Tränen in die Augen trieb, aber da war nichts Außergewöhnliches.

»Was ist?« fragte Brauss noch einmal.

»Nichts.« Haymar ließ das Glas sinken und blinzelte ein paarmal, um seine Augen wieder an die veränderten Lichtverhältnisse zu gewöhnen. Er war jetzt ganz sicher, *nichts* gesehen zu haben, und das, was er sich eingebildet hatte, hatte nicht einmal eine klar erkennbare Form gehabt. Es war nur eine Art Schatten. Wieso beunruhigte es ihn dann so?

»Ich habe mich geirrt«, sagte er – so laut und mit solchem Nachdruck, als müsse er nicht nur Brauss, sondern vielmehr sich selbst davon überzeugen. »Und was diese *dämlichen Bullen* angeht, Brauss – unterschätzen Sie sie nicht.«

Er sah Brauss bei diesen Worten scharf an, aber dessen Reaktion verriet nicht, ob er wußte, was Haymars Kollegen zugestoßen war. Wahrscheinlich nicht. Es gehörte nicht zu Bergers Politik, jeden seiner Mitarbeiter sofort und umfassend über alles zu informieren. Schon gar nicht über Fehlschläge. Oder Katastrophen. Die einzige Bestätigung seiner Worte kam von seinem rechten Bein. Es war nicht gebrochen, wie er im ersten Moment fast befürchtet hatte, aber es tat noch immer weh. Nun, was das anging, würde er sich zu gegebener Zeit mit diesem Bremer noch einmal unterhalten...

»Ich glaube, sie fahren weiter«, sagte Brauss. Er deutete auf das blaue Funkeln, das in regelmäßigen Abständen zwischen den Bäumen aufblitzte, und griff gleichzeitig nach dem Zündschlüssel. Haymar hob rasch die Hand.

»Warten Sie. Noch nicht.« Gleichzeitig setzte er das Fernglas wieder an.

Haymar schrie gellend auf. Etwas raste auf ihn zu, etwas Gigantisches, Schwarzes, mit Schuppen und glänzenden Krallen und einem gewaltigen, gierig aufgerissenen Maul und Augen, in denen das Feuer der Hölle loderte. Es war das *Ding,* das er hinter dem Krankenwagen gesehen hatte, aber plötzlich war es nicht mehr dahinter, nicht einmal mehr auf der anderen Seite der Straße, sondern unmittelbar vor ihm, als hätte es sämtliche Gesetze der Physik außer Kraft gesetzt und wäre in einem Moment dort verschwunden und im nächsten im Inneren des Fernglases wieder aufgetaucht. Mörderische Klauen streckten sich nach Haymar aus. Er spürte einen heißen, übelriechenden Hauch. Zähne wie geschliffene spitze Dolche schnappten nach seinem Gesicht.

Mit einer entsetzten Bewegung riß er das Fernglas herunter.

Brauss hatte sich neben ihm kerzengerade aufgerichtet und instinktiv nach seiner Waffe gegriffen. »Was ist los?« fragte er alarmiert. »Was haben Sie?!«

Haymar atmete mühsam ein und aus. Sein Herz jagte, und seine Finger zitterten plötzlich so stark, daß er Mühe hatte, das Fernglas zu halten. Die Straße vor ihm war leer. Da war kein Ungeheuer. Weder hier noch dort drüben zwischen den Bäumen. »Ich habe mich nur erschrocken. Es war nichts.«

Beinahe gegen seinen Willen sah er auf den Feldstecher in seinen Fingern hinab, dann wieder zu dem winzigen blauen Licht drüben zwischen den Bäumen. *Nichts?* dachte er hysterisch. Das war alles gewesen, nur nicht *nichts.*

»Erschrocken?« fragte Brauss ungläubig. »Wovor? Sie –«

»Ich sagte doch, es war nichts«, unterbrach ihn Haymar grob. »Und jetzt fahren Sie endlich los! Aber vorsichtig.«

44. *Kapitel*

»Was machen wir, wenn sie uns nicht durchlassen?« fragte Bremer, während er um den Wagen herumging und die Tür auf der Beifahrerseite öffnete. Er hatte ganz automatisch wieder hinter dem Steuer Platz nehmen wollen, aber Sendig hatte abgewinkt. Aus irgendeinem Grund wollte er das letzte Stück nicht nur vorne mitfahren, sondern *selbst* das Steuer übernehmen. Bremer konnte sich nicht erklären, wieso – aber er hatte das Gefühl, daß ihm die Antwort nicht besonders gefallen hätte, hätte er sie gekannt. Sendig war ganz in der Stimmung, etwas sehr Dummes zu tun. Noch während er sich auf den Beifahrersitz hinaufzog und die Tür schloß, spielte er ernsthaft mit dem Gedanken, einfach darauf zu bestehen, selbst zu fahren. Aber er sprach diesen Wunsch nicht laut aus. Sendig war noch immer sein Vorgesetzter. Das hieß – mit ziemlicher Sicherheit war er es nicht mehr, aber die alten Spielregeln von Gehorchen und Befehlen funktionierten noch immer. Niemand legte eine zwanzig Jahre alte Gewohnheit innerhalb weniger Stunden einfach so ab.

»Was sollen wir schon tun?« Sendig drehte einen Moment vergebens am Zündschlüssel, bis er begriff, daß sie in einem betagten Diesel saßen, und den Daumen auf den Startknopf preßte. Der Motor sprang sofort an. »Sie wissen doch, wie das in amerikanischen Krimis läuft, oder? Wir brechen durch das Tor. Was sonst?«

»Ich finde das nicht im geringsten komisch«, sagte Bremer. Das entsprach der Wahrheit. Er war nicht nur im Zweifel – er war *ziemlich sicher,* daß Sendig diese Worte ernst meinte.

»Ich auch nicht. Entschuldigen Sie.« Sendig legte den Gang ein, fuhr aber noch nicht los. Sein Blick tastete durch die Fahrerkabine und blieb an einem Punkt hinter und über Bremer hängen. »Wie ich schon sagte – gottlob ist das hier ein sehr ordentlicher Haushalt. Geben Sie mir eine davon.«

Bremer sah in die gleiche Richtung und entdeckte zwei signalrote Jacken, die an einem Haken hinter ihm hingen. Er tat, worum Sendig ihn gebeten hatte, und gab ihm eines der Kleidungsstücke. Sendig nahm den Gang wieder heraus und begann umständlich, die Jacke über seinen Mantel zu streifen, ein Vorhaben, das hinter dem Steuer des Wagens nahezu zu einem akrobatischen Kunststück geriet. Das Ergebnis sah einigermaßen lächerlich aus. Die Jacke war Sendig um mindestens drei Nummern zu groß, und man sah deutlich, daß er darunter einen Mantel und ein zweites Jackett trug. Diese Verkleidung würde nicht einmal einem flüchtigen Blick standhalten, geschweige denn irgend jemanden täuschen. Trotzdem schlüpfte er nach kurzem Zögern selbst in die zweite Jacke – und stellte fest, daß sie ihm viel zu klein war.

»Tauschen wir?« fragte er.

»Wozu?« Sendig bedachte Bremer mit einem breiten Grinsen, legte den Gang wieder ein und ließ den Wagen langsam losrollen. »Das lohnt nicht. Außerdem – da fühlt man sich doch wieder richtig jung, oder? Wie damals beim Bund. Einheitsgröße – und paßt! Waren Sie bei der Bundeswehr, Bremer?«

»Nein«, antwortete Bremer einsilbig. Sendigs Verhalten irritierte ihn immer mehr. Er hatte Verständnis dafür und erwartete sogar, daß er nervös war und Angst hatte – aber Sendig benahm sich vollkommen verrückt. Zum ersten Mal fragte er sich allen Ernstes, ob Sendig vielleicht tatsächlich den Verstand verloren hatte.

»So, Sie haben nicht gedient?« Sendig schüttelte in gespielter Empörung den Kopf. »Ich bin erschüttert.«

Bremer sah ihn durchdringend an. »Ist mit Ihnen alles in Ordnung?« fragte er.

»Alles in Ordnung?« Sendig grinste noch breiter. »Natürlich ist mit mir alles in Ordnung. Was soll denn nicht stimmen?«

Bremer schwieg, und auch Sendig war einige Sekunden lang still. Aber als er weitersprach, war sein Lächeln irgendwie eingefroren und sah aus wie die geschminkten Züge eines Harlekins. »Nein, es ist nicht alles in Ordnung. *Ganz und gar nichts* ist in Ordnung, Bremer. Ich habe eine verdammte Scheißangst.«

Bremer hätte ihn gerne gefragt, wovor, aber es war zu spät. Die Einfahrt der Fabrik tauchte im Scheinwerferlicht auf, und Bremer sah, daß zumindest *eine* seiner Sorgen unbegründet gewesen war – das schmiedeeiserne Rolltor stand weit offen. In dem kleinen Pförtnerhäuschen daneben brannte das trübe Licht einer altmodischen Schreibtischlampe, aber der Pförtner selbst war bereits aus seiner Loge herausgetreten und leuchtete mit einer Taschenlampe in ihre Richtung. Wahrscheinlich hatte er sie schon bemerkt, als sie von der Straße abgebogen waren, und sich gewundert, warum sie mit laufendem Blaulicht noch einmal auf halbem Wege angehalten hatten.

Sendig trat leicht auf die Bremse, schaltete das Blaulicht aus und kurbelte gleichzeitig das Fenster auf seiner Seite herunter. »Sagen Sie nichts, Bremer«, sagte er. »Ich regele das.«

Er bremste weiter ab und hielt unmittelbar neben dem Pförtner an. Der Lichtstrahl der Taschenlampe richtete sich für einen Moment direkt auf sein Gesicht und erlosch, als Sendig die Hand hob und übertrieben blinzelte. Bremer hörte, wie der Pförtner näher kam. Sehen konnte er ihn nicht, dazu war es zu dunkel draußen. Alles, was er wahrnahm, war ein gesichtsloser Schatten.

»Guten Abend«, sagte der Pförtner. Seine Stimme verriet, daß er schon ziemlich alt sein mußte. »Was ist denn los? Ist was passiert? Ich habe euch nicht gerufen, und –«

»Es ist nichts passiert«, unterbrach ihn Sendig. »Keine Angst – wir sind nicht im Einsatz. Direktor Sillmann hat uns angerufen. Ist er hier?«

»Direktor Sillmann?« Der Pförtner kam noch näher und stand nun unmittelbar neben der Tür, so daß Bremer sein Gesicht nun erkennen konnte. Er war so alt, wie er erwartet hatte, und sah sehr verwirrt aus, aber auch ein bißchen mißtrauisch. Wahrscheinlich war ihm Sendigs Aufzug bereits aufgefallen. Bremer betete, daß die bloße Autorität des Krankenwagens ausreichen mochte, ihn nicht *zu* intensiv über dessen sonderbare Insassen nachdenken zu lassen.

»Er erwartet uns«, bestätigte Sendig. »Ist er schon da?«

»Ange...« Der Pförtner stockte mitten im Wort. Sein Gesicht hellte sich auf. »Jetzt verstehe ich. Natürlich ist er da –

entschuldigen Sie. Er wartet schon auf Sie. Tut mir leid – ich habe die anderen durchgelassen, aber ich wußte nicht, daß noch jemand kommt. Was ist denn eigentlich los?«

Sendig ignorierte die Frage. »Wo finden wir ihn?«

»Im Labor.« Der Pförtner schaltete seine Lampe wieder ein und deutete mit dem Lichtstrahl nach rechts. Bremers Blick folgte der Geste. Das Gebäude, auf das der Mann wies, war zu weit entfernt, um mehr als ein Schatten zu sein, aber hinter einer offenstehenden Tür im Erdgeschoß brannte Licht. Ein Stück daneben war ein Wagen abgestellt. »Sehen Sie die Tür? Einfach den Gang bis zum Ende und dann die Treppe hinunter. Normalerweise ist abgeschlossen, aber wenn der Herr Direktor Sie erwartet, ist die Tür bestimmt auf. Wenn nicht, rufen Sie mich. Ich habe einen Hauptschlüssel.«

Sendig bedankte sich, drehte das Fenster wieder hoch und fuhr weiter. Die Scheinwerferstrahlen beschrieben einen asymmetrischen Viertelkreis vor ihnen auf dem Boden, als er den Wagen durch das Tor und dann nach rechts lenkte, und wurden länger, als er aufblendete. Die offenstehende Tür im Laborgebäude verlor deutlich an Leuchtkraft, aber dafür sah Bremer, daß hinter dem Wagen, der daneben abgestellt war, ein zweites Fahrzeug stand: ein auffälliger schwarzer Mercedes mit abgedunkelten Scheiben und einer sonderbaren, wie ein Bumerang geformten Antenne auf dem Kofferraumdeckel. Das mußten die anderen sein, von denen der Pförtner gesprochen hatte.

Auf der anderen Seite des Wagens mit der seltsamen Kofferraumverzierung lehnte ein Mann. Er trug einen dunklen Anzug und rauchte. In der linken Hand hielt er etwas, das Bremer nicht genau erkennen konnte, von dem er aber ziemlich sicher war, daß es sich um ein Walkie-talkie handelte. Als das Licht den Wagen erfaßte, erschien sein Schatten riesig und verzerrt an der weißgestrichenen Wand hinter ihm. Er drehte den Kopf und sah blinzelnd in ihre Richtung, machte aber keine Anstalten, vom Kotflügel des Wagens herunterzugleiten, auf dem er halb saß, halb lehnte.

Sendig gab ein wenig mehr Gas. Er fuhr nicht sehr schnell, aber sie waren auch keine zehn Meter mehr von den beiden

Wagen entfernt. Wenn er es nicht unbedingt darauf anlegte, die Bremsen des Krankenwagens zu testen, sollte er vielleicht allmählich wenigstens aufhören, Gas zu geben, dachte Bremer.

»Nicht so schnell«, sagte er.

Aber Sendig bremste nicht ab, sondern grinste plötzlich wieder – und trat das Gaspedal mit einem Ruck bis zum Anschlag durch.

Der Motor unter Bremers Füßen heulte auf. Der Wagen machte einen regelrechten Satz, überwand die verbliebenen fünf oder sechs Meter im Bruchteil einer Sekunde und krachte mit solcher Wucht in die Flanke des Mercedes, daß Bremer nach vorne geschleudert wurde und erst im letzten Moment die Arme vor das Gesicht riß, um sich nicht am Armaturenbrett die Zähne einzuschlagen. Glas splitterte, und beide Scheinwerfer des Krankenwagens erloschen im gleichen Augenblick. Der Mercedes wurde ein Stück in die Höhe gehoben und drohte beinahe umzukippen, dann stürzte er mit einem schmetternden Schlag zurück, wobei er die Stoßstange und einen guten Teil der Motorhaube des Krankenwagens abriß.

Bremer hatte den größten Teil des Aufpralles irgendwie abgefangen, ohne dabei ein paar Zähne einzubüßen oder sich die Handgelenke zu brechen; aber die verbliebene Wucht war noch immer groß genug, ihn vom Sitz zu reißen und zu Boden zu schleudern. Benommen blieb er einige Augenblicke liegen. Als er sich wieder in die Höhe stemmte, kroch Sendig ebenfalls gerade unter dem Lenkrad hervor. Er hatte weniger Glück gehabt und blutete heftig aus der Nase, grinste aber trotzdem wie ein Schuljunge, dem ein besonders lustiger Streich gelungen war.

»Ups!« sagte er. »Wie ungeschickt von mir!«

»Sind… sind Sie verrückt geworden?« keuchte Bremer.

Sendig lachte, riß die Tür auf und sprang aus dem Wagen. Bremer vergeudete eine halbe Sekunde damit, ihm fassungslos nachzustarren, dann drehte er sich hastig herum und stieß die Tür auf der anderen Seite auf. So schnell er nur konnte, stolperte er hinter Sendig her, holte ihn aber trotzdem erst ein, als er den halbzertrümmerten Mercedes bereits umrundet hatte.

Der Mann, der auf dem Kotflügel gesessen hatte, lag jetzt stöhnend neben dem Wagen auf den Knien und hielt sich das Gesicht. Er blutete heftig aus Mund und Nase. Sendig rannte auf ihn zu, hielt abrupt an und sah einen Herzschlag lang wortlos – aber sichtlich amüsiert – auf ihn hinunter.

»Na so was!« sagte er kopfschüttelnd. »Sind euch die BMWs ausgegangen?«

Der Verletzte hob mühsam den Kopf und sah zu ihm hoch. Er blutete heftig aus Mund und Nase, und wahrscheinlich hatte er auch noch andere, schlimmere Verletzungen, denn sein Gesichtsausdruck spiegelte nur vollkommenes Unverständnis und Schmerz. Dann blitzte etwas in seinen Augen auf, aber die Erkenntnis kam zu spät. Noch immer grinsend streckte Sendig blitzschnell die Hand aus, grub die Finger in sein Haar und knallte seine Stirn so heftig gegen den Kotflügel, daß der Wagen um eine weitere Delle bereichert wurde. Der Mann verdrehte die Augen und sank bewußtlos zu Boden, als Sendig seine Haare losließ.

»Sendig!« keuchte Bremer. »Sind Sie wahnsinnig?!« Instinktiv trat er auf Sendig zu, hob die Arme, wie um ihn zu packen – und erstarrte mitten in der Bewegung. In Sendigs Hand lag plötzlich wieder die Pistole. Und sein Lächeln war wie weggeblasen.

»Behalten Sie die Nerven, Bremer«, sagte er. »Wir haben jetzt wirklich keine Zeit für Gefühlsduseleien. Holen Sie den Jungen.«

»Gefühlsduseleien?« Bremer starrte aus vor Schrecken geweiteten Augen auf den bewußtlosen Mann zu Sendigs Füßen hinunter. »Sind Sie verrückt? Sie hätten ihn umbringen können!«

»Und?« fragte Sendig. »Sind Sie so naiv, oder tun Sie nur so, Bremer? Glauben Sie im Ernst, daß die uns am Leben lassen, wenn sie uns zu fassen kriegen? Bestimmt nicht! Und jetzt holen Sie endlich den Jungen. Wir müssen weg hier. Wahrscheinlich sind noch einige mehr von diesen Kerlen in der Nähe!«

Bremer fühlte sich für einen Moment wie vor den Kopf geschlagen. Sendigs völlig überraschende Brutalität schockierte ihn, aber zugleich begriff er auch, daß er wahrscheinlich recht hatte. Wenn das, was Sendig ihm über die Droge und Sillmanns geheimnisvolle Beschützer erzählt hatte, die Wahrheit war, dann stand hier mittlerweile zuviel auf dem Spiel, als daß sie noch Rücksicht auf zwei kleine Polizeibeamte nehmen würden, vor allem dann nicht, wenn sie sich als lästige Mitwisser entpuppten. Hätte er auch nur einen Moment lang über diese Frage nachgedacht, dann wäre er wahrscheinlich von selbst darauf gekommen – aber aus irgendeinem Grund hatte er das bisher nicht getan. Wahrscheinlich, weil er es gar nicht wissen *wollte.*

»Los schon!« sagte Sendig ungeduldig. »Wir haben wahrscheinlich nur ein paar Minuten!«

Bremer drehte sich widerwillig herum und ging ein paar Schritte, aber dann rannte er zum Krankenwagen zurück. Er war plötzlich sehr zornig, vor allem auf sich selbst. Er hätte wissen müssen, daß es so oder so ähnlich enden würde – verdammt, er hatte es gewußt. Wieso hatte er es zugelassen? Mit einer viel zu heftigen Bewegung riß er die Türen auf und sprang in den Wagen hinein.

Auch die Innenbeleuchtung war ausgefallen, so daß er im ersten Moment kaum etwas sah. Immerhin erkannte er, daß Mark sich aufgerichtet hatte und vornübergesunken auf der Trage saß. Er stöhnte leise, hob aber den Kopf, als er Bremer bemerkte, und sah ihn an. »Was… was ist passiert?«

»Nichts«, antwortete Bremer hastig. »Ein kleiner Unfall, nichts Schlimmes. Ist Ihnen etwas passiert?«

Mark schüttelte den Kopf. Er versuchte aufzustehen, aber er war so schwach, daß es ihm ohne Bremers Hilfe nicht gelang. »Sind wir… da?« fragte er stockend.

»Ich glaube«, antwortete Bremer. Dann fügte er, hörbar (wenn auch gelogen) überzeugter hinzu: »Ja. Noch ein paar Schritte. Können Sie gehen?«

»Ja«, behauptete Mark. Es gelang ihm tatsächlich, einen Fuß vor den anderen zu setzen und sich zur Tür zu schleppen, aber nur, weil Bremer ihn dabei stützte. An der Tür angekommen, ergriff Bremer ihn kurzerhand unter den Armen und setzte ihn einen halben Meter tiefer wie ein Kind zu Boden. Mark stöhnte. Die Berührung mußte an seinem verletzten Arm höllische Schmerzen verursachen.

Bremer sprang hinter ihm aus dem Wagen, nahm kurz entschlossen seinen unverletzten Arm und legte ihn sich über Schultern und Nacken. Er hätte ihn getragen – der Junge war zwar groß, wog aber nicht besonders viel – und wäre auf diese Weise bestimmt schneller vorangekommen, aber er war ziemlich sicher, daß Marks Stolz das nicht zugelassen hätte, ganz gleich, wie elend er sich auch fühlte. So stützte er ihn, so gut er konnte, schlang den linken Arm um seine Hüfte und hakte die Finger unter seinen Gürtel, um auf diese Weise noch einen Teil seines Gewichts abzufangen.

Mark zitterte vor Anstrengung und Schmerz, als sie den zertrümmerten Mercedes umrundeten. Bremer sah, daß Sendig mittlerweile die Tür des Wagens geöffnet und den Bewußtlosen auf den Beifahrersitz verfrachtet hatte. Er fragte sich, warum, verschwendete aber keine Zeit auf diese Frage, sondern fuhr Sendig grob an: »Helfen Sie mir, verdammt noch mal!«

Sendig tauchte rückwärts wieder aus dem Wagen auf, aber er rührte keinen Finger, um Bremer zu helfen, sondern musterte nur Mark, auf eine Weise, die Bremer einen eisigen Schauer über den Rücken jagte. »Wie fühlen Sie sich?« fragte er. »Geht es?«

»Das ist die dämlichste Frage des Tages«, sagte Bremer wütend. »Helfen Sie mir, zum Teufel! Sie sehen doch, daß er gleich zusammenbricht.«

»Das ist... nicht nötig«, sagte Mark schwach. »Wirklich, ich... ich fühle mich schon besser.«

Um seine Worte zu beweisen, nahm er die Hand von Bremers Schulter und versuchte, aus eigener Kraft zu stehen. Es gelang ihm nicht ganz; er mußte sich gegen den Kotflügel des Wagens lehnen, um nicht zu stürzen. Aber er hatte trotzdem recht – er war schon weitaus kräftiger als drinnen im Wagen, und Bremer konnte regelrecht *sehen*, wie er sich erholte. Es war das zweite Mal innerhalb kurzer Zeit, und diesmal wirkte es noch unheimlicher.

»He, was ist denn da los?« Der Pförtner kam mit weit ausgreifenden Schritten herangestürmt. Sein Gesicht war eine einzige Maske der Empörung. »Was treibt ihr denn da? Was ist los?«

Er blieb abrupt stehen, als er nahe genug war, um die beiden ineinanderverkeilten Wagen richtig zu erkennen. Seine Augen weiteten sich. »Aber das… Was habt ihr denn nur gemacht?«

»Nichts«, antwortete Sendig. »Ein kleiner Unfall. Es ist alles in Ordnung, danke. Nichts passiert.«

»Nichts passiert?!« keuchte der Mann. Dann schlug der Ausdruck von Fassungslosigkeit auf seinen Zügen in jähes Erschrecken um. »He – ihr… ihr seid überhaupt keine Sanitäter. Hier stimmt doch was nicht!«

»Ich sagte doch, es ist alles in Ordnung«, wiederholte Sendig. Er wandte sich dem Mann vollends zu, und diesmal hielt seine Verkleidung nicht einmal mehr einem flüchtigen Blick stand. Unter der viel zu großen orangeroten Jacke sah die Hälfte seines Mantels hervor, und er hielt immer noch die Pistole in der linken Hand.

»Ihr… ihr seid gar keine Sanitäter!« wiederholte der Pförtner hysterisch. »Hier ist doch was faul. Ich… ich rufe die Polizei!«

»Tun Sie das«, riet ihm Sendig. »Aber verschwinden Sie endlich.«

Er hob seine Waffe, nicht einmal sehr weit, vielleicht um zehn Zentimeter, so daß sie noch lange nicht auf sein Gegenüber deutete, aber die Bewegung reichte trotzdem, den Mann aus seiner Erstarrung zu reißen. Er keuchte erschrocken, ließ die Taschenlampe fallen und stürmte davon.

»Los jetzt!« sagte Sendig. »Bremer!«

Bremer verstand. Ohne auf Marks schwache Proteste zu achten, ergriff er ihn wieder auf die gleiche Art wie gerade und zog ihn auf die offenstehende Tür des Laborgebäudes zu. Sendig folgte ihnen in einem Schritt Abstand, sah sich aber im Laufen immer wieder um. Von irgendwelchen Verfolgern war noch nichts zu sehen, aber daß sie niemanden sahen, mußte nicht bedeuten, daß sie nicht *gesehen wurden.* Außerdem wurde in der Fabrik gearbeitet. Hinter einigen Fenstern brannte Licht, und Bremer hörte das Geräusch ferner laufender Maschinen. Er ertappte sich bei dem Gedanken, daß es ein Fehler gewesen war, den Pförtner gehen zu lassen. Er machte sich keine Sorgen darum, daß er die Polizei rief – was immer dort unten im Keller auf sie wartete, sie würden garantiert zu spät kommen, um noch irgend etwas zu ändern –, aber er hatte wenig Lust, sich mit einem Dutzend aufgebrachter Arbeiter herumzuschlagen, die ihre helle Freude daran hatten, zwei vermeintliche Einbrecher auf frischer Tat zu schnappen.

Kurz bevor sie die Tür erreichten, blieb Mark plötzlich stehen. Bremer spürte, wie er sich für einen Sekundenbruchteil versteifte und dann am ganzen Leib zu zittern begann. »Was ist los?« fragte er erschrocken.

»Sie... sie kommen«, murmelte Mark. »Sie kommen hierher!«

Bremer sah sich instinktiv erschrocken um. Der Pförtner verschwand gerade in diesem Moment in seinem Torhäuschen, aber der Hof war immer noch leer. »Wer?« fragte er.

»Sie kommen«, wiederholte Mark. »Sie... sie kommen mich wieder holen.«

45. *Kapitel*

Haymar gab auf. Mit einer Wucht, die das eigentlich sehr stabile Plastikgehäuse knirschen ließ, rammte er das Funkgerät in den Halter am Armaturenbrett zurück.

»Meldet er sich nicht?« fragte Brauss.

Nein, dachte Haymar wütend. *Das ist es nicht, Idiot. Ich habe aus purer Langeweile ungefähr fünfundzwanzig Mal versucht, den Wagen zu erreichen, und immer im letzten Moment abgeschaltet.* Irgendwann in nicht mehr allzu ferner Zukunft würde er Brauss beiseite nehmen und sich mit ihm von Mann zu Mann unterhalten. Und sollte Brauss danach noch in der Lage sein, seinen derzeitigen Beruf auszuüben, würde er sich garantiert einen anderen Partner suchen.

»Irgendwas stimmt da nicht«, murmelte Brauss. »Jetzt haben sie auch das Licht ausgeschaltet. Wir sollten nachsehen.«

»Kommt nicht in Frage«, erwiderte Haymar. »Berger war ziemlich eindeutig. Wir beobachten, mehr nicht. Bis wir andere Befehle bekommen«, fügte er mit einer Kopfbewegung auf das Funkgerät hinzu, mit dem er seit gut fünf Minuten vergeblich versucht hatte, genau diese anderen Befehle zu hören. Oder wenigstens irgend etwas.

Das schlimmste war, daß er Brauss insgeheim recht geben mußte. Irgend etwas stimmte dort vorne auf dem Fabrikgelände wirklich nicht. Haymar arbeitete jetzt seit annähernd zehn Jahren für die Abteilung und für Berger, und wenn er eines über seinen Chef wußte, dann, daß er ein Sicherheitsfanatiker war. Er ging nie ohne seine drei Bodyguards aus dem Haus, und er ließ prinzipiell einen der Männer als Eingreifreserve zurück – und ein eingeschaltetes Funkgerät. Den Apparat nicht ununterbrochen empfangsbereit und die Ohren auf weniger als hundertfünfzig Prozent Aufmerksamkeit zu haben war eine ziemlich sichere Methode, am nächsten Tag *nicht* mehr als Leibwächter des Chefs zu arbeiten. Haymar war es vor nicht allzu langer Zeit genauso gegangen.

Jetzt meldete sich der Posten seit fünf Minuten nicht mehr.

Brauss hatte recht. Irgendwas war faul. Trotzdem sagte er noch einmal: »Wir warten.«

Er sah seinem jungen Kollegen an, wie gerne er widersprochen hätte. Daß er es nicht tat, lag einzig an seinem – Haymars – Ruf. Er stand in der Hackordnung der Abteilung noch ein gutes Stück unter Berger, aber er war dafür bekannt, das, was er an Brutalität und Streitlust zuviel hatte, mit einem Mangel an Geduld zu kompensieren. Haymar wußte, daß ihn einige seiner Kollegen für einen Psychopathen hielten, aber das empfand er eher als Kompliment – solange niemand den Fehler beging, es ihm ins Gesicht zu sagen, allerdings.

Aber Brauss mußte entweder mutiger – oder noch dümmer – sein, als Haymar erwartet hatte, denn nach einigen weiteren Sekunden sagte er: »Und was ist, wenn sie verschwinden?«

»Wohin denn?« fragte Haymar abfällig. Er teilte zwar Brauss' Sorge, daß dort vorne irgend etwas schiefgegangen sein könnte, aber nicht die, daß Sillmann und diese beiden Polizisten ihnen entkamen. Es gab nur diesen einen Weg in die Fabrik hinein oder heraus, und den blockierten sie vollkommen. Natürlich konnten sie theoretisch versuchen, den Wagen stehenzulassen und auf der Rückseite des Geländes über den Zaun zu klettern, aber wirklich nur *theoretisch.* Haymar hatte mit eigenen Augen gesehen, in welchem Zustand der Junge war. Zu Fuß kam er keine hundert Meter weit.

»Wir sollten wenigstens *nachsehen*«, beharrte Brauss. Er streckte die Hand nach dem Fernglas aus, zögerte eine Sekunde und ergriff es dann, als Haymar nicht protestierte.

Haymar hielt den Atem an, als er das Gerät an die Augen hob. Nichts geschah. Natürlich nicht. Trotzdem war er nahe daran, Brauss zu warnen oder ihm den Feldstecher gleich aus der Hand zu schlagen. Statt dessen ließ er ein paar Sekunden verstreichen, dann sagte er: »Sie müssen es einschalten.«

Brauss ließ das Gerät verdattert sinken, sah Haymar einen Herzschlag lang verlegen an und drückte dann überhastet die entsprechende Taste. Ein winziges grünes Licht glomm an der linken Seite des Apparates auf. »Danke«, murmelte er.

Hastig setzte er das Gerät wieder an, schwenkte es in Richtung der Fabrik und drehte an der Feineinstellung.

Dann explodierte sein Gesicht. Haymar konnte *hören,* wie irgend etwas mit furchtbarer Gewalt direkt durch die Optik des Gerätes hindurch in seine Augen fuhr und sie zerriß.

Brauss schrie auf. Sein Kopf wurde wie von einem Hammerschlag getroffen und gegen die Kopfstütze geschleudert. Zwischen dem Okular des Fernglases und seinen Augen schoß eine Blutfontäne hervor, besudelte die Sitze, die Scheiben und Haymars Gesicht. Brauss' ganzer Körper bäumte sich mit solcher Gewalt auf, daß das untere Viertel des Lenkrades einfach wegsplitterte und Haymar hören konnte, wie seine Oberschenkel brachen, und Brauss schrie noch immer. Seine Hände fuhren unkontrolliert durch die Luft, zerschmetterten das Seitenfenster und trafen Haymar mit solcher Wucht, daß er benommen gegen die Beifahrertür sank.

Dann, endlich, hörte Brauss auf zu schreien. Sein Oberkörper sank nach vorne, und seine Stirn schlug auf dem zerschmetterten Lenkrad auf. Aber noch im Tode rollte sein Kopf zur Seite, als wäre ihm im nachhinein aufgefallen, daß da noch etwas war, was er Haymar zeigen wollte.

Sein Gesicht war verzerrt und so voller Blut, daß es wie eine bizarre rote Faschingsmaske aussah, nur daß sie anstelle von Augen zwei faustgroße, blutige Krater mit zerfetzten Rändern hatte, aus denen grauer Rauch aufstieg.

Haymar starrte das grauenhafte Bild eine geschlagene halbe Minute lang an, ehe er ganz langsam den Blick senkte und auf das Fernglas herabblickte, das in einer rasch größer werdenden Blutlache zwischen Brauss' Füßen lag, und plötzlich sah er noch einmal ganz deutlich das furchtbare klauenbewehrte Ding, das so jäh in der Optik aufgetaucht war. Hätte er nur eine halbe Sekunde später reagiert…

Brauss' Körper rutschte mit einigen Sekunden Verspätung seitlich vom Lenkrad herunter und prallte gegen die Tür, und das dumpfe Geräusch holte Haymar endgültig in die Realität zurück. Mit zitternden Fingern riß er das Funkgerät aus der Halterung, schaltete es ein und wechselte auf eine andere Frequenz als die, auf der er gerade noch versucht hatte, Berger zu erreichen.

46. *Kapitel*

Das Gebäude schien vollkommen verlassen zu sein. Der Korridor, durch den sie kamen, führte an einem Dutzend Türen vorbei, die fast allesamt offenstanden: Büros, Konferenz- und Laborräume, von denen sie nur die durch das aus dem Gang hereinfallende Licht erhellten winzigen Ausschnitte sehen konnten. Hier und da blinzelte das grüne Lämpchen eines Telefons oder Computerterminals, das von seinem Besitzer nicht ausgeschaltet worden war, aber die kurze Schreckensvision, die Bremer für einen Moment gehabt hatte, als sie ins Haus hineingingen, wurde nicht wahr: Niemand sprang plötzlich hinter einer Tür hervor und richtete eine Waffe auf sie oder eröffnete gleich das Feuer. Der Posten draußen war offensichtlich allein gewesen.

Wie der Pförtner gesagt hatte, führte der Korridor schnurgerade fast durch das gesamte Gebäude hindurch und endete vor einer wuchtigen, mit Schnitzereien verzierten Eichentür. Sie klemmte ein wenig, so daß sich Sendig zweimal mit der Schulter dagegenwerfen mußte, um sie aufzubekommen, und die kurze Verzögerung gab Bremers Phantasie Gelegenheit zu einer zweiten, witzigen Vision: Die Tür sah massiv genug aus, um den Beschuß einer Panzerfaust standzuhalten. Wäre sie abgeschlossen gewesen, dann wäre ihre Flucht nach allem, was sie geschafft hatten, hier zu Ende – ein grotesker, aber irgendwie beinahe auch schon wieder passender Ausgang dieser aberwitzigen Geschichte.

Die Tür war nicht verschlossen. Als Sendig das zweite Mal mit der Schulter dagegenstieß, ging sie so plötzlich auf, daß er, vom übriggebliebenen Schwung seiner eigenen Bewegung mitgerissen, hindurchstolperte und um ein Haar gestürzt wäre.

Bremer folgte ihm hastig, aber er nahm sich trotzdem die Zeit, die Tür hinter sich wieder ins Schloß zu schieben. Er sah nicht ein, daß er ihren Verfolgern die Zeit schenken sollte, die sie durch die Tür verloren hatten.

Daß sie verfolgt wurden, daran bestand mittlerweile kein Zweifel mehr – und zwar ganz bestimmt *nicht* von seinen ehemaligen Kollegen oder einer Meute Fabrikarbeiter, die auf eine Schlägerei aus waren. Mark hatte seine unheimlichen Worte nicht wiederholt, aber Bremer *spürte* es einfach. Irgend jemand – *irgend ETWAS* – verfolgte sie. Und es kam näher. Rasend schnell.

»Bremer, wo bleiben Sie?« schrie Sendig. Er hatte sich wieder gefangen und war bereits weitergelaufen. Der Korridor setzte sich vor ihnen nur noch ein paar Meter weit fort und ging dann in eine breite, mit einem grünen Läufer belegte Holztreppe über, die in eine von Neonlicht erhellte Tiefe führte. »Beeilen Sie sich, verdammt noch mal!«

Bremer rückte Marks Gewicht auf seiner Schulter hastig zurecht und lief los. Mark stöhnte. Vermutlich bereitete ihm die Bewegung unerträgliche Schmerzen, denn er versuchte schwach, sich loszureißen, aber Bremer nahm nun keine Rücksicht mehr. Die zweite Injektion, die Sendig ihm gegeben hatte, hatte noch weniger lange vorgehalten als die erste. Die Kräfte des Jungen waren so rasch wieder geschwunden, wie er sich erholt hatte; Bremer schleifte ihn mehr neben sich her, als er ihn stützte. Über Bremers Schulter lief klebrige Wärme. Die Wunde in Marks Arm hatte wieder zu bluten begonnen. Seine Chancen, mit einem Toten im Arm unten anzukommen, standen wirklich nicht schlecht. Er erreichte die Treppe und warf einen hastigen Blick über die Schulter zurück, ehe er die Stufen hinuntertastete. Die Tür war noch geschlossen, aber was immer ihnen folgte, es war jetzt nahe. Und es war kein Mensch. Vielleicht nicht einmal etwas Lebendiges. Vielleicht hatte sich Sendig getäuscht, als er vermutete, daß Mark nur wirklich gefährlich war, wenn er schlief; vielleicht reichte der fast komatöse Zustand des Jungen auch aus, um die unheimlichen Kräfte seines Geistes schon jetzt zu entfesseln, aber vielleicht war es auch ganz anders, als sie beide geglaubt hatten. Er würde es herausfinden. Sehr bald.

Sie stolperten die Treppe hinab und fanden sich unversehens in einer vollkommen veränderten Umgebung wieder. Hatten die Architekten oben wenigstens noch versucht, das

Ambiente des alten Gutshofes beizubehalten, der dieses Gebäude früher einmal gewesen war, herrschte hier unten nichts als kalte Funktionalität. An der Decke leuchteten Neonröhren, und vor ihnen lag ein langer, weißgestrichener Gang, von dem ein halbes Dutzend Glastüren abzweigten. Sämtliche Räume dahinter waren taghell erleuchtet. Es waren Laboratorien voller unverständlicher Gerätschaften, Chrom und blinkender Monitore.

Es war beinahe zuviel. Bisher hatte Bremer sich erfolgreich dagegen gewehrt, sich zu erinnern, aber dieser Anblick weckte die Geister der Vergangenheit. Er war schon einmal hiergewesen, vor sechs Jahren, aber es hätten auch sechzig Jahre sein können, und er hätte sich genauso gut erinnert. Er würde dieses Gebäude nie vergessen, ganz egal, wieviel Zeit auch verging. Außerdem schien sich absolut nichts verändert zu haben. Damals wie heute kam ihm dieser unter der Erde gelegene Gang wie die Kulisse eines Science-fiction-Filmes vor, in der die Zeit mindestens fünfzig Jahre übersprungen hatte; aber zugleich schien sie auch stehengeblieben zu sein, wie um auf die verlorenen Jahre zu warten. Damals wie heute gab es nur einzige Tür in diesem futuristischen Gang, die nicht aus Glas bestand, sondern aus massivem, weißlackiertem Stahl, und mit gleich zwei Schlössern gesichert war. Und damals wie heute waren die Schlösser geöffnet, und die Tür stand einen Spaltbreit auf. Voll kalten Entsetzens fragte er sich, ob er dahinter auch heute wieder das gleiche finden würde wie vor sechs Jahren: den absoluten Terror.

Sendig schob die zentnerschwere Tür weiter auf und wedelte ungeduldig mit beiden Händen, damit sie schneller liefen. Bremer wollte es sogar, aber er wurde im Gegenteil eher langsamer. Mark versuchte jetzt gar nicht mehr, zu gehen, sondern ließ sich wie eine leblose Last von ihm mitschleifen. Hätte er nicht ab und zu ein leises Stöhnen ausgestoßen, Bremer wäre davon überzeugt gewesen, daß er auch genau das war. Sie waren dabei, ihn umzubringen. *Er* war dabei, ihn umzubringen.

An der Tür angekommen, sah er wieder über die Schulter zurück. Er spürte den Verfolger jetzt immer deutlicher, aber noch konnte er nichts sehen. Der Gang hinter ihnen war leer. Vielleicht würde er ihn diesmal überhaupt nicht sehen.

Er verscheuchte den Gedanken und trat hinter Sendig durch die Tür, und wieder änderte sich ihre Umgebung so radikal, wie es nur ging. Das Pendel schlug zurück. Aus der renovierten Pracht der Gründerzeit waren sie ein Stück weit in die Zukunft gesprungen und jäh im finsteren Mittelalter gelandet. Vor ihnen lag ein steil in die Tiefe führender, gewölbter Gang, dessen Wände und Decke aus nur roh behauenen Natursteinquadern bestanden, ebenso wie die Treppenstufen, die so ausgetreten waren, daß es selbst unter normalen Umständen schon riskant gewesen wäre, sie hinunterzugehen. Mit einem halbtoten Jungen auf der Schulter und einem Verfolger im Nacken wurde es zu einem lebensgefährlichen Abenteuer.

Ungeachtet dessen hüpfte Sendig wie ein roter Gummiball die Stufen hinunter und gewann rasch einen immer größer werdenden Vorsprung. Die Treppe war nur halb erleuchtet – unter der gewölbten Decke brannten zwei Neonröhren, deren untere jedoch ununterbrochen flackerte und weitaus länger *aus* als *an* war; als Sendig in diesen Bereich zweifach halbierter Helligkeit eintauchte, begann er selbst zu flackern. Er ging nicht mehr die Treppe hinunter, sondern verschwand von einer Stufe und tauchte auf der nächsten wieder auf. Plötzlich hatte Bremer unvorstellbare Angst davor, in diese blinzelnde Dunkelheit hineinzutreten, panische Angst.

Trotzdem beschleunigte er seine Schritte ein wenig. Sein Herz machte einen entsetzten Sprung, als er den hell erleuchteten Teil der Treppe verließ, und als die Dunkelheit das erste Mal über ihm zusammenschlug, hatte er tatsächlich das Gefühl, körperlich von etwas berührt zu werden.

Natürlich war es Einbildung. Es war nicht einmal wirklich dunkel, nur schattig. Bremer raffte das letzte bißchen Selbstbeherrschung zusammen, das er in sich fand, scheuchte die Angst noch einmal zurück und kam schwer atmend und mit hämmerndem Pulsschlag neben Sendig an, der sich mit einer weiteren, zwar ebenfalls nicht verschlossenen, aber offenbar noch schwereren Eisentür abmühte, die die untere Begrenzung der Treppe bildete. Dahinter lag der Keller. Während Sendig sich gegen die Tür stemmte und sie mühsam Zentimeter für Zentimeter aufschob, hob Bremer den Kopf und sah zum oberen Ende der Treppe hinauf.

Er war da.

Vor dem strahlend hell erleuchteten Rechteck der Tür stand ein gigantischer schwarzer Schatten und blickte zu ihnen herab. Ein Schatten mit einem Paar riesiger stählerner Schwingen und tödlichen Klauen. Er rührte sich nicht. Er kam nicht näher, sondern stand einfach da und starrte Bremer an; aber Bremer wußte, was sein Erscheinen bedeutete. Sie hatten ihr Ziel erreicht, und obwohl er noch nicht einen einzigen Blick in den Raum hinter der Tür geworfen hatte, wußte Bremer plötzlich, daß das, was *heute* auf sie wartete, nicht genauso schlimm sein würde wie damals.

Sondern schlimmer.

47. Kapitel

Morell trat so hart auf die Bremse, daß der Wagen ausbrach und sich mit kreischenden Reifen querstellte. Das Heck beschrieb einen Viertelkreis und verfehlte das andere Fahrzeug nur um Zentimeter, ehe Morell sich endlich wieder an das erinnerte, was er in der Fahrerschulung gelernt hatte, und den Wagen zum Stehen brachte.

»Mein Gott, was... was war das?« keuchte Zöhler. Er hatte die linke Hand gegen das Armaturenbrett gestemmt und den Arm durchgedrückt, um den erwarteten Zusammenprall abzufangen, sich gleichzeitig aber auch halb auf dem Beifahrersitz herumgedreht und sah aus dem Fenster.

»War das Brauss?« stammelte er. »Großer Gott, das... das war doch Brauss! Was ist mit seinem Gesicht passiert?«

Morell drehte sich nicht herum wie er, sondern begnügte sich damit, in den Rückspiegel zu starren. Alles, was er darin sehen konnte, war die offenstehende Tür des Wagens und eine Hand, die darunter hervorlugte. Trotzdem war das schon fast mehr, als er sehen *wollte.* Er hatte nur im Vorbeischleudern einen kurzen Blick auf Brauss' Gesicht erhascht, aber das reichte ihm vollkommen. Was immer Brauss zugestoßen war – er wollte es gar nicht wissen.

»Das... das war er doch, oder?« stammelte Zöhler.

Natürlich war es Brauss, dachte Morell. In dem Wagen hatten nur Haymar und er gesessen, und da sie Haymars Stimme noch vor ein paar Sekunden deutlich im Funkgerät gehört hatten, war die Auswahl nicht mehr sehr groß. Aber er wußte, daß Zöhler und Brauss befreundet waren, und so beließ er es bei einem Achselzucken.

»Ich bin nicht sicher«, sagte er.

»Einheit drei!« Haymars Stimme drang verzerrt aus dem Funkempfänger. Das Gerät arbeitete eigentlich störungsfrei, vor allem auf eine so kurze Distanz. Offensichtlich schrie Haymar laut genug, um das Mikrofon zu überlasten. »Wo bleibt ihr? Beeilt euch gefälligst!«

Morell hämmerte mit einer fast erschrockenen Bewegung den Gang wieder hinein und gab Gas, so daß der Wagen mit durchdrehenden Reifen losschoß und eine Spur aus verbranntem Gummi auf dem Asphalt zurückließ. Sie hatten einen guten Kilometer zurückgelegen, als der Einsatzbefehl über Funk kam, diese Distanz aber beinahe aufgeholt, während der andere Wagen kurz anhielt, um Haymar aufzunehmen. Jetzt hatte Einheit zwei wieder gut fünfhundert Meter Vorsprung – der Wagen schoß bereits durch das Fabriktor und verschwand in diesem Moment mit aufflammenden Bremslichtern auf dem Hof.

Morell fluchte und gab noch mehr Gas – aber er wußte selbst nicht genau, ob er es nun tat, um möglichst schnell zu Haymar und den beiden anderen aufzuschließen oder um möglichst schnell eine möglichst große Distanz zwischen sich und Brauss' entsetzliches Gesicht zu legen. Der Wagen schoß mit heulendem Motor auf das Fabriktor zu. Die Distanz betrug noch zweihundert Meter, dann hundert. Als sie noch fünfzig Meter entfernt waren, erschien eine Gestalt zwischen ihnen und dem Tor.

Sie trat nicht etwa aus der erleuchteten Pförtnerloge daneben heraus oder aus dem Schutz der Dunkelheit. Morell sah keine Bewegung.

Die Gestalt war *einfach da*, von einem Sekundenbruchteil auf den anderen.

Zöhler schrie neben ihm hysterisch auf und stemmte sich jetzt mit beiden Händen gegen das Armaturenbrett, während Morell mit aller Gewalt gleichzeitig auf Kupplung und Bremse trat und versuchte, zwei Gänge herunterzuschalten. Die Reifen blockierten. Grauer Rauch schoß unter allen vier Rädern hervor, und Morell hörte, wie beide Hinterreifen im gleichen Moment platzten. Das Lenkrad begann wild unter seinen Händen zu bocken, aber der Wagen schoß trotzdem weiter auf die schwarze Gestalt zu, und Morell wußte, daß sie nicht mehr rechtzeitig zum Stehen kommen würden. *Warum sprang der Kerl nicht endlich beiseite? Noch zwei Sekunden, und der Wagen würde ihn zermalmen!*

Dann sah er, daß es nicht die Gestalt eines Menschen war.

Sie war zwar menschenähnlich, aber viel zu groß und zu breitschultrig, und sie hatte nicht nur Arme und Beine, sondern zusätzlich noch ein Paar gewaltiger schwarzer Flügel von sonderbar eckiger Form. Sie hatte kein erkennbares Gesicht. Wo es sein sollte, war nur Schwärze. Und sie machte nicht die kleinste Bewegung, um dem heranschießenden Wagen auszuweichen, sondern stand einfach mit leicht erhobenen und halb ausgebreiteten Armen da. Der Wagen schlitterte auf blockierenden Rädern auf sie zu, erfaßte sie –

aber die Gestalt fiel nicht. Statt dessen *glitt sie einfach durch die Kühlerhaube des BMW hindurch,* als wäre sie wirklich nicht mehr als ein Schatten, und nur den Bruchteil einer Sekunde später durchdrangen Arme und Brust die Windschutzscheibe und waren plötzlich im Inneren des Wagens. Ihre Hände legten sich um Morells und Zöhlers Kehlen.

Und die waren keine Schemen mehr. Sie waren massiv, so hart und gnadenlos wie stählerne Baggerschaufeln. Die beiden Agenten starben im Bruchteil einer Sekunde, als ihre Körper jäh von diesen furchtbaren Klauen gepackt und festgehalten wurden, während der Wagen mit ungebremstem Tempo weiterschoß.

Die beiden Sitze zerbrachen. Morells kopfloser Torso flog nach hinten und wurde aus dem zersplitternden Heckfenster geschleudert, während der plötzlich fahrerlose Wagen ausbrach, eine komplette und dann noch eine halbe Pirouette vollführte und schließlich mit ungeheurer Wucht in das Pförtnerhäuschen neben dem Tor krachte. Praktisch in der gleichen Sekunde explodierte der Tank, und der Wagen, die Pförtnerloge und ein Teil des angrenzenden Zaunes wurden von einem orangeroten Feuerball verschlungen, der sich brüllend in den Himmel wälzte ...

48. Kapitel

Es war kein wirklicher Herzschlag, sondern das Geräusch der Maschinen, die in einem anderen Teil der Fabrik arbeiteten, das seinen Weg durch den Boden bis hierher fand, aber Mark gefiel die Vorstellung – sie hatte etwas Unheimliches, aber nichts Erschreckendes, sondern genau jene Art von sanftem Grusel, die er mochte.

Der Gedanke ließ ein leises Lächeln auf seinem Gesicht entstehen. Er war nicht der einzige, der Gruselgeschichten mochte, von Claudia vielleicht einmal abgesehen, die seine Begeisterung für solcherlei Dinge nie geteilt hatte. Aber nach dem heutigen Abend würde sie sie bestimmt auch mögen. Er würde ihr eine Geschichte zeigen, daß es ihr den Atem verschlug. Und nicht nur ihr.

Mark sah ungeduldig auf die Uhr. Es war fast zwölf. Er hatte den anderen gesagt, daß sie um Mitternacht hier sein sollten – die einzig passende Uhrzeit für das, was er vorhatte –, aber nun war es fast soweit, und noch ließ sich keiner der anderen sehen. Mark hoffte, daß sie alle kommen würden. Er hatte mit jedem einzelnen telefoniert und ihnen klargemacht, wie wichtig es war, daß sie kamen, und sie alle hatten zugesagt.

Andererseits wußte er, daß er sich nicht darauf verlassen konnte. Es war nicht das erste Mal, daß sie sich heimlich hier trafen, ohne daß sein Vater oder Onkel Löbach etwas davon erfuhren, aber meistens wurde der eine oder andere doch aufgehalten. Mark war mit seinen zwölf Jahren zwar nicht der älteste der Gruppe, aber doch einer der reifsten. Von dem knappen Dutzend, das sie waren, zählte keiner mehr als fünfzehn Jahre, und das war ein Alter, in dem es manchmal nicht einfach war, sich mitten in der Nacht aus dem Haus zu schleichen, noch dazu, ohne daß die Erwachsenen etwas merkten. Stefan und Klaus zum Beispiel waren gar nicht begeistert davon gewesen, daß er sie so überraschend hierherzitiert hatte, und noch dazu, ohne daß er ihnen sagte, warum eigentlich. Die beiden waren nicht nur Mitglieder ihrer Meditationsgruppe, sondern nebenbei auch noch aktive Fußballspieler – Mark verachtete *Fußball – und hatten morgen ein anstrengendes Turnier vor sich, und sie hatten ihm ziemlich deutlich zu verstehen gegeben, daß das, weswegen er sie hierherbeorderte, besser wirklich* wichtig *sein sollte, wenn er sich nicht gehörigen Ärger einhandeln wollte.*

Was das anging, machte sich Mark keine Sorgen. Wenn sie erst einmal sahen, was er ihnen zu bieten hatte, würden sie ihren bescheuerten Fußball garantiert auf der Stelle vergessen.

Marks Hände strichen fast liebkosend über den Einband des Buches, das auf seinem Schoß lag. Er hatte ein Stück Papier als Lesezeichen hineingelegt, so daß er es gleich an der richtigen Stelle aufklappen konnte. Nicht, daß das nötig gewesen wäre. In den letzten zwei Tagen hatte Mark die entsprechende Seite so oft aufgeschlagen, daß er sie wahrscheinlich sogar mit verbundenen Augen gefunden hätte. Sein Blick fiel zum unzähligsten Male auf die kunstvolle Zeichnung, die das obere Drittel des Blattes bedeckte, und dann las er den Text darunter. Er hatte ihn rot eingekreist, um ihn schneller wiederzufinden, aber mittlerweile kannte er ihn auswendig.

Fast behutsam klappte er das Buch wieder zu, stand auf und trug es zu dem kleinen Sekretär neben der Tür. Er legte es aufgeschlagen darauf, breitete aber einige Papiere darüber aus, damit keiner der anderen es durch Zufall sah, wenn er hereinkam. Schließlich wollte er sich nicht selbst den Spaß verderben – und ihnen die Überraschung.

Sein Blick glitt ein letztes Mal prüfend durch den Raum. Er war mit seinen Vorbereitungen zufrieden – aber es war ja schließlich auch genug Arbeit gewesen. Er hatte allein zwei Tage gebraucht, um die benötigte Anzahl von Kerzen zusammenzubekommen; und gute drei Stunden, um sie alle anzuzünden. Es waren genau sechshundertsechsundsechzig. Ihr Licht war zusammengenommen, nicht einmal so hell wie das der beiden Neonröhren unter der Decke, aber viel wärmer, und die zahllosen brennenden Dochte erfüllten die Luft mit einem sonderbaren, fast berauschenden Aroma. Auf dem niedrigen Holzpodest am anderen Ende des Kellers hatte er ein Kreuz aufgestellt, das er selbst – zugegeben, nicht besonders kunstvoll – aus zwei Latten zusammengebastelt hatte. Auf den ersten Blick wirkte es gleichschenklig, aber das war eine ganz bewußte Täuschung. Der obere Balken war einen halben Zentimeter länger als der untere, was es zu einem umgedrehten Kruzifix machte. Das war sehr wichtig für das, was Mark vorhatte. Gleichzeitig konnten die anderen es nicht sofort sehen. Er mußte ein bißchen aufpassen, damit sie nicht vorher Verdacht schöpften und ihm den Spaß verdarben. Ja – alles war bereit. Jetzt fehlten nur noch die anderen.

Als wäre dieser Gedanke ein Stichwort gewesen, hörte er Schritte draußen im Vorraum, und einen Augenblick später betrat Claudia den Keller. Sie blieb überrascht stehen, als sie sah, welche Vorbereitungen er getroffen hatte, und blickte sich blinzelnd um.

»He, was ist... «

»Hübsch, nicht?« fiel ihr Mark grinsend ins Wort. »War auch eine Menge Arbeit.«

»Hübsch?« Claudia runzelte die Stirn, als suche sie nach einem anderen, zutreffenderen Ausdruck für das, was sie sah. »Also ich weiß nicht... Was soll denn das? Ist das etwa der Grund, aus dem wir alle so dringend hierherkommen mußten?«

»Auch«, bestätigte Mark. Er mußte sich plötzlich beherrschen, um ihr nicht sofort alles zu erzählen, aber das hätte ihm die Freude verdorben. Später würde sie von dem, was er ihnen zeigte, zweifellos genauso begeistert sein wie die anderen, aber zuerst wollte er ihr noch einen kleinen Schrecken einjagen. Ihr vor allem. Claudia und er waren jetzt seit einem Jahr zusammen in Löbachs Gruppe. Sie kannten sich, so lange er denken konnte – schließlich war ihr Vater ein guter Freund seines Vaters –, aber wirklich eng befreundet waren sie eigentlich erst, seit sie ihr gemeinsames Talent entdeckt hatten. Seither waren sie allerdings unzertrennlich, auch über die monatlichen Treffen mit Claudias Vater und den anderen hinaus.

Aber das änderte nichts daran, daß sie trotzdem auf eine Art Konkurrenten geblieben waren, jetzt vielleicht mehr denn je. Claudia und er waren unbestritten die beiden talentiertesten Schüler, die die Gruppe je gehabt hatte. Selbst Marcus, der der älteste war und die größte Erfahrung im Umgang mit AZRAEL hatte, gab neidlos zu, daß ihre Visionen die besten waren, und zwar mit Abstand. Aber Claudia und er teilten sich diese Führerrolle; und auch wenn keiner von ihnen das laut zugegeben hätte – es paßte weder ihm noch ihr.

Nun, dachte Mark, nach heute abend würde Claudia es schwerhaben. Das, was er den anderen zu bieten hatte, mußte sie erst einmal besser machen.

»Was ist so komisch?« fragte Claudia. Offenbar hatte Mark sich nicht gut genug in der Gewalt, sich seine Vorfreude nicht anmerken zu lassen.

»Nichts«, sagte er. Fast hastig fügte er hinzu: »Hast du es?«

Claudia zögerte einen Moment, dann griff sie in die Tasche ihrer knappsitzenden weißen Jeansjacke und zog eine kleine Papiertüte hervor. Mark nahm sie entgegen, schüttete ihren Inhalt auf seine ausgestreckte Hand und zählte die farblosen Kapseln: Es waren zwölf. Nicht viel, aber genug.

»Mehr war nicht drin«, sagte sie. »Ich habe sowieso kein gutes Gefühl dabei.«

»Wieso?« fragte Mark.

Claudia zuckte mit den Schultern. »Ich glaube, mein Vater beginnt Verdacht zu schöpfen. Er hat zwar nichts gesagt, aber so komische Andeutungen gemacht.«

»Was für Andeutungen?« *fragte Mark alarmiert.*

Claudia druckste einen Moment herum. »Andeutungen eben«, sagte sie schließlich. »Ich glaube jedenfalls nicht, daß er sehr begeistert ist, wenn er herauskriegt, daß wir uns heimlich hier treffen.«

Mark schwieg dazu. Das war ein Thema, über das sie schon öfter gesprochen hatten, aber Mark hatte im Augenblick keine Lust, die alte Diskussion erneut aufflammen zu lassen. Claudia war ebenfalls nicht begeistert davon, daß sie sich zusätzlich zu ihren monatlichen Sitzungen, die unter strenger Kontrolle ihres Vaters stattfanden, auch noch manchmal heimlich hier trafen. Er war sogar ziemlich sicher, daß es nur einen einzigen Grund gab, aus dem sie überhaupt kam – nämlich um ihm einen Gefallen zu tun. Und, natürlich, irgendwann einmal den Beweis anzutreten, daß sie doch *die bessere war. Während ihrer normalen Sitzungen würde ihr das bestimmt nicht gelingen. Ihr Vater achtete streng darauf, daß sie bei ihren geistigen Ausflügen einen bestimmten Punkt niemals überschritten – was sie natürlich ungehemmt taten, wenn sie allein waren. Nein, er würde bestimmt nicht begeistert sein, wenn er wüßte, was sie hier taten. Und in Zukunft sehr viel besser darauf achten, daß seine Tochter sich nicht in sein Arbeitszimmer schlich und eine Extraportion AZRAEL aus seinem Schrank nahm …*

»Also was soll das alles hier?« fragte Claudia, nachdem Mark eine Weile geschwiegen und sie sich weiter in dem von Kerzenschein erfüllten Raum umgesehen hatte. »Was hast du vor? Eine schwarze Messe abzuhalten?«

Mark grinste. »Etwas viel Besseres«, sagte er. »Wart's ab. Nebenbei – hast du die anderen gesehen?«

Claudia nickte. »Sie sind oben. Sie kommen gleich nach, aber im Moment geht es noch nicht.« Sie lachte. »Bruno hat wieder einmal verschlafen und ist noch nicht auf seiner Runde.«

»Und wie bist du vorbeigekommen?« fragte Mark.

»Nun laß mir doch meine kleinen Geheimnisse«, kicherte Claudia. »Du weißt doch, daß einer Frau gewisse Möglichkeiten offenstehen, ihre Ziele zu erreichen.«

Mark sah sie mit gespieltem Entsetzen an. Er grinste ebenfalls, aber er verspürte auch ein rasches, völlig absurdes Gefühl von Eifersucht.

Sie gingen jetzt ein halbes Jahr miteinander, und er wußte, daß Claudia ihm treu war – wer gemeinsam AZRAEL nahm, der hatte keine Geheimnisse voreinander – und Bruno nun wirklich keine Konkurrenz darstellte. Trotzdem ärgerte ihn die Bemerkung ein bißchen.

Ehe der Gedanke weiter in ihm bohren konnte, ging die Tür auf, und die anderen kamen herein. Offensichtlich war der Nachtwächter mittlerweile wach geworden und hatte seine Runde begonnen, was ihnen endlich Gelegenheit gab, durch die präparierte Stelle im Zaun gleich neben dem Tor zu schlüpfen. Es gab ein großes Hallo und eine Reihe spöttischer oder auch mißtrauischer Bemerkungen, als sie sahen, was er vorbereitet hatte, und vor allem Stefan konnte es sich nicht verkneifen, ihm noch einmal unter die Nase zu reiben, wie schwierig es gewesen war, aus dem Haus zu kommen, ohne daß seine Eltern es merkten.

»Ich hoffe, es lohnt sich«, schloß er in grollendem Tonfall. »Wir haben morgen ein anstrengendes Spiel. Wehe, du hast mich umsonst um meinen Nachtschlaf gebracht.«

»Du wirst es nicht bereuen«, versprach Mark. »Aber jetzt laßt uns anfangen. Es ist schon spät.«

Er sah auf die Uhr – Mitternacht war seit zehn Minuten vorbei, und er mußte weitere zehn Minuten einkalkulieren, ehe das Mittel bei allen wirkte. Dazu noch einige Minuten, um die Trance zu erreichen … Alles in allem blieb ihm gerade eine halbe Stunde, wenn er die Zeit zwischen zwölf und eins ausnutzen wollte. Die Geisterstunde.

»Also, jetzt mal raus mit der Sprache!« verlangte Marcus. »Was ist so ungeheuer wichtig, daß wir mitten in der Nacht herkommen mußten?«

»Das werdet ihr gleich erfahren«, sagte Mark. Er wartete, bis sich alle im Kreis auf den Boden gesetzt und an den Händen ergriffen hatten, ehe er selbst den Platz in der Mitte des Kreises einnahm, an dem normalerweise Onkel Löbach saß. Er übernahm auch weiter dessen Rolle, indem er heute die Rationen verteilte. Einige machten überraschte Gesichter, als sie sahen, daß jeder eine ganze Kapsel bekam – Löbach gestattete ihnen nie mehr als ein Drittel, und selbst das nicht immer. Aber für das, was Mark vorhatte, war es wichtig, ein besonders intensives Stadium der geistigen Vereinigung zu erreichen.

Mark nahm seine Kapsel als letzter, zerbiß sie mit einer kräftigen Bewegung und schluckte das geschmacklose Pulver mit etwas Speichel herunter. »Also«, begann er. »Ihr platzt wahrscheinlich alle schon vor Neugier, aber ich verspreche euch, daß ihr nicht enttäuscht werdet. Ich habe etwas herausgefunden.«

Er machte eine entsprechende Geste, und alle ergriffen sich an den Händen. Aber er ließ auch dann noch eine bewußte dramatische Pause verstreichen, ehe er fortfuhr: »Ich weiß jetzt, was AZRAEL wirklich heißt.«

»Was?« fragte Claudia mißtrauisch.

Mark lächelte. »Ich zeige es euch«, sagte er.

49. *Kapitel*

Bruno sah die Katastrophe kommen, aber er war nicht in der Lage, etwas dagegen zu tun. Der Wagen drehte sich anderthalbmal um seine Achse und schoß gleichzeitig auf das Pförtnerhäuschen zu, und Bruno wußte mit absoluter Gewißheit, daß er ihn treffen würde – obwohl er gleichzeitig ein verzweifeltes Stoßgebet zum Himmel schickte, daß er vielleicht ein weiteres Mal seinen Kurs ändern, gegen ein unsichtbares Hindernis stoßen oder einfach noch eine Vierteldrehung vollführen würde, die ihn an seinem Ziel vorbeischleuderte. Nichts von alledem geschah.

Er war in seine Pförtnerloge zurückgeeilt, so schnell er konnte, und hatte die Polizei angerufen – viel zu spät, wie ihm jetzt klar wurde. Er hatte den Kerlen in dem Krankenwagen von Anfang an nicht getraut. Der Ältere in seiner viel zu großen Jacke hatte einfach nicht *ausgesehen* wie ein Krankenwagenfahrer, und der andere Bursche war für Brunos Geschmack ein bißchen zu nervös gewesen, auch wenn er nichts gesagt hatte. Aber Direktor Sillmann hatte ja Besuch angekündigt; er bekam öfter sonderbare Gäste, und Bruno hatte keine Lust gehabt, sich an einem Tag gleich zwei Zigarren einzuhandeln. Sillmann war zwar ein Chef, der gut zahlte und normalerweise zu der angenehmen Sorte gehörte – die, die man selten sah –, aber auch launisch sein konnte, und Bruno wollte seinen Job behalten. Nach fünfundzwanzig Jahren setzte man nicht alles aufs Spiel, nur wegen eines *dummen Gefühls*.

Hätte er nur darauf gehört! Er hatte ganz genau gesehen, daß sie den Wagen, der kurz nach dem des Direktors auf den Hof gerollt war – Bruno hatte ihn durchgewinkt, genau wie Sillmann es befohlen hatte –, *absichtlich* gerammt hatten! Und dann hatten sie ihn noch mit einer Waffe bedroht! Wahrscheinlich hatte er Glück, daß sie nicht auf ihn geschossen hatten. Was allerdings nicht hieß, daß sie das nicht nachholen würden, zum Beispiel, wenn sie wieder herauskamen. Wenn die Kerle wirklich das waren, wofür er sie hielt – Terroristen,

Industriespione oder vielleicht auch Mafia-Typen, die hinter Drogen her waren, von denen es unten im Labor bestimmt genug gab –, waren sie bestimmt nicht versessen darauf, Zeugen zu hinterlassen, die sie identifizieren konnten. Er hatte die Polizei angerufen, den Eingang und die drei Wagen dabei aber keine Sekunde aus den Augen gelassen. Sollte sich dort drüben irgend etwas rühren, *bevor* die Polizei eintraf, würde er weglaufen und sich irgendwo in der Dunkelheit auf dem Fabrikgelände verstecken. Vermutlich wäre es sehr viel klüger gewesen, dies sofort zu tun, aber fünfundzwanzig Jahre Dienst als Nachtwächter und Pförtner hinderten ihn dann doch daran, seinen Posten zu verlassen.

Jetzt würde ihn sein Diensteifer wahrscheinlich das Leben kosten.

Die Polizei war nach weniger als zwei Minuten gekommen – wenigstens *dachte* er, daß es die Polizei war, als er die beiden Wagen die Zufahrt heraufkommen sah. Sie hatten zwar weder Sirene noch Blaulicht, aber das lag wahrscheinlich daran, daß sie die Typen nicht frühzeitig warnen wollten. Bruno war hinter seinem Schreibtisch aufgestanden und hatte sich bereit gemacht, hinauszugehen und ihnen zu sagen, wo sie suchen sollten, hatte es aber dann doch nicht getan – der Wagen war mit mindestens achtzig Sachen einfach durch das Tor geschossen und abgebogen, so daß er ihn nicht einmal richtig erkannt hatte. Immerhin sah er, daß es kein Streifenwagen war, sondern ein ziemlich großer, dunkler PKW – ein Mercedes oder BMW – mit getönten Scheiben und einer Funkantenne auf dem Dach. Kripo, vielleicht sogar Geheimdienst. Möglicherweise hatte er mit seiner Vermutung, was die Mafia anging, gar nicht so falsch gelegen. Nur einen Augenblick später raste ein zweiter, noch schnellerer Wagen heran.

Dreißig oder vierzig Meter, bevor er das Tor erreichte, trat der Fahrer plötzlich auf die Bremse. Es gab absolut keinen Grund dafür – die Straße war vollkommen frei, und das Tor stand weit offen. Der Wagen schleuderte, brach aus, rutschte auf zerfetzten Reifen weiter und schoß auf die Pförtnerloge zu. Irgend etwas flog aus der Heckscheibe heraus, aber Bruno konnte nicht erkennen, was. Der Wagen schlingerte weiter und begann eine zweite Drehung, und erst in diesem Moment begriff Bruno *wirklich*, daß er ihn treffen mußte. Er versuchte sich in die Höhe zu stemmen und gleichzeitig irgendwie vom Schreibtisch wegzukommen, aber er war viel zu langsam. Die beiden geplatzten Hinterreifen des BMW flogen in Fetzen davon, und die nackten Felgen schlugen Funken auf der Straße. Der Wagen raste wie ein Berg aus Metall und Glas heran, hüpfte beinahe elegant über den niedrigen Bordstein und traf das Pförtnerhäuschen wie ein vier Meter großer Hammer. Wie in einer bizarren Zeitlupenaufnahme sah Bruno, wie die dünne Sperrholzwand eingedrückt wurde und auf ihn zuflog. Holzsplitter, abgerissene Drähte und Nägel explodierten ihm ins Gesicht. Die Scheibe verwandelte sich in ein Gespinst aus Milliarden ineinanderlaufender Risse und milchiger Splitter, das einen Augenblick später in sich zusammenfiel, und der gesamte Schreibtisch machte einen Satz auf ihn zu. Bruno wurde die Luft aus den Lungen gepreßt, als die zerschrammte Schreibtischkante seinen Leib dicht oberhalb des Magens traf und sich anschickte, ihn zu halbieren. Gleichzeitig kippte er nach vorne, tauchte mit dem Gesicht in den Regen niederprasselnder Glasscherben ein und spürte, wie irgend etwas sein Bein traf und auf grausame Weise verdrehte. Der Wagen pflügte immer noch auf ihn zu, wie der stählerne Bug eines Eisbrechers, der dem infernalischen Vorspiel ein brutales Ende setzen würde.

Das war also der Tod, dachte Bruno, während er hilflos dabei zusah, wie ein gezackter Holzsplitter sich seinen Augen näherte. Gleichzeitig wurden seine Rippen immer weiter zusammengequetscht, und –

und dann war etwas *da*.

Etwas Großes, Schwarzes, das sich im Bruchteil einer Sekunde hinter ihm materialisierte und ihn mit unvorstellbarer Kraft ergriff. Hände, stark wie die eines griechischen Gottes und schnell wie ein Blitz, packten ihn und rissen ihn im allerletzten Moment aus den Trümmern der zusammenbrechenden Pförtnerloge heraus. Etwas Riesiges, Dunkles hüllte ihn ein, und er glaubte das Rauschen mächtiger Flügel zu hören, die die Luft teilten, und für einen winzigen Moment war es ihm wirklich, als *flöge* er – was natürlich unmöglich war. Dann sah er Feuerschein: ein blendendes, weißes Licht, das ihn einhüllte und für Augenblicke blind machte. Eine Woge furchtbarer Hitze strich kochend über sein Gesicht und seine Hände, grausam genug, ihn aufschreien zu lassen, aber zu schnell, um ihn wirklich zu verletzen. Bruno schrie, krümmte sich und wartete auf den Aufprall, der allem ein Ende setzen würde.

Er kam nicht. Es gab keinen Aufprall. Statt dessen war es, als würde er von unsichtbaren Händen gehalten und beinahe sanft zu Boden gesetzt. Unter ihm war plötzlich Gras, und durch seine geschlossenen Lider drang noch immer greller Feuerschein. Irgend etwas explodierte mit einem ungeheuren Krachen, und wieder traf ihn eine Hitzewelle, vor der ihn diesmal nichts schützte, so daß er zu Boden geschleudert wurde und hastig die Arme über den Kopf schlug.

Als er die Augen öffnete, schien die ganze Welt in Flammen zu stehen. Er lag gut zehn Meter von der brennenden Pförtnerloge entfernt im Gras und blutete aus etlichen Dutzend winziger Schnitt- und Rißwunden im Gesicht und den Händen, und er hatte starke Schmerzen – aber er lebte. Er konnte sich nicht erklären, wieso: Alles, was links von ihm war, brannte. Die Flammen hatten das Pförtnerhäuschen und den Wagen vollkommen eingehüllt und leckten bereits gierig nach den Ästen eines Baumes, der danebenstand, und die Hitze war selbst hier so gewaltig, daß er keine Luft bekam. Aber er *lebte.*

Während sich Bruno auf Hände und Knie erhob und hastig von den Flammen fortzukriechen begann, meldete sich seine Logik, die ihm einzureden versuchte, daß er einfach von der Wucht der Explosion erfaßt und davongeschleudert worden sei, und das war auch die Version, die er später erzählte, als die Polizei eintraf und die Feuerwehr und alle anderen. Aber tief in seinem Innern wußte er, daß das nicht stimmte. Der Wagen war explodiert, *nachdem* er das Pförtnerhäuschen zermalmt hatte. Hätte ihn die Explosion hierhergeschleudert, dann hätten sie allerhöchstens einen verkohlten Leichnam gefunden, dem jeder Knochen im Leib zerbrochen worden war. Etwas hatte ihn gerettet. Es *gab* Schutzengel. Und er hatte seinen getroffen.

50. Kapitel

Der Keller war hergerichtet wie die Kulisse eines billigen Horrorfilmes. Bremer schätzte, daß von den über fünfhundert Kerzen, die sie damals gezählt hatten, mindestens die Hälfte jetzt wieder brannte. Ihr Geruch vermischte sich mit dem Staub und dem Moder in der Luft zu etwas, das ihm fast den Atem nahm, und der flackernde Lichtschein erweckte Millionen huschender kleiner Schatten im Raum zum Leben.

Die Erinnerungen hatten ihn mit solcher Wucht getroffen, daß er unmittelbar hinter der Tür stehenblieb und für ein paar Sekunden einfach nicht weitergehen konnte. Alles war wie damals – die Kerzen, die Wärme, das umgedrehte Kreuz auf dem hölzernen Podest. Selbst die Toten schienen wieder dazusein. Ihre Umrisse waren an den verblichenen, aber noch immer sichtbaren Kreidestrichen auf dem Boden zu erkennen, und was die Leichen anging – sie lagen nicht in den Kreidekonturen, aber sie *waren* da.

Es gab auch heute wieder vier Tote in diesem Raum.

Drei von ihnen lagen in großen, bereits im Eintrocknen begriffenen Blutlachen unweit der Tür auf dem Boden, und ein vierter hockte vornübergesunken an der gegenüberliegenden Wand. Er blutete nicht, und als Bremer ein zweites Mal hinsah, war er auch nicht mehr sicher, daß er wirklich tot war. Er saß völlig reglos da, und sein Gesicht war schlaff und schneeweiß, aber in seinen offenstehenden Augen *war* etwas. Allerdings kein Leben, sondern nur Grauen.

Die drei anderen hingegen waren tot, daran bestand kein Zweifel. Es waren auch keine Kinder, wie damals, sondern erwachsene Männer – zwei von ihnen in einem schwer zu definierenden Alter zwischen fünfundzwanzig und fünfunddreißig, während der dritte ungefähr in Sendigs Alter sein mußte. Alle drei waren erschossen worden, und das wahrscheinlich erst vor ganz kurzer Zeit. In dem süßlichen Blutgeruch, der von ihren Leichen aufstieg, glaubte er noch Pulverdampf zu identifizieren.

Ganz allmählich fand er in die Wirklichkeit zurück. Es fiel ihm schwer. Die Mischung aus erinnertem und gegenwärtigem Grauen, die ihn empfangen hatte, war schlimmer als alles andere bisher. Er mußte sich bewußt konzentrieren, um sich zu fragen, wer die drei Toten sein mochten – obwohl er die Antwort eigentlich kannte. Einer von ihnen hielt eine Pistole in der Hand, die er noch sterbend gezogen hatte, und sowohl ihre Gesichter als auch die Art, sich zu kleiden, wiesen gewisse Ähnlichkeiten auf. Sie gehörten zu den Männern in den blauen BMW. Sendigs *Dienstausweise.* Sie mochten mächtig sein, aber sie waren nicht kugelfest.

»Sillmann?« Sendigs Stimme riß ihn endgültig wieder in die Wirklichkeit zurück. Er war an ihm vorbeigetreten, aber nur einen einzigen Schritt, ehe er wieder stehengeblieben war. Seine Stimme hatte einen hohlen Klang, den Bremer im ersten Moment auf die Akustik des Kellerraumes schob. Dann wurde ihm klar, daß es pures Entsetzen war, was er darin hörte.

Außer den vier Toten gab es noch eine weitere Gestalt im Raum. Bremer konnte nur ihren Rücken erkennen, aber er hätte auch ohne Sendigs Worte gewußt, daß es Sillmann war. Irgend etwas ging von diesem Mann aus, das ihn unverwechselbar machte, selbst wenn man sein Gesicht nicht sah.

Sillmann drehte sich schwerfällig herum. Er brauchte mehrere Sekunden für diese einfache Bewegung, und Bremer hatte den Eindruck, daß sie seine Kräfte fast überstieg. Sein Gesicht war grau, und in seinen Augen glomm eine Furcht, die beinahe so schlimm war wie die des Mannes, der drüben an der Wand hockte. Er trug einen teuren Kaschmirmantel, in dessen rechter Tasche sich vier kleine schwarze Löcher mit verbrannten Rändern befanden. Die linke Hand hatte er in der Manteltasche, in der anderen hielt er ein großformatiges Buch mit dunkelbraunem Ledereinband.

Es schien ihn Mühe zu kosten, Sendig zu erkennen. Einige Sekunden lang starrte er ihn verständnislos an, dann löste sich sein Blick von ihm, irrte suchend durch den Raum und blieb schließlich auf Marks Gesicht hängen. Irgend etwas geschah hinter seiner Stirn, das konnte Bremer deutlich sehen. Er wußte nicht, was, aber es war nichts Gutes.

Der Junge stöhnte leise, als hätte er das Wort verstanden und versuchte darauf zu antworten – was Bremer allerdings bezweifelte. Seit sie den Keller betreten hatten, hatte Mark kein Lebenszeichen mehr von sich gegeben, aber er konnte durch den Stoff seiner Kleidung hindurch spüren, wie schnell sein Puls hämmerte. Trotzdem bewegte er sich jetzt wieder. Er versuchte den Kopf zu heben und die Augen zu öffnen, hatte aber zu beidem nicht mehr die Kraft.

Bremer sah zum Eingang zurück. Der schwarze Engel hatte sie nicht verfolgt, aber er wußte, daß er noch irgendwo dort draußen stand und wartete. Vielleicht darauf, daß Mark endgültig das Bewußtsein verlor. Sillmann machte einen schwerfälligen Schritt, und Sendig hob seine Waffe.

»Bleiben Sie stehen!« sagte er.

Sillmann gehorchte tatsächlich, aber erst nach einem weiteren Schritt. Er sah nicht einmal in Sendigs Richtung, sondern starrte nur seinen Sohn an. »Was...was ist mit ihm?« fragte er leise. »Was haben Sie mit ihm –«

»Gar nichts«, unterbrach ihn Sendig. »Das haben Sie ihm ganz allein angetan. *Sie sollen stehenbleiben, habe ich gesagt!*«

Sillmann hatte einen weiteren Schritt gemacht und blieb jetzt wieder stehen. Zum ersten Mal überhaupt schien er die Waffe in Sendigs Hand zu bemerken. Er lächelte. »Und nehmen Sie die Hand aus der Tasche!« verlangte Sendig.

Sillmann tat nichts dergleichen. Statt dessen wandte er den Kopf und sah die zusammengekauerte Gestalt an der Wand neben sich an, dann die drei Toten. Sein Gesicht blieb ausdruckslos. »Haben Sie sie erschossen?« fragte Sendig.

Sillmann nickte. Er atmete hörbar ein, und Bremer konnte ihm regelrecht ansehen, wie seine Gedanken ein kleines Stück weit in die Realität zurückfanden. »Ja«, sagte er, ohne irgendein hörbares Gefühl in der Stimme. Dann lachte er leise.

»Wollen Sie mich deswegen verhaften?«

Sendig schnaubte. »Wenn Sie es nicht getan hätten, hätte ich es getan«, sagte er kalt. »Ich habe nicht vor, Sie zu verhaften, Sillmann. Ich habe vor, Sie zu töten.« Er richtete die Waffe direkt auf Sillmanns Gesicht, und Bremer hielt instinktiv den Atem an, als sich sein Finger um den Abzug krümmte.

51. Kapitel

Haymar hob geblendet die Hand über die Augen, als das Pförtnerhäuschen explodierte. Er hatte alles genau gesehen, obwohl die gesamte Katastrophe weniger als zwei Sekunden in Anspruch genommen hatte – der Wagen war plötzlich ins Schleudern gekommen, hatte sich anderthalbmal um seine eigene Achse gedreht und dann die Pförtnerloge so mühelos zertrümmert wie ein Panzer, der eine Campingtoilette plattwalzte. Das allein hätten Morell und sein Begleiter noch gut überleben können – die Wagen, die Haymar und seine Männer fuhren, waren gut genug gepanzert, um noch eine ganze Menge mehr auszuhalten –, aber dann explodierte der Wagen plötzlich und mit unvorstellbarer Gewalt, als hätte ihn etwas gesprengt, das sehr viel mächtiger war als die Wucht der hundert Liter Benzin im Tank. Selbst Haymar und die beiden anderen Agenten spürten noch die Hitzewelle der Explosion, obwohl sie mindestens dreißig Meter entfernt waren.

»Ach du Scheiße!« entfuhr es Andres. Er war hinter Haymar halb aus dem Wagen gestiegen und dann mitten in der Bewegung erstarrt, als die Explosion erfolgte. »Was ist denn da los?« Lech, der auf der anderen Seite aus dem Wagen gesprungen war und seinem Ruf, schießwütig zu sein, wieder einmal alle Ehre machte, indem er bereits seine MPi in Händen hielt und den Sicherungshebel herumlegte, sagte gar nichts, sondern starrte nur aus schreckgeweiteten Augen auf die lodernde Feuersäule, die sich neben dem Tor in den Himmel hinaufwälzte. Keiner von ihnen machte auch nur eine Bewegung, um zurückzulaufen. Man mußte kein Spezialist in solchen Dingen sein, um zu wissen, daß dort drüben jede Hilfe zu spät kam. Morell, Zöhler und der Pförtner waren tot.

»Dieser Idiot!« sagte Andres mit Nachdruck. »Ich hab' immer schon gesagt, daß er ein beschissener Autofahrer ist!«

Haymar schwieg dazu. Im Moment war es ihm nur recht, wenn Andres glaubte, daß Morell einfach einen Fehler gemacht oder die Gewalt über den Wagen verloren hätte. Er wußte es besser. Er wußte nicht, *was* dort drüben passiert war, aber er dachte an Brauss' augenloses Gesicht und das *Ding* im Fernglas und an zwei weitere ausgebrannte Wagen, drüben am anderen Ende der Stadt, und plötzlich hatte er Angst. *Worauf hatten sie sich da eingelassen?*

Er verscheuchte den Gedanken, beugte sich noch einmal in den Wagen hinein und nahm eine Maschinenpistole aus dem Geheimfach unter dem Rücksitz. Anders als Lech wählte er keine der kleinen UZIs, die zu ihrer Standardausrüstung gehörten, sondern ein größeres Modell, klobiger, schwer zu handhaben und lauter, aber auch mit wesentlich mehr Durchschlagskraft und einem größeren Magazin. Er hatte das Gefühl, sie zu brauchen.

Während er sich bewaffnete, hatte Lech die beiden ineinandergekeilten Wagen umkreist und die Beifahrertür des demolierten Mercedes aufgerissen. Er stieß einen Fluch aus, beugte sich vor und begann einen reglosen Körper aus dem Wagen zu ziehen. Haymar und Andres beeilten sich, zu ihm zu kommen, aber Haymar versäumte es auch nicht, einen raschen Blick ins Innere des Krankenwagens zu werfen. Er hatte nicht vor, sich ein zweites Mal übertölpeln zu lassen.

Der Krankenwagen war leer, und als er als letzter auf der anderen Seite ankam und sah, wen Lech da aus den Überresten von Bergers Wagen herausgezerrt hatte, fluchte Haymar erneut, und diesmal sehr viel lauter. Es war Olbrich, einer von Bergers Leibwächtern. Einer seiner *Ex-Leibwächter,* genauer gesagt, denn jemand hatte ihm säuberlich die Kehle durchgeschnitten.

»Verdammte Sauerei!« fluchte Lech. Er fingerte nervös an seiner MPi herum. »Was geht hier vor.«

»Der Junge«, sagte Haymar düster. »Das war der Junge. Oder diese verdammten Bullen.«

Lech blickte ihn zweifelnd an. Er war zwar ein Hitzkopf, aber das bedeutete schließlich nicht, daß er auch *dumm* war. »Irgendwas stimmt hier doch nicht«, sagte er. »Verdammt, was geht hier überhaupt vor? Ich denke, wir haben es mit zwei Polizisten und einem dummen Jungen zu tun? Das hier waren Profis!«

Das war etwas ganz anderes, dachte Haymar. *Und ich glaube nicht, daß du wirklich wissen willst, was.* Laut sagte er: »Ich weiß es nicht. Aber in einem hast du recht. Hier stimmt was nicht. Los jetzt – in den Keller.«

Lech drehte sich zwar gehorsam um, machte aber nur einen einzigen Schritt und blieb dann wieder stehen. »Berger sagte –«

»Berger«, unterbrach ihn Haymar schneidend, »ist wahrscheinlich schon tot. Und wenn nicht, dann wird er es sein, wenn wir noch lange hier herumtrödeln.«

Hintereinander stürmten sie in das Haus und den langen Korridor entlang. Lech und Andres warfen im Vorüberrennen hastige Blicke in die Zimmer, die vom Gang abzweigten, und zumindest einmal schien Lech irgend etwas Verdächtiges gesehen zu haben, denn er jagte einen kurzen Feuerstoß aus seiner Waffe durch die Tür. Glas splitterte, und etwas fiel polternd um, aber Haymar machte sich nicht einmal die Mühe, nachzusehen, was Lech getroffen hatte. Sollte er ruhig schießen, wenn er wollte. Es würde nicht viel nutzen. Sie *waren* in Gefahr, das spürte er, aber was immer es war, das sie verfolgte – sie würden es ganz bestimmt nicht mit *diesen* Waffen erledigen können.

52. Kapitel

Sendig schoß nicht. Vielleicht hätte er es getan, vielleicht war es auch nur ein Bluff, aber die Antwort auf diese Frage sollte Bremer nie bekommen, denn in diesem Moment drang von draußen das dumpfe, nachhallende Grollen einer Explosion herein, die den Boden spürbar erzittern ließ. Sendig fuhr zusammen und sah alarmiert auf, und praktisch im gleichen Augenblick konnte Bremer spüren, wie irgend etwas mit Mark *geschah*. Sein Körper spannte sich. Bremer konnte fast *sehen*, wie die verlorene Kraft in ihn zurückfloß, das Leben sich noch einmal seinen Platz behauptete und den Ansturm des Todes zurückdrängte. Mark keuchte wie unter einem grausamen Schmerz, öffnete die Augen und riß sich mit einem Ruck aus seiner Umklammerung los.

»Bremer!« schrie Sendig. *»Halten Sie ihn fest!«*

Bremer versuchte es, aber er hatte keine Chance. Mark trat einen Schritt auf seinen Vater und Sendig zu. Bremer griff nach ihm, aber Mark schlug seine Hand einfach beiseite, mit einer fast beiläufigen Bewegung und so schnell, daß Bremer es nicht einmal wirklich sah, aber zugleich so hart, daß er mit einem Schmerzensschrei gegen die Wand taumelte und die Hand an den Leib preßte.

Sendig wirbelte herum. Er riß die Pistole hoch, und diesmal *wußte* Bremer, daß er schießen würde, aber er hatte ebensowenig eine Chance wie er. Mark ergriff mit dem verletzten Arm sein Handgelenk, drehte es herum und drückte so kraftvoll zu, daß Sendig die Waffe fallen ließ und Bremer hören konnte, wie seine Knochen knackten.

Mark schleuderte ihn achtlos zur Seite und bewegte sich weiter. Sein Vater war stehengeblieben und sah ihm aufmerksam entgegen. Auf seinem Gesicht lag noch immer diese unheimliche Mischung aus Furcht und Entschlossenheit, die Bremer schon vorhin beobachtet hatte.

»Mark«, sagte er. »Komm zu mir. Es wird alles gut, das verspreche ich dir.«

Mark ging langsam weiter. Er bewegte sich wie in Trance, zugleich aber auch sehr sicher und auf eine schwer in Worte zu fassende Weise *unaufhaltsam*. Sein Arm blutete wieder und hinterließ eine dünne Tropfenspur auf dem Boden, die sich mit dem eingetrockneten Blut der Toten vermischte. *Er stirbt*, dachte Bremer. Er mußte verbluten. Er hatte zu viel Blut verloren. Das Mittel, das Sendig ihm gespritzt hatte, spiegelte seinem Körper vielleicht noch einmal die Illusion von Kraft vor, und sie und der unglaubliche Wille dieses Jungen gaben ihm noch irgendwie die Energie, sich zu bewegen. Aber irgendwann würde sein Körper einfach aufgeben wie eine ausgebrannte Maschine.

Und vielleicht war das das Schlimmste, was ihnen passieren konnte. Instinktiv sah er zur Tür. Der schwarze Engel war noch nicht da. Aber er kam näher. Bremer konnte seine Nähe mit körperlicher Intensität spüren.

Als er sich herumdrehte, hatte sich Sendig auf Hände und Knie erhoben, und Mark hatte seinen Vater fast erreicht. Er hob die Arme und streckte sie in seine Richtung aus *(um ihn zu umarmen oder zu erwürgen?)*, und in Sillmanns Augen erschienen Tränen.

»Mark«, sagte er. »Komm her. Ich kann dir helfen.«

Mark ging weiter. Seine Hände berührten das Gesicht seines Vaters, strichen fast liebkosend darüber und schmiegten sich um seinen Hals. Bremer sah, wie sich seine Finger mit gnadenloser Kraft um Sillmanns Kehle schlossen und zudrückten.

Sillmann versteifte sich. Er versuchte nicht, sich zu wehren. Er stand einfach da und sah Mark in die Augen. Auf seinem Gesicht erschien ein schwaches Echo des körperlichen Schmerzes, den er spüren mochte, aber kein Entsetzen oder Zorn. Vielleicht war er aus diesem einzigen Grund hierhergekommen, dachte Bremer – um zu bezahlen.

Sekunden verstrichen. Sillmanns Gesicht färbte sich blau, und er begann zu zittern, Marks Hände schlossen sich immer fester um seine Kehle, und der große Mann begann ganz langsam in die Knie zu sinken. Das Buch, das er in der Hand hielt, polterte zu Boden und klappte auf.

Plötzlich schoß Sillmanns Hand aus der Manteltasche. Sie hielt etwas Kleines, Silbernes, das er mit aller Kraft von unten gegen Marks Arm rammte. Mark taumelte. Seine Arme begannen zu zittern. Vielleicht noch eine halbe Sekunde lang blieben seine Hände um den Hals seines Vaters gelegt, dann öffnete sich sein Griff. Er wankte. Mit einem Ausdruck vollkommener Verblüffung sah er auf seinen linken Arm herab, aus dem eine winzige, verchromte Spritze ragte. Zitternd hob er die andere Hand, zog die Nadel aus seinem Arm und sah seinen Vater an, der keuchend und mühsam nach Luft ringend vor ihm kniete. Seine Lippen bewegten sich, aber er brachte keinen Laut hervor.

Mark taumelte. Er ließ die Spritze fallen, die klirrend zerbrach.

Dann erlosch das Leben in seinen Augen, und er stürzte. Sein Vater versuchte ihn aufzufangen, aber er war noch zu schwach, um ihn zu halten. Mark begrub ihn unter sich.

53. Kapitel

Hintereinander stürmten sie die Treppe hinab. Weiter oben war das Haus noch eine Mischung aus Büro und altem Bauernhof gewesen, aber hier unten bot sich ihnen ein gänzlich anderes Bild: Der Gang, der sich an die steile Holztreppe anschloß, trennte ein halbes Dutzend ultramodern eingerichteter Laborräume voneinander, in die große Scheiben aus entspiegeltem Sicherheitsglas einen fast vollkommenen Einblick gewährten. Obwohl sie menschenleer waren, schienen sie nicht wirklich verlassen: Hier und da arbeitete ein fleißiger Computer, drehte sich eine Zentrifuge oder hüpften grün leuchtende Lichtpunkte über Bildschirme, und in der Luft lag ein geschäftiges Raunen und Wispern, wie das Flüstern unsichtbarer Kinder, fast wie Gelächter. Darunter, noch leiser, aber deutlich hörbar, schien etwas wie ein Herzschlag zu pochen: das Geräusch größerer Maschinen, die irgendwo in einem anderen Teil der Fabrik arbeiteten.

Aber das war nicht alles.

Außer ihm und den beiden anderen Agenten war kein Mensch hier, und trotzdem war etwas da. Etwas war mit ihnen hereingekommen, etwas Tödliches und Gewaltiges, und Haymar konnte fast körperlich spüren, wie sich eine düstere Kraft rings um sie herum zusammenballte, wie unsichtbare Energielinien, die Luft durchzogen und ein Netz bildeten, dessen Maschen immer enger wurden. Es war dasselbe Etwas, das Brauss getötet und den Wagen zum Explodieren gebracht hatte. Es war vielleicht nicht mächtig genug, sie alle auf einmal zu erwischen, aber es holte sie einen nach dem anderen, und es war schnell. Vielleicht spielte es sogar nur mit ihnen.

Haymar war nicht der einzige, der es spürte. Auch Andres und Lech sahen sich öfter um, und Lechs Zeigefinger strich immer nervöser über den Abzug seiner UZI, was Haymar instinktiv dazu brachte, etwas weiter hinter ihn zurückzufallen. Er hatte wenig Lust, vor dem Lauf seiner Waffe zu stehen, wenn dem Kerl die Nerven durchgingen.

»Was... was ist das hier?« fragte Andres nervös.

Im ersten Moment kam Haymar die Frage ziemlich dumm vor, dann fiel ihm ein, daß er und Berger ja die einzigen waren, die damals dabeigewesen waren – die einzigen, die noch lebten, hieß das. Vielleicht galt das sogar nur noch für ihn. »Sillmanns Labor«, sagte er knapp. »Das meine ich nicht«, sagte Andres nervös. »Irgend etwas... geht hier vor.«

Sie spürten es also auch, dachte Haymar. Er wußte nicht, ob er über diese Erkenntnis wirklich erleichtert sein sollte. Sie bewies ihm zwar, daß er nicht verrückt war – aber sie machte das unsichtbare Etwas, das sie verfolgte, auch ein ganzes Stück realer. »Das ist der Junge«, sagte er.

»Der Junge? Sillmann?«

»Berger, dieser Idiot«, murmelte Haymar. »Ich habe ihm damals schon gesagt, er soll dieses Monsterbaby erledigen. Aber er hat nicht auf mich gehört.« *Wir werden das nachholen,* fügte er grimmig in Gedanken hinzu. *Jetzt.*

Er ignorierte Andres' verwirrte Blicke, eilte rasch an ihm und Lech vorbei und erreichte als erster die weißlackierte Tür am anderen Ende des Korridors. Sie war so schwer, daß er beide Hände zu Hilfe nahmen mußte, um sie zu öffnen. Dahinter begann eine weitere, steil nach unten führende Treppe. Sie war von zwei Neonleuchten erhellt, deren untere jedoch einen defekten Starter zu haben schien, denn sie ging immer wieder aus. Trotzdem konnte Haymar die Eisentür erkennen, die sich am unteren Ende der Treppe befand. Das flackernde Licht und die unheimlichen Geräusche, die sie umgaben, verliehen der Szenerie zusätzlich etwas Gespenstisches.

»Also gut«, sagte er. »Hört mir zu: Gebt auf den Jungen acht – er ist die größere Gefahr. Wenn er irgend etwas tut, und wenn er nur hustet, dann schießt!«

»Berger hat gesagt, er wäre tabu«, erinnerte Andres. »Außerdem ist er fast noch ein Kind.«

»Berger ist mit ziemlicher Sicherheit tot«, antwortete Haymar grimmig. »Und dieser Junge ist alles andere als ein *Kind,* glaub mir. Er ist ein Killer. Wenn Berger noch lebt, bringen wir ihn hier raus. Wenn nicht, erschießt den Jungen und die beiden Bullen, und dann verschwinden wir. Los!«

54. Kapitel

Sillmann weinte. Er tat es lautlos und nicht so, wie andere es vielleicht getan hätten – sein Gesicht war eine steinerne Maske, und er vergoß nicht eine einzige Träne, und trotzdem konnte Bremer den unvorstellbaren Schmerz spüren, den dieser große, massige Mann empfand, während er seinen sterbenden Sohn in den Armen wiegte.

Bremer wußte nicht, ob Mark bereits tot war oder im Sterben lag, aber wenn das überhaupt ein Unterschied war, dann war er nur in Sekunden zu messen. Im Augenblick, in dem Mark gestürzt war, hatte er zur Tür gesehen, und er war vollkommen davon überzeugt gewesen, daß der Schatten erscheinen mußte. Für einen Moment hatte er sich sogar eingebildet, ihn zu *sehen* – aber diesmal war es tatsächlich nur Einbildung gewesen. Von draußen drang Lärm herein – Geräusche, die wie Schreie klangen, vielleicht auch wie Schüsse –, aber das alles war bedeutungslos. Vielleicht hatten sie sich getäuscht, und mit Marks Tod war wirklich alles vorbei.

Er hörte, wie Sendig sich erhob und mit schleppenden Schritten näher kam, und sah auf. Was er erblickte, erschreckte ihn. Sendigs Gesicht war das eines Wahnsinnigen: eine verzerrte Grimasse mit brennenden Augen und hektisch geröteten Wangen. Speichel lief aus seinen Mundwinkeln, und er knirschte mit den Zähnen. Er hatte seine Waffe wieder aufgehoben. Ihre Mündung schwankte zwischen Sillmann, seinem Sohn und Bremer hin und her.

»Ist er... tot?« fragte er. »Ist es vorbei?«

Sillmann hob den Kopf. Seine Hand strich immer wieder über Marks Wangen und Stirn, als hielte er ein fieberndes Baby in den Armen, das er trösten wollte, und in den unsagbaren Schmerz in seinen Augen mischte sich – vielleicht zum letzten Mal – noch einmal eine Empfindung, die er so lange und so perfekt gespielt hatte. »Nein«, sagte er. »Er lebt. Aber er wird sterben.« Er machte eine Kopfbewegung auf die Waffe in Sendigs Hand. »Das ist nicht mehr nötig.«

»Sie wissen nicht, was Sie da reden!« keuchte Sendig. Die Pistole richtete sich zitternd auf Marks Stirn, und sein Finger krümmte sich um den Abzug. Bremer spannte sich. »Er wird uns alle umbringen!«

»Er stirbt, Sendig!« sagte Bremer. »Sehen Sie das denn nicht!«

»Nein!« keuchte Sendig. »Er lebt noch! Er lebt, und solange er am Leben ist, kann er *uns* umbringen. Er muß – «

»Aber er ist doch schon tot«, sagte Sillmann beinahe sanft. »Sein Körper lebt noch, aber das ist auch alles.« Er deutete auf die zerbrochene Spritze am Boden. »Ich habe ihn umgebracht, Sendig. Zum zweiten Mal.«

Bremers Blick folgte der Geste. Langsam streckte er die Hand aus, aber er wagte es nicht, die Spritze zu berühren. Irgend etwas sagte ihm, daß er Sillmann damit verletzt hätte, und trotz allem wollte er ihm nicht weh tun. Jetzt nicht mehr. Fragend sah er Sillmann an.

»Ich bin zu spät gekommen«, flüsterte Sillmann. »Zu spät. Ich hätte ihn nicht wegschicken dürfen. Ein Vater sollte nie seinen Sohn wegschicken, ganz gleich, was er getan hat.« Plötzlich hob er mit einem Ruck den Kopf und starrte Bremer an, und jetzt füllten sich seine Augen mit Tränen.

»Ich hätte ihn retten können. Wenn ich ihn nicht weggeschickt hätte, hätte ich ihn retten können. Wir haben es schon einmal getan, und wir hätten es wieder tun können.«

Die Worte lösten etwas in Bremer aus, eine Erinnerung an ein Gesicht, das er vergessen hatte. Er sah zu dem Mann hinter Sillmann, und jetzt wußte er, wer er war.

»Erzählen Sie es mir«, sagte er leise.

»Petri hatte mich gewarnt«, flüsterte Sillmann. »Er hatte immer gesagt, daß es passieren wird. Das Mittel wirkt nicht auf Dauer. Wir wußten, daß es geschieht, aber wir... mein Gott, ich wußte doch nicht, daß es so schlimm wird. Wir konnten es doch nicht wissen!«

Bremer sah auf die zerbrochene Spritze herab. »Haben Sie *damit* seine Erinnerungen ausgelöscht?«

»Wir wußten doch nicht, was wir taten!« stöhnte Sillmann. »Begreifen Sie denn nicht? Es... es war die ganze Zeit in ihm.

Wir haben es nur betäubt, nicht getötet. Und es ist stärker geworden!«

Mark stöhnte leise. Er bewegte die Hände, drehte den Kopf und erschlaffte wieder, aber seine linke Hand zuckte immer heftiger. Es war unvorstellbar, aber in diesem zerschlagenen, vergifteten, ausgebluteten Körper war noch immer etwas, das sich mit verzweifelter Kraft an das Leben krallte.

»Hören Sie mir zu«, sagte Bremer. »Ich verspreche Ihnen etwas, Sillmann. Ich werde jetzt hinaufgehen und einen Krankenwagen rufen, und wenn es irgendwie möglich ist, werden wir Ihren Sohn am Leben erhalten. Wir lassen ihn nicht sterben. Aber Sie müssen uns alles sagen. Wir müssen alles wissen, um uns zu schützen – und um ihn vor sich selbst zu schützen. Verstehen Sie das?«

Das war eine Lüge. Bremer wußte, daß Mark die nächsten Minuten nicht überleben konnte. Aber wenn er starb, bevor Sillmann ihnen die *ganze* Geschichte erzählt hatte, würden sie die volle Wahrheit vielleicht nie erfahren. Und er würde niemals wissen, ob er in Sicherheit war.

»Versprechen Sie mir das?« flüsterte Sillmann.

Bremer nickte. »Ja«, sagte er ernst. »Sie haben mein Wort. Was haben Sie ihm gegeben?»

»Dasselbe wie vor sechs Jahren«, sagte Sillmann leise. »Petri... Petri hat es entwickelt. Ein Psychopharmakon, das seine Erinnerungen blockiert. Es ist verboten, aber wirksam. Wir dachten, daß es ihm hilft, alles zu vergessen, aber... mein Gott, wir... wir *wußten es doch nicht!*«

»Was wußten Sie nicht, Sie Narr?« fragte Sendig. »Daß Sie aus Ihrem eigenen Sohn ein Ungeheuer gemacht haben? Daß Sie sich an Dingen vergangen haben, mit denen niemand herumspielen darf? Wissen Sie überhaupt, was Sie getan haben?«

»Ja«, antwortete Sillmann. Sendigs scharfer Ton war eindeutig der falsche gewesen. Er weckte nur seinen Trotz. »Wir wußten es, damals. Wir wollten etwas erschaffen. Etwas Großes und Einmaliges, das ein Segen für die gesamte Menschheit hätte werden können?«

»Ein Monster?« fragte Sendig. »Sie... Sie haben Monster aus diesen Kindern gemacht! Ungeheuer, die mit der bloßen

Kraft ihrer Gedanken töten können! *Aus Ihren eigenen Kindern!*«

Sillmann lachte. »Sie wissen ja nicht einmal, wovon Sie reden«, sagte er. »Ich habe den ersten Menschen auf dieser Welt erschaffen, der sein geistiges Potential wirklich nutzen kann! Er wäre ein Übermensch geworden! Vielleicht ein neuer Messias! Vielleicht der erste *wirkliche* Messias!«

»Und warum hat es nicht funktioniert?« fragte Sendig hämisch.

Sillmann sah ihn sekundenlang voller Trauer und Schmerz an, und deutete dann auf das Buch, das zwischen ihnen auf dem Boden lag.

»Deshalb«, sagte er.

55. Kapitel

Haymar betrat die Treppe als erster. Die Stufen waren so ausgetreten und glatt, daß er nicht so schnell laufen konnte, wie er es wollte – ein einziger Fehltritt auf dieser Treppe konnte fatale Folgen haben, und ein gebrochenes Genick war schließlich auch tödlich. Trotzdem brauchte er nur wenige Augenblicke, um die Grenze zwischen gleichmäßiger und flackernder Helligkeit zu erreichen, die die Treppe in zwei ungleiche Hälften teilte. Er sah zurück, um nach Andres und Lech Ausschau zu halten. Lech war dicht hinter ihm, während Andres ein gutes Stück zurückgefallen war und immer langsamer ging.

In der Tür über ihm erschien ein Schatten. Er war eigentlich viel zu groß, um in die Tür hineinzupassen: ein Riese von mehr als zwei Metern, die noch einmal um ein gutes Stück vom gewaltigen Schwingenpaar übertroffen wurden, das sich über seinen Schultern spannte, aber er stand trotzdem dort oben, aller Logik zum Spott. Er war vollkommen dunkel, nicht schwarz, sondern dunkel, wie ein Wesen, das nicht in dieses Universum gehörte und von dessen Licht nicht erhellt werden konnte.

Lech sah das *Ding* im gleichen Augenblick wie er und schrie entsetzt auf, riß aber zugleich auch seine Waffe in die Höhe. Haymar wollte sie beiseite schlagen, aber der Anblick des geflügelten Kolosses dort oben lähmte ihn für einen Sekundenbruchteil. Seine Bewegung kam zu spät. Lech riß den Abzug durch, und der Feuerstoß jagte heulend und nur um Haaresbreite an Andres vorbei. Mindestens eine der Kugeln traf ihn, denn er schrie ebenfalls auf und taumelte gegen die Wand, während die übrigen Geschosse rechts und links des schwarzen Ungeheuers gegen den Stein prallten und Funken schlugen. Falls das Monstrum getroffen worden war, zeigten diese Treffer nicht die mindeste Wirkung.

Andres begann an der Wand zusammenzusacken, aber bevor er den Boden erreicht hatte, hob der schwarze Riese den Arm und streckte die Hand in einer zornig deutenden Bewegung nach ihm aus, und plötzlich erstrahlte die Treppe in loderndem Feuerschein. Eine gleißende Lohe hüllte Andres ein, riß ihn in die Höhe und schleuderte ihn brennend und mit weit ausgebreiteten Armen in die Tiefe.

Haymar warf sich entsetzt zur Seite, als Andres wie ein lebendes Feuerkreuz auf ihn zuflog, prallte gegen die Wand und riß die Arme vor das Gesicht. Etwas Weiches, unglaublich *Heißes* streifte seine Hüfte und riß ihn von den Beinen. Er fiel, hörte Lech schreien und sah aus den Augenwinkeln, wie Andres' Leichnam weit unter ihnen auf den Treppenstufen aufschlug und brennend weiterrollte. Seine Arme und Beine pendelten wie die Glieder einer Stoffpuppe, was für einen Moment den grauenhaften Eindruck erweckte, als lebe er noch. Aber er *konnte* nicht mehr leben. Lechs Schüsse mußten ihn getötet haben, und wenn nicht sie, dann spätestens der fürchterliche Aufprall auf der Steintreppe. Er *durfte* nicht mehr leben. Haymar gestattete sich nicht, diesen Gedanken auch nur zu *denken*.

Keuchend stemmte er sich hoch und sah nach oben. Der Schatten war verschwunden, die Tür wieder nichts als ein helles, von weißem Licht erfülltes Rechteck. Wäre da nicht der Feuerschein gewesen, der Andres' brennenden Leichnam umgab, hätte alles nur ein Alptraum sein können.

»Haymar!« wimmerte Lech. »Was... was war das? Was ist das für ein Ding?«

Er war am Ende seiner Kraft. Wie Haymar war er an der Wand zu Boden gesunken. Er zitterte am ganzen Leib, und in seinen Augen flackerte etwas, das fast so heiß und verzehrend war wie das Feuer unter ihnen.

»Reiß dich zusammen!« fuhr Haymar ihn an. »Es ist der Junge, verstehst du? Wir müssen ihn erwischen! Wir müssen ihn umbringen, *oder er tötet uns!*«

Die letzten Worte hatte er geschrien, aber er war nicht sicher, ob Lech sie überhaupt gehört hatte. Er hockte noch immer zitternd am Boden und starrte aus weit aufgerissenen Augen dorthin, wo der schwarze Engel gestanden hatte.

Haymar versuchte nicht noch einmal, ihn aus seiner Erstarrung zu reißen. So schnell er konnte, richtete er sich auf, fuhr herum und begann die Treppe hinunterzurennen.

56. Kapitel

Bremer starrte fassungslos auf das Buch. Es war an der Stelle aufgeklappt, an der es jahrelang aufgeschlagen irgendwo hier gelegen haben mußte, ohne daß irgend jemand es bemerkte oder begriff, was er da sah. Bremer begriff es nur zu gut.

Die Zeichnung zeigte den Engel. *Seinen* Engel. Den schwarzen Giganten, den er gesehen und der ihn gejagt hatte. Es mußte ein Holzstich aus dem Mittelalter sein, oder zumindest eine sehr geschickte Kopie, denn das Bild wirkte auf jene Weise zugleich ungelenk und grob wie auch ungemein dynamisch und lebendig, wie es manchen dieser alten Stiche eigen war. Eine hochgewachsene, dunkle Gestalt mit Klauenhänden und riesigen schwarzen Flügeln, die wie aus Stahl geschmiedet aussahen, eher Klingen als Federn. Sie trug ein bodenlanges Gewand, das nur die nackten Füße sichtbar ließ, und das Gesicht war nicht zu erkennen. In kalligraphischen, geschwungenen Buchstaben stand darunter: AZRAEL.

»Der biblische Würgeengel«, flüsterte er erschüttert.

»Er muß dieses Buch in meiner Bibliothek gefunden haben«, sagte Sillmann leise. Er lachte bitter. Es hörte sich an wie ein erstickter Schrei. »Ist das nicht eine besondere Ironie? Es ist sehr wertvoll, und deshalb habe ich ihm immer verboten, es anzufassen. Aber irgendwann hat er es doch getan und dieses Bild entdeckt.«

»Sie... haben es ihm gesagt?« fragte Bremer ungläubig. »Er *wußte*, daß Sie mit ihm experimentieren?«

Sillmann schüttelte den Kopf. »Es war ein Spiel«, sagte er. »Für ihn und die anderen war es nichts als ein Spiel. Sie hatten Träume. Wunderschöne Träume. Aber er... er wußte den Namen des Medikaments.«

»Der Droge«, verbesserte ihn Sendig.

Sillmann hörte es nicht einmal. »Er ist mir einmal herausgerutscht. Ich habe mir nichts dabei gedacht. Warum auch? Aber dann... dann hat er dieses Buch gefunden und dieses Bild, und... Verstehen Sie denn nicht? Sie waren *Kinder!* Sie hatten Träume, das war alles.«

Ja, dachte Bremer. *Und dann hat er dieses Bild gesehen und das Wort gelesen, und bei seinem nächsten Traum* war *er Azrael.* Der Todesengel. Er sagte nichts. Nach allem, was bisher geschehen war, hatte er geglaubt, daß ihn nichts mehr erschüttern könnte, aber das war nicht die Wahrheit. Gab es eine schlimmere Strafe als das, was Sillmann zugestoßen war?

»Wir wußten, daß sie sich manchmal heimlich trafen«, fuhr Sillmann leise fort. »Ich war dagegen, aber Löbach hat es zugelassen, und ich habe mich nicht gegen ihn durchsetzen können. In dieser Nacht haben sie sich wieder getroffen, und Mark hat das Buch mitgebracht. Ich habe es hier gefunden. Ebensogut hätte ich ihn selbst erschießen können. Ihn und alle anderen. Mein Gott, was habe ich getan?«

»Was Sie getan haben?« Sendig schnaubte. »Das haben Sie immer noch nicht begriffen, Sie Narr?« Er versetzte dem Buch einen Fußtritt, der es davonschlittern ließ.

»Wissen Sie, wie viele Menschen gestorben sind, nur *deswegen?* Sie... Sie haben etwas in ihm geweckt, das nicht geweckt werden darf. Und bei alledem hatten Sie noch Glück, daß Ihr Sohn halbwegs normal ist. Was glauben Sie, wäre passiert, wenn das Zeug in die Hände eines echten Psychopathen geraten wäre? Besser gesagt, in seinen Geist!«

Sillmann sah ihn verwirrt an, und Sendig fuhr fort: »Sie wissen es nicht, wie?«

»Was?«

»Es betrifft nicht nur ihn oder Sie und uns und Löbach«, antwortete Sendig erregt. Er deutete heftig gestikulierend auf Mark hinab. »Er hat angefangen, sich zu rächen. Er hat in den letzten vierundzwanzig Stunden alle getötet, die irgendwie mit der Sache von damals zu tun hatten. Einfach, weil er es *wollte.*«

»Aber das... das ist unmöglich«, sagte Sillmann verwirrt. »Das ist vollkommen ausgeschlossen! Er... er hat nur Einfluß auf Menschen, die ebenfalls AZRAEL genommen haben.«

»Ach?« fragte Sendig hämisch. »Wie auf Löbach, meinen Sie?«

»Ja.«

»Sie irren sich«, sagte Sendig. »Sie sind alle tot. Mogrod – der Fotograf, der damals überall herumgeschnüffelt hat –, der Pathologe, der die Leichen untersucht hat, ein paar unserer Kollegen, Artner... und wahrscheinlich noch viele mehr.«

»Ich spüre es auch«, sagte Bremer leise. Er deutete auf das Buch, das zwar weiter entfernt, aber noch immer auf die gleiche Weise aufgeschlagen dalag. »Ich habe ihn gesehen.«

Sillmann erbleichte. Seine Lippen begannen zu zittern. »Mein Gott«, sagte er. »Das... das kann nicht sein. Petri hatte recht.«

»Womit?« fragte Bremer.

»Aber das ist unmöglich«, flüsterte Sillmann. »Das *darf* nicht sein!«

»Was?« fragte Bremer noch einmal. Er mußte sich plötzlich mit aller Kraft beherrschen, um Sillmann nicht am Kragen zu packen und zu schütteln. Wovon reden Sie?«

»Petri«, antwortete Sillmann mit bebender Stimme. »Er... er hat uns gewarnt. Er hat gesagt, es könnte sich... ausbreiten.«

»Ausbreiten?« wiederholte Bremer. »Wie meinen Sie das?«

»Es... es ist im Blut«, stammelte Sillmann. »Verstehen Sie doch! Großer Gott, er hatte recht. Es... es wirkt wie eine Infektion. Es ist im Blut, und es... es breitet sich aus.«

»Moment mal!« sagte Sendig. Er schluckte hörbar und tauschte einen entsetzten Blick mit Bremer. »Sie meinen, wie... wie Aids?«

»Schlimmer«, antwortete Sillmann. »Aber das kann nicht sein. Es ist unmöglich, verstehen Sie! Es ist eine Droge, keine Krankheit. *Es kann nicht so wirken!*«

Aber das war die Antwort, dachte Bremer erschüttert. Die Erklärung – die *einzige* Erklärung, die Sinn machte. Sie alle waren irgendwie mit Marks Blut in Berührung gekommen, oder dem eines anderen AZRAEL-Jüngers. Mogrod, der damals hier herumgeschnüffelt und alles angefaßt und fotografiert hatte. Der Pathologe, der die Leichen untersuchte. Löbach sowieso. Artner, der mit Claudia Löbach geschlafen hatte, wie die Videos bewiesen, die sie in seinem Schrank gefunden hatten.

Und es bedeutete noch etwas.

Langsam hob er den Kopf und sah zu Sendig hoch. »Sie dämlicher Idiot«, sagte er ganz ruhig. »Sie waren niemals in Gefahr, verstehen Sie?«

»Was?« fragte Sendig.

»Es ist sein Blut gewesen«, sagte Bremer. »Das und das der anderen. Hansen hat praktisch darin gebadet, als Löbach uns vor die Füße gesprungen ist, und ich habe wohl auch etwas abbekommen, ohne es zu merken. Deshalb ist es bei mir nicht so schnell gegangen. Und deshalb haben *Sie* nichts gemerkt.«

Er stand auf. Sendig wich instinktiv einen halben Schritt vor ihm zurück und richtete die Waffe auf ihn, aber das ignorierte Bremer. »Deshalb wollten Sie doch, daß ich in Ihrer Nähe bleibe, nicht wahr?« fragte er. »Nicht, weil Sie mich *brauchten*. Weil Sie mich *beobachten* wollten.«

Sendig starrte ihn an. Er verlor jetzt immer schneller die Fassung, und in immer größerem Ausmaß. Zitternd drehte er sich im Kreis, starrte auf die Toten am Boden herab und schließlich auf die Waffe in seiner Hand. Er wimmerte leise. »Mark«, stammelte er. »Was... was habe ich... er ist...«

»Es war alles umsonst«, sagte Bremer. »Sie waren nie in Gefahr.« Er versuchte Sendig zu hassen, aber er konnte es nicht. Nicht einmal das. Alles, was er für Sendig jetzt noch empfand, war bloße Verachtung. Langsam drehte er sich wieder zu Sillmann herum. »Bin *ich* in Gefahr?« fragte er.

»Nein«, antwortete Sillmann leise. »Ich glaube nicht. »Es ändert nicht den Charakter. Er ist kein Mörder. Er war nur ein Kind, das nicht wußte, was es tat.«

»Aber ich habe es auch, nicht wahr?« fragte Bremer.

Sillmann antwortete nicht, aber das brauchte er auch nicht. Ob das, was er ihnen gerade über AZRAEL erzählt hatte, die Wahrheit war? – Und verdammt noch mal, es *war* die Wahrheit, das spürte Bremer, denn *das* war es, was er die ganze Zeit über in seinem Innern gefühlt hatte: nicht die Gespenster, die Mark ihm schickte, sondern die Gespenster seiner eigenen Seele, die Ungeheuer, die in *ihm* lauerten und die die Droge nun allmählich entfesselte. Und mit ebensolcher Gewißheit spürte er, daß es längst nicht damit aufhören würde. Sillmann und Löbach waren möglicherweise die Erfinder der Droge, aber sie hatten selbst nicht geahnt, was sie da schufen. Er hatte es *gesehen.* Das Ding in der Gasse war *Realität* gewesen, keine Halluzination. Ebensowenig wie das Mädchen. Seine Macht beschränkte sich längst nicht mehr darauf, Bilder zu erschaffen. Sillmann hatte die Wahrheit ausgesprochen, ohne es zu wissen. Er *hatte* etwas wie einen neuen Messias erschaffen, einen sterblichen, verwundbaren Gott, aus Fleisch und Blut vielleicht, und doch ein Wesen mit der Macht der Schöpfung. Er hatte den Menschen wiedererschaffen, den er auf der ganzen Welt am meisten geliebt hatte. Was, dachte Bremer schaudernd, wenn diese ungeheure Macht tatsächlich in die Hände eines Wahnsinnigen geriet, wie Sendig es gerade gesagt hatte?

Was, wenn *er* dieser Wahnsinnige war? Die Veränderung hatte schon eingesetzt. Nicht lange, vielleicht nur mehr wenige Jahre, vielleicht sehr viel kürzer, und er würde über die gleiche Macht zum Schöpfen und Zerstören verfügen wie dieser sterbende Junge da?

Aber er wollte kein Gott sein.

Mark bewegte sich. Irgend etwas *geschah* mit ihm, etwas Unvorstellbares, das viel stärker zu fühlen als zu *sehen* war. Er schrie auf, schleuderte seinen Vater mit einer einzigen, zornigen Bewegung seiner Arme von sich und rollte über den Boden. Seine Glieder zuckten. Blutiger Schaum erschien vor seinem Mund, seine Augen verdrehten sich und wurden plötzlich *schwarz.*

Bremer prallte entsetzt zurück. Mark schrie immer lauter. Seine Glieder zuckten wie unter gewaltigen Stromstößen, und sein Kreischen hatte nichts Menschliches mehr. Sein Körper schien zu kochen. Große, pulsierende Blasen bildeten sich auf seiner Haut und vergingen wieder, seine Arme und Beine verbogen sich auf unmögliche Weise, und sein ganzer Körper wirkte mit einem Male deformiert, als begänne er den Halt zu verlieren.

Es war das Entsetzlichste, was Bremer jemals gesehen hatte. Und die Veränderung hielt an. Mark hörte auf zu schreien, aber sein Körper… *verwandelte* sich.

Bremer wich einen weiteren Schritt zurück. Irgend etwas klirrte, und als er den Blick senkte, sah er die Splitter der zerbrochenen Spritze unter seinem Schuh. Das Bild führte zu einer blitzartigen Assoziation. Er sah die Nadel in Marks Arm – aber mit einem Male war es nicht mehr sein Vater, der sie hielt, sondern Sendig, und in der Vision war Mark auch nicht mehr in diesem Keller, sondern oben im Krankenwagen. Dann sah er ein weiteres Bild: Sendig, gestern nacht, der etwas aus Löbachs Kühlschrank nahm und in der Tasche verschwinden ließ.

Und dann wußte er es.

Entsetzt drehte er sich zu Sendig herum. »Was haben Sie getan?« fragte er. Seine Stimme brach fast. »Was... was haben Sie ihm gegeben?»

Sendig starrte nur abwechselnd ihn und das zuckende, zerfließende *Etwas* auf dem Boden an, aber Bremer hätte ihm gar keine Zeit gelassen, zu antworten. Blitzartig packte er ihn an den Aufschlägen seines Mantels und schüttelte ihn wild. Sendigs Pistolenlauf bohrte sich unter sein Kinn, aber das ignorierte er. In diesem Moment hätte er sich fast gewünscht, daß er abdrückte.

»Sie haben ihm die Droge gespritzt!« schrie er. *»SIE WAHNSINNIGER HABEN IHM AZRAEL GESPRITZT!«*

Sendig stieß ihn mit erstaunlicher Kraft von sich. Bremer fiel, schlitterte ein Stück über den Boden und sprang sofort wieder hoch. Er erstarrte, als sein Blick auf Mark fiel. Auf das, was einmal Mark gewesen war.

Er war kein Mensch mehr. Sein Körper war zu einem schwarzen, zuckenden Etwas geworden. Vielleicht lag es an der Überdosis, die Sendig ihm gegeben hatte, vielleicht an der Kombination der beiden Mittel, die in seinen Adern pulsierten, vielleicht erlebten sie auch nur das Endstadium der unheimlichen Veränderung, die sein Vater und Löbach vor so vielen Jahren eingeleitet hatten – Mark *verwandelte sich.* Das schwarze, brodelnde Etwas zuckte, zog sich zusammen – und dann erschienen die Spitzen zweier gewaltiger, aus gehämmertem Stahl bestehender Flügel darüber, gefolgt von einem massigen Schädel und ungeheuer breiten Schultern. Langsam, wie ein schwarzer Dämon, der aus einem Teersee emportaucht, stieg das Ungeheuer weiter, wuchs und gewann an Form und Festigkeit.

Es war das Monstrum aus seiner Vision. Azrael, der Racheengel, der gekommen war, um biblische Gerechtigkeit zu üben.

Sendig schrie – ein einziges Mal, hoch, spitz und hysterisch – und verstummte dann wieder. Sillmann sagte nichts. Er gab keinen Laut von sich, sondern stand einfach da und blickte den schwarzen Engel an, und plötzlich ging auch mit ihm eine Veränderung vor sich, die Bremer vielleicht nicht so spektakulär, aber fast ebenso dramatisch erschien. Er konnte sehen, wie alle Angst, alle Verzweiflung und alle Schuld von ihm abfielen. Eine Sekunde bevor Azrael ihn erreicht hatte, begann er zu lächeln, und zum allerersten Mal, seit Bremer ihn kannte, sah er *glücklich* aus.

Dann erreichte ihn der schwarze Gigant, ergriff ihn auf eine fast behutsame Art mit beiden Händen und riß ihn in zwei Stücke.

Sendig schrie auf, krümmte sich auf der Stelle und übergab sich, während Bremer wie von einem Hammerschlag getroffen zurücktaumelte und gegen die Wand fiel. Alles drehte sich um ihn. Er hörte einen furchtbaren *doppelten* Aufprall, Sendigs würgende Geräusche, die sich mit seinen Schreien mischten, und dann eine andere Stimme, die gellend aufschrie.

Als er die Augen öffnete, stand Azrael hoch aufgerichtet zwischen ihm und Sendig. Seine Hände waren rot von Sillmanns Blut, und er hatte die Schwingen gespreizt, so daß die rasiermesserscharfen Klingen an ihren Enden beinahe die Wände berührten. Er war ungeheuer *groß.* Der Blick der schwarzen Augen richtete sich auf ihn, und Bremer hatte das Gefühl, innerlich zu verbrennen. Bremer krümmte sich, als er die unvorstellbare Macht spürte, die dieses Wesen ausstrahlte, eine Macht, der keine Grenzen gesetzt waren, zu erschaffen, aber auch zu verheeren.

Aber er spürte auch, daß er nicht in Gefahr war. Das Geschöpf war nicht gekommen, um ihn zu vernichten. Es war gekommen, um Rache zu üben, und es hatte seine Aufgabe erfüllt.

Wieder hörte er einen Schrei. Bremer fuhr herum und sah zwei Männer in dunklen Anzügen unter der Tür stehen, die die schwarze Gestalt fassungslos anstarrten. Beide waren mit unterschiedlich großen Maschinenpistolen bewaffnet, die sie auf die riesige Engelsgestalt gerichtet hatten. Dann erkannte Bremer einen von ihnen wieder – es war der Bursche, den Sendig und er überwältigt hatten.

»Nein!« schrie Sendig. »Nicht! *Tut es nicht!*«

Es war zu spät. Sein eigener Schrei hatte den Bann gebrochen, unter dem die Männer standen. Die Waffen hoben sich, aber noch bevor sie abdrückten, riß Sendig seine eigene Pistole in die Höhe und schoß dem einen in die Brust. Der Mann stürzte nach hinten und war auf der Stelle tot, aber der andere schwenkte seine Waffe herum und riß den Abzug durch. Die Salve traf Sendig aus unmittelbarer Nähe und zerschnitt ihn fast in zwei Hälften, aber der Mann hörte nicht auf zu schießen. Ohne den Finger vom Abzug zu nehmen, schwenkte er die MPi herum und feuerte auf den schwarzen Engel.

Der Raum schien unter dem Lärm der MPi-Salve zu explodieren. Querschläger heulten davon und schlugen Funken aus den Wänden, aber die meisten Geschosse trafen ihr Ziel. Der schwarze Gigant taumelte.

Aber er fiel nicht.

Der Agent jagte Schuß auf Schuß in die riesige geflügelte Gestalt, aber der Gigant bewegte sich trotzdem weiter. Langsam, aber auch unaufhaltsam, trat er auf den Mann zu. Seine Arme hoben sich, furchtbare Krallen streckten sich nach dem Mann mit der MPi aus. Seine Schwingen schlugen, so daß Bremer sich ducken mußte, um nicht getroffen und wahrscheinlich ebenfalls getötet zu werden.

Der Hammer der MPi schlug plötzlich klickend ins Leere. Das Magazin war verschossen. Der Agent schrie vor Angst und Zorn, tauchte unter den Klauen des Riesen hinweg und versuchte die Waffe seines toten Kollegen zu erreichen. Es gelang ihm, aber gleichzeitig traf ihn auch ein furchtbarer Hieb. Die kleine UZI in beiden Händen haltend, rollte er quer durch den Keller, prallte gegen die jenseitige Wand und blieb einen Moment benommen liegen.

Als er sich aufrichtete, war der Todesengel über ihm. Seine Hände schlossen sich um seine Kehle, und dann falteten sich die gewaltigen Schwingen wie ein riesiger schwarzer Vorhang um sein Opfer zusammen. Bremer hörte ein furchtbares, knirschendes Geräusch, wie von Knochen, die zermalmt wurden.

Aber es war nicht vorbei. Plötzlich hörte er das Hämmern der MPi wieder, leiser und gedämpfter diesmal, aber auch viel näher. Der Engel bäumte sich auf. Seine Flügel schlugen, während er zurücktaumelte und gegen die Wand fiel. Und der Agent feuerte noch immer, jagte Dutzende von Geschossen aus allernächster Nähe in seinen Körper, und diesmal zeigten sie Wirkung. Es war so, wie Bremer vermutet hatte: Er war eine Art Gott, aber er war sterblich.

Der Mann schoß seine Waffe komplett leer, sprang zurück und nestelte mit zitternden Fingern ein neues Magazin aus der Jackentasche, das er hastig gegen das verbrauchte austauschte, ehe er die MPi wieder auf seinen Gegner richtete.

Er mußte nicht mehr schießen.

Der Engel starb. Seine Schwingen falteten sich ein letztes Mal auseinander und sanken dann kraftlos herab. Er brach in die Knie. Einen Moment lang blieb er fast reglos so sitzen, dann sank er ganz langsam zur Seite, und während er fiel, verwandelte er sich wieder und wurde wieder zu dem Menschen, als der er geboren worden war. Was auf dem Kellerboden aufschlug, das war kein Todesengel mehr, sondern es waren die zerrissenen Überreste eines Menschen, der wahrscheinlich niemals mehr in seine ursprüngliche Gestalt zurückkehren wollte.

Bremer starrte das entsetzliche Bild an. Er versuchte vergeblich, irgend etwas anderes als Furcht zu empfinden. Aber es war keine Furcht vor dem Anblick absoluten Terrors, der sich ihm bot. Er hatte keine Angst mehr vor dem Tod, vor Blut oder Schmerzen oder dem Sterben. Er trauerte nicht einmal um Mark. Er sah nur den Mann aus der Gasse an.

Der Agent stand schwer atmend über den Toten gebeugt da. Er zitterte am ganzen Leib, und er bot einen kaum weniger furchteinflößenden Anblick als Marks zerschossener

Leichnam. Sein Körper war über und über mit Blut besudelt, von dem wahrscheinlich das Wenigste von ihm selbst stammte. Und plötzlich bekam Bremers Furcht eine neue, noch viel größere Dimension. Es war nicht vorbei. Vielleicht begann es erst.

Er griff in die Tasche. Sie war leer. Er war unbewaffnet gekommen. Sein Blick irrte suchend durch den Raum und blieb schließlich an Sendigs Leiche hängen und der Pistole, die sie noch immer in der Hand hielt.

Als hätte er seine Gedanken gelesen, drehte sich der Agent in diesem Moment herum und sah ihn an. Sein Gesicht war eine dunkelrote, glitzernde Maske, in der die Augen wie zwei leuchtende Wunden aussahen.

»Versuch es nicht«, sagte er. »Mit dir habe ich nichts zu tun.«

»Ich weiß«, sagte Bremer. Eine plötzliche kalte Ruhe hatte ihn ergriffen, und alle Gefühle fielen von ihm ab. Er hatte keine Chance, aber er mußte es wenigstens versuchen.

Bremer sprang mit weit vorgestreckten Armen los, prallte zwei Meter von Sendig entfernt auf den Boden und schlitterte das letzte Stück über den rauhen Stein. Seine Hände schlossen sich um die Pistole.

Das letzte, was er in seinem Leben hörte, war das Rattern der MPi-Salve, mit der Haymar ihn erschoß, aber während er starb, empfand er nichts als eine tiefe, unendlich tiefe Erleichterung, daß er es wenigstens als Mensch hatte tun können.

57. Kapitel

Der Fabrikhof war von loderndem Feuerschein erfüllt, als Haymar aus dem Haus taumelte. Überall standen Polizei-, Feuerwehr- und Krankenwagen, und der Platz vor dem Laborgebäude wimmelte von Uniformierten.

Jemand schrie erschrocken auf, als er ihn bemerkte, und drei oder vier Männer rannten gleichzeitig auf Haymar zu. Er hatte nicht mehr die Kraft, ihnen entgegenzugehen, sondern sank erschöpft auf die Knie. Stimmen und Lärm und Licht wurden zu einem irrsinnigen Kaleidoskop, das immer schneller und schneller um ihn kreiste, und er spürte, wie er berührt und angefaßt wurde und schließlich hochgehoben. Er wehrte sich nicht dagegen, sondern sehnte sich statt dessen danach, endlich das Bewußtsein zu verlieren, diese fürchterlichen Bilder endlich vergessen zu können, die er unten in diesem Alptraumkeller gesehen hatte.

Aber irgend etwas sagte ihm, daß das nie wieder im Leben der Fall sein würde. Und auch die Gnade einer Bewußtlosigkeit wurde ihm nicht zuteil. Er glitt für eine nicht meßbare, aber auch nicht allzu lange Zeit an ihrem Rand entlang, aber statt in die erlösende Dunkelheit hinabzutauchen, wurde es allmählich wieder hell um ihn, und die Dinge bekamen wieder erkennbare Konturen, bloße Laute wurden zu verständlichen Worten.

Er lag in einem Krankenwagen. Ein Arzt in einem weißen Kittel beugte sich über ihn und stach gerade ziemlich unsanft eine Nadel in seine Vene, und irgend jemand war dabei, ihm die Schuhe auszuziehen. Er hatte Schmerzen.

Der Arzt zog überrascht die Brauen zusammen, als er sah, wie Haymar die Augen öffnete. »Sie sind wach!« sagte er. »Bewegen Sie sich nicht. Haben Sie Schmerzen?«

»Es... geht«, sagte Haymar mühsam. Um ihn herum drehte sich noch immer alles, und in den tanzenden Lichtern waren noch andere Dinge: schwarze, gräßliche Dinge mit Klauen und reißenden Krallen. Er stöhnte.

»Sie werden gleich schlafen«, sagte der Arzt. »Machen Sie sich keine Sorgen. Sie sahen füchterlich aus, aber ich glaube, Sie sind nicht lebensgefährlich verletzt. All dieses Blut... das ist doch nicht Ihres, oder?«

Haymar hätte den Kopf zur Verneinung geschüttelt, hätte er die Kraft dazu gehabt. So deutete er die Bewegung nur mit den Augen an.

»Was ist denn da unten nur passiert?« fragte der Arzt, und von der Tür her sagte eine Stimme: »Das möchte ich auch gerne wissen. Lassen Sie uns einen Moment allein, Doc.«

Der Arzt fuhr ebenso erschrocken wie erbost herum, und auch Haymar kratzte irgendwie noch die Kraft zusammen, den Kopf zu drehen.

Unter der offenstehenden Hecktür des Krankenwagens war ein schlanker, dunkelhaariger Mann in einem blauen Maßanzug erschienen. Er musterte den Arzt auf eine Weise, auf die ein anderer vielleicht einen lästigen Hund betrachtet hätte, ehe er ihm einen Tritt gab, dann kam er näher, schob ihn einfach zur Seite und beugte sich über Haymar.

»Was fällt Ihnen ein?« fragte der Arzt. »Machen Sie, daß Sie hier rauskommen. Sofort!«

»Gleich«, antwortete der Fremde – der er allerdings nur für den Arzt war. Für Haymar nicht. Er kannte ihn. Sein Name war Treblo, und er war nicht wesentlich jünger, als Berger es gewesen war, und ein womöglich noch unangenehmerer Chef. Jetzt, nach Bergers Tod, sogar sein *unmittelbarer* Vorgesetzter. Irgend etwas an diesem Gedanken entsetzte Haymar fast, aber zugleich hatte er auch das absurde Gefühl, daß dieses Entsetzen unbegründet war. Er sah Treblo aus Augen an, aus denen das Bewußtsein nun doch allmählich zu schwinden begann, und er wünschte sich, daß er, wenn er jetzt schlief, wieder seinen Lieblingstraum träumen würde, der, in dem er der Chef war und alle anderen ihm gehorchten und in dem er es ihnen allen zeigen konnte.

»Was ist da unten passiert, Haymar!« fragte Treblo herrisch.

Er bekam keine Antwort. Haymar schlief noch nicht ganz, aber er war auch nicht mehr wach genug, um zu reden. Das Medikament tat jetzt rasch seine Wirkung.

»Lassen Sie den Mann gefälligst in Ruhe!« sagte der Notarzt. »Sie sehen doch, daß er nicht antworten kann. Sie können morgen früh mit ihm sprechen, im Krankenhaus.«

Treblo starrte noch eine Sekunde auf den bewußtlosen Agenten, dann schüttelte er den Kopf, zuckte mit den Achseln und drehte sich von der Liege weg. Wahrscheinlich hatte der Arzt recht.

»Okay«, sagte er. »Bringen Sie ihn ins Krankenhaus. Und machen Sie ihn sauber. Der Kerl sieht ja aus, als hätte er in Blut gebadet.«

Azrael – Die Wiederkehr

1

Der erste Hieb war ins Leere gegangen, aber der nächste hatte seine linke Schulter getroffen und bis auf den Knochen hinab zerfleischt.

Wenigstens nahm er das an.

Er hatte bisher nicht den Mut aufgebracht, einen Blick auf seine Schulter zu werfen, um sich von der Schwere seiner Verletzung zu überzeugen, aber sein linker Arm hing so nutzlos wie ein Stück totes Holz an seiner Seite, und seine Jacke war naß und schwer von Blut. Obwohl der Regen immer heftiger strömte und er längst bis auf die Haut durchnäßt war, spürte er, wie ein zähflüssiges, warmes Rinnsal an seinem Arm hinablief und sich über der Handwurzel teilte, um an den Fingern entlang zu Boden zu tropfen. Hätte es nicht geregnet, hätte er eine gewundene Spur aus unterschiedlich großen Tropfen und Pfützen hinterlassen, die die Stationen seiner Flucht markierten. Er wußte nicht einmal mehr genau, wie viele. Sein unheimlicher Verfolger hatte ihn drei- oder auch viermal gestellt, aber es war ihm jedesmal gelungen, ihn noch einmal abzuschütteln.

Die Frage war nur: Wie oft noch? Trotz der Schmerzen, der atemabschnürenden Furcht und der immer stärker werdenden Erschöpfung war er noch nicht so sehr in Panik, daß sein logisches Denken vollends ausgeschaltet gewesen wäre. Der Angreifer hatte ihn mindestens einmal ganz bewußt entkommen lassen; wahrscheinlich sogar *jedes* Mal. Er spielte mit ihm.

Und Rosen hatte nicht vor, dieses Spiel zu verlieren.

Seine Chancen standen nicht einmal schlecht. Sicher, er war verletzt, er wußte nicht, mit wem er es zu tun hatte, und er befand sich in einer Gegend der Stadt, in der er sich überhaupt nicht auskannte. Aber er war zäh. Die Verletzung war zwar schmerzhaft, aber wahrscheinlich nicht tödlich, und er hatte noch nicht einmal angefangen, sich ernsthaft zur Wehr zu setzen.

Der Regen ließ für einen Moment nach; nicht vollkommen, und bestimmt auch nicht auf Dauer. Es war nur ein kurzes Atemholen, dem ein vermutlich noch intensiverer Guß folgen würde – aber für Rosen stellte diese Ruhepause eine neue, noch größere Gefahr dar. So quälend der Eisregen sein mochte, war er bisher doch sein einziger Verbündeter gewesen. Das seidige, leise Rauschen hatte das Geräusch seiner Schritte ebenso zuverlässig verschluckt wie die silbernen Schleier seine Gestalt. Nichts, was weiter als sechs oder sieben Meter entfernt war, war in den niederstürzenden Wassermassen noch zu erkennen. So wenig, wie er seinen Verfolger sehen konnte, konnte dieser ihn im Auge behalten. Und die wenigen Straßenlaternen, die in unregelmäßigen Abständen brannten, machten es eher schlimmer: Statt die Dunkelheit zu vertreiben, verwandelten sie den Regen vollends in einen dicht gewobenen Vorhang aus Quecksilberfäden. Wenn der Regen jetzt nachließ – oder gar ganz aufhörte –, dann war er seinem Verfolger wie auf dem Präsentierteller ausgeliefert.

Rosen nahm all seine Kraft zusammen, um abermals seine Schritte zu beschleunigen. Er wußte, daß es jetzt auf jede Sekunde ankam. Und auch darauf, seine Taktik zu ändern: Er rannte jetzt nicht mehr nur stur geradeaus, sondern in einem geschwungenen Zickzack, mit dem er den Straßenlaternen und ihrem verräterischen Licht auswich, das plötzlich zu einer Gefahr zu werden drohte. Sich auf sein Glück zu verlassen, bedeutete nicht, seinen Verstand auszuschalten oder die grundlegendsten Vorsichtsmaßnahmen zu vergessen.

Seine Schritte erzeugten jetzt, da das Geräusch des Regens nicht mehr jeden anderen Laut übertönte, ein hörbares Platschen in den flachen Pfützen, die die Straße wie Millionen asymmetrischer Spiegelscherben bedeckten. Das Wasser war eisig und drang bei jedem Schritt schmerzhaft in seine Schuhe ein. Für zwei, drei Augenblicke versuchte er, diesen Pfützen auszuweichen, gab es aber praktisch sofort wieder auf; es war lächerlich, sich wie ein Kind zu bewegen, das Hinkelkästchen spielte – und außerdem nicht schnell genug. Der Regen ließ weiter nach. Es war jetzt nicht mehr annähernd so dunkel wie noch vor Augenblikken. Wenn sein Verfolger ihn überhaupt jemals aus den Augen verloren hatte, dann würde er ihn in spätestens fünf bis zehn Sekunden wieder sehen, wenn er auf dieser Straße blieb.

Wenn er wenigstens gewußt hätte, wo er war!

Die Situation kam Rosen mit einem Male vollkommen grotesk vor, wenn auch kein bißchen komisch: Er befand sich in einer der größten Städte des Landes, einer Metropole mit mehreren Millionen Einwohnern, aber die Straßen, über die er sich bewegte, waren nicht nur menschenleer, sondern schienen niemals Leben beherbergt zu haben. Abgesehen von den wenigen noch funktionierenden Straßenlaternen, die aussahen, als stammten sie noch aus dem vergangenen Jahrhundert, brannte nirgendwo Licht. Vor ihm erstreckte sich eine scheinbar endlose, aber auch real sicher noch zwei Kilometer lange Straße, die von heruntergekommenen braunen und grauen Backsteingebäuden flankiert wurde. Es gab sehr viele Mauern ohne Fenster, und sehr wenige Fenster, in denen noch Glas war. Offensichtlich befand er sich in einem aufgegebenen Industriegebiet; einem jener Viertel der Stadt, in denen das Versprechen auf eine neue Freiheit und den damit verbundenen Wohlstand nicht eingelöst worden war.

Hinter ihm polterte etwas. Rosen drehte im Laufen den Kopf und stieß einen leisen, abgehackten Schrei aus, als die plötzliche Bewegung einen rasenden Schmerz durch seine Schulter jagte. Für einen Moment glaubte er eine Bewegung zu erkennen: Ein mächtiges, gleitendes Fließen und Wogen inmitten der Dunkelheit, als verberge sich etwas darin, das noch dunkler war als die vollkommene Schwärze, die die Straße hinter ihm erfüllte.

Im ersten Moment schrieb er diesen Eindruck dem Zustand zu, in dem er sich befand: Er war vollkommen erschöpft, halb verrückt vor Angst und fror wie noch nie zuvor im Leben. Und er hatte eine Menge Blut verloren. Vielleicht begann man zu halluzinieren, wenn man genug Blut verloren hatte.

Dann begriff er, daß es keine Halluzination war. Hinter ihm herrschte tatsächlich vollkommene Dunkelheit.

Und das war unmöglich. Er war noch vor Sekunden dem Licht der Laternen ausgewichen.

Noch während er diesen Gedanken dachte, erlosch eine weitere Laterne hinter ihm. Die Dunkelheit folgte ihm. Vielleicht war *sie* sein eigentlicher Feind. Nicht das, was sich darin verbarg.

Mit nach hinten gedrehtem Kopf zu rennen, ist nicht besonders vorteilhaft. Rosen kam aus dem Tritt, versuchte mit einer ungeschickt hastigen Bewegung sein Gleichgewicht wiederzufinden und machte es dadurch nur noch schlimmer. Er fiel der Länge nach hin und beging einen zweiten, größeren Fehler, indem er beide Arme nach vorne riß, um dem erwarteten Aufprall die schlimmste Wucht zu nehmen. Seine verletzte Schulter protestierte mit einem wütenden Schmerz gegen die plötzliche Bewegung.

Im nächsten Sekundenbruchteil verlor er fast das Bewußtsein. Der Schmerz war unvorstellbar: Er explodierte zuerst in seinen Handgelenken, raste in schnellen, sich oszillierend aufbauenden Wellen durch seine Arme, riß seine Ellbogengelenke in Stücke und verwandelte seine linke Schulter in einen durchgehenden Nuklearreaktor. Es war so schlimm, daß er nicht einmal mehr schreien konnte.

Mehr durch ein Wunder als durch die Kraft seines Willens gelang es ihm, bei Bewußtsein zu bleiben. Er konnte immer noch nicht schreien, aber erst jetzt registrierte er, daß er auch nicht mehr atmen konnte. Er lag mit dem Gesicht nach unten in einer Pfütze, und sein Mund und seine Nase hatten sich mit brackigem, nach Benzin schmeckendem Wasser gefüllt.

Seine Kraft reichte nicht, sich sofort wieder zu erheben. Würgend stemmte er sich auf die Knie hoch – diesmal war er klug genug, seinen linken Arm nicht zu belasten – spuckte Wasser und Schleim aus und rang verzweifelt nach Luft.

Der Schmerz in seiner Schulter verebbte nur ganz allmählich, und er konnte spüren, daß die Wunde nun sehr viel heftiger blutete. Stöhnend schloß er die Augen, wartete darauf, daß die Dunkelheit hinter seinen Lidern aufhörte, sich wie wild im Kreis zu drehen, und versuchte sich gleichzeitig weiter aufzurichten. Sein Verfolger war noch immer hinter ihm. Wenn er ihn hier erwischte, mitten auf der Straße und in seinem momentanen Zustand, dann war es vorbei. Er hatte nicht einmal mehr die Kraft, sich zu wehren.

Rosen öffnete die Augen, und sein Herz setzte für eine Sekunde aus.

Sein Gesicht spiegelte sich verzerrt und in tausend Streifen zerbrochen in der Pfütze, in der er vor Augenblicken noch fast ertrunken wäre. Darüber hätte der Himmel sichtbar sein müssen.

Aber das war er nicht.

Der Verfolger hatte ihn eingeholt. Er stand unmittelbar hinter ihm. Seine Gestalt ragte als riesiger, grotesk verzerrter Schatten über ihm empor, viel zu groß für den eines Menschen und auf unheimliche Weise verdreht und mißgestaltet, wie etwas, das vielleicht ein Mensch hatte werden wollen, es aber nicht geschafft hatte, sondern in einer früheren, unfertigen Entwicklungsphase steckengeblieben war.

Rosen fuhr mit einem Schrei herum, sprang auf die Füße und stolperte zurück, riß die unverletzte Hand vor das Gesicht und erstarrte zum zweiten Mal innerhalb weniger Sekunden.

Er war allein.

Hinter ihm war niemand.

Die Dunkelheit war ihm weiter gefolgt. Auch die beiden Lampen, an denen er gerade vorbeigelaufen war, waren jetzt erloschen, und er war nun sicherer denn je, daß sich etwas in dieser Finsternis bewegte, etwas Riesiges, Groteskes, das da in der Schwärze stand und ihn anstarrte. Es hätte ihn erledigen können. Er hatte mit Sicherheit zehn oder mehr Sekunden hilflos dagelegen, mehr als genug Zeit für dieses unfaßbare Wesen, ihn einzuholen und zu Ende zu bringen, was es begonnen hatte, aber es stand einfach nur da und starrte ihn an, wie ein schwarzer Dämon, der sich von seiner Furcht nährte.

Rosen begriff plötzlich die neue, vielleicht noch viel größere Gefahr, die er diesmal selbst heraufbeschwor: Indem er den schwarzen Umriß in der Dunkelheit *Es* nannte, verlieh er ihm eine Macht, die ihm nicht zustand. Es war kein *Es*, sondern ein *Er*. Irgendein Mistkerl, der gekommen war, um eine alte Rechnung zu begleichen – oder weil ihn jemand dafür bezahlte. Vielleicht nicht einmal das. Vielleicht war es einfach nur ein Verrückter, und er hatte das Pech gehabt, ihm im falschen Moment über den Weg zu laufen.

Der Schatten bewegte sich. Er machte nicht wirklich einen Schritt, sondern schien auf ihn … zuzugleiten, wie ein körperloser Schemen, der ein winziges Stück über dem Boden schwebte, statt ihn zu berühren, und im gleichen Moment begann auch die Laterne unmittelbar neben Rosen zu erlöschen. Sie ging nicht einfach aus. Ihr Licht wurde blasser. Rosen konnte sehen, wie sich der warme gelbe Schein lautlos zurückzog, als fliehe er vor der Dunkelheit, die im Gefolge der unheimlichen Gestalt kam.

Eingebildet oder nicht, der Anblick war so entsetzlich, daß Rosen mit einem Schrei herumfuhr und davonstürzte.

Seine Schulter reagierte mit einer neuen, wütenden Schmerzattacke auf die plötzliche Bewegung, aber er achtete gar nicht darauf. Hinter ihm kam die Dunkelheit näher, schnell und lautlos, und die Pfützen, an denen er vorbeirannte, waren voller verzerrter schwarzer Schatten.

Trotz der Gefahr, ein zweites Mal zu stürzen, sah er sich noch einmal nach dem unheimlichen Verfolger um. Die Schwärze raste heran, nicht ganz, aber doch *fast* so schnell wie er, und inmitten dieser Düsternis bewegte sich etwas Riesiges, Formloses, etwas, das eher zu flattern als zu laufen schien, und dessen bloße Anwesenheit Licht und Geräusche in eine Dimension der Dunkelheit verbannte, so als verlören die Gesetze der Welt ihre Gültigkeit dort, wo der Unheimliche entlangglitt.

Rosen begriff, daß er in Gefahr war, erneut zu stolpern, und wandte sich hastig wieder nach vorne. Das Ende der

Straße war immer noch unendlich weit entfernt, und auch dahinter lag nichts als weitere Dunkelheit. Das hell erleuchtete, pulsierende Herz der Stadt schien unendlich weit entfernt; Lichtjahre, wie es ihm vorkam. Er hatte keine Chance, es zu erreichen. Und selbst wenn – was, wenn das unheimliche *Ding* ihm auch dorthin folgte, einfach alles Licht und jedes Leben auslöschte, bis er in einem Universum aus Schwärze und Leblosigkeit gefangen war?

Rosen rief sich in Gedanken ein zweites Mal zur Ordnung, und obwohl er selbst kaum damit gerechnet hatte, gelang es ihm tatsächlich, die Panik noch einmal niederzukämpfen. Seine Lage war auch so schon schlimm genug, ohne daß er seinem Verfolger übernatürliche Kräfte zusprach. Der Schmerz in seiner Schulter war zu einem hämmernden Pochen im Rhythmus seiner Schritte geworden, und der Blutverlust begann nun spürbar an seinen Kräften zu zehren. Selbst wenn er vor Entkräftung nicht einfach zusammenbrach, würde er das Tempo nicht mehr lange durchhalten. Er brauchte ein Versteck. Wenn der Kerl ihn einholte, war er tot. Er war nicht in der Verfassung, sich gegen einen auch nur halbwegs ernst gemeinten Angriff zu verteidigen.

Sein Blick irrte über die Häuser vor ihm. Auf der linken Seite erhoben sich nur gleichförmige, rotbraune Ziegelsteinmauern. Die wenigen Fenster, die er sah, waren vernagelt oder auf andere Weise verschlossen. Der Anblick auf der rechten Seite unterschied sich kaum von dem auf der linken, aber in dreißig oder auch vierzig Meter Entfernung entdeckte er ein rostiges Tor aus Wellblech, das einen Spalt offenstand. Er wußte nicht, was dahinter lag, aber alles war besser als diese unendliche, deckungslose Straße, auf der ihn die Dunkelheit verfolgte.

Rosen mobilisierte noch einmal alle Kraft seines geschundenen Körpers, steuerte eines der Gebäude auf der linken Straßenseite an und änderte seinen Kurs dann abrupt um fast neunzig Grad nach rechts. In einem letzten, verzweifelten Spurt raste er auf das Tor zu. Er wagte es nicht, hinter sich zu blicken – wie er sich selbst einredete aus Angst, möglicherweise gerade dadurch den einen entscheidenden Sekundenbruchteil zu verlieren, der zwischen Tod und Rettung lag, in Wahrheit aber wohl eher, weil er den Anblick der flatternden Dunkelheit nicht mehr ertrug, denn sie weckte eine uralte Furcht in ihm, die alle Barrieren aus Logik und Willenskraft einfach mit sich fortriß.

Er hatte sich getäuscht. Das Tor stand zwar eine Handbreit offen, war aber mit einer massiven Kette und einem Vorhängeschloß von der Größe einer Untertasse gesichert. Er rannte trotzdem weiter, so schnell er konnte, spielte eine halbe Sekunde lang mit dem Gedanken, über das Tor hinwegzuklettern und entschied sich dann dagegen. Mit seiner verletzten Schulter hatte er keine Chance, dieses Kunststück zu schaffen, ganz abgesehen davon, daß ihm vermutlich nicht einmal genug Zeit dafür blieb. Die Dunkelheit war hinter ihm. Nah. So entsetzlich *nah.*

Rosen setzte alles auf eine Karte, drehte sich im letzten Moment zur Seite und rammte die unverletzte Schulter mit der ganzen Kraft seines Anlaufs gegen das Tor.

Die linke Hälfte seines Körpers explodierte einfach. Der Schmerz war nicht einmal so furchtbar, wie er erwartet hatte, aber er spürte, wie nunmehr auch noch der letzte Rest von Kraft aus seiner Schulter und dem Arm wich. Das Tor dröhnte wie ein riesiger, falsch gestimmter Gong. Rosen wurde zurückgeschleudert und fand nur durch Glück sein Gleichgewicht wieder, und ein winziger, verbliebener Rest seines Selbsterhaltungstriebes ließ ihn noch einmal nach vorne und auf das Tor zutaumeln.

Sowohl die Kette als auch das Schloß hatten dem Anprall standgehalten, aber die schiere Wucht des Stoßes hatte das morsche Tor halb aus den Angeln gerissen. Der Spalt zwischen den beiden Hälften war deutlich breiter geworden. Vielleicht breit genug, um sich hindurchzuquetschen.

Das Ergebnis entsprach ganz seinen Erwartungen. Seine Schulter verwandelte sich in reinen Schmerz. Das rostige Metall zerriß seine Kleidung und fügte ihm eine Anzahl neuer, tiefer Schnitt- und Schürfwunden zu, und sein Arm und die linke Hüfte weigerten sich jetzt einfach, seinen Befehlen weiter zu gehorchen. Verzweifelt griff er mit der rechten Hand zu, stemmte den Fuß gegen den Boden und schob und zerrte zugleich mit aller Kraft. Rostiges Eisen biß wie mit glühenden Zähnen in seine Schulter. Er brüllte vor Schmerz. Er konnte kaum noch sehen. Alles war rot und schwarz, und der Geschmack in seinem Mund war eine Mischung aus Erbrochenem und Blut. Trotzdem kämpfte er mit der absoluten Kraft schierer Todesangst weiter.

Mit einem Ruck kam er frei. Fetzen seiner Kleidung blieben an den beiden Torhälften zurück, und diesmal versuchte er erst gar nicht, seinen Sturz aufzufangen, drehte sich aber instinktiv auf die rechte Seite, so daß er zwar erneut gequält aufschrie, wenigstens aber nicht wieder an den Rand einer Bewußtlosigkeit schlitterte. Wimmernd stemmte er sich auf eine Hand und beide Knie hoch, schrie abermals, als sich eine Glasscherbe tief in seine Handfläche bohrte und kroch ein paar Schritte vom Tor fort.

Keine Sekunde zu früh.

Das Licht auf der anderen Seite des Tores erlosch. Etwas traf die beiden Flügel aus verrostetem Wellblech und schleuderte sie davon wie zerfetztes Papier, und etwas Riesiges, Schwarzes raste durch die gewaltsam geschaffene Öffnung herein, streifte Rosen beinahe flüchtig und schmetterte ihn erneut zu Boden. Er hatte einen blitzartigen Eindruck von gigantischen Schwingen aus geronnener Dunkelheit und Klauen aus rasiermesserscharfem Stahl. Dann knallte er mit dem Hinterkopf so wuchtig gegen den Boden, daß er nun tatsächlich das Bewußtsein verlor.

Wenn auch wahrscheinlich nur für eine oder zwei Sekunden.

Als er die Augen wieder öffnete, stand der Gigant über ihm.

Es war kein Mensch.

Es war zu groß. Seine Schultern waren zu breit. Sie hörten nicht dort auf, wo sie es sollten. Sie wuchsen weiter zu einem Paar gigantischer, schwarzer Flügel aus gehämmertem Stahl. Seine Hände waren grauenerregende gebogene

Klauen mit zu vielen Fingern. Und wo das Gesicht sein sollte, war nur wogende Schwärze. Es war das Ding, das er in der Pfütze gesehen hatte.

Kein *Er*.

Es.

Rosen wimmerte vor Angst und kroch rücklings von der furchtbaren Erscheinung weg.

Zu langsam.

Der schwarze Koloß folgte ihm, lautlos, ein Stück der Nacht, das zu gräßlichem Leben erwacht war. Eine der furchtbaren Krallen hob sich.

Zu leicht, wisperte eine lautlose Stimme hinter seiner Stirn. *Nicht genug*.

Die Klaue senkte sich wieder. Der schwarze Engel zog sich auf die gleiche, lautlose Weise wieder zurück, auf die er herangekommen war.

Er schlug erst zu, als sich Rosen in die Höhe stemmte und davonlaufen wollte.

Seine Kralle traf Rosens Rücken und riß ihn von den Schulterblättern bis zur Hüfte hinab auf.

Rosen kreischte in schierer Agonie, torkelte hilflos zwei Schritte nach vorne und prallte gegen etwas Hartes, etwas mit Spitzen und scharfen, reißenden Kanten. Er fiel, sprang wieder hoch und taumelte weiter. Sein Rücken war eine einzige, blutende Wunde. Er konnte die Quellen der einzelnen Schmerzen nicht mehr lokalisieren. Er hatte auch nicht mehr die Kraft zu schreien, sondern brachte nur noch eine Mischung aus Wimmern und Schluchzen zustande, während er haltlos weitertaumelte. Der schwarze Engel war hinter ihm, riesig, kalt, tödlich. Er konnte regelrecht spüren, wie sich die mörderischen Klauen zu einem weiteren, vielleicht dem letzten Hieb hoben.

Nicht genug.

Der Hieb hätte seinen Schädel zertrümmern können, aber er streifte seinen Hinterkopf nur. Trotzdem riß er Rosens Skalp bis auf den Knochen auf, zerfetzte seinen Nakken und ritzte die Halsarterie an der rechten Seite. Nicht tief genug, um ihn auf der Stelle zu töten, *zu leicht*, aber weit genug, um einen neuen Ausgang zu erschaffen, aus dem das Leben warm und klebrig aus ihm herausströmte.

Er fiel nicht, sondern taumelte blind weiter. Trotz allem registrierte er, daß er sich auf einer Art Schrottplatz zu befinden schien, vielleicht auch nur auf einem mit Unrat und Schrott übersäten Fabrikhof. Auf dem Boden schimmerten Glasscherben und scharfkantiges Metall. Links von ihm war etwas Großes, Glänzendes, vielleicht eine Wand aus Glas, vielleicht auch ein Block aus massivem Metall. Der Todesengel war noch immer hinter ihm. Gigantische Schwingen wie geschliffener Stahl durchschnitten die Luft *zu leicht* und berührten fast sanft seine Oberschenkel *zu leicht* und öffneten sein Fleisch zu einem weiteren Paar blutiger Lippen.

Rosen schrie. In seinen Beinen war jetzt keine Kraft mehr. Nirgends in seinem Körper war noch Platz für irgendein anderes Gefühl als Pein oder Angst.

Er fiel, prallte gegen etwas Hartes und zugleich Nachgiebiges und krallte sich instinktiv fest. Dünne, rote Linien aus Schmerz schnitten in seine Hände *zu leicht,* und nur ein kleiner Teil von ihm war noch klar genug und zu logischem Denken fähig. Dieser winzige Teil jedoch empfand nichts anderes als Erstaunen. Er hätte nicht mehr am Leben sein dürfen. Jede einzelne der grauenhaften Verletzungen, die ihm der schwarze Titan zugefügt hatte, hätte ihn töten müssen. Und wenn schon nicht das, so doch der Blutverlust. Der Schrottplatz schwamm in einem Meer aus dampfendem Rot. Trotzdem lebte er noch, vielleicht nur, weil er in diesem Moment dem Tod so nahe war wie niemals zuvor, und weil er plötzlich mit unerschütterlicher Sicherheit *wußte,* was auf der anderen Seite auf ihn wartete. Der Tod war keine Erlösung. Er war nur das Tor in eine andere, unvorstellbare Welt, ein Universum voller endloser Qual und immerwährender Furcht.

Zu leicht.

Der nächste Hieb traf ihn nicht mit der reißenden Kante, sondern mit der ganzen Breite der eisernen Schwinge. Rosen wurde mit furchtbarer Gewalt in die Höhe und nach vorne geschleudert, spürte, wie mindestens sechs oder sieben Rückenwirbel splitterten und seine Hüfte brach und fühlte zugleich ein geometrisches Muster aus neuem, blendendweißem Schmerz auf Gesicht und Händen. Er schrie, schluckte sein eigenes Blut und erstickte beinahe daran. Trotzdem begriff er, daß er gegen einen Maschendrahtzaun geschleudert worden war, einen Zaun aus glühendem, rasiermesserscharfem Draht, der sein Gesicht und seine Hände zerfetzte und dem Wort *unerträglich* eine neue, nie gekannte Dimension verlieh.

Seine Muskeln versagten ihm endgültig den Dienst. Hilflos sackte er am Zaun entlang zu Boden, klammerte sich mit blutigen, verheerten Fingern in den reißenden Stahl und war nicht mehr in der Lage, seinen Griff wieder zu lösen. Sein Körper wurde mit einem so brutalen Ruck herumgerissen, daß er sich die Schulter auskugelte, aber er hatte nicht mehr die Kraft für mehr als ein gequältes Wimmern. Es spielte *zu leicht* keine Rolle mehr.

Der Dunkle Engel stand über ihm. Seine eisernen Klauen glitzerten.

Zu leicht.

Diesmal zielte er auf Rosens Augen.

2

Es war noch immer das Haus der Pein. Der Mann, der diesen Namen ersonnen hatte, lebte schon lange nicht mehr, genau wie die meisten anderen, die in diesen Mauern gearbeitet und gelitten hatten, und obwohl er diese Bezeichnung nur für sich allein gewählt und mit keinem anderen Menschen darüber geredet hatte, war dieser Name irgendwie geblieben; als hätte er in den uralten Mauern Substanz gewonnen, die sich hinter weißer Tünche und modernem Kunststoff verbargen. Vielleicht war es aber auch genau anders herum: Vielleicht war dieses ganze Gebäude nur entstanden, um seinem Namen einen Körper zu verleihen.

Für Bremer jedenfalls war es so.

Er verknüpfte mit diesem Gebäude – vor allem mit dem, was darin *geschehen* war – nichts anderes als unangenehme Erinnerungen. Er hatte sich, lange nachdem alles vorbei war, über dieses Haus erkundigt und herausgefunden, daß seine Geschichte über Jahrhunderte hinweg tatsächlich eine Geschichte des Leides und der Pein gewesen war. Die Mauern des ehemaligen Klosters hatten mehr Schreie der Verzweiflung gehört und Tränen des Kummers gesehen als jedes andere von Menschenhand geschaffene Gebäude dieser Stadt, und in seinen Katakomben und Gewölben war mehr Blut vergossen worden als auf so manchem Schlachtfeld. Nichts von alledem war in böser Absicht geschehen. Die Menschen, die in diesem Gebäude gelebt und gewirkt hatten, hatten stets in bestem Willen gehandelt, und doch schien es, als ob dieser Ort alles verdrehte, Licht zu Dunkelheit und Gutes zu Schlechtem werden ließ. Es war ein *böser* Ort.

Und Bremer war hier geboren.

Zum zweiten Mal, um genau zu sein. Der Tag seiner ersten Geburt lag mittlerweile gute fünfzig Jahre zurück, aber sein zweites, neues Leben hatte hier begonnen, nicht nur in diesem Gebäude, sondern tatsächlich in dem *Zimmer,* in dem er sich jetzt befand, möglicherweise sogar auf der lederbezogenen Liege, auf der er lag. Er hatte nie danach gefragt. Als sie ihn hereingebracht hatten, war er tot gewesen. Als er die Klinik drei Monate später wieder verließ, da ...

»Sie können sich jetzt wieder anziehen, Herr Bremer.« Dr. Mecklenburgs Stimme riß Bremer in die beruhigende Wirklichkeit des Untersuchungszimmers zurück. Er brauchte eine halbe Sekunde, um zu begreifen, daß die Worte ihm galten, und die zweite Hälfte, um ihren Sinn zu erfassen und darauf zu reagieren. Dann hob er – entschieden zu hastig – die Hände, fummelte die vier oberen Knöpfe seines Hemdes zu und stopfte den Rest unordentlich in die Hose, während er bereits den Gürtel schloß und von der Kante des Ledercouch glitt; alles in einer einzigen, kompliziert ineinander übergehenden Bewegung.

Mecklenburg schüttelte den Kopf. »Zirkusreif«, sagte er spöttisch. »Irre ich mich, oder haben Sie es ziemlich eilig, von hier zu verschwinden?«

Und ob, dachte Bremer. *Ich hätte gar nicht erst kommen sollen.* Laut sagte er: »Nein. Ich hasse es nur, Zeit zu verschwenden.«

»Ein Besuch bei einem Arzt ist niemals Zeitverschwendung«, belehrte ihn Mecklenburg – allerdings nur, um praktisch in der gleichen Sekunde schon den Kopf zu schütteln und seine eigene Behauptung zu relativieren: »Obwohl ich gestehen muß, daß das in Ihrem Fall vielleicht nicht ganz zutrifft. Für einen Mann Ihres Alters sind Sie in einer geradezu unverschämt guten Verfassung. Hat man Ihnen das eigentlich schon einmal gesagt?«

»Mehrmals.« Bremer griff nach seiner Jacke. »Es gibt da einen gewissen Arzt, der es mir alle drei Monate wieder versichert.« Er seufzte. »Im Ernst: Wie lange wollen wir dieses Theater noch treiben? Wir verschwenden nicht nur meine Zeit, sondern auch Ihre. Haben Sie nichts Besseres zu tun, als einen vollkommen gesunden Mann zu untersuchen?«

»Kein Arzt auf der Welt hat etwas Besseres zu tun, als einen Urenkel von Lazarus zu untersuchen und sein Geheimnis zu ergründen«, antwortete Mecklenburg. »Ich bekomme den Nobelpreis, wenn ich erklären kann, wieso Sie noch leben. Glauben Sie etwa, diese Chance lasse ich mir entgehen?« Er grinste, lehnte sich nachlässig gegen die Schreibtischkante und sah mit beinahe wissenschaftlichem Interesse zu, wie Bremer seinen üblichen Kampf mit dem Krawattenknoten aufnahm und wie gewohnt verlor.

»Was machen die Alpträume?« fragte er nach einer Weile.

Bremer zog eine Grimasse und riß den Schlips mit einem Ruck herunter, um ihn in die Jackentasche zu stopfen, verlor endgültig die Geduld und warf ihn auf die Liege hinter sich. »Danke der Nachfrage«, sagte er. »Sie entwickeln sich prächtig.«

Mecklenburg grinste weiter, aber das spöttische Funkeln in seinen Augen war nicht mehr da. »Sie sollten vielleicht doch mit meinem Kollegen reden«, sagte er. »Ich kann ihn anrufen. Es macht keine Mühe. Ich vereinbare gerne einen Termin für Sie.«

»Wenn ich einen Gehirnklempner brauche, sage ich Ihnen Bescheid«, antwortete Bremer. Die Worte klangen sogar in seinen eigenen Ohren schärfer, als sie es sollten. Einen Sekundenbruchteil lang überlegte er, sie mit einer entsprechenden Bemerkung ein wenig zu mildern, tat es aber dann doch nicht. Sie hatten dieses Gespräch schon so oft geführt, daß selbst Mecklenburg mit seiner berufsmäßigen Sturheit eigentlich begriffen haben sollte, daß er nicht mit einem Psychologen reden *wollte.* Er hatte Alpträume – und? Nach dem, was er durchgemacht hatte, hatte er jedes verdammte Recht dazu!

Mecklenburg sah ihn eine Sekunde lang enttäuscht an, dann zuckte er mit den Schultern und schwang sich mit einer übertrieben heftigen Bewegung von der Schreibtischkante. »Ganz wie Sie meinen«, sagte er. »Sollten Sie es sich anders überlegen, meine Nummer haben Sie ja. Wir sehen uns dann in drei Monaten.«

Soviel zu der Frage, wie lange diese Zeitverschwendung noch andauern sollte. Bremer sparte sich die Energie, noch einmal darauf einzugehen, sondern verabschiedete sich mit einem knappen Nicken von Mecklenburg und verließ den Untersuchungsraum. Nach zwei Schritten blieb er wieder stehen, versenkte die rechte Hand in die Tasche und machte ein ärgerliches Gesicht, noch bevor er sie leer wieder herauszog. Er hatte seine Krawatte auf der Liege vergessen. Nicht, daß ihm viel daran lag. Bremer *haßte* Krawatten. Aber sie gehörte nun einmal dazu, und das Ding hatte fast hundert Mark gekostet; für das Gehalt eines kleinen Polizeibeamten entschieden zu viel, um mit reinem Achselzukken darauf zu verzichten. Resignierend drehte er sich um und ging noch einmal zurück.

Er trat ein, ohne anzuklopfen. Mecklenburg hatte seinen Platz auf der Tischkante aufgegeben und saß hinter seinem Schreibtisch und telefonierte. Als Bremer eintrat, ließ er den Hörer erschrocken sinken und deckte die Muschel automatisch mit der linken Hand ab. Der Ausdruck auf seinem Gesicht war fast entsetzt.

Bremer zuckte die Achseln, kniff die Lippen zur Karikatur eines entschuldigenden Lächelns zusammen und deutete auf den zusammengeknüllten Schlips, der auf der Couch lag. In der ersten Sekunde begriff Mecklenburg sichtlich gar nicht, was er meinte, dann nickte er auffordernd, und Bremer durchquerte mit schnellen Schritten das Zimmer, raffte die Krawatte an sich und stopfte sie unordentlich in die Tasche. Ohne ein weiteres Wort wandte er sich wieder um und ging. Im Vorbeigehen streifte sein Blick die Akte, die vor dem Arzt auf dem Tisch lag. Sie war zugeklappt, aber Bremer konnte seinen eigenen Namen deutlich auf dem Deckblatt lesen. Nein, Mecklenburg hatte ganz eindeutig *nicht* vor, ihn in absehbarer Zeit aus seiner Patientenkartei zu streichen.

Wie üblich, durchquerte er den kurzen Gang und die dahinter liegende große Halle mit so schnellen Schritten, daß er gerannt wäre, hätte er sein Tempo auch nur noch um eine Winzigkeit gesteigert. Die kühle Sachlichkeit des Behandlungszimmers hatte ihm für einen kurzen Moment Schutz geboten, einen Halt, an den er sich klammern konnte, um nicht wieder in den bodenlosen Abgrund zu stürzen, der sich hinter der Fassade aus scheinbarer Normalität und dezentem Luxus verbarg, mit dem die Privatklinik ihre Besucher empfing. Aber dieser Schutz würde nicht ewig halten. Nicht einmal besonders lange. Obwohl er wahrscheinlich besser als jeder andere wußte, daß von diesem Gebäude keine Gefahr mehr ausging, waren die Gespenster der Vergangenheit hier noch höchst lebendig.

Und das vielleicht im wahrsten Sinne des Wortes.

Hinter dem an einen Hoteltresen erinnernden Empfang hielten sich im Moment drei junge Frauen auf. Wie der größte Teil des Personals hier trugen sie keine Kittel oder irgendeine andere Art von Krankenhausuniform, sondern schmucke Kostüme, die entweder eine Menge über ihre Gehälter verrieten, oder vermuten ließen, daß die Klinik ihrem Personal ein großzügiges Kleidergeld zahlte, und selbstverständlich waren alle drei jung und äußerst attraktiv; Bremer war sicher, daß das Personal hier mindestens ebenso nach seinem Aussehen wie nach seinen fachlichen Qualifikationen ausgesucht wurde.

Eine der drei jungen Frauen kannte er.

Sie hatte sich das Haar gefärbt und zu einem modischen Kurzhaarschnitt frisieren lassen, und sie war ein wenig älter geworden – nein, nicht älter: *erwachsener.* Bremer erkannte sie trotzdem sofort und ohne den leisesten Zweifel wieder. Es war nicht nur eine zufällige Ähnlichkeit. Die junge Frau …

… hob in diesem Moment den Kopf und sah so direkt in seine Richtung, als hätte sie seinen Blick gespürt oder seine Gedanken gelesen, und für den zeitlosen Augenblick eines Gedankens sah sie ihm direkt in die Augen. Aus Ähnlichkeit wurde Identität, begleitet von einem Gefühl ungläubigen Entsetzens, denn das, was er sah, war vollkommen unmöglich. Dann blinzelte er, und die Vision zerplatzte; er blickte in ein immer noch attraktives, aber vollkommen fremdes Gesicht.

Jemand rempelte ihn an. Bremer machte einen hastigen Schritt zur Seite, holte Luft zu einer ärgerlichen Bemerkung und machte sich gerade noch im letzten Moment klar, daß es seine Schuld gewesen war. Schließlich hatte er mitten in seinem Sturmschritt angehalten. Statt also eine seiner gefürchteten sarkastischen Bemerkungen anzubringen, murmelte er ganz im Gegenteil eine Entschuldigung und ging weiter, ohne sich auch nur umzudrehen. Einen Augenblick später verließ er die Klinik und rannte beinahe die Treppe hinunter.

Es regnete immer noch leicht, so daß er einen Vorwand hatte, die hundert Meter zum Parkplatz nun endgültig im Laufschritt zurückzulegen. Der Regen war nicht sehr heftig, aber eiskalt; *zu* kalt für die Jahreszeit. Seine Finger waren klamm und zitterten, als er den Schlüssel aus der Tasche zog; er brauchte Sekunden, um ihn ins Schloß zu fummeln, und noch einmal endlos, um die Tür aufzubekommen und sich hinter das Lenkrad fallen zu lassen.

Wenigstens redete er sich ein, daß es die Kälte war, die seine Hände zittern ließ.

Er hatte sich dieses *Déjà-vu* nicht nur eingebildet. Was andererseits natürlich nicht stimmte. Die junge Frau, deren Gesicht er zu sehen geglaubt hatte, war vor fünf Jahren gestorben, und im Gegensatz zu ihm war sie *nicht* von den Toten wieder auferstanden. Es war eine Halluzination gewesen, ein böser Streich, den ihm sein Unterbewußtsein gespielt hatte, mehr nicht. *Mehr nicht.* Aber sie war so unglaublich realistisch gewesen.

So, wie Halluzinationen nun einmal waren?

Bremer schenkte seinem eigenen Konterfei im Innenspiegel ein schiefes Grinsen. Sein Gesicht war naß und sehr bleich. *Natürlich* war es eine Halluzination, ausgelöst durch die Klinik und die größtenteils unangenehmen Erinnerungen, die er mit diesem Ort verband. Was ihn erschreckte, das war auch gar nicht der Zwischenfall selbst. Vielmehr die Intensität, mit der er darauf reagiert hatte.

Er schüttelte den Kopf, zog mit der linken Hand die Tür zu und schob mit der anderen den Zündschlüssel ins Schloß. Der Motor sprang wie üblich erst beim dritten oder vierten Versuch an, aber diesmal gestattete Bremer es sich ganz bewußt, sich darüber zu ärgern. Der Wagen war kein Jahr alt, aber sobald der Wetterbericht auch nur Regen *ankündigte,* hatte er Startschwierigkeiten. Er war mit dieser verdammten Karre schon ein halbes Dutzend Mal in der Werkstatt gewesen, ohne daß sie den Fehler gefunden hatten. Nicht zum ersten Mal fragte er sich, warum er sich diese Unverschämtheit eigentlich gefallen ließ.

Der Trick mit der Ablenkung funktionierte. Als der Motor schließlich ansprang und stotternd auf Touren kam, ärgerte er sich zwar immer noch, aber die irrationale Furcht, die sich für einen Moment in seinen Gedanken ausgebreitet hatte, war wie fortgeblasen. Es lag einzig und allein an diesem verdammten Monstrum von Haus, in dem es zwar so wenig spukte wie in irgendeinem anderen Gebäude auf der Welt, mit dem er aber zu viele unangenehme Erinnerungen verband. So simpel war die Erklärung.

Bremer balancierte vorsichtig mit Kupplung und Gaspedal, damit der Motor nicht sofort wieder ausging – er wußte aus leidvoller Erfahrung, daß er danach für mindestens zwanzig Minuten gar nicht mehr anspringen würde – und nahm sich zum ungefähr zwanzigsten Mal vor, bei der nächsten Gelegenheit in die Werkstatt zu fahren und diesmal Tacheles mit den Burschen zu reden. »Die tun was«, knurrte er. »Freunde, ihr werdet euch wundern, was *ich* tue, wenn ihr diesen Schrotthaufen nicht bald hinkriegt!«

Der Motor stotterte zur Antwort und lief ein wenig ruhiger, wenn auch noch immer nicht so rund, daß Bremer es wagte, schon loszufahren. Mit einem ärgerlichen Kopfschütteln ließ er sich im Fahrersitz zurücksinken. Auf ein paar Augenblicke mehr oder weniger kam es jetzt auch nicht mehr an. Ganz im Gegenteil – vielleicht sollte er die wasserscheue Elektronik als seine Verbündete betrachten, statt sich über sie zu ärgern. Im Büro wartete nur ein Schreibtisch voller langweiliger Arbeit auf ihn. Manchmal fragte er sich, warum er sich um alles in der Welt das eigentlich noch antat. *Nötig* hatte er es weiß Gott nicht.

Sein Blick fiel auf das Display des Handys, das sich automatisch eingeschaltet hatte, als er den Schlüssel herumdrehte. Das Gerät zeigte die Kleinigkeit von zehn Anrufen in Abwesenheit auf – vermutlich mehr; so viel Bremer wußte, war zehn die maximale Anzahl von Nummern, die der Apparat speichern konnte. Bremer zerbrach sich ein paar Sekunden lang vergeblich den Kopf, welche Tasten er nun in welcher Reihenfolge drücken mußte, um die Nummern der Anrufer auf dem Display erscheinen zu lassen, und gab es dann auf. Der Verkäufer, der ihm das Ding aufgeschwatzt hatte, hatte ihm versichert, daß die Bedienung kinderleicht wäre. Er hatte beim Einbau nur vergessen, das passende Kind mitzuliefern.

Die Anzeige im Display erlosch und machte dem Wort *Anruf* Platz, eine halbe Sekunde, bevor das Ding klingelte. Bremer drückte die Sprechtaste und sagte: »Ja?«

»Bremer?« Nördlingers Stimme war verzerrt und so

laut, daß Bremer hastig nach dem Lautstärkeregler griff und ihn herunterdrehte.

»Ja«, antwortete er. »Oder wer sonst sollte sich unter meiner Nummer melden?« Aus irgendeinem Grund hatte er stets Hemmungen, sich am Autotelefon mit seinem Namen zu melden; eine kleine Marotte, die Nördlinger eigentlich akzeptieren sollte.

Er tat es nicht. »Dann melden Sie sich gefälligst mit Ihrem Namen«, knurrte er. »Ich versuche seit einer Stunde, Sie zu erreichen. Wo zum Teufel waren Sie?«

»Beim Arzt«, antwortete Bremer. Er schluckte alles, was ihm sonst noch auf der Zunge lag, herunter. Es war eine Menge. Nördlinger konnte ihn weder leiden, noch machte er einen Hehl daraus, und er würde den Teufel tun und dem Kerl auch noch Munition liefern. »Die übliche Routineuntersuchung.«

»Mit dem üblichen Ergebnis, nehme ich an«, sagte Nördlinger. »Dann fühlen Sie sich doch jetzt bestimmt in der Lage, Ihre Arbeit wiederaufzunehmen. Fahren Sie zur Baldowstraße. Sie sehen dann schon, wo. Und wenn Sie das nächstemal zum Arzt oder sonstwohin gehen, dann nehmen Sie Ihr Handy gefälligst mit. Deswegen heißen die Dinger Handys. Weil man sie in die Hand nehmen kann. Nicht, damit man sie im Wagen liegen läßt.«

»In der Klinik sind sie verboten, soviel ich weiß«, antwortete Bremer. »Baldowstraße, sagten Sie?« Er versuchte sich zu erinnern, wo die Baldowstraße lag. Er war nicht ganz sicher, glaubte aber, daß es irgendwo im Ostteil war. Ganz eindeutig nicht ihr Revier.

»Soll ich Ihnen einen Stadtplan faxen?« fauchte Nördlinger. »Es geht um einen alten Freund von Ihnen. Sie werden schon sehen. Und jetzt beeilen Sie ich bitte. Die Kollegen warten schon.«

Bremer schaltete ab, ohne sich mit irgendeiner Höflichkeitsfloskel aufzuhalten, schnitt dem Handy eine Grimasse und schaltete gleichzeitig Licht und Scheibenwischer ein. Der Motor lief jetzt sauber und rund. Er konnte es wagen, loszufahren.

Als er den Mondeo vom Parkplatz lenkte, glitt ein Schatten wie von etwas Riesigem, Geflügeltem über den regennassen Asphalt.

Bremer weigerte sich, hinzusehen.

Er fädelte den Wagen in den fließenden Verkehr ein, fuhr mit zu schnellen achtzig Stundenkilometern stadteinwärts und lenkte sich mit der Frage ab, welchen Sonderauftrag Nördlinger heute wieder für ihn haben mochte. *Kriminalrat* Nördlinger war äußerst einfallsreich darin, unangenehme Beschäftigungen für diejenigen seiner Mitarbeiter zu finden, die er nicht leiden konnte; eine illustre Auswahl, auf deren Liste der Name Bremer zweifellos ganz oben stand. Seit Nördlinger seinen Dienst angetreten hatte (großer Gott, war das wirklich erst ein Jahr her? Bremer kam es vor wie zehn) hatte er keinen Zweifel daran aufkommen lassen, daß er erst zufrieden sein würde, wenn Bremer die großzügige Vorruhestandsvereinbarung annahm, die man ihm angeboten hatte – oder einen Fehler beging, der es ihm ermöglichte, ihn zu feuern. Beides war nicht sehr wahrscheinlich. Bremer fühlte sich mit noch nicht einmal fünfzig Jahren entschieden zu jung, um in Rente zu gehen und den Rest seiner Tage mit Zeitunglesen und der Pflege seiner Kakteenzucht zu fristen, und er war in seinem Job einfach zu gut, als daß ihm ein Fehler unterlaufen würde, der schwerwiegend genug war, ihm das Genick zu brechen.

Außerdem war es ein unfairer Kampf. Nördlinger war trotz allem ein sehr fähiger Mann – wäre er das nicht, dann säße er schon lange nicht mehr auf dem Stuhl, auf dem er saß –, aber er war auch ein Mann mit einem unerschütterlichen Glauben an Autorität und Regeln. Bremer hingegen war bis zu einer gewissen – sehr hoch angesetzten – Grenze *Persona non grata*, und als solcher *mußte* er einem Mann wie Nördlinger ein Dorn im Auge sein. Es war nicht etwa so, daß Bremer die Tatsache, praktisch unangreifbar zu sein, jemals ausgenutzt hätte. Aber die bloße Möglichkeit, daß er es konnte, war wohl schon mehr, als Nördlinger ertrug.

Er brauchte sehr viel länger als die veranschlagte halbe Stunde, um sein Fahrtziel zu erreichen. Trotz der noch frühen Stunde erstickte die Innenstadt schon fast im Verkehr. Das Gebiet rings um das neue Regierungsviertel war eine einzige Baustelle, und das würde sie Bremers Meinung nach auch noch mindestens fünf oder sechs Jahre lang bleiben, allen vollmundigen Versprechungen der Politiker zum Trotz. Erst, als er in den Ostteil (den *alten Ostteil*, verbesserte er sich in Gedanken. Daran würde er sich wohl nie gewöhnen) kam, wurde es ein wenig besser. Um das Maß vollzumachen, verfuhr er sich auf dem letzten Stück auch noch, so daß er nach dem Weg fragen mußte und es beinahe elf war, ehe er den Wagen – nachdem er den dritten Passanten nach dem Weg gefragt hatte – endlich um die letzte Biegung lenkte und sah, was Nördlinger gemeint hatte. Das Handy hatte in dieser Zeit dreimal geklingelt und hätte es wohl noch öfter getan, hätte er es nicht irgendwann kurzerhand ausgeschaltet. Ein Hoch auf die Technik.

Die Straße war heruntergekommen und mußte früher, noch zu DDR-Zeiten, so etwas wie ein bescheidenes Industriegebiet gewesen sein. Jetzt standen die meisten Gebäude leer und waren dem Verfall anheim gegeben. An einem normalen Tag traf man hier zusammengenommen vermutlich nicht einmal ein Dutzend Menschen.

Jetzt sah Bremer auf Anhieb gut die doppelte Anzahl von Autos; die – obligate – Menge von Neugierigen versuchte er erst gar nicht zu schätzen. Er hatte es schon vor Jahren aufgegeben, sich über Gaffer zu ärgern, die prinzipiell aus dem Nichts aufzutauchen pflegten und immer neue und erstaunlichere Ideen entwickelten, um Polizei, Feuerwehr und Notärzte an ihrer Arbeit zu hindern.

Er lenkte den Ford in scharfem Tempo auf die Menschenansammlung am Ende der Straße zu, brachte ihn im buchstäblich letzten Moment mit quietschenden Bremsen zum Stehen und quittierte die zornigen Blicke, die ihn trafen, mit einem schadenfrohen Grinsen. Ein weiterer Minuspunkt in seiner Personalakte, falls sich jemand seine Nummer merkte und ihn meldete. Es war ihm gleich. Mit etwas mehr als der notwendigen sanften Gewalt bahnte er sich einen Weg durch den Auflauf. Er kassierte und verteilte eine

Anzahl derber Rippenstöße, Tritte gegen die Waden und auf die Zehen, aber der Saldo fiel eindeutig zu seinen Gunsten aus.

Der Grund des Menschenauflaufs befand sich nahezu am Ende der Straße und bestand aus zwei quer gestellten Streifenwagen und einem RTW der Berufsfeuerwehr. Dahinter erhob sich ein rostzerfressenes Wellblechtor, das ganz so aussah, als würde es nur noch von guten Wünschen und verkrustetem Staub vor dem Umfallen bewahrt. Ein leicht genervt wirkender Streifenpolizist hielt davor Wache, ließ ihn aber problemlos passieren, noch bevor er seinen Dienstausweis zücken mußte. Entweder kannte der Mann ihn, oder Nördlinger hatte sein Kommen ausführlich genug angekündigt. Bremer quetschte sich durch den schmalen Spalt zwischen den beiden Torflügeln. Beiläufig registrierte er das eingetrocknete Blut, das an dem Metall klebte.

Dahinter lag etwas, das Bremer auf den ersten Blick an eine Mischung aus einem Schrottplatz und einem aufgegebenen Fabrikhof erinnerte: Zerlegte Maschinen, Kisten, Metallschrott, halb ausgeschlachtete Autowracks, zerbrochenes Mobiliar und ganz ordinärer Müll bildeten ein einziges, ausuferndes Chaos. Ein halbes Dutzend Beamter stand tatenlos herum, und ein weiteres halbes Dutzend war mit Dingen beschäftigt, deren Sinn sich nur dem Eingeweihten offenbarte. Bremer wußte sofort, daß er sich am Schauplatz eines Verbrechens befand. Die Kollegen von der Spurensicherung waren damit beschäftigt, jeden rostigen Nagel zu katalogisieren und jeden Stein umzudrehen. Der Hof wurde an drei Seiten von schäbigen Gebäuden mit vernagelten Fenstern und Türen flankiert, nur direkt gegenüber des Tores gab es einen engen, mit einem Maschendraht verschlossenen Durchgang. Unmittelbar davor lag ein schmaler, mit einer schwarzen Plastikplane zugedeckter Körper. Ein Toter. Nördlinger hätte ihn nicht herbestellt, wenn es kein Toter wäre.

Bremer stockte zum ersten Mal, seit er aus dem Wagen gestiegen war, für einen kurzen Moment im Schritt, als er

Nördlinger sah. *Das* war wirklich ungewöhnlich. Kriminalrat Nördlinger besuchte *niemals* einen Tatort, es sei denn in Begleitung eines Staatsanwalts oder eines Fernsehteams. Von beidem war weit und breit nichts zu sehen.

»Das hat lange gedauert«, sagte Nördlinger, ohne sich mit einer Begrüßung aufzuhalten. »Hatten Sie Mühe, die Adresse zu finden?«

Bremer verzog die Lippen zu etwas, das Nördlinger für ein Grinsen halten konnte, wenn ihm danach war, und zündete sich eine Zigarette an. Er hatte gar keine Lust auf eine Zigarette, aber Nördlinger war der militanteste Nichtraucher, der ihm jemals begegnet war, und das allein war Grund genug. »Was ist passiert?«

Nördlinger maß die Zigarette zwischen seinen Lippen mit einem angeekelten Blick, dann deutete er ein Achselzucken an und ließ die Bewegung in ein auf den zugedeckten Leichnam deutendes Nicken übergehen. Bremer trat an ihm vorbei, ging in die Hocke und streckte die Hand nach der Plastikfolie aus, und Nördlinger sagte: »Ich hoffe doch, Sie haben nicht zu ausgiebig gefrühstückt.«

Es war albern. Bremer verfluchte sich im stillen dafür, aber er zögerte tatsächlich einen Moment, die Plane zurückzuziehen. Als er es dann doch tat, geschah es zu schnell und mit viel zuviel Kraft.

Der Anblick war nicht so schlimm, wie er nach Nördlingers Worten erwartet hatte, aber schlimm genug. Bremer erstarrte für eine oder zwei Sekunden.

»Rosen«, sagte Nördlinger. »Ich hatte auch ein paar Schwierigkeiten, ihn wiederzuerkennen, aber er ist es.« Er atmete hörbar ein, zu tief und zu lange, als brauche er zusätzlichen Sauerstoff, um eine Übelkeit zu unterdrücken, und ließ sich dann neben Bremer in die Hocke sinken. Seine Kniegelenke knackten wie dünne, zerbrechende Äste. »Sehen Sie sich seine Hände an.«

Bremer zog die Plane noch ein Stück weiter zurück. Er sah sofort, was Nördlinger meinte. Rosens Gesicht bot einen erschreckenden Anblick, aber seine Hände sahen noch viel schlimmer aus. Fast alle seine Fingernägel waren abgebrochen und blutig gesplittert. Mindestens zwei Finger mußten gebrochen sein, wahrscheinlich mehr, und seine Handflächen wiesen ein geometrisches Muster sich kreuzender Schnitte auf, die bis auf die Knochen hinab reichten.

Das Muster in Rosens Händen paßte zu dem Maschendrahtzaun, vor dem man ihn gefunden hatte. Bremer brauchte nur eine Sekunde, um die dazugehörigen Blutspuren auf dem Draht zu finden.

»Was ist … mit seinen Augen passiert?« fragte Bremer mühsam. Unter seiner Zunge begann sich bittere Galle zu sammeln. Er schluckte sie hinunter, warf die Zigarette neben sich auf den Boden und trat sie mit dem Absatz aus, ohne noch einmal daran gezogen zu haben.

»So, wie es aussieht, hat er sie sich ausgekratzt«, sagte Nördlinger. Bremer starrte ihn an, und Nördlinger nickte zwei- oder dreimal hintereinander, um seine Behauptung zu unterstreichen. »Wir müssen natürlich das endgültige Ergebnis der gerichtsmedizinischen Untersuchung abwarten, aber bisher deutet nichts auf Fremdeinwirkung hin.«

»Sie meinen, er hat sich das alles … *selbst angetan*?«

»Er – oder jemand, der keinerlei Spuren hinterlassen hat.« Nördlinger erhob sich ebenfalls, wobei seine Gelenke erneut und noch lauter knackten, beugte sich dann aber noch einmal vor und schlug die Plane wieder über Rosens Gesicht. Es nutzte nicht viel. Bremers Magen revoltierte noch immer. »Jedenfalls keine, die wir gefunden haben.«

Oder wenigstens keine, die noch da wären, fügte Bremer in Gedanken hinzu. Er sprach es nicht laut aus. Es wäre nicht fair, und es wäre vor allem nicht wahr. Nördlingers Anruf lag fast eine Stunde zurück, und wahrscheinlich hatte die Spurensicherung den Hof schon abgesucht, lange bevor Nördlinger überhaupt eingetroffen war. Es gehörte zwar nicht viel dazu, dachte er spöttisch, aber selbst die Berliner Polizei war besser als ihr Ruf. Wenn Nördlinger sagte, daß keine Spuren da waren, dann waren keine Spuren da.

»Vielleicht hat man ihn woanders umgebracht und die Leiche dann hierhergeschafft.«

»Ja. Vielleicht. Und dann ist der Tote aufgestanden und

hat mit solcher Kraft am Draht gerüttelt, daß er sich die Hände daran aufgeschnitten hat.« Nördlinger schüttelte den Kopf. »Bevor oder nachdem er sich die Augen aus dem Kopf gerissen hat, was meinen Sie? Er ist hier gestorben. Die Frage ist nur, wie. Und warum.«

»Vielleicht, weil es doch so etwas wie eine höhere Gerechtigkeit gibt«, murmelte Bremer. Er hatte nicht vorgehabt, so laut zu sprechen, daß Nördlinger es hörte, aber Nördlinger *hatte* es gehört, und als Reaktion verfinsterte sich sein Gesichtsausdruck noch mehr.

»Sparen Sie sich solche Sprüche bitte, Herr Bremer«, sagte er steif. »Vor allem, wenn jemand in der Nähe ist, der sie falsch verstehen könnte.«

»Ist denn jemand in der Nähe?« Die Frage war überflüssig. Die örtlichen Gegebenheiten waren ausnahmsweise einmal auf ihrer Seite. Die Mauern und das Wellblechtor hielten nicht nur zuverlässig die Gaffer fern, sondern ihnen – bisher jedenfalls – auch die Presse vom Hals. Sehr lange würde das wahrscheinlich nicht mehr so bleiben. Nördlinger würdigte ihn nicht einmal einer Antwort.

Bremer kratzte all seinen Mut zusammen, ließ sich noch einmal in die Hocke sinken und zog mit spitzen Fingern die Plane vom Gesicht des Toten. Diesmal war er auf den Anblick vorbereitet. Sein Magen rebellierte zwar noch immer, versuchte aber wenigstens nicht mehr, aus seinem Hals herauszuspringen. Er hatte schon Tote gesehen, die schlimmer zugerichtet waren.

»Keine schöne Art, zu sterben«, sagte Nördlinger leise.

Bremer zuckte die Schultern. »Ein paar von seinen Opfern sahen schlimmer aus.«

Nördlinger schenkte ihm einen verwirrten Blick, beließ es aber bei einem Achselzucken. Vermutlich verstand er nicht einmal, was Bremer meinte. Auf den ersten Blick bot Rosens Gesicht einen Anblick, das an Grauen kaum noch zu übertreffen war. Es waren nicht einmal die fehlenden Augen. Jemand hatte seine Lider geschlossen, aber das machte es beinahe noch schlimmer. Die Augäpfel dahinter waren nicht mehr da. Wo sich die Haut über sanfte Rundungen spannen sollte, waren eingesunkene Löcher. Rosens Wangen und Kinn waren von tiefen Kratzern und Rissen zerfurcht, die zum Teil bis auf den Knochen hinabreichten. Er mußte unvorstellbar gelitten haben, bevor sein Herz endlich ausgesetzt hatte. Keines seiner Opfer war *so* zugerichtet gewesen. Bremer hatte sie alle gesehen.

Trotzdem war ihr Anblick schlimmer gewesen. Es war der *Ausdruck* auf den Gesichtern der Kinder. Keines seiner Opfer hatte auch nur annähernd solche Qualen erlitten, wie sie Rosen ausgestanden haben mußte. Verglichen damit hatte er seinen Opfern ein gnädiges, schnelles Ende bereitet. Wovon Bremer gesprochen hatte, war jedoch nicht der Ausdruck körperlicher Qual. Es war das Entsetzen. Die vollkommene, hilflose Fassungslosigkeit, das unbeschreibliche Gefühl, ausgeliefert zu sein, und diese eine, niemals beantwortete Frage, die er in ihrer aller Augen gelesen hatte: *Warum ich?*

Er schüttelte den Gedanken ab. »Wann ist es passiert?«

»Irgendwann zwischen Mitternacht und drei«, antwortete Nördlinger. »Soweit man das bisher sagen kann. Der Nachtwächter hat ihn heute morgen gegen sechs gefunden.«

Bremer sah auf die Uhr. Es war fast Mittag. Er fragte sich, warum man den Toten noch nicht weggebracht hatte, stellte die Frage aber nicht laut. Nördlinger würde seine Gründe haben. Und wenn nicht, dann ging es ihn nichts an. »Und was habe *ich* damit zu tun?«

»Sie machen mir Spaß«, sagte Nördlinger. »Wenn ich richtig gezählt habe, ist das Nummer vier auf Ihrer Liste.«

Bremer sah auf. »Vier?«

»Halbach, Belozky, Lachmann – und jetzt Rosen.« Nördlinger hielt die gleiche Anzahl Finger in die Höhe und schüttelte den Kopf. »Keine schlechte Bilanz, in vier Monaten.«

»Was soll das heißen?« Bremers Stimme war jetzt eine Spur schärfer, aber Nördlinger zeigte sich vollkommen unbeeindruckt. Nach einer oder zwei Sekunden gönnte er Bremer sogar eines seiner seltenen Lächeln.

»Gar nichts«, sagte er. »Ich zähle nur zwei und zwei zusammen – bevor es jemand anderes tut. Glauben Sie denn wirklich, ich wäre der einzige, der da gewisse Zusammenhänge erkennt?«

»Das einzige, was ich erkenne, ist ein toter Kindermörder.« Bremer stand auf. »Vielleicht hat er in einem klaren Moment ja begriffen, was er für ein Ungeheuer ist, und sich aus lauter Entsetzen darüber selbst umgebracht.«

Nördlinger wiederholte sein Kopfschütteln, trat an Bremers Seite und versuchte mit der Schuhspitze die Plane wieder über Rosens Gesicht zu schieben. Ohne Erfolg. »Verstehen Sie mich doch nicht falsch, Bremer«, sagte er. »Mein Mitleid mit diesem Kerl hält sich genauso wie Ihres in Grenzen. Und das gilt für die drei anderen genauso. Aber ich habe heute morgen schon eine Menge unangenehmer Fragen beantworten müssen, und ich fürchte, ich werde noch sehr viel mehr davon hören, bis ich heute abend nach Hause gehe. Ich hatte gehofft, daß Sie ein paar Antworten für mich haben.«

Die Ungeheuerlichkeit, die sich hinter diesen Worten verbarg, kam Bremer erst nach ein paar Sekunden *wirklich* zu Bewußtsein. Zu seiner eigenen Überraschung wurde er aber nicht einmal wütend. Nicht wirklich. Was Nördlinger gerade angedeutet hatte, war so bizarr, daß er für einen Moment ... gar nichts empfand.

»Ich habe für die Zeit zwischen Mitternacht und drei kein Alibi, wenn Sie das meinen«, sagte er spröde. »Möchten Sie meinen Dienstausweis und meine Waffe?«

»Seien Sie nicht albern«, antwortete Nördlinger. »Niemand verdächtigt Sie, oder wirft Ihnen irgend etwas vor. Als Halbach starb, waren Sie nicht einmal in der Stadt, nicht wahr? Ich sage das nur, weil es da gewisse ... Parallelen gibt.«

»Sie sind alle drei tot, das stimmt«, sagte Bremer feindselig. »Und?«

Nördlinger zuckte ungerührt mit den Schultern. »Wenn sie mir aufgefallen sind, könnten sie auch anderen auffallen.«

»Ich ...«

»Ich erwarte Sie in zwei Stunden in meinem Büro«, fuhr Nördlinger fort, noch immer ruhig, jetzt aber in verändertem, dienstlicherem Tonfall, der einen Befehl aus ihnen machte und die Diskussion gleichzeitig beendete.

»Soll ich eine Zahnbürste mitbringen?«

Nördlinger verdrehte die Augen. »Bremer – tun Sie mir und vor allem sich selbst einen Gefallen und strapazieren Sie meine Geduld nicht noch mehr. Ich erwarte ein paar konstruktive Vorschläge von Ihnen, keine dummen Sprüche. In zwei Stunden.«

Er ging. Bremer starrte ihm wütend nach. Nördlinger hatte es wieder einmal geschafft, ihn aus der Ruhe zu bringen. Das gelang ihm beinahe jedesmal. Sie gingen sich aus dem Weg, so gut es ging, aber immer war das nun einmal nicht möglich, und wenn es überhaupt etwas gab, das Kriminalrat Nördlingers Pedanterie noch übertraf, dann war es seine Fähigkeit, seinen Gesprächspartner mit ein paar gezielten Bemerkungen auf die Palme zu bringen.

Vor allem, wenn dieser Gesprächspartner Bremer hieß.

Vielleicht, überlegte er, war er ja nur deshalb so wütend, weil er immer wieder darauf hereinfiel. Dabei wäre es gar nicht nötig gewesen. Er war ziemlich sicher, daß er Nördlinger gewachsen war, wenn es ihm nur einmal gelang, Ruhe zu bewahren. In zwei Stunden, wenn sie sich wiedersahen, würde er sich einfach zusammenreißen. Und sei es nur, um Nördlinger nicht zwei Triumphe an einem Tag zu gönnen. Einer war genug. Mehr als genug, wenn man es genau nahm.

Bremer verspürte ein unangenehmes Kratzen im Hals. Er unterdrückte ein Husten und kramte in seinem Mantel nach einem Taschentuch, als sich ein Kribbeln in der Nase hinzugesellte. Er fand keines, hob im letzten Moment den Handrücken unter die Nase und nieste so kräftig, daß seine Trommelfelle knackten.

»Hier ... bitte.«

Jemand hielt ihm ein offenes Päckchen Tempo hin. Bremer putzte sich ausgiebig die Nase, nickte dankbar und räusperte sich mehrmals hintereinander und übertrieben, damit das Kratzen in seinem Hals aufhörte. Es half allerdings nicht viel. Offensichtlich hatte er sich irgendwo eine Erkältung eingefangen.

Erst dann drehte er sich zu dem Mann herum, der ihm das Taschentuch gegeben hatte. Er erwartete, einen seiner Kollegen zu sehen, vielleicht jemanden von der Spurensicherung, oder auch einen uniformierten Beamten. Statt dessen blickte er in das Gesicht eines vielleicht dreißigjährigen, dunkelhaarigen Mannes, der einen für die Witterung viel zu dünnen schwarzen Sommeranzug trug, dazu ein ebenfalls schwarzes Hemd – und einen weißen Priesterkragen.

»Danke«, sagte er überrascht. »Was … was tun Sie hier?«

»Nehmen Sie ruhig das ganze Päckchen«, sagte der andere lächelnd. »Sie hören sich an, als könnten Sie es gebrauchen.«

Bremer griff fast automatisch zu und steckte die Taschentücher ein. Gleichzeitig sah er sich verwirrt um. Er hatte sich zwar in den letzten Minuten intensiv mit Nördlinger beschäftigt, aber er war auch vollkommen sicher, ganz bestimmt *keinen* Geistlichen gesehen zu haben, als er vorhin gekommen war.

»Was tun Sie hier?« wiederholte er. »Wer sind Sie?«

»Mein Name ist Thomas«, antwortete der andere. »Vater Thomas – aber vergessen Sie den Vater ruhig. Niemand nennt mich so. Ist er das? Sie gestatten doch.«

Er deutete auf Rosens Leichnam und ließ sich daneben auf ein Knie herabsinken, ohne Bremers Antwort abzuwarten. Während er mit der rechten Hand ein winziges Silberkreuz an einer Kette unter dem Hemd hervorzog, entfernte er mit der anderen die schwarze Plane von Rosens Gesicht. Auf seinen Zügen zeigte sich nicht die geringste Reaktion, als sein Blick in Rosens zerstörtes Gesicht fiel. Er tat alles so schnell und mit einer solchen Selbstverständlichkeit, daß Bremer nicht einmal auf die Idee kam, ihn davon abzuhalten, sondern die kniende Gestalt vor sich nur mit einer Mischung aus Überraschung und Staunen anstarrte. Es dauerte Sekunden, bis er seine Fassung wiederfand.

»Bitte ... entschuldigen Sie«, sagte er. Keine Reaktion. »Thomas?«

Er sprach den *Vater* tatsächlich nicht aus, wenn auch weniger, weil Thomas es ihm angeboten hatte. Er wäre sich albern dabei vorgekommen, einen Mann Vater zu nennen, der jung genug war, um sein Sohn zu sein. Und den er vielleicht in der nächsten Minute verhaften mußte.

Es vergingen noch einmal Sekunden, bevor Thomas reagierte. Er hatte die Augen geschlossen und Zeige- und Mittelfinger der linken Hand auf die Stirn des Toten gelegt. Seine Lippen bewegten sich lautlos. Nachdem er sein stummes Gebet zu Ende gesprochen hatte, hob er das kleine Kreuz an die Lippen, küßte es flüchtig und verbarg es dann wieder unter seinem Hemd. Erst dann stand er auf und wandte sich wieder zu Bremer um.

»Bitte verzeihen Sie«, sagte er, »aber ...«

Bremer unterbrach ihn. »Was suchen Sie hier?« fragte er, in ganz bewußt nicht mehr allzu freundlichem Ton. »Wer hat Sie hier hereingelassen?«

»Ihr Kollege am Tor war so freundlich, mich einzulassen«, antwortete Thomas. Bremer wandte den Kopf und warf dem Mann einen ärgerlichen Blick zu, aber Thomas schüttelte rasch den Kopf und zog seine Aufmerksamkeit mit einer entsprechenden Geste wieder auf sich.

»Nehmen Sie es ihm nicht übel«, sagte er lächelnd. »Ich weiß, daß er es wahrscheinlich nicht gedurft hätte. Aber nicht jeder kann sich der Autorität eines Priesterkragens widersetzen.«

»Da haben Sie verdammt recht«, sagte Bremer. »Er hätte Sie nicht hereinlassen dürfen. Wir sind hier am Tatort eines Verbrechens. Kannten Sie den Toten?«

Thomas verneinte. »Ich bin nur zufällig vorbeigekommen. Als ich hörte, was geschehen war, habe ich Ihren Kollegen gebeten, mich einzulassen. Bitte, bereiten Sie ihm deswegen keine Schwierigkeiten. Es wäre mir unangenehm.«

»Wieso?« fragte Bremer. »Warum wollten Sie hier herein?«

»Um dem Toten die Sakramente zu geben«, antwortete Thomas.

»Die Sakramente?« Bremer legte den Kopf schräg. »Um ehrlich zu sein, habe ich mit der Kirche nicht viel am Hut. Aber trotzdem … erteilt man die Sterbesakramente nicht eigentlich, *bevor* jemand stirbt?«

»Wenn die Zeit dafür reicht, ja«, sagte Thomas. »Leider kommen wir nicht immer rechtzeitig.«

»Das stimmt«, antwortete Bremer. »In diesem Fall kommen Sie ungefähr vierzig Jahre zu spät.«

Thomas' Blick nach zu schließen, verstand er nicht, was Bremer damit meinte – und wie auch? Bremer machte jedenfalls keinen Versuch, seine Worte irgendwie zu erklären, sondern fuhr mit einer unwilligen Geste zum Tor hin fort: »Ich muß Sie bitten, jetzt wieder zu gehen. Die Spurensicherung ist noch nicht fertig. Sie behindern uns bei unserer Arbeit.«

»Gleich.« Thomas drehte sich wieder zu dem Toten herum. »Ich möchte nur noch …«

Bremer ergriff ihn am Arm. »Nein, *Vater*«, sagte er betont. »Jetzt. Es sei denn, Sie könnten mir vielleicht irgend etwas über den Toten erzählen, was ich noch nicht weiß.«

»Ich möchte Sie wirklich nicht behindern«, sagte Thomas. Er lächelte noch immer, und aus irgendeinem Grund *wußte* Bremer einfach, daß es ein echtes Lächeln war, kein berufsmäßig aufgesetztes. »Es ist auch nicht meine Aufgabe. Ich bin nur für das Seelenheil dieses Mannes verantwortlich.«

»Machen Sie sich darum keine Sorgen«, sagte Bremer. »Es sei denn, Sie glauben wirklich an ein Leben nach dem Tod.«

»Ich wäre nicht hier, wenn ich das nicht täte, Herr Bremer«, antwortete Thomas ernst. »Sie tun es doch auch.«

Und ob, dachte Bremer. *Ich könnte dir eine Menge darüber erzählen, mein Freund. Ich bin nur nicht sicher, ob es dir gefallen würde.* Er sagte das nicht laut. Es gehörte nicht hierher. Und dazu kam noch etwas: Er konnte es nicht begründen, aber dieser junge Geistliche … verunsicherte ihn. Wäre er sich bei dem Gedanken nicht so albern vorgekommen, dann hätte er gesagt: Er war ihm unheimlich. Statt dessen sagte er: »Manchmal wünschte ich es mir. Wenn es so wäre, dann könnte ich wenigstens sicher sein, daß dieser Kerl für alle Zeiten in der Hölle brennt.«

Thomas sah ihn fast bestürzt an. Sein Lächeln erlosch. Nein: Es erlosch nicht. Es wurde traurig. »Haß ist keine gute Kraft, Herr Bremer«, sagte er. »So wenig wie Rache.«

»Das mag sein.« Bremer ließ endlich Thomas' Arm los und zog eine Grimasse. »Aber manchmal hilft es.«

»Niemandem ist damit geholfen«, widersprach Thomas. »Rache macht die Opfer dieses Mannes nicht wieder lebendig.«

»Woher wissen Sie, daß er Opfer hatte?« fragte Bremer blitzschnell. Sein latentes Mißtrauen wurde schlagartig zu der Gewißheit, daß *Vater Thomas* ihm bisher nicht die ganze Wahrheit gesagt hatte.

»Ich habe gehört, wie sich die Leute draußen über ihn unterhalten haben«, antwortete Thomas. »Das ist Rosen, nicht wahr? Stefan Rosen.«

»Sie kennen ihn?«

»Ich lese Zeitung«, erwiderte Thomas. »Und ich habe einen Fernseher.«

»Dann werden Sie um so besser verstehen, daß ich nicht unbedingt vor Mitgefühl zerfließe«, sagte Bremer. Er schüttelte fast zornig den Kopf. »Also meinetwegen. Geben Sie ihm die letzte Ölung, oder was immer Sie auch tun müssen. Und dann gehen Sie. Aber vorher haben Sie noch die Güte, meinem Kollegen vorne am Tor, der Sie so großzügig eingelassen hat, Ihre Personalien zu geben.«

»Darf ich fragen, warum?« Thomas wirkte jetzt doch ein wenig verunsichert. Offenbar, dachte Bremer schadenfroh, war ein weißer Priesterkragen nicht das einzige, was eine gewisse Autorität ausstrahlte.

»Reine Routine, Vater. Reine Routine.«

Erst eine gute Viertelstunde später, als er schon wieder im Wagen saß und sich auf dem Weg nach Hause befand, fiel ihm etwas auf, was er die ganze Zeit über unbewußt gespürt hatte, ohne es präzisieren zu können. Thomas hatte ihn zweimal mit seinem Namen angesprochen.

Aber er hatte seinen Namen gar nicht genannt.

3

Bremer fuhr nicht direkt ins Präsidium, obwohl er alles hatte – nur keine Zeit. Auf seinem Schreibtisch stapelte sich die Arbeit, und er war ziemlich sicher, daß der Leichenfund von heute morgen den Berg noch weiter anwachsen lassen würde; Nördlinger hatte ihn bestimmt nicht zu sich bestellt, um ein wenig zu plaudern.

Trotzdem fuhr er zuerst nach Hause.

Er hatte Mühe, den Weg zu finden und noch mehr Mühe, ihn unfallfrei zurückzulegen. Bremer war innerlich nicht halb so ruhig, wie er sich äußerlich gegeben hatte, als er den verkommenen Hinterhof verließ. Ganz im Gegenteil. Die Ruhe, die er empfand, war mehr ein Schock als alles andere; eine Art von Lähmung, die weniger seinen Körper oder den logischen Teil seines Denkens befallen hatte, wohl aber seine Emotionen. Sein Bewußtsein hatte eine Mauer um einen bestimmten Teil seiner Erinnerungen errichtet, durch die kaum noch etwas hindurchkam, aber er *wußte*, was dahinter lag, und dieses Wissen allein war schon fast mehr, als er ertragen konnte. Bremer fühlte sich, als hätte jemand sein Gehirn in Watte gepackt: Alles war düster, dumpf, als fehle eine ganze Facette der Realität. Trotzdem: Auch wenn er normalerweise nichts davon hielt, die Augen vor der Wirklichkeit zu verschließen: In diesem Moment war er froh, daß diese Mauer da war.

Rosen.

Wenn es in Bremers beruflichem Leben einen Alptraum gab, dann hieß er Stefan Rosen. Bremer hatte ihn das letztemal vor gut drei Jahren gesehen, und er hatte darum gebetet, ihn niemals wiedersehen zu müssen – es sei denn als Leichnam –, aber es hatte in diesen drei Jahren nicht einen

Tag gegeben, an dem er nicht mindestens einmal an Rosen *gedacht* hätte.

Er parkte den Ford verkehrswidrig auf einem der beiden Behindertenparkplätze vor dem Haus, in dem er wohnte, fuhr mit dem Aufzug in die fünfte Etage hinauf und warf in einer einzigen, tausendfach geübten Bewegung die Tür hinter sich zu, seinen Mantel in Richtung Garderobe und die Autoschlüssel auf die Couch. Das Display des Anrufbeantworters blinkte. Bremer löschte die eingegangenen Anrufe, ohne sie abgehört zu haben, schaltete das Gerät aus und zog nach kurzem Überlegen den Stecker aus der Dose. Er fühlte sich noch immer wie in Trance, gefangen in einem bösen Traum, in dem ein geistesgestörter Serienkiller nicht nur die Haupt-, sondern auch die einzige Rolle spielte und in dem die Wirklichkeit zu einer bloßen Kulisse verkommen war; Staffage, die nur dem einzigen Zweck diente, dem Monster eine angemessene Bühne für seinen großen Showdown zu bieten. Er hätte es nicht ertragen, jetzt eine menschliche Stimme zu hören. Nicht einmal vom Tonband.

Es war seltsam. Seit drei Jahren, seit dem Tag, an dem er den Gerichtssaal verlassen und Rosens triumphierendem Grinsen begegnet war, hatte er von diesem Moment geträumt: von dem Augenblick, in dem er neben Rosens Leichnam stehen und sich endlich sagen würde, daß die Gerechtigkeit am Ende doch gesiegt hatte. In manchen dieser Tagträume hatte er einfach Rosens Leichnam gefunden, so wie es vor einer Stunde tatsächlich passiert war, in manchen hatte er ihn selbst getötet, in den meisten hatte er einfach tatenlos zugesehen, wie er in tödlichem Morast versank, von einem tollwütigen Hund zerrissen oder von seinen eigenen Opfern hingerichtet wurde, die aus ihren Gräbern wieder auferstanden waren – infantile Rachefantasien, die ihm manchmal selbst peinlich gewesen waren, von denen die Psychologen aber immerhin behaupteten, daß sie nützlich seien, um Spannungen abzubauen und Schmerz zu verarbeiten. Bremer bezweifelte das. Aber nützlich oder nicht: *Wenn* es einen Menschen gab, dessen Tod er sich ehrlich gewünscht hatte, dann war es dieses Monster gewesen.

Wieso war er dann nicht erleichtert?

Wieso, verdammt, empfand er nichts von alledem, was er sich vorgestellt hatte? Weder Erleichterung noch Triumph oder Befriedigung. Rosen war tot. Ganz eindeutig. Die gute Sache hatte am Ende doch gesiegt, und Bremer hatte wieder einmal einen Beweis für seine tiefempfundene Überzeugung erhalten, daß es eine höhere Gerechtigkeit im Leben *gab*.

Und er fühlte sich so niedergeschlagen und mies wie schon seit langer Zeit nicht mehr. Es hieß, daß jeder Sieg auch einen schalen Beigeschmack hinterließ. Wenn das stimmte, dachte er, dann mußte er an diesem Morgen einen *gewaltigen* Sieg errungen haben. Als er in die Küche ging, um sich einen Kaffee aufzubrühen, zitterten seine Hände so heftig, daß er mehr Wasser neben als in die Maschine schüttete und beide Hände brauchte, um den Kaffee in den Filter zu bekommen.

Bremer streckte die Hand nach dem Schalter aus, schloß dann die Augen und blieb fast zehn Sekunden reglos und mit angehaltenem Atem stehen, ehe er die Bewegung zu Ende führte. Als er die Lider wieder hob, ging es ein wenig besser. Seine Hand zitterte immer noch, jetzt aber wenigstens nicht mehr so stark, daß er Gefahr lief, die ganze Maschine von der Anrichte zu werfen, und auch sein Atem hatte sich ein wenig beruhigt. Ein wenig. Nur ein wenig.

Bremer fuhr sich nervös mit dem Handrücken über das Gesicht und spürte kalten, klebrigen Schweiß. Sein Puls jagte. Statt sich zu beruhigen, begann sein Nervenkostüm immer heftiger zu flattern. Er kam sich vor wie eine Maschine, die außer Kontrolle geraten war und nun immer schneller und schneller lief, ohne daß irgend jemand in der Lage war, sie anzuhalten. Vielleicht sollte er einfach heiß duschen, um sich zu beruhigen.

Er verließ die Küche, durchquerte mit schnellen Schritten (und starr vom Telefon abgewandtem Blick) das Wohnzimmer und verteilte den Großteil seiner Kleider schon auf dem Weg ins Bad auf dem Fußboden. Das war einer der wenigen wirklichen Vorteile, die es mit sich brachte, als

Single zu leben, dachte er spöttisch. Man konnte nach Herzenslust Unordnung und Chaos verbreiten, ohne daß es jemanden störte.

Bremer drehte die Dusche auf, hielt die linke Hand in den Wasserstrahl, um die Temperatur zu prüfen und überlegte es sich dann anders. Er zitterte noch immer leicht am ganzen Leib, und auch wenn er sich jetzt wieder besser in der Gewalt zu haben glaubte, spürte er doch gleichzeitig die brodelnde Unruhe tief in sich. Jenseits der Mauer war etwas erwacht. Etwas, das herauswollte. Kratzte. Mit langen, eisenharten Krallen den Mörtel zwischen den Steinen herauszuscharren begonnen hatte und ...

Schluß.

Er hatte sich lange genug von den Gespenstern aus seiner Vergangenheit quälen lassen. Und schließlich hatte er gewußt, daß er extrem reagieren würde, wenn er Rosen wiedersah. Er hatte gar kein Recht, *so* darauf zu reagieren. Vielleicht war er einfach nur überrascht, daß die Reaktion so schnell kam. Und so *anders* war.

Statt unter die Dusche zu treten, drehte er den Heißwasserhahn der Badewanne auf, schleuderte Socken und Boxershorts davon und stieg in die Wanne. Bremer sog vor Schmerz die Luft ein, so heiß war das Wasser, aber er drehte den Kaltwasserhahn trotzdem nicht auf, sondern ließ sich mit zusammengebissenen Zähnen vollends in die Wanne sinken und schloß die Augen.

Es wirkte. Das Wasser stieg allmählich höher, so heiß, daß es wirklich *weh* tat, aber indem er sich auf den Schmerz konzentrierte und ihn mit zusammengebissenen Zähnen und geballten Fäusten unter Kontrolle zu halten versuchte, hörte auch das Kratzen und Scharren in seinem Inneren auf. Vielleicht auch nicht. Vielleicht hörte er es auch nur nicht mehr so deutlich. Aber das spielte keine Rolle. Das Ergebnis zählte: Das heiße Wasser wirkte entspannend. Seine Hände hörten auf zu zittern, und sein Atem ging zwar immer noch schnell, jetzt aber wohl mehr als Reaktion auf die Roßkur, die er seinem Kreislauf zumutete. Sein Puls raste, und er begann da, wo er noch nicht im Wasser lag, zu frieren. Nach einer Weile gestand er sich widerwillig ein, daß er auf die fünfzig zuging und seinem Körper vielleicht nicht mehr die gleichen Dinge antun sollte wie vor dreißig Jahren: Er hob den Fuß aus dem Wasser, drehte mit den Zehen die Kaltwasserzufuhr auf und genoß das Gefühl, als seine Haut, von den Füßen aufwärts beginnend, nicht mehr vor Hitze spannte und weh tat. Als das Wasser endlich eine wieder halbwegs erträgliche Temperatur erreicht hatte, griff er nach Seife und Waschlappen und begann sich gründlich abzuschrubben, obwohl er erst am Morgen geduscht hatte. Das tat er oft; manchmal zwei-, wenn nicht dreimal am Tag. Während seiner Rekonvaleszenz waren Hygiene und schon fast übertriebene Körperpflege lebensnotwendig gewesen, und er hatte diese Angewohnheit beibehalten. Bremer liebte es, manchmal eine Stunde unter dem dampfenden Strahl der Dusche zu verbringen, oder auch zwei oder drei in einer heißen Badewanne, wo er sich entspannen und ebenso gründlich abschalten und neue Kraft schöpfen konnte wie andere vielleicht bei einem ausgiebigen Spaziergang im Wald oder einem faulen Abend vor dem Fernseher.

Heute hatte er einen anderen Grund.

Er fühlte sich schmutzig. Besudelt. Er *war* schmutzig. Aber es war ein Schmutz, der sich mit Wasser und Seife nicht so einfach abwaschen ließ. Er fühlte sich leer und unrein. Er hatte Rosen nicht einmal *berührt*, aber seine bloße Nähe schien schon ausgereicht zu haben, einen Teil seiner Seele zu besudeln; als hätte er in übelriechenden Teer gegriffen, der nun an seinen Fingern klebte, und den er einfach nicht abwischen konnte, ganz egal, wie angestrengt er es auch versuchte.

Bremer versuchte den Gedanken ebenso abzuschütteln wie alles andere zuvor, aber es gelang ihm nicht. Ganz im Gegenteil – er fühlte sich plötzlich in die Rolle des Zauberlehrlings versetzt, der die Geister, die er gerufen hat, nicht mehr los wird, sondern hilflos mit ansehen muß, wie sie zu immer beunruhigenderem Eigenleben erwachten. Das Wasser schien plötzlich wieder wärmer geworden zu sein und nun tatsächlich die Konsistenz von Teer zu haben. Ja, er glaubte es sogar zu *riechen*: jenen typischen, nicht einmal wirklich unangenehmen Geruch, der an einem besonders heißen Tag von der Straße aufsteigt, oder manchmal flüchtig durch ein Fenster hereinweht, wenn man an einer Autobahnbaustelle vorbeifährt.

Was möglicherweise daran lag, daß in der Badewanne kein Wasser mehr war.

Im ersten Moment fühlte er den Unterschied nur, nicht psychisch, sondern ganz banal körperlich. Das Wasser wurde wärmer, fühlte sich auf seltsame Weise ... *schwerer* an und veränderte seine Konsistenz.

Dann wurde es schwarz.

Bremer starrte ungläubig auf die zähflüssige, schwarzbraune Brühe, in der er von einem Sekundenbruchteil auf den anderen saß.

Nein.

Nicht *saß*.

Zu sitzen *glaubte*.

Was er sah, war nicht real. Es *konnte* nicht real sein. Dinge verändern sich nicht von einer Sekunde auf die andere. Nicht so. Es war eine Halluzination. Die zweite an diesem Tag, und diesmal eine von einem ganz anderen, reichlich unangenehmen Kaliber. Es mußte so sein. Bremers Gedanken rasten, kreisten immer schneller und schneller und versuchten, mit dem hämmernden Rhythmus seines eigenen Pulsschlages Schritt zu halten. Er konnte kaum noch atmen. Auch die Luft im Bad hatte sich verändert. Sie roch jetzt schwer und süß, das brackige Aroma eines Modersumpfes, in dem Dinge starben und verwesten.

Bremer versuchte noch immer mit verzweifelter Kraft, die Bilder, Gerüche und Gefühle zu verleugnen, die auf ihn einstürmten. Es gelang ihm nicht. Die Logik, sein einziger Verbündeter in diesem aussichtslosen Kampf, kapitulierte kurzerhand. Es spielte keine Rolle, ob die groteske Veränderung seines Universums nun eingebildet war oder real, wenn die Einbildung so realistisch war, daß die Wirkung auf ihn gleich blieb. Seine letzte Verteidigungslinie fiel, und

Bremer bäumte sich schreiend auf und versuchte, sich aus dem übelriechenden braunen Morast herauszuziehen, in dem er gefangen war.

Nicht einmal das gelang ihm.

Der schwarze Morast hielt ihn fest, umschlang seine Glieder wie zäher, schon halb erstarrter Teer und verbrühte gleichzeitig seine Haut. Bremer strampelte verzweifelt mit den Beinen, suchte nach Widerstand, irgendeinem Halt, an dem er sich abstoßen konnte, aber da war nichts, und schlimmer noch: Er spürte, wie sich unter ihm, tief, unendlich *tief* unter ihm, etwas bewegte.

Hysterie überschwemmte seine Gedanken. Bremer riß, mit der absoluten Kraft, die nur schiere Todesangst hervorbringen konnte, den rechten Arm aus dem Morast und versuchte sich am Rand der Badewanne festzuklammern. Seine Finger, glitschig vom Morast, glitten von dem glatten Emaille ab. Zwei, vielleicht drei seiner Fingernägel brachen ab, was entsetzlich weh tat, aber der Schmerz verschmolz in diesem Moment einfach mit der roten Lohe, die seine Gedanken überschwemmte. Seine Hand klatschte in den Morast zurück. Trotz der pochenden Schmerzen versuchte er sofort, sie wieder zu heben, aber diesmal gelang es ihm gar nicht mehr: Ein Gespinst schwarzer, gummiartiger Fäden umschlang seine Hand und die Finger, dünn wie Nervenfäden, aber so unzerreißbar wie Stahl. Seine Kraft reichte nicht, sie zu bewegen.

Der schwarze Morast über seinen Füßen begann zu brodeln. Kleine, kreisförmige Wellen bildeten sich, liefen nach außen und wurden ersetzt, bevor sie ganz verebben konnten, dann stiegen zähe Blasen an die Oberfläche des Morasts, zerplatzten, erschienen erneut und

und etwas tauchte an die Oberfläche empor.

Bremer wußte, was es war, noch bevor es wirklich Gestalt annehmen konnte. Aus einem perfiden Grund war ihm sogar klar, daß das *Ding* aus keinem anderen Grund erschien als dem, weil *er* es wollte. Etwas *in ihm* gebar dieses Monster, aber nicht einmal dieses Wissen half ihm jetzt noch. Die Grenze zwischen Realität und Wahnsinn war endgültig niedergerissen, und die Natur der Lawine zu erkennen, schützte ihn nicht davor, von ihr überrollt zu werden.

Der Titan tauchte aus einer brodelnden schwarzen Flut empor, ein gigantischer, schwarzer Koloß mit Klauen aus rasiermesserscharfem Stahl und gewaltigen Schwingen aus schwarzem Eisen. Bremer schrie, bäumte sich auf und warf sich verzweifelt zurück, aber er war zu langsam, gefesselt von dem gleichen, klebrigen Morast, aus dem das Ungeheuer entstanden war.

Der Koloß beugte sich vor. Seine gewaltigen Schwingen entfalteten sich, bis sie den Raum fast zur Gänze ausfüllten, und seine tödlichen Krallen näherten sich Bremers Gesicht, langsam, auf eine fast schon laszive Art, als genieße er jeden Sekundenbruchteil dieses Augenblickes; getrieben von einer unaufhaltsamen, unbarmherzigen und in letzter Konsequenz mörderischen Energie.

Ihre Berührung war beinahe sanft.

Bremer spürte nicht den mindesten Schmerz, als der Stahl in seine Haut eindrang und sie ritzte. Trotzdem schrie er in purer Agonie auf, warf sich noch einmal und mit noch verzweifelterer Kraft zurück und geriet mit dem Gesicht unter Wasser.

Zäher, faulig schmeckender Morast füllte seinen Mund. Er versuchte zu atmen und konnte es nicht. Die stählerne Klaue bedeckte sein Gesicht fast vollkommen und drückte ihn tiefer immer tiefer unter Wasser. Seine Lungen schrien nach Luft. Er schluckte den Morast herunter, der in seinem Mund war, versuchte verzweifelt, irgendwo in seinem Rachen noch ein paar Sauerstoffmoleküle zu finden und begriff dann schlagartig und mit entsetzlicher Klarheit, daß er sterben würde. Jetzt. Nicht irgendwann. Nicht in jenem schwammigen wann-auch-immer Augenblick, in den der Gedanke an den Tod immer eingebettet war, sondern *jetzt.* In einer oder zwei Sekunden.

Er hatte nicht einmal Angst. Alles, was er empfand, war eine immer stärker werdende Empörung, ein wütender Zorn dem Schicksal gegenüber, das ihn all diese schrecklichen Dinge hatte überstehen lassen, nur damit man ihn am nächsten Morgen ertrunken in seiner Badewanne fand.

Die tödliche Klaue zog sich zurück. Statt dessen spürte er plötzlich die Berührung schmaler, aber erstaunlich kräftiger Finger, die sich kurzerhand in sein Haar gruben und ihn mit einem Ruck aus dem Wasser zogen.

Bremer rang qualvoll nach Luft, stemmte sich instinktiv und aus eigener Kraft noch ein Stück weiter in die Höhe und stürzte halb über den Badewannenrand. Das Luftholen war immer noch eine Qual. Er hatte versucht, Wasser zu atmen, und sein Körper präsentierte ihm die Rechnung. Sein Kehlkopf hatte sich zu einem Klumpen aus reinem Schmerz und verkrampften Muskeln zusammengezogen, der sich einfach weigerte, seinen Befehlen zu gehorchen. Zwei, drei Sekunden lang war er fest davon überzeugt, trotz allem immer noch ersticken zu müssen, dann gelang ihm ein erster, qualvoller Atemzug. Er hustete, spuckte Wasser und bitteren Schleim und füllte seine Lungen mit tiefen, gierigen Atemzügen. Alles drehte sich um ihn. Sein eigenes Herz pochte so laut in seinen Ohren, daß jedes andere Geräusch verschluckt wurde. Er begann am ganzem Leib zu zittern.

»Ist alles in Ordnung mit Ihnen? Soll ich einen Arzt rufen?«

Die Stimme hatte etwas so Unwirkliches, daß er sie im ersten Augenblick nicht einmal zur Kenntnis nahm. Sie war nur Teil eines anderen Alptraums. Seine Fantasie begann zu allem Überfluß auch noch schlampig zu werden.

»Herr Bremer! Verstehen Sie mich?«

Offenbar war es eine ziemlich hartnäckige Vision. Außerdem bekam sie Gesellschaft: Er erinnerte sich plötzlich wieder an die Hand, die ihn unsanft an den Haaren gepackt und aus dem Wasser gerissen hatte. Bremer hob mühsam den Kopf, hustete, versuchte die grauen Schleier vor seinen Augen wegzublinzeln und fuhr schließlich mit der Hand darüber. Hinterher konnte er kaum besser sehen, aber dafür meldeten sich seine abgebrochenen Fingernägel schmerzhaft zurück.

Immerhin konnte er jetzt ein Gesicht vor sich erkennen; nicht ganz klar, denn sein Blick war immer noch verschwommen, aber eindeutig ein Gesicht, das ihm nicht bekannt war.

Und so ganz nebenbei nicht hierhergehörte. Nicht, wenn er wirklich erwacht und aus dem Alptraum in die Realität zurückgekehrt war.

»Ich glaube, ich hole doch lieber einen Arzt. Sie sind verletzt.«

Bremer kniff die Augen zusammen. Es kostete ihn fast seine ganze Willenskraft, aber als er die Lider nach ein paar Sekunden wieder hob, war sein Blick wieder klar. Er blickte in das Gesicht einer dunkelhaarigen, höchstens fünfundzwanzigjährigen Frau, die ihn besorgt, alarmiert, vor allem aber durch und durch *hilflos* ansah.

»Keine Angst«, brachte er mühsam hervor. »Das ist … nur ein … Kratzer.« Sein Atem ging noch immer so schnell, daß er kaum sprechen konnte, und er zitterte nach wie vor am ganzen Leib. Außerdem war ihm erbärmlich kalt. Das Wasser, in dem er lag, war eisig.

Bremer stützte sich mit beiden Handflächen auf dem Badewannenrand ab, um sich vollends in die Höhe zu stemmen, aber dann wurde er sich der Situation bewußt, in der er sich befand. »Sie können sich aussuchen, was Sie zuerst wollen«, sagte er. »Mir meinen Bademantel geben, oder mir sagen, wer Sie sind und wie Sie in mein Badezimmer kommen.«

Die junge Frau sah ihn noch eine geschlagene Sekunde auf die gleiche, irritiert-hilflose Weise an, dann stand sie mit einer fließenden Bewegung auf und nahm den schlichten weißen Frotteemantel von seinem Haken neben der Tür. Bremer beobachtete sie sehr aufmerksam, während sie die wenigen Schritte tat. Sie war nicht besonders groß, aber sehr schlank, fast schon dünn. Trotzdem wirkten ihre Bewegungen auf eine schwer zu beschreibende Art *weiblich.*

Aber vielleicht lag das schon an dem ganz profanen Grund, daß sie kaum weniger naß war als er selbst. Die weiße Bluse klebte an ihrer Haut und hatte sich so verhalten, wie es weiße Seidenblusen immer zu tun pflegten, wenn sie naß wurden: Sie strengte sich mit Erfolg an, durchsichtig zu werden. Gottlob, dachte Bremer spöttisch, saß er ja in einer Badewanne mit *eiskaltem* Wasser.

Er wartete, bis sie zurückkam und den Mantel mit ausgebreiteten Armen vor sich hielt, dann stand er mit einiger Mühe auf, stieg aus dem Wasser und schlüpfte hinein. Er ballte die rechte Hand zur Faust, während er den Arm durch den Ärmel schob. Trotzdem zuckte ein neuer, scharfer Schmerz durch seine Hand, und ein einzelner roter Blutstropfen quoll zwischen seinen Fingern heraus und fiel zu Boden. Als Bremers Blick dem Tropfen folgte, stellte er fest, daß das gesamte Bad fast fingertief unter Wasser stand. Was zum Teufel ...?

»Danke«, sagte er, schloß – nur mit der linken Hand, um den Bademantel nicht zu allem Überfluß auch noch mit Blut zu versauen – den Gürtel und drehte sich herum. »Und jetzt Frage Nummer zwei: Wer sind Sie?«

Die junge Frau trat einen halben Schritt zurück – er war sicher, sie wäre ihm noch weiter ausgewichen, wäre das Bad dazu nicht einfach zu klein gewesen –, griff in die Gesäßtasche ihrer Jeans und zog einen in Plastik eingeschweißten Dienstausweis hervor. »Kriminalobermeister Angela West«, sagte sie. »Ich bin Ihre neue Partnerin.«

Sie streckte den Ausweis fast wie eine Waffe in seine Richtung. Ihre Hand zitterte ein ganz kleines bißchen. Von ihrer – ohnehin nur geschauspielerten – Selbstsicherheit war nichts mehr geblieben. Den Namen auf ihrem Ausweis konnte er übrigens nicht entziffern, denn er stand auf dem Kopf. Wortlos nahm er ihr das Plastikkärtchen aus den Fingern, drehte es herum und sagte: »Ich arbeite nie mit einem Partner, und das Foto wird Ihnen nicht gerecht.«

West nahm ihren Dienstausweis wieder entgegen und warf einen verstörten Blick auf das Foto. »Es ist ... keine drei Wochen alt«, sagte sie.

»Genau wie der ganze Ausweis, nehme ich an«, sagte Bremer. »Trotzdem – in einer nassen Bluse sehen Sie entschieden besser aus.«

West starrte ihn eine halbe Sekunde lang an, dann blickte sie an sich herab und fuhr sichtbar zusammen.

»Keine Angst«, fuhr Bremer fort. »Das Wasser war kalt genug. Die zweite Tür links ist das Schlafzimmer. Ganz oben im Schrank finden Sie ein paar Sachen, die eigentlich passen müßten. Und beeilen Sie sich. Mir ist kalt.«

Sie setzte zu einer Antwort an, drehte sich aber dann sehr hastig um und rannte beinahe aus dem Bad. Bremer sah ihr kopfschüttelnd nach, aber sein Lächeln erlosch, kaum daß sie den Raum verlassen hatte. Es war ihm nicht nach Lächeln zumute. Ganz und gar nicht. Er fühlte sich miserabel. Er fror noch immer erbärmlich. Seine rechte Hand klopfte immer heftiger, und dieser verrückte Alptraum oder diese Fieberfantasie oder was immer es auch gewesen sein mochte, hatte ein heilloses Chaos in seinen Empfindungen hinterlassen. Er konnte nicht klar denken, so als wäre er gar nicht wirklich wach, sondern nur von einem Alptraum in den nächsten geglitten.

Zögernd – und mit mehr Unbehagen, als er sich eingestehen wollte – drehte er sich herum und blinzelte in die Badewanne hinab. Das Wasser darin war Wasser, nicht mehr und nicht weniger, und wenn man genau hinsah, konnte man einen ganz leichten rosafarbenen Schimmer erkennen. Blut. Er mußte wirklich heftig geblutet haben – oder wirklich *lange.* Trotzdem – es war nicht mehr als Wasser. Kein Morast. Keine schleimigen Fäden, die ihn festhielten und in die Tiefe zu zerren versuchten. Und schon gar kein schwarzer Engel.

Aus keinem anderen Grund als dem, die unheimlichen Bilder endgültig aus seinem Kopf zu verjagen, beugte er sich vor und tauchte die unverletzte Hand ins Wasser. Es war tatsächlich so kalt, wie er geglaubt hatte. Eisig. Dabei hatte er es so heiß einlaufen lassen, wie er es gerade noch ertrug. Er mußte eine Stunde in dieser Wanne gelegen haben, bevor West ihn fand, wenn nicht länger. So unwahrscheinlich ihm selbst diese Erklärung auch vorkam, er mußte wohl in der Wanne eingeschlafen sein. Wie es aussah, hatte die Kleine ihm das Leben gerettet. Das beantwortete zwar noch immer nicht die Frage, wo sie herkam, stimmte ihn aber ein wenig versöhnlicher. Vielleicht sollte er ihr – und vor allem sich selbst – einfach noch ein bißchen Zeit lassen, um sich zu sammeln.

Er wartete, bis er sie draußen wieder aus dem Schlafzimmer kommen hörte, dann ging er selbst hin, schloß sorgsam die Tür hinter sich ab (wobei er sich ein ganz kleines bißchen albern vorkam ...) und zog sich an.

Bremer ließ sich eine Menge Zeit damit. Seine abgebrochenen Fingernägel erleichterten ihm die Aufgabe nicht unbedingt, auch wenn sie jetzt wenigstens aufgehört hatten zu bluten, und die Zeit, die er im eisigen Wasser gelegen hatte, hatte ausgereicht, ihn wirklich bis auf die Knochen auskühlen zu lassen. Seine Bewegungen waren weniger zielgerichtet als üblich, und nicht annähernd so präzise.

Als er das Schlafzimmer verließ, war das erste, was ihm entgegenschlug, der Geruch von frisch aufgebrühtem Kaffee. Er folgte ihm, ging in die Küche und fand West am Herd stehend, wo sie heißes Wasser aus dem Kessel in einen Filter goß.

Er hatte geglaubt, sich lautlos bewegt zu haben, aber West sagte, ohne sich herumzudrehen: »Entschuldigen Sie, daß ich mich in Ihrer Küche breitgemacht habe, aber ich dachte, Sie könnten einen heißen Kaffee jetzt gut gebrauchen.«

»Das stimmt. Aber ich habe eine Kaffeemaschine. Warum benutzen Sie nicht die?« Er wollte noch hinzufügen: *Das ist einfacher*, aber dann fiel sein Blick auf die Kaffeemaschine, und er ersparte sich den Rest. Die Maschine war noch eingeschaltet, aber jemand – West, wer denn sonst? – hatte den Stecker herausgezogen. Die Glaskanne war leer, doch auf ihrem Boden hatte sich ein Ring aus schwarzer Schmiere festgesetzt. Der Geruch nach verbranntem Kaffee war selbst jetzt noch deutlich zu spüren, obwohl West keine zwei Meter daneben frischen aufbrühte.

»Also zum dritten Mal«, sagte er. »Wer sind Sie, und was tun Sie hier?«

West goß das restliche Wasser in den Filter, stellte den Kessel auf den Herd zurück und schaltete sorgsam die Platte ab, bevor sie sich zu ihm herumdrehte und antwortete: »Mein Name ist …«

»… Angela West, ich weiß.« *Angela?* Wenn das ein Witz sein sollte, war es kein besonders guter. »Aber was *tun* Sie hier, verdammt? Und bevor Sie sich die Mühe machen: Ich will keine Antworten in der Preisklasse: Ich habe Ihnen das Leben gerettet, oder ich koche Kaffee.«

»Aber das *habe* ich«, antwortete sie mit einem treuen Augenaufschlag. Bremer starrte sie nur an, und West wurde sofort wieder ernst und fuhr fort: »Kriminalrat Nördlinger hat mich geschickt. Ich habe geklingelt, aber niemand hat aufgemacht.«

»Brechen Sie immer in fremde Wohnungen ein, wenn Sie klingeln und niemand aufmacht?« fragte Bremer.

»Ich bin nicht *eingebrochen*«, antwortete sie betont. »Die Tür war nicht abgeschlossen. Ich habe verdächtige Geräusche gehört, also bin ich reingekommen.«

»Verdächtige Geräusche?«

Die junge Frau machte ein ärgerliches Gesicht. »Zum Teufel, was soll das? Ich will ja nicht darauf herumreiten, aber wenn ich mich nicht sehr irre, dann habe ich Ihnen gerade *wirklich* das Leben gerettet. Bedanken Sie sich immer dafür, indem Sie ihren Lebensretter einem hochnotpeinlichen Verhör unterziehen?«

»Nein«, antwortete Bremer. Ihr aufmüpfiger Ton sollte ihn wütend machen, aber das genaue Gegenteil war der Fall. Sie stimmte ihn nicht nur milder, sondern weckte auch sein schlechtes Gewissen. Sie hatte nämlich recht.

»Entschuldigen Sie«, sagte er. »Ich bin wohl … ein bißchen durcheinander.«

»Das kann ich mir vorstellen.« West fuhr sich mit gespreizten Fingern durch das Haar, und plötzlich wurde ihm bewußt, wie nahe er ihr war. Näher noch als gerade im Bad, obwohl hier viel mehr Platz war. Er wich einen halben Schritt zurück, dann noch einen ganzen.

»Was war denn überhaupt los?« fragte sie.

»Ich … weiß es nicht«, gestand Bremer. »Ich muß wohl eingeschlafen sein.«

»Und im Schlaf haben Sie mit Ihrer Badewanne geboxt?« West machte eine Kopfbewegung in Richtung seines Gesichts. »Und wie es aussieht, hat sie sich ganz schön gewehrt.«

Bremers Finger folgten ihrer Geste, und er spürte vier dünne, aber sehr lange, parallel verlaufende Kratzer, die über seine rechte Wange verliefen. Sie taten nicht weh, deshalb hatte er sie bisher gar nicht bemerkt.

»Sie haben … Geräusche gehört?« fragte er. Er hatte keine Lust, auf eine Frage zu antworten, deren *wirkliche* Antwort er gar nicht hören wollte. »Was für Geräusche?« *Woher um alles in der Welt hatte er diese Kratzer? Er konnte sich erklären, wie und wo er sich die Fingernägel abgebrochen hatte. Aber die Kratzer?*

»Geräusche eben«, sagte sie achselzuckend. »Ein Platschen … glaube ich.«

»*Glauben* Sie?«

»Als ob jemand in der Badewanne ausgerutscht wäre. So etwas in der Art. Ehrlich gesagt, ich habe gar nicht lange nachgedacht, sondern bin einfach losgelaufen.«

Der letzte Satz war wahrscheinlich der einzig ehrliche, den sie bisher gesprochen hatte. Der Rest klang zu sehr nach einer Ausrede, um irgend etwas anderes zu sein. »Gott sei Dank sind Sie das«, sagte Bremer. »Nördlinger hat Sie hergeschickt, sagen Sie? Warum?«

»Ich habe Ihnen doch gesagt: Ich bin Ihre neue Partnerin. Er war ziemlich verstimmt – um es vorsichtig auszudrükken. Möchten Sie hören, was genau er gesagt hat?«

»Nein.« Bremer grinste. Die Vorstellung, daß er Nördlingers Blutdruck in die Höhe getrieben hatte, versöhnte ihn schon wieder halbwegs. »Ich trinke meinen Kaffee übrigens mit viel Zucker und noch mehr Milch.«

Er ging zum Tisch, setzte sich und nahm zum ersten Mal all seinen Mut zusammen, um seine verletzte Hand zu betrachten. Sie schmerzte noch immer heftig, sah aber nicht annähernd so schlimm aus, wie er erwartet hatte. Drei Nägel waren abgebrochen, und wie es aussah, hatte er sich den kleinen Finger verstaucht. Nichts, worüber er sich Sorgen machen mußte. In den nächsten Tagen würde er ein paar Schwierigkeiten haben, seine Berichte zu tippen, das war alles.

»Das sieht häßlich aus.« West setzte sich, schob seinen Kaffee über den Tisch und beugte sich neugierig vor.

»Ein Kratzer.«

»Ein *häßlicher* Kratzer«, beharrte sie. »Ich würde Ihnen ja vorschlagen, Ihre Hand zu verbinden, aber ich kann kein Blut sehen. Wahrscheinlich müßten *Sie mich* hinterher versorgen. Wie ist das passiert?«

»Für jemanden, der gerade frisch von der Polizeischule kommt, sind Sie ziemlich neugierig«, sagte Bremer. »Warum finden Sie es nicht heraus? Sie sind doch Polizistin.«

»Nicht *so* eine Polizistin«, antwortete West. »Mein Hauptfach war Öffentlichkeitsarbeit.«

Bremers Gesicht verdüsterte sich schlagartig. »Ich glaube, jetzt verstehe ich«, sagte er. »Was genau sollen Sie sein – meine Partnerin? Oder mein Wachhund?«

»Wau, wau«, machte West.

»Lassen Sie das«, sagte Bremer ruhig. »Und wenn Sie sich selbst und mir einen Gefallen tun wollen, dann trinken Sie jetzt Ihren Kaffee aus, fahren zu Nördlinger zurück und sagen ihm, daß ich niemanden brauche, der darauf achtet, was ich der Presse sage und was nicht. Ich rede prinzipiell nicht mit Journalisten.«

»Das sollten Sie aber«, antwortete West. »Es ist immer noch besser, sie verdrehen Ihnen die Worte ein bißchen, als daß sie sie sich ausdenken. Und was Ihren Vorschlag angeht: keine Chance. Kriminalrat Nördlinger war sehr deutlich. Ich soll Sie zu ihm bringen.«

»Tot oder lebendig?«

»Davon hat er nichts gesagt«, antwortete sie. »Aber ich glaube, ob verletzt oder unverletzt, wäre ihm egal.«

Bremer hob die rechte Hand. »Sie haben ein Alibi. Ich werde ihm morgen früh einfach sagen, das waren Sie.«

West leerte wortlos ihren Kaffee, stand auf und deutete

mit einer Kopfbewegung zur Tür. »Wäre es hilfreich, wenn ich an Ihr Mitgefühl appelliere? Heute ist mein erster Tag. Ich würde ihn wirklich nicht gerne damit beenden, gleich meinen ersten Auftrag in den Sand zu setzen.« Wie schön, daß sie wenigstens nicht von einem Schlag ins Wasser gesprochen hatte, dachte Bremer sarkastisch. Er sagte nichts, sondern trank nur einen großen Schluck Kaffee, stand auf und wandte sich zur Tür. Wests Appell an sein Mitgefühl berührte ihn nicht im mindesten, aber in einem Punkt hatte sie recht, auch wenn sie es gar nicht so rigoros ausgedrückt hatte: Er würde nichts besser machen, wenn er noch länger herumtrödelte. Nördlinger war nicht für seine übermäßige Geduld bekannt. Es machte zwar prinzipiell Spaß, ihn zu reizen, aber Bremer wußte natürlich auch, daß er den Bogen nicht überspannen durfte. Nördlinger mochte es hinnehmen, sich in ein Nagelbrett zu setzen, das Bremer ihm untergeschoben hatte – aber ganz bestimmt nicht, wenn er das Gesicht dabei verlor.

Als sie das Wohnzimmer durchquerten, fiel sein Blick auf die Uhr. Er erschrak. Das eiskalte Wasser und der festgebrannte Satz auf dem Boden der Kaffeekanne hatten ihn vorgewarnt – aber die Zeiger der Uhr standen auf *sechs*. Was zum Teufel war mit ihm passiert? Ihm fehlten ganze vier Stunden!

»Ich muß zu Mecklenburg«, seufzte er.

»Ich habe zwar keine Ahnung, wer das ist, aber im Moment müssen Sie vor allem zu Kriminalrat Nördlinger«, sagte West. Sie hob den Arm – Bremer war felsenfest davon überzeugt, in keiner anderen Absicht, als ihn an der Schulter zu packen und einfach vor sich herzuschieben –, besann sich dann aber eines Besseren und beließ es bei einer verunglückten und dadurch irgendwie ungelenk wirkenden Geste zur Tür. Bremer schluckte alles herunter, was ihm auf der Zunge lag. Ihm war klar, daß ihre naßforsche Art nichts anderes als überspielte Unsicherheit war; und das nicht einmal besonders gut. Aber es lohnte sich nicht, ihr den Kopf zu waschen. Was immer Nördlinger ihr auch gesagt hatte, dieses Kind würde ganz bestimmt *nicht* seine Partnerin werden.

Während West unaufgefordert – eben ganz der beflissene Schutzengel, der zu sein sie sich offenbar einbildete – zu seinem Schreibtisch ging und zuerst das Telefon und dann den Anrufbeantworter wieder einschaltete, ging Bremer zur Garderobe und nahm seine Jacke vom Haken. Er konnte sich nicht erinnern, sie aufgehängt zu haben. Nein – er war sogar *sicher*, sie *nicht* aufgehängt zu haben. Wahrscheinlich hatte West das getan. Wofür hielt sie sich eigentlich, verdammt?

Aber wahrscheinlich war diese Frage falsch formuliert, dachte er. Korrekt müßte sie lauten: *Was hatte Nördlinger ihr erzählt?*

»Können wir?«

West trat an ihm vorbei, öffnete die Tür und wartete mit der Hand auf der Klinke, bis Bremer die Wohnung verlassen hatte. Allmählich begann sich Bremer über sich selbst zu wundern. Normalerweise hätte er ein solches Benehmen niemals geduldet, sondern wäre nach spätestens drei Minuten explodiert, erster Arbeitstag hin oder her. Offensichtlich hatte er doch noch nicht wieder ganz zu sich selbst zurückgefunden.

Aber was nicht ist, konnte ja noch werden. Und vielleicht war es ja ganz interessant, zu beobachten, wie weit sie noch gehen würde, um sich bei ihm einzuschmeicheln.

Bremer wollte sich zum Aufzug herumdrehen, aber West schüttelte energisch den Kopf und deutete in Richtung Treppenhaus. »Mein Wagen steht auf der anderen Seite«, sagte sie. »Es ist vielleicht besser, wenn wir den Hinterausgang nehmen.«

»Und was spricht dagegen, den Aufzug zu benutzen?«

»Nichts«, sagte West. »Ich dachte nur, Sie reden nicht gerne mit Journalisten. Ich kann mich ja irren, aber ich bin fast sicher, dort unten mindestens drei Burschen gesehen zu haben, die ihre Seele für die Titelseite der morgigen Zeitung verkaufen würden.«

»Reporter? Hier?«

»Was haben Sie gedacht?« fragte West. »Sie sind ein Star, Herr Bremer. Die halbe Stadt kennt mittlerweile Ihr Gesicht. Obwohl Ihnen das Foto nicht gerecht wird. Sie sehen heute besser aus als vor fünf Jahren.«

»Was soll der Unsinn?« Trotz seines gereizten Tones setzte sich Bremer gehorsam in Richtung Treppenhaus in Bewegung, ertappte sich aber dabei, vorher noch einen schnellen, nervösen Blick zum Aufzug zu werfen.

»Ich habe nur den Auftrag, Sie ins Präsidium zu bringen. Und dafür zu sorgen, daß Sie der Presse nicht in die Hände fallen. Mehr weiß ich auch nicht.« West zog die Tür zum Treppenhaus auf, warf einen raschen Blick durch den Spalt und nickte zufrieden, als der Raum dahinter offensichtlich leer war. »Ich habe mich nicht darum gerissen, wenn es Sie beruhigt. Und es wäre auch nicht nötig gewesen, wenn Sie Ihr Telefon nicht ausgeschaltet hätten.«

Bremer spürte, daß das Gespräch erneut in eine Richtung abzudriften begann, die ihm nicht gefiel, und verbiß sich die Antwort, die ihm auf der Zunge lag. Statt dessen sagte er: »Tun Sie mir einen Gefallen, Frau West. Hören Sie auf, so zu reden, als wären wir hier in einem schlechten Fernsehkrimi. Das ist weder besonders originell, noch sammeln Sie damit Pluspunkte bei mir.«

Nicht, daß das nötig wäre. Er würde gute Miene zum bösen Spiel machen und sich von seinem selbsternannten Cherubim zum Präsidium fahren lassen, und das war es dann auch schon. Ihre Partnerschaft würde ein ziemlich abruptes Ende finden.

»Ganz wie Sie wünschen, Herr Bremer«, antwortete sie kühl, aber eigentlich ohne irgendeinen verletzten oder gar beleidigten Unterton in der Stimme. Er hätte mit Leichtigkeit noch einmal nachlegen können, aber wozu?

Schweigend gingen sie nebeneinander die Treppe hinunter und verließen das Haus durch den Hinterausgang. Bremer sah nicht einmal den Schatten einer Kamera, geschweige denn eines Reporters, aber er zweifelte Wests Worte trotzdem nicht an. Er hatte genug Erfahrungen mit der Presse, um diesen Kanalratten buchstäblich *alles* zuzutrauen. Er verstand nur nicht, warum sie es jetzt schon wieder auf ihn abgesehen hatten. Aber er stellte auch keine entsprechende Frage; wenigstens nicht an West.

Nördlinger würde es ihm schon sagen. Früher oder später.

4

Es mußte zehn Jahre her sein, daß er das letztemal in einer Kirche gewesen war. Fast auf den Tag genau, wenn er es recht bedachte. Sein jüngster Sohn war vor drei Wochen zehn geworden, und sie hatten ihn damals – auf Wunsch seiner Frau, ganz bestimmt nicht auf sein eigenes Betreiben hin! – kirchlich taufen lassen, und Marc hatte vor einer Woche seinen zehnten Geburtstag gefeiert. Seither hatte er keine Kirche mehr von innen gesehen. Und wäre es nach ihm gegangen, dann würde es auch die nächsten zehn Jahre lang so bleiben. Und die nächsten. Und auch die darauf folgenden nächsten.

Leider ging es nicht nach ihm.

Strelowsky versuchte das Straßenschild an der nächsten Ecke zu erkennen, aber es huschte zu schnell vorbei. Der strömende Regen verwandelte die Windschutzscheibe in ein Kaleidoskop aus blitzenden Farben und ineinanderfließenden Schlieren. Automatisch stellte er den Scheibenwischer schneller, kniff die Augen zusammen und drehte das Lenkrad eine Winzigkeit nach links, um einem Wagen auszuweichen, der am Straßenrand geparkt war; selbstverständlich unter der einzigen Laterne, die *nicht* funktionierte. Strelowsky schüttelte den Kopf, gönnte sich aber trotzdem den Luxus eines flüchtigen Lächelns. Der Besitzer des Wagens war vielleicht ein Idiot, aber trotzdem ein potentieller Mandant. Solange die Welt voller Idioten war, war seine Zukunft gesichert.

Er konzentrierte sich wieder auf die Straße. Die Gegend war ihm vollkommen unbekannt, aber trotz allem wußte er natürlich wenigstens ungefähr, wo er war. Berlin war zwar groß, aber nicht *so* groß, daß er sich hoffnungslos verirrt hätte. Die zweite oder dritte Straße rechts, und er war da. Und dann?

Strelowsky fragte sich, was er hier überhaupt tat. Es war nicht seine Art, auf anonyme Anrufe zu reagieren. Und schon gar nicht auf *solche.* Aber irgend etwas war an diesem Anruf anders gewesen als an den anderen – von denen er mehr als genug bekam. Berufsrisiko. Es gehörte zu seinem täglich Brot, angefeindet, beschimpft, bedroht, diffamiert oder auch (was tatsächlich schon vorgekommen war) mit Flüchen belegt zu werden. Er nahm so etwas normalerweise nicht ernst. Hunde, die bellten, pflegten im allgemeinen tatsächlich nicht zu beißen.

Diesmal jedoch ...

Er sah den Fußgänger im buchstäblich allerletzten Moment, trat mit aller Kraft auf die Bremse und riß gleichzeitig das Lenkrad nach links. Eine dieser beiden Reaktionen mußte wohl falsch sein, denn der Wagen brach aus und schlitterte, ABS hin oder her, auf blockierenden Rädern so knapp an dem Passanten vorbei, daß Strelowsky seine Augenfarbe hätte erkennen können, wäre er nicht voll und ganz damit beschäftigt gewesen, mit dem bockenden Lenkrad zu kämpfen, um die Kontrolle über den Mercedes irgendwie zurückzuerlangen. Der Wagen schlitterte weiter, vollendete seine begonnene Drehung und kam mit einem Ruck zum Stehen, als die beiden Räder auf der linken Seite mit der Bordsteinkante kollidierten.

Der Anprall war so hart, daß er eine Sekunde lang ernsthaft fürchtete, die Airbags würden auslösen, was ihn nicht nur in eine peinliche Situation bringen, sondern auch eine hübsche Stange Geld kosten würde. Statt dessen ging nur der Motor aus. Auf dem Armaturenbrett leuchtete eine Anzahl grüner und roter Lichter auf, und der Bordcomputer quäkte ihm mit seiner synthetischen Stimme irgendeine Warnung zu, die er zwar nicht verstand, nichtsdestotrotz aber am liebsten mit einem Fußtritt beantwortet hätte.

Eine Hupe schrillte. Rasch hintereinander tasteten drei,

vier Scheinwerferpaare über den Wagen und tauchten sein Inneres in fast schon grelles Licht, und Strelowsky wurde sich des Umstandes bewußt, daß aus seiner kleinen Unachtsamkeit vielleicht doch noch ein ausgewachsener Unfall werden konnte, wenn er nicht bald etwas tat; der Wagen stand auf der falschen Straßenseite, und *seine* Scheinwerfer konnten den Fahrer eines entgegenkommenden Fahrzeuges schließlich ebenso blenden, wie es ihm gerade umgekehrt erging. Ein selbstverschuldeter Autounfall, möglicherweise mit Verletzten, Sachschaden und einer fetten Strafanzeige: genau das, was er jetzt noch brauchte.

Mit Fingern, die weitaus heftiger zitterten, als ihm selbst bewußt war, drehte Strelowsky den Zündschlüssel und wurde mit einem gehorsamen Aufheulen des Motors belohnt. Durch die regennasse Frontscheibe konnte er den Passanten sehen, den er um ein Haar überfahren hätte. Der Mann hatte bis jetzt wie zur Salzsäule erstarrt dagestanden und ihn mit offenem Mund angestarrt; jetzt setzte er sich zögernd, aber schneller werdend in Bewegung. Strelowsky konnte sein Gesicht nicht erkennen, aber er hatte eine ziemlich klare Vorstellung davon, was sich in diesem Moment darauf abspielte: Nachdem der Schrecken überwunden und die Erleichterung darüber, noch am Leben zu sein, verdaut war, machten sich Empörung und gerechter Zorn auf seinen Zügen breit. Er kannte diese Verwandlung von jedem dritten Mandanten, der ihm gegenübersaß. Menschen, die sich im Recht wähnten, waren schlimm; solche, die sich im Recht *und* dazu ungerecht behandelt fühlten, waren eine Pest.

Er hämmerte den Gang hinein, wartete eine Lücke im entgegenkommenden Verkehr ab und fuhr mit viel zuviel Gas los. Unter den Hinterrädern des Benz spritzen zwei glitzernde Wasserfontänen hoch und vereinigten sich präzise vor dem Gesicht des unglückseligen Fußgängers zu einer einzigen. Diesmal versuchte Strelowsky erst gar nicht, ein schadenfrohes Grinsen zu unterdrücken, vor allem nicht, als der Wagen auf der Stelle herumschleuderte und er im Rückspiegel den drohend in seiner Richtung emporgereckten Mittelfinger des Burschens sah. Tausend Mark, dachte er. Zwei, wenn er den richtigen Richter fand. Die Zeiten, in denen der Stinkefinger ein billiges Vergnügen war, waren schon lange vorbei.

Aber der Typ hatte Glück. Er war heute nicht hier, weil er auf der Jagd nach einem Mandanten war, oder jemanden suchte, der ihm Grund zu einer Abmahnung gab.

Strelowsky nahm ein wenig Gas zurück, schaltete in den nächsthöheren Gang und verlagerte seine Aufmerksamkeit wieder von der durchnäßten Gestalt im Rückspiegel auf die Straße vor sich. Wenn er bei seinem kleinen Dreher nicht vollends die Orientierung verloren hatte, dann konnte es jetzt nicht mehr sehr weit sein. Die nächste oder übernächste Straße. *St. Peter. Sie erkennen es dann schon.* Woran zum Geier erkannte man eine Kirche? Etwa am Glockenturm?

Es war nicht die übernächste Straße, sondern die danach. Obwohl Strelowsky weit mehr auf die Straßenschilder als auf den Verkehr achtete, hätte er die Einmündung um ein Haar doch noch verpaßt. Er mußte hart bremsen, rutschte trotzdem noch ein gutes Stück weiter und mußte fünf oder sechs Meter zurücksetzen, um überhaupt abbiegen zu können. Seine Laune sank noch weiter. Der zweite Fehler, den er auf dem Weg hierher beging – und wenn er ehrlich war, wahrscheinlich eher der zweiundzwanzigste. Er fuhr unkonzentriert wie schon seit langem nicht mehr. Dieser ominöse Anruf beschäftigte sein Unterbewußtsein offensichtlich weit mehr, als er zugeben wollte.

So weit das Wetter diese Beurteilung zuließ, befand er sich in einer ziemlich heruntergekommenen Gegend. Etliche Häuser schienen leer zu stehen – entweder das, oder ihre Bewohner hatten gleich etagenweise versäumt, die Stromrechnungen zu bezahlen. Am Straßenrand waren nur sehr wenige Wagen geparkt, darunter ein paar Prachtstükke notdürftig nachlackierter Trabbis, ein mindestens fünfzehn Jahre alter Golf und ein leibhaftiger Wartburg, der wahrscheinlich schon wieder einen gewissen Liebhaberwert hatte … Wann war er das letztemal in einer Gegend wie dieser gewesen? Er wußte es nicht, aber es war länger her als sein letzter Besuch in einer Kirche, und es war ungefähr genau so freiwillig geschehen. Strelowsky fuhr langsamer, schaltete die Scheibenwischer auf die höchste Geschwindigkeitsstufe und reduzierte sein Tempo noch einmal. Der Mercedes, der wahrscheinlich mehr gekostet hatte als die meisten Häuser, an denen er vorbeifuhr, bewegte sich jetzt kaum noch schneller als ein Fußgänger.

Trotzdem wäre er um ein Haar an seinem Ziel vorbeigefahren. *Sie sehen es dann schon.* Quatsch! Er hätte ihm lieber sagen sollen, daß er eben *nichts* sehen würde.

Das Grundstück lag ein gutes Stück von der Straße zurück versetzt und war nicht beleuchtet. Trotzdem konnte er seine enorme Größe erkennen. Die Kirche selbst nahm nur einen kleinen Teil des vorhandenen Platzes ein; den Rest beanspruchte eine seltsame Mischung aus Friedhof und Park. Das Gelände mußte selbst in diesem Teil der Stadt noch Millionen wert sein. Strelowsky wunderte sich flüchtig, daß dieser Schatz noch keine Grundstücksspekulanten angezogen hatte.

Er hielt an, stieg im strömenden Regen aus und schlug den Jackenkragen hoch, ehe er die Tür zuschlug und sorgsam abschloß. Die Gegend war ihm nicht geheuer. Der Umstand allein, daß er vor einer Kirche parkte, würde einen potentiellen Autodieb vermutlich nicht davon abhalten, den Wagen zu stehlen. Die Welt war voller potentieller Diebe. Potentieller Mandanten, sozusagen, die dafür sorgten, daß er nicht arbeitslos wurde. Diesmal amüsierte ihn der Gedanke nicht annähernd so sehr wie noch vor ein paar Minuten.

Strelowsky drehte das Gesicht aus dem Regen und lief mit weit ausgreifenden Schritten und schräg nach vorne gebeugt auf das offenstehende Tor in dem geschmiedeten Zaun zu. Es wurde immer kälter. Obwohl er vor nicht einmal einer Minute aus dem beheizten Wagen ausgestiegen war, zitterte er schon vor Kälte. Der Regen fiel jetzt fast waagerecht, und die Tropfen stachen wie winzige, spitze Nadeln in sein Gesicht. Seine Schuhe – Timberland, Wildleder, der Gegenwert einer mittleren Scheidung oder drei, wenn nicht vier Verfahren wegen Trunkenheit am Steuer – platschten in knöcheltiefem Wasser. Mit ein bißchen Pech konnte er sie als Totalverlust abschreiben. Allmählich begann dieses Unternehmen ziemlich teuer zu werden, dachte Strelowsky mißmutig. Und dabei hatte es noch nicht einmal richtig angefangen.

Als er sich der eigentlichen Kirche näherte, begriff er zumindest, was die Stimme am Telefon gemeint hatte, als sie sagte, er würde es dann schon sehen. Bei Dunkelheit und strömendem Regen war St. Peter nichts mehr als ein buckeliger Schatten, der wohl bedrohlich gewirkt hätte, wäre er in der Stimmung gewesen, auf Stimmungen zu achten. Tagsüber und bei entsprechender Beleuchtung mußte sie einen beeindruckenden Anblick bieten. Die Kirche war nicht sehr groß, schien aber bei der herrschenden Beleuchtung (oder sollte er lieber sagen: *Nicht*-Beleuchtung?) nur aus gotischen Spitzbögen, Säulen und Pilastern zu bestehen, auf denen pausbäckige Gargoylen mit Flügeln und Krallen hockten. Über den drei ineinandergeschachtelten Bögen des großen Portals schwebte ein steinerner Engel. Der strömende Regen versilberte seine Flügel und erweckte das halb zerfallene Gesicht auf unheimliche Weise zum Leben.

Strelowsky verscheuchte den Gedanken und beschleunigte seine Schritte noch mehr. Das waren alberne Gedanken, kindisch und vor allem eines Mannes in seiner Position einfach nicht würdig. Er war jetzt seit einer Minute in diesem Regen, und offensichtlich fantasierte er bereits schon; vielleicht im Vorgriff auf das Fieber, das er sich mit diesem Schwachsinnsunternehmen garantiert einhandeln würde.

Trotzdem ertappte er sich dabei, noch einmal einen raschen Blick zu dem steinernen Cherubim über dem Eingang zu werfen, als er die Treppe hinaufstürmte. Genau in dem Sekundenbruchteil, in dem er es tat, zuckte ein Blitz über den schwarzen Himmel. Der Wolkenbruch mauserte sich zu einem Gewitter. Das grelle Licht löschte für einen

Sekundenbruchteil alle Schatten aus und ersetzte sie durch bodenlose, schwarze Abgründe, die in der Wirklichkeit klafften.

Ein zweiter Blitz loderte über den Himmel. Er löschte die unheimlichen Schatten aus und ließ die Konturen der Grabsteine und Statuen auf dem Friedhof als schwarze Umrisse aus der Nacht auftauchen und ebenso schnell wieder damit verschmelzen. Aber vielleicht gerade, weil die Schatten nur für einen Sekundenbruchteil aufblitzten, erweckte einer davon Strelowskys besondere Aufmerksamkeit: Es war ein steinerner Engel, lebensgroß und uralt, vielleicht sogar das Gegenstück dessen, der über dem Portal schwebte. Etwas daran ... beunruhigte Strelowsky. Natürlich war er sich auf der einen Seite vollkommen, zweifelsfrei und überhaupt *hun-dert-pro-zen-tig* darüber im klaren, daß es vollkommener Unsinn war, unmöglich und ganz und gar ausgeschlossen, aber leider gab es da noch eine andere Seite, eine neue, unbekannte, aber leider auch äußerst hartnäckige Stimme in ihm, und *diese* Seite seines visuellen Wahrnehmungsvermögens behauptete steif und fest, daß sich der steinerne Engel gerade vor seinen Augen *bewegt* hatte; auf eine unheimliche und gleichsam bedrohliche Art. Vielleicht nicht einmal wirklich bewegt. Vielmehr war es ihm, als ob er ... *die Absicht einer Bewegung gespürt* hatte. Verrückt. Nicht nur unlogisch, sondern vollkommen widersinnig. Der Gedanke ergab nicht einmal den Hauch eines Sinns. Was war mit ihm los?

»Herr Strelowsky?«

Strelowsky fuhr erschrocken zusammen und drehte sich so schnell herum, daß er auf den nassen Steinstufen beinahe das Gleichgewicht verloren hätte. In dem geschnitzten Portal vor ihm hatte sich eine schmale Tür geöffnet, in der sich eine schattenhafte Gestalt abzeichnete, ein schwarzer Scherenschnitt, wahrscheinlich nicht einmal so groß wie er, und doch erschien er ihm für einen einzelnen, gräßlichen Moment wie ein bedrohlicher, steinerner Riese, ein Gigant mit Flügeln und toten Augen aus Marmor, die ihn gnadenlos anstarrten und ...

»Möchten Sie dort draußen stehenbleiben und sich eine Erkältung holen, oder ziehen Sie es vor, zu mir hereinzukommen. Ich weiß, daß Sie kein großer Kirchgänger sind, aber hier drinnen ist es wärmer.« Der Mann machte einen Schritt zurück und gab damit nicht nur den Eingang frei, sondern wurde von einer Alptraumgestalt auch wieder zu einem ganz normalen Menschen.

Einem nicht einmal besonders beeindruckenden Menschen, um genau zu sein. Selbst Strelowsky, der alles andere als ein Riese war, mußte ihn noch um einige Zentimeter überragen, und die schwarze Soutane verlieh ihm keine Autorität, sondern ließ ihn eher noch verwundbarer erscheinen. Strelowsky konnte sein Gesicht nicht richtig erkennen; seine Brille war naß, und als er endlich aus seiner Erstarrung erwachte und mit einem umständlichen Schritt durch die schmale Tür trat, beschlugen die Gläser praktisch sofort.

»Sie ... sind doch Herr Strelowsky, oder?«

»Werfen Sie mich wieder raus, wenn ich nein sage?« fragte Strelowsky, schüttelte aber gleichzeitig den Kopf. »Ich bin es. Und Sie sind ...?«

»Thomas«, antwortete der andere. »Vater Thomas. Aber auf den *Vater* können wir gerne verzichten.«

Warum sagst du es dann erst? dachte Strelowsky. Er antwortete nicht, sondern nahm seine Brille ab, fuhr sich mit der anderen Hand über das nasse Gesicht und tat dann so, als suche er in seiner Jacke nach einem Taschentuch. In Wirklichkeit tastete er nach dem kleinen Kassettenrecorder, den er eingesteckt hatte, bevor er das Haus verließ. Seine Finger waren klamm und hatten ein wenig Mühe, den winzigen Aufnahmeschalter zu drücken.

»Sie haben mich angerufen?« fragte er.

»Wir haben telefoniert«, bestätigte Thomas. »Ich freue mich, daß Sie kommen konnten.«

Das Gerät begann ganz sanft in seiner Hand zu vibrieren. Es lief. Das dazugehörige Mikrofon hing als Krawattennadel getarnt an Strelowskys Schlips. Er hoffte, daß die empfindliche Elektronik die kalte Dusche unbeschadet überstanden hatte, war sich aber im Grunde dessen ziemlich sicher. Schließlich war das verfluchte Ding teuer genug gewesen.

Er zog die Hand – zusammen mit einem Tempo – aus der Tasche und begann seine Brillengläser trockenzureiben. Seine Hände zitterten noch immer, aber er war jetzt sicher, daß es nur noch die Kälte war. Eine Minute klang wenig, war aber verflucht viel, wenn man sie im strömenden Regen verbrachte und noch dazu bis zu den Knöcheln in eiskaltem Wasser stand. Kein Wunder, daß seine Fantasie Amok lief und er anfing, Gespenster zu sehen. Hier drinnen fühlte er sich schon sicherer.

Vielleicht war es auch nur der Recorder in seiner Tasche. Das sachte Vibrieren des Gerätes erfüllte ihn mit einem Gefühl der Stärke, das für einen Moment fast so intensiv war wie die – ebenso unbegründete – Furcht, die ihn draußen gequält hatte.

Umständlich setzte er seine Brille wieder auf, knüllte das Taschentuch zu einem Ball zusammen und wollte es achtlos hinter sich werfen, steckte es dann aber statt dessen ein; ganz bewußt *nicht* in die Tasche, in der er den Recorder trug.

»Also, *Vater* Thomas«, begann er. »Wie Sie selbst gerade festgestellt haben – ich konnte kommen. Ich hoffe, es ist wichtig. Ich bin ein vielbeschäftigter Mann, müssen Sie wissen. Ich habe nicht sehr viel Zeit.«

»Es *ist* wichtig«, versicherte ihm Thomas. »Vielleicht das wichtigste Gespräch, das Sie jemals in Ihrem Leben geführt haben. Ist Ihnen jemand gefolgt?«

Ohne seine Antwort abzuwarten, trat Thomas an ihm vorbei und schloß die Tür. Aber nicht sofort. Bevor er es tat, zögerte er – für Strelowskys Geschmack gerade einen Sekundenbruchteil zu lange – und sah in den strömenden Regen hinaus.

»Gefolgt?« Strelowsky blinzelte. »Ich fürchte, ich ... verstehe nicht ganz, was Sie meinen, Vater.«

»Ein Wagen.« Thomas drehte sich zu ihm herum und machte eine wedelnde Geste mit beiden Händen. »Jemand, den Sie nicht kennen. Ich … weiß nicht. Ich habe nicht viel Erfahrung in solchen Dingen, wissen Sie? Ich habe keine Ahnung, worauf man in einer solchen Situation achten muß.«

»In was für einer *Situation*?« fragte Strelowsky betont. »Worum geht es überhaupt? Wieso bin ich hier?«

»Das ist nicht so einfach zu erklären«, antwortete Thomas ausweichend. »Ich schlage vor, wir … gehen vielleicht in mein Büro hinauf. Dort ist es wärmer. Und es redet sich auch leichter.«

»Nein«, entschied Strelowsky. Es hatte schon immer zu seinen eisernen Regeln gehört, daß *er* das Schlachtfeld bestimmte. Manchmal reichte das schon, um den Kampf zu gewinnen.

»Wie Sie wollen.« Thomas zuckte mit den Schultern, aber er sah nicht besonders glücklich dabei aus. *Gut.*

»Was ich *will*, Vater«, sagte Strelowsky ungeduldig, »ist wissen, warum ich hier bin.«

»Es geht um Rosen«, sagte Thomas.

Strelowsky starrte ihn eine geschlagene Sekunde lang fassungslos an. Dann packte ihn Zorn. »Wie bitte?«

»Stefan Rosen«, wiederholte Thomas. »Sie erinnern sich doch?«

Aus Zorn wurde Wut. Strelowsky mußte sich wirklich beherrschen, um den Geistlichen nicht entweder anzuschreien oder sich auf dem Absatz herumzudrehen und wieder aus der Kirche zu stürmen. Hatte ihn dieser Verrückte tatsächlich *deshalb* hierhin bestellt?

Thomas hob hastig die Hände. Offenbar war es nicht besonders schwer, in seinem Gesicht zu lesen. Strelowsky gab sich auch keine große Mühe, seine wahren Gefühle zu verhehlen. »Es ist nicht, was Sie jetzt denken«, sagte Thomas rasch. »Bitte hören Sie mir einfach zu. Es ist wichtig. Sie haben Rosen damals verteidigt, nicht wahr?«

»Ich bin Rechtsanwalt«, antwortete Strelowsky. »Es ist meine Aufgabe, Menschen zu verteidigen, die vor Gericht stehen.« Er fragte sich, warum er eigentlich noch so ruhig blieb. »Nicht, über sie zu urteilen.«

»Auch wenn sie schuldig sind?« fragte Thomas.

»Mein Mandant ...«

»Wurde freigesprochen, ich weiß«, unterbrach ihn Thomas. »Deshalb sind Sie hier.«

Strelowsky schloß die Augen, zählte in Gedanken sehr langsam bis drei und sagte so ruhig, wie er konnte: »Vater Thomas, ich stehe kurz davor, die Beherrschung zu verlieren. Und glauben Sie mir, das passiert mir äußerst selten. Was soll das hier? Es ist jetzt fast sieben Uhr. Ich habe meine Kanzlei eine Stunde früher geschlossen, um hierher zu kommen, und meine Frau und die Kinder warten jetzt wahrscheinlich schon mit dem Abendessen auf mich. Ich habe zwei Klienten weggeschickt, die wirklich dringend Hilfe brauchen, und seit heute mittag habe ich mich mit ungefähr einer halben Million Irrer unterhalten, die von mir wissen wollten, was ich zu Rosens Tod zu sagen habe. Ich hoffe doch, daß Sie nicht in die gleiche Kategorie gehören.«

Sogar ihm selbst fiel auf, daß er ziemlich zusammenhangloses Zeugs redete. Diesen Teil der Aufnahme würde er bearbeiten müssen, falls er das Band irgend jemandem vorspielte. Aber wahrscheinlich würde er das sowieso nicht. Dieser Thomas war nur ein weiterer Verrückter, der glaubte, das Recht auf Moralpredigten gepachtet zu haben, nur weil er eine schwarze Kutte trug.

»Sie mißverstehen mich, Herr Strelowsky«, sagte Thomas leise. In seiner Stimme war eine Eindringlichkeit, die Strelowsky gerne ignoriert hätte. »Ich habe Sie nicht zu mir gebeten, um über Sie zu richten.«

»Ja, das wird ein anderer tun, ich weiß«, sagte Strelowsky spöttisch. »Was wollen Sie von mir?« Er sah demonstrativ auf die Uhr. »Sie haben noch eine Minute.«

»Ich will Sie warnen, Herr Strelowsky«, sagte Thomas ernst.

»Ach?« machte Strelowsky spöttisch. »Wie originell. Ziehen Sie sich eine Nummer.«

»Ich meine es ernst«, beharrte Thomas. Was war das nur in seinem Blick, in der *Art*, auf die er redete, daß seine Worte ein solches Gewicht bekamen? War es wirklich nur seine Kleidung und diese Umgebung? Vielleicht hätte er doch seiner Einladung folgen und mit ins Pfarrhaus gehen sollen. »Sie wußten, daß Rosen schuldig war, nicht wahr?«

»Es ist nicht meine Aufgabe, jemanden zu ...«, begann Strelowsky.

»Sie haben gewußt, daß er diese fünf Kinder umgebracht hat«, fuhr Thomas fort, noch immer auf die gleiche, irritierende Art, aus der nicht die mindeste Spur irgendeines Vorwurfes herauszuhören war, und die Strelowsky vielleicht gerade deshalb so sehr erschreckte. »Ich meine, Sie haben es schon vorher gewußt. Als Sie ihn das erste Mal im Gefängnis besucht haben. Haben Sie ihm das falsche Alibi besorgt?«

»Was fällt Ihnen ein?« fragte Strelowsky. Sein Herz jagte. Er kochte innerlich immer noch vor Wut, aber es war ein sehr seltsamer Zorn; ein Gefühl, das irgendwie nicht richtig an die Oberfläche drang, so daß er es zwar fast wie einen körperlichen Schmerz in den Eingeweiden spürte, sein Herz pochte und seine Hände wieder zu zittern begannen. Aber die Kraft, die er normalerweise aus diesem Gefühl schöpfte, wollte sich nicht einstellen. Sogar in seinen eigenen Ohren klang seine Antwort jämmerlich.

»Sie mißverstehen mich immer noch«, seufzte Thomas. »Das tut mir leid. Wirklich. Ich ... verurteile Sie nicht. Wie könnte ich das? Bitte glauben Sie mir, daß mir nichts ferner liegt. Aber es ist wichtig, daß Sie mir diese Frage beantworten. Und wenn nicht mir, dann wenigstens sich selbst. Ihr Leben könnte davon abhängen.«

Und plötzlich wurde Strelowsky ganz ruhig. Der Zorn erlosch, als hätte jemand irgendwo in seinen Gedanken einen Schalter umgelegt. Buchstäblich von einem Sekundenbruchteil auf den nächsten war er wieder er selbst; der immer beherrschte, überlegende Anwalt, der gelernt hatte, Emotionen von Fakten zu trennen und Lüge von Wahrheit zu unterscheiden.

»Erklären Sie mir das«, sagte er.

Thomas schüttelte den Kopf. »Ich fürchte, das ist nicht so

einfach«, sagte er. »Nicht, bevor Sie meine Frage beantwortet haben. Es ist … nicht so einfach zu erklären.«

»Versuchen Sie es«, sagte Strelowsky. »Ich habe Zeit.« Als Thomas ihn fragend ansah, fügte er mit einem dünnen Anwaltslächeln hinzu: »Sie haben es selbst gesagt: Mein Leben könnte davon abhängen. Also sollte ich mir die Zeit nehmen.« Seine Gedanken arbeiteten jetzt wieder ganz mit der gewohnten, fast mathematischen Präzision. Er wußte immer noch nicht genau, was hier gespielt wurde, aber er hätte schon blind und taub sein müssen, um nicht zu wissen, was Rosen zugestoßen war. Die Zeitungen waren voll davon. Bei achtzig Prozent der Gespräche, die er heute geführt hatte, war es um Rosen gegangen. Und achtzig Prozent der Besucher, die heute in seine Kanzlei gekommen waren, waren Journalisten gewesen, die versucht hatten, sich ein Interview zu erschleichen; oder wenigstens etwas, das sie ein bißchen verdrehen und am nächsten Tag ohne sein Einverständnis als Statement verkaufen konnten.

»Etwas hat Rosen getötet«, sagte Thomas ernst. »Und nicht nur ihn. Und ich fürchte, wenn Sie wissen, daß er schuldig war, dann sind auch Sie in Gefahr. Deshalb ist es wichtig, daß Sie sich diese Frage ehrlich beantworten.«

»Es spielt keine Rolle, was ich …«, begann Strelowsky. Erst, als er den Satz schon halb zu Ende gesprochen hatte, stockte er, trat einen halben Schritt zurück und fragte: »Verzeihung … sagten Sie: *Etwas?*«

»Sie wußten es, nicht wahr?« beharrte Thomas. Er sah jetzt beinahe traurig aus. »Aber es war Ihnen gleich. Warum? Ging es Ihnen um das Geld? Oder um den Ruhm?«

Geld? Fast hätte Strelowsky gelacht. Rosen hatte in seinem ganzen Leben nicht einmal genug auf einmal besessen, um den Anzug zu bezahlen, den er im Augenblick trug. Auf die Hälfte der Rechnung wartete er heute noch.

»Das ist mir zu dumm«, sagte er kalt. »Ich gehe jetzt.«

»Beantworten Sie meine Frage«, sagte Thomas stur. »Wie standen Sie zu Rosen?«

»Das geht Sie nicht das geringste an, glaube ich«, antwortete Strelowsky. Er griff in die Tasche und schaltete das

Aufnahmegerät ab, und gleichzeitig hörte er sich fast zu seiner eigenen Überraschung fortfahren: »Aber wenn Sie es wirklich wissen wollen, *Vater:* Meiner Meinung nach hat dieses kranke Schwein genau das bekommen, was es verdient. Von mir aus kann er in der Hölle braten. Wahrscheinlich werden Sie das nicht verstehen, aber so funktioniert unser Rechtssystem nun einmal: Jeder hat das Recht auf einen Verteidiger, ganz egal, ob er nun ein Heiliger oder ein Monster ist. Und wenn dieser Verteidiger besser ist als der Ankläger ...« Er zuckte mit den Schultern. »Rosen war nicht der erste Verbrecher, den ich verteidigt habe. Und er wird auch nicht der letzte bleiben. Wenn Ihnen das System nicht gefällt, wählen Sie eine andere Partei. Aber Sie werden kein besseres finden.«

»Darum geht es nicht«, sagte Thomas.

Natürlich ging es nicht darum. Strelowsky wußte genau, was Thomas meinte. Natürlich hatte er gewußt, daß Rosen log. Er hatte es vermutet, als er seine Akten las, und er hatte es *gewußt*, als er ihm das erste Mal gegenübersaß. Strelowsky erkannte einen Verbrecher, wenn er ihm in die Augen blickte. Jeder wirklich gute Anwalt verfügte über diese Fähigkeit; ebenso wie über die, dieses Wissen zu ignorieren. Ohne die eine konnte man in diesem Beruf nicht gut sein, und ohne die andere konnte man ihn nicht lange genug ertragen, um Erfolg zu haben. Er hatte in jeder einzelnen Sekunde gewußt, daß Rosen ein geistesgestörter Irrer war, der sich nur als normaler Verbrecher tarnte. Als er ihm nach der Urteilsverkündung die Hand schüttelte und ihm zu seinem Freispruch gratulierte, da hatte er selbst nicht genau gewußt, welches Bedürfnis stärker gewesen war: das, diesem kranken Mistkerl einfach den Schädel einzuschlagen, oder sich mitten in sein überhebliches Grinsen zu übergeben. *Natürlich hatte er es gewußt!* Aber wie konnte er *diese* Frage beantworten? Und was verdammt noch mal ging es Thomas an?

Das einzig Vernünftige, was er in diesem Moment tun konnte: sich auf der Stelle herumzudrehen und nach Haus zu fahren, seiner Frau von einem weiteren Verrückten zu erzählen, der ihm eine unwiederbringliche Stunde seines Lebens gestohlen hatte. Und nicht einmal das. Er sollte nach Hause gehen und diesen Idioten einfach vergessen.

Statt dessen zog er Zigaretten und Feuerzeug aus der Tasche, zündete sich eine Camel an und gönnte sich eine Sekunde lang den infantilen Spaß, sich an Thomas' vorwurfsvollem Blick zu ergötzen. Die Zigarette war naß geworden und schmeckte nicht. Trotzdem nahm er einen so tiefen Zug, daß ihm fast schwindelig wurde, ehe er weitersprach.

»Also gut«, sagte er. »Ich bin nun einmal hier. Auf zwei Minuten mehr oder weniger kommt es wahrscheinlich auch nicht mehr an. Also werde ich die gute Tat der Woche tun und Ihnen erklären, warum es Anwälte gibt. Unser Beruf hat nichts mit Schuld oder Unschuld zu tun. Es spielt keine Rolle, wen wir verteidigen, Vater. Es spielt nicht einmal eine Rolle, ob sie schuldig sind oder nicht.«

»Für Sie schon«, sagte Thomas.

»Für mein Seelenheil, ja.« Strelowsky nahm einen zweiten, noch tieferen Zug aus seiner Zigarette, aber diesmal stellte sich das ersehnte Schwindelgefühl nicht ein. Er seufzte. »Aber für mehr auch nicht, fürchte ich. Sie wollen wissen, ob ich ihn für unschuldig gehalten habe?« Er schüttelte den Kopf. »Keine Sekunde lang.«

»Und trotzdem haben Sie ihn verteidigt … Weil es Ihr Beruf ist? Oder weil es Ihnen egal war?«

»Wo ist der Unterschied?« wollte Strelowsky wissen. »Wollen Sie wissen, wem ich mein Gewissen geopfert habe – meiner Berufsehre oder meiner Gier?«

Es hatte spöttisch klingen sollen, aber das tat es nicht. Nicht im geringsten. Thomas sah ihn lange und wieder auf diese unangenehme, Strelowsky immer nervöser werden lassende Art an, dann schüttelte er traurig den Kopf, drehte sich herum und faltete die Hände vor der Brust. Aber nicht, um zu beten, wie Strelowsky im ersten Moment annahm. Er sah eher aus wie ein Mann, der mit sich rang. Worum?

»Sie müssen gehen«, sagte er schließlich. »Gehen Sie fort. Schnell. So weit Sie können. Ich weiß nicht, ob es etwas nutzt. Vielleicht gibt es keinen Ort auf der Welt, an dem Sie vor ihm sicher sind, aber vielleicht hilft es. Setzen Sie sich in Ihren Wagen und verlassen Sie die Stadt. Sie sind verdammt. Ich kann Sie nicht beschützen.«

»Vor wem?« fragte Strelowsky spöttisch. Er lachte. »Oh, ja, das hätte ich ja fast vergessen: Vor diesem *Etwas*, das herumläuft und Charles Bronson Konkurrenz macht, nicht wahr? Wie heißt dieses Stück? Ein Geist sieht rot?«

Thomas atmete hörbar ein, nahm die Hände herunter und hob gleichzeitig den Kopf. Aber er sah nicht Strelowsky an, sondern das einfache Holzkreuz, das an der Wand hinter dem Altar hing. »Gehen Sie«, sagte er. »Bitte! Es … es war ein Fehler, Sie herzurufen. Es tut mir leid.«

Strelowsky nahm einen weiteren Zug aus seiner Zigarette, stellte fest, daß sie noch immer genauso widerwärtig schmeckte wie am Anfang und warf sie zu Boden, um sie mit dem Absatz auszutreten. »Wissen Sie, Thomas«, sagte er, »ich bin Ihnen nicht einmal böse. Ich sollte es wahrscheinlich sein, aber ich bin es nicht. Sie glauben das alles, nicht wahr? Ich meine, Sie glauben wirklich, daß es eine Art höherer Gerechtigkeit in der Welt gibt, nicht? Und wissen Sie was? Ich glaube das auch.«

Thomas drehte sich überrascht zu ihm herum, und Strelowsky fuhr mit einem bekräftigenden Nicken fort: »Aber sie hat nichts mit Geistern zu tun, oder irgendwelchen mythischen Dämonen, die durch die Nacht schleichen und die Bösen bestrafen. Jemand hat Rosen erledigt, und *das* ist es, was ich ausgleichende Gerechtigkeit nenne. Zufall. Statistische Wahrscheinlichkeit … nennen Sie es, wie Sie wollen. Meinetwegen auch Gott. Aber wenn er dahintersteckt, dann kann ich mir beim besten Willen nicht vorstellen, daß er herumläuft und alle Verbrecher erledigt, die ihrer gerechten Strafe entgangen sind – samt ihrer Anwälte. Ich fürchte, er hätte ziemlich viel zu tun.«

Er wartete auf eine Antwort, bekam keine und drehte sich schließlich achselzuckend herum, um zu gehen. Als er die Hand nach dem Türgriff ausstreckte, kam Thomas ihm nach und hielt ihn am Arm zurück.

»Bitte!« sagte er. »Hören Sie auf mich! Verlassen Sie die Stadt! Gehen Sie weg, so weit Sie nur können. Vielleicht hört es auf. Vielleicht ... kann ihn jemand stoppen. Wenn Sie hierbleiben, werden Sie sterben!«

Es hätte eine Menge gegeben, was Strelowsky darauf hätte antworten können – aber wozu? Er seufzte nur abermals, griff nach der Hand des Geistlichen und löste sie mit sanfter Gewalt von seinem Arm. Ohne ein weiteres Wort öffnete er die Tür und verließ die Kirche.

Der Regen hatte noch zugenommen, und aus den vereinzelten Blitzen war ein wahres Feuerwerk gezackter, blauweißer Risse geworden, die so rasch hintereinander aufzuckten, als versuche jemand, den Himmel über dem westlichen Teil der Stadt in Stücke zu spalten. Strelowsky lief mit gesenkten Schultern und weit ausgreifenden Schritten auf das Tor zu, während er bereits mit der linken Hand in der Jackentasche nach dem Autoschlüssel grub. Seine Finger waren noch immer so klamm, daß er ihn um ein Haar fallengelassen hätte. Ungeschickt fummelte er ihn ins Schloß, riß die Tür auf und warf sich hinters Steuer. Kaum zwei Sekunden später startete er den Motor und schaltete hintereinander die Scheibenwischer und – vor allem! – die Heizung ein, fuhr aber noch nicht los.

Seine Hände zitterten immer noch, aber er war jetzt gar nicht mehr so sicher, ob es einzig an der Kälte lag. Dieser Thomas hatte ihn verunsichert, obwohl er sich nicht erklären konnte, warum. Sein Geschwafel von einer höheren Macht und diesem Etwas, das seiner Meinung nach wohl eine Art himmlischer Vendetta ausgerufen zu haben schien, gehörte bestenfalls in die Preisklasse des Voodoo-Zaubers, mit dem ihn einer seiner Mandanten vor Jahren einmal belegt hatte. Unsinn. Hanebüchener Unsinn. Ganz bestimmt nicht mehr.

Er nahm die Brille ab, zog das zusammengeknüllte Papiertaschentuch hervor, mit dem er sie schon einmal gesäubert hatte, und rieb die Gläser sorgfältig zwischen Daumen und Zeigefinger trocken. Als er sie wieder aufsetzte, fiel sein Blick auf einen Wagen, der schräg gegenüber auf der anderen Straßenseite parkte. Motor und Scheibenwischer liefen. Die Scheinwerfer waren auf Standlicht heruntergeschaltet, und er glaubte zwei schemenhafte Gestalten hinter der beschlagenen Windschutzscheibe zu erkennen. Thomas' Warnung fiel ihm ein, und er erschrak. Aber nicht einmal für eine Sekunde, dann schüttelte er über seinen eigenen Gedanken den Kopf. Biblische Racheengel pflegten bestimmt nicht in 7er-BMWs herumzufahren, während sie ihre Opfer suchten.

Strelowsky schaltete seinerseits die Scheinwerfer ein und streckte die Hand nach dem Ganghebel aus. Hinter ihm raschelte etwas. Ein Geräusch wie Stein, der über eine weiche Unterlage rieb. Oder Leder, das sich entfaltete. Strelowsky hob den Kopf, sah in den Innenspiegel und begriff den entsetzlichen Fehler, den er begangen hatte.

Aber da war es bereits zu spät.

5

Auch wenn er Nördlinger nicht so gut gekannt hätte, wäre Bremer klar gewesen, daß die Szenerie sorgsam einstudiert war. Trotz aller unbestrittener Intelligenz war Nördlinger ein Mensch, der leicht zu durchschauen war; und ein Mensch mit einem starken Hang zur Theatralik.

Was er im Moment tat, war regelrecht albern.

Nördlinger saß hinter seinem riesigen, vollkommen leeren Schreibtisch, hatte beide Hände auf die Armlehnen seines ledernen Drehsessels gelegt und schien vor kurzem einen Besenstiel verschluckt zu haben. Beides – Stuhl und Tisch – waren eine Spur zu groß für ihren Besitzer, und beides sah aus, als wäre es vor ungefähr einer Stunde angeliefert und frisch ausgepackt worden. Dabei wußte Bremer, daß die Möbel gut und gerne fünfzehn Jahre auf dem Bukkel hatten. Nördlingers Blick – Bremer war ziemlich sicher, daß er nicht ein einziges Mal geblinzelt hatte, seit West und er hereingekommen waren – wanderte mit der Regelmäßigkeit eines Metronoms zwischen ihm und dem Zifferblatt der Standuhr in der gegenüberliegenden Ecke des Zimmers hin und her, und er hatte bisher nicht nur nicht mit der Wimper gezuckt, sondern auch kein einziges Wort gesprochen. Sie waren seit ungefähr einer Minute hier. Vielleicht länger.

Wahrscheinlich, dachte Bremer, baute er darauf, daß sein beharrliches Schweigen die Autorität des leeren Schreibtisches und die unbehagliche Stille unterstrich, um Bremer auf diese Weise noch mehr einzuschüchtern, aber das passierte nicht. Möglicherweise dachte er ja auch, daß er in irgendeiner Form beeindruckend oder gar ehrfurchtgebietend wirkte, wie er so stocksteif auf seinem Thron hockte und ihn anstarrte. Bremer fand sein Benehmen einfach nur kindisch.

Schließlich beendete er die groteske Performance, indem er sich seinerseits im Sessel herumdrehte und auf die Uhr sah.

»Es ist viertel nach sieben«, sagte Nördlinger, noch bevor er sich wieder herumgedreht hatte.

»Eben«, bestätigte Bremer. »Ich versäume das Glücksrad im Fernsehen. Das ist meine Lieblingssendung.« Es gelang ihm ebensowenig, Nördlinger mit dieser dummen Bemerkung aus der Fassung zu bringen, wie Nördlinger umgekehrt ihn mit seinem Benehmen beeindruckte. Und sie war auch nicht sonderlich intelligenter. »Sie wollten mich sprechen?«

»Schön, daß Sie sich wenigstens *daran* erinnern«, sagte Nördlinger. »Ich wollte Sie tatsächlich sprechen. Wenn ich mich richtig erinnere, so gegen vierzehn Uhr. Das war vor fünf Stunden.«

»Ich ... wurde aufgehalten«, antwortete Bremer. Er konnte gerade noch den Impuls unterdrücken, einen Blick in Wests Richtung zu werfen; das hörbare Stocken in seinen Worten nicht. Bremer verfluchte sich dafür innerlich. Das alberne Machtspielchen, das Nördlinger und er seit Jahren spielten, verlief nach komplizierten Regeln, die zwar niemals explizit aufgestellt worden waren, von ihnen beiden aber sorgsam eingehalten wurden. Mit diesem kurzen Zögern in seiner Anwort hatte er diese Runde eindeutig verloren. Nördlinger spürte das. Er verbiß sich ein triumphierendes Lächeln, aber Bremer konnte es regelrecht spüren.

»Ich sage es Ihnen jetzt zum wirklich allerletzten Mal«, fuhr er fort. »Sie sind Polizist, Herr Bremer, kein Postbote. Auch wenn Sie nicht im Dienst sind, sind Sie im Dienst. Ich verlange, daß Sie erreichbar sind. Haben Sie das jetzt verstanden?« Fast zu seiner eigenen Überraschung antwortete Bremer nur mit einem einfachen ›Ja‹ auf diese Frage, und beinahe noch überraschender war, daß Nördlinger ausnahmsweise einmal nicht auf seinem kleinen Etappensieg herumritt, sondern es bei einem knappen Kopfnicken beließ. Einen Teil des Besenstiels, den er heruntergeschluckt hatte, schien er wohl mittlerweile verdaut zu haben, denn er gab seine steife Haltung auf, beugte sich vor, stützte die Ellbogen auf der Tischplatte auf und verschränkte die Hände unter dem Kinn.

»Also gut«, begann er, »dann können wir uns ja jetzt vielleicht wichtigeren Dingen zuwenden. Ich habe zwar Wichtigeres zu tun, als dieses ... Glücksrad im Fernsehen zu sehen, aber selbst jemand in meiner Position kennt die Bedeutung des Wortes Feierabend, ob Sie es glauben oder nicht.« Er deutete auf West. »Ihre neue Kollegin haben Sie ja bereits kennengelernt, wie ich sehe.«

»Ja«, antwortete Bremer. »Deshalb bin ich hier. Sie wissen, daß ich nicht mit einem Partner zusammenarbeite.«

»Haben Sie etwas gegen die Kollegin West?«

»Darum geht es nicht«, erwiderte Bremer kopfschüttelnd. Nein, er würde sich *nicht* von Nördlinger provozieren lassen. »Ich arbeite am besten allein. Ich kann nicht ständig auf jemanden Rücksicht nehmen.«

»Sehen Sie – genau so geht es mir auch«, sagte Nördlinger. Offensichtlich hatte er sich gut auf dieses Gespräch vorbereitet. »Und ich habe auf Sie und Ihre sonderbare Arbeitsauffassung bisher mehr Rücksicht genommen als auf irgendeinen anderen Ihrer Kollegen, Herr Bremer. Und ich glaube, das wissen Sie auch sehr gut. Ich weiß, daß Sie hier eine Art Sonderstatus genießen, und Sie wissen, wie sehr mich das ärgert. Aber in diesem Fall lasse ich nicht mit mir reden, ganz gleich, was Sie auch tun und wen immer Sie auch anrufen werden, sobald Sie dieses Büro verlassen haben. Warum sparen wir uns also nicht ein weiteres, überflüssiges Gespräch und reden gleich über den Fall?«

Zu sagen, daß Bremer sprachlos war, wäre übertrieben gewesen. Aber doch ein wenig überrascht. Nördlinger hatte mit jedem Wort recht. Aber Bremer hatte bisher geglaubt, daß sie sich auf eine Art Status quo geeinigt hätten, an dem keiner von ihnen ohne wirklich zwingenden Grund rüttelte. *Hatte* Nördlinger einen zwingenden Grund?

»Außerdem war es nicht meine Idee, Ihnen einen Maulkorb zu verpassen«, fuhr Nördlinger fort. »Die Weisung kommt direkt aus dem Rathaus. Offensichtlich ist Ihr Name dort noch in guter Erinnerung, *Herr* Bremer. Um es ganz deutlich zu sagen: Es ist Ihnen nicht gestattet, Interviews zu geben oder auch nur ein einziges Wort mit der Presse zu reden. Mit niemandem, zumindest nicht, ohne es mit mir oder Kollegin West vorher abzustimmen. Haben Sie das verstanden?«

Verstanden schon, aber: »Warum?«

Nördlinger seufzte. »Wo waren Sie den ganzen Tag, Bremer? Auf dem Mond? Die ganze Stadt spricht über nichts anderes als über Rosen – und die anderen. Würden wilde Spekulationen bezahlt, wäre Berlin mittlerweile die Stadt mit dem höchsten Pro-Kopf-Einkommen des Landes. Die Leute reden über nichts anderes mehr als über den Racheengel, der herumläuft und Bremers Liste abhakt.«

»Bremers Liste?«

»Der Ausdruck stammt nicht von mir.« Nördlinger nickte grimmig, zog eine Schublade in seinem Schreibtisch auf und nahm eine zusammengefaltete Zeitung heraus. Schwungvoll ließ er sie über die Tischplatte schlittern und fuhr fort, noch bevor Bremer sie auffangen konnte: »Die Abendpost von heute. Ein Vorabexemplar, mit freundlichen Grüßen und ohne Wissen der Redaktion. Wenn Sie dieses Gebäude wieder verlassen, hat jeder Dummkopf in der Stadt ein Exemplar davon in der Hand.«

Bremer faltete die Zeitung auseinander und erblickte genau das, was Nördlinger vorhergesagt hatte. Die Schlagzeile, die sich quer über die komplette Titelseite zog und tatsächlich größer war als der Artikel darunter, lautete schlicht BREMERS LISTE. Darunter prangte ein mindestens zehn Jahre altes Foto von ihm und ein noch älteres Bild von Rosen. Der Artikel selbst war keiner. Bremer benötigte ungefähr eine Sekunde, bis er begriff, daß der Buchstabensalat unter den Fotos ein Blindtext war.

»Der Text war bei diesem Andruck noch nicht fertig«, sagte Nördlinger. »Aber ich glaube, wir beide wissen ziemlich genau, was da stehen wird.«

»Und was?« wollte West wissen.

Nördlinger sah unwillig auf. Bremer war fest davon überzeugt, daß er sie anraunzen oder ihre Frage einfach übergehen würde. Aber dann antwortete er doch. »Die Details kann Ihnen Kollege Bremer nachher in Ruhe erzählen, Frau West. Die Kurzfassung lautet, daß er vor vier Jahren ein etwas ... verunglücktes Interview gegeben hat, in dem ...«

»Es *war* kein Interview«, unterbrach ihn Bremer gereizt. »Ich wußte nicht einmal, daß ich mit einem Journalisten rede, verdammt noch mal! Und ich habe das, was da stand, *so* nie gesagt.«

»Das glaube ich Ihnen sogar«, antwortete Nördlinger. »Leider ändert es nichts an dem, was am nächsten Tag in der Zeitung stand. Ihr Kollege hat die Namen einiger Verdächtiger aufgezählt, in deren Fall die Justiz seiner Meinung nach versagt hat. Die Liste war ziemlich lang. Und unter anderem waren darauf die Namen Halbach, Lachmann und Rosen zu finden.«

»O«, sagte West. »Das wußte ich nicht.«

»Ich habe damit nichts zu tun!« verteidigte sich Bremer. »Als Halbach umgebracht wurde, war ich nicht einmal in der Stadt!«

»Wen interessiert das?« seufzte Nördlinger. »Irgend jemand hat dieses verdammte Interview von damals ausgegraben, und was *dort* steht, ist alles, was interessiert.«

»Vielleicht ist es ja gar nicht einmal so weit hergeholt«, sagte West nachdenklich. Sie hob die Hand, als sich Bremer zu ihr herumdrehte und etwas sagen wollte. »Verstehen Sie mich nicht falsch. Ich weiß, daß Sie nichts damit zu tun haben. Aber vielleicht hat sich irgendein Verrückter tatsächlich Ihre ... *Liste* genommen und arbeitet sie der Reihe nach ab.«

»Blödsinn!« protestierte Bremer. »Wir sind hier in Berlin, nicht in Hollywood!«

»Ja, und die Kriminalitätsrate Berlins ist mittlerweile höher als die von Los Angeles«, fügte Nördlinger düster hinzu. Gleichzeitig aber schüttelte er den Kopf und wandte sich dann mit einem Blick direkt an West. »Außerdem wurde keiner der drei tatsächlich *umgebracht*. Ich dachte, Sie hätten die Akten gelesen, die ich Ihnen geschickt habe?«

West sagte nichts, sondern lächelte nur verlegen, und Bremer sagte: »Es war eindeutig Selbstmord. In allen drei Fällen. Wenn auch ziemlich bizarre Selbstmorde.« Er hob die Schultern. »Ich könnte auch nicht unbedingt sagen, daß mir einer der drei Kerle besonders leid tut.«

»So etwas will ich nicht hören«, sagte Nördlinger scharf.

»Warum?« erwiderte Bremer. »Bedauern Sie, was Halbach zugestoßen ist? Oder hat Ihnen der Anblick von Rosens Leichnam das Herz gebrochen?«

»Was ich denke oder fühle, steht hier nicht zur Debatte«, erwiderte Nördlinger. »Ebensowenig wie Ihre Gefühle, Herr Bremer. Bemerkungen wie diese sind genau der Grund, aus dem wir jetzt mehr Ärger am Hals haben, als wir wahrscheinlich schon selbst wissen. Was ist, wenn Kollegin West recht hat, und dort draußen wirklich irgendein Verrückter herumläuft, der glaubt, unsere Arbeit tun zu müssen, und Leute umbringt? Möchten Sie die Verantwortung für sein Handeln übernehmen?«

»Habe ich die nicht schon?« murmelte Bremer.

Die Worte waren gar nicht für Nördlinger bestimmt gewesen, aber er hatte sie trotzdem gehört und antwortete:

»Nein. Jedenfalls nicht, so weit es mich angeht. Ich weiß, wie gerne Sie den Märtyrer spielen und jedem erzählen, wie ungerecht ich Sie doch behandele. Aber Tatsache ist, daß ich Sie bisher nach Kräften beschützt habe – und sei es nur aus Eigennutz. *Ich* werde nämlich durchaus für *Ihre* Handlungen verantwortlich gemacht, wissen Sie? Außerdem stehe ich prinzipiell hinter meinen Leuten – auch, wenn ich sie nicht mag.«

Dieser letzte Nebensatz war überflüssig, dachte Bremer. Aber er hütete sich, das laut auszusprechen, oder sich seine wahren Gefühle auch nur anmerken zu lassen. Nördlinger hatte ihm immer noch nicht verraten, warum er eigentlich hier war. Und er hatte das sichere Gefühl, daß im Laufe dieses Gespräches vielleicht noch die eine oder andere unangenehme Neuigkeit auf ihn wartete.

»Ich habe eine Sonderkommission gebildet, die sich um den Fall kümmert«, fuhr Nördlinger fort. »*Sie* haben damit nichts zu tun. Um das Ganze klarzumachen, Herr Bremer: Ich gebe Ihnen nicht nur einen anderen Fall, ich untersage Ihnen ausdrücklich, sich in irgendeiner Form um diese Geschichte zu kümmern. Weder dienstlich noch privat.«

Das war die normale Verfahrensweise, die Bremer nicht überraschte. Trotzdem fragte er mit einer Kopfbewegung zu West: »Und wozu dann mein Schutzengel?«

»Weil ich leider nicht die Macht habe, die Presse zum Schweigen zu bringen«, antwortete Nördlinger offen. »Und auch nicht, die Leute auf der Straße am Spekulieren zu hindern. Ginge es nach mir, würde ich Sie für die nächsten zwei Wochen vom Dienst suspendieren, oder Sie auf eine Dienstreise zum Nordpol schicken. Leider geht es nicht nach mir.«

»Sondern?«

Nördlinger ignorierte die Frage. »Ich möchte auf jeden Fall, daß Sie sich da raushalten, Bremer. Im Klartext: Ich will weder irgendwelche Interviews mit Ihrem Namen darunter lesen, noch Statements oder auch nur eine Äußerung aus einer Bierlaune heraus in irgendeinem Revolverblatt zitiert finden.« Seine Augen verengten sich zu schmalen

Schlitzen. »Wenn Sie zu Rosen oder einem der anderen befragt werden, dann werden Sie auf der Stelle vergessen, daß Sie jemals Sprechen gelernt haben. Habe ich mich deutlich genug ausgedrückt?«

»Ich glaube schon«, sagte Bremer. Er fühlte sich immer noch wie betäubt, ausgelaugt von dem Erlebnis in dem Badezimmer und unwohl angesichts der schwachen Position, in die ihn Nördlinger bugsiert hatte.

»Das glaube ich nicht«, antwortete Nördlinger. »Sie klingen nicht so, als hätten Sie mich verstanden, Herr Bremer. Vielleicht glaube ich Ihnen auch nur einfach nicht, weil ich Sie kenne. Ich möchte es deshalb ganz klar und vollkommen unmißverständlich ausdrücken: Ich will nicht sehen, erleben, lesen oder auch nur *hören*, daß Sie mit einem Journalisten auch nur reden. Wenn mir zu Ohren kommt, daß Sie auch nur auf der gleichen Straßenseite mit einem Reporter gesehen worden sind, kontrollieren Sie am nächsten Morgen wieder Parkuhren. War das deutlich genug?«

»Was soll das?« fragte Bremer. Er warf einen flüchtigen Blick in Wests Richtung und wandte sich dann wieder an Nördlinger. »Halten Sie mich für dumm?«

»Bestimmt nicht«, antwortete Nördlinger. Schon die Schnelligkeit, mit der diese Antwort kam, machte Bremer klar, daß er auch mit dieser Reaktion gerechnet hatte. Wie vermutlich mit *jeder* Reaktion. Er nahm sich vor, nicht mehr allzu viel zu sagen. Diese Runde ging an Nördlinger. Er konnte nichts gewinnen, wenn er sich auf diesen unfairen Kampf einließ.

Nördlinger wartete sichtbar darauf, daß Bremer weiter sprach und ihm Gelegenheit gab, eine seiner vermutlich hundert sorgsam zurechtgelegten Anworten loszuwerden. Als dies nicht geschah, faltete er die Hände unter dem Kinn auseinander und ließ sich im Sessel zurücksinken, um zwei oder drei weitere Sekunden verstreichen zu lassen.

»Ich halte Sie ganz im Gegenteil für einen verdammt guten Polizisten, Herr Bremer«, sagte er schließlich. »Das ist der einzige Grund, aus dem Sie jetzt noch hier sitzen. Wäre es anders, hätte ich mich schon vor fünf Jahren von Ihnen getrennt, ganz egal, über was für mächtige Freunde Sie auch verfügen, glauben Sie mir. Aber es geht nicht darum. Es geht um nichts von alledem.«

»Worum dann?« fragte Bremer.

»Verstehen Sie das wirklich nicht?« fragte Nördlinger. »Vielleicht ist das alles nur Hysterie. Vielleicht ist es tatsächlich nur eine Verkettung von nahezu unglaublichen Zufällen, und diese drei *Verdächtigen* haben tatsächlich Selbstmord begangen. Aber das glaube ich nicht. Und Sie glauben es auch nicht. Ich glaube, daß wir es hier mit dem Schlimmsten zu tun haben, was wir uns überhaupt denken können. Mit Selbstjustiz. Irgendwo in dieser Stadt läuft jemand herum, der sich für den Terminator hält, oder einen Batman für Arme.«

West lachte leise, und in Nördlingers Augen blitzte es zornig auf. »Das ist nicht komisch, Frau West!« sagte er. Seine Stimme klang plötzlich so spröde und kalt wie Glas. Wests Lachen verstummte, und nur den Bruchteil einer Sekunde darauf verschwand auch der dazugehörige Ausdruck von ihrem Gesicht und machte dem einer tiefen Verunsicherung Platz.

»Sie kommen frisch von der Polizeischule«, fuhr Nördlinger fort. »Vielleicht sollte ich deshalb ein wenig rücksichtsvoller sein. Vielleicht sollte ich auch besonders kleinlich sein. Hat man Ihnen nicht beigebracht, was Selbstjustiz bedeutet? Den Anfang vom Ende, Frau West. Es gibt eine Institution, die für die Aufrechterhaltung von Recht und Ordnung zuständig ist, sie allein und sonst niemand. Und diese Institution sind *wir.* Wir können nicht zulassen, daß die Leute anfangen, das Recht in die eigenen Hände zu nehmen – und wenn wir hundertmal im stillen der Meinung sind, daß sie recht haben. Es spielt keine Rolle.«

»Ich weiß«, sagte West, doch Nördlinger hatte sich zu sehr in Rage geredet, um jetzt einfach wieder das Thema zu wechseln. Das Telefon klingelte, aber Nördlinger sah nicht einmal in seine Richtung.

»Ganz offensichtlich wissen Sie es nicht«, sagte er. Seine Finger begannen einen hektischen Takt auf der Schreibtischplatte zu trommeln, der sich dem Takt des immer noch klingelnden Telefons anpaßte. »Ich weiß, daß es in letzter Zeit chic geworden ist, so zu denken. Diese ganze ... Video-Gesellschaft dort draußen ist offensichtlich der Meinung, daß die einzige Gerechtigkeit die des alten Testaments ist. Auge um Auge, Zahn um Zahn. Und daß man lieber einen oder zwei Unschuldige opfern als einen Schuldigen entkommen lassen sollte. Wissen Sie, was passiert, wenn wir so etwas einreißen lassen? Was das Ergebnis wäre? Anarchie! Glauben Sie denn, all diese Schlagzeilen und Fernsehberichte heute wären ein Zufall? Das sind sie nicht. Die Leute warten auf jemanden, der sich als Racheengel aufspielt. Sie wollen jemanden, der auf ganz altmodische brachiale Art für Recht und Ordnung sorgt – oder das, was sie dafür halten.«

»Vielleicht wäre das nicht so, wenn wir etwas effektiver arbeiten würden«, antwortete Bremer.

Nördlinger starrte ihn an. »Wie bitte?«

»Wir fangen diese Kerle doch mittlerweile nur noch ein, damit irgendein überliberaler Richter sie gleich wieder auf freien Fuß setzen kann!« sagte Bremer. Seine innere Stimme warnte ihn, nicht weiterzureden. Das, was er auf Nördlingers Gesicht las, riet ihm, es nicht zu tun, und seine eigene Logik sagte ihm, daß das Klügste, was er jetzt noch sagen konnte, gar nichts war. Er hatte schon viel zuviel gesagt. Und trotzdem wedelte er mit der Hand, die die Zeitung hielt, und fuhr fort: »Wundern Sie solche Schlagzeilen wirklich? Mittlerweile werden die Verbrecher in diesem Land doch besser behandelt als die Opfer! Wem sollen die Leute dort draußen noch vertrauen, wenn sie wissen, daß die Mörder ihrer Kinder vielleicht schon wieder frei sind, bevor die Opfer unter der Erde sind?«

Nördlinger sagte nichts. Er starrte ihn nur mit steinernem Gesicht an, dann hob er ganz langsam die linke Hand und legte sie auf das Telefon, aber nicht, um den Hörer abzuheben. Dann sagte er, sehr leise und sehr ruhig: »Das war's dann, Herr Bremer. Ich suspendiere Sie mit sofortiger Wirkung vom Dienst.«

»Warum?« fragte Bremer. Nördlinger nahm den Telefonhörer nun doch ab und legte die rechte Hand über die Sprechmuschel, bevor er antwortete.

»Das weiß ich noch nicht. Rufen Sie mich morgen früh an. Bis dahin habe ich Zeit genug, mir einen Grund einfallen zu lassen. *Ja?!*« Das letzte Wort hatte er beinahe ins Telefon geschrien. Bremer konnte sich die Überraschung des Teilnehmers am anderen Ende der Leitung lebhaft vorstellen. Solange er sich erinnerte, hatte er Nördlinger noch niemals schreien hören. Vermutlich hatte das niemand. Bremer hatte bis zu diesem Moment noch nicht einmal gewußt, daß Kriminalrat Nördlinger überhaupt schreien *konnte*.

Er schrie auch nicht weiter. Einige Sekunden lang sagte er gar nichts, aber dafür war der Ausdruck auf seinem Gesicht um so beredter. Für einen Moment erstarrten seine Züge einfach. Dann schien jede Kraft aus seinen Gesichtsmuskeln zu weichen. Der so seltene Zorn verrauchte buchstäblich von einem Augenblick auf den anderen, und Bremer war sicher, daß das, was sich nun auf Nördlingers Gesicht spiegelte, ein Gefühl war, das ziemlich nahe an Entsetzen grenzte.

»Nummer vier?« fragte er, nachdem Nördlinger ohne ein weiteres Wort eingehängt hatte.

»Strelowsky«, antwortete Nördlinger. »Sie haben ihn gerade in seinem Wagen gefunden. Tot.«

»Wo?« fragte Bremer.

»Strelowsky?« wollte West wissen. »Wer ist das?«

»Einer der schlimmsten Rechtsverdreher der Stadt«, sagte Bremer. Nördlingers Blick wurde noch härter, und Bremer schluckte den zweiten Teil seiner Antwort herunter. *Ist nicht besonders schade um ihn.* Statt dessen sagte er: »Und rein zufällig Stefan Rosens Rechtsanwalt. Er hat ihn damals rausgeholt.«

»Und jetzt ist er tot.« West schürzte die Lippen. »Was für ein Zufall.«

»Was ist passiert?« wollte Bremer wissen. »Wieder ein bizarrer Selbstmord?«

»Er ist tot«, antwortete Nördlinger, »mehr weiß ich auch

nicht. Und mehr müssen *Sie* auch nicht wissen.« Er gab sich einen sichtbaren Ruck, streifte das Telefon noch einmal mit einem sonderbaren Blick, fast, als mache er den Apparat für die schlechten Nachrichten verantwortlich, und fuhr dann in verändertem Ton und wieder direkt an Bremer gewandt fort: »Ich habe Sie vor zwei Minuten vom Dienst suspendiert, haben Sie das bereits vergessen?«

»Aber das ... das war doch wohl nicht ernst gemeint, oder?« murmelte Bremer. »Ich meine ...«

»Hatten Sie jemals den Eindruck, daß ich mit solchen Dingen scherze?« fragte Nördlinger. »Sie sind raus, Bremer. Raus aus diesem Fall und zumindest für den Rest der Woche raus aus dem Polizeidienst.« Er stand auf. »Bis nicht wenigstens *etwas* Gras über diese leidige Angelegenheit gewachsen ist, möchte ich Sie nicht mehr sehen. Nicht in diesem Gebäude, und erst recht nicht in der Nähe irgendeines der an diesem Fall Beteiligten.«

»Ist das schon alles?« fragte Bremer.

»Beinahe«, antwortete Nördlinger. »Ob ich Sie mit oder ohne Ihre Bezüge suspendiere, das hängt von den nächsten Sätzen ab, die ich von Ihnen zu hören bekomme.«

»Dann wäre es vielleicht das Klügste, wenn ich jetzt überhaupt nichts mehr sage«, murmelte Bremer verstört.

»Das scheint mir auch so«, sagte Nördlinger. »Ich wünsche Ihnen ein schönes Wochenende, Herr Bremer. Ich melde mich nächste Woche bei Ihnen – falls Ihr Telefon eingeschaltet ist, heißt das.«

Bremer suchte eine oder zwei Sekunden lang nach einer passenden – oder wenigstens *originellen* – Antwort, aber schließlich sah er ein, daß die einzig vernünftige Antwort in diesem Fall keine Antwort war. Er stand auf, drehte sich ohne ein weiteres Wort herum und ging.

Erst, als er das Büro und auch Nördlingers Vorzimmer durchquert hatte, blieb er wieder stehen. Seine Hände begannen zu zittern, und sein Puls beschleunigte sich schlagartig. Zu sagen, daß diese Runde an Nördlinger gegangen war, wäre die Untertreibung des Jahres gewesen. Es war ein klarer, technischer K.o. – und er wußte nicht einmal, warum. Bremer kam erst jetzt zu Bewußtsein, daß Nördlinger ihm den eigentlichen Grund ihres Gespräches nicht einmal genannt hatte. Er hatte ihn bestimmt nicht um diese Zeit hierherbestellt, nur um ihn rauszuschmeißen.

Seine Hände begannen fast ohne sein Zutun in den Jackentaschen zu graben. Er hatte das Rauchen vor drei Jahren aufgegeben und seit mehr als einem Jahr keinen Appetit mehr auf Nikotin verspürt; jetzt hätte er für eine Zigarette einen Mord begangen. Alles, was er fand, waren seine Autoschlüssel und eine halb aufgeweichte Tankquittung. Und ein Stück rostiger Draht, etwas kürzer als sein kleiner Finger und mit einer dunkelbraunen Verfärbung an einem Ende. Es dauerte eine Sekunde, bis er sich wieder erinnerte, woher dieses Stück Altmetall kam. Er hatte es am Morgen auf dem Hinterhof aufgehoben, auf dem sie Rosens Leiche gefunden hatten. Warum er ihn eingesteckt hatte, konnte er beim besten Willen nicht sagen. Vielleicht, weil es sich bei der häßlichen Verfärbung an seinem Ende um Rosens Blut handelte? Seltsam. Ganz abgesehen davon, daß er damit ein Beweisstück vom Tatort entfernt hatte (Nördlinger hätte seine helle Freude daran gehabt, dachte er sarkastisch) war es eigentlich nicht seine Art, Trophäen zu sammeln. Schon gar nicht *solche.*

Blut.

An dem winzigen, verbogenen Draht klebte Blut. Vielleicht auch nicht. Vielleicht war es auch nur eine zufällig Verfärbung, die er nur dafür hielt. Es spielte keine Rolle. Etwas daran war wichtig. Und gefährlich. Es war die Lösung, der geheime Plan, auf dem die genaue Position jedes einzelnen Teiles dieses bisher scheinbar so sinnlos anmutenden Puzzles verzeichnet war, eingeschlossen all derer, die sie bisher noch gar nicht zu Gesicht bekommen hatten. Er schüttelte den Gedanken beinahe wütend ab, warf das kleine Drahtstück in den nächsten Papierkorb und ging mit schnellen Schritten zum Aufzug. Etwas stimmte nicht mit ihm, und man mußte weder Doktor der Tiefenpsychologie noch der legitime Nachfolger Sherlock Holmes' sein, um zu wissen, was. Es hatte am Morgen angefangen, als er Rosens

Leichnam gesehen hatte, und der Zwischenfall in seinem Bad und seine selbstzerstörerische Reaktion auf Nördlingers Gardinenpredigt waren nur die konsequente Fortsetzung. Er konnte nicht einmal sagen, von *was*. Nur, daß er diesen Weg zu Ende gehen mußte.

Der Aufzug ließ auf sich warten. Bremer drückte den Rufknopf mit wachsender Ungeduld drei-, viermal, obwohl er wußte, wie sinnlos es war. Irgend jemand blockierte weiter unten die Türen. Er konnte den verdammten Knopf drücken, bis ihm der Fingernagel abfiel, ohne die Sache damit irgendwie zu beschleunigen. Aber er wollte auch nicht einfach stehenbleiben und warten, bis der Lift irgendwann einmal kam. Früher oder später würden Nördlinger oder West aus der Tür hinter ihm treten, und das wirklich letzte, was er jetzt gebrauchen konnte, war einem von ihnen zu begegnen. Also ging er bis zum Ende des menschenleeren Korridors und öffnete die Glastür zum Treppenhaus. Seine Begeisterung, die acht Etagen zu Fuß nach unten zu gehen, hielt sich in Grenzen, aber er konnte auch nicht einfach hierbleiben und warten. Eine seltsame Unruhe hatte ihn ergriffen. Es war nicht allein der unbehagliche Gedanke, Nördlinger oder West wiederzusehen. Etwas würde passieren. Er konnte es beinahe körperlich fühlen; so wie die veränderte Elektrizität in der Luft, die man manchmal vor einem besonders schweren Gewitter spürt.

Die Tür fiel mit einem lauten Knall hinter ihm ins Schloß, und das Licht flackerte. Als es wieder richtig brannte, war das Treppenhaus nicht mehr das Treppenhaus.

Vor ihm lag ein schmaler, schwindelerregend steil in die Tiefe führender Schacht mit nackten Betonwänden. Ausgetretene Zementstufen hatten die Stelle des billigen Marmor-Imitats eingenommen, und unter der Decke brannten keine kalten Neonleuchten mehr, sondern mattgelbe Glühbirnen in kleinen Drahtkörbchen. Rauch trieb in faserigen grauen Schwaden durch die Luft, und er hörte das Prasseln von Flammen, begleitet von einer fast regelmäßigen Abfolge dumpfer, polternder Laute, die nicht zusammenhingen, trotzdem aber irgendwie zusammenzugehören schienen.

Die Vision – diesmal war er *sicher*, daß es sich um eine solche handelte – war noch nicht ganz perfekt. Hier und da schimmerte die Wirklichkeit noch hindurch, als hätte man einen Film genau im Augenblick der Überblendung angehalten. Und es nutzte nichts, zu wissen, daß er einer Halluzination erlag. Ganz im Gegenteil schien dieses Wissen den Sturz hinüber in die Unwirklichkeit noch zu beschleunigen; so wie das Wissen um die vermeintliche Gefahr einen Nichtschwimmer in hüfthohem Wasser ertrinken lassen konnte. Bremer war sich jenseits allen Zweifels darüber im klaren, daß das, was er zu erleben meinte, nicht wahr war, sondern nur *(Erinnerung?)* eine Ausgeburt seiner Fantasie. Und doch war er unfähig, dieses Wissen zu seinem Vorteil einzusetzen, oder auch nur zu seinem Schutz. Er versuchte, sich an den verblassenden Resten der Wirklichkeit festzuklammern, aber auch dieser Versuch scheiterte kläglich. Nach ein paar Sekunden fand er sich endgültig und hoffnungslos gefangen in der surrealen Alptraumwelt einer weiteren, noch schlimmeren Vision wieder.

Der Treppenschacht hatte Substanz gewonnen, dabei aber nichts von seiner erschreckenden Unwirklichkeit verloren. Flackernder roter Feuerschein drang aus seiner Tiefe zu Bremer hoch, gefiltert von immer dichter werdendem, braunem und grauem Rauch, durch den zuckende Bewegung und flackernde Lichtblitze drangen, Schreie, hektische Bewegung und Schüsse, das Wogen eines riesigen, geflügelten Schattens.

Der zeitliche Ablauf der Vision stimmte nicht. Es war auch keine Vision.

Es war Erinnerung. Pure, brutale Erinnerung, und sie kam schlagartig und parallel, so daß er gleichzeitig erlebte, was geschehen war, was geschah und was geschehen würde.

Bremer versuchte einen Schritt zurückzuweichen, aber es ging nicht. Seine Umgebung war real geworden, gehorchte aber immer noch den Gesetzmäßigkeiten eines

Alptraumes. Es gab nur eine einzige Richtung, in die er sich bewegen konnte. Das Prasseln der Flammen wurde stärker, war nun das Geräusch von brennendem Fleisch, die Schreie wurden zu den Schreien brennender Menschen.

Dann spürte er, wie der Schatten hinter ihm entstand. Gefangen in seiner Vision, war er immer noch nicht in der Lage, auch nur einen Muskel zu rühren, geschweige denn, sich herumzudrehen, aber wie zum Ausgleich dafür schien sich sein Wahrnehmungsvermögen auf fast magische Weise erweitert zu haben. Der Schwarze Engel entstand unmittelbar hinter ihm, als wäre er nicht mehr als sein eigener Schatten, der auf gespenstische Weise Gestalt und Substanz angenommen hatte, entfaltete seine gewaltigen schwarzen Schwingen und glitt dann einfach durch ihn hindurch.

Seine Berührung war das kalte Feuer der Hölle. Bremer schrie wie unter Schmerzen – oder *hätte* geschrien, wäre er dazu in der Lage gewesen –, aber was er in Wahrheit empfand, das war etwas ungleich Schlimmeres als körperlicher Schmerz. Die rauchigen Schwingen des Todesengels berührten etwas tief in ihm. Nichts Körperliches. Nicht einmal etwas wirklich *Psychisches*, sondern etwas weit jenseits davon, vielleicht sein Menschsein selbst. Und diese Berührung was das Grauenhafteste, was Bremer jemals erlebt hatte. Hätte er die Wahl gehabt, zu sterben oder die Berührung der schwarzen Flügel auch nur noch eine einzige Sekunde länger zu ertragen, er hätte den Tod gewählt.

Der Schwarze Engel tobte weiter und raste die Treppe hinab. Seine gespreizten Flügel schlugen Funken aus den Wänden des schmalen Schachtes, und seine bloße Berührung reichte aus, um die Männer, die unter ihm standen und verzweifelt ihre Waffen auf ihn abfeuerten, zu zerschmettern und brennend die Treppe hinunterstürzen zu lassen. Einige von ihnen lebten noch. Sie schrien verzweifelt um Hilfe, bettelten um Gnade, aber welche Hilfe gab es gegen die Mächte der Hölle? Und *Gnade* gehörte nicht zum Wortschatz des Kolosses, der gekommen war, um das zu Ende zu bringen, was hinter der brandgeschwärzten Metalltür am unteren Ende der Treppe vor so langer Zeit seinen Anfang genommen hatte. Es spielte keine Rolle, daß sie unschuldig daran waren. Auch das Wort *Schuld* gehörte nicht zum Vokabular des geflügelten Giganten.

Er tobte weiter die Treppe hinab. Die eisernen Krallen an den Enden seiner Flügel rissen fingertiefe Furchen in den Beton, und unter seinen Schritten bebte die Erde. Die Schreie wurden lauter, verzweifelter, hoffnungsloser und brachen dann ab, und das Schweigen, das ihnen folgte, war auf unheimliche Weise vielleicht noch schlimmer.

Bremer spürte, wie die Spannung in ihm weiter und weiter wuchs, die Grenzen des Erträglichen erreichte, schließlich die Grenzen des überhaupt Vorstellbaren, und noch immer weiter und weiter anstieg. Etwas in ihm würde zerbrechen, wenn er dieser fürchterlichen Vision nicht entging, nicht irgendwann, nicht bald, sondern *jetzt.* Aber er konnte ihr nicht entkommen. So wenig, wie er diese Vision heraufbeschworen oder sich ihr freiwillig hingegeben hatte, stand es in seiner Macht, sie zu beenden. Er mußte sie ertragen oder daran zerbrechen.

Weder das eine noch das andere geschah. Plötzlich war der Schwarze Engel wieder da, und etwas hatte sich verändert. Bremer war vom Zuschauer zum Akteur geworden; vielleicht auch zum Opfer. Aus Erinnerung wurde Hier und Jetzt.

Der Gigant stand wie aus dem Boden gewachsen vor ihm. Die schwarze Fläche, die dort war, wo sein Gesicht sein sollte, starrte auf Bremer herab, und etwas dahinter erwachte zu grausigem Leben. Bremer spürte, wie ihm *Etwas* seine Aufmerksamkeit zuwandte, wie das gigantische, träge Auge eines Gottes, dessen flüchtiges Blinzeln schon ausreichen mußte, ihn zu Asche zu verbrennen. Bremer schrie. Er *wollte* schreien, aber auch sein Kehlkopf war gelähmt. Er taumelte zurück, als der Gigant die Hand nach ihm ausstreckte, aber seine Bewegung war zu langsam, kraftlos. Bremer prallte gegen die Wand, sank hilflos wimmernd in die Knie und hatte nur noch die Kraft, die Arme über den Kopf zu heben, wie ein Kind, das sich hilflos unter dem Angriff eines Erwachsenen krümmt. Er konnte sich nicht wehren. Er *wollte* sich nicht wehren. Es war sinnlos. Azrael war zurückgekommen, um es endlich zu Ende zu bringen, und auf eine resignierende Art war er froh darüber. Die Hand des Giganten näherte sich seinem Gesicht, aber dann ergriff sie nur seine Schulter und rüttelte daran. Einmal, zweimal, dann ein drittes Mal, und so heftig, daß sein Kopf unsanft nach hinten geworfen wurde und gegen die Wand prallte.

Dieser ganze profane, körperliche Schmerz brach den Bann. Nicht nur ohne, sondern schon beinahe *gegen* seinen Willen griff er nach dem Handgelenk des Riesen, versuchte es zu packen und spürte, wie er statt dessen selbst gepackt und grob in die Höhe gerissen wurde. Der Schmerz in seiner Schulter war so schlimm, daß er stöhnte und für eine Sekunde nur noch bunte Lichtblitze und Farben sah.

Als sich sein Blick wieder klärte, war aus dem schwarzen Todesengel ein dunkelhaariges, schlankes Mädchen geworden, das schräg und mit gespreizten Beinen vor ihm stand. Ihre linke Hand hatte sein rechtes Handgelenk gepackt und hielt es mit eiserner Kraft fest, und ihr Daumen drückte seine Hand direkt zwischen den Ballen so fest zurück, daß es weh tat. Die andere hatte sie in einer Haltung vor die Brust gehoben, über die er lieber nicht nachdachte.

»Alles wieder in Ordnung?« fragte West.

Bremer antwortete nicht – er konnte es gar nicht, denn seine Hand tat wirklich *weh* –, aber etwas in seinem Blick schien ihm diese Mühe abzunehmen, denn West blieb nur noch eine knappe halbe Sekunde so stehen, dann ließ sie abrupt seinen Arm los, trat einen weiteren halben Schritt zurück und entspannte sich. Zumindest körperlich. Ihr Blick blieb weiter und sehr aufmerksam auf Bremers Gesicht geheftet.

»Was ist passiert?« fragte sie.

Bremer nahm vorsichtig die rechte Hand herunter und begann das Gelenk mit der anderen zu massieren. Seine Hand prickelte. Wests Daumen mußte einen Nerv erwischt haben. »Sie haben mir fast die Hand gebrochen, das ist passiert«, sagte er. »Bezahlt Nördlinger Sie eigentlich dafür, mich zu quälen?«

»Sie haben geschrien«, sagte West. Sie warf einen raschen Blick die Treppe hinauf, dann in die entgegengesetzte Richtung. »Ich wundere mich eigentlich, daß nicht das ganze Haus zusammengelaufen ist. Was war los?«

»Nichts«, antwortete Bremer. »Ich war … einen Moment weggetreten.«

Er hörte auf, seine Hand zu massieren, und ließ den Arm sinken. Die Finger seiner rechten Hand prickelten bis in die Fingerkuppen hinein. »Ich hoffe, das wird nicht zu einer schlechten Angewohnheit.«

»Daß Sie für einen Moment wegtreten?«

»Daß Sie mir ständig das Leben retten.«

West blieb ernst. »Meinen Sie nicht, daß Sie mir eine Erklärung schuldig sind?« fragte sie.

»Nein«, antwortete Bremer. »Das meine ich nicht. Danke.«

»Danke? Das ist alles?«

»Das ist alles«, antwortete Bremer. »Was erwarten Sie noch? Daß ich Ihnen sämtliche finsteren Geheimnisse meines Lebens beichte?«

»So, wie ich Sie einschätze, haben Sie keine«, antwortete West. »Für den Anfang würde es mir schon reichen, wenn Sie mir einen Kaffee spendieren. Oder ist das auch zu viel verlangt?«

6

Es war gerade acht; eigentlich noch nicht allzu spät, vor allem für einen Mittwoch. Trotzdem wirkte die Cafeteria wie ausgestorben. Der hintere, weitaus größere Teil des Raumes lag im Dunkeln, und die Panoramafront, die auf den Parkplatz im Innenhof hinausführte, hatte sich in einen kupferfarbenen Spiegel verwandelt.

Bremer saß an einem der billigen Plastiktische direkt an der Grenze zwischen dem beleuchteten und dem im Dunkeln daliegenden Teil des Raumes und starrte sein eigenes

Spiegelbild an. Es kam ihm fremd vor; und ein bißchen erschreckend. Sein Gesicht war bleich wie die sprichwörtliche Wand, und wenn er seine Hände nicht damit beschäftigt hätte, seit mindestens zehn Minuten in einem Kaffee zu rühren, in dem sich nicht einmal die Spur von Zucker befand, dann hätte man ihr Zittern sehen können. Bremer schrieb die unnatürliche Blässe seines Gesichts wenigstens zum Teil der farbenveränderten Wirkung des Spiegelglases zu. Bei seinen zitternden Fingern verfing diese Ausrede nicht mehr – und schon gar nicht bei dem Ausdruck in seinen Augen. Er war seinem eigenen Blick nur für Sekundenbruchteile begegnet und hatte den Kopf dann hastig wieder gesenkt. Aber dieser winzige Moment hatte gereicht. Irgend etwas war in seinen Augen, das ihn entsetzte. Sie hatten etwas gesehen, was kein Mensch jemals sehen sollte.

Ein leises Klimpern riß ihn aus seinen Gedanken. Bremer sah auf und erblickte West, die mit einer Tasse Kaffee in der einen und einem Teller mit einem Stück Käsekuchen in der anderen Hand heranbalanciert kam. Bremer versuchte sich zu erinnern, ob es das zweite oder dritte Stück Kuchen war, das sie sich geholt hatte, war sich aber nicht sicher.

»Das dritte«, sagte West, als hätte sie seine Gedanken gelesen. Sie lud ihre Last scheppernd auf den Tisch ab, zog sich mit der Fußspitze einen Stuhl heran und setzte sich.

»Wie bitte?«

»Es ist das dritte Stück Käsekuchen«, sagte sie. »Man konnte die Frage deutlich auf Ihrem Gesicht lesen. Außerdem fragt sich das jeder, früher oder später. Käsekuchen ist mein großes Laster. Ich bin süchtig danach. Verstoße ich damit gegen irgendein Gesetz?«

»Solange man es Ihnen nicht ansieht, nicht«, antwortete Bremer lahm. Er hörte endlich auf, in seinem Kaffee zu rühren, nahm den Löffel heraus und legte ihn mit einer bedächtigen Bewegung auf die Untertasse. Dabei brachte er sogar das Kunststück fertig, daß seine Hände nicht zitterten.

»Im Moment jedenfalls noch nicht.« West schaufelte sich eine gewaltige Ladung Käsekuchen in den Mund und fuhr kauend und an der Grenze des Unverständlichen fort: »Wahrscheinlich werde ich in zehn Jahren jeden einzelnen Bissen bereuen. Aber das ist mir ehrlich gesagt egal.«

»Interessiert Sie Ihre Zukunft nicht?«

»Weiß ich, ob ich in zehn Jahren noch lebe?« West grinste und sah dadurch noch jünger aus, als sie war. »Außerdem bin ich in zehn Jahren vermutlich verheiratet und habe die statistischen anderthalb Kinder, einen Hund und ein Reihenhaus, an dem ich bis kurz vor meiner Pensionierung abbezahle. Wenn ich dann dick und fett bin, ist das eher das Problem meines Mannes.«

»Gibt es einen solchen?« fragte Bremer.

»Nicht einmal in spe«, antwortete West und rammte ihre Gabel zum drittenmal vehement in den Kuchen. Ihre Eßmanieren ließen zu wünschen übrig, dachte Bremer. Was jetzt noch auf ihrem Teller lag, sah eher nach etwas aus, was nach einem Flächenbombardement übriggeblieben war als nach etwas Eßbarem. »Aber rein statistisch wartet er natürlich schon auf mich ... irgendwo dort draußen.«

Bremer lächelte flüchtig und nippte an seinem Kaffee. Er hatte so lange darin gerührt, daß er mittlerweile kalt war, stellte sie mit den gleichen behutsamen Bewegungen, mit denen er schon den Löffel gehandhabt hatte, auf die Untertasse zurück und sah West an. Die junge Frau schien voll und ganz auf ihren Kuchen konzentriert zu sein, und sein Blick irrte für einen Moment ab und traf die Fensterscheibe hinter ihr. Seine eigene und Wests Gestalt spiegelten sich als verzerrte Schatten mit unscharfen Rändern darauf, und für einen ganz kurzen Moment, vielleicht nur den Bruchteil einer Sekunde, glaubte er noch einen dritten, gewaltigen Umriß dahinter zu erkennen, der riesig und geflügelt über ihnen emporragte. Er wußte, daß er nicht wirklich da war. Es war nicht einmal eine Halluzination, sondern nur ein böser Streich, den ihm seine Nerven spielten. Trotzdem kostete es ihn beinahe seine gesamt Kraft, sich nicht herumzudrehen und sich davon zu überzeugen, daß er auch tatsächlich allein war.

»Geht es Ihnen wieder besser?« fragte West unvermittelt. »Als ich Sie vorhin da oben ... aufgelesen habe, sahen Sie ganz schön fertig aus.«

Bremer runzelte die Stirn. Er wußte nicht genau, was er von diesen Worten halten sollte; so wenig, wie er eigentlich wußte, was er von West halten sollte. Vielleicht war sie einfach nur nervös und plapperte drauflos, weil die Situation ihr mindestens genauso unangenehm war wie ihm. Vielleicht aber auch nicht.

»Es geht mir wieder gut«, sagte er und verfluchte sich praktisch im gleichen Moment selbst für diese Antwort. Wieder bedeutete, daß es ihm gerade nicht gut gegangen war. Aber das abzustreiten, wäre sowieso ziemlich albern. »Und um eines klarzustellen«, fuhr er fort. »Sie haben mich nicht *aufgelesen*. Ich hatte einen kleinen Schwächeanfall. So etwas kommt vor. Sie haben mich vor einer peinlichen Situation bewahrt, und dafür bin ich Ihnen dankbar. Das ist aber auch schon alles. Ich bin Ihnen nichts schuldig. Und ich werde gewiß nicht mein ganzes Leben vor Ihnen ausbreiten.«

»Vor allem nicht, weil wir uns erst seit ein paar Stunden kennen«, pflichtete ihm West bei. »Ich an Ihrer Stelle würde wahrscheinlich auch nicht anders reagieren. Aber das meiste davon weiß ich sowieso schon.« Sie stand auf. »Ich hole mir noch ein Stück Kuchen. Darf ich Sie auch zu einem einladen?«

Bremer schüttelte den Kopf, und West schnappte sich mit einem wortlosen Achselzucken ihren Kuchenteller und marschierte zur Theke hinüber. Bremer blickte ihr mit gemischten Gefühlen nach. Er sollte wütend sein, aber er war einfach nur ... verwirrt. Vielleicht lag es schlicht daran, daß West ihm gefiel, auf eine schwer in Worte zu fassende, direkte Art. Ihre Art, sich zu bewegen, war äußerst anmutig, selbst bei einer so banalen Tätigkeit wie dem Hochheben eines Tellers. Und ihm gefiel auch ihre Art, wie sie sich gab. Vielleicht, weil er spürte, wie verunsichert und verletzbar sie hinter der aufgesetzten Extrovertiertheit war, hinter der sie sich versteckte. Außerdem hatte er das Gefühl, daß sie eine sehr kluge Person war.

Und daß sie – wenn er noch zwei Minuten so weiter machte – zumindest in seiner Vorstellung zu einer Mischung aus Brigitte Nielson, Claudia Schiffer und einem weiblichen Albert Einstein mutieren würde. Was war mit ihm los? Er war doch wohl nicht etwa dabei, sich in dieses halbe Kind zu verlieben? Großer Gott, sie war jung genug, um seine Tochter sein zu können!

Die Tür ging auf, und eine kleine Gruppe Männer kam herein: zwei, drei Streifenpolizisten in schwarzen Lederjakken, begleitet von Meller und Vürgels. Bremer kannte beide und verstand sich mit beiden nicht besonders, aber das traf auf die meisten seiner Kollegen zu. Er hatte keine wirklichen *Feinde* hier im Präsidium, aber auch nur sehr wenige wirklich *Freunde*. Zur letzteren Kategorie gehörten Meller und sein schwuler Partner ganz gewiß nicht.

Trotzdem wartete er gerade lange genug ab, bis sich die beiden gesetzt hatten, dann stand er auf und steuerte ihren Tisch an.

»Hallo, Bremer«, begrüßte ihn Meller. »Was machst du denn noch hier? Ich dachte, Nördlinger hätte dich gefeuert.«

Bremer blieb mitten in der Bewegung stehen. »Suspendiert«, sagte er. »Schlechte Nachrichten sprechen sich offenbar ziemlich schnell herum.«

»Gute noch viel besser«, sagte Vürgels und zündete sich eine Zigarette an.

»Nördlinger hat uns angerufen«, sagte Meller hastig. Er warf seinem Partner einen strafenden Blick zu und fuhr an Bremer gewandt und mit einer einladenden Geste auf einen der beiden freien Stühle an ihrem Tisch fort: »Keine Angst. Die Neuigkeit steht noch nicht am Schwarzen Brett, und wir werden es auch nicht herumerzählen.«

»Aber ihr wißt natürlich mal wieder alles.« Bremer blieb stehen, ohne seiner Einladung zu folgen.

»Nördlinger hat uns telefonisch genau informiert«, antwortete Meller. »Vor zehn Minuten. Wir waren nämlich gerade vor dieser Kirche und haben Strelowskys Überreste aus seinem Wagen gekratzt. Nördlinger scheint dir nicht zu vertrauen, weißt du? Er hat uns in allen Einzelheiten erklärt, wohin sich unsere berufliche Laufbahn entwickeln könnte, wenn wir dir auch nur ein Sterbenswörtchen verraten. Ich wußte gar nicht, daß Kriminalrat Nördlinger ein so fantasievoller Mensch ist.«

»Kirche?« fragte Bremer. Irgend etwas klingelte bei diesem Wort in ihm, aber er wußte nicht, was. »Was für eine Kirche?«

»Keine Chance«, antwortete Meller. »Nördlinger meint es wirklich ernst. Und er hat recht, weiß du? Laß die Finger von dem Fall.« Er lachte, leise, nervös und unecht. »Setz dich, ich spendiere dir ein Bier. Du bist ja jetzt nicht mehr im Dienst.«

Die letzte Bemerkung, fand Bremer, hätte er sich auch verkneifen können. Er glaubte aber nicht, daß Meller ihn damit wirklich verletzen wollte. Wie leider Gottes viel zu viele gehörte auch Meller zu den Menschen, die nur zu oft erst redeten und dann ihr Gehirn einschalteten. Keine besonders gute Eigenschaft für einen Polizisten. Er schüttelte nur den Kopf, drehte sich mit einem Achselzucken herum und ging zu seinem Tisch zurück.

West saß bereits wieder an ihrem Platz und war mit großem Enthusiasmus damit beschäftigt, ihr viertes Stück Käsekuchen zu massakrieren. Ohne auch nur zu ihm aufzublicken, fragte sie: »Abgeblitzt?«

»Was ... meinen Sie damit?« fragte Bremer.

Noch immer ohne aufzublicken, machte West eine Kopfbewegung in Richtung des Tisches, an dem Meller und Vürgels saßen. »Die beiden da. Sie haben Ihnen nichts gesagt, stimmt's?«

»Sie haben mir nichts gesagt.« Bremer setzte sich.

»Und bevor Sie jetzt anfangen, sich ernsthaft zu fragen, ob ich Gedanken lesen kann«, sagte West, »verrate ich Ihnen mein Geheimnis. Ich war dabei, als Nördlinger Kommissar Meller angerufen hat. Er schien ziemlich sicher zu sein, daß Sie sich *nicht* an seine Anweisung halten würden, Ihre Finger von dem Fall zu lassen.«

Bremer sah sie einen Moment lang nachdenklich an. Dann befeuchtete er die Kuppe des Mittelfingers mit der

Zunge, langte über den Tisch und angelte einen Krümel ihres Kuchens von ihrem Teller. Sie hatte recht: Er schmeckte ausgezeichnet. Nicht süchtig machend, wie sie behauptet hatte, aber viel besser, als er erwartet hatte.

»Was haben Sie eigentlich gemeint, als Sie vorhin gesagt haben, daß Sie das meiste über mich sowieso schon wissen?« fragte er.

»Das wäre nicht fair«, sagte West.

»Was?«

»Wenn ich diese Frage beantworte, habe ich Ihnen schon zwei Antworten gegeben, und Sie mir noch gar keine«, sagte sie. »Das ist gegen die Spielregeln.«

»Ich kann mich gar nicht daran erinnern, daß wir welche aufgestellt hätten«, sagte Bremer. Er legte ganz bewußt einen schärferen Ton in seine Stimme, als nötig gewesen wäre. Der Gedanke, daß er sich in dieses Kind verliebt haben könnte, hatte sich mittlerweile als so lächerlich entlarvt, wie er auch war, aber Angela West war ihm sympathisch. Vielleicht reagierte er deshalb aggressiver, als ihm selbst angemessen schien. Er seufzte.

»So, und jetzt Schluß mit dem Unsinn, Frau West.«

»Angela«, sagte West. »Oder Angie, wenn Ihnen das lieber ist.«

»Sie haben mich nicht zufällig gerade im Treppenhaus gefunden«, fuhr er fort. »Und Sie haben Nördlingers Gespräch mit Meller auch nicht zufällig mit angehört. Sie haben mich gesucht.«

»Wäre es Ihnen lieber, *er* hätte Sie gefunden?« Angela deutete in Mellers Richtung, aber Bremer ignorierte auch diese Frage.

»Nördlinger hat Sie auf mich angesetzt, stimmt's? Es reicht ihm nicht, mich kaltzustellen. Er will ganz sicher gehen. Was hat er von Ihnen verlangt? Daß Sie sich in mein Vertrauen schleichen und aufpassen, daß ich auch wirklich ein lieber Junge bin?«

Angela ließ ihre Gabel sinken. Sie lächelte weiter, aber der fröhliche Glanz in ihren Augen wurde matter. »Das war jetzt nicht fair«, sagte sie.

»Was Sie tun, auch nicht«, antwortete Bremer grob.

»Sind Sie sicher? Ich meine: Haben Sie schon einmal die Möglichkeit in Betracht gezogen, daß Nördlinger es wirklich gut mit Ihnen meint?«

»Keine Sekunde lang«, antwortete Bremer ehrlich.

»Ich glaube das aber«, sagte Angela. »Ich hatte ein ziemlich langes Gespräch mit ihm. Heute nachmittag, bevor ich zu Ihnen gekommen bin. Er macht sich Sorgen um Sie, und das meine ich ernst.«

»Nördlinger? Um mich? Er kann mich nicht leiden.«

»Das stimmt«, gestand Angela unumwunden. »Aber es ändert nichts. Sie gehören zu seinen Leuten, und Kriminalrat Nördlinger ist ein ziemlich altmodischer Mensch. Er steht zu seinen Leuten, ob er sie nun persönlich mag oder nicht. Wollen Sie wissen, was er von Ihnen hält?«

»Nein«, sagte Bremer.

»Ein guter Polizist«, fuhr sie fort. »Aber leider auch ein Eigenbrötler. Ein wortkarger Einzelgänger mit einem starken Hang zum Selbstmitleid.«

»Danke«, knurrte Bremer. »Genau das habe ich jetzt gebraucht.«

»Das sind nicht meine Worte«, erwiderte West gelassen. »Aber ich schätze, daß er der Wahrheit damit ziemlich nahe kommt. Er hatte gar keine andere Wahl, als Sie von diesem Fall abzuziehen. Sie haben heute ja offenbar weder Zeitung gelesen noch das Radio eingeschaltet, aber glauben Sie wirklich, daß ich Sie aus Langeweile wie Mata Hari aus Ihrem eigenen Haus geschmuggelt habe? Bestimmt nicht. Wenn Sie auch nur die Nase ins Freie stecken, dann wird sich die gesamte Presse dieser Stadt auf Sie stürzen und Sie in kleine Stücke reißen. Deshalb bin ich hier. Um zu verhindern, daß ganz genau das geschieht.«

»Wie rührend«, sagte Bremer spöttisch.

»Keineswegs«, antwortete Angela. »Wie gesagt: Er versucht nur, seine Leute zu schützen.«

»Und Sie helfen ihm dabei.«

»Ich mache meine Arbeit«, sagte Angela. »Ich bin Ihre Partnerin. In guten wie in schlechten Zeiten.«

»Sie verwechseln da etwas«, sagte Bremer. »Und ich arbeite nicht mit einem Partner.«

Angela zuckte mit den Schultern. Ihr Spiegelbild auf der Fensterscheibe vollzog die Bewegung getreulich mit, und irgend etwas jenseits dieses Spiegelbildes schien mit einem trägen, sehr machtvollen Wogen darauf zu reagieren, wie ein zum eigenen Leben erweckter Schatten, der sich aus der gemeinsamen Bewegung löst, um fortan ein gespenstisches Eigenleben zu führen.

Bremer schloß mit einem Ruck die Augen. Vielleicht sollte er aufhören, sich Gedanken über Nördlinger oder irgendwelche Journalisten zu machen. Möglicherweise war der einzige Feind, über den er sich ernsthafte Sorgen machen sollte, seine eigene Fantasie.

»Ist das Verhör jetzt vorbei?« fragte Angela nach einer Weile. Sie lächelte noch immer, aber ihre Stimme klang ein bißchen spröde. »Wenn ja, dann hätte ich nämlich auch eine Frage.«

»Eine«, sagte Bremer. »Mehr nicht. Ohne Garantie, daß ich sie beantworte.«

»Azrael«, sagte Angela. »Was bedeutet das?«

Bremer starrte sie an. Fünf Sekunden. Zehn. Dreißig. Er wartete darauf, daß seine Hände zu zittern begannen oder sein Herz raste, aber das genaue Gegenteil war der Fall. Er fühlte sich wie betäubt. Selbst das Sprechen bereitete ihm plötzlich Mühe. »Woher ... kennen Sie diesen Namen?« fragte er stockend.

»Von Ihnen«, antwortete Angela. »Sie haben ihn gemurmelt. Vorhin, als ich Sie oben auf ...« Sie verbesserte sich. »Als ich Sie im Treppenhaus getroffen habe. Azrael ... Es klingt seltsam. Was bedeutet es?«

»Nichts«, antwortete Bremer. Plötzlich schien alles gleichzeitig auf ihn einzustürmen. Die Erinnerungen waren da, schlagartig und ohne Wenn und Aber, als hätte sie die magische Macht dieses Namens, hier in der Wirklichkeit ausgesprochen, heraufbeschworen. Er stand auf.

»Nichts«, sagte er noch einmal. »Es bedeutet nichts. Und es geht Sie auch nichts an.«

7

Nördlingers Hand zitterte noch immer, obwohl es mehr als eine Minute her sein mußte, daß er den Telefonhörer aufgelegt hatte. Seine Finger prickelten, und er hatte den Hörer so fest umklammert gehalten, daß das Blut unter seinen Fingernägeln gewichen war und sie jetzt so weiß wie die eines Toten aussahen.

Er konnte sich nicht erinnern, jemals zuvor so … *empört* gewesen zu sein. Sein Puls hämmerte, und auf seiner Zunge war ein bitterer Kupfergeschmack, der sich einfach nicht herunterschlucken ließ; vielleicht der Geschmack der Niederlage.

»Nun?« Der Mann auf der anderen Seite des Schreibtischs gab sich weder Mühe, das hämische Glitzern aus seinen Augen zu verbannen, noch den süffisanten Ton aus seiner Stimme. Er deutete mit einer Kopfbewegung auf das Telefon, und der Ausdruck höhnischer Befriedigung verließ seine Augen und breitete sich auf seinem ganzen Gesicht aus. »Nachdem wir die Präliminarien hinter uns gebracht haben, darf ich dann jetzt auf Ihre volle Unterstützung zählen, Herr Kriminalrat?«

»Wenn Sie aufhören, wie ein Idiot zu reden, ja«, antwortete Nördlinger. Noch vor zehn Minuten hätte er es nicht einmal für möglich gehalten, sich selbst einmal so reden zu hören. Nicht mit diesen Worten, und schon gar nicht in diesem *Ton*. Jetzt hätte er am liebsten noch ganz andere Sachen gesagt (gesagt? *Getan*!), aber die Person, mit der er vor einer Minute telefoniert hatte, war ziemlich eindeutig gewesen.

»Na, das ist doch schon einmal eine Basis.« Der Mann grinste noch breiter, griff über den Tisch nach dem ehrfurchtgebietenden Dienstausweis, mit dem er sich Nördlinger vorgestellt hatte – der (zweifellos falsche) Name darauf lautete Braun – und steckte ihn ein.

»Ich weiß nicht, was Sie überhaupt noch von mir wollen«, sagte Nördlinger unwirsch. »Ich habe alles getan, was in meiner Macht steht. Ich habe Bremer nicht nur von diesem Fall abgezogen, ich habe ihn sogar für eine Woche vom Dienst suspendiert. Was soll ich noch tun? Ihn einsperren?«

Braun ließ sich in seinem Sessel zurückfallen und schlug die Beine übereinander. Die Bewegung sollte vermutlich Gelassenheit demonstrieren, wirkte aber einfach nur affektiert. Nichts an Braun, überlegte Nördlinger, wirkte irgendwie echt. »Das ist zumindest eine Möglichkeit, die wir in Betracht ziehen müssen«, sagte er. »Aber im Moment wäre das wahrscheinlich übertrieben. Was ist mit der Kleinen, die ihn begleitet? Ist sie eingeweiht?«

»Frau West?« Nördlinger schüttelte den Kopf und zuckte praktisch in der gleichen Bewegung mit den Achseln. »Woher soll *ich* das wissen? Ich dachte, Sie hätten sie geschickt.«

»Seit wann lassen wir Kinder für uns arbeiten?«

Vielleicht, seit euch die Idioten ausgegangen sind, dachte Nördlinger wütend. »Sie kommt frisch von der Polizeischule«, sagte er. »Ich dachte, ihr hättet sie geschickt, um ein Auge auf Bremer zu werfen. Ich kann sie natürlich ...«

»Lassen Sie sie, wo sie ist«, unterbrach ihn Braun. »Vielleicht ist es sogar ganz gut so. Möglicherweise kann sie uns sogar von Nutzen sein.«

»Sie meinen, falls Sie jemanden brauchen, dem Sie die Schuld in die Schuhe schieben können, falls dieser ganze Irrsinn schiefgeht?«

»Nein«, antwortete Braun ruhig. »Dafür haben wir Sie.«

Nördlinger biß sich auf die Unterlippe. Braun wollte ihn provozieren, das war klar, und er stand kurz davor, sein Ziel zu erreichen. Er schwieg.

»Überprüfen Sie sie noch einmal«, fuhr Braun fort, als er ihm nicht den Gefallen tat, zu explodieren oder auch nur überhaupt zu antworten. »Aber lassen Sie sie, wo sie ist. Und was Bremer angeht, verlassen wir uns darauf, daß Sie ihn im Auge behalten. Die Operation tritt sozusagen in die kritische Phase. Wir können uns keine Fehler erlauben.«

Nördlinger starrte ihn finster an und schwieg beharrlich weiter. Sein Blick tastete über das knappe Dutzend roter Schnellhefter, das vor ihm auf dem Tisch lag. Auf jedem einzelnen prangte der leuchtendrote Stempelabdruck VERTRAULICH – das beste Mittel, neugierige Blicke auf etwas Bestimmtes zu ziehen, dachte er spöttisch. Dazu dann noch gleich der überdeutliche Hinweis, was sich in den Schnellheftern verbarg: Über postkartengroßen Porträtfotos standen die dazugehörigen, in schwarzen Druckbuchstaben geschriebenen Namen: Sendig, Sillmann, Hansen, Bremer ... die meisten dieser Namen hatte er bis vor zehn Minuten noch nicht einmal gehört. Und wenn das, was Braun und die körperlose Stimme am Telefon ihm erzählt hatten, der Wahrheit entsprach – woran er keine Sekunde lang zweifelte –, dann war Bremers Personalakte die einzige hier auf dem Tisch, die zu einem *lebenden* Menschen gehörte. Mehr noch: Nördlinger war ziemlich sicher, daß er eine gewaltige Überraschung erleben würde, sollte er etwa versuchen, seine nicht unbeträchtlichen Möglichkeiten dazu einzusetzen, um etwas über eine dieser Personen herauszufinden. Sie existierten praktisch nicht mehr. Jemand hatte sich große Mühe gegeben, alle Spuren zu tilgen, die ihre Leben hinterlassen hatten; in elektronischen Datenbanken, in Karteikästen und Melderegistern, in den Patientenkarteien von Krankenhäusern und den Akten des Finanzamts, ja, selbst im Gedächtnis der Menschen, die sie gekannt oder mit ihnen gearbeitet hatten. Es *war* möglich, einen Menschen auf diese Weise praktisch auszulöschen. Es war sehr aufwendig, sehr zeitraubend und sehr mühsam, aber es ging. Es war nicht das erstemal, daß Nördlinger so etwas erlebte. Er fragte sich, ob vielleicht irgendwann einmal eine Akte mit *seinem* Foto auf dem Deckel auf dem Schreibtisch irgendeines hochgestellten Staatsdieners landen würde, um auf diese Weise gelöscht zu werden.

Sehr leise sagte er: »Das ist doch vollkommener Wahnsinn! Hätte ich vorher gewußt, worauf ich mich da einlasse ...«

»... dann *hätten* Sie sich nicht darauf eingelassen, ich weiß«, unterbrach ihn Braun. »Sehen Sie, und das ist genau der Grund, aus dem Sie es nicht gewußt haben. Glauben Sie mir: Unwissenheit ist manchmal der beste Schutz, den man haben kann.«

»Gilt das auch für Sie?« fragte Nördlinger. Braun blickte fragend, und Nördlinger fuhr fort: »Ich meine Sie und die Leute, für die Sie arbeiten – wissen Sie wirklich, worauf Sie sich einlassen? Reicht Ihnen die Katastrophe nicht, die damals beinahe geschehen wäre?« Er machte eine zornige Geste auf die Akten, die vor ihm auf dem Tisch ausgebreitet waren. »Von all diesen Leuten ist nicht *einer* am Leben! Und Sie wollen das alles noch einmal wiederholen?«

»Das sind noch nicht einmal alle«, sagte Braun ruhig. »Ich kann Ihre Bedenken verstehen. Es hat wirklich eine Menge Opfer gegeben, damals. Opfer, die nicht nötig gewesen waren. Diesmal wird die Sache anders ablaufen.«

»Ach?« sagte Nördlinger spöttisch.

»Wir sind keine Dummköpfe«, antwortete Braun scharf. »Und auch keine Selbstmörder. Es werden Fehler gemacht, aber wir haben daraus gelernt.«

»Darf ich das zitieren?« fragte Nördlinger. »Ich meine: Falls ich eine passende Inschrift für ein paar Grabsteine brauche?«

Braun zündete sich eine Zigarette an. Normalerweise wäre das für Nördlinger Grund genug gewesen, ihn aus seinem Büro zu werfen, aber jetzt freute ihn der Anblick fast. Brauns aufgesetzte Selbstsicherheit begann zu bröckeln. Ganz offensichtlich war es Nördlinger nun umgekehrt gelungen, *ihn* aus der Ruhe zu bringen.

»Die Situation war damals ganz anders«, sagte Braun, nachdem er einen ersten, verräterisch tiefen Zug aus seiner Zigarette genommen hatte. »Wir wußten nicht, womit wir es zu tun hatten. Sillmann und seine sogenannten Helfer waren Stümper, die mit Dingen herumgespielt haben, die sie nicht einmal begriffen.«

»Aber Sie begreifen sie?« fragte Nördlinger spöttisch.

»Ich?« Braun schüttelte heftig den Kopf. »Gott bewahre! Ich *will* von diesem ganzen esoterischen Firlefanz auch nichts verstehen. Ich muß ja schließlich auch nicht wissen, wie ein Atomkraftwerk funktioniert, um den Stecker meiner Kaffeemaschine in die Steckdose zu schieben. Wir haben Spezialisten für so etwas. Glauben Sie mir, die wissen, was sie tun.«

»Und wenn nicht, sind wir die ersten, die es merken.«

Braun machte ein verärgertes Gesicht. »Jetzt hören Sie doch endlich auf …«

»Nein«, unterbrach ihn Nördlinger. »Jetzt hören *Sie* endlich auf, so zu tun, als wäre alles in Ordnung! Ich habe bereits vier Tote!«

»Vier?«

»Haben Sie Strelowsky vergessen?« fragte Nördlinger. »Oder arbeiten Ihre Informanten vielleicht doch nicht so gut?«

»Der hat damit gar nichts zu tun«, behauptete Braun. Er klang nicht sehr überzeugt. Wenn überhaupt, dann nur trotzig.

»Wollen Sie behaupten, es wäre ein Zufall?«

»Wer sich in Gefahr begibt, kommt nun einmal darin um«, antwortete Braun achselzuckend. »Dieser Kerl hat sich mit so vielen zwielichtigen Elementen abgegeben, daß es ihn irgendwann einmal erwischen mußte. Wahrscheinlich hat einer seiner unzufriedenen Mandanten ein bißchen zu fest hingelangt. Und erzählen Sie mir nicht, daß es schade um diesen Kerl ist.«

»Es reicht, Braun«, sagte Nördlinger spröde. »Sie haben gesagt, weshalb Sie hergekommen sind, und jetzt sollten Sie besser wieder gehen. Ich habe auch noch eine Menge zu tun.«

Braun wirkte regelrecht verdutzt. Sein Gesichtsausdruck erinnerte Nördlinger an den eines Boxers, der einen Kampf über zehn Runden hinweg souverän geführt hatte und in der elften plötzlich ein paar Hiebe einstecken mußte, die vielleicht nicht wirklich gefährlich waren, aber *weh* taten. Dann lachte er; ziemlich nervös, wie Nördlinger fand.

»Irgendwie werde ich das Gefühl nicht los, daß Sie mich nicht leiden können.«

»Ich mag die Art nicht, in der Sie über Menschenleben

reden«, sagte Nördlinger. »Und ich mag die Art nicht, in der Sie glauben, mich herumkommandieren zu können.«

»Ich *glaube* es nicht«, sagte Braun betont, und Nördlinger unterbrach ihn erneut und führte den Satz zu Ende:

»Ja, ja, Sie *können* es, ich weiß. Und jetzt gehen Sie bitte.«

Für einen Moment sah es so aus, als hätte er den Bogen überspannt. Braun nahm die Zigarette aus dem Mund und starrte ihn aus Augen an, in denen nicht einmal mehr die Spur eines Lächelns zu erkennen war, aber auch nichts mehr von dem überheblichen Funkeln, das er noch vorhin darin gelesen hatte. Dann aber stand er nur mit einem Achselzucken auf und deutete auf die Akten, die vor Nördlinger auf dem Tisch lagen. »Lesen Sie das bis morgen durch. Und geben Sie acht, daß sie nicht in falsche Hände geraten. Sie wissen, was diese Unterlagen anrichten können.«

Er ging ohne ein weiteres Wort. Nördlinger starrte die geschlossene Tür hinter ihm noch zwei oder drei Sekunden lang an, dann griff er mit einer wütenden Bewegung nach dem erstbesten Hefter, der vor ihm auf der Tischplatte lag, und schlug ihn auf. Die Blätter, die darin abgeheftet waren, waren karmesinrot, und die Schrift darauf nicht schwarz, sondern ebenfalls rot, wenn auch von einem sehr viel dunkleren Farbton. Das würde es schwierig machen, sie zu lesen, machte es zugleich aber auch fast unmöglich, sie zu kopieren; zumindest auf einem herkömmlichen Fotokopierer.

Nördlinger war jedoch nicht in der Verfassung, auch nur eine der Akten zu lesen. Seine Hände hatten wieder zu zittern begonnen. Er hatte erwartet, daß er sich beruhigen würde, sobald Braun gegangen war, aber das genaue Gegenteil war der Fall. Jetzt, als er allein war, schien sich seine Erregung erst richtig bemerkbar zu machen. Er starrte abwechselnd die Tür an, durch die Braun verschwunden war, und das Telefon auf seinem Schreibtisch, und es fiel ihm jedesmal schwerer, den Apparat nicht einfach zu nehmen und gegen die Tür zu werfen. Vielleicht sollte er es tun, überlegte er. Es würde zwar überhaupt nichts ändern, geschweige denn irgend etwas besser machen, aber vielleicht würde es ihn erleichtern.

Statt dessen griff er nach einer Weile wieder nach der Akte, die er gerade schon aufgeschlagen hatte, und begann zu lesen.

8

Die Vorhänge waren zugezogen, und sämtliche Lampen im Raum ausgeschaltet. Das einzige Licht war ein matter Schein, der von dem kleinen Computermonitor auf dem Schreibtisch kam. Der unsichere Schein reichte gerade aus, die Tastatur und einen kleinen Teil der Schreibtischplatte davor zu erhellen, und nicht einmal das richtig. Die meisten Buchstaben waren mehr zu erahnen als zu erkennen.

Bremers Finger huschten trotzdem mit traumwandlerischer Sicherheit über die Tasten, und der kleine Cursorblock auf dem Bildschirm verwandelte seine Befehle im gleichen Tempo in eine Abfolge von Zahlen und Buchstaben. Kriminalrat Nördlinger wäre vermutlich höchst erstaunt gewesen, hätte er Bremer in diesem Moment sehen können. Aber daß er der modernen Kommunikationstechnik nicht gestattete, absolute Macht über sein Leben zu erlangen, bedeutete nicht, daß er nicht damit umgehen konnte.

Er schaltete das 56k-Modem ein, wartete, bis die winzige Leuchtdiode auf seiner Vorderseite von Rot auf Grün umsprang und drückte die ENTER-Taste des Computers. Eine Folge leiser, unmelodischer Töne erklang. Nur wenige Augenblicke später stand die Leitung zum Zentralrechner im Keller des Polizeipräsidiums, und auf dem Bildschirm vor Bremer erschien das Startmenü, ziemlich bunt und ziemlich einfallslos. Bremer tippte sein Paßwort ein, betätigte erneut die ENTER-Taste und wartete, daß ihm der elektronische Wachhund an der Pforte zum Allerheiligsten Einlaß gewährte. Nichts geschah. Zwei Sekunden verstrichen, dann fünf, dann wurde der Bildschirm dunkel, und eine grüne Leuchtschrift erklärte ihm:

PASSWORT FALSCH: BITTE RICHTIGES PASSWORT EINGEBEN:

Bremer runzelte die Stirn. Er war ziemlich sicher, das richtige Paßwort eingegeben zu haben. Selbst die Berliner Polizei hinkte nicht so weit hinter der technischen Entwicklung hinterher, daß die Computer nicht schon vor Jahren Einzug in ihre Arbeit gehalten hätten. Bremer hatte seinen Zugangscode in den letzten drei Jahren so oft eingegeben, daß er sich schon gefragt hatte, wann er wohl das erstemal versehentlich damit unterschrieb. Es war praktisch unmöglich, daß er sich vertippt hatte.

Er gab den Code ein zweites Mal ein. Diesmal sah er hin und tippte sehr langsam. Erneut vergingen vier oder fünf Sekunden, dann erklärte ihm der Computer:

PASSWORT FALSCH: BITTE RICHTIGES PASSWORT EINGEBEN:

Nur ein Sekunde lang war Bremer verwirrt, dann übernahm Zorn die Stelle dieses Gefühls. An der Situation war ganz und gar nichts Rätselhaftes. Er war hundertprozentig sicher, seinen Zugangscode richtig eingegeben zu haben. Trotzdem funktionierte er nicht. Also hatte ihn jemand außer Kraft gesetzt. So einfach war das. Nördlinger hatte wirklich schnell reagiert. Bremer hatte zwar damit gerechnet, daß das geschehen würde, aber nicht, daß es *so schnell* passierte. Nördlinger hatte ihn gegen sieben vom Dienst suspendiert, und soviel er wußte, gingen die Operator im Rechenzentrum um fünf nach Hause. Nördlinger mußte entweder Himmel und Hölle in Bewegung gesetzt haben, um sein Paßwort sperren zu lassen – oder es war schon vorher geschehen. *Bevor* Bremer so freundlich gewesen war, ihm einen Vorwand zu liefern, um ihn kaltzustellen.

Bremer tippte sein Paßwort noch einmal ein, hielt aber nach dem vorletzten Buchstaben inne, löschte die Eingabe und unterbrach nach kurzem Zögern die Verbindung. Der Computer würde die Leitung nach der dritten falschen Paßworteingabe sowieso von sich aus kappen, aber Bremer war nicht sicher, ob dieser unberechtigte Zugriffsversuch nicht irgendwo registriert wurde, vermutlich samt seiner

Telefonnummer. Er mußte Nördlinger ja nicht auch noch freiwillig *noch mehr* Munition liefern.

Er schaltete den Rechner ab, vergrub für einen Moment das Gesicht in den Händen und versuchte, in dem Durcheinander hinter seiner Stirn irgendwie wieder Ordnung zu schaffen. Er dachte nicht daran, so einfach aufzugeben. Vielleicht sollte er damit aufhören, sich über Nördlinger zu ärgern, und seine Energie lieber darauf verwenden, seine Probleme zu lösen. Genug davon hatte er schließlich.

Bremer schaltete den Computer wieder ein, wartete voller Ungeduld, bis das Gerät gebootet hatte, und wählte ein zweites Mal die Nummer des Polizeirechners. Bremer war weit davon entfernt, ein Hacker zu sein, oder auch nur wirklich zu wissen, was solche Leute eigentlich taten, aber man mußte ja auch nicht alles unnötig verkomplizieren. Er kannte die Paßwörter einiger seiner Kollegen; darunter auch das Mellers. Er hatte es irgendwann durch Zufall aufgeschnappt und notiert, eigentlich ohne besonderen Grund. Man konnte schließlich nie wissen.

Bremer zog eine Schublade in seinem Schreibtisch auf, nahm sein Notizbuch heraus und suchte nach der Seite, auf der er Mellers Paßwort notiert hatte. Er fand sie nicht auf Anhieb. Das schwache Licht vom Computerbildschirm reichte nicht aus, um seine winzige Handschrift zu entziffern.

Er stand auf, schaltete das Licht ein und ging zum Schreibtisch zurück. Als er die Seite mit Mellers Paßwort gefunden hatte, klingelte es an der Tür.

Bremer hielt überrascht mitten in der Bewegung inne. Es war fast Mitternacht. Und er kannte in dieser ganzen Stadt niemanden, der ihn um diese Zeit besuchen würde. Zumindest nicht, ohne vorher anzurufen. Wer zum Teufel ...?

Es klingelte wieder. Diesmal hielt der nächtliche Störenfried den Finger gute dreißig Sekunden lang auf dem Klingelknopf, um seiner Bitte um Einlaß den gehörigen Nachdruck zu verleihen. Bremer schüttelte verwirrt den Kopf, trat vom Schreibtisch zurück und machte sich auf den Weg zur Tür. Er hatte kein gutes Gefühl, aber er mußte wohl oder übel aufmachen, bevor dieser Irrsinnige dort draußen das ganze Haus wachklingelte. Vermutlich handelte es sich um einen Journalisten. Er hatte zwar auf dem Weg hierher nicht einen einzigen Vertreter der gewaltigen Reporter-Heerschar gesehen, die West mit so eindringlichen Worten heraufbeschworen hatte, zweifelte aber trotzdem keine Sekunde daran, daß sie da war. Sollte dort draußen wirklich irgendwo ein hoffnungsvoller junger Nachwuchsreporter stehen, der glaubte, ihn überrumpeln zu können, um sich auf diese Weise ein Exklusivinterview zu erschwindeln, dann würde er sein blaues Wunder erleben.

Mit einer wütenden Bewegung riß er die Tür auf, und West sagte: »Wissen Sie, daß Sie beschattet werden?«

Bremer war im ersten Moment so perplex, daß er nichts anderes tun konnte, als dazustehen und sie mit offenem Mund anzustarren. Angela hatte weit weniger Hemmungen. Sie hob die Hand, schob die Tür hinter ihm vollends auf und ging ohne zu zögern an ihm vorbei in die Wohnung. Erst als sie die Diele schon fast durchquert hatte, überwand Bremer seine Überraschung und drehte sich herum.

»He!« rief er. »Moment mal! Was … was soll denn das?«

Angela reagierte genau so auf seine Worte, wie er erwartet hatte – nämlich gar nicht –, sondern beschleunigte ihre Schritte nur noch mehr und verschwand im Wohnzimmer. Bremer warf mit einem gemurmelten Fluch die Tür zu – laut genug, um nun auch noch den letzten Bewohner auf dieser Etage aufzuwecken – und folgte ihr.

»Frau West! Ich habe Sie etwas gefragt! Was soll das? Haben Sie den Verstand verloren?« Er war wirklich wütend. Es interessierte ihn nicht, warum West gekommen war. Es gab ein gewisses Maß an Unverschämtheit, das er akzeptierte, ja, mittlerweile fast schon von ihr erwartete, aber jetzt war sie eindeutig zu weit gegangen.

»Angela«, antwortete Angela. »Das Frau West haben wir doch wohl hinter uns, oder?« Sie stand am Fenster und blickte auf die Straße hinab. Bremer registrierte beiläufig, daß sie so dastand, daß sie von der Straße aus vermutlich nicht zu sehen war. »Sie sind da unten, sehen Sie? Der dunkle Wagen auf der anderen Straßenseite.«

Bremer kochte immer noch innerlich vor Zorn, aber das hinderte ihn nicht daran, mit zwei schnellen Schritten hinter sie zu treten und in die Richtung zu blicken, in die ihr ausgestreckter Arm wies. Er sah sofort, was Angela meinte.

Der Wagen stand nicht direkt auf der gegenüberliegenden Straßenseite, sondern gute fünfzig Meter versetzt, so daß er ihn nicht sofort entdeckt hätte, wenn er zufällig aus dem Fenster sah. Trotzdem konnte man aus dem Wagen heraus sowohl seine Wohnung als auch die Haustür genau im Auge behalten. Die Männer dort unten im Wagen waren gut.

Aber so gut vielleicht nun auch wieder nicht. Hinter der getönten Frontscheibe glomm ein winziger roter Lichtpunkt auf und erlosch wieder. Einer der Männer rauchte. Bremer hätte seinen Partner massakriert, hätte er sich während einer Observierung eine Zigarette angezündet. Ganz davon abgesehen, daß man in einem geparkten Wagen spätestens nach der zweiten Zigarette zu ersticken begann, machte sich kaum jemand eine Vorstellung davon, wie weit die Glut einer Zigarette nachts zu sehen war.

»Kollegen von Ihnen?« fragte Angela.

»In so einem Wagen?« Bremer schüttelte den Kopf. »Wir sind ja schon froh, daß wir nicht wieder mit Fahrrädern auf Streife gehen müssen. Der Staat hat kein Geld.« Aber West hatte etwas angesprochen, was ihr selbst wahrscheinlich gar nicht bewußt war. Irgend etwas war an diesem Wagen. Etwas ... Wichtiges. Bremer hatte das Gefühl, daß er die Antwort praktisch auf der Zunge hatte. Es war ein sehr großer, sehr *teurer* Wagen, ein schwarzer oder vielleicht auch dunkelblauer oder -grüner BMW, und irgend etwas daran ...

»Nein«, murmelte Bremer. »So dumm können sie nicht sein.«

Er bekam keine Antwort – wie auch? Angela trat zur Seite und machte einen Schritt zurück, wodurch er einen etwas besseren Ausblick auf die Straße hatte. Jetzt, da das

Licht brannte, mußte sich seine Silhouette deutlich hinter dem Fenster abzeichnen. Es war ihm egal. Er beobachtete den Wagen noch einige Sekunden lang weiter, dann ließ er seinen Blick aufmerksam in beiden Richtungen die Straße entlangwandern. Soweit er das beurteilen konnte, gab es kein zweites Team, das ihn observierte. Wozu auch? Es gab ja nicht einmal für dieses eine Team einen Grund, hier zu sein.

»Wie haben Sie es gemerkt?« fragte er.

»Daß sie da sind?« Angela lachte leise. »Weibliche Intuition.«

Ihre Stimme war weiter entfernt, als sie sollte. Bremer sah über die Schulter zurück und stellte fest, daß sie nicht mehr hinter ihm stand, sondern an seinen Schreibtisch getreten war und mit der größten Selbstverständlichkeit der Welt in seinem Notizbuch blätterte. Er mußte für eine Sekunde die Augen schließen und in Gedanken bis drei zählen, um nicht einfach loszubrüllen.

Statt dessen ließ er mit übertrieben schnellen Bewegungen die Jalousien herunter, trat dann mit einem einzigen Schritt neben sie und klappte das Notizbuch zu. »Würden Sie mir verraten, was Sie da tun?« fragte er.

Angela deutete auf den Computer. »Das ist keine gute Idee«, sagte sie.

»Was?«

»Das Paßwort eines Ihrer Kollegen zu benutzen, um in das System zu kommen«, antwortete sie. »Es würde wahrscheinlich funktionieren, aber genauso gut können Sie Nördlinger auch gleich anrufen und ihm sagen, was Sie vorhaben. Das System protokolliert nicht nur alle Zugriffe, sondern registriert auch die Telefonnummern, von denen aus sie erfolgen. Wenn sie nicht mit der des legitimen Besitzers des Paßwortes übereinstimmen, dann schreien all die kleinen Bits und Bytes da drinnen ganz laut Alarm.«

Das hatte Bremer nicht gewußt. Er wußte auch nicht, ob es stimmte, aber die Worte erfüllten eindeutig ihren Zweck: Seine Wut verrauchte und machte einer Mischung aus Verwirrung und Bestürzung Platz. Er schwieg.

»Ich schätze, ich komme in das System rein, wenn Sie mir sagen, wonach Sie suchen«, fuhr Angela fort. »Soll ich?«

Nun war Bremer vollends verwirrt. Er war noch immer nicht ganz sicher, ob Wests ganzes aufdringliches Benehmen nicht in Wirklichkeit nur diesem einen Zweck diente, nämlich ihn zu verunsichern und ihm so jede Möglichkeit zu nehmen, sich gegen sie zu Wehr zu setzen. Wenn ja, hatte sie Erfolg.

Statt zu antworten, beugte er sich vor und schaltete den Computer aus.

»Das sollten Sie nicht tun«, sagte Angela tadelnd. »Ihr ganzes System kann zusammenbrechen, wenn Sie es nicht ordnungsgemäß herunterfahren.«

»Es reicht«, sagte Bremer. Seine Stimme zitterte ganz leicht, war aber auch sehr leise. Er konnte nur flüstern – oder sie anschreien, und so weit war er noch nicht – wobei die Betonung auf dem *noch* lag. »Ich schlage vor, Sie erklären mir jetzt, wie Sie hierherkommen und was Sie von mir wollen, oder Sie gehen. Am besten beides.«

»In welcher Reihenfolge?« fragte Angela.

Bremer zog scharf die Luft ein, und Angela hob hastig die Hände und fuhr fort: »Entschuldigung. Das war albern. Ich bin eigentlich nur gekommen, um Ihnen etwas zu erzählen, von dem ich dachte, daß es Sie interessiert.«

»Was soll das sein?« fragte Bremer. »Daß Sie mit Computern umgehen können? Oder daß Sie eine etwas abenteuerliche Dienstauffassung haben? Stellen Sie sich vor, beides ist mir bereits aufgefallen.«

Angela seufzte. »Sie machen es mir wirklich nicht leicht, wissen Sie das? Ich stehe auf Ihrer Seite. Sie haben Nördlinger doch gehört – wir beide sind ein Team, ob es uns nun gefällt oder nicht. Also sollten wir auch zusammenhalten, oder?«

Bremer wußte wirklich nicht mehr, ob er lachen oder einfach losbrüllen sollte. Er konnte auch beim besten Willen nicht mehr sagen, ob West all diesen Unsinn nun wirklich ernst meinte, oder ob das nur ihre ganz spezielle Art war, ihn auf den Arm zu nehmen.

»Sie haben zu viele amerikanische Krimiserien gesehen, Kindchen«, sagte er. »So funktioniert die Wirklichkeit nicht. Und Sie sind mir auch nichts schuldig, nur weil wir beide zufällig den gleichen Beruf haben. Also hören Sie mit dem Quatsch auf.«

»Wollen Sie überhaupt nicht wissen, was ich herausgefunden habe?« fragte Angela.

»Ich will ... « Bremer brach ab, ballte die Hände zu Fäusten und seufzte tief. »Was?«

»Es geht um diesen Anwalt«, sagte Angela. »Streblowski, oder wie er heißt.«

»Strelowsky«, korrigierte sie Bremer. »Was ist mit ihm?«

»Interessiert es Sie, zu erfahren, *wie* er gestorben ist?« Angela stieß sich mit einer schwungvollen Bewegung von der Schreibtischkante ab und ging in Richtung Küche. Bremer fragte erst gar nicht, was sie nun schon wieder vorhatte, sondern fügte sich mit einem lautlosen Seufzen in sein Schicksal und folgte ihr. Angela schaltete das Licht ein, ging zum Herd und füllte Wasser in den Kessel. Der Gedanke erschien Bremer fast absurd, aber sie hatte ganz offensichtlich vor, Kaffee zu kochen!

»Der genaue Obduktionsbefund wird natürlich erst morgen im Laufe des Tages vorliegen«, fuhr sie fort, »aber so, wie es bis jetzt aussieht, ist er wohl ertrunken.«

»Ertrunken?« Bremer versuchte sich an das zu erinnern, was er von Meller gehört hatte. »Ich dachte, man hätte ihn in seinem Auto gefunden?«

»Das hat man auch.« Angela schaltete die Herdplatte ein und drehte sich zu ihm herum. »Er saß hinter dem Steuer. In einem tadellos gebügelten, trockenen Anzug, perfekter Frisur und einer brennenden Zigarette in der rechten Hand. Und mit den Lungen voller Wasser. Also wenn das kein bizarrer Selbstmord ist, dann weiß ich nicht.«

Bremer fragte sich, warum er eigentlich nicht überrascht war. Vielleicht, weil er sich mittlerweile in einem Gemütszustand befand, in dem ihn im Grunde *nichts* mehr überraschen konnte. »Woher wissen Sie das?« fragte er. »Auch wieder weibliche Intuition?«

»Weibliche Überredungskunst«, sagte sie. »Ich habe mich ein bißchen mit Ihrem Kollegen unterhalten. Ich hoffe, Sie nehmen es mir nicht allzu übel, aber ich mußte ein paar häßliche Worte über Sie verlieren, bis er gesprächig wurde. Sie trinken Ihren Kaffee mit Zucker und Milch?«

Sie drehte sich wieder um und wollte die Schranktüren öffnen, aber Bremer war mit einem Schritt bei ihr, drückte die Türen mit der linken Hand wieder zu und schaltete mit der anderen den Herd aus.

»Nein«, sagte er. »Und ich will jetzt auch keinen Kaffee trinken. Ich will jetzt endlich wissen, was dieses ganze Theater soll!« Er stand Angela jetzt ganz dicht gegenüber, vielleicht weniger als zehn Zentimeter, und vielleicht als Reaktion auf diese unmittelbare Nähe, vielleicht auch aus Schrecken über irgend etwas, was sie vielleicht auf seinem Gesicht las, hob sie in einer abwehrenden Bewegung die Arme, und Bremer griff ebenso instinktiv zu und hielt ihre Handgelenke fest.

Er hätte es besser nicht getan.

Ihre Berührung war wie ein elektrischer Schlag, der kribbelnd durch seinen gesamten Körper fuhr. Plötzlich, von einem Sekundenbruchteil auf den anderen, war er sich ihrer Nähe mit fast schmerzhafter Intensität bewußt, der Tatsache, wie weich ihre Haut war, und wie schmal und zerbrechlich sich ihre Handgelenke in seinen Fäusten anfühlten.

Und wie sehr sie ihn faszinierte.

Es hatte keinen Zweck, sich etwas vorzumachen. Angela war mehr für ihn als eine x-beliebige Fremde, und schon gar nicht die freche Göre, als die er sie gerne gesehen hätte. Er fühlte sich zu ihr hingezogen, auch und vielleicht sogar vor allem körperlich. Dabei war sie nicht einmal sein Typ.

Die fast magische Sekunde verging, und plötzlich wurde sich Bremer der fast peinlichen Situation bewußt, in der sie dastanden. Hastig ließ er ihre Handgelenke los und trat rasch einen Schritt zurück.

»Entschuldigung«, murmelte er. »Ich ... Es tut mir leid. Ich habe die Beherrschung verloren.«

»Das wundert mich nicht«, antwortete Angela. »Schon eher, daß es nicht schon viel früher passiert ist. Sie wollen wirklich keinen Kaffee?«

»Nein!« sagte Bremer gereizt.

»Gut. Dann … sehe ich einmal nach, ob unsere Freunde noch da sind.« Sie drehte sich herum und ging mit schnellen Schritten aus dem Zimmer. Bremer vermied es ganz bewußt, ihr nachzublicken. Er hatte den Schock, den ihre Berührung bei ihm ausgelöst hatte, noch lange nicht überwunden; im Gegenteil. Seine in Aufruhr geratenen Emotionen nahmen nur eine andere Qualität an. Nicht, daß es dadurch irgendwie besser wurde …

Mit klopfendem Herzen wartete er darauf, daß sie zurückkam, aber die Sekunden verstrichen, ohne daß er mehr als gedämpfte Laute aus dem Wohnzimmer hörte. Für einen kurzen Moment war er sogar nahe daran, ihr nachzugehen. Zugleich aber wagte er es nicht.

Statt dessen tat er etwas ziemlich Widersinniges: Er schaltete die Herdplatte wieder ein und kochte Kaffee. Er hatte immer noch keinen Appetit darauf, aber er mußte einfach irgend etwas tun, um seine Hände zu beschäftigen. Er war verunsichert und verstört wie nie zuvor, und das lag längst nicht nur an Angela. Irgend etwas war an diesem Tag geschehen, was ihn gründlich aus der Bahn geworfen hatte. Und das Schlimmste daran war, daß er im Grunde ganz genau wußte, was es war. Er gestattete sich nur noch nicht, den Gedanken konsequent bis zum Ende zu denken.

Angela kam erst zurück, als er den Kaffee fertig und zwei Tassen eingegossen hatte. Sie maß die beiden Tassen mit einem mißbilligenden Blick, ersparte sich aber jeden Kommentar, sondern setzte sich einfach und trank einen großen Schluck, ehe sie sagte: »Sie sind noch da.«

»Haben Sie etwas anderes erwartet?« Bremer rührte in seinem Kaffee. Er brachte es nicht fertig, sie anzusehen, und natürlich war ihm klar, daß sie seine Unsicherheit bemerken mußte.

Statt seine Frage zu beantworten, sagte sie: »Ich bin übrigens im Computersystem – keine Angst, es wird keine Spuren geben, die zu Ihrem Computer zurückführen. Wir sollten die Leitung aber vielleicht nicht allzu lange blockieren. Es ist zwar unwahrscheinlich, aber es *könnte* ja immerhin sein, daß der legitime Besitzer des Paßworts versucht, sich in den Computer einzuloggen. Er wäre erstaunt, festzustellen, daß er schon drin ist.«

»Meller?« fragte Bremer. Immerhin wußte er jetzt, was sie die ganze Zeit im Wohnzimmer gemacht hatte.

Angela schüttelte den Kopf. »Kriminalrat Nördlinger«, antwortete sie. »Es ist ziemlich witzlos, eine Tür aufzubrechen, wenn man den Generalschlüssel hat, finde ich.«

»Sie haben Nördlingers Paßwort?« ächzte Bremer.

»Nein«, antwortete Angela. »Aber der Computer glaubt, daß ich es habe. Versuchen Sie erst gar nicht, es zu verstehen. Es ist sehr kompliziert.« Sie stand auf. »Jubeln wir Ihre Telefonrechnung noch ein bißchen in die Höhe, oder betreiben wir ein wenig Datenklau?«

»Sie wissen, daß ich Sie jetzt eigentlich verhaften müßte«, sagte Bremer ernst.

»Sparen Sie sich die Mühe«, antwortete Angela. »Ich könnte jederzeit beweisen, daß ich in diesem Moment an einem Bankautomaten am anderen Ende der Stadt Geld abgehoben habe. Oder am Frankfurter Kreuz durch eine Radarfalle gerast bin – samt Beweisfoto.«

Zumindest *das* hielt Bremer für übertrieben. Aber er sah auch keinen Sinn darin, die Diskussion weiter fortzusetzen, also folgte er ihr. Was sie taten – was *er* tat! – war äußerst unvernünftig, mehr noch: Es war kriminell, im wortwörtlichen Sinne. Angela mochte ja tatsächlich von dem überzeugt sein, was sie sagte, aber das allein reichte nicht. Bremer selbst hatte schon eine Menge Leute verhaftet, die felsenfest davon überzeugt gewesen waren, daß man ihnen nicht auf die Schliche kommen konnte. Die Jungs und Mädels im Rechenzentrum des Präsidiums waren keine Dummköpfe.

Trotzdem begleitete er sie widerspruchslos. Er war mittlerweile in einer Verfassung, in der ihm im Grunde alles egal war.

Angela hatte sich tatsächlich bereits in die Datenbank des Präsidiums eingeklinkt und nahm mit einer schwungvollen Bewegung vor dem Monitor Platz. »Also?« fragte sie. »Was wollen wir wissen?«

»Ich«, korrigierte sie Bremer. »Sie sind gar nicht hier. Sie heben gerade Geld an einer Radarfalle in Frankfurt ab, schon vergessen?« Er machte eine Handbewegung auf den Monitor. »Strelowsky. Drucken Sie mir alles aus, was der Computer über seinen Tod weiß. Tatort, Uhrzeit, Zeugen …«

Angelas Finger flogen über die Tastatur, und nur ein paar Sekunden später begann der Drucker zu summen. Parallel dazu erschienen die gleichen Daten auf dem Monitor. Bremer war ein bißchen enttäuscht. Zumindest bis jetzt wußte der Computer weniger über Strelowskys Tod, als er von Angela erfahren hatte.

Mit einer Ausnahme.

»Stop!« sagte er. »Das da! Was ist das?«

Angelas Zeige- und Mittelfinger, die über der ENTER-Taste schwebten, um ein weiteres Datenpaket Informationen an den Drucker zu senden, erstarrten mitten in der Bewegung, aber Bremers eigene Erinnerung beantwortete seine Frage, bevor sie es tun konnte. Die Zeile, auf die er gedeutet hatte, beinhaltete die Straße, in der man Strelowskys Wagen gefunden hatte. Bremer machte sich nicht einmal die Mühe, sie sich zu merken; er wußte, daß Angela es tun würde, ganz davon abgesehen, daß sie jeden Buchstaben ausdruckte, den sie der Datenbank entlocken konnte. Aber da war noch etwas in dieser Adresse, eine unterschwellige Botschaft, auf die er im ersten Moment nicht einmal bewußt reagiert hatte; unbewußt aber dafür um so heftiger.

»Pfarrei St. Peter«, las Angela stirnrunzelnd vor. Dann nickte sie. »Stimmt. Meller hat erwähnt, daß der Wagen in der Nähe einer Kirche gefunden wurde. Aber das muß nichts bedeuten. Es gibt wahrscheinlich tausend Kirchen in Berlin. Mindestens.«

Bremer beugte sich über ihre Schulter und betätigte die ENTER-Taste, in dem er ihre Finger darauf drückte. Der

Drucker begann zu summen. »Rosen«, sagte er. »Ich brauche das Protokoll von heute vormittag. Schnell«.

Angela sah ihn fragend an, hämmerte aber auch zugleich schon gehorsam auf die Tastatur ein, und auf dem Bildschirm begann sie das Tatortprotokoll des heutigen Morgens abzuspulen. Die Kollegen, die Rosens Tod protokolliert hatten, waren offenbar sehr viel gründlicher gewesen als Meller und Vürgels. Der Computer hörte gar nicht mehr auf, Informationen auszuspucken, als hätte er die lükkenlose Lebensgeschichte jeder einzelnen Schraube gespeichert, die auf dem improvisierten Schrottplatz gelegen hatte. Wie um alles in der Welt sollte er in diesem Wust von Informationen das eine Puzzleteil finden, nach dem er suchte? Sie würden Stunden brauchen, selbst wenn Angela eine Hardcopy machte und sie sich die Arbeit teilten. Er dachte ein paar Augenblicke angestrengt nach, dann sagte er:

»Thomas. Lassen Sie das Ding nach dem Begriff Thomas suchen. *Vater* Thomas.«

Angela tippte den Begriff gehorsam ein. Als sie die ENTER-Taste drückte, flackerte der Bildschirm, kaum sichtbar und vielleicht nur für eine Zehntelsekunde. Bremer hielt es allenfalls für eine Auswirkung des Suchbefehls, den sie eingegeben hatte, aber Angela runzelte die Stirn, warf einen raschen, fragend-verwirrten Blick in Richtung der heruntergelassenen Jalousien und stand dann auf.

Bremer beachtete sie kaum. Der Computer hatte mittlerweile den gesuchten Begriff gefunden, und er war viel zu aufgeregt, um in diesem Moment auch nur einen Gedanken an irgend etwas anderes zu verschwenden.

»Volltreffer«, murmelte er. »Vater Thomas. Bürgerlicher Name Thomas Wellinghaus, Pfarrei St. Peter! Wenn das ein Zufall ist, arbeite ich ab sofort freiwillig wieder bei der Verkehrspolizei!«

»Falls Sie noch Gelegenheit dazu haben«, sagte Angela. Etwas in ihrer Stimme alarmierte Bremer. Er hob den Kopf und sah, daß sie wieder ans Fenster getreten war und mit der linken Hand die Lamellen der Kunststoffjalousie ein paar Zentimeter weit auseinandergebogen hatte.

»Sie haben uns erwischt, verdammt!«

»Erwischt? Was soll das heißen?« Bremer sah verwirrt auf den Schirm, fast als erwarte er, plötzlich Nördlingers Gesicht anstelle der sauber geordneten Datenkolonnen zu erblicken. Dann stand er auf und ging mit schnellen Schritten zu Angela hinüber. Kurz bevor er sie erreichte, machte sie eine warnende Geste, und er ging langsamer. Schließlich blieb er in einiger Entfernung vom Fenster stehen und sah, was sie gemeint hatte.

Die Zigarettenglut hinter der Windschutzscheibe des BMW war erloschen. Der rote Lichtpunkt bewegte sich jetzt in der Hand des Mannes, der den Wagen verlassen hatte und zusammen mit seinem Begleiter auf das Haus zukam. Es war zu dunkel, als daß Bremer die beiden deutlicher denn als Schatten erkennen konnte, aber er hatte eine ziemlich genaue Vorstellung davon, was er sehen würde, wenn die beiden näher kamen: Sie würden zwischen dreißig und vierzig Jahre alt sein, sportlich und durchtrainiert und elegant, aber nicht zu auffällig gekleidet. Außerdem würden die beiden Männer bewaffnet sein und ziemlich wenig Skrupel haben, diese Waffen im Notfall auch einzusetzen.

»Der Computer«, murmelte Angela. »Sie haben gemerkt, was wir tun. Aber ich verstehe das nicht!«

Bremer schon. Er verstand höchstens Angelas Überraschung nicht. Bildete sie sich wirklich ein, sie wäre die erste, die versucht hatte, mit einem gestohlenen Paßwort ins Computersystem der Polizei einzudringen?

»Wir müssen weg«, sagte er. »Steht Ihr Wagen unten?«

»Um die Ecke«, antwortete Angela. »Was sind das für Kerle? Die sind doch nicht von unserer Truppe!«

Bremer empfand ein absurdes Gefühl von Erleichterung, daß Angela offenbar doch nicht *alles* wußte. »Wenn wir nicht selber die Polizei wären, dann wäre das jetzt der richtige Moment, sie zu rufen«, knurrte Bremer. »Obwohl es wahrscheinlich nichts nutzen würde. Los, weg hier.«

Er drehte sich herum und streckte die Hand nach dem Computer aus, um ihn abzuschalten, aber Angela hielt ihn mit einer raschen Bewegung zurück. »Dreißig Sekunden«, sagte sie. »Soviel Zeit muß sein.«

Bremer war in diesem Punkt entschieden anderer Meinung. Aber er kannte Angela mittlerweile gut genug, um zu wissen, daß er die dreißig Sekunden so oder so verlieren würde, entweder in dem er sie gewähren ließ, oder in dem er genau diese Zeit sinnlos mit ihr diskutierte, um ihr dann doch ihren Willen zu lassen. Also ließ er sie in Ruhe und nutzte die Zeit, um seine Jacke zu holen. Dann eilte er zum Schreibtisch zurück, kramte seinen Schlüsselbund aus der Tasche und öffnete die linke untere Schublade; die, in der seine Dienstwaffe lag. Zwei Sekunden später schloß er sie wieder, ohne das Schulterhalfter mit der 9-mm-Pistole auch nur angerührt zu haben.

»Fertig.« Angela schaltete den Computer ab. »Wenn sie jetzt versuchen, herauszubekommen, welche Dateien wir uns angesehen haben, erleben sie eine bittere Überraschung.«

»Es sei denn, sie sehen im Drucker nach«, sagte Bremer.

Angela machte ein betroffenes Gesicht, griff aber sehr hastig nach dem Papierstapel im Ausgabeschacht des Druckers und stopfte ihn in ihre Handtasche, während Bremer noch einmal zum Fenster eilte und hinaussah. Die beiden Männer hatten die Straße überquert und verschwanden gerade im toten Winkel unter dem Fenster. Sie hatten nicht mehr sehr viel Zeit.

»Ich wiederhole meine Frage«, sagte Angela, als sie das Zimmer verließen und auf die Tür zusteuerten. »Wer sind diese Kerle?«

»Wenn ich das wüßte, wären wir ein gutes Stück weiter«, antwortete Bremer. »Ich habe es nie herausgefunden. Ich weiß nur, daß mit ihnen nicht zu spaßen ist.«

Er schaltete das Flurlicht aus, bevor er den letzten Schritt zur Tür zurücklegte. Eine vernünftige Vorsichtsmaßnahme, angesichts der Situation, in der sie sich befanden, aber trotzdem ein Fehler, denn in der Dunkelheit lauerte die Erinnerung.

Sein Herz begann augenblicklich zu rasen. Sein Puls erreichte eine Frequenz, die kaum noch zu messen war, und er konnte *riechen*, wie ihm kalter Angstschweiß ausbrach. Seine tastenden Finger stießen gegen das Holz seiner eigenen Wohnungstür. Dahinter, im Hausflur, schien kein Licht zu brennen; es war jedenfalls kein verdächtiger Lichtschein unter der Tür zu entdecken. Seine Hand glitt lautlos an der Tür hinab und legte sich auf die Klinke.

Es gelang ihm nicht, sie herunterzudrücken.

Sie war weder abgeschlossen, noch klemmte sie, und doch war es ihm nicht möglich, sie auch nur einen Millimeter zu bewegen. Weder durch das Schlüsselloch noch unter der Tür hindurch drang Licht. Auf der anderen Seite wartete die Dunkelheit auf sie, und die Dunkelheit war *seine* Heimat, seine ureigenste Welt, das Element, aus dem er erschaffen war. Er konnte diese Tür nicht öffnen, selbst wenn es um sein Leben ging.

Angela nahm ihm die Entscheidung ab, in dem sie ihre Hand auf seine legte und die Türklinke auf diese Weise herunterdrückte. Die Tür schwang nahezu lautlos auf, und die Dunkelheit dahinter explodierte für einen Moment zu reiner Panik.

Azrael war nicht da. Der Hausflur hinter der Tür war nichts als ein dunkler Hausflur, in dem Angela ihn mit schon deutlich mehr als sanfter Gewalt hineinschob.

Zum Glück war der Hausflur nicht stockdunkel. Durch das Milchglasfenster am anderen Ende des langen, schlauchförmigen Raumes drang ein mattgrauer Schimmer, der Umrisse, aber keine Farben in der Dunkelheit erweckte, und zumindest hinter einer Wohnungstür brannte noch Licht. Unter dem dumpfen Hämmern seines eigenen Herzens konnte er das Murmeln eines Fernsehers hören. Und als hätte seine Fantasie im Moment nichts Besonderes zu tun, identifizierte er sogar die Stimme des Nachrichtensprechers und sah das passende Gesicht vor seinem inneren Auge.

Er ging mit schnellen Schritten zum Fahrstuhl, überlegte es sich dann aber anders. Der Aufzug konnte sie zwar auf dem schnellsten Weg in die Freiheit bringen, sie andererseits aber auch geradewegs in die Arme ihrer Verfolger ausspucken. Wenn sie ihn mieden, waren sie flexibler. »Wir bleiben besser im Treppenhaus«, flüsterte er. »Das ist sicherer.«

Angela schien ihn sofort zu verstehen. »Nach oben?« fragte sie.

»Vorerst«, antwortete Bremer. Er versuchte abzuschätzen, wieviel Zeit verstrichen war, seit sie die Wohnung verlassen hatten. Nicht mehr als ein paar Sekunden, aber vielleicht trotzdem genug, um die beiden das Haus erreichen zu lassen. Aber das Risiko mußten sie eingehen. Ohne zu zögern, machte er sich auf den Weg nach oben.

Unten im Treppenhaus wurde eine Tür geöffnet, und dieses Geräusch, zusammen mit Angelas scharfem Einatmen, riß ihn für einen Moment noch einmal in die Wirklichkeit zurück. Wahrscheinlich nicht auf Dauer. Vielleicht nicht einmal für lange. Der Schwarze Engel faltete seine Schwingen wieder zusammen und trat lautlos in die Schatten zurück, aus denen er gekommen war, aber die Tür in sein finsteres Schattenreich blieb geöffnet.

Die Tür, die sie gehört hatten, fiel nicht wieder ins Schloß, und sie hörten auch keine Schritte, und es wurde auch kein Licht gemacht. Trotzdem war Bremer sicher, daß unter ihnen jemand war. *Er* wäre so vorgegangen, wäre er an der Stelle der beiden gewesen, und er zweifelte nicht daran, daß die beiden ihren Job verstanden.

Angela war so dicht hinter ihm, daß er ihre Nähe körperlich spüren konnte, und er hörte nun deutlich das Geräusch des Aufzugs, der sich aus dem Parterre in Bewegung setzte. Ein kalter Schauer lief ihm bei dem Gedanken über den Rücken, was passiert wäre, wären sie ohne nachzudenken in die Kabine getreten und nach unten gefahren: Sie hätten nach dem Aufgleiten der Aufzugstür wahrscheinlich in die Mündungen zweier Pistolen geblickt.

Aber da war noch eine andere Frage, auf die er sich konzentrieren mußte, und die ihm dennoch immer aus dem Zipfel seines Bewußtseins zu rutschen drohte: War vielleicht einer auf dem Weg über die Treppe auf dem Weg nach oben, während nur der andere den Aufzug benutzte? Er zumindest hätte es so gemacht. Aber obwohl es wichtig war, bekam er den Gedanken nicht richtig zu fassen. Dafür hatte die Vergangenheit die Klauen wieder nach ihm ausgestreckt. Seine Beine, die sich Schritt für Schritt nach unten tasteten, kamen ihm meilenweit entfernt und wie aus Watte vor. Sein Denken und Fühlen glitt aus der Realität in die Vergangenheit. Er war gleichzeitig wieder in einem anderen, vor Jahren für ihn zum Alptraum gewordenen Treppenhaus, in dem er vor einem riesigen, geflügelten Schatten geflohen war, einem Schatten, der zwar nur in seiner Fantasie und sonst nirgendwo existiert hatte, und der ihm trotzdem bedrohlicher als jede andere nur vorstellbare Gefahr erschienen war.

Sie hatten das nächste Stockwerk fast erreicht. Noch vier, vielleicht fünf Stufen, schätzte Bremer. Es war zu dunkel, um es zu erkennen, aber sehr viel mehr konnten es nicht sein. Er griff vorsichtig nach hinten, tastete nach Angelas Hand und versuchte gleichzeitig, den rechten Fuß so lautlos wie möglich auf die nächste Stufe zu setzen. Seine Jacke raschelte. Das Geräusch war unter Garantie nicht weiter als zwei oder drei Meter zu hören, aber in Bremers Ohren klang es, als schlügen Fäuste auf Tafeln aus dünnem Blech.

Die nächste Stufe. Sein Herz hämmerte mittlerweile so laut, daß man es auf der anderen Straßenseite hören mußte, und die Luft, die er atmete, schmeckte scharf, nach Angst. Sie waren nicht mehr allein. Der schwarze Engel hatte sein Versteck in den Schatten wieder verlassen. Und war eins mit der Dunkelheit geworden, die sie umgab. Er war da, so, wie er immer dagewesen war, seit jenem schrecklichen Tag in einem Keller am Ende eines anderen Treppenschachtes, an dem er ihm das erste Mal ins Antlitz geblickt hatte.

Unter ihnen war ein Geräusch. Bremer konnte nicht sagen, ob es das Flattern gewaltiger krallenbewehrter Schwingen oder das unvorsichtige Scharren eines Fußes war, aber es mußte sich wohl um ein Geräusch aus der normalen, faßbaren Welt der Realität handeln, denn Angela zuckte ein ganz kleines bißchen zusammen. Sie blieben beide für zwei oder drei Sekunden stehen und lauschten mit angehaltenem Atem, aber das Geräusch wiederholte sich nicht. Nach einem Augenblick gingen sie weiter und erreichten den nächsten Treppenabsatz.

Obwohl er nicht den mindesten Laut von sich gegeben hatte, legte Angela plötzlich die Hand auf seine Schulter und zischte: »Still!«

Sekunden vergingen. Bremer lauschte auf zahllose eingebildete Geräusche, aber dann hörte er tatsächlich, wie der Aufzug im Stockwerk unter ihnen anhielt und jemand aus der Kabine trat. Er ging aber nur zwei oder drei Schritte weit und blieb dann stehen. Es verging beinahe eine Minute, bis er auch das Geräusch der Treppenhaustür hörte und dann die Schritte eines zweiten Mannes. Ihm war nie zuvor aufgefallen, wie hellhörig das Haus war, in dem er immerhin seit über zehn Jahren lebte. Aber seine Sinne arbeiteten im Moment wahrscheinlich auch mit fünfhundert Prozent Leistung. Gut genug jedenfalls, um ihn erkennen zu lassen, daß sich die beiden Männer nun seiner Wohnung näherten und sich vermutlich an der Tür zu schaffen machten. Dann war ein leises schabendes Geräusch zu hören und ein kaum hörbares, doch nicht zu verkennendes Klicken: Das mußte seine Wohnungstür sein, die vorsichtig ins Schloß gezogen wurde.

»Los jetzt«, sagte Angela. »Bis sie merken, daß wir weg sind, sind wir über alle Berge.« Sie zog ihn fast gewaltsam mit sich und begann die Treppe hinunterzustürmen. Bremer folgte ihr beinahe willenlos. Seine Gedanken waren noch immer in hellem Aufruhr. Er hatte Mühe, sich darauf zu konzentrieren, in der Dunkelheit keinen Fehltritt zu tun. Angela legte ein Tempo vor, als hätte sie Katzenaugen, und gab sich jetzt auch keine Mühe mehr, leise zu sein. Erst als sie das Erdgeschoß erreicht hatten, blieb sie wieder stehen und machte eine Geste zu Bremer, wieder voraus zu gehen. Jedenfalls nahm er es an. Es war so dunkel, daß er sie nur als Schemen sah.

Vorsichtig öffnete er die Tür und sah genau das, was er

insgeheim erwartet hatte: eine verschwommene Silhouette, die sich auf der anderen Seite der verglasten Haustür abzeichnete. Den Hinterausgang konnte er von seiner Position aus nicht sehen, aber er war sehr sicher, daß er dort dasselbe gesehen hätte.

»Mit wem zum Teufel haben Sie sich angelegt?« flüsterte Angela. »Mit der Russen-Mafia?«

Bremer drückte die Tür lautlos wieder ins Schloß. Seine Gedanken rasten, aber diese neuerliche, ganz greifbare Gefahr bewirkte etwas vollkommen Unerwartetes: Die Panik verging, und er beruhigte sich zusehends. Ihre Lage war kritisch, aber die Gegner, mit denen sie es jetzt zu tun hatten, waren wenigstens greifbar.

»Der Keller. Wir verstecken uns dort unten. Ich kann mir nicht vorstellen, daß sie das ganze Haus durchsuchen.« Er beschloß, das Risiko einzugehen und schaltete die Treppenhausbeleuchtung ein. Angela blinzelte. Im grellen Neonlicht sah ihr Gesicht blasser aus, als er erwartet hatte. Und er sah sehr deutliche Spuren von Furcht darin. Er war nicht sehr überrascht. Angela West war nicht die erste seiner Kolleginnen, die am eigenen Leib erfuhr, wie groß der Unterschied zwischen Theorie und Praxis manchmal war.

»Kommen Sie«, sagte er aufmunternd. »Spielen wir ein bißchen Verstecken.«

9

Der Raum war objektiv gesehen groß, aber so hoffnungslos vollgestopft, daß er winzig wirkte, und Mecklenburg sich manchmal fragte, wie er und seine Kollegen eigentlich das Kunststück fertigbrachten, sich darin zu bewegen und zu arbeiten, ohne sich ununterbrochen gegenseitig auf die Füße zu treten oder sich die Ellbogen in Rippen oder Gesichter zu stoßen. Manchmal wurde das Gefühl von Enge so schlimm, daß er sich fast einbildete, nicht mehr richtig atmen zu können – was natürlich Unsinn war. Die Klimaanlage sorgte nicht nur für gleichmäßige einundzwanzig Grad Celsius, sondern auch für einen beständigen Zustrom frischer, sauerstoffreicher Luft. Diese Fürsorge galt zwar sehr viel mehr den sündhaft teuren elektronischen Geräten, mit denen das Labor ausgestattet war als seinem lebenden Inventar, wurde aber vielleicht gerade deshalb peinlich genau eingehalten.

Was nichts daran änderte, daß es Mecklenburg manchmal schwerfiel, seine Klaustrophobie weit genug im Zaum zu halten, um sich auf seine Arbeit zu konzentrieren. Es gab Tage, an denen glaubte er, das Gewicht der ungezählten Tonnen Erdreich und Stein direkt körperlich zu fühlen, die auf der Gewölbedecke lasteten, und unabhängig von allem, was er sah und wußte, spürte er ganz deutlich, daß die Luft mit jedem Atemzug wärmer und sauerstoffärmer wurde.

Heute war einer dieser Tage. Seine Hände zitterten ganz leicht, während er die Feinjustierung eines der zahlreichen Kontrollgeräte überprüfte, die seinen Arbeitsplatz einrahmten und ihm manchmal das Gefühl gaben, sich in der Kulisse eines aufwendigen Science-fiction-Films zu befinden, nicht in einem geheimen Forschungslabor dreißig Meter unter den Straßen Berlins! Seine Augen brannten, und er hatte Mühe, frei zu atmen, Klimaanlage und computerüberwachter Sauerstoffgehalt hin oder her. Einer der Gründe dafür war zweifellos, daß Professor Dr. Hermann Mecklenburg tatsächlich unter einer milden Form von Klaustrophobie litt, der andere war höchst profan: Er war vollkommen übermüdet und am Ende seiner körperlichen und geistigen Kräfte. Es war sechsunddreißig Stunden her, daß er das letztemal geschlafen hatte, und er wagte nicht einmal darüber nachzudenken, wie lange es noch dauern würde.

»Es geht wieder los.«

Mecklenburg benötigte eine geschlagene Sekunde, um zu begreifen, daß die Worte seines Assistenten ihm galten, und eine zweite, um darauf zu reagieren. Es gab allerdings nicht allzu viel, was er tun konnte, abgesehen vielleicht von einem fast resignierenden Blick über die vielfältige Anordnung von Monitoren und Überwachungsinstrumenten vor sich. Er seufzte. Computer waren ja eine wunderschöne Sache, eine Erfindung, die sein und die Leben all seiner Kollegen um so vieles leichter gemacht hatte. Aber selbst diese Wundermaschinen hatten ihre Grenzen. Und die hatten sie offensichtlich erreicht.

Er ließ seinen Blick zum zweitenmal über die Computermonitore und Skalen schweifen, kam zu dem gleichen Ergebnis wie beim erstenmal, nämlich, daß nichts von dem, was er sah, auch nur die Spur von Sinn zu ergeben schien, und stand auf. Sein Rücken tat weh. Obwohl sich die Gewölbedecke gute zwei Meter über seinem Kopf befand, hatte er das Gefühl, sich nicht ganz aufrichten zu können, und die Luft, die er einatmete, *war* wärmer geworden, ganz egal, was das Thermometer behauptete. Außerdem hatte er leichte Kopfschmerzen.

Mecklenburg reckte sich ausgiebig, massierte einige Sekunden lang mit Fingerspitzen und Daumen seine verspannten Nackenmuskeln und schlängelte sich dann aus dem Kommandopult heraus. Der schmale Gang, auf den er trat, bot kaum mehr Bewegungsfreiheit. Er warf seinem Assistenten – einem von vieren, die momentan zusammen mit ihm hier unten arbeiteten – einen fragenden Blick zu, erntete ein ebenso wort- wie hilfloses Achselzucken und drehte sich dann in die entgegengesetzte Richtung. Die Wand, auf die er nun blickte, bestand als einzige hier unten nicht aus einem überladenen Durcheinander aus Monitoren, Aufzeichnungs- und Überwachungsgeräten, Schalttafeln und Skalen, sondern einer fast deckenhohen Glasscheibe.

Der Raum dahinter war das genaue Gegenteil des vollgestopften Labors, in dem Mecklenburg und seine vier Assistenten arbeiteten. Die Beleuchtung war auf ein Minimum reduziert, so daß sich die Scheibe aus drei Zentimeter dickem Panzerglas in einen schwarzen, halb durchsichtigen Spiegel verwandelt hatte, aus dem Mecklenburg sein eigenes Konterfei entgegenblickte. Er sah so aus, wie er sich fühlte: bleich und hohlwangig, mit dunklen Ringen unter den Augen und strähnigem Haar. Mecklenburg kannte den Raum hinter der Scheibe jedoch so gut, daß er kein Licht brauchte, um jedes noch so winzige Detail zu sehen. Der Raum war fast so groß wie das Labor, aber nahezu leer. Die Wände bestanden aus einem glatten weißen Kunststoffmaterial, das um etliches widerstandsfähiger als Stahl war, und die einzige Tür, die in die Isolationskammer hineinführte, hätte dem Beschuß eines Schiffgeschützes standgehalten. Der Raum konnte auf Knopfdruck wahlweise mit Giftgas geflutet, binnen zehn Sekunden auf achthundert Grad Celsius erhitzt oder luftleer gepumpt werden, und Mecklenburg war ziemlich sicher, daß dasselbe auch für das Labor galt, in dem er und seine Mitarbeiter sich aufhielten – auch wenn die Leute, für die sie arbeiteten, das nicht zugaben. Niemand konnte ihnen vorwerfen, daß sie nicht alle erdenklichen Vorsichtsmaßnahmen getroffen hätten.

Und trotzdem fragte er sich immer öfter, ob sie auch wirklich ausreichten.

Er blieb so dicht vor der Scheibe stehen, daß er den kühlen Hauch auf dem Gesicht spüren konnte, der von dem molekularverstärkten Glas ausging, zögerte einen Moment und berührte dann einen Schalter an der Wand neben der Scheibe. Sein Spiegelbild erlosch, als die Leuchtelemente den Raum auf der anderen Seite des Glases in schattenloses, gelbes Licht badeten. Die Lampen sollten angeblich perfekt das Sonnenlicht imitieren, aber Mecklenburg fand, daß sich ihr Schein in letzter Zeit verändert hatte. Die Farbe erinnerte ihn mehr an brennenden Schwefel.

Natürlich war das Unsinn. Mecklenburg rief sich in Gedanken zur Ordnung. Das Licht dort drüben sah so aus, wie es immer ausgesehen hatte. Das einzige, was sich hier verändert hatte, war *er*.

Er hörte Schritte und erkannte an ihrem Rhythmus, daß es Grinner war, ohne den Blick von dem schwarzen Sarkophag auf der anderen Seite der Scheibe nehmen zu müssen.

»Irgend etwas Neues?«

»Unverändert«, antwortete Grinner. »Wenn ich es nicht besser wüßte, würde ich sagen, daß er sich in einer sehr tiefen REM-Phase befindet. Aber die Werte stimmen einfach nicht. Ich versteh' das nicht!«

»Da befinden Sie sich in guter Gesellschaft, Matthias«, antwortete Mecklenburg. »Ich verstehe es ebenso wenig. Niemand versteht es. Aber aus diesem Grund sind wir ja hier, nicht wahr? Um das Rätsel zu lösen.«

Grinner schnaubte zur Antwort, versenkte die rechte Hand in die Kitteltasche und zog sie dann leer wieder heraus. Mecklenburg lächelte, nahm seine eigenen Zigaretten aus der Tasche und wartete, bis sein Assistent sich bedient hatte, ehe auch er sich eine Zigarette anzündete und den Rauch ganz bewußt in Richtung des Schildes RAUCHEN VERBOTEN blies, neben dem er stand. Manchmal hatte es eben doch seine Vorteile, Chef zu sein.

»Seine Hämostaphin-Werte sind schon wieder gestiegen«, sagte Grinner nach einer Weile. »Wenn die Steigerungsrate so bleibt, bekommen wir bald ernsthafte Probleme. Ich kann den Ascarin-Anteil nicht beliebig weiter rauffahren. Früher oder später bringt ihn das um.«

Vielleicht wäre das das Beste, was uns passieren kann, dachte Mecklenburg. Natürlich hütete er sich, den Gedanken laut auszusprechen – auch wenn er fast sicher war, daß Grinners Gefühle in eine ähnliche Richtung gingen. Das ... *Ding* da drüben machte ihm angst. Und nicht nur ihm. Und er war nicht einmal mehr sicher, ob sie Haymar wirklich töten konnten. Er war ja nicht einmal mehr sicher, ob das, was in dem zweieinhalb Meter langen, schwarz verchromten Sarkophag auf der anderen Seite der Glasscheibe lag, wirklich noch ein Mensch war.

Mecklenburg begriff die Gefahr, die in diesem Gedanken lag, und bemühte sich mit aller Kraft, ihn zu durchbrechen. Allerdings mit wenig Erfolg. Ganz im Gegenteil begannen seine Gedanken auf immer sonderbareren Wegen zu wandeln, und auch das nicht zum erstenmal.

Noch vor einem Jahr hätte er über das, was ihm jetzt immer öfter durch den Kopf ging, laut gelacht, oder aber verständnislos den Kopf geschüttelt. Aber vor einem Jahr war er auch noch ein anderer Mensch gewesen. Damals hatte er noch geglaubt, Dinge zu wissen. Jetzt ...

Professor Mecklenburg war eine Koryphäe auf seinem Gebiet. Er war nicht einfach nur gut; er war der Beste, und er war sich dieser Tatsache auch stets bewußt gewesen, ohne irgendeine Spur von Arroganz oder Überheblichkeit. Aus keinem anderen Grund hatte man ihm diese Arbeit angeboten. Es war eine Aufgabe, die schlichtweg den Besten erforderte, und eine Herausforderung, der er sich damals nicht hatte entziehen können.

Aber statt zu lernen, hatte er zu zweifeln begonnen. Es war, als ginge er den Weg des Wissenschaftlers in genau umgekehrter Richtung. Mit jedem Tag, den er hier unten verbrachte, schien sein Wissen ein winziges bißchen *abzunehmen*, statt zu wachsen, und gleichzeitig wurde sein Verständnis für Zusammenhänge und Kausalität geringer. Die Männer, die ihn hierhergebracht hatten (und die ihn für seine Arbeit unglaublich gut bezahlten, nebenbei bemerkt), erwarteten keine Wunder von ihm, aber Antworten. Doch alles, was er ihnen sagen konnte war, daß mit Haymar irgend etwas geschah. Und daß sie vielleicht gut daran täten, Angst davor zu haben.

Er konnte sich nicht vorstellen, daß Braun oder Treblo – oder wie auch immer er wirklich hieß – sich auf Dauer mit dieser Art von Antwort zufriedengeben würde.

Wahrscheinlich nicht einmal mehr sehr lange.

Mecklenburg brach den Gedanken mit einer neuerlichen, noch bewußteren Anstrengung ab, nahm einen letzten Zug aus seiner Zigarette und trat den Stummel mit der Schuhspitze aus. Er unterdrückte ein Gähnen, während er auf die Armbanduhr sah.

»Es ist nach eins, Professor«, sagte Grinner überflüssigerweise. »Warum legen Sie sich nicht wenigstens eine oder zwei Stunden hin? Niemandem ist damit gedient, wenn Sie zusammenklappen. Ich rufe Sie sofort, wenn sich hier irgend etwas Außergewöhnliches tut. Selbst wenn er nur hustet.«

Das wäre in der Tat etwas Außergewöhnliches, dachte Mecklenburg spöttisch. Der Mann in dem stählernen Sarkophag hatte vor einem halben Jahr das letztemal *geatmet*. »Sie haben recht, Matthias«, sagte er – fast gegen seinen Willen. Aber Grinners Worte hatten seine Müdigkeit erst richtig geweckt, und in einem Punkt hatte er vollkommen recht: Niemandem war damit gedient, wenn er im entscheidenden Moment vor Erschöpfung aus den Latschen kippte. »Ich gehe nach nebenan und lege mich hin. Aber Sie rufen mich, sobald irgendeines dieser Geräte hier auch nur piep macht.«

»Versprochen«, sagte Grinner. Im gleichen Moment, in dem sich Mecklenburg auf dem Absatz umwandte, um zur Tür zu gehen, drehten sämtliche Computer im Labor zugleich durch.

10

»Ich finde das entwürdigend«, sagte Angela. Sie saß auf einem Stapel säuberlich zusammengeschnürter Zeitschriften, die wahrscheinlich älter waren als sie selbst, baumelte mit den Beinen und sah immer wieder nervös zu der rostigen Feuerschutztür, durch die sie hereingekommen waren.

»Was?« fragte Bremer.

»Daß wir uns hier im Keller verkriechen«, antwortete sie. Ihre Absätze stießen gegen den Papierstapel und wirbelten eine trockene Staubwolke auf. Die Streifen aus schräg hereinfallendem Mondlicht, die durch das winzige Fenster unter der Decke drangen, ließen die Staubpartikel wie Silber glänzen, aber die Luft roch auch bereits so durchdringend nach altem Papier, daß Bremer allmählich das Atmen schwer wurde. Er hätte sich gewünscht, daß sie damit aufhören würde.

»Wir sind die Polizei«, fuhr Angela in fast quengeligem Ton fort, als er nichts sagte, sondern sie nur weiter fragend ansah. »Die Exekutive! Die Ordnungsmacht in diesem

Staat! *Sie* sollten sich verstecken, während *wir* nach ihnen suchen!«

Bremer seufzte und sog dadurch noch mehr trockene, zum Husten reizende Luft in seine Lungen. »Man merkt, daß Sie frisch von der Polizeischule kommen«, sagte er.

»Weil ich so viele Fremdworte kenne?«

»Weil Sie noch Illusionen haben«, antwortete Bremer. »Wir sind nicht die Polizei. Ich bin ein Bulle, der bereits die Monate bis zu seiner Pensionierung zählt, und Sie sind ein Grünschnabel, der keine Ahnung vom wirklichen Leben hat.«

»Oh, danke«, sagte Angela. Er konnte ihr Gesicht im Dunkeln nicht erkennen, aber sie klang eindeutig beleidigt. »Ich würde Sie ja fragen, wo Sie Ihre Dienstwaffe haben, aber zufällig weiß ich es. Sie liegt oben in Ihrem Schreibtisch.«

»Seit zehn Jahren«, bestätigte Bremer. »Ich finde, sie liegt dort gut.«

»Ja, selbstverständlich«, sagte Angela spöttisch. »Ich meine: Was sollen wir auch mit einer Waffe. Da draußen schleichen drei, wenn nicht vier Kerle herum, die Ihnen offensichtlich eine Heidenangst einjagen, aber wir brauchen keine Pistole!«

»Um was zu tun?« fragte Bremer. »Einer oder zwei von ihnen zu erschießen, oder am besten gleich alle vier?«

»Sagen Sie mir wenigstens, wer sie sind«, verlangte Angela, ohne auf seine Frage einzugehen. »Ich finde, das sind Sie mir schuldig.«

Bremer ging zur Tür, preßte das Ohr gegen das kalte Metall und lauschte ein paar Sekunden angestrengt, ehe er antwortete. Auf der anderen Seite war alles still. Sie befanden sich jetzt seit guten zwanzig Minuten in diesem Keller. Mehr als genug Zeit für die beiden Kerle, herunterzukommen und an allen Türen zu rütteln, falls sie das wirklich vorhatten. Vermutlich waren sie längst weg.

»Ich bin Ihnen gar nichts schuldig, Angela«, sagte er, so ruhig, aber auch so nachdrücklich, wie er konnte. »Ich habe Sie nicht gebeten, hierherzukommen. Ganz im Gegenteil.

Wenn ich mich richtig erinnere, habe ich Ihnen nahegelegt, sich um Ihre eigenen Angelegenheiten zu kümmern. Und ich habe Sie schon gar nicht gebeten, gegen die eindeutige Anweisung Ihres Vorgesetzten zu verstoßen.«

»Na prima«, sagte Angela giftig. »Gleich werden Sie mir erklären, daß diese Kerle überhaupt nur meinetwegen hinter Ihnen her sind.«

»Strenggenommen stimmt das sogar«, antwortete Bremer. »Bevor Sie gekommen sind, haben Sie mich nur beobachtet. Sie sind erst aktiv geworden, nachdem Sie sich in Nördlingers Computer gehackt haben.«

Angela sagte nichts mehr, aber er konnte regelrecht spüren, daß sie ihn mit offenem Mund anstarrte. Seine Worte klangen selbst in seinen eigenen Ohren grotesk, und seine Vorwürfe verliehen dem Wort *unfair* eine vollkommen neue Qualität. Ganz genau das war seine Absicht gewesen. Er *wollte* sie vor den Kopf stoßen. Sobald sie hier heraus waren, würden sie sich voneinander trennen, und er mußte irgendwie dafür sorgen, daß sie nicht einmal auf die Idee kam, noch einmal freiwillig in seine Nähe zu kommen. Wenigstens nicht, bis das alles hier vorbei war. Bremer wußte selbst noch nicht wirklich, was eigentlich geschah und wohin die Dinge sich entwickeln würden, aber eines war ihm vollkommen klar: Die Situation war längst eskaliert, und sie würde weiter eskalieren, solange er nicht bereit war, sich brav in eine Ecke zu setzen und sich mucksmäuschenstill zu verhalten. Selbst wenn er es gewollt hätte (er wollte es nicht): Er hätte es gar nicht mehr gekonnt. Nicht nach dem, was heute mittag in seiner Badewanne und vorhin im Treppenhaus passiert war. Und wenn die Männer tatsächlich die waren, für die er sie hielt, dann konnte eine Begegnung mit ihnen durchaus tödlich enden. Diesem Risiko konnte und wollte er Angela nicht aussetzen; dafür bedeutete sie ihm zuviel.

»Ich glaube, wir können es jetzt riskieren«, sagte er. »Sie sind wahrscheinlich nicht mehr da.«

Angela hüllte sich weiter in beleidigtes Schweigen, glitt jedoch mit einer fließenden Bewegung von ihrem Zeitungsstapel herunter und trat neben ihn, als er die Tür öffnete.

Der Raum dahinter war noch dunkler als der Keller, in dem sie die letzten zwanzig Minuten verbracht hatten, ein schmaler, an beiden Seiten von Lattenverschlägen begrenzter Gang, der an einer weiteren Eisentür endete. Bremer hatte ein Holzstück so vor die Tür gelehnt, daß es umfallen mußte, falls jemand die Tür von außen öffnete, als sie gekommen waren. Er lag noch in der gleichen Position da. Niemand war hier unten gewesen, um nach ihnen zu suchen. Das hatte Bremer auch nicht erwartet. Hätten die Männer diese Tür geöffnet, um nachzusehen, dann wären sie auch in den nächsten Keller gekommen.

Trotzdem öffnete er die Tür äußerst behutsam und blieb fast eine Minute reglos stehen, um zu lauschen, ehe er es wagte, die Tür ganz zu öffnen und hinaus zu treten. Der Hausflur lag vollkommen still über ihnen.

Sie gingen die Treppe hinauf. Bremer wies Angela mit Gesten an, zurückzubleiben, schlich allein zur Haustür und öffnete sie einen Fingerbreit.

Der BMW war noch da. Er parkte unverändert an der gleichen Stelle, an der er ihn von seinem Fenster aus gesehen hatte. Bremer konnte nicht erkennen, ob jemand darin saß, aber die Männer würden ihren Wagen kaum stehengelassen haben, um zu Fuß nach Hause zu gehen. Es sah so aus, als ob er Angelas Hilfe doch noch einmal in Anspruch nehmen mußte. Aber zum unwiderruflich letztenmal.

Er drückte die Tür wieder ins Schloß, schlich zu ihr zurück und machte eine Kopfbewegung auf den Hinterausgang. »Sie sind noch da«, sagte er.

»Und was geht mich das an?« fragte sie schnippisch.

Bremer ignorierte die Frage ebenso wie den Tonfall, in dem sie gestellt worden war. »Wo steht Ihr Wagen?«

»An der gleichen Stelle wie heute nachmittag.«

»Dann lassen Sie uns gehen. Und seien Sie vorsichtig. Es würde mich nicht wundern, wenn auf der Rückseite auch einer von diesen Kerlen herumlungert.« Er war sogar fast sicher, daß es so war. Aber er zweifelte auch nicht daran, daß es ihm gelingen würde, einen Verfolger abzuschütteln, wenn ihm nicht gerade ein Hubschrauber oder eine Hundestaffel zur Verfügung standen. Er wohnte seit fünfzehn Jahren in der Gegend und kannte buchstäblich jedes Haus. Wenn es ihm gelang, Angela in Sicherheit zu bringen, hatte er so gut wie gewonnen.

Als sie das Haus verließen, sagte er: »Wenn ich Ihnen ein Zeichen gebe, rennen Sie einfach los. Und sollte ich die Richtung ändern, ohne etwas zu sagen, gehen Sie einfach ganz ruhig weiter, steigen in Ihren Wagen und fahren los.«

Sein Blick tastete mißtrauisch über den still daliegenden Hinterhof. Hier kannte er buchstäblich jeden Quadratmeter – oder sollte ihn jedenfalls kennen. Aber die Nacht – und vermutlich auch seine eigene Aufregung – veränderte die Dinge. Sie ließ die Schatten tiefer erscheinen, als sie waren, vergrößerte Umrisse und erschuf Bewegung, wo keine war. Der Hof war nicht leer, sondern wurde von den Bewohnern der umliegenden Häuser auf die verschiedenste Weise genutzt. Und eben leider nicht nur zum Lustwandeln und als Kinderspielplatz, wie es seine Erbauer irgendwann einmal vielleicht vorgesehen hatten, sondern auch als Parkplatz, kostenloser Lagerraum und vor allem als Abstellplatz für allen möglichen Krempel; vornehmlich solchen, den keiner mehr haben wollte. Es sah nicht so chaotisch aus wie der, auf dem sie Rosen gefunden hatten, war aber auch weit davon entfernt, ordentlich oder gar übersichtlich zu sein. Zwischen all den Schatten und ineinanderfließenden Umrissen konnte sich eine ganze Armee verstecken. Bremer wußte im gleichen Moment, in dem sie das Haus verließen, daß es ein Fehler gewesen war, nicht den Vorderausgang genommen zu haben. Er konnte die Falle regelrecht riechen. Aber jetzt war es zu spät.

Er deutete auf das aus groben Steinen gemauerte Torgewölbe auf der anderen Seite, und sie gingen los. Ohne daß er es ihr extra sagen mußte, wich Angela dem unübersichtlichsten Gerümpel aus und schlug auch einen Bogen um die beiden mannshohen Stapel mit Sperrmüll, die allmählich über den Hof wucherten. Vielleicht eine normale Vorsichtsmaßnahme, vielleicht spürte sie aber auch genau wie er, daß hier etwas nicht stimmte. Sie wurden beobachtet. Man konnte es fühlen.

Sie hatte etwas mehr als die Hälfte der Strecke bewältigt, als Bremer ein Geräusch hinter sich hörte. Er wandte im Gehen den Blick und sah eine hochgewachsene Gestalt aus dem Haus treten. Selbst ihrem Schatten war anzusehen, daß sie einen eleganten Anzug trug.

In der rechten Hand des Mannes glomm eine brennende Zigarette. Als er sie zum Mund hob, glühte sie für eine Sekunde auf wie ein vergehender Stern und sank dann wieder zu einem düsterroten Glimmen herab. Der Kerl gab sich nicht einmal mehr Mühe, unauffällig zu bleiben. Ganz im Gegenteil: Er wollte, daß sie ihn sahen. Wahrscheinlich hatten die Agenten die ganze Zeit über gewußt, wo sie waren, dachte Bremer düster, und in ihrem gemütlichen Wagen gesessen und sich einen Ast gelacht, während sie unten im Keller hockten und fast erstickten.

Ein zweiter Mann erschien in der Haustür. Der andere schnippte seine Zigarette davon und wartete noch, bis sie funkensprühend auf dem Hof explodiert war. Dann setzten sich beide in Bewegung. Als sie auf den Hof hinaustraten, schienen sie gleichermaßen mit der Dunkelheit zu verschmelzen, aber an ihrem Ziel bestand kein Zweifel. Und auch nicht daran, daß sie es nicht besonders eilig zu haben schienen. Die Konsequenz, die sich aus dieser Erkenntnis ergab, war nicht besonders beruhigend.

»Was meinen Sie, wie viele am Tor auf uns warten?« flüsterte Angela.

»Vermutlich die beiden anderen«, murmelte Bremer. *Ich hätte meine Pistole vielleicht doch mitbringen sollen,* fügte er in Gedanken hinzu. *Und sei es nur, um nicht damit zu schießen.* Natürlich wußte er, wie naiv dieser Gedanke war. Er hatte mehr als genug arme Schweine verhaftet, die eine Waffe mit dem festen Vorsatz eingesteckt hatten, sie *nicht* zu benutzen. Der gefährliche Moment war nicht der, in dem man eine Waffe zog. Es war der, in dem man sie einsteckte.

»Was tun wir?« fragte Angela. Bremer lauschte vergeblich auf einen Unterton von Angst in ihrer Stimme. Alles, was er hörte, war eine deutliche Anspannung. »Werden Sie mit einem von ihnen fertig?«

»Wenn Sie die drei anderen übernehmen«, sagte Bremer spöttisch. Die ehrliche Antwort auf ihre Frage wäre ein klares Nein gewesen. Bremer war weder ein Schwächling noch in schlechter körperlicher Verfassung. Aber diese Männer waren Profis, und außerdem um etliches jünger als er. Außerdem machte es ihnen vermutlich Spaß, Leute zu verprügeln.

Er mußte eine Entscheidung treffen. Sie waren noch zehn Schritte vom Tor entfernt. Alles, was hinter dem gemauerten Bogen lag, war in vollkommener Dunkelheit verborgen. Selbst das jenseitige Ende der Durchfahrt war nichts als ein dunkelgrauer Fleck in unbestimmbarer Entfernung. Aber er fühlte die Bewegung, die dazwischen war.

»Wir könnten schreien«, sagte er.

»Schreien?«

Bremer nickte. Alles, was ihre Verfolger verwirrte, half ihnen. »Auf der rechten Seite ist eine Tür«, flüsterte er. »Ungefähr auf halber Strecke. Sie ist fast immer offen. Sobald wir im Schatten sind, rennen wir los.«

Sie waren noch fünf oder sechs Schritte von der Toreinfahrt entfernt, und Bremer mußte all seine Kraft aufbieten, um sich nicht nach ihren Verfolgern umzudrehen. Vermutlich waren sie näher gekommen, aber noch nicht allzu sehr. Er hätte gehört, wenn sie gerannt wären.

Mit jedem Schritt, den sie sich dem Tor näherten, schien die Dunkelheit darin massiver zu werden. Etwas lauerte darin. Nicht jemand. Etwas. Noch zwei oder drei Schritte, aber er mußte bereits jetzt all seine Kraft aufbieten, um überhaupt weiterzugehen. So absurd ihm der Gedanke auf der einen Seite auch selbst vorkam: Er hatte plötzlich Angst vor der Dunkelheit.

Angela verschwand hinter der imaginären Grenze zwischen Dämmerung und absoluter Finsternis und begann augenblicklich zu rennen, und im gleichen Moment stürmte auch Bremer los. Der gemauerte Tunnel fing das Geräusch ihrer trappelnden Schritte auf und warf es gebrochen und zigfach verstärkt zurück; ihre Verfolger hätten schon taub sein müssen, um es nicht zu hören und augenblicklich zu begreifen, was es bedeutete. Die Sekunde, die er jetzt gewann, konnte vielleicht die entscheidende sein.

Seine Angst explodierte zu schierem Grauen, als er in die körperliche Finsternis hineinstürmte. Es war nicht einfach nur Dunkelheit. Die Schwärze hatte Substanz. Er konnte ihre Berührung wie kaltes Glas auf der Haut fühlen, und er spürte auch, wie sich etwas darin bewegte.

Panik überschwemmte seine Gedanken. Er stolperte mehr, als er lief, kam aus dem Tritt und fing den begonnenen Sturz im letzten Moment mit weit vorgestreckten Armen auf. Er schrammte sich beide Handflächen an der rauhen Ziegelsteinmauer auf, und sein ohnehin verletzter Fingernagel protestierte mit pochenden Schmerzen. Trotzdem stieß sich Bremer mit aller Kraft ab und taumelte weiter. Ein hoher, unheimlich widerhallender Laut marterte sein Gehör, und er kam abermals aus dem Tritt, schrammte mit der rechten Schulter an der Wand entlang und scheuerte sich auch noch das Gesicht blutig. Die Dunkelheit zog sich immer dichter um ihn zusammen, schnürte ihm den Atem ab und gerann zu etwas Riesigem, Grauenerregendem. Schwarzes Licht schimmerte auf mörderischen Krallen. Tödliche Fänge blitzten. Er spürte den heißen, trockenen Atem der Bestie auf dem Gesicht, und in seinen Ohren war noch immer dieses schrille, an- und abschwellende Geräusch, das er jetzt als nichts anderes als seine eigenen Schreie identifizierte. Er konnte kaum noch atmen. Sein Herz trommelte so schnell, daß es weh tat.

Die Tür! Wo war die Tür?

Angela rannte dicht vor ihm, ein weißer Schatten, der immer wieder in der Dunkelheit zersplitterte, und es kam ihm so vor, als ob sie schon seit Stunden durch einen Tunnel aus Schwärze rasten. Seine Kehle schmerzte von seinen eigenen, gellenden Schreien, und hinter ihnen war plötzlich das Geräusch rhythmisch hämmernder, schneller Schritte.

Jemand schrie seinen Namen, und dann hörte er einen einzelnen, peitschenden Knall; einen Schuß. Ganz sicher einen Schuß, denn nur den Bruchteil einer Zehntelsekunde später stoben weiße und orangefarbene Funken aus der Decke fünf Meter über seinem Kopf. In dem unendlich kurzen, grellen Aufblitzen glaubte er einen gigantischen, grotesk verzerrten Schatten zu sehen, etwas Riesiges, mit Klauen, Flügeln und grausamen schwarzen Augen. Dann erlosch der Lichtblitz, und praktisch im gleichen Sekundenbruchteil verschwand auch Angela. Die Dunkelheit hatte sie verschlungen. Azrael hatte sein erstes Opfer geholt, und nun war er an der Reihe.

Alles ging unglaublich schnell, aber zugleich schien die Zeit auch beinahe stillzustehen, weil sich Bremers Gedanken plötzlich mit hundertfacher Geschwindigkeit zu bewegen schienen. Mit einemmal sah er mit furchtbarer Klarheit voraus, was geschehen würde. Azrael war wieder auferstanden. Das Ungeheuer, das all die Jahre über unbemerkt und geduldig in ihm gelauert hatte, war endlich aus seinem Versteck gebrochen. Er hatte Angela geholt, und nun würde es ihn holen. Er wollte sich herumwerfen, verzweifelt von diesem Ding davonstürzen, das ein Grauen brachte, das hundertmal schlimmer war als der Tod, aber er konnte es nicht. Seine Gedanken waren zu schnell für seinen Körper. Er rannte dem Ungeheuer direkt entgegen.

Eine Hand griff aus der Dunkelhit nach ihm, krallte sich in seinen Arm und riß ihn mitten im Lauf herum. Er wurde zur Seite geschleudert, verlor endgültig die Balance und torkelte in einer ungeschickten Dreiviertel-Pirouette durch die Tür, in die Angela ihn hineinzerrte. Aber in dieser einen Sekunde, die diese Bewegung beanspruchte und in der er sich fast einmal um seine eigene Achse drehte, offenbarte sich ihm ein Bild unvorstellbaren Terrors.

Die beiden Männer waren ihm gefolgt. Trotz der fast vollkommenen Dunkelheit, die in der Tordurchfahrt herrschte, konnte er deutlich sehen, daß sie ihre Waffen gezogen hatten und damit in seine Richtung zielten.

Und der Todesengel kam über sie.

Es war, als faltete sich die Dunkelheit auseinander, um die Schwärze der Hölle zu gebären. Seine gewaltigen Schwingen füllten den Gang auf ganzer Breite aus, schlugen in einer schweren, ungeheuer *kraftvollen* Bewegung aufeinander zu und verschlangen einen der beiden Männer. Als der erste Schuß fiel, riß Angela ihn endgültig ins Haus und schmetterte die Tür hinter ihm ins Schloß.

Bremer taumelte ungeschickt noch einen Schritt weiter, fiel auf ein Knie herab und versuchte sich irgendwie aufzufangen, machte es damit aber nur schlimmer. Er stürzte der Länge nach zu Boden, schlitterte gute zwei Meter weit über rauhen Stein und schlug sich schmerzhaft den Schädel an, als ein unsichtbares Hindernis seiner Rutschpartie ein unsanftes Ende setzte. Er hörte einen dumpfen Knall, als Angela sich mit der Schulter gegen die Tür warf und gleichzeitig den Riegel vorlegte. Auf der anderen Seite der Tür fiel ein weiterer Schuß, dann noch einer, und noch einer und noch ein weiterer. Er hörte Schreie, unmenschliche, spitze Schreie, ein furchtbares Bersten und Krachen, Schläge, wieder ein Schuß und eine Reihe gräßlicher, reißender Laute … Etwas traf die Wand hinter Angela so hart, daß Staub aus den Fugen wirbelte.

Sein erster Versuch, sich wieder aufzurichten, scheiterte kläglich. Er hatte sich die Stirn angeschlagen. Warmes Blut lief über sein Gesicht. Er spürte überhaupt keinen Schmerz, aber seine Handgelenke hatten auch nicht mehr die Kraft, das Gewicht seines Körpers in die Höhe zu stemmen. Mühsam wälzte er sich auf die Seite, setzte sich schwankend hoch und wischte sich mit dem Handrücken das Blut aus den Augen.

Der Lärm draußen hatte abgenommen, war jedoch noch nicht ganz verstummt. Er hörte jetzt keine Schüsse mehr, aber immer noch dieses furchtbare Reißen und Krachen, und darunter groteske, unglaublich laute Freßgeräusche. Dann hörte es auf. Der Boden, auf dem er lag, begann zu zittern.

»*Paß auf!*« brüllte Bremer.

Angela konnte unmöglich verstehen, was er meinte.

Aber sie reagierte augenblicklich. Wahrscheinlich rettete es ihr das Leben.

Sie warf sich ansatzlos und mit einer schier unvorstellbar schnellen Bewegung zur Seite und herum, landete mit einer eleganten Judorolle auf dem Boden und katapultierte sich noch aus der gleichen Bewegung heraus wieder in die Höhe.

Noch bevor sie den Boden berührte, erbebte die Tür unter einem berstenden Schlag, und ein gebogener, rostfarbener Dorn von der Länge eines Fingers bohrte sich durch das morsche Holz. Ein schriller, kreischender Laut erklang, das Geräusch einer Kreissäge auf Stein, und die Kralle wurde zurückgerissen und fetzte Splitter und kleine Holzstückchen aus der Tür.

Bremer wartete nicht ab, ob sie zu einem zweiten Hieb ausholte. Das absolute Grauen, das ihn gepackt hatte, verlieh ihm neue Kraft. Er sprang in die Höhe, wirbelte herum und riß Angela mit sich, ehe sie auch nur richtig begriff, wie ihr geschah. Sie rasten los. Angela schrie irgend etwas, was er nicht verstand, dann erscholl hinter ihnen ein schrilles, ungeheuer *zorniges* Brüllen, und er konnte hören, wie die Tür unter einem gewaltigen Hieb zersplitterte.

Angela schrie erneut. Bremer sah aus den Augenwinkeln, daß sie den Kopf gedreht hatte und zu dem *Ding* zurücksah, das sich stets mit der gleichen Geschwindigkeit bewegte wie er, und in dem er sicher war, solange er sich nur nicht zu dem Ding herumdrehte, nur, daß es kein Traum war, sondern alptraumhafte Realität, und daß er *wußte*, daß die Chimäre ihn vernichten würde, wenn er sich ihr zuwandte, nicht weil sie ihn einholte, sondern weil ihr bloßer *Anblick* ausreichen würde, ihn zu töten. Er rannte noch schneller, zerrte Angela so rücksichtslos hinter sich her, daß sie kaum noch mit ihm Schritt halten konnte und stürzte blindlings durch die nächste Tür. Er machte sich nicht die Mühe , sie zu öffnen, sondern sprengte sie einfach in vollem Lauf mit der Schulter aus dem Rahmen; ein Kraftakt, den er unter normalen Umständen niemals bewerkstelligt hätte. Jetzt spürte er ihn kaum. Er stürmte einfach weiter. Ein harter Ruck ging durch seinen linken Arm, an dem er Angela hinter sich herzerrte. Sie schrie, als sie gegen den Türrahmen, vielleicht auch die Wand prallte, aber der Laut ging in einem weiteren, noch lauteren Splittern und Brechen unter, als sich der Koloß mit rücksichtsloser Gewalt hinter ihnen hindurchzwängte. Seine Präsenz füllte den Raum aus wie ein erstickender, klebriger Geruch, schien Bremer zu ersticken, drang wie ein tödliches Gift durch jede Pore seines Körpers. Er konnte regelrecht fühlen, wie nicht etwas aus, sondern die Dunkelheit selbst materialisierte, um zu etwas Neuem und zugleich Uraltem, durch und durch Bösem zu werden.

Blind vor Angst stolperte er weiter. Vor ihnen lag jetzt ein heruntergekommener, schmaler Hausflur, der nur von einer einzelnen nackten Glühbirne erhellte wurde. Ein halbes Dutzend schäbiger Wohnungstüren nahm die rechte Seite ein; Bremer ertappte sich bei der geradezu absurden Überlegung, daß die Appartements dahinter kaum größer als Schuhkartons sein konnten, so dicht, wie die Türen beieinanderlagen – als ob das in einem Moment wie diesem irgendeine Rolle spielte!

Trotzdem beeinflußte dieser Gedanke seine weiteren Handlungen. Statt weiter durch den Flur und auf die Treppe an seinem gegenüberliegenden Ende zuzustürmen, was sein allererster, instinktiver Impuls gewesen wäre, machte er abrupt auf der Stelle kehrt, wodurch Angela endgültig das Gleichgewicht verlor und so wuchtig auf ein Knie herabfiel, daß ein lautstarkes Knirschen erklang und ihr erschrockenes Keuchen in einen Schmerzenslaut überging. Bremer stürmte weiter, riß sie mit nun eindeutig brutaler Kraft wieder in die Höhe und zerrte sie einfach hinter sich her. Er wußte nicht, ob sie lief, stolperte oder er sie vielleicht einfach hinter sich herschleifte. Er mußte aus diesem Haus heraus, das war der einzige Gedanke, der zählte, fort von diesem Ort des Grauens, weg von diesem Ungeheuer, das gekommen war, um seinen einzigen Daseinszweck zu erfüllen: zu töten.

Als hätte sie seine Gedanken gelesen (Natürlich hatte sie

es. Sie war *ein Teil* seiner Gedanken!), stieß die Bestie hinter ihm ein wütendes, markerschütterndes Gebrüll aus. Das Haus erbebte unter ihren Schritten. Holz und Stein zerbarsten unter Krallenhieben und dem Schlagen gewaltiger, stachelbewehrter Schwingen. Bremer sah sich nicht um. Er stolperte weiter, zerrte Angela rücksichtslos hinter sich her, ohne auf ihre Schreie und ihre mittlerweile fast verzweifelte Gegenwehr zu achten. Wie in einem Rausch gefangen, taumelte er auf die Haustür zu, sprengte sie wie die andere mit der Schulter auf und registrierte einen dumpfen, betäubenden Schmerz irgendwo am Rande seines Bewußtsein, während er haltlos ins Freie torkelte. Er fiel, ließ endlich Angelas Hand los und rollte zwei-, dreimal über das nasse Straßenpflaster. Die Dunkelheit stürzte sich auf ihn wie ein Raubtier, das auf ihn gelauert hatte, und der Schmerz in seiner Schulter kroch endlich aus seinem Versteck heraus und breitete sich qualvoll und betäubend in seiner ganzen rechten Körperhälfte aus.

Und plötzlich war es Angela, die ihn in die Höhe riß und einfach vor sich herstieß. In seinen Ohren pochte das Blut. Er hörte Schreie, sinnlose, durcheinanderhallende Laute, aber er konnte nicht sagen, ob es seine eigenen Schreie waren oder die Angelas, das Brüllen des Ungeheuers oder nur pure Einbildung. Haltlos taumelte er vor Angela her, drohte immer wieder zu stürzen und schaffte es irgendwie, auf den Beinen und in Bewegung zu bleiben. Vielleicht war Bewegung ihre einzige Chance, denn Bewegung war Leben, während die Dunkelheit und Stille den Tod brachten.

Er humpelte weiter und brachte jetzt zum erstenmal den Mut auf, einen Blick über die Schulter zurückzuwerfen. Sie waren gute zwanzig, vielleicht schon dreißig Meter von der Tür entfernt. Von ihrem unheimlichen Verfolger war noch nichts zu sehen, und mit Ausnahme der Treppenhausbeleuchtung blieb das Haus weiter vollkommen dunkel; dabei hatten sie im wahrsten Sinne des Wortes genug Lärm gemacht, um Tote aufzuwecken. Hier und da in den Häusern ringsum gingen Lichter an, und er konnte hören, wie ein oder vielleicht auch zwei Fenster geöffnet wurden. Alles, was sich in dem Hausflur bewegte, waren Schatten; als hätte die bloße Anwesenheit des *Dings* schon ausgereicht, um alles Leben in dem Gebäude zum Erlöschen zu bringen.

Angela versetzte ihm einen weiteren Stoß, als er langsamer zu werden drohte. Bremer stolperte weiter, prallte (natürlich mit seiner ohnehin geprellten Schulter) gegen einen Wagen, der am Straßenrand geparkt war, und begriff erst durch ihr heftiges Gestikulieren, daß es sich um Angelas grünen Fiat handelte. Sie ließ endlich seine Schulter los, hetzte mit kleinen, aber rasend schnellen Schritten um den Wagen herum und zerrte rasch im Laufen den Schlüsselbund aus der Tasche.

Bremer starrte mit klopfendem Herzen zum Haus zurück. Der Schwarze Engel (*Engel?!*) war immer noch nicht zu sehen, aber der infernalische Tanz der Schatten hatte zugenommen. Hinter der geöffneten Haustür zuckten schwarze Blitze hin und her, als beobachte er den Veitstanz eines höllischen Schattenspielers.

Der Fiat zitterte, als Angela sich hinter das Lenkrad fallen ließ, den Schlüssel ins Zündschloß rammte und sich praktisch gleichzeitig über den Beifahrersitz warf, um die Tür auf Bremers Seite aufzustoßen. Bremer verlor eine weitere, kostbare Sekunde, weil er den Türgriff bereits aufzog und das Schloß auf diese Weise blockierte.

»Laß los!« schrie Angela. Bremer riß die Hand fast erschrocken zurück, und die Tür flog mit einem Ruck auf. Hastig warf sich Bremer auf den Beifahrersitz, und Angela rammte den Gang hinein und trat das Gaspedal rücksichtslos bis zum Boden durch. Der Uno schoß mit durchgedrehten Reifen und protestierend aufheulendem Motor los, noch ehe Bremer Gelegenheit fand, die Tür zu schließen. Der Ruck, mit dem der Wagen lospreschte, ließ sie mit einem Knall zufallen, und Bremer fand gerade noch Gelegenheit, seine Hand zurückzuziehen, ehe ihm die Finger abgequetscht wurden.

Während Angela hektisch schaltete und den Motor erbarmungslos bis über seine Grenzen hinaus belastete, drehte sich Bremer im Sitz herum. Das Haus und die offene Tür, hinter der sich Licht und Schatten noch einen erbitterten Zweikampf lieferten, fielen rasch hinter ihnen zurück. Niemand verfolgte sie. Trotzdem ließ Angela den Uno in einem fast perfekten Powerslide um die nächste Biegung schlittern, schaltete auf eine Art herunter, die das Getriebe ihres Wagens mindestens ein Jahr Lebenszeit kostete, und ließ den Motor noch schriller aufheulen. Bremer wurde zur Seite und mit dem Kopf gegen das Fenster geschleudert, klammerte sich instinktiv irgendwo fest und konnte gerade noch verhindern, daß er zur anderen Seite kippte, wodurch er unweigerlich auf Angela gestürzt wäre und sie möglicherweise die Gewalt über den Wagen verloren hätte.

»Schnall dich an!« sagte Angela hektisch. Sie fuhrwerkte wie wild mit dem Ganghebel herum, kurbelte mit der anderen Hand am Lenkrad und ließ den Wagen in die entgegengesetzte Richtung schleudern. Bremer wurde zum zweitenmal gegen die Tür geworfen, aber diesmal war er darauf vorbereitet und konnte sich rechtzeitig festhalten. Wortlos griff er nach dem Sicherheitsgurt und ließ den Verschluß einrasten. Seine Hände zitterten so heftig, daß er drei Versuche brauchte.

»Verdammt noch mal, was war das?« fragte Angela. »Was zum Teufel *war das*?« Sie nahm ein wenig Gas weg, was allerdings nur dazu führte, daß sich der Motor des Wagens jetzt nicht mehr anhörte wie eine überdrehte Küchenmaschine; nicht, daß der Fiat deutlich langsamer wurde. Immerhin schaltete sie das Licht ein, nahm die rechte Hand vom Lenkrad und angelte ungeschickt nach ihrem eigenen Sicherheitsgurt. Als er immer noch nicht antwortete, warf sie ihm einen bösen Blick zu und sagte: »Meinst du nicht, daß du mir allmählich eine *gottverdammte Antwort schuldig bist*?!«

Die letzten vier Worte hatte sie fast geschrien. Bremer nahm sie trotzdem kaum wahr.

»Es ist kein Engel«, flüsterte er. »Großer Gott. Es ist kein Engel. Es ist ein … ein Dämon!«

Angela sah ihn verstört an. Ihr Blick flackerte. »Wovon sprichst du?« fragte sie.

»Es ist kein Engel mehr«, murmelte Bremer. Die unmittelbare Gefahr war vorbei, und trotzdem schlug die Angst jetzt erst richtig zu. Nach einem Moment zitterten nicht nur seine Hände. Er zitterte am ganzen Leib. »Es ist kein Engel.«

»Azrael.« Angela schaltete herunter und trat behutsam auf die Bremse. Sie fuhren noch immer schnell genug, um jeden Wagen zu überholen, der vor ihnen auftauchte, verloren aber weiter an Geschwindigkeit. »Ich glaube, wir müssen uns unterhalten«, sagte sie grimmig.

11

»Was zum Teufel war jetzt schon wieder los?« Brauns Stimme war nur noch einen Deut davon entfernt, in ein lächerlich-hysterisches Quietschen umzuschlagen und ihre Lautstärke höchstens noch ein halbes Dezibel davor, wirklich zu schreien. Er stürmte mit gesenkten Schultern und kampflustig vorgerecktem Kinn herein und versuchte, die Tür hinter sich zuzuwerfen, vermutlich um seinem Auftritt auf diese Weise noch mehr Nachdruck zu verleihen. Da die Tür aus zwölf Zentimeter dickem Panzerstahl bestand und annähernd eine Tonne wog, mißlang der Versuch kläglich – Braun wurde von seiner eigenen Kraft zurückgerissen und stürzte mehr ins Labor hinein, als er ging, bevor es ihm gelang, sein Gleichgewicht mit einem raschen Schritt zurückzuerlangen. Wäre die letzte halbe Stunde nicht gewesen, hätte es absolut lächerlich ausgesehen.

Weder Mecklenburg noch seinen beiden Assistenten war im Moment allerdings zum Lachen zumute.

»Verdammt noch mal!« polterte Braun weiter. »Muß ich hier wirklich alles selbst machen? Kann man euch nicht einmal einen einzigen Abend allein lassen, ohne daß sofort eine Katastrophe losbricht?!«

Er redete Unsinn. Mecklenburg wußte es, und Braun wußte natürlich auch, daß Mecklenburg es wußte. Braun war so nervös (und erschrocken) wie sie alle. Sein Wutausbruch war eben nur seine ganz persönliche Art, mit dem Schrecken fertig zu werden. Was es allerdings kein bißchen leichter machte, ihn zu ertragen. Mecklenburgs Assistenten zogen erschrocken die Köpfe ein und taten ihr Möglichstes, um auf der Stelle unsichtbar zu werden, und selbst Mecklenburg fiel es schwer, Brauns Blick standzuhalten. Offensichtlich bekam er an diesem Abend nicht nur eine Lektion über die Grenzen seiner Fähigkeiten als Wissenschaftler, sondern auch als Mensch. Noch vor einer Stunde hatte er geglaubt, Braun trotzen zu können. Schließlich war er sein Auftraggeber, nicht weniger, aber auch nicht mehr. Das war die Theorie. In der Praxis war es ein ziemlich beunruhigendes Gefühl, einem Mann gegenüberzustehen, der nicht nur buchstäblich Macht über Leben und Tod hatte, sondern von dem er auch wußte, daß ihm ein Menschenleben nicht besonders viel galt. Der lebende Beweis (*lebend?*) dafür befand sich in dem schwarz verchromten Sarkophag auf der anderen Seite der Glasscheibe.

Braun gab es endlich auf, eine Tür zuknallen zu wollen, die sich nicht zuknallen ließ, fuhr mit einer wütenden Bewegung auf dem Absatz herum und sah sich kampflustig um.

»Also?!«

»Es ist … alles wieder in Ordnung.«

Es war schon fast grotesk: Mecklenburg brauchte fast eine Sekunde, um zu begreifen, daß es nicht seine Stimme war, die geantwortet hatte, sondern die Grinners. Braun schien es wohl ähnlich zu ergehen, denn er würdigte ihn nicht einmal eines Blickes, sondern fuhr direkt an ihn gewandt und in kaum weniger scharfem Ton fort: »Ich habe nicht gefragt, was jetzt los ist. Ich habe gefragt, was *war*.«

»Das wissen wir nicht.« Mecklenburg kam zu dem Schluß, daß er nur eine einzige Wahl hatte, nämlich die, in die Offensive zu gehen. Er stand auf, konnte gerade noch dem Wunsch widerstehen, sich zu räuspern, um seiner Stimme mehr Sicherheit zu verleihen, und schlug mit der flachen Hand wahllos auf einen der Computerbildschirme vor sich. »Wir werten noch die Daten aus. Eine *Menge* Daten. Es wird eine Weile dauern.«

Braun war nicht in der Stimmung für Wortklauberei. Er mußte es nicht sagen. Sein Blick sprach Bände.

»Es hat vor zwanzig Minuten angefangen.« Grinner verbesserte sich. »Fünfundzwanzig. Seine zerebralen Aktivitäten sind plötzlich angestiegen.«

Das war die Untertreibung des Jahres, dachte Mecklenburg. Ebensogut hätte man sagen können, daß es auf der Sonne warm wäre. Er kam nicht dazu, Grinner zu korrigieren (Er würde den *Teufel* tun, verdammt noch mal!), aber Brauns Aufmerksamkeit verlagerte sich endlich von ihm zu seinem unglückseligen Assistenten – der ganz offensichtlich keine Ahnung hatte, worauf er sich einließ. Es gab Menschen, deren Aufmerksamkeit man besser nicht weckte, und Braun gehörte dazu. Er führte diese Spezies *an*.

»Was genau soll das heißen: *Plötzlich angestiegen*?« Braun sah sich kampflustig um, konzentrierte seine Aufmerksamkeit aber praktisch sofort wieder auf Grinner. »Nur damit wir uns richtig verstehen: Der Mann da drinnen hat vor anderthalb Jahren den letzten Atemzug aus eigener Kraft getan. Medizinisch gesehen ist er *tot*.« Er ging mit schnellen Schritten auf die Trennscheibe zu, blieb in einem guten Meter Abstand davor stehen und ließ zwei oder drei weitere Sekunden verstreichen, ehe er fortfuhr: »Jedenfalls haben *Sie* mir das gesagt, Doktor Mecklenburg.«

»Ich habe nichts dergleichen gesagt«, murmelte Mecklenburg. Jedenfalls *wollte* er es murmeln. Offensichtlich hatte er aber doch laut genug gesprochen, um verstanden zu werden, denn Braun antwortete:

»Ich darf zitieren, Doktor? Ein lebender Leichnam, Herr Braun – wobei ich das *lebend* nicht unbedingt unterschreiben würde. Strenggenommen sind es zweihundert Pfund biologischer Abfall, die nur von unserer Technik vor dem Verfall bewahrt werden.«

Mecklenburg war verblüfft. Das war nicht nur sinngemäß, sondern wortwörtlich das, was er zu Braun gesagt hatte; und das vor etlichen Monaten. Braun mußte entweder über ein fotografisches Gedächtnis verfügen, oder seine Worte hatten ihn mehr beeindruckt, als Mecklenburg seinerzeit klar gewesen war. Er hatte sie eigentlich nur so daher gesagt, ohne sich viel dabei zu denken. Sie waren nicht einmal hundertprozentig korrekt gewesen.

»Nun, Doktor?« fuhr Braun fort, als Mecklenburg auch nach einigen Sekunden noch nicht antwortete.

»Das ist nicht so einfach zu erklären«, sagte Mecklenburg. »Ich weiß nicht, was passiert ist. Noch nicht. Vielleicht hat es gar nichts zu bedeuten.«

»Gar nichts?« Braun fuhr mit einer so abrupten Bewegung herum, daß Mecklenburg erschrocken zusammenzuckte und nur noch mit Mühe den Impuls unterdrücken konnte, einen Schritt vor ihm zurückzuweichen. Braun sagte nichts weiter. Er erklärte seinen plötzlichen Ausbruch nicht, und er hatte sich in der nächsten Sekunde auch schon wieder in der Gewalt. Aber die Art, auf die er auf Mecklenburgs einfach so dahingeworfene Bemerkung reagiert hatte, machte diesem zweifelsfrei eines klar: Irgend etwas war passiert. Braun war nicht nur so wütend gewesen, weil sie ihn mitten in der Nacht aus dem Bett geholt hatten. Ja, er war plötzlich sicher, daß sein nächtlicher Anruf nicht einmal der *Grund* für Brauns Gereiztheit war. Irgend etwas war passiert. Etwas, von dem Mecklenburg keine Ahnung hatte – und das Braun bis ins Mark erschüttert haben mußte und ihn fast wahnsinnig vor Angst werden ließ. Braun sprach nichts davon aus. Er gab sich sogar mit Erfolg Mühe, sich nichts von seinen Gefühlen anmerken zu lassen. Aber Mecklenburg begriff das alles in der einzigen Sekunde, in der sich ihre Blicke begegneten. Dann hatte sich Braun auch mit den Dingen, die er *nicht* aussprach, wieder vollkommen unter Kontrolle, und der verräterische Ausdruck in seinen Augen erlosch. Was in Mecklenburg zurückblieb, war tiefe Verunsicherung. Ein sehr unangenehmes Gefühl. Er war nicht wirklich erschrocken, aber er ahnte, daß er jeden Grund gehabt hätte, erschrocken zu sein, wenn er nur die ganze Wahrheit gewußt hätte.

Die Stille begann unangenehm zu werden. Mecklenburg

räusperte sich und setzte dazu an, etwas zu sagen, und der übereifrige Grinner ergriff die Gelegenheit beim Schopf, sich wieder in den Vordergrund zu spielen – diesmal sogar in ganz körperlichem Sinne: Er trat mit einem schnellen Schritt zwischen Braun und Mecklenburg, so daß er den Blickkontakt zwischen ihnen unterbrach, und sagte: »Was Professor Mecklenburg sagen will, ist, daß wir noch nicht genau wissen, was dieser Zwischenfall zu bedeuten hat. Vielleicht nichts, vielleicht eine Menge. Vergleichen Sie ihn mit einem Menschen, der sehr tief schläft. Die meiste Zeit liegt er vollkommen ruhig da. Man muß schon sehr genau hinsehen, um festzustellen, daß er überhaupt noch am Leben ist. Aber manchmal regt er sich eben. Wahrscheinlich hat er nur einen Alptraum gehabt. Die ersten Male war es nicht so schlimm wie heute, aber ...«

»Die ersten Male?« Braun zog die linke Augenbraue hoch. »Soll das heißen, das ist schon einmal passiert?«

Grinner tauschte einen verwirrten Blick mit Mecklenburg, erntete aber nur einen stoischen Gesichtsausdruck. Mecklenburg würde den Teufel tun und sich einmischen. Er hatte in seinem Leben genug Erfahrungen mit hoffnungsvollen jungen Wissenschaftlern gemacht, deren Ehrgeiz in keinem guten Verhältnis mit ihren Fähigkeiten stand, um zu wissen, was jetzt in Grinner vorging. Er nahm es ihm nicht übel. Er war ein wenig enttäuscht, aber nicht wütend. Grinner hatte ja keine Ahnung, worauf er sich da einließ.

»Also?« fragte Braun ungeduldig.

»Es ist ... zwei- oder dreimal passiert«, sagte Grinner, und Braun unterbrach ihn sofort und in hörbar schärferem Ton:

»Was denn nun? Zweimal oder dreimal?«

»Dreimal«, antwortete Grinner. »Glaube ich.«

»So, glauben Sie«, sagte Braun. »Ich bezahle Sie nicht dafür, Dinge zu glauben, Herr ...?«

»Ich habe nicht immer Dienst!« verteidigte sich Grinner, wobei er Brauns unausgesprochene Frage nach seinem Namen vorsichtshalber überging. Mecklenburg konnte zusehen, wie seine Nervosität wuchs, was ihn eigentlich mit einer gewissen Schadenfreude hätte erfüllen müssen, es aber nicht tat. Grinner machte in diesem Moment eine wichtige Erfahrung, und Mecklenburg hoffte nur, daß er auch wirklich etwas daraus lernte. »Während ich hier war, ist es dreimal passiert. Aber es war noch nie so schlimm wie heute.«

»*Es?*«

Grinner sah weg, und Braun wandte sich wieder an Mecklenburg: »Wieso weiß ich nichts davon?«

»Keine Ahnung«, antwortete Mecklenburg kühl. »Es waren vier solcher Zwischenfälle, um genau zu sein. Vielleicht sogar fünf. Bei einer Gelegenheit ... waren wir nicht ganz sicher. Und es steht alles in den Berichten, die ich Ihnen täglich per E-Mail zukommen lasse. Sie sollten Ihren Computer ab und zu auch einmal einschalten.«

Es hätte Brauns ärgerlichen Stirnrunzelns nicht bedurft, um ihm klarzumachen, daß er mit der letzten Bemerkung einen Schritt zu weit gegangen war. Sie war vor allem *nicht nötig* gewesen. Irgend etwas ging hier vor. Etwas, das nicht gut war. Sie taten besser daran, ihre Kräfte aufzusparen, statt sie in sinnlosen Grabenkämpfen untereinander zu vergeuden.

Braun kam wohl zu demselben Schluß, denn er ging nicht auf seinen herausfordernden Ton ein, sondern starrte ihn nur an und drehte sich nach einer oder zwei Sekunden wieder zu der Glasscheibe um. Der stählerne Sarkophag auf der anderen Seite war nur als unsicherer Schemen zu erkennen, und vermutlich nicht einmal das; Mecklenburg sah ihn wahrscheinlich nur, weil er *wußte*, daß er da war. Das Licht in dem Raum auf der anderen Seite war ausgeschaltet, und die Scheibe hatte sich in einen Spiegel verwandelt.

Die Wirkung war jedoch genau anders herum als sonst. Normalerweise war Mecklenburg um jede Sekunde froh, die er den Stahlsarg *nicht* ansehen mußte. Sein Anblick beunruhigte ihn, denn er erfüllte ihn nicht nur mit unerfreulichen Assoziationen und düsteren Vorahnungen, sondern erinnerte ihn auch daran, was sie *getan hatten*. Jetzt war es genau anders herum. Es war die Dunkelheit auf der anderen Seite der Barriere, die ihn erschreckte. Sie hatte eine neue, beunruhigende Qualität, war zu einem Versteck für etwas geworden, etwas, das bisher in dem stählernen Sarkophag gefangen gewesen war und nun hinaus wollte. Alles, was er sah, waren sein eigenes und Brauns Spiegelbild, aber durch diese vertrauten Gesichter hindurch schien sie noch etwas anzugrinsen; uralt, höhnisch, böse und durch und durch gnadenlos. Das Gefühl war so intensiv, daß er nicht anders konnte, als mit zwei schnellen Schritten an Braun vorbeizugehen und den Schalter an der Wand zu berühren, der das Licht aktivierte. Aus dem farbenfressenden Spiegel wurde wieder eine Glasscheibe, die den Blick in den dahinter liegenden Raum freigab. Zwei oder drei Sekunden lang sog Mecklenburg jedes Detail der Kammer fast gierig in sich auf, erst dann gestattete er sich ein Gefühl – vorsichtiger – Erleichterung. Der stählerne Sarg war nicht mehr als eben ein stählerner Sarg, ein technisches Wunderwerk, der tatsächlich ein wenig an die goldenen Sarkophage erinnerte, wie man sie in ägyptischen Pharaonengräbern gefunden hatte. Aber auch nicht mehr. Der Raum enthielt nichts, wovor er sich hätte fürchten müssen. Nicht mehr. Das Licht hatte die Schatten vertrieben, und mit ihnen auch alles, was sich darin verborgen gehalten hatte.

Aber es würde wiederkommen, sobald das Licht gegangen war. Mecklenburg wußte es, und als er den Kopf drehte und in Brauns Gesicht sah, da begriff er, daß Braun es genauso wußte.

12

»Hier. Trink!«

Bremer hatte noch nie viel davon gehalten, Alkohol zu trinken, um sich zu beruhigen, oder überhaupt mit irgendeinem Problem fertig zu werden. Er wußte, daß es nicht funktionierte. Aber er hatte einfach nicht die Energie, Angela zu widersprechen, oder gar eine end- und sinnlose Diskussion über den Nutzen oder Schaden von Alkohol zu beginnen. Außerdem brauchte er irgend etwas, um seine Hände zu beschäftigen. So griff er nach dem Glas, das sie ihm über den Tisch hinweg zugeschoben hatte, setzte es an und leerte es mit einem einzigen Zug. Er wußte selbst hinterher nicht, was er getrunken hatte. Es schmeckte wie etwas mit einer Konzentration jenseits von Salzsäure, das brennend seinen Hals hinablief. Als es seinen Magen erreichte, verwandelte sich das Brennen in intensive Wärme, die sich rasch in seinem Leib ausbreitete. Das Zittern seiner Hände beruhigte es nicht.

»Noch einen?« fragte Angela. Sie setzte schon dazu an, aufzustehen und zur Theke zu gehen, um ein zweites Glas Was-auch-immer zu holen, aber Bremer schüttelte den Kopf, und sie ließ sich wieder zurücksinken. »Ist vielleicht auch besser so«, sagte sie. »Wir beide müssen uns unterhalten. So etwas geht besser mit einem klaren Kopf.«

»Unterhalten?« Bremer hob mit einiger Mühe den Kopf und versuchte, Angela mit Blicken zu fixieren. Es mißlang. Sein Inneres war so sehr in Aufruhr, daß es ihm nicht möglich schien, seine Gedanken länger als eine Sekunde auf einen bestimmten Punkt zu konzentrieren. Geschweige denn seinen Blick. Mit noch mehr Mühe schüttelte er den Kopf und fügte schleppend hinzu: »Ich wüßte nicht, worüber.«

Angelas Blick machte sehr deutlich, was sie von dieser Antwort hielt. Hätten sie sich an irgendeinem anderen Ort aufgehalten, wäre ihre Reaktion vermutlich auch etwas lautstärker ausgefallen. Zu Bremers Glück waren sie das aber nicht. Angela hatte irgendwann – vielleicht nach zehn Minuten, vielleicht nach einer Stunde, er hatte nicht die geringste Ahnung – angehalten und ihn fast gewaltsam aus dem Wagen gezerrt. Jetzt befanden sie sich in einer ziemlich kleinen, ziemlich heruntergekommenen und vor allem beinahe *leeren* Kneipe. Es gab nur ein halbes Dutzend Tische, die allesamt leer waren. Außer Angela und ihm selbst befanden sich nur noch der Wirt und zwei weitere Gäste hier, die an der Bar saßen und sich mit gesenkten Stimmen unterhielten. Bremer war klar, daß sie für ein gewisses Aufsehen sorgten. Er hatte keine Ahnung, wo sie waren, und Angela wahrscheinlich auch nicht. Er war ziemlich sicher, daß sie diese Kneipe nur deshalb ausgewählt hatte, weil sie trotz der vorgerückten Stunde noch auf war. Aber es war weder eine Gegend noch die Art von Gastwirtschaft, in der er normalerweise verkehrte. Und Angela schon gar nicht.

Als sie antwortete, tat sie es jedenfalls leise, mit einem Achselzucken und in einem Ton, der zumindest beiläufig klingen *sollte*, ohne es wirklich zu tun. »Oh, zum Beispiel über die Frage, warum ich plötzlich von Typen gejagt werde, die ich bis gestern nur aus amerikanischen Agentenfilmen kannte. Oder warum ich vorhin geglaubt habe, etwas zu sehen, von dem ich ganz sicher bin, daß ich es gar nicht gesehen haben kann ... Und was es mit Azrael auf sich hat.«

Wäre die winzige Pause zwischen den beiden Sätzen nicht gewesen, dann hätte ihre Frage vielleicht wirklich so beiläufig geklungen, wie sie sollte. So machte sie Bremer endgültig klar, daß sie sehr viel mehr über die ganze Sache wußte, als sie eigentlich konnte.

Bremer schwieg. Angela starrte ihn herausfordernd an, aber Bremer schwieg beharrlich weiter. Es blieb dabei: Er wollte sie nicht mit in die Sache hineinziehen – für seinen Geschmack steckte sie schon viel zu tief drin –, aber der hauptsächliche Grund für seine momentane Schweigsamkeit war ein durch und durch alberner: Er wußte nicht, wie er sie ansprechen sollte. Bremer hatte sich stets schwer damit getan, Menschen zu duzen, und andere ihn duzen zu lassen; nicht aus Überheblichkeit oder gar Arroganz – beides traf in keinster Weise auf ihn zu –, sondern weil das förmliche Sie ihm immer noch eine gewisse Distanz zu seinem Gegenüber verschaffte, die für ihn sehr wichtig war. Bremer war alles andere als kontaktscheu. Er mochte Menschen, und er liebte es, in Gesellschaft ganze Nächte durchzureden oder auch einfach nur herumzualbern. Trotzdem hatte er eine genau definierte Fluchtdistanz festgelegt, die niemand unterschreiten durfte, weder körperlich noch mit Worten, ohne daß er in Panik geriet. Angela mit ihrer schon fast aufdringlich-kumpelhaften Art hatte diese Fluchtdistanz eindeutig unterschritten, aber er wußte nicht, wie er es ihr beibringen sollte, ohne sich lächerlich zu machen. Nicht nach dem, was sie gerade gemeinsam erlebt hatten. Also zog er es vor, gar nichts zu sagen.

»Also gut«, sagte sie, als das Schweigen weiter anhielt und ihr klar wurde, daß er es von sich aus auch nicht brechen würde; wenn auch bestimmt nicht, warum. »Dann fange ich eben an. Irgendeiner muß den ersten Schritt machen. Ich weiß, daß ...«

»Nein«, unterbrach sie Bremer.

Angela blinzelte. »Nein? Aber du weißt doch noch gar nicht, was ich sagen wollte.«

»Das ist auch überhaupt nicht nötig«, sagte Bremer. »Diese ganze Geschichte geht nur mich etwas an, und im Grunde nicht einmal das. Nur, daß mich leider niemand gefragt hat.«

»Genauso wenig wie mich«, antwortete Angela. Sie klang ein bißchen verärgert, aber Bremer war nicht sicher, ob dieser Eindruck echt oder beabsichtigt war, um Punkte zu sammeln. »Mich nicht mit hineinziehen zu wollen, ist ja vielleicht eine noble Idee, aber sie kommt ein bißchen zu spät. Ich stecke nämlich schon drin. Ich hätte nur gerne gewußt, worin eigentlich. Ich dachte, Sendig und seine ganze Bagage wären damals endgültig aus dem Verkehr gezogen worden.«

Jetzt war Bremer an der Reihe, ehrlich überrascht zu sein. »Wie?«

»Ich sagte doch, daß *ich* damit anfange, mit offenen Karten zu spielen.« Angela gab sich keine besondere Mühe, ihren Triumph zu verhehlen. »Ich weiß nicht alles, aber doch so *ziemlich* alles über die Geschichte von damals. Und bevor du fragst: Es ist kein Zufall, daß Nördlinger mich dir zugeteilt hat. Ich habe dafür gesorgt.«

»Wieso?«

»Weil du mich fasziniert hast.« Angela lächelte. »Nicht

du. Deine Geschichte. Das, was damals passiert ist. Ich weiß fast alles darüber.«

»Diese Informationen sind streng geheim«, sagte Bremer. Das war untertrieben. Selbst Nördlinger wußte nicht, was damals wirklich geschehen war. Es ging ihn auch nichts an.

Angelas Lächeln wurde zu einem breiten Grinsen. »Ein Hoch auf die moderne Technik«, sagte sie. »Gottlob gehen selbst die Behörden manchmal mit der Zeit. Alles, was über die Geschichte damals bekannt ist, ist in der einen oder anderen Datenbank gespeichert. Und es gibt fast keinen Computer, der mir widerstehen kann. Ich gebe zu, ich habe ein bißchen Datenklau betrieben.«

»Das ist strafbar«, sagte Bremer.

»Leute gegen ihren Willen als Versuchskaninchen zu benutzen auch«, sagte Angela achselzuckend. »Und sie umzubringen erst recht. Du kannst mich ja anzeigen, wenn du willst.«

Bremer schwieg ein paar Sekunden. Dann sagte er, sehr leise und sehr ernst: »Vielleicht sollte ich das tun. Eine Gefängniszelle ist im Moment wahrscheinlich ein sehr viel sichererer Ort als meine Nähe.«

Angela wollte antworten, aber in diesem Moment trat der Wirt an ihren Tisch und sagte: »Feierabend, Leute, Sperrstunde.«

Angela seufzte, griff in die Tasche, zog ihren Dienstausweis hervor und reichte ihn dem Wirt. »Nicht für uns.«

Der Mann nahm den Ausweis entgegen, begutachtete ihn ausgiebig und unterzog seine Besitzerin anschließend einer noch ausgiebigeren Inspektion, bevor er ihn zurückgab. »Das ist wirklich beeindruckend«, sagte er, »aber es bleibt dabei. Ich mache Schluß.«

Angela wollte auffahren, doch diesmal war Bremer schneller. »Schon gut«, sagte er. »Sie ist neu und kennt die Spielregeln noch nicht. Bringen Sie uns noch zwei Kaffee, und wir räumen friedlich das Feld, einverstanden?«

Der Mann sah ganz und gar nicht einverstanden aus, aber die Art, auf die Bremer das Wort *friedlich* ausgesprochen hatte, schien ihn wohl überzeugt zu haben, daß es besser war, *nicht* herauszufinden, was im anderen Fall geschehen würde. »Also gut«, brummelte er. »Ich muß noch Kasse machen. Das dauert zehn Minuten. Aber danach verschwindet ihr.«

Er ging. Angela blickte ihm zornig nach und wandte sich dann mit nicht weniger verärgertem Gesicht an Bremer. »Vielen Dank für die Anfängerin.«

»Das hat er sowieso gemerkt«, sagte Bremer. »Niemand benimmt sich so, außer vielleicht im Fernsehen. Bringt man euch auf der Polizeischule heutzutage nicht mehr bei, daß man seinen Dienstausweis nicht benutzt, um Leute einzuschüchtern?«

»Mein Hauptfach war Informatik«, sagte Angela ärgerlich.

»Ich dachte, Öffentlichkeitsarbeit?«

»Das eine funktioniert nicht ohne das andere«, antwortete Angela. »Lenk nicht ab. Wir waren bei der Azrael-Geschichte. Ich dachte, nach Sillmanns Tod hätte der Spuk ein Ende gehabt. Jedenfalls steht es so im Computer.«

»Das dachte ich auch, bis vor ein paar Stunden«, sagte Bremer. »Verdammt, ich weiß nicht, was los ist! Mark Sillmann war das letzte, in dessen Blut dieses Scheißzeug war. Nach seinem Tod hätte es aufhören müssen.«

»Azrael«, erklärte Angela, »ist die Abkürzung von Amphetamin Z 7 Reciprocal Ascarin Ethylmescalin Lophophinderivat.«

Bremer war ein wenig überrascht, wie leicht ihr dieses komplizierte Wortungeheuer von den Lippen ging, und Angela grinste erneut. »Ich habe meine Hausaufgaben gemacht«, sagte sie. »Die Datenbanken des BKA sind wirklich sehr ergiebig.«

»Aber offenbar nicht unbedingt auf dem letzten Stand«, fügte Bremer hinzu. »Jedenfalls nicht, wenn die Kerle von vorhin wirklich die sind, für die ich sie halte.«

»Wofür hältst du sie denn?« wollte Angela wissen.

Statt zu antworten, reagierte Bremer mit einer Gegenfrage: »Was sagt der Computer, wer sie sind?«

»Aber Herr Bremer!« Angela drohte ihm spöttisch mit dem Finger. »Ich muß mich doch sehr wundern! Diese Informationen sind streng geheim. Allein diese Frage zu stellen, ist schon illegal. Sie wollen mich doch nicht etwa zu einer Straftat anstiften?«

Bremer schwieg, und nach ein paar Augenblicken erlosch Angelas Grinsen. Sie zuckte mit den Schultern. »In diese Dateien konnte ich nicht eindringen.«

»Ach? Und ich dachte, es gäbe keinen Computer, der der Königin der Hacker standhält.«

»Ich hätte ihn knacken können«, antwortete Angela beleidigt. »Aber ich war nicht ganz sicher, daß ich keine Spuren hinterlassen würde. Das Risiko wollte ich nicht eingehen.«

Der Wirt kam und brachte den bestellten Kaffee. Sie schwiegen, bis er wieder außer Hörweite war, dann fuhr Angela fort: »Eins habe ich nicht verstanden ... Wieso ein Engel?«

»Es war nicht irgendein Engel«, antwortete Bremer. »Azrael war der Todesengel des alten Testaments. Der himmlische Sendbote, der geschickt wurde, um Dinge zu Ende zu bringen. Marc hat ein Bild dieses Engels in einer alten Bibel gesehen, als er ein Kind war. Später, unter dem Einfluß der Droge, hat sein Unterbewußtsein dann genau dieses Bild heraufbeschworen. So einfach war das.«

»Einfach?« Angela nippte an ihrem Kaffee und schüttelte sich. »Es klingt eher fantastisch. Im Sinne von *wenig glaubwürdig*.«

»Ich würde es auch nicht glauben«, bestätigte Bremer. »Aber ich habe es selbst gesehen. Ich bin kein Wissenschaftler. Ich verstehe nicht einmal etwas von Drogen. Soweit ich die Sache damals verstanden habe, bewirkte die Azrael-Droge eine Art kollektiver Halluzination.«

»Das heißt, eine ganze Gruppe nimmt gemeinsam die Droge ...«

»... und erlebt den gleichen Trip, ja«, bestätigte Bremer. »Das war jedenfalls die Grundidee. Was Sillmann und Löbach nicht ahnten, das war, daß ihr kleiner Drogencocktail noch viel weiter ging. Offensichtlich verursachte er nicht nur eine Kollektivhalluzination, sondern sorgte auch für eine Art telepathischer Verbindung zwischen allen Teilnehmern des Trips, wobei die stärkste Persönlichkeit sozusagen die Führung übernahm.«

»Sillmanns Sohn.«

»Marc, ja.« Bremer trank ebenfalls einen Schluck Kaffee und kam zu dem Schluß, daß Angelas Schütteln gerade nicht auf seine Worte zurückzuführen war, sondern auf das Gebräu, das der Wirt ihnen gebracht hatte. Der Kaffee war nur noch lauwarm und schmeckte, als hätte er mindestens zwei oder drei Stunden auf der Warmhalteplatte gestanden. Er stellte ihn zurück, ohne mehr als ein paar Tropfen getrunken zu haben. »Er konnte nicht wissen, daß der Junge ein ausgewachsener Psychopath war.«

»Marc Sillmann? Der Computer sagt etwas anderes.«

»Der Computer war nicht dabei«, antwortete Bremer heftig. Er spürte die Gefahr, in die er sich selbst hineinmanövrierte. Seine Worte beschworen Bilder und Erinnerungen herauf, die besser da bleiben sollten, wo sie waren. Er hatte sich nicht umsonst jahrelang große Mühe gegeben, jene schrecklichen Stunden zu vergessen. Aber er spürte auch zugleich, daß er jetzt gar nicht mehr aufhören konnte. Einmal geweckt, begann seine Erinnerung rasch ein Eigenleben zu entwickeln, gegen das er machtlos war. »Der arme Junge konnte wahrscheinlich gar nichts dafür. Sein Vater hat zuerst seine Mutter ins Irrenhaus gebracht und dann seinen eigenen Sohn als Versuchskaninchen mißbraucht. Die Sache konnte nicht gutgehen. Marcs … *Halluzination* hat erst alle anderen umgebracht und am Schluß ihn selbst.«

»Und wenn es mehr war als nur eine Halluzination?«

Bremer sah sie einen Moment lang verständnislos an. Es *war* mehr gewesen als eine Halluzination. Er hatte das Ding *gesehen*, das die Droge ins Marcs Blut hatte entstehen lassen. Trotzdem schüttelte er nach einigen Augenblicken den Kopf und griff wieder nach seiner Kaffeetasse. Allerdings nicht, um zu trinken, sondern nur, um etwas zu haben, womit er seine Hände beschäftigen konnte.

»Es ist vorbei«, sagte er. »Sillmann hat die Formel für die

Herstellung der Droge vernichtet, und sein Sohn war der letzte, der sie in sich trug.«

»Ich hatte nicht den Eindruck, daß es *vorbei* ist«, sagte Angela. »Jedenfalls nicht vor einer halben Stunde.«

Bremer schüttelte beharrlich den Kopf. »Das war kein Engel«, sagte er. »Es war ein …«

Ein Dämon? Der Gedanke kam ihm so grotesk vor, daß er es nicht wagte, das Wort auch nur laut auszusprechen. Er war auch nicht sicher, ob er das … *Ding*, das er gesehen hatte, richtig beschrieben hatte. Er hatte es ja auch nur für den Bruchteil einer Sekunde wirklich gesehen: Ein riesiges, groteskes Geschöpf mit Krallen und Zähnen und gewaltigen zerfetzten Schwingen wie die ledrigen Flügel einer riesigen Fledermaus. Er wußte nicht, was er gesehen hatte. Im Grunde wußte er nicht einmal, ob er überhaupt etwas gesehen hatte.

»So oder so, es *kann* kein Zufall sein«, sagte Angela kopfschüttelnd. »Dafür sind sich die Ereignisse zu ähnlich.«

»*Ähnlich?*« krächzte Bremer.

Angela nickte heftig. »Damals begann es mit diesem Astner, nicht wahr? Ein Arzt, der ein sexuelles Verhältnis zu einer seiner Patientinnen unterhielt. Ein Journalist, der Informationen gefälscht und Leute erpreßt hat. Der Arzt, der Sillmann geholfen hat, seine Frau in die Klapsmühle zu bringen …« Sie schüttelte ein paarmal den Kopf. »Das klingt nach biblischer Gerechtigkeit. Vielleicht auf eine ziemlich naive Art, aber trotzdem … Jemand hat den Racheengel geschickt. Und jetzt Belozky, Lachmann, Halbach und Rosen. Er ist wieder unterwegs.«

Ihre Worte waren von einer so simplen und zugleich zwingenden Logik, daß er sich selbst lächerlich dabei vorkam, zu widersprechen. Trotzdem tat er es. »Es ist unmöglich. Marc Sillmann ist tot. Ich war dabei, als er starb. Und die Azrael-Formel wurde vernichtet.«

»Was einmal entwickelt worden ist, kann auch ein zweites Mal entwickelt werden«, beharrte Angela. »Und was den Tod angeht …« Sie legte den Kopf schräg. »Warst du das nicht auch? Klinisch tot, meine ich?«

»Und?« Bremer machte eine wegwerfende Geste. »So etwas kommt alle Naselang vor. Die Ärzte holen andauernd Leute zurück ins Leben, die klinisch tot sind.« Das war die Übertreibung des Tages. Menschen, die nicht nur im Koma lagen, sondern tatsächlich klinisch tot waren, holte man nicht nach drei Tagen so einfach zurück. Nach allem, was er wußte, lag der Weltrekord bei etwas über einer Stunde, und alle außer ihm, die länger als zwanzig Minuten lang weg gewesen waren, waren als sabbernde Wracks wieder aufgewacht, atmende, essende und verdauende Fleischklumpen mit dem Intelligenzquotienten einer Bratkartoffel. Die man besser da gelassen hätte, wo sie waren. Trotzdem würde man seinen Fall vergebens im Guinness-Buch der Rekorde suchen.

»Du hast drei Kugeln aus einer Maschinenpistole abbekommen«, fuhr Angela fort. »Die Ärzte müssen mehr als ein Wunder vollbracht haben.«

»Der BKA-Computer ist wirklich nicht auf dem neuesten Stand«, antwortete Bremer. »Es waren fünf. Und ich habe persönlich schon Leute gesehen, die schlimmer zugerichtet waren und durchgekommen sind. Der menschliche Körper ist eine seltsame Maschine. Manchmal reicht eine Kleinigkeit, um sie anzuhalten, aber manchmal ist sie auch unglaublich zäh.«

»Wie ist das?« fragte Angela geradeheraus. »Tot zu sein?«

»Was ist denn das für eine Frage?«

»Wahrscheinlich die einzige, die sich jeder Mensch auf der Welt schon einmal gestellt hat«, antwortete Angela. In ihre Augen trat ein Ausdruck, der Bremer nicht gefiel. »Und jetzt sag nicht, du hättest es nicht auch getan. Vorher, meine ich.«

Das Gespräch begann sich immer mehr in eine Richtung zu verschieben, die ihm nicht behagte. Trotzdem antwortete er. »Natürlich habe ich das. Aber ich kann leider nicht mit einer Antwort auf die Frage nach der himmlischen Glückseligkeit dienen. Ich erinnere mich an nichts. Ich wurde angeschossen, verlor das Bewußtsein und wurde im

Krankenhaus wieder wach, und das war alles.« Womit die Abteilung Lügen- und Fantasiegeschichten endgültig eröffnet war. Er hätte eine Menge darüber erzählen können, was *danach* kam, aber er wollte es nicht. Mit manchen Erinnerungen wurde man vielleicht fertig, wenn man sich ihnen stellte, aber manche ließ man besser, wo sie waren.

»Das ist ... schade«, sagte Angela. Sie klang ehrlich enttäuscht. »Ich dachte, ich könnte auf diese Weise vielleicht mehr darüber erfahren. Aus erster Hand, sozusagen.«

»Das kommt schon noch früh genug«, murmelte Bremer. »Ich für meinen Teil weiß noch viel zu wenig über das Leben, um mich für den Tod zu interessieren.«

»Wie philosophisch«, parierte Angela spöttisch. »Von wem ist dieser Satz?«

»Von mir«, antwortete Bremer. »Und jetzt schlage ich vor, daß wir das Thema wechseln.« Er wies mit einer Kopfbewegung zur Theke. »Und vor allem das Lokal. Der Wirt hat mir zu große Ohren.«

»Gute Idee«, sagte Angela. »Gehen wir zu dir oder zu mir?«

»Bitte nicht«, seufzte Bremer. »Ich bin wirklich nicht in der Stimmung für solche Scherze.«

»Wer sagt, daß ich scherze?« fragte Angela. »Wir haben wirklich ein Problem. Wir können nicht in deine Wohnung. Selbst wenn es dort noch nicht von unseren Freunden wimmelt, beobachten sie garantiert den ganzen Block. Und dasselbe gilt wahrscheinlich für meine Wohnung. Vorausgesetzt, sie haben mich erkannt – aber wir gehen besser davon aus, daß sie es haben. Hast du irgendwelche Freunde, zu denen wir könnten?«

Bremer schüttelte den Kopf. Er hatte eine Anzahl Bekannter, aber niemanden, den er wirklich als Freund bezeichnet hätte. Und hätte es einen solchen gegeben, hätte er den Teufel getan, und ihn in diese Geschichte hineingezogen.

»Kollegen?«

Darauf antwortete er gar nicht.

Angela seufzte. »Dann bleibt uns nur ein Hotel. Ich bin

erst seit ein paar Tagen in der Stadt. Ich kenne hier noch niemanden.« Sie lachte. »Ist das nicht komisch? Noch vor ein paar Stunden wolltest du mich auf der Stelle zum Teufel jagen. Und jetzt verbringen wir schon unsere erste Nacht zusammen im Hotel.«

»Nein«, antwortete Bremer betont, »das ist *nicht* komisch. Und wir werden es auch nicht tun. *Ich* verbringe die Nacht in einem Hotel (Er hatte nicht vor, *das* zu tun, aber je weniger sie wußte, desto sicherer war sie vermutlich), und du fährst nach Hause. Oder sonstwohin. Das hier geht nur mich etwas an.«

»Beeindruckend«, sagte Angela. »Dabei gibt es nur ein Problem: Ich habe die Autoschlüssel. Und ich verleihe meinen Wagen prinzipiell nicht.«

»Es gibt fünftausend Taxen in Berlin«, antwortete Bremer und stand auf. »Mit ein bißchen Glück werde ich vielleicht eine davon ergattern.«

»Aber ...«

»Nichts aber.« Bremer hatte die Stimme weit genug erhoben, daß sowohl der Wirt als auch die beiden Gäste an der Theke, die trotz der angeblichen Sperrstunde noch dasaßen, und ihr Bier tranken, die Köpfe hoben und zu ihnen herübersahen. »Ich danke Ihnen für Ihre Hilfe, Frau West. Aber alles, was jetzt noch kommt, erledige ich besser allein.«

»Frau West?« Angela klang verletzt, und genau das sollte sie auch, gerade *weil* sie ihm nicht gleichgültig war. Ihre Worte hatten eine viel nachhaltigere Wirkung auf ihn ausgeübt, als ihr selbst klar sein mochte. So unterschiedlich die Voraussetzungen auch waren, die Ereignisse von damals und die von heute ähnelten sich in einem ganz bestimmten Punkt zu sehr, um es als bloßen Zufall abzutun. Es hatte wieder angefangen. Vor fünf Jahren hatte es mit dem Tod beinahe aller Beteiligten geendet, und allein das war mehr als Grund genug für ihn, sich von ihr zu trennen.

»Das ist ... ein bißchen billig«, murmelte Angela, als er nicht antwortete.

Bremer zuckte mit den Schultern. »So bin ich nun einmal«, sagte er grob.

Bevor sie die Gelegenheit fand, etwas zu erwidern, drehte er sich um und ging.

13

Cremer wäre um ein Haar eingeschlafen, und das war nicht gut. Aus zwei Gründen: Der eine war, daß Braun es nicht besonders schätzte, wenn seine Leute während eines Einsatzes schliefen – selbst wenn dieser Einsatz nur darin bestand, eine menschenleere Straße zu bewachen, einen Friedhof und eine Kirche, die so aussahen, als wäre selbst Gott vor ungefähr fünfhundert Jahren daraus ausgezogen. Der andere – irrational, aber im Moment mindestens ebenso gewichtig – war, daß Cremer im Verlauf des Abends schon mehrmals kurz eingenickt *war* und während dieser stets nur Sekunden dauernden Schlafphasen Fetzen eines Alptraumes erlebt hatte, die übel genug waren, ihm keinen Appetit auf eine Fortsetzung zu machen.

Er sah auf die Uhr. Noch gute vier Stunden, bis sie abgelöst wurden. Eine Ewigkeit, aber auch wieder nicht so lange, daß sie nicht durchzustehen waren.

Cremer griff in die Tasche, tastete nach seinen Zigaretten und zog die Hand dann wieder zurück. Er hatte schon entschieden zuviel geraucht. Die Luft im Wagen war zum Schneiden dick, und selbst ihm als Kettenraucher fiel der üble Geruch auf, der sich in den Polstern eingenistet hatte. Außerdem hatte er ein unangenehmes Kratzen im Hals und leichte Kopfschmerzen. Wahrscheinlich war der übermäßige Nikotinmißbrauch auch der Grund für seine Alpträume.

Er ließ das Seitenfenster des BMW weiter herunterfahren und atmete die kalte Nachtluft in tiefen, schon fast gierigen Zügen ein. Es half nicht viel. Der dumpfe Druck zwischen seinen Schläfen blieb, und er begann zusätzlich noch zu frieren. Cremer zog eine Grimasse, schloß das Fenster wieder und griff nun doch nach seinen Zigaretten. Als er das Feuerzeug aus der Tasche zog, wurde die Beifahrertür aufgerissen, und Reinhold kam zurück. Er hatte eine Pinkelpause gemacht, die neunte oder zehnte in dieser Nacht. Entweder, dachte Cremer spöttisch, hatte er noch einen Nebenjob, von dem niemand wußte, oder er sollte dringend einen Urologen aufsuchen.

»Muß das sein?« nörgelte Reinhold, als er die Zigarettenpackung in Cremers Hand sah. »Hier drin stinkt's sowieso schon wie in einer Bahnhofskneipe.«

Unter normalen Umständen wäre allein diese Bemerkung für Cremer Anlaß genug gewesen, sich jetzt erst recht eine Zigarette anzuzünden; zumal er Reinhold sowieso nicht leiden konnte. Irgendwie waren die Umstände in dieser Nacht aber nicht normal. Er war in außergewöhnlich versöhnlicher Stimmung, und das leise, aber permanente Hämmern zwischen seinen Schläfen gab Reinhold zusätzlich recht. Er sah ihn nur eine Sekunde stirnrunzelnd an, dann zuckte er mit den Schultern und steckte Zigaretten und Feuerzeug wieder ein.

Als er es getan hatte, tauchte das Scheinwerferpaar eines Wagens im Rückspiegel auf. In einer gottverlassenen Gegend wie dieser war das allein schon etwas Besonderes. Seit Reinhold und er ihre Wache angetreten hatten, hatten sie kaum mehr als ein Dutzend Fahrzeuge gesehen. Sie waren allesamt vorbeigefahren.

Dieser nicht. Der Wagen wurde langsamer, näherte sich dem rechten Straßenrand und verlor noch weiter an Geschwindigkeit, so daß Cremer schon glaubte, er würde unmittelbar hinter ihnen anhalten. Seine Gedanken begannen plötzlich zu rasen. Er wäre kein bißchen überrascht, wenn es Braun selbst wäre, der zu einer unangemeldeten Stippvisite vorbeikam. Braun war dafür bekannt, seine Leute manchmal in den unmöglichsten Augenblicken zu kontrollieren. Rasch ließ er seinen Blick über das Armaturenbrett vor sich streifen. Alles war in Ordnung. Das Funkgerät war auf Empfang geschaltet, Fernglas und Kamera lagen griffbereit da. Er hatte sich nichts vorzuwerfen.

Als er den Blick wieder hob, hatte sich das Scheinwerferpaar bis auf zehn Meter genähert. Im buchstäblich letzten Moment machte der Wagen einen Schlenker nach links und fuhr so dicht an ihnen vorbei, daß Cremer nicht überrascht gewesen wäre, hätten sich ihre Spiegel berührt. Neben ihm sog Reinhold erschrocken die Luft durch die Zähne und ließ sich im Sitz nach unten sinken, und Cremer reagierte blitzschnell (und wahrscheinlich trotzdem zu spät) und tat dasselbe. Seine Knie stießen schmerzhaft gegen das Lenkrad, und noch während er nach unten glitt, konnte er sehen, daß es sich bei dem anderen Wagen um ein Taxi handelte. Die Innenbeleuchtung war eingeschaltet, und der einzige Fahrgast saß vorne neben dem Fahrer und hatte das Gesicht in ihre Richtung gedreht.

»Scheiße!« fluchte Reinhold. »Wenn das unser Freund war, dann hat er uns erkannt.«

Cremer hätte ihm gerne widersprochen, aber er konnte es nicht. Zum einen hatte Reinhold vollkommen recht, und zum anderen hing er in einer so unbequemen Lage im Sitz, daß er kaum noch Luft bekam.

Mit einiger Mühe arbeitete er sich wieder hoch, warf Reinhold einen zwar grundlosen, aber nichtsdestoweniger wütenden Blick zu und konzentrierte sich dann wieder auf den anderen Wagen. Das Taxi war mittlerweile mit permanent aufleuchtenden Bremslichtern weitergerollt und hatte sich bereits gute zwanzig Meter entfernt. Reinhold hatte recht, dachte er. Wenn Bremer in dem Taxi saß, dann *mußte* er sie einfach erkannt haben. Der BMW hatte getönte Scheiben, durch die man selbst bei Tageslicht nur schwer hindurchsehen konnte, aber allein der Wagen selbst fiel in einer Gegend wie dieser auf wie der sprichwörtliche bunte Hund. Braun würde toben.

Das Taxi rollte immer langsamer werdend weiter, machte einen plötzlichen Schlenker nach rechts, der sein Vorderrad garantiert unsanfte Bekanntschaft mit der Bordsteinkante schließen ließ, und wendete dann. Augenblicke später hielt der Wagen vor dem schmiedeeisernen Tor auf der anderen Straßenseite an. Die Beifahrertür ging auf.

Wieder reagierte Reinhold schneller als er. Er griff nach dem Feldstecher, schaltete den Rotlichtverstärker ein und setzte das Glas an, noch während Cremer sich mit dem sinnlosen Versuch abmühte, den Mann, der aus dem Taxi stieg, mit bloßem Auge identifizieren zu wollen. Zwei oder drei Sekunden verstrichen, dann sagte Reinhol: »Volltreffer. Mach Meldung.«

Der Kerl sammelte allmählich gewaltig Minuspunkte, dachte Cremer. Wütend griff er nach dem Funkgerät, löste das Mikrofon aus seiner Halterung und drückte die Sprechtaste.

Das Schicksal meinte es an diesem Abend nicht gut mit ihm. Braun selbst war am anderen Ende der Leitung, und er meldete sich so schnell, als hätte er mit der Hand auf dem Sprechknopf auf seinen Anruf gewartet. Cremer blieb nicht einmal Zeit, sich ein paar wohlklingende Worte zu überlegen, um Braun sanftmütig zu stimmen. Verdammt, schlief dieser Kerl eigentlich nie?

»Ja?«

»Einheit vier«, sagte Cremer unbehaglich. »Das Zielobjekt ist gerade eingetroffen.« Er kam sich albern dabei vor. Seine Meldung entsprach den Vorschriften, war aber trotzdem ziemlich idiotisch. Die Frequenz, auf der sie redeten, war praktisch abhörsicher. Wer immer sich die Mühe machte, Technik im Wert von einer halben Million und genug Know-how aufzubieten, um der NASA Konkurrenz zu machen, nur um sie abzuhören, der würde auch wissen, worüber sie sprachen.

»Sind Sie sicher?« fragte Braun.

Cremer nickte; keine besonders effiziente Antwort, wenn man ein Mikrofon in der Hand hielt. Nach einer Sekunde fügte er ein hastiges ›Ja‹ hinzu.

»Erstaunlich«, sagte Braun. »Ich hätte nicht zu hoffen gewagt, daß er es uns so leicht macht. Was tut er?«

»Er hat gerade das Taxi bezahlt und geht jetzt auf die

Kirche zu«, antwortete Cremer. »Sehr langsam. Anscheinend ist er sich nicht sicher. Das Taxi fährt ab.«

»Können Sie die Nummer erkennen?«

Reinhold richtete sein Nachtsichtgerät auf das Taxi, folgte ihm für zwei oder drei Sekunden und sagte: »Siebenundfünfzig, neunzehn.«

Cremer wiederholte die Nummer. Für eine oder zwei Sekunden herrschte Schweigen im Funkgerät, eine so vollkommene, totale Stille, daß sich Cremer nicht zum erstenmal die altmodischen analogen Geräte zurückwünschte, bei denen man wenigstens noch ein statisches Knistern hörte, nicht diese unheimliche, digitale Stille. Natürlich wußte er, was Braun in diesen zwei Sekunden tat. Er sorgte dafür, daß es morgen früh ein Taxi weniger in Berlin geben würde.

»Er geht hinein«, sagte Reinhold. »Ich kann nicht erkennen, ob ihm jemand aufgemacht hat. Er ist drinnen.«

Cremer gab die Meldung an Braun weiter. Nach einer Sekunde des Zögerns (für die er sich selbst verfluchte) fügte er hinzu: »... noch etwas. Ich fürchte, er hat uns entdeckt.«

Womit immer er gerechnet hatte, es geschah nicht. Braun schwieg nur eine oder zwei quälende Sekunden, dann sagte er: »Das spielt jetzt auch keine Rolle mehr. Bleiben Sie, wo sie sind. Ich bin auf dem Weg zu Ihnen. Wenn er die Kirche verläßt, bevor ich eintreffe, setzen Sie ihn fest.«

14

Von den fünftausend Taxen, die es Bremers Behauptung nach in Berlin gab (er hatte die Zahl in genau dem Moment erfunden, in dem er sie ausgesprochen hatte), hatte sich kein einziges in die Gegend verirrt, in der die Kneipe lag, und die einsame Telefonzelle, die er am Ende der Straße entdeckte, war ein Opfer von Vandalen geworden: Jemand war dem Apparat mit einer Brechstange zu Leibe gerückt, um an den Münzspeicher zu kommen, und der Hörer war abgerissen. Bremer blieb keine andere Wahl, als auf gut Glück loszumarschieren und darauf zu hoffen, daß irgendwann ein Taxi vorbeikommen oder er in eine etwas belebtere Gegend gelangen würde.

Er mußte gute zehn Minuten in strengem Tempo marschieren, ehe der Verkehr auf den Straßen allmählich wieder zunahm, und noch einmal fünf, bis er das erste Taxi sah. Das gelbe Schild auf seinem Dach war eingeschaltet, und er war auch ziemlich sicher, daß der Fahrer sein hektisches Winken bemerkte. Trotzdem hielt er nicht an, sondern beschleunigte ganz im Gegenteil, als Bremer auf die Straße treten wollte, um ihn auf diese Weise zum Anhalten zu zwingen. Bremer schickte einen wütenden Blick und einen gedanklichen Fluch hinterher, sagte sich aber gleichzeitig auch, daß er den Fahrer fast verstand. Die Gegend war in den letzten zehn Minuten ein wenig besser geworden, aber wirklich nur ein wenig. Und auch er selbst bot keinen sehr vertrauenerweckenden Anblick. Angela und er hatten seine Wohnung ziemlich überhastet verlassen, so daß er trotz der Kälte nur ein dünnes Jackett trug, und es hatte wieder leicht zu nieseln begonnen. Seine Kleider klebten ihm naß am Körper, und das Haar hing ihm in langen, nassen Strähnen ins Gesicht. Vermutlich hätte er sich selbst auch nicht mitgenommen.

Das zweite Taxi fuhr ebenso vorbei wie das erste; beim dritten Mal versuchte Bremer erst gar nicht, den Wagen auf normale Weise anzuhalten, sondern trat mit einem plötzlichen Schritt auf die Straße hinaus und hob erst dann den Arm. Bremsen quietschten. Der Wagen kam zwischen zwei hoch aufschießenden Wasserfontänen unmittelbar vor ihm zum Stehen, und Bremer eilte so schnell um die Kühlerhaube herum und riß die Beifahrertür auf, daß dem Fahrer nicht einmal Zeit blieb, seinen Schrecken zu überwinden. Seiner Gesichtsfarbe und den entsetzt aufgerissenen Augen nach zu schließen, mußte er gewaltig gewesen sein.

Bremer ließ sich auf den Beifahrersitz fallen, knallte die

Tür hinter sich zu und zog in der gleichen Bewegung den Zettel aus der Tasche, auf dem Angela ihm Vater Thomas' Adresse ausgedruckt hatte.

»Wissen Sie, wo das ist?« fragte er.

Der Taxifahrer würdigte das Papier nicht einmal eines Blickes, sondern starrte Bremer weiter aus entsetzt aufgerissenen Augen an. »Sind … Sie wahnsinnig?« stammelte er. »Um … um ein Haar hätte ich Sie überfahren!«

»Haben Sie aber nicht, oder?« Bremer wedelte ungeduldig mit dem Blatt Papier. »Fahren Sie los, bitte.« Als der Mann immer noch zögerte, ließ er den Ausdruck sinken und zog statt dessen seinen Dienstausweis aus der Jackentasche. »Hören Sie, mein Freund. Ich weiß, daß ich wahrscheinlich einen komischen Eindruck auf Sie mache, aber die Angelegenheit ist wirklich wichtig. Ich kann es Ihnen jetzt nicht erklären, aber ich bin nicht das, wofür Sie mich halten.«

Der Taxifahrer wirkte kein bißchen weniger verstört als zuvor, nachdem er Bremers Ausweis in Augenschein genommen hatte, aber er legte immerhin den Gang ein und fuhr los. Bremer mußte an das denken, was er Angela vor einer Viertelstunde über den Umgang mit ihrem Dienstausweis erzählt hatte, und unterdrückte ein Lächeln. Manchmal änderten sich die Dinge schneller, als man ahnte.

»Wie lange werden wir ungefähr brauchen?« fragte er nach einer Weile.

Der Fahrer zuckte unmerklich zusammen und schaltete sein Taxameter ein, ehe er antwortete. »Nicht lange«, sagte er. »Zehn Minuten. Vielleicht fünfzehn. Um diese Zeit ist nicht viel Verkehr.«

Bremer versuchte sich den Stadtplan in Erinnerung zu rufen. Wenn er nicht völlig danebenlag, dann waren es von hier bis zur Baldowstraße, wo sie Rosen gefunden hatten, eine gute halbe Stunde Fahrt, selbst um diese Uhrzeit. Vater Thomas' Kirche lag eindeutig nicht in der Nähe des heruntergekommenen Fabrikhofs.

»Darf ich Ihnen einen Frage stellen?« fragte er.

»Ich dachte, das wäre Ihr Job«, sagte der Taxifahrer. Er

sah Bremer nicht an. Sein Blick blieb starr auf die Straße gerichtet.

»Vorhin, als Sie mich gesehen haben«, fuhr Bremer fort, »Sie wollten nicht anhalten, habe ich recht? Ich meine: Ihr gelbes Licht war an, und ich nehme nicht an, daß Sie aus purer Langeweile nachts durch Berlin fahren, sondern wohl eher, weil Sie auf der Suche nach Fahrgästen sind. Trotzdem wären Sie weitergefahren, wenn ich Ihnen nicht quasi vor den Kühler gesprungen wäre. Warum?«

»Was soll das?« fragte der Fahrer. Er sah Bremer immer noch nicht an, sondern blickte weiter starr geradeaus, aber seine Nervosität nahm spürbar zu. »Ich habe Sie ...«

»Ganz deutlich gesehen«, fiel ihm Bremer ins Wort. »Verstehen Sie mich nicht falsch. Ich will Ihnen keinen Ärger machen. Ich habe einen ganz bestimmten Grund für diese Frage. Ihre beiden Kollegen, die ich vorher anhalten wollte, hätten mich um ein Haar über den Haufen gefahren, und Sie hätten es am liebsten auch getan. Ich möchte nur wissen, warum. Antworten Sie ehrlich – auch wenn es noch so verrückt klingt.«

Der Mann schaltete die Scheibenwischer ein und fummelte ein paar Augenblicke an seinem Funkgerät herum, um Zeit zu gewinnen. Er versuchte, Bremer anzusehen, drehte dann aber hastig wieder den Kopf weg, als sich ihre Blicke begegneten. »Ich ... hatte so ein Gefühl«, sagte er ausweichend.

»Ein Gefühl?«

Der Taxifahrer zuckte mit den Schultern. Seine Hände schlossen sich so fest um das Lenkrad, daß der Lederbezug knirschte. »Daß es besser wäre, nicht anzuhalten«, sagte er. »Ich weiß, es klingt komisch. Aber ich ... *wollte* nicht anhalten.« Er zuckte erneut mit den Schultern. »Sie haben gefragt.«

Und er wollte auch nicht mit ihm reden. Wenn Bremer eines deutlich spürte, dann, wieviel Unbehagen es dem Mann bereitete, seine Fragen zu beantworten; vielleicht sogar schon, seine bloße Gegenwart zu ertragen. Nun, es war, wie der Mann gesagt hatte: Er hatte gefragt und eine Antwort bekommen. Er hatte kaum das Recht, sich darüber zu beschweren.

Der Rest der Fahrt verlief in unangenehmem, fast schon ängstlichem Schweigen. Bremer tat es dem Fahrer gleich und blickte starr auf die Straße hinaus, aber ihm entging natürlich nicht, daß der Mann ihn manchmal verstohlen aus den Augenwinkeln musterte, und er konnte die Anspannung, unter der er stand, fast körperlich greifen. Sie brauchten tatsächlich nur gute zehn Minuten, um die Pfarrei St. Peter zu erreichen, aber Bremer war sicher, daß es dem Mann vorkam wie zehnmal so lange.

Als sie in die Straße einbogen, in der die Kirche lag, erlebte er die nächste, unangenehme Überraschung: Zwanzig oder dreißig Meter entfernt und auf der anderen Straßenseite parkte ein dunkelblauer oder schwarzer BMW der Luxusklasse. Die getönten Scheiben waren von innen beschlagen, und gerade, als sie in die Straße einbogen, löste sich eine schattenhafte Gestalt aus einer Toreinfahrt in der Nähe und stieg auf der Beifahrerseite in den Wagen. Daß er auf dieser Seite einstieg bedeutete, das noch ein anderer, der BMW-Fahrer, im Auto saß.

Er fragte sich, wieso er eigentlich überrascht war. Er hatte kein Recht dazu. Offensichtlich hatte er eine der Grundregeln der Polizeiarbeit vergessen: prinzipiell davon auszugehen, daß die andere Seite mindestens genau so gut informiert war wie man selbst, und im Zweifelsfall nicht dümmer, sondern schlauer agierte.

Der Taxifahrer hatte bereits Tempo weggenommen und einen Gang heruntergeschaltet, aber ihm mußte Bremers Reaktion wohl aufgefallen sein, denn er fragte: »Kollegen von Ihnen?« Ohne seine Antwort abzuwarten, bremste er weiter ab und machte Anstalten, unmittelbar hinter dem BMW anzuhalten.

»Nein«, antwortete Bremer. »Nicht unbedingt. Halten Sie auf der anderen Seite. Direkt vor dem Tor.«

Das Taxi beschleunigte wieder und passierte den anderen Wagen so dicht, daß wahrscheinlich nicht einmal mehr der berühmte Bierdeckel dazwischen gepaßt hätte. Als sie auf gleicher Höhe waren, drehte Bremer den Kopf zur Seite und versuchte, einen Blick in das andere Fahrzeug zu erhaschen; allerdings ohne Erfolg. Die getönten Scheiben machten es unmöglich, irgend etwas dahinter zu erkennen.

Sie fuhren ein kleines Stück weiter, wendeten und hielten vor einem überdimensionalen geschmiedeten Metalltor an. Das Gebäude dahinter war nur als Schemen zu erkennen, wirkte aber vielleicht gerade deshalb unheimlich, auf eine schwer in Worte zu fassende Weise fast lebendig. Die Kirche war nicht beleuchtet – was erwartete er, um zwei Uhr nachts? – und eine Sekunde lang fragte er sich, was, zum Teufel, er hier eigentlich tat. Er wußte noch nicht einmal, ob dieser sonderbare Geistliche tatsächlich hier wohnte. Das Pfarrhaus konnte ebenso gut einen Block entfernt sein, oder auch zehn.

»Soll ich auf Sie warten?« fragte der Taxifahrer.

Bremer zog seine Brieftasche hervor und zählte den Fahrpreis ab, den das Taxameter angab, einschließlich eines wirklich großzügig bemessenen Trinkgeldes. Seine impulsive Antwort auf die Frage des Mannes wäre ein klares Ja gewesen – es war gut möglich, daß er an eine verschlossene Tür klopfte, und in dieser Gegend ein neues Taxi zu bekommen, war so gut wie ausgeschlossen. Aber dann sah er hoch und blickte wieder den Wagen auf der anderen Straßenseite an, und das erleichterte ihm die Entscheidung.

»Nein«, sagte er. »Fahren Sie ruhig. Und ... noch etwas. Sind Sie verheiratet?«

»Wie?«

»Wenn Sie es sind, dann nehmen Sie Ihre Familie und fahren ein paar Tage weg.« Bremer griff erneut in die Brieftasche, nahm einen Hunderter und nach kurzem Zögern noch einen zweiten heraus und gab sie dem Fahrer. Damit war er so gut wie pleite, aber das machte nichts. Geld war vermutlich das letzte, was er in den nächsten Tagen brauchte.

»Sie ziehen mich doch da nicht in eine krumme Geschichte hinein?«

»Machen Sie sich einfach ein paar schöne Tage«, sagte

Bremer. Angesichts der Summe, die er dem Mann gegeben hatte, ein lächerlicher Vorschlag, aber mehr hatte er nicht. »Falls jemand kommt und sich nach mir erkundigt, sagen Sie die Wahrheit.«

»Was für eine Wahrheit?« fragte der Fahrer. »Ich weiß doch gar nichts.«

»Eben.« Bremer stieg aus, warf die Tür sehr viel heftiger ins Schloß, als nötig gewesen wäre, und wartete, bis der Wagen abgefahren war. Dabei hielt er den BMW auf der anderen Straßenseite aufmerksam im Auge. Nichts rührte sich. Zumindest fuhren sie nicht gleich hinterher, um den armen Kerl aus dem Verkehr zu ziehen.

Wahrscheinlich sah er zu schwarz, versuchte er sich zu beruhigen. Seine Verfolger hatten anderes zu tun, als einen harmlosen Taxifahrer zu jagen. Sie würden ihm maximal ein paar Fragen stellen und es damit gut sein lassen. Sie wären dämlich, mehr zu tun. Einen Menschen einfach verschwinden zu lassen, wirbelte viel zuviel Staub auf. Trotzdem blieb er reglos stehen und wartete, bis der Wagen hinter der nächsten Biegung verschwunden war. Erst dann drehte er sich herum, öffnete das Tor und trat hindurch.

Augenblicklich vergaß er den Taxifahrer, die Männer im blauen BMW und auch alles andere. Die Szenerie, die sich vor ihm ausbreitete, war durch und durch gespenstisch. Sie hätte aus einem Hammer-Film aus den Fünfzigern stammen können, abgesehen davon vielleicht, daß ihr die rührende Naivität jener Szenarien fehlte. Trotzdem wirkte sie genau so unwirklich – und auf eine ganz und gar nicht schwer in Worte zu fassende Weise furchteinflößend.

Die Kirche war überraschend groß und wirkte dadurch, daß sie vollkommen allein auf dem weitläufigen Grundstück stand, noch größer; ein gotischer Prachtbau, der zu DDR-Zeiten bewußt dem Verfall anheim gegeben worden war und sich diesem mit der Beharrlichkeit wirklich *alter* Gebäude widersetzt hatte. Auf der linken Seite des Grundstückes erstreckte sich das, was einmal ein Friedhof gewesen war: Einige zum Teil vollständig umgestürzte Grabsteine, und zwei oder drei lebensgroße Statuen, die vielleicht

Engel darstellen mochten. Bremer hütete sich, genau hinzusehen. Es gab Dinge, die man schon durch Blicke wecken konnte – vor allem solche, die in einem selbst waren.

Sehr viel hätte er ohnehin nicht erkennen können. Trotz des noch immer anhaltenden leichten Nieselregens war Nebel aufgekommen, der nicht sehr dicht war, trotzdem aber alles ineinanderfließen ließ, was weiter als zwanzig oder dreißig Schritte entfernt lag. Außerdem hatte er die unangenehme Eigenschaft, den Eindruck von Bewegung zu erwecken, wo keine war. Und in dem Zustand, in dem sich Bremer befand, tat er vielleicht gut daran, seiner Fantasie nicht noch mehr Nahrung zu geben.

Er beschleunigte seine Schritte, eilte die breite Treppe zum Kirchenportal hoch und vermied es dabei ganz bewußt, das Gebäude zu genau zu betrachten. Rechts und links, aber auch über dem Portal, starrten ihn dämonenköpfige Wasserspeier und verschnörkelte Gargoylen an; noch mehr Futter für seine Fantasie, das er in Moment nun wirklich nicht gebrauchen konnte.

Trotzdem blieb er noch einmal stehen und sah sich um, ehe er die Hand nach dem Türgriff ausstreckte. Wenn es so etwas wie ein Pfarrhaus gab, dann lag es entweder genau auf der anderen Seite oder war hinter den immer dichter werdenden Nebelschwaden verborgen. Höchstwahrscheinlich gab es keines.

Bremer gestand sich ein, daß er alles andere als professionell vorging. Von dem Moment an, in dem er Angela in seine Wohnung gelassen hatte, hatte er so ziemlich alles falschgemacht, was man nur falsch machen konnte.

Aber schließlich hatte ihn auch niemand auf eine *solche* Situation vorbereitet.

Er verscheuchte den Gedanken, streckte die Hand aus und drückte die schwere Klinke nach unten. Wenn er Vater Thomas nicht antraf, dann hatte er wenigstens ein trockenes Plätzchen, an dem er den Rest der Nacht zubringen konnte. Vielleicht fand er sogar ein paar Stunden Schlaf. Er war sehr müde. Die Zeiten, in denen er ganze Nächte durchmachen und am nächsten Morgen unbeeindruckt weitermachen konnte, als wäre nichts geschehen, waren schon lange vorbei.

Die Tür war sehr schwer, aber nicht verschlossen, und als Bremer sich mit immer noch höllisch schmerzender Schulter dagegen stemmte und sie aufschob, sah er, daß dahinter noch Licht brannte, auch wenn es sich nur um einen blassen, rötlich gelben Schimmer handelte. Er trat nicht gerade durch die Tür, sondern schraubte sich mit einer Dreihundertsechzig-Grad-Drehung hindurch, um noch einen letzten Blick auf den Wagen auf der anderen Straßenseite zu werfen. Hinter den getönten Scheiben rührte sich immer noch nichts, aber für einen kurzen Moment, vielleicht nur den hundertsten Teil einer Sekunde, glaubte er einen hektischen Tanz der Schatten zu beobachten, als hätten sich tausende rauchiger Nebelfalter aus ihrem Versteck jenseits der Wirklichkeit gelöst und umkreisten das Fahrzeug.

Bremer blinzelte, und die Vision verschwand. Offenbar begann er allmählich *wirklich* zu halluzinieren. Es wurde Zeit, daß er ein wenig Schlaf bekam.

Er schloß die Tür, machte einen Schritt in die Kirche hinein und blieb wieder stehen, um sich umzusehen. Im ersten Moment war er verwirrt. Vor ihm erstreckte sich nur ein gutes Dutzend wuchtiger Bankreihen, vor denen sich ein unerwartet schlichter Altar unter einem gewaltigen Holzkreuz erhob. Offenbar hatten die Architekten des Gebäudes zu einem optischen Trick gegriffen, der es von außen sehr viel größer erscheinen ließ, als es war. Das einzige Licht kam von zwei ungleich heruntergebrannten Kerzen auf dem Altar, die viel mehr Schatten als Helligkeit entstehen ließen. Und auch mit der Akustik hier drinnen stimmte etwas nicht. Als Bremer weiterging, erzeugten seine Schritte lang nachhallende, hohle Echos, als befände er sich tatsächlich in einer Kathedrale, nicht in einer Kirche, die eher das Attribut *klein* verdiente.

Während er langsam zwischen den Bankreihen hindurchging, ließ er seinen Blick nach rechts und links schweifen. Es war allerdings müßig. Das Licht der beiden

Kerzen reichte nicht aus, die Abgründe zwischen den schweren Eichenbänken zu erhellen. Die Vorstellung, was sich alles in diesen schwarzen Schluchten verbergen mochte, hätte ihn mit Unbehagen erfüllt, hätte er sich solche Gedanken gestattet.

Er tat es nicht, aber ein anderer, ebenso unheimlicher Gedanke überkam ihn, während er sich dem Altar näherte. Bremer bezeichnete sich selbst als religiös – in seinem ganz privaten Sinne –, hatte aber nie viel mit der Kirche am Hut gehabt. Er verabscheute jede Art von Zwang, und Reglementierungen im vielleicht privatesten aller Bereiche, der Frage nach Gott oder einem gleich wie gearteten höheren Wesen, erst recht. Trotzdem hatte er Kirchen stets als einen Ort der Zuflucht empfunden, einen Platz, der Vertrauen und Geborgenheit ausstrahlte, und der offen für die war, die keinen anderen Ort mehr hatten, an den sie gehen sollten.

Diese Kirche war das genaue Gegenteil. Alles hier verströmte Furcht, schlimmer noch: *Ablehnung*. Er sollte hier nicht sein. Niemand sollte hier sein. Die Schatten, jeder Quadratzentimeter des Bodens, jeder Stein, jedes Molekül der Luft schrien ihm zu, daß er gehen sollte, diesen Ort fliehen, der ein Hort der Schatten und der Angst war, kein Platz für Menschen. Bremer versuchte, auch diesen Gedanken zu verscheuchen, aber es gelang ihm nicht. Vielleicht, weil es sich dabei nicht *nur* um Einbildung handelte.

Hinter ihm raschelte etwas.

Das Geräusch war sehr leise, in der vollkommenen Stille hier drinnen aber ganz deutlich zu vernehmen. Bremer fuhr erschrocken herum, riß die Augen auf und versuchte die Schwärze hinter sich mit Blicken zu durchdringen. Sein Herz pochte. Ohne es zu wollen, wich er einen Schritt zurück und prallte schmerzhaft mit den Nieren gegen die steinerne Kante des Altars.

Der plötzliche, heftige Schmerz stach wie ein Leuchtfeuer durch die Unwirklichkeit, die ihn umgab. Weil er so unerwartet kam, empfand Bremer den Schmerz als doppelt schlimm. Für einen Moment wurde ihm schwindelig. Er stöhnte, preßte die linke Hand in die Nierengegend und blinzelte ein paarmal, um klarer sehen zu können.

Das Rascheln wiederholte sich. Es war lauter, und diesmal konnte Bremer die Richtung orten, aus der es kam: rechts von ihm, und hinter der dritten oder vierten Bankreihe. Bremer starrte so konzentriert in diese Richtung, daß seine Augen weh taten. Er sah nichts. Die Dunkelheit schien nur noch tiefer zu werden, füllte sich mit etwas, das vielleicht keinen Körper, sehr wohl aber Substanz hatte.

Das Rascheln und Schleifen erklang zum drittenmal, und diesmal hörte es nicht wieder auf, sondern hielt an und wurde zugleich lauter, und dann richtete sich ein Schatten zwischen den Bankreihen auf, riesig, verzerrt und schwarz, wuchs weiter und weiter und weiter und …

… wurde zu einem Menschen.

Bremer konnte nicht sagen, wer überraschter war – Thomas oder er. Der Geistliche blinzelte ihn aus Augen an, die noch trüb und verquollen vom Schlaf waren. Sein Gesicht war unnatürlich blaß, und der Umstand, daß er mit Ausnahme seines weißen Priesterkragens vollkommen schwarz gekleidet war, ließ es scheinbar schwerelos im Nichts schweben. Bremer erkannte ihn sofort und ohne den geringsten Zweifel, obwohl er ihn nur ein einziges Mal gesehen hatte, und auch das nur für wenige Minuten. Trotzdem beruhigte sich sein hämmernder Puls nicht, sondern raste nur noch schneller, und sein Atem ging so schnell, daß er kurz davor stand, zu hyperventilieren.

»Herr … Bremer?« Thomas blinzelte ein paarmal und hob eine ebenfalls geisterhaft im Nichts schwebende Hand, um sich schlaftrunken damit über die Augen zu fahren. Ganz offensichtlich hatte er lang ausgestreckt auf der Bank gelegen und geschlafen.

»Vater Thomas.« Bremer hustete, um sein Keuchen zu überspielen. »Es tut mir leid, wenn ich …«

»Sie haben mich nicht gestört. Im Gegenteil.« Thomas stand auf. Die Muskeln an seinem Hals traten sichtbar hervor, als er ein Gähnen unterdrückte, und seine ganze Haltung wirkte entspannt. Wäre er allein gewesen, dann hätte er sich jetzt herzhaft gereckt. Während er sich mit kleinen, ungelenk wirkenden Schritten zwischen den Bankreihen ins Freie schob, fuhr er fort: »Ich muß mich entschuldigen. Ich wollte nicht einschlafen. Aber ich war müde, die Zeit verging ...« Er zuckte mit den Schultern und lächelte verlegen. »Manchmal ist das Fleisch eben doch stärker als der Geist.«

Er kam langsam auf Bremer zu und gähnte nun doch, ungeniert und mit weit offenem Mund. Zumindest hatte er jetzt wieder einen Körper. Die Schwärze hinter ihm war dunkelgrau geworden, so daß sich seine Gestalt deutlich davor abhob. Bremer ertappte sich dabei, Thomas' Schultern einer ganz besonders eingehenden Musterung zu unterziehen. Wonach suchte er eigentlich? Nach Flügeln? Lächerlich!

Thomas schob umständlich den Ärmel hoch und sah auf die Uhr. »Sie kommen spät.«

»Sagen Sie nicht, Sie hätten mich erwartet«, sagte Bremer. »Vor einer Stunde wußte ich selbst noch nicht, daß ich herkommen würde.« Wenn er ganz ehrlich war, dann wußte er auch jetzt noch nicht genau, warum er eigentlich hier war. Vielleicht nur aus einem Gefühl heraus. Und vielleicht dem Umstand, daß Vater Thomas die einzige, jämmerliche Spur war, die er in dieser Geschichte hatte.

»Sollte ich Sie lieber fragen, warum Sie hier sind – mitten in der Nacht?« fragte Thomas lächelnd. Er schüttelte den Kopf. Es war fast unheimlich: Bremer konnte regelrecht sehen, wie die Müdigkeit aus seinem Gesicht verschwand. Für eine Sekunde überkam ihn ein vollkommen absurder Neid auf Thomas' Jugend und die Energie, die noch in seinem Körper steckte. »Wir beide wissen, warum Sie hier sind. Ich habe Sie erwartet – oder vielleicht sollte ich besser sagen: Ich habe befürchtet, daß Sie kommen.«

Seine Worte hatten eine seltsame Wirkung auf Bremer: Einerseits jagten sie ihm schon wieder einen eisigen Schauer über den Rücken, aber andererseits begann er sich auch ganz ernsthaft zu fragen, ob wirklich so viel dahinter steckte, wie es schien, oder ob es sich nicht vielmehr um pure Effekthascherei handelte. Thomas redete, ohne wirklich etwas zu sagen. Möglicherweise mit Absicht.

Sein Atem hatte sich wieder soweit beruhigt, daß er zumindest seine Stimme unter Kontrolle hatte, als er antwortete. »Ich bin hier, um Ihnen ein paar Fragen zu stellen.«

»Um diese Zeit?«

Bremer hob die Schultern. »Der eine arbeitet nachts um halb drei, der andere schläft in seiner Kirche. Wie es scheint sind wir beide in der glücklichen Lage, uns unsere Arbeitszeit frei einteilen zu können.«

Thomas lächelte weiter, aber es wirkte jetzt nicht mehr ganz echt, und in seinen Augen erschien ein fragender, ganz leicht beunruhigter Ausdruck. Bremer kannte diesen Blick gut genug, um zu wissen, daß er auf dem richtigen Weg war.

»Was haben Sie gestern morgen in der Baldowstraße gemacht?« fragte Bremer. »Und jetzt sagen Sie mir nicht, daß Sie zufällig vorbeigekommen sind. Ich glaube nicht an Zufälle. Und ganz davon abgesehen ist die Gegend eine halbe Stunde von hier entfernt.«

»Ich habe einem Menschen die Sterbesakramente gegeben«, antwortete Thomas, immer noch lächelnd, aber in verändertem Ton. Er war verunsichert und bereits in der Defensive, was Bremer ein wenig erstaunte. Er hatte nicht damit gerechnet, so leichtes Spiel mit dem Geistlichen zu haben. Bekamen Sie nicht Unterricht in Rhetorik und Diskussionstechniken? »Ist dagegen etwas zu sagen?«

»Das kommt vielleicht immer auf den Menschen an«, antwortete Bremer. »Aber es beantwortet nicht meine Frage: Was haben Sie dort gesucht? Es war kein Zufall.«

»Und wenn doch?« Thomas klang jetzt trotzig. Seine Verteidigung brach sozusagen mit Lichtgeschwindigkeit zusammen. Gut. Statt sich weiter langsam an ihn heranzupirschen und seine Verteidigung zu unterminieren, beschloß Bremer, zum Frontalangriff überzugehen.

»Dann war es auch Zufall, daß Strelowsky keine zwölf Stunden später praktisch vor Ihrer Haustür tot aufgefunden wurde?«

»Rosens Rechtsanwalt?« Thomas nickte. »Der war hier. Gestern abend.«

»Hier? Bei Ihnen? Meine Kollegen haben gesagt, Sie hätten nichts gehört und nichts gesehen.«

»Ihre Kollegen hätten das nicht verstanden«, antwortete Thomas. »Ich hielt es für besser, nichts zu sagen. Dies ist keine Polizeiangelegenheit, Herr Bremer.«

»Sie wissen, daß Sie sich damit strafbar gemacht haben«, sagte Bremer ernst. »Ich könnte Sie auf der Stelle verhaften ... eigentlich müßte ich es sogar.«

»Wollen Sie das Schicksal verhaften?« fragte Thomas spöttisch.

Nein, er würde sich nicht auf dieses pseudoesoterische Gerede einlassen. »Sie sind nicht das Schicksal, Thomas«, sagte Bremer ernst. »So, wie ich das sehe, sind Sie nur jemand, der sich ganz toll dabei vorkommt, die graue Eminenz im Hintergrund zu mimen. Sind Sie es? Oder sind Sie nur ein Wichtigtuer?«

»In beiden Fällen müßten Sie mich verhaften, nicht wahr?«

»Vielleicht sind Sie ja einfach nur jemand, der Informationen zurückhält, die zur Aufklärung eines Verbrechens nötig sind«, antwortete Bremer kühl. »In diesem Fall *werde* ich Sie verhaften, darauf gebe ich Ihnen mein Wort.«

»Verhaften? Haben Sie denn gar keine Angst vor der Macht, der ich diene?«

Bremer lachte. »Nehmen Sie es mir nicht übel, Hochwürden – aber Sie haben anscheinend die letzten zwanzig Jahre verschlafen, nicht nur ein paar Stunden. Niemand hat mehr Angst vor der Kirche. Im Gegenteil. Heutzutage gilt es als chic, sich mit ihr anzulegen.«

»Ich habe nicht von der Kirche gesprochen«, sagte Thomas ernst. Er seufzte. »Warum lassen wir das nicht? Sie sind nicht hierhergekommen, und ich habe nicht auf Sie gewartet, nur damit wir uns gegenseitig bedrohen können. Ich kann Ihnen sagen, was Sie wissen wollen, aber es wird Ihnen nicht gefallen. Und ich glaube, im Grunde wissen Sie es auch bereits.«

»Sie wissen, wer Rosen getötet hat.«

»Und alle anderen, ja. Und wer weiter töten wird.«

»Wer?« fragte Bremer. Die Schatten hinter Thomas begannen sich zu bewegen, ballten sich zusammen und trieben wieder auseinander, einen unendlich kurzen Moment, bevor sie wirklich Gestalt annehmen konnten. Diesmal.

»Sie werden keinen Erfolg haben, wenn Sie nach einem Mörder aus Fleisch und Blut suchen, Herr Bremer«, antwortete Thomas. »Rosens Obduktion hat ergeben, daß er Selbstmord begangen hat, so wie alle anderen auch, habe ich recht?«

Bremer wußte es – zumindest in Rosens Fall – nicht einmal genau, aber er nickte trotzdem. »Wollen Sie mir erzählen, daß es ein ... Geist war?« fragte er. Die beiden letzten Worte hatten spöttisch klingen sollen, aber er hörte selbst, daß seine Stimme einfach nur schrill wurde. Hysterisch.

»Geist ... Das ist ein so großes Wort.« Thomas schüttelte den Kopf, kam auf ihn zu und schmiegte beide Hände um die Kante des Altars. Als er weitersprach, war sein Blick starr auf das schmucklose Holzkreuz darüber gerichtet, aber Bremer war nicht sicher, daß der Geistliche wirklich dasselbe sah wie er.

»Wie definieren Sie es? Als reine Energie, die einen Klumpen Fleisch und Flüssigkeiten zum Leben erweckt? Als göttlichen Funken? Oder vielleicht als eine Art Wesen aus einer anderen Dimension?«

»Woher soll ich das wissen?« fragte Bremer grob. »Für solche Fragen sind Sie doch wohl eher zuständig.«

Thomas lachte; sehr leise und ohne Humor. »Es gab eine Zeit, da war ich derselben Meinung, Herr Bremer. Sie ist lange vorbei.«

»Und was glauben Sie heute?« fragte Bremer. Er versuchte sich dagegen zu wehren, aber erfolglos: Thomas' Worte erfüllten ihn mit einem eiskalten Frösteln. Vielleicht, weil sie eine Wahrheit enthielten, die er tief in seinem Inneren schon lange erkannt hatte.

Endlose Sekunden verstrichen, reihten sich zu einer Minute und vielleicht noch einer, ehe Thomas antwortete, und als er es tat, da war seine Stimme sehr leise und ging mit keinem Wort auf Bremers Frage ein. »In gewissem Sinne haben sie sich selbst getötet, Herr Bremer. Das Wesen, über das wir reden, hat nur Macht über die Schuldigen. Ihnen gegenüber aber ist es gnadenlos.«

»Das ... Wesen?« Bremer nahm keine Rücksicht mehr darauf, was er wem und wann versprochen hatte. Es spielte keine Rolle. Jetzt nicht mehr. Thomas' Worte hatten einen Schrecken heraufbeschworen, den er noch gar nicht ganz erfassen konnte, der aber ungeheuerlich war. »Das ist unmöglich, Thomas. Azrael existiert nicht mehr. Er ist zusammen mit Marc gestorben!«

»Wie kann etwas sterben, was nie gelebt hat?« Thomas riß seinen Blick endlich von dem hölzernen Kruzifix los und sah Bremer an. Seine Augen brannten. »Sie sollten doch am besten wissen, daß der Unterschied zwischen Leben und Tod nicht so endgültig ist, wie die meisten Menschen glauben.«

»Was soll das heißen?« fragte Bremer.

»Das Wesen, über das wir reden, ist nicht aus dieser Welt«, antwortete Thomas. »Oh, es ist aus Fleisch und Blut, wenn Sie das meinen. Es hat einen Körper, und es kann töten, und ich bete zumindest darum, daß es auch getötet werden kann. Es lebt in den Schatten, aber es wittert die Sünde wie ein Raubfisch das Blut im Wasser, und wenn es ans Licht tritt, dann ist es erbarmungslos.«

»Woher ... wissen Sie das alles?« fragte Bremer stokkend. Die Angst war wieder da. Eine immer stärker werdende, irrationale Furcht, mit der ihn Thomas' Worte erfüllten, so unglaublich sie auch klingen mochten. Sie taten es nicht einmal. Sie *sollten* es, aber sie weigerten sich einfach, es zu tun. Großer Gott, er war ein moderner, rational denkender Mensch, der in wenigen Monaten den Schritt ins einundzwanzigste Jahrhundert tun würde, der als Jugendlicher die erste Mondlandung im Fernsehen beobachtet hatte und der tagtäglich und mit der größten Selbstverständlichkeit mit einer Technik umging, die es noch vor zwanzig Jahren nur in Science-fiction-Romanen gegeben hatte. Und er stand hier und redete über Geister und Dämonen, über Geschichten, mit denen man allenfalls kleine Kinder erschrecken konnte, und wahrscheinlich nicht einmal mehr das. Und trotzdem krümmte sich in ihm etwas vor Angst. Etwas, das jenseits aller Zweifel einfach *wußte*, daß all diese Geschichten wahr waren. Sie und noch andere, schlimmere.

»Ich weiß es nicht«, antwortete Thomas. »Vielleicht hatte ich eine Vision. Vielleicht hat …«, er sah das Kreuz über sich an, »… Gott mit mir gesprochen. Vielleicht war es auch etwas anderes. Ich weiß nur, daß wir es aufhalten müssen, denn es wird nicht von selbst aufhören. Es wird weiter töten und weiter töten.«

»Solange es Schuldige findet?«

Thomas wurde zornig. »Und wer von uns ist ohne Schuld?« bellte er. »Wer von uns hat noch nie etwas getan, das er bereut hätte? Wer hat noch nie etwas getan, dessen er sich geschämt hätte, noch nie einem anderen Leid zugefügt, ihm Unrecht getan? Wo ist die Grenze? Wer hat den Tod verdient? Rosen, der unschuldige Kinder getötet hat, weil er krank war und nicht anders konnte? Der Anwalt, der die Gesetze so weit gebeugt hat, bis er freigelassen werden mußte? Die falschen Zeugen, die ihm ein Alibi verschafft haben? Der Richter, der seine Freilassung unterschrieben hat, obwohl er ganz genau wußte, daß er schuldig war? Sie, weil Sie nicht genug Beweise zusammengetragen haben, um ihn endgültig dingfest zu machen? Sagen Sie mir, wann es genug ist! Wer leben darf, und wer nicht!«

Bremer war regelrecht sprachlos. Thomas hatte sich so in Rage geredet, daß er die letzten Sätze beinahe geschrien hatte und seine Worte als vielfach gebrochenes Echo von den gotischen Spitzbogen über ihren Köpfen widerhallten, verzerrt und mit geflüsterten, unheimlichen Kommentaren versehen, als wisperten die Schatten ihre Zustimmung.

»Finden Sie das komisch?« fragte Thomas.

Bremer wurde erst jetzt klar, daß sich seine Lippen zu einem schmalen Lächeln verzogen hatten, und er schüttelte hastig den Kopf. »Nein«, sagte er. »Ganz und gar nicht. Ich mußte nur an Nördlinger denken. Meinen Chef. Es ist erst ein paar Stunden her, da hat er mir einen Vortrag über Selbstjustiz gehalten. Ich meine … Sie und er haben verschiedene Worte benutzt, aber im Grunde haben Sie dasselbe gesagt. Obwohl der eine über göttliche und der andere über irdische Gerechtigkeit gesprochen hat.«

»Vielleicht ist der Unterschied gar nicht so groß, wie Sie glauben«, meinte Thomas.

»Und wenn doch?« Bremer deutete auf das Kreuz, aber Thomas wußte so gut wie er, was er wirklich meinte. »Wenn das, was wir erleben, gerade göttliche Gerechtigkeit ist?«

»Dann diene ich dem falschen Gott«, sagte Thomas hart.

»Das könnte man als Gotteslästerung auslegen«, sagte Bremer.

»Kaum.« Thomas machte eine wegwerfende Geste. »Ich weiß, daß es nicht so ist. Gott ist nicht so grausam. Wäre er es, dann hätte er die Menschheit schon vor langer Zeit ausgelöscht.«

»Vielleicht die andere Seite?«

»Satan?« Thomas schüttelte energisch den Kopf. Dann lachte er. »Glauben Sie an Gott, Herr Bremer? Ich meine an einen alten Mann mit weißem Haar und einem langen Bart, der auf dem Himmelsthron sitzt und den Engeln beim Harfespielen zusieht?«

»Natürlich nicht.«

»Wieso stellen Sie sich Satan dann als blutrünstiges Ungeheuer mit Hörnern auf dem Kopf vor, das seine dämonischen Diener ausschickt, um Menschen zu töten?« wollte Thomas wissen. »Ich weiß, daß es das Böse in der Welt gibt, aber es ist nicht so leicht zu erkennen. Es wäre schön, wäre es so.«

»Ich habe das Ding gesehen, Thomas«, flüsterte Bremer. Er war fast selbst überrascht, sich diese Worte reden zu hören. Bisher hatte er nicht einmal sich selbst gegenüber zugegeben, die … *Kreatur* wirklich gesehen zu haben, und jetzt vertraute er sich einem quasi vollkommen Fremden an.

»Was?«

»Ich weiß es nicht«, gestand Bremer. »Ich habe so etwas noch nie zuvor gesehen. Ich weiß nicht, was es war. Aber es war grauenhaft. Ein Ungeheuer. Zu nichts anderem gut, als zu töten.«

»Dieses Geschöpf hat nichts mit Gott oder dem Teufel zu tun«, behauptete Thomas. »Es wurde von Menschen erschaffen, glauben Sie mir. Und was Menschen erschaffen haben, das können Menschen auch wieder zerstören.«

Ja, dachte Bremer. *Wenn es vorher nicht sie zerstört.*

Das Gespräch hatte sich in eine vollkommen andere Richtung entwickelt, als er erwartet hatte – obwohl er im Grunde gar nichts erwartet hatte –, und er fühlte sich nun auf eine vollkommen andere Art unbehaglich als noch vor wenigen Minuten. Die Kirche hatte alles Gespenstische verloren. Statt eines Hortes unheimlicher Schatten und unausgesprochener Bedrohungen sah Bremer sie nun nur noch als das, was sie auch war: ein Haufen alte Steine und morsches Holz, in den sich Feuchtigkeit und Kälte eingenistet hatten; und vermutlich ganze Heerscharen von Ungeziefer. Obwohl sie in den letzten zehn Minuten mehr und intensiver über Geister, Gott, Dämonen, den Teufel und allen anderen metaphysischen Humbug geredet hatten, als Bremer es jemals zuvor im Leben getan hatte, und obwohl er nach diesem Gespräch einfach nicht mehr umhin kam, die Existenz solcherlei Dinge zumindest in Betracht zu ziehen, schien ihr Gespräch die Bedrohung, der er sich ausgesetzt sah, trotzdem greifbarer gemacht zu haben. Sie sprachen über etwas, das er in Ermangelung eines besseren Wortes als Dämon bezeichnete. Gut. Wenn er noch immer nicht daran glauben wollte, daß es sich tatsächlich um einen solchen handelte, dann war es seine Aufgabe, eine andere Erklärung zu finden. Dinge zu erkennen, die nicht das waren, was sie zu sein vorgaben, war schließlich sein Job. Und er war ziemlich gut darin.

»Was werden Sie jetzt tun?« fragte Thomas nach einer Weile.

»Einer von uns sollte vielleicht beten«, antwortete Bremer mit einem schiefen Grinsen.

»Eine gute Idee«, sagte Thomas. »Und was tun *Sie*?«

Bremer lachte kurz. »Ich muß herausfinden, was damals wirklich passiert ist«, sagte er. »Bisher war ich der Meinung, daß nach Sillmanns Tod alles zu Ende gewesen wäre. Ich weiß im Moment nur noch nicht, wie.« Das entsprach nicht ganz der Wahrheit. Er hatte zumindest zwei Punkte, an denen er ansetzen konnte. Der eine befand sich am anderen Ende der Stadt und schlief im Moment wahrscheinlich tief, aber der andere war nur ein paar Meter entfernt auf der anderen Straßenseite. Bei dem bloßen Gedanken sträubten sich ihm zwar die Haare, aber andererseits rechneten die Agenten wahrscheinlich mit allem – nur nicht damit, daß er zum Angriff überging.

»Sie haben nicht zufällig eine Waffe, die Sie mir leihen könnten?« fragte er.

Thomas starrte ihn nur an, und Bremer hob seufzend die Schultern. »Es war ja nur eine Frage. Aber Sie können mir doch wenigstens zeigen, wie ich ungesehen hier herauskomme, oder?«

15

Look war so betrunken, daß er den Schlüssel erst beim dritten oder vierten Versuch ins Schloß bekam und dann eine geschlagene Minute damit verschwendete, herauszubekommen, in welche Richtung er ihn drehen mußte, um die Tür aufzubekommen. Als er es endlich geschafft hatte, fiel er der Länge nach in den Hausflur und schlug sich die Nase blutig.

Das Glück des Betrunkenen war trotzdem auf seiner Seite: Einen Schritt weiter nach links, und er wäre genau in den Kinderwagen gestürzt, den die blöde Kuh aus dem dritten Stock wieder einmal dort abgestellt hatte, und dabei hätte er sich *wirklich* übel verletzen können. Der Buggy stand nicht nur entgegen der Hausordnung und ungeachtet aller Proteste der anderen Hausbewohner da, sondern bestand aus ehemals plastikgeschützten, mittlerweile aber unverkleideten Metallspitzen und -kanten, die geradezu zum Augenausstechen und Schlagaderaufschlitzen einluden. Wieso *Madam-ich-habe-ein-Baby-und-schere-mich-deshalb-einen-Dreck-um-alle-anderen* ihr ununterbrochen plärrendes Balg nicht schon vor Monaten daran aufgespießt hatte, war Look ein Rätsel. Vielleicht würde er das ja nachholen, wenn er ihr das nächstemal begegnete.

Er arbeitete sich mit einiger Mühe in die Höhe, fuhr sich mit dem Handrücken über das Gesicht und betrachtete sekundenlang verständnislos das Blut, das daran klebte. Es war nicht viel, nur ein paar Tropfen, und erst jetzt spürte er auch den brennenden Schmerz in seiner Oberlippe. Look fuhr sich vorsichtig mit der Zungenspitze über die Zähne, stellte erleichtert fest, daß sie noch alle da waren und keiner wackelte, und wischte sich die Hand an der Hose sauber. Der brennende Schmerz sorgte dafür, daß sein Geist für einen Moment aus dem Alkoholnebel auftauchte, den er im Laufe des Abends mühsam darüber gelegt hatte, und er wieder fast klar denken konnte. Nicht, daß ihm das gefiel. Er hatte sich mit voller Absicht betrunken, aus keinem anderen Grund als dem, am Ende dieses Tages so abgefüllt zu sein, daß er sich nicht einmal mehr an seinen Namen erinnern konnte, geschweige denn an irgend etwas anderes. Aber es hatte sowieso nicht funktioniert. Der Scheiß-Alkohol hatte zwar dafür gesorgt, daß er zu voll war, um die Tür aufzuschließen und dabei auf die Fresse fiel, aber die Erinnerung hatte er nicht betäubt. Irgendwie tat er das nie. Dafür würde er sich morgen früh gotterbärmlich fühlen.

Look rappelte sich endgültig hoch, versetzte dem Kinderwagen einen Tritt, der ihn zwei Meter auf die Kellertreppe zuhoppeln ließ (leider nicht weit genug, daß er die Stufen hinunterfiel und dabei in Stücke brach, wie er es sich gewünscht hätte) und wankte zum Lichtschalter, erwischte ihn jedoch nicht gleich, so daß er einen Moment ziellos im Dunkeln herumtasten mußte, um den klobigen Schalter zu finden. Das blöde Ding befand sich nicht dort, wo es eigentlich sein sollte, nämlich in Griffweite neben der Haustür, sondern an der gegenüberliegenden Wand, und zwar anscheinend jedesmal an einer anderen Stelle. Aber in diesem verdammten Haus war ja nichts so, wie es sein sollte. In diese Bruchbude zu ziehen, war die zweitdümmste Idee seines Lebens gewesen.

Anstelle des Lichtschalters ertasteten seine zitternden Finger etwas Kleines, Hartes mit zu vielen Beinen, das blitzschnell davonhuschte, als er es berührte. Look zog angeekelt die Hand zurück, wartete, bis sich sein trommelnder Herzschlag wieder einigermaßen beruhigt hatte und versuchte es dann erneut. Diesmal setzte er die Hand mit gespreizten Fingern auf dem rissigen Putz auf und ließ sie wie eine fünfbeinige Spinne auf den Lichtschalter zuwandern, um jedem anderen Bewohner der Wand Gelegenheit zu geben, sich in Sicherheit zu bringen. Diese verdammte Bruchbude hatte mehr Kakerlaken und Spinnen als er Haare auf dem Kopf.

Schließlich ertasteten seine Finger das spröde gewordene Bakelit und legten den Schalter mit einem schweren *Klack* um. Augenblicklich erfüllte trübes Zwielicht den Hausflur, und der Drei-Minuten-Automat begann mit seinem hektischen Klickern. Diese drei Minuten waren übrigens gelogen. Wahrscheinlich hatte der Hausmeister ihn aus purem Geiz auf dreißig Sekunden eingestellt – aus dem gleichen Geiz heraus, aus dem er immer nur eine zwanziger Birne in die Treppenhauslampe schraubte. Es war Look jedenfalls noch nie gelungen, seine Wohnung im vierten Stock zu erreichen, bevor das Scheißding abgelaufen war. Nicht einmal nüchtern – was allerdings selten vorkam.

Look bedachte den Aufzug mit einem schrägen Blick und wandte sich dann mühsam in die entgegengesetzte Richtung. Als er eingezogen war – vor sechs Jahren! – hatte ein Schild an den Aufzugtüren gehangen: AUSSER BETRIEB. Das Schild war irgendwann einmal entfernt worden, aber der Aufzug nie repariert. Er hatte einmal gelesen, daß es eine Bauvorschrift in dieser Stadt gab, nach der jedes Gebäude über vier Stockwerke über einen Aufzug verfügen mußte. Anscheinend stand in dieser Vorschrift nichts davon, daß dieser Aufzug auch funktionieren mußte.

Er beeilte sich, um wenigstens die erste Etage zu erreichen, bevor das Licht ausging, und um ein Haar hätte er es sogar geschafft. Leider entfaltete der Alkohol seine Wirkung jetzt schneller, als seine Beine ihren Dienst versahen: Auf der vorletzten Stufe stolperte er, stürzte nach vorne und prellte sich schmerzhaft beide Handgelenke, als er versuchte, seinen Sturz abzufangen. Diesmal tat es einfach nur weh, aber sein Kopf wurde kein bißchen klar. Dann ging das Licht aus.

Und Look spürte, daß er nicht mehr allein war.

Das Gefühl war so intensiv, daß er im ersten Moment tatsächlich glaubte, jemand hätte ihn berührt. Er stieß einen kleinen, keuchenden Schrei aus, wirbelte herum und verlor dadurch endgültig den Halt: Er fiel auf die Seite, rutschte zwei, drei Stufen weit wieder hinab und schrammte an jeder einzelnen schmerzhaft mit dem Hüftknochen entlang, ehe er zur Ruhe kam.

Diesmal machte ihn der Schmerz wach. Schlagartig und für einige Sekunden war er vollkommen klar. Aber das Gefühl, daß noch jemand *(Etwas)* mit ihm hier drinnen war, blieb.

Look sah sich aus weit aufgerissenen Augen um. Er war von vollkommener Dunkelheit umgeben. Das Licht, das durch die Haustür hereinfiel, reichte nicht bis hierher, und er sah nicht einmal die sprichwörtliche Hand vor Augen. Aber er *spürte*, daß er nicht allein war. Irgend etwas war da, ganz in seiner Nähe. Etwas Großes. Etwas Gefährliches. Etwas, das ihn belauerte.

»Ist da jemand?« fragte Look.

Er bekam keine Antwort, aber nun glaubte er, etwas wie ein Atmen zu hören. Vielleicht auch nicht wirklich ein Atmen. Eher das Geräusch, das entstehen mochte, wenn ein gigantisches Insekt Luft durch seine Tracheen pumpte.

»Ist da jemand?« fragte Look noch einmal. Er schrie fast. Sein Herzschlag begann zu rasen, und er spürte, wie eiskalte Panik in ihm emporkroch. Er bekam noch immer keine

Antwort, aber die unheimlichen Atemgeräusche schienen lauter zu werden. Näher zu kommen?

Look wollte aufspringen und davonstürzen, aber die Furcht nagelte ihn fest. Er begann am ganzen Leib zu zittern, und vor seinem inneren Auge nahmen alle nur vorstellbaren Schrecken (und ein paar unvorstellbare) in der Dunkelheit vor ihm Gestalt an, und diese grauenhaften Tracheengeräusche waren nun eindeutig näher gekommen. Look wehrte sich verzweifelt und vergebens gegen die Vorstellung eines gigantischen, rasiermesserscharfen Mandibelpaares, das dicht vor seinem Gesicht auseinanderklappte und auf seine Kehle zuschrammte ...

Über ihm wurde eine Tür aufgerissen, und einen Augenblick später flammte die Treppenhausbeleuchtung mit ihren ganzen gewaltigen zwanzig Watt auf. Die Treppe vor ihm war leer. Keine Riesenkakerlake. Kein Schatten. Kein Atmen. Look war allein.

»Was zum Teufel ist denn hier los?!« keifte eine Stimme über ihm. Look drehte mit einiger Mühe den Kopf und blickte in ein pausbäckiges Gesicht, aus dem ihn ein Paar winziger boshafter Augen voller Zorn anfunkelten. Neben der militanten Babymutter aus dem Dritten war Frau *Ich-bin-ja-so-wichtig* die Person, die Look im Haus am allerwenigsten leiden konnte. Im Moment allerdings vermochte er sich kaum einen schöneren Anblick vorzustellen als ihr Gesicht. Er stemmte sich halb in die Höhe und setzte dazu an, etwas zu tun, was ihr vermutlich vor lauter Unglauben einen Schlaganfall beschert hätte – nämlich sich bei ihr zu entschuldigen –, aber sie kam ihm zuvor.

»Ach ja, das hätte ich mir ja denken können!« keifte sie. »Dieses versoffene Stück natürlich. Reicht es Ihnen noch nicht, jeden Abend zu randalieren? Müssen Sie jetzt auch noch mitten in der Nacht Lärm genug machen, um das ganze Haus zu wecken? Sie haben damit ja nicht viel zu schaffen, aber es gibt Leute, die ihren Schlaf brauchen, weil sie tagsüber arbeiten müssen!«

In diesem Haus jedenfalls würde morgen niemand ausgeschlafen sein, dachte Look. Frau Blockwart keifte laut genug, um auch den letzten aus dem Schlaf zu reißen. Er vergaß alle Nettigkeiten, zu denen er sich gerade hatte aufraffen wollen, zog sich am Treppengeländer vollends in die Höhe und rülpste lautstark. Das Gesicht unter dem altmodischen Haarnetz, durch das die Stacheln billiger Plastiklockenwickler lugten, verlor alle Farbe, aber seine Besitzerin wich auch vorsichtshalber wieder einen Schritt weit in die Sicherheit ihrer Wohnung zurück.

»Glauben Sie bloß nicht, daß ich mir das gefallen lasse«, keifte sie. »Ich werde gleich morgen einen Brief an den Hausbesitzer schreiben. So geht das nicht!« Und damit knallte sie die Tür zu.

Sollte sie, dachte Look. Die alte Vettel mußte ohnehin schon ein Vermögen an Briefmarken ausgegeben haben, so oft, wie sie sich über alles Mögliche beschwerte.

Er wollte weitergehen, als sein Fuß gegen ein Hindernis stieß, das raschelnd davonschlitterte. Look sah nach unten und erkannte, daß es sich um die Zeitung handelte, die ihm aus der Jackentasche gefallen war. Er sollte das Scheißding liegen lassen. Schließlich war es schuld daran, daß er sich so miserabel fühlte. Andererseits hatte er gutes Geld dafür bezahlt. Und die Zeitung wegzuwerfen, änderte nichts an ihrem Inhalt.

Look bückte sich danach, verlor das Gleichgewicht und plumpste unsanft auf den Hintern. So war das mit dem Alkohol. Dieser Teufel tat zwar nie das, was er sollte, aber man konnte sich mit ziemlicher Sicherheit darauf verlassen, daß er sich stets im unpassendsten Moment zurückmeldete.

Betrunken mit dem Oberkörper hin und her wankend, faltete er die Zeitung auseinander und las zum zwanzigsten Male an diesem Abend den Artikel, der ihn so in Aufruhr versetzt hatte. Er las ihn nicht wirklich. Dazu war er nicht mehr in der Lage. Die Buchstaben bildeten ein einziges, schwarzes Gewusel vor seinen Augen; wenn er zu lange hinsah, dann würde ihm höchstens schlecht werden.

Aber es war auch nicht nötig, den Artikel zu lesen, denn er kannte ihn auswendig. Es ging um seinen alten Freund

Kifi (Diesen Spitznamen hatten sie ihm schon während der Berufsschule verpaßt. Uneingeweihten nötigte er nur ein verständnisloses Stirnrunzeln ab, bis sie erfuhren, wofür Kifi stand = Kinderficker), Rosen und seinen Rechtsverdreher Strelowsky. Look kannte Kifis Anwalt nicht annähernd so gut wie Kifi selbst, aber er hatte ihn trotzdem in lebhafter Erinnerung behalten. Genauer gesagt, den Briefumschlag voller Geld, den er nach ihrem letzten Zusammentreffen mit nach Hause genommen hatte. Er hatte gehofft, niemals wieder von einem der beiden zu hören.

Wenn er der Zeitung glauben durfte, würde das auch nicht passieren. Jemand hatte die beiden ausgeknipst. Die Zeitungsfuzzys schrieben zwar etwas vom Selbstmord, aber Look glaubte nicht an diese Version. Strelowsky hatte nicht den leisesten Grund, sich selbst umzubringen, und Kifi Rosen fehlte die grundlegende Voraussetzung, um auch nur an so etwas wie Selbstmord zu denken: ein Gewissen. Viel wahrscheinlicher war, daß die beiden ein krummes Ding zuviel gemeinsam gedreht hatten und dabei dem Falschen auf die Zehen gestiegen waren.

Look verstand nicht, warum ihn der Artikel so beunruhigte. Das genaue Gegenteil sollte der Fall sein. Meineid war kein Kavaliersdelikt, und solange Kifi und Strelowsky am Leben gewesen waren, hatte stets die Gefahr bestanden, daß eines Tages jemand an seine Tür klopfte und ihn fragte, woher er eigentlich damals die fünfzigtausend Mark bekommen hatte.

Diese Gefahr war vorbei. Er sollte *froh* über diesen Artikel sein. Statt dessen flößte er ihm regelrechte Todesangst ein.

Und er wußte nicht einmal, warum.

Die drei Minuten waren vorbei. Das Licht ging aus. Look ließ die Zeitung sinken, hob mit einem Ruck den Kopf und sah sich um.

Nichts. Kein Tracheenatmen. Keine Schatten. Er war allein.

Er ließ die Zeitung fallen (noch etwas für deine Beschwerdeliste, alte Kuh), zog sich schwankend am Treppengeländer in die Höhe und torkelte los. Der Alkohol entfaltete mittlerweile eine sonderbare Wirkung: Er fühlte sich halbwegs nüchtern, aber sein Körper war es nicht. Er war nicht mehr in der Lage, geradeaus zu gehen, sondern schoß in einem willkürlichen Zickzack auf die Wohnungstür zu und schlug mit der flachen Hand dagegen, ehe er beim dritten Versuch den Lichtschalter erwischte. Hinter dem Spion in der Tür bewegte sich ein Schatten. Wahrscheinlich stand *Igelkopf Ohne-mich-geht-nichts* hinter dem Spion und führte pedantisch Buch über jeden Rülpser, den er tat. Sollte sie.

Look taumelte weiter, schleppte sich die nächsten fünf oder sechs Stufen hinauf und merkte plötzlich, daß er es nicht mehr schaffen würde, seine Blase lang genug unter Kontrolle zu halten. Trotzdem zweifelte er daran, den Weg bis zu seiner Wohnung im fünften Stock noch zu schaffen. Außerdem hatte er gar keine Lust, sich den Schwanz zwischen die Beine zu klemmen und mit seiner Blase um die Wette zu laufen.

Look blieb stehen, grinste und drehte sich schwankend herum. Wenn Frau *Ich-weiß-was* schon einen Beschwerdebrief schrieb, konnte er ihr auch gleich einen vernünftigen Grund liefern. Schließlich wäre es doch schade um die schöne Briefmarke.

Er wankte die Treppe wieder hinab, blieb vor ihrer Tür stehen und grinste den Schatten hinter dem Spion an, während er seinen Hosenschlitz öffnete. Hinter der Tür erklang ein schrilles Kläffen. Look grinste noch breiter, als er an den Hund der Dicken dachte, ein undefinierbares Etwas von der Größe einer Ratte. Vorhin hatte er ihn nicht gesehen. Wahrscheinlich hatte sie das Mistvieh extra geweckt, um Beistand gegen den großen bösen Mann vor der Tür zu haben. Gut. Falls sie den Fehler beging, die Tür aufzumachen, hatte er wenigstens ein Ziel.

Der Druck auf seiner Blase war mittlerweile fast unerträglich geworden, und Look gab ihm endlich nach. Er hörte, wie der Strahl gegen die Tür plätscherte und sich am Boden ausbreitete, und noch bevor er den Blick senken und nachsehen konnte, ob seine Schuhe in Gefahr waren, wurde die Tür aufgerissen, und Igelkopf starrte ihn an.

»Was erdreisten Sie sich jetzt ...«

Ihre Stimme versagte, als sie den Blick senkte und sah, was er tat. Alle Farbe wich aus ihrem Gesicht. Sie stieß ein leises, fast komisch klingendes Quieken aus. Zwischen ihren Füßen erschien eine haarige Rattenschnauze und kläffte sich die Seele aus dem Leib.

Look kicherte, trat einen halben Schritt zurück und drehte sich leicht zur Seite. Er hatte perfekt gezielt. Aus dem Kläffen wurde ein überraschtes Winseln, als der Strahl den Hund zielsicher auf die Nase traf, und dann flitzte der Köter wie ein geölter Blitz davon.

Seine Besitzerin wurde kreidebleich. Ihre Augen quollen so weit aus den Höhlen, daß Look fast damit rechnete, daß sie herausfielen. »Was ...?« stammelte sie ununterbrochen. »Was ...?«

»Erinnerschlich noch daran, wie?« lallte Look mit schwerer Zunge. »Aber du ... kriegsch esch nisch. Auch weenus gene ... hättesch.«

Frau Blockwart kreischte – schrill, aber so leise, daß es kaum zu hören war, und Look konnte der Versuchung nicht widerstehen, ihr auch noch auf die Pantoffeln zu pinkeln, ehe sie endlich zurückprallte und die Tür zuwarf. Schade. Er hätte gerne auch noch ihr Nachthemd verziert.

»Pißnelke!« kicherte Look. Er konnte sich lebhaft vorstellen, wie sie jetzt in ihrer Wohnung Amok lief. Vielleicht würde sie sogar die Polizei anrufen. Sollte sie. Sie konnte von Glück sagen, daß er nur pinkeln mußte, und keinen anderen Drang verspürte!

Look erleichterte sich zu Ende, schüttelte dreimal (mehr war Selbstbefriedigung, wie Kifi immer gesagt hatte) und zog den Reißverschluß wieder hoch. Dann drehte er sich mühsam um und wankte zum zweitenmal die Treppe hinauf. Diesmal kam er fast bis zur Mitte, ehe das Licht ausging.

Und das Atmen begann.

Look erstarrte mitten in der Bewegung. Das Geräusch

war zu deutlich, um es zu ignorieren, oder als bloße Sinnestäuschung abzutun. Es entstand in der Dunkelheit hinter ihm; nicht *unmittelbar* hinter ihm, aber doch nahe genug, um ihm einen eisigen Schauer über den Rücken zu jagen. Er hatte jetzt zwei Möglichkeiten: Er konnte davonrennen und in seine Wohnung stürmen und sich unter seiner Bettdecke verkriechen, ein probates Mittel gegen eingebildete Ungeheuer und zu lebhafte Alpträume, wie ihm nicht nur Millionen von Kindern in aller Welt, sondern auch mindestens ebenso viele Erwachsene hätten bestätigen können, oder er konnte sich herumdrehen und sich der Bedrohung stellen, die wahrscheinlich sowieso nur eingebildet war. Look überlegte blitzschnell – und entschied sich für eine Lösung, die für ihn im Grunde vollkommen atypisch war: Er drehte sich herum und stellte sich dem Ding, das die Dunkelheit ausgespien hatte. Diese Entscheidung kostete ihn das Leben, aber im Grunde spielte das keine Rolle mehr. Die andere Alternative hätte es ihm nicht gerettet, sondern höchstens um ein paar Augenblicke verlängert. Und vielleicht nicht einmal das.

Auf Anhieb sah er nicht mehr als auch beim erstenmal. Tief – im Grunde *viel zu* tief – unter ihm schimmerte ein asymmetrischer Fleck blaßgrauer Helligkeit, wo das Licht der Straßenlaterne durch die Haustür fiel, und aus dem Spion in der Wohnungstür drang ein gelbliches Funkeln. Aber seine Augen schienen sich bereits an die veränderten Lichtverhältnisse gewöhnt zu haben, denn er sah das Treppenhaus dazwischen nicht mehr als einheitliche Fläche aus tiefstem Schwarz, sondern als regelmäßiges Muster aus Grau- und verschiedenen Anthrazittönen. Irgendwo auf halber Höhe schimmerte ein verwaschener heller Fleck; die Zeitung, die er fallen gelassen hatte.

Das Geräusch schien von dort zu kommen. Vielleicht bewegte einfach Luftzug das Papier, und das war schon die ganze Erklärung.

Look war gerade soweit, diese simple Erklärung nicht nur glauben zu *wollen*, sondern es auch tatsächlich zu *tun*, als sich die Zeitung zu bewegen begann.

Sie faltete sich auseinander, ordnete sich neu, und zugleich begannen auch die acht Zentimeter großen Lettern der Schlagzeile wild durcheinanderzuwirbeln und sich dann zu einem neuen Sinn zu gruppieren. Trotz der Entfernung und des praktisch nicht vorhandenen Lichts konnte Look die Worte deutlich lesen. Er hätte es wahrscheinlich auch gekonnt, wenn sie nicht dagestanden hätten.

Als er die Zeitung fallen gelassen hatte, hatte die Schlagzeile gelautet:

BIZARRER SELBSTMORD

Jetzt lautete sie:

DREI WEITERE OPFER.

Look war jetzt schlagartig und vollkommen nüchtern. Er stöhnte. Seine Kiefer preßten sich so fest zusammen, daß sein Zahnfleisch zu bluten begann, ohne daß er es auch nur bemerkte. Natürlich wußte er, daß diese drei Worte dort nicht standen. Sie konnten nicht dort stehen, denn es gab nur zwei Menschen auf der Welt, die wußten, was sie bedeutet hätten, und einer davon war seit heute morgen tot. Aber sie hätten dort stehen *sollen*, denn es war die Wahrheit, sein ganz persönliches, finsteres Geheimnis, das ihn zum Trinken gebracht und sein Leben zerstört hatte: Kifi Rosen war seinem Spitznamen noch dreimal auf fürchterliche Weise gerecht geworden, nachdem er mit Hilfe seines Rechtsanwaltes und Looks gekaufter Falschaussage der Klapse und anschließender lebenslanger Sicherheitsverwahrung entgangen war. Er war sehr viel geschickter vorgegangen als vor seiner Verhaftung, hatte Jahre verstreichen lassen, in denen er ein mustergültiges Leben geführt hatte, und war selbst dann vorsichtig geblieben, als seine kranken Triebe wieder die Oberhand über sein Handeln gewonnen hatten. Diesmal hatte er kein falsches Alibi gebraucht, denn er hatte einfach keine Spuren hinterlassen. Nicht einmal Leichen.

Aber er hatte es Look *gesagt*.

Und was willst du tun, Arschloch? Mich bei den Bullen anzeigen? Nur zu. Vielleicht kriegen wir ja eine gemeinsame Zelle. Dann wird *es nicht so langweilig, weißt du*?

Das Insektenatmen wurde lauter. Die Zeitung hörte auf, sich zu bewegen und zu rascheln, und dann gerann die Schwärze auf der Treppe zu einem riesigen, mehr als zwei Meter großem Umriß, kein Körper, sondern einfach ein scharf umrissener Fleck des tiefsten Schwarz, das Look jemals gesehen hatte. Die Gestalt hätte ein Mensch sein können, ein Vampir aus einem alten Horrorfilm mit Boris Karloff, der sich in seinen Mantel gehüllt hatte, aber auch ein aufrecht stehender, übermannsgroßer Käfer. Unsichtbare Augen starrten Look voller absoluter Gnadenlosigkeit an. Look konnte sie sowenig sehen wie das Gesicht, zu dem sie gehörten, aber ihr Blick war wie Säure.

Eine sonderbare Art von Ruhe überkam Look. Er hatte Angst, unendlich große Angst, aber es war keine Angst vor dem ... *Ding* da unter ihm, von dem er nur wußte, daß es nichts anderes als eine Ausgeburt seiner Fantasie war. Er wußte sogar ziemlich genau, was mit ihm passierte. Delirium tremens, so nannte man es wohl. Er hatte geahnt, daß es eines Tages geschehen würde. Schließlich hatte er lange genug darauf hingearbeitet. Er hatte nur nicht gedacht, daß es *so* sein würde.

Die groteske Kreatur regte sich, faltete raschelnd das auseinander, was er für einen Mantel gehalten hatte, und darunter kam tatsächlich etwas zum Vorschein, was wie eine Kreuzung aus einem Insekt und ... *irgend etwas* aussah: schlank, riesig, schimmernd wie braunrotes Chitin und mit einem gewaltigen, dreieckigen Schädel, der ganz von einem Paar grausamer Augen beherrscht wurde. Zitternde Fühler tasteten in seine Richtung, als das *Ding* Witterung aufnahm.

Look sah mit fast wissenschaftlichem Interesse zu, wie die Kreatur eines ihrer grotesk dürren Beine ausklappte und einen einzelnen, staksenden Schritt in seine Richtung tat. Er war ziemlich überrascht, wozu seine eigene Fantasie imstande war. Mit Willenskraft hätte er sich eine so bizarre Kreatur niemals vorstellen können. Sie wirkte so unglaublich *echt*.

Was dann geschah, das hätte ihn unter allen anderen denkbaren Umständen vor Lachen einfach losbrüllen lassen. Und selbst jetzt beinahe. Aber eben nur beinahe. Und auch das nur im ersten Moment.

Die Wohnungstür flog auf, und Frau Blockwart *Hier-regiere-ich-und-sonst-keiner* stürmte heraus, gefolgt von einem kläffenden, nassen Fellbündels von der Größe eines Hausschuhs. Der Anblick war trotz allem einfach absurd, denn die Hüterin des Hauses hatte sich tatsächlich mit einem *Teppichklopfer* bewaffnet, um wieder Ruhe und Ordnung in ihr Reich zu bringen! Ihr Gesicht war dunkelrot vor heiligem Zorn, und ihre vollgepinkelten Hausschuhe erzeugten quatschende Geräusche, während sie schnaubend auf ihn losstürmte. Obwohl das Licht, das aus ihrer Wohnung drang, direkt auf das Ungeheuer fiel, nahm sie es nicht einmal zur Kenntnis, sondern stürmte schnaubend an ihm vorbei, gefolgt von ihrem kläffenden Köter. Look beobachtete die absurde Szene mit einer Mischung aus Unglauben, hysterischer Heiterkeit und der allmählich aufdämmernden Erkenntnis, das er gleich mit einem Teppichklopfer verprügelt werden würde.

Und es kam noch schlimmer. Die Dicke wälzte sich schnaubend die Treppe hinauf, wobei sie ihr Körpergewicht immer mit einer Hand auf dem Knie abstützte, während sie das andere Bein in die Höhe stemmte. Ihr Köter versuchte ihr zu folgen, aber das Vieh war so dämlich, daß es nicht auf, sondern mit voller Wucht *vor* die erste Treppenstufe sprang, und mit einem Quieken zurückfiel.

Als er sich wieder aufrichten wollte, streckte das Ungeheuer einen seiner dürren Arme aus und riß ihm den Kopf ab.

Looks Herz setzte für einen Schlag aus. Dann noch einen. Und noch einen. Als es weiterhämmerte, geschah es mit zehnfacher Schnelligkeit und so hart, daß er schlagartig am ganzen Leib zu zittern begann. Er wartete darauf, daß die Angst zuschlug, aber das geschah nicht. Sein Körper reagierte schneller auf den Schock als sein Geist. Er empfand … nichts.

Die Dicke war mitten im Schritt stehengeblieben und hatte sich herumgedreht, als sie das erschrockenen Fiepen ihres kleinen Lieblings hörte. Für eine oder zwei Sekunden stand sie wie zur Salzsäure erstarrt da und starrte auf das blutende, kopflose Fellbündel herab, das am Fuße der Treppe lag. Dann hob sie unendlich langsam den Kopf.

Das Ungeheuer war näher gekommen und stand jetzt unmittelbar vor der Treppe, drei Stufen unter ihr. Trotzdem befanden sich ihre Gesichter nahezu auf gleicher Höhe. Look konnte nicht erkennen, was sich auf dem der Dicken abspielte, und die braunrote Chitinmaske des Ungeheuers war zu keiner Regung fähig. Die Dicke sagte kein Wort. Sie gab nicht einmal mehr dieses komische Quietschen von sich, das Look vorhin gehört hatte. Aber nach ein paar Sekunden streckte das Ungeheuer die Klaue aus, die den abgerissenen Hundeschädel hielt, und drückte ihn der Dicken in die Hand. Sie ergriff ihn, blickte darauf hinab und fiel in Ohnmacht.

Der dumpfe Laut, mit dem sie rücklings auf der Treppe aufschlug, riß Look endlich aus seiner Erstarrung. Er schrie gellend auf, wirbelte auf der Stelle herum und raste los. Hinter ihm stieß das Ungeheuer ein rasselndes Tracheenatmen aus und setzte mit staksigen, aber ungeheuer *schnellen* Bewegungen zur Verfolgung an.

Look rannte so schnell wie noch nie zuvor in seinem Leben. Er wußte, daß er keine Chance hatte, dem *Ding* zu entkommen, denn es war keine Halluzination, keine Ausgeburt seiner alkoholkranken Fantasie, sondern grauenhafte Wirklichkeit, und es war *schnell*, aber dieses Wissen spornte ihn nur zu noch größerer Schnelligkeit an. Er raste, immer zwei, manchmal drei Stufen auf einmal nehmend, die Treppe hinauf, erreichte das nächste Stockwerk und jagte den Flur entlang, um die nächste Treppe zu erreichen. Hinter sich hörte er das trockene Ledergeräusch riesiger Flügel, die sich entfaltet hätten, hätte der Platz dazu gereicht, das

Scharren chitingepanzerter Gelenke und das Klacken stahlharter Klauen auf dem Boden. Er rannte noch schneller, schrie, kreischte, erreichte die nächste Treppe und katapultierte sich selbst am Geländer in die Höhe. Eine rasiermesserscharfe Klaue riß ein Stück von der Größe einer Hand aus dem Treppengeländer, genau dort, wo vor einem Sekundenbruchteil noch seine Finger gewesen waren, dann traf irgend etwas seinen Rücken, riß die Jacke, das Hemd und auch das Fleisch darunter auf und schleuderte ihn nach vorne. Wie durch ein Wunder stürzte er nicht, sondern wurde durch die schiere Wucht des Hiebes im Gegenteil noch einmal beschleunigt und gelangte so wieder aus der Reichweite der Bestie. Er hatte keine Schmerzen. Warmes Blut lief seinen Rücken hinunter und tränkte seine Hose. Er sollte Schmerzen haben. Doch alles, was er fühlte, war Angst; eine Furcht, die vielleicht einfach zu gewaltig war, als daß sie noch irgendein anderes, selbst körperliches Gefühl zugelassen hätte.

Er erreichte die nächste Etage, fand irgendwo in seinem Körper noch einmal ein bißchen Kraft und stürmte die nächste Treppe hinauf. Über und unter ihm begann das Haus allmählich zu erwachen, geweckt von seinen Schreien und dem Lärm der gnadenlosen Jagd. Zornige Stimmen wurden laut, Türen aufgerissen und hastig wieder zugeschlagen, aber Look nahm nichts davon noch wirklich zur Kenntnis. Seine Kräfte begannen zu erlahmen. Er war jetzt in der vierten Etage, und irgendwie brachte er es fertig, seine Beine immer noch einmal zu einem weiteren Schritt zu zwingen, aber er spürte auch, wie seine Kraftreserven mehr und mehr dahinschmolzen. Die beiden letzten Hiebe des Ungeheuers hatten ihn verfehlt, aber der nächste würde ihn treffen. Spätestens der übernächste.

Es *war* der übernächste. Look hatte die fünfte Etage erreicht, die rettende Tür zu seiner Wohnung lag vor ihm. Er war nicht in der Verfassung, sich Gedanken darüber zu machen, daß das dünne Holz nicht einmal einem ernstgemeinten Fußtritt Stand halten würde, geschweige denn dem Ding hinter ihm. Im Laufen versuchte er, den Schlüssel aus der Tasche zu ziehen, fühlte einen Luftzug hinter sich und in der nächsten Sekunde einen grausamen, knochenbrechenden Schlag, der sein linkes Schulterblatt zertrümmerte und ihn quer durch den Flur und gegen seine eigene Wohnungstür schleuderte. Look wimmerte vor Pein, arbeitete sich in eine halb kniende Position hoch und versuchte, den Schlüssel ins Schloß zu schieben.

Eine gigantische Klaue zischte an seinem Kopf vorbei und stanzte drei fingerlange, dreieckige Löcher in das Holz der Tür unmittelbar neben seinem Gesicht. Look ließ den Schlüssel fallen, drehte sich wimmernd heran und riß die rechte Hand in dem vollkommen sinnlosen Versuch hoch, sein Gesicht zu schützen. Den linken Arm konnte er nicht mehr bewegen. Seine Schulter bestand nur noch aus tobendem Schmerz, Blut und weißen Knochensplittern, die durch den blutgetränkten Stoff seiner Jacke stachen.

Der tödliche Hieb kam nicht. Noch nicht. Das *Ding* spielte nur mit ihm, als hätte es ihm noch nicht genug Angst eingejagt, noch nicht genug Schmerz zugefügt. Statt sein Gesicht zu zerschmettern, was es ohne Probleme gekonnt hätte, packte es mit seiner fürchterlichen Klaue nur seine Hand (wobei es ihm völlig unabsichtlich drei Finger brach), riß ihn in die Höhe und schmetterte ihn mit solcher Wucht gegen das Treppengeländer, daß das morsche Holz krachte; von dem, was in seinem Rücken geschah, gar nicht zu reden. Für einen schrecklichen Moment drohte er das Gleichgewicht zu verlieren und hintenüber in die Tiefe zu stürzen. Er kämpfte instinktiv um seine Balance und gewann, aber eigentlich ohne zu wissen, warum. Ein Sturz in die Tiefe wäre wahrscheinlich gnädig gegen das, was ihn hier erwartete.

Die Kreatur stand reglos vor ihm, zwei Meter entfernt, womit er sich noch in Reichweite ihrer gräßlichen Klauen befand, machte aber keine Anstalten, ihn anzugreifen. Sie hätte ihm spielend den Schädel einschlagen können, ihm das Rückgrat brechen oder ihm wahrscheinlich auch den Kopf abreißen, wie sie es mit dem Hund der dicken Frau getan hatte. Look hatte die fürchterliche Kraft, die in diesen nur scheinbar so dünnen Gliedern wohnte, schließlich am eigenen Leib gespürt. Aber sie rührte sich nicht. Ihre Arme bewegten sich ruckartig und ziellos, wie die Vorderläufe einer Gottesanbeterin, aber sie stand einfach nur da und starrte ihn an – als wartete sie auf etwas. Worauf? Daß er sich wehrte, zu fliehen versuchte vielleicht, damit sie ihr grausames Spiel fortsetzen konnte?

»Was ... was willst du?« stammelte Look. »Was willst du von mir? Wer hat dich geschickt?«

Die Kreatur antwortete nicht. Sie konnte es nicht. Sie hatte keine Sprechwerkzeuge. Und hätte sie sie besessen, hätte sie trotzdem nicht geantwortet. Es war kein Geschöpf, das zum *Reden* geschaffen war. Aber Look las die Antwort auf seine Frage überdeutlich in seinen schwarzen seelenlosen Augen.

»Es ... es war nicht meine Schuld«, stammelte er. »Was hätte ich denn tun sollen? Ich konnte nichts machen! Ich ... ich wäre doch selbst gekascht worden!«

Das Geschöpf hob langsam den Arm. Seine rasiermesserscharfen Klauen glitten über Looks Brust und schlitzten seine Kleider auf, ohne die Haut darunter auch nur zu berühren, setzten ihren Weg fort, berührten sein Kinn, seinen Mund und seine Wangen so sanft wie Schmetterlingsflügel und tupften seine Augenlider, um sich dann wieder zurückzuziehen. Aber dieses Geschöpf war nicht gekommen, um Gnade walten zu lassen. Diesen Begriff kannte es nicht einmal. Es zeigte ihm, was kommen würde.

»Aber es war doch nicht meine Schuld!« wimmerte Look. »Was sollte ich denn tun? Ich ... ich wollte doch nicht in den Bau! *Bitte*!

Er wimmerte, flehte, bettelte um sein Leben, aber er wußte auch, daß es vergebens sein würde. Die Kreatur hob erneut ihre fürchterliche Klaue, und diesmal teilte sich sein Fleisch, und warmes, rotes Blut lief über seinen Bauch und seine Lenden. Look kreischte vor Schmerz, warf sich nach hinten und kippte mit weit ausgebreiteten Armen über das Treppengeländer.

Er stürzte fünf Etagen weit in die Tiefe und landete genau auf dem Kinderwagen, den er vorhin selbst an die richtige Stelle befördert hatte, und dessen Kanten und Spitzen nun endlich etwas zum Aufspießen gefunden hatten.

Der Krankenwagen, den ein aufgeregter Hausbewohner gerufen hatte, kam acht Minuten später, und die entsetzten Rettungssanitäter mußten feststellen, daß der Mann in dem zertrümmerten Kinderwagen nicht nur noch am Leben, sondern bei vollem Bewußtsein war.

Der Transport ins nächste Krankenhaus nahm weitere elf Minuten in Anspruch, und es vergingen noch einmal vier Minuten, ehe zwei leichenblasse Krankenpfleger das wimmernde Bündel auf einen OP-Tisch legten, wo es endlich seinen letzten Atemzug tat.

Die alttestamentarische Gerechtigkeit, die der Seele Azraels eingehaucht war, hatte Genugtuung erfahren.

16

Der Regen hatte aufgehört, als er die Kirche verließ, aber dafür war der Nebel dichter geworden. Thomas hatte ihn durch die Krypta ins Freie geleitet, so daß die Männer in dem Wagen auf der anderen Straßenseite nichts bemerkten, und ihm erklärt, wie er das Grundstück verlassen und den Block ungesehen umgehen konnte – was theoretisch ganz einfach war, sich in der Praxis jedoch durch den immer dichter werdenden Nebel als mittlere Odyssee erwies.

Der Friedhof – Thomas behauptete, nicht zu wissen, wann er aufgegeben worden war, auf jeden Fall aber lange vor seiner Zeit – hatte weder Wege noch so etwas wie einen Trampelpfad, sondern erwies sich als eine einzige, von knöchelhohem Unkraut überwucherte Wildnis, über der Nebel lag wie eine vom Himmel herabgesunkene Wolke. Hier und da ragten Grabsteine oder zerborstene Skulpturen wie bizarre Artefakte einer vor Jahrtausenden untergegangenen Kultur aus der grauen Masse, das meiste aber war hinter faserigen Nebelschleiern verborgen, die im Grunde nicht einmal besonders dicht waren, es aber trotzdem unmöglich machten, weiter als ein oder zwei Dutzend Schritte zu sehen. Nach dem flüchtigen Eindruck, den er von seiner Ankunft her hatte, konnte das umfriedete Kirchengrundstück kaum größer sein als sechzig oder siebzig Meter, aber was er *sah*, schien das genaue Gegenteil zu beweisen. Bremer tastete sich fast blind durch den Nebel. Der Zaun konnte zehn Meter entfernt sein; genauso gut aber auch am anderen Ende der Welt liegen. Wäre er noch in jener sonderbaren, verwundbaren Stimmung gewesen, in der er die Kirche betreten hatte, hätte ihn diese Umgebung vielleicht in den Wahnsinn getrieben, denn sie *war* eindeutig unheimlich.

Aber die beruhigende Wirkung ihres Gesprächs hielt noch immer an. Thomas' Worte hatten seiner Situation nicht ihren Schrecken genommen, aber sie hatten die Bedrohung von ihrer mythischen Ebene geholt. Vielleicht war es nicht mehr als eine fromme Lüge, an die er nur deshalb glaubte, weil er es wollte, aber im Moment war er der festen Überzeugung, es mit einem Feind aus Fleisch und Blut zu tun zu haben. Einem furchtbaren, gnadenlosen Feind vielleicht, aber trotzdem einem, der besiegt werden konnte.

Der Weg über den verfallenen Friedhof erwies sich auch so als schwierig genug.

Bremer hörte nach einer Weile auf, mitzuzählen, wie oft er sich Zehen und Schienbeine an Hindernissen anstieß, die unter dem Nebel verborgen waren. Zwei- oder dreimal tat es ziemlich weh, und einmal durchfuhr ihn ein eisiger Schrecken, als er sich herumdrehte und sich unversehens einem mannsgroßen steinernen Engel gegenübersah, der ein wenig schräg auf seinem Sockel stand, einen Flügel abgebrochen und mit erhobenen Armen, durch die Beschädigung und die ungewöhnliche Körperhaltung einer Harpyie ähnlicher als einem himmlischen Sendboten. Für einen Moment begann sein Herz wieder zu jagen, und sein Puls beschleunigte sich zu einem rasenden, harten Hämmern, das sich bis in seine Fingerspitzen hinein fortsetzte. Aber schon in der nächsten Sekunde beruhigte er sich wieder. Nach allem, was passiert war, war es nur logisch, daß er allergisch auf alles reagierte, was mit Engeln zu tun hatte. Aber das lähmende Entsetzen, auf das er wartete, kam nicht. Er hatte sich einfach nur erschrocken, das war alles. Azraels böser Zauber war gebrochen. Vielleicht für immer.

Bremer schenkte dem flügellahmen Engel ein nervöses Lächeln, drehte sich wieder herum und stakste vorsichtig weiter durch den Nebel. Drei angeschlagene Zehen und ein aufgeschürftes Schienbein später erreichte er den mannshohen Zaun und wandte sich nach rechts, ziemlich wahllos. Er hatte so gründlich die Orientierung verloren, daß es gleich war, in welche Richtung er sich wandte.

In einem Punkt hatte Thomas die Wahrheit gesagt: Er mußte sich nicht damit abmühen, umständlich über den Zaun zu klettern. Schon nach wenigen Schritten erreichte er eine Stelle, an der es eine Lücke gab, durch die er sich mit einiger Mühe hindurchzwängen konnte. Vor ihm lag die Straße, und Bremer stellte mit einem Gefühl intensiver Erleichterung fest, daß er durch pures Glück in die richtige Richtung gegangen war. Er befand sich am westlichen Ende des Friedhofs. Die Kirche lag links von ihm, fast am anderen Ende der Straße, und der BMW parkte ungefähr auf halber Strecke auf der anderen Seite. Seine Insassen würden mit Sicherheit die Kirche beobachten, aber kaum die Straße hinter sich.

Trotzdem blieb er vorsichtig. Von den Straßenlaternen brannten weniger als die Hälfte, so daß es überall große, vollkommen finstere Bereiche gab, die ein perfektes Versteck boten. Bremer visierte eines dieser schwarzen Löcher an, huschte hin und lehnte sich schwer atmend gegen die erloschene Laterne. Sein Herz jagte noch immer, und die Luft, die er in gierigen flachen Zügen in die Lungen sog, schmeckte scharf, nach Metall. Der Weg über den Friedhof hatte ihn mehr Kraft gekostet, als ihm bisher bewußt gewesen war, und die Anstrengungen des vergangenen Tages und der Schlafmangel machten sich zusätzlich bemerkbar. Er blieb ein paar Minuten einfach so stehen, um wieder zu Atem zu kommen, und nutzte die Zeit, um die gegenüberliegende Straßenseite und den Weg bis zu dem blauen BMW genauer in Augenschein zu nehmen.

Es sah nicht schlecht aus. Bremer beging nicht den Fehler, die Männer zu unterschätzen, mit denen er es zu tun hatte, aber er mußte zugeben, daß ihr Standpunkt nicht besonders klug gewählt war. Aus dem Wagen heraus konnte man die Kirche und einen Großteil des Grundstücks gut überblicken, aber die Fassaden der Häuser daneben lagen fast vollkommen im Dunkeln. Es gab nur zwei Stellen, an denen das blasse Licht der Straßenlaternen bis an die Häuser heranreichte, beide nicht sehr groß, und beide in einem für die Insassen des Wagens ungünstigen Winkel. Er brauchte nur ein wenig Glück, um sie zu überwinden.

Sein eigentliches Problem begann erst, wenn es ihm gelang, den Wagen ungesehen zu erreichen. Bremer war früher einmal ein ganz passabler Boxer gewesen, aber es war Jahre her, daß er das letztemal im Ring gestanden hatte. Und selbst wenn es anders gewesen wäre, hätte er vermutlich keine Chance, mit mehreren Gegnern gleichzeitig fertig zu werden. Außerdem war er nicht hier, um sich in James-Bond-Manier mit den Kerlen herumzuprügeln. Bremer bedauerte es jetzt, seine Waffe nicht mitgenommen zu haben. Er würde bluffen müssen. Aber im Improvisieren war er schließlich schon immer gut gewesen.

Er suchte nach einer Stelle, an der er die Straße überqueren konnte, tat es und preßte sich für einige Sekunden in den schwarzen Schlagschatten der Hauswand. In dem BMW blieb alles still. Wie es aussah, hatte er wirklich Glück.

Bremer ging vorsichtig und stets darauf bedacht, im Schatten zu bleiben, weiter. Während er sich dem BMW näherte, grub er mit den Händen in den Jackentaschen. Alles, was er fand, waren ein Schlüsselbund, sein Dienstausweis (er war vermutlich nicht mehr das Papier wert, auf dem er gedruckt war), seine Geldbörse und ein Labello-Stift, den er vor gut einem Jahr gekauft und niemals benutzt hatte. Keine besonders reiche Ausbeute, aber er mußte nun einmal nehmen, was er hatte. Während er sich der ersten der beiden Lichtinseln näherte, die zwischen ihm und dem BMW lagen, verbarg er den Fettstift in der rechten Hand und legte Zeigefinger und Mittelfinger darüber. Wenn der Mann, den er damit zu bedrohen gedachte, zu genau hinsah, dachte er spöttisch, konnte er ja immer noch *Peng, Peng* machen.

Vor ihm lag jetzt ein ungefähr zehn Meter großer Bereich, der vom Licht einer der wenigen verbliebenen Straßenlaternen in silbernes Zwielicht getaucht wurde. Ein einziger Blick in den Rückspiegel, und er war so deutlich sichtbar wie auf dem Präsentierteller. Trotzdem widerstand er der Versuchung, zu rennen, sondern ging ganz im Gegenteil langsamer weiter. Er wußte, daß nichts so leicht Aufmerksamkeit erregte wie eine schnelle Bewegung. Einen Mann, der rannte, übersah niemand. Jemand, der sich langsam bewegte, konnte man selbst dann übersehen, wenn man ihn direkt ansah. Vor allem wenn man eine lange, langweilige Nachtwache hinter sich hatte.

Er erreichte wieder den schützenden Schatten, blieb stehen und ging nach ein paar Sekunden weiter, als sich nichts rührte. Der BMW blieb so still, als wären die Männer darin eingeschlafen. Vielleicht waren sie es ja.

Bremer erreichte den zweiten hellen Bereich, verfuhr auf die gleiche Weise wie beim ersten und durchquerte auch ihn unbehelligt. Er war jetzt noch ungefähr zehn Meter von dem BMW entfernt und konnte sein Glück kaum fassen – der Mann hinter dem Lenkrad ließ in diesem Moment die Scheibe herunterfahren und zündete sich eine Zigarette an. Zu Bremers Bedauern benutzte er dazu den Zigarettenanzünder, kein Feuerzeug, das das Wageninnere zusätzlich erhellte hätte. Trotzdem: Jetzt oder nie.

Bremer überwand die restliche Entfernung mit wenigen, schnellen Schritten, beugte sich vor und drückte dem Mann das stumpfe Ende des Fettstiftes hinters Ohr. »Wenn ich Sie wäre, würde ich mich jetzt nicht mehr rühren, Freundchen«, zischte er.

Der Mann erstarrte tatsächlich; allerdings nur für eine knappe Sekunde. Dann drehte er den Kopf – so weit es der

Druck hinter seinem linken Ohr zuließ – sah Bremer ärgerlich an und hob ganz langsam die rechte Hand ans Gesicht, um einen Zug aus seiner Zigarette zu nehmen. »Donnerwetter«, sagte er. »So viel Mumm hätte ich dir gar nicht zugetraut.«

»Nicht bewegen, habe ich gesagt!« schnappte Bremer. Irgend etwas stimmte nicht. Der Mann war einfach zu cool. Niemand blieb so gelassen, wenn man ihm eine Waffe an den Kopf hielt.

Dann wurde es ihm klar: Der Sitz neben dem Fahrer war leer. Aber es waren *zwei* gewesen! *Wo war der andere?*

»Du kostet mich eine Flasche Jim Beam, Bremer«, sagte der Mann übellaunig. »Wir haben gewettet, ob du den Mumm hast, herzukommen, und ich habe gegen dich gesetzt. Ich sollte eigentlich sauer auf dich sein.«

»Nicht bewegen, habe ich gesagt!« drohte Bremer. Seine Gedanken rasten. Wo war der zweite Mann?!

»Oder was?« fragte der BMW-Fahrer.

»Oder er schmiert dich mit Fett ein«, sagte eine Stimme hinter Bremer. Womit die Frage beantwortet war, wo sich der zweite Mann aufhielt.

Der Mann im Wagen lachte, griff hinter sich und nahm Bremer den Labello-Stift aus der Hand. Nachdenklich drehte er ihn in den Fingern. »Auch noch so ein billiges Ding«, sagte er kopfschüttelnd. »Ein Neunundneunzig-Pfennig-Sonderangebot, wie? Also allmählich überlege ich mir, ob ich ein bißchen beleidigt sein soll. Ich dachte, ich könnte wenigstens ein Mindestmaß an Respekt erwarten.« Er öffnete die Tür, wartete, bis Bremer einen Schritt zurückgetreten war und schnippte seine Zigarette davon, während er ausstieg.

»Es ist ein Kreuz mit euch Bullen«, seufzte er. »Ihr seid so berechenbar.«

Bremer tat einen weiteren Schritt zurück und musterte den Mann aufmerksam. Er war einen guten Kopf größer als er, teuer, aber nicht besonders geschmackvoll gekleidet und von durchtrainierter, sportlich-schlanker Statur. Sein hellblondes Haar war streichholzkurz geschnitten, was seinen Kopf im Verhältnis zu den breiten Schultern unterproportional klein erschienen ließ, und mit Ausnahme der Daumen trug er an jedem Finger einen Ring.

Vorsichtig drehte er sich herum und musterte den zweiten Mann, der hinter ihm aufgetaucht war. Er war von ähnlicher Statur, aber noch größer, und hatte längeres dunkles Haar. »Jetzt sei nicht so unfreundlich zu unserem Gast, Cremer«, sagte er. »Immerhin hat er mir zu einer guten Flasche Scotch verholfen. Aber Sie hätten sich ruhig ein bißchen beeilen können, Bremer. Es ist arschkalt, wenn man hier draußen rumsteht und wartet.«

»Woher ... wußten Sie ...?« fragte Bremer zögernd. Seine Gedanken überschlugen sich. Er versuchte unauffällig nach einem Fluchtweg Ausschau zu halten, aber es gab keinen. Cremer stand keinen Meter hinter ihm, und der Langhaarige vor ihm, und die beiden sahen ganz so aus, als ob sie die hundert Meter in weniger als zehn Sekunden laufen könnten: und das so oft hintereinander, wie sie wollten.

Der Langhaarige grinste und schwenkte ein Instrument, das wie eine Mischung aus einem Feldstecher und einer Polaroidkamera aussah. »Es lebe die Technik«, sagte er fröhlich. »Mit diesem Spielzeug hier kann man zwar leider keine Musikvideos empfangen, aber dafür prachtvoll sehen. Selbst bei vollkommener Dunkelheit. Sie hatten Glück, wissen Sie das? Sie wären in dem Nebel da drüben fast in ein Loch gestürzt. Cremer und ich haben schon geknobelt, wer Sie rausholen muß.«

Bremer war ziemlich wütend auf sich. Daß die Männer, mit denen er es zu tun hatte, stets mit der allerneuesten Technik ausgerüstet waren, hatte er schließlich gewußt. Wieso zum Teufel war er denn nicht einmal auf den *Gedanken* gekommen, daß sie auch über etwas so Simples wie ein Nachtsichtgerät verfügten?

»Also?« fragte er. »Was wollt ihr von mir?«

»Wir?« Der Langhaarige legte übertrieben die Stirn in Falten. »Aber ich dachte, *Sie* wären zu *uns* gekommen.« Sein Lächeln erlosch übergangslos. Er warf das Nachtsichtgerät schwungvoll an Bremer vorbei in den Wagen und deutete zugleich mit der anderen Hand in dieselbe Richtung.

»Jemand möchte Sie sprechen, Herr Bremer. Steigen Sie ein.«

»Und wenn ich nicht will?«

»Steigen Sie trotzdem ein«, antwortete der Langhaarige ernst. »Nur wird es dann etwas unangenehmer für Sie.«

»Dann habe ich wohl keine andere Wahl«, seufzte Bremer. Und trat mit voller Wucht nach hinten aus.

Er wurde mit einem schmerzerfüllten Grunzen belohnt, verlagerte sein Gleichgewicht auf das andere Bein und schoß gleichzeitig eine blitzschnelle rechte Gerade auf das Kinn des Langhaarigen ab. Er war ein wenig erstaunt, wie leicht es ihm fiel; als hätte er nicht vor Jahren, sondern erst gestern seine letzte Trainingsstunde gehabt. Es gibt eben Dinge, die man nie verlernte.

Der Langhaarige machte einen fast behäbigen Schritt zur Seite, hob die linke Hand und fing Bremers Faust damit auf. Seine Finger schlossen sich mit unwiderstehlicher Kraft um Bremers Hand und drückten zu. Bremer keuchte zwar vor Schmerz, schickte aber gleichzeitig einen Schlag mit der Linken hinterher, und der Langhaarige machte eine Bewegung, die noch beiläufiger aussah, und fing auch seine andere Hand auf. Bremer versuchte ihm das Knie zwischen die Beine zu rammen, und der andere vollführte eine blitzschnelle Drehung in den Hüften, so daß Bremers Stoß ins Leere ging, sein eigenes Knie aber Bremers Oberschenkel traf und das Bein nahezu lähmte.

»Ich hatte gehofft, daß Sie das tun«, grinste der Langhaarige. Seine Hände preßten Bremers Fäuste immer stärker zusammen. Bremer keuchte vor Schmerz, sank langsam auf die Knie und krümmte sich, aber der furchtbare Druck auf seine Finger nahm nicht ab, sondern ganz im Gegenteil immer noch weiter zu. Er glaubte, seine eigenen Knochen knirschen zu hören. Der Schmerz war schlimm, aber noch schlimmer waren die Erniedrigung und das Gefühl der Machtlosigkeit.

»Hör auf, Reinhold!« sagte Cremer. »Willst du ihm die Hände brechen? Braun will ihn in einem Stück!«

»Davon hat er nichts gesagt«, antwortete Reinhold. Trotzdem ließ er Bremers Hände endlich los, packte jedoch praktisch im gleichen Sekundenbruchteil seine Handgelenke und riß ihn grob in die Höhe. Als er schwankend wieder auf eigenen Füßen stand, boxte ihm Cremer hart in beide Nieren.

Eine Welle von mit Übelkeit gemischtem Schmerz breitete sich explosionsartig in Bremers Körper aus, seltsamerweise von seinem Magen ausgehend, nicht von seinen mißhandelten Nieren. Er spürte, wie alle Kraft aus seinen Beinen wich, brach hilflos in Reinholds Armen zusammen und kämpfte verzweifelt gegen schwarze Schleier der Bewußtlosigkeit, die seinen Geist vernebeln wollten. Es war sinnlos, sich zu wehren, aber gleichzeitig hatte er auch panische Angst davor, in Ohnmacht zu fallen, weil er nicht wußte, was sie ihm antun würden, wenn er hilflos war.

»Das reicht jetzt wirklich«, sagte Reinhold. »Schaff ihn in den Wagen.«

»Der Dreckskerl hat mir einen Zeh gebrochen«, wimmerte Cremer. »Wenn Braun mit ihm fertig ist, will ich ihn wiederhaben!«

Bremer fühlte sich gepackt und herumgerissen. Er öffnete die Augen, sah den Wagen auf sich zufliegen und konnte gerade noch schützend die Hände vors Gesicht reißen, ehe er mit der Dachkante kollidierte.

Ein Wagen näherte sich. Für eine oder zwei Sekunden wurde der BMW in blendendes weißes Licht getaucht, dann quietschten Bremsen, und er konnte hören, wie eine Autotür aufgerissen wurde.

»Was ist denn hier los?« erklang eine Stimme. Sie klang jung, energisch. Die einer Frau.

»Mist!« fluchte Cremer. »Schaff Sie uns vom Hals. Ich kümmere mich um Bremer.« Seine Stimme wurde leiser, schärfer. »Wenn du auch nur ein Wort sagst, breche ich dir den Arm, verstanden?«

Bremer nickte. Ihm war noch immer so übel, daß er gar

nicht antworten konnte – aber er glaubte Cremer aufs Wort. Dem Kerl würde es Spaß machen, ihm wirklich weh zu tun.

Das Geräusch der Wagentür erklang erneut, und schnelle, energische Schritte näherten sich. »Was ist hier los?« erklang die weibliche Stimme von gerade. »Was tun Sie mit dem Mann da?«

Bremer hätte um ein Haar aufgeschrien, als er die Stimme erkannte. Er hob mit einem Ruck den Kopf, und seine schlimmsten Befürchtungen wurden wahr. Angelas zitronengelber Fiat Uno stand mit laufendem Motor und eingeschalteten Scheinwerfern fünf Meter entfernt auf der Straße, und sie selbst kam mit kleinen, schnellen Schritten näher. Auf ihrem Gesicht lag ein Ausdruck gerechter Empörung, und sie schwenkte kampflustig eine alberne kleine Handtasche.

Reinhold ging ihr lächelnd entgegen und machte mit beiden Händen eine beruhigende Geste. »Es ist alles in Ordnung«, sagte er. »Wirklich. Unserem Freund ist nur ein bißchen schlecht geworden, das ist alles.«

Cremer versuchte die hintere Tür des BMW aufzureißen, hatte aber Probleme damit, weil Bremer sie mit seinem Körper blockierte.

»Schlecht?« fragte Angela. »Lassen Sie mich nach ihm sehen. Ich bin Medizinstudentin im letzten Semester.«

Sie kam weiter auf den Wagen zu. Reinhold versuchte ihr den Weg zu vertreten, aber sie glitt mit einer so graziösen Bewegung an ihm vorbei, als wäre sie nur ein Trugbild aus Licht und Schatten. Der Langhaarige brummte ärgerlich, machte einen schnellen, energischen Schritt und ergriff sie am Arm.

»Es ist wirklich alles in Ordnung«, sagte er. Seine Stimme klang gar nicht mehr freundlich. »Wir brauchen keine Hilfe. Unser Freund hat zuviel getrunken, das ist alles!«

»Das sieht mir aber gar nicht danach aus«, antwortete Angela. »Hier stimmt doch etwas nicht! Wenn Sie mir nicht sofort sagen, was hier los ist, rufe ich die Polizei!«

Es war Cremer mittlerweile gelungen, die Wagentür aufzubekommen, aber nicht, Bremer hineinzubugsieren. Bremer hatte noch immer Mühe, sich auf den Beinen zu halten. Er wagte es nicht, sich Cremer wirklich zu widersetzen, rührte allerdings keinen Finger, um ihm zu helfen.

»Verdammt noch mal!« brüllte Cremer. »Schaff endlich die Kleine weg, und dann hilf mir!«

Reinhold drehte für einen Moment den Kopf in ihre Richtung, und das war ein Fehler. Bremer konnte nicht sehen, was Angela tat, aber der Langhaarige war plötzlich ... einfach verschwunden. Bremer hörte ein überraschtes Keuchen, das in einen schweren Aufprall überging, und noch bevor das Geräusch verklang, raste Angela los und stürmte auf Cremer zu.

Cremer ließ seinen Arm los, drehte sich verwirrt herum und zögerte. Nicht lange, vielleicht nur eine halbe Sekunde, aber lange genug. Angela stürmte weiter heran, senkte die Schultern, als wolle sie ihm einfach wie ein Kind beim Torero-Spiel den Kopf in den Leib rammen, und warf sich im letzten Moment zur Seite. Ihr Knie kam hoch und traf mit solcher Wucht in Cremers Magen, daß es sich anhörte wie ein Hammerschlag. Cremer japste, krümmte sich und schlug die Hände vor den Leib, und Angela war mit einer unglaublich schnellen, kraftvollen Bewegung wieder in der Höhe und hinter ihm, riß ihn herum und schmetterte ihn mit solcher Kraft gegen die Beifahrertür, daß das Glas zersplitterte. Cremer verdrehte mit einem wimmernden Laut die Augen und brach zusammen wie eine Marionette, deren Fäden man durchgeschnitten hatte. Die ganze Aktion hatte weniger als zwei Sekunden gedauert.

Trotzdem vielleicht zu lange. Der zweite Mann hatte sich mittlerweile wieder hochgerappelt und kam heran, und der Vorteil der Überraschung, den Angela bisher gehabt hatte, zählte nun nicht mehr. Reinhold hatte gesehen, was Angela mit seinem Kameraden gemacht hatte, und würde sich von ihrem harmlosen Äußeren nicht mehr täuschen lassen.

Sie versuchte, nach ihm zu treten, aber Reinhold wich der Attacke aus und schlug ihr Bein so hart zur Seite, daß Angela taumelte und um ein Haar gestürzt wäre. Sofort setzte der Langhaarige ihr nach. Angela wich, noch immer um ihr Gleichgewicht kämpfend, zurück, duckte sich unter einem Schwinger hindurch, der so schnell kam, daß Bremer ihn nicht einmal wirklich *sah*, und bekam dafür Reinholds Knie ins Gesicht. Sie stürzte nach hinten, fing den Sturz mit dem ausgestreckten rechten Arm ab und stieß das linke Bein schräg nach oben in Reinholds Leib. Der Langhaarige grunzte, taumelte breitbeinig drei oder vier Schritte zurück und krümmte sich leicht, fiel aber nicht.

Bremer kam endlich auf die Idee, daß er ihr helfen könnte. Mühsam und mit zusammengebissenen Zähnen stemmte er sich aus dem Wagen, machte einen taumelnden Schritt und blieb wieder stehen, als er ein Stöhnen hörte.

Cremer kam wimmernd zu sich. Er blutete aus einer üblen Schnittwunde auf der Stirn, und sein Gesicht war bereits jetzt angeschwollen und schillerte in allen Farben. Spätestens in ein paar Stunden, dachte Bremer, würde sein Gesicht endgültig zu seinem Charakter passen. Der Agent blinzelte benommen zu ihm hoch. Bremer packte seinen Kopf und knallte ihn so hart mit der Stirn auf den Boden, daß er wieder still lag. Er hatte nicht die Spur von Skrupeln dabei.

Mittlerweile hatte sich Angela wieder aufgerichtet. Reinhold und sie umkreisten sich, Reinhold grätschbeinig und starr, ganz geballte Kraft und höchste Konzentration. Angela schnell, fließend, mit fast grazilen, huschenden Bewegungen. Angelas Unterlippe war geschwollen und blutete, während der Langhaarige noch immer Schwierigkeiten beim Atmen zu haben schien. So unglaublich es Bremer auch vorkam, hatte er doch das Gefühl, zwei absolut gleichwertige Gegner zu beobachten.

Diesmal war es Reinhold, der angriff. Er sprang vor, täuschte einen Fußtritt gegen Angelas Knie an und schoß im letzten Moment eine rechte Gerade auf ihr Gesicht ab. Angela wich dem Hieb aus, packte sein Handgelenk und schleuderte den Langhaarigen in einem perfekten Judowurf über die Schulter. Reinhold krachte schwer zu Boden, trat aber noch im Fallen aus und erwischte Angelas Wade. Sie torkelte zurück, stürzte ebenfalls und kam im gleichen Moment wieder auf die Füße wie ihr Gegner. Aber irgend etwas stimmte mit ihrem linken Bein nicht. Sie knickte ein, wäre um ein Haar wieder gestürzt und fand nur mit einem raschen Schritt nach hinten ihr Gleichgewicht wieder. Ihre Mundwinkel zuckten vor Schmerz.

Reinhold näherte sich ihr langsam. Seine Bewegungen waren noch immer so kraftvoll und ehrfurchtgebietend wie zuvor, und doch glaubte Bremer ihnen anzumerken, daß er jetzt eine gehörige Portion Respekt vor seiner Gegnerin verspürte.

Als er das nächstemal angriff, versuchte er keine Täuschungsmanöver mehr, sondern setzte ganz auf seine Kraft und seine körperliche Überlegenheit. Er stürmte einfach los, nahm einen brutalen Kniestoß in die Genitalien hin und umschlang Angela mit den Armen. Sie schrie. Reinhold riß sie in die Höhe, wirbelte sie herum und drückte noch fester zu, und Angelas Schrei ging in ein atemloses Keuchen über und verstummte dann ganz. Reinhold verstärkte den Druck seiner Arme noch mehr. Die Muskeln und Sehnen an seinen Hals traten vor Anstrengung hervor, und Bremer glaubte Angelas Rippen und Rückgrat krachen zu hören. Reinhold würde sie töten, wenn sie nicht aufgab, das begriff er plötzlich. Dies war kein fairer Kampf mehr, bei dem es um Sieg oder Niederlage ging. Es ging um Leben und Tod. Er wußte, daß es vollkommen sinnlos war – ohne irgendeine Waffe gab es absolut nichts, was er gegen Reinhold unternehmen konnte. Trotzdem humpelte er los, so schnell es ging. Seine verletzten Nieren kreischten bei jedem Schritt vor Schmerz, und ihm wurde so übel, daß er nach drei Schritten stehenbleiben mußte.

In diesem Moment tat der langhaarige Riese etwas, was ihn *wirklich* überraschte: Er lockerte seinen Griff gerade weit genug, daß Angela einen einzelnen, qualvollen Atemzug tun konnte, und sagte: »Gib auf, oder ich breche dich in zwei Teile!«

Angela gurgelte irgendeine Antwort, die vollkommen

unverständlich blieb, riß ihren rechten Arm aus Reinholds Umklammerung und schmetterte ihm die gestreckte Handfläche schräg von unten gegen die Nase.

Reinhold brüllte wie ein verwundeter Stier, taumelte zurück und lockerte seinen Griff noch weiter, und Angela nutzte ihre Chance, sich zwischen seinen Armen hinabgleiten zu lassen. Sie hatte nicht mehr die Kraft, sich abzurollen, und fiel schwer zu Boden, versuchte aber trotzdem noch im Fallen, nach ihrem Gegner zu treten. Sie verfehlte ihn allerdings, denn Reinhold taumelte weiter zurück, verlor endgültig das Gleichgewicht und landete unsanft auf dem Hintern. Heulend schlug er die Hände vors Gesicht. Zwischen seinen Fingern sprudelte hellrotes Blut hervor. Angela hatte sich auf Hände und Knie erhoben, wollte ganz aufstehen, schaffte es nicht und kroch mit hastigen, ungelenkten Bewegungen vor Reinhold davon.

Mit einemmal war Bremer klar, daß sie sich gegenseitig umbringen würden. Er mußte etwas unternehmen. Er brauchte eine Waffe! Und er wußte auch, wo er sie finden würde.

Noch immer halb blind vor Schmerz drehte er sich wieder herum, schleppte sich zu Cremer zurück und drehte ihn auf den Rücken. Cremers Waffe steckte in einem Schulterhalfter, wie erwartet, aber seine Hände waren noch immer so taub, daß er endlose Sekunden brauchte, um sie herauszuziehen. Zitternd richtete er sich auf, hielt die Waffe in beiden Händen und versuchte, seinen Daumen dazu zu zwingen, den Sicherungshebel umzulegen. Es gelang ihm erst beim dritten Anlauf.

Und es war sinnlos. Als er sich herumdrehte, hatten sich Angela und Reinhold wieder aufgerichtet. Reinhold stand sieben oder acht Meter vor ihm und Angela in gerader Linie dahinter. Wenn er daneben schoß, lief er Gefahr, sie zu treffen. Bremer fluchte lauthals. Er brauchte ein besseres Schußfeld. Mit zusammengebissenen Zähnen humpelte er los. Er versuchte, einen Blick auf Angela zu werfen und wünschte sich fast, es nicht getan zu haben.

Ihr Gesicht war schneeweiß. Ihre Lippe blutete noch heftiger, was ihr etwas von einem asymmetrisch geschminkten furchteinflößenden Clown gab, und in ihren Augen stand ein Ausdruck von großem Schmerz.

Ihr Gegner sah allerdings kaum besser aus. Auch sein Gesicht war blutüberströmt, und er schien ein bißchen Mühe zu haben, sich auf den Beinen zu halten. Der Ausdruck in seinen Augen war jedoch nicht der von Schmerz, wie Bremer bestürzt feststellte, sondern eine Mischung aus Unglauben und immer größer werdender Wut. Wenn überhaupt, dann hatte Angela vor allem seinen Stolz verletzt.

»Das war nicht nett von dir, Kleines«, sagte er, während er sich mit dem Handrücken über den Mund fuhr und anschließend stirnrunzelnd das Blut betrachtete, das auf seiner Hand glänzte.

Angela preßte die linke Hand gegen die Rippen und verzog das Gesicht. »Gib auf«, sagte sie.

Reinhold blinzelte. »Wie?!«

»Du bist zu stark für mich, als daß ich dich schonen könnte«, antwortete Angela. »Gib auf.«

Reinhold lachte. Aber nur kurz; der Laut klang eher wie ein Bellen. Dann machte sich ein Ausdruck von tödlichem Ernst auf seinem Gesicht breit. Er trat einen halben Schritt zurück, spreizte die Beine und breitete die Arme halb aus. Seine Schultern waren leicht nach vorne gebeugt, die Hände zu Fäusten geballt. »Dann zeig mal, was du kannst, Schätzchen«, sagte er.

Angela nickte sehr ernst; fast schon mit einem Ausdruck von Bedauern. Sie erblickte Bremer, schüttelte andeutungsweise den Kopf und wandte sich dann wieder ihrem Gegner zu.

Bremer ließ seine Waffe sinken. Er wunderte sich fast ein bißchen selbst über seine Entscheidung, aber er konnte gar nicht anders, als Angelas Wahl zu akzeptieren – auch wenn er wußte, daß die nächste Runde möglicherweise mit ihrem Tod enden würde. Er würde Reinhold erschießen, falls das geschah.

Angela breitete die Arme aus und hob die Hände, bis sie

sich in Kopfhöhe befanden. Ihr Oberkörper begann sich langsam, aber schneller werdend, hin und her zu bewegen, gleichzeitig verlagerte sie ihr Körpergewicht im gleichen Takt von einem Bein auf das andere und wieder zurück. Ihre Bewegungen hatten jetzt wieder jene unheimliche, insektenhafte Geschmeidigkeit. Was sie tat, glich viel mehr einem Tanz als der Vorbereitung für einen Angriff. Bremer hatte eine solche Art, sich zu bewegen, noch nie zuvor gesehen.

Dann begriff er, was sie tat.

Sie schaukelte sich auf. Ihr Körper bewegte sich immer schneller nach rechts und links, vor und zurück, baute Muskelspannung auf eine Art auf, die Bremer bis zu diesem Moment nicht einmal für *möglich* gehalten hatte und bewegte sich dabei immer schneller und schneller.

Und auch Reinhold schien zumindest zu ahnen, was kam. Auf seinem blutüberströmten Gesicht erschien zuerst ein Ausdruck von Überraschung, dann von verächtlichem Triumph. Er gab seine grätschbeinige Haltung auf und streckte das linke Bein nach hinten, hob gleichzeitig die Fäuste vor die Brust, und Angela sprang.

Es war das Unglaublichste, was Bremer jemals gesehen hatte. So unglaublich, daß Bremer es nicht einmal glaubte, als er es *sah*.

Angela katapultierte ihren Körper nahezu senkrecht in die Höhe, drehte sich dann um zwei Achsen zugleich und lag plötzlich waagerecht in der Luft, vollführte eine unmögliche, immer schneller werdende, fünf-, sechs-, siebenfache Pirouette, während der sie sich rasend schnell auf ihren Gegner zuschraubte. Im allerletzten Moment drehte sie sich noch einmal, so daß ihre Beine nach Reinholds Gesicht stießen. Ihr rechter Fuß schmetterte seine abwehrend hochgerissenen Hände zur Seite. Der linke traf einen Sekundenbruchteil später sein Gesicht. Bremer konnte *hören*, wie Reinholds Kiefer brach.

Der langhaarige Agent brüllte auf, spuckte Blut und zerbrochene Zähne und wurde von den Füßen gerissen. Er flog gute zwei Meter durch die Luft, schlug mit grausamer

Wucht auf dem Boden auf und blieb stöhnend liegen. Langsam hob er die Hände und bedeckte sein blutüberströmtes Gesicht. Seine Beine zuckten unkontrolliert.

Bremer humpelte auf Angela zu, die ebenfalls gestürzt war, änderte dann aber seine Richtung, als er sah, daß sie sich schon wieder auf Hände und Knie hochstemmte. So schnell er konnte, eilte er auf Reinhold zu und ließ sich neben ihm auf die Knie herabsinken. Noch vor ein paar Minuten hätte der Agent ihm ohne zu zögern den Schädel eingeschlagen, und Bremer umgekehrt ihm auch. Jetzt wollte er nichts anderes, als ihm irgendwie helfen. Seine Verwundung hatte ihn verändert; von einem Feind war er zu einem Menschen geworden, der litt, und irgendein uralter, sinnvoller Mechanismus in Bremers Seele sorgte dafür, daß der Wunsch, dieses Leiden zu beenden, zumindest für den Moment stärker war als sein Haß.

Aber es gab nicht viel, was er für ihn tun konnte. Eigentlich gar nichts.

Bremer verstand nicht allzu viel von Erste Hilfe. Die Kunden, mit denen er es normalerweise zu tun hatte, benötigten sie im allgemeinen nicht mehr. Aber man mußte auch kein ausgebildeter Rettungssanitäter sein, um zu erkennen, daß es Reinhold wirklich übel erwischt hatte. Sein Unterkiefer und möglicherweise auch ein Teil des Oberkiefers waren zertrümmert. Sein ganzes Gesicht wirkte deformiert, sein offenstehender Mund war schwarz vor Blut. Bremer konnte nicht sagen, ob er noch bei Bewußtsein war oder nicht. Er stöhnte leise, und seine Atemzüge wurden von einem schrecklichen Blubbern und Gurgeln begleitet. Bremer begriff, daß er in Gefahr war, an seinem eigenen Blut zu ersticken.

Hastig legte er die Pistole zu Boden und drehte Reinhold in eine stabile Seitenlage; alles, was er im Moment für ihn tun konnte. Reinhold wimmerte, spuckte Blut und Schleim und ballte die Hände vor dem Gesicht zu Fäusten. Wenn er bei Bewußtsein war, dann in einem Zustand, der dem Koma näher kam als irgend etwas anderes.

Er hörte Schritte, sah aber erst auf, als Angela sich neben

ihm in die Hocke sinken ließ und ihr Schatten über Reinholds Gesicht fiel.

»Warum hast du das getan?« fragte er.

Angela sah ihn stirnrunzelnd an. Sie hatte die Hand nach Reinholds Gesicht ausgestreckt, zog sie nun aber wieder zurück und fragte: »Was glaubst du, was er mit mir gemacht hätte, hätte ich ihn gelassen?«

Bremer hatte *gesehen*, was der Agent Angela um ein Haar angetan hätte. Sein logisches Denken sagte ihm mit einer Klarheit, die keinen Widerspruch duldete, daß Angela gar keine andere Wahl gehabt hatte. Reinhold hätte sie umgebracht, hätte sie ihm die Gelegenheit dazu geboten.

Aber das war nur die eine Seite. Daneben gab es noch eine andere, die zumindest im Moment stärker war als jede Logik, die auf die zertrümmerte Maske herabsah, die einmal ein menschliches Gesicht gewesen war, und die sich vor Entsetzen zusammenzog, wenn sie an die gnadenlose Brutalität zurückdachte, mit der Angela gekämpft hatte. Sie hatte nicht gekämpft, wie ein Mensch kämpfen sollte. Sie hatte sich nicht einmal *bewegt*, wie sich ein Mensch bewegen sollte.

Angela schien zu spüren, daß das nicht die Antwort war, die er hatte hören wollen, denn ihr Blick wurde härter. Zwei, drei Sekunden lang sah sie ihn kalt an, dann ließ sie ihren Blick für die gleiche Zeit auf der Waffe ruhen, die er zwischen seinen Knien abgelegt hatte, und sagte ruhig: »Ich schätze, ich habe ihm das Leben gerettet.«

Bremer fand diese Antwort einfach nicht fair. Richtig, zwingend, aber einfach nicht fair.

Angela blickte ihn noch zwei oder drei Sekunden weiter auf diese schreckliche, kalte Art an, dann hob sie die Augenbrauen, als hätte sie sich selbst in Gedanken eine Frage gestellt und zugleich auch beantwortet, und wandte sich wieder dem verletzten Agenten zu. Ihre Fingerspitzen fuhren ganz sacht über Reinholds Gesicht, berührten sein Kinn, den zerbrochenen Kiefer und das Wangenbein und zogen sich wieder zurück, und etwas beinahe Unheimliches geschah: Reinhold hörte auf zu wimmern. Sein pfeifender Atem beruhigte sich, und Bremer konnte regelrecht sehen, wie die Spannung aus seinem Körper wich.

»Wie … hast du das gemacht?« fragte er fassungslos.

»Ich habe heilende Hände«, antwortete Angela. Sie seufzte. »Mehr kann ich nicht tun. Wir rufen ihm einen Krankenwagen, sobald wir unterwegs sind. Komm jetzt.«

Während sie sprach, hatte sich ihre Stimme verändert. Etwas von der alten Leichtigkeit war jetzt wieder darin, auch wenn sie Bremer im Moment ziemlich unpassend erschien. Sie stand auf, und auch Bremer erhob sich und steckte in der gleichen Bewegung die Waffe ein, die er Cremer abgenommen hatte. Automatisch wollte er sich nach links wenden, wo Angelas Fiat stand, aber sie schüttelte den Kopf und deutete auf den BMW.

»Wir nehmen den«, sagte sie. »So eine Angeberkarre wollte ich immer schon mal fahren.« Sie lief um den Wagen herum, warf sich hinter das Steuer und startete den Motor, noch bevor Bremer die Beifahrertür öffnen und ebenfalls Platz nehmen konnte. Ihr Fuß spielte nervös mit dem Gas. Die ungezählten PS des BMW brüllten laut genug auf, um auch noch den letzten Schläfer im Umkreis von hundert Metern zu wecken, und Bremer beobachtete etwas, was ihm angesichts ihrer Situation einfach nur absurd vorkam: Angela hatte offensichtlich die Wahrheit gesagt, was ihre Begeisterung für diesen Wagen anging. Ihre Augen leuchteten, und ihre Hände öffneten und schlossen sich im gleichen Takt um das lederbezogene Lenkrad, in dem ihr Fuß mit dem Gas spielte. Es erschien ihm fast unglaublich, daß das die gleiche junge Frau sein sollte, die noch vor drei Minuten vor seinen Augen einen hochtrainierten Nahkampfspezialisten auseinandergenommen hatte. Was er im Moment vor sich sah, das war ein Kind, das ein neues Spielzeug bekommen hatte, und darauf brannte, es auszuprobieren. Und es tat.

Er zog die Tür hinter sich zu, und Angela trat das Gaspedal des BMW warnungslos bis zum Boden durch und ließ zugleich die Kupplung springen. Der Wagen machte einen Satz, der ihn nicht nur bis zur Mitte der Straße katapultierte, sondern Bremer auch so tief in die Sitzpolster preßte, daß ihm die Luft wegblieb, und stellte sich mit durchdrehenden Hinterrädern quer. Unter seinem Heck quoll hellgrauer Qualm hervor.

»Ups!« sagte Angela lachend. »Das war vielleicht ein bißchen heftig. Großer Gott, hat die Kiste eine Power!«

Bremer arbeitete sich mühsam wieder in die Höhe und starrte sie böse an. »Willst du zu Ende bringen, was diese beiden Idioten angefangen haben?« fragte er.

»Schnall dich an«, grinste Angela – und gab Gas.

Bremer griff hastig nach dem Sicherheitsgurt, stemmte die Füße gegen das Bodenblech und hielt den Atem an, bis der Verschluß eingerastet war. Die Kirche war längst hinter ihnen zurückgefallen, und einen Kilometer vor ihnen konnte Bremer ein Stopschild im Licht des Scheinwerfers erkennen. Angela gab erbarmungslos weiter Gas. Der Motor kreischte, und die Häuser rechts und links der Straße bemühten sich, zu ineinanderfließenden Schemen zu werden. Selbst Bremer, der nichts von Autos verstand, begann sich zu fragen, was für eine Maschine unter der Haube des BMW arbeitete. Das Ding beschleunigte wie ein Flugzeug!

»Angela!« sagte er vorsichtig.

»Nimm das Handy.« Sie deutete auf den Apparat, der am Armaturenbrett befestigt war. »Ruf einen Krankenwagen für die beiden.«

Bremer löste das Handy aus seiner Halterung, tippte die 110 ein und zögerte noch einmal. Das Stopschild huschte an ihnen vorbei, ohne daß Angela auch nur den Fuß vom Gas nahm. »Soll ich gleich noch einen zweiten Krankenwagen für uns bestellen?« fragte er. »Das da gerade war ein Stopschild!«

»Die gelten ab drei Uhr nachts nicht mehr«, antwortete Angela grinsend. »Ruf an. Der arme Kerl braucht dringend einen Arzt.«

Bremer drückte die Ruftaste. Als sich der Diensthabende meldete, bestellte er einen Krankenwagen an die Adresse der Straße, auf der sie gerade abgehoben hatten, ignorierte die Frage nach seinem Namen und hängte ein.

»Bitte fahr langsamer«, bat er. »Mir wird schlecht.« Das entsprach sogar der Wahrheit, hatte aber wohl weniger mit Angelas Fahrstil zu tun: Seine Nieren taten so erbärmlich weh, daß er am liebsten laut losgeheult hätte.

»Feigling!« lachte Angela. Vermutlich nur, um ihn zu ärgern, gab sie noch mehr Gas, katapultierte den Wagen mit kreischenden Reifen über eine rote Ampel und trat anschließend so hart auf die Bremse, daß Bremer in den Sicherheitsgurt geworfen wurde. Aber als er sich wieder hochrappelte, rasten sie wenigstens nicht mehr mit hundertdreißig Stundenkilometern durch das nächtliche Berlin, sondern nur noch mit siebzig, vielleicht achtzig.

»Entschuldige«, sagte Angela, »aber das habe ich jetzt gebraucht. Davon habe ich schon lange geträumt, weißt du? Diese Dinger sind unvernünftig, gefährlich und dumm – aber sie machen einfach *Spaß*!«

»Ach?« sagte Bremer säuerlich.

Angela warf ihm einen raschen Blick zu. Sie sagte nichts, nahm den Fuß aber weiter vom Gas, bis sie nur noch mit knapp fünfzig Stundenkilometern dahinrollten. Bremer dankte ihr in Gedanken, drehte sich im Sitz herum und sah in die Richtung zurück, aus der sie gekommen waren.

»Was ist mit deinem Wagen?« fragte er.

»Jemand wird ihn schon finden und abschleppen lassen«, antwortete Angela achselzuckend. »Und wenn nicht, melde ich ihn eben als gestohlen … Ich kenne da einen Polizisten, der mir bestimmt bei den Formalitäten helfen wird.«

»Expolizisten«, verbesserte sie Bremer. »Jedenfalls bald.«

Angela ging vorsichtshalber nicht darauf ein. »Wie geht es deinen Nieren?« fragte sie. Bremer fragte sich, woher sie von seinem Problem wußte. Sie war erst aufgetaucht, nachdem Cremer ihn zusammengeschlagen hatte. »Danke«, sagte er. »Sie tun ziemlich weh. Vor allem, wenn mich jemand daran erinnert.«

Angela lächelte. »Ich sehe sie mir nachher an«, sagte sie. »Du weißt ja, ich habe heilende Hände.« Sie verzog das Gesicht, betastete mit spitzen Fingern ihre geschwollene Unterlippe und drehte den Rückspiegel so, daß sie sich selbst darin betrachten konnte. Wenn sie jetzt noch einen Lippenstift aus der Handtasche zieht, dachte Bremer, dann wäre das typische Klischee von der Frau am Steuer perfekt.

Statt dessen stieß Angela einen wenig damenhaften Fluch aus und knetete weiter ihre Unterlippe. »Verdammt, noch mal!« schimpfte sie. »Jetzt schau dir an, was der Kerl mit mir gemacht hat! Spätestens morgen früh werde ich aussehen wie der Glöckner von Notre-Dame! Ich hätte diesem Mistkerl noch ein paar Zähne mehr ausschlagen sollen!«

»Ich bin nicht ganz sicher, ob er noch welche übrig hatte«, antwortete Bremer. »Deine Hände können offensichtlich nicht nur heilen.«

»Ich habe ihn gewarnt«, sagte Angela. »Er hätte auf mich hören sollen. Einen schwachen Gegner zu schonen ist leicht. Er war nicht schwach.«

Ihre Worte jagten Bremer einen eisigen Schauer über den Rücken, und für einen Moment sah er Angela wieder als das, was sie auch war: Ein ... *Ding*, das so schnell und gnadenlos töten konnte wie eine Spinne, die lautlos in ihrem Netz lauerte. Er verscheuchte das Bild. Es gefiel ihm nicht.

»Das, was du vorhin angewendet hast«, begann er vorsichtig. »Diese Kampftechnik. Was war das?«

»So etwas lernt man im ersten Semester auf der Schule für Schutzengel«, antwortete Angela spöttisch. »Nur für den Fall, daß man starrsinnigen alten Männern den Hals retten muß, die glauben, sich ganz allein mit dem Rest der Welt anlegen zu können. So etwas soll vorkommen, weißt du?«

»Ich meine es ernst«, sagte Bremer.

Angela sah ihn stirnrunzelnd an. »Warum interessiert dich das?«

»Ich habe früher einmal geboxt«, antwortete Bremer. »Und in meiner Jugend war ich ein großer Bruce-Lee-Fan. Ich kenne alle seine Filme auswendig, und die mit Chuck Norris auch. Aber so etwas habe ich noch nie gesehen.«

»Und es hat dich beeindruckt«, vermutete Angela.

»Es hat mich *erschreckt*«, korrigierte sie Bremer.

»Weil es so effektiv war?«

»Weil es so grausam war.«

Angela seufzte. Sie konzentrierte sich weiter auf die Straße, aber Bremer sah, daß der Ausdruck von Spott auf ihrem Gesicht erlosch. »Du verwechselst Grausamkeit mit Kompromißlosigkeit«, sagte sie. »Wie die meisten. Was du gesehen hast, war nicht grausam. Es war konsequent.«

»Es war ...«

»Du hast noch niemals wirklich gekämpft, habe ich recht?« unterbrach ihn Angela.

»Ich dachte, ich hätte dir gerade erzählt ...«

»Daß du früher einmal geboxt hast, ja.« Daß sie ihn zum zweitenmal innerhalb weniger Sekunden unterbrach, sagte mehr über ihre Verfassung aus, als ihr vermutlich bewußt war. Von ihrem Lächeln oder gar dem Spott in ihrer Stimme war nichts mehr geblieben. »Das habe ich nicht gemeint. Das ist ein Spiel. Manchmal tut ihr euch dabei weh. Manchmal wird sogar jemand verletzt, aber es bleibt ein Spiel. Du hast niemals wirklich gekämpft, habe ich recht?«

Bremer schwieg, und Angela sagte nach einer Sekunde noch einmal und in verändertem, bitterem Tonfall: »Du hast niemals wirklich gekämpft. Du weißt nicht einmal, was das ist. Ich schon. Ich habe es gelernt. Du greifst an, der andere verteidigt sich, du greifst härter an. So einfach ist das. Es ist nicht wie in deinen Boxkämpfen. Und auch nicht wie in deinen Filmen, weißt du? Es geht nicht um Fairneß oder Anstand, sondern nur um Leben oder Tod.«

Es hätte eine Menge gegeben, was er darauf hätte sagen können, aber er schwieg. Angelas Worte hatten ihn auf eine seltsame Weise berührt. Wäre sie nur ein paar Jahre jünger gewesen, hätte er sie einfach als lächerlich empfunden; genau die Art von pseudointellektuellem Geschwafel, mit dem man pickelgesichtige Fünfzehnjährige beeindrucken konnte. Wäre sie mehr als nur ein paar Jahre älter gewesen, dann hätten ihn diese Worte vielleicht beeindruckt. So ... verunsicherten sie ihn. Obwohl er noch das Gefühl hatte, einen Dialog aus einem billig heruntergedrehten und noch schlampiger synchronisierten Eastern zu lauschen, enthielten sie trotzdem ein Quentchen Wahrheit, das ihm unangenehm war.

Aus keinem anderen Grund als dem, das Thema zu wechseln, räusperte er sich ein paarmal und fragte dann: »Woher wußtest du überhaupt, wo ich bin?«

»Ich wußte es nicht«, antwortete Angela offen heraus. »Ich habe dich beschattet.«

»Die ganze Zeit?« Er hatte nichts davon bemerkt, was bedeutete, daß sie sich zumindest nicht allzu ungeschickt angestellt hatte.

»Beinahe die ganze Zeit. Nachdem du in der Kirche verschwunden warst, habe ich die beiden Kerle in dem BMW beschattet. Was hattest du eigentlich vor?«

»Vor?«

»Wenn es dir gelungen wäre, sie zu überrumpeln.«

Bremer hob die Schultern. »Ehrlich gesagt, weiß ich es nicht. So weit habe ich nicht geplant.«

»Ich verstehe«, grummelte Angela. »Du legst dich immer mit hochtrainierten Profischlägern an, ohne einen Plan zu haben.«

»Kein Plan ist oft der beste«, antwortete Bremer verärgert. Angelas Überheblichkeit ärgerte ihn – vor allem, weil sie berechtigt war. »Eigentlich solltest du das wissen, wo du doch so auf fernöstliche Kampfkunst stehst. Keine Strategie übersteht den ersten Kontakt mit dem Feind.«

»Also ist es nur konsequent, erst gar keine zu haben.« Angela schüttelte seufzend den Kopf. »Wie alt bist du eigentlich?«

»Auf jedem Fall alt genug, um dein Vater sein zu können«, sagte Bremer zornig. »Was soll das?«

»Oh, nichts«, antwortete Angela achselzuckend. »Ich frage mich nur, wie du mit dieser Einstellung so alt geworden bist. Die beiden hätten dich fertiggemacht, selbst wenn du eine richtige Waffe gehabt hättest.«

»Woher weißt du das?« fragte Bremer rasch.

»Was?«

»Daß ich keine richtige Waffe hatte. Du warst nicht einmal in der Nähe!«

»Deine Pistole liegt immer noch in deinem Schreibtisch«, antwortete Angela. »Und ich glaube nicht, daß dir Vater Thomas mit einer Schußwaffe aushelfen konnte. Also mußtest du bluffen. Was hast du benutzt? Einen Stock?«

»Einen Labello-Stift«, gestand Bremer. Er glaubte ihr kein Wort. Ihre Erklärung klang einleuchtend und logisch, und trotzdem überzeugte sie ihn nicht.

Das Telefon schrillte. Bremer hob ganz automatisch die Hand, um danach zu greifen, aber Angela schüttelte rasch den Kopf und schaltete das Gerät aus.

»Warum hast du das getan?« fragte Bremer.

»Man kann die Dinger anpeilen«, antwortete Angela. »Ich hätte gleich daran denken sollen. Meine Schuld ... oder erwartest du zufällig einen dringenden Anruf?«

Bremer runzelte ärgerlich die Stirn. Angelas Stimme hatte wieder den flapsigen Ton angenommen, den er von ihr gewohnt war. Aber jetzt, wissend, wozu sie in der Lage war, funktionierte er einfach nicht mehr. Wahrscheinlich würde er sie nie wieder so sehen können, wie er es bisher getan hatte. »Also gut«, sagte er. »Jetzt, nachdem wir dafür gesorgt haben, daß uns niemand aufspüren kann: Wohin fahren wir?«

»Keine Ahnung«, antwortete Angela. »Ich bin nur das mobile Einsatzkommando. *Du* bist der Pfadfinder.«

Und damit war er wieder so schlau wie vor einer Stunde.

17

Das Heulen der Krankenwagensirene war in den letzten Minuten beständig lauter geworden, ohne wirklich näher gekommen zu sein. Hinter zahlreichen Fenstern auf beiden Seiten der Straße war Licht angegangen, und ein- oder zweimal hatte sich sogar eine Tür geöffnet, ohne daß allerdings irgend jemand herausgekommen wäre. Selbst die

Schatten hinter den Fenstern waren nur manchmal zu sehen, fast als spürten die Menschen, daß unten auf der Straße noch mehr war als die beiden reglosen Gestalten, die ausgestreckt im Scheinwerferlicht des mit laufendem Motor dastehenden Fiat dalagen; etwas Gefährliches, womöglich Tödliches, dessen Nähe sie besser mieden.

Das Geschöpf hatte begonnen, aus den Schatten zu materialisieren, kaum daß der BMW abgefahren war. Es stand einfach da, reglos, schweigend, und starrte die beiden bewußtlosen Gestalten an. Manchmal bewegten sich seine grausamen Hände, und manchmal, noch seltener, raschelte eine seiner riesigen ledrigen Schwingen, scharrte eine Klaue über Asphalt. Es wartete.

Das Geräusch des Krankenwagens kam nun endgültig näher. Am westlichen Ende der Straße erschien ein Scheinwerfer unter einem zuckenden Blaulicht, und gleichzeitig begann sich aus der entgegengesetzten Richtung eine andere, hellere Sirene zu nähern.

Die Kreatur drehte den Kopf und starrte das näherkommende Blaulicht an. Die hektisch zuckenden Reflexe spiegelten sich auf seinen Augen und erfüllten sie für einen Moment mit der Illusion von Leben, das niemals darin gewesen war.

Dann zog sie sich lautlos und schnell wieder in die Dimension zurück, aus der sie gekommen war, als wäre sie wirklich nicht mehr als ein Schatten gewesen.

18

Braun schaltete das Handy aus, betrachtete den Apparat einen Moment lang nachdenklich und ließ ihn dann mit einem angedeuteten Achselzucken in der Jackentasche verschwinden. Cremer antwortete nicht; das war ärgerlich, aber nicht einmal besonders außergewöhnlich. Cremer gehörte nicht unbedingt zu seinen zuverlässigsten Mitarbeitern. Es kam oft vor, daß er sich nicht sofort meldete, weil er nicht an seinem Platz war oder auch einfach keine Lust hatte. Cremer gehörte zu jenen Männern, die insgeheim nach Autorität suchten, sich aber trotzdem schwer damit taten, sie anzuerkennen, und deshalb immer wieder im kleinen den Aufstand probten. Solange er es dabei bewenden ließ, dann und wann auf einen Anruf verspätet zu reagieren oder einen Befehl ein wenig großzügig zu interpretieren, ließ ihm Braun diese kleinen revolutionären Anwandlungen. Heute war er allerdings zu weit gegangen. Er hatte sein Handy nach dem ersten Klingeln ausgeschaltet, und das würde Braun ihm nicht mehr durchgehen lassen.

Aber heute nacht ging ja sowieso alles schief.

Braun fuhr sich mit beiden Händen durch das Gesicht, unterdrückte ein Gähnen und ließ seinen Blick über die Schreibtischplatte vor sich schweifen. Theoretisch. Praktisch konnte er keinen Quadratzentimeter davon sehen, denn der Tisch quoll über von Ordnern, Computerausdrukken und Plastikschnellheftern, auf denen in feuerroten Buchstaben das Wort VERTRAULICH prangte. Der Anblick störte ihn in zweierlei Hinsicht. Zum einen haßte Braun Unordnung. Er war kein wirklicher Pedant, aber doch nicht allzu weit davon entfernt, und wenn die Theorie stimmte, daß der Arbeitsplatz eines Menschen seinen seelischen Zustand widerspiegelte, dann war bei ihm wirklich *einiges* nicht mehr im Lot.

Zum anderen – und das war weitaus schlimmer – bewies das Chaos auf seinem Schreibtisch etwas, was er schon seit einer geraumen Weile befürchtete: Die Sache lief aus dem Ruder. Und das gründlich.

Braun nahm einen der schmalen Ordner zur Hand, schlug ihn auf und blätterte ziellos darin herum, ohne allerdings wirklich zu lesen. Er kannte ihn ohnehin auswendig; so, wie er *jedes* der Schriftstücke auf seinem Schreibtisch auswendig kannte. Es waren eine Menge bedruckter Seiten, trotzdem auch wieder erstaunlich wenige, wenn man die Größe der Aufgabe bedachte, die sie sich gestellt hatten.

Fünf Jahre, dachte er. Fünf Jahre lang hatte alles geklappt wie am Schnürchen. Sie waren langsam voran gekommen, aber damit hatten sie gerechnet, trotzdem aber stetig, und sie hatten Fortschritte gemacht, mehr und größere als irgendeiner der Beteiligten – ihn selbst ausgenommen – auch nur ahnte. Seit ein paar Wochen aber lief alles schief. Und er wußte nicht einmal, warum.

Auch das war etwas, was Braun außerordentlich ärgerte. Er hätte es wissen müssen. Er war sozusagen die Schaltzentrale in dieser Geschichte, der Knotenpunkt, an dem alle Informationen zusammenliefen und sich zu einem Ganzen zusammenfügten. Er. Sein Gehirn, nicht das Sammelsurium bedruckten Papiers vor ihm, und erst recht keine Datenbank, denen er nicht traute. Braun setzte die modernste Technik ein, wo es nur ging, aber Computerdateien mißtraute er zutiefst. Schon weil er wie kaum ein anderer wußte, wie lächerlich das Wort *Datensicherheit* im Grunde war.

Das Telefon klingelte. Braun setzte dazu an, in die Tasche zu greifen, realisierte erst dann, daß es der Apparat auf seinem Schreibtisch war, nicht das Handy, und fegte unwillig einen Hefter zur Seite, um an das Gerät zu gelangen. Der Apparat hatte die Größe eines Notebooks und sah auch ungefähr so aus. Als Braun ihn aufklappte, schaltete sich der briefbogengroße LCD-Bildschirm darin automatisch ein, und er blickte in ein müdes Gesicht mit dunklen Tränensäkken unter den Augen und wirrem Haar. Die Uhrzeit, die automatisch am unteren linken Bildschirmrand eingeblendet wurde, paßte zu der Müdigkeit in diesem Gesicht. Drei Uhr zwölf. Braun fragte sich, warum er eigentlich nicht müde war. Er hatte vor fast sechsunddreißig Stunden das letztemal geschlafen.

»Ja!« sagte er knapp.

»Guten Morgen, Herr Braun«, sagte Mecklenburgs Assistent. Braun konnte sich im Moment nicht an seinen Namen erinnern. Seine Müdigkeit machte sich wohl doch stärker bemerkbar, als er angenommen hatte. »Es tut mir leid, daß ich Sie so spät noch einmal störe, aber hier geht etwas vor, was Sie wissen sollten.«

»Das macht nichts«, antwortete Braun. »Ich habe nicht geschlafen. Was gibt's?«

Mecklenburgs Assistent druckste einen Moment herum und wußte augenscheinlich nicht mehr, wohin mit seinem Blick. Es war deutlich, daß er Angst vor seiner eigenen Courage hatte. Einen Entschluß zu fassen war eben manchmal doch leichter, als ihn in die Tat umzusetzen. »Wir haben wieder ... Aktivitäten«, sagte er schließlich.

»Aktivitäten?« Braun wußte genau, was er meinte. Er erinnerte sich jetzt auch an seinen Namen. »Haymar«, antwortete Grinner nervös. »Seine ... zerebralen Werte sind mittlerweile so hoch, daß wir sie nicht mehr messen können.«

Warum war Braun eigentlich nicht überrascht? »Was sagt Doktor Mecklenburg dazu?«

»Nichts«, antwortete Grinner. »Ich meine: Er weiß es nicht. Er ... hat sich vor einer halben Stunde hingelegt, um ein bißchen zu schlafen.«

Und du hast es natürlich nicht für nötig gehalten, ihn zu wecken, dachte Braun. Der erste Eindruck, den er von Grinner gehabt hatte, schien richtig gewesen zu sein. Der Mann war ein Intrigant, hatte aber nicht die Charakterstärke, um diese Rolle mit Erfolg auszufüllen. Er würde mit Mecklenburg reden. Nein. Braun korrigierte sich in Gedanken. Er würde höchstpersönlich dafür sorgen, daß Grinner in eine hübsche kleine Wetterbeobachtungsstation am Polarkreis versetzt wurde, sobald diese Krise hier vorbei war.

»In Ordnung«, sagte er. »Ich komme nach unten. Wekken Sie den Professor.«

Er klappte das Gerät zu, stand auf und verließ mit schnellen Schritten das Zimmer. Ein menschenleerer, nur schwach erhellter Korridor nahm ihn auf. In der Luft hing ein ganz sachter Kiefernduft, der die Stelle des Aerosol-Geruchs früherer Zeiten eingenommen hatte, und der teure Teppichboden dämpfte das Geräusch seiner Schritte fast bis zur Unhörbarkeit. Die Wände des langen Korridors waren mit pastellfarbenem Kunststoff verkleidet, und es gab eine Anzahl hochwertiger Kunstdrucke in teuren Rahmen. Die Architekten, die dieses Gebäude vor fünf Jahren renoviert hatten, hatten sich jede nur erdenkliche Mühe gegeben, seine Besucher vergessen zu lassen, daß sie sich in einem Krankenhaus befanden. Braun vergaß es keine Sekunde. Er hatte eine tiefsitzende Abneigung gegen Krankenhäuser. Die St.-Elizabeth-Klinik mochte mit zu den teuersten und vornehmsten Privatkliniken des Landes gehören, aber eine Klapse blieb eine Klapse, auch wenn man sie vergoldete. Braun wußte natürlich, daß der Gedanke vollkommen irrational war, und er hätte es niemals zugegeben – aber tief in sich war er der Überzeugung, daß ein Gebäude sich stets den Menschen anpaßte, die darin lebten. All die Bekloppten, die hinter den mahagoniverkleideten Stahltüren saßen und sich für Napoleon hielten oder versuchten, Eier zu legen, konnten nicht ohne Wirkung auf dieses Haus geblieben sein.

Braun betrat den Aufzug am anderen Ende des Ganges, drückte den Knopf für die unterste Etage und wartete, bis sich die Türen geschlossen hatten. Dann drückte er noch dreimal hintereinander auf den Knopf und blickte eine Sekunde lang starr in den kleinen Spiegel, der in der Rückwand der Kabine angebracht war. Die winzige Kamera dahinter tastete seine Netzhaut ab und verglich die Aufnahme mit den gespeicherten Daten. Scheinbar änderte sich dadurch nichts, aber als das Licht für die Kelleretage über der Tür aufleuchtete, fuhr der Lift noch ein gutes Stück weiter, bevor er endlich anhielt und die Türen aufglitten.

Ein weiterer, sehr viel schmuckloserer Gang nahm ihn auf. Es gab nur wenige Türen, und die Wände bestanden aus nacktem Beton, ihr einziger Schmuck waren symmetrisch verlegte Kabelbündel und Rohrleitungen. Das gedämpfte Wummern eines schweren Generators ließ die Luft erzittern. Es roch nach heißem Öl, Feuchtigkeit und Moder.

Braun ging mit schnellen Schritten bis zu der massiven Stahltür am Ende dieses Ganges, öffnete sie mit Hilfe des Netzhautscanners an der Wand daneben und vertrieb sich die Wartezeit, die die Mechanik brauchte, um die halbtonnenschwere Tür zu öffnen, mit der Frage, was eigentlich geschehen würde, wenn es hier unten einmal zu einem totalen Systemzusammenbruch kam. Es war unwahrscheinlich, aber langjährige bittere Erfahrung hatte Braun gelehrt, daß jeder Mist, der passieren konnte, auch irgendwann passierte. Die Antwort auf seine Frage war nicht besonders ermutigend. Abgesehen von ihm selbst, Mecklenburgs Team und einer handverlesenen Anzahl Männer gab es niemanden in dieser Stadt, der auch nur wußte, daß dieses unterirdische Labor *existierte.* Die Anlage war eine regelrechte Festung, und sie war vor allem darauf ausgelegt, ihre Insassen *drinnen zu halten.* Wenn der Strom und mit ihm sämtliche Computer ausfielen, dann saßen sie hier unten wie die Ratten in der Falle.

Die Tür sprang mit einem metallischen Geräusch auf, und Braun betrat das Labor. Der Raum war taghell erleuchtet und kam ihm noch kleiner vor als sonst, obwohl sich weniger Menschen darin aufhielten. Konkret waren es nur Grinner und Mecklenburg; seine beiden anderen Assistenten hatte er vorhin auf Brauns Weisungen fortgeschickt. Grinner wirkte noch nervöser als vorhin am Telefon, während Mecklenburg nicht den Eindruck machte, als wäre er schon ganz wach.

»Also?« fragte er knapp.

Mecklenburg gähnte und sah weg, und Braun hätte auch ohne das verräterische Funkeln in seinen Augen gewußt, daß er nur den Ahnungslosen spielte. Er wußte ganz genau, was vorging. Aber es war ihm entweder egal, oder er wartete in aller Ruhe ab, um seinen Assistenten im passenden Moment auflaufen zu lassen.

Braun war nicht in der Stimmung für Spielchen. Ganz gewiß nicht. »Das wissen Sie doch«, sagte er. »Oder hat Ihnen Kollege Grinner noch nicht alles erzählt?«

Braun sah aus den Augenwinkeln, wie der junge Forschungsassistent zusammenfuhr und noch nervöser wurde. Normalerweise hätte er die Situation genossen. Er liebte es, Leute fertigzumachen. In diesem Punkt ähnelte er seinem ungeliebten Mitarbeiter Cremer (der in diesem Moment in der Notaufnahme einer Unfallklinik auf den OP gehoben wurde und wenige Augenblicke später ins Koma fallen sollte), nur, daß er dazu nicht die Fäuste einsetzte, sondern weitaus subtilere Methoden vorzog. Aber er war *wirklich* nicht in der Stimmung für Spielchen.

Mecklenburg schien das zu spüren, denn er fuhr von sich aus und in kein bißchen verschlafenem Ton fort: »Anscheinend lieben Sie es, mich immer wieder dasselbe sagen zu hören. Also gut: Ich weiß es nicht. Irgend etwas geht in seinem Gehirn vor, das ist alles, was ich Ihnen sagen kann. Das ist vielleicht keine sehr wissenschaftliche Antwort, aber leider die einzige, die Sie von mir hören werden. Oder sind Sie anderer Meinung, Kollege Grinner?«

Grinner antwortete nicht, sondern zog nervös die Unterlippe zwischen die Zähne und drehte sich weg. Nach einer Weile fuhr Mecklenburg fort: »Wenn der Mann da drinnen schlafen würde, dann würde ich sagen, daß er den schlimmsten Alptraum aller Zeiten hat. Aber er schläft ja nicht.«

»Und wenn doch?« fragte Braun. Nachdenklich näherte er sich der Panzerglasscheibe und betrachtete wieder einmal den zweieinhalb Meter langen, schwarz verchromten Sarkophag, der ganz allein in dem Raum dahinter stand.

»Wie meinen Sie das?«

»Wie ich es sage«, antwortete Braun. »Wir glauben, daß er tot ist. Aber was ist, wenn er noch lebt … irgendwie?«

Mecklenburg gab ein komisches Schnauben von sich. »Falsch, Herr Braun«, sagte er. »*Sie* glauben, daß er tot ist. Ich *weiß*, daß er es ist. Der Mann ist vor über einem Jahr gestorben.«

»Und wieso funktioniert sein Gehirn dann noch?«

»Das tut es nicht«, behauptete Mecklenburg. »Die elektrischen Aktivitäten, die wir messen, sind nur da, weil *wir* sein Gehirn damit stimulieren, um es vor dem Verfall zu bewahren. Wenn wir den Stecker herausziehen würden, wäre es vorbei.«

»Und trotzdem wissen Sie nicht …«

Mecklenburg unterbrach ihn gereizt. »Sie sagen es. Ich weiß *nichts*. Niemand weiß, was hier vorgeht! Weil niemand vorher versucht hat, das Gehirn eines Menschen so lange künstlich am …« Er stockte. Braun vermutete, daß er nach Worten suchte, weil er den Begriff *Leben* nicht verwenden wollte. Es dauerte gute drei Sekunden, bis er weiter sprach. »… am Funktionieren zu halten! Wir betreten vollkommenes Neuland. Genausogut könnten wir mit einem Raumschiff losfliegen und auf dem erstbesten Planeten landen, ohne vorher auch nur aus dem Fenster zu sehen! Vielleicht ist das, was im Moment in seinem Gehirn vorgeht, ganz normal. Vielleicht auch nicht. Woher zum Teufel soll ich das wissen?«

Braun hatte den Professor selten so aufgebracht erlebt. Anscheinend war er nicht der einzige, an dessen Nerven die Situation zerrte. »Ich wollte Ihnen nicht zu nahe treten, Professor«, sagte er versöhnlich. »Ich wollte nur …«

»Sie wollten vor allem *nicht* meine Meinung hören«, unterbrach ihn Mecklenburg. »Aber auch, wenn sie Sie nicht interessiert: Was wir hier tun, ist Wahnsinn! Es ist sinnlos, es ist unethisch und vielleicht sogar gefährlich. Wir sollten es beenden.«

»Über dieses Thema haben wir bereits gesprochen«, sagte Braun.

»Das haben wir nicht!« schnaubte Mecklenburg. Er war ganz offensichtlich dabei, sich in Rage zu reden. »*Sie* haben gesprochen, und ich habe zugehört. Was ist los mit Ihnen, Herr Braun? Haben Sie plötzlich Gewissensbisse?«

»Warum sollte ich?« fragte Braun. »Wenn Sie recht haben, gibt es dafür keinen Grund. Sagten Sie gerade nicht selbst, daß das da drinnen schon lange kein lebender Mensch mehr ist?«

»Und wenn ich mich täusche?«

Das war absurd. Mecklenburg attackierte ihn mit der gleichen Frage, die er noch vor ein paar Sekunden so vehement verneint hatte. Trotzdem fuhr er fort: »Was ist, wenn ich mich irre? Wenn wir uns alle täuschen, und das da drinnen doch mehr sind als hundertfünfzig Pfund Fleisch, die Sie nach Belieben melken können? Denken Sie einmal *darüber* nach. Und während Sie es tun, wünsche ich Ihnen unangenehme Träume!« Er fuhr wütend herum und stampfte zur Tür.

»Wo wollen Sie hin?« fragte Braun.

»Nach Hause«, antwortete Mecklenburg, ohne stehenzubleiben oder auch nur zu ihm zurückzusehen. »Ich gehe schlafen. Falls Sie Probleme haben, wenden Sie sich vertrauensvoll an Kollege Grinner. Er weiß von alledem genauso viel wie ich!«

Braun hätte ihm befehlen können zu bleiben, aber er verzichtete darauf. Mecklenburg war müde und nervös, weil er nicht verstand, was hier vorging. Er hatte dieses reinigende Gewitter gebraucht. Morgen würde er angekrochen kommen und ihn um Verzeihung bitten – beziehungsweise so tun, als wäre gar nichts geschehen, was seine Art von *angekrochen kommen* war. Braun nahm ihm diesen Ausbruch nicht übel. Er beneidete Mecklenburg sogar ein bißchen um die Fähigkeit, seinen Gefühlen wenigstens manchmal freien Lauf lassen zu können. Er wünschte sich, ebenfalls dazu in der Lage zu sein.

Er drehte sich wieder herum und blickte den Stahlsarg an. Dann ging er zur anderen Seite der großen Scheibe, hob die Hand an die Tastatur daneben und tippte eine sechsstellige Codenummer ein. Ein helles Summen erklang, und in der Wand neben der Glasscheibe öffnete sich eine mit spiegelndem Metall verkleidete Tür. Braun trat hindurch, wartete, bis sich die Tür hinter ihm geschlossen hatte und öffnete dann die innere Tür der sterilen Schleuse. Das Thema *steril* hatte sich erledigt, als er seinen Override-Code benutzt hatte, um den Raum in seiner normalen Straßenkleidung zu betreten, aber das spielte wahrscheinlich keine Rolle mehr. Außerdem war es sowieso nur eine überflüssige Vorsichtsmaßnahme, um irgendeinem ebenso überflüssigen Sicherheitsprotokoll Genüge zu tun. Der Sarkophag selbst war nicht nur luftdicht, sondern bestand darüber hinaus aus einem Material, das so gut wie allen bekannten Strahlungen standhielt und sich vom Vakuum des Weltalls ebenso wenig beeindrucken ließ wie von einem Druck in viertausend Metern Wassertiefe. Das bißchen Straßenstaub, das er mit hereinbrachte, war lächerlich.

Draußen im Labor begannen ein halbes Dutzend Computer zu lamentieren, die diesen Verstoß gegen die Sicherheitsvorschriften als nicht ganz so lächerlich erachteten, und Braun sah durch die Scheibe, daß Grinner plötzlich alle Hände voll zu tun hatte, von einem Pult zum anderen zu hasten und sie zum Schweigen zu bringen. Er blieb einen Moment stehen, wo er war, dann trat er langsam an das Kopfende des Sarkophags heran. Das schwarz verchromte Metall strahlte eine fühlbare Kälte aus, und Brauns Gesicht spiegelte sich als verzerrt bleiche Totenmaske darauf. Vielleicht war es auch gar nicht sein Gesicht. Vielleicht sah er nicht das, was wirklich da war, sondern das Gesicht, das unter den acht Schichten aus Metall und Keramik verborgen war, das Gesicht des Mannes, den sie vor fünf Jahren lebendig in diesem Sarkophag begraben hatten, lange, bevor er wirklich gestorben war.

Haymar.

Er hatte den Mann gekannt. Sie waren einmal Kollegen gewesen. Keine Freunde – Haymar hatte keine Freunde gehabt. Wer suchte schon die Freundschaft eines Psychopathen, der fast genau so verrückt war wie die Irren, die er jagte? Braun verspürte keine Gewissensbisse. Wenn es einen Menschen auf der Welt gab, der es verdient hätte, auf diese Weise zu enden, dann war es Haymar. Und sie hatten schließlich gar keine andere Wahl gehabt. Er erinnerte sich noch zu gut an die Frage, die Bremer Sillmann gestellt hatte, kurz bevor die Wirklichkeit in Stücke brach und der Irrsinn zu reagieren begann: *Können Sie sich vorstellen, was passiert, wenn dieses Zeug in die Hände eines echten Psychopathen fällt?*

Er *konnte* es sich vorstellen. Er hatte es erlebt. Haymar hatte das halbe Krankenhaus und zwei Drittel des Einsatzkommandos ausgelöscht, bevor sie endlich begriffen hatten, was wirklich geschehen war. Hätten sie ihn damals nicht im letzten Moment ausgeschaltet …

Nein. Braun *wollte* den Gedanken nicht zu Ende denken. Haymar war tot, und er hatte sich jede Sekunde des Leids, das er vorher durchstanden hatte, hundertfach verdient.

Und wenn nicht? wisperte eine Stimme in seinen Gedanken. Was, wenn er nicht tot ist? Wenn er noch lebt? Irgendwie?

Dann hatte er es genau so verdient, antwortete Braun trotzig. Und sei es nur für den unwahrscheinlichen Fall, daß es *keine* Hölle gab.

Sein Handy piepste. Braun riß den Apparat regelrecht aus der Tasche, klappte ihn auf und drückte die Sprechtaste, ohne auch nur vorher auf das Display zu schauen und die Nummer des Anrufers zu identifizieren. Er wußte, daß es Cremer war, und er würde ihm gehörig den Marsch blasen. »Habt ihr ihn endlich?« schnappte er.

Es war nicht Cremer. Die Stimme war so dünn, daß Braun im ersten Moment Mühe hatte, sie zu identifizieren. Sein Handy war ein Hochleistungsgerät, aber er befand sich unter unzähligen Tonnen Beton, Erdreich und Metall, und selbst die modernste Technik blieb noch ungefähr drei Lichtjahre hinter Brauns Wünschen zurück.

»Malchow hier«, flüsterte eine verzerrte Stimme an sein Ohr. »Ich bin im St.-Elizabeth-Krankenhaus. Reinhold und Cremer sind gerade eingeliefert worden.«

Braun vergaß schlagartig alles, was er sich zu Cremers Begrüßung zurechtgelegt hatte. Sein Gehirn schaltete von einem Sekundenbruchteil zum anderen um und arbeitete jetzt wieder so präzise und kalt wie ein Computer. »Was ist passiert?«

»Das weiß ich nicht«, antwortete Malchow. Braun rekapitulierte blitzschnell, was er über den Agenten wußte. Ein ruhiger, präzise arbeitender Mann, vielleicht mit einem leichten Hang zur Selbstüberschätzung. Sehr zuverlässig. Wenn er sagte, daß er nichts wußte, konnte er sich jede Nachfrage sparen. »Die beiden sind gerade eingeliefert worden. Die diensthabende Krankenschwester hat die Notfallnummer auf Cremers Ausweis angerufen. Cremer liegt im Koma. Eine schwere Gehirnerschütterung, vielleicht ein Schädelbruch. Er wird durchkommen, aber es kann Tage dauern, bis er vernehmungsfähig ist.

»Und Reinhold?«

»Der wird vielleicht nie wieder reden können«, antwortete Malchow. »Er sieht aus, als hätte jemand versucht, ihn mit einem Vorschlaghammer zu rasieren. Die beiden sind übel zusammengeschlagen worden.«

Für einen Mann wie Malchow war das eine ungewöhnliche Meldung, dachte Braun, die deutlicher als alles andere zeigte, wie sehr ihn das, was er gerade gesehen hatte, beeindruckt haben mußte. »Bremer?« fragte er.

»Keine Spur von ihm«, antwortete Malchow. »Aber wir haben den Wagen der Kleinen gefunden. Er stand mit laufendem Motor auf der Straße. Dafür ist Cremers Wagen verschwunden.«

Braun runzelte die Stirn. Was bedeutete das? Bremer hätte gegen einen Mann wie Reinhold nicht einmal dann eine Chance, wenn dieser mit auf dem Rücken zusammengebundenen Händen gegen ihn angetreten wäre. Innerlich aber triumphierte er. Wenn die beiden wirklich so dumm gewesen waren, Cremers BMW zu nehmen, dann hatten sie sie.

»Okay«, sagte er knapp. »Peilen Sie den Wagen an. Ich will drei komplette Teams vor Ort haben. Aber laßt euch nicht sehen und greift nicht ein, bis ich selbst da bin. Ich bin unterwegs.«

Er steckte das Handy ein und drehte sich gleichzeitig herum, um den Raum zu verlassen. Diesmal schien es Ewigkeiten zu dauern, bis sich die Sicherheitstür öffnete; und noch länger, bis er endlich durch die Schleuse hindurch war. Im Sturmschritt durchquerte er das Labor, blieb aber vor dem Ausgang noch einmal stehen und drehte sich herum. Seine Gedanken arbeiteten schnell und präzise wie schon lange nicht mehr. Es war zehn, vielleicht fünfzehn Minuten her, daß jemand, von dem er nun wußte, daß es Bremer gewesen war, Cremers Handy ausgeschaltet hatte. Und ungefähr zur gleichen Zeit ...

»Grinner?«

Es dauerte eine oder zwei Sekunden, bis das bleiche Gesicht des Forschungsassistenten hinter einem Computerpult auftauchte. »Herr Braun?«

»Diese ... zerebralen Aktivitäten, oder wie Sie es nennen wollen – Sie haben doch Aufzeichnungen davon gemacht?«

»Selbstverständlich.«

»Gut«, antwortete Braun. »Dann machen Sie mir einen Ausdruck. Ich will genau wissen, wie heftig sie waren. Und vor allem *wann.*«

19

Sie waren eine gute Viertelstunde ziellos durch die Stadt gefahren, ehe Bremer sich endlich entschieden hatte. Angela hatte ihre Begeisterung für schnelle Wagen in dieser Zeit zumindest weit genug im Zaum gehalten, daß sie keiner Verkehrsstreife auffielen und womöglich auf der Stelle verhaftet wurden, und sie hatten auch noch in anderer Hinsicht Glück: Bremer ließ Angela vor einer Telefonzelle anhalten und blätterte das Telefonbuch durch, das er darin fand, und die Adresse, die er ihr danach nannte, war nur wenige Blocks entfernt. Trotzdem war es fast vier, als sie vor dem vierstöckigen Appartementhaus anhielten und ausstiegen.

Angela legte den Kopf in den Nacken und blinzelte an der mit kupferfarbenem Spiegelglas verkleideten Fassade empor. »Erstaunlich«, sagte sie.

»Was?«

»Ich hätte mir vorgestellt, daß ein Mann wie dieser Professor Mecklenburg in einer Villa im Grünen wohnt«, sagte sie. »Nicht in so einem Haus.«

»Wahrscheinlich gehört es ihm«, antwortete Bremer achselzuckend. Er hatte ihr nicht erzählt, daß Mecklenburg Professor war. Er sagte nichts, notierte sich den Punkt aber auf einer länger werdenden Liste von Fragen, die er ihr stellen würde, wenn sich die Gelegenheit dazu ergab. Im Moment hatten sie andere Probleme.

Bremer sah sich aufmerksam in beide Richtungen um, ehe sie auf die Straße hinaustraten. Die Gegend war so ziemlich das genaue Gegenteil von der, in der sie auf Cremer und Reinhold getroffen waren. Die Häuser waren modern und gepflegt, und sämtliche Straßenlaternen brannten. Mit Ausnahme des BMW stand kein einziger Wagen auf der Straße. Wenn sie beobachtet wurden, hatten sich ihre Verfolger gut getarnt.

Bremer schüttelte die Vorstellung ab. Sie wurden nicht beobachtet. Es war ihrer Sache nicht dienlich, wenn er seiner Paranoia freien Lauf ließ.

Sie überquerten die Straße. Die Hausbeleuchtung ging automatisch an, als sie sich dem Eingang näherten. Bremer musterte die Namensschildchen neben den beleuchteten Klingelknöpfen und stellte ohne Überraschung fest, daß Mecklenburg im obersten Stockwerk wohnte. Seine Klingel war die einzige, die allein in einer Reihe stand. Vermutlich eine Penthouse-Wohnung. Vielleicht hatte er mit seiner Vermutung, daß Mecklenburg dieses Haus gehörte, gar nicht falschgelegen.

Er wollte die Hand nach dem Klingelknopf ausstrecken, aber Angela schüttelte den Kopf und lehnte sich mit der Schulter gegen die Haustür. Sie sprang mit einem kaum hörbaren Klicken auf.

»Jemand ist spät nach Hause gekommen und war wohl zu müde, um abzuschließen«, sagte sie.

»Woher wußtest du das?« fragte Braun mißtrauisch.

Angela schob die Tür weiter auf und deutete zugleich mit einer Kopfbewegung auf eine Spur feuchter Schuhabdrücke, die auf dem weißen Marmor des Hausflures glänzten. »Einer meiner Vorfahren hieß Sherlock Holmes«, sagte sie spöttisch. Sie grinste.

Bremer lächelte nicht. Angela hatte auf scheinbar alles eine logische Erklärung, aber das änderte nichts daran, daß sie ihm allmählich fast unheimlich wurde. Vielleicht war es auch nur seine gekränkte Männlichkeit. Wer ertrug es schon auf Dauer, mit jemandem zusammenzusein, der nur halb so alt war, das Aussehen einer Schönheitskönigin hatte, stärker und schneller als er selbst war und noch dazu alles besser konnte?

Außerdem fühlte er sich immer noch zu ihr hingezogen. Jetzt vielleicht stärker denn je.

Ohne ein weiteres Wort trat er an ihr vorbei und wartete, bis sie die Tür hinter sich wieder zugeschoben hatte. Das Treppenhaus war größer als seine Wohnung und ganz mit weißem Marmor und funkelnden Messing-Accessoires ausgekleidet, und der Aufzug befand sich an seinem jenseitigen Ende. Sie traten in die Kabine, und Bremer drückte den obersten Knopf. Nichts rührte sich. Während Bremer die Schalttafel noch feindselig musterte, streckte Angela die Hand aus und drückte den Knopf für die vierte Etage, und der Lift setzte sich gehorsam in Bewegung.

Bremer ersparte sich jeden Kommentar. Wahrscheinlich handelte es sich um einen jener Aufzüge, die direkt in die Penthouse-Wohnung hineinführen, und natürlich brauchte man einen Schlüssel, damit er sich in Bewegung setzte. Darauf hätte er auch von selbst kommen können. Schweigend fuhren sie in die vierte Etage hinauf und verließen die Kabine. Der Flur, in den sie hinaustraten, war mit dem gleichen weißen Marmor ausgekleidet wie der Eingangsbereich unten. Es gab auf jeder Seite nur zwei Türen, was einen gewissen Rückschluß auf die Wohnungen dahinter zuließ, und eine fünfte, schmalere, an seinem anderen Ende. Angela eilte voraus, um sie zu öffnen, und Bremer folgte ihr in einem gewissen Abstand, und langsamer.

Erneut fiel ihm auf, wie unglaublich elegant und geschmeidig sie sich bewegte. Es war ihm jetzt fast unmöglich, sie mit der gleichen Frau zu identifizieren, die vor weniger als einer Stunde mit der Kompromißlosigkeit eines Killerinsekts über den Agenten hergefallen war und ihn fast umgebracht hätte. Außerdem kam sie ihm sehr viel schöner vor als noch am Nachmittag, als sie sich kennengelernt hatten – war das tatsächlich erst wenige Stunden her? Ihm kam es vor wie Jahre! Sie hatte sich verändert, und schien deutlich fraulicher und reifer geworden zu sein, ohne dadurch allerdings etwas von ihrer jugendhaften Unbefangenheit und Fröhlichkeit verloren zu haben.

Natürlich war ihm gleichzeitig klar, daß nichts davon

wirklich der Fall war. Der einzige, der sich verändert hatte, war er. Er sah Angela anders. Vielleicht jetzt noch viel weniger als das, was sie wirklich war, wie am Nachmittag.

Angela öffnete die Tür. Sie gelangten in ein schmales, im gleichen schlichten Luxus gehaltenes Treppenhaus, das in einen dafür um so weitläufigeren Empfangsraum hinaufführte, der nur zwei weitere Türen aufwies. Die eine bestand aus Glas und führte auf einen kleinen, matt erleuchteten Dachgarten hinaus, die andere zu Mecklenburgs Wohnung.

Diesmal war Bremer als erster an der Tür und klingelte. Er hörte nichts, aber nach kaum dreißig Sekunden drehte sich der Türknauf und Mecklenburg öffnete die Tür. Er wirkte blaß und übernächtigt, aber keineswegs so, als hätte ihr Klingeln ihn aus dem Schlaf gerissen. Bremer hatte plötzlich eine ungefähre Ahnung, wer die feuchten Spuren unten im Treppenhaus zurückgelassen hatte.

Und er sah kein bißchen überrascht aus, Bremer mitten in der Nacht vor sich zu sehen.

Er wirkte schlichtweg *entsetzt*.

»Was ... was machen Sie denn ...?« begann er.

Bremer schob ihn unsanft ein Stück zurück, drückte mit der anderen Hand die Tür weiter auf und trat ein. Angela huschte wortlos an ihm vorbei und verschwand in der Wohnung. Mecklenburg schien sie nicht einmal zu bemerken. Er starrte Bremer weiter an.

»Ich weiß, es ist ein bißchen spät für einen Hausbesuch«, sagte Bremer. »Aber es handelt sich sozusagen um einen Notfall. Sie gestatten doch?« Im Vorbeigehen packte er Mecklenburg an der Schulter und zerrte ihn grob hinter sich her. Der Arzt war ein Stück größer als er, dafür aber wesentlich schlanker und mindestens zehn Jahre älter. Er schien überhaupt kein Gewicht zu besitzen. Bremer zog ihn halb, halb schubste er ihn in das großzügige Wohnzimmer hinein, das sich an die Diele anschloß, und sah sich rasch um. Der Raum war riesig. Zwei der vier Wände bestanden ganz aus Glas und führten auf den gepflegten Dachgarten hinaus, den er schon von der Eingangshalle aus gesehen hatte. Tagsüber oder in einer klaren Nacht mußte die Aussicht auf die Stadt fantastisch sein.

Abgesehen von einer zierlichen Sitzgarnitur, einem überdimensionalen Fernseher und einer kleinen Bar war der Raum praktisch leer, was den größten Luxus darstellte, der Bremer bisher in diesem Haus begegnet war. Er stieß Mecklenburg auf das kleinere der beiden Sitzmöbel herab und baute sich drohend vor ihm auf. »So«, sagte er. »Und jetzt will ich ein paar Antworten.«

Sein brachiales Verhalten war kein Zufall, und er hatte auch keineswegs die Nerven verloren. Ganz im Gegenteil war sein völlig untypisches Verhalten genau kalkuliert. Bremer hatte in langen Jahren der Polizeierfahrung genug Menschenkenntnis gesammelt, um ziemlich genau zu wissen, zu welcher Art von Mensch der Professor gehörte. Er war sicher niemand, der leicht zu beeindrucken war oder sich gar einschüchtern ließ. Dafür verfügte er selbst über zuviel Macht und zuviel Erfahrung. Um so verheerender wirkte auf solche Menschen oft genug die Erfahrung primitiver, körperlicher Gewalt.

Die Rechnung ging auf. Mecklenburgs Augen quollen vor Entsetzen ein Stück weit aus den Höhlen. Er zitterte so heftig, daß die kleine Chaiselongue, auf der er saß, deutlich zu wackeln begann. »Bitte, Herr Bremer«, stammelte er. »Ich …«

»Sie werden mir jetzt zuhören!« unterbrach ihn Bremer. »Ich werde Ihnen jetzt ein paar Fragen stellen, und *dann* werden Sie reden!« Gleichzeitig gemahnte er sich in Gedanken aber auch selbst zur Mäßigung. Es hatte keinen Zweck, Mecklenburg so sehr zuzusetzen, daß er am Ende zusammenklappte. Er wollte, daß er ihm antwortete, nicht, daß er einen Herzanfall bekam. Außerdem tat ihm der alte Mann mittlerweile ehrlich leid. Aber er hatte einfach keine Zeit, nett zu sein.

Angela kam zurück. »Die Wohnung ist sauber«, sagte sie. »Niemand da.«

»Ich lebe allein«, sagte Mecklenburg. »Das hätte ich Ihnen auch sagen können. Wer sind Sie?«

»Sie gehört zu mir«, sagte Bremer und zog Mecklenburgs Aufmerksamkeit damit wieder auf sich. »Wer sie ist, spielt jetzt keine Rolle.«

»Bitte, Herr Bremer!« Mecklenburg fuhr sich nervös mit der Zungenspitze über die Lippen. Er zitterte noch immer, fand seine Fassung aber allmählich wieder. »Es gibt keinen Grund, grob zu werden. Ich ... bin froh, daß Sie hier sind, glauben Sie mir.«

»Nein«, sagte Bremer. »Tue ich nicht.«

»Das kann ich Ihnen nicht einmal verdenken«, antwortete Mecklenburg. »Aber ich meine es ernst, glauben Sie mir. Es tut mir aufrichtig leid. Ich wollte, ich hätte nie etwas mit dieser Sache zu tun gehabt.«

»Ich auch«, sagte Bremer. Er setzte sich – genauer gesagt: Er *wollte* sich setzen. Aber als er eine entsprechende Bewegung machte, schoß ein so greller Schmerz durch seine Nieren, daß er stöhnend die Zähne zusammenbiß und für einen Moment zitternd und nach vorne gebeugt dastand.

»Was haben Sie?« fragte Mecklenburg alarmiert.

»Nichts«, antwortete Bremer gepreßt. »Es geht gleich vorbei.«

»Jemand hat ihm in die Nieren geschlagen«, sagte Angela. »Ziemlich heftig.«

»Das ist nicht gut.« Mecklenburg stand auf. »Ich sehe mir das besser einmal an.«

Bremer hob abwehrend die Hand. Mit einiger Mühe gelang es ihm, sich wieder aufzurichten, auch wenn er dabei das Gefühl hatte, in der Mitte durchzubrechen und ihm der Schmerz die Tränen in die Augen trieb. »Das ist nicht nötig«, sagte er. »Wenn ich Ihre Toilette benutzen darf, reicht das schon.«

»Mit so etwas ist nicht zu spaßen«, sagte Mecklenburg ernst, zuckte aber mit den Schultern und deutete nach links. »Die zweite Tür.«

»Danke.« Bremer biß die Zähne zusammen, damit ihm nicht ganz aus Versehen doch noch ein Schmerzenslaut entschlüpfte, und ging mit steifbeinigen, kleinen Schritten in die Richtung, die Mecklenburg ihm gewiesen hatte. Das

Licht in der Toilette ging automatisch an, als er sie betrat. Bremer schloß die Tür hinter sich, ließ sich schwer dagegen fallen und blieb länger als eine Minute zitternd und mit geschlossenen Augen stehen, ehe er auch nur die Kraft fand, die zwei Schritte zur Kloschüssel zu gehen. Der Schmerz in seinen Nieren wurde immer schlimmer und breitete sich allmählich in seinen ganzen Eingeweiden aus. Er war jetzt überzeugt davon, daß Cremer ihn wirklich schwer verletzt hatte. Das Urinieren war eine Qual, und als Bremer hinterher ins Becken blickte, stellte er fest, daß er eine Menge Blut von sich gegeben hatte.

Ein zweiter Schwächeanfall zwang ihn dazu, sich noch einmal gegen die Wand zu lehnen und diesmal gleich mehrere Minuten stehenzubleiben, bis der Schmerz in seinen Nieren allmählich abklang. Seine Knie zitterten, als er das Bad verließ und zu Angela und Mecklenburg zurückging.

Er erlebte eine Überraschung. Die beiden saßen beieinander auf der Couch und tranken Kaffee, als hätten sie Mecklenburg nicht mitten in der Nacht in seiner Wohnung überfallen, sondern wären zu einem lang ersehnten Familienbesuch vorbeigekommen. Als er näher schlurfte, hob Mecklenburg den Kopf und fragte: »Mit oder ohne?«

»Blut.«

Bremer verzog das Gesicht, ließ sich in einen der noch freien Sessel fallen und betrachtete stirnrunzelnd die Kanne mit frisch aufgebrühtem Kaffee, die auf dem Tisch stand. »Wie lange war ich da drinnen?« fragte er.

»Der Kaffee war schon fertig«, antwortete Mecklenburg. »Ich hatte ihn gerade aufgebrüht, als Sie so freundlich um Einlaß gebeten haben. Ich bin erst vor einer Viertelstunde gekommen.«

»Und Sie trinken immer schwarzen Kaffee, wenn Sie morgens um vier von der Arbeit kommen«, vermutete Bremer. »Um besser einschlafen zu können, nehme ich an.«

»Ich hatte nicht vor, zu schlafen«, antwortete Mecklenburg.

Bremer beugte sich umständlich vor, um sich eine Tasse

Kaffee einzuschenken, und Angela nahm ihm die Mühe ab. Mecklenburg sagte: »Das würde ich nicht tun. Wenigstens nicht, bevor sich ein Arzt Ihre Nieren angesehen hat.«

»Kennen Sie einen guten, den Sie mir empfehlen könnten?« fragte Bremer böse. Er häufte drei Löffel Zucker in seinen Kaffee, rührte um und nahm einen weiteren Löffel, nachdem er gekostet hatte. Mecklenburg schien tatsächlich nicht vorgehabt zu haben, schlafen zu gehen. Nach diesem Kaffee würde er ein Jahr lang nicht mehr schlafen können.

»Wahrscheinlich haben Sie recht, Doktor«, sagte er. »Aber ich fürchte, meine Nieren sind im Moment mein kleinstes Problem.«

Mecklenburg widersprach ihm nicht, was Bremer ziemlich beunruhigend fand. »Ich habe mich ein wenig mit Ihrer Assistentin unterhalten, während Sie auf der Toilette waren«, sagte er. »Ich kann Ihren Zorn jetzt verstehen. Es ist schlimmer, als ich dachte.«

»So?« fragte Bremer. »Was?«

»Man hat Ihnen niemals die ganze Geschichte erzählt, nicht wahr?« fragte Mecklenburg.

»*Niemand* hat mir *irgendeine* Geschichte erzählt«, antwortete Bremer betont. »Der einzige, der mir etwas erzählt hat, war mein behandelnder Arzt. Nur weiß ich nicht, ob ich ihm noch glauben kann oder nicht. Ich fürchte, das Vertrauensverhältnis zwischen Patient und Arzt ist in letzter Zeit ein bißchen erschüttert worden.«

»Ich verstehe, daß Sie so denken«, sagte Mecklenburg traurig. »Aber ich habe Ihnen so viel gesagt, wie ich konnte. Eigentlich schon mehr, als ich durfte.«

»Sie arbeiten für sie«, sagte Bremer.

»Sie?«

»Ich habe keine Ahnung, wie sich der Verein nennt«, fauchte Bremer. »Wahrscheinlich hat er keinen Namen. Aber Sie wissen verdammt genau, wen ich meine! Der freundliche Herr, der mir die Nieren massiert hat, gehört dazu.«

»Ich wußte nicht, daß sie so weit gehen würden«, sagte

Mecklenburg leise. »Aber wahrscheinlich war ich ziemlich naiv.«

Bremer tat ihm nicht den Gefallen, zu widersprechen. Er versuchte vergebens, irgendeine Spur von Haß oder auch nur Zorn auf Mecklenburg in sich zu entdecken. Wenn ihm eines klar war, dann, daß Mecklenburg auch nicht mehr als ein Werkzeug in dieser Geschichte war. Aber er war auch nicht hierhergekommen, um ihm die Absolution zu erteilen.

»Sie können es wieder gutmachen«, sagte er. »Erzählen Sie mir, was wirklich passiert ist.«

»Sie haben die Formel verloren«, sagte Mecklenburg.

»Wie?«

»Die Azrael-Formel.« Mecklenburg trank einen Schluck Kaffee. »Sillmann hat gründliche Arbeit geleistet. Sie haben jedes verdammte Stückchen Papier unter ein Elektromikroskop gelegt, das sie in seinem Haus und in der Fabrik gefunden haben, aber ohne Erfolg. Die Formel ist weg. Ein für allemal.«

»Und es ist niemandem gelungen, sie zu rekonstruieren?« fragte Angela zweifelnd. »Mit all den Möglichkeiten, die Sie haben? Zahllosen Wissenschaftlern, unbegrenztes Geld, der modernsten Technik?«

»Selbstverständlich«, antwortete Mecklenburg. »Wir haben die Formel im letzten Molekül rekonstruiert. Aber sie wirkt nicht.«

»Ich habe etwas anderes erlebt«, sagte Bremer. »*Ich erlebe es noch.*«

»Ich weiß«, sagte Mecklenburg. »Wir haben die Formel ein dutzendmal überprüft. Es *ist* die gleiche Zusammensetzung. Aber sie wirkt nicht. Es war nicht nur die Droge, verstehen Sie? Es war …«

»Etwas in Marc Sillmanns Blut«, sagte Angela leise.

Mecklenburg nickte. »Ja. Irgendein unbekannter Faktor. Etwas, was durch die Azrael-Droge erst geweckt wurde. Weder sein Vater noch Löbach konnten es wissen, aber sie haben eine Droge zusammengemixt, die nur bei ihm gewirkt hat.«

»Weil sie Marcs Blut als Ausgangsstoff genommen haben«, vermutete Bremer.

»Ja. Azrael *und* irgendein unbekannter Faktor in Marcs Blut erschufen dieses … *Etwas.*«

»Und nach Marcs Tod gibt es keine Möglichkeit mehr, eine zweite Azrael-Droge herzustellen«, sagte Angela.

»Ich fürchte, so einfach ist das nicht«, seufzte Mecklenburg. »Es ist ansteckend.«

»Ansteckend?« wiederholte Angela ungläubig. »Wie … eine Krankheit?«

»Es überträgt sich durch Blutkontakt«, sagte Mecklenburg. »Gelangt es einmal in den Kreislauf eines Menschen, dann fängt dieser nach einer gewissen Zeit ebenfalls an, den Azrael-Wirkstoff in seinem Körper zu produzieren. Der Prozeß ist nicht umkehrbar. Das macht diese Droge so gefährlich. Die Männer, die damals hinter Marc und Herrn Bremer her waren, wußten das.«

»Und es war ihnen gleich?« Angela riß die Augen auf.

»Wo denken Sie hin!« antwortete Mecklenburg. »Sie sind vielleicht gewissenlos, aber nicht dumm. Dieses Zeug ist gefährlicher als eine Wasserstoffbombe! Die gesamte zivilisierte Welt versucht seit zwanzig Jahren vergeblich, AIDS unter Kontrolle zu bekommen. Können Sie sich vorstellen, was *dieses* Zeug anrichtet, wenn es unkontrolliert in Umlauf gelangt?«

»Das Jüngste Gericht«, murmelte Angela. Sie war sehr blaß geworden.

»So ungefähr«, bestätigte Mecklenburg. »Das Aufräumkommando war sehr gründlich, das kann ich Ihnen versichern. Der Keller, in dem Marc Sillmann und sein Vater starben, wurde sterilisiert, sämtliche Leichen an Ort und Stelle verbrannt und der einzige Überlebende unter allen nur vorstellbaren Sicherheitsvorkehrungen weggeschlossen.«

Angela sah Bremer an, sagte aber nichts dazu, sondern fragte: »Lassen Sie mich raten. Zu diesem Zeitpunkt wußten Sie noch nicht, daß Sie die Droge nicht rekonstruieren konnten.«

»Nein«, bestätigte Mecklenburg.

»Schade, daß ich ihre Gesichter nicht gesehen habe, als sie es begriffen haben«, sagte Angela.

»Anscheinend haben Sie mir nicht zugehört«, sagte Mecklenburg ernst. »Es ist gar nicht nötig, die Droge zu synthetisieren. Azrael ist noch da. Es gab einen Überlebenden. Er war infiziert.«

Angela starrte Bremer an, und Mecklenburg schüttelte den Kopf. »Ich rede nicht von Herrn Bremer. Er war nicht der Überlebende.«

»Aber ...«

»Ich war klinisch tot«, sagte Bremer. »Beinahe vier Tage lang.« Er wandte sich an Mecklenburg. »Dieser andere Überlebende ...?«

»Sein Name war Haymar«, sagte Mecklenburg. »Einer von Sendigs Männern. Kannten Sie ihn?«

Bremer verneinte, und Mecklenburg fuhr fort: »Er wurde sehr schwer verletzt. Wir haben die letzten fünf Jahre damit zugebracht, ihn irgendwie am Leben zu erhalten.«

»Wir?«

»Ich«, gestand Mecklenburg. »Ich sagte bereits, daß ich es bedaure, mich je mit ihnen eingelassen zu haben.«

»Und warum haben Sie es getan?« Bremer sah sich demonstrativ um. »Geld?«

»Nein. Ich stamme aus einer ziemlich vermögenden Familie. Geld hat mich nie interessiert. Ich glaube, es war die Herausforderung. Die Chance, vielleicht das Geheimnis des Lebens selbst zu lüften.«

»Ist es Ihnen gelungen?« fragte Bremer.

»Moment mal«, sagte Angela. »Was soll das heißen: Du warst vier Tage klinisch tot? Niemand ist vier Tage klinisch tot und spaziert anschließend wieder herum!«

Sowohl Mecklenburg als auch Bremer ignorierten sie. »Sagen Sie mir, daß das, was ich gerade gehört habe, nicht das bedeutet, was ich glaube«, murmelte Bremer.

»Es hat fast fünf Jahre gedauert«, sagte Mecklenburg leise. »Aber wir standen kurz davor, den Azrael-Wirkstoff in seinem Blut zu isolieren. Nicht dieses Teufelszeug, das die

Leute wahnsinnig macht, sondern das, wonach Löbach und Sillmann damals gesucht haben.«

»Das ist monströs«, sagte Angela. »Wie konnten Sie sich nur darauf einlassen?«

»Sie sind ziemlich naiv, mein Kind«, sagte Mecklenburg. »Haben Sie denn immer noch nicht begriffen, worüber wir hier reden? Wer immer diese Droge besitzt, hat die absolute Macht! Sie können Menschen beherrschen. Jeden beliebigen Menschen. Nicht durch Erpressung oder Bestechung. Wenn Sie ihn mit Azrael infizieren, dann wird er alles tun, was Sie von ihm verlangen. Und er wird nicht einmal merken, daß er manipuliert wird.«

»Und wenn er es merkt, wäre es ihm gleich«, fügte Bremer hinzu.

»Ja«, sagte Mecklenburg, noch immer an Angela gewandt. »Es geht hier um *Macht*, meine Liebe. Nicht um Geld. Um Macht. Das einzige, was zählt.«

»War es das, was Sie auch gereizt hat?« fragte Angela ernst. »Macht über Leben und Tod?«

Mecklenburg antwortete nicht gleich, aber Bremer las auf seinem Gesicht, daß sie mit ihrer Frage der Wahrheit ziemlich nahe gekommen sein mußte. »Vielleicht«, sagte er schließlich. Nicht vielleicht, dachte Bremer. Die Antwort lautete eindeutig ja. Aber vermutlich war das das äußerste Zugeständnis, zu dem er im Moment in der Lage war.

»Dann tun Sie mir leid«, sagte Angela. »Es gibt Dinge, an die man besser nicht rühren sollte.«

»Als ob ich das nicht wüßte!« Mecklenburg griff nach seiner Tasse, stellte fest, daß sie leer war und schenkte sich nach, ließ sich dann aber wieder zurücksinken, ohne getrunken zu haben.

»Was ist schiefgegangen?« fragte Bremer.

»Schiefgegangen? Wie kommen Sie darauf, daß etwas schiefgegangen ist?«

»Wir wären jetzt nicht hier, wenn alles nach Plan verlaufen wäre, oder?« sagte Bremer.

Angela hob plötzlich mit einem Ruck den Kopf und lauschte. Bremer sah alarmiert zu ihr auf. »Was hast du?«

»Nichts«, antwortete Angela. »Es war … nichts.« Diese zweifache Beteuerung hielt sie allerdings nicht davon ab, mit einer fließenden Bewegung aufzustehen und eine weitere Sekunde konzentriert und mit geschlossenen Augen stehenzubleiben. Sie drehte sich einmal um ihre Achse, ging dann zum Fenster und öffnete die Terrassentür. Ein Schwall feuchtkalter Luft wehte zu ihnen herein und ließ Bremer schaudern, als sie auf die Dachterrasse hinaustrat. Er versuchte ihr mit Blicken zu folgen, aber es gelang ihm nicht, denn irgendwie schien ihre Gestalt schon nach wenigen Schritten mit der Dunkelheit draußen zu verschmelzen. Bremer fragte sich, ob Angela vielleicht irgendeine Art von Ninja-Ausbildung genossen hatte. Wenn ja, schien sie zu funktionieren. Bremer hatte sich bisher immer geweigert, an solcherlei Humbug zu glauben – aber schließlich hatte er in den letzten vierundzwanzig Stunden eine Menge erlebt, was er noch tags zuvor für unmöglich gehalten hätte.

Er schob den Gedanken von sich und wandte sich wieder an Mecklenburg. »Also?«

»Ich weiß es nicht«, sagte Mecklenburg. Für Bremers Geschmack benutzte er diese vier Worte im Verlauf ihres Gespräches entschieden zu oft. Bisher war er eher der Meinung gewesen, daß dieses Eingeständnis aus dem Munde eines Wissenschaftlers einer der sieben Todsünden gleichkam. Aber er beherrschte sich. Er spürte, daß Mecklenburg jenen Punkt erreicht hatte, an dem er ganz von selbst weiterreden würde und Fragen eher schädlich waren.

»Vielleicht sind wir einen Schritt zu weit gegangen«, fuhr Mecklenburg fort. »Irgend etwas passiert. Aber ich weiß nicht was. Ich weiß nur, daß es mir angst macht. Ich glaube, wir haben etwas … geweckt.«

Bremer lachte, leise und ohne die Spur von Überzeugung. »Sie wollen mir doch nicht erklären, daß Sie plötzlich anfangen, an Geister zu glauben, Professor. Sie? Ein Mann der Wissenschaft?«

»Vielleicht gerade ich«, antwortete Mecklenburg. »Ich weiß genug, um zu wissen, daß ich sehr viel mehr Dinge nicht erklären kann, als ich weiß. Was passiert mit unserem Bewußtsein, wenn wir sterben, Herr Bremer? Erlischt es einfach, wie eine durchgebrannte Glühbirne? Ist es wirklich nur ein elektrisches Feld, das einfach aufhört zu existieren? Oder ist da noch mehr? Sagen Sie es mir. Sie haben es erlebt!«

Es war praktisch die gleiche Frage, die Angela ihm auch schon gestellt hatte, und er antwortete mit der gleichen Lüge: »Ich muß Sie enttäuschen, Professor. Ich erinnere mich an nichts. Ich wurde angeschossen, und das Licht ging aus. Danach bin ich in Ihrer Klinik wieder aufgewacht. Das ist alles.«

Mecklenburgs Blick machte klar, daß er ihm nicht glaubte. Er hatte recht damit. Da *war* mehr gewesen. Sehr viel mehr sogar. Er erinnerte sich nicht an Details, aber im Grunde nur, weil er sich mit aller Willenskraft *verbot*, sich zu erinnern. Sein Unterbewußtsein war voll von Bildern, Erinnerungen, Gefühlen. Da war etwas gewesen; etwas Großes, unbeschreiblich Machtvolles. Er hatte es nur flüchtig berührt, und wäre trotzdem an diesem Hauch beinahe verbrannt. Er konnte nicht einmal sagen, ob die Macht, die er gefühlt hatte, guter oder schlechter Natur war, oder vielleicht nichts von beiden, und er hütete sich auch, zu genau in seinen Erinnerungen zu forschen. Er hatte einen guten Grund, all diese Dinge tief in sich begraben zu haben. Wie hätte er weiterleben können, mit dem Wissen, daß ihn die Hölle erwartete? Und warum hätte er weiterleben *sollen*, wenn es das Gegenteil war?

»Schade«, sagte Mecklenburg, als er begriff, daß Bremer nicht antworten würde, ganz egal, wie lange er darauf wartete. »Ich hatte gehofft, daß Sie mir diese Frage beantworten könnten.«

»Leider«, sagte Bremer. »Ich könnte Ihnen jetzt etwas von einem langen Tunnel erzählen und einem strahlenden Licht an seinem Ende. Aber es wäre nicht wahr.«

»Es wäre auch nicht das, was ich hören wollte«, antwortete Mecklenburg. »Das Rätsel des Tunnelerlebnisses ist längst gelöst, glauben Sie mir. Die Antwort ist ziemlich ernüchternd. Vielleicht wollen die Leute sie deshalb nicht hören und klammern sich deshalb weiter an die Version von der Reise ins Licht.«

»Sehen Sie?« sagte Bremer. »Sie wissen doch mehr als ich.«

Angela kam zurück und schloß die Terrassentür hinter sich.

»Was war los?« fragte Bremer.

»Nichts«, sagte Angela. »Ich dachte, ich hätte etwas gehört. Aber draußen ist alles ruhig. Ich bin wohl nur nervös.«

Dieses Eingeständnis trug nicht unbedingt zu Bremers Beruhigung bei. Er wartete, bis Angela sich gesetzt hatte, dann wandte er sich wieder an Mecklenburg. »Sie haben meine Frage nicht beantwortet«, sagte er. »Was ist schiefgegangen?«

»Doch, das habe ich. Ich weiß es nicht. Irgend etwas geht vor, das ist alles, was ich Ihnen sagen kann. Wir sollten dieses Experiment beenden. Aber das wird Braun nie zulassen.«

»Beenden? Sie meinen damit, Haymar zu töten?«

Mecklenburg gab einen seltsamen Laut von sich. »Er ist längst nicht mehr am Leben.«

In dieser Behauptung verbarg sich eine Frage, die Bremer fast so deutlich hörte, als hätte er sie tatsächlich ausgesprochen. Er ignorierte sie, und bevor das Schweigen wirklich unangenehm werden konnte, stand Angela abermals auf und ging zur Tür. Kein Zweifel: Sie *war* nervös.

»Es tut mir leid, daß ich Ihnen nicht weiterhelfen kann«, sagte Mecklenburg. »Aber ich habe Ihnen jetzt alles gesagt, was ich weiß. Wenn ich Ihnen noch einen *Rat* geben darf ...«

»Nur zu.«

Draußen in der Diele polterte etwas. Sehr leise, aber hörbar.

»Verlassen Sie die Stadt«, sagte Mecklenburg. »Braun ist der Überzeugung, daß Sie irgend etwas mit der Sache zu tun haben, und Sie haben ja schon erlebt, wozu er fähig ist. Nehmen Sie Ihre kleine Freundin, und verschwinden

Sie, bevor Sie ihm in die Hände fallen. Ich kann Ihnen etwas Bargeld geben. Nicht viel, aber genug, um in die nächste Maschine zu steigen und auf irgendeine Karibikinsel zu fliegen. Ich weiß nicht, ob Sie dort vor ihm sicher sind, aber ...«

Das Poltern wiederholte sich. Im nächsten Sekundenbruchteil erklang ein abgehackter Schrei, und Angela kam im hohen Bogen durch die Tür geflogen, landete auf dem Parkettfußboden und schlitterte ein paar Meter davon, ehe sie zur Ruhe kam. Noch bevor sie sich wieder aufrappeln konnte, traten zwei Männer in dunklen Anzügen durch die Tür. Jeder von ihnen hielt eine großkalibrige Waffe in der Hand, mit der er auf Angela zielte.

»Nein, Professor, das wäre er nicht. Es gibt keinen Ort, an dem man sich vor mir verstecken kann. Wenigstens nicht auf diesem Planeten. Ich dachte, Sie wissen das.« Ein dritter Mann trat ins Zimmer. Er war nicht ganz so groß wie die beiden Bewaffneten und ein wenig älter, aber ebenso elegant gekleidet. Offenbar hatte die ganze Truppe nicht nur den gleichen Autolieferanten, sondern auch denselben Schneider.

Bremer erkannte ihn auf der Stelle wieder. Es war fünf Jahre her, daß er ihn das letztemal gesehen hatte. Damals war er jünger gewesen, und noch nicht der Chef, sondern ein unscheinbares Mitglied von Sendigs Schlägertrupp, aber es gab keinen Zweifel.

»Guten Morgen, Herr Bremer«, sagte Treblo. »Ich freue mich wirklich, daß wir uns wieder einmal begegnen.«

»Treblo!« murmelte Bremer.

»Braun«, antwortete Treblo. »Sie können das nicht wissen, aber im Moment ziehe ich den Namen Braun vor. Das macht Ihnen doch nichts aus, oder?«

Bremer wollte aufstehen, und in Brauns Hand erschien wie hingezaubert eine Pistole. »Bitte!« sagte er kopfschüttelnd. Die Waffe war gespannt. Bremer sah, daß er den Abzug bereits halb durchgezogen hatte. Braun war tatsächlich bereit, zu schießen. Er lächelte weiter, und sein Gesicht wirkte entspannt. Aber er hatte sich nur zu neunundneunzig Prozent in der Gewalt, nicht zu hundert. Eine Spur von Unsicherheit blieb. Auch wenn Bremer es sich nicht ganz erklären konnte, wurde ihm doch schlagartig klar, daß Braun ... *Angst* vor ihm hatte.

Angela erhob sich vorsichtig. Die Waffen der beiden Männer an der Tür folgten ihrer Bewegung akribisch, und Braun sagte: »Langsam, wenn ich Sie bitten darf. Ich weiß, was ihr zwei mit Reinhold und Cremer gemacht habt. Ich kann mir zwar beim besten Willen nicht erklären, wie, aber ich bin ehrlich gesagt auch gar nicht sehr scharf darauf, es herauszufinden.«

Angela führte ihre Bewegung sehr viel langsamer zu Ende und hob die Hände, und Bremer ließ sich vorsichtig wieder in seinen Sessel zurücksinken. Brauns Waffe blieb weiter starr auf sein Gesicht gerichtet.

»Ich bin für klare Verhältnisse«, sagte Braun. »Sehen Sie auf Ihre Brust.«

Bremer gehorchte. Unmittelbar über seinem Herzen zitterten zwei winzige, rote Lichtflecke.

»Damit das ganz klar ist«, sagte Braun. »Zwei meiner Männer zielen vom Dach des gegenüberliegenden Gebäudes mit Präzisionsgewehren auf Sie. Wenn hier drinnen irgend etwas passiert, was ihnen nicht ganz koscher vorkommt, drücken sie ab. Nicht einmal ich kann sie daran hindern. Tun Sie also lieber nichts Unüberlegtes. Haben Sie mich verstanden?«

Bremer nickte. Die Spannung wich ein wenig aus Brauns Gesicht, aber seine Waffe blieb weiter auf Bremer gerichtet, als er sich herumdrehte und an Mecklenburg wandte.

»Sie enttäuschen mich, Professor«, sagte er. »Ich hätte wirklich nicht geglaubt, daß Sie mir so in den Rücken fallen.« Er schüttelte den Kopf, schwenkte seine Waffe herum und schoß Mecklenburg zwischen die Augen. Mecklenburg wurde mitsamt der kleinen Couch, auf der er saß, nach hinten gerissen und schlug mit verdrehten Gliedern auf dem Parkettfußboden auf, und Braun richtete die Waffe wieder auf Bremer.

Angela hatte einen ungläubigen kleinen Schrei ausgestoßen und war in eine geduckte, sprungbereite Haltung gesunken, dann aber wieder erstarrt, als die beiden Männer an der Tür drohend ihre Waffen hoben, und Bremer sah aus den Augenwinkeln, daß selbst sie Braun ungläubig und entsetzt ansahen. Bremer war ziemlich sicher, daß jeder von ihnen schon einen oder auch mehrere Menschen getötet hatte, oder zumindest dazu bereit war, doch was Braun gerade getan hatte, war etwas anderes. Und es war vor allem so *sinnlos*.

Fassungslos starrte er den leblosen Körper des Professors an. »Aber … warum?«

»Wie bereits gesagt«, antwortete Braun. »Ich bin für klare Verhältnisse. Jetzt werden Sie mir glauben, daß ich es ernst meine.«

»Das hätte ich vorher auch«, sagte Bremer leise. »Es war nicht nötig, diesen hilflosen alten Mann umzubringen.«

»Seltsam«, antwortete Braun. »Aber ausgerechnet aus Ihrem Mund etwas über den Wert eines Menschenlebens zu hören, finde ich eher komisch.« Er griff mit der linken Hand in die Tasche, zog ein paar Handschellen heraus und warf sie Angela zu. »Wären Sie bitte so freundlich, sie anzulegen, meine Liebe?« fragte er.

Bremer hielt Angela aufmerksam im Auge. Sie sah einen Moment lang nachdenklich auf die Handschellen herab, und Bremer konnte regelrecht sehen, wie es hinter ihrer Stirn arbeitete. Er betete, daß sie keine Dummheiten machte. Er traute ihr durchaus zu, mit den beiden Agenten fertig zu werden, die auf sie angelegt hatten, vollkommen ungeachtet ihrer Waffen. Aber dann würden entweder Braun oder die beiden Männer auf dem gegenüberliegenden Dach ihn erschießen.

Angela schien wohl zu dem gleichen Schluß zu kommen, denn nach einer Sekunde zuckte sie mit den Achseln und ließ die Handschelle um ihr linkes Handgelenk schnappen. Als sie auch die andere einrasten lassen wollte, sagte Braun: »*Hinter* dem Rücken.«

Angela warf ihm einen zornigen Blick zu, gehorchte aber. Braun machte eine entsprechende Geste, und einer seiner Männer ging rasch hin, überprüfte die Handschellen und drückte die verchromten Ringe dann enger zusammen, so daß Angela vor Schmerz die Luft einsog.

»Macht es Ihnen Spaß, Menschen zu quälen?« fragte Bremer.

»Es macht mir Spaß, am Leben zu bleiben«, antwortete Braun.

Bremer schnaubte verächtlich, bewegte sich unruhig in seinem Stuhl und sah zufällig an sich herab. Einer der beiden roten Lichtpunkte über seinem Herzen war verschwunden.

Braun fiel es im gleichen Moment auf wie ihm. Er runzelte die Stirn, griff in die Tasche und zog ein Handy heraus. Noch während er es ans Ohr hob, drückte er eine einzelne Taste.

»Einheit drei!« schnappte er. »Was ist bei euch los?«

Offensichtlich bekam er keine Antwort, denn er wiederholte seine Frage noch einmal und rammte das Handy dann regelrecht in seine Jackentasche zurück.

»Schwierigkeiten?« fragte Bremer.

Braun zog eine Grimasse, kam näher und griff ein zweites Mal in die Tasche. Als er Bremer erreicht hatte, erlosch auch der zweite rote Laserpunkt auf seiner Brust. Braun fluchte, drückte seine Waffe auf Bremers Stirn und zog mit der anderen Hand eine verchromte Injektionspistole aus der Tasche. Ohne viel Federlesens stieß er Bremer die Nadel durch die Jacke in den Bizeps und drückte den Kolben herunter.

Bremer keuchte vor Schmerz. Er wußte nicht, was Braun ihm gespritzt hatte, aber es brannte wie konzentrierte Säure in seinem Arm, und es wirkte sofort. Ihm wurde schwindelig. Etwas wie ein grauer, dämpfender Schleier legte sich über Bremers Sinne.

Als Braun die Nadel aus seinem Arm zog und sich aufrichtete, implodierte die Fensterscheibe, und die Wirklichkeit wurde endgültig zum Alptraum.

20

Hinter ihm hatte etwas geklappert. Nicht sehr laut, und nur für einen kurzen Moment, aber doch lange genug, um ihn für einen Moment abzulenken. Das Präzisionsgewehr in Ostners Händen schwankte zwei, drei Millimeter. Kaum sichtbar, und doch heftig genug, daß der rote Punkt im Zentrum des Zielfernrohres für drei oder vier Sekunden nicht mehr auf Bremers Brust verharrte, sondern hektisch über Mobiliar, Fensterscheiben und die sorgsam gestutzten Grünpflanzen des Dachgartens irrte, ehe es ihm gelang, die Waffe wieder fester zu ergreifen und den Laserpunkt auf sein ursprüngliches Ziel auszurichten.

Ostner fluchte lautlos in sich hinein. Es waren nur ein paar Sekunden gewesen, und er hoffte, daß Braun es nicht bemerkt hatte, war aber in diesem Punkt nicht allzu optimistisch. Braun gehörte zu jenen Menschen, die prinzipiell *alles* merkten, was sie nicht mitbekommen sollten. Außerdem war er vollkommen unberechenbar. Ostner hatte schon erlebt, daß er manchmal wirklich schlimme Fehler vergab und mit einem Achselzucken darüber hinwegging. Aber auch, daß er bei einer lächerlichen Kleinigkeit einen regelrechten Wutanfall bekam.

Seine Hände begannen allmählich steif zu werden. Er hatte die Waffe nicht auf das Stativ gestellt, sondern zielte freihändig; bei einer Entfernung von weniger als fünfzig Metern kein Problem. Der Laserpunkt im Zentrum des Fadenkreuzes zitterte nur ganz sacht. Die Waffe war so perfekt ausbalanciert, daß er ihr Gewicht normalerweise kaum spürte. Und er war ein wirklich ausgezeichneter Schütze.

Aber es war viel kälter, als er erwartet hatte. Der Regen hatte zwar aufgehört, aber es war noch immer so feucht, daß seine Kleider bereits an seiner Haut klebten. Er würde diese Position nicht mehr allzu lange aushalten. Und er hatte keine Ahnung, wie lange es noch dauerte.

Er wußte nicht einmal so ganz genau, was er eigentlich *tun* sollte. Brauns Anweisungen waren ungewohnt vage gewesen. Strohm und er sollten Bremer auf der Stelle erschießen, wenn dort drüben irgend etwas nicht mit rechten Dingen zuging. Was zum Teufel hatte er damit gemeint? Sollten sie ihn abknallen, wenn er sich am Hintern kratzte, oder doch besser abwarten, bis dort drüben eine Horde säbelschwingender Türken auftauchte? Ostner verfluchte sich dafür, nicht um präzisere Anweisungen gebeten zu haben, sagte sich gleichzeitig aber auch selbst, daß er wahrscheinlich keine bekommen hätte. Er hatte Braun selten so reizbar und nervös erlebt wie an diesem Abend. Auf jeden Fall schien die Situation dort drüben allmählich zu eskalieren. Vor zwei oder drei Minuten hatte Braun den Professor erschossen, so wie Ostner das erkennen konnte, ohne besonderen Anlaß. War das *nicht in Ordnung genug*, um seinem Befehl nachzukommen und Bremer ins Jenseits zu befördern?

Einer der beiden roten Punkte in seinem Zielfernrohr erlosch. Ostner runzelte die Stirn, bewegte ganz sacht seine Waffe, um sich davon zu überzeugen, daß es nicht etwa sein eigener Ziellaser war, der im unpassendsten aller Momente den Geist aufgegeben hatte, und stellte fest, daß es nicht so war. Halblaut rief er Strohms Namen.

Er bekam keine Antwort, aber das Klappern hinter ihm wiederholte sich, dann hörte er einen sonderbaren, seufzenden Laut, gefolgt von einem Geräusch wie zerreißendes, nasses Papier.

»Strohm?« rief er noch einmal. »Verdammt noch mal, was ist los?« Er bekam immer noch keine Antwort.

Ohne die Waffe von ihrem Ziel zu nehmen, drehte Ostner den Kopf, um nach seinem Kollegen zu sehen, der nur ein paar Meter entfernt Stellung bezogen hatte.

Und erstarrte.

Im Gegensatz zu ihm hatte Strohm sein Gewehr auf ein Stativ gesetzt, um einen präzisen Schuß anbringen zu können. Die Waffe lag auf der Seite; eines der beiden dünnen Metallbeine des Stativs war verbogen, und ihr Besitzer lag ein Stück daneben auf dem Rücken und versuchte röchelnd, Luft zu holen. Es gelang ihm nicht, denn seine Kehle war von einem Ende zum anderen aufgeschlitzt.

Das *Ding*, das das getan hatte, stand breitbeinig über

ihm und schien gerade damit beschäftigt zu sein, ihn auszuweiden. Ostner konnte nicht genau erkennen, was es tat, aber dieses schreckliche Reißen und Fetzen hielt an, ein widerwärtiges, feuchtes Geräusch, das allein ihm schier das Blut in den Adern gerinnen ließ.

Er konnte auch nicht genau erkennen, um *was* für ein Geschöpf es sich handelte. Gewiß kein Mensch. Dazu war es zu groß, und sein Umriß stimmte nicht. Es schien *Flügel* zu haben. Für einen Moment hatte Ostner das absurde Gefühl, eine Art riesigen, grotesk verzerrten Engel zu sehen.

In seinem Kopfhörer knackte es, dann ertönte Brauns aufgeregte, verzerrte Stimme: »Einheit drei! Was ist bei euch los?«

Ostner war nicht fähig, irgendwie darauf zu reagieren. Aber die Kreatur schien die Worte gehört zu haben, denn sie hörte abrupt auf, Strohms Gedärme neu anzuordnen. Ihr Kopf flog in die Höhe, und der Blick ihrer grausamen Augen bohrte sich in den Ostners.

Es war kein Engel.

»Einheit drei!« blaffte Braun. »Was zum Teufel ist bei euch los? Antwortet!«

Das Wesen richtete sich auf. Es war größer, als Ostner geglaubt hatte. Viel, viel größer. Mit einem grotesk wirkenden, staksenden Schritt trat es über Strohm hinweg und streckte seine dürren Klauen aus.

Ostner erwachte endlich aus seiner Erstarrung, wälzte sich blitzschnell auf den Rücken und versuchte seine Waffe hochzureißen.

Es war zu spät. Die Kreatur riß ihm das Gewehr aus den Händen, brach es in zwei Teile und stürzte sich auf ihn. Ihre Klauen blitzten auf wie Messer. Das gräßliche, reißende Geräusch erklang erneut, und Ostner spürte eine seltsam distanzierte Art von brennendem Schmerz, der überall zugleich in seinem Körper aufzuflammen schien.

Das letzte, was er sah, bevor sein Sturz in den endlosen lichterfüllten Tunnel begann, war der Anblick der grotesken Kreatur, die sich neben ihm von der Dachrinne abstieß und ihre gewaltigen Schwingen ausbreitete.

21

Kriminalrat Nördlinger legte die Hand auf den Telefonhörer, strich ein paar Sekunden lang mit den Fingerspitzen über das kühle, glatte Plastik und zog den Arm dann wieder zurück, ohne gewählt zu haben. Ihm gingen langsam die Argumente aus. Seine Augen brannten, und er fühlte eine ganz leichte Übelkeit; wahrscheinlich eine Folge der zahllosen Tassen Kaffee, die er im Laufe dieser Nacht in sich hineingeschüttet hatte.

Müde sah er auf die mit Bleistift geschriebene, hastig niedergekritzelte Liste vor sich herab. Die meisten Namen waren durchgestrichen oder mit einem Haken versehen. Es nutzte nichts, die Augen davor zu verschließen: Ihm gingen langsam die Nummern aus, die er noch anrufen konnte. Und die Wahrscheinlichkeit, auf ein offenes Ohr zu stoßen, sank mit jeder Minute, die verstrich. Nördlinger kannte nicht allzu viele Menschen, die besonders amüsiert darauf reagierten, nachts um vier aus dem Bett geklingelt zu werden.

Er tröstete sich damit, daß die statistische Wahrscheinlichkeit, Erfolg zu haben, beim letzten Anruf kein bißchen kleiner war als beim ersten, nahm den Hörer ab und begann die Nummer zu wählen, hängte dann aber wieder ein, bevor er die letzte Ziffer eingetippt hatte. *Diese* Nummer würde er in frühestens zwei Stunden anrufen. Ministerialrat Ewald war dafür bekannt, alles andere als ein Frühaufsteher zu sein; und er war darüber hinaus vielleicht derjenige auf Nördlingers Liste, der ihm noch am ehesten Glauben schenken würde. Er würde den Teufel tun und diese vielleicht letzte Chance verschenken, indem er Ewald mit einem nächtlichen Anruf verärgerte. Ein paar von den Leuten, die er bis jetzt angerufen hatte, hatten wütend wieder eingehängt, ohne daß er auch nur wirklich zu Wort gekommen war.

Somit blieben ihm noch drei Namen, aber Nördlinger bezweifelte, daß einer davon ihm wirklich weiterhelfen konnte. Oder wollte. Es war zum Verrücktwerden! Er hatte nicht erwartet, daß es leicht sein würde, etwas über diesen Braun herauszufinden – aber es war nicht nur *nicht leicht*, es schien vollkommen unmöglich zu sein! Braun war wie ein Gespenst, von dem noch nie jemand gehört hatte, das aber trotzdem jeden, den er darauf ansprach, mit Angst erfüllte. Nördlinger selbst machte da keine Ausnahme. Der Dienstausweis, den Braun ihm präsentiert hatte, als er am Abend so großkotzig in sein Büro marschiert kam, war geradezu ehrfurchtgebietend; einer von der Art, bei der man es sich dreimal überlegte, ehe man jemanden anrief, um sich von der Identität seines Besitzers zu überzeugen. Nördlinger hatte es trotzdem getan und genau die Antwort erhalten, die er erwartet hatte: Braun *war* jemand, mit dem man sich besser nicht anlegte.

Für Nördlinger war das eher ein Grund, es trotzdem zu tun. Gerade weil Nördlinger ein Mann war, der fest an den Sinn und Nutzen von Autorität und Rangordnungen glaubte, ging ihm ein Benehmen wie das Brauns gehörig gegen den Strich. Braun *durfte* sich so benehmen, wenn er es wollte; aber er sollte es nicht. Wenn zu viele Menschen ihre Macht bis an die Grenze ausnutzten, dann war das ganze System in Gefahr, zusammenzuklappen wie ein Kartenhaus.

Außerdem hatte ihn Braun belogen.

Nördlinger nahm das Telefon wieder auf, wählte aber keine Nummer von seiner Liste, sondern tippte Mellers Durchwahl – hatte Meller Nachtschicht? – ein. An seiner Stelle meldete sich Vürfels. Er klang, wie jeder zwei Stunden vor Ende der Nachtschicht geklungen hätte: ziemlich knurrig. »Ja?«

»Schon etwas Neues von Bremer?« fragte Nördlinger, ohne sich mit einer Begrüßung aufzuhalten.

»Nein«, antwortete Vürfels. »Die ganze Stadt sucht ihn. Meller war gerade noch einmal in seiner Wohnung. Offensichtlich ist eingebrochen worden – oder Bremer lebt in dem größten Saustall, den ich jemals gesehen habe.«

»Fehlt etwas?«

»Das könnte höchstens Bremer selbst beantworten«,

sagte Vürfels. »Aber dafür müssen wir ihn erst einmal haben.«

»Sucht weiter«, sagte Nördlinger. »Und haltet mich auf dem laufenden.« Vürfels wollte noch etwas sagen, aber Nördlinger hängte ein, ehe er dazu kam. Er wußte ohnehin, was er hatte fragen wollen – das, was alle wissen wollten: Warum die gesamte Berliner Polizei in dieser Nacht einen ihrer eigenen Kollegen suchte.

Nördlinger konnte diese Frage nicht beantworten. Er hatte die Fahndung nach Bremer herausgegeben, ohne einen Grund zu nennen – womit er sich strenggenommen nicht anders verhielt als Braun. Er nutzte seine Machtposition aus, um etwas zu tun, was er zwar durfte, aber eigentlich nicht sollte.

Aber sie *mußten* Bremer finden, bevor Braun ihn fand. Es war wichtig. Für Bremer vielleicht lebenswichtig. Und er würde herausfinden, wer dieser Kerl überhaupt *war*!

Als er zum Telefon griff und die nächste Nummer auf seiner Liste wählen wollte, schwang die Tür zurück und ein dunkelhaariger Mann in einem schwarzen Anzug mit weißem Priesterkragen trat ein.

»Wer ...?« begann Nördlinger.

»Kriminalrat Nördlinger?« unterbrach ihn der andere.

»Der bin ich«, antwortete Nördlinger automatisch. »Aber wer zum Teufel sind *Sie*? Und wie kommen Sie überhaupt hier herein?«

»Das spielt jetzt keine Rolle«, sagte der Mann im Priesterkragen. »Mein Name ist Thomas. Ich muß mit Ihnen reden. Es ist wichtig!«

Nördlinger stand mit einer energischen Bewegung auf. »Zuallererst einmal werden Sie mir sagen, wie Sie hier hereinkommen!« verlangte er.

»Es geht um Bremer«, sagte Thomas. »Bitte hören Sie mir zu! Wir haben nicht mehr viel Zeit!«

22

Das Fenster explodierte in einem Scherbenregen in den Raum hinein, und etwas Riesiges, Flatterndes raste über Bremer und Braun hinweg und riß sie beide von den Füßen.

Bremer spürte nur einen Schlag, keinen Schmerz, aber er war heftig genug, ihn von den Füßen zu heben und ihn mehr als zwei Meter weit durch das Zimmer zu schleudern. Von dem Medikament benommen, das ihm Braun verabreicht hatte, konnte er seinen Sturz nicht auffangen und krachte mit benommen machender Wucht auf den Boden. Trotzdem registrierte er, wie der Schatten weiter durch den Raum fegte, auch noch Angela und die beiden anderen Männer von den Füßen riß und im letzten Moment versuchte, seinen Flug abzubremsen. Viel zu spät. Mit fast ungebremster Wucht und wie es schien wild schlagenden Flügeln krachte es in Mecklenburgs Bar und zertrümmerte sie. Ein schrilles, unheimliches Kreischen mischte sich in das Geräusch von zerbrechendem Glas und Holz; ein Laut wie das Schreien eines verletzten Vogels, aber lauter, zorniger.

Auch Braun brüllte vor Schmerz. Als Bremer sich benommen aufrichtete, sah er, wie Braun in die Höhe sprang und mit hektischen Bewegungen nach seinem Gesicht griff. Ein gut zwei Zentimeter langer, gezackter Glassplitter steckte in seiner Wange. Sein Gesicht war blutüberströmt.

Trotzdem hob er die andere Hand und gab gleichzeitig zwei Schüsse auf die Kreatur ab. Die beiden Schüsse fielen so schnell hintereinander, daß die Geräusche zu einem einzigen, peitschenden Knall verschmolzen. Wieder erscholl dieses wütende Vogelkreischen, und das Klirren von Glas wurde lauter.

Bremer wandte mühsam den Kopf und sah wieder zu der Kreatur hin. Als die Bestie durch das Fenster hereingebrochen war, waren die meisten Lampen im Raum erloschen, so daß er kaum mehr als einen Schatten und tobende Bewegung sah. Glas- und Holzsplitter wirbelten wie in einem Mini-Orkan davon. Der Parkettfußboden unter ihnen zitterte. Das Ungeheuer schien sich beim Aufprall verletzt zu haben und ließ seine Wut nun an dem aus, was von der Bar noch übrig war. Vielleicht hatten Brauns Schüsse auch getroffen.

Auch die beiden anderen Männer begannen jetzt zu schießen. Die peitschenden Entladungen ihrer Waffen übertönten für einen Moment sogar das Schreien des Ungeheuers, und das ununterbrochene Flackern des Mündungsfeuers tauchte das Zimmer in gespenstisches Stroboskoplicht. Die Bewegungen des Monsters wirkten plötzlich abgehackt und in einzelne Phasen zerlegt; ein Tanz in einer höllischen Disco, in der der Teufel selbst am Mischpult stand.

Die Männer feuerten, bis ihre Magazine leer waren, aber das Ungeheuer starb nicht. Über die kleine Distanz konnten sie gar nicht vorbeischießen; Bremer konnte sogar *hören*, wie die Kugeln trafen: Dumpfe, *fleischige* Laute, die von einem immer schriller werdenden Schreien und Kreischen beantwortet wurden, aber die Bestie weigerte sich einfach, zu sterben. Nicht einmal ihr Toben nahm sichtbar ab.

Bremer registrierte alles das mit einer Art heiterer Gelassenheit – zweifellos eine Folge der Droge, die Braun ihm verabreicht hatte. Der Schleier über seinen Sinneseindrükken war wieder weg. Es war nur die erste, schockartige Wirkung des Tranquilizers gewesen, die fast augenblicklich wieder abgeklungen war. Er sah, hörte, roch und fühlte jetzt im Gegenteil mit schon fast unnatürlicher Schärfe.

Nur, daß ihn nichts von alledem irgendwie interessierte.

Auf einer tieferen, zur Rolle des stummen Beobachters verdammten Ebene seines Bewußtseins begriff er sehr genau, in welcher entsetzlichen Gefahr er sich befand. Aber er war nicht in der Lage, aus diesem Begreifen irgend etwas zu machen; nicht einmal Furcht. Er kam sich vor, als betrachtete er einen Film, oder ein ganz besonders realistisches Theaterstück, in dem er zugleich Zuschauer als auch Mitwirkender war, ohne daß ihn das Ganze wirklich etwas anging.

Braun riß endlich den Glassplitter aus seiner Wange, feuerte seine letzte Kugel auf das Ungeheuer ab und ließ das Magazin aus dem Griff der Waffe fallen. *»Raus hier!«* brüllte er.

Einer seiner Männer sprang zu Angela und zerrte sie grob mit sich. Der zweite hatte seine Waffe nachgeladen und schoß wieder auf die Bestie. Auch wenn die Kugeln das Ungeheuer nicht zu töten vermochten, so schleuderten sie es doch immer wieder zurück, und der Mann schien das auch begriffen zu haben, denn er feuerte jetzt nicht mehr in einem raschen Stakkato, sondern ließ immer eine Sekunde verstreichen, bevor er wieder abdrückte.

Braun war mit einem Satz auf den Füßen, riß Bremer in die Höhe und zerrte ihn hinter sich her. »Schnell!« brüllte er. »Laufen Sie!«

Irgendwie sah Bremer den Grund dafür nicht ein. Er mußte Braun folgen, ob er nun wollte oder nicht, aber er tat nicht das Geringste, um ihm zu helfen. Er fand die Situation ziemlich spannend, und er war sich durchaus darüber im klaren, daß sie wahrscheinlich mit seinem Tod enden würde, aber das störte ihn nicht besonders. Es war eine prima Show.

Angela und der zweite Mann hatten mittlerweile die Tür erreicht und stürzten hindurch. Eine Sekunde später stolperten Bremer und Braun hinterher, und Bremer sah, daß auch hier draußen zwei von Brauns Männern standen. Beide hatten ihre Waffen gezogen und waren schreckensbleich. Neben einem von ihnen lehnte ein großkalibriges Gewehr an der Wand.

Braun warf die Tür hinter sich ins Schloß, versetzte Bremer einen Stoß, der ihn hinter Angela und den zweiten Mann auf die Treppe zustolpern ließ, und raffte das Gewehr auf. Die beiden Posten wollten ihm folgen, aber Braun riß einen von ihnen zurück und herrschte ihn an: »Aufhalten!«

Er verurteilte den Mann damit praktisch zum Tode; ganz zu schweigen von demjenigen, den sie in der Wohnung zurückgelassen hatten. Braun rechnete offensichtlich nicht damit, daß die beiden es schaffen würden, das Ungeheuer aufzuhalten. In der Wohnung hinter ihnen peitschten noch immer Schüsse.

Sie hetzten die Treppe hinunter. Bremer stolperte auf halber Strecke, kippte zur Seite und schlitterte schräg gegen die Wand gelehnt vier oder fünf Stufen weit die Treppe hinab, ehe Braun ihn wieder hochriß.

»Losmachen!« schrie Angela. »Um Gottes willen, machen Sie die Handschellen los!«

Als sie das Ende der Treppe erreicht hatten, hörte die Schießerei in der Wohnung über ihnen auf. Einen Augenblick später splitterte Holz, gefolgt von einem einzelnen Schuß und einem so gräßlichen Schrei, daß selbst Bremer erschrocken zusammenfuhr.

»Weiter!« schrie Braun. »*Schnell!*«

Sie rasten den Korridor entlang, und Bremer registrierte mit einer Art heiterem Entsetzen, daß die Lifttüren geschlossen waren. Der Aufzug war nicht da. Sie waren tot.

Auf halber Strecke vor ihnen wurde eine Wohnungstür aufgerissen, und ein verschlafenes Gesicht blickte zu ihnen heraus. Als der Mann jedoch die schwerbewaffneten Männer entdeckte, die eine gefesselte Frau und einen offensichtlich Betrunkenen vor sich herstießen, vergaß er seinen Zorn und knallte die Tür hastig wieder zu.

Sie erreichten den Aufzug. Braun hämmerte die flache Hand auf die Taste, wirbelte herum und ließ sich auf die Knie herabfallen. Sein Gewehr zielte auf die Tür am Ende des Flures. Bremer konnte hören, wie sich der Aufzug tief unter ihnen in Bewegung setzte und mit quälender Langsamkeit seinen Aufstieg begann. Er fand es ein bißchen schade, daß niemand da war, mit dem er wetten konnte, wer eher ankam: das Ungeheuer oder der Lift.

Das Ungeheuer gewann.

Die Tür am jenseitigen Ende des Ganges wurde aus den Angeln gerissen und flog wie ein Stück zerfetzter Pappe davon. Sie zerbrach, als sie gegen die Wand prallte, und durch den leeren Rahmen quetschte sich eine Kreatur, die aus dem schlimmsten aller Alpträume entsprungen zu sein schien.

Bremer sah den Todesengel jetzt zum erstenmal deutlich, und er war plötzlich sehr froh, daß er noch immer unter dem Einfluß des Tranquilizers stand und gar nicht in der Lage war, wirklichen Schrecken zu empfinden. Angela wimmerte. Die beiden Agenten neben ihm stießen ein erschrockenes Keuchen aus. Nur Braun reagierte gar nicht, sondern hob kaltblütig sein Gewehr und visierte die Kreatur an.

Was Bremer schon einmal zu sehen geglaubt hatte, bewahrheitete sich: Es war kein Engel. Wäre er es gewesen, dann müßte die Bibel neu geschrieben werden.

Die Kreatur war weit über zwei Meter groß, dabei aber so dürr, daß sie schon fast lächerlich wirkte. Ihre Flügel, die wie die einer Fledermaus von einem dünnen Knochengerüst durchzogen waren, waren halb ausgebreitet und zerfetzt wie ein alter Mantel. Sein Körper war nicht wirklich der eines Insekts, aber ganz eindeutig auch nicht der eines Menschen, sondern wirkte irgendwie … fledermausartig; als hätte sich eine Ameise mit einer Ratte gekreuzt. Der Kopf schließlich war der schiere Alptraum, ein riesiger, dreieckiger Insektenschädel mit schimmernden Facettenaugen und grauenerregenden Mandibeln, der von drahtigem, rotbraunem Fell bedeckt war.

Das Wesen war verletzt. Die meisten Risse in seinen Flügeln schienen neu zu sein; in einigen steckten noch Glassplitter. Aus dem metallisch schimmernden Fell, das seinen dreigeteilten Körper und seine Glieder bedeckte, tropfte hellrotes Blut. Es machte einen einzelnen, eckigen Schritt, blieb wieder stehen und sah sich um, als wäre es unschlüssig. Benommen.

»Was … was ist das?« stammelte einer der Männer. »So etwas gibt es doch gar nicht! Was ist das für ein Ding?«

»Keine Ahnung«, antwortete Braun grimmig. »Aber es blutet. Was blutet, das kann auch sterben. Sorgen wir dafür, daß es noch ein bißchen mehr blutet!«

Er hob sein Gewehr, zielte sorgfältig und schoß. In dem langen, marmorverkleideten Korridor hallte die Explosion wie ein Kanonenschuß wider, und der Rückstoß war so gewaltig, daß Braun fast von den Füßen gerissen worden wäre.

Die Wirkung war verheerend. Aus der Brust des Ungeheuers explodierte ein Schwall aus zerberstendem Chitin und Blut, faustgroße Marmorbrocken stoben aus der Wand hinter ihm, und die ganze gewaltige Kreatur wurde fast einen Meter weit zurückgeschleudert und fand nur im letzten Moment ihr Gleichgewicht wieder. Sie schrie in hohen, quälend spitzen Tönen.

Braun feuerte erneut. Diesmal fetzte die Kugel ein Stück aus der Schulter der Bestie. Der riesige Flügel, der daran befestigt war, hätte eigentlich heruntersinken müssen, tat es aber nicht. Ebensowenig, wie die Kreatur an den beiden fürchterlichen Verletzungen starb, die selbst einen Elefanten niedergeworfen hätten. Ganz im Gegenteil: Sie richtete sich auf, schüttelte sich wie ein Boxer, der einen unerwartet heftigen Schlag abbekommen hatte, und kam mit steifen Schritten wieder auf sie zu.

»Sieht so aus, als hätten Sie sich geirrt«, sagte Angela. »Man kann sie nicht töten. Man kann sie nur wütend machen.«

Braun feuerte ein drittes Mal, und als das Donnern des Schusses in Bremers Ohren verhallte, hörte er hinter sich ein leises ›Ping.‹ Der Aufzug war da. Angela und die beiden Agenten zwängten sich in die Kabine, noch bevor sich die Türen zur Gänze geöffnet hatten. Braun verpaßte dem Ungeheuer eine vierte Kugel, die es diesmal tatsächlich von den Beinen riß, stieß Bremer in den Aufzug und sprang als letzter hinterher. Jemand hatte bereits den Knopf für das Erdgeschoß gedrückt. Die Türen glitten zu, und die Kabine setzte sich summend in Bewegung.

»Ist es tot?« keuchte Angela. »Haben Sie es erwischt?«

»Ich weiß nicht«, gestand Braun. Sein Blick schien sich an der Anzeige über der Tür festzusaugen. »Wahrscheinlich nicht. Aber vielleicht habe ich es so schwer verletzt, daß wir eine Chance haben.«

Der Aufzug erreichte die dritte Etage und glitt weiter. Sie mußten den langsamsten Fahrstuhl der Welt erwischt haben, oder irgend etwas stimmte mit der Zeit nicht.

»Na wunderbar«, sagte Angela. »Dann machen Sie endlich diese verdammten Handschellen los, damit ich mich wenigstens wehren kann!«

»Wenn dieses Ding hier hereinkommt, macht das keinen Unterschied mehr«, sagte Braun. Er rührte keinen Finger, um Angela zu befreien. Der Aufzug glitt weiter, erreichte die zweite Etage ...

... und hielt an.

Die Türen glitten auf, und sie blickten in das Gesicht eines erbosten Hausbewohners, der wahrscheinlich gekommen war, um sich nach der Ursache des Lärms zu erkundigen.

Braun gab ihm allerdings keine Gelegenheit dazu, sondern stieß ihm den Gewehrlauf mit solcher Wucht in den Leib, daß er keuchend zurücktaumelte und an der gegenüberliegenden Wand zu Boden sank; gleichzeitig schlug er mit der Faust erneut auf den Schalter. Die Türen begannen sich quälend langsam zu schließen.

Als sich die Kabine in Bewegung setzte, erklang im Liftschacht über ihnen das Geräusch von reißendem Metall. Alle Köpfe flogen entsetzt in den Nacken.

Eine Sekunde lang herrschte ein fast unheimliches Schweigen, in dem selbst das Summen des Liftmotors kaum noch zu hören war. Dann traf etwas mit so fürchterlicher Wucht das Kabinendach, daß das Metall deutlich eingebeult wurde und sie alle gegeneinander stürzten. Der gesamte Lift schwankte, schien für einen gräßlichen, endlosen Moment stillzustehen und bewegte sich dann ruckelnd und ungleichmäßig weiter. Ein schrilles, in den Ohren schmerzendes Kreischen erklang, und das Kabinendach beulte sich weiter ein. Dann krachte etwas durch das Metall, das wie eine rostige, dreißig Zentimeter lange Sichel aussah, und riß es im Zurückziehen noch weiter auf. Braun tat etwas vollkommen Wahnsinniges: Er hob sein Gewehr und schoß durch das Dach.

In der Enge der Kabine war der Knall im buchstäblichen Sinne des Wortes ohrenbetäubend. Die beiden Agenten schrien auf und schlugen die Hände vor die Ohren, und Angela krümmte sich mit schmerzverzerrtem Gesicht und riß vergeblich an ihren Handschellen. Bremer sah das alles nur. Er hörte nichts. Seine Ohren waren taub. Alles, was er wahrnahm, war ein dumpfes Dröhnen, wie das ferne Echo des Gewehrschusses, das einfach nicht aufhören wollte.

Auch Braun war zurückgetaumelt und hatte das Gesicht verzerrt, hob seine Waffe aber bereits wieder zu einem zweiten Schuß. Im Dach der Liftkabine prangte jetzt ein faustgroßes Loch mit brandgeschwärzten Rändern, aber Braun schien nicht getroffen zu haben: Diesmal hackten gleich drei rostige Sicheln durch das Metall und schälten es auf wie den Deckel einer Sardinendose.

Einer von Brauns Agenten hob seine Pistole und feuerte wieder in schneller Folge das gesamte Magazin durch das Dach, gleichzeitig machte Braun selbst Anstalten, noch einmal zu schießen – womit er ihnen allen vermutlich endgültig die Trommelfelle zerrissen hätte. Bevor er es jedoch tun konnte, hielt der Aufzug an und die Türen glitten auf; Braun, der sich mit der Schulter dagegen gelehnt hatte, um festeren Stand zu haben, verlor das Gleichgewicht und stürzte rücklings aus der Kabine. Angela und die beiden Agenten flankten über ihn hinweg, wobei Angela trotz aller Eile der Versuchung nicht widerstehen konnte, ihm kräftig auf die Hand zu treten.

Bremer verließ die Kabine als letzter, schnell, aber nicht annähernd so hastig wie die anderen. Braun sprang auf und schrie ihm etwas zu, was ebenso wie alle anderen Geräusche in dem anhaltenden Rauschen in seinen Ohren unterging. Als er nicht schnell genug reagierte, packte Braun ihn an der Schulter und schleuderte ihn grob an sich vorbei. Gleichzeitig feuerte er sein Gewehr in die Liftkabine ab.

Bremer hörte den Schuß. Sehr leise und falsch: Er klang eher wie das Knallen eines Sektkorkens als ein Gewehrschuß. Aber er konnte hören. Wenigstens war er nicht taub.

Weitere Männer stürmten auf ihn zu. Braun schien eine ganze Armee mitgebracht zu haben. Bremer und Angela wurden gepackt und hastig durch den Flur geschleift, während Braun hinter ihnen offenbar ausprobieren wollte, wie viele Schrotladungen die Decke der Liftkabine aushielt. Er gab sieben oder acht Schüsse ab, wirbelte dann herum und raste hinter ihnen her. Bremer sah, wie sich seine Lippen bewegten, hörte aber nur ein heiseres, unverständliches Flüstern. Hinter ihm, im Inneren der Liftkabine, bewegte sich ein Schatten.

Angela, Braun und er erreichten den Ausgang nahezu gleichzeitig und stolperten ins Freie. Braun hatte sein Gewehr weggeworfen, aber drei oder vier seiner Leute feuerten gleichzeitig auf den Schatten, der aus dem Aufzug herausdrängen wollte.

Draußen vor dem Haus parkten drei große Limousinen. Die Motoren liefen, Scheinwerfer und Scheibenwischer waren eingeschaltet, aber Bremer konnte durch die offenstehenden Türen erkennen, daß niemand darin saß. Hinter ihnen stürmten die Agenten aus dem Haus. Der letzte Mann zog einen kleinen, dunklen Gegenstand aus der Tasche und schleuderte ihn im hohen Bogen in die Aufzugkabine. Bremer wußte genau, was es war, aber er war immer noch zu benommen, um irgendwie zu reagieren.

Drei Sekunden später verwandelten sich die offenstehenden Lifttüren in den Schlund eines feuerspeienden Vulkans.

Die Druckwelle ließ sämtliche Scheiben im Erdgeschoß des Hauses zerbersten und fegte sie alle von den Füßen. Flammen und Trümmer explodierten aus dem Lift, und rings um sie herum regneten gefährliche Glassplitter zu Boden. Die Wagen hinter ihnen schwankten wie kleine Boote in der Brandung, und Bremer bekam für einen Moment keine Luft mehr. Eine Welle intensiver Hitze strich über sein Gesicht und ließ ihn aufstöhnen. Neben ihm schrie einer der Agenten und umklammerte sein linkes Handgelenk. Aus seinem Unterarm ragte eine gebogene Glasscherbe, von der Blut tropfte.

Bremer wälzte sich stöhnend auf den Bauch, stemmte die Handflächen gegen den Boden und drückte seinen Oberkörper in die Höhe. Sein Hörvermögen kehrte immer schneller zurück, aber er registrierte trotzdem nichts außer Schreien, Lärm, dem Klirren von Glas und dem Geräusch prasselnder Flammen. Irgendwo heulte eine Sirene.

Eine Hand packte ihn an der Schulter, riß ihn grob in die Höhe und stieß ihn auf einen der wartenden Wagen zu. Bremer prallte mit der Stirn gegen die Dachkante, sank halb benommen auf den Rücksitz und bekam einen zweiten, derben Stoß in die Seite, der ihn weiter in den Wagen hineinschleuderte. Nur eine Sekunde später folgte ihm Angela auf die gleiche Weise, und die Tür wurde zugeschlagen. Einen Augenblick später warf sich Braun vor ihnen auf den Beifahrersitz.

Bremer rappelte sich hoch und sah über Angela hinweg nach draußen. Vor dem Haus herrschte ein einziges Chaos. Kaum einer der Männer war ohne Schnittwunden oder andere Verletzungen davongekommen. Einige feuerten blindlings ins Haus hinein, andere hetzten auf die Wagen zu. Im Haus waren mittlerweile sämtliche Lichter angegangen, und auch die benachbarten Häuser erwachten in rascher Folge zum Leben. Hinter den zerborstenen Scheiben des Hauseinganges brodelte schwarzer, von roten und gelben Flammen durchzogener Qualm. Dahinter schien sich noch etwas zu bewegen. Etwas Riesiges, Mißgestaltetes. Aber das war unmöglich, dachte Bremer. Das Ungeheuer *konnte* die Explosion nicht überlebt haben.

Er täuschte sich.

Ein Agent mit einer häßlichen Schnittwunde auf der Stirn raste auf den Wagen zu und warf sich hinter das Steuer, und aus dem Rauch taumelte das Ungeheuer hervor.

Es bot einen grauenerregenden Anblick. Sein Körper blutete aus buchstäblich zahllosen Wunden. Das braunrote Fell war zum Großteil versengt oder abgerissen, und eines der riesigen, schillernden Facettenaugen war erloschen; an seiner Stelle gähnte ein faustgroßer Krater in dem dreieckigen Insektenschädel. Einer seiner Flügel brannte. Es bewegte sich langsam, torkelnd, wie ein Mensch, der sich nur noch mit allerletzter Kraft auf den Beinen hielt.

Trotzdem löste sein Anblick unter den Agenten augenblicklich Panik aus.

Mit Ausnahme der beiden, die mit ihnen im Aufzug gewesen waren, hatte keiner der Männer die Bestie bisher wirklich *gesehen*. Sie hatten nur geschossen, weil sie gemerkt hatten, daß irgend etwas nicht stimmte, und Braun und die anderen in kopfloser Panik aus dem Aufzug stürzen sahen. Jetzt erblickten sie das Monster, und die Wirkung war verheerend. Zwei oder drei von ihnen warfen einfach ihre Waffen weg und stürzten davon, die anderen begannen zu schießen, aber wahrscheinlich nur aus einem blinden Reflex heraus, nicht, weil sie wirklich wußten, was sie taten.

»Worauf warten Sie?!« brüllte Braun. *»Fahren Sie los!«*

Der Mann hinter dem Steuer legte den ersten Gang ein und warf gleichzeitig die Tür hinter sich zu, war aber so nervös, daß er den Motor auf der Stelle wieder abwürgte. Der Wagen machte einen anderthalb Meter weiten Satz und blieb wieder stehen.

Im gleichen Moment ruckte der Kopf der Bestie herum, und Bremer konnte den Blick ihres einzelnen verbliebenen Auges fast wie eine körperliche Berührung spüren. Sie machte einen einzelnen Schritt, blieb wieder stehen und spreizte die Flügel.

»Idiot!« brüllte Braun. »Fahren Sie schon los!«

Der Agent drehte den Zündschlüssel. Der Anlasser wimmerte, aber der Motor sprang nicht an. Das Ungeheuer knickte seine Beine ein und spreizte die Flügel weiter. Die Agenten feuerten immer noch, und Bremer konnte genau sehen, daß sie trafen. Die Bestie wankte, zeigte sich aber nicht weiter beeindruckt. Mit einem ungeheuer kraftvollen Satz stieß sie sich ab, breitete die Schwingen noch weiter aus und raste auf den Wagen zu. Sie flog nicht wirklich, sondern segelte eher, wie ein bizarrer prähistorischer Pterodaktylus mit brennenden Flügeln, landete aber trotzdem nach einer Sekunde zielsicher auf der Motorhaube des BMW.

Braun schrie auf und riß instinktiv schützend die Hände

vors Gesicht, als die Windschutzscheibe zerbarst. Der Wagen schwankte unter dem Aufprall des geflügelten Dämons.

Endlich sprang der Motor an. Der Fahrer hatte offenbar gar nicht mehr damit gerechnet, denn das Geräusch des Anlassers wurde plötzlich zum ratternden Mahlen überlasteter Zahnräder. Es dauerte fast eine Sekunde, bis er den Zündschlüssel endlich losließ und den Gang hineinhämmerte.

Der BMW raste mit durchdrehenden Reifen los. Das Ungeheuer auf seiner Motorhaube kreischte, flatterte wild mit den Flügeln und grub die Krallen in das Metall. Im nächsten Moment warf es sich vor. Eine sichelförmige Klaue hackte durch das Wagendach und verfehlte den Fahrer um Haaresbreite. Der Mann schrie auf, trat so hart auf die Bremse, daß sich der Wagen querstellte, und die Bestie rutschte mit einem zornigen Pfeifen von der Motorhaube. Seine Klaue riß das Dach dabei auf gut vierzig Zentimeter auf wie dünnes Papier.

Der Fahrer hämmerte den Rückwärtsgang hinein, gab Gas und ließ den Wagen zurückschießen. Dann brachte er ihn mit einem harten Tritt auf die Bremse wieder zum Stehen, schaltete und beschleunigte erneut.

Der BMW rammte das Ungeheuer, noch bevor es sich ganz aufgerichtet hatte.

Metall barst. Beide Scheinwerfer zerbrachen, und die Insassen des Wagens wurden nach vorne geschleudert, als wären sie gegen eine Wand aus massivem Beton geprallt, nicht gegen ein Wesen von der Größe eines Menschen. Der Dämon wurde im hohen Bogen weg geschleudert und landete mit hilflos schlagenden Flügeln auf dem Asphalt, und der Motor erstarb. Diesmal konnte Bremer hören, daß es endgültig war.

»Raus!« befahl Braun. Gleichzeitig stieß er die Tür auf und ließ sich aus dem Wagen fallen. Bremer krabbelte ungeschickt hinterher, humpelte um den Wagen herum und wollte die Tür auf Angelas Seite öffnen, da sie mit ihren gefesselten Händen dazu wohl kaum in der Lage war. Er kam jedoch nicht dazu, denn Braun packte ihn grob an der Schulter, stieß ihn herum und winkte gleichzeitig einen der beiden anderen Wagen heran. Der BMW hielt mit quietschenden Reifen vor ihm an. Die Türen flogen auf, und drei oder vier Insassen sprangen heraus, als Braun ihnen mit hastigen Gesten den Befehl dazu gab. Bremer hörte das näherkommende Heulen einer Sirene, dann wieder Schüsse. Er kam nicht einmal dazu, sich zu dem Ungeheuer herumzudrehen, denn Braun stieß ihn grob auf den Rücksitz. Einen Augenblick später wurde Angela zu ihm hereingeschubst, und sie fuhren los.

Der Fahrer legte die ersten zwanzig oder dreißig Meter im Rückwärtsgang zurück, so daß Bremer genau erkennen konnte, daß sich das Ungeheuer bereits wieder aufrichtete. Seine Flügel brannten noch immer, und allein der Aufprall des Wagens mußte ihm alle Knochen im Leib gebrochen haben – oder was immer es auch statt dessen besitzen mochte –, aber Bremer zweifelte mittlerweile ohnehin daran, daß man dieses Ding wirklich töten konnte. Wahrscheinlich war es so, wie Angela gesagt hatte: Man konnte ihm weh tun und es wütend machen, aber man konnte es nicht umbringen. Wie sollte man etwas töten, dessen ureigenstes Element der Tod war?

Der Wagen machte eine jähe Hundertachtzig-Grad-Drehung und beschleunigte dann wieder. Bremer wurde zum wiederholten Male an diesem Abend gegen etwas Hartes geschleudert und sah für einen Moment Sterne.

Als er sich wieder hochrappelte, sah er zwei Polizeiwagen mit flackerndem Blaulicht auf sie zurasen. Hastig drehte er sich herum und sah ihnen nach. Das Haus und das apokalyptische Schlachtfeld, in das sich die Straße davor verwandelt hatte, waren schon fast außer Sicht geraten. Er erkannte die Männer nur noch als schwarze Scherenschnittgestalten, die mit hektischen abgehackten Bewegungen wie Darsteller in einem uralten Stummfilm vor einem absurden Koloß mit brennenden Flügeln flohen. Auch der zweite, noch fahrbereite Wagen raste in diesem Moment los. Bremer glaubte nicht, daß die Zurückgebliebenen eine große Chance hatten. Sie alle hatten gesehen, wozu dieses Ungeheuer fähig war. Die Bremslichter der beiden Polizeiwagen leuchteten plötzlich grell auf, und die Fahrzeuge kamen mit kreischenden Reifen zum Stehen. Bremer versuchte erst gar nicht, sich vorzustellen, was jetzt in den Männern darin vorging.

Ein weiterer Streifenwagen kam ihnen entgegen, gefolgt von einem Löschzug mit heulender Sirene, den irgendeiner der Hausbewohner oder Nachbarn alarmiert haben mußte, dann hatten sie die Kreuzzug erreicht, und der Fahrer ließ den Wagen mit quietschenden Reifen um die Kurve schlittern.

»Fahren Sie langsamer«, befahl Braun. »Sonst kriegen wir am Ende noch ein Protokoll.«

Plötzlich packte Bremer eine rasende, fast unbezwingbare Wut, die nicht einmal das Medikament in seinem Kopf dämpfen konnte. Er zog die Knie an und versetzte dem Sitz vor sich einen Tritt, der Braun nach vorne schleuderte und gegen das Armaturenbrett geschleudert hätte, hätte er sich nicht im letzten Moment mit beiden Händen abgestützt.

»He!« brüllte Braun. »Was soll das?! Sind Sie wahnsinnig geworden?«

»Sie Mistkerl!« fauchte Bremer. »Sie verdammtes, gewissenloses Schwein! Sie haben die Männer zum Tode verurteilt! Das Biest hat sie umgebracht, damit Sie Ihr kostbares Leben retten konnten!«

»Und Ihres«, fügte Braun hinzu. »Wenn ich Sie daran erinnern darf.«

Bremer machte eine Bewegung, als wollte er Brauns Antwort wie etwas Materielles beiseite fegen. »Ich habe Sie nicht darum gebeten, Sie Arschloch!«

»Ich bin zu wertvoll, um zu sterben«, sagte Braun. Seltsamerweise klang es kein bißchen überheblich oder gar arrogant, sondern einfach wie etwas, wovon er fest überzeugt war.

»Wenn das wirklich so ist, dann hätten Sie vielleicht erst gar nicht kommen sollen«, sagte Angela.

»Wie meinen Sie das?«

»Das war ganz allein Ihre Schuld!« behauptete Angela aufgebracht. »Denken Sie wirklich, dieses … Ding wäre Ihretwegen gekommen? Wenn ja, dann leiden Sie an einer gehörigen Selbstüberschätzung! Es wollte uns.« Sie verbesserte sich und deutete mit einer Kopfbewegung auf Bremer. »Ihn.«

Braun schwieg einen Moment. Dann nickte er zu Bremers maßloser Überraschung und sagte: »Das glaube ich auch. Aber Sie täuschen sich, meine Liebe. Es war nicht umsonst. Ihr Freund Bremer ist nämlich noch viel wertvoller als ich.«

23

Die Hände des Mannes zitterten immer noch, als er Nördlinger den Becher zurückgab. Er hatte sich einen Gutteil des brühheißen Kaffees über die Finger und die Uniform geschüttet, anscheinend ohne es auch nur zu bemerken, und sein Gesicht hatte in den letzten Minuten noch mehr Farbe verloren, obwohl er schon kreidebleich gewesen war, als Nördlinger ihn getroffen hatte.

Der Anblick erschütterte Kriminalrat Nördlinger weit mehr, als irgendeiner der Anwesenden ahnen mochte. Nördlinger wußte natürlich sehr genau, was die meisten seiner Untergebenen von ihm dachten: Er galt als paragraphenreitender Pedant, der mit der Dienstvorschrift unter dem Kopfkissen schlief und so gut wie keine Gefühle kannte, und er pflegte diesen Ruf, so gut es ihm möglich war – auch wenn er nicht stimmte. So mancher seiner Leute hätte sich gewundert, hätte er gewußt, wie oft er schon alle Hände über sie gehalten hatte, um ihnen die gewissen Freiheiten zu ermöglichen, ohne die eine effiziente Polizeiarbeit nun einmal nicht möglich war, und wie oft er selbst seine Dienstvorschriften schon so weit gebeugt hatte, daß es knirschte.

Und er hatte Gefühle, verdammt noch mal. Einen fünfzigjährigen Mann, der zwei Drittel seines Lebens bei der

Berufsfeuerwehr verbracht hatte, vor Entsetzen zitternd auf dem Bürgersteig vor sich sitzen zu sehen, das berührte ihn sehr wohl. Er wußte, was diese Leute manchmal zu sehen bekamen.

»Soll ich Ihnen noch einen Kaffee holen?« fragte er.

Der Feuerwehrmann machte eine Bewegung, die Nördlinger mit einiger Fantasie zu einem Kopfschütteln rekonstruierte. »Nein«, sagte er schwach. »Es geht schon wieder. Danke.«

Das war eine glatte Lüge. Dem Mann war speiübel. Er kämpfte nur noch mit letzter Macht um seine Beherrschung. Nördlinger ließ es jedoch dabei bewenden, verabschiedete sich mit einem Kopfnicken und drehte den Plastikbecher unschlüssig in den Händen, während er sich herumdrehte. Einen Moment lang wußte er nicht, wohin damit. Dann wurde ihm bewußt, wo er war, und er ließ das Trinkgefäß achtlos fallen. Normalerweise widerstrebte es ihm zutiefst, Abfall einfach auf den Boden fallen zu lassen. Aber der Hausflur sah sowieso aus wie ein Schlachtfeld. Absurderweise hatte er trotzdem ein schlechtes Gewissen; um ein Haar hätte er sich wieder gebückt und nach einem Abfalleimer gesucht.

Als er sich wieder herumdrehte, streifte sein Blick jedoch einen der beiden mit schwarzer Plastikfolie zugedeckten Körper, die auf der anderen Seite des Korridors lagen. Er hatte das, was darunter lag, nur mit einem einzigen flüchtigen Blick gestreift, und allein die *Erinnerung* daran reichte, um auch in seinem Magen eine leichte Übelkeit wachzurufen.

Mit schnellen Schritten ging er los und steuerte den Ausgang an. Unter seinen Schuhen knirschte zerbrochenes Glas und in der Hitze spröde gewordenes Plastik. Ein verbogenes Metallstück flog klappernd davon. Plötzlich hatte er das Gefühl, keine Luft mehr zu bekommen. Der Geruch von verbranntem Kunststoff und verschmortem Fleisch vermengte sich zu einem Gestank, der ihm den Atem nahm. Er mußte hier raus. Sofort. Wäre er allein gewesen, wäre er gerannt.

Kriminalrat Nördlinger war jedoch alles andere als allein. Außer ihm und dem bedauernswerten Feuerwehrmann (der sich genau in diesem Moment würgend hinter ihm erbrach – soviel zu seiner Versicherung, daß alles in Ordnung sei) hielten sich im Moment zwar nur zwei weitere Feuerwehrmänner hier drinnen auf, die die Trümmer beiseite räumten und nach versteckten Brandherden suchten, aber der Bürgersteig und die Straße vor dem Gebäude wimmelte nur so von Menschen: Polizeibeamten, Feuerwehrmännern, Rettungssanitätern und ungefähr zwei Dutzend Hausbewohnern, die die Feuerwehr vorsorglich evakuiert hatte, bevor klar wurde, wie schnell sie den Brand unter Kontrolle bringen würden. Und natürlich jede Menge Schaulustige.

Ein blauer Lichtblitz flammte auf, und Nördlinger verlängerte seine Liste in Gedanken. Und ein paar Journalisten, wie nicht anders zu erwarten war. Man konnte einen Tatort *zumauern*, sie fanden immer einen Weg.

Als Nördlinger das Gebäude verließ, kam ihm ein uniformierter Polizeibeamter mit einem dampfenden Plastikbecher in der Hand entgegen. Ein fürsorglicher Hausbewohner hatte Kaffee gekocht, den er jetzt verteilte. Der Mann erkannte ihn, erschrak ein ganz kleines bißchen und änderte dann abrupt seine Richtung. Allerdings nicht schnell genug, daß Nördlinger nicht den Weinbrand gerochen hätte, den der gleiche fürsorgliche Hausbewohner offensichtlich in den Kaffee gemischt hatte. Normalerweise hätte Nördlinger eine solche Verfehlung nicht geduldet und wäre sofort energisch eingeschritten – aber was war an diesem Tag schon normal? Er tat so, als hätte er nichts gemerkt und ging schnell weiter.

Seine Männer waren damit beschäftigt, die Hausbewohner zu vernehmen und ihre Aussagen niederzuschreiben, aber Nördlinger glaubte nicht, daß außer einer Menge überflüssigen Papierkrams viel dabei herauskommen würde. Den einzigen Zeugen, der *wirklich* etwas gesehen hatte, hatte er selbst befragt. Und was die Besatzung der beiden Streifenwagen anging, die als erste vor Ort gewesen waren …

Nein, daran *wollte* er im Moment nicht denken. Morgen früh würde sich ein Polizeipsychologe mit ihnen unterhalten.

Er holte sich auch einen Kaffee (mittlerweile schien sich auch unter den Hausbewohnern herumgesprochen zu haben, wer er war: *Sein* Kaffee war pur), nippte daran und schlenderte fast ziellos weiter, als ihm ein Journalist den Weg vertrat. Nördlinger hätte die Kamera und den kleinen Kassettenrecorder gar nicht sehen müssen, den er ihm unter die Nase hielt, um ihn zu erkennen.

»Sie sind doch Kriminalrat Nördlinger, nicht wahr?« fragte der Mann. »Ich erkenne Sie.«

Nördlinger nippte an seinem Kaffee und ging schweigend weiter. Natürlich folgte ihm der Reporter.

»Was ist hier passiert?«

»Es hat gebrannt«, antwortete Nördlinger einseitig.

»Kommen Sie, Herr Kriminalrat!« sagte der Journalist. »Wegen eines kleinen Feuers kommt doch ein Mann wie Sie nicht morgens um fünf hierher! Noch dazu mit der halben Berliner Polizei.«

»Also gut«, sagte Nördlinger, »ich will Ihnen die Wahrheit sagen: Jemand hat sich hier einen besonders aufdringlichen Reporter vorgeknöpft, ihm beide Beine und Arme gebrochen, ihn in zwei Stücke geschnitten und angezündet. Ich weiß allerdings nicht, in welcher Reihenfolge. *Vürfels*!«

Das letzte Wort hatte er gebrüllt. Es vergingen kaum fünf Sekunden, bis der Gerufene vor ihm auftauchte und ihn fragend ansah. Nördlinger deutete auf den Journalisten. »Nehmen Sie diesen Kerl fest!« sagte er.

»Warum?« fragte Vürfels.

»Keine Ahnung«, gestand Nördlinger. »Denken Sie sich etwas aus. Und …« Er nahm dem vollkommen fassungslosen Reporter den Kassettenrecorder aus der Hand, nahm die Kassette heraus und zertrat sie mit dem Absatz. »… geben Sie ihm zwei Mark für eine neue Kassette.«

Er ging weiter, ohne den verwirrt dreinblickenden Journalisten und den kaum weniger hilflosen Vürfels auch nur noch eines weiteren Blickes zu würdigen. Er wußte selbst nicht, warum er das getan hatte. Vürfels würde den Mann natürlich nicht festnehmen, sondern ihn irgendwie beruhigen, aber darauf kam es nicht an. Er fühlte sich einfach besser.

Nördlinger ging langsam auf seinen Wagen zu, blieb aber zwanzig Schritte davor stehen und musterte die schattenhafte Gestalt, die auf dem Rücksitz zu erkennen war. Vater Thomas war nicht besonders begeistert gewesen, als Nördlinger ausstieg und er feststellen mußte, daß sich die Wagentür nicht von innen öffnen ließ. Er wäre wahrscheinlich noch sehr viel weniger begeistert gewesen, hätte er gewußt, daß er sich im Moment ihrer Ankunft hier als mehr oder weniger verhaftet betrachten konnte. Im Moment tendierte das Pendel zwar deutlich in Richtung *weniger,* aber Nördlinger fand, daß er ruhig noch ein bißchen schmoren konnte. Er hatte das Gefühl, daß dieser komische Heilige ihm noch lange nicht alles gesagt hatte.

Er nippte wieder an seinem Kaffee, drehte sich auf dem Absatz herum und ging auf einen der drei Krankenwagen zu, die auf der anderen Straßenseite geparkt waren. Es war der einzige Wagen, dessen Hecktüren geschlossen waren. Ein Polizeibeamter mit einer Maschinenpistole hielt davor Wache, und die Innenbeleuchtung des Wagens brannte.

Nördlinger öffnete die Tür, trat gebückt in den Wagen und zog sie sorgsam hinter sich wieder zu, ehe er sich herumdrehte. In dem Rettungswagen hielt sich im Moment kein Rettungssanitäter oder Arzt auf, sondern nur Meller und ein knapp dreißigjähriger, breitschultriger Mann, dessen linker Arm in einer Schlinge hing. Die gut vierzig Zentimeter lange, spitze Glasscherbe, die der Arzt aus seinem Unterarm gezogen hatte, lag auf einem verchromten Tablett. Der Bursche mußte ziemlich hart sein. Hätte man Nördlinger ein solches Ding aus dem Arm gezogen, dann würde er jetzt bestimmt nicht dasitzen und genervt aussehen.

»Hat er schon geredet?« fragte er.

Meller wollte antworten, aber der andere kam ihm zuvor. »Ich habe ein Loch im Arm, nicht in der Zunge«, sagte er. »Mein Name ist Jürgen Malchow. Ich arbeite für die Abteilung elf des Innenministeriums, und das ist alles, was Sie von mir erfahren werden. Wenn Sie mir nicht glauben, dann rufen Sie die Telefonnummer an, die ich Ihnen gesagt habe.«

Nördlinger wußte, daß es keine Abteilung elf des Innenministeriums gab. »Ich hasse Telefone«, sagte er. »Warum erzählen Sie mir nicht einfach, wer Sie sind und was hier wirklich passiert ist?«

»Weil Sie das nichts angeht.«

»Wissen Sie, wer ich bin?« fragte Nördlinger.

»Nein«, antwortete Malchow. »Und es interessiert mich auch nicht.«

»Das sollte es aber«, sagte Nördlinger. »Ich kann Sie nämlich durchaus einsperren lassen. Für einen Tag, eine Woche, einen Monat …« Er zuckte mit den Schultern. »Es liegt ganz bei Ihnen.«

»Nein«, antwortete Malchow. »Das können Sie nicht.«

Er sah Nördlinger fest in die Augen. Nördlinger suchte vergeblich nach einer Spur von Überheblichkeit oder Unsicherheit in seinem Blick. Da war keines von beidem. Malchow war einfach ein Mann, der wußte, daß das, was er sagte, die Wahrheit war. Nördlinger konnte ihm nichts tun. Er würde so oder so in ein paar Stunden frei sein.

Nördlinger beschloß, seine Taktik zu ändern. »Hören Sie mir zu, Herr Malchow«, sagte er. »Ich *könnte* Ihnen Ärger machen, aber ich will es gar nicht. Ich will nur wissen, was hier passiert ist. Sie wissen es besser als ich.«

»Ich weiß gar nichts«, behauptete Malchow.

»Das glaube ich doch«, erwiderte Nördlinger. Seine Stimme wurde lauter, blieb aber freundlich. »Dort draußen liegt ein halbes Dutzend Toter! Jemand hat das halbe Haus in die Luft gesprengt, und die Zeugen erzählen mir eine vollkommen hirnrissige Geschichte von einer Fledermaus, die Menschen frißt. Auf dem Pflaster liegt genug verschossene Munition, um einen Kleinlaster zu füllen, und Sie haben eine Waffe mit leer geschossenem Magazin im Schulterhalfter! Und Sie wollen mir erzählen, daß Sie nicht wissen, was hier passiert ist?«

»Rufen Sie die Nummer an«, sagte Malchow stur.

»Ich lasse Sie einsperren«, drohte Nördlinger. »Bei dem, was hier passiert ist, kann Sie keine Macht der Welt davor bewahren.«

»Sie müssen nicht telefonieren«, sagte Malchow. »Jemand wird *Sie* anrufen.«

Nördlinger seufzte. »Ich will einfach nur wissen, wo Braun ist«, seufzte er.

»Braun? Ich kenne niemanden, der so heißt.« Malchow massierte sein linkes Handgelenk und verzog das Gesicht. »Sollte ich jemanden treffen, der so heißt, dann bitte ich ihn, Sie anzurufen.«

Nördlinger begriff, daß das äußerste Eingeständnis war, das er von Malchow erwarten konnte – eigentlich war es *mehr*, als er erwarten konnte. Er bedeutete Meller mit Blikken, ihm zu folgen, dann verließ er ohne ein weiteres Wort den Krankenwagen und entfernte sich ein paar Schritte. Meller folgte ihm.

»Lassen Sie ihn noch zehn Minuten schmoren, dann kann er gehen«, sagte Nördlinger.

»Aber …«

»Ich weiß, was Sie sagen wollen«, unterbrach ihn Nördlinger. »Aber der Kerl hat leider recht, wissen Sie? Wir können ihm gar nichts.«

»Wir könnten ihn immerhin gegen Verstoß gegen das Waffengesetz festnehmen«, sagte Meller. »Er hatte einen Schalldämpfer in der Tasche. Die Dinger sind verboten.«

Das würde vermutlich wirklich ausreichen, um Malchow für einen oder zwei Tage schmoren zu lassen, überlegte Nördlinger. Für ein paar Sekunden fand er genug Gefallen an dem Gedanken, um Meller nachzugeben. Aber dann schüttelte er den Kopf.

»Lassen Sie ihn laufen«, sagte er. »In zehn Minuten. Oder sogar in zwanzig. Und achten Sie darauf, daß ihm der Sanitäter kein Schmerzmittel gibt.«

Er ließ Meller stehen und eilte mit jetzt sehr schnellen, ausgreifenden Schritten auf seinen Wagen zu. Thomas spießte ihn mit Blicken regelrecht auf, als er sich neben ihn auf den Rücksitz fallen ließ, sagte aber nichts.

»Bevor Sie irgend etwas sagen«, begann Nördlinger. »Ich will nichts von der Macht Gottes hören. Ich will auch nichts von der ewigen Verdammnis hören, von der Macht des Teufels oder himmlischen Fügungen, nichts von gottgesandten Plagen oder der Erbsünde. Ich will einfach nur wissen, was hier los war.«

»Ich hatte nicht vor, irgend etwas von alledem zu sagen«, sagte Thomas.

Nördlinger war ehrlich überrascht. »Nicht?«

»Das alles hier hat nichts mit Gottes Werk zu tun«, antwortete Thomas. »Und schon gar nicht mit seinem *Willen*. Für das, was hier passiert ist, sind allein Menschen verantwortlich.«

Nördlinger war verwirrt – nicht einmal so sehr über Thomas' Worte, sondern in weit größerem Maße über das, was sie in ihm auslösten. »Es … fällt mir nicht ganz leicht, das zu akzeptieren«, sagte er. »Wir haben bisher sechs Tote gefunden, und wir sind noch nicht fertig mit suchen. Da draußen sitzen vier gestandene Polizeibeamte, die Stein und Bein schwören, sie hätten ein Ungeheuer gesehen, und einige der Leichen sehen aus, als wären sie von etwas angefallen worden, das ich mir nicht einmal *vorzustellen* wage. Und Sie wollen mir erzählen, das wäre alles ganz *normal*?«

»Ich habe nicht normal gesagt.« Thomas öffnete die Tür und stieg aus. Nördlinger kletterte ebenfalls aus dem Wagen. Thomas hatte sich mittlerweile schon ein paar Meter entfernt und ging auf den zertrümmerten BMW zu, der am Straßenrand stand.

Nördlinger hatte einen Beamten aufgestellt, um das Fahrzeugwrack zu bewachen, damit sich niemand daran zu schaffen machte. Der Mann wollte Thomas den Weg vertreten, aber Nördlinger schüttelte rasch den Kopf und schickte ihn mit einer entsprechenden Geste weg.

Thomas ging um das Fahrzeugwrack herum und blieb vor der zertrümmerten Kühlerhaube stehen. »Sehen Sie«, sagte er.

Im ersten Moment sah Nördlinger nicht, was er meinte. Die gesamte Frontpartei des BMW war zermalmt; ein einziger Wust aus geborstenem Metall, aus dem noch immer Öl und Kühlmittel tropfte. Aber dann sah er es: In dem zerbeulten Metall gähnte eine Anzahl gleichmäßiger, dreieckiger Löcher, so regelmäßig angeordnet, als hätte sie eine Maschine hineingestanzt.

»Glauben Sie, daß das ein Mensch war?« fragte Thomas, hob die Hand und deutete auf das Dach des Wagens. »Oder das?«

Das Wagendach war regelrecht aufgeschlitzt; ein vierzig Zentimeter langer, drei Finger breiter Riß mit nach außen gebogenen Rändern. Nördlinger versuchte sich vorzustellen, welche Art von Unfall eine solche Beschädigung verursachen konnte, aber es gelang ihm nicht. Dafür spürte er ein eisiges Frösteln wie eine Kolonne winziger Polarameisen sein Rückgrat hinunter laufen.

»Aber gerade haben Sie selbst gesagt ...«

»Ich habe gesagt, es war Menschen*werk*. Nicht, es war ein Mensch. Und das ist erst der Anfang, Herr Nördlinger. Das ist *nichts* gegen das, was geschehen wird, wenn wir Braun nicht finden.«

»Wie ... meinen Sie das?« fragte Nördlinger mühsam. Es war lächerlich. Thomas' Worte waren ... grotesk. Noch vor einer Stunde hätte er darüber gelacht. Jetzt erfüllten sie ihn mit einer Furcht, gegen die er einfach hilflos war. »Was soll das heißen?«

»Die Apokalypse«, antwortete Thomas. »Das jüngste Gericht – suchen Sie sich einen Begriff aus. Keiner wird ausreichen, das zu beschreiben, was geschehen wird, wenn wir ihn nicht rechtzeitig finden. Gott hat sich etwas dabei gedacht, als er den Menschen nicht die Macht gegeben hat, Schicksal zu spielen. Es heißt Auge um Auge, Herr Nördlinger – aber auch nur *ein* Auge für *ein* Auge, *ein* Leben für *ein* Leben. Nicht mehr! *Das* geschieht, wenn Menschen die

Macht haben, alles zu tun, was sie wollen. Wir müssen Bremer finden, schnell! Er ist vielleicht unsere letzte Chance, eine Katastrophe zu verhindern!«

»Aber ich weiß nicht, wo er ist, verdammt noch mal!« Nördlinger schrie fast. Dann drehte er sich langsam herum, blickte den Krankenwagen an, in dem Meller noch für gute zehn Minuten damit beschäftigt sein sollte, Malchow schmoren zu lassen – und schüttelte den Kopf. Es würde nicht funktionieren.

»Was haben Sie?« fragte Thomas. Er schien wirklich ein ausgezeichneter Beobachter zu sein.

»Nichts«, antwortete Nördlinger. »Ich überlege nur, ob ich lachen soll.«

»Lachen?«

»Über einen besonders guten Scherz, den sich das Schicksal gerade mit uns erlaubt.« Er drehte sich wieder zu Thomas herum. »Es gibt jemanden, der wahrscheinlich weiß, wo wir Bremer finden.«

»Dort drüben?« Thomas deutete mit dem Kopf auf den Krankenwagen, sah ihn einen Moment lang an, als zweifele er an seinem Verstand und setzte sich dann mit einem energischen Schritt in Bewegung.

Nördlinger hielt ihn am Arm zurück. »Das hat keinen Sinn«, sagte er.

»Aber gerade sagten Sie doch ...«

»Daß es jemanden gibt, der wahrscheinlich weiß, wie wir Bremer finden, ja«, bestätigte Nördlinger. »Aber er wird es uns nicht verraten.«

Thomas sah ihn an, und plötzlich erschien etwas Neues in seinen Augen; etwas, das Nördlinger um ein Haar dazu gebracht hätte, einen Schritt vor ihm zurückzuweichen.

»O doch«, sagte er leise. »Das wird er.«

24

Erstaunlicherweise gelang es seinem Körper relativ schnell, das Mittel abzubauen, das Braun ihm gespritzt hatte. Bremer war nie beim Drogendezernat gewesen und hatte sogar – als hätte etwas in ihm mit einer Art erstaunlicher präkognitiver Fähigkeit vorausgeahnt, was geschehen würde – stets einen Bogen um alles gemacht, was mit Drogen zu tun hatte. Trotzdem wußte er, daß diese Art von Vorschlaghammer-Betablockern, mit der Braun ihn *behandelt* hatte, manchmal viele Stunden brauchte, um seine Wirkung zu verlieren; wenn nicht Tage.

Bremer fühle sich nach kaum einer Stunde wieder topfit.

Jedenfalls nahm er an, daß es eine Stunde gewesen war. Mit Ausnahme der Waffe, die er Cremer abgenommen hatte, hatten sie ihm alles gelassen, auch seine Uhr, aber Bremer hatte während ihrer verzweifelten Flucht und auch danach natürlich nicht auf die Uhr gesehen. Als er das erstemal auf die Idee kam, war es nach fünf. Es konnte also nicht allzu viel Zeit verstrichen sein.

Das Mittel schien noch eine andere, höchst erfreuliche Nebenwirkung zu haben: Im gleichen Maße, in dem seine Benommenheit und der dumpfe Druck hinter seiner Stirn verschwanden, löste sich auch seine Müdigkeit auf. Seine Gedanken schienen ganz im Gegenteil mit einer seltenen Schärfe und Präzision zu funktionieren – was nun allerdings wieder eine andere, weniger wünschenswerte Nebenwirkung hatte: Er begann unruhig zu werden und tigerte wie ein gefangenes Raubtier in seiner Zelle auf und ab. Das Zimmer sah nicht aus wie eine Zelle, sondern gab sich ganz im Gegenteil alle Mühe, einen behaglichen Eindruck zu erwecken. Das Mobiliar war zwar spärlich, aber erlesen, wie in einem Hotelzimmer der gehobenen Mittelklasse. Es gab einen Fernseher und eine kleine, allerdings mit ausschließlich nichtalkoholischen Getränken bestückte Minibar. Das Bett war breit genug für zwei, und das Fenster war nicht vergittert.

Trotzdem *war* es eine Zelle. Das so einladend erscheinende Fenster bestand aus unzerbrechlichem Panzerglas und ließ sich nicht öffnen, und die Tür hatte keinen Griff an der Innenseite. Als er das Zimmer etwas eingehender betrachtete, entdeckte er eine Anzahl verräterischer, daumennagelgroßer Linien, die dezent in Winkeln und Dach angebracht waren: Videokameras, die das Zimmer so überblickten, daß auch nicht der kleinste tote Winkel blieb. Am Bettgestell befand sich eine dezente Vorrichtung, die anscheinend dem Zweck diente, jemanden darauf festzuschnallen. Die Wände bestanden aus Kunststoff in freundlichen Pastellfarben, waren aber so hart wie Beton.

Nachdem er eine gute Viertelstunde in seiner Zelle auf und ab gelaufen war und damit begonnen hatte, vor lauter Frust gegen das Mobiliar zu treten, ging die Tür auf und zwei von Brauns Männern kamen, um ihn abzuholen. Bremer hatte – neben etlichen anderen Ideen – auch den Plan erwogen, sich sofort und kompromißlos auf den ersten zu stürzen, der die Tür aufmachte, vergaß die Idee aber augenblicklich wieder, als er die beiden Männer sah: Breitschultrige, an die zwei Meter große Kleiderschränke, die vermutlich nicht einmal gezuckt hätten, wenn er sie mit einem Totschläger attackierte. Er *würde* fliehen, bei der ersten sich bietenden Gelegenheit. Aber das hier war keine. Wortlos folgte er den beiden Agenten.

Sie gingen einen langen, nur schwach erhellten Korridor entlang und betraten einen Aufzug, mit dem sie nach oben fuhren. Bremer versäumte es, auf die Anzeige zu sehen, um festzustellen, in welcher Etage sie sich befanden, aber es mußte wohl das Keller- oder Erdgeschoß sein, denn sie fuhren ziemlich lange. Er hatte ein ungutes Gefühl. Zwei- oder dreimal ertappte er sich dabei, einen nervösen Blick zur Decke hinauf zu werfen, als rechne er jeden Moment damit, das Metall zerreißen und … *etwas* hindurchbrechen zu sehen. Natürlich geschah das nicht. Wenn das Ungeheuer noch lebte, dann hockte es in irgendeiner finsteren Ecke des Universums und leckte seine Wunden. Trotzdem atmete er hörbar auf, als der Lift endlich anhielt und sie die Kabine verließen.

Der Flur, in den sie hinaustraten, schien eher zu einem modernen Bürogebäude zu gehören als in ein Krankenhaus. Sie gingen wieder bis zu seinem jenseitigen Ende und gelangten in ein typisches Direktorenvorzimmer, das allerdings ein untypisches Accessoire hatte: Einen Mann in einem dunkelblauen Anzug, der vor der gegenüberliegenden Tür stand und eine Uzi in der rechten Hand hielt. Bremer fragte sich spöttisch, warum es nicht gleich ein Flammenwerfer war. Der Zwischenfall in Mecklenburgs Haus schien Braun wirklich einen gehörigen Schrecken eingejagt zu haben.

Der Gorilla trat zur Seite, als sie näher kamen, und öffnete gleichzeitig mit der linken Hand die Tür. Dahinter lag ein großzügiges, modern eingerichtetes Büro, das sich ganz um einen überdimensionalen Schreibtisch gruppierte. Auf der einen Seite des Schreibtisches saß Braun, in einem frischen Anzug und mit einem gewaltigen Pflaster im Gesicht. Auf der anderen Seite saß Angela. Braun hatte offensichtlich noch immer keine Ahnung, mit wem er es wirklich zu tun hatte, denn sie trug keine Handschellen mehr, und er war vollkommen allein mit ihr im Zimmer. Als sie hereinkamen, drehte sie den Kopf in seine Richtung und lächelte ihm zu. Bremer reagierte nur mit einem knappen Nicken darauf. Mit einem Gefühl leiser Verwirrung stellte er fest, daß Angelas Gesicht vollkommen unversehrt war. Die Schwellung ihrer Unterlippe war zurückgegangen. Selbst die Rißwunde war nicht mehr zu sehen.

»Setzen Sie sich, Herr Bremer«, sagte Braun. Gleichzeitig deutete er auf die beiden Männer, die zusammen mit ihm hereingekommen waren. »Brauchen wir die, oder habe ich Ihr Ehrenwort, daß Sie keine Dummheiten machen?«

»Ich gebe Ihnen mein Ehrenwort, daß ich Sie nicht sofort umbringe«, knurrte Bremer. »Das wäre zu leicht.«

Braun zuckte die Achseln und gab den beiden Männern einen Wink. Bremer konnte hören, daß sie hinter Angela und ihm Aufstellung nahmen, während er sich setzte. Angela blickte ein wenig verärgert. Vielleicht hatte sie vorgehabt, gleich hier einen Fluchtversuch zu unternehmen. Bremer seinerseits war trotz seiner Verwirrung vor allem erleichtert, sie unversehrt zu sehen. Ein in diesem Moment schon fast absurd erscheinendes, warmes Gefühl von Zuneigung durchströmte ihn. Er mußte sich beherrschen, um nicht die Hand auszustrecken und nach ihr zu greifen.

Offensichtlich hatte er sein Gesicht nicht so gut unter Kontrolle, wie er geglaubt hatte, denn Braun sagte spöttisch: »Keine Angst. Wir haben Ihrem kleinen Engel kein Haar gekrümmt.«

»Fragt sich nur, wie lange das so bleibt«, sagte Angela.

Braun seufzte, schüttelte abermals den Kopf und verzog das Gesicht. Danach war sein Lächeln verschwunden. »Ganz wie Sie wollen«, sagte er. »Dann fangen wir mit Ihnen an. Wer sind Sie?«

»Wie?« fragte Angela. »Aber das wissen Sie doch.«

»Nein«, sagte Braun. »Ich weiß, wer Sie nicht sind. Und vor allem, *was* Sie nicht sind. Sie kommen *nicht* frisch von der Polizeischule, und ich nehme auch an, Ihr Name lautet nicht Angela West.«

Bremer sah zuerst Braun, dann Angela verwirrt an. Angela hielt Brauns Blick gelassen stand, wirkte aber plötzlich ein kleines bißchen angespannt.

»Das ist seltsam«, sagte sie. »Als ich das letztemal in meinen Dienstausweis gesehen habe, stand dieser Name darin.«

»Der ist gefälscht«, antwortete Braun. »Perfekt, wie ich gestehen muß. Wir können die Fälschung nicht einmal jetzt nachweisen, wo wir wissen, daß er falsch ist. Aber er ist es – genauso wie die Dienstanweisung an Nördlinger, Sie Herrn Bremer zuzuteilen und Ihre Abgangspapiere von der Polizeihochschule. Ich muß Ihnen mein Kompliment aussprechen: Ihre Legende ist perfekt, bis hin zur letzten Computerdatei: Zeugnisse, Zwischenbewertungen, sogar die obligatorischen Krankmeldungen und Atteste ... besser hätte ich es auch nicht hingekriegt. Nur, daß niemand auf der Schule, auf der Sie angeblich waren, sich an Sie erinnern kann. Weder die Lehrer, noch das Sekretariat, noch einer Ihrer Mitschüler. Es scheint, das Angela West nur im Computer existiert.«

»Und das haben Sie alles in einer Stunde herausbekommen?« Angela lachte. »Sie bluffen.«

»Ich habe ein bißchen herumtelefoniert«, antwortete Braun, »und ein paar Leute aus dem Bett geworfen. Verschwenden Sie nicht unsere Zeit, Angela – oder wie immer Sie heißen. Ich weiß, daß Sie lügen. Wer sind Sie wirklich? EIA? KGB? Secret Service?«

»Sie schmeicheln mir«, sagte Angela. »Aber ich bin einfach nur jemand, der in Bremers Nähe kommen wollte. Sie würden sich wundern, was man alles anstellen kann, wenn man sich ein bißchen mit Computern auskennt.«

»Blödsinn!« Braun hob die Hand, als wolle er mit der Faust auf den Tisch schlagen, ohne es aber dann zu tun. »Ich kenne mich mit so etwas aus. Ich tue es selbst oft genug, vergessen Sie das nicht! Man muß schon mehr sein als ein talentierter Hacker, um sich eine komplett falsche Identität aufzubauen – jedenfalls, wenn sie so perfekt sein soll wie Ihre! Jemand hat Ihnen geholfen! Für wen arbeiten Sie? Die Amerikaner? Die Russen?«

»Wenn Sie so gut sind, warum finden Sie es dann nicht heraus?« fragte Angela.

»Weil ich keine Zeit dafür habe«, antwortete Braun. »Also? Und versuchen Sie erst gar nicht, mir eine neue verrückte Geschichte aufzutischen. Ich finde heraus, ob sie stimmt.«

»Und Sie würden mir auch nicht glauben, wenn ich die Wahrheit sage«, vermutete Angela. »Warum sollte ich Ihnen also überhaupt antworten? Außerdem ist es doch sowieso egal, oder? Oder wollen Sie mir etwa erzählen, daß Sie vorhaben, mich noch einmal lebend hier herauszulassen?«

»Sie glauben, ich hätte vor, Sie umzubringen?« Braun wirkte ehrlich überrascht – und ein bißchen verletzt. »Ich bitte Sie! Wofür halten Sie mich?«

»Hätten Sie mich das vor zwei Stunden gefragt, wäre die Antwort anders ausgefallen«, sagte Angela. »Vielleicht sollte man die Frage auch besser an Dr. Mecklenburg richten – auch, wenn er sie nicht mehr beantworten kann.«

»Mecklenburg.« Braun seufzte. »Ich gestehe, das war ein Fehler. Ich habe vielleicht etwas zu … impulsiv reagiert. Aber das wird nicht noch einmal vorkommen. Ich gebe Ihnen mein Wort, daß niemand hier vorhat, Sie umzubringen.«

»Nein, natürlich nicht«, sagte Angela höhnisch. »Das ist auch gar nicht nötig. Wir sind hier in einer Nervenklinik, nicht wahr? Sie werden mich ein paar Monate hierbehalten, und wenn Sie mich entlassen, dann werde ich den Intelligenzquotienten einer Kartoffel haben und Fliegen essen!«

»Das kommt ganz auf Sie an«, sagte Braun ernst. »Wenn Sie ein wenig kooperieren, wird sich das bestimmt positiv auf Ihr weiteres Schicksal auswirken.«

»Sie können mich«, sagte Angela.

»Ein verlockendes Angebot«, grinste Braun. »Leider ist jetzt wirklich nicht der richtige Moment für so etwas.« Er winkte einem der Männer hinter Bremer zu. »Bringt sie weg.«

»Warten Sie«, sagte Bremer.

Braun hielt die Agenten mit einer entsprechenden Handbewegung zurück. »Ja?«

Bremer warf einen raschen Blick in Angelas Gesicht. Es wirkte vollkommen verschlossen, beinahe kalt, und er drehte sich rasch wieder zu Braun um. »Tun Sie ihr nichts«, sagte er. »Ich … werde mit Ihnen zusammenarbeiten. Ich werde Ihnen alles sagen und alles tun, was Sie wollen. Aber lassen Sie sie in Ruhe.«

»Interessant«, sagte Braun. »Sie haben also doch eine schwache Stelle. Und ich dachte schon, Sie wären wirklich so knallhart. Sie lieben sie, nicht wahr?« Er lachte. »Was genau sind es? Vatergefühle? Oder sitzen sie ein wenig tiefer?«

»Sind Sie an meinem Angebot interessiert?« fragte Bremer.

»Ich weiß es nicht«, antwortete Braun. »Es klingt verlockend. Andererseits … so wie es aussieht, habe ich im Moment alle Trümpfe in der Hand. Erklären Sie mir, warum ich um etwas feilschen sollte, was mir bereits gehört?«

»Du traust ihm doch nicht etwa?« fragte Angela.

Bremer ignorierte sie. Über die genaue Bedeutung des Wortes Vertrauen würden sie sich später noch einmal unterhalten müssen, unter vier Augen. »Wenn Sie sich da so sicher wären, würden wir jetzt nicht hier sitzen und reden«, sagte er. »Das, was vor einer Stunde passiert ist, könnte sich wiederholen.«

»Kaum«, antwortete Braun. »Ich habe Sorge dafür getragen, daß es nicht geschieht.«

Er log. Bremer spürte genau, daß er über etwas sprach, was er hoffte, nicht von etwas, wovon er überzeugt war.

»Es ist Haymar, nicht wahr?« sagte er. »Er reagiert allmählich etwas gereizt auf das, was Sie mit ihm anstellen, habe ich recht?«

Brauns Blick verdüsterte sich. »Ich hatte recht damit, ihn zu erschießen. Der Alte hat zuviel geredet.«

»War er es?« beharrte Bremer stur.

Braun schwieg fast zehn Sekunden. Dann öffnete er eine Schublade in seinem Schreibtisch, zog einen Computerausdruck hervor und warf ihn schwungvoll vor sich auf den Tisch.

»Mecklenburg war ein gerissener alter Hund«, begann er. »Er hat mich in den letzten fünf Jahren nach allen Regeln der Kunst belogen.«

»Haben Sie ihn deshalb erschossen?« fragte Bremer.

»Sie übrigens auch«, fuhr Braun ungerührt fort. Er legte die flache Hand auf den Ausdruck vor sich. »Sie sogar ganz besonders, Herr Bremer. Was wir vorhin erlebt haben, das mußte früher oder später passieren. Seien Sie froh, daß es heute passiert ist.«

»Morgen hätte es auch schlecht in meinen Terminkalender gepaßt«, knurrte Bremer.

Braun ignorierte ihn weiter. »Heute war ich mit meinen Männern dabei«, sagte er. »Und auch, wenn Sie im Moment noch zu stur sind, um es zuzugeben: Das Ding war hinter *Ihnen* her.«

»Woher wollen Sie das so genau wissen?« fragte Bremer.

Braun blickte auf die Liste vor sich. »Kurz vor Mitternacht«, sagte er. »Das war ungefähr die Zeit, zu der es das erstemal aufgetaucht ist, nicht wahr? Ich weiß es. Es hat zwei von meinen Männern getötet.«

Bremer schwieg. Brauns Finger rutschte eine Zeile tiefer. »Cremer und Reinhold hat es gegen drei erwischt. Und der letzte Ausbruch war vor einer Stunde. Was passiert ist, wissen wir alle.«

»Ausbruch?« Bremer versuchte einen verstohlenen Blick auf Brauns Liste zu werfen, aber es gelang ihm nicht.

»Mecklenburg nannte es *zerebrale Aktivitäten*«, antwortete Braun. »Um es mit Worten auszudrücken, die auch ich verstehe: Irgend etwas geht in Haymars Gehirn vor. Und dieses *Etwas* passiert immer dann, wenn diese Bestie auftaucht und versucht, *Sie* zu erwischen, Herr Bremer. Mir scheint, mein Exkollege Haymar hat etwas gegen Sie.«

»Wie ... kommen Sie darauf?« fragte Bremer stockend. Seine Gedanken begannen zu rasen. Etwas an Brauns Argumentation stimmte nicht. Es war nicht das Azrael-Ding gewesen, das seine beiden Agenten vor der Kirche erledigt hatte. Er konnte das nicht wissen, und Bremer würde sich auch hüten, es ihm zu sagen, aber es ließ seine ganze Theorie auf tönernen Füßen stehen.

»Weil Mecklenburg mich belogen hat«, antwortete Bremer. »Uns beide. Ich war die ganze Zeit der Annahme, daß Haymar der einzige ist. Aber das stimmt nicht. Es gab einen zweiten Überlebenden.«

»Mich«, murmelte Bremer.

»Sie«, bestätigte Braun. »Sie tragen den Azrael-Wirkstoff ebenfalls in sich. Habe ich recht?«

Bremer schwieg. Natürlich hatte Braun recht. Und ebenso natürlich hatte er es die ganze Zeit über gewußt, irgendwo, tief in sich. Er hatte sich nur fünf Jahre lang mit Erfolg geweigert, dieses Wissen zu akzeptieren.

»Mecklenburg war wirklich geschickt«, fuhr Braun fort, »das muß man ihm lassen. Er hatte tausend Erklärungen dafür, warum Sie von den Toten wieder auferstanden sind

– und er hatte eine Art, etwas so zu erklären, daß man am Ende einfach nur froh war, wenn er endlich aufhörte zu reden. Aber die Wahrheit ist, daß er es die ganze Zeit über gewußt haben muß. Und ich glaube, er wußte auch, in welcher Gefahr Sie sich befinden.«

»Aber wieso ich? Ich … ich kannte diesen Haymar doch nicht einmal!«

Braun zuckte mit den Schultern. »Woher soll ich das wissen? Fragen Sie mich nicht, was im Gehirn eines sterbenden Mannes vorgeht. Vielleicht war der Gedanke an Sie das letzte, was er mit hinübergenommen hat. Vielleicht hat es irgend etwas damit zu tun, daß Sie beiden die einzigen sind, die diese Droge in sich tragen … ich habe keine Ahnung.«

»Das ist doch Blödsinn!« sagte Bremer.

»Ungefähr so verrückt wie die Vorstellung, daß es jemanden gibt, der in der Lage ist, nur kraft seines Willens dieses … *Ding* zu erschaffen, das wir gesehen haben?« fragte Braun. »Wir reden über etwas, von dem *niemand* weiß, was es eigentlich ist, Bremer. Also sagen Sie mir nicht, daß es blödsinnig wäre!«

»Wenn es wirklich so wäre«, mischte sich Angela ein, »dann frage ich mich, warum wir hier so seelenruhig herumsitzen. Haben Sie keine Angst, daß die Tür aufgehen und ein ungebetener Gast hereinkommen könnte?«

»Nein«, sagte Braun. »Ich habe Sorge dafür getragen, daß Kollege Haymar tief und fest schläft. Und bevor er aufwacht, werde ich das Experiment beenden.«

»Haben Sie nicht den Mut, es auszusprechen?« fragte Bremer. »Sie wollen ihn töten.«

»Haben Sie eine bessere Idee?« fragte Braun. Plötzlich wurde seine Stimme laut. »Verdammt noch mal! Die Hälfte meiner Männer ist tot. Dieses verdammte Ding hat die halbe Stadt in Brand gesetzt, und Gott allein weiß, was es noch tun wird! Soll ich einen Mann am Leben lassen, der im Grunde schon längst tot ist, und dafür das Leben Dutzender riskieren – vielleicht Hunderter?«

Es war eine Frage, die nicht beantwortet werden konnte.

Generationen klügerer Männer, als Braun und Bremer es waren, hatten diese Frage diskutiert, ohne zu einer Antwort zu kommen, und natürlich gelang es auch Bremer nicht. Braun ging es offensichtlich aber auch nicht darum, das Gespräch zu vertiefen, denn er fuhr im entschlossenen Tonfall fort: »Wir werden das Experiment beenden. Heute noch!«

»Warum auch nicht?« fragte Angela spitz. »Jetzt, wo Sie ein neues Versuchskaninchen haben.«

Braun starrte sie auf eine Art an, als frage er sich einfach, warum er sie eigentlich nicht auch erschossen hatte. Dann wandte er sich wieder an Bremer. »Das stimmt sogar. Aber Sie haben nichts zu befürchten.«

»So wie Ihr Kollege Haymar?«

»Das war etwas anderes«, behauptete Braun. »Haymar war praktisch schon tot, als wir ihn gefunden haben.«

»War ich das nicht auch?«

»Sie hatten drei Kugeln in der Brust, Herr Bremer«, sagte Braun. »Die Verletzungen waren nicht wirklich tödlich. Sie hatten Glück. Was Sie in einen Zustand des Scheintodes versetzt hat, das war der Schock – wußten Sie übrigens, daß die meisten Opfer von Schußwunden am Schock sterben, nicht an ihren Verletzungen? Bei Haymar war das etwas anderes. Von ihm war kaum noch genug übrig, um es auf eine Bahre zu legen. Daß es Mecklenburg gelungen ist, ihn noch so lange am Leben zu erhalten, grenzt nicht nur an ein Wunder, es ist eines. Er stirbt sowieso. Der Mann stirbt seit fünf Jahren. Glauben Sie mir: Ich tue ihm einen Gefallen, wenn ich den Stecker herausziehe.«

»Und wann gedenken Sie den Stecker bei mir herauszuziehen?« fragte Bremer.

Braun verzog das Gesicht. »Sie haben nichts zu befürchten«, sagte er. »Wir brauchen nur ein paar Blutproben von Ihnen, das ist im Grunde schon alles«, sagte er. »Ich will Ihnen nichts vormachen: Sie werden hierbleiben müssen. Wenn Sie es so sehen wollen, als unser Gefangener, obwohl mir das Wort Gast sehr viel lieber wäre.«

»Wie kommt es, daß ich Ihnen nicht glaube?« fragte Bremer.

»Weil Sie ein Dummkopf sind, Bremer«, antwortete Braun. »Ein intelligenter Mann, aber trotzdem ein Dummkopf. Sie wissen offenbar immer noch nicht, wer Ihre Freunde sind, und wer Ihre Feinde.«

Das Telefon klingelte. Allein der Blick, den Braun dem Gerät zuwarf, machte Bremer klar, daß er offensichtlich Anweisungen gegeben hatte, nur im allernötigsten Fall gestört zu werden. Eine halbe Sekunde starrte er das Gerät an, dann riß er den Hörer regelrecht von der Gabel und blaffte ein ›Ja?‹ hinein.

Das Gespräch dauerte nicht lange, höchstens eine Minute, in der Bremer Braun keine Sekunde aus den Augen ließ. Braun sagte kein Wort, sondern hörte nur zu, und sein Gesicht blieb in dieser Zeit vollkommen unbewegt. Trotzdem wußte Bremer schon bevor er auflegte, daß er keine guten Neuigkeiten hatte.

»Nun?« fragte er.

Braun sah auf den Computerausdruck vor sich, ehe er antwortete. »Es gibt zwei weitere Tote«, sagte er. »Look und eine alte Frau, die in seinem Haus gewohnt hat.«

»Look?!« Hätte jemand Bremer unversehens einen Eimer mit kaltem Wasser ins Gesicht geschüttet, hätte der Schock kaum größer sein können. »Sind Sie sicher?«

Braun nickte. Sein Blick huschte immer irritierter über den Computerausdruck vor ihm. Er schien etwas zu suchen. Etwas, das nicht da war. »Offensichtlich hat er Selbstmord begangen. Eigenartig, nicht? Er ist aus dem fünften Stock im Treppenhaus gesprungen und hat sich jeden einzelnen Knochen im Leib gebrochen. Ich kann mir eine angenehmere Art vorstellen, mich umzubringen. Er hat noch eine gute Viertelstunde gelebt.«

»Und die Frau?«

»Irgendeine Hausbewohnerin«, sagte Braun achselzuckend. »Ihrem Gesichtsausdruck zufolge muß sie sich buchstäblich zu Tode erschrocken haben. Der erste Befund des Notarztes lautet auf einen Herzinfarkt. Erinnert Sie das an etwas?«

»Wer ist dieser Look?« fragte Angela.

»Irgendeine versoffene Ratte«, sagte Braun. »Er und zwei andere haben Rosen damals ein Alibi verschafft, von dem jeder wußte, daß es falsch war.«

»Leider konnten wir es nicht beweisen«, fügte Bremer hinzu. In seinem Bewußtsein wollte ein Gedanke Gestalt annehmen. Er wußte nicht genau, welcher, aber er spürte, daß er wichtig war. Vielleicht lebenswichtig. Da war etwas, was er gehört und wieder vergessen hatte. Vor ganz kurzer Zeit erst.

»Er arbeitet Ihre Liste ab, Bremer«, sagte Braun düster. »Ziemlich gründlich, wie es scheint. Sind Sie immer noch der Meinung, ich sollte das Experiment nicht beenden?«

Etwas stimmte nicht. Haymar war damals ein ganz normaler Agent gewesen, wie Braun. Selbst wenn er später irgendwie Kenntnis von *Bremers Liste* bekommen hätte und sie jetzt *abarbeitete*, wie Braun es ausgedrückt hatte, so *konnte* er gar nichts von Look wissen. Allenfalls von Strelowsky, und eigentlich nicht einmal davon. Aber keinesfalls von Look und den beiden anderen falschen Zeugen, oder …

»… oder der Arzt, der das Gutachten erstellt hat, oder der Richter, der Rosen freigesprochen hat, obwohl er wußte, daß er schuldig war«, murmelte er.

»Was sagen Sie?« fragte Braun.

Bremer sah mit einem Ruck hoch. »Großer Gott!« murmelte er. »Rufen Sie den Richter an!«

»Welchen Richter?«

»Den, der Rosen damals freigesprochen hat«, sagte Bremer hastig. »Und schicken Sie ein paar Männer zu den beiden anderen Zeugen, die damals zu Rosens Gunsten ausgesagt haben – falls es noch nicht zu spät ist!« Aufgeregt wandte er sich an Angela. »Es ist Thomas, begreifst du nicht?«

Nein, natürlich begriff sie nicht. Wie auch? Bremer fiel erst im nachhinein ein, daß sie diesem seltsamen Geistlichen, der in seiner Kirche schlief, ja niemals begegnet war.

»Schicken Sie einen Wagen zur Kirche St. Peter!« sagte er, wieder an Braun gewandt. »Das ist dort, wo Sie Ihre beiden zusammengeschlagenen Agenten hingeschickt hatten.

Sie finden dort jemanden, der sich Vater Thomas nennt. Ich weiß nicht, ob er wirklich so heißt, oder ob es ihn überhaupt gibt. Aber wenn, dann sollten Sie verdammt vorsichtig sein! Und versuchen Sie, diesen Richter zu finden und in Sicherheit zu bringen. Am besten hierher.«

»Hierher?«

»Es ist nicht Haymar, begreifen Sie das immer noch nicht?« fragte Bremer. »Oder passen Ihre *zerebralen Aktivitäten* etwa auch in Looks Selbstmord?«

Braun sah nicht einmal auf seine Liste. Das hatte er vorher schon getan. Bremer wußte, daß darauf kein weiterer Ausbruch verzeichnet war. Nachdem er zwei oder drei Sekunden gezögert hatte, stand er auf und ging um seinen Schreibtisch herum.

»Paßt auf die beiden auf«, sagte er, während er den Raum verließ.

25

Die letzte halbe Stunde der Nachtwache, fand Schwester Inge, war immer die schwerste. Sie hatte sich vor mehr als drei Jahren freiwillig dazu entschieden, nur noch nachts zu arbeiten, und sie hatte den Entschluß im Grunde nie bedauert – wenn man sich einmal daran gewöhnt hatte, hatte es eine Menge Vorteile –, aber sie *bereute* es fast jeden Morgen in der Zeit zwischen fünf Uhr dreißig und sechs.

Die Nacht war ziemlich ruhig gewesen. Die meisten Nächte auf der Intensivstation waren sehr ruhig – dafür wurde es um so hektischer, *wenn* einmal etwas los war. Aber ihre Patienten pflegten im allgemeinen nicht alle paar Minuten nach der Bettpfanne zu klingeln, sich über ein geschlossenes oder offenes Fenster zu beschweren, über das Schnarchen des Bettnachbars oder laute Schritte auf dem Flur, die es gar nicht gab, und sie klingelten sie auch nicht um halb drei heraus, um sich zu erkundigen, was es am nächsten Morgen zum Frühstück gab. Die einzige Störung in dieser Nacht hatte darin bestanden, daß ein neuer Patient eingeliefert worden war, der jetzt in Zimmer 23 im Koma lag und frühestens in zwei oder drei Tagen aufwachen würde, wenn überhaupt. Niemand hatte Schwester Inge gesagt, was dem armen Kerl zugestoßen war. Das war nicht üblich, und es war auch nicht notwendig. Nach fünfzehn Jahren Arbeit im Krankenhaus wußte sie, wenn sie das Opfer eines Verbrechers vor sich hatte. Jemand hatte dem Mann den Schädel eingeschlagen.

Sie sah auf die Uhr. Noch fünfzehn Minuten. Eigentlich hätte ihre Ablösung bereits da sein sollen. Eigentlich. Aber Schwester Bianca kam oft in der letzten Minute (und nur zu oft auch noch später), und sie hatte *immer* eine gute Ausrede parat. Inge ärgerte das mehr, als ihre Kollegin ahnen mochte. Einer der Unterschiede zwischen der normalen Arbeitszeit und permanenter Nachtschicht war, daß man lernte, mit jeder Minute zu geizen. Schwester Inge war müde und wollte nichts mehr als nach Hause und ins Bett.

Sie überlegte einen Moment, ob sie sich noch einen Kaffee kochen sollte, entschied sich aber dann dagegen. Sie hatte in dieser Nacht schon viel zuviel Kaffee getrunken und bereits einen pelzigen Geschmack auf der Zunge. Außerdem trank sie in letzter Zeit prinzipiell zuviel von dem Zeug und schlief dafür um so weniger. Sie mußte ein wenig aufpassen. Schließlich hatte sie keine besondere Lust, eines Tages als ihre eigene Patientin in einem der Zimmer zu landen, die sie von ihrer Glaskabine am Ende des langen Korridors aus überblicken konnte.

Auf einem der kleinen Monochrom-Monitore vor ihr bewegte sich etwas. Schwester Inge blickte hoch und sah rasch den Flur entlang, dann senkte sie ihren Blick wieder auf die Bildschirme, die den Gang, den Bereich vor der Sicherheitstür und in regelmäßig wechselnder Folge die acht Zimmer zeigten, die zu ihrem Reich gehörten. Für einen Moment hatte sie geglaubt, einen Schatten zu sehen, der rasch durch eines der Bilder huschte. Aber es mußte wohl eine Täuschung gewesen sein.

Es *konnte* gar nichts anderes gewesen sein. Mit Ausnahme des Aufzuges gab es nur eine einzige Tür, die in die Station führte, und die befand sich unmittelbar vor dem Bereitschaftszimmer und ließ sich zudem nur mit dem Schlüssel oder durch einen Druck auf den Türöffner aufmachen, der sich unmittelbar vor ihr befand. Und ihre Schutzbefohlenen gehörten nicht zu der Art von Patienten, die nachts (oder auch tagsüber) herumspazierten, sondern lagen zumeist in ihren Betten und waren gar nicht fähig, sich zu rühren: Opfer von Verkehrsunfällen, Herzinfarkten und Schlaganfällen, arme Schweine wie das, das sie in der vergangenen Nacht eingeliefert hatten oder Krebspatienten, die noch nicht ganz so weit waren, daß ihre liebenden Anverwandten sie in ein Sterbehospiz abschieben konnten … Die Liste der Dinge, die einem Menschen zustoßen konnten, um ihn hierher zu bringen, war ziemlich lang. Und selbst Schwester Inge lernte fast jeden Tag noch etwas dazu.

Obwohl sie fast (aber eben nur *fast*) sicher war, sich getäuscht zu haben, huschten ihre Finger in rascher Folge über die Kontrolltafel der Videoanlage, so daß die Bilder auf den Monitoren wechselten, und unterzog jedes Zimmer einer schnellen, aber gründlichen Kontrolle. Nichts. Sie hatte sich geirrt. Müde fuhr sie sich mit beiden Händen über die Augen und gähnte so herzhaft, daß es in ihren Ohren knackte.

Im nächsten Moment wurde aus dem Knacken ein wütendes Summen, als der Computer neben ihr Alarm schlug.

Schwester Inge nahm die Hände herunter und starrte eine Sekunde lang verständnislos auf die große, gelbe 23, die plötzlich auf dem Monitor flackerte. Zimmer 23 – der neue Patient, der vergangene Nacht eingeliefert worden war. Sie hatte es vor kaum einer halben Sekunde kontrolliert.

Trotzdem sprang sie augenblicklich hoch, schaltete noch in der Bewegung das Alarmsummen ab und lief mit schnellen Schritten los.

Danach ging einfach alles so schnell, daß sie zu keinem klaren Gedanken mehr kam. Sie reagierte einfach.

Als sie in die Schleuse stürmte, sah sie, daß in dem Zimmer dahinter kein Licht mehr brannte. Trotzdem glaubte sie eine Gestalt zu erkennen, die sich über den Patienten im Bett beugte; einen Schatten, der ihr auf sonderbare Weise falsch erschien, als trüge er einen zu großen Mantel oder eine altmodische Pelerine.

»He!« schrie sie, während sie bereits die Tür aufriß und hindurchstürmte. »Was tun Sie da?!«

Schwester Inge sah die Bewegung nicht einmal, mit der der Schatten herumfuhr und nach ihr schlug. Sie wurde halbwegs von den Füßen gerissen, stolperte mit wirbelnden Armen durch das Zimmer und stolperte über ein Beistelltischchen mit einen Infusionsautomaten, den sie mit sich zu Boden riß. Ihre linke Schulter, wo sie der Schlag getroffen hatte, blutete, aber sie spürte nur Wärme und klebrige Nässe, die an ihrer Brust hinablief, keinen Schmerz. Aber der Aufprall war so heftig, daß sie im ersten Moment völlig benommen war und sogar fürchtete, das Bewußtsein zu verlieren. Wahrscheinlich war es nur die Sorge um ihren Patienten, der sie überhaupt noch wach hielt.

Als sich die tanzenden Schleier vor ihren Augen wieder lichteten, bot sich ihr ein so gräßlicher Anblick, daß sie ihn nie wieder im Leben wirklich vergessen sollte.

Der Patient lag noch in seinem Bett, aber auf der Seite. Jemand hatte den Infusionsschlauch brutal aus seinem Arm gerissen. Die Wunde in seiner Vene blutete heftig. Seine Beine zuckten unkontrolliert, und er stöhnte ganz leise, was Schwester Inge zu der fürchterlichen Vermutung Anlaß gab, daß er wahrscheinlich wach war und genau mitbekam, was mit ihm geschah.

Wenn es so war, dann mußte er Unvorstellbares erleiden.

Die linke Seite seines Rückens war eine einzige, grauenhafte Wunde. Die Gestalt, die Schwester Inge von draußen für einen Mann in einer Pelerine gehalten hatte (es war keiner) stand auf der anderen Seite des Bettes und stieß einen seltsamen, schrillen Laut aus, ein fast triumphierend klingendes Zwitschern, wie ein Geräusch, das ein unvorstellbar großer Vogel verursachen mochte. Seine Hände (Hände? *Hände*?!) waren halb erhoben und blutig.

»Nein«, wimmerte Schwester Inge. *»Nein!«*

Der Kopf des Wesens ruckte herum, und Schwester Inge erkannte endgültig, daß es kein Mensch war. Das Gesicht, das sie anstarrte, war grotesk. Es hätte einer gigantischen Spinne gehören können. Schwester Inges Keuchen verstummte. Sie wollte schreien, aber ihre Kehle war einfach zugeschnürt.

Das Geschöpf trat um das Krankenbett herum, kam mit sonderbaren, staksigen Schritten auf Schwester Inge zu und beugte sich vor. Sie sah jetzt, daß es keinen Mantel trug, sondern ein Paar gewaltiger, nachtschwarzer Flügel. Der Körper darunter schien ebenfalls der eines Insekts zu sein, aber Schwester Inge war viel zu sehr von Grauen geschüttelt, als daß sie genau hingesehen hätte. Das Monster beugte sich über sie. Die fürchterlichen Zangen vor seinem Gesicht klappten auseinander, und Schwester Inge fiel endgültig in Ohnmacht.

Sie bemerkte nicht mehr, wie sich das Ding wieder aufrichtete, ohne sie auch nur berührt zu haben, an Cremers Krankenbett zurücktrat und ihm auch noch die zweite Niere herausriß.

26

Bremer wartete gerade lange genug, damit Braun die Tür hinter sich schließen konnte, dann fuhr er so heftig in seinem Stuhl herum, daß einer der Männer hinter ihm eine erschrockene Bewegung machte, bevor ihm klar wurde, daß Bremers Reaktion *nicht* der Anfang eines Fluchtversuches war.

»Wer zum Teufel bist du?« Er schrie nicht wirklich, war aber nur noch eine Winzigkeit davon entfernt. »Und versuch erst gar nicht, mir eine neue rührselige Geschichte zu erzählen, oder mich zu belügen, wie Braun!«

»Wie kommst du darauf, daß ich dir überhaupt etwas sage?« fragte Angela. Sein Wutausbruch irritierte sie nicht im geringsten. Sie verdrehte die Augen, um auf die Männer hinter sich zu deuten, und natürlich war Bremer klar, daß die beiden jedes Wort hören mußten. Es war ihm gleich. Vermutlich war das Zimmer sowieso mit Wanzen gepflastert.

»Ich will wissen, wer du bist«, beharrte er. »Das bist du mir schuldig.«

»Wieso?« fragte Angela. »Nur weil du dich an diesen Wahnsinnigen verkauft hast, um mich zu retten? Ich habe dich nicht darum gebeten. Außerdem ist es sowieso sinnlos. Du glaubst doch nicht wirklich, daß er mich laufen läßt, oder? Oder gar dich?« Sie schüttelte heftig den Kopf. »So naiv kannst du nicht sein.«

»Sag es mir«, beharrte Bremer. »Ist es so, wie Braun vermutet? Arbeitest du für die Amerikaner oder die Russen? Oder irgendeinen anderen Geheimdienst? Hast du mich benutzt, um an das Geheimnis heranzukommen?«

Angela setzte zu einer heftigen Antwort an, überlegte es sich dann anders und stand auf. Bremer rechnete damit, daß ihre Bewacher sie daran hindern würden. Als die beiden Männer sich nicht rührten, stand er ebenfalls auf und folgte Angela, die mittlerweile zum Fenster gegangen war und in die Nacht hinausstarrte.

Bremer trat neben sie. Angelas Gesicht spiegelte sich verzerrt auf dem Glas der Fensterscheibe, nur ein heller Fleck auf dem schattendurchsetzten Schwarz, als das Klinikgelände und der Park unter ihnen lagen, und für einen Moment erschien ihm dieser Schemen so verletzlich, so schützenswert, daß er um ein Haar den Arm um sie gelegt hätte. Aber er wagte es nicht. Er wußte nicht, was geschehen würde, wenn er sie berührte.

Als hätte sie seine Gedanken gelesen, fragte Angela: »Es ist wahr, nicht?«

»Was?«

»Was Braun behauptet hat. Du hast dich in mich verliebt.«

Warum war ihm das eigentlich peinlich? »Ich könnte dein Vater sein«, sagte er.

»Bist du aber nicht. Aber es hätte keinen Zweck, glaub mir. Wir sind zu verschieden. Ich mag dich auch, aber wir … stammen aus verschiedenen Welten. Es würde nicht gutgehen.«

Bremer antwortete nicht, und nachdem fast eine Minute verstrichen war, sagte Angela: »Mein Name ist wirklich Angela West. Aber das ist auch so ziemlich alles, was stimmt. Ich bin keine Polizistin. Und ich arbeite auch nicht für den CIA oder irgendeinen anderen Geheimdienst. Ich bin … ich war Marcs Freundin.«

»Marc …?!«

»Marc Sillmann, ja«, sagte Angela. »Wir waren auf dem gleichen Internat. Falls wir lebend hier herauskommen, kannst du dort anrufen und den Direktor nach mir fragen. Er wird sich an mich erinnern.« Sie lachte. Bitter. »Er hat mich mehr als einmal mitten in der Nacht aus Marcs Zimmer geworfen, und umgekehrt.«

»Marcs Freundin?« wiederholte Bremer ungläubig. »Und du hast das alles einfach so geschafft? All diese Dinge herausbekommen, dir eine falsche Identität aufgebaut …?«

»Wer sagt, daß es einfach war?« fragte Angela. »Ich habe fünf Jahre dazu gebraucht. Aber es war auch nicht so schwer, wie du vielleicht glaubst. Ich habe Informatik studiert. Computer waren schon immer mein Hobby, schon bevor ich Marc kennengelernt habe. Es ist nicht unbedingt leicht, hineinzukommen. Aber wenn man einmal drinnen ist, kann man fast alles tun. Sich eine neue Identität aufzubauen, ist eine Kleinigkeit.«

»Aber warum?«

»Warum?« Angela starrte ihn ungläubig an. »Weil ich ihn geliebt habe. Kannst du das nicht verstehen?«

Wenn es jemand verstehen konnte, dann er. Bitterkeit machte sich in ihm breit.

»Und wieso ich?«

»Du warst meine einzige Spur. Ich wußte nicht, daß es noch andere Überlebende gab. Und ich wußte erst recht nichts von diesem … Braun und seiner Bande.«

»Vielleicht ist es doch nicht so leicht, Polizei zu spielen«, sagte Bremer. Er war nicht sicher, ob er ihr glaubte oder nicht. Ihre Geschichte klang schlüssig – nicht unbedingt überzeugend, aber schlüssig –, doch jetzt war es so, daß er ihr eigentlich nicht glauben *wollte*. Wenn *diese* Version nun die Wahrheit war, dann war sie einfach zu ernüchternd.

»Ich bin doch ziemlich weit gekommen, oder?« fragte Angela. Leiser, in einem Flüsterton, den er kaum verstand und ohne die Lippen zu bewegen, fügte sie hinzu: »Wir müssen etwas unternehmen. Schlag mich.«

»Wie?« fragte Bremer verständnislos.

»Du hast mich schon verstanden, du Mistkerl!« Jetzt schrie sie fast. Bremer widerstand der Versuchung, sich zu ihren beiden Bewachern herumzudrehen, aber er sah in der Reflexion in der Fensterscheibe, wie sie zusammenfuhren und plötzlich aufmerksam in ihre Richtung blickten.

»Das ist doch Wahnsinn!« antwortete er, ebenfalls laut. »Du weißt, daß das sinnlos ist!«

»Das hättest du dir vielleicht etwas eher überlegen sollen!« schrie Angela. »So kommst du mir jedenfalls nicht davon!«

Sie schlug nach ihm. Die Bewegung war ungelenk und langsam, verglichen mit dem, was er in der Nacht gesehen hatte, trotzdem *objektiv* schnell. Bremer fing ihre Hand im letzten Moment ab. Er spürte, daß keine Kraft hinter dem Schlag steckte.

»He, ihr zwei!« sagte einer der Agenten. »Hört auf.« Bremer sah, wie sich einer der Männer langsam in Bewegung setzte. Leider nur der eine.

Angela riß ihre Hand los, schlug zugleich mit dem anderen Arm nach ihm und versuchte, ihm das Knie zwischen die Beine zu rammen. Bremer wehrte beide Angriffe ab, packte ihre Handgelenke und versetzte ihr einen leichten Stoß. Er hätte allenfalls ausgereicht, sie zwei oder drei Schritte von sich zurücktaumeln zu lassen, nicht mehr, aber Angela verlor auf der Stelle das Gleichgewicht, torkelte nach hinten und stürzte schwer zu Boden.

»Schluß jetzt!« schrie der Agent. Er rannte auf Bremer zu.

Obwohl er nur drei Schritte von ihm entfernt war und Angela in diesem Moment noch am Boden lag, war sie schneller als er. Als der Agent Bremer erreichte und den Arm ausstreckte, um ihn zu packen, federte Angela mit einem einzigen Satz in die Höhe und sprang ihn an.

Bremers Reaktion kam zu spät. Trotz des Gewichtsunterschieds riß sie den Mann nach vorne und von den Füßen. Bremer wurde einfach mitgerissen, schaffte es irgendwie, *nicht* mit dem Kopf auf die Schreibtischkante zu knallen und sah, wie Angela und der Agent aneinandergeklammert über den Teppich rollten. Noch bevor er sich ganz hochgerappelt hatte, lösten sie sich wieder voneinander. Angela sprang hoch und zurück ... und hielt plötzlich die Waffe des Agenten in den Händen. Bremer hatte nicht einmal *gesehen*, wie sie sie ihm aus dem Schulterhalfter gerissen hatte.

Der Agent offenbar auch nicht, denn er machte eine Bewegung, um sich auf ein Knie und dann in die Höhe zu stemmen und erstarrte dann mitten in der Bewegung, als Angela ihm seine eigene Waffe an die Stirn setzte.

»Versucht es nicht«, sagte sie. »Alle beide! Ich weiß, wie schnell ihr seid. Aber ich bin schneller.«

Bremer wußte, daß das der Wahrheit entsprach, und die beiden Agenten schienen zumindest nicht ganz sicher zu sein, daß es nicht so war. Der, den Angela mit der Waffe bedrohte, wagte es nicht einmal zu atmen, und auch der andere zögerte. Er hatte die Hand unter die Jacke geschoben, um seine Waffe zu ziehen, führte die Bewegung aber nicht zu Ende.

»Hört mit dem Unsinn auf«, sagte er. »Ihr kommt sowieso nicht hier heraus.«

Das war wohl auch der Grund, aus dem er und sein Kollege nicht allzu ernsthaft versuchten, sich ihnen zu widersetzen. Warum sollten sie auch riskieren, sich eine Kugel einzufangen, wenn das, was Bremer und Angela taten, ohnehin zum Scheitern verurteilt war?

»Nimm seine Waffe«, sagte Angela.

Bremer ging um den Schreibtisch herum, aber er beging

nicht den Fehler, in die Reichweite des Mannes zu kommen, sondern machte nur eine auffordernde Geste. Der Mann sah ihn eine Sekunde lang trotzig an, dann zog er seine Waffe aus dem Schulterhalfter und warf sie Bremer vor die Füße. In seinen Augen blitzte es dabei triumphierend auf, und Bremer begriff, daß ihr Fluchtversuch wahrscheinlich jetzt schon entdeckt worden war.

Während er die Waffe aufhob, wich Angela rasch zwei Schritte von dem anderen zurück und bedeutete ihm mit einer Geste, aufzustehen. »Und jetzt nehmt eure Handschellen und kettet euch an die Heizung.«

Die beiden Männer gehorchten, wenn auch nicht annähernd so schnell, wie es Bremer lieb gewesen wäre. Nachdem sie sich nebeneinander in die Hocke herabgelassen und an den Heizkörper angekettet hatten, verlangte Angela ihre Schlüssel. Sie warfen sie ihr hin, und Angela kickte sie mit einem Fußtritt davon.

»Und wenn ich jetzt noch eure Handys bekomme, dann bin ich schon wunschlos glücklich«, sagte sie.

Die beiden Telefone folgten den Schlüsseln in die entgegengesetzte Ecke des Raumes, und Angela ließ mit einem Ausdruck sichtbarer Erleichterung ihre Waffe sinken.

»Und jetzt?« fragte Bremer.

»Geh zur Tür«, befahl Angela. »Schnell.«

Bremer gehorchte. Als er den halben Weg zurückgelegt hatte, rief Angela: »Nach links!« und er machte einen raschen Schwenk in die angegebene Richtung. Kaum hatte er es getan, erscholl hinter ihm ein scharfer Knall. In der Tür erschien ein winziges, rundes Loch mit ausgefransten schwarzen Rändern, und auf der anderen Seite erklang ein gedämpftes Stöhnen, gefolgt von einem dumpfen, sonderbar weichen Aufprall.

Angela stürmte an ihm vorbei, sprengte die Tür mit einem Fußtritt auf und quetschte sich durch den Spalt. Die Tür ließ sich nicht richtig öffnen, denn der Mann, der auf der anderen Seite gestanden hatte, lag jetzt verkrümmt davor und preßte die Hand gegen die Schulter. Die Uzi war zu Boden gefallen und ein Stück weit davongeschlittert. Angela hob sie auf, schob sie unter den Gürtel und runzelte die Stirn, als sie herausrutschte und abermals zu Boden fiel. Nachdem sie sie wieder aufgehoben hatte, behielt sie sie in der Hand und steckte statt dessen die Pistole ein. Das ging.

»Hilf mir!«

Gemeinsam schleiften sie den Verletzten in Brauns Büro. Bremer sah jetzt, daß die Kugel seine rechte Schulter glatt durchschlagen hatte. Die Wunde blutete heftig, und der Mann war kaum noch bei Bewußtsein.

»Du hättest ihn umbringen können«, sagte er.

»Ich habe mir gemerkt, wo er stand«, antwortete Angela.

»Und wenn er sich bewegt hätte?«

»Hat er aber nicht, oder?« Angela grub das Handy des Mannes aus, zertrat es unter dem Absatz und fesselte anschließend seine Hände mit den Handschellen auf den Rükken. Dann zog sie das Hemd des Mannes unter dem Gürtel hervor, riß ohne die geringste Mühe mehrere Streifen davon ab und legte ihm einen hastigen, aber äußerst professionell aussehenden Druckverband an.

»Hast du zufällig auch Medizin studiert?« fragte Bremer.

»Nein«, antwortete Angela. »Aber fernöstliche Kampfkunst. Man lernt dabei nicht nur, Leute zusammenzuschlagen, weißt du?« Sie zog den letzten Knoten fest, begutachtete ihr Werk und schlug dem Mann leicht mit der flachen Hand ins Gesicht. »Verstehen Sie mich?«

Der Mann stöhnte. Vielleicht war es wirklich eine Antwort, vielleicht nur eine automatische Reaktion auf die Berührung. Angela schien es jedenfalls zu genügen.

»Halten Sie durch«, sagte Angela. »Versuchen Sie, nicht das Bewußtsein zu verlieren. Ich schicke Ihnen einen Arzt.« Sie nickte und fügte an Bremer gewandt hinzu: »Schließlich ist das hier ein Krankenhaus.«

»Informatikstudentin, wie?« fragte Bremer. »Und was jetzt, du *Studentin*?«

»Jetzt«, antwortete Angela und deutete nach draußen, »kommt der richtig schwere Teil.«

27

Das erste, was ihm auffiel, als er das Labor betrat, war Grinners Nervosität. Irgend etwas war passiert.

Der junge Forschungsassistent war allein, was so ziemlich gegen alles verstieß, was Braun jemals angeordnet hatte. Im Moment war ihm dieser Umstand aber nur recht. Bis er einen wirklich guten Nachfolger für Mecklenburg gefunden hatte, mußte er eben mit diesem Möchtegern-Intriganten vorliebnehmen. Danach ... nun, er würde sehen.

»Was ist passiert?« fragte er übergangslos.

»Passiert?« Grinner zündete sich nervös eine Zigarette an, sah dann erschrocken zu Braun auf und blickte sich hektisch um. Neben ihm stand ein halbvoller Kaffeebecher, in dem mindestens schon ein Dutzend Kippen schwamm. Braun winkte ab, und Grinner behielt die Zigarette im Mundwinkel und zog nervös daran. »Wie ... kommen Sie darauf, daß etwas passiert ist?«

»Ich kann Gedanken lesen«, sagte Braun ungeduldig. »Also?«

»Ich weiß es nicht«, gestand Grinner. »Irgendwas ... stimmt nicht.«

»Er ist wieder aktiv«, vermutete Braun.

»Ja«, sagte Grinner. »Nein ... wie man's nimmt.«

»Na, das nenne ich doch mal eine wissenschaftlich fundierte Auskunft«, sagte Braun.

Grinner wurde noch nervöser. »Ich weiß nicht, was es bedeutet«, sagte er. »Er ist aktiv, das ist alles, was ich sagen kann.«

»Jetzt im Moment?« Um ein Haar hätte Braun sich erschrocken umgesehen.

»So einfach ist das nicht«, antwortete Grinner. »Was ich Ihnen vorhin gesagt habe, das war vielleicht ... nicht ganz präzise.« Er wußte plötzlich nicht mehr, wohin mit seinem Blick, aber Braun wurde der Grund für seine Nervosität plötzlich um einiges klarer. »Ich habe mir die Aufzeichnungen der letzten Tage noch einmal genauer angesehen. Er ist … strenggenommen die ganze Zeit aktiv. Ich meine, es … es schwankt. Mal mehr, mal weniger. Aber diese erhöhten Aktivitäten halten im Grunde nahezu zwanzig Stunden an.«

»Seit wann genau?« wollte Braun wissen.

»Seit gestern nachmittag. Es gibt immer wieder Spitzen, aber …«

Braun hörte gar nicht mehr richtig hin. Wenn Grinner diesmal die Wahrheit sagte, dann würde das bedeuten, daß das *Ding* seit gestern nachmittag ununterbrochen aktiv war. Möglicherweise mordete es ja nicht im Akkord, sondern brauchte Ruhepausen, um sich von der anstrengenden Arbeit des Tötens zu erholen. Vielleicht hatte es aber auch bereits eine blutige Spur durch ganz Berlin gezogen, die sie noch gar nicht richtig entdeckt hatten. Es wurde Zeit, die Sache zu Ende zu bringen.

»Erhöhen Sie die Dosis des Beruhigungsmittels«, sagte er.

Grinner erschrak. »Das … das geht nicht!« sagte er.

»Was ist so schwer daran, ein paar Knöpfe zu drücken?« fragte er. »Oder eine Spritze aufzuziehen?«

»Das meine ich nicht«, antwortete Grinner. »Aber wenn ich die Dosis weiter erhöhe, dann töte ich ihn vielleicht. Er bekommt jetzt schon viel mehr, als eigentlich zu verantworten ist.«

»Das Risiko müssen wir eingehen«, sagte Braun.

»Das kann ich nicht«, beharrte Grinner. Braun sah ihm an, wie schwer es ihm fiel, ihm so offen zu widersprechen. »Nicht ohne Professor Mecklenburg.«

»Professor Mecklenburg«, antwortete Braun ruhig, »ist nicht länger Leiter des Projekts.«

»Professor Mecklenburg ist …«

»… aus dem Projekt ausgestiegen«, bestätigte Braun. »Ich bin eigentlich nur heruntergekommen, um Ihnen mitzuteilen, daß ich Sie zum kommissarischen Leiter des Projektes bestimmen wollte – wenigstens, bis die Frage von Mecklenburgs Nachfolge endgültig geklärt ist.«

Grinner starrte ihn geschlagene zehn Sekunden lang einfach nur an. Dann sagte er: »Ich weiß nicht, ob ich dazu qualifiziert genug bin.«

So viel Ehrlichkeit überraschte Braun. »Ich bin sicher, daß Sie es sind«, antwortete er. »Wie lange arbeiten Sie jetzt hier?«

»Seit fünf Jahren. Von Anfang an.«

»Dann sollten Sie doch mittlerweile wissen, daß mich vor allem interessiert, was ein Mann leistet, nicht, wie viele akademische Grade er hat.«

»Aber ich habe nicht einmal ...«

»Von mir aus«, unterbrach ihn Braun, »können Sie gelernter Klempner sein, oder Dachdecker. Solange Sie Ihre Arbeit gut machen, interessiert mich das nicht. Also, was ist jetzt? Wollen Sie den Job oder nicht?«

Er meinte das in diesem Moment sogar ernst. Grinner war Mecklenburgs engster Mitarbeiter gewesen. Er verstand von allem hier wahrscheinlich genau so viel wie der selige Professor. Und vor allem: Er gehörte dazu. Das Projekt war in eine Phase getreten, in der es Braun noch unangenehmer als sonst gewesen wäre, fremde Gesichter in seiner Truppe zu sehen. Jeder Neue bedeutete zugleich auch ein unkalkulierbares Risiko, und das konnte er sich im Moment einfach nicht leisten!

»Kann ich ... darüber nachdenken?« fragte Grinner.

»Sicher«, antwortete Braun.

»Wie lange?«

»Zehn Sekunden«, sagte Braun. »Neun ... acht ...«

In Grinners Gesicht arbeitete es. Braun hätte in diesem Moment nicht mit ihm tauschen mögen. Er konnte sich lebhaft vorstellen, was jetzt in Grinner vorging. Besser vielleicht, als der junge Forschungsassistent ahnen mochte. Vielleicht rührte seine Antipathie Grinner gegenüber einfach daher, daß sie sich im Grunde sehr ähnlich waren. Braun hatte vor fünf Jahren vor nahezu der gleichen Entscheidung gestanden wie Grinner jetzt, als Haymar praktisch die ganze Truppe ausgelöscht hatte und plötzlich niemand mehr da war, der ihm Befehle erteilen konnte. Er hatte die Chance ergriffen, ohne zu zögern, aber er erinnerte sich auch noch sehr genau daran, wie lange es gedauert hatte, bis er sicher war, nicht an dem Brocken zu ersticken, den er sich geschnappt hatte.

Als er in seinem gedanklichen Countdown bei drei angekommen war, nickt Grinner.

»Hervorragend«, sagte Braun. »Ich wußte, daß ich Sie richtig eingeschätzt habe. Herzlichen Glückwunsch zur Beförderung. Sie bekommen natürlich auch das gleiche Gehalt wie Mecklenburg.«

»Danke«, murmelte Grinner. *Darum* war es ihm offensichtlich zuallererst gegangen. »Ich hoffe nur, der Professor ...«

»Professor Mecklenburg kommt nicht wieder«, unterbrach ihn Braun. »Es gab eine ... häßliche Szene zwischen uns, aber das hat nichts mit Ihnen zu tun. Machen Sie sich keine Sorgen. Und jetzt tun Sie, was ich Ihnen gesagt habe: Wir beenden das Experiment. Geben Sie dem armen Kerl da drinnen seine wohlverdiente Ruhe.«

Braun ließ bewußt ein paar Sekunden verstreichen, in denen er sich über das verstörte Flackern in Grinners Blick amüsierte. Nachdem er ihn vor dreißig Sekunden zum Leiter des Forschungsprojekts gemacht hatte, erklärte er ihm jetzt praktisch, daß seine erste Aufgabe darin bestand, sich selbst arbeitslos zu machen.

»Keine Angst«, sagte er, nachdem er Grinner lange genug hatte schmoren lassen. »Es geht weiter. Nur auf eine etwas ... andere Weise.« Er straffte die Schultern. »Wie lange wird es dauern?«

»Eine Stunde«, antwortete Grinner. »Vielleicht etwas weniger.«

»Dann fangen Sie an.« Braun wandte sich zur Tür. »Ich komme später noch einmal herunter. Alles andere besprechen wir dann morgen in meinem Büro – nachdem Sie sich gründlich ausgeschlafen haben.«

Er verließ das Labor, trat in den Aufzug und drückte den Knopf für die oberste Etage. Es wurde Zeit, daß er sich um Bremer und die Kleine kümmerte. Es war nicht gut, wenn sie zuviel Gelegenheit zum Reden bekamen. Er schätzte, daß er Bremer bald so weit hatte, wie er wollte, aber die Kleine war ein Problem. Das Luder war mißtrauisch, und wahrscheinlich nicht halb so harmlos, wie sie sich gab. Natürlich hatte er nicht vor, sie laufen zu lassen, aber solange er Bremer noch nicht ganz eingewickelt hatte, mußte er vorsichtig sein.

Der Lift erreichte die erste Etage und hielt an. Die Türen glitten auf, und Braun blickte in Malchows Gesicht.

Der Agent sah reichlich mitgenommen aus. Er war blaß. Unter seinen Augen lagen dunkle Ringe, und sein linker Arm hing in einer Schlinge vor seiner Brust. Sein ehemals weißes Hemd war schmutzig und dunkel von eingetrocknetem Blut.

»Malchow!« Braun trat mit einem raschen Schritt aus dem Lift. »Sie haben es geschafft! Was ist mit Ihrem Arm?«

»Nichts«, antwortete Malchow. Seine Stimme verriet mehr über seinen Zustand, als ihm vermutlich klar war. Sie war flach und zitterte. Wahrscheinlich stand er unter dem Einfluß irgendeines Schmerzmittels. Braun unterzog ihn einer zweiten, raschen Musterung und stellte beiläufig fest, daß sein Arm sehr professionell verbunden war. Die Schlinge, in der er hing, gehörte zur Standardausrüstung eines Rettungswagens.

»Was ist mit den anderen?«

Malchow schüttelte den Kopf. »Das Biest hat sie alle erwischt«, sagte er. »Mich hat es anscheinend für tot gehalten.«

»Dann hatten Sie Glück.« Braun sah auf die Uhr. »In einer Stunde geht der offizielle Betrieb hier los. Spätestens dann wird hier ja wohl ein Arzt aufkreuzen, der sich um Ihren Arm kümmern kann. Halten Sie noch so lange durch?«

Malchow nickte, und Braun wollte sich umdrehen und wieder in den Lift treten.

»Da ist noch etwas«, sagte Malchow.

»Ja?«

Malchow griff mit der unverletzten rechten Hand ungeschickt in die linke Jackentasche und zog etwas heraus, das Braun in der schwachen Nachtbeleuchtung der Empfangshalle im ersten Moment nicht richtig erkennen konnte.

»Dieser Nördlinger war da«, sagte er. »Zusammen mit einem Priester. Er hat gesagt, ich soll Ihnen das hier geben.«

Braun erkannte verblüfft, daß es sich um eine in abgewetztes schwarzes Kunstleder gebundene Bibel handelte. Ein gelber Merkzettel war zwischen die Seiten geklebt, und als Braun die entsprechende Stelle aufschlug, sah er, daß jemand eine bestimmte Stelle mit rotem Filzstift unterstrichen hatte.

»... Denn sie wissen nicht, was sie tun ...«, las er vor. Verwirrt blickte er Malchow an. »Und das hat Nördlinger Ihnen gegeben? Was wollte er?«

»Sich aufspielen«, antwortete Malchow. »Hat versucht, mich einzuschüchtern, aber ich habe nichts gesagt. Am Schluß hat er aufgegeben und mir das da gegeben. Er meinte, Sie wüßten schon, was es zu bedeuten hat.«

»Nein zum Teufel!« sagte Braun. »Das weiß ich ...«

Braun stockte. Irgend etwas stimmte mit dieser Bibel nicht. Da war etwas unter ihrem Einband. Eine ganz sachte, harte Erhebung. Er drehte das Buch in den Händen, schlug es auf und fuhr mit den Fingerspitzen über das hintere Schmutzblatt. Die Erhebung war hier deutlicher zu spüren. Das Blatt fühlte sich ein ganz kleines bißchen feucht an, und es war zerknittert.

So als hätte jemand erst vor kurzem und in großer Hast etwas hineingeklebt ...

Braun löste mit den Fingernägeln seinen oberen Rand. Es ging viel zu leicht ab. Darunter kam etwas von der Größe eines Zehnpfennigstücks zum Vorschein, das einen zehn Zentimeter langen, geringelten Schwanz aus Kupferdraht hatte. Braun mußte keinen Sekundenbruchteil lang darüber nachdenken, was es war. Und auch der Smiley und die beiden Worte, die jemand hastig mit dem gleichen roten Filzstift in Blockbuchstaben darunter gekritzelt hatte, wären nicht mehr nötig gewesen: BIS GLEICH!

Braun schloß für eine Sekunde die Augen. Dann riß er

den Minisender aus dem Buch, ließ ihn zu Boden fallen und zertrat ihn unter dem Absatz.

»Malchow, Sie sind ein Arschloch«, sagte er.

28

Der grüne Leuchtpunkt auf dem Display erlosch. Auf dem Bildschirm war jetzt nur noch ein digitalisierter Stadtplan der ungefähren Gegend zu sehen, in der sie das Signal zum letztenmal gesehen hatten. Vürfels ergriff den Deckel des Notebooks, das er auf den Knien hielt, rüttelte einen Moment lang daran und begann dann für drei oder vier Sekunden – Nördlinger war sicher, vollkommen sinnlos und aus keinem andern Grund als dem, eine Show zu liefern – auf der Tastatur des Geräts herumzuhämmern. Schließlich klappte er das Gerät seufzend zu und drehte sich zu Nördlinger um.

»Das war's«, seufzte er. »Sie haben den Sender gefunden – oder die Batterie ist hinüber ... Tut mir leid. Fünf Minuten länger, und wir hätten sie gehabt.«

Nördlinger beugte sich auf dem Rücksitz des Wagens vor und bedeutete Vürfels mit einer Geste, den Computer noch einmal aufzuklappen. Vürfels gehorchte, und Nördlinger blickte ein paar Sekunden konzentriert auf den winzigen, stark vereinfachten Stadtplan, der ihm von dem LCD-Display entgegenleuchtete.

»Es ist okay«, sagte er. »Ich weiß, wo sie sind.« Er wandte sich an den Fahrer. »Biegen Sie an der übernächsten Ampel links ab. Und dann gehen Sie auf die Autobahn Richtung Pankow. Ich sage Ihnen, wann Sie abbiegen müssen.«

Er ließ sich wieder zurücksinken, griff in die Manteltasche und zog sein Handy heraus. Bevor er die Nummer wählte, wandte er sich an Vater Thomas, der neben ihm saß. »Ich hoffe, Sie haben mir wirklich die Wahrheit gesagt, Vater«, sagte er. »Ich möchte nicht meine Karriere aufs

Spiel setzen, weil ich einem religiösen Spinner aufgesessen bin.«

»Wenn Sie das wirklich glauben würden, dann wären wir jetzt nicht hier, Herr Nördlinger«, antwortete Vater Thomas ruhig. »Habe ich recht?«

Nördlinger antwortete nicht. Wozu auch? Vater Thomas wußte so gut wie er, daß er diese Frage im Grunde nur gestellt hatte, um seine Nervosität irgendwie zu kompensieren. Was ihn letztlich überzeugt hatte, das waren nicht Thomas' Worte gewesen. Und auch nicht das, was er gesehen hatte. Für alles das hätte er eine ganz natürliche, rationale Erklärung gefunden, wenn er sich nur die Mühe machte, lange genug danach zu suchen. Aber er *spürte*, daß da noch mehr war. Irgend etwas ... *Unvorstellbares* ging hier vor. Und ihnen blieb nicht mehr viel Zeit, es aufzuhalten.

Er drückte eine Taste auf seinem Telefon, und Meller meldete sich.

»Nördlinger hier«, begann er. »Hören Sie mir zu. Stellen Sie keine Fragen, sondern hören Sie mir einfach zu. Sie werden jetzt folgendes tun ...«

Er sprach eine ganze Weile. Vürfels, der auf dem Beifahrersitz saß und natürlich ebenso wie Meller am anderen Ende der Leitung hörte, welche Anweisungen Nördlinger gab, sagte nichts, aber er wurde kreidebleich.

29

Bremers Nieren hatten sich den unpassendsten aller Augenblicke ausgesucht, um sich wieder daran zu erinnern, wie übel sie behandelt worden waren. Als sie in den Korridor hinaustraten, schoß ein so grausamer Schmerz durch seinen Rücken, daß er für einen Moment die Augen schloß und sich stöhnend gegen die Wand lehnte. Ihm wurde übel. Angela sagte etwas zu ihm, aber er verstand es erst beim zweiten Mal, nachdem er die Augen wieder geöffnet hatte und sie ansah.

»Alles in Ordnung?«

»Nein«, preßte Bremer zwischen zusammengebissenen Zähnen hervor. »Natürlich ist *nicht* alles in Ordnung.«

Angela runzelte die Stirn, dann nickte sie. »Okay. Dreh dich um.«

Bremer fühlte sich viel zu mies, um zu widersprechen. Gehorsam drehte er sich herum, lehnte die Stirn gegen die kühle Kunststoffverkleidung der Wand und spürte, wie Angela seine Jacke hochschlug und anschließend sein Hemd aus der Jacke zerrte. Ihre Finger tasteten über seinen Rücken und machten sich an seiner Nierengegend zu schaffen. Er hatte keine Ahnung, was sie tat, aber er erwartete instinktiv, daß es weh tun würde, doch ganz das Gegenteil war der Fall: Von der Stelle ausgehend, an der ihre Finger seine Haut berührten, breitete sich ein prickelndes, wohltuendes Gefühl von Betäubung in seinem Rücken aus. Als es seine Nieren erreichte, verschwand der Schmerz zwar nicht ganz, sank aber auf ein halbwegs erträgliches Maß herab.

»So«, sagte sie. »Das muß für den Moment reichen.«

Ihre Hände verschwanden von seinem Körper, und Bremer drehte sich verblüfft zu ihr herum. »Wie hast du das gemacht?«

»Ich habe doch gesagt, ich habe heilende Hände«, lächelte Angela. Sie wurde fast sofort wieder ernst und sagte: »Es wird nicht allzu lange vorhalten. Wir sollten uns beeilen.«

Sie gingen nebeneinander den Flur entlang. Wie Brauns Büro, erinnerte auch er viel mehr an die Verwaltungsanlage eines modernen Industrieunternehmens als an ein Krankenhaus, aber Bremer vergaß trotzdem keine Sekunde, wo er war. Nur ein paar Etagen unter ihm lag eine von vermutlich sehr vielen modernen Versionen der berühmten Gummizellen. Er hatte sie kennengelernt. Nur für eine knappe Stunde, aber das war schon eine Stunde mehr, als er sich gewünscht hätte. Und vermutlich *sehr viele* Stunden weniger, als er noch darin zubringen würde, wenn er wirklich so dumm gewesen wäre, auf Brauns Beteuerungen hereinzufallen.

Es schien ihm selbst jetzt fast unglaublich, daß er auch

nur eine Sekunde lang auf diesen Kerl hereingefallen sein sollte. Braun gehörte zu jener Art von Männern, denen er normalerweise nicht einmal mit gutem Gewissen geglaubt hätte, hätte er ihn nach der Uhrzeit gefragt.

Sie erreichten den Aufzug. Angela ging daran vorbei, ohne auch nur im Schritt zu stocken, und öffnete die Tür am Ende des langen Flurs. Zu Bremers Enttäuschung führte sie jedoch nicht ins Treppenhaus. Dahinter verbarg sich nur eine kleine Kammer, die mit Besen, Eimern und anderen Putzuntensilien vollgestopft war. Trotzdem verharrte Angela einige Sekunden lang mit der Hand auf der Klinke und machte ein nachdenkliches Gesicht.

»Willst du einen davon nehmen und davonfliegen?« Bremer deutete auf die Besen, die säuberlich an der Wand aufgereiht waren.

»Und wie kommst du dann hier weg?« fragte Angela ernsthaft. Dann schüttelte sie den Kopf. »Vielleicht sollten wir uns einfach hier drinnen verstecken. Manchmal sind die simpelsten Pläne immer noch die besten.«

»Sie werden hier jeden Teppich hochheben und darunter sehen, wenn sie merken, daß wir weg sind«, sagte Bremer.

Angela seufzte. »Wahrscheinlich hast du recht. Komm. Irgendwo muß dieses verdammte Treppenhaus ja sein.«

Hinter der dritten oder vierten Tür wurden sie fündig. Die Illusion, sich in einem supermodernen Gebäude zu befinden, zerplatzte wie eine Seifenblase, als sie in das Treppenhaus hinaustraten. Die Renovierungsarbeiten hatten sich nicht auf diesen Teil der Klinik erstreckt. Das Treppenhaus war groß, wie man es nur bei wirklich *alten* Gebäuden fand, und man sah ihm sein Alter an. Wände und Decke waren weiß verputzt, und hier und da sah man sogar noch die Reste von Stuckarbeiten, die vor einem Menschenalter abzubröckeln begonnen hatten. Die Treppe selbst und das Geländer waren in einem häßlichen Rot gestrichen. Als Bremer seinen Fuß auf die oberste Stufe setzte, knarrte sie so erbärmlich, daß er erschrocken zurückprallte.

»Los!« sagte Angela. Vollkommen überflüssig fügte sie

hinzu: »Mach möglichst wenig Lärm!« Sie selbst stürmte los, das Bremer meinte, man müsse das Knarren und Dröhnen der Stufen im gesamten Gebäude hören.

Sie hatten die zweite Etage fast erreicht, als über und unter ihnen gleichzeitig Türen aufflogen. Aufgeregte Stimmen gellten durch das Treppenhaus. Ihre Flucht war entdeckt worden. Spätestens jetzt begann das, was Angela als den *richtig spannenden* Teil bezeichnet hatte.

Bremer hätte allerdings gerne auf *diese* Art von Spannung verzichtet.

Während er noch wie angewurzelt dastand und sich seine Gedanken zu überschlagen begannen, änderte Angela plötzlich den Rhythmus ihrer Schritte. Sie schlich nicht etwa weiter, oder versuchte wenigstens, möglichst leise aufzutreten, wie es vermutlich jeder andere an ihrer Stelle getan hätte – der Takt ihrer Schritte änderte sich und paßte sich dem der Schritte an, die von unten auf sie zukamen. Das Geräusch verschmolz damit und wurde praktisch unhörbar.

Sie erreichte die Tür zur zweiten Etage, öffnete sie einen Spalt breit und drehte sich halb zu ihm herum. Ihre freie Hand gestikulierte hektisch, und ihre Lippen formten lautlose Worte, die er zwar nicht verstand, von denen er aber kaum glaubte, daß sie besonders freundlich waren.

Bremer wich lautlos bis zur Wand zurück, wodurch er Angela zwar für den Moment aus den Augen verlor, gleichzeitig aber auch nicht in Gefahr lief, entdeckt zu werden, sollte einer der Männer, die über ihnen herangestürmt kamen, einen Blick in die Tiefe werfen. Erst dann bewegte er sich weiter, so schnell er es eben konnte, ohne dabei allzu viel Lärm zu machen – was nicht eben schnell war. Die Schritte unter ihnen waren bereits unangenehm nahe herangekommen, als er Angela endlich erreichte.

Sie streckte ungeduldig den Arm aus, packte seine Handgelenke und stieß ihn so derb durch die Tür, daß er fast gestürzt wäre. Hastig huschte sie hinter ihm auf den Flur, drückte die Tür hinter sich zu und sah sich rasch nach beiden Seiten hin um.

Der Flur, in dem sie sich befanden, erinnerte schon eher an das, was man mit dem Begriff Klinik assoziieren mochte: ein langer, sehr breiter Gang, von dem in regelmäßigen Abständen Türen abzweigten. Ein gutes Stück entfernt schien es auch so etwas wie ein Schwesternzimmer zu geben, das aber offensichtlich nicht besetzt war, denn hinter der mannshohen Glasscheibe in der Tür brannte kein Licht. Auch die meisten Zimmer auf diesem Flur waren dunkel, nur unter zweien oder dreien der Türen drang ein blasser, gelber Lichtschimmer hervor. Es war fast vollkommen still. Einer der Unterschiede zwischen teuren Privatkliniken und solchen fürs gemeine Volk schien offensichtlich darin zu bestehen, daß man die Patienten hier nicht mitten in der Nacht aus dem Bett schmiß, um das Frühstück zu bringen oder die Laken auszutauschen.

»Was sollte das gerade?« fauchte Angela. »Willst du mit Gewalt erwischt werden, oder wolltest du die Sache einfach nur ein bißchen spannender gestalten?«

»Es ist nun mal nicht jeder ein Freizeit-Ninja«, antwortete Bremer patzig.

»Ja, leider«, maulte Angela. Sie deutete nach links, in die längere Hälfte des Korridors. »Los!«

Sie stürmte voraus. Bremer nahm an, daß sie einen anderen Ausgang aus der Etage suchte, aber sie öffnete praktisch die erstbeste Tür, an der sie vorbeikamen, warf einen Blick hindurch und gestikulierte ihm dann hektisch zu, ihr zu folgen. Fast zu Bremers Entsetzen schaltete sie das Licht ein, als er hinter ihr ins Zimmer trat, und schloß die Tür. Bremer wollte sich herumdrehen und die Kette vorlegen, aber Angela schüttelte rasch den Kopf, und Bremer mußte – wieder einmal – zugeben, daß sie recht hatte: Wenn jemand von außen an der Tür rüttelte, würde es nur auffallen, wenn sie verschlossen war.

Er drehte sich herum und ließ seinen Blick durch das Zimmer schweifen. Er hatte kein normales Krankenzimmer erwartet, aber was er sah, übertraf seine Erwartungen bei weitem: Der Raum war mindestens dreißig Quadratmeter groß und so behaglich wie ein Wohnzimmer eingerichtet.

Auf dem Boden lag ein dicker, teurer Teppich, und in einer Ecke stand ein Fernseher, dessen Mattscheibe ihm größer vorkam als die Leinwand so manchen Kinos, in dem er gewesen war. Goldgerahmte Bilder und teure Seidentapeten an den Wänden vervollständigten den Eindruck von unverblümt zur Schau gestelltem Luxus.

Unglücklicherweise war das Zimmer nicht leer.

Sein Bewohner lag in einem überdimensionalen Bett mit gedrechselten Beinen, hob genau in diesem Moment den Kopf aus dem Kissen und blinzelte verschlafen ins Licht.

»Was ... was ist ... denn?« nuschelte er.

Bremer schätzte sein Alter auf zwanzig, vielleicht fünfundzwanzig Jahre. Soweit das bei einem Menschen zu beurteilen war, der zugedeckt im Bett lag und sich halb auf die Ellbogen hochgestemmt hatte, schien er ungewöhnlich kräftig gebaut zu sein, aber das war bei Leuten mit seiner Krankheit normal, soviel Bremer wußte: Sein Gesicht war sehr breit, und alles darin wirkte seltsam unfertig, als wären seine Züge eigentlich nur angedeutet. Er hatte eine breite Nase und geschlitzte Augen, die jetzt noch dazu vom Schlaf verquollen waren. Der Junge litt am Down-Syndrom. Ein bösartiges Schicksal hatte seine Eltern zwar offensichtlich mit mehr Geld gesegnet, als sie ausgeben konnten, aber auch mit einem mongoloiden Sohn.

Bremer wollte sich wieder herumdrehen und das Zimmer verlassen, aber Angela hielt ihn abermals zurück. »Warte.«

Sie wandte sich an den mongoloiden Jungen im Bett: »Wie heißt du?«

»Albert«, antwortete der Junge. »Und wer seid ihr? Ist schon Frühstückszeit? Ich will noch nichts essen.«

»Mein Name ist Angela«, antwortete Angela. Sie warf Bremer einen raschen, mahnenden Blick zu, dann drehte sie sich wieder zu Albert herum. »Du brauchst keine Angst zu haben, Albert.«

»Das habe ich auch nicht. Ich habe vor nichts Angst, hörst du? Vor gar nichts!« Albert setzte sich weiter im Bett auf. Die Decke rutschte herunter, und Bremer sah, daß der

Mongoloide Schultern wie ein Preisboxer hatte. Er war mit einemmal nicht mehr vollkommen davon überzeugt, daß sie hier drinnen wirklich sicher waren. Neigten Mongoloide eigentlich zu Gewalttaten? Er wußte es nicht.

»Das ist gut«, sagte Angela. »Dann haben wir ja den richtigen ausgesucht.«

»Den richtigen ausgesucht? Wozu?« Alberts Augen wurden noch schmaler, als sie ohnehin schon waren.

»Wir spielen ein Spiel«, antwortete Angela. »Und dazu brauchen wir deine Hilfe.« Sie deutete auf die Tür hinter sich. »Hör zu, Albert. Da draußen sind Männer, die uns suchen. Wir haben nichts getan oder so, wir haben nur gewettet, daß sie uns nicht finden können, und die Männer haben gewettet, daß sie es doch können. Wenn sie jetzt hier reinkommen und uns sehen, dann haben wir verloren, und das wäre ziemlich schade. Wirst du uns helfen?«

Einen Moment lang sah es ganz und gar nicht so aus, als wäre es ihr gelungen, Alberts Mißtrauen zu besänftigen. Aber dann hellte sich sein Gesicht auf, und er kicherte. »Das ist lustig«, sagte er. »Ich helfe euch. Das ist ein lustiges Spiel.«

»Gut«, sagte Angela. »Weißt du ein gutes Versteck für uns?«

»Unter dem Bett.« Albert nickte hektisch und begann vor Aufregung auf und ab zu hüpfen, so daß das ganze Bett wackelte. »Ich verstecke mich immer unterm Bett! Niemand wird euch da finden!«

Das war geradezu idiotisch, fand Bremer. Angela schien wohl zu dem gleichen Ergebnis zu kommen, denn sie ging rasch durchs Zimmer und öffnete die beiden anderen Türen, die es noch gab. Eine führte ins Bad, die andere in einen weitläufigen, begehbaren Schrank.

»Das sind keine guten Verstecke«, meinte Albert. Er hatte einen tiefen, sonoren Baß, sprach aber wie ein Fünfjähriger. Es machte Bremer ganz kribbelig, ihm zuzuhören.

»Ich weiß«, seufzte Angela. Sie sah sich weitere zwei oder drei Sekunden lang um, dann ging sie zum Fenster und öffnete es. Bremer trat rasch an ihre Seite und blickte nach draußen.

Sofort wurde ihm schwindelig. Sie befanden sich in der zweiten Etage, also keine zehn Meter über dem Erdboden, aber große Höhen waren noch nie seine Sache gewesen. Und es war draußen immer noch so dunkel, daß er den Erdboden nicht einmal *sehen* konnte.

»Perfekt!« sagte Angela. Sie deutete auf einen kaum zehn Zentimeter breiten Sims, der unter dem Fenster an der Wand entlang verlief. »Los!«

Ohne seine Antwort auch nur abzuwarten, schwang sie sich auf den Fenstersims hinaus, richtete sich auf und schob sich an der Wand entlang ein Stück zur Seite. Sie bewegte sich so sicher, als stünde sie auf einer zwei Meter breiten Brücke, nicht auf einem Sims, der Bremer mittlerweile schmaler vorkam als sein Daumen.

»Worauf wartest du?« fragte sie.

»Da hinaus?« Bremer schüttelte entschieden den Kopf. »Lieber lasse ich mich erschießen!«

»Tja, dann bleibt dir wohl wirklich nur das Bett«, sagte Angela spöttisch. »Aber beeil dich lieber. Sie müssen gleich hier sein.«

Bremer drehte sich unsicher herum. Er hörte absolut nichts Verdächtiges, aber wenn er im Laufe der letzten vierundzwanzig Stunden etwas gelernt hatte, dann war es, auf Angelas Warnungen zu hören. Ihre Sinne schienen weitaus schärfer zu sein als seine. Kunststück. Sie war ja auch höchstens halb so alt wie er.

Er sah sich noch zwei oder drei weitere Sekunden lang unschlüssig um, spielte einen Moment lang mit den Gedanken, sich zwischen den Kleidern im Schrank zu verstecken und entschied sich dann doch für das Bett. Es war ein idiotisches Versteck. Vielleicht idiotisch genug, daß sie nicht dort nachsehen würden.

Unter Alberts feixenden Blicken legte er sich auf den Rücken und schob sich unter das Bett. Es war zwar sehr groß, aber so niedrig, daß er kaum darunter paßte. Als er es endlich geschafft hatte, befand sich die Stahlmatratze nur wenige Zentimeter über seinem Gesicht. Wenn Albert seinen mondgroßen Hintern bewegte, würden die Sprungfedern einen Abdruck in Bremers Gesicht hinterlassen.

Bremer lag eine gute Minute unter dem Bett und kam sich einfach nur dämlich vor, dann flog die Tür auf, und schwere Schritte polterten herein. Mühsam drehte Bremer den Kopf und sah ein Paar teure, auf Hochglanz polierte Schuhe, die in den Beinen maßgeschneiderter Anzugshosen endeten.

»Hallo!« sagte Albert über ihm. »Seid ihr gekommen, um zu spielen?«

»Bestimmt nicht«, antwortete eine Stimme. »War jemand hier? Ein Mann und eine Frau?«

Das Paar Schuhe bewegte sich weiter, und Bremer konnte hören, wie die Schranktür aufgerissen wurde und Stoff raschelte. Der andere blieb, wo er war.

»Klar«, antwortete Albert. »Sie sind immer noch hier. Ihr seid die, die sie suchen, nicht wahr? Ihr spielt Verstecken.«

Bremers Herz machte einen entsetzten Sprung. Wie hatte er auch nur eine Sekunde lang diesem Verrückten trauen können?

»Die Frau ist aus dem Fenster gesprungen, und der andere liegt unter dem Bett«, fuhr Albert fort. Bremer verspürte plötzlich den intensiven Wunsch, aus seinem Versteck herauszustürzen und die Hände um Alberts Kehle zu legen. Vielleicht blieb ihm ja noch Zeit genug, den Kerl zu erwürgen, bevor sie ihn erschossen. Er konnte sich allerdings nicht von der Stelle rühren, denn Albert begann nun zu allem Überfluß tatsächlich im Bett auf und ab zu hüpfen, wodurch er regelrecht festgenagelt wurde und alle Mühe hatte, überhaupt noch Luft zu bekommen.

Er hörte, wie sich schnelle Schritte dem Fenster näherten und es aufgerissen wurde. In der nächsten Sekunde würde der Mann überrascht aufschreien, wenn er nicht gleich seine Waffe zog und Angela vom Sims herunterschoß wie einen Vogel auf der Stange. Er versuchte, an die Pistole heranzukommen, die er in seine Jackentasche gesteckt hatte, aber es gelang ihm nicht. Alberts Gewicht schien ihn regelrecht in den Boden hineinzupressen.

Der Mann auf der anderen Seite des Bettes schrie nicht auf. Er schoß auch nicht. Statt dessen schloß er das Fenster wieder, verriegelte es sorgfältig und sagte: »Hier ist niemand.«

»Natürlich ist hier niemand«, sagte sein Kollege. »Der Bekloppte verarscht uns doch, merkst du das nicht?«

»Albert verarscht keinen!« protestierte Albert. »Der andere liegt unter dem Bett! Seht doch nach!«

»Halt die Fresse, Idiot!« murmelte der Agent.

»Seht doch nach!« höhnte Albert. »Seht doch nach! Seht doch nach!« Er begann im Takt seiner Worte im Bett auf und ab zu hüpfen, und Bremer wurde erneut und noch gründlicher die Luft aus den Lungen gepreßt. Er begann Sterne zu sehen.

»Sieh unter dem Bett nach«, sagte der erste Agent.

Bremer drehte mit aller Kraft, die er noch aufbringen konnte, den Kopf auf die Seite. Der Agent näherte sich dem Bett und ließ sich in die Hocke herab, und Albert krähte noch lauter: »Seht doch nach!« und furzte so laut, wie Bremer es noch nie zuvor im Leben gehört hatte.

Der Agent stieß einen angewiderte Laut aus und richtete sich abrupt wieder auf, ohne unter das Bett gesehen zu haben. »Das ist ja widerlich!« keuchte er. »Ich hätte Lust, diesem verrückten Idioten den Schädel runterzuschießen!«

»Du hast recht«, seufzte sein Kollege. »Er nimmt uns auf den Arm. Komm weiter. Wir haben noch eine Menge Zimmer zu untersuchen!«

Die beiden Männer verließen den Raum. Bremer wartete, bis sie die Tür hinter sich zugeworfen hatten, dann kroch er wieder unter dem Bett hervor – eine Aufgabe, die nicht gerade leicht war, weil Albert immer noch vor Vergnügen krähte und im Bett auf und ab hüpfte wie auf einem Trampolin. Vollkommen außer Atem stemmte er sich hoch, warf dem mongoloiden Jungen einen zornigen Blick zu und hetzte dann zum Fenster. Seine Finger zitterten, als er es aufriß. Hastig beugte er sich nach draußen.

Der Sims war leer.
Es war so, wie der Agent gesagt hatte.
Angela war nicht mehr da.

30

Zehn Minuten der Stunde, von der Grinner Braun gegenüber gesprochen hatte, waren bereits verstrichen, aber er zögerte noch immer, die entsprechende Sequenz einzuleiten. Es gab keinen wirklichen Grund dafür. Alles war vorbereitet, die Computer entsprechend programmiert – er mußte jetzt nur noch die ENTER-Taste vor sich drücken, und die Automatik würde den Rest erledigen; wobei es im Grunde sehr viel mehr darum ging, Dinge *nicht* mehr zu tun, als Dinge zu tun. Das, was einmal ein Mensch gewesen war und was sie auf der anderen Seite der Panzerglasscheibe eingesperrt hatten, wurde ohnehin nur noch durch einen unvorstellbaren technischen Aufwand in einem Zustand gehalten, den man nur noch mit sehr viel gutem Willen als Leben bezeichnen konnte. Wenn er die Maschinen abschaltete, tat er ihm einen Gefallen.

Warum also hatte er trotzdem das Gefühl, einen Mord zu begehen? Wenn er einen Grund hatte, Schuldgefühle zu haben, dann wegen dem, was er in den letzten fünf Jahren getan hatte, nicht wegen dem, was er *jetzt* tun würde. Haymar endlich sterben zu lassen, war eine Art der Barmherzigkeit.

Trotzdem drückte er die ENTER-Taste nicht, sondern brach das Programm im Gegenteil ab, um es noch einmal zu modifizieren. Er brauchte kaum fünf Minuten dazu, und als er fertig war, war der Computer bereit, fünfundzwanzig Einheiten Morphium in Haymars Kreislauf zu pumpen. Genug, um einen Elefanten umzubringen, und mehr als genug, um Haymar auf die schmerzloseste und angenehmste Art einschlafen zu lassen. Grinner glaubte nicht, daß in dem von Drogen zerfressenen Gehirn noch so etwas wie ein

Bewußtsein war. Aber für den sehr, sehr unwahrscheinlichen Fall, daß es doch so sein sollte, wollte er ihm in seinen letzten Augenblicken auf keinen Fall Schmerzen zufügen.

Als er die Hand nach der Taste ausstreckte, hörte er ein Geräusch hinter sich.

Grinner sah erschrocken hoch. Er war allein im Labor. Wäre jemand hereingekommen, hätte er es gehört. Die zentnerschwere Stahltür ließ sich nicht lautlos öffnen, ganz egal, wie vorsichtig man auch war. Für den Bruchteil einer Sekunde glaubte er, einen Lichtreflex vor sich auf dem Monitor zu erkennen, als hätte sich irgend etwas hinter ihm bewegt, doch als Grinner erschrocken im Stuhl hochfuhr, stellte er fest, daß er allein war.

Was blieb, war das Gefühl, es nicht zu sein.

Unsinn, dachte Grinner. Natürlich war er allein. Niemand war hier, außer ihm und dem Toten auf der anderen Seite der Glasscheibe. Was er spürte, war lediglich seine eigene Nervosität. Und eine Mischung aus Müdigkeit und schlechtem Gewissen – beides in weit größerem Maße, als ihm lieb war. Er hatte den Grund dazu, müde zu sein, und was sein schlechtes Gewissen anging ... Er *redete sich ein,* daß es nur mit Haymar zu tun hatte, aber natürlich wußte er, daß es nicht so war. Es war Mecklenburg. Unbeschadet von allem, was Braun gesagt hatte, hatte Grinner das Gefühl, den Professor verärgert zu haben. Sicher, er hatte nicht wirklich etwas *getan,* um seinen Job zu bekommen, aber wie oft hatte er sich gewünscht, es zu tun, und vor allem: Er war *bereit* dazu gewesen. Auch wenn es keinen wirklich rationellen Grund dafür gab – Grinner kam sich wie ein Leichenfledderer vor.

Er verscheuchte den Gedanken, streckte die Hand erneut nach der Taste aus, und etwas in seinen Gedanken sagte laut und vernehmlich: *Nein.*

Es war nicht wirklich dieses Wort. Grinner hörte keine Stimme, und er empfing auch keine telepathische Botschaft oder so etwas. Aber das Gefühl, daß er das, was er vorhatte, auf keinen Fall tun durfte, war so stark, daß er gar nicht anders konnte, als die Hand wieder zurückzuziehen. Zugleich hatte er wieder das Empfinden, nicht mehr allein zu sein, und als er sich diesmal herumdrehte, sah er, daß es auch so war.

Das Wesen stand zwei Meter hinter ihm. Es war riesig, viel größer, als ein Mensch, und es ähnelte nichts, was Grinner je zuvor im Leben gesehen hatte – nicht *wirklich*. Trotzdem wußte er sofort, wem er gegenüberstand.

Grinner wartete auf den Tod, denn nichts anderes konnte es bedeuten, einem Geschöpf wie diesem zu begegnen, aber er kam nicht.

Statt dessen ruhte der Blick der riesigen, von einem uralten, allumfassenden Wissen erfüllten Augen des Geschöpfs für einige endlose Sekunden auf ihm, und als es sich schließlich herumdrehte und seine gewaltigen Flügel ausbreitete, um an den geheimnisvollen Ort zurückzukehren, von dem es gekommen war, da wußte auch Grinner, was er zu tun hatte.

31

Der Sims ragte an beiden Seiten ungefähr fünfzehn Zentimeter über die Fensterbreite hinaus und endete dann abrupt. Das jeweils nächste Fenster war mehr als zwei Meter entfernt, was selbst unter normalen Umständen und auf ebenem Boden wahrscheinlich mehr war, als irgend jemand – selbst jemand mit Angelas erstaunlicher Körperbeherrschung – ansatzlos springen konnte. Von einem Fenstersims in zehn Metern Höhe und vor allem mit einem *Landeplatz*, der nicht breiter war als eine Hand, war es ganz und gar ausgeschlossen. Wenn sie diesen Sprung gewagt hatte, dann mußte sie abgestürzt sein und jetzt mit gebrochenem Genick zehn Meter tiefer auf dem Asphalt liegen.

Bremers Herz klopfte bis zum Hals, als er sich vorbeugte und versuchte, die Dunkelheit unter sich mit Blicken zu durchdringen.

Er sah nichts. Unter ihm war nur Schwärze.

Wenn Angela dort unten lag, dann hätte er sie in ihrer hellen Kleidung zumindest schemenhaft erkennen müssen, versuchte er sich einzureden. Vielleicht hatte sie es ja geschafft. Er nahm an, daß unter dem Fenster Asphalt oder Stein war, aber vielleicht waren es ja Gras und weicher Erdboden, die ihren Sturz einigermaßen gedämpft hatten. Zehn Meter waren eine gewaltige Höhe, aber zu schaffen. Er hatte gesehen, wozu Angela fähig war.

Er hörte ein Geräusch, drehte sich herum und riß ungläubig Mund und Augen auf, als er Angela hinter sich aus dem Badezimmer kommen sah. »Aber ...«

»Sind sie weg?« fragte Angela mit dem unschuldigsten Gesicht der Welt.

Bremer nickte automatisch, drehte noch einmal den Kopf, sah aus dem Fenster und blickte dann wieder Angela an. »Aber ... aber wo ... wo bist du gewesen?«

»Was für eine Frage!« Angela machte eine Kopfbewegung auf die Tür hinter sich. »Gehört sich so etwas für einen Kavalier alter Schule?«

»Wo warst du?!« krächzte Bremer. Was er sah, war ... vollkommen unmöglich!

»Großer Gott – wenn du es genau wissen willst, ich war für kleine Mädchen.« Angela rümpfte die Nase. »Obwohl es dort drinnen eher riecht wie für große Jungen. Unser Albert ist ein kleines Ferkel.«

»Ja, das scheint mir auch so.« Bremer warf Albert einen raschen Blick zu und sah dann wieder Angela an. Er begriff immer noch nicht, wie sie es geschafft hatte, vom Fenstersims herunter und ins Bad zu kommen, ohne daß er es auch nur gemerkt hatte. Und hatten die beiden Agenten das Badezimmer nicht kontrolliert? Er wußte es nicht genau.

Angela drehte sich zum Bett herum. »Das hast du gut gemacht, Albert«, sagte sie. »Die Männer haben uns nicht gefunden. Jetzt werden wir das Spiel vielleicht gewinnen. Vielen Dank.«

»Albert hat euch geholfen!« krähte der Mongoloide. Er hüpfte in seinem Bett auf und ab, daß Bremer sich zu fragen begann, wie lange das Möbelstück die grobe Behandlung noch aushalten würde. »Fast hätten sie ihn erwischt. Aber dann habe ich gepupst, und sie sind wieder gegangen.«

Angela sah ihn irritiert an.

»Das ... ist eine lange Geschichte«, sagte Bremer ausweichend. »Ich erzähle sie dir später.«

Angela grinste. »Darauf wette ich. Los jetzt. Verschwinden wir von hier!«

Sie traten auf den Flur hinaus, nachdem Angela einen sichernden Blick nach rechts und links geworfen hatte. Geduckt huschten sie den Weg zurück, den sie gekommen waren. Angela wollte die Tür zum Treppenhaus öffnen, aber die Klinke rührte sich nicht. Offensichtlich hatten die Agenten die Tür hinter sich abgeschlossen, nachdem sie hereingekommen waren.

Sie verschwendete keine Zeit mit einem zweiten Versuch, sondern lief weiter und steuerte das Schwesternzimmer an. Nachdem Bremer hinter ihr hereingekommen war, schloß sie die Tür, und kaum hatte sie es getan, da konnten sie hören, wie draußen auf dem Gang eine Tür geöffnet wurde und schwere Schritte über den Boden polterten. Sekunden später hörten sie das Geräusch einer weiteren Tür. Offensichtlich kontrollierten die Agenten ein Zimmer nach dem anderen.

»Für den Moment sind wir hier in Sicherheit«, sagte Angela. »Aber ich weiß nicht, wie wir hier rauskommen sollen. Sie überwachen garantiert jeden Ausgang!«

»Warum verstecken wir uns nicht einfach?« fragte Bremer. »Es gibt kaum ein besseres Versteck als einen Ort, den sie schon durchsucht haben.«

»Und wie lange? Bis Braun in Rente geht?«

»Das hier ist ein Krankenhaus«, sagte Bremer. »Vielleicht auch Brauns Hauptquartier, aber trotzdem noch immer ein Krankenhaus. Sie haben Hunderte von Patienten, und in spätestens einer Stunde geht hier der normale Betrieb los. Wenn wir uns so lange verstecken, haben wir vielleicht eine größere Chance.«

Angela schnaubte. »Du hast es immer noch nicht begriffen, wie?« fragte sie. »Glaubst du wirklich, Braun hätte auch nur die geringsten Hemmungen, mit einer Maschinenpistole in eine Menschenmenge zu schießen?« Sie schwenkte die erbeutete Uzi. »Außerdem ist da noch jemand, der wahrscheinlich schon darauf brennt, uns in die Finger zu bekommen – oder was immer er hat.«

Sie sprach von dem Ungeheuer. Aber Bremer schüttelte nur den Kopf. »Ich glaube nicht, daß es uns hier aufspüren kann«, sagte er.

»Ach? Glaubst du nicht? Und wieso, wenn ich fragen darf?«

»Weil Thomas nicht weiß, daß wir hier sind.«

»Thomas? Du meinst diesen Priester, von dem du andauernd sprichst?«

»Ich spreche nicht *andauernd* von ihm«, verbesserte sie Bremer betont. »Aber ich bin fast sicher, daß er der Schlüssel ist. Frag mich nicht, wieso. Ich habe keine Ahnung. Aber er war immer in der Nähe, wenn etwas passiert ist. Er ist aufgetaucht, nachdem Rosen ermordet wurde, und Strelowsky hat es genau vor seiner Kirche erwischt. Und nachdem ich bei ihm war, hat die Bestie in genau der Reihenfolge zugeschlagen, die *er* prophezeit hat. Glaubst du wirklich, daß das Zufall ist? Ich nicht!«

»Dann sollten wir ihm vielleicht einen Besuch abstatten«, meinte Angela.

»Um was zu tun?« fragte Bremer.

Sie schwiegen einen Moment. Dann sagte Angela: »Ich verstehe. Deshalb hast du seinen Namen Braun gegenüber erwähnt. Es ist bequemer, wenn er die Drecksarbeit für dich erledigt, wie?« Sie sah ihn auf eine sonderbare, nicht sehr angenehme Weise an. »Allmählich beginne ich mich zu fragen, vor wem ich mich eigentlich fürchten soll.«

»Das ist nicht fair«, sagte Bremer.

»Und wer hat je behauptet, daß ich das bin?« fragte Angela. Sie hob die Hand. »Still!«

Bremer lauschte. Im ersten Moment hörte er nichts, dann aber identifizierte er ein gedämpftes Summen, dem ein leises, metallisches Schleifen folgte: Der Aufzug. In das abermalige Geräusch der Türen, die sich wieder schlossen, mischten sich leichte, rasch näher kommende Schritte.

Angela warf einen raschen Blick auf den Flur hinaus und fluchte dann wenig damenhaft. »Jemand kommt.«

»Wer?«

»Woher soll ich das wissen?« fragte Angela verärgert. »Irgendeine überflüssige Krankenschwester, nehme ich an, die es gar nicht erwarten kann, die Frühschicht anzutreten. Versteck dich!«

Das war leichter gesagt als getan. Soweit Bremer das bei der praktisch nicht vorhandenen Beleuchtung sagen konnte, war das Schwesternzimmer zwar recht geräumig, bot aber so gut wie kein Versteck – es sei denn, sie würden sich zu zweit in die Toilette quetschen, die die Schwester möglicherweise als erstes aufsuchen würde. Er duckte sich hinter den Tisch – ein Versteck, das geradezu lächerlich war –, während Angela hinter der Tür Aufstellung nahm, was Bremer kaum weniger lächerlich vorkam: Die Tür bestand aus Glas.

Die Schritte kamen jetzt rasch näher. Eine schlanke Gestalt betrat das Schwesternzimmer und tastete im Eintreten zielsicher nach dem Lichtschalter an der Wand, und Angela sprang lautlos aus ihrem Versteck hervor und stürzte sich auf sie. Noch ehe die Krankenschwester auch nur richtig begriff, wie ihr geschah, schlang Angela den Arm um ihren Hals, riß ihren Oberkörper zurück und hielt ihr mit der Hand den Mund zu.

Trotzdem war ihr Angriff einen Sekundenbruchteil zu spät gekommen. Über Bremers Kopf erwachte eine große Zwillingsneonröhre flackernd zum Leben. Die Schwester hatte den Lichtschalter gedrückt, bevor Angela sie daran hindern konnte.

Bremer war mit einem Schritt an ihr vorbei und hob die Hand, um das Licht wieder auszuschalten, und genau in diesem Moment ging draußen auf dem Gang eine Tür auf, und sie hörten Schritte. Angela schüttelte hastig den Kopf, drehte sich halb herum und rief mit lauter Stimme: »Es ist schon in Ordnung, Albert! Ich komme gleich zu dir! Ich will mich nur eben umziehen!«

Die Schritte verstummten für einen Moment, erklangen dann erneut, und eine Sekunde später klappte eine Tür. Angela atmete hörbar auf.

»Albert?« fragte Bremer.

Angela hob die Schultern. »Es hat doch funktioniert, oder?« Sie wich schnell zwei, drei weitere Schritte in den Raum zurück, dann wandte sie sich an die Krankenschwester, die sie noch immer in einem eisigen Klammergriff hielt. Wahrscheinlich wäre es nicht einmal nötig gewesen. Die junge Frau starrte aus weit aufgerissenen Augen um sich, machte aber nicht einmal den *Versuch*, sich zu wehren. Sie schien buchstäblich starr vor Schreck.

»Hören Sie mir zu!« begann Angela. Sie stockte noch einmal, beugte sich vor und öffnete mit der linken Hand den Mantel der jungen Frau, bis sie das Namensschildchen auf der weißen Schwesterntracht entziffern konnte, die sie darunter trug.

»Hören Sie mir zu, Schwester Marion«, begann sie von neuem. »Sie verstehen mich doch, oder?«

Marion nickte. Die Bewegung war kaum zu sehen.

»Gut«, fuhr Angela fort. »Wir wollen Ihnen nicht weh tun. Sie haben nichts zu befürchten. Ich habe Ihnen nur den Mund zugehalten, damit Sie nicht schreien. Versprechen Sie mir, vernünftig zu sein, wenn ich die Hand herunternehme?«

Marion nickte, wenn auch erst nach zwei endlosen Sekunden und fast noch weniger deutlich als beim ersten Mal. Angela zögerte noch einen Moment, aber dann nahm sie die Hand herunter. Schwester Marion nahm einen hörbaren, tiefen Atemzug.

»Sie haben nichts zu befürchten«, sagte Angela leise. »Wir wollen nichts von Ihnen oder Ihren Patienten. Aber wir brauchen Ihre Hilfe.«

»Wer ... sind Sie?« stammelte Marion. Ihr Blick flackerte unsicher von einem zum andern. »Was wollt ihr?«

»Wir wollen nur hier raus«, sagte Bremer. »Gibt es noch einen anderen Weg – außer der Treppe und dem Aufzug?«

Marion schüttelte den Kopf und nickte im nächsten Sekundenbruchteil. Sie begann am ganzen Leib zu zittern. »Nur den ... Personalaufzug. Er führt in den Keller hinunter. In die Küche.«

»Na, das klingt ja prima«, sagte Bremer. »Zeigen Sie uns, wo er ist.«

Marions Blick flackerte immer heftiger. Ihr Atem beschleunigte sich zusehends, und Bremer begriff plötzlich, daß sie kurz davor stand, in Hysterie auszubrechen. Um sie zu beruhigen, griff er in die Tasche und zog seinen Dienstausweis hervor.

»Es ist nicht so, wie Sie vielleicht glauben«, sagte er. »Ich habe jetzt keine Zeit für Erklärungen, aber wir beide sind Polizisten. Hier, sehen Sie?«

Sie blickte den grünen Dienstausweis unsicher an. Draußen auf dem Flur öffnete sich wieder eine Tür, und Marion stieß einen gellenden Hilferuf aus.

Angela fluchte und riß die Hand wieder hoch; wie Bremer glaubte, um Marion erneut den Mund zuzuhalten. Statt dessen berührte sie einen bestimmten Punkt am Hals der Krankenschwester, und Marion seufzte noch einmal und erschlaffte in ihren Armen. Draußen polterten Schritte heran. Angela bewegte sich plötzlich unglaublich schnell. Sie ließ Marion einfach fallen, so daß Bremer instinktiv zugreifen mußte, um sie aufzufangen, wirbelte herum und riß den erstbesten Spind auf. Noch während sie erneut herumfuhr, zerrte sie einen weißen Kittel heraus und schlüpfte hinein. Der billige Kunststoffkleiderbügel polterte erst zu Boden, als sie bereits die Tür öffnete und hindurchtrat. Und plötzlich waren ihre Bewegungen wieder sehr ruhig. Auf ihrem Gesicht erschien das überzeugendste Lächeln, daß Bremer sich nur vorstellen konnte.

»Es ist alles in Ordnung«, rief sie. »Da war eine eklige Spinne. Ich habe mich nur erschrocken, und ...«

Etwas knallte. In dem Teppichboden fünf Zentimeter vor Angelas linkem Fuß erschien ein ausgefranstes qualmendes Loch, und praktisch gleichzeitig spritzten Putz und Farbe aus der Wand hinter ihr, und eine Stimme schrie: »Das ist sie!«

Angela verwandelte sich von einer von Spinnenphobie geplagten Krankenschwester wieder in das, was sie wirklich war (auch wenn Bremer noch keine Ahnung hatte, was): Sie sprang in eine geduckte Haltung. Ihre rechte Hand, die sie bisher hinter dem Rücken verborgen gehalten hatte, kam nach vorne, und Bremer sah erst jetzt, daß sie darin wieder die erbeutete Uzi hielt.

Die Maschinenpistole stieß einen kurzen, unerwartet leisen Feuerstoß aus. Glas klirrte, und Bremer konnte hören, wie sich die Geschosse in Putz und Holz bohrten, und ein erschrockener Schrei erklang. Aber die Männer feuerten auch gleichzeitig zurück. In der Wand hinter Angela erschien ein asymmetrisches Muster faustgroßer Löcher, und die Glasscheibe des Schwesternzimmers zerbarst mit einem gewaltigen Knall und fiel in einem Scherbenregen in sich zusammen.

Bremer kam endlich auf die Idee, die bewußtlose Krankenschwester in seinen Armen vorsichtig zu Boden sinken zu lassen und seine eigene Waffe zu ziehen. Draußen fielen noch immer Schüsse. Angelas Maschinenpistole ratterte erneut, und das Pistolenfeuer hörte für einen Moment auf. Dann konnte er hören, wie mindestens zwei oder drei Türen geöffnet wurden, wenn nicht mehr.

Bremer spurtete los, sprang mit eingezogenem Kopf durch die zerborstene Glasscheibe des Schwesternzimmers und spürte, wie etwas durch seine Jacke und tief in seine rechte Schulter biß. Er kam ungeschickt auf, kippte nach vorne und schaffte es zumindest, seinen Sturz in eine etwas verunglückte Rolle umzuwandeln. Während der Flur einen ruckenden Purzelbaum vor seinen Augen aufführte, sah er, daß Angela sich vor der gegenüberliegenden Wand zusammengekauert hatte und die Waffe nunmehr in beiden Händen hatte. Sie schoß aber nicht.

Als Bremer herumrollte und sich auf die Knie hinaufstemmte, erkannte er auch den Grund dafür. Nahezu jede Tür auf dem Gang war aufgeflogen, und die Bewohner der Zimmer dahinter waren herausgekommen, um nach der Ursache des Lärms zu sehen, der sie so unsanft aus dem

Schlaf gerissen hatte: Männer und Frauen unterschiedlichen Alters, die größtenteils gar nicht zu begreifen schienen, was los war. Zwei oder drei zogen sich hastig wieder in ihre Zimmer zurück, aber die meisten standen einfach nur da und glotzten. Einige klatschten Beifall. Einer davon war Albert.

»Haut ab!« schrie Bremer. Er hob seine Waffe und feuerte eine Kugel in die Decke, um seinen Worten Nachdruck zu verleihen, erreichte aber praktisch nichts. Dafür hob einer der Agenten, die nebeneinander am anderen Ende des Korridors knieten, seine Waffe und legte auf ihn an. Als er abdrückte, schlug der andere seinen Arm beiseite. Die Kugel stanzte ein Loch in eine Tür, nur eine Handbreit neben dem Gesicht eines alten Mannes, und der Patient zog eine beleidigte Schnute, warf den Kopf in den Nacken und ging stolz erhobenen Hauptes in sein Zimmer zurück.

Der Agent schoß erneut. Diesmal hinderte ihn der andere nicht daran, und die Kugel riß eine meterlange Furche in die Wand zwei Zentimeter über Angelas Kopf. Sie duckte sich, hob ihre eigene Waffe, wagte es aber immer noch nicht, zu schießen. In dem Flur, in dem sich plötzlich mehr als ein Dutzend Menschen aufhielten, hätte eine einzige Salve aus ihrer MP ein Blutbad angerichtet. Dafür schoß der Agent zurück. Angela entging dem Tod nur, indem sie sich blitzschnell zur Seite warf und über den Teppich rollte, und die Kugel bohrte sich genau dort in die Wand, wo gerade noch ihr Gesicht gewesen war. Die nächste, spätestens übernächste Kugel würde treffen, begriff Bremer. Die Männer schossen sich allmählich ein.

Er sprang auf die Füße, spurtete los und riß Angela in die Höhe und so herum, daß er sich zwischen ihr und den Agenten befand. Wenn er sich täuschte, dann waren sie beide tot, aber das spielte jetzt wahrscheinlich auch keine Rolle mehr.

Bremer versetzte Angela einen Stoß, der sie haltlos lostaumeln ließ, und warf im Rennen einen Blick zurück. Auch die beiden Agenten waren aufgesprungen. Ihre Waffen wiesen in seine Richtung, aber sie wagten es nicht, abzudrücken.

Dafür rannten sie praktisch im gleichen Moment los, in dem Angela und er den Lift erreichten und Angelas Hand auf den Knopf hämmerte. Die Kabine war nicht da, aber Bremer konnte hören, wie sie sich nur eine Etage unter ihnen in Bewegung setzte. Nur ein paar Sekunden.

Die sie nicht hatten. Ihre Verfolger stürmten mit Riesenschritten heran und hatten sie praktisch schon erreicht. Bremer zielte mit seiner Waffe auf sie, aber plötzlich erging es ihm wie den Agenten gerade: Er wagte es nicht, abzudrükken. Indem die beiden Männer darauf verzichtet hatten, ihre Waffen zu benutzen, wäre er sich wie ein Mörder vorgekommen, auf sie zu schießen. Er mußte die Kerle ein paar Sekunden aufhalten, egal wie.

Sein Blick irrte hilflos durch den Flur. Die Schüsse hatten einige weitere Patienten in ihre Zimmer zurückgetrieben, aber längst nicht alle. Albert zum Beispiel stand vor seiner Tür, hüpfte vor Aufregung auf und ab und klatschte begeistert in die Hände. Offenbar genoß er die Show in vollen Zügen.

»Albert!« Bremer deutete auf die beiden Agenten, die in diesem Moment an Albert vorbeistürmten. »Das sind sie!«

Der Mongoloide quietschte vor Vergnügen, streckte blitzschnell das Bein aus, so daß einer der Agenten darüber stolperte und der Länge nach hinschlug, und klatschte noch einmal in die Hände – nur, daß sich diesmal das Gesicht des zweiten Agenten dazwischen befand.

Der Mann keuchte vor Schmerz, fuhr wütend herum und schlug Albert die flache Hand ins Gesicht, und das war ein Fehler.

Offenbar glaubte er, daß die Sache damit erledigt sei, denn er wollte unverzüglich weiterstürmen, aber Albert packte ihn mit erstaunlicher Schnelligkeit an der Schulter, riß ihn herum und schlug ihm die geballte Faust mit solcher Kraft auf den Mund, daß der Mann mit hilflos rudernden Armen bis an die gegenüberliegende Wand taumelte und benommen daran zu Boden sank.

Der Aufzug kam. Die Türen glitten auf, und Bremer blieb keine Zeit mehr, zuzusehen, was weiter geschah, als sich Albert schnaubend in Bewegung setzte und sich auf den Mann warf, der auf so gemeine Weise aus dem Spiel Ernst gemacht hatte. Außerdem hatte sich der zweite Agent inzwischen wieder erhoben und war nur noch zwei oder drei Meter entfernt.

Bremer versetzte Angela einen Stoß, der sie in den Aufzug hineinstolpern ließ, drehte sich gleichzeitig zu dem Agenten herum und schoß ihm in den Fuß.

Er wollte es gar nicht. Die Kugel war als Warnschuß *vor* seine Füße gemeint, aber der Mann bewegte sich einfach zu schnell, und Bremer war noch nie ein sonderlich guter Schütze gewesen, und außerdem im Moment ziemlich aufgeregt. Die Kugel stanzte ein sauberes rundes Loch in den Schuh des Agenten und bohrte sich in den Holzfußboden darunter, und der Mann stürzte auf die Seite, umklammerte sein Bein und wälzte sich brüllend über den Teppich. Bremer wich mit einem Satz in den Aufzug zurück. Die Türen schlossen sich, und Angela schlug mit der Faust auf den Knopf für das Kellergeschoß.

»Was war das gerade?« keuchte sie. »Wolltest du dich umbringen, oder hältst du dich für kugelfest?«

»Sie schießen nicht auf mich«, behauptete Bremer. »Ich bin viel zu wertvoll. Braun braucht mich lebend.«

»Mich anscheinend nicht.« Angela kontrollierte das Magazin ihrer Waffe und verzog das Gesicht. Ihr Blick irrte über die Kontrolleuchten des Aufzugs. Sie hatten den ersten Stock passiert und glitten tiefer.

»Kaum noch Munition«, murmelte sie. »Wenn sie unten auf uns warten, haben wir ein Problem.«

»Glaubst du, daß sie das tun?«

»Du kannst dich darauf verlassen, daß sie es tun«, sagte Angela. »Ich würde es, und ich erwarte von meinem Gegner nie, daß er dümmer ist als ich.«

Sie warteten praktisch mit angehaltenem Atem, daß die Kabine am Erdgeschoß vorbeiglitt. Und Bremer war für einen Moment felsenfest davon überzeugt, daß der Aufzug anhalten und die Türen aufgehen mußten, um einem Dutzend von Brauns Agenten Einlaß zu gewähren. Die Kabine sank jedoch weiter in die Tiefe. Als das leuchtende ER über der Tür erlosch, stemmte Angela den Fuß gegen die Wand, preßte sich mit dem Rücken gegen die gegenüberliegende Wand und begann wie ein Bergsteiger in einem Kamin in die Höhe zu steigen.

»Was tust du?« fragte Bremer. »Da oben geht es nicht weiter.«

»Runter!« befahl Angela knapp.

Bremer ließ sich gehorsam auf die Knie herabsinken, und eine Sekunde später hatte der Lift sein Ziel erreicht und ging auf, und Bremer begriff plötzlich zweierlei: Angelas Befürchtungen waren nur *zu* berechtigt gewesen, und er hatte den Mann oben nur durch schieres Glück erledigt.

Er hatte die Waffe auf die Tür gerichtet und den Finger am Abzug. Bremer hatte nicht vor, wirklich zu schießen, aber es wäre ihm vermutlich nicht einmal gelungen, wenn er es gewollt hätte. Der Mann, der draußen vor dem Aufzug gewartet hatte, war so blitzartig über ihm, daß Bremer die Bewegung nicht einmal *sah*, mit der er seine Waffe zur Seite schleuderte. Zugleich riß der Agent den anderen Arm in die Höhe, um ihm einen fürchterlichen Schlag ins Gesicht zu versetzen.

Angelas Fuß sauste wie ein Fallbeil auf ihn herab, streifte seine Schläfe und ließ ihn halb bewußtlos zurück – und gegen die beiden anderen Agenten stolpern, die hinter ihm standen. Bremer sah, daß er einen davon mit sich zu Boden riß. Der andere steppte blitzschnell zur Seite, und Bremer katapultierte sich aus dem Lift und sprang ihn an.

Der Agent empfing ihn mit einem Fausthieb, der ihm die Luft aus den Lungen trieb und ihn hilflos zur Seite torkeln ließ, aber die wenige Ablenkung hatte Angela gereicht. Sie sprang wie eine Furie aus dem Lift heraus, deckte den Mann mit einem Hagel von Schlägen und Tritten ein, die ihn zu einem hastigen Rückzug zwangen, und fällte ihn schließlich, indem sie ihm wuchtig die Uzi gegen das Kinn schlug.

Noch bevor er zu Boden stürzte, packte sie Bremer am Arm und wirbelte ihn herum. »*Los*!!«

Bremer fand erst jetzt Gelegenheit, sich in ihrer neuen Umgebung umzusehen. Sie befanden sich in einer Großküche, die diesen Namen wirklich verdiente. Der Raum mußte mindestens fünfzig, wenn nicht mehr Meter lang sein und war vollgestopft mit Öfen, Arbeitsplatten, riesigen Kesseln und Regalen voller Geschirr. Wie Bremer erwartet hatte, hatte das normale Tagesgeschäft hier schon begonnen: Überall brutzelte und brodelte es, aus den meisten Kesseln quoll Dampf, und die Küchenbelegschaft war bereits in voller Stärke angetreten. Die Männer und Frauen in ihrer unmittelbaren Umgebung ließen erschrocken ihre Werkzeuge fallen oder starrten sie einfach nur verständnislos an, aber die Panik, mit der Bremer eigentlich gerechnet hatte, war noch nicht ausgebrochen. Die meisten hier unten hatten noch nicht einmal gemerkt, was vorging. Obwohl es Bremer vielleicht länger vorkam, waren erst zwei oder drei Sekunden verstrichen, seit sie aus dem Lift gekommen waren.

Hinter ihnen krachte ein Schuß. Angela keuchte vor Schmerz, und Bremer drehte erschrocken im Laufen den Kopf und sah, daß sich der rechte Ärmel ihres weißen Schwesternkittels rot färbte. Der Schußwinkel ließ einen Streifschuß vermuten, aber er wußte aus eigener leidvoller Erfahrung, wie sehr eine solche Wunde schmerzen konnte. Ohne im Rennen innezuhalten, packte er Angelas unverletzten Arm, zerrte sie an sich vorbei und lief nun hinter ihr her, um einen lebenden Schutzschild zu bilden.

Wieder krachte ein Schuß. Die Kugel zertrümmerte eine komplette, drei Meter lange Regalreihe voller Teller rechts neben ihm und überschüttete Bremer und Angela mit einem Hagel scharfkantiger weißer Splitter, und *jetzt* brach in der Krankenhausküche Panik aus.

Vielleicht verschaffte ihnen gerade das die Frist, die sie brauchten. Bremer hatte den Ausgang entdeckt, aber er lag unglücklicherweise nahezu am anderen Ende des Raumes. Ihre Verfolger kamen jedoch kaum voran, wie ihm ein neuerlicher rascher Blick über die Schulter zurück bewies. Nach den beiden Schüssen hatte sich die Küche in ein einziges Chaos verwandelt. Dutzende von Männern und Frauen in weißen Kitteln versuchten den Ausgang zu erreichen, liefen einfach kopflos durcheinander, und sie behinderten dabei nicht nur sich gegenseitig, sondern vor allem die drei Agenten, die hinter Angela und Bremer her waren. Selbst wenn sie rücksichtslos genug gewesen wären, ihre Waffen trotzdem abzufeuern, hätten sie es in diesem Moment wahrscheinlich gar nicht gekonnt.

Die große Schwingtür flog auf, und zwei weitere Agenten stürmten herein. Einen davon erkannte Bremer wieder: Es war einer der beiden Männer, die Angela und er vorhin an die Heizung in Brauns Büro gekettet hatten. Ihre Flucht schien wirklich nicht sehr lange unbemerkt geblieben zu sein.

Der Mann blieb breitbeinig stehen, richtete seine Waffe mit beiden Händen auf sie, und sein Kollege schlug einen Haken, um ihm nicht in die Schußbahn zu rennen, und jagte weiter auf sie zu. Angela fluchte und sprang so plötzlich nach rechts, daß Bremer beinahe einfach weitergestürmt wäre und erst im allerletzten Moment in die gleiche Richtung schwenkte. Hinter ihnen fiel ein einzelner Schuß. Glas zerbarst, und ein gellender Schrei antwortete.

Sie rannten geduckt durch den schmalen Zwischenraum zwischen einem gewaltigen Herd, auf dessen Platten Dutzende von Spiegeleiern verbrannten, und einer fünf Meter langen Anrichte aus spiegelndem Metall hindurch. Die Hitze war fast unerträglich. Angela rannte trotz ihrer Verletzung schneller vor ihm her, als er es jemals gekonnt hätte, und plötzlich hörte er trappelnde, harte Schritte hinter sich. Bremer warf einen gehetzten Blick über die Schulter zurück, sah eine Gestalt in einem dunkelblauen Anzug keine zwei Meter hinter sich und schoß, ohne zu zielen. Die Kugel tötete nicht mehr als ein Spiegelei, aber der Rückstoß brachte Bremer aus der Balance. Er stolperte, drehte sich ungeschickt halb um seine Achse und prallte (natürlich! Wie auch sonst!) mit den Nieren gegen die Metallkante der Anrichte.

Der Schmerz war so gräßlich, daß er ihm fast das Bewußtsein geraubt hätte. Seine Beine gaben unter ihm nach. Hilflos brach er in die Knie, sah wie durch einen dichten Nebelvorhang eine Faust auf sich zukommen und hatte nicht mehr die Kraft, dem Schlag auszuweichen. Der Hieb schleuderte ihn zurück, knallte seinen Kopf gegen die gleiche Metallkante, mit der gerade schon seine Nieren Bekanntschaft gemacht hatten, und prügelte ihn endgültig an den Rand der Bewußtlosigkeit.

Offensichtlich nur für wenige Sekunden, denn das nächste, was er wieder wahrnahm, waren eine Folge dumpfer, klatschender Laute und ein gepreßtes Stöhnen. Mühsam öffnete er die Augen, versuchte dem tanzenden Durcheinander von Schatten vor sich irgendeinen Sinn abzugewinnen und erkannte schließlich, daß es Angela war, die sich einen verzweifelten Kampf mit dem Agenten lieferte.

Eigentlich war es eher umgekehrt, denn der breitschultrige Koloß hatte kaum eine Chance gegen die Frau in der weißen Schwesterntracht. Angela deckte ihn mit einem Hagel von Schlägen ein, die fast alle ihr Ziel trafen. Sie hatte nicht genug Bewegungsfreiheit, um ihre Beine einzusetzen, was wahrscheinlich der einzige Grund war, aus dem ihr Gegner überhaupt noch stand, aber auch so dauerte es nur noch Sekunden. Angela deutete einen Schlag gegen seinen Magen an, riß im allerletzten Moment die linke Hand hoch und traf den Adamsapfel ihres Gegners mit den versteiften Fingerspitzen. Der Mann keuchte, schlug beide Hände gegen den Hals und brach verzweifelt nach Luft ringend zusammen. Angela fing ihn auf, als er mit dem Oberkörper auf eine glühende Herdplatte zu stürzen drohte, ließ ihn dann aber achtlos zu Boden fallen. Hastig ließ sie sich vor Bremer in die Hocke sinken.

»Alles in Ordnung?« fragte sie. Als Bremer nicht sofort antwortete, schlug sie ihm leicht ein paarmal mit der flachen Hand ins Gesicht und fragte noch einmal: »Alles okay?«

»Nein.« Bremer versuchte schwächlich, ihre Hand zur

Seite zu schieben. »Nichts ist in Ordnung. Ich ... kann nicht weiter. Hau ab. Bring dich in Sicherheit. Sie ... wollen nur mich.«

»Du spinnst«, antwortete Angela. »*Dich* wollen sie lebend, mich tot. Du bist meine Lebensversicherung. Also komm hoch, alter Mann.« Sie zerrte ihn auf die Füße, wie sie meinte, wahrscheinlich behutsam, nach Bremers Empfinden aber mehr als grob. Trotzdem konnte er sich besser bewegen, als er erwartet hatte. In seinem Körper mußten sich doch noch mehr Kraftreserven befinden, als er glaubte. Aber irgendwann würden sie aufgebraucht sein. Und er spürte, daß es nicht mehr sehr lange dauern konnte.

Vor ihnen tauchten plötzlich zwei Agenten auf. Angela ließ ihre Uzi Kugeln spucken, und die Männer brachten sich mit hastigen Sätzen in Sicherheit. Bremer glaubte nicht, daß sie einen von ihnen getroffen hatte.

Sie hetzten weiter. Rings um sie herum herrschte noch immer ein unvorstellbares Chaos, und Bremer führte sich vor Augen, daß sie trotz allem noch nicht sehr viel länger als eine Minute hier unten sein konnten. Wie weit war es noch bis zu diesem verdammten Ausgang? Hundert Millionen Lichtjahre?

Wieder fielen Schüsse. Aus dem Metall neben ihm stoben Funken, und Angela stieß ihn hastig in Deckung und feuerte zurück. Ihre MP stieß einen ratternden, viel zu kurzen Feuerstoß aus, und Bremer sah, daß sich der Mann, auf den sie geschossen hatte, hastig hinter einem überdimensionalen Herd mit zwei dampfenden Suppentöpfen in Dekkung brachte. Dann schlug der Hammer der Miniaturmaschinenpistole klickend ins Leere. Das Geräusch hallte wie metallenes Hohngelächter in Bremers Ohren wider.

Der Agent mußte es wohl auch gehört haben, denn er richtete sich vorsichtig hinter seiner Deckung auf und spähte über den Rand des Suppentopfes. Als niemand auf ihn schoß, rief er: »Geben Sie auf, Bremer. Noch haben Sie eine Chance, lebend hier herauszukommen. Und Ihre Freundin auch!«

»Bleib unten«, flüsterte Angela. Sie hob die Hände, wobei sie die MP am ausgestreckten Zeigefinger der Rechten baumeln ließ, und richtete sich ganz langsam auf.

Der Agent zielte mit seiner Pistole auf sie. »Ganz ruhig«, sagte er. »Wirf die Waffe herüber!«

»Gern«, antwortete Angela und schleuderte die Uzi. Sie beschrieb eine perfekte Parabel und landete zielsicher im Suppentopf vor dem Agenten. Der Mann brüllte vor Schmerz, als ihm kochendheiße Hühnerbrühe ins Gesicht spritzte, taumelte zurück und ließ seine Waffe fallen, und Angela riß ihre Pistole unter dem Gürtel hervor und schoß ihm in den linken Oberarm.

»Puh«, murmelte Bremer. »Dich möchte ich auch nicht zum Feind haben.«

»Wer will das schon?« grinste Angela. »Komm! Wir müssen ...«

»Paß auf!!«

Bremers Schrei kam zu spät. Der Agent sprang warnungslos hinter einem Regal hervor, rammte Angela das Knie in den Leib und schlug ihr den Lauf seiner Waffe in den Nacken, als sie sich krümmte. Angela brach in die Knie, ließ ihre Pistole fallen und versuchte ihren Sturz mit ausgestreckten Armen aufzufangen, schaffte es aber nicht ganz. Während sie schwer auf das Gesicht schlug, schwenkte der Agent seine Pistole herum und richtete sie auf Bremer, der seine Waffe halb erhoben hatte, nun aber mitten in der Bewegung zögerte.

»Tu mir den Gefallen und versuch es«, sagte der Agent. Bremer erkannte ihn. Es war einer der beiden Männer aus Brauns Büro.

»Sie schießen nicht auf mich«, sagte er. »Braun braucht mich lebend.«

»Er nimmt dich auch mit einem zerschossenen Knie«, sagte der Agent.

Bremer zögerte noch eine einzelne Sekunde, aber dann ließ er seine Pistole fallen. Der Mann meinte seine Worte bitter ernst – und wahrscheinlich hatte er sogar recht. Ein Bremer mit einem steifen Bein war Braun möglicherweise lieber, weil er nicht mehr so gut davonlaufen konnte. Es war vorbei. Sie hatten es versucht und verloren. Eine zweite Chance würden sie nicht bekommen. Jetzt konnte sie nur noch ein Wunder retten. Aber er fürchtete, daß der Vorrat an Wundern, die das Schicksal für sie bereithielt, allmählich aufgebraucht war.

Er deutete auf Angela. »Laß sie laufen«, sagte er. »Sie hat nichts damit zu tun.«

»Keine Chance«, antwortete der Agent.

Hinter ihm krachten wieder Schüsse. Ein Chor gellender, entsetzter Schreie klang auf, und irgend etwas zerbarst mit einem ungeheuren Knall. Wieder Schüsse. Bremer fragte sich betäubt, wer da schoß, und auf wen. Es war doch vorbei.

Auch der Agent wandte irritiert den Blick und wich rasch zwei, drei Schritte vor ihnen zurück. »Rührt euch nicht!« drohte er.

Im nächsten Moment verschwanden seine Beine nach oben aus Bremers Gesichtsfeld. Ein gellender Schrei erklang, gefolgt von einem einzelnen, ungeheuer *lauten* Schuß, dann polterte seine Waffe unmittelbar vor Bremers Füßen zu Boden, gefolgt von einem plätschernden, roten Strom, der Bremers Beine bis über die Knie hinauf besudelte. Aus dem Schrei wurde ein Gurgeln, dann ein Wimmern.

Ganz langsam hob Bremer den Kopf. Er wußte, was er sehen würde, und er wollte es um nichts auf der Welt sehen. Er wäre lieber gestorben, als das *Ding* auch nur noch ein einziges Mal anzublicken. Aber er konnte nicht anders. Etwas zwang ihn mit unwiderstehlicher Macht dazu.

Der Dämon stand mit weit gespreizten Flügeln über ihm. Er war unversehrt. Von den schrecklichen Wunden, die er bei dem Kampf vor dem Haus davongetragen hatte, war nichts mehr geblieben, und das Blut, das von seinen Klauen und den grauenhaften Kieferzangen troff, war nicht seines. Der Blick seiner riesigen, schillernden Insektenaugen bohrte sich in den Bremers, und es war etwas darin, etwas Fremdes und Uraltes und trotzdem auf unerträgliche Weise *Vertrautes*, das Bremer innerlich in Agonie aufstöhnen ließ.

Ein einzelner Schuß fiel. Der Dämon fuhr mit einem wütenden Vogelkreischen herum, schleuderte den Körper des toten Agenten davon wie ein Kind eine Stoffpuppe, an der es urplötzlich das Interesse verloren hatte, und stürzte sich mit einem zweiten kreischenden Schrei auf den unsichtbaren Schützen.

Und Bremer fuhr herum, riß Angela mit verzweifelter Kraft auf die Füße und stürzte davon.

32

Nachdem die beiden Sanitäter Markus herausgeschafft hatten, war es in dem großen Büro im fünften Stock der St.-Elisabeth-Klinik sehr still geworden. Braun hatte die Tür hinter ihnen abgeschlossen, und jetzt stand er seit gut einer Minute da und starrte den Blutfleck an, der auf dem teuren Teppich zurückgeblieben war. Bei genauerem Hinsehen hätte er entdeckt, daß der Fleck die ungefähre Form eines Engels hatte (allerdings nur mit sehr viel Fantasie), aber Braun sah nicht genau hin.

Er empfand eine tiefe, mit Wut gepaarte Verzweiflung.

Vielleicht war Verzweiflung nicht das richtige Wort. Möglicherweise war es auch nur Hilflosigkeit, das allmähliche Begreifen, daß alles, wofür er die letzten fünf Jahre seines Lebens geopfert hatte, wofür er getötet, gelogen und betrogen hatte, scheitern würde.

Es war vorbei.

Braun wußte es. Noch war er nicht soweit, es wirklich zuzugeben, aber tief in sich wußte er bereits, daß er verloren hatte. Er hatte alles genau geplant. Er war überpenibel gewesen, hatte jede noch so unwahrscheinliche Eventualität berücksichtigt und drei- (ach was! *zehn*-)fache Sicherheitsvorkehrungen getroffen, und in weniger als vierundzwanzig Stunden hatte sich sein Lebenswerk in einen Scherbenhaufen verwandelt.

Und alles nur wegen eines kleinen, schwachsinnigen Polizeibeamten, der seine Grenzen nicht kannte, und eines größenwahnsinnigen Teenies, die sich für die weibliche Reinkarnation von James Bond hielt! Nicht zu vergessen dieser sabbernde Tattergreis Mecklenburg, der ihn fünf Jahre lang belogen hatte und ihm noch aus dem Grab heraus den Mittelfinger zeigte.

Wäre Braun ein bißchen weniger erregt gewesen, dann hätte er sich vielleicht gesagt, daß er selbst nicht ganz unschuldig an seiner momentanen Situation war. Aber Braun gehörte nicht zu jener Art von Männern, die einen Fehler zugaben; nicht, wenn sie keinen Nutzen daraus zogen.

Und seine Situation *war* verzweifelt.

In seinem Büro herrschte vollkommene Stille, aber das galt wahrscheinlich mittlerweile *nur noch* für sein Büro. Im Rest des Gebäudes war im wahrsten Sinne des Wortes der Teufel los, und es würde schlimmer werden, mit jeder Minute, die verging. Es war nach sechs. Unten im Gebäude trafen jetzt in immer schnellerer Folge Verwaltungsangestellte, Köche, Krankenschwestern, Ärzte, Pfleger und Putzfrauen ein, die ganze Mannschaft eben, die nötig war, um eine teure Privatklinik mit fünfhundert stationären Patienten aufrechtzuerhalten. Keiner von ihnen hatte hier etwas zu suchen – nicht *heute*, verdammt! –, aber er hatte einfach nicht genug *Leute*, um diese Armee aufzuhalten. Vielleicht war es doch keine so gute Idee gewesen, ein wirklich funktionierendes Krankenhaus für seine eigentlichen Aktivitäten zu benutzen.

Nun, *wenn* es ein Fehler gewesen war, dann nur einer in einer sehr langen Reihe von Fehlern, die sich nun allmählich als aufeinanderfolgende Kette verhängnisvoller Entscheidungen offenbarten. Es hatte wenig Sinn, über gemachte Fehler zu lamentieren. Er konnte nur noch versuchen, das Beste aus der Situation zu machen.

Was wahrscheinlich nicht viel war.

Braun verfügte nach der verlorenen Schlacht vor Mecklenburgs Haus noch über zwölf Agenten – abzüglich der, die Bremer und dieses verdammte Miststück in seiner Begleitung einen nach dem anderen ausschalteten. Braun verstand einfach nicht, wieso diese beiden noch am Leben waren, geschweige denn auf freiem Fuß. Er hatte die beste Truppe des Landes, zwei Dutzend hochtrainierter, skrupelloser Killermaschinen, die auf Knopfdruck so präzise funktionierten wie Roboter und noch nie versagt hatten, und dieser ... *Hilfspolizist* drehte ihnen seit Stunden eine lange Nase!

Sein Handy meldete sich, Braun zog das Gerät aus der Tasche, klappte es auf und fragte übergangslos: »Habt ihr sie?«

»Nein«, antwortete eine kleinlaute Stimme. Braun identifizierte sie als die Malchows. Offensichtlich hatte dieser Vollidiot sich vorgenommen, heute alle schlechten Nachrichten zu überbringen. »Aber die Lage hier unten wird allmählich kritisch. Die Leute lassen sich nicht wegschicken, und ...«

»Ja?« fragte Braun, als Malchow nicht weitersprach.

Selbst durch das Telefon konnte Braun spüren, wie schwer es seinem künftigen Exagenten fiel, fortzufahren. »Nördlinger und dieser Pastor sind hier. Sie verlangen Sie zu sprechen.«

»In Ordnung«, seufzte Braun. »Halten Sie sie auf. Ich brauche fünf Minuten.«

»Aber ...«

Braun klappte das Telefon zu und steckte es wieder ein. Also gut. Was vorbei war, war vorbei. Es brachte nichts, mit dem Schicksal zu hadern. Er mußte Schadensbegrenzung betreiben.

Er trat an seinen Schreibtisch, drückte einen verborgenen Knopf unter der Platte, zählte lautlos bis drei und drückte ihn noch einmal. Zwei Meter neben ihm begann sich ein Stück des Fußbodens zu heben. Darunter kam ein kleiner, aber äußerst massiv aussehender Tresor zum Vorschein. Braun ließ sich auf die Knie sinken, stellte rasch die Kombination ein und öffnete die Tür. Dahinter kam nicht das Innere des Tresors zum Vorschein, sondern eine in mattem Lindgrün schimmernde Glasplatte. Braun legte die gespreizten Finger der linken Hand darauf und wartete, daß der Scanner seine Fingerabdrücke und seine Handlinien abtastete. Es war kein normaler Fingerabdruckscanner, wie er schon in manchen Banken oder besonders sensiblen Militäreinrichtungen üblich war. Das Gerät wäre weder auf einen Kautschukabdruck seiner Hand hereingefallen noch auf irgendeinen anderen Versuch, es zu überlisten. Selbst wenn jemand seine Hand abgeschnitten und gegen das Glas gepreßt hätte, hätte der Computer festgestellt, daß diese Hand nicht mehr zu einem lebenden Körper gehörte, und den Zugriff verweigert.

Die Kehrseite der Medaille war, daß er fast zwei Minuten warten mußte, bis das grüne Leuchten der Glasscheibe erlosch und der Safe endgültig aufsprang. Eine Ewigkeit.

Das Fach, das dahinter zum Vorschein kam, war nur gut doppelt so groß wie eine Zigarrenkiste und enthielt nichts anderes als einen flachen, schwarzen Kunststoffkasten. Braun nahm ihn heraus und öffnete ihn. Auf dem schwarzen Samt, mit dem er ausgekleidet war, lagen drei zigarettengroße, durchsichtige Phiolen mit einer wasserklaren Flüssigkeit. Die Ausbeute von fünf Jahren Arbeit und eines Projektes, das mittlerweile eine dreistellige Millionensumme verschlungen hatte.

Und das Schöne daran war: Niemand außer ihm wußte, daß es diese drei Phiolen gab. Niemand außer ihm und Mecklenburg – was wiederum bedeutete: Niemand außer ihm.

Braun hätte sich vorgestellt, daß seine Hände zitterten, während er das kleine Kunststoffkästchen wieder zuklappte und einsteckte, aber er war vollkommen ruhig. Was er in den Händen hielt, das bedeutete die absolute Macht – viel, *viel* mehr, als sie sich alle hätten träumen lassen, selbst noch in der Endphase des Projekts. Azrael war nicht einfach nur eine Droge, die dem stärksten aus einer Gruppe, die sie gemeinsam nahm, Macht über alle anderen verlieh, wie sie geglaubt hatten. Das allein wäre schon ein Werkzeug unvorstellbarer Macht gewesen. Aber was es wirklich bedeutete, das war mehr.

Mehr.

Unendlich. Viel. *Mehr*.

Braun dachte an das ... *Ding* zurück, das sie durch das Appartementhaus gehetzt und die Hälfte seiner Männer getötet hatte, und ein Gefühl unvorstellbarer Stärke durchströmte ihn. Es war grauenhaft gewesen, eine Kreatur, die aus dem tiefsten nur denkbaren Abgrund der Hölle entsprungen war, dem Unterbewußtsein eines Menschen, der seit fünf Jahren sterben wollte und es nicht konnte, aber zugleich auch ein Geschöpf von unendlicher Schönheit und Größe, denn Braun hatte in ihm nicht nur gesehen, wonach es aussah und was es tat, sondern auch das, was es *war*: Leben, das von der bloßen Macht menschlichen Willens erschaffen worden war.

Und er hielt nun die gleiche Macht in den Händen.

Er hatte verloren, und zugleich gewonnen. Alles, was er in den letzten Jahren geschaffen hatte, zerbrach, aber ganz plötzlich wurde ihm klar, wie unwichtig das war. Die drei Phiolen in der Innenseite seines Jacketts änderten alles. Ganz plötzlich wurde ihm klar, daß es das war, was er die ganze Zeit über gewollt hatte. Er hätte es nicht im Traum zugegeben, aber das war es: Leben erschaffen.

Gott sein.

Wenn ein krankes, zerfressenes Gehirn wie das Haymars schon in der Lage war, *so etwas* zu erschaffen, wozu mußte dann ein so hochtrainierter, scharfer Intellekt wie der seine erst in der Lage sein?

Brauns Machtfantasien gingen nicht so weit, daß er davon träumte, die Welt zu beherrschen. Das wollte er nicht. Es gab nichts zu gewinnen, wenn er die ganze Welt unter seine Herrschaft zwang, aber alles zu verlieren – klügere und skrupellosere Männer als er waren schon an dieser Aufgabe gescheitert, und Braun maßte sich nicht an, die Brillanz oder das Format eines Napoleon Bonaparte zu haben, oder Adolf Hitlers. Nein. Braun wollte nicht die Welt. Nur ein kleines Stück davon. Für den Anfang.

Er schloß den Safe, richtete sich wieder auf, ohne die Hände zu Hilfe zu nehmen, und verließ das Büro. Die beiden Agenten, die draußen auf dem Korridor Wache hielten, traten respektvoll zur Seite, als er die Tür öffnete – fast als spürten sie die Veränderung, die mit ihm vorgegangen war, seit er die Tür das letztemal in umgekehrter Richtung durchschritten hatte.

Brauns Euphorie legte sich jedoch mit jedem Schritt, den er sich dem Aufzug näherte, und als er in die Kabine trat, da kam er sich nicht mehr wie ein Gott vor. Es war nur ein kurzer Anflug von Größenwahn gewesen; nicht mehr als ein vergänglicher Rausch, dem allerdings kein Kater folgte, sondern nur eine logische Ernüchterung, ohne jegliches Gefühl. Und warum auch nicht? Machtfantasien an sich waren nichts Verwerfliches. Die Welt wäre nicht das, was sie war, hätte es keine Männer und Frauen mit Machtfantasien gegeben. Wichtig war, was man daraus machte.

Natürlich würde er das Mittel nicht nehmen. Es war noch nicht getestet, und Gott allein mochte wissen, was es im Körper eines Menschen anrichtete. Vielleicht platzte ihm der Schädel weg wie eine überreife Tomate in der Sonne. Vielleicht bekam er auch nur den schlimmsten Durchfall seines Lebens. Vielleicht geschah auch gar nichts – Braun verspürte jedenfalls wenig Lust, als sein eigenes Versuchskaninchen zu fungieren. Wichtig war nur, daß er die drei Phiolen hatte. Genug für einen neuen Anfang. Selbst wenn er Bremer töten mußte – was ihm mittlerweile unausweichlich erschien.

Er drückte den Knopf für die Empfangshalle. Während der Aufzug lautlos nach unten summte, zog er sein Handy aus der Tasche und rief im Labor an. Die Stunde, von der Grinner gesprochen hatte, war noch lange nicht vorbei, aber es war vielleicht besser, ihm noch einmal auf die Zehen zu treten.

Das Telefon klingelte zweimal, dreimal, fünfmal. Grinner meldete sich nicht. Braun klappte das Gerät wieder zusammen und steckte es ein. Er war nicht sonderlich beunruhigt. Vermutlich hatte Grinner getan, was er ihm befohlen hatte, und danach in voller Panik das Weite gesucht. Und wenn nicht … Vielleicht war es nicht die schlechteste aller denkbaren Lösungen, wenn er einfach abwartete, bis das

Biest, das Haymar erschaffen hatte, Bremer erledigte. Danach konnte er immer noch eines der unzähligen Computerterminals der Klinik benutzen und einen ganz bestimmten Befehl eingeben, der das unterirdische Labor samt allem, was sich darin befand, mit einer Aerosolbombe zerstörte. Die Waffe war besonders wirkungsvoll: So leistungsstark wie eine vergleichbare kleine Nuklearbombe verursachte sie so gut wie keine harte Strahlung, und ihr Zerstörungsradius war auf einen Bereich von weniger als zwanzig Metern begrenzt. *Innerhalb* dieser zwanzig Meter jedoch war die Vernichtung total. Braun hatte keinen praktischen Test dieses neusten Streichs aus den amerikanischen Friedenforschungswerkstätten miterlebt, aber man hatte ihm versichert, daß in ihrem Detonationsbereich Temperaturen herrschten, die denen im Inneren der Sonne um nichts nachstanden. Der Sprengkopf war unter Haymars Sarkophag im Boden der Isolierkammer angebracht. Niemand außer Braun und den zwei Bundeswehringenieuren, die ihn eingebaut hatten, wußte davon. Er *konnte* nichts verlieren.

Mit diesem beruhigenden Gedanken trat Braun aus dem Lift und in die Eingangshalle hinaus.

Das vollkommene Chaos empfing ihn.

Die Halle war voller Menschen, Dutzenden von Männern und Frauen, die heftig gestikulierend und vor allem *lautstark* miteinander und besonders mit dem halben Dutzend Agenten stritt, das mit vorgehaltenen Maschinenpistolen die Treppe und die Aufzugtüren blockierte und die Belegschaft so daran hinderte, an ihre Arbeitsplätze zu gelangen. Wenigstens *versuchten* sie es, wenn auch nur mit mäßigem Erfolg.

Braun ließ seinen Blick durch die Halle schweifen. Er brauchte ein paar Sekunden, bis er Malchow entdeckte. Der Agent stand unweit des Eingangs und war offensichtlich in einen heftigen Streit mit zwei Männern verwickelt, wie sie unterschiedlicher kaum noch sein konnten: Der eine war ein wahrer Riese, noch einen Kopf größer als Braun und breitschultrig. Seltsam: Als er Nördlinger das letztemal gesehen hatte, war er ihm nicht annähernd so groß vorgekommen; aber da hatte er auch hinter seinem Schreibtisch im Polizeipräsidium gesessen, und es war immer schwer, die Größe eines sitzenden Menschen zu schätzen. Der andere war ein gutes Stück kleiner als er, von unmöglich zu schätzendem Alter und trug die schwarze Kleidung eines Priesters. Das mußte dieser Vater Thomas sein, von dem Bremer gesprochen hatte. Braun hatte einen Mann zu seiner Kirche geschickt, bisher aber noch nichts von ihm gehört. Kein Wunder.

Nördlinger unterbrach seine wütende Debatte mit Malchow, als er Braun erblickte, und wollte ihm entgegeneilen. Braun hob nur kurz die Hand, und Malchow und ein zweiter Agent vertraten dem Kriminalrat den Weg. Nördlingers Gesicht verfinsterte sich vor Zorn, aber er war zumindest klug genug, die beiden Agenten nicht gewaltsam aus dem Weg schieben zu wollen. Braun erkannte jedoch an der Reaktion der beiden Männer hinter Nördlinger, daß er mindestens diese beiden als Verstärkung mitgebracht hatte. Er hoffte nur, daß es nicht wesentlich mehr waren. Das letzte, was er jetzt gebrauchen konnte, war eine Kraftprobe mit einem dahergelaufenen Polizeitrottel.

Vor allem, weil er nicht mehr hundertprozentig davon überzeugt war, sie auch zu bestehen.

Seinem Gesicht war jedoch nichts von seinen wahren Gefühlen anzumerken, als er Nördlinger und dem Geistlichen entgegentrat. »Herr Nördlinger«, sagte er freundlich. »Was führt Sie hierher, noch dazu so früh? Sie sind doch nicht etwa krank?«

»Der einzige kranke Mistkerl hier sind Sie, Braun!« antwortete Nördlinger. »Aber das wird sich ändern. Ich bin hier, um Ihnen das Handwerk zu legen!«

Brauns Lächeln erlosch wie abgeschnitten. »Anscheinend habe ich mich gestern abend nicht deutlich genug ausgedrückt, Herr Nördlinger«, sagte er kalt.

»Gestern abend«, antwortete Nördlinger, »wußte ich noch nicht, was hier wirklich gespielt wird.«

»Was wird denn hier *gespielt*?« fragte Braun betont.

»Sie wissen es selbst nicht, nicht wahr?« mischte sich der Mann in der Priesterkleidung ein. »Nicht wirklich.«

»Wer sind Sie?« schnappte Braun. »Was haben Sie überhaupt hier zu suchen? Verschwinden Sie! Und Sie auch!« Er funkelte Nördlinger an. »Auf der Stelle! Schieben Sie Ihren pensionsberechtigten Beamtenarsch hier raus, bevor ich endgültig die Geduld verliere! Sie wissen ja nicht, mit wem Sie sich hier einlassen!«

»O doch«, antwortete Nördlinger. Plötzlich wurde er wieder ganz ruhig, und aus irgendeinem Grunde verunsicherte Braun das mehr als die brodelnde Wut, die noch vor ein paar Sekunden in seiner Stimme gewesen war. »Mit einem Mann, der zu weit gegangen ist. Und mit einem Verbrecher. Haben Sie Professor Mecklenburg erschossen, oder war das einer Ihrer Männer?«

»Und wenn?« fragte Braun. »Das können Sie nie beweisen!«

»Ich denke doch«, erwiderte Nördlinger. »Ich habe eine ziemlich gute Beschreibung von einem Mann, der mit einem Gewehr in der Hand aus der Wohnung des Professors gekommen ist. Und einen Zeugen, der ziemlich sicher ist, diesen Mann wiederzuerkennen – wissen Sie, daß Sie dem armen Kerl zwei Rippen gebrochen haben?«

Braun glaubte einen Schrei zu hören, dann ein Geräusch, das fast wie ein Schuß klang. Es war sehr leise. Weit entfernt.

Auch Nördlinger schien etwas gehört zu haben, denn er legte für einen Moment den Kopf schräg und lauschte, schien sich seiner Sache aber ebenso wenig sicher zu sein.

»Schieben Sie sich Ihren Zeugen sonstwohin, Nördlinger«, sagte Braun. »Selbst wenn Sie eine Videoaufnahme von mir hätten, wie ich Mecklenburg eine Kugel in den Kopf schieße, würde Ihnen das nicht nutzen. Begreifen Sie endlich, daß mich Ihre kleinkarierten Gesetze nicht interessieren!«

Wieder hörte er etwas wie einen Schuß, Schreie. Diesmal hörte es nicht auf. Der Lärm wurde nicht lauter, nahm aber zu und hielt an.

»Sie sind wahnsinnig«, sagte Nördlinger. »Vürfels, nehmen Sie ihn fest.« Er deutete in die Richtung, aus der der Lärm kam. »Was geht da vor?«

Einer der beiden Männer war tatsächlich verrückt genug, einen Schritt in Brauns Richtung zu machen, blieb aber dann sofort wieder stehen, als der Agent neben Malchow seine MP hob.

»Verschwinden Sie, Nördlinger«, sagte Braun. Seine Stimme zitterte. Er stand ganz kurz davor, die Beherrschung zu verlieren, zumal der Lärm und das Geräusch von Schüssen immer lauter wurden. Seine Leute hatten Bremer offenbar endlich gestellt – aber natürlich im unpassendsten aller Momente. Außerdem bemerkte er aus den Augenwinkeln noch etwas, was ihm nicht nur *ein wenig* seltsam vorkam: Vater Thomas hatte seine Jacke abgestreift und war gerade dabei, sich eine violette Schärpe mit einem verschlungenen goldenen Kreuzsymbol umzuhängen. Was hatte dieser Narr vor? Wollte er hier etwa einen Exorzismus abhalten?

»Nein, ich werde nicht verschwinden«, sagte Nördlinger. »Ich nehme Sie fest, ob Ihnen das paßt oder nicht.«

»Sind Sie verrückt?« fragte Braun. »Wie wollen Sie das bewerkstelligen, wenn ich fragen darf?«

»Sehen Sie nach draußen«, sagte Nördlinger ruhig.

Braun starrte ihn an, trat mit zwei raschen Schritten an ihm vorbei, warf einen Blick durch die großen Glastüren nach draußen – und keuchte vor Überraschung.

Vor dem Eingang war ein halbes Dutzend Kleinbusse aufgefahren, aus denen zahlreiche Männer in schwarzen Panzerwesten sprangen. Sie trugen klobige Helme mit Nakkenschützern und große Brillen, deren Glas nicht splittern konnte, und waren mit Präzisionsgewehren bewaffnet.

»Sie ... Sie wahnsinniger Spinner!« keuchte er. »Sie haben ein SEK gerufen?«

»Zwei«, korrigierte ihn Nördlinger. »Das andere steht auf der Rückseite und wartet darauf, daß ich den Angriffsbefehl gebe. Ich räuchere den Laden aus, Braun! Ich nehme Sie und Ihre ganze verdammte Bande hoch!«

»Das kostet Sie den Kopf«, sagte Braun. »Sie haben gerade Ihre Karriere das Klo runtergespült, Sie Arschloch!«

»Das glaube ich nicht«, antwortete Nördlinger. »Sie sind zu weit gegangen. Niemand kommt in diesem Land mit dem durch, was Sie getan haben. Sie gehen für den Rest Ihres Lebens in den Bau, ganz egal, was für einflußreiche Freunde Sie auch haben!«

»Das werden wir sehen«, sagte Braun.

Nördlinger wollte antworten, aber in diesem Moment flog eine Tür im hinteren Teil der Halle auf, und ein halbes Dutzend Männer und Frauen in weißen Kitteln und Kochmützen stürmte schreiend herein.

Eine Sekunde später folgten ihnen Bremer und die Kleine.

Und sie kamen nicht allein.

33

Die Küche war zwar riesig, trotzdem aber ein geschlossener Raum, in dem die Schreie des Ungeheuers noch lauter und unerträglicher widerzuhallen schienen, als sie ohnehin schon waren. Die Bestie tobte. Während Bremer halb wahnsinnig vor Angst und Angela einfach hinter sich herzerrend, mit gewaltigen Sätzen auf die Tür zuraste, schien sich das Ungeheuer in einen regelrechten Tobsuchtsanfall hineinzusteigern. Seine dürren Gliedmaßen zerrissen und zerfetzten alles, was in seine Reichweite kam, und was den rasiermesserscharfen Klauen und den schnappenden Kiefern entging, das zertrümmerten seine wild schlagenden Flügel. Der Agent, der auf das Ungeheuer geschossen hatte, war längst tot, aber selbst dieses zweite Opfer schien den Blutdurst der Bestie nicht gestillt zu haben. Ihre gewaltigen Flügel schlugen, schleuderten ein zwei Meter hohes und dreimal so langes Regal voller Teller beiseite wie Papier und fegten einen Topf mit kochendem Wasser vom Herd. Einer der flüchtenden Küchenhelfer wurde von der gewaltigen

Schwinge gestreift und unmittelbar vor die Füße der Kreatur geschleudert, wo er stöhnend liegenblieb. Die Bestie beachtete ihn nicht einmal. Ihr Kopf ruckte mit rasend schnellen, vogelartigen Bewegungen hin und her. Der Blick ihrer schrecklichen Augen tastete durch den Raum. Sie suchte etwas.

Bremer prallte gegen ein Hindernis, wäre um ein Haar gestürzt und fand im letzten Augenblick sein Gleichgewicht wieder. Hinter ihm erklang ein triumphierendes Brüllen, und er mußte sich nicht noch einmal herumdrehen, um zu wissen, daß das Ungeheuer sein Opfer entdeckt hatte. Er versuchte noch schneller zu laufen, aber er konnte es nicht. Angela taumelte noch immer halb benommen hinter ihm her, und immer mehr Mitglieder des Küchenpersonals stürzten in kopfloser Flucht an ihnen vorbei, so daß vor dem Ausgang ein regelrechtes Gedränge entstand. Bremer hörte das Schlagen riesiger Flügel und glaubte einen Schatten zu erkennen, der sich über Angela und ihn legte, dann begann hinter ihm eine Maschinenpistole zu hämmern, und das Schreien des Ungeheuers änderte sich erneut. Es klang jetzt nicht mehr triumphierend, sondern wütend und gequält zugleich.

Sie hatten den Ausgang erreicht, kamen aber nicht weiter, weil er noch immer von zahlreichen Flüchtenden blokkiert wurde, die sich in ihrer Panik nur gegenseitig behinderten. Bremer sah sich verzweifelt um. Der nächste Ausgang war gut zwanzig Schritte entfernt, und um ihn zu erreichen, hätten sie praktisch zwischen den Beinen des Ungeheuers hindurchlaufen müssen. Sie hatten keine andere Wahl, als abzuwarten, bis die Tür frei war.

Möglicherweise blieb ihnen sogar noch genug Zeit dazu, denn das Monster war im Moment anderweitig beschäftigt: Die drei überlebenden Agenten feuerten aus drei verschiedenen Richtungen und ununterbrochen auf das Ungeheuer. Die Bestie taumelte, aber Bremer zweifelte nicht daran, daß es nur die schiere Wucht der Geschosse war, die sie wanken ließ. Ihre gewaltigen Schwingen bewegten sich, und eine der Waffen verstummte.

Bremer richtete Angela mit einiger Mühe vollends auf und schüttelte sie, bis sie wenigstens die Augen aufschlug. »Bist du in Ordnung?«

Es war eine ziemlich dumme Frage, und Angelas Antwort war die schlechteste Lüge, die er je gehört hatte. Sie deutete ein Kopfschütteln an und murmelte: »Es geht mir prächtig«, aber ihr Blick blieb verschleiert, und sie hatte kaum die Kraft, sich auf den Beinen zu halten. Allmählich begann Bremer zu befürchten, daß der Agent sie ernsthaft verletzt hatte. Darüber hinaus hatte sie in den letzten Stunden schier Unvorstellbares geleistet. Auch ihre Kraftreserven mußten irgendwann einmal zu Ende gehen.

Die Flügel des Ungeheuers rauschten erneut, und eine zweite Waffe verstummte. Bremer sah nicht einmal hin, sondern zog Angela hinter sich her zur Tür. Es vergingen noch einmal Sekunden, bis sie endlich hindurchstürmen konnten. Die Panik hatte gottlob keine Opfer gefordert, wie es sonst so oft der Fall war; die Menschen vergaßen nur zu oft die dünne Tünche von fünftausend Jahren Zivilisation, wenn ihr Leben in Gefahr war. Sie mußten jedoch Gott sei Dank weder über Verletzte hinwegsteigen, noch sahen sie Menschen, die um den Ausgang kämpften. Hinter der Tür begann eine zwei Meter breite, steil in die Höhe führende Treppe, auf der noch immer ein ziemliches Gedränge herrschte, aber niemand versuchte, sich mit Gewalt oder gar über die Körper von Gestürzten hinweg nach oben durchzukämpfen. Bremer schoß der Gedanke durch den Kopf, daß sie sich nunmehr genau in die entgegengesetzte Richtung zu der bewegten, die sie eigentlich angestrebt hatten – statt die Klinik durch irgendeinen Lieferanteneingang, eine Laderampe oder eine Kellertür zu verlassen, stürmten sie wieder nach oben, und damit mit ziemlicher Wahrscheinlichkeit den Männern entgegen, vor denen sie eigentlich geflohen waren.

Plötzlich bemerkte er, daß hinter ihnen keine Schüsse mehr fielen. Hastig sah er im Laufen zurück und wurde mit einem Anblick belohnt, der sein Herz abrupt schneller schlagen ließ: Der Dämon richtete sich genau in dieser Sekunde über seinem letzten Opfer auf, fuhr mit einer rasend schnellen Bewegung herum und stieß sich ab. Seine Flügel spreizten sich. Für einen Moment sah er fast aus wie ein grotesker, ins Absurde vergrößerter Kinderdrachen, der von unsichtbaren Fäden gezogen direkt auf die Tür zufegte, schnell, entsetzlich *schnell*.

Was Bremer schon einmal beobachtet hatte, wiederholte sich: Die Kreatur war unvorstellbar stark und fast ebenso schnell, aber alles andere als klug: Sie steuerte, getrieben von einer unstillbaren Blutgier, auf die offenstehende Tür zu und kam anscheinend nicht einmal auf die *Idee*, daß die Öffnung möglicherweise breit genug für ihren Körper war, aber ganz bestimmt nicht für ihre Schwingen. Die weit gespreizten Flügel prallten mit so ungeheurer Wucht gegen die Wand, daß das gesamte Gebäude zu erbeben schien. Putz und Staub rieselten von der Decke, und in der Wand neben der Tür erschien ein meterlanger, gezackter Riß. Die Erschütterung riß nicht nur Angela und Bremer von den Füßen, sondern schleuderte den Koloß auch meterweit zurück, ehe er zu Boden fiel. Für einen Moment verwandelte er sich scheinbar in ein einziges tobendes Chaos aus Schwärze und flatternder Wut, dann richtete er sich wieder auf und stürmte kreischend vor Zorn hinter ihnen her.

Angela und Bremer waren vor ihm wieder auf den Füßen und hetzten die Treppe hinauf. Zu Fuß war das Ungeheuer nicht annähernd so schnell wie in der Luft – aber trotzdem immer noch schneller als ein rennender Mensch! Seine grotesk dürren Beine katapultierten es regelrecht die Stufen empor. Ihr Vorsprung schmolz rasend schnell dahin. Als Bremer und Angela die Tür am oberen Ende der Treppe erreichten, hatte das Ungeheuer sie fast eingeholt.

Bremer warf sich mit verzweifelter Kraft nach vorne, hechtete regelrecht durch die Tür und zerrte Angela einfach mit sich. Wie durch ein Wunder stürzten sie nicht, sondern blieben irgendwie auf den Beinen.

Wenigstens so lange, bis der Dämon ihnen folgte.

Das Ungeheuer machte sich nicht die Mühe, die Tür zu öffnen. Es stürzte einfach hindurch, zerschmetterte sie dabei und breitete mit einem befreienden Kreischen die Schwingen aus, kaum daß es aus der Enge des Treppenschachtes heraus war. Bremer versuchte sich noch zu dukken, aber es war zu spät. Eine gigantische Schwinge traf seine Schulter und schleuderte ihn gute zwei Meter weit durch die Luft, ehe er auf dem gefliesten Boden aufschlug und noch einmal um gut die doppelte Distanz weiterschlitterte. Angela wurde in die entgegengesetzte Richtung geschleudert und blieb benommen liegen, gute fünf, sechs Meter entfernt. Vielleicht weit genug, daß das Ungeheuer sie nicht bemerkte, wenn es sich auf ihn stürzte, was ohne Zweifel im nächsten Augenblick der Fall sein würde. Bremer hatte nicht mehr die Kraft, noch einmal aufzustehen und davonzulaufen. Es war sinnlos. Es gab keinen Platz auf dieser Welt, an dem er sich vor diesem Dämon verstecken konnte. Das Ungeheuer würde ihn weiter jagen und seinen Weg durch die Welt der Menschen mit einer Spur von Blut markieren, ganz gleich, wie weit er vor ihm davonlief, und ganz gleich, wo auch immer er sich vor ihm zu verstecken versuchte. Vielleicht starben ein paar Unschuldige weniger, wenn er endlich aufgab und sein sinnloses Davonrennen beendete.

Seltsamerweise griff das Ungeheuer jedoch nicht an. Es stand nur wenige Schritte von ihm entfernt, mit halb ausgebreiteten Flügeln, die mörderischen Klauen erhoben. Eine einzige, ungelenke Bewegung seiner dürren Beine hätte gereicht, um Bremer zu erreichen und endlich zu Ende zu bringen, was es vor so langer Zeit begonnen hatte. Aber der Blick seiner riesigen irisierenden Insektenaugen suchte nicht Bremer. Er tastete durch die große Halle hinter ihm und fixierte schließlich einen bestimmten Punkt.

Mühsam stemmte sich Bremer in die Höhe und drehte den Kopf.

Die Halle war voller Menschen, und natürlich hatte das Auftauchen des geflügelten Dämons auch hier augenblicklich für Panik gesorgt. Männer und Frauen rannten schreiend und kopflos davon – ganz gleich in welche Richtung, nur *weg* von diesem lebendig gewordenem Alptraum, der so plötzlich unter ihnen aufgetaucht war! – und natürlich entstand auch hier vor dem Ausgang ein regelrechter Tumult. Die Glastüren waren breit genug, um ein Dutzend Menschen zugleich durchzulassen, aber Bremer hatte den Eindruck, als ob draußen andere Männer standen, die sie daran hinderten, das Gebäude zu verlassen, obwohl er sich einfach nicht vorstellen konnte, warum.

Dann sah er, worauf sich der Blick des Ungeheuers gerichtet hatte.

Unweit des Ausganges befand sich eine kleine Gruppe von Männern, die *nicht* in Panik geraten waren. Bremer erkannte Braun als einen von ihnen, Vater Thomas und zu seiner maßlosen Überraschung auch Nördlingers Sumoringer-Gestalt, Vürfels und zwei oder drei weitere Männer, die ihrem Aufzug nach zu Brauns Schlägertrupp gehören mußten. Nördlinger hatte fassungslos die Augen aufgerissen und sah so aus, als würde er in der nächsten Sekunde in Ohnmacht fallen, während auf Brauns Gesicht plötzlich ein triumphierendes, böses Lächeln erschien. Vater Thomas schließlich bot einen fast grotesken Anblick: Er hatte sich eine violette Schärpe umgehängt und trug ein wuchtiges, dreißig Zentimeter hohes Silberkreuz in der linken Hand. In der Rechten hielt er eine jener absurden Metallkugeln an einem Stiel, mit denen man Weihwasser verspritzen konnte und die Bremer stets an altmodische Babyrasseln erinnerten, und um das absurde Bild komplett zu machen, hatte er sich noch eine gewaltige, in geprägtes Leder gebundene Bibel unter den Arm geklemmt, die aussah, als wöge sie mindestens einen halben Zentner. Seine Augen waren weit aufgerissen und starr vor Entsetzen, und seine Lippen bewegten sich ununterbrochen. Wahrscheinlich murmelte er ein Gebet.

Dann schrie das Ungeheuer erneut, und in die scheinbar mitten in der Bewegung erstarrte Gruppe kam wieder Leben.

Nördlinger riß eine Pistole aus der Manteltasche und legte auf den Dämon an, zwei von Brauns Agenten schwenkten ihre Maschinenpistolen herum und zielten ebenfalls in seine Richtung, aber Braun hielt sie mit einer hastigen Geste zurück, Vater Thomas hob das Kreuz und die Babyrassel und streckte sie der Bestie entgegen, und Vürfels zog seine Pistole aus dem Schulterhalfter und fiel in Ohnmacht.

Bremer hörte, wie das Ungeheuer hinter ihm erneut diesen krächzenden Vogelschrei ausstieß und sich dann in Bewegung setzte. Blitzschnell warf er sich auf die Seite, und Nördlinger schoß. Er hatte zu hastig gezielt: Die Kugel hätte um ein Haar *Bremer* getroffen statt des Ungeheuers, und die Bestie stürzte unbeeindruckt weiter. Bremer sprang hastig auf die Füße, duckte sich im buchstäblich allerletzten Moment unter einem gewaltigen schwarzen Flügel hindurch und lief zu Angela hinüber, und Nördlinger feuerte erneut.

Er war wirklich ein miserabler Schütze. Seine nächste Kugel verfehlte Bremer buchstäblich nur um Haaresbreite. Bremer duckte sich erschrocken, zerrte Angela auf die Füße und drehte sich erst dann herum, um Nördlinger zuzuschreien, daß er auf das falsche Ziel schoß.

Mittlerweile hatte die Kreatur die Gruppe um Braun fast erreicht. Braun und seine Agenten brachten sich mit verzweifelten Sprüngen in Sicherheit, während Vater Thomas offenbar närrisch genug war, sich auf den Schutz seines Silberkreuzes und der wassergefüllten Kinderrasseln zu verlassen. Der Tumult vor der Tür explodierte regelrecht, als zuerst eine und dann eine zweite der großen Scheiben unter dem Druck der Menge zerbarst und sich gellende Schmerzensschreie in den ohnehin schon ohrenbetäubenden Chor der Menschenmenge mischten. Trotzdem drängte der Mob sofort nach draußen, und nun *sah* Bremer genau die Szenen, die er vorhin befürchtet hatte: Männer und Frauen kämpften rücksichtslos darum, die Tür zu erreichen, nahmen Arme, Beine, Ellbogen und Knie zu Hilfe, um die vor ihnen Stehenden beiseite zu stoßen oder trampelten rücksichtslos über Gestürzte hinweg. Die verzweifelte Schlacht um die Tür forderte vermutlich mehr Opfer, als es ein Angriff der Bestie getan hätte.

Dann sah Bremer etwas, das ihm schier das Blut in den Adern gefrieren ließ.

Der Dämon hatte Nördlinger und Vater Thomas fast erreicht und breitete die Flügel aus, um die restliche Distanz mit einem einzigen Satz zurückzulegen. Vater Thomas riß sein Kreuz in die Höhe und begann das Vaterunser oder irgendeinen anderen Unsinn zu schreien, und Nördlinger ergriff die Pistole mit beiden Händen, spreizte die Beine, um festen Stand zu haben, und zielte sorgfältig.

Aber nicht auf das Ungeheuer.

Er zielte auf *ihn*.

Für den Bruchteil einer Sekunde kreuzten sich Nördlingers und Bremers Blicke, und was Bremer in diesem unendlich kurzen Moment in den Augen seines Vorgesetzten erkannte, das beseitigte jeden Zweifel. Es war ein Ausdruck unendlicher Qual und gewaltiger Verzweiflung, aber auch wilder Entschlossenheit: Nördlinger würde ihn töten.

Eine halbe Sekunde, bevor er abdrücken konnte, war der Dämon heran. Seine Kiefer schnappten mit einem gräßlichen Laut zu, und die Waffe polterte zu Boden.

Nördlinger erstarrte. Für die Dauer eines schweren Herzschlages stand er einfach da, blickte aus aufgerissenen Augen die Stümpfe seiner Arme und den sprudelnden, roten Strom an, in dem das Leben aus ihm herauslief, dann stieß er einen seltsamen, fast überrascht klingenden Laut aus und brach in die Knie.

Das Ungeheuer fegte ihn mit einem einzigen Flügelschlag zu Boden und wandte sich Vater Thomas zu.

Der Geistliche hatte seine Bibel fallen lassen und bedrohte den Koloß jetzt mit seinen verbliebenen, lächerlichen Waffen. Seine Züge waren vor Angst verzerrt, Schweiß lief ihm in Strömen über das Gesicht, und seine Lippen formten die Worte, die im Geschrei der Menschenmenge untergingen, so schnell, daß wahrscheinlich nur noch ein unverständliches Gestammel herauskam.

Der Dämon näherte sich dem Geistlichen mit einem staksenden Schritt, richtete sich zu seiner ganzen Größe von weit über zwei Metern auf und blickte mit schräg gehaltenem Kopf auf ihn herab. Vater Thomas zitterte am ganzen Leib. Bremer konnte *sehen,* wie alles in ihm danach schrie, herumzufahren und davonzurennen, aber er wich nicht, sondern blieb stehen, jeden Muskel in seinem Körper zum Zerreißen angespannt, und schleuderte der Bestie seine heiligen Bannsprüche entgegen. Selbst in diesem Moment, in dem er es *sah,* kam es Bremer einfach unglaublich vor – aber es schien tatsächlich zu funktionieren. Das Ungeheuer stand auf weniger als Armeslänge vor Thomas. Er hätte ihn mit einer einzigen, flüchtigen Bewegung packen und töten können, aber irgend etwas ... hinderte es daran. Vielleicht war ja alles, woran er zeit seines Lebens geglaubt – beziehungsweise gerade *nicht* geglaubt – hatte, falsch. Vielleicht war das alberne Spielzeug in Thomas' Händen doch mehr als eine Kinderrassel, und vielleicht waren seine Worte doch mehr als abergläubisches Gestammel, sondern enthielten einen uralten Zauber, der das Ungeheuer bannte und es in die Welt zurückschicken würde, aus der es gekommen war.

Der Dämon starrte den Geistlichen sekundenlang aus seinen faustgroßen Augen an, dann drehte er sich mit einer auf beunruhigende Weise an ein menschliches Achselzukken erinnernden Bewegung herum und schlug Vater Thomas fast beiläufig den Kopf von den Schultern. Der enthauptete Torso des Geistlichen blieb noch eine geschlagene Sekunde lang stehen, ließ erst den Weihwasserspender und dann das schwere Silberkreuz fallen und brach erst dann zusammen.

Bremer war vollkommen schockiert. Was ihn für Sekunden regelrecht lähmte, das war nicht einmal der Tod des Geistlichen – er hatte gesehen, wie die Bestie mehr Menschen umgebracht hatte, und auf ungleich schrecklichere Weise.

Es war die Beiläufigkeit, mit der es geschehen war; fast, als hätte sich das Ungeheuer ganz genau überlegt, auf welche Weise es Vater Thomas töten würde, um Bremer ein möglichst beeindruckendes Schauspiel zu bieten. Als sich die Kreatur wieder zu ihm herumdrehte, war ihr Gesicht vollkommen starr, und anders konnte es ja auch nicht sein, aber Bremer glaubte ein böses, höhnisches Glühen in seinen Augen zu sehen.

»Er hat auf dich gezielt«, stammelte Angela. »Nördlinger! Er ... mein Gott, er ... er wollte dich erschießen!«

»Ich weiß«, murmelte Bremer. Seine Gedanken hatten sich in einen klebrigen Sumpf verwandelt, in dem jeder Versuch, eine logische Erklärung zu finden, hoffnungslos versank. Er starrte die Bestie an, und das Ungeheuer starrte ihn an, und etwas außerhalb von Bremers Begreifen schien in diesem Moment miteinander zu kommunizieren.

Ein Schuß fiel. Chitinsplitter und Blut eruptierten aus dem Schädel des Dämonen. Der Koloß wankte, drehte sich mit einer blitzartigen Bewegung herum und stieß ein zorniges Kreischen aus, auf das zwei oder drei weitere Schüsse antworteten. In den weit gespreizten Schwingen des Titanen prangten plötzlich zwei gewaltige Löcher.

Die flüchtenden Menschen hatten mittlerweile die Halle verlassen, aber in der zerborstenen Glastür waren andere Männer aufgetaucht, Männer in Kleidung und mit Waffen, die Bremer sofort erkannte: Nördlinger war nicht allein gekommen, sondern hatte eine komplette Abteilung des SEK mitgebracht. Für ihn selbst kam diese Hilfe zu spät, aber Angela und ihm rettete es vielleicht noch einmal das Leben.

Nur zwei oder drei der Männer schossen auf das Ungeheuer. Einige weitere waren damit beschäftigt, Verwundete aus dem Haus zu zerren, aber die meisten waren einfach wie vom Donner gerührt stehengeblieben und starrten die Alptraumkreatur an. Selbst für die hartgesottenen Burschen war der Anblick des Dämonen offensichtlich zu viel, um ihn so einfach wegzustecken.

Angela riß sich los – und tat etwas, was Bremer vor Entsetzen aufstöhnen ließ. Sie rannte nicht davon und nutzte die Chance, die ihnen das Schicksal noch einmal geschenkt hatte, sondern *lief auf den Dämon zu*, schlug im letzten Moment einen Haken und näherte sich Nördlinger! In vollem Lauf fiel sie auf die Knie, schlitterte die letzten zwei Meter wie eine Eiskunstläuferin am Ende eines Kunstsprunges auf den Knien über den Boden und prallte gegen den Kriminalrat. Sie nutzte den Schwung ihrer eigenen Bewegung, um Nördlinger auf den Rücken zu drehen, und begann sich mit fliegenden Fingern an seinen Armstümpfen zu schaffen zu machen. Bremer konnte nicht genau erkennen, was sie tat, aber es dauerte nur wenige Sekunden, dann sprang sie wieder in die Höhe und rannte zu ihm zurück. Ihre ehemals weiße Schwesterntracht glänzte jetzt in einem dunklen, nassen Rot. Sie war quer durch die gewaltige Blutlache geschlittert, die sich dort gebildet hatte, wo Nördlinger und Vater Thomas lagen.

»Braun!« schrie sie. »Er entkommt!«

Bremer sah in die Richtung, in die ihr ausgestreckter Arm wies. Braun und die Handvoll Männer, die ihm geblieben waren, verschwanden in diesem Moment in einer Tür am anderen Ende der Halle.

Aber auch der Dämon hatte auf Angelas Worte reagiert. Die Männer des SEK schossen noch immer auf ihn. Er wankte unter den Kugeln, die ihn in immer rascherer Folge trafen, aber Bremer wußte, daß sie ihn nicht wirklich verletzen konnten. Sein Kopf drehte sich unablässig, und sein Blick irrte zwischen Angela und den Männern an der Tür hin und her, als überlege er, ob sie es überhaupt wert waren, sie anzugreifen. Dann drehte er sich behäbig herum und machte einen schwerfälligen Schritt in Angelas Richtung.

Zwei Geschosse gleichzeitig trafen seinen Schädel und rissen die Hälfte davon weg. Diesmal konnte Bremer sehen, wie sich die grauenhafte Wunde schloß. Die Bestie wankte, drehte sich erneut zu den Männern unter der Tür herum – und stieß sich mit einem wütenden Kreischen ab. Mit weit gespannten Flügeln landete sie inmitten der Männer. Ihre Krallen und Kiefer schnappten zu. Die riesigen Schwingen schleuderten die Männer gleich Spielzeugen durch die Luft und zertrümmerten auch noch das, was von der Glastür bisher übriggeblieben war. Trotzdem hatte Bremer den Eindruck, daß die Kreatur längst nicht mit der gnadenlosen Wildheit kämpfte, die er bisher beobachtet hatte. Es war, als wolle sie die Männer nicht töten, sondern begnüge sich damit, sie zurückzutreiben.

Er verschwendete allerdings keine Sekunde darauf, sich von dieser aberwitzigen Theorie zu überzeugen, sondern wirbelte herum und rannte los, als Angela ihn erreicht hatte.

»Was sollte das gerade?« schrie er. »Wolltest du dich umbringen?!«

»Ich konnte ihn nicht einfach so sterben lassen!« schrie Angela zurück. Ihr Atem ging schnell und pfeifend. Bremer hatte Mühe, die Worte überhaupt zu verstehen. Er sah ihr an, daß sie ihre unwiderruflich letzten Kraftreserven brauchte, um überhaupt noch mit ihm Schritt zu halten.

»Lauf!« keuchte sie. »Wir müssen … Braun … einholen.«

»Wozu denn, um Gottes willen?«

»Weil er der einzige ist, der uns zu Haymar führen kann!« keuchte Angela.

Sie hatten die Halle fast durchquert. Die Männer an der Tür hatten aufgehört zu schießen und krochen in verzweifelter Hast vor dem Ungeheuer davon, das seine Flügel wie Dreschflegel einsetzte und alles von den Füßen riß, was in seine Reichweite kam. Bremer sah, daß seine erste Beobachtung richtig gewesen war, so unglaublich es ihm auch immer noch erschien. Es würde reichlich Knochenbrüche und Prellungen geben, aber keine Toten. Warum auch immer: Die Kreatur schonte die Männer.

Sie hatten das Ende der Halle erreicht. Angela riß im vollen Lauf die Tür auf, stürzte hindurch, und Bremer begriff zu spät, daß sie einem verhängnisvollen Irrtum erlegen waren.

Braun stand auf der anderen Seite der Tür, hielt seine Pistole in der Hand und schoß Angela aus allernächster Nähe ins Gesicht.

Der Knall war ohrenbetäubend. Angela wurde wie von einem Faustschlag zurückgerissen, drehte sich halb um ihre Achse und prallte wuchtig gegen Bremer, und die zweite Kugel, die Braun auf Bremers Kopf abfeuerte, verfehlte ihr Ziel und durchbohrte statt dessen seine Schulter.

Die schiere Wucht des Treffers schleuderte ihn gegen die

Wand. Sein Hinterkopf prallte mit solcher Gewalt gegen Stein oder Metall, daß seine Beine unter ihm nachgaben und er benommen zu Boden glitt. Seine Schulter war taub. Er spürte nicht den geringsten Schmerz, aber er konnte fühlen, daß die Wunde heftig blutete.

Als sich das dumpfe Hämmern in seinem Schädel so weit gelegt hatte, daß er wieder sehen konnte, lag Angela ausgestreckt auf dem Boden vor ihm. Sie lag auf dem Bauch, so daß er ihr Gesicht nicht sehen konnte, aber das kurzgeschnittene Haar auf ihrem Hinterkopf begann sich rasch dunkel zu färben, und unter ihrem Gesicht bildete sich eine große, dunkelrote Lache.

Bremer stemmte sich halb in die Höhe, ließ sich dann wieder nach vorne und auf die Knie sinken und streckte die Hände nach ihr aus. Aber er führte die Bewegung nicht zu Ende. Er wagte es nicht, sie herumzudrehen. Er wußte, was die Kugel ihrem Gesicht angetan hatte, und er wollte sie so in Erinnerung behalten, wie sie gewesen war.

Angela war tot.

Braun hatte sie umgebracht.

Bremer fühlte keinen Schmerz, keine Verzweiflung, nicht einmal Trauer. Wahrscheinlich war der Schmerz zu gewaltig, um ihn ertragen zu können. Er fühlte sich einfach nur leer.

Angela war tot. Braun hatte sie kaltblütig erschossen.

Und dafür würde er ihn töten.

Bremer stand auf, drehte sich langsam in die Richtung, in der Braun und seine Agenten verschwunden waren, und ging los.

Hinter ihm begann die Bestie zu toben.

34

Nördlinger hatte noch niemals zuvor wirkliches *Entsetzen* in der Stimme eines Arztes gehört, aber für alles gibt es ein erstes Mal, und was er jetzt hörte, das *war* Entsetzen. Absoluter, vollkommener Terror. Er war allerdings ziemlich sicher, daß es nicht der Anblick der Wunde war, die den Arzt so schockierte. Der Mann mußte Schlimmeres gewohnt sein. Aber der Mann hatte zu denen gehört, die die Mitglieder des SEK aus dem Haus geschafft hatten. Er hatte *gesehen*, wie es passiert war.

Nördlinger selbst fühlte sich … seltsam. Ihm fiel kein besseres Wort ein, um seinen Zustand zu beschreiben.

Er sollte Schmerzen haben.

Er hatte keine.

Er sollte Angst haben.

Er hatte keine.

Er sollte verdammt noch mal wenigstens schockiert sein, während er abwechselnd seine Arme und seine Hände betrachtete, denn seine Hände lagen einen guten halben Meter neben ihm auf einer goldschimmernden Isolierfolie, und Vürfels war gerade damit beschäftigt, Eiswürfel darauf zu häufen, die er weiß Gott wo aufgetrieben hatte.

Aber alles, was er fühlte, war eine seltsame Gelassenheit, als stünde er unter dem Einfluß irgendeines Betäubungsmittels, was jedoch nicht der Fall war. Der Arzt, dessen Hände so zitterten, daß Nördlinger es sich unter normalen Umständen dreimal überlegt hätte, sich in seine Behandlung zu begeben, zog zwar in genau diesem Moment eine Injektionsnadel aus seiner Vene, aber *so* schnell wirkte das Schmerzmittel nun auch wieder nicht. Es war vielmehr, als wäre irgend etwas tief in ihm hundertprozentig davon überzeugt, daß er nicht in Gefahr war.

Es hatte begonnen, als West ihn berührt hatte.

Das hieß – er war nicht ganz sicher, daß es West gewesen war. Nördlinger war zu *diesem* Zeitpunkt tatsächlich halb wahnsinnig vor Schmerzen gewesen, und hoffnungslos von Panik geschüttelt. Er hatte sie kaum erkannt. Trotzdem war sie ihm auf sonderbare Weise … verändert vorgekommen. Und kaum hatte sie ihn berührt, da waren sowohl die Schmerzen als auch die Todesangst verschwunden.

»Wie fühlen Sie sich?« fragte der Arzt. »Haben Sie große Schmerzen?«

»Überhaupt keine«, antwortete Nördlinger. »Hätte ich welche, würde ich die Frage danach auch nicht besonders erfreulich finden.«

Diese Antwort trug nicht gerade dazu bei, die Irritation des Arztes zu mildern. »Das muß der Schock sein«, sagte er. »So etwas kommt vor. Seien Sie froh.«

Nördlinger fand, daß es sich wie eine Entschuldigung anhörte. Als täte dem Mann leid, daß er keine Schmerzen hatte.

»Machen Sie sich keine Sorgen«, fuhr der Arzt fort. »Das wird wieder. Wenn Sie schnell genug ins Krankenhaus kommen, kann man die Hände wieder annähen – ich weiß, daß Sie das im Moment wahrscheinlich kaum glauben werden, aber mit ein bißchen Glück können Sie Ihre Hände nach einer Weile wieder ganz normal bewegen.«

»Nach einem Jahr, nehme ich an«, murmelte Nördlinger.

Darauf antwortete der Arzt vorsichtshalber nicht.

»Der Hubschrauber ist schon unterwegs«, sagte Vürfels hastig. »Keine Angst, Chef. Das kommt schon wieder in Ordnung.«

Nördlinger würdigte ihn nicht einmal einer Antwort.

»Wer hat die Blutung gestoppt?« fragte der Arzt.

Nördlinger sah ihn nur verständnislos an, und der Mann fuhr fort. »Das war absolut professionelle Arbeit. Besser hätte ich es auch nicht machen können. Sie hatten verdammtes Glück. Eigentlich hätten Sie daran verbluten müssen. Vor allem unter diesen … Umständen.«

Nördlinger begann schläfrig zu werden. Das Mittel, das ihm der Arzt gespritzt hatte, wirkte offensichtlich sehr schnell. Aber er durfte nicht schlafen. Noch nicht. Er hatte noch etwas Bestimmtes zu erledigen, und es war einfach zu wichtig.

»Vürfels!« murmelte er.

»Chef?« Vürfels beeilte sich, sich über ihn zu beugen, wobei er sich große Mühe gab, überallhin zu sehen, nur nicht zu Nördlingers Armstümpfen hinab.

»Holen Sie mir den Chef des SEK«, befahl Nördlinger. »Schnell.«

Vürfels verschwand wie der Blitz, und der Arzt sagte: »Lassen Sie sich einfach fallen. Es wird alles gut.«

Eine Ewigkeit schien zu vergehen, bis Vürfels in Begleitung eines vielleicht dreißigjährigen Mannes im Kampfanzug des Sondereinsatzkommandos zurückkam: olivgrüne Hosen und Jacke, darüber eine wuchtige Panzerweste und einen klobigen Helm, der durch die nach oben gehobene Schutzbrille noch klobiger wirkte, und ein Gesicht, das so weiß wie die sprichwörtliche Wand war.

Nördlinger hatte mittlerweile Mühe, die Augen offenzuhalten. »Hören Sie mir zu«, begann er. »Es ist wichtig.«

Der Mann nickte. Er wirkte sehr nervös. »Das Ding ist ... weg, Herr Kriminalrat«, sagte er stockend. »Sollen wir es verfolgen?«

Die Frage war so überflüssig wie ein Kropf, fand Nördlinger. Unter normalen Umständen hätte der Mann, der immerhin eine Spezialeinheit der Polizei kommandierte, was zumindest bewies, daß er keine vollkommene Pfeife war, nicht eigens einen Befehl abgewartet, um einen Angreifer zu verfolgen, der die Hälfte seiner Mannschaft zu Klump geschlagen hatte.

»Verluste?« fragte Nördlinger.

Der Mann nickte und schüttelte gleichzeitig den Kopf. »Ein paar gebrochene Rippen, und vielleicht ein Arm oder ein Bein. Nichts Ernstes ... aber es wird den Steuerzahler ein paar Mark kosten. Was ... was um Gottes willen war das für ein Ding?«

»Das spielt jetzt keine Rolle«, sagte Nördlinger. Er mußte mit immer größerer Willenskraft gegen die grauen Schleier ankämpfen, die seine Gedanken einzuwickeln versuchten, und er spürte, daß es ein Kampf war, den er verlieren würde. Die gebietende Kraft, die ihn bisher bei Bewußtsein gehalten hatte, versiegte immer rascher. »Hören Sie mir zu! Fragen Sie nicht, sondern tun Sie einfach, was ich Ihnen sage.«

Der Mann nickte, aber Nördlinger entging keineswegs der rasche, nervöse Blick, den er Vürfels zuwarf. Ebenso wenig wie das hilflose Achselzucken, mit dem dieser darauf reagierte.

»Nein, ich bin *nicht* verrückt«, sagte er betont, und so laut, wie er es gerade noch fertigbrachte. »Und ich liege auch nicht im Koma oder fantasiere, wenn Sie das meinen! Aber ich habe nicht mehr ... viel Zeit. Also hören Sie mir zu, verdammt noch mal, und tun Sie gefälligst, was ich Ihnen sage! Und wenn nicht, dann beten Sie darum, daß ich nicht mehr aus dem Koma aufwache, in das ich vermutlich gleich fallen werde, weil ich Ihnen nämlich sonst den Arsch aufreiße, daß Ihnen Hören und Sehen vergeht! Habe ich mich jetzt klar genug ausgedrückt?«

Der Mann nickte. Er war noch blasser geworden, aber er hatte begriffen.

Wahrscheinlich wäre er ziemlich erstaunt gewesen, hätte er in diesem Moment Nördlingers Gedanken lesen können.

Kriminalrat Nördlinger hatte nämlich nicht die geringste Ahnung, warum er das sagte.

Da war noch etwas, das er diesem Mann mitteilen mußte, etwas von ungeheurer Wichtigkeit, aber er wußte nicht einmal, was. Die Worte nahmen erst in dem Moment in seinem Kopf Gestalt an, in dem er sie aussprach, ohne daß es eines vorherigen Wissens bedurft hätte. Nördlinger war fast selbst neugierig auf das, was er als nächstes sagen würde. Er lauschte auf seine Worte, aber sie klangen in seinen eigenen Ohren wie die eines Fremden. Trotzdem war es ihm unmöglich, *nicht* weiterzusprechen.

»Evakuieren Sie das Gebäude«, sagte er. »Sofort. Vergessen Sie dieses verdammte Biest und schaffen Sie die Leute hier heraus. Es ist mir egal, wie Sie es machen, aber tun Sie es. Jeder, der in fünfzehn Minuten noch in diesem Gebäude ist, stirbt.«

35

Er war irgendwo vor ihm. Bremer konnte Brauns Nähe regelrecht spüren, wie ein Raubtier, das die Witterung seiner Beute aufgenommen hatte und ihr unerbittlich folgte, ganz egal, welche Tricks sich sein Opfer einfallen ließ, um es abzuschütteln. Brauns Vorsprung konnte noch nicht besonders groß sein, zwei, vielleicht vier Minuten, keinesfalls mehr.

Und Bremer glaubte nicht, daß er sich schneller bewegte als er.

Bremer bewegte sich so schnell und selbstverständlich durch den Flur, als wäre seine linke Schulter nicht taub, und als hinge der linke Arm nicht so starr und nutzlos wie ein Stück Holz an seiner Seite herab. Er spürte keinen Schmerz, keine Schwäche, ja, nicht einmal Zorn, sondern allenfalls eine kalte, durch nichts aufzuhaltende Entschlossenheit, den Mann zu töten, der ihm das einzige genommen hatte, was ihm jemals in seinem Leben *wirklich* etwas bedeutet hatte. Braun hatte Angela getötet, und dafür würde er Braun töten, so einfach war das. Er empfand und dachte eine Menge in diesem Augenblick, aber er fühlte – nichts. Nur Kälte.

Trotzdem wäre er vermutlich zutiefst erschrocken, hätte er sich in diesem Augenblick selbst sehen können.

Bremer bewegte sich tatsächlich wie ein Raubtier den Korridor entlang. Sein linker Arm hing steif und nutzlos an seinem Körper herab, aber die andere Hand war halb erhoben und wie zu einer Kralle verkrümmt. Sein Gesicht war zu einer Grimasse verzerrt, und seine Nasenflügel blähten sich im Rhythmus seiner schweren Atemzüge, als nähme er wirklich Witterung auf. Er zog eine dünner werdende Blutspur hinter sich her – dünner werdend nicht, weil die Schußwunde in seiner Schulter aufgehört hätte zu bluten, sondern weil seine Schritte mit jedem Meter, den er zurücklegte, ein wenig schneller wurden, bis er schließlich rannte.

Er sah Braun wieder, als dieser am Ende des schmalen Korridors in einen Aufzug trat und die Hand nach dem Tastenfeld ausstreckte.

Braun war nicht allein. Nicht weniger als fünf seiner Männer waren bei ihm. Einer davon war verletzt und trug einen Arm in einer Schlinge, sein Gesicht kam Bremer vage bekannt vor, aber er war nicht mehr in einem Zustand, in dem sein Gedächtnis noch allzu gut funktioniert hätte. Es spielte auch keine Rolle. Wenn sie ihm aus dem Weg gingen, gut. Wenn er diese fünf Männer mit bloßen Händen umbringen mußte, um an Braun heranzukommen, auch gut. Es war ihre Entscheidung. Bremer fühlte sich von der vielleicht stärksten aller Empfindungen besucht, die es gab: Rache. Man hatte ihm ein Leben genommen, und er wollte ein Leben dafür haben.

Braun entdeckte ihn fast im gleichen Moment wie Bremer umgekehrt ihn. Für eine Sekunde breitete sich ein Ausdruck maßloser Überraschung auf seinen Zügen aus, der aber fast sofort von Zorn und einer kalten Entschlossenheit verdrängt wurde. Er hob den Arm, und der Mann mit der Schlinge und ein zweiter Agent traten wieder aus dem Aufzug heraus und gingen Bremer entgegen. Fast im gleichen Moment begannen sich die Aufzugtüren zu schließen.

Bremer stieß ein gequältes Heulen aus und versuchte schneller zu laufen, aber es ging nicht. Sein geschundener Körper war einfach nicht mehr in der Lage, weitere Kraftreserven zu mobilisieren.

Es hätte ihm auch nichts genutzt. Der Aufzug hatte sich bereits geschlossen, und die beiden Agenten traten ihm entgegen. Bremer attackierte den Mann mit dem verletzten Arm mit wütender Entschlossenheit und begriff spätestens in diesem Moment, daß Körper und Geist nicht immer dasselbe waren. Er war entschlossen, es mit der gesamten Welt aufzunehmen, wenn es sein mußte, um Braun zu bekommen, aber sein Faustschlag war so kraftlos wie der eines Kindes. Der Agent machte sich nicht einmal die Mühe, ihm auszuweichen, sondern schlug seine Hand fast beiläufig zur Seite und schickte Bremer mit einer Bewegung zu Boden, die mehr ein Schubsen als ein Hieb war. Sofort versuchte Bremer wieder auf die Füße zu kommen. Der Mann versetzte ihm mit der flachen Hand einen Stoß vor die Brust, der ihn erneut nach hinten schleuderte, und diesmal blieb Bremer liegen. Er wollte sich abermals hochstemmen, aber er konnte es nicht mehr.

Der Agent stand breitbeinig über ihm. Seine unverletzte Hand war abwehrbereit erhoben, nur für den Fall, daß Bremer noch irgend etwas Unerwartetes versuchen sollte, aber Bremer las in seinen Augen, daß er nicht ernsthaft damit rechnete. Der Mann hatte genug Erfahrung, um zu wissen, wann sein Gegner besiegt war.

»Worauf wartest du?« fragte sein Kollege. »Bring es zu Ende.«

»Das arme Schwein ist doch schon so gut wie tot«, sagte der Mann mit dem verbundenen Arm. »Sieh ihn dir doch an!«

»Braun hat gesagt, daß wir ihn erledigen sollen«, sagte der andere. »Willst du ihm vielleicht erklären, warum ...«

Er brach mitten im Satz ab. Seine Hand glitt unter die Jacke, vermutlich um die Waffe hervorzuziehen, die er in seinem Schulterhalfter darunter trug, und sein Blick bohrte sich in das Halbdunkel des Korridors hinter Bremer. Er schien jedoch nichts zu entdecken, worauf zu schießen sich gelohnt hätte, denn nach zwei oder drei Sekunden zog er die Hand wieder heraus, ohne daß sie eine Waffe hielt.

»Was hast du?« fragte sein Kollege.

»Nichts«, antwortete der Agent. »Ich dachte, ich hätte etwas ...«

Er kam nicht mehr dazu, das ›gehört‹ auszusprechen. Ein dumpfer, sonderbar weicher Laut erklang. Die Augen des Agenten wurden groß, und er gab einen erstickten Seufzer von sich. Aus seiner Brust ragten plötzlich drei fingerlange, gebogene Klauen.

Der zweite Mann prallte entsetzt zurück. Seine unversehrte Hand glitt unter die Jacke und zerrte die Waffe hervor, aber er kam nicht einmal mehr dazu, sie zu ziehen. Der Dämon trat mit einem ungelenk wirkenden Schritt vollends aus dem düsteren Schattenreich hervor, das seine Heimat war, packte ihn mit beiden Händen und warf ihn mit unvorstellbarer Gewalt gegen die Aufzugtüren. Noch bevor der Mann vollends zu Boden sacken konnte, war das Ungeheuer über ihm. Seine schwarzen Schwingen schlossen sich über seinem Opfer wie die Hälften eines unheimlichen, flatternden Mantels, und Bremer hörte eine Reihe gräßlicher, reißender Laute.

Stöhnend wälzte er sich herum, kroch auf Händen und Knien ein Stück weit von der Kreatur davon und richtete sich auf. Er sah nicht zurück, aber das Reißen und Fressen hinter ihm hielt an. Solange der Dämon mit seinem letzten Opfer beschäftigt war, hatte er vielleicht noch einmal eine Chance, zu entkommen. Plötzlich erschien ihm das wieder sehr wichtig. Noch vor wenigen Minuten war er bereit gewesen, einfach aufzugeben, aber mit einemmal gab es nichts Wichtigeres, als am Leben zu bleiben. Er *mußte* es schaffen, weil er Braun sonst nicht erwischen würde.

Bremer taumelte bis zur nächsten Abzweigung, ließ sich blindlings nach rechts und gegen die Wand sinken und schloß für einen Moment die Augen. Alles drehte sich um ihn. Sein Körper begann mittlerweile massiv gegen ihn zu arbeiten. Die Wunde in seiner Schulter blutete noch immer, und auch wenn er immer noch kaum Schmerzen verspürte, so konnte er doch fühlen, wie das Leben mit jedem Herzschlag ein kleines bißchen mehr aus ihm herausströmte.

Er wußte, daß er es nicht schaffen würde.

Braun hatte letzten Endes doch gewonnen. Die Kugel, die er ihm verpaßt hatte, hatte ihn umgebracht. Nicht so schnell und dramatisch wie Angela, aber am Ende doch. Er würde verbluten, innerhalb der nächsten Minuten.

Bremer hob mühsam die Hand und preßte sie gegen das daumennagelgroße Einschußloch in seiner Schulter. Es gelang ihm tatsächlich, den Blutstrom ein wenig zu stoppen, aber die ungleich größere Austrittswunde über seinem linken Schulterblatt blutete weiter. Wie viele Liter Blut hatte ein Mensch? Fünf? Acht? Er wußte es nicht, aber er mußte die Hälfte davon bereits verloren haben. Es kam ihm selbst fast wie ein Wunder vor, daß er noch bei Bewußtsein war, aber dieser Zustand würde nicht mehr allzu lange anhalten. Seine Gedanken begannen sich mehr und mehr zu verwirren.

Bitterkeit überkam ihn. Es war … nicht fair! Er hatte den größten Kampf seines Lebens gekämpft, war vielleicht der furchtbarsten Kreatur entronnen, mit der es jemals ein Mensch zu tun gehabt hatte, und nun sollte er ganz banal verbluten, an einer lächerlichen Schußwunde! Und als wäre dies noch nicht ironisch genug, starb er inmitten eines Krankenhauses, umgeben von der modernsten und aufwendigsten Technik, die Menschen jemals geschaffen hatten, um Leben zu retten.

Es tat ihm leid, daß Angela tot war. Es tat ihm leid, daß Braun am Ende doch davonkommen sollte, und es tat ihm vor allem leid, daß es *so* endete. Bremer hatte Geschichten ohne Happy-End immer gemocht, aber nun, als er selbst die Hauptperson einer solchen Geschichte sein sollte, fand er sie nicht mehr so gut.

Sein Blick begann sich zu verschleiern. Der Korridor vor seinen Augen verzerrte sich, schien jetzt länger und schmaler zu werden und wurde zu einem wabernden Tunnel, an dessen Ende ein strahlendes Licht lockte, unendlich weit entfernt, aber gleißend hell. Nun hatte er das Tunnelerlebnis, von dem alle gesprochen hatten. Er bedauerte es, daß er Angela nicht mehr davon erzählen konnte, empfand aber gleichzeitig eine sachte Neugier, was ihn wohl in dem Licht dort hinten erwarten mochte. Er starb, aber der Tod war angenehm, süß, ohne Schmerzen und nicht mit der mindesten Spur von Angst.

Das Licht am Ende des Tunnels wurde heller und kam gleichzeitig näher. Im ersten Moment dachte Bremer, daß sich etwas darin bewegte, dann erkannte er, daß es das Licht selbst war. Es wogte, ballte sich zusammen und nahm Form an, und dann sah Bremer, wie eine riesige, strahlende Lichtgestalt auf ihn zutrat. Er halluzinierte, aber es war eine wunderbare Halluzination. Wenn die Agnostiker recht hatten, die behaupteten, daß nach dem Sterben nichts mehr kam, so hatte die Natur zumindest dafür gesorgt, daß der Weg hinüber in dieses Nichts unbeschreiblich schön war.

Die Lichtgestalt kam näher, streckte einen Arm aus, der aus nichts anderem als milder, weißer Helligkeit bestand, und berührte seine Schulter. Der Blutstrom versiegte, und eine neue Form von milder Schwere und Taubheit breitete sich in seinem Körper aus.

Dann hörte die Gestalt auf zu leuchten, nahm wieder ein menschliches Aussehen und Angelas Gesicht an und sagte: »Laß dir bloß nicht einfallen, jetzt zu sterben, alter Mann. Die Show ist noch nicht vorbei.«

Bremer starrte sie an. Seine Umgebung schnappte mit einem furchtbaren Ruck wieder in die normalen Formen der Wirklichkeit zurück. Aus dem Tunnel wurde wieder der kaum beleuchtete Krankenhausflur, und er selbst war kein spirituelles Wesen auf dem Weg zu Wolke sieben, sondern saß ganz körperlich auf dem Boden, beide Beine in stumpfem Winkel von sich gestreckt und mit dem Rücken gegen eine Wand gelehnt, die naß und klebrig von seinem eigenen Blut war.

»Du bist tot«, murmelte er.

Angela schüttelte heftig den Kopf und verzog gleich darauf das Gesicht. »Bin ich nicht«, antwortete sie. »Aber ich wünschte mir fast, ich wäre es, so wie mein Schädel dröhnt. Falls wir Braun zu fassen kriegen, dann untersteh dich, ihn anzurühren. Ich will den Kerl selbst umbringen.«

»Aber ... aber du ... du mußt tot sein«, beharrte Bremer stur. »Braun hat dir in den Kopf geschossen.«

»Entschuldige bitte, daß ich noch lebe«, sagte Angela spitz. »Es tut mir ja leid, dich enttäuschen zu müssen, aber Braun ist ein noch miserablerer Schütze als Nördlinger.« Sie hob die Hand und deutete auf eine fingerbreite, gut zehn Zentimeter lange Wunde über ihrer linken Augenbraue.

»Kannst du aufstehen?« fragte sie.

Bremer versuchte es, und fast zu seiner eigenen Überraschung kam er sogar auf die Füße, wenn auch mit Angelas Hilfe. Er fühlte sich sehr matt, aber er war eindeutig *nicht* tot.

Und seine Schulter blutete nicht mehr.

»Wie hast du das gemacht?« fragte er.

Angela grinste. »Du weißt doch, ich habe ...«

»... heilende Hände, ja ich weiß«, unterbrach sie Bremer. »Ich meine es ernst, verdammt noch mal!«

Was sie getan hatte, war unmöglich. Er war im Begriff gewesen zu sterben, und jetzt fühlte er sich, als bräuchte er nicht mehr als zwölf Stunden Schlaf, um wieder völlig der Alte zu sein. Und er hatte *gesehen*, wie Braun ihr in den Kopf geschossen hatte! Bremer wußte zwar, wie heftig selbst relativ harmlose Wunden im Kopfbereich bluteten, aber aus einem Meter Entfernung hätte nicht einmal ein Blinder danebengeschossen! Was ging hier vor?

Angela verdrehte die Augen. »Und du glaubst, jetzt wäre der richtige Moment, um darüber zu diskutieren, ja?« fragte sie. »Wenn wir das hier überleben sollten, dann gebe ich dir vielleicht einen Crash-Kurs in fernöstlicher Heilkunst, aber im Moment haben wir Wichtigeres zu tun. Soll ich Braun ganz allein erledigen, oder möchtest du mir vielleicht dabei helfen? Natürlich nur, wenn es dir nicht allzu viel ausmacht.«

»Ich weiß nicht, wo er ist«, gestand Bremer. »Er ist im Aufzug verschwunden. Ich konnte ihn nicht aufhalten.«

»In welchem Aufzug?«

»Das hat doch gar keinen Sinn«, sagte Bremer niedergeschlagen. »Ich weiß nicht einmal, in welche Etage er gefahren ist.«

»Zeig ihn mir«, beharrte Angela.

Bremer schüttelte noch einmal den Kopf, drehte sich dann aber gehorsam um und schlurfte voraus. Es war nicht besonders schwer, den Aufzug wiederzufinden, aber nicht einfach, ihn zu erreichen. Was von den beiden Agenten übrig war, war über die Hälfte des Korridors verteilt. Das Ungeheuer hatte sich nicht damit zufriedengegeben, die beiden Männer einfach zu töten.

Angela verzog entsetzt das Gesicht, während Bremer sich rasch und eindeutig erschrocken umsah.

»Keine Angst«, sagte Angela. »Unser Freund ist im Moment anderweitig beschäftigt. Als ich ihn das letztemal gesehen habe, war er gerade dabei, Haschmich mit Brauns Prügelknaben zu spielen.«

Bremer gefiel ihre Wortwahl nicht, aber er nahm an, daß sie diesen flapsigen Ton ganz bewußt anschlug, um mit dem Grauen fertig zu werden, mit dem sie der Anblick erfüllen mußte. Tod war nicht gleich Tod.

Bremer drückte den Knopf neben dem Aufzug, und Angela und er traten in die Kabine, nachdem die Türen aufgeglitten waren. Angela bedeutete ihm mit Gesten, wieder einen halben Schritt zurückzutreten, um die Lichtschranke zu unterbrechen und begann sich sehr aufmerksam in der kleinen Kabine umzusehen. Sie untersuchte sehr aufmerksam das Tastenfeld neben der Tür und runzelte schließlich fragend die Stirn.

»Seltsam«, sagte sie. »Kein Schloß.«

»Was für ein Schloß?«

»Brauns kleine Frankenstein-Kammer ist bestimmt nicht so einfach mit dem Aufzug zu erreichen«, antwortete Angela. »Oder glaubst du, er wäre scharf darauf, daß Albert plötzlich vor ihm steht? Ich hätte damit gerechnet, daß er einen Schlüssel hat oder ...«

Sie sprach nicht weiter, sondern drehte sich ein zweites Mal im Kreis und unterzog die Kabine dabei einer neuerlichen, noch aufmerksameren Musterung. Schließlich blieb ihr Blick auf einem kleinen Spiegel an der Rückwand haften. Wortlos zog sie die Pistole unter dem Gürtel hervor, drehte sich herum und schmetterte den Kolben wuchtig gegen das Glas.

Der Spiegel zerbrach, aber dahinter kam nicht die Kabinenwand zum Vorschein, sondern ein kleiner Hohlraum, aus dem sie die Linse einer winzigen Kamera anstarrte.

»Das habe ich mir gedacht«, sagte Angela stirnrunzelnd.

»Was? Eine Videoüberwachung?«

Angela schüttelte hastig den Kopf. »So leicht ist es nicht. Das da dürfte ein Retina-Scanner sein.«

»Aha«, sagte Bremer. »Und was bedeutet das?«

»Das kleine Miststück da läßt niemanden passieren, der nicht über Brauns Netzhautabdrücke verfügt«, antwortete Angela. »Falls du also nicht zufällig eines seiner Augen in der Tasche hast, haben wir ein Problem.«

»Kannst du das Ding überlisten?«

»Nicht von hier aus«, sagte Angela. Sie drehte sich herum, sah ihn eine Sekunde lang nachdenklich an und trat dann mit einem plötzlich sehr schnellen Schritt an ihm vorbei. »Komm mit.«

Bremer wäre ihr sowieso gefolgt. Er hätte den Teufel getan, allein mit den beiden Toten hier zurückzubleiben, oder gar im Lift. Angela eilte mit schnellen Schritten den Flur hinab, öffnete jede einzelne Tür, an der sie vorbeikamen, und schaltete die Beleuchtung in dem dahinter liegenden Raum ein. Sie machte sich nicht die Mühe, Bremer zu erklären, was sie suchte, und Bremer machte sich nicht die Mühe, sie danach zu fragen.

Sie hatte auf diese Weise fast ein halbes Dutzend Türen geöffnet, als Angela endlich fündig wurde. *Diesen* Raum verließ sie nicht mehr, sondern trat mit einem zufriedenen Laut vollends hinein. Als Bremer ihr folgte, sah er, daß sie einen unordentlichen Schreibtisch ansteuerte, auf dem ein Computerterminal stand. Sie nahm rasch davor Platz, schaltete den Rechner ein und machte eine flatternde Geste in seine Richtung.

»Fünf Minuten«, sagte sie. »Such dir was zu lesen, oder nimm ein Bad.«

Bremer ersparte sich jede Antwort. Er hoffte, daß Angela auch wirklich fünf Minuten meinte, und nicht das, was Computerfreaks manchmal darunter verstanden, wenn sie sich an ihr Lieblingsspielzeug setzten und sagten, es dauere nur einen Augenblick.

Ziellos begann er im Raum auf und ab zu gehen und trat schließlich ans Fenster. Es führte auf die Rückseite des Gebäudes hinaus, und der Anblick unterschied sich radikal von dem, der sich ihm geboten hatte, als er das letztemal aus Alberts Fenster zwei Stockwerke höher auf den Garten hinausgeblickt hatte.

Es war nicht mehr völlig dunkel, sondern hatte zu dämmern begonnen. In dem grauen Licht, das sich wie eine träge Flüssigkeit über das Klinikgelände ergoß und alle Konturen aufzuweichen begann, konnte er erkennen, daß der Park von Menschen nur so wimmelte. Männer in den Kampfanzügen des SEK, uniformierte Polizisten, aber auch zahlreiche Männer und Frauen in weißer Krankenhauskluft oder Schlafanzügen und Morgenmänteln. Im ersten Blick begriff er nicht, was er da sah, aber dann sagte er: »Sie evakuieren die Klinik!«

»Die erste vernünftige Idee, die deine Kollegen heute hatten«, sagte Angela vom Computer aus. »Ich hoffe, sie schaffen es noch rechtzeitig.«

Bevor was *geschieht*? dachte Bremer. Er sah Angela einen Moment lang nachdenklich an, dann drehte er sich wortlos wieder zum Fenster und blickte hinaus. Soweit er das beurteilen konnte, ging die Evakuierung zügig vonstatten. Eine Anzahl Krankenwagen und Mannschaftstransporter der Polizei war auf dem Gelände aufgefahren und nahm die Patienten auf, die noch immer in rascher Folge aus dem Gebäude gebracht wurden. Wenn die Räumung auf der anderen Seite ebenso rasch und reibungslos vonstatten ging, hatten sie eine gute Chance, die gesamte Klinik in wenigen Minuten zu leeren. Gottlob waren die wenigsten Patienten hier weder Liegendkranke noch transportunfähig.

Bremer hoffte nur, daß das, was er sah, nicht die Vorbereitungen für einen Sturmangriff waren. Nördlinger hätte so etwas Irrsinniges niemals getan, aber Nördlinger war tot oder zumindest nachhaltig außer Gefecht gesetzt, und er hatte keine Ahnung, wer an seiner Stelle die Leitung des Einsatzes übernommen hatte. Hoffentlich nicht Meller, oder gar Vürfels. Diesem Idioten war jede Hirnrissigkeit zuzutrauen, wenn er die Chance sah, sich zu profilieren.

Die fünf Minuten, von denen Angela gesprochen hatte, waren noch nicht einmal vorbei, als sie aufstand und in triumphierendem Tonfall sagte: »Das war's. Braun, zieh dich warm an. Wir kommen!«

»Du hast das System überlistet?« fragte Bremer.

»Kein Problem«, antwortete Angela großspurig. »Programmierer sind Trottel. Sie lassen sich *immer* eine Hintertür offen, sogar wenn sie selbst nicht genau wissen warum. Wenn man weiß, wonach man zu suchen hat, ist es meistens nicht besonders schwer, sie zu finden.«

Bremer bedachte den Computer mit einem zweifelnden Blick. Er hatte ja schon erlebt, wozu Angela an einer Tastatur fähig war, aber es fiel ihm trotzdem schwer zu glauben, daß ein so hochsensibles Projekt wie das Brauns so schlecht geschützt sein sollte.

Er kam nicht dazu, eine entsprechende Frage zu stellen, denn Angela verließ das Zimmer bereits wieder und eilte zum Aufzug zurück. Als er sie einholte, hatte sie den Knopf bereits gedrückt, und die Türen glitten auf. Angela trat in die Kabine, wartete ungeduldig, bis Bremer ihr gefolgt war, und drückte den Knopf für das Kellergeschoß. Die Türen schlossen sich, und die Kabine setzte sich summend in Bewegung.

Bremers Blick saugte sich an der Leuchtanzeige über der Tür fest.

Der Lift erreichte das Kellergeschoß, und die entsprechende Anzeige leuchtete für einen kurzen Moment auf und erlosch dann wieder.

Sie sanken weiter in die Tiefe.

36

Braun war verletzt. Er hatte keine allzu starken Schmerzen, aber sein rechtes Bein blutete stark; das Biest mußte seinen Wadenmuskel erwischt haben, denn sein Bein hatte immer größere Mühe, das Gewicht seines Körpers zu tragen.

Schwer atmend ließ er sich gegen die Labortür sinken und schloß für einen Moment die Augen. In seinen Ohren gellten noch immer die Schreie der Männer, und sein Herz jagte so schnell, daß er fast Mühe hatte, zu atmen.

Es war nur Einbildung. Die drei Agenten waren längst tot. Die Bestie war wie aus dem Nichts aufgetaucht und mit Klauen und Kieferzangen über sie hergefallen, mörderisch und so unvorstellbar *schnell*, daß nicht einer von ihnen auch nur Zeit gefunden hätte, seine Waffe zu ziehen. Und selbst wenn einer von ihnen noch am Leben sein sollte, so hätte die halbe Tonne Stahl, an der er lehnte, zuverlässig jeden Laut verschluckt.

Braun war hier drinnen in Sicherheit. Der Angriff des Dämons hatte nicht ihm gegolten, sondern ihn wahrscheinlich nur ganz aus Versehen getroffen. Braun nahm mit ziemlicher Sicherheit an, daß er der letzte auf seiner Liste war. Es *würde* ihn umbringen, o ja, ganz gewiß, und der Tod, den es ihm zugedacht hatte, war mit Sicherheit qualvoll und langsam, aber er war erst dann an der Reihe, wenn auch der letzte seiner Agenten tot war; und vermutlich auch Grinner und sämtliche Forschungsassistenten und Techniker, die an diesem Projekt beteiligt gewesen waren. Braun hatte mittlerweile eine ziemlich konkrete Vorstellung davon, was die kranke Ausgeburt von Haymars Hirn tat.

Sie nahm Rache. Der Dämon tötete gnadenlos jeden, der irgendwie mit dem fünfjährigen Martyrium seines Schöpfers zu tun hatte. Es waren eine Menge Leute. Die Bestie würde im Akkord morden müssen, und er, Braun, war zweifellos der letzte auf ihrer Liste.

Aber so weit würde es nicht kommen. Er brauchte zwei Minuten, plus noch einmal zehn, um einen gewissen Sicherheitsabstand zwischen sich und diesen Keller zu bringen.

Braun biß die Zähne zusammen, zwang sein schmerzendes Bein, sich zu bewegen und humpelte auf eines der computerbestückten Pulte zu, die dem Labor das Aussehen einer futuristischen Filmkulisse verliehen.

Als er es fast erreicht hatte, hörte er ein Stöhnen und blieb wieder stehen.

Aufmerksam sah er sich um. Sein Herz klopfte. Der Laut wiederholte sich nicht, und soweit er das erkennen konnte, war er auch allein im Labor. Seine Nerven spielten ihm einen Streich. Das war ja auch kein Wunder.

Braun humpelte weiter, erreichte das Pult und stützte sich schwer mit beiden Händen darauf. Sein Puls jagte. Von seinem verletzten Bein tropfte Blut zu Boden, und er brauchte all seine Willenskraft, um überhaupt die Hand zu heben und den Computer einzuschalten.

Während er darauf wartete, daß das Programm das Sicherheitsprotokoll durchlief, glitt sein Blick über die Glasscheibe im hinteren Teil des Büros. Grinner hatte das Licht in der Isolierkammer brennen lassen, so daß er den schwarzen Stahlsarkophag darin deutlich erkennen konnte. Schatten schienen sich an der Wand dahinter zu bewegen, wie körperlose Wesen aus einer anderen Dimension, die gegen die Mauern der Wirklichkeit anrannten, ohne sie vollends überwinden zu können. Er fragte sich, ob Haymar wußte, was gleich geschehen würde. Wahrscheinlich nicht. Nein: *Ganz bestimmt nicht*. Allein die Tatsache, daß Braun jetzt hier stehen konnte und sich diese Frage stellte, war ein unwiderruflicher Beweis dafür.

Der Computer meldete sich mit einem melodischen Laut betriebsbereit, und Braun tippte mit sorgfältigen Bewegungen eine achtstellige Ziffer in die Tastatur, bestätigte sie und gab sie dann noch einmal und in umgekehrter Reihenfolge ein.

Der Bildschirm wurde grün. Braun wandte seinen Blick der kleinen Kamera links neben dem Monitor zu, legte die flache Hand auf die Metallscheibe und sagte langsam und sehr deutlich: »Autorisation Braun 7947. Selbstzerstörungsprogramm aktivieren.«

Einige Sekunden lang geschah gar nichts. Dieser Computer hier war noch kleinlicher als der elektronische Zerberus, der den Safe in seinem Büro überwachte. Er kontrollierte und verglich nicht nur seine Fingerabdrücke, sondern auch seinen Netzhautscan und sein elektronisches Stimmprofil, und außerdem die vierstellige Codenummer. Hätte auch nur einer dieser drei Faktoren nicht gestimmt, so hätte Braun keinen zweiten Versuch gehabt. Der Computer hätte nicht nur das Programm abgebrochen, sondern auch den Sprengkörper unter dem Metallsarg auf eine Weise entschärft, daß selbst ein Spezialist Stunden brauchen würde, um ihn wieder einsatzbereit zu machen.

Der Computer akzeptierte seinen Code. Der Bildschirm wurde wieder schwarz, und als Braun die Hand zurückzog, sagte eine elektronische Frauenstimme: »Das Selbstzerstörungsprogramm wurde aktiviert. Bitte Zeitverzögerung eingeben.«

»Zehn Minuten«, antwortete Braun, dann verbesserte er sich: »Fünfzehn.«

»Der Countdown startet jetzt«, bestätigte die Stimme. »Sie können ihn jederzeit durch einen Druck auf eine beliebige Taste abbrechen.« Auf dem Bildschirm erschien eine sechsstellige Anzeige, die Minuten, Sekunden und Zehntelsekunden darstellte. Das letzte Zahlenpaar wurde rasend schnell kleiner.

Braun drehte sich herum, und ein Schemen in einem weißen Kittel sprang ihn an und riß ihn von den Füßen. Braun fiel, prallte mit der Schläfe gegen das Metallbein eines Schreibtisches und keuchte vor Schmerz, als sich ein Knie in seinen Leib bohrte. Gleichzeitig trafen zwei, drei harte Schläge sein Gesicht mit solcher Kraft, daß er fast Angst hatte, das Bewußtsein zu verlieren. Trotzdem schlug er instinktiv zurück, traf etwas Weiches und fühlte, wie sich die erstickende Last von ihm löste. Ein schmerzhaftes Keuchen erklang, aber es war nicht seine Stimme.

Hastig wälzte er sich herum und erkannte zu seiner maßlosen Verblüffung, daß niemand anders als Grinner ihn attackiert hatte. Der junge Forschungsassistent richtete sich umständlich neben ihm auf, drehte sich herum und streckte die Hand nach der Tastatur des Computers aus, zweifellos aus keinem anderen Grund, als den, den Countdown zu unterbrechen, und Braun trat ihm vor den Knöchel.

Grinner brüllte vor Schmerz und kippte zur Seite. Seine ausgestreckten Hände verfehlten die Tastatur um Millimeter und schlugen mit solcher Kraft auf die Schreibtischkante, daß er sich vermutlich ein paar Finger brach.

Noch bevor er ganz zu Boden stürzen konnte, war Braun über ihm, riß ihn an den Haaren wieder in die Höhe und schmetterte ihm die Faust ins Gesicht. Dann packte er seinen linken Arm, wirbelte Grinner herum und ließ ihn mit solcher Wucht wieder los, daß Grinner hilflos durch das Labor stolperte und rücklings gegen die Glasfront der Isolierkammer prallte.

Braun zog seine Waffe und schoß ihm zwei Kugeln in die Brust.

Mindestens eines der Geschosse mußte Grinners Körper durchschlagen haben, denn die Glasscheibe hinter ihm zerbarst wie unter einem Hammerschlag. Eingehüllt in einen Hagel explodierender Scherben brach Grinner zusammen und kippte halb in die Isolierkammer hinein.

Braun überzeugte sich mit einem hastigen Blick davon, daß der Countdown noch weiterlief. Die Zahlen rasten unbeeindruckt der Null entgegen. Es war Grinner nicht gelungen, das Programm zu unterbrechen. Die Digitalanzeige verriet Braun sogar, daß der heimtückische Angriff nicht einmal eine halbe Minute gedauert hatte.

Er trat um das Pult herum, humpelte auf Grinner zu und schoß ihm eine weitere Kugel in den Leib.

»Du verdammter, undankbarer Hurensohn!« brüllte er. »Was hast du dir dabei gedacht?! Ist das der Dank für das, was ich für dich getan habe?!«

Während er auf Grinner zuhumpelte, feuerte er wieder, und wieder, und noch einmal. Schließlich hatte er ihn erreicht, beugte sich über ihn und setzte die Waffe direkt über seinem Nasenbein auf. Er wollte *sehen*, wie Grinners Geist aus seinem blöden verräterischen Hirn spritzte.

»Dämliches Arschloch!« sagte er und drückte ab.

Der Hammer schlug klickend ins Leere, und synchron zu diesem Geräusch hob Grinner die Lider und starrte ihn an.

Eine Mischung aus Unglauben und eisigem Entsetzen durchfuhr Braun. Für eine halbe Sekunde konnte er einfach nicht glauben, was er sah, und für die zweite Hälfte derselben Sekunde war er einfach unfähig vor Schrecken, sich zu rühren. Dann spürte er den Schmerz.

Ganz langsam senkte Braun den Blick und sah an sich herab. Grinner hatte eine blutige Hand gehoben und eine zwanzig Zentimeter lange, gekrümmte Glasscherbe ergriffen, die er ihm langsam, aber mit unwiderstehlicher Kraft in den Leib bohrte.

37

Das erste, was sie sahen, als sie aus dem Aufzug traten, war die Leiche eines von Brauns Agenten. Ein zweiter, regloser Körper lag nur ein kleines Stück entfernt. Der Boden und die Wände waren voller Blut, und der Zustand der beiden Leichen ließ keinen großen Zweifel daran aufkommen, wem sie zum Opfer gefallen waren.

Bremer machte einen schnellen Schritt aus dem Aufzug heraus, gab Angela mit einer Geste zu verstehen, daß sie zurückbleiben sollte (Er kam sich selbst dabei lächerlich vor, aber fünfzig Jahre alte Reflexe ließen sich nun einmal nicht so schnell abschütteln) und sah sich mit klopfendem Herzen um. Wenn ihn seine Erinnerung nicht täuschte, dann hatte Braun *fünf* Agenten bei sich gehabt, als er ihn das letztemal gesehen hatte. Zwei davon hatte der Dämon oben im Flur erledigt, und zwei weitere lagen hier. Wo war der fünfte Mann?

Als hätte sie seine Gedanken gelesen, berührte ihn Angela in diesem Moment an der Schulter und deutete gleichzeitig mit der anderen Hand den Gang hinab. In dem kalten Neonlicht, das hier unten herrschte, konnte Bremer erkennen, daß er nach einem knappen Dutzend Schritten vor einer massiven Stahltür endete. Brauns letzter Agent hockte auf den Knien vor dieser Tür und hatte die zu Krallen verkrümmten Hände gegen das Metall geschlagen. Sein Kopf fehlte.

Wortlos gingen sie weiter. Die Tür hatte keinen Griff oder irgendeinen anderen sichtbaren Öffnungsmechanismus, aber es gab eine kleine Zifferntastatur an der Wand daneben. Während Bremer vorsichtig den toten Agenten zur Seite schleifte, machte sich Angela mit geschickten Bewegungen daran zu schaffen. Nach ein paar Sekunden sagte sie: »Sesam, öffne dich!« und die Tür sprang mit einem Summen zwei Fingerbreit auf.

Bremer hielt den Atem an. Nichts geschah. Braun schoß nicht durch den Türspalt auf sie, und es lauerte auch kein Dämon in der Dunkelheit. Er atmete hörbar aus, stemmte sich mit der unverletzten Schulter gegen die Tür und drückte sie mit einiger Anstrengung auf. Hinter ihm zog Angela ihre Waffe, wartete, bis der entstandene Spalt breit genug war, und schlüpfte dann mit einer Drehbewegung hindurch. Bremer selbst wartete noch zwei, drei Sekunden. Als weder Schüsse fielen, noch sonst etwas geschah, folgte er ihr auf die gleiche Art.

Angela hatte sich bereits hinter einem massiven Pult in der Nähe der Tür verschanzt. Er huschte geduckt zu ihr, kauerte sich hinter die gleiche Deckung und warf ihr einen fragenden Blick zu, aber Angela deutete nur ein Achselzucken an. Sie lauschten, hörten aber nichts anderes als das leise Summen der Klimaanlage und ihre eigenen Atemzüge.

Angela atmete tief ein, wieder aus und dann noch einmal ein und sprang dann mit einem Ruck in die Höhe. Die Waffe in ihren weit nach vorne gestreckten Händen beschrieb einen rasenden Dreiviertelkreis durch den Raum und bewegte sich dann etwas langsamer noch einmal zurück. Dann ließ sie mit unüberhörbarer Erleichterung die Arme sinken und sagte: »Es ist alles in Ordnung. Du kannst aufstehen. Es ist vorbei.«

Bremer erhob sich langsam und sah sich um. Der Raum, in dem sie sich befanden, überraschte ihn. Er hatte so etwas wie ein Labor erwartet, vielleicht wirklich die moderne Ausgabe von Frankensteins Turmkammer, aber hier sah es eher aus wie in der Kommandozentrale eines supermodernen Unterseebootes. Die Wände waren mit Instrumenten und Monitoren in allen nur vorstellbaren Größen und Formen gepflastert, und der Raum dazwischen wurde fast vollkommen von einem halben Dutzend großer Pulte beansprucht, auf denen sich ebenfalls Instrumente und Computer türmten und zwischen denen nur schmale Laufgänge blieben. Auf der linken Seite schien es einen zweiten Raum zu geben, der im Gegensatz zu diesem nahezu leer war. In seiner Mitte stand etwas Großes, Dunkles, das Bremer nicht genau erkennen konnte. Die Kammer war offensichtlich einmal mit einer Glasscheibe abgetrennt gewesen, die jetzt aber zerbrochen und in Milliarden Scherben zersprungen auf dem Boden lag. Braun und ein zweiter Mann in einem blutdurchtränkten weißen Kittel lagen inmitten der Scherben. Bremer konnte nicht sagen, was mit dem anderen Mann war, aber Braun war mit ziemlicher Sicherheit tot. Eine handbreite Glasscherbe ragte aus seinem Bauch. Die Spitze war dicht neben seinem Rückgrat wieder herausgetreten.

Angela bewegte sich vorsichtig auf die beiden Männer zu. Sie schien nicht ganz so überzeugt von Brauns Tod zu sein, denn sie bewegte sich sehr langsam, und ihre Waffe deutete ununterbrochen auf Braun.

Bremer sah sich unterdessen erneut in dem vollgestopften Raum um. Etwas wie eine huschende Bewegung zog seine Aufmerksamkeit auf sich. Er sah genauer hin und identifizierte es als das Flackern einer roten Ziffernkolonne auf einem Bildschirm. Langsam trat er näher.

Was er sah, war eine Zeitanzeige. Die beiden ersten Ziffern lauteten 09. Danach folgte eine 17 und als drittes eine Zahlengruppe, die so schnell kleiner wurde, daß er ihr kaum folgen konnte. Noch während er an den Bildschirm herantrat, wurde aus der 17 eine 16. Eine eisige Hand schien nach seinem Herz zu greifen und es ganz langsam zusammenzudrücken, als ihm klar wurde, was er da sah.

Einen Countdown.

Und es war nicht besonders schwer zu erraten, was an seinem Ende geschehen würde.

»Angela«, sagte er.

Angela war mittlerweile zwischen Braun und dem zweiten Mann niedergekniet und untersuchte sie flüchtig. »Er ist tot«, sagte sie. Bremer wußte nicht, ob sie Braun oder den Mann in dem weißen Kittel damit meinte, vermutete aber, daß es beiden galt. Angela hatte auf jedem Fall ihre Waffe eingesteckt.

»Vielleicht solltest du dir ... das hier einmal ansehen«, sagte er stockend.

Angela sah auf, runzelte die Stirn und kam dann mit schnellen Schritten zu ihm herüber. Ihre linke Augenbraue rutschte ein Stück weit ihre Stirn hinauf, als ihr Blick auf den Bildschirm fiel.

»O«, sagte sie.

»Könntest du dich … darum kümmern?« fragte Bremer nervös.

»Kein Problem«, antwortete Angela. Aber auch sie klang eine Spur zu nervös, als daß Bremer ihr hundertprozentig glaubte. Vor allem nicht, als sie nach einer Sekunde hinzufügte: »Aber faß bloß nichts an, kapiert.«

Bremer hütete sich, irgend etwas anzurühren. Er hob erschrocken die Hände und machte Angela sehr hastig Platz.

»Okay«, sagte sie und fuhr sich nervös mit dem Handrücken übers Kinn. »Geh spielen oder tu sonstwas. Ich … mache das hier schon.«

Bremer hoffte es. Er hoffte sogar *sehr*, daß Angela wußte, was sie tat. Sie hatten jetzt noch acht Minuten und siebenundfünfzig Sekunden, bevor sie herausfinden würden, wozu dieser Computer eigentlich da war.

»Also, wenn ich diesen Computer programmiert hätte, dann hätte ich dafür gesorgt, daß es *Bumm* macht, sobald jemand die falsche Taste berührt«, murmelte Angela.

»Und welches ist die falsche Taste?« fragte Bremer.

Angela zuckte mit den Schultern und sah stirnrunzelnd auf den Computer herab. »Die Frage ist glaube ich eher, welches ist die *richtige*.«

Warum hatte er auch fragen müssen. Bremer drehte sich mit einer nervösen Bewegung wieder herum und entfernte sich ein paar Schritte.

Fast ohne sein Zutun fiel sein Blick wieder auf den dunklen Umriß hinter dem leeren Fensterrahmen. Er hatte eine ziemlich konkrete Vorstellung davon, worum es sich dabei handelte, und er wollte im Grunde nichts auf der Welt *weniger*, als jetzt dort hinüberzugehen und dieses … Ding aus der Nähe zu sehen.

Aber schließlich waren sie aus keinem anderen Grund hier heruntergekommen. Und nicht nur, um es *anzusehen*.

»Ups!« sagte Angela hinter ihm.

Bremer fuhr wie von der Tarantel gestochen herum und starrte den Monitor an. »Was ist passiert?«

»Nichts.« Angela deutete grinsend auf den Schirm. Die Zahlen hatten aufgehört, sich zu bewegen. »Ich habe die richtige Taste gefunden, glaube ich.«

Bremer stieß hörbar die Luft zwischen den Zähnen aus. »Manchmal habe ich Mühe, mich an deine Art von Humor zu gewöhnen, weißt du das?«

»Das kommt schon noch.« Angela drückte die ENTER-Taste, und der Countdown auf dem Schirm lief weiter; und wie es Bremer vorkam, deutlich *schneller*. Bevor er auch nur wirklich Zeit fand, zu erschrecken, berührte sie irgendeine andere Taste, und der Countdown hielt wieder an.

»Ach, so funktioniert das«, sagte sie.

»Was ... was machst du da eigentlich?« fragte Bremer nervös.

»Ich versuche, dieses Ding zu *entschärfen*«, antwortete Angela. »Es bringt nicht viel, den Countdown nur anzuhalten und darauf zu warten, daß irgendein Dummkopf hereinkommt und auf den falschen Knopf drückt. Ich fühle mich erst sicher, wenn er ausgeschaltet ist.«

Das sah Bremer ein. Aber der Anblick der rotleuchtenden Ziffern machte ihn nervös. Der Countdown war bei 06:43:12 stehengeblieben. »Also gut. Aber ... versuch es nicht zu oft, ja?«

»Ich werde mein Bestes tun«, versicherte Angela. »Du bist der erste, der merkt, wenn ich einen Fehler mache.«

Bremer ging endgültig.

Mit fast schleppenden Schritten näherte er sich dem Raum hinter der zerborstenen Glasscheibe.

38

Wie jeder Mensch hatte sich auch Braun schon die Frage gestellt, wie es sein mußte, zu sterben. Und wie jeder Mensch hatte er versucht, es sich auf die eine oder andere Art vorzustellen, auch wenn er tief in seinem Inneren davon überzeugt war, daß es schließlich doch vollkommen anders sein würde.

Wenigstens in diesem Punkt hatte er recht gehabt. Es *war* anders.

Es war durch und durch entsetzlich. Braun war noch zu einem winzigen Teil bei Bewußtsein. Er hatte unbeschreibliche Angst, und noch unbeschreiblichere Schmerzen. Sein ganzer Körper schien in Flammen zu stehen, wobei die Wunde, die Grinner ihm zugefügt hatte, noch fast am wenigsten schmerzte. Er starb, aber er wollte nicht sterben, denn noch mehr Angst als vor dem Vorgang des Sterbens an sich und dem, was danach kommen mochte oder auch nicht, hatte er vor dem Gedanken, versagt zu haben. Es durfte nicht umsonst gewesen sein. Sie waren dem größten aller nur denkbaren Geheimnisse auf der Spur gewesen, und sie hatten es *gelöst*, verdammt noch mal. Es konnte nicht scheitern. Nicht so kurz vor dem Ziel!

Seine linke Hand bewegte sich. Die Finger auch nur den Bruchteil eines Zentimeters zu heben, kostete ihn schon unvorstellbare Anstrengung, aber er zwang seine Hand, sich weiter zu bewegen, Millimeter für Millimeter, so langsam, daß selbst jemand, der ihn in diesem Moment beobachtet hätte, die Bewegung nur mit großer Mühe überhaupt registriert hätte. Aber er zwang sie weiter, Zentimeter um Zentimeter, Stück für Stück, bis sie schließlich in seine Tasche kroch und das schmale Kunststoffkästchen erreichte, in dem die drei Glasphiolen waren. Dreimal Leben. Dreimal Unsterblichkeit.

Er wollte so gerne ausruhen. Sich ein wenig Pause gönnen, für den letzten, schwersten Teil der Aufgabe. Aber er durfte es nicht. Das Leben wich jetzt immer schneller aus ihm. Wenn er aufhörte, sich zu bewegen, dann für immer.

Irgendwie gelang es ihm, das Kästchen zu öffnen und die drei winzigen Glasröhrchen herauszuschütteln. Seine Finger tasteten blind über den schwarzen Samt, der darunter lag, krallte sich mit den Nägeln hinein und zogen ihn heraus. Darunter befand sich eine schmale Vertiefung, in der eine verchromte Spritze mit einer nur drei Zentimeter langen Nadel lag. In ihrem Inneren befand sich eine vierte Phiole mit dem Azrael-Serum.

Brauns Gedanken verschleierten sich. Alles wurde wattig, unwirklich, grau. Er konnte spüren, wie seine Kraft versiegte. Wie er *starb.*

Mit einer unvorstellbaren Willensanstrengung zog Braun die Spritze aus dem Kästchen heraus und drückte den Kolben um wenige Millimeter herunter. Ein ganz leises Knacken drang aus seiner Tasche. Seine Handfläche wurde feucht, als die gläserne Schutzmembran im Inneren der Phiole zerbrach und zwei oder drei Tropfen der kostbaren Flüssigkeit aus der Nadel quollen.

Noch einmal. Eine allerletzte, verzweifelte Anstrengung, in die er alle Kraft legte, die er noch hatte, die Energie seines unwiderruflich letzten Atemzuges. Braun trieb die Nadel in seinen Handballen und drückte den Kolben herunter, und sein Herz tat noch einen einzigen, schweren Schlag und verstummte dann.

39

Der Sarkophag war zweieinhalb Meter lang, einen Meter breit und bestand aus einem Material, das wie Chromstahl ausgesehen hätte, wäre es nicht vollkommen schwarz gewesen. Trotz seiner eigentlich schlanken Form wirkte er äußerst massiv; man sah ihm irgendwie an, daß es nicht viel gab, was dieses Gebilde ernsthaft beschädigen konnte, und vielleicht *nichts,* was in der Lage wäre, es wirklich zu zerstören.

Bremer trat mit klopfendem Herzen näher. Es war ein Sarkophag, das wußte er. Das Gebilde ähnelte tatsächlich jenen Särgen, die man in den Gräbern altägyptischer Könige gefunden hatte, war aber sehr viel schlichter. Das Material, aus dem es bestand, schien das darauf fallende Licht zu schlucken, und als Bremer vorsichtig die Hand ausstreckte und es berührte, spürte er, wie kühl und glatt es sich anfühlte, nicht wie Metall oder Glas, sondern wie eine geheimnisvolle, temperatur- und reibungsfreie Legierung, die vielleicht von einem anderen Planeten stammen mochte. Im oberen Drittel des Sarkophags war eine fünf mal fünf Zentimeter große Taste angebracht, die in einem dunklen, bräunlichen Glanz schimmerte; wenn auch nur so blaß, daß man sehr genau hinsehen mußte, um sie zu erkennen.

Bremer streckte die Hand nach dieser Taste aus, zögerte dann aber und sah noch einmal zu Angela hinaus. Sie stand mit konzentriertem Gesichtsausdruck vor dem Computer. Ihre Lippen bewegten sich, fast als würde sie mit dem Gerät *reden.* Es war besser, wenn er sie nicht störte. Außerdem war er nicht einmal sicher, ob er wollte, daß sie herkam. Dies hier war ganz allein seine Sache.

Wieder streckte er die Hand aus, und wieder zögerte er. Er glaubte ein Wispern zu hören, als unterhielten sich lautlose Stimmen in den Schatten, und als er den Blick hob, da meinte er für einen ganz kurzen Moment tatsächlich eine huschende Bewegung zu erkennen, gerade außerhalb des Bereiches, in dem er wirklich scharf sehen konnte.

War es die Kreatur, die gekommen war, um ihren Herrn zu beschützen?

Nein.

Wäre sie es, dann wäre er jetzt schon nicht mehr am Leben. Was immer die Aufgabe des Dämons war, den Haymar erschaffen hatte, sie bestand nicht darin, ihn zu töten. Dazu hätte sie ein dutzendmal Gelegenheit gehabt. Vielleicht war es genau umgekehrt. Vielleicht hatte ihre Aufgabe nur darin bestanden, ihn hier herunter zu bringen, damit er die arme, leidende Seele in dem schwarzen Sarkophag endlich erlösen konnte.

Bremer streckte mit einem Ruck den Arm aus und drückte die Taste.

Ein leises Klicken erscholl. Einige Sekunden herrschte Stille, dann hörte Bremer ein dunkles, allmählich lauter werdendes Summen, und im gerade noch so fugenlos erscheinenden Metall erschien ein haarfeiner Riß, der das obere Drittel des Sarkophags in zwei symmetrische Hälften teilte, die langsam auseinanderglitten. Zischend entwich eiskalter, nach einem scharfen Desinfektionsmittel riechender Dampf aus dem Behälter, und unter der Decke des Raumes begann eine rote Warnleuchte zu blinken.

Bremer wich einen Schritt zurück und sah automatisch wieder zu Angela hoch, konnte sie aber durch die immer dichter werdenden Dampfschwaden nicht erkennen. Zu dem flackernden roten Licht gesellte sich jetzt noch ein mißtönendes Hupen. Offensichtlich war in den Computerprogrammen, die den lebenden Leichnam in dem Sarkophag bewachten, nicht vorgesehen, daß jemand die Glaswand der Isolierkammer einschlug und dann den Sarg öffnete.

Bremer wartete, bis der Strom aus eisigem Dampf allmählich schwächer wurde, und trat dann mit klopfendem Herzen an den offenstehenden Sarkophag heran. Über dem Behälter lag noch immer eine Schicht aus faserigem grauem Dunst, so daß er im ersten Moment noch immer nicht genau erkennen konnte, was darin lag.

Vielleicht war es auch gut so.

Vielleicht hätte er den Anblick sonst nicht ertragen.

Und vielleicht ertrug er ihn noch nicht einmal jetzt, obwohl ihn die ganz allmählich auseinandertreibenden grauen Schwaden noch einige wertvolle Sekunden ließen, um sich daran zu gewöhnen.

Das erbarmungswürdige ... *Etwas,* das einmal ein Mensch gewesen war, lag auf der golden schimmernden Isolierfolie, mit der das gesamte Innere des Sarkophags ausgekleidet war. Sein Körper war auf die Masse eines Skeletts abgemagert, über das sich graue, an zahllosen Stellen aufgerissene Totenhaut spannte. Bremer schätzte, daß der Mann zu Lebzeiten an die zwei Meter groß und außergewöhnlich kräftig gewesen sein mußte. Jetzt konnte er kaum noch mehr als fünfzig Kilo wiegen. *Wenn* es ein Mann gewesen war. Sein Geschlecht war praktisch nicht mehr zu erkennen, obwohl seine gesamte Körperbehaarung verschwunden war. Jemand hatte seine linke Hand entfernt. Wo sie gewesen war, mündete jetzt ein Bündel von Schläuchen, dünnen Rohrleitungen und verschiedenfarbigen Kabeln in seinen Armstumpf, ein komplettes Ver- und Entsorgungssystem, mit dem sein Körper überwacht und gegen seinen Willen dazu gezwungen wurde, am Leben zu bleiben.

Den schrecklichsten Anblick aber bot sein Gesicht. Seine Lippen waren zu einem fürchterlichen Totenkopfgrinsen zurückgewichen, das noch grauenhafter wirkte, weil er so gut wie keine Zähne mehr hatte; Bremer konnte bis weit hinter seinen ausgetrockneten, riesigen Kehlkopf sehen. Die Haut, die sich pergamenttrocken über den Schädelknochen spannte, war über Wangen, Schläfen und Nasenbein gerissen, so daß der kranke Knochen zum Vorschein kam. Seine Augen waren entfernt worden. Unter den eingesunkenen Lidern schlängelten sich zwei durchsichtige Plastikschläuche hervor, in denen eine wasserklare Flüssigkeit zirkulierte.

Und das Allerschlimmste war, daß sich die Brust der ausgemergelten Gestalt in einem ganz flachen, langsamen Rhythmus senkte und hob.

Der Mann *lebte*!

Bremer stand mehrere Minuten lang einfach nur da und starrte in den schwarzen Chromsarg hinab. Er wußte nicht, was er in diesem endlosen Augenblick empfand: Schmerz, Wut, und eine so große, vollkommene Erschütterung, daß Worte nicht mehr ausreichten, um sie zu beschreiben.

Er hatte diesen Mann gekannt. Sie waren keine Freunde gewesen, oh nein, ganz gewiß nicht. Bei ihrem ersten Aufeinandertreffen vor gut fünf Jahren hatten sie mehrmals versucht, einander umzubringen, und keiner von beiden hätte auch nur einen Sekundenbruchteil gezögert, es auch zu tun. Aber kein Mensch, ganz egal, was er getan hatte, *kein Mensch* hatte ein solches Schicksal verdient.

Und es war das gleiche Schicksal, das Braun ihm zugedacht hatte.

Bremer stöhnte. Seine Hände öffneten und schlossen sich ununterbrochen, ohne daß er es auch nur merkte, und die Wunde in seiner Schulter brach wieder auf und begann zu bluten. Einige einzelne rote Tropfen liefen an seinem Arm hinab und fielen auf Haymars Gesicht herab. Es sah aus, als hätte er blutige Tränen geweint.

Er mußte diese arme, geschundene Kreatur erlösen.

Bremer hatte nicht den Mut, die Hände um den Hals des Mannes zu legen und zuzudrücken, was wahrscheinlich die barmherzigste Lösung gewesen wäre, und er wußte auch noch viel weniger, wie man die Maschinen abschaltete, die diesen lebenden Leichnam zwangen, zu atmen und Pein zu ertragen, aber er konnte etwas anderes tun.

Er beugte sich vor, griff nach dem Bündel von Schläuchen und Leitungen, das sich aus Haymars Armstumpf ringelte, und begann einen nach dem anderen zu lösen. Blut und andere, hellere Körperflüssigkeiten tropften auf die goldene Isolierfolie herab, und vielleicht fügte er Haymar auf diese Weise noch größere Schmerzen zu, aber wenn, dann waren sie nur von kurzer Dauer. Sobald er die Verbindung zwischen Mensch und Maschine getrennt hatte, würde der geschundene Körper endgültig aufhören zu funktionieren.

Als er die Hälfte der Kabel- und Schlauchverbindungen gelöst hatte, erschien der Schatten hinter ihm.

Bremer wußte, was er sehen würde, noch bevor er sich herumdrehte und dem Blick der faustgroßen Insektenaugen begegnete, die aus mehr als zwei Metern Höhe auf ihn herabstarrten.

Er las keine Feindseligkeit darin.

Da war kein Haß. Keine Wut. Kein Versprechen auf Tod. Sie waren niemals darin gewesen.

Während er dastand und den zwei Meter hohen, geflügelten Koloß anstarrte, begriff er endgültig, wie sehr er sich getäuscht hatte.

Dieses Geschöpf war niemals sein Feind gewesen. Es hatte niemals seinen Tod gewollt. Ganz im Gegenteil: Es hatte ihn *beschützt*, vom ersten Moment an.

Selbst dieser Gedanke erschreckte ihn. Die Vorstellung, einen solchen Verbündeten zu haben, war fast mehr, als er ertragen konnte.

Hinter ihm erklang ein gedämpftes Seufzen, gefolgt von einem halblauten, sonderbar weichen Aufprall.

Bremer fuhr herum. Sein erster Blick galt Angela, aber sie war nicht mehr da. Der Platz hinter dem Computer war leer. Dann sah er zu Braun hin.

Und auch er war nicht mehr da. Eine breite, glitzernde Blutspur führte von der Stelle aus, an der er gelegen hatte, zurück ins Labor und verschwand zwischen den Computerpulten, und noch bevor Bremer wirklich begriff, was er da sah, geschahen zwei Dinge praktisch gleichzeitig:

Braun richtete sich hinter dem Computerpult auf, hinter dem Angela vor wenigen Minuten gestanden hatte, und der Dämon stieß einen gellenden Schrei aus und stürzte an Bremer vorbei. Nur den Bruchteil einer Sekunde darauf, prallte er gegen Braun, riß ihn mit sich und schmetterte ihn mit unvorstellbarer Wucht gegen die Tür.

Bremer rannte los, flankte mit einem einzigen Schritt über die Reste der zerbrochenen Scheibe und den blutüberströmten Leichnam dahinter und war mit zwei, drei Schritten hinter dem Pult, hinter dem er Angela das letztemal gesehen hatte. Dabei streifte sein Blick die rote Digitalanzeige auf dem Monitor. Der Countdown war bei 01:07:01 stehengeblieben.

Er erwartete, Angela tot oder schwer verletzt am Boden zu finden, aber sie war nicht da. Bremer fuhr herum, hetzte auf die andere Seite des Tisches, fand sie aber auch dort nicht. Hinter ihm schrie der Dämon, und auch Braun brüllte. Er hörte Schläge, ein fürchterliches Reißen und Splittern, das Geräusch zerbrechender Knochen und splitternden Chitins, sah sich aber nicht einmal nach den Kämpfenden um. Er gönnte Braun jede einzelne Sekunde, die er noch lebte.

Statt dessen flankte er über das Pult und suchte verzweifelt nach Angela. Er fand sie nicht, fuhr abermals herum und blickte hinter jedes Pult, jeden Schreibtisch, aber sie war nicht mehr da.

Hinter ihm erklang ein gellendes, schmerzerfülltes Kreischen, und als Bremer herumfuhr, bot sich ihm ein ganz und gar unglaubliches Bild: Braun und das Ungeheuer rangen mit verzweifelter Kraft miteinander. Die Bestie hatte Braun eine ganze Anzahl grauenhafter Verletzungen zugefügt, von denen jede einzelne hätte tödlich sein müssen, aber der Mann stand seinem höllischen Gegner in Nichts nach. Auch das Ungeheuer wankte. Einer seiner riesigen Flügel war gebrochen und hing nutzlos herab, und sein stahlharter Chitinpanzer war an zahlreichen Stellen unter Brauns Fausthieben gesplittert und geborsten. Die beiden Gegner waren sich nicht wirklich ebenbürtig: Der Mensch würde den Kampf verlieren, das sah Bremer. Aber nur knapp.

Und das war ganz und gar unmöglich.

Bremer taumelte fassungslos zurück, prallte gegen ein Instrumentenpult und spürte, wie sein Fuß gegen etwas stieß, das klirrend davonrollte. Er senkte den Blick, sah etwas kleines, Schimmerndes und hob es auf.

Es war eine Spritze.

Die Injektionsnadel war nur drei oder vier Zentimeter lang und verbogen, als wäre sie mit großer Kraft in etwas hineingestoßen worden, und in der kleinen Glasphiole in ihrem Inneren glitzerten noch einige Tropfen einer hellen Flüssigkeit.

Bremer wurde klar, was Braun getan hatte.

Langsam hob er den Blick und sah zu Braun und dem Dämon hinüber. Braun lag am Boden, der Kampf war so gut wie vorbei, aber auch der geflügelte Koloß taumelte. Braun hatte ihn furchtbar verletzt. Hätte er sterben können, hätte auch er den Kampf nicht überlebt.

Er spürte, wie etwas hinter ihm materialisierte, drehte sich herum, und Angela stand hinter ihm. Braun erkannte sie sofort und ohne den geringsten Zweifel wieder, obwohl das Geschöpf, dem er gegenüberstand, ihr nicht einmal ähnelte.

Es war über zwei Meter groß, strahlendweiß und schien unter einem sanften, inneren Licht zu erglühen. Seine Züge waren die eines Menschen, zugleich aber auch mehr, unendlich viel mehr. Bremer konnte nicht sagen, ob es Mann oder Frau war, Kind oder alt; es wirkte alterslos, nein, mehr: Zeitlos, unbefangenes Kind und uraltes abgeklärtes Wesen zugleich. Sein langes, weißes Haar fiel bis weit über den Rücken herab, und seine gewaltigen Schwingen standen denen des Dämons um nichts nach, waren aber vom gleichen, von innen heraus leuchtenden Weiß wie sein Körper.

»Angela, wie?« fragte Bremer leise. »Ich wußte, daß es ein Witz war.«

»Aber ein guter, das mußt du zugeben«, antwortete er/sie/es. »Immerhin bist du darauf hereingefallen.«

»Warum ... hast du es mir nicht gesagt?« fragte Bremer.

»Ich war gespannt darauf, wie lange du brauchst, bis du von selbst darauf kommst«, antwortete der Engel. »Eigentlich warst du ganz gut – für einen Menschen.«

Bremer war ein wenig irritiert. Schließlich stand er einem *Engel* gegenüber. Er hätte erwartet, daß ein solches Wesen vollkommen anders war, friedfertiger, durchgeistigter ... und vor allem und auf keinen Fall *so* kriegerisch. Andererseits – was hatte er erwarten können? Schließlich hatte er dieses Wesen erschaffen. In einem gewissen Sinne.

»Kein Wunder, daß ich mich in dich verliebt habe«, murmelte er. »Ich wußte gar nicht, daß ich so narzißtisch veranlagt bin.«

Der Engel legte den Kopf auf die Seite und sah ihn an. Er schwieg, aber in seinen uralten, weisen Augen glomm ein sanftes Lächeln auf. Bremer hatte plötzlich das intensive Bedürfnis, ihn zu berühren, aber zugleich wagte er es auch nicht. Er wußte, daß er sterben würde, wenn er es täte.

»Haben wir euch erschaffen?« fragte er zögernd. »Haymar und ich?«

»Erschaffen?« Der Engel schwieg einen Moment, als müsse er erst über den Sinn dieser Frage nachdenken, bevor er imstande war, sie zu beantworten. Dann schüttelte er den Kopf.

»Nein«, sagte er. »Nur einer ist imstande, Leben zu erschaffen. Ihr seid nur dazu fähig, es zu zerstören. Obwohl ich zugeben muß, daß ihr gut darin seid.«

»Aber wie ...?«

»Manche von euch sind in der Lage, uns zu rufen«, unterbrach ihn der Engel, bevor er seine Frage zu Ende formulieren konnte. »Manche kraft der Reinheit ihres Geistes – wenn du diesen hochtrabenden Ausdruck entschuldigst, aber mir fällt im Moment kein passender ein – manche auf ... anderem Wege.«

Einige Sekunden vergingen, bis Bremer begriff, was das Geschöpf gerade gesagt hatte. »Dann ... dann bist du ein *wirklicher* Engel?« keuchte er.

»In dem Sinne, in dem ihr das Wort benutzt ... ja«, antwortete die Lichtgestalt. »Aber es ist viel komplizierter, als du denkst. Und zugleich einfacher.«

»Wer bist du?« fragte Bremer. Er fühlte sich wie erschlagen.

»Mein Name ist Azrael«, antwortete der Engel. »Aber das weißt du doch.«

»Azrael?« krächzte Bremer. Ein noch schwacher, aber durch und durch grauenhafter Verdacht begann in ihm aufzukeimen, aber der Gedanke war so furchterregend, daß er ihn hastig erstickte, bevor er vollends Gestalt annehmen konnte. »Der ... der Todesengel?«

»Das ist meine Aufgabe«, bestätigte die Lichtgestalt. »Wir sind Gottes Krieger. Das waren wir immer. Nur habt ihr irgendwann beschlossen, das zu vergessen.«

»Aber ... aber ich dachte ...«, stammelte Bremer. Er drehte sich hilflos herum und deutete auf den spinnenköpfigen Dämon. Der geflügelte Todesbringer war neben seinem Opfer auf die Knie gesunken und wimmerte leise. »Ich dachte, daß *er* es ist!«

»Auch er ist Azrael«, sagte der Engel. »Ich bin immer das, was ihr in mir sehen wollt.«

Er deutete auf den Dämon. »Für dich bin ich er. Für einen anderen bin ich das, was du siehst.«

»Er ist mein Abbild?«

Bremer starrte den Dämon an. *Seinen höllischen Schutzengel. »Er?!«*

Azrael nickte. Er/sie/es schwieg. Ein Ausdruck sanfter

Trauer erschien in den unergründlichen Augen des Wesens.

Und Bremer stieß einen lautlosen, gedanklichen Schrei aus.

Es war zu viel, um es zu ertragen. Zu viel. *Zu viel*!

»Er war immer dein Geschöpf«, fuhr Azrael erbarmungslos fort. »Du hast dich entschieden, ihn zu rufen, und es hat getan, was du von ihm verlangt hast. Dein Wille geschehe – *Mensch.*«

»Dann habe ich sie getötet«, murmelte Bremer. »Rosen. Strelowsky. Halbach. Lachmann.«

»Und all die anderen«, bestätigte Azrael. Das Lächeln in den Augen des Lichtgeschöpfes war erloschen und hatte einer Härte Platz gemacht, die ebenso gewaltig und grenzenlos war wie die Güte, die er noch vor Sekunden darin gelesen hatte. »Es ist so, wie Vater Thomas gesagt hat: Das ist es, was geschieht, wenn Menschen die Macht bekommen, alles zu tun, was sie wollen. Und am Ende hast du auch ihn getötet.«

»Aber ich wollte das nicht!« wimmerte Bremer. »Ich wollte nicht, daß all diese Menschen sterben!«

»Doch«, antwortete Azrael. »Tief in dir drinnen wolltest du es. Es war dein Wille. Wir waren nur die Vollstrecker.«

»Aber ... aber wenn ich dieses *Ding* erschaffen habe«, stöhnte Bremer; er starrte den Dämon an, und das Wesen erwiderte seinen Blick aus seinen kalten, grundlosen Augen, »wer hat dann dich gerufen?«

Azrael lächelte wieder. »Für den einen ist der Tod ein Werkzeug«, sagte er/sie/es. »Für den anderen eine lang ersehnte Erlösung. Ich bin nicht nur eine Waffe, weißt du?«

Bremer starrte die Isolierkammer und den jetzt offenstehenden Sarkophag darin an. Er wußte, daß der Engel die Wahrheit sprach, ganz einfach, weil das Wesen ja gar nicht imstande war, zu lügen, und doch kamen ihm seine Worte wie der Gipfel der Ironie vor. Er, ein völlig normaler, allenfalls ein wenig selbstgefälliger, aber im Grunde seines Herzens trotzdem *gerechter* Mann, hatte dieses Ungeheuer geschaffen, ein ... *Ding*, von dessen Klauen noch immer das

Blut seines letzten Opfers tropfte, und das zum Töten und nur zum Töten und zu nichts anderem gut war, während diese strahlende Lichtgestalt hinter ihm dem Geist eines Menschen entsprungen war, der endlose Ewigkeiten des Martyriums hinter sich hatte. Der nichts anderes mehr wollte, als endlich, endlich zu sterben.

»Dann ist es vorbei«, sagte er leise.

Azrael schüttelte den Kopf. »Es ist nie vorbei.«

Bremer verstand im ersten Moment nicht einmal wirklich, was der Engel meinte. Oder doch. Vielleicht *wollte* er es nur nicht verstehen. Dann aber blickte er wieder seinen eigenen, teuflischen Cherubim an. Das Geschöpf richtete sich langsam, zitternd und noch unsicher auf. Seine furchtbaren Wunden waren verheilt, aber seine Kraft war noch nicht zur Gänze zurückgekehrt. Der Anblick machte Bremer auf subtile Weise klar, daß auch diese Geschöpfe sterblich waren, auf eine bestimmte Weise. Ihre Kraft war unvorstellbar, aber endlich.

Auch Braun – oder in was auch immer er sich zu verwandeln begonnen hatte – begann sich zu erheben. Sein Fleisch begann dort, wo es von den Klauen und Kiefern des Dämons aufgerissen worden war, zu brodeln und zu zerfließen, wie kunstvoll geformtes Wachs, das zu lange in der Sonne gelegen hatte. Doch nachdem die Wunden sich geschlossen hatten, sah er nicht mehr aus wie vorher. Als er sich wieder aufrichtete, schien er größer geworden zu sein, und zugleich muskulöser, wirkte aber zugleich auch mißgestaltet und verzerrt, als hätte jemand alle Teile seines Körpers genommen und nicht richtig wieder zusammengesetzt und zusätzlich noch etwas hinzugefügt. Der Azrael-Wirkstoff tat auch bei ihm seinen Dienst, genau wie bei Bremer und Haymar. Es waren niemals *nur* Angelas heilende Hände gewesen, die ihm geholfen hatten, all das zu überleben, was man seinem Körper in den letzten vierundzwanzig Stunden angetan hatte, so wenig, wie es niemals *nur* die Maschinen gewesen waren, die den Mann in dem offenstehenden schwarzen Sarkophag zwangen, weiter am Leben zu bleiben.

Bremer blickte die Kreatur an, in die Braun sich immer schneller zu verwandeln begann, und fragte sich, ob es überhaupt noch möglich war, sie zu vernichten. Haymar hatte ihm ein furchtbares Geschenk hinterlassen. Braun hatte die Unsterblichkeit bekommen, nach der er sich gesehnt hatte, aber um den Preis seiner Menschlichkeit. Er wagte nicht einmal, sich vorzustellen, welche Art von Ungeheuer er rufen würde, sollten sich seine Fähigkeiten im gleichen Maße entwickeln wie die Haymars und seine eigenen.

»Könnt ihr ... es besiegen?« fragte er. »Was immer *er* rufen wird?«

»Das weiß ich nicht«, antwortete der Engel. Seine gewaltigen Flügel raschelten leise. »Es gibt Feinde, die auch wir fürchten.« Er sah Bremer an. »Und du? Kannst du *ihn* besiegen?«

Er deutete auf den Dämon. Das geflügelte Ungeheuer und das, was einmal Braun gewesen war, begannen sich zu umkreisen. Diesmal war der Ausgang des Kampfes vollkommen ungewiß, denn nun waren sich beide Gegner ebenbürtig.

»Wenn du mir hilfst«, murmelte er.

»Das steht nicht in meiner Macht«, antwortete Azrael. Er seufzte. Ein flüchtiges Lächeln huschte über seine unerträglich edlen Züge und gaben ihm für einen Moment wieder etwas mehr von einem Menschen. Nicht viel. Braun und der geflügelte Dämon prallten brüllend aufeinander und tauschten die ersten Hiebe aus.

»Es ist wohl so, wie ihr Menschen sagt«, seufzte Azrael. »Wenn du willst, daß etwas getan werden soll, dann tu es selbst. Entschuldige mich bitte – ich muß meinem Kollegen unter die Arme greifen.«

Lautlos und mit schlagenden Flügeln stürzte sich der Todesengel in die Schlacht.

Und während Gottes Krieger und der Diener des Höllenfürsten Seite an Seite antraten, um gegen einen Feind zu kämpfen, den menschlicher Größenwahn und Ignoranz erschaffen hatten, drehte sich Bremer herum, trat an den Computer und lächelte traurig, als sein Blick auf die rotleuchtende Digitalanzeige auf dem Bildschirm fiel. Azrael hatte gesagt, daß er ihm nicht helfen konnte, aber das stimmte nicht.

Er hatte es bereits getan. Der Countdown war bei 00:00:01 stehengeblieben. Engel konnten offensichtlich doch lügen.

Bremers Finger senkten sich auf die Taste.

40

»Wenn wir jetzt nicht starten, dann übernehme ich keine Garantie mehr!« Nördlinger hatte Mühe, die Worte des jungen Arztes über dem Geräusch der Turbine zu verstehen. Der Hubschrauber vibrierte leicht, und der Pilot in der nach hinten offenen Kanzel drehte den Kopf und nickte, um die Worte des Arztes zu unterstreichen.

»Das ist unverantwortlich!« fuhr der Arzt fort, brüllend, um den Lärm der Rotoren zu übertönen. »Sie spielen nicht nur mit Ihrer Gesundheit, Herr Nördlinger, sondern auch mit Ihrem Leben!« Er wandte sich an den Piloten. »Starten Sie! Jetzt!«

»Das verbiete ich!« sagte Nördlinger. »Es ist *meine* Gesundheit, oder?«

»Und Sie sind mein Patient«, antwortete der Arzt. »Ich werde Ihren Protest in meinem Bericht vermerken. Los!«

Das letzte Wort galt wieder dem Piloten, der zwar noch einmal eine Sekunde zögerte, dann aber nach den Kontrollen der Maschine griff. Der Rettungshelikopter hob ab und stieg fünfzig oder sechzig Meter weit senkrecht in die Höhe, ehe er sich auf der Stelle zu drehen begann, wobei er immer noch weiter an Höhe gewann.

Nördlinger sparte es sich, zu protestieren. Es hätte keinen Zweck gehabt, und es war auch nicht nötig. Die Evakuierung war abgeschlossen. Hundert oder mittlerweile auch schon mehr Meter unter ihnen fuhr in diesem Moment der letzte Krankenwagen ab, mit dem die Patienten der St.-Elisabeth-Klink in andere Krankenhäuser der Stadt verlegt wurden, und die Männer des SEK und ihre freiwilligen Helfer hatten das Gebäude schon vor fünf Minuten verlassen. Was getan werden mußte, war getan.

Nördlinger fühlte es, als es geschah.

Zum Entsetzen des Arztes stemmte er sich auf der schmalen Pritsche in die Höhe, um einen Blick aus dem Fenster werfen zu können.

Die Klinik lag tief unter ihnen, wie ein kunstvoll gestaltetes, bis ins letzte Detail ausgearbeitetes Spielzeuggebäude. Plötzlich leuchtete es hinter den Fenstern in den untersten Stockwerken grell auf. Das ganze Gebäude schien sich für einen Moment aufzublähen, auf das Anderthalbfache seiner Größe anzuwachsen und dann wieder zusammenzuschrumpfen. Aus sämtlichen Fenstern im Gebäude explodierte das Glas wie feiner, glitzernder Staub, gefolgt von einer Lohe unerträglicher, weißer Helligkeit, die für den Bruchteil eines Augenblicks anhielt und dann von normalen, brodelnden Flammen abgelöst wurde.

Der Helikopter bebte, als ihn die Druckwelle traf, aber sie waren bereits hoch genug, um nicht wirklich in Gefahr zu sein. Der Pilot fluchte wie ein Rohrspatz, fing die Maschine aber ohne besondere Mühe ab und drehte die Nase gleichzeitig nach Norden.

Als sie zu beschleunigen begannen, ließ sich Nördlinger wieder zurücksinken. Er spürte eine große, unendlich tiefe Erleichterung. Er schloß die Augen, öffnete sie dann wieder und hob die Arme, um die fachgerecht daran angelegten Verbände zu betrachten. In einer halben Stunde oder weniger würde er auf einem Operationstisch liegen, und dann würde sich erweisen, ob die moderne Chirurgie tatsächlich imstande war, all die Wunder zu vollbringen, die man ihr zusprach.

Nördlinger war in diesem Punkt ziemlich optimistisch. Er empfand ein etwas mulmiges Gefühl dabei, wieder ins Krankenhaus zu müssen, auch wenn es eines war, in dem mit Sicherheit niemand ein Tor zur Hölle aufgestoßen hatte, und er war auch ziemlich sicher, daß sich das nicht mehr ändern würde, ganz gleich, wie lange er noch lebte.

Aber wenn das der ganze Preis war, den er bezahlen mußte, dann war er nicht sehr hoch.

Er schloß die Augen und öffnete sie dann noch einmal, als er einen ganz sachten Luftzug im Gesicht spürte.

Eine einzelne, weiße Feder tanzte vor ihm durch die Luft und senkte sich dann langsam auf seine Brust herab.

Nördlinger lächelte. Alles war gut.